W0276858

Vladimir Zarev

SEELENASCHE

Roman

Aus dem Bulgarischen
von Thomas Frahm

Deuticke

Die Originalausgabe erschien erstmals 2012
unter dem Titel *Zakonăt* im Verlag Siela, Sofia.

1 2 3 4 5 16 15 14 13 12

ISBN 978-3-552-06196-5
Alle Rechte vorbehalten
© Deuticke im Paul Zsolnay Verlag Wien 2012
Satz: Eva Kaltenbrunner-Dorfinger, Wien
Druck und Bindung: CPI – Ebner & Spiegel, Ulm
Printed in Germany

FSC
www.fsc.org
MIX
Papier aus verantwortungsvollen Quellen
FSC® C006701

ERSTES BUCH

Erstes Kapitel

1

Ein Strahlenbündel durchschnitt das Büro des Direktors und steigerte die Erscheinung zu schmerzhafter Klarheit. Das Gesicht des Mannes gegenüber lag in diffusem Dunkel. Christo sah es wie durch Rauchglas, eine feine Wolke verdampfenden Lichts. Der Mann strahlte eine sonderbare Müdigkeit aus, die einem suggerierte, dass man ihm heute Morgen gerade noch gefehlt hatte. Jeder Versuch Christos, auch nur in Gedanken Widerspruch einzulegen, musste ungehörig erscheinen. Hatte er das verdient, dieser überaus höfliche Mann? Er legte auch keine Eile an den Tag; wenn er schon einmal hier war, dann hatte er auch Zeit. Das gewünschte Ergebnis lief ihm ja nicht weg. Sein Gesicht war sonnenverbrannt, hatte die scharfen Züge eines Raubvogels und wirkte zugleich feminin überfeinert. Diese Mischung schuf eine Aura von Macht, die selbst die Hitze überwand, und von Unerbittlichkeit. Von Macht, die in alle Ritzen und Fugen drang, und *liebevoller* Unerbittlichkeit. Seine Augen hatten die grünliche Farbe eines abgestandenen Tümpels angenommen, und genau so versank man auch darin, langsam und unentrinnbar. Vielleicht waren sie blind, vielleicht sahen sie alles. Sein stiftkurz geschnittenes Haar schimmerte in einem edlen Silberton, die Finger seiner Hände waren feingliedrig und lang und endeten in gepflegten Nägeln, die nicht einfach weiß waren, sondern von einer aufdringlichen, sterilen Reinheit.

»Kann ich ein paar Tage darüber nachdenken?«, fragte Christo.

»Nein«, antwortete der Mann, lachte dröhnend und stieß seine aufgerauchte Zigarette in die Untertasse. Rauchen im Büro der Schuldirektorin – das war ansonsten ein Ding der Unmöglichkeit, und dies unterstrich in besonderer Weise seine unsichtbare, aber umso aufdringlichere Macht.

»Aber ich weiß ja noch nicht einmal Ihren Namen.«

»Major Grigorov«, erwiderte der Mann in einem Ton, als sei er von dem Klang seines Namens selbst ganz überrascht. »Iwan Grigorov, verehrter Genosse Weltschev.«

Dieses »Genosse« begleitete er mit einem gewissen Spott in der Stimme, der zugleich sagen wollte: Nun kommen Sie schon, machen Sie es nicht so spannend! Dann bekommen Sie auch eine von meinen Zigaretten! Er rauchte Marlboro 100 im Softpack, die man nur in Korekom-Geschäften oder in den Duty-free-Shops am Flughafen bekam.

»Wir haben jetzt gerade Mathe«, sagte Christo dümmlich und wurde rot.

»Tatsächlich?«

»Genosse Petkov wollte mich heute an die Tafel holen.«

»Das macht er dann in der nächsten Stunde.«

»Er ist bestimmt total wütend.«

»Keine Sorge, Genosse Weltschev, Ihr Mathematiklehrer wird sich schon wieder einkriegen.«

Dieses Wort »einkriegen« klang eher nach Krieg und Einsatzbefehl als nach Frieden und Waffenstillstand. Petkov, ihr Mathelehrer, war ein glatzköpfiger, korpulenter Mann, der immer, sogar im Winter, schwitzte. Er verströmte das Ungestüm eines Mannes, der an der Schwelle zu einer bahnbrechenden Entdeckung stand. Vielleicht nannten die Schüler ihn ja wegen dieses konzentrierten Ungestüms »der Bison«.

Bei der letzten Klassenarbeit hatte Christo alle fünf Aufgaben von seiner Mitschülerin Galia abgeschrieben; der Bison musste ihm ein *Sehr gut* geben, hatte diese Benotung aber mehrfach wütend unterstrichen und ihm angekündigt, ihn über den gesamten Stoff an der Tafel zu prüfen. Bis zum 24. Mai, dem Fest der bulgarischen Schriftkultur, an dem die elfte Klasse endete, waren es keine vier Wochen mehr. Mit gefälschten Krankenscheinen und sonstigen Tricks hatte Christo seinen Kopf bisher aus der Schlinge ziehen können, doch für heute hatte er keine Entschuldigung. Er schlug sich achtbar in Trigonometrie, weil er Privatstunden bei Galias Mutter genommen hatte, aber das Übrige? Die Angst saß in seinem Kopf wie kaltes Gebein. In der großen Pause vor der Mathestunde hatte er sich in der Kantine eine Flasche sämigen Weizentrunk gekauft, dessen Flüssigkeitsanteil sich sofort in den süßlich-klebrigen Schweißfilm seiner Angst verwandelte. Der Bison schloss das Klassenbuch mit einem Schlag, als knalle er eine Tür zu; dann öffnete er sein zierliches Notizbuch mit den Benotungen, schaute Christo durch die Hornbrille an – und genau in diesem Moment war der Pedell ins Klassenzimmer getreten.

»Ein Christo Weltschev anwesend?«, fragte er mit näselnder Stimme. »Soll sofort zur Direktorin kommen.«

Die Ilieva empfing ihn mit der Ehrwürde einer Äbtissin, die zugleich an Gott und an den Sozialismus glaubte. Sie war eine Frau, die sich jedwedem höheren Befehl zu unterwerfen bereit war, die aber auch selbst Befehle zu erteilen und andere zu bestrafen begehrte. Indem sie bei Christos Eintreten Kaffee aus dem türkischen Stieltöpfchen in die Tasse vor dem Unbekannten goss, wies sie ihren Schüler hin auf den, mit dem er es gleich zu tun haben würde.

»Christo, der Genosse hier möchte mit dir sprechen«, sagte sie. Dann wandte sie sich mit ergebenem Blick an den Genannten: »Ich lasse Ihnen drei Päckchen Zucker da.«

»Oh, Sie verwöhnen mich ...« Da hörte er sie zum ersten Mal, diese Stimme voller Überdruss. Noch konnte er das Gesicht des Mannes nicht erkennen. Noch war es nur eine undeutliche Silhouette in einer Garbe gleißenden Sonnenlichts; doch er spürte schon, dass das, was ihm jetzt widerfahren würde, etwas Einschneidendes war, für das man sich ein Leben lang schämte wie für starken Körpergeruch.

»Und? Sind Sie einverstanden?«, riss Major Grigorov ihn aus seinen Gedanken.

Sein Wunsch, sofort aufzustehen und demonstrativ das Dienstzimmer der Direktorin zu verlassen, mischte sich mit dem Horror davor, dann in die Mathematikstunde zurückzumüssen. Der Schweiß, der ihm von der Stirn rann und unter den Achseln klebte, roch süß-säuerlich nach dem dickflüssigen Weizentrunk aus der Pause – und nach der Todesangst des Tiers, das in der Falle steckte.

»Wir wenden uns an Sie, weil Ihr Großvater Christo Assenov Weltschev einer der Organisatoren des Septemberaufstandes in der Widiner Gegend war«, sagte Grigorov und stieß (was eine effektvolle Pause ergab) matt lächelnd ein paar Rauchwölkchen aus, »und Ihr Vater, Alexander Weltschev, ist unser Genosse, Jura-Professor an der Sofioter Universität, und Eleonora Weltscheva« (war es Zufall oder Absicht, dass er sich mit dem Namen seiner Mutter vertat?) »ist Rechtskonsultantin bei ChimImport … Verstehen Sie: Wir und Sie kommen aus demselben Stall.«

Nach diesen Worten reihte er geschickt noch einige graue Rauchkringel aneinander und verlieh auf diese Weise seiner Geringschätzung für den ganzen Rest der Welt Ausdruck. Und als Christo gerade absagen oder vielmehr darum bitten wollte, die Sache doch bis nach dem Abitur aufzuschieben, da richtete Grigorov, der die Absichten des Jungen und sein Verlangen spürte, einmal an einer echten West-Zigarette zu ziehen, seine aufmerksamen, aber trüben und trägen Augen auf ihn und sagte mit perfektem Timing:

»Stecken Sie sich ruhig eine an. Ich bin ein Mensch mit modernen Ansichten. Außerdem: Mein missratener Sohn ist erst in der Neunten und raucht schon …«

Christo sog den Rauch so gierig ein, dass er erst beinahe husten musste, dann durchflutete ihn segensreich die Erleichterung, und er hörte sich sagen mit einer Stimme, als wäre er ein anderer:

»Gut, Genosse Grigorov.«

»Na dann, mein Junge«, sagte der Mann mit unverändert freudloser Stimme, »morgen wird Leutnant Petrov sich bei dir melden. Ihr werdet euch in einem Quartier auf der Biglastraße treffen. Dort wird er dir alles Nötige erklären.«

Mit einer an Geringschätzung kaum zu überbietenden Geste trank Major Grigorov seinen Kaffee aus und seufzte. »Denk dir schon mal ein Pseudonym aus.«

»Pseudonym?«

»Alle unsere Informellen Mitarbeiter stehen unter Geheimhaltung und werden unter einem Tarnnamen geführt.«

»John Lennon«, stieß Christo spontan aus und wurde rot.

»Ich hätte dir zwar Boiko oder Janko vorgeschlagen«, lachte Grigorov dröhnend, »aber John Lennon geht auch. Ich bin, wie gesagt, ein Mensch mit modernen Ansichten.«

2

Dieser Traum quälte ihn nun schon seit Jahren und gehörte inzwischen so sehr zu ihm wie sein Kleinmut. Christo wollte sich endlich von ihm befreien, daraus erwachen, doch selbst im Schlaf wusste er, dass dieses fiese Gespräch im Zimmer der Schuldirektorin wirklich stattgefunden hatte, denn er träumte Einzelheiten, die man sich nicht einfach so ausdenken konnte, und die sich umso bedrohlicher aufluden, als er sie um jeden Preis vergessen, ausradieren, abwaschen wollte, ja, abwaschen wie peinlichen Körpergeruch.

Wann hatte das bloß angefangen? Diese verfluchte Frage stellte er sich jedes Mal, wenn in seiner Vorstellung Grigorovs leeres Gesicht auftauchte, ein Schatten im grell durchs Fenster hereinscheinenden Licht. Wann, zum Teufel nochmal? Erinnerungen überkamen ihn, Erinnerungen aller Art, meist intime, manchmal gar beschämende, doch sie alle wurden fortgeweht wie trockene Blätter von dieser einen, überdeutlichen, entscheidenden Erinnerung, die sich ihm glühend in sein Bewusstsein eingeprägt hatte.

Es war in dem Sommer gewesen, bevor er eingeschult wurde. Sie waren in Pomorie am Schwarzen Meer gewesen, dessen saphirblaues Glitzern zum Horizont hin verblasste. Das Städtchen roch nach gebratenem Fisch und verfaulten Früchten, nach Algen, Jod und Provinz-Ewigkeit. Die Vormittage verbrachte seine Familie am Strand, nachmittags gingen Ljuba, seine Mutter, und seine Tante Emilia im Sanatorium zu den Heilschlamm-Anwendungen.

Emilia Weltscheva stand damals im Zenit ihres Ruhms als Schauspielerin; die Menschen folgten ihr mit Blicken voller Staunen und Bewunderung, hielten sie auf der Straße an und baten um ein Autogramm oder darum, sich mit ihr fotografieren lassen zu dürfen. Sie hatte ihre Tochter Dessislava dabei, ein verwöhntes, querköpfiges Mädchen, das drei Jahre jünger war als er und ihm ständig im Weg stand, wenn er am Ufer eine Sandburg bauen wollte.

Es geschah am Tag vor der Heimreise, kam völlig unerwartet und war erfüllt von einem mystischen Licht, in dem man verschmoren konnte. Als es passierte, vergnügte Christo sich gerade damit, mit einem Stöckchen einen Mistkäfer in eine Streichholzschachtel zu befördern, als auf einmal ein Wind aufkam, der genau auf die ihm zugewandte Seite des Sanatoriums wehte. Mit einem Stoß öffnete er das Türchen der Kabine ihm gegenüber, und da – stand Emilia, seine Tante, nackt, nur von Heilschlamm bedeckt, als habe der Schöpfer sie gerade aus Erde geformt. Beschienen von der Sonne, glich sie einer wunderbaren Statue. Sie hatte sich gerade unter die Dusche gestellt, und eine langsame und süße Metamorphose begann: Das Wasser entkleidete, enthüllte sie und gab ihr ihre Lebendigkeit zurück. Zuerst traten ihre weizenblonden Haare zutage und flossen über ihre Schultern; dann folgten ihre wohlgeformten Schultern und schließlich die Schenkel, die an ein Trinkgefäß gemahnten. Sie wandte sich um, dabei gerieten ihre vollen, elastisch und leicht hängenden Brüste ins Schaukeln, deren Warzen die Farbe von Kaffeebohnen hatten. Sein Blick glitt über ihren sonnengebräunten Bauch und verhielt bei der Weiße jenes Dreiecks, das die Bikinihose hinterlassen hatte – Ahnung und Fortsetzung von etwas Geheimem, Verbotenem, nun aber vom Licht Herbeigerufenem, geschmückt von einem messingblonden Kranz, der Schmerz in seinen Lenden hervorrief. Ein Ächzen entrang sich ihm. Christo stand wie gebannt da, selbstvergessen und erschütternd allein, mit zusammengekniffenen Augen und offenem Mund. Er war Zeuge eines Wunders gewesen! Er hatte der Metamorphose einer Göttin beigewohnt, die – nach dem Abwaschen des Statuenscheins der Ewigkeit – zu einer sterblichen Frau geworden war.

Erst in diesem Moment bemerkte Emilia die offene Kabinentür. Ihr Ausruf des Erschreckens klang intim, wie nur für ihn bestimmt. Instinktiv bedeckte sie ihre Blöße mit den Armen, half ihm dadurch aber nur, den Rest auch noch zu sehen. Als sie zu sich kam, lächelte sie, murmelte: »Gut, dass keine Männer da sind!«, und schlug die Tür zu. Vielleicht verriegelte sie dabei auch sein Herz.

Christo wusste nicht, dass er verliebt war, also dachte er in der folgenden Nacht, er sei krank. Er warf sich herum, glühte, als habe er Fieber, und konnte bis zum Morgen vor Aufregung nicht einschlafen. In dem, was er erlebt hatte, war nichts Erotisches, nichts, was auch nur entfernt an Erregung und Fleischeslust erinnerte; was er gesehen hatte, war vielmehr, wie etwas Irdisches und etwas Geistiges, eine Frau und eine

Göttin, sich in Metamorphose begegnet waren. Ihr sich enthüllender Körper, ihr *Sichumkleiden in Sonnenlicht und Wasser* hatten sich tief in sein Gedächtnis, ja sein ganzes unschuldiges, unerfahrenes Jungenleben eingebrannt. Er träumte dieses Bild fortan auch mit offenen Augen. Es überraschte ihn, wenn er mit anderen Jungs auf dem Hof Ball spielte, während er ein Marmeladenbrot frühstückte, in der Schule, beim Fußball-Training.

Er begann, Bilder von Emilia auszuschneiden und zu sammeln, aus Tageszeitungen, aus den *Filmnachrichten*, aus den Zeitschriften *Frau aktuell* und *Rosa*. Er sammelte sie mit jener Leidenschaft, mit der sein Vater seinerzeit Kräuter und Heilpflanzen zu einem Herbarium zusammentrug, von dem niemand etwas hatte. Christo herbarierte ebenfalls etwas, nämlich den Augenblick der Offenbarung in all seinen Facetten. Seine Tante verwandelte sich auf den Hunderten von Bildern, die sie auf der Bühne oder in Filmen zeigten, und auf diese Weise erhielt Christo seine Vision des Augenblicks und vor allem seine Liebe lebendig. Mit den Jahren belud sich die Erinnerung mit Details, und je unüberschaubarer sie wurde, desto mehr steigerte sich sein Gefühl der Verzückung. Das Vorgefühl einer kommenden, verstörenden Empfindung in seinen Lenden veranlasste ihn, diesen unerreichbaren Körper immer hemmungsloser, mit der Phantasie eines noch unerfahrenen Lüstlings zu betrachten. Er strengte seine Einbildungskraft an, um zu sehen, ob er nicht auch im Gedächtnis behalten hatte, was unter dem messingglänzenden Schamhaar war, stellte sich vor, wie er Emilias Brüste streichelte, die verlockend weiß und unberührt von der Sonne geblieben waren; dann zog er ihr in Gedanken schwarze Strümpfe mit roten Strapsen an, wie jene primitiven Nutten sie trugen, die vor den Markthallen und am Bahnhof billig eine Suppenkelle Liebe verkauften. Jede reale Begegnung mit seiner Tante war verstörend für ihn; doch die anderen deuteten seine verräterische Anspannung, die er nicht unter Kontrolle bekam, als Begeisterung über ihr Talent als Schauspielerin. Er begehrte sie, oder vielmehr: *er begehrte nicht sie, sondern die Erinnerung, das Sich-Erinnern* an jenen Moment im Sommer vor seiner Einschulung …

Als Galias Mutter begann, ihm Nachhilfeunterricht in Mathematik zu geben, spürte sie wohl, dass er noch unberührt war. Er wiederum spürte erst ihre Neugier, dann die Wallungen der vernachlässigten Frau, und schließlich erschütterte ihn ihre Ähnlichkeit mit seiner Tante. Eines frühen Abends zur Zeit der Fliederblüte (Galia war auf einer Klassenfahrt ins Museumsdorf Kopriwschtiza) leistete er keinen Widerstand, als sie ihn zu entkleiden begann und schließlich mitsamt seiner Erregung und Ungeduld auf das nächste Sofa bugsierte.

»Du bist wie er, genau wie er«, heulte sie ihm ins Ohr, erklärte aber nicht, welchen »er« sie meinte. Christo wusste, dass Galias Vater Pilot bei der Luftwaffe gewesen und vor Jahren mit seiner MIG 19 abgestürzt war.

Als er auf ihren aus der Form gegangenen Bauch kam, biss er in ihre runde Ringerschulter und stöhnte: »O Gott, Emilia ...«

»Ja, ich bin Emilia«, schloss sie ihn zärtlich in die Arme. »Du bist wie er, und ich bin deine Emilia.«

Doch selbst dieses Bacchanal voller Selbstverachtung befreite ihn nicht von der verzehrenden Erinnerung. Die Befreiung kam erst später, nach seinem Wehrdienst. In einem aber war Christo sich sicher: Diese betörende, blinde und unbefriedigte Liebe hatte etwas mit seiner verhängnisvollen Zusage im Zimmer der Schuldirektorin zu tun. Diese gemeine, zerrüttende, unmögliche Liebe hatte ihn unterworfen, ihm das Gefühl innerer Freiheit genommen, ihn des Rechts auf freie Wahl beraubt und ihn moralisch verkrüppelt. Nicht so sehr die Angst vor Mathelehrer »Bison« und die Absurdität der Situation waren es, die ihn zu seiner Entscheidung gebracht hatten; diese Dinge hatte der vollendete Zyniker Grigorov ja bewusst inszeniert. Was ihn wirklich dazu bewogen hatte, Denunziant zu werden, war seine fortdauernde emotionale Unfreiheit.

Wenige Tage, bevor er seinen Wehrdienst antrat, schrieb Christo seinen ersten Bericht. Emilia war zu Besuch und trank im Wohnzimmer Campari mit seiner Mutter Ljuba. Seine Tante trug ein Plisseekleid mit recht freizügigem Dekolleté, das ihre straffen Körperformen unterstrich. Er trat ein und – errötete. Das wiederholte sich nun schon seit zwölf Jahren. Seine Hose beulte sich vorn verräterisch aus, sodass er gezwungen war, sich zu ihnen zu setzen. Ein unwiderstehliches Verlangen erfasste ihn, begleitet von jener sündigen Phantasie, die mehr ihn als sie erniedrigte. Er wollte sie nackt sehen, beschmutzt und von der Haut des Heilschlamms bedeckt; er wollte seinen Spott mit ihr treiben. Seine Liebe war so unerträglich, dass er Emilia etwas antun, ihr schaden, ihr Schmerz zufügen wollte, so wie Schüler Mitschülerinnen schlugen, die ihnen besonders gefielen. Er lächelte, kehrte in sein Zimmer zurück und schrieb auf ein kariertes Blatt aus seinem Schulheft:

»*In Gegenwart einer Gruppe angesehener Intellektueller erzählte die berühmte Schauspielerin Emilia Weltscheva folgenden politischen, staatsfeindlichen Witz: ›Die Limousine ist eine Art Luxusautomobil, in der sich in Vertretung des Volks die Volksvertreter befördern lassen.‹*

John Lennon«

Den Witz hatte übrigens nicht seine Tante, sondern seine Mutter erzählt.

3

Ihre Bühne glich einem Gefängnis. Diese von drei Seiten umgrenzte Unfreiheit ragte nun frech in den Zuschauerraum. Kahl, zerfressen von zwei schwachen Strahlern, standen darauf nur die beiden hölzernen Pritschen von der letzten Probe. Keinerlei Tiefe, kein Zusammenhang. Das menschenleere Parkett lag im Halbdunkel, es roch dezent nach Bühnendeko und Staub, jugendlicher Begeisterung und vergeblichem Schweiß. Die Stille in ihrem Rücken war dicht wie eine Wand.

Hamlet hatte am Abend wohl einen über den Durst getrunken, darauf ließ jedenfalls seine sedierte Aussprache schließen, und man konnte den Eindruck gewinnen, die Handlung spiele nicht in einem von Fackeln erleuchteten Schloss, dem dänischen Königshof, sondern im Ungarischen Restaurant gleich gegenüber der Schauspielakademie. Sein Leiden war daher beinahe authentisch: entkräftet, mit dicker Zunge und einem Kopf, in dem nichts zusammenlief. Auch Ophelia sah schlimm aus: Sie hungerte für die Figur, und das merkte man. Vor Probenbeginn kaufte Dessislava ihr ein gefülltes Teilchen und eine Tasse Kaffee am Buffet, aber Ophelia hatte seit zwei Tagen nichts gegessen. »Weißt du eigentlich, was eine Diät ist, Kindchen?« Dessislava schwieg, um nicht ungebührlich neugierig zu wirken. »Sich dick fühlen und rasenden Hunger haben!« Schlaff und energielos waberte sie nebelgleich über die Bühne und störte Hamlet dabei, auszunüchtern. Ihre rote Damenstrumpfhose wirkte provozierend an ihr mit der Laufmasche, die über dem Knie begann und sich in die bodenlosen Himmel ihrer Weiblichkeit fortsetzte. Diese Laufmasche irritierte Hamlet ganz entschieden.

Der Kaffee war in seinem Plastikbecher erkaltet, die Lampe auf dem Regiepult leuchtete schwach. In das Heft vor sich hatte Dessislava geschrieben: »Ich bin erledigt!« Der Gedanke, dass Hamlet und Ophelia eingemauert waren in ihrer eigenen, hallenden Unfähigkeit und auf immer und ewig hinter dem immateriellen Vorhang der Bühnenstrahler bleiben könnten, entsetzte sie. Sie hatte den Kontakt zu ihnen verloren, so als bewegten sich ihre beiden Hauptdarsteller tatsächlich im fernen Dämmer des sechzehnten Jahrhunderts. Sie hatte das Bedürfnis, ihre eigene Stimme zu hören. Sie musste die Handlung wieder ins zwanzigste Jahrhundert zurückholen! Das Drama um Hamlet hatte Sinn einzig im Hier und Heute. Was am dänischen Hof vor vierhundert Jahren geschehen war, das kratzte doch niemanden mehr, nicht einmal den allgewaltigen Sotirov. »Der übertriebene Drang zur Perfektion«, hatte er ihnen einmal in einer seiner Vorlesungen gesagt, »ist eine Form der Willenlosigkeit und führt zu geistigem Niedergang. Das Perfekte, Vollkommene hat keine Form, folglich auch keinen Sinn und keinen Gehalt. Das haben weder die großen Tyrannen begriffen noch die eingefleischten Pedanten oder gar die unwiderstehlichen Liebhaber. Sollte Casanova wirklich so viele Frauen gehabt haben, wie er in seinen Memoiren beschreibt, hat er sich selbst der geistigen Imaginationskraft beraubt, um das Unergründliche der Frau zu erfassen. Die fünf Bände seiner Erinnerungen können Sie am Slawejkov-Platz kaufen, wenn Sie verstehen wollen, dass Erotik keine Sittenverderbnis ist, sondern eine Kunst. Die Ewigkeit kann keiner besitzen, denn sie ist die unaufhörliche Zukunft. Aus demselben Grund ist auch die Vollkommenheit weder zu erklären noch überhaupt möglich, sondern existiert nur in Annäherung, und ist selbst bei den ganz Großen nur als Aufblitzen oder kurze Berührung vorhanden. Auch die Unsterblichkeit ist so ein zweifelhafter Sieg des Menschen über den Tod, schließlich beginnt sie, nachdem er eingetreten ist. Aber zur Sache: Warum sollten wir uns für einen *ewigen* Hamlet interessieren, wenn wir ihn nicht im Hier und Jetzt verankern?«

Dessislava nippte an ihrem Kaffee und zündete sich ungestört die nächste Zigarette an – der Brandschutzfachmann des Theaters war seit einer Woche wegen Hongkong-Grippe krankgeschrieben. Dieser östliche Grippe-Virus, der die Leute für längere Zeit ans Bett fesselte, war ihr Freund. Sie wollte die Ketten der Zeit sprengen, dem Sujet seine Naivität und historische Patina nehmen und die Handlung in die zweite Hälfte des zwanzigsten Jahrhunderts verlegen, auf diesen schmuddeligen Fleck da namens Bühne, auf dem sich ein Alkoholiker in spe und eine ausgehungerte Hofdame bewegten. Ich hätte ihr besser zwei Teilchen gekauft, sagte sich Dessislava, und ihm hätte ich einen kleinen Wodka spendieren sollen. Das hätte ihre Lebensgeister geweckt und ihr Gefühl für das Gegenwärtige. Es war überhaupt ein Fehler, Studenten aus dem letzten Studienjahr zu nehmen; die glaubten schon, sie seien genial und ihnen gehöre die Welt! Aber mit der Genialität war es wie mit der Vollkommenheit: Sie hatte keine Form. Aber sie wiederholte sich. Na, immerhin war – auch das zitierte Zaubermeister Sotirov gern – die Wiederholung die Mutter allen Lernerfolgs.

Simeon, den alle nur *Sim* nannten, kam aus Prowadia mit seinem kleinen Pappkoffer und seinem großen Traum vom Glanz der Bühne. Er hatte die Sofioter Cafés abgeklappert, hatte in Vorlesungen über Ästhetik und Kunstgeschichte hineingeschnuppert und war Sotirovs erklärter Liebling. Was interessierte ihn also Dessislavas Regiearbeit zum Jahrgangsabschluss? Er hatte schon das Versprechen in der Tasche, im dritten Teil des Kriminalfilms *Frage ohne Antwort* mitspielen zu dürfen. *Frage ohne Antwort* wurde zur besten Sendezeit im Ersten Bulgarischen Fernsehen ausgestrahlt. Halb Bulgarien würde zusehen, wenn Sim zwei schallende Ohrfeigen bekam, weil er versucht hatte, eine Apotheke auszurauben, genauer gesagt, einige Ampullen Morphium zu stehlen. Er war der Böse, der Widerwärtige und Gefallene, der, den die Gesellschaft heilen würde. Die sozialistische Gesellschaft konnte alles und jeden heilen, vor allem das Individuum – von seiner Einmaligkeit! Sie machte alle einigermaßen gleich, und wenigstens scheinbar bereit, gesichtslos der Allgemeinheit zu dienen, der Gesellschaft nützlich zu sein, wenn schon nicht mit Können und produktiven Ideen, so doch immerhin mit Konformität.

Wozu brauchte Sim also diesen Hamlet? Zumal ihm gewiss nicht klar war, dass er im schlichten Bühnenraum der Schauspielakademie die Chance hatte, die Größe einer vergangenen Epoche in die dumpfe Ödnis und gedankenlose Langeweile der Gegenwart zu versetzen und damit Hamlet und Ophelia zu Opfern und zugleich Henkern der Vollkommenheit zu machen. Und weiter: Wie sollte man ihm erklären, dass ähnlich einer Religion dieses unglaubliche Theaterstück Erkenntnis für jede Epoche enthielt, für jede denkbare Vergangenheit und Zukunft der Menschheit insgesamt und jedes Einzelnen? Dieser Hamlet aus dem sechzehnten Jahrhundert war erwiesenermaßen tot. Nicht der Sozialismus, der Tod war der große Gleichmacher, denn sterben mussten alle, selbst der Totengräber im Stück. Wenn aber der Tod die einzig denkbare Gleichheit unter den Menschen darstellte, so war er das Maß jeder Sittlichkeit, ja, ihr höchster Richtwert.

Hamlet ist verwirrt und entzweit. Er ist weder so unmenschlich, dem Mörder seines Vaters einfach zu verzeihen, noch so skrupellos, kaltblütig Rache zu üben. Seine Tatenlosigkeit verwandelt sich vom individuellen Verhalten zum treibenden Motiv der Dramenhandlung. Der Prinz wird Opfer seiner peinigenden Unentschlossenheit und stirbt; auf gewisse – übermenschliche – Weise aber überlebt er das Ende des Stückes, da er extrem anders ist als die anderen, und was ist das Leben anderes als genau dies: Streben nach Einzigartigkeit durch Anderssein. Dieses Anderssein des Einzelnen ist eine Form der Unbeugsamkeit, der Revolte, und daher ebenfalls eine Äußerung der Moral. In dieser Ambiguität liegt das Geheimnis Hamlets. Er ist unendlich, denn er hat in der Vergangenheit gelebt und ist möglich auch in der Zukunft; real jedoch, allgegenwärtig, ist er einzig und allein im Hier und Jetzt!

… Kalter Kaffee, eisiger Saal, Hongkong-Grippe … Na, dachte Dessislava, die werde ich so was von durchrütteln, ich darf nur nicht schreien, denn wenn ich losbrülle, hören sie nicht. Ich hab mich voll unter Kontrolle, ich bin emotional gegen alles gewappnet, ich bin ruhig wie … wie Shakespeare höchstpersönlich …

»Jetzt hör mal zu, du Kalb, du stehst auf der Bühne wie der Prinz der Kapverdischen Inseln! Hamlet ist aber Europäer, und zwar ein zivilisierter, nachdenklicher, und dabei weitblickend und weise.«

»Wenn ich Maja nur nahe komme, krieg ich 'en Ständer«, grinste Simeon.

»Schön für dich, aber die Wahrhaftigkeit deines Astralleibes passt mir nicht. Zu unser aller großem Bedauern ist Hamlet nämlich kein manischer Sexknubbel. Ich sag ja nicht, er ist impotent, aber niedere Leidenschaften interessieren ihn nicht. Er ist zerrissen und vollkommen unschuldig, ist aber gleichzeitig belastet, weil er eine Bringschuld hat. Du verstehst mich vielleicht besser, wenn ich mich für Dumme ausdrücke: Er fühlt sich wie einer, der einen schrecklichen Kater hat.«

Sie war drauf und dran, den Krempel hinzuschmeißen oder in Tränen auszubrechen, so ging ihr das alles auf die Nerven. Sie goss sich den kalten Kaffee in den Rachen, ging um die Reihe knarrender Stühle herum, justierte ihr Lächeln, so als verstärke sie unsichtbar ihr Make-up, und stieg auf die Bühne. Kaum hatte sie diesen flüchtigen Geruch nach gesteigertem Leben, Bühnendeko und Betrug betreten, setzte der Zustrom an Intuition und beschwörender Magie wieder ein. Sie zog an ihrer Zigarette, schaute in das blinde Geheimnis des leeren Zuschauerraums. Das Halbdunkel war nicht bedrohlich, sondern anziehend, so als erwarte sie dort jemand. Und plötzlich, mit der Stärke des ersten, des himmlischen Lichts packte sie die Sehnsucht, zu lieben. Sie wollte besinnungslos verliebt sein, wie verrückt in jemanden verliebt, in ein verzärteltes Haustier, notfalls sogar in einen Menschen oder gar einen Schauspieler. Das Gefühl war so stark, dass sie kurz taumelte. In solchen Momenten der wahren Empfindung, in denen sie einer Ohnmacht nahe war, nahm sie immer Zuflucht zu einer Lüge. Plötzlich fühlte sie sich verlassen, weil niemand da war, den sie belügen konnte, außer sich selbst oder Shakespeare. Die beiden Elendsgestalten hatten sich auf die unbequemen Pritschen fallen lassen, sahen aus wie seltene und teure, aber verwelkte Blumen.

»Also gut, ich will versuchen, es Schritt für Schritt zu erklären, wie sich der uns allen teure Theo Sotirov auszudrücken beliebt«, begann sie mit leiser Stimme und erzielte damit tatsächlich Aufmerksamkeit. »Wir sind mit den Gedanken immer entweder in der Vergangenheit oder der Zukunft, darum – so absurd es sich auch anhört – ereignen sich beide, Vergangenheit und Zukunft, nur in der Gegenwart. Hamlet ist aber der

Gegenwart beraubt; er benimmt sich wie ein Geisteskranker, weil er nur mit der Vergangenheit Kontakt hält, in der die Erbschuld der fremden Sünde liegt, und mit der Zukunft, der Anstrengung, sich nicht mit Gewalt an den anderen zu rächen, sondern sich selbst zu zerstören. Zugleich steckt Hamlet in der ganzen Banalität der Gegenwart mit seiner inzestuösen Mutter, seinen ungetreuen Freunden und Ophelia. Ophelia ist selbst von Schuld gezeichnet, ohne dass es ihr bewusst wäre. Ophelia kann ihm nicht helfen, weil sie ihn nicht versteht. Sie liebt Hamlet in der Gegenwart – er lebt in Vergangenheit und Zukunft. Sie verfehlen einander tragisch, aber – nota bene – nicht in ihren Gefühlen und Gedanken, sondern in der Zeit!«

Bevor sie ihre Zigarette austrat, ließ Dessislava Simeon daran ziehen. Eine Kippe kann die Wärme und den Zauber eines Wodkas nicht ersetzen, aber immerhin ist es eine kleine Aufmerksamkeit. Sie schaute ihm eindringlich in die Augen – schön und nicht-sehend, stand in ihnen Ahnungslosigkeit und der Triumph kommender Berühmtheit. Wie gerne würde sie jemanden lieben, sogar diese Lusche. Simeon hatte wirklich Talent und Ausstrahlung, aber Dessislava war nicht imstande, sich in einen Zentaur zu verlieben. Schön, schamlos und halb Mensch, halb Hengst.

»Und nun das Wichtigste«, fuhr sie betrübt fort, »es interessiert mich nicht, wo und wann Hamlet gelebt hat. Im Moment hält sich Hamlet in Sofia auf, im Sofia des Jahres 1986. Er trägt Jeans, der Sozialismus ist beinahe vollständig entwickelt, Breschnjew ist pompös, aber unwiderruflich gestorben, und einer seiner Nachfolger, der Mann mit dem Fleck auf der Stirn, führt uns auf den Weg der Freiheit, des kollektiven Glücks und dieser *Perestrojka* da.«

»Hör zu, Dess«, flötete Sim, »mit dir kann man nicht arbeiten. Es ist quälend, verstehst du? Nervtötend, weil du alles weißt, aber nichts kannst. Du zeigst einem nichts, sondern erklärst; du forderst nicht, sondern willst einen überzeugen … Verflucht, mit diesem kubanischen Rum im Kopp fühlt sich mein Schädel an wie 'ne Kokosnuss! Wie soll ich es dir beibringen? Ich mag dich ja schrecklich gern, richtig voll die Liebe und so, aber wenn du einen auf Regisseur machst, hab ich gar keine Lust mehr, mit dir zu schlafen!«

»Verehrter Prinz«, fuhr ihm Dessislava in die Parade, »wenn sich deine Männlichkeit wieder gelegt hat, fangen wir von vorn an. Und du …«, sie holte einen Zwei-Leva-Schein aus ihrer Tasche und reichte ihn ihrer Ophelia-Darstellerin, »… gehst morgen in den Imbiss auf der Graf-Ignatiew-Straße und bestellst dir keine dünne Suppe, sondern ein dickes Schweinekotelett. Außerdem verbiete ich dir, auf der Probe diese an ungebührlicher Stelle zerrissenen Damenstrümpfe zu tragen. Ich erkenne ja an, dass sie deinem Charisma einen weiteren Farbtupfer verleihen, aber sie bringen Hamlet aus der Fassung. Ich brauche einen Hamlet, der kalt und konzentriert ist wie ein Spiegel, damit sich in ihm die ganze moderne Gesellschaft spiegeln kann. Verstanden, Maja?«

»Erscheinst du heute Abend auch bei Bobby auf der Bildfläche?«, fragte Maja. In der Stille hörte man, wie ihr Magen knurrte.

»Sie wird schon kommen«, erwiderte Simeon an Dessislavas Stelle. »Wo *ich* doch da sein werde … Sie ist nämlich verliebt in mich. Ich empfinde zwar nichts für sie, aber ich mach ihr trotzdem den Hof, schließlich erbt sie eine Wohnung und eine Villa in bester Lage!«

Dessislava stieg schon wieder über das Seitentreppchen von der Bühne herab. Der Saal nahm sie auf wie ein tiefer, weicher, aber seltsam kühler Leib. Sie musste an die Geschichte von Jonas und dem Wal denken, die ihre Großmutter ihr immer wieder erzählt hatte. Jonka mochte diese Parabel aus der Bibel, da sie in ihr etwas Uranfängliches sah. Indem sie den Wal mit dem gebärenden Schoß der Zeit gleichsetzte, half ihr die Geschichte, sich vorzustellen, wie ihre eigene Sippe von solch einem Wesen aus den Tiefen der Zeit in die Welt gespien worden war. Außerdem konnte nur die Zeit Dinge wieder ausspucken, die es zuvor verschluckt hatte.

Dessislava verscheuchte diesen Gedanken rasch und setzte sich in die erste Stuhlreihe. Dieser Drang, lieben zu müssen, der sich wie ein Klageruf in ihrer Brust gemeldet hatte, war verhallt. Zu viele Worte verderben die Gefühle nur, verwandeln sie in Gewohnheiten. Manchmal ist das nützlich. Wird ein Mensch zum Beispiel von Kummer und Verzweiflung geplagt, so sollte er ununterbrochen reden, um seine Untröstlichkeit durch Worte auszuschwemmen. Sie stellte sich vor, wie Jonka auf dem harten Klappstuhl neben ihr saß. Alt und zu müde, noch zu richten – wie die Natur –, hatte sie Sinne nur für das Magische, Ungewöhnliche. Jonka hätte Hamlet sofort mit Jonas verglichen. »Der Mythos«, hätte sie ihr mit ihrer beschwörenden Stimme zugeraunt, »ist doch das Leben selbst.«

Bedauerlicherweise war Jonka seit langem tot, folglich gab es nur noch Vergangenheit und Zukunft. Jonka wollte die Menschen um sich scharen. Die Liebe, dachte Dessislava, war ihr einziges Ziel, aber … kann die Natur überhaupt ein Ziel haben?

Sie streifte ihre Stiefel ab und rieb sich die Zehen, um sich zu wärmen und zu konzentrieren. Dann flammte die Bühne vor ihren Augen auf. Jetzt standen Ophelia und Hamlet gut, sogar interessant; sie glichen Hippies, die aus dem *Café Brasilia* gekommen waren, um mal eben in der Tragödie der modernen Menschheit mitzuspielen. Simeon sah aus, als sei er plötzlich nüchtern geworden, und Maja, als habe sie sich satt gegessen. Jetzt funkte es zwischen ihnen, weil sie sich nicht berührten. Sie konnten zusammen nicht kommen wie Menschen, die zwei Parallelstraßen in einem eintönigen Plattenbauviertel entlanggingen … Ihre Wortwechsel gewannen an Tiefe und Sinn, die Projektoren verloschen gleichsam, denn ein innerer Schein überstrahlte sie und erfüllte die Bühne, die sich öffnete, der Vorhang zum Saal fiel in sich zusammen. *Und wenn sich herausstellt, dass ich doch Talent habe?*, fragte sich Dessislava. *Das wäre das Schrecklichste und Verlockendste, was mir passieren könnte – weil ich mich dann verändern müsste!*

Glücklich machte sie das nicht. Sie hatte die Kontrolle über sich verloren. Sie war Zuschauer und angetan, aber auch gepeinigt, weil sie das Ende schon kannte. Sie ertappte sich dabei, wie ihr Körper leicht vor und zurück schaukelte. Wie gern hätte sie jetzt geschrien: »Omi, schau sie dir an, die zwei … Die Menschen können auch leben, ohne sich zu lieben. Einmal geboren, verlieren und trennen sie sich pausenlos; und was ist, wenn in der Einsamkeit das Glück der Existenz liegt?« Doch gleich antwortete sie sich selbst mit wütendem Starrsinn: »Nein, Einsamkeit ist nichts als menschliche Eitelkeit, leeres und sinnloses Inszenieren unserer Selbstverliebtheit. So viel gegenstandslose Schönheit könnte ich nicht ertragen!«

4

»Wundervoll … Meine Hochachtung, Kollegin.«

Sie zuckte zusammen, drehte sich um. Doch da war keine Jonka, sondern Evtimov, der ausgebuffte Assistent des heiligen Sotirov, der hinter ihr Platz genommen hatte. Er war ihr »künstlerischer« Leiter, Modellier ihres Geschmacks und ihrer Auffassungen, Teilhaber an ihrem Reifungsprozess und ihr Lehrer in der Kunst des Inkommensurablen. Nur dass Evtimov sich mehr für ihre Beine und ihre Oberweite interessierte als für ihr geistiges Ringen. Das Gerücht, sie sei eine ganz Verworfene, Wilde, die im Bett hemmungslos und unersättlich war, machte ihm Angst und bremste ihn in seinen Annäherungsversuchen; ihre besessene Reinlichkeit hingegen ermunterte ihn. So ein pikanter Widerspruch konnte ja nicht anders, als seine Phantasie auf Hochtouren zu bringen. Als Regisseur verfügte er über Kenntnisse und Einfälle, aber ihm fehlte die Intuition. Seine Inszenierungen glichen Jahrmärkten voller Lärm, Bewegung und überbordender Farbigkeit, die jeden Ausblick versperrten und dem Stück seine Botschaft raubten.

Evtimov war hinter Dessislava her mit der Beständigkeit eines ewig verspäteten Güterzugs. »Ich versteh die Frauen nicht«, hatte er ihr einmal eingeschnappt gesagt. »Vielleicht weil ich selbst nicht weiß, wie viel ich ihnen geben kann und wie viel ich von ihnen möchte. Ich bin wie ein Gourmet-Koch, dem seine eigenen Kreationen keinen Appetit machen!«

Nun lächelte er, matt und traurig wie einer mit einem unerfüllten Traum. Geradezu opferbereit lächelte er. Manchmal erinnerte er Dessislava an diesen Danko aus der Parabel von Maxim Gorki, der sich sein Herz aus der Brust riss, um damit den Leuten den Weg zu erleuchten. Nur leider war Evtimovs Selbstentsagung falsch bis zur Abgeschmacktheit, denn er hätte eher Dessislava das Herz aus der Brust gerissen, um sich selbst damit zu beleuchten. Seine Frau war eine Furie, eine eigentlich unwiderstehlich schöne Frau, die aber schrecklich eifersüchtig auf ihn war, weil dies die einfachste Art war, um ihren Überdruss und ihren Abscheu vor dem Leben auszudrücken. Diese ihre wahnsinnig machende Eifersucht nötigte ihn nicht nur, Sport zu treiben, um seinen Körper und seine Sinne elastisch zu erhalten, sondern auch, jedem Rock nachzulaufen. Evtimov hatte schon die Hälfte der Schauspielschülerinnen im Bett gehabt. Nun also Dessislava, von der am Lehrstuhl unglaubliche Dinge gemunkelt wurden. Nun sind ja das Geheimnisvolle und Unbewiesene immer schon Anlass zu gesteigertem Interesse und entsprechendem Klatsch, während das Sichtbare und Auserklärte uns nur mit Langeweile und Gleichgültigkeit erfüllen. Er stellte ihr also nach mit der Kraft des Armseligen. Er versuchte nicht nur, einem Kriechtier gleich, ihre göttlichen Beine zu erkunden, sondern auch ihre Gedanken und Gefühle. Ja, sein versonnener Charme war kränkend.

Dessislava schaute auf die Uhr. Die letzte Replik Hamlets erklang wie ein Schlussgong; für heute war die Vorstellung beendet.

»Dank dir für das Teilchen«, kicherte Maja, »morgen komm ich im Skianzug und mit Schneestiefeln. Winterkleidung soll die Potenz des Mannes hemmen, da er sie mit Schnee verbindet. Und Schnee ist kalt und unschuldig weiß.«

»Erwarte dich heute Abend bei Bobby«, verbeugte sich Simeon von der Bühne vor ihr.

Alle an der Schauspielakademie glaubten, dass er und Dessislava ein Pärchen waren. Sim war überzeugt, dass sie ihm gehörte wie ein Buchklassiker im Regal, den man irgendwann ganz sicher einmal lesen wird, oder wie eine noch unberührte Flasche edlen Alkohols, die man sich für einen besonderen Anlass aufspart. Er brauchte ein bisschen Zeit, bis der Rausch von einigen seiner Kommilitoninnen verflogen war, die vergleichsweise nach billigen Tropfen dufteten. Die ganze Fakultät meinte zu wissen, dass Dessislava in den unwiderstehlichen Sim verliebt war, nur sie selbst wusste das nicht.

5

Am späten Nachmittag war das Ungarische Restaurant kaum halbvoll. Sie wählten einen Tisch in der Ecke des Séparées, auf dessen weißer Decke ein rostfarbener Fleck prangte, vermutlich von einem Kotelett. Schrecklich, dachte Dessislava, ich kann noch nicht mal einen Fleck übersehen. Das wächst sich schon zu einem richtigen Tick aus.

»Eifersucht ist ein Laster«, erklärte Evtimov finster, »denn sie befreit uns von der Sünde. Da sie sozusagen schon die vorweggenommene Strafe ist, *müssen wir nun auch sündigen.* Trotzdem: Ständige Untreue wird einem über wie ein mehrfach aufgewärmtes Essen. Ich habe immer von einer dauerhaften Beziehung geträumt. Nicht dass ich mich verlieben wollte, Gott bewahre! Nein, so würde einfach die Untreue wieder das gewisse Etwas bekommen. – Iss, sonst wird dein Gulasch kalt. Wenn du kein Gulasch magst, bestell dir doch Filet. Was magst du eigentlich?«

»Hamlet«, erwiderte Dessislava. »Ich mag Hamlet! Außerdem mochte ich auch meine Großmutter, aber die ist schon lange tot, Friede ihrer Asche. Sie war für mich die letzte Verbindung zum Mythologischen, und ohne Mythen ist das Leben leer wie das Theater nach dem Schlussapplaus. Wie man sieht, liebe ich also zwei Tote; mag sich pervers anhören, ist aber so.«

»Das heißt, Filet rettet die Lage auch nicht?«

»Nein«, bestätigte Dessislava. »Außerdem bin ich in einer halben Stunde verabredet.«

»Und ich bin gut im Märchenerzählen, nicht nur *Rapunzel*, auch den *gestiefelten Kater* kann ich …«

»Märchen sind naiv. Sie wenden sich an alle und haben immer ein Happyend. Das Mythologische aber fesselt mich, weil es mich persönlich angeht. Jonas zum Beispiel, der ist wirklich aus dem Wal wieder rausgekommen. Was ich sagen will: Jeder Mensch wird zweimal geboren.«

»Und wann hattest *du* das Vergnügen der zweiten Geburt?«, stichelte Evtimov.

»Vor elf Jahren«, antwortete Dessislava ganz ernst, »als Oma starb. Das war schlimm. Es regnete. Gott sei Dank, denn der Regen half den Leuten, bei der Beerdigung wenigstens ein bisschen traurig auszusehen. Ja, der eine oder andere hat sogar geweint. Damals hasste ich alle meine Verwandten, auch wenn Oma sie über alles stellte. Sie glaubte, der Sinn ihres Lebens bestehe darin, sie zusammenzuhalten, sie untereinander in Kontakt zu bringen. Das kannst du von mir aus Sippenkomplex nennen, ich nenne es leidenschaftlichen Traditionalismus. Wie auch immer – als sie starb, ließ Großmutter uns los und für immer zurück!«

»Und du? Hast du Krokodils- oder echte Tränen geweint?«

»Quatsch. ›Warum trauert ihr um ein Stück abgelegte Kleidung?‹ Ist nicht von mir, ist von Saint-Exupéry.«

»Teufel auch, bist du kompliziert. Ich weiß nicht, ob du dich nur verstellst, aber du schaffst es, einen auf exzentrisch zu machen.«

»Oma meinte, ich sei ein völlig normales Kind. Das einzig Ungewöhnliche sei, dass ich ständig lügen würde.«

»Das tut doch jeder.«

»Da gibt es schon einen Unterschied, Genosse Evtimov. Wenn du einmal lügst, dann willst du dich nur rausreden. Aber ständiges Lügen, das ist eine Form, die Wahrheit zu sagen.«

Evtimov überging ihre letzte Behauptung mit Schweigen. Er war beschäftigt, säbelte an seinem blutigen Steak herum, denn das Fleisch war zäh, sein Messer stumpf, und die dadurch erzwungene Heftigkeit seines Tuns wirkte barbarisch. Das hereinfallende Licht wiederum ließ seine Schläfen silbern aufblitzen und gab ihm das Aussehen eines Adligen, der gar nicht hungrig ist, aber aus Rücksicht auf die guten Manieren ebenfalls isst.

»Ist diese Verabredung in einer halben Stunde wichtig?«

»Natürlich ist sie das, sogar hochgradig. Wir treffen uns bei einem netten Freund zum Gruppensex.«

Die Gabel klapperte ihm gegen die Zähne, als sei sein Mund ein Porzellanteller. Sein Adamsapfel, ausgeprägt und unrasiert, hob und senkte sich gleich mehrere Male. Nicht dass er schockiert war, nein, er war gedemütigt! Jetzt war sein Lächeln nicht mehr versonnen, sondern besorgt. Er war seinem Ziel so nahe, dass es schwer wurde, es noch zu erkennen. Die Geigenvirtuosen, die live aufspielten, waren Zigeuner; ihre Instrumente schluchzten in einem endlosen Csárdás. Das Gulasch verströmte Nelkengeruch. Das betäubte sie auf einmal so stark, als habe sie ein Blumengeschäft betreten. Das Theater hatte sie gelehrt, dass eine Situation nur möglich ist, wenn sie glaubwürdig wirkt.

»Warum nimmst du mich nicht mit? In dem Geringe und Geschlinge falle ich doch gar nicht auf?«

»Meine Freunde sind sensibel und schamhaft. Außerdem fehlt Ihnen der Sinn fürs Mythologische, und Gruppensex ist so etwas wie der mythische Flug. Und zwar nicht der eines einzelnen Vogels, sondern der einer ganzen Schar. Ein Vogel allein erreicht nämlich niemals die warmen Länder.«

»Und was machen Sie, wenn Sie in Afrika landen?«

»Na, nichts. Jeder schnappt sich seine Kleider und geht.«

Beim Kontakt mit diesem Mann fühlte sie sich jedes Mal kleiner. Sie hatte sich nie erlaubt, ihn zu kränken, und dies nicht etwa aus Angst. Sie fürchtete eher, ihm damit Genuss, eine Art perverse Lust zu bereiten. Er seinerseits bemühte sich, sie zu hassen, doch Dessislava gab ihm nicht den geringsten Anlass, sich durch ein so tiefes menschliches Gefühl an sie zu binden. Besser man schenkte ihm eine Krawatte oder ein edles Gasfeuerzeug. Auch einige ihrer Freundinnen könnte sie ihm schenken – wenn, ja wenn die nicht schon »gebraucht« gewesen wären. Und das war doch eine Schande, jemandem etwas Gebrauchtes anzubieten, oder nicht?

Sie spürte, wie ihre Augen feucht wurden. Evtimovs Gegenwart raubte ihr die Konzentration. Es gab nur zwei Möglichkeiten: Entweder sie aß ihr Gulasch auf oder sie fing an zu heulen wie eine alte Hündin. Sie biss auf eine Nelke.

»Weißt du was?«, murmelte Evtimov rachsüchtig und spülte seinen Bissen mit einem Schluck Wein hinunter. »Du verpfuschst den Shakespeare.«

»Shakespeare interessiert mich nicht. Ich will den Hamlet retten. Geschlagene vier Jahrhunderte stirbt er auf den Bühnen der Welt, durchstochen vom Degen seines Freundes. Es muss ihn endlich mal wieder jemand zum Leben erwecken.«

»An Selbstbewusstsein fehlt es dir ja nicht.«

»Schauen Sie, ich mache mir keine Illusionen. Ich weiß, dass ich nicht besonders begabt bin, aber ich bin ein modernes Mädel. Um den Prinzen zu retten, sind vor allem zwei Dinge nötig: Sim darf bis zu meiner vermaledeiten Prüfung keinen Alkohol anrühren, und *Sie* müssen mich in Ruhe machen lassen. Wenn ich durchkomme, wenn Sie Sotirov dazu bringen, mich zuzulassen und meine Diplomarbeit anzunehmen, dann verspreche ich Ihnen, was Sie wollen.«

»Und der Gruppensex?«

»Keine Sorge, ich habe ein Elefantengedächtnis. Wir ziehen uns alle aus, nur Sie behalten Ihren Anzug an. Danach ziehen wir uns alle an, und Sie strippen. Sie sind gutaussehend, intelligent und vornehm melancholisch. Und die Melancholie liegt diesem Erlebnis doch zugrunde. Der krankhaft entfremdete Mensch versteht es, sich einsam zu fühlen, und Einsamkeit ist doch der einzige Sinn von Gruppensex. Der Intimverkehr ist nur Anlass.«

»Ich werde darüber nachdenken. Scheint mir reichlich kompliziert zu sein, die Sache.«

»Wenn Sie Aufmunterung brauchen, schauen Sie sich ein paar schwedische Magazine an. Sim hat eine ganze Bibliothek davon bei sich zu Hause und hilft Ihnen sicher gern aus.«

»Du bist wirklich sonderbar!« Evtimovs Bewunderung begann sie zu verwirren. Der Schmerz in seinen Augen war grausam. Er hatte Charme, Charme der alten Schule, und das erklärte, warum ihre Mitstudentinnen so willig waren und seine Ehefrau so hysterisch. In der Akademie verhielt er sich angemessen, wagte sogar als Einziger, dem heiligen Sotirov zu widersprechen. Das kam diesem aber eher zupass. Seine Macht als Rektor war so drückend, dass ein bisschen Widerstand ihr nur zu mehr Kontur verhalf. Ohne seinen Assistenten würde Sotirov die Grenzen des Möglichen überschreiten, und solch grenzenlose Vergottung zerstörte die Körperlichkeit des Idols. Dessislava ertappte sich dabei, dass sie Evtimov nicht hasste, denn wenn es so wäre, müsste sie alle Männer hassen. Sie fürchtete sich auf den Tod vor dem Gegenteil, dass sie sich nämlich in ihn verlieben könnte. Dummes Zeug, sagte sie sich, ich liebe Hamlet. Nur mein Prinz allein will nicht, dass ich mit ihm schlafe. Er will nur, dass ich ihn verstehe.

6

Kahlköpfig, mit von der langjährigen Theaterarbeit ruinierten Nerven, hatte Theo Sotirovs Neigung zu Monologen sich in einen Dauerzustand verwandelt. Seine Treffen mit anderen waren nur noch Anlässe, um sein Selbstgespräch fortzusetzen. In weit ausholenden Vorträgen hatte er das Leben in seiner ganzen Vielfalt für sich erkundet und war den endlosen Windungen der menschlichen Psyche gefolgt. Der Kaffee, unberührt, war längst in der Tasse erkaltet, die bernsteinfarbenen Trauben in der Schale verbreiteten ihr flüssiges Licht, im Wohnzimmer herrschte – und das ärgerte sie maßlos – ein wüstes Durcheinander. Die Jahre vergingen, und Emilia schaffte es einfach nicht, dieses verfluchte Zimmer aufzuräumen! Alles, was sie darin angehäuft hatte, entzog sich ihrer Macht und veränderte seinen Platz eigenständig, als probe die Dingwelt den Aufstand gegen das menschliche Subjekt! Überall rutschten und fielen Dessislavas oder Assens Bücher heraus oder herunter, lagen und hingen gewaschene Socken und Wäsche, standen Schminkdöschen und Parfümfläschchen im Weg. Die Sessel standen schief, die Fransen der Perserteppiche verknoteten sich. Es war zum Verzweifeln.

Zwischen den abstrakten Bildern an den Wänden und den uralten Ikonen sitzend, wurde sie jedes Mal schläfrig. Auf dem Fauteuil kullerte ihr unerklärlicherweise ein Wollknäuel entgegen, auf dem Beistelltisch häuften sich Aschenbecher und kaputte Feuerzeuge, alte Zeitungen und eine aufgeschlagene deutsche Strickmusterzeitschrift. Vor kurzem hatte sie von Mahmud, dem Zigeuner, eine Steinschlosspistole und einen Krummsäbel gekauft. In der Ecke standen Dessislavas Stiefel und ihr faltbarer Miniregenschirm. Emilia seufzte. Vor einem Monat hatte Theo ihr die Rolle der Mila in Jaworovs Stück *Am Fuße des Witoscha* ausgeschlagen; wie erwartet, zog er es vor, die Rolle der hässlichen Margarita Lilova, inzwischen seine Ehefrau, anzuvertrauen. Warum musste er jetzt ihr Haus noch mehr durcheinanderbringen? Es war zum Heulen.

Ihr stand ein entscheidendes Gespräch mit Dessislava bevor. Wenn sie an die tröstenden Worten dachte, die sie sich zurechtgelegt hatte, kam Widerwille in ihr hoch; aber das durfte sie Sotirov nicht merken lassen. Der Anstand gebot es, ihm zuzulächeln. Was war denn Anstand anderes als eine masochistische Folgeerscheinung unserer Vernünftigkeit?, dachte sie frustriert.

Ihre Tochter schwang vermutlich gerade die Stricknadeln im Arbeitszimmer ihres Vaters. In ihrem Bestreben, der Großmutter zu gleichen, hatte Dessislava sich auf dem Markt Nadeln und Wolle gekauft und suchte nun Seelenfrieden im Aufreihen verquerer Maschen. Beim Stricken hörte sie Tonband, trank Tee, blätterte in *Eine Woche Sofia* oder las den Artikel über den Entdecker der Schwarzen Löcher, der soeben den Nobelpreis für Physik erhalten hatte. Emilia fand Dessislava undurchschaubar und garstig; sie fragte sich, wie ihre Tochter es hinbekam, so viele Dinge gleichzeitig zu tun. Am schlimmsten aber: dass Dessislava so schnell groß geworden war! Dadurch würde ihr Gespräch keines mehr zwischen Mutter und Tochter, sondern eines *zwischen zwei Frauen* sein. Das verstimmte Emilia nicht weniger als die Unordnung im Wohnzimmer. Zwei gleichrangige Frauen würden sich über einen und denselben Mann unterhalten.

Gerade monologisierte Theo in aggressivem Ton, wie er auf eine riesige Hühnerfarm geraten war. Er hatte sich schon immer über Pelzmäntel aufgeregt, darüber, dass die Eitelkeit der Frauen eines Tages die Wunder der Wildnis vernichten, die unersättliche Gier nach Aufmerksamkeit die Schönheiten der Natur zerstören würde. Diese Hühnerfarm aber sei etwas Ungeheuerliches gewesen. Um die Hühner möglichst rasch zu mästen, würden sie mit Fischmehl ernährt. Die Hähne verlören in den Zellen Geschlecht und Stimme, und die Hennen legten missgebildete Eier. Drinnen röche es nach Zersetzung, nach Abdeckerei; alles Natürliche sei in erniedrigender Weise reduziert auf schnelle Fleisch- und Eierproduktion. Er wolle darüber einen Artikel für das *Werktätigenblatt* schreiben.

»Die Menschheit hat sich in einen gewaltigen Wanst verwandelt«, versuchte der Gottgesalbte sich selbst zu überzeugen, »in Milliarden gezahnte Münder, die die Erde abfressen wie einen Kohlkopf. Erst haben wir die wilden Tiere ausgerottet, jetzt züchten wir die Haustiere zu Tode.«

»Aber essen müssen wir doch«, meldete sich Emilia mit übertriebenem, gut gespieltem Schrecken. Er beachtete ihren Zwischenruf selbstverständlich nicht. Rot vor Zorn, war Sotirov nichts als Selbsthass. Ja, er war gekommen, um sich vor Publikum seinen Selbsthass vorzuführen. Vermutlich kam er mit der Inszenierung des Jaworov-Stücks nicht zurecht. Aber fragte vielleicht einer, ob dieser Tag für Emilia leicht war? Sie hatte Ärger im Theater. Das Fernsehen hatte die Produktion eines Drehbuchs gestoppt, mit dem sie fest gerechnet hatte. Ihre Tochter tat zehn Sachen auf einmal, sodass einem schon beim Betreten ihres Zimmers schwindlig wurde. Und Assen hatte seine Bücher genommen und sich ins Wochenendhaus nach Simeonowo verzogen. Alle hatten sie wie auf Verabredung verlassen, waren einfach nicht da. Physisch jedenfalls, denn in ihrem Kopf hatten sie sich fest eingenistet und stießen darin aneinander wie Billardkugeln.

Ihre Schläfen pochten. Diese Farmhühner interessierten Emilia nicht im Geringsten. Da sie keinerlei Geschmack hatten, kaufte sie die ohnehin nicht. Sie war überzeugt, dass die Probleme der heutigen Zivilisation sich nicht einmal in der Spanne eines Menschenlebens lösen ließen, geschweige denn durch einen Zeitungsartikel. Sotirovs Verärgerung drohte, sie aus dem Konzept zu bringen.

»Entschuldige«, sagte sie mit fester Stimme, »aber in einer Stunde habe ich Probe.«

Sotirov fuhr zusammen, starrte sie nicht-sehenden Auges an, dann erschien ein Funken Verstand in seinem Blick. Proben – ja, das sagte ihm etwas, das kannte er! Und plötzlich wurde ihm seine Egozentrik bewusst, und er errötete.

»Ich war im Park spazieren … Und da dachte ich, vielleicht leistet Akademieprofessor Weltschev meiner Einsamkeit Gesellschaft; aber wie ich sehe, ist er nicht da.«

Emilia geleitete ihn erleichtert zur Tür. Sie besprengte ihr Gesicht im Bad und legte Rouge nach. Ihr Lächeln war traurig und menschlich. Im Flur stieß sie an das Schuhschränkchen, stöhnte auf, schubste die Schuhe ihrer Tochter zur Seite und betrat das Arbeitszimmer Assens.

Das erwartete Bild! Dessislava saß vor der Schreibmaschine, zu ihrer Linken ein Teller mit Biskuits und ein Haufen beschriebener Blätter, vor ihr aufgeschlagen die Zeitschrift *Kosmos*, in der ein paar abstoßende Dinosaurier abgebildet waren, darauf standen ein Fläschchen Nagellack und eine Tasse Tee. Rechts türmten sich die Dramen Shakespeares, ein Döschen Analgin, der Topf mit der Suppe von gestern und ein Küchenmesser. An einem Fuß trug ihre Tochter einen Strumpf, der andere war nackt. Wie Emilia erwartet hatte, strickte sie. Der Wollfaden lief um ihren Hals, die Nadeln klapperten zwischen ihren Fingern. Man wurde den Eindruck nicht los, Dessislava stricke sich den zweiten Strumpf.

»Ich brauch fünf Leva für ein paar Blümchen«, lachte sie freundlich, »bin heute Abend zu Bobby nach Hause eingeladen.«

»Wie geht es mit dem *Hamlet* voran?«, fragte Emilia, um Zeit zur Konzentration zu gewinnen.

»Bewegt sich im Rahmen des Normalen … Im Moment versuch ich, Hamlet das Trinken abzugewöhnen. Und Ophelia den Diätwahnsinn. Stell dir vor, sie isst nur Brühe oder Reis mit Joghurt.«

Sie war es gewesen, die Dessislava ermuntert hatte, sich doch den *Hamlet* vorzunehmen – dieses in ihrem Leben so bedeutsame Stück, auf das sie sich minutiös vorbereitet und in dem sie nie gespielt hatte. War ihr eigenes Scheitern der Grund, dass sie so hartnäckig blieb? Wollte sie unbewusst auch Dessislava scheitern sehen? Emilia spürte, wie ihre Lippen trocken wurden, ihre Hände verräterisch zu zittern begannen. So groß ihre Erfahrung als Schauspielerin auch war, hier und jetzt hatte sie sich einfach nicht unter Kontrolle. Sie musste sich an etwas festhalten. Dabei sah sie sich im Spiegel und verharrte so, als habe sie neben sich den rettenden Spielpartner entdeckt.

»Dess«, überwand sie sich, »ich möchte ein ernstes Wort mit dir reden.«

Die Teilnahmslosigkeit ihrer Tochter machte sie rasend. Der Schmerz, der seit Monaten in ihrer Brust saß, blähte sich auf wie ein Ballon voller Bitterkeit und Ingrimm.

»Leg doch mal diese verflixten Stricknadeln weg und hör mir einen Moment zu … Dein Vater und ich, wir wollen uns trennen.«

»Na, ist doch klar«, erwiderte ihre Tochter lau, »er schreibt ein Buch über die Demokratie draußen in Simeonowo, und du spielst in den *Sandmännchen*-Geschichten im Fernsehen. So wird man sich fremd.«

»Ich habe mich vielleicht nicht deutlich ausgedrückt: Dein Vater und ich wollen uns scheiden lassen!«

Endlich war es heraus. Dessislava, die plötzlich zu glauben vermochte, was sie da hörte, taumelte, hielt sich aber rechtzeitig am Stuhl fest. Mit ihren Augen passierte etwas, so als ginge hinter zwei Fenstern das Licht aus. Sie versuchte, alles auf einmal zu berühren, die feinen Lichtquadrate der Maschen, die Zeitschrift mit den vor Millionen Jahren ausgestorbenen Schreckenssauriern und das Döschen mit dem schmerzstillenden Analgin, das ihr aber jetzt auch nicht helfen würde. Sie fragte nichts. Sie schloss nur geräuschlos den einen Band Shakespeare.

»Ich glaub, ich brauch keine fünf Leva mehr«, flüsterte sie. »Ich geh nicht zu Bobby. Der ist sowieso voll der Blödmann.«

7

Immer, wenn sie traurig war, aß sie mit dem Heißhunger derer, die nichts zu beißen hatten. Zuerst verputzte sie die Biskuits bis auf den letzten Krümel, dann machte sie sich an die kalte Suppe. Trotz der hart gewordenen gelben Fettaugen war es auch um die bald geschehen. Ihr fehlte der Antrieb, um in die Küche zu gehen, obwohl der Kühlschrank voll sein musste von den Resten dessen, was die geschmäcklerischen Gäste ihrer Mutter neulich abends übrig gelassen hatten. Seit ihre Großmutter nicht mehr war, litten sie alle an Gastritis; eine Ausnahme bildete nur ihr Halbbruder Jordan, der schon stramm Richtung Magengeschwür marschierte. Ein Schweinekotelett! Ja, das war es, was sie jetzt brauchte. Es aß sie Fleisch, es trank sie Fleisch, mit einer ihr unerklärlichen atavistischen Gier, von der Jonka, ihre Oma, aber gesagt hatte, das sei ein seltsam dunkles Sippenkennzeichen: Wenn die Männer innerlich bis unter die Haarspitzen von Adrenalin und Aufruhr überflutet seien und ihr Verstand aussetzte, überkäme sie dieser Heißhunger nach Fleisch … Gut, aber – sie war kein Mann!

Evtimov hatte ihr heute geschmeichelt und ihr gesagt, dass Hamlet, so wie sie ihn sehe – rätselhaft, feminin, voller unbewusstem Begehren –, ihr gliche. Übrigens war das, was sie da zu stricken begonnen hatte, ein Pullover, aber nicht für Hamlet, sondern für Evtimov, grob und dunkel wie seine Augen.

Mein Gott, nun weinte sie auch noch! Eine Frau von über zwanzig und weinen, was war denn das nun wieder für ein schamloses Sich-gehen-Lassen? Im Schreibtisch ihres Vaters stand eine Flasche russischen Wodkas, aber Alkoholgenuss machte sie immer unglücklich. Dabei behauptete ihr Bruder Jordan doch: »Unglücklichsein ist ein Privileg der Reichen.«

Heute Abend war er auf Sendung, und ihre Mutter würde es nicht wagen, ihm von der geplanten Scheidung zu erzählen. Sie glaubte derart an den Gott des Ruhms, dass sie dessen Kundgebungen niemals stören würde. Und das strahlendste Heiligtum des Ruhms war heutzutage eben das Fernsehen, dieses rauschende Ungetüm der Mittelmäßigkeit, Gipfel des ideologischen Schwachsinns und des menschlichen Voyeurismus, das sich aus der Langeweile der Leute speiste und sie dafür mit Illusionen oder gleich mit Stumpfsinn beschenkte.

Ich werde giftig – wie schön!, dachte Dessislava. Jordan sah eigentlich blendend aus auf dem Bildschirm ihres großen Farbfernsehers, einem Modell, das aus belgischen Teilen in der nordostbulgarischen Stadt Weliko Tarnowo zusammengeschraubt wurde. Ihr Halbbruder war schlagfertig, scharfsinnig und überzeugend, vor allem, wenn er über Dinge redete, von denen er nichts verstand. Seine Redelust war frappierend. Wortreich erklärte er gar nichts, stellte auch nichts in Frage, sondern zog lediglich die Aufmerksamkeit auf das Thema der Sendung und bedeckte es mit diffusen Formulierungen, so wie ein Gärtner Rosen mit Heu bedeckt, um sie vor dem Erfrieren im Winter zu schützen. Auf der »Wohnzimmerbühne« glich Jordan einem Fotomodell, das Reklame für Männerzeitschriften machte. Fehlte nur die Flasche mit dem Single-Malt-Whisky oder die Schachtel mit den Davidoff-Zigaretten, hinter ihm vielleicht eine Abenteuerlandschaft mit wildem Wasserfall, eine einsame Hochgebirgslandschaft oder eine Wüste in der Glut der Abenddämmerung. Jordans Lächeln aber blieb sich gleich. Freundlich, aufmunternd, glücklich; dabei eigentlich so leer wie eine Straßenbahn auf dem Weg ins Depot. In diesem Lächeln lag die Selbstsicherheit des erfolgreichen, satten Menschen, der die Prosperität der ganzen Menschheit verkörperte, jedenfalls der des »entwickelten Sozialismus«. Das Bildschirmgesicht ihres Bruders war ein Paradiesapfel, kandiert mit Unwiderstehlichkeit, eingeschlagen in die schimmernde Transparentfolie der Berühmtheit. Alle ihre Freundinnen mochten Jordan, wollten aber nicht mit ihm schlafen, sondern ihn nur *kennen!*

Das Licht draußen blitzte scharf und hart wie eine rostfreie Messerklinge, glatt wie das polierte Blech einer Rutsche. Dessislava liebte den Winter, weil man sich dann dick anziehen konnte. Der leichtbekleidete Sommer hingegen forderte Trägheit und Begierden geradezu heraus. Realisierbare Sinnesfreuden waren keinen roten Heller wert, fand Dessislava, aber die unmöglichen taten einem gleich weh. Im Januar, wenn der Winter auf seinem Höhepunkt war, fühlte sie sich beinahe unsichtbar, so gut konnte sie sich in ihren Anziehsachen verstecken, ganz gleich, ob es sich um Designermode oder um Konfektionsware von der Stange handelte. Im Winter schaute einer Frau auch keiner in die Augen oder auf die Brust, sondern nur darauf, welchen Pelz und welche Stiefel sie trug.

Sie weinte noch immer. Langsam wurde das lustig. Die Farbe des Schnees im Hof changierte, nahm ein südliches Indigoblau an. »Der Schnee wärmt sich und schläft ein«, liebte ihre Großmutter zu sagen. Nur dass Jonka das längst nicht mehr sagen konnte. Dessislava hatte sie, als wäre ihr Inneres auch so eines dieser Schwarzen Löcher, in sich aufgesaugt und zum Verschwinden gebracht; schließlich träumte sie noch nicht einmal mehr von ihr. Jonka hatte die alte Welt, eine Welt der einfachen Geheimnisse, mit sich genommen und sie zurückgelassen in dieser neuen, schwierigen und konformistischen Welt der großen Gleichheit und der kleinen Erfolge. Und nun kam ihre Mutter auch noch mit dieser tollen Neuigkeit an …

Ihre »Freude« war inzwischen so beklemmend geworden, dass sie das Gefühl hatte, sie könne jeden Moment durchdrehen. Nein, sie würde am Abend nicht zu Bobby gehen! In dem Zustand, in dem sie sich befand, würde es ihr gewisse Probleme bereiten, sich wie ein männermordender Vamp zu benehmen. Wenn ihre Oma jetzt da wäre, würde sie den verhassten Fernseher einschalten, auf den bunten Jahrmarkt der modernen Eitelkeiten schauen und aufseufzen: »Ich kann nicht mehr an die Sintflut glauben. Warum sollte Gott alles Leben auf der Erde vernichten, wenn das die Menschen doch selbst ununterbrochen tun?«

Dessislava und Jonka blieben allein. Unablässig. Als wäre dies geteilte Glück, diese geteilte Bürde ihr Los. Man überließ sie sich selbst, als seien sie dressierte Haustiere. Ihr Vater, ihre Mutter und ihr Bruder hatten ununterbrochen zu tun, hatten nie Zeit, während ihre Oma frei war wie die Liebe. Sie war es, die ihr die Vorzüge der Einsamkeit zeigte, deren wichtigster es war, dass sie im Unterschied zu allen anderen Zuständen nie an ein Ende gelangte. Jonka erzählte ihr von der unsichtbaren Seite der Dinge, von den verborgenen Verbindungen zwischen ihnen. »Für jede Pflanze gibt es die passende Krankheit«, erklärte sie mit ihrer Märchenerzählerstimme. »Und für jede Krankheit gibt es den passenden Menschen!« Wenn sie dann eindöste, versuchte Dessislava, sie aufzuwecken, weil sie Angst hatte so im Halbdunkel des Zimmers, doch sie war zu zaghaft für Jonkas Schlaf, zu klein für ihre im Schlaf weit geöffneten Augen, in denen man vermeinte, die Donau fließen zu sehen oder besser gesagt: die Wasser einer rätselhaften, fernen und aus den Gedächtnissen der modernen Leute geschwundenen Zeit. »Der große Fluss geht dahin, und er bleibt doch«, murmelte Jonka. »So ist es auch mit unserer Sippe, Kind. Wir sind alle beisammen, nur dass die einen eben gehen und nicht mehr hier sind!«

Dessislava rutschte zum Licht des Fensters herüber, unter dem der Nachbar aus dem Erdgeschoss seinen Wagen wusch. Im Trainingsanzug und mit wollener Skimütze auf dem Kopf badete er sein bestes Stück wie ein Baby, und das Tag für Tag, damit sein vermaledeiter Moskwitsch ja keinen Rostfleck bekam. »Man kann sein Auto auch kaputtwaschen«, sagte Jonka plötzlich aus dem Dunkel des Zimmers und krümmte sich. »So wie man auch Menschen mit übertriebener Fürsorge kaputtmachen kann.« Trotz ihres grauen Stars erblickte sie die fernsten Dinge, nicht die Maschen, sondern das Ganze, was daraus werden würde. Eines endlosen, regenreichen Abends (es hatte schon morgens zu regnen begonnen) hatte Dessislava geweint – so wie jetzt – und sie gefragt: »Warum lüg ich immer, Omalein, wo ich doch gar keine Lügnerin sein will?« Und Jonka hatte ihr mit wohlklingender Stimme erwidert: »Na, weil du dich vor dem Lügen hüten willst, Kindchen!«

8

Weil sie gerade im Schwange war, hielt sich Dessislava noch einige Maschen lang an den Stricknadeln fest; aber das Ergebnis war, dass sie das Gestrickte wieder aufribbelte und den ganzen Plunder zu Boden warf. Sie erinnerte sich an den Tag, an dem ihre Verachtung für die Männer begonnen hatte. Sie war zwölf Jahre alt gewesen, hatte ein weißes Kleidchen und eine große Schleife im Haar getragen. Die Schleife war ebenfalls weiß gewesen. Sie war ein kleines reines Mädchen gewesen, präpariert und aufgespießt wie ein Schmetterling von der sogenannten »sozialistischen Moral«, die als Gegenbild zur bourgeoisen Verkommenheit einen Kult seelischer Reinheit betrieb.

Und so wechselten vielleicht die Mäntelchen, Blüschen und Röckchen, aber etwas in Dessislava blieb für immer *das Kind mit der weißen Schleife im Haar*. Die Pubertät schob sie gleichsam unwillig zur Seite. Bevor sie an die Schauspielakademie kam, studierte sie bulgarische Philologie. Doch mochten sich ihre Lebensjahre auch häufen, die Reife erlangte sie nur körperlich. Dessislava hatte eines Tages dieses diffuse Rumoren in ihren Brustwarzen gespürt. Das Licht verwirrte und schwächte sie, die Dunkelheit wiederum machte ihr Angst. Sie lachte, giggelte, kicherte über alles und nichts, dann war sie plötzlich ohne Grund tieftraurig, und ihre Lügengebilde wurden geradezu atemberaubend schön. Die Rauflust der Jungs schlug um in die Furcht, sie auch nur zu berühren. Sie verwandelte sich allmählich in *Begehren*, ohne dies selbst auch nur im Entferntesten zu ahnen. Diese bauschigen Kleidchen, unter denen ihre Rüschenstrumpfhose hervorlugte, begannen ihr nicht nur nicht mehr zu stehen, sondern geradezu unanständig zu wirken. Etwas an ihr war künstlich und gewaltsam verkleinert. Sie sah aus wie auf einer Zeichnung festgehalten, auf der die Zeit stand, und die weder reifen noch wachsen konnte. Ja, das war sie: ein bewegliches Porträt, das alle rührte und ihre Mutter entzückte, weil man durch Dessislavas kindliches Aussehen auch sie selbst für jünger hielt.

Stunde um Stunde verbrachte sie vor dem Kleiderschrank ihrer Mutter. Dort roch es nach Parfüm und nach Theater, nach etwas, das man auszieht … Ein erregender Hauch von Betrug war das, von dem sie noch nicht wusste, dass dies der natürliche Duft vieler Frauen war. Sie strich über den fließenden Stoff der Kleider, als seien sie aus dem Fell edler Tiere gemacht. Manchmal traute sie sich, eines anzuziehen. Dann stakste sie in hochhackigen Schuhen vor den Spiegel und betrachtete sich und kam dabei ganz durcheinander. Sie malte sich die Lippen rot, legte Rouge auf die Wangen, Lidschatten unter die Augen – Gott, wie sie in diesen Momenten schon älter sein wollte, am besten so alt wie die Witwe mit dem lila getönten Haar, die im Mietshaus gegenüber wohnte!

Sie erinnerte sich an diesen Nachmittag. Der Garten des Russischen

Klubs glich einem tiefen und glatten Weiher, auf dem die Schatten der überhängenden Bäume lagen. Der warme Wind versetzte ihre Haarschleife in sanftes Flattern, und nun glich sie wirklich einem Schmetterling, der schwankte, ob er wegfliegen sollte oder nicht. Ihre Mutter trank Metaxa. Die Flecken, die das Sonnenlicht ihr durch die Bäume auf Gesicht und Kleid warf, sahen hübsch aus; ein Impressionist hätte sie so malen können. Ihre beiden Kavaliere waren berühmte Schauspieler, die ihr unverschämt und mit beinahe lasziver Gockelhaftigkeit den Hof machten. Sie wussten, dass ihr beharrliches Werben zum Scheitern verurteilt war, doch das Leben war für sie ein einziges Theater, und jeder Moment Teil einer Szene. Der eine sah hässlich und dramatisch aus, der andere war hübsch wie ein Engelchen, doch beide waren tadellos sauber. Ihre Augen lagen im Schatten der Linde, ihre Leinensakkos leuchteten hell, ihre Fingerspitzen umspielten graziös die Stiele der Weingläser. Sie gaben sich romantisch-melancholisch, ergeben in die Unabänderlichkeit ihrer schauspielerischen Größe, von der die bewundernden Blicke der übrigen Gäste, die sich von allen Tischen nach ihnen umdrehten, ja auch Zeugnis ablegten. Der Glamour der drei Schauspieler am Tisch verursachte ihr solche Beklemmungen, dass sie aufpassen musste, sich nicht mit dem Eis zu bekleckern. An seinen Geschmack konnte sie sich nicht mehr erinnern, aber es war tiefrot und klebrig gewesen. Sie starb vor Scham, dass sie als Einzige am Tisch so klein und unbedeutend war, und dann meldeten sich seit einigen Tagen auch dumpfe, lastende Krämpfe unterhalb des Bauchnabels, die ihr vorkamen wie etwas Bekanntes, das sich nur jetzt aus dem Unbewussten in Erinnerung brachte. Ihre Mutter versuchte, sie mit Hoffmannstropfen zu kurieren, von denen sie zusammen mit ein paar in eine Serviette gehüllten Stückchen Würfelzucker immer ein Fläschchen in ihrer Damenhandtasche mit sich führte.

»Und wie geht's *dir,* mein Mädchen«, fragte sie der hässlichere und darum unwiderstehlichere Verehrer, »tut dir das Bäuchlein weh?«

Diese andauernden »-chens«, wenn er sie aus Höflichkeit auch mal ansprach, und die Nachlässigkeit in seiner Stimme fand sie erschreckend. Die ganze Dessislava war nun nichts als ein sehnsüchtiger Krampf, schnell groß zu werden.

In diesem Moment der Anspannung hatte sie gespürt, wie etwas

Feuchtes, Gärendes ihre Schenkel bekleckerte. Sie schämte sich so sehr, dass sie befürchtete: Wenn jetzt einer hersah, würde sie sofort in Tränen ausbrechen. Ihr Eis war inzwischen geschmolzen. Der Wind zerzauste eine Locke, die ihrer Mutter kunstvoll in die Stirn fiel. Sie sah einfach perfekt aus! Die Männer schauten sie verliebt und mit der Schläfrigkeit verwöhnter Haustiere an.

Dessislava erhob sich vorsichtig von ihrem Stuhl und lief zur Toilette. Ein paar Tropfen schmutzigbraunen Bluts in ihrem Slip hatten sie zu einer Wunde auf zwei Beinen gemacht. Da endlich begann sie zu weinen. Sie verstand gar nichts, ihr war einfach nur schrecklich zumute. Sie ekelte sich vor sich selbst, fühlte sich beschmutzt, unwürdig, an den Tisch zurückzukehren zu diesen sauberen und erfolgreichen Leuten, und … lief aus dem Restaurant fort, fort von ihrer Mutter und am allermeisten vor sich selbst. Schluchzend lief sie die Straße entlang, kam fix und fertig zu Hause an, allein und mit dem Vorgefühl des hereinbrechenden Abends.

»Jetzt bist du eine Frau«, umarmte Jonka sie tröstend. »Die Männer ziehen in den Krieg, töten und werden getötet; aber sie vergießen doch nicht so viel Blut wie die Frauen, um die Menschheit zu erhalten und zu vermehren. Sei glücklich, mein Kind, denn nun hat die Ewigkeit dich aufgenommen!«

Alles schön und gut, nur dass Dessislava eben *nicht* Frau wurde. Noch jetzt spürte sie die weiße Schleife im Haar. Überrumpelt und gedemütigt von dem unreinen Blut, verpuppte sich der Märchenschmetterling zusehends. Oft träumte sie von diesem Moment ihrer Schande, das bauschige Kleidchen um ihre Schenkel ließ sie auffahren, und unwillkürlich zog sie sich das Nachthemd über die Knie. Die Scham steigerte sich manchmal zum Fieber, dann stöhnte sie vor Pein. In ihrer Schlaftrunkenheit wurde sie klein und immer kleiner, kehrte zu ihrer Großmutter zurück. Aber Jonka war nicht mehr da. Und wenn ein Mensch lang und unwiderruflich abwesend ist, vollendet sich sein Bild in unserer Vorstellung. Ja, Jonka hatte diese kranke und unansehnliche Welt verlassen, in der wir leiden und uns schämen dafür, dass wir Menschen werden müssen irgendwo zwischen sozialistischer Moral und kapitalistischer Verderbtheit.

9

Beim Schrillen des Telefons fuhr sie aus ihren Tagträumereien hoch. Sie schluckte ihre Tränen hinunter und wischte sich den Rest von den Wangen ab. Mit einem letzten Schluchzer sprang sie auf das nackte, unbestrumpfte Bein und hüpfte zum Schränkchen, auf dem der Apparat stand.

»Hallo, Dessi«, erkannte sie die Stimme ihres Vetters Christo Weltschev. Der hatte ihr gerade noch gefehlt! Am liebsten hätte sie einfach den Hörer hingeknallt. Er würde sie ja doch nur aus dem Fluidum der Einsamkeit reißen, den Erinnerungen an ihre Haarschleife und ihr weißes Kleid, an ihre überdrehte Kindlichkeit und jene schwindeln machende Überraschungsnachricht, dass ihre Eltern sich scheiden lassen wollten.

»Dessi, hat dich der Erdboden verschluckt? Bitte? Ich hör dich schlecht …« Seine Stimme klang auf einmal panisch, und er begann ihr leid zu tun. Dabei fiel ihr auf, dass ihr in letzter Zeit andauernd jemand leid tat, und das konnte nur bedeuten, dass sie sehr an sich selbst litt.

»Nee, gar nicht!«

»Wollte mich entschuldigen, dass ich heute nicht zu deiner Probe kommen konnte.«

»Na, so was aber auch, du kommst doch sonst zu all meinen Proben.«

»Mea culpa, ganz unverzeihlich, aber ich musste eine Sitzung im Ministerium über mich ergehen lassen.«

»Zu absolut allen meinen Proben.«

»Der Minister hat mich aufgehalten, wollte meinen Rat und lud mich zum Kaffee ein … Am Ende stellte sich heraus, alles halb so wild, er wollte nur mal wieder Kontakt zu seinen Untergebenen pflegen. Hallo, Dessi, bist du noch dran? Nun sag doch etwas.«

»Christo, jetzt mal ehrlich: Du bist absolut nicht verpflichtet, zu meinen Proben zu kommen. Heute zum Beispiel lief sowieso nichts, außer dass Hamlet betrunken war und Ophelia ausgehungert.«

»Schau einer an … wie interessant.«

»Evtimov ist gegen Ende gekommen und hat mich gelobt. Nannte mich ›perverse Hamlet-Killerin‹, aber dabei hat er natürlich an den papierenen Hamlet gedacht, wie er in den hergebrachten Lehrbüchern für westeuropäische Literatur interpretiert wird. Er versteht nichts von Theater, aber baggert mich ständig an.«

»Schrecklich interessant. Wie konnte ich das nur verpassen. Morgen probst du wieder wie üblich am frühen Abend, nicht?«

»Ja, ab sechs Uhr, wenn der Saal frei ist.«

»Ich komme, ganz pünktlich.«

»Du übertreibst es ein bisschen, mein Lieber; ich begreif einfach nicht, was du immer so ›interessant‹ an meinen Kaugummi-Proben findest. Hamlet wiederholt sich, ich wiederhole mich, und du wiederholst dich, indem du dir immer wieder ein und dasselbe anschaust …«

Aber Christo hatte schon aufgelegt. Dessislavas Tränen begannen erneut zu fließen; sie schmeckten angenehm salzig, so verloren irgendwie …

10

Nach ihrem Abschluss in bulgarischer Philologie sah Dessislava, dass sie weder Lehrerin noch Redakteurin, noch Dozentin werden und auch keinen Roman schreiben würde. So entschloss sie sich, auch noch Kunstgeschichte zu studieren. Die allgemeine Geschichte hätte sie nur genötigt, sich für die Menschheit zu schämen; die Kunstgeschichte aber gab ihr die Möglichkeit, sich wenigstens für etwas an ihr zu begeistern. Sie hatte von ihrer Großmutter geträumt, wie sie durchs Fenster dem Schnee zusah, der in lautlosem Fall unausgesprochene Worte, die Nacht, ihr ganzes Leben bedeckte. Auch im Zimmer fiel die Stille wie unberührter Schnee und verschluckte alle Gegenstände. Da schlug die Wanduhr zwölfmal. Jonka drehte sich um, lächelte ihr aufmunternd zu und gab ihr ihren Segen. »Du verstehst es wahrlich, zu lügen, Kindchen«, artikulierte ihr Mund lautlos, dann ging sie. In der Tat: Dessislava war eine vollendete Lügnerin. Was lag da näher, als sich mit der vielleicht schönsten und erhabensten Lüge der Menschheit, der Kunst, zu befassen. Selbst Kunst zu machen, dazu war sie nicht geschaffen, wohl aber dazu, sie zu lieben und zu verstehen. Ja, in diesem Bereich zu lügen, das kam ihr harmlos und poetisch vor, sogar angemessen und moralisch gerechtfertigt.

Was das Wort »Moral« genau heißen sollte, verstand sie nicht, wohl aber wusste sie, dass es etwas Schwerwiegendes war, ohne das alles offenbar sehr schlecht war. Die Zeitungen vervielfältigten ununterbrochen Erörterungen oder Zetereien über irgendjemandes Moral, doch Dessislava ahnte, dass Moral einigen Menschen auch als Vorwand dienen konnte für allerlei Lügen bis hin zu aggressiven Übergriffen, Gewalttaten oder Gemeinheiten. Sie vermutete, dass »moralisches Verhalten« hieß, anderen nicht zu schaden und unauffällig zu sein, doch das traf auch auf Ameisen zu. Und so glaubte sie, dass moralisch im positiven Sinne auch der handelte, der um sein Recht kämpfte, er selbst sein zu dürfen, anders als die anderen, frei. Darum gab es in der Natur wohl keine Moral, weil es in ihr keine Individualität gab.

Mochte Dessislava noch so wissbegierig und »moralisch« sein; ihre Mutter war eine berühmte Schauspielerin. Und die konnte den Gedanken nicht ertragen, dass *ihre Tochter* so ganz unbekannt bleiben sollte, vollgestopft mit »überflüssigen Kenntnissen, die dich nur melancholisch machen, Liebes«, und dann auch noch Kenntnissen von der ruhmreichen Größe *anderer!* Als Emilia von Dessislavas Entschluss erfuhr, bekam sie fast einen Anfall. Sie schmiss einen Teller auf den Boden, dass die kleinen Porzellanstückchen Dessislava nur so um die Füße flogen. Dann weinte sie, ohnmächtig, stur, zerknirscht und voll gut gespielter Wut – das Wohnzimmer war viel zu eng für so viel Ausdruck! Wo war die Bühne des Volkstheaters, wo das Licht der Projektoren, wo der angehaltene Atem des Publikums? Neben so viel emotionaler Präsenz wirkte ihr Vater seltsam unbeteiligt, geradezu fehl am Platze – also wirklich bedroht!

Man musste kein Freudianer sein, um zu ahnen, dass Dessislava eine starke Bindung an ihren Vater hatte. Wenn sie also nachgab, so nicht ihrer Mutter, sondern seinetwegen. Sie fühlte sich verpflichtet dazu, ihn in ihren Kreis zurückzuholen, ihn zu retten, auch wenn sie ihr eigenes Leben damit verpfuschte. So kam es, dass sie sich im Alter von dreiundzwanzig Jahren um Aufnahme an der Schauspielakademie bewarb, im Fach Regie. Es gab auch ältere Kandidaten als sie, doch so sehr sie sich – einerseits – auch als kleines Mädchen mit Schleifchen im Haar fühlte, so sehr kam sie sich auch alt und entsetzlich verlebt vor. Dabei war sie eigentlich nur deprimierend kindisch.

Wie langweilig, für die Aufnahmeprüfung diese Fabel von Krilov auswendig zu lernen, dazu einen Monolog aus der *Möwe* von Tschechow und einen aus Tennessee Williams' *Endstation Sehnsucht*. Vorsitzender der Prüfungskommission war Theo Sotirov. Am Abend vor der entscheidenden, dritten Ausscheidungsrunde war sie mit ihrer Mutter zu ihm geschlichen. Es war heiß gewesen. Sie trafen ihn in einer weißen Hose mit einem Fleck an sehr unziemlicher Stelle an. Die beiden älteren tranken Whisky. Dessislava erinnerte sich minutiös daran, wie die Eiswürfel krachend in die Kristallgläser purzelten. Ihr bot der Gastgeber Pralinen an und das Lächeln eines migränegeplagten Menschen, der nicht die geringste Lust hatte, sich auch noch mit kleinen Nervensägen zu befassen. Dessislava aß die Praline sofort auf, um nicht krampfhaft den Fleck auf seiner Gabardinehose anstarren zu müssen. Sie kannte Sotirov natürlich von Kindesbeinen an, und die Großen erzählten gern, wie sie ihm als Baby einmal ans Knie gepinkelt hatte; noch nie hatte er ihr aber einen so widerwärtigen Eindruck gemacht wie jetzt. Er sah schroff und sanft zugleich aus, schien in ihr noch immer das kleine Mädchen mit dem kurzen Röckchen und den gerüschten Strumpfhosen zu sehen, das er in die Wange kneifen konnte, bevor er seinen nächsten Versuch unternahm, mit dem Kneifen am Hintern ihrer Mutter weiterzumachen.

Nun, in diesem hell erleuchteten, von Importmöbeln aus dem Korekom-Geschäft stillos vollgestopften Wohnzimmer, kamen ihr diese beiden gealterten Helden der Bühne trotzdem wie heimliche Geliebte vor. Sie wusste zwar, dass das nicht stimmte, doch das übertrieben entgegenkommende Verhalten ihrer Mutter, der Fleck auf Sotirovs Hose und beider Unwillen, sie für voll zu nehmen, provozierten sie einfach zu diesem Gedanken. Besagter Fleck war länglich und vermittelte den Eindruck, als sei sein Reißverschluss offen. Er klapperte mit dem Eis in seinem Kristallglas, als versuche er, einen störrischen Wasserhahn aufzudrehen, oder als sei er im Begriff, den Glasinhalt ihrer Mutter ins Gesicht zu schütten. Emilia sandte mit ängstlichem Lächeln Signale vorauseilender Dankbarkeit aus, vor allem aber ließ sie es an Schmeicheleien nicht fehlen und jener Unterwürfigkeit, mit der alte Bauersfrauen sich in Erwartung eines göttlichen Wunders vor heiligen Ikonen verneigten.

Die Schokopraline hatte ein scharfes Hungergefühl bei Dessislava geweckt. Wenn sie aber hungrig war, wurde sie böse und unverschämt; sie musste also sehr aufpassen. Sie biss sich auf die Unterlippe, um nicht zu vergessen, dass sie sich gefügt hatte. Sie hörte fast gar nicht, was sie redeten, denn in der Ecke dröhnte das Kassettendeck der Philips-Stereoanlage, die Theo ebenfalls im Korekom erstanden hatte. Die Beatles waren mit ihrer *Anthology* mal wieder in Mode gekommen. Der mehrstimmige Gesang ihrer Lieder mischte sich mit den Stimmen der Sprechenden zu einer bekannt wirkenden, rhythmisierten Tonlosigkeit. Ein Sommerregen trommelte gegen die Fensterscheiben, sodass sie von innen beschlugen; doch Abkühlung brachte auch er nicht. Dessislava fragte sich, warum die beiden Erwachsenen diesen Whisky eigentlich tranken? Das viele Eis war geschmolzen, und geblieben war die Farbe dünnen Kräutertees.

»Dess muss einfach an die Akademie«, wiederholte ihre Mutter gerade müde und stampfte kapriziös mit dem Fuß auf.

»Na, dann pass mal auf, Kindchen«, wandte sich Sotirov plötzlich ihr zu, »du weißt sicher, dass die Kommission am Ende der Prüfung eine Art Eignungstest macht. Wir wollen damit das spontane Reaktionsvermögen und das künstlerische Gespür des Kandidaten auf die Probe stellen. Und genau dieser Test ist entscheidend für das Fach Regie. Der künftige Regisseur braucht innere Freiheit, Einbildungskraft und ein Gefühl für Situationen, vor allem für das Flüchtige darin. Wenn du also morgen deinen Text absingst …«

»… den Monolog der Nina Zaretschnaja«, warf Emilia ein und bekam eine krampfhafte Hitzewallung unter ihrem Sonnengeflecht.

»… also wenn du deinen Monolog runterrasselst, dann werde ich dich plötzlich unterbrechen und sagen: ›Und jetzt, Verehrteste, verjagen Sie uns Kerle von hier, alle, wie wir hier sitzen.‹ … Vor dem Podium liegt, wie du weißt, ein langer persischer Läufer. Ohne Hast, aber auch ohne lange nachzudenken, schnappst du dir dessen Ende und fängst an, den auszuklopfen, aber volle Pulle, hörst du, bis wir alle von der Bildfläche verschwunden sind. Sei ganz ruhig, das Ding ist so schmutzig und verstaubt, dass die Aufgabe für dich nicht allzu schwer sein dürfte. Wenn du an die Sache mit der nötigen Expressivität und Chuzpe rangehst, aber wirklich ohne Rücksicht auf Verluste, sag ich dir, dann wirst du das Vergnügen haben, in meine Klasse aufgenommen zu werden.«

Bevor sie antworten konnte, musste Dessislava erst einmal schlucken. Sie musste Sotirov wohl brav gedankt haben, denn er bot ihr noch eine Praline an. Die Kassette im Deck der Philips-Stereoanlage hatte sich von selbst ausgeschaltet, und genau dasselbe war auch in ihrem Inneren passiert. Was sie aber voller Erleichterung spürte: Ihr Vater war gerettet!

»Theo«, klatschte ihre Mutter begeistert, »du bist einfach genial, und dazu noch ein wirklicher Freund.«

»Dummes Zeug«, fuhr er ihr in die Parade, »ich bin einfach Gott und hatte heute Audienz.«

11

Betrunken und enthemmt, fragte sie sich: Also sie lassen sich wirklich scheiden, meine Eltern? Sie fühlte sich um mindestens fünf Kilogramm leichter, dabei hatte sie doch höchstens eine halbe Stunde geweint! Leiden war anscheinend die beste aller Diäten. Na, da hatte sie ja, was sie Maja morgen empfehlen konnte, wenn Hamlet, Ophelia und die Verzweiflung der ganzen Menschheit sie wieder erwarteten. Aber heute?

Das erlöschende Fenster kam ihr nun wie ein dunkler Vorhang vor, hinter dem sich ein heiliges Ritual vollzog. Die Wodkaflasche hatte sie schon zur Hälfte geleert. Sie spürte eine leichte Kälte im linken Fuß, suchte ihren Wollstrumpf auf dem Bett ihres Vaters und entdeckte ihn zwischen zwei Ausschnitten aus der Zeitschrift *Theater*. Erst ribbelte sie den gerade begonnenen Pullover wieder auf, den sie Evtimov hatte schenken wollen; dann begriff sie, dass ihr das Wichtigste bevorstand.

Um es ausführen zu können, durfte sie nicht an Jonka denken, die würde es ihr verboten haben! Sie streifte den Strumpf über und zog die viel zu großen Pantoffeln ihres Vaters an. Tastend ging sie, ohne Licht zu machen, durch den Flur in die Küche und begann, in den vollgestopften Schubladen des Küchenschrankes zu wühlen. Die Textilschere war ein ganz altes Schätzchen mit verrostetem Schräubchen und stumpfen Scherblättern. Dessislava hatte dennoch im Vorgefühl süßer Rache den

Eindruck, eine Axt aufgetrieben zu haben. Ohne zu wissen wie, traumwandelte sie durchs dunkle Wohnzimmer, stahl sich ins Eltern-Schlafzimmer und öffnete den Kleiderschrank ihrer Mutter.

Der süßliche Duft von Patschuli wehte sie an. Der Stoff der Kleider fühlte sich warm an und war selbst nur ein Hauch, so dünn. All diese Kleider, Kostüme und Röcke bedeckten, betonten aber auch den nackten Körper, der in ihnen steckte. Dessislava zog das Samtkleid ihrer Mutter heraus, das sie bei offiziellen Anlässen trug, streichelte einmal darüber – und begann, es sorgfältig in Streifen zu schneiden. Die Hände gehorchten ihr tadellos, sie zitterten kein bisschen! Das, was da nun in ihren Armen lag, war kein beschädigtes Kleidungsstück, es war zerschnittene Nacktheit.

Danach fühlte sie sich schwach und ganz, ganz klein in der stillen Wohnung. Sie bekam sogar Lust, zu spielen – wie ein kleines Mädchen eben. Sie schaute sich um. Fuhr zusammen, als sie die Steinschlosspistole sah, die nachlässig auf dem Frisiertisch lag. Zwischen all den zahllosen kleinen Helferlein weiblicher Eitelkeit von Schminkdöschen bis zu Parfümflakons glich die Pistole einer Waffe, die ein Selbstmörder hinterlassen hatte. Jetzt war sie vollkommen hilflos und allein. Da rief sie sich die Worte Jonkas ins Gedächtnis: »Wenn du ganz allein zu Hause bist, dann heißt das, dass alle bei dir sind!«

12

Im Gang, der vom Aufzug zum Studio führte, beruhigte er sich, wie immer. Viel zu viele Leute um ihn herum: Beleuchter, Cutterinnen, Tontechniker, Sekretärinnen und Vorgesetzte wirbelten um sein aufgesetztes Lächeln. Er kam aus dem munteren Kopfnicken gar nicht mehr heraus. Wenn er ihn entlangging, veränderte sich der Korridor; es war, als veröde er. Das Gewimmel hielt inne, drückte sich an die Wände, nur damit er, der ungekrönte König des Bildschirms, in all seiner Würde ungehindert passieren konnte.

Die heutige Sendung würde schwer werden, denn es ging um künstliche Intelligenz, und davon hatte er keinen blassen Schimmer. Es roch erregend nach Fernsehen: nach gepuderten jungen Frauen und Import-Zigaretten, nach staubiger Luft, die in der Hitze der Projektoren verbrannt war, nach versteckter Lüsternheit, starkem Kaffee und Angst vor etwas, das schwer zu fassen war, das sich entzog, aber ständig drohend in der Luft hing. In Studio 5 wurde gerade ein Märchen für Kinder gedreht. Ein Poseidon saß da mit zerzaustem Bart und hölzernem Dreizack und rauchte unter dem Warnhinweis »Rauchen verboten«. Mangels eines Aschenbechers stippte er die Asche in eine leere Filmdose. Das Fernsehen glich der Operette: Alles war gepudert, überzeichnet, kalkuliert und ging immer gut aus, sogar das Hässliche, Niveaulose und Unqualifizierte. Und das war nicht die Meinung *von irgendwem*, sondern die des – ehemaligen – Generaldirektors, der seine Einschätzung mit den Worten beschloss: »Das Fernsehen ist dazu aufgerufen, das Leben so zu zeigen, wie es ist; wir fügen nur am Ende ein bisschen Happyend hinzu, um den Leuten an den Bildschirmen zu sagen: Beruhigt euch, alles halb so wild!«

Jordan steckte seinen Kopf in die Maske. Mit ihren hohen Stühlen, gnadenlosen Spiegeln und dem weibischen Duft nach Puder erinnerte der Raum an einen Frisiersalon. Seine drei Professoren saßen ergeben da, während die fuchsrote Pepa ihre riesigen Brüste tanzen ließ und die Herrschaften mit feinen Pinselchen bearbeitete, als restauriere sie Renaissance-Porträts. Die Scheinwerfer im Studio heizten der Luft schon mächtig ein; die renommierten Kopfarbeiter würden arg ins Schwitzen kommen. Verschwitzte Gesichter aber stießen die Zuschauer ab, weil sie sie an Arbeit denken ließen, und zwar körperliche Arbeit, an Plackerei. In der Maske musste daher alles getan werden, damit sie dennoch mitsamt ihren hohen Stirnen und tiefen Geheimratsecken, den anthropologischen Zeichen ihrer Intelligenz, nach Erhabenheit und Selbstkontrolle aussahen.

»Danke, dass Sie so pünktlich sind«, lächelte Jordan wohlwollend und zwickte Pepa heimlich in den festen Po, »in fünf Minuten erwarte ich Sie im Studio. Das ist die Tür mit dem Kunstlederbezug links, an der Seite ist eine Tafel mit zwei Warnlämpchen. Das grüne wird leuchten, also immer hereinspaziert …«

Danach schaute er noch einmal bei der Regie vorbei. *Er* wusste, dass sie sich schon ihren Kaffee von der Bar geholt hatten und auf ihn warteten. Und *sie* wussten, dass er nie Wutanfälle bekam und nie herumschrie. Er gab ihnen regelmäßig einen aus, kümmerte sich um ihre Honorare – und für all das liebten sie ihn. Die Liebe des zeitgenössischen Menschen aber drückte sich darin aus, zu zeigen, dass er etwas taugte, sich nützlich machte. Seine Regiedamen verstanden etwas von ihrer Arbeit, waren aber ansonsten ganz normal durchgeknallt. Sie machten einander Horoskope, interessierten sich für Esoterisches und Übersinnliches und gerieten in Panik, wenn mal ein Übertragungswagen einen Unfall baute oder der verflixte Aufzug zwischen zwei Etagen stehen blieb. Der gesellschaftliche Rang des Fernsehens, das Gefühl von Bedeutung und Privilegiertheit erzeugte bei allen Redakteuren, Regisseuren und Moderatoren früher oder später klaustrophobische Leiden. Die kleinen Räume, die kleinen Ideen und die bescheidenen Produktionsbudgets waren ein einziger Albtraum für Jordan und seine Mädels.

»Schönen guten Morgen, meine Herzchen …«

Der Duft nicaraguanischen Kaffees stieg ihm in die Nase. Seine Herzchen waren in gehobener Stimmung und lösten gerade ein Kreuzworträtsel der Zeitung *Blick*. Jordan arbeitete nur mit Frauen, denn die zeitgenössische Frau war ehrgeizig, einsatzfreudig und korrekt, dabei vergleichsweise loyal, betrank sich nicht ständig und achtete auf eine gepflegte Erscheinung, was sein ästhetisches Bedürfnis befriedigte. Weibliche Begeisterung erfüllte ihn überdies mit jener prickelnden Euphorie, die die Sinne schärfte und einen motivierte. Ihre reizende Unmittelbarkeit glich einem lebendigen Spiegel, in den er immer schauen konnte, wenn er sich seiner eigenen Respektabilität versichern wollte. Er war mit keiner von ihnen ins Bett gegangen, und so hielt er ihre freundschaftliche Solidarität stets im Gleichgewicht. Wie hatte doch ihr ehemaliger Generaldirektor so schön ironisch-sozialistisch gesagt: »Das Kollektiv muss wach gehalten werden. Der Einzelne darf mal wegpennen, das Kollektiv – niemals.«

Jordan war stolz auf seine Mädels, denn sie waren integraler Bestandteil des Markenzeichens »Jordan Weltschev«. Elena war ausdruckslos, naiv und völlig neben der Kappe, drei negative Eigenschaften, aus deren Verbindung etwas Vollkommenes hervorging. Iliana wirkte kühl wie eine schwedische Schönheit, Sima hatte ein stolzes römisches Profil und

Beine, so endlos, dass man meinte, sie fingen gleich unter ihrem Kinn an.

Am Morgen, bevor er sich auf den Weg zur Arbeit machte, hatte er seine Frau kurz im Bad unter der Dusche gesehen. In der heißen Dampfwolke sah sie gespenstisch aus, fast immateriell und sanft phosphoreszierend. Er liebte sie und war glücklich, nur ihre nackte Schulter küssen zu können, auch wenn er wusste, dass sie keine Reaktion zeigen würde. Neda war frigide und so intelligent, dass ein Kuss unter der Dusche sie nicht nur völlig kaltließ, sondern ihr sogar lästig war. Vermutlich war es sogar dieser ihr permanenter Widerstand, der ihn an sie fesselte; da sie sich ihm nicht hingab, sondern sich dagegen wehrte, glich jeder Beischlaf fast einem Gewaltakt. Es erregte ihn inzwischen, wenn er ihren Unwillen spürte, ihre Bettlektüre zu unterbrechen, nur um ihrer ehelichen Pflicht zu genügen. Er wiederum konnte nicht schlafen, wenn anschließend bis spät ihre Nachttischlampe brannte. Sie schien sich mit den Büchern, die sie liebte, zu verändern, und als sie *Madame Bovary* gelesen hatte, bekam er panische Angst, sie könne sich einen Liebhaber suchen und ihn verlassen.

Ein leichter Krampf zog seine Kehle zusammen. Er brauchte unbedingt einen Kaffee und eine starke Zigarette. Um sich abzulenken, versuchte er, die schwedische Schönheit Ilianas mit den strammen Brüsten Elenas und den unfassbaren Beinen Simas zusammenzupuzzeln. Dabei kam etwas Fürchterliches heraus. Der Mensch suchte das Ideale im Maximalen und landete bei der Langeweile, denn es fehlte die Spannung.

»Hergehört, Herzchen! Wir sind spät dran. Und Professoren sind nur geduldig, wenn sie einer Entdeckung auf der Spur sind.«

»Chef, kennst du nicht 'n australisches Tier mit fünf Buchstaben?«

Ihre gesellige Gelassenheit erhöhte seine Anspannung nur noch. Verdammt, er verstand weder etwas von Kybernetik noch von künstlicher Intelligenz. Er hatte nur einen Artikel in *Wissenschaft und Technik für die Jugend* gelesen, aber das war im Zug nach Plovdiv gewesen, und darin ging es nicht um Cyborgs, sondern um Gentechnik. Vermutlich gab es zwischen diesen Bereichen sogar eine Verbindung, aber sie entzog sich ihm. Jordans Stärke bestand nicht im Erkennen des Problems, sondern in der Deutung der Folgen. Er würde ihnen mit dem »Humanum« kommen. »Die Wissenschaft macht es denkbar, dass der Mensch eines Tages zum Hybriden aus Biologie und Technik wird. Doch die Maschine muss dem Tod nicht ins Auge schauen, sie wird sich selbst immer weiter vervollkommnen und ewig erhalten. Ist das moralisch?« Er hatte aus dem Munde seiner Schwester einen Hammer von Satz gehört, der ihn auf wunderbare Weise erschüttert hatte: »Der Tod ist die höchste Form der Moral, weil vor ihm und nur vor ihm alle gleich sind, egal, ob sie arm oder reich, hässlich oder schön, glücklich oder unglücklich sind.« Der Verstand, wie auch immer beschaffen, selbst als elektronische Schaltung, sehnt sich nach Subjektivität, danach, ein Ich zu sein. Doch das Ich besteht aus egoistischen Motiven, will unbedingte Freiheit, tun und lassen können, was es will, also über die anderen herrschen. Die Vorstellung eines unsterblichen Tyrannen oder eines ewigen Sklaven stößt es ab. Eine vielhundertjährige Liebe zu einem Wesen, wenn auch einem elektronischen, ist mörderisch. Egal, wie er programmiert sein wird, künstlicher Intellekt ist gefährlich, er wird früher oder später jene ungeheuerliche Aggressivität annehmen, die durch den Tod unterbrochen und besänftigt wird. Das Leben als Ganzes realisiert sich durch die Sterblichkeit seiner Individuen. So herbeigeholt es auch klingen mag, der enorme Vorteil des biologischen vor dem elektronischen Menschen besteht darin, dass er, so sehr er sich auch um seine Selbsterhaltung sorgt, am Ende stirbt. So verliert die Menschheit ihre Lehrer und ihre Genies, aber auch ihre Peiniger und Unterdrücker, die sie in eine einförmige Herde verwandeln wollen … So in etwa musste er die Sache exponieren.

Jordan trank seinen Kaffee aus und streckte sich zufrieden auf dem Stuhl aus. Die Sendung stand. Gleich dem Vogel Phoenix erhob sie sich aus der Asche seiner Ahnungslosigkeit. Gut, dass ich nichts über Norbert Wiener weiß, dachte er großmütig. Trotz des Puders auf der Haut würden seine Professoren ins Schwitzen geraten. Kernproblem sind nicht die technologischen Möglichkeiten, würde er einleiten. Die Frage, ob es überhaupt möglich ist, künstliche Intelligenz zu erzeugen, braucht uns hier nicht zu beschäftigen. Was mich bedrängt, ist die Frage der moralischen Verantwortung, die sich uns unweigerlich stellt, wenn elektronische Unsterblichkeit Realität geworden ist. Wozu brauchen wir einen solchen Maschinenmenschen überhaupt, wenn uns die Unsterblichkeit auch durch den schöpferischen Geist gegeben ist? Um eines Tages ferne Galaxien erreichen zu können? Die Welt endet doch nicht an den Grenzen unseres Vorstellungsvermögens, unseres Wunsches nach Ausweitung des Raumes unserer Erkenntnis?

»Tapir«, sagte er zu seiner eigenen Überraschung. »Probiert mal, ob Tapir passt. Soweit ich weiß, lebt diese Kreatur in Australien, obwohl ich manchmal den Eindruck habe, auch in Bulgarien tapern viele seiner Artgenossen herum.«

»Passt, Chef, du bist ja richtig fit in Zoologie!«

»Meine eigentliche Domäne ist natürlich die Botanik«, erwiderte Jordan in ironisch gespielter Bescheidenheit, »ach ja, und natürlich altchinesische Philosophie – Taoismus, Buddhismus ... Und die Weisheiten des Konfuzius liegen immer griffbereit auf meinem Nachtschränkchen.«

Er sog den würzigen Rauch seiner Zigarette ein und schaute in die lachenden Augen seiner Mädels. Ja, heute war er in Form! Die dezente Farbe seines Anzugs, der elegante Schnitt seines Sakkos, vor allem aber seine Gesichtszüge verrieten Inspiration und Siegesgewissheit. Genau das war es, was die Menschen sehen wollten: Sie starben dafür, zu sehen, wie jemand an sich selbst glaubte und damit Erfolg hatte!

Sein Team hatte für die Sendung drei interessante Einspielfilme von anderen Sendeanstalten organisiert. In einem war ein japanisches Ungetüm zu sehen mit eklig aussehenden Extremitäten, die Jordan griffig »die Arme der Zukunft« nennen würde. Der zweite Film stammte aus dem BRD-Fernsehen und zeigte ein Zukunftsauto mit windschnittiger Form und einer Steuerung, die der menschlichen Stimme gehorchte. Wenn das entsprechende Kommando geäußert wurde, gingen zum Beispiel die Scheiben herunter, setzten sich die Scheibenwischer in Bewegung oder ging die Belüftung oder die Heizung an. Der dritte Doku-Einspielfilm zeigte den Shannon-Versuch: Eine abscheulich aussehende mechanische Ratte, vollgestopft mit Elektronik, suchte und fand auf ihren lautlosen Rädchen den Ausgang aus einem Labyrinth, um ihr symbolisches Stück Käse zu erreichen. Bei diesen Filmen würden seine Zuschauer den Mund nicht zukriegen, da war Jordan sich ganz sicher; Sorgen bereiteten ihm seine drei gelehrten Herren ...

Zu Elena, die diesmal am Mischpult saß, sagte er: »Als Erstes lässt du das Rattenfilmchen laufen; das japanische Ungetüm bringst du zum Nachtisch; es ist am abstoßendsten, und das behalten die Leute. Die Gesprächsteilnehmer stellen wir mit vorgeschalteten Kurzporträts vor. Cutten Sie ihre Statements, während sie reden, das hinterlässt den Eindruck, sie wüssten mehr, als sie sagen … dürfen. Ich selbst werde sie nämlich nicht unterbrechen. Wir heißen *Runder Tisch*, damit die Zuschauer das Gefühl haben, sie könnten mitreden, na eben, als wären wir so richtig basisdemokratisch. Ach ja, und keine zu langen Nahaufnahmen! Die Gesichtszüge unserer Herren mögen ja von vornehmer Langeweile und geistiger Höhe zeugen, aber schön sind sie nicht. Ihr wisst ja: Sonst kriegen wir empörte Zuschaueranrufe, wir hätten ihre Kinder vom Studium abgeschreckt.«

Sima, die bei dieser Sendung die Regie machte, schärfte er ein: »Ich will Bewegung! Vor der Kamera werden sechs Leute sitzen; der Wertvollste davon – keine Frage – bin ich. Wenn meine Wenigkeit einen Hänger haben sollte, dann sofort den französischen Sciencefiction-Trickfilm mit den Roboter-Aufsehern abspielen, die die ganze Menschheit hinter Schloss und Riegel gebracht haben. Lustig ist der nicht, aber lehrreich und vor allem – stumm. So haben die Zuschauer Zeit, Zweifel am Nutzen der künstlichen Intelligenz zu entwickeln …«

Seit einer guten halben Minute klingelte das Telefon. Sima verschob ihre Schenkel gegeneinander und hob betont träge den Hörer ab.

»Chef, da sucht dich irgendeine Braut.«

Ausgerechnet jetzt. Jordan empfand nichts als Verärgerung, denn sie hatten das Studio nur bis neun Uhr, und die Zeit war knapp.

»Ich vermute, du hast es eilig, aber wir müssen uns sehen«, sagte »die Braut«. Als Jordan *Emilias* Stimme erkannte, fiel er beinahe vom Stuhl.

»Du weißt doch, dass ich auf dem Weg ins Studio bin?«

»Ich hab auch Vorstellung, aber ich möchte, dass wir uns heute Abend noch sehen.« Er fing eine Spur Bitterkeit in ihrer Stimme auf – der letzte Tropfen Kaffee vor dem Kaffeesatz. »Es ist wichtig, Jordan.«

Er hatte sich längst abgewöhnt, sie Mama zu nennen, und begonnen, sie als ältere Freundin zu betrachten, die ihm nie lästig wurde, auf deren Diskretion er sich verlassen und von der er sich im Notfall immer Geld leihen konnte. Er fragte sich, wo er sich mit ihr treffen sollte, und erinnerte sich, dass ihr Lieblingsrestaurant der Russische Klub war. Die Kellner kannten sie dort, der Koch legte sich für sie ins Zeug; dort kannte man ihre ganze Laufbahn von A bis Z.

»Gut, Emilia«, sagte er milde, »um halb zehn warte ich vor dem Russischen Klub auf dich.«

»Danke, mein Junge, ich wusste doch, dass ich mich auf dich verlassen kann.«

Der plötzliche, durchdringende Signalton im Hörer stieß ihn in die Wirklichkeit zurück. Um seine Verwirrung zu verbergen, eilte er flink in die Maske. Er ließ Pepa sein Haar bändigen und sein Gesicht einpudern. Ihre Augen füllten sich mit erwartungsvoller Hingabe, doch dieses Mal verzichtete er darauf, ihrem prallen Po die Ehre eines Kniffs zu erweisen.

»Fertig, Genosse Weltschev, weil … *genau so* doch, nicht wahr, Genosse Weltschev?«

»Wann lernst du mal, mich zu duzen, damit ich dich zum Abendessen in den Russischen Klub einladen kann?«

Aus dem Spiegel schaute ihn ein ansehnlicher, selbstsicherer Mann an, dem alles bis zum Überdruss geläufig war, sogar sein gutes Aussehen. Unvermeidliche déformation professionnelle: Wenn ein Mensch sich so oft selbst sehen muss, hat er irgendwann keine Illusionen mehr.

Im Studio saßen seine Gesprächsteilnehmer bereits um den runden Tisch, dessen eines Bein ein wenig wackelte – aber das wusste nur Jordan. Die Männer hinter den Bullaugen der Kameras glichen selbst ein wenig Robotern. Die gelehrten Männer davor schwiegen gediegen, wohl auch irritiert vom grellen Licht der Scheinwerfer; die vielen Leitungen und Mikrofone, die dem Raum die Atmosphäre einer Garagenwerkstatt verliehen, schüchterten sie ein.

Einer war Professor für Mikrobiologie, einer für Jura und einer für Mathematik; der vierte war ein bekannter populärwissenschaftlicher Autor, der auch Sciencefiction-Storys schrieb, und der fünfte Professor für Physik. Sie hatten nur eine vage Vorstellung von dem folgenden Gesprächsverlauf, denn Jordan gab seine Fragen niemals vorab bekannt.

»Wir können loslegen«, platzte Ilianas Stimme über den Lautsprecher ins Studio. »Die Kameras laufen.«

Jordan schaute in den Monitor vor sich; das Ergebnis war zu seiner vollen Zufriedenheit. Sein Lächeln, unwiederstehlich zerstreut, glich einem gut eingelaufenen, aber auf Hochglanz polierten Halbschuh. Damit brauchte er sich vor dem Cover keines Hochglanz-Magazins zu fürchten. Was diese seine Marotte anging, so liebte er es zu sagen: »Besser, dich tritt einer mit einem Ballett- oder Lackschuh in den Hintern als mit nem hartledernen Arbeitsschuh oder Soldatenstiefel.«

13

Emilias Lieblingstisch befand sich in der mittleren Sitzecke genau unter der firnisdunklen Kopie eines Gemäldes von Wladimir Repin mit dem Titel *Die Saporoger schreiben einen Brief an den Sultan*, gegenüber dem pompösen, in seiner eigenen Pracht ertrinkenden Kamin, in dem nie jemand Holzscheite hatte lodern gesehen, und der nun mitsamt seines Abbildes im Kristallspiegel nur Kühle verbreitete. Die Luft im Russischen Klub war finster und verraucht. Emilia wirkte müde. Ausgelaugt von ihrem Auftritt, bestellte sie sich statt eines Aperitifs erst mal eine Flasche tschechischen Bieres gegen den Durst. Dann orderten sie Koteletts nach Moskauer Art und Weißwein. Der Misket aus Karlowo funkelte wie ein geschliffener Topas, hatte aber eine störende Restsüße. Sie aßen hastig und ohne rechten Appetit. Beide waren sie bis zum Abwinken berühmt, und das isolierte sie nur noch mehr.

»Und … was meinten deine Professoren?«, fragte Emilia ohne rechtes Interesse.

»Nichts Besonderes! Oder das Gegenteil … Sie meinten, das grundlegende Kriterium für die Vernunftbegabung des Menschen drücke sich im Versuch aus, die Entropie zu verringern. Ich hielt dagegen, das Hauptkriterium sei doch die Moral.«

»Es stimmt doch auch, dass die Moral es ist, die sich dem Chaos widersetzt«, unterstützte ihn Emilia.

»Ihre Antwort war, Moral sei ein Produkt des Verstandes, nicht aber seine notwendige Bedingung. Die langlebigen Elektronikwesen mit künstlicher Intelligenz würden gebraucht, damit wir eines Tages das Weltall besiedeln könnten. Ach ja, und der Phantastik-Autor empfahl mir, ich solle mal Isaac Asimov lesen. Die Cyborgs der Zukunft würden so programmiert sein, dass sie den Menschen grenzenlos lieben …«

»Na, den hast du sicher ordentlich gedeckelt?«

»Ich hab ihm erklärt, dass das nicht das Problem sei, sondern ob der sterbliche Mensch in der Lage sein werde, eine Bindung an seinen unsterblichen Roboter zu entwickeln. Ich habe ihn gefragt, ob er wisse, was das Wort ›Neid‹ besage. Kurz: Die Sendung ist der absolute Knaller geworden!«

»Daran zweifle ich nicht.«

»Wie alles auf der Welt nährt sich auch das Interesse am *Runden Tisch* vom Skandalösen, Widersprüchlichen und von querköpfigen Meinungen«, seufzte Jordan mit Leidensmiene. »Wenn es mir also gelingt, unter meinen Gesprächsteilnehmern Streit zu entfachen, dann haben die Zuschauer das Gefühl, Zeuge von etwas Authentischem und Entscheidendem zu sein. Ich vermute, im Theater ist es ähnlich?«

»Ich protestiere seit einem Monat dagegen, in diesem Baldachin-Kleid auftreten zu müssen, weil es die Leute trübsinnig macht und mich auf der Bühne erstickt. Und was ist? Heute finde ich denselben Fetzen schon wieder in meiner Ankleide. Ich bin fast durchgedreht …«

»Und was bedrückt dich sonst?«

Emilia schwieg vielsagend, schluckte ihr vornehm klein abgesäbeltes Stück Kotelett herunter. Natürlich hatte sie ihren Stiefsohn nicht deshalb so eilig um ein Treffen gebeten, um sich bei ihm über die Entscheidungen der Kostümbildner im Volkstheater auszuweinen.

»Mir drückt was aufs Gemüt, Jordan!«

»Die Theaterschneiderei hat sicher Mühe, allen Aufträgen auf einmal nachzukommen. Kann ich dir irgendwie helfen, Emilia?«

Die Angesprochene klopfte mit lackierten Nägeln gegen den hohen Stiel ihres Weinglases. So erschöpft sie auch war von der Aufführung, sie sah dennoch erstaunlich jung und attraktiv aus. Ihr langes Haar hatte seinen Goldschimmer nicht verloren, die Fältchen um ihre Lippen, Augen und am Hals waren nur bei genauem Hinsehen zu erkennen, und ihre Sitzhaltung war selbstsicher und herausfordernd. Trotz alledem verströmte sie die Traurigkeit eines edlen Streichinstrumentes, das jemand achtlos in die Ecke gestellt hatte. Sie bestellte sich eine Crêpe mit Schokoladencreme, und wenn Emilia am Abend Heißhunger auf Süßes hatte, konnte das nur bedeuten, dass ihr etwas sehr auf die Seele drückte.

»Kann ich dir irgendwie helfen, *Mama*?« Dieses vergessen geglaubte Wort wühlte sie auf, als hätte er überraschend einen riesigen Blumenstrauß unter dem Tisch hervorgezaubert und ihr überreicht. Eigentlich rauchte sie ja nicht, aber jetzt griff sie nach seinen Zigaretten der Marke Astor, die mild und weich im Geschmack waren.

»Du könntest mir höchstens im Wege stehen!«, lächelte sie. »Und die Sache ist eben die, dass ich genau das nicht möchte: gehindert werden.«

Ihre Augen bekamen einen feuchten Schimmer, vermutlich gereizt von dem ungewohnten Zigarettenrauch.

»Woran? Ich verstehe dich nicht, was du …«

»Es ist so simpel, dass ich mich frage, wie ich es ein bisschen umständlicher sagen könnte, damit es schwieriger wirkt. Weißt du, so eine gewisse Weitschweifigkeit beruhigt, das kenne ich von manchen Stücken.« Sie nahm einen großen Schluck, wie um einen schnellen Schwips zu bekommen, und sagte dann: »Dein Vater und ich, wir lassen uns scheiden!«

»Papa und du?«

Bevor Jordan reagieren konnte, hatte sie schon seine Hand ergriffen, um ihn zu stoppen. Es sah aus, als wolle sie sich an seiner Rechten festhalten, um nicht vom Stuhl zu fallen.

»Die Initiative ging von mir aus. Du weißt, dein Vater hat als Jurist ganz gute Beziehungen zum Gericht. Die erste Verhandlung war gestern. Wir wollen die Sache anständig und wie kultivierte Leute durchziehen, mit Takt und Fingerspitzengefühl, wenn du so willst. Das nennen sie ›in gegenseitigem Einvernehmen‹. Keiner wird schuldig gesprochen, jeder legt den größtmöglichen Respekt für den anderen an den Tag. Teilen werden wir nichts, nicht einmal euch. Wenn ihr tapfere und kluge Kinder seid, werdet ihr das auch nicht tun.« Sie sprach sachlich, monoton, so als erkläre sie ihm einen Weg.

»Aber das ist doch ein Witz – Leute in eurem Alter!« Er hatte es kaum ausgesprochen, da merkte er, in was für ein Fettnäpfchen er getreten war. Es grenzte an Beleidigung. Mitgefühl hörte sich jedenfalls anders an, und das, was Emilia jetzt brauchte, um ihren inneren Überdruck loszuwerden, war eben sein Schmerz, seine Anteilnahme. Jede Familie, selbst eine so zusammengewürfelte wie die ihre, glich einem System aus kommunizierenden Röhren. Doch Jordan empfand einfach keine Trauer, nicht einmal Verstörung. Sie hätte ihm genauso gut sagen können: »Dein Onkel Krum Marijkin aus Widin ist gestorben!« Diesen Onkel hatte er in seinem ganzen Leben vielleicht fünfmal gesehen, wenn er dienstlich nach Sofia kam und bei ihnen kampierte, und immer kam er mit einer Korbflasche Landwein an und zog seine staubigen Schuhe in der Diele aus. Jordans Zugehörigkeitsgefühl zu den Weltschevs *als Sippe* war nie stark gewesen; im Laufe seiner Berufsjahre war es irgendwo in den langen Korridoren des Fernsehens völlig verlorengegangen.

»Willst du damit andeuten, dass ich mit meinen zweiundsechzig eine alte Dame bin, für die es sich nicht mehr lohnt?«

Jordan versuchte, seinen Fauxpas auszubügeln. »Ich will damit andeuten, dass mein Vater über siebzig ist.«

»Und dass wir zum Gespött der Leute werden?«

»Er braucht dich, Emilia.«

»Da täuschst du dich aber sehr, mein Junge. Ich hätte ihn gebraucht all die Jahre, aber das ist ein anderes Thema. Es geht nicht um dieses konventionelle ›Wir lieben uns nicht mehr‹; nein, das zwischen uns ist viel vertrackter. Ich will es mal ›schicksalhafte Verbundenheit‹ nennen, oder von mir aus ›Macht der Gewohnheit‹.« Sie drehte den Kopf zur Seite, um ihre Tränen zu verbergen. »In diesem Leben gibt es periodische, aber auch mörderisch hartnäckige Gewohnheiten. Gott, ich frage mich, was ich ohne deinen Vater machen werde. Ich bin fix und fertig, Jordan, und unglücklich wie ein verwaistes Kind.«

»Warum tust du es dann? *Du* willst die Scheidung doch?«

Sie überlegte. Um Zeit zu gewinnen, holte sie einen Handspiegel und einen karminroten Lippenstift aus ihrer Handtasche. Ihre Lippen glichen danach einer frischen Wunde.

»In letzter Zeit ist mir aufgefallen, dass dein Vater sich in meiner Gegenwart langweilt«, sagte Emilia leise. »Sogar wenn ich fort bin, fehle ich ihm nicht. Da wurde mir auf einmal klar, dass das schon immer so war, von Anfang an. Mein Stolz ist verletzt, Jordan, meine Würde, ich kann es nicht anders erklären.«

»Entschuldige, aber ich verstehe gar nichts. Wenn zwei Menschen zusammenleben, dann werden sie einander halt über – langsam, aber sicher. Dieser Überdruss, der sich anhäuft wie Staub, mag vielleicht Hustenreiz auslösen, aber – und das sag ich nicht aus Erfahrung, sondern ich vermute es – es verbindet auch, vielleicht sogar *nur das* … Wenn du mir jetzt erzählen willst, dass es für dich mit meinem Vater früher superinteressant war, dann glaub ich dir kein Wort. Vater ist ein verschlossener Typ, den du kaum aus seinem Arbeitszimmer rauskriegst, während du es nie lange in der Wohnung aushältst. Wenn ich zurückdenke, warst du mehr mit deinen Freundinnen zusammen als mit Vater, und es schien dir ganz recht so zu sein …«

Sie ließ seine Hand los und betrachtete ihn mit fast animalischem Schmerz. Ihr Ausdruck war nun so aufrichtig wie der eines ausgesetzten Hundes, der sein Herrchen nicht findet. An diesem Abend spielte Emilia vielleicht zum allerersten Mal keine Rolle, nicht einmal die der Frau, als die sie sich selbst sah. Jordan wollte sie noch einmal tröstend mit »Mama« anreden, aber sie war schneller.

»Du wirst es nicht verstehen, aber ich versuch's dir trotzdem zu erklären: *Dein Vater ist der einzige Mensch, der alles von mir weiß!*«

»So viel Intimität ist wirklich schwindelerregend, Mama«, erwiderte er, aber Emilia beachtete seine Worte nicht. Sie war buchstäblich *von der Rolle*, und es schien unmöglich, sie zurückzuholen. Sie war weg. Vor ihm saß in all ihrem Kummer eine andere, unbekannte Frau.

»Eine Menge Leute erinnern sich daran, wo ich als Schauspielerin versagt habe – aber das interessiert mich nicht«, sagte sie und zog so heftig an ihrer Zigarette, dass man automatisch dachte, das Gegenteil müsse wahr sein. »Was ich aber nicht ertragen kann, ist, dass dein Vater alles von mir weiß. Hab versucht, mich selbst zu belügen, dann alles getan, um die anderen zu täuschen, die vom Theater zunächst, dann das Publikum, und mir kam es so vor, ich hätte endlos Zeit – das Leben lag ja vor mir. Assen hat alles getan, um mich zu unterstützen, und ich beschuldige ihn, dass er sich mir nie in den Weg gestellt hat! Ein bisschen klischeehaft, aber unzweideutig gesagt: So viel erhabene Noblesse war mehr, als ich verkraften konnte.«

»Erhabene Noblesse«, echote Jordan, doch es gelang ihm nicht, genug Ironie in seine Stimme zu legen.

»Dein Vater ist der authentischste Mensch, den ich je getroffen habe. Er war immer ein und derselbe, hat ein Leben lang nur sich selbst gespielt, und das hat mich einfach fertiggemacht. Er ist geradlinig, lässt nichts Angefangenes liegen – bei ihm kommen Wort und Tat vollkommen zur Deckung! Und nun sage mir bitte: Kann man mit jemandem leben, der schon zu Lebzeiten das Denkmal seiner selbst ist? Unerträglich! Ich fühle mich jetzt fast dreißig Jahre wie eine Angeklagte, aber die Schlussverhandlung wird ständig vertagt. Von seinen Lippen kam nie ein Vorwurf – und irgendwann haben meine Nerven es nicht mehr ausgehalten. Es gibt Momente … wenn du dich da immer noch sanft und taktvoll verhältst, dann ist das grausamer als die grausamste Grausamkeit.«

Sie goss sich selbst aus der Flasche nach und leerte ihr Glas in einem Zug.

»In den letzten zwanzig Jahren habe ich mit der Faust in der Tasche an die fünfzig mittelmäßige Rollen gespielt, während er nur ein einziges Buch geschrieben hat, das aber aus voller Überzeugung und ohne Kompromisse. Ebenfalls aus Überzeugung hat er vor der kommunistischen Machtergreifung auf ein paar üble Gestalten geschossen. Mag sein, dass er deine Mutter nicht geliebt hat, aber er war so redlich, sie zu heiraten, und hat wirklich an etwas geglaubt, was ich bloß von der Bühne herunter rezitiert habe. Will sagen: Wir existieren bloß, er aber hat wirklich gelebt.«

»Emilia, nun mach aber mal einen Punkt – du bist doch großartig als Schauspielerin!«

»Gott, du hast wirklich nichts verstanden. Es geht hier nicht nur ums Theater, sondern auch um das, was vor den Proben und nach der Vorstellung abläuft. Weißt du eigentlich, dass ich Assen nie betrogen habe?«

Jordan merkte, dass ihr das wichtig war, und er versuchte, ihr eine Brücke zu bauen.

»Und warum?«, fragte er unbeholfen.

»Am Anfang dachte ich, na klar bin ich treu – ich liebe ihn ja! Aber das tue ich jetzt auch. Dann dachte ich: Mein schauspielerisches Unvermögen hemmt mich, jenes Quentchen oder von mir aus Quantum Talent, das mir zur großen Darstellerin fehlt. Denn das wahre Talent, mein Lieber, ist Teil der menschlichen Freiheit. Alles Übrige ist nur Camouflage, Mimikry, Nachahmerei der wahren Freiheit. Erst jetzt weiß ich, was mich wirklich abgehalten hat: Seine ganze makellose Aufmerksamkeit täuschte nur darüber hinweg, dass er sich gar nicht für mich interessierte. Hätte ich ihn betrogen, dann hätte ihn das gar nicht verbittert, sondern bloß erleichtert. Denn das hätte ihm den Beweis für etwas geliefert, was er ohnehin schon wusste: *dass ich ein einfach gestrickter, ein unfreier Mensch bin.*«

Der Wein in der zweiten Flasche war säuerlich, oder kam ihm das nur so vor? Er war verunsichert, innerlich aus den Fugen, dabei musste er hier unbedingt eingreifen.

»Jetzt bist du aber ungerecht zu dir!«

»Wer ist schon gerecht auf dieser Welt? Die Gesetze vielleicht, über die dein Vater so gescheit nachdenkt? Sein Buch über die Macht, mit dem er uns alle gequält hat? Oder gar seine moralische Unantastbarkeit? Weißt du übrigens, dass er in Simeonowo angefangen hat, irgend so ein verflixtes Traktat über die Demokratie zu schreiben? Er will damit die Publikation von Kotzev und seinem Vetter Alexander widerlegen, die auf fünfhundert Seiten ausgebreitet hätten, dass Demokratie nur ein leerer Begriff sei.«

»Na, bei uns hier ist das ja auch gar nicht so falsch«, murmelte Jordan und schaute sich verstohlen um.

»Assen schreibt über das, was er kommen sieht«, sagte sie verschwörerisch, »und ich bin sicher, das wird sein zweites wichtiges Buch!«

Das volle Glas zitterte in ihrer Hand, als sei sie Alkoholikerin. Zum ersten Mal belastete sie ihn mit etwas, für das er nichts konnte, und das war nicht rechtens. Vor kaum anderthalb Stunden hatte er eine glanzvolle Aufzeichnung hinter sich gebracht, die Professoren waren voll eingestiegen und hatten sich über Moral und Möglichkeit von künstlicher Intelligenz gestritten, so weit es der gute Ton zuließ, und das zehnbeinige japanische Ungetüm hatte zum Abschluss ihre Thesen und Argumente veranschaulicht. Er hatte die Frage der Moral ins Spiel gebracht und es genossen, anziehend und unverbindlich über etwas zu reden, das vielleicht nie Realität wurde. Nun war in seinem Kopf nur noch Leere und Grauen.

»Wer ist schon gerecht auf dieser Welt?«, wiederholte Emilia.

»Das Publikum«, antwortete Jordan gequält, »die da unten im Parkett.«

»Quatsch! Das Publikum stellt sich immer auf eine Seite, Teuerster!« Emilia lächelte bitter. »Es hat seine Lieblinge und kommt ins Theater mitsamt seiner Ahnungslosigkeit und seinen erbarmungslos vorgefertigten Urteilen und Erwartungen.«

Halb Bulgarien sieht mir am Samstagabend zu, während es seinen Schnaps trinkt und sein Salätchen dazu isst und die Koteletts oder Hackfleischröllchen brutzelt, weil es einfach noch zu früh ist, um in die Heia zu gehen, dachte Jordan. Nach einer öden Arbeitswoche, die ihnen wieder einmal ihre Mittelmäßigkeit vorgeführt hat, wollen sie sich über etwas ereifern, an etwas begeistern, auf jemanden fluchen, damit ihnen leichter ums Herz wird. Ich bin ihre Entspannung, ihre Ablenkung, ihr intellektuelles Kreuzworträtsel und gebe ihnen die Stichworte mal für begeisterte Zustimmung, mal für Protest. Und jetzt – hier am Tisch bei einem einzigen Menschen – bin ich vollkommen hilflos!

»Weiß Dessi es schon?«, fragte er, um sich irgendwie aus der Verlegenheit zu helfen.

»Natürlich weiß sie es. Sie hat mein bestes Kleid in Streifen geschnitten, um mir zu zeigen, dass sie nicht einverstanden ist. Von oben bis unten, als wäre ich persönlich gemeint.«

»Das ist doch nur ihre nächste Lüge!«

»Klar ist es eine Lüge, aber genau das erschreckt mich ja so. Ich hatte gedacht, ihr seid nun groß und erwachsen genug, um uns nicht mehr zu brauchen. Aber sie wird immer klein bleiben, das ist es, was mir Sorgen bereitet.«

»Altjüngferlich klein«, stimmte er zu, doch Emilia überbot ihn und sagte:

»Unmöglich klein, beleidigend und gefährlich klein!«

14

Der rauhe, trockene Schnee, der den Weg nach Simeonowo bedeckte, vermittelte ihm das Gefühl, er bewege sich auf dem Rücken eines wilden Urzeitviehs. In den Kurven kam sein Wagen ins Rutschen, an steilen Anstiegen drehten die Räder durch, kurz, sein Fahrzeug war bei diesem Wetter schwer zu kontrollieren. Seine Gemütsverfassung trug das ihre dazu bei, dass er sich nur mit Mühe auf den Weg konzentrieren konnte, der ihm seltsam unbekannt erschien.

Genau vor dem Wochenendhaus sackte er ein. Die Luft, die ihn beim Aussteigen empfing, roch nach Ozon und Kohlensäure und war so klirrend kalt, dass er kaum atmen konnte. Der Himmel über ihm war klar, unbeteiligt und ewig wie künstliche Intelligenz. Das Wohnzimmer, in dem sein Vater arbeitete, war erleuchtet. Emilia hatte die schmucke, zweckmäßige Holzhütte, die sie vor vielen Jahren als Wochenendhäuschen gekauft hatten, einreißen und an ihrer Stelle ein pompöses zweigeschossiges Haus errichten lassen mit Erkern und offenem Balkon. Alles ringsum war schneidend weiß und rein. Der Weg zur Terrasse war kaum zu erkennen, so als sei der Schnee nicht gefallen, sondern aus dem Boden gewachsen. Nur die Laube in der Ecke des Gartens war dem Neubau nicht zum Opfer gefallen. In dieser Laube, eines fernen Spätherbstes, hatte der eben erwachsene Jordan es mit der besten Freundin seiner Stiefmutter getan, um sich an ihr zu rächen und sie zu erniedrigen. Jetzt aber wandte er seine Schritte dem erleuchteten Fenster zu, um den Stolz ebendieser Stiefmutter zu rehabilitieren. Er holte vorsichtig, aber tief Luft und versuchte, diesen langen, verbrauchten Tag auszuatmen.

Die Außentür war unverschlossen. Er stolperte über jemandes Schneestiefel, tastete sich wankend und mit dem Gefühl, er käme zu spät, voran und stolperte schließlich ins gut geheizte Wohnzimmer. Die Flammen im offenen Kamin warfen lebendige Schatten an die Wand gegenüber. Sein Vater saß an dem kleinen Tisch, vor sich die schwarze Erika-Reiseschreibmaschine, der man ansah, was sie schon alles mitgemacht hatte, und einen Stapel beschriebener Blätter. Sein Gesichtsausdruck verriet beim Anblick seines Sohnes weder Verwunderung noch Erwartung, sondern nur Strenge und scheinbare Kälte.

»Weißt du eigentlich, wie spät es ist?«

Endlich mal eine Frage nach Jordans Geschmack. Neda wäre nie auf die Idee gekommen, ihn so etwas Normalsterbliches zu fragen, da sie in einer anderen Zeitordnung lebte. Sie las vermutlich gerade Pawel Weshinovs Novelle *Die Barriere* und sehnte sich danach, wie deren Heldin fliegen zu können, empor in den grausig leeren Himmel zu jenen fremden, silbrigen Sternen, denen nur künstliche Intelligenz gewachsen war! Für sie war es ohne Bedeutung, *wann* Jordan nach Hause kam, ja, *ob* er überhaupt nach Hause kam. Sie hatte ihre Pflicht getan, ihm ein Kotelett gebraten und eine Orange dazugelegt, und im Bad ein sauberes Badehandtuch und Shampoo. Nun las sie im Licht ihrer Nachttischlampe, und an sie gekuschelt ihre Tochter Jana. Seit zwei Jahren schliefen und lebten Jordan und seine Frau in getrennten Zimmern. Jordan schlief nun in Jonkas Bett im Wohnzimmer der Mansarde.

Jonka! Es durchfuhr ihn wie ein Blitz, gefolgt von einem scharfen Schmerz. Nur Jonka hätte die Dinge kitten können, sie, die Kinderlose, die Mutter aller, die unaufdringlich, aber beharrlich die Sippe zusammengehalten hatte. Er kannte Jonka, die eigentlich gar nicht seine »richtige« Großmutter war, sondern die Tante seines Vaters, als alte, weise Frau, unauffällig wie die Zeit. Die Zeit aber trennt, und die Zeit fügt und ordnet Dinge und ihre Bedeutungen. In ihrer Bibel hatte Jonka die Genealogie der ganzen Sippe verzeichnet, den Stammbaum ihrer aller Abkunft, ihrer Wurzeln in der Vergangenheit. Nur sie hätte Emilias Mitgefühl wecken und seinen Vater umstimmen können, und diese Macht hatte sie, weil sie sich an alles erinnerte. Und weil sie liebte! Sogar einer der Professoren in seiner heutigen Sendung hatte gesagt: »Die Liebe und das menschliche Gedächtnis vereinen Logik und Erkenntnis mit Intuition und Gefühl, das individuell Bedeutsame mit dem Allgemeinen, indem sie sie beleben. Die Maschine mag zwar alles speichern können, sogar für immer, aber ihre Erinnerungen sind tot.« Ja, ohne Jonka waren die Erinnerungen an das Familienerbe und damit ihr ganzer Umgang miteinander tot, dachte Jordan. Nun sind wir alle frei, und es ist ganz egal, was wir tun oder lassen.

»Oh, ich weiß sogar genau, wie spät es ist«, antwortete Jordan mit frechem Grinsen, »es ist eine halbe Stunde vor Mitternacht.«

»Seltsame Zeit für einen Besuch, meinst du nicht?«

»Um mich herum geschehen ja auch seltsame Dinge! Sogar so seltsame, dass mir ganz schwindlig wird.«

»Sie haben dich doch nicht etwa beim Fernsehen entlassen? Oder dich zum Moderator von *Jeden Sonntag* befördert?«

»Sehr witzig!« Jordan setzte sich seinem Vater gegenüber auf das Kanapee. Um seine Stiefel bildete sich eine kleine Pfütze. »Ich hab mit Emilia im Russischen Klub zu Abend gegessen.«

Sein Schweigen wurde nun beredt und lebendig wie die Schatten, die die Flammen warfen. Die Stille zwischen ihnen leuchtete, schmolz das Gesicht seines Vaters. Seine metallisch-grauen Augen erwärmten sich und wurden wieder blau. Er trug eine elegante Strickjacke und eine tadellos gebügelte Hose. Etwas Jungenhaftes, provozierend Extravagantes ging von ihm aus, das Jordan ärgerte.

»Gieß uns einen ein.«

»Du bist doch mit dem Wagen da? Ich hab gehört, wie deine Reifen vor dem Haus durchgedreht sind.«

»Den Verkehrspolizisten ist auch kalt. Außerdem bin ich bekannt wie ein bunter Hund, und Bekanntheit stimmt sie milde. So ist der Mensch halt: Jemand Berühmtem vergibt er lieber, als ihn zu bestrafen.«

»Leider hast du recht. Berühmtheit zieht die Leute an wie die Motten das Licht. Wollen alle bisschen davon abhaben. So einem Schlitzohr wie dir *live* zu begegnen, das ist ja für einen Verkehrspolizisten eine Sternstunde in seiner Karriere.«

Behende sprang sein Vater auf, ging zur Bar, holte eine Flasche Whisky heraus, zwei Gläser und eine Karaffe mit Wasser, in dem sich schon lauter Bläschen gebildet hatten. Wenigstens um diese späte Stunde sah er vital, stark und unabhängig aus. Erst jetzt dämmerte Jordan der Grund für seine Verärgerung zuvor: Sein Vater versuchte, nun selbst ein wenig eitel zu sein, nachdem ihn die Eitelkeit der anderen ein Leben lang abgestoßen hatte. Aber nun, wo er allein war, wollte er wenigstens sich selbst gefallen. Er wusch sich seine Socken, bügelte Wäsche und Hemden selbst, kochte sich Kaffee und ein Mittagessen, und in der verbleibenden Zeit musste er seiner würdigen Erscheinung Inhalt und seinem Akademikerrang Gestalt geben. Vielleicht hatte er sich sogar ein Liebchen geangelt, das er bei Bedarf anrufen und zu sich bitten konnte, um ihr wahre Märchen von Recht und Gesetz zu erzählen.

Nein, jetzt wurde er aber sarkastisch, und das tat seinem Charme gar nicht gut! Jordan fürchtete sich davor, jemanden zu hassen, egal wen, denn Hass bedeutete Unfreiheit, seelische Armut. Hass war eine Krankheit, die den Glanz des Erfolgs trübte.

»Hast du Emilia mal betrogen?«

»Frecher Dummkopf!« Die Stimme ihm gegenüber war kategorisch, aber nicht feindselig. Der Whisky funkelte schon in den Gläsern. Wie konnte etwas so Reines nur derart das Gehirn vernebeln! Sie nahmen den ersten Schluck, ohne vorher angestoßen zu haben, doch auch so war zwischen ihnen wieder Waffenruhe eingekehrt.

»Emilia behauptet, dir sei es immer langweilig mit ihr gewesen. Und wenn der Mensch sich langweilt, sucht er sich Unterhaltung, darum hab ich gefragt …«

»Emilia ist einfach ausgelaugt und musste sich von irgendetwas Wichtigem in ihrem Leben trennen. Da sie sich aber vom Theater nicht trennen kann …«

»Dann bist du also die unwichtigere Wichtigkeit in ihrem Leben?«

»Wie es aussieht, ja«, erwiderte sein Vater ernst und gleichsam tastend. »Ich kann ihr die vollen Zuschauersäle nicht ersetzen, den Applaus und die zustimmenden Rezensionen in der Zeitung. Und meine Begeisterung für sie war ja dramaturgisch höchst ungeschickt, weil sie so stetig war.«

»Ich bin sicher, dass Emilia dich liebt!« Es war eine Qual, das über die Lippen zu bringen. Er plauderte ja nicht mit Sima oder Elena; gegenüber seinem Vater dröhnte das Wort »Liebe« wie eine straff gespannte Pauke. Sein Vater zündete sich eine Zigarette an, und erst jetzt, durch die bläuliche Rauchwolke, sah man die ganze Müdigkeit des verwaisten Menschen.

»Vielleicht hast du recht, und es war wirklich zu viel für sie, im Theater und zu Hause spielen zu müssen.«

»Emilia ist nicht müde vor Überforderung. Sie ist einsam, Papa!«

Er wurde das schmerzliche Gefühl nicht los, er spräche zugleich von Neda, seiner Frau. Dies gab ihm die Sicherheit, nicht nur die verblasste

Bindung Vater-Sohn, sondern auch die *unter Männern* erneuert zu haben. Dies hier, das war etwas, wovon Jonka in der Würde ihres hohen Alters geträumt hatte. Nicht das Gelingen und der donnernde Erfolg, sondern die Prüfungen des Lebens und das Leiden schufen Bindung in der Familie und fügten ihre Mitglieder zu einem unzerstörbaren Ganzen.

»*Deine Mutter* wollte die Scheidung …« Er sprach die Worte »deine Mutter« mit besonderer Sanftheit aus.

»Aber du kannst sie noch aufhalten.«

»Das Wesentlichste im Menschen ist seine Sehnsucht nach Freiheit. Die Freiheit ist Emilias letzte Illusion, und ich hatte kein Recht, sie ihr zu versagen. Danke, dass du gekommen bist. Deine Bemühungen sind zwar vergeblich, aber dennoch löblich.«

Damit war ihr Gespräch beendet, und Jordan erhob sich. Wie gern wäre er jetzt böse geworden, zumal sein Vater schon lange nicht mehr auf seine Showmätzchen hereinfiel. Jordan sah, wie sein Vater sich schämte, weil er ihn als aufgeblasene, leere und elegant gekleidete Puppe gesehen hatte, der von der »kleinen Guckkastenbühne« lächelte. Er schnappte nach Luft. Der Atem stockte ihm vor widerstrebender Liebe zu diesem von den Flammen des Kamins erleuchteten alten Mann. Einem Mann, der sich selbst erleuchtete, verbesserte Jordan sich. Er hatte die Tür schon geöffnet, als er sich noch einmal umdrehte und schonungslos sagte:

»Ich weiß ja, dass dieses Buch über Demokratie dir jetzt das Allerwichtigste ist; aber vergiss nicht: Demokratie war schon immer das Lieblingsthema der Tyrannen!«

15

Das Kotelett in der Küche schwamm in Fett oder vielmehr: klebte in der gelblich-weiß erkalteten Cholesterinschicht des Überflusses. Ein Drittel der Menschheit überfraß sich, zwei Drittel litten an chronischem Hunger, die ganze Menschheit war also krank! Der Anblick des riesigen toten Stückes Fleisch auf dem teuren Porzellanteller war so abstoßend, dass ihm ganz übel wurde, zumal er schon mit Emilia im Russischen Klub Fleisch gegessen hatte. Auf Zehenspitzen drehte er um, schlich wie ein Dieb den Korridor entlang und erblickte den Lichtstreifen unter der Schlafzimmertür. Neda las. Ihr beständiger Kontakt mit der geistigen Welt war die subtilste Art und Weise, ihm ihr Desinteresse zu zeigen. Das Kind neben ihr schlief mit unters Kissen gestopften Fäustchen. Er hatte kein Recht, seinen Schlaf zu stören. Wozu auch? Seine ganze Vaterschaft war sinnentleert. Die Kleine kannte ihn fast nur von der Mattscheibe. »Da, da ist Papa!«, rief sie aus, wenn sie ihn sah, immer mit diesem glücklichen Lächeln im Gesicht, wozu brauchte sie ihn auch noch in der Wirklichkeit? Ihre Freundinnen beneideten sie. Sie lud sie nach Hause ein, damit sie ihn »in echt« sehen konnten; dann ging er mit der Pralinenschachtel herum und schenkte ihnen zerstreut ein wenig geduldige Aufmerksamkeit. Ja, sein Leben glich so einer Praline, ins Gewaltige vergrößert. Wenn man darauf biss, wurde es süß. Das zu vermitteln war seine Stärke. Neda ging dagegen an. Sie schaltete den Fernseher unerbittlich aus und hielt Jana hartnäckig zum Lesen an, um ihm seine Tochter so auf hinterhältige Weise zu entfremden. Mit der Grausamkeit ihrer ganzen Liebe nötigte sie ihr Kind, lieber in ein Buch zu starren als auf den Bildschirm, wollte sie in ihm jenen Funken entfachen, darin zu versinken und im Wort, in der eigenen Vorstellung des Unsichtbaren nicht nur Erkenntnis, sondern das Glück zu finden, das Glück magischer Verbundenheit mit einer eigenen Welt.

Der Lichtstreifen unter der Tür zum Schlafzimmer blitzte wie die Lanze eines Wächters, und nicht selten hatte er das Gefühl, wenn er die Hand danach ausstreckte, würde er sich schneiden. Wie sollte er daran mit seinem Herzen vorbeikommen? Der ganze Tag, einschließlich des Überraschungsprogramms am Abend, war ermüdend und aufwühlend gewesen; jetzt wollte er nur noch eines: eine Dusche nehmen.

Im Bad war es sauber, hohl und weiß wie in der Seele eines Weisen. Seit er zur Fernsehberühmtheit geworden war, war es für Neda leichter geworden, seinen Sauberkeitsfimmel nachzuvollziehen. »Wie dreckig musst du sein, wenn du dich dauernd duschen musst«, warf sie ihm einmal bissig hin. Er tauchte ein in das erfrischende Rauschen des Wasserstrahls. Die Einförmigkeit der Tropfenschnüre wirkte tröstend auf ihn. Durch die Dampfwolken leuchtete der Himmel aus Latexfarbe. Das Kiefernnadelshampoo hüllte ihn ein mit seinem Duft nach abgesägten Bäumen. Der wilde Geruch nach Kiefer hatte etwas Perverses in einer so sterilen Umgebung. Der Physikprofessor hatte bei der Aufnahme etwas sehr Interessantes gesagt: »Der Mensch vernichtet die Natur, weil er glaubt, er könne sie selbst erzeugen. Die künstliche Intelligenz will ja gerade das: autark, ohne die Natur funktionieren!« Wenn man das hörte, fühlte man sich widerlich, wie ein ranziges Kotelett. Jordan spürte, wie die stickige Luft und der Schweiß sich von seiner Haut lösten, aber Abscheu und Schmerz lassen sich mit Seife nicht abwaschen.

Er wischte mit dem Badetuch den beschlagenen Spiegel ab. Nun glich er wieder sich selbst. Sein Lächeln verbreitete Erfolg und Optimismus, glich wieder jenem gut eingelaufenen, auf Hochglanz polierten Lackschuh für den gehobenen Anlass.

Etwas Wichtiges aber wollte und wollte ihm nicht einfallen, so sehr er sich auch anstrengte, draufzukommen. Ah ja, jetzt hatte er es: Er musste unbedingt veranlassen, dass das wackelnde Tischbein an seinem runden Tisch ordentlich befestigt wurde. Denn irgendwann – und garantiert in einer Live-Sendung – würde das Ding knicken, und vor dem verdatterten Zuschauer würde der runde Tisch die Gesprächsteilnehmer unter sich begraben wie die Sintflut.

16

Er fuhr seine Tochter zur Schule und bekam von ihrer Klassenlehrerin zu hören, dass Jana regelmäßig zu spät zur Morgengymnastik käme. Die Lehrerin war eine junge Frau von breiter, stämmiger Schönheit und durchgeistigtem Gesicht, die jeden Tag etwas fand, das sie ihm vorwerfen konnte, da sie nur so ein wenig länger in Kontakt mit dem berühmten Moderator des *Runden Tisches* sein konnte, der ihr jeden Samstag ein Problem der modernen Welt näherbrachte.

Er kochte sich zwei Eier, genau dreieinhalb Minuten, und warf das Kotelett vom Vortag fort. Völlig versackt in seinem matten Fettüberzug, erschien es ihm jetzt fast wie eine Provokation moderner Kunst. Er nahm seine morgendliche Dusche, immer auf der Hut, den Nylonbeutel, den Neda im Bad aufgehängt hatte, nicht nass zu machen. Groß wie ein Seesack, weiß wie eine Kachel und mit einem Reißverschluss, zeigte die aufgedruckte Reklame, dass er wohl einmal eine österreichische Skiausrüstung enthalten haben musste. Er war gefüllt mit warmer Kleidung für ihre Tochter, zwei Jacken für Neda und ihn, einem Wollpullover, einem Paket Zwieback, einer Flasche Zitronensaft, Streichhölzern, Taschenlampe, Beruhigungsmitteln und ein paar Schachteln Marlboro.

Das große Erdbeben vom März 1977 mit seinen Nachbeben hatte Neda so traumatisiert, dass sie in beständiger, unkontrollierbarer Angst lebte. Es war in der Tat furchtbar gewesen. Ausgerechnet die Erde, die wir als sicheren Grund erfahren, begann in großen Erschütterungen zu beben. Jordan erinnerte sich gut an die elektrische Spannung, die in der Luft lag. Ein gespenstisch milchiger Schein löste sich wie Flüssigkeit in der Nacht auf. Erst dann begann der Wohnblock zu zittern, in seinen Grundfesten zu knarren und zu knirschen wie ein Kinderspielzeug; die Tür zum Flur öffnete sich von allein und stand sperrangelweit offen, der Strom fiel aus, und als das unterirdische Rumoren vorbei war, trat eine Stille ein, die einen verrückt machte, weil man das Gefühl hatte, ein Ungeheuer lauere irgendwo da draußen. Er hatte sich Jana geschnappt, Neda wollte auch etwas nehmen, vergaß aber, was, dann liefen sie hinaus, stießen im Treppenhaus mit kopflos ins Freie rennenden Nachbarn zusammen, die aussahen wie wilde Tiere, die aus einer einstürzenden Höhle flüchteten.

Auf der Straße fanden sie bereits das ganze Wohnviertel versammelt. Die Leute lächelten gequält, zitterten unbändig und leisteten sich kleine Hilfsdienste. Manche versuchten angestrengt, zu philosophieren oder sich über ihre eigene Angst lustig zu machen – und hatten sich ausgerechnet an der allergefährlichsten Stelle zusammengedrängt, nämlich genau zwischen den Längsseiten der Wohnblocks. Jeder hielt etwas an den Körper gepresst, das ihm teuer war: eine Siamkatze, eine Kiste mit Familienerbstücken, eilig zusammengeraffte Juwelen, einen Käfig mit Papageien, einen Ordner mit Plänen, die notarielle Besitzurkunde der Wohnung, ein verstaubtes Fotoalbum, das Buch, das sie gerade lasen, die angebrochene Flasche kubanischen Rums … Einige fuhren schnell ihre Autos auf die Grünfläche nebenan in Sicherheit, ließen aber ihre Kinder stehen …

Es war unwirtlich und kalt gewesen. Nach zwei Stunden erfuhren sie über das Transistorradio von jemandem, dass das Epizentrum des Bebens im rumänischen Vrancea lag, und erst zwei Tage später geruhte das Fernsehen, eine Reportage über die Verschütteten in Swischtov an der Donau zu senden, wo es auch Todesopfer gegeben hatte. Im folgenden Monat geduckter, stiller Erwartung, dass die Naturkatastrophe sich wiederholte, geschah etwas Ungewöhnliches: Die Leute wurden mitfühlender, menschlicher! Jonka war damals leider nicht mehr. Seine Großmutter hätte Sinn und Stunde dieser göttlichen Warnung vorausgesagt und das Mysterium dieser plötzlichen menschlichen Nähe gedeutet. »Die Sintflut, das Leid der ganzen Welt«, hätte sie vielleicht gesagt, »hat die ganze Menschheit *zu einem* Menschen gemacht. Und das war Noah, der von Gott Auserwählte und Erleuchtete.«

Die Nachbeben wiederholten sich mit abnehmender Stärke, doch immer im Vorfrühling, in windigen Nächten voller Frost und einem vom Smog getrübten Himmel. Neda lebte in beständiger Angst, abonnierte die Zeitschrift *Kosmos*, stellte für Jana ein Horoskop und … packte diesen Katastrophensack. Jordan durfte ihn nicht einmal anfassen. Dabei war die österreichische Skireklame darauf so etwas wie ein Schlüssel zu einem schwer vorstellbaren, kleinen, aber bergenden Häuschen, in dem sie nicht einfach nur vorübergehend Zuflucht, sondern ein neues gemeinsames Zuhause finden könnten.

Nach dem großen Erdbeben begann Neda auch mit ihrer nächtlichen Lektüre. Sie hatte panische Angst davor, im Schlaf vom Zorn der Erde überrascht zu werden, las oft bis um drei Uhr früh und kam entsprechend erst um elf Uhr morgens aus den Federn. Sie räkelte sich vor dem Spiegel, trug keinerlei Schminke auf, zog sich langsam und sorgsam an, als wolle sie dieses Kleid nun bis an ihr Lebensende tragen, und glich darin einem achtzehnjährigen Teenager. Wenn sie gutgelaunt war, sagte sie ihm noch tschau, wenn er zum Sender abschwirrte, und verschwand dann bis zum Abend. Nie tranken sie zusammen Kaffee, nie hechelten sie ihre Freunde und Bekannten durch, erörterten auch nie die Weltlage und hatten keine gemeinsamen Interessen. Manchmal dachte er, selbst den Geschlechtsverkehr machten sie eigentlich getrennt, auch wenn ihre Körper dabei ineinander verkrallt waren. Nein, seine Bilanz war nicht ganz gerecht. Es gab etwas, das sie ganz stark verband, und das war – das gemeinsame Flüchten aus dem Haus bei den gelegentlichen Erdbeben. Verschlafen und beinahe transparent, würde sie eine Schnute ziehen, weil er sie des Vergnügens beraubt hatte, ihm das Kotelett von gestern aufzuwärmen. Jetzt musste sie ihm ein Brot mit gekochtem Schinken und einer zusätzlichen Scheibe Käse machen und obendrauf der Mayonnaise ihrer Gleichgültigkeit.

Neda war Aspirantin am Institut für Soziologie und durch geheimnisvolle Umstände (»An allem bist du schuld!«) zu einer glühenden Anhängerin der Ideen des amerikanischen Psychoanalytikers Erich Fromm geworden. Seine Bücher *Die Furcht vor der Freiheit* und *Gesellschaft und Seele* hatten sich in Grundzüge ihres Denkes verwandelt; die dezidierten Verbindungslinien zwischen seiner Lehre und dem Zen-Buddhismus berauschten sie geradezu. Sie sprach über diese Dinge fast nie mit Jordan, doch aus einer ihrer seltenen Eröffnungen hierzu hatte er eine der zentralen Thesen behalten: »In der Liebe verwirklicht sich das Paradox, dass zwei Wesen eins werden, und dabei doch zwei bleiben.« Als Grundkomponenten wahrer Liebe nannte Fromm: Fürsorge, Verantwortungsgefühl, Wertschätzung, einander kennen. Indem sie sich durch derartige deduktive Theorien vor dem Kontakt mit allem Wirklichen abriegelte und ihre Seele mumifizierte, blieb Jordan vollkommen außen vor. Er und Neda waren zwei Wesen und blieben zwei Wesen, die nie zu einem wurden. Was Fürsorge und Verantwortungsgefühl anbetraf, die reservierte sie gänzlich für ihre Tochter Jana, und die Wertschätzung und das Einanderkennen für ihre »erleuchteten« Brüder und Schwestern im Geiste. Manchmal, wenn er nicht an seiner nächsten Sendung arbeitete, hatte Jordan das komische Gefühl, dass er Neda zum ersten Mal begegne; es fehlte aber eine dritte Person, die so freundlich war, sie einander vorzustellen.

Neda hatte vorwiegend Umgang mit Psychiatern, die, um interessant und modern zu sein, sich auf die Psychoanalyse verlegt hatten. Den Kontakt zu ihnen aufgenommen hatte sie nicht, weil sie so exzentrisch war, sondern weil sie unterbewusst Respekt vor der Größe des Wahnsinns hatte und dabei ihrem Instinkt folgte. Die meisten waren noch recht junge, hochintelligente Männer mit Protestvollbärten, die ständig unausgeschlafen wirkten und gesellschaftlich nicht anerkannt waren. Sie hatte sie Jordan sogar vorgestellt, und sie hatten ihn betrachtet mit jenem überlegenen professionellen Verständnis, das den pathologischen Fall, hier: *die Persönlichkeitsdeformation durch Popularitätsschock*, sofort erkannte. Er wiederum sah in ihnen typisch neurotische Verlierertypen, die aus der Not eine Tugend machten. Die Nähe zu einem Menschen verlockt uns, ihn nachzuahmen. Leute, die über lange Zeit zusammenleben, beginnen einander sogar physiognomisch zu gleichen. Jordan war ein Symbol für das Fernsehen, sie eines für den Wahnsinn – zwei Phänomene, die auf den ersten Blick so verschieden und zugleich in ihrem Wesen doch so erstaunlich verwandt waren.

Er verachtete Nedas Psychoanalytikerfreunde. Und sie, mit ihrer Gewohnheit, alles zu verzeihen außer der Normalität, hassten ihn auch. Wenn er gerade nicht auf der Mattscheibe zu sehen war, kam er ihnen langweilig und konturlos vor, sie wiederum verloren, ohne ihre Nervenheilanstalten im Hintergrund, ihr Charisma und ihre geheimnisvolle Aura. Einige von ihnen glaubten an Wiedergeburt, andere beschäftigten sich eingehend mit östlichen Philosophien, vor allem dem Taoismus und dem Zen-Buddhismus. Einer von ihnen war zutiefst davon überzeugt, dass es eine Verbindung zwischen dem Indigoblau des tiefen Kosmos, der menschlichen Aura und dem Psychischen gab. Er hatte sich sogar ein altes Zeiss-Teleskop gekauft, um mit der »Psychizität« der Sterne in Berührung zu kommen. Psychiater waren zu dieser Zeit in Bulgarien gesellschaftliche Randfiguren, die vom System notorisch geächtet wurden, denn offiziell gab es in Bulgarien weder Verrückte noch Behinderte. Nach dem Prinzip von Zuckerbrot und Peitsche bekamen Nedas Freunde aufgrund ihrer gesellschaftlichen Bedeutungslosigkeit also sehr, sehr wenig vom Zuckerbrot; da die weggesperrten Geisteskranken aber auch keine »Volksfeinde« werden konnten, bekamen sie im Gegenzug auch nur sehr, sehr wenig von der Peitsche zu spüren. Sie beobachteten eindringlich, aber mit schwerfälligen Sinnen und ohne Neugier. Eine Schizophrenie war natürlich nur mit sehr viel Geduld und Aufmerksamkeit zu heilen. Im Fernsehen, wo man blitzschnell auf alles reagieren musste, hieß so etwas Lahmarschigkeit und hätte zu schleuniger Entlassung geführt.

Mit besonderer Feindseligkeit erfüllte ihn Grischa, und dies nicht etwa, weil der versuchte, großmütig mit Jordan umzugehen. Grischa war der Begründer der Gruppentherapie in Bulgarien. Er versammelte seine Einsam-und-Verlassenen jeden Mittwoch und Freitag. Neda ging hin, um in die kaum fassbare Atmosphäre verklemmter Wahnbilder und schöpferischer Beschaulichkeit ihres Gurus einzutauchen. Ihre Dissertation trug den donnernden Titel *Die Ekstase der Einsamkeit und das Unterbewusste.* Darin versuchte sie, Neurosen mit dem Fehlen von Liebe und Zuwendung und mit der Entfremdung zu erklären. Jeder dieser in seiner Einsamkeit verschroben gewordenen Käuze erzählte in der Gruppe von seinen Problemen; anschließend erörterten alle gemeinsam seine Bekenntnisse, bis der Kern des Problems vollkommen herausgeschält war. Die Atmosphäre freien und freiwilligen Austauschs in der Gruppe war in der Tat beeindruckend. Es grenzte an Exhibitionismus, wie sich alle um restlose Offenheit, um völlige seelische Entblößung bemühten. Es sah ganz so aus, als wirke die Gruppentherapie in ähnlicher Weise reinigend auf die Seele wie Rizinusöl bei Verstopfung. Als er Neda gegenüber diesen Vergleich äußerte, durfte er einen Monat lang nicht zu ihr ins Bett.

Wovor er sich fürchtete, war aber etwas anderes. Der Sinn der Gruppentherapie bestand ja darin, dass die Leidenden durch die Entblößung ihrer intimsten Seelenpein untereinander emotionale Bindungen entwickelten. Ob beabsichtigt oder nicht, mit der Zeit entstand daraus eine gegenseitige Abhängigkeit, die der von Verliebten ähnelte – nur dass hier zwölfe sich in einen verwandelten und doch zwölfe blieben. So wie Noah der von Gott Erwählte war, der für die ganze Menschheit stand, so war auch der besprochene, erörterte und von der Gruppe mit Mitgefühl bedachte Neurotiker *zugleich er selbst und alle*, folglich resozialisiert und normal.

»Mithilfe der Liebe«, hatte Neda ihm gesagt, »glaubt Fromm, dass wir das Hauptproblem unserer Existenz überwinden können, nämlich Angst und Entfremdung.«

»Vor deinem Fromm«, erwiderte Jordan wenig sensibel, »hat Jesus von Nazareth dasselbe auch schon gepredigt, und selbst ich – was erzähle ich den Leuten denn jeden Samstag?«

Diese Antwort trug ihm einen weiteren Monat Liebesentzug ein. Na gut, die Sache mit der Kommunikation in der Gruppe und der Euphorie, die das erzeugte, verstand und akzeptierte er ja noch. Doch die Arbeit fürs Fernsehen hatte ihn gelehrt, dass die Erzeugung von Gemeinschaftsgefühlen immer im Interesse eines Einzelnen stand, der nach Macht strebte. Die freigesetzte Liebesenergie jeder Gruppe konzentrierte sich letztlich auf ihren Leiter, und Leiter von Nedas Gruppe war eben der kurzsichtige Charakterkopf Grischa. Er hatte ja nichts dagegen, dass Leute mit psychischen Problemen ihren Lehrer vergötterten. Was ihm gegen den Strich ging, war halt nur, dass seine eigene Frau mit so flammender Begeisterung und Lerneifer mit von der Gruppenpartie war! Darauf war er eifersüchtig. Er hatte Angst um ihre Beziehung. Denn Wahnsinn war nicht ansteckend, Liebe aber durchaus. Er sehnte das nächste Erdbeben geradezu herbei! Er suchte die Nähe seiner Tochter, so als wären ihre Precious-Wilson-Zöpfchen die Taue, die das Familienschiff im sicheren Hafen hielten. Jeden Monat stellte er sie vor das Zentimetermaß an der Küchentür und machte einen neuen Strich mit rotem Kuli oberhalb des letzten. Sie bliesen Seifenblasen vom Balkon und schauten, wie weit sie flogen, während das Raubtiereanschauen im Zoo und die russische Zeichentrickserie *Nu Pogody* mit dem lustigen Wolf ihn langsam mit diffuser Melancholie erfüllten.

Doch ihre kleine Gruppe – die, die aus ihm und Jana bestand – besaß nicht die Anziehungskraft des geheimnisvoll Unbestimmten und Ungewissen. Er wurde das Gefühl nicht los, dass Nedas »Kunst des Liebens« à la Fromm sie vor allem dazu verleitete, ihm Jana durch unablässige *Fürsorge* und aus reinem *Verantwortungsgefühl* zu entfremden. Es war schon ein Reflex, dass sie den Fernseher spätestens dann ausschaltete, wenn das Gesicht ihres Mannes darauf erschien, und Jana stattdessen *Michel aus Lönneberga* oder *Pu, der Bär* in die Hand drückte, um ihre Tochter so dem menschlichen Innenleben näher zu bringen und nicht der sich abnutzenden Sichtbarkeit ihres Vaters.

Doch bei aller Eifersucht schwieg Jordan. Er sagte sich: Passiver Widerstand ist der Widerstand der Mutigen! Dabei hatte er sukzessive seine ganze Courage verloren, war zutiefst verstört, sah aber immer unerschütterlich und standfest aus, getragen von seiner Popularität und der Liebe seiner Zuschauer. Die Entfremdung zwischen Neda und ihm setzte ihm arg zu, doch auf vertrackte Art und Weise fand er sie auch unterhaltsam, denn sie erhielt ihn wachsam und half, dass er sich selbst nicht überdrüssig wurde.

»Freiheit ist nicht nur die Freiheit des Andersdenkenden, wie Rosa Luxemburg meinte, sondern überhaupt anders sein zu dürfen als die anderen«, hatte ihm Grischa bei einem Abendessen gesagt, und er hatte darauf impulsiv erwidert: »Na, dann sind die Verrückten ja hochgradig frei, und der Tote absolut frei!« Damals konnte er natürlich nicht ahnen, wie verhängnisvoll prophetisch und wahr sich seine leichtfertig hingeworfenen Worte einmal erweisen sollten.

Die Lebenslust und sympathetische Energie solcher Gruppen kannte er ja nun auch aus eigener Erfahrung. Er hatte Englisch gelernt nach dem System von Dr. Losanov, der davon ausging, dass der Erlebnisfaktor den Kursteilnehmern beim Behalten des Lernstoffs helfe. Ihr *Teacher* war eine ältliche Dame, die mit ihrem fülligen Dekolleté und ihren flinken Äuglein einer gut beschäftigten Kupplerin glich. An diesen schläfrigen Nachmittagen hatte Jordan die Rolle des berühmten Regisseurs *Mike* zu spielen, Partnerin im Rollenspiel war *Linda*, die eine berühmte Schauspielerin verkörperte. Linda war Sekretärin im Außenhandelsministerium, hatte lange Beine, Brüste, die ungehorsamen Kindern glichen, und war überhaupt ein prachtvoller Beweis für den guten Geschmack ihres Chefs. Im Pingpongspiel ihrer englisch geführten Dialoge gab es so manche Anzüglichkeit: »Don't press my dress, or all the scene will be a mess!«

Wenn der Kurs nicht rechtzeitig zu Ende gegangen wäre, hätte der Film mit Linda und Mike vermutlich ein recht intimes Happyend gefunden.

17

Als er die Dusche abdrehte, fühlte er sich wieder rein. Jetzt musste er etwas tun, denn die nächste Sendung stand bevor. Nur war heute ein schwieriger Tag, Mittwoch, und er wartete. Wartete, dass Neda nach Haus kam. Oder für immer *irgendwo dortblieb*! Je mehr seine Erwartung stieg, desto größer wurde seine Selbstverachtung; dabei musste er für seine Sendung *Runder Tisch* vor Enthusiasmus bersten.

Dieser quälende Zwiespalt hinderte ihn an der Konzentration, zermürbte ihn. Die Frische nach seiner rituellen Duschung – wie nie gewesen. Er hätte sich am liebsten Nedas ganzes Anti-Erdbeben-Vorsorgepaket gekrallt und durch die Luke in den Müllschacht geworfen. Ein für alle Mal. Doch er hatte in seinem noch jungen, aber von Erfolgen überhäuften Leben bereits begriffen, dass dieser Plastikbeutel, Symbol des durchgestandenen Albtraums, die Nabelschnur war, die Neda und ihn miteinander verband und so etwas wie Nähe schuf. Er schaute in den beschlagenen Spiegel. Erinnerte sich an Jonka, den unstillbaren Drang seiner Großmutter, die Sippe um sich zu scharen, sie zu versöhnen, sie zusammenzuhalten. Wie gern hätte er ihr jetzt gesagt: »Der Ertrinkende hat keine Angst vor der Sintflut, nicht wahr?«

18

Er arbeitete durch bis fünf, ungeduldig und voller Wut. Wenn er nicht im Sender war, beschränkten sich seine Pflichten darauf, Ideen konzeptreif zu entwickeln. Er machte zwanzig Liegestütze und dreißig Situps, um in Form zu kommen. Danach kochte er sich einen starken Kaffee der Marke »Zungenschäler«. Der Kaffee machte ihn zwar auch nicht munterer, verstärkte aber seine »Antennen«, und so half er ihm dabei, seine Inkompetenz in eine Art mystische Empfänglichkeit zu verwandeln. Er schnappte sich einen Stapel leere Blätter, verschiedenfarbige Kugelschreiber, die Tageszeitung und das Buch mit den Aphorismen – und legte sich aufs Kanapee.

Das französische Fenster der Mansarde gab den Blick frei auf den verschneiten Bergkamm des Witoscha. Das Turteln der Tauben, die um die benachbarten Kamine flatterten, ließ ihn sich dem Himmel verwandt und nahe fühlen, dem Vorfrühlingshimmel. Die Öde der linientreuen Zeitung und die triefende Weisheit der Aphorismen schläferten ihn ein. »Allein wie eine leere Flasche auf dem Tisch ohne Mensch dahinter …« Dieser Vers von Langston Hughes ging ihm durch und durch, wirkte so berauschend stark auf ihn, dass er erschauerte. Jordan starrte auf einen Punkt, ins Nichts. Bei diesen Ideenerwartungspausen schlief er gelegentlich ein. Nein, meist schlief er dabei ein.

Was er brauchte, war der Opener für die richtige, die fesselnde Perspektive. Die Idee hatte ihm sein Chefredakteur hingeworfen, ohne es zu wissen. Dabei hatte Gospodinov auf diese besondere, scheißfreundliche Art gelächelt, als habe er soeben auf eine Zitrone gebissen. Jordan hatte augenblicklich Herzklopfen und Entlassungsängste bekommen.

»Schau mal, Leidensgenosse, wir sind so beduselt von diesem ganzen Glasnost- und Perestrojka-Gequatsche, dass wir völlig vergessen haben: Es gibt sie, die Heldentat. Es reicht langsam mit dem Kritisieren, der Aufgebrachtheit und Lärmschlagerei; Zeit, dem Zuschauer mal wieder was Konstruktives zu bieten, ein bisschen Perspektive. Nicht wahr, du weißt, worauf ich hinauswill?«

Statt zum Herzen griff Jordans Hand zum Schreibtisch. Er bat aber nicht um Baldrian. Das hätte seinen Chef beleidigt, denn Beschränktheit war empfindsam und ebenso leicht zu kränken wie Bescheidenheit. Mit wachsendem Entsetzen las Jordan die russischen Enthüllungsartikel in *Noviy Mir*, in der *Literaturnaya Gazeta* und in *Ogonyok*, tat im Klubrestaurant des Journalistenverbandes seine Erschütterung über die sibirischen Straflager kund, doch in seiner eigenen Sendung *Runder Tisch* vermied er es, über das neue Denken in der Sowjetunion, über Glasnost und Perestrojka zu sprechen. Erstens glaubte er nicht daran. Gorbatschow, der »von Gott auf der Stirn Gezeichnete«, wie Neda ihn nannte, war ungemein eitel, redete überladen und leer, änderte in der Praxis aber gar nichts. Zweitens wollte Jordan sich nicht in die Nesseln setzen für etwas, das noch gar nicht passiert war und vielleicht auch nicht passieren würde oder konnte. Mochten sie sich in den Cafés darüber in Begeisterung reden! Die Sache war zweischneidig, voller Ungewissheiten und – zunehmend gefährlich.

Die Schwachsinnigkeit des »Systems« hatte das Fernsehen in ein Massenmedium der besonderen Art verwandelt. Die Leute glaubten ihm nicht. Sie trauten nur Beiträgen, die sich mit gesellschaftlich harmlosen Themen beschäftigten, und die Sendungen, die sie mit wirklichem Interesse schauten, behandelten heikle Fragen eher unterhaltsamer Natur.

Längst hatten die Zuschauer aufgehört, der Propaganda zu folgen. Berieselt vom unaufhörlichen Zwangsoptimismus der Nachrichten, gingen die den Leuten irgendwann nur noch zum einen Ohr hinein und zum anderen wieder hinaus. Eingefangen vom Bildschirm, weckte das wirklich Wichtige, gesellschaftlich Folgenreiche nur Misstrauen und Zweifel. Zu viele historische Siege waren von gefilmten Parteikongressen vermeldet worden. In ihrer pathetisch raschelnden Kunstblumen-Sterilität lösten derlei Meldungen bei ihnen nur noch Niedergeschlagenheit aus.

»Historiker sind wenigstens erzählfreudig und können reden«, gelang es ihm zu sagen.

»Schau mal, Weltschev«, fiel ihm der Chef ins Wort, »du kannst dir deine Historiker sonst wo hinstecken. Gestern auf der Sitzung des Zentralkomitees wurde klar und deutlich geäußert, *dass wir Helden brauchen*, und zwar hier und jetzt. Es geht um nichts weniger als um die zeitgenössische Persönlichkeit.«

Kleinlaut sagte Jordan seinem Vorgesetzten die Sendung zu, dachte aber erst später darüber nach. Was zum Teufel sollte das sein, eine Heldentat? Auf die Spitze getriebene Eitelkeit? Verhängnisvolle Blödheit? Ein Gespür für die Unsterblichkeit des Augenblicks oder eine »Absage an die Freiheit«, wie sich Nedas Lieblings-Freudianer Grischa in Anlehnung an Fromm wohl ausgedrückt hätte? Und wozu sollte derlei gut sein? Kopfschmerzen waren die einzige Antwort.

Sima hatte ein beeindruckendes Beispiel im Stahlwerk Kremikovzi aufgespürt. Am Morgen fuhren sie mit dem Ü-Wagen zum Werk hinaus, um dem Einspielfilm Authentizität zu verleihen. Die Sache war die: Ein Mechaniker, den alle nur Bai Dontscho nannten, hatte eine halbe Minute unter einer zwei Tonnen schweren Konstruktion gelegen – *und hatte überlebt*. Der Vorfall war ungeheuerlich und umgeben von einem Geflecht des Mysteriösen, das Jordan nicht aufgedröselt bekam. Die Maschine war an einem beweglichen Hebekran befestigt gewesen. Bai Dontscho hatte sich zur Endmontage darunter gelegt, um sie am Betonpostament zu befestigen. Plötzlich: Stromausfall! Die Seilwinde des Hebekrans rollt rasend schnell ab, das tonnenschwere Ungeheuer senkt sich auf Bai Dontscho nieder. Der Mann schwebt (oder vielmehr »klemmt«) zwischen Leben und Tod. Seine Ellbogen bohren sich in den Boden, sein

Haar steht zu Berge. Im Nu sind Arbeiter zur Stelle, die die Maschine mit Klötzen abstützen und mit Keilen hochhebeln, bis der Verunglückte herauskriechen kann …

Jordan war erschüttert. Dieser »einfache Mann mit sozialistischem Bewusstsein«, schrieben die *Abendnachrichten* ganz im damaligen Schablonenstil, sei »bereit gewesen, sich zu opfern, sich selbst zu vergessen, um die teure Konstruktion zu retten!« Etwas an diesem gefeierten Wunder entzog sich aber Jordans Verständnis. Der Mann, schüttelte er voll Unverständnis den Kopf, hatte seinen als heldenhaft gepriesenen Kraftakt doch nicht aus eigenem Willen, aus Heldenmut vollbracht, sondern notgedrungen, aufgrund einer Panne!

Er nippte an seinem Kaffee, versuchte, auf andere Gedanken zu kommen, stellte sich Neda in ihrer »Gruppe« vor. Vermutlich erzählte gerade einer, dass seine Tante gestorben war, und nun schämte er sich. Wieso? Weil er nicht über ihren Tod trauerte, wie die gute Sitte und das schlechte Gewissen es doch vorschrieben. Obwohl: »Nur meine Tante liebt mich!« Grischa weist ihn fragend darauf hin: »Wieso sprichst du im Präsens?« Der Neurotiker lächelt gequält. Neda schaut Grischa fragend an. Jetzt verkörpert er die verstorbene Tante! »Sie hat mir immer etwas Süßes vorgesetzt, mir manchmal aus den Karten gelesen. Sie meinte, die Karten träfen es immer freitags.« Durch die Gruppe geht eine gerührte Bewegung. Heute ist Mittwoch, aber ihr charismatischer Psychotherapeut, ihrer aller platonische Liebe, trifft es auch mittwochs. Er sieht nachdenklich und fast schön aus mit seinen kurzsichtigen Augen, denen nichts verborgen bleibt. Seine Finger trommeln auf den Schreibtisch. Neda findet ihn zugleich zart und unangreifbar, physisch hilflos und allmächtig, und der diffuse Wunsch kommt in ihr auf, ihn zu durchschauen. Diese Leute hier, die zerbrochen sind an fremder Gleichgültigkeit und versackt in ihrer ungewollten Einsamkeit, brauchen ihn … Jordan hingegen bedient die Gesunden und Selbstzufriedenen, unterhält sie, befreit sie aber nicht, weil er sie nicht seinem Charisma und seiner Liebe, sondern seiner Berühmtheit unterwirft. Seine Bemühungen sind ebenso dreist wie unnütz; es ist doch idiotisch, halb Fernsehbulgarien in eine »Gruppe« zu verwandeln. Das Schweigen Grischas ist schöpferisch, seine Geschwätzigkeit hingegen nur talentlos. Das Vermögen des Psychotherapeuten, seine Patienten von fixen Ideen zu befreien, ist eine Wissenschaft, während sein *Runder Tisch* nichts als ein Ergebnis von *Organisation* ist!

Organisation? Natürlich, *Organisation!* Das war die Offenbarung, die er in den Tiefen seines Unterbewussten gesucht hatte! Intuition, dein Name ist Ahnungslosigkeit! Die Sendung würde einschlagen wie eine Bombe, das wusste Jordan im selben Moment, in dem ihm dieses matte, abgenutzte Wort »Organisation« in den Sinn kam. Sofort begann er im Kopf, ein Konzept zu bauen. Er würde einen von Nedas Psychiatern einladen, einen Schriftsteller, der sich mit den »Problemen« der Arbeiterklasse befasste, einen Psychologie-Professor, einen Fabrikdirektor und vermutlich noch jemanden vom Militär.

Die Heldentat, so würde er seine Sendung anmoderieren, ist keine Pflicht, sondern eine extreme individuelle Wahl und moralisches Recht des Menschen. Sich selbst derart zu überwinden, dass man sich über seinen Selbsterhaltungstrieb erhebt, sich der Finsternis einer jahrtausendealten Biologie zum Trotz opfert, damit es vor anderen hell wird, oder eine Idee zu leben – dies ist Ausdruck des Fortschrittes der menschlichen Vernunft, der Vergeistigung der ganzen Menschheit. Wir hier am runden Tisch aber haben uns heute zusammengefunden, um von der Heldentat heute, im Hier und Jetzt, zu sprechen. – An dieser Stelle schaltet Sima das Interview mit Bai Dontscho, dem unfreiwilligen Helden, ein. Die Kamera fährt langsam über seine malträtierten Arme, seine geschwollenen Ellbogen. Wir hören dem Monteur mit steigendem, aber diffusem Interesse zu. Dann *Kamera-Totale auf Jordan:* »So an den Haaren herbeigezogen es auch klingen mag, verehrte Zuschauer, die Notwendigkeit der Heldentat, vor allem in Jahren des technologischen Fortschrittes – ist sie nicht dem *Mangel an Organisation* geschuldet? Der Genosse Dontscho Topalov hat seine bescheidene menschliche Pflicht erfüllt, war durch die Umstände gezwungen, sich zu opfern, weil der Strom ausfiel – was, anders ausgedrückt, bedeutet, dass *jemand anderes* seine Arbeit nicht gewissenhaft getan hat. Mag die Heldentat von individueller Größe zeugen; die Verantwortungslosigkeit, die darin besteht, das Funktionieren einer professionell ablaufenden Organisation zu stören, ist ein gesellschaftliches Verbrechen.« Dann, an die Tischrunde gewandt: »Hier haben wir das moralische Dilemma, auf das ich Sie bitten möchte, Ihre Ausführungen zu fokussieren ...«

Draußen war ein flauschiger, reinigender Schnee gefallen. Der Abend fiel so still und weiß herab, dass es ihn schmerzte. Neda war jetzt vermutlich dabei, die eindringlichen Analysen ihres Fakirs Grischa zu protokollieren, fiel ihm ein. »Die Tatsache, dass du keine Trauer empfunden hast, als deine Tante starb«, hörte er Grischas erfahrene, perfide Stimme sagen, »spricht dafür, dass du sie noch immer als lebend wahrnimmst. Das Objekt deines Anhimmelns ist fort, nicht aber deine Liebe! Aus diesem Grund sprichst du von ihr auch im Präsens, sagst in der Gegenwartsform, wie sehr sie dich *liebt* ...« Die Gruppe seufzt glücklich auf; alle sind wieder vereint; auch der Tod dieser Tante konnte sie nicht trennen. Neda zieht ihr indisches Tuch enger um die Schultern und schaut voller Begeisterung auf Grischa. Es gibt nichts Gefährlicheres für die Frau als ihre bewältigte Frigidität; sie beginnt dann, sich wie ein unverwirklichter Mann zu fühlen.

»Du bist schuld«, hatte Neda ihm, Jordan, in sonderbarem Erschrecken gesagt. Er wusste, dass er an *allem* schuld war, aber woran *konkret?*

Er musste Sima anrufen. Er brauchte einen Piloten, der sich mit einem unzureichend reparierten Flugzeug in die Abgründe des Himmels gestürzt hatte.

19

Nachdem sie gebadet war, wollte Jana »barfußen«, wie sie es von klein auf mit einem selbst erfundenen Verb ausdrückte. Sie mochte es, wenn der Teppich kitzelleicht ihre Fußsohlen stach. Neda hingegen ärgerte sich, weil das Kind nicht stillhielt, während sie versuchte, ihm die beiden Precious-Wilson-Zöpfe um das blasse Gesichtchen zu flechten. Diese niedlichen Zöpfe hatte sich Dessislava ausgedacht, die sich auch sonst um Janas Erscheinungsbild kümmerte. Sie hatte Neda und Jordan beschworen, ihrem Töchterchen nie Schleifen ins Haar zu binden und auf keinen Fall kurze, weiße Kleidchen anzuziehen. Seine Tochter trug also nur »lang« und sah in ihrer modernen Kleidung aus wie eine kleine Dame.

Neda ärgerte sich auch deshalb so sehr, weil sie gerade dabei war, auf der Schreibmaschine ihre Eindrücke vom seelischen Veredlungsprozess der Therapiegruppe abzutippen. Danach würden beide ins Schlafzimmer gehen und eine Märchenschallplatte auflegen. Jana hatte heute Fernsehverbot, denn gleich nach dem *Sandmännchen* kam ... ihr Papa auf den Bildschirm. Der Schallplattenspieler hingegen war so etwas wie eine moderne Erzähl-Oma. Das war weder der erste noch der letzte Widerspruch Nedas, doch – dachte Jordan – der Einheit und dem Kampf der Gegensätze entspringt die Ganzheit.

Er war ja auch nicht weniger nervös und gereizt als sie. Gerade suchte er seine Autoschlüssel. Jeden Augenblick konnte er in Panik ausbrechen und seine unterdrückte Eifersucht hinausschreien. Deren einziges Symptom, außer dem Gefühl, dass er sich beeilen müsse, weil er schon wieder Gefahr laufe, zu spät zu kommen, bestand in der ständigen Angst, etwas zu verlieren. Wenn er zu einer Dienstreise aufbrach, prüfte er so lange, ob er auch seinen Pass eingesteckt hatte, bis er ihn irgendwo liegenließ. Seine Honoraranweisungen steckten beispielsweise in der Bibliothek zwischen Stojanovs *Aufzeichnungen über die Aufstände in Bulgarien* und Radevs *Die Baumeister des heutigen Bulgarien*, bis sie irgendwann verschwunden waren. Seinen Dienstausweis hielt er auf dem ganzen Weg zum Fernsehen in der Hand, obwohl die Wachsoldaten am Eingang ihn längst kannten. Die Tage, an denen er sein Gehalt bekam, waren Albträume, denn die Banknoten, die er sich in die Gesäßtasche steckte, schienen luftlöslich zu sein. Während einer Aufzeichnung arbeitete er nie mit Notizzetteln oder Kärtchen, aus purer Angst, er könnte sie im entscheidenden Moment nicht finden.

Dieser peinigende Komplex hatte allerdings nichts gemein mit »Furcht vor der Freiheit«, wie Nedas Psychologiegott Erich Fromm diagnostiziert hätte. Viel zu genau erinnerte sich Jordan an den Moment, in dem er ihn bekommen hatte. Es war in einem gleißenden, endlosen Sommer voller »Barfußen« gewesen, er sechs Jahre alt. An jenem Nachmittag hatten er und die anderen Jungen versucht, einem verzärtelten Hündchen ein Stück Blech an den Schwanz zu binden. Es muss ein Pudel gewesen sein, völlig deplaziert im Elend ihres damaligen Viertels, mit schlaftrunkenen, liebeskranken Augen und einem Halsband aus echtem Leder. Sie hassten das Tier sofort, denn es war ein Wesen aus einer anderen, reichen und unberührten Welt, mit krausem Fell von so unglaublicher Weiße, als käme es gerade aus der chemischen Reinigung. Die Kinder von der Klokotnizastraße hatten ein »Hilfs-Kommando« nach dem Vorbild des russischen Kinderbuch-Klassikers *Timur und sein Kommando* gebildet, kauften gebrechlichen Omas Milch ein und fütterten die herrenlosen Promenadenmischungen auf der Straße. Dieser Pudel aber stieß sie ab mit seiner Menschenähnlichkeit, seinem vornehmen Hunger nach Streicheleinheiten und seiner Fähigkeit, mit angezogenen Vorderpfötchen auf den Hinterbeinen zu laufen. Selbst sein Geruch erregte Verdacht; er war irgendwie bürgerlich. Auf einmal tauchte an der Ecke wutentbrannt sein Herrchen auf. Jordan nahm die Beine in die Hand, robbte über den benachbarten Hühnerstall, fiel von der Mauer und schlug sich die Knie auf. – Im heimischen Hof hatte sich unterdessen etwas Unglaubliches ereignet. Unter der Quitte, gleich neben den abgelatschten Schuhen, war ein Tisch aufgestellt worden, eine weiße Tischdecke darauf. Um diesen Tisch saßen Jonka mit im Schoß verschränkten Händen, sein Vater mit aufgeknöpftem Hemd und eine unfassbar schöne Frau mit goldenem Haar. Ihr Gesicht lag im Schatten des Baumes, doch alles deutete darauf hin, dass sie einem Märchen entstiegen war. Sie war ihm so nahe – wenn auch bis zu diesem Moment nur als Erwartung – und geradezu schmerzlich bekannt. »Mama!« In seinen Träumen sah er sie genau so, mit Haaren voller Goldfäden, Nachmittagssonne und innehaltendem Wind.

»Mama ...« Er erinnerte sich nicht mehr, ob er das rief oder nur flüsterte; doch er warf sich wie ein Schoßhündchen in ihre geöffneten Arme und umschlang mit seinen Händen ihren feinen Nacken. »Ich heiße Emilia«, sagte die Frau und errötete. Er spürte plötzlich ihre festen Brüste unter ihrem Kattunkleid, die Wärme ihrer Schenkel und den Unterton von Hass in ihrer Stimme. Nein, er war nicht in der Geborgenheit seiner Mama gelandet, sondern bei einer Frau! Er war ein kleiner Mann, und sie eine große, fremde Frau. Erst im Winkelzimmer, auf dem Bett, als Jonka sein Gesicht mit Wasser besprengte, kam er zur Besinnung. Er spürte, wie das Kissen zwischen seine Zähne rutschte und ihn zu ersticken begann. Er bekam Angst, er könnte dem Kissen Schmerz zufügen. Draußen das Licht sah einsam und verschattet aus. »Es wird Zeit, dass du endlich begreifst«, hatte Jonka geschimpft, »dass du keine Mutter hast!« Da hatte er zum ersten Mal in seinem Leben das Gefühl, dass er etwas verloren hatte! Hoffnungslos und ein für alle Mal. –

»Du suchst sicher deine Autoschlüssel?«, fragte Neda kühl. »Du hast sie nicht verloren. Jana hat sie in der Hand.«

Zweites Kapitel

1

In der letzten Reihe des Parketts, versteckt unter dem Schatten der überhängenden Loge, hatte er es sich in seiner Einsamkeit bequem gemacht. Mit ausgestreckten Beinen, lässig herabhängenden Armen, aber einem Herzen, das unruhig schlug. Die Probe verlief irgendwie schleppend und zerfahren. Das gab ihm Gelegenheit, abzuschalten und sich seinen Gedanken zu überlassen. Ziellos wie das Leiden des dänischen Prinzen vagabundierten sie durch die Dunkelheit. Die Tragödie dieses gesichtslosen und unentschlossenen Typen, der sich benahm wie ein Schwuler, der irgendwie trotzdem ständig Kinder zeugte, ärgerte ihn schrecklich. Da hatte er doch ganz andere Sorgen. Minister Sdravkov, sein Chef, setzte ihm übel zu. Mit der Verachtung des geistig Unterlegenen hasste der ihn bis aufs Blut, hatte aber aus demselben Grund auch Angst vor Christo. *Um ihn loszuwerden, beförderte er ihn* – auf einen Posten in die Staatsanwaltschaft. Dort wurde er aus ähnlichen Gründen wieder befördertversetzt, und zwar – zurück ins Justizministerium. Nach diesen Beförderungen saß ihm der Minister derart dicht im Nacken, dass er ihn als eine Art ständiger Bedrohung im Hinterhalt empfand. Mit großer Wahrscheinlichkeit arbeitete der Minister daran, ihm einen Konsulatsposten in irgendeiner gottvergessenen afrikanischen Bananenrepublik zuzuschanzen, gleich neben der Serengeti mit ihren Safaris, wilden Tieren und atemberaubenden Sonnenuntergängen, ihren verschlagenen Hyänen, faulen Löwen und bettelarmen Einwohnern. Nur dass Christo diese Hinaus-Beförderung dankend ablehnen würde. In einer Unterredung kam scheinbar zufällig, im Grunde aber wohlinszeniert heraus, dass der Sohn von Professor Alexander Weltschev und Enkel von Akademiemitglied Kotzev für die bulgarische Stasi arbeitete. Sdravkov bekam nur nicht heraus, ob als einfacher IM-Spitzel oder als fest in die Struktur des Amtes eingebundener Offizier, als fiese kleine Petze oder als Rasse-Spürhund mit feiner Nase. Bauer oder Dame – oder Bauer, der drauf und dran war, sich in eine Dame zu verwandeln? Die Ungewissheit ist, da wir sie nicht kontrollieren können, immer quälend und bedrohlicher als selbst die schlimmste klar erkannte Gefahr. Als Büroleiterin hatte Sdravkov eine sechsundzwanzigjährige Schönheit eingestellt und sie unverzüglich zu seiner Geliebten gemacht. Höchst generös hatte der Minister versucht, sie Christo unterzuschieben, damit sie für ihn herausfand, zu welchem Zweck die bulgarische Stasi ihn in den Kreis seiner Berater erhoben hatte und welche kleinlichen Händel er gegen ihn ausheckte. Christo hielt dieser Belagerung mit demütig gesenktem Blick und unerschütterlicher Moral tapfer stand. Zum Ausgleich ging er mit Mariana Ilieva von der Abteilung Öffentlichkeitsarbeit ins Bett, einer ehemaligen Journalistin. Ilieva war eine geschiedene Frau voller Leidenschaft mit seidiger Haut und erzählfreudigen Schenkeln, deren blendende Schönheit vervollkommnet wurde durch traurige Sklavinnenaugen. Auf einer Dienstreise nach Kuba gelang es Christo nach dem Besuch des pulsierenden kaffeebraunen Tanzvarietés *Tropicana*, sie nun seinerseits dem Minister unterzujubeln. Auf diese Weise brachte er bald in Erfahrung, dass Sdravkov für den Bau seines zweigeschossigen Landhauses mit schmucken Erkerchen und einer riesigen Terrasse nur lächerliche zwölftausend Leva hingeblättert hatte. So viel kostete ein kleines Plattenbauappartement von sechzig Quadratmetern! Der Direktor der Sofioter Baufirma SOFSTROY, die diese Villa errichtet hatte, hatte einen Bruder, der dabei ertappt wurde, »kleine Geschenke unter Freunden« dafür einzustreichen, dass er im Stadtviertel Rakovski illegal Wohnungen im Namen der Gemeinde vergab. Durch die mächtige Protektion Sdravkovs waren die staatsanwaltlichen Ermittlungen gegen diesen fleißigen und für seine Geschenke so dankbaren Sympathieträger rasch eingestellt worden, und das Gericht hatte ihn freigesprochen.

Das Wort »Spitzel«, das unablässig in seinem Kopf pochte, erfüllte ihn mit masochistischer Lust. Christo hatte längst begriffen, dass eine Information für ihn umso nützlicher war, je hässlicher und entlarvender sie für sein *Objekt* war. Die wirklich wichtige Information behielt er aber stets für sich. Den Stasi-Dusseln von der Sechsten Abteilung schob er das zu, was zu hören sie erwarteten, weil sie es durch eigene Nachforschungen bereits herausgefunden hatten. Major Grigorov war längst zum Oberst befördert worden, und die Ernennung zum General würde sicher nicht mehr lang auf sich warten lassen. Sein Stellvertreter, Leutnant Petrov, war im Nachzug Major geworden, doch er schaute weiterhin mit den verwunderten blauen Augen eines verlorenen Kindes in die Welt. Petrov wirkte so hilflos und verlassen, dass Christo in seiner Gegenwart vor lauter Mitleid nicht ein noch aus wusste. Sie trafen sich unverändert in dem konspirativen Appartement auf der Biglastraße im stillen und beschaulich-grünen Sofioter Wohngebiet Losenez. Drinnen roch es aus unerfindlichen Gründen ständig nach verschmorten Reifen und Stoffturnschuhen mit Gummikappen, in denen Schweißfüße gesteckt hatten. Das Wohnzimmer wirkte wegen der Brandmauer gegenüber immer düster. Eingerichtet war es mit zwei ausziehbaren Sofas, kitschigen Nachttischlampen mit Schirmen in Blumenform, einem wackligen Wohnzimmertischchen, auf dem sich überquellende Aschenbecher häuften, und einem kahlen Schreibtisch, dessen Politur sich in der vergeblichen Hoffnung, jemand möchte sich zum Arbeiten daran setzen, fast verflüchtigt hatte.

Petrov war meist schon da, wenn er kam, und erwartete ihn versunken, einsam, konzentriert. Von allen vergessen. Und dabei von einer messerscharfen Herzlichkeit. Manchmal traf Christo ihn auf dem Balkon beim Taubenfüttern an. In dieser unbewussten Kontaktsuche mit der Freiheit lag etwas Symbolisches, das einen rührte, zugleich aber die leise Vorwarnung kommender Gefahr. Am häufigsten lag Petrov bei seinem Eintreten auf einem der Sofas, beschämt von seiner eigenen Bedeutungslosigkeit, den Blick auf den ramponierten, in Bulgarien zusammengeschraubten Farbfernseher mit den belgischen Teilen geheftet, der gar nicht an die Antenne angeschlossen war. Mit einer demokratischen, einladenden Geste bot Petrov ihm Platz auf dem Plüschhocker gegenüber an. Das erstickend graue Licht ließ ihn aussehen wie einen, der gerade von seiner Frau verlassen worden war. Er knabberte Kürbiskerne aus der Schale. Mit der linken Hand griff er ins Tütchen, die Rechte brauchte er, um damit in seinen luxuriös in Leder gebundenen Terminplaner zu schreiben, den die Volksversammlung vor zwei Jahren herausgegeben hatte. Einen nach dem anderen knabberte er die Kerne aus ihrer Schale und zerkaute sie. In dieser monoton sich wiederholenden Bewegungsfolge lag etwas beruhigend Bürokratisches, regelrecht Einschläferndes. Die beigen Schalen schnipste er in einen Aschenbecher in Form einer leeren Granatenhülle, seine Zigarettenasche stippte er in einem anderen Aschenbecher aus Kristallglas ab.

Um einen nützlichen Eindruck zu machen und unersetzlich zu wirken, hatte Christo sich eine kleine Strategie zurechtgelegt. Dazu gehörte, wenigstens zweimal im Monat Berichte schreiben, um im »Aktivstatus« (der Ausdruck stammte von Major Petrov) zu verbleiben. Er durfte es aber auch nicht übertreiben. Übertriebene Beflissenheit, andere zu verraten und ihnen zu schaden, weckte nämlich ebenfalls Verdacht.

»Na, Gott sei Dank *bist du aktiv!*« Er zerkaute einen weiteren grünen Kürbiskern und klopfte sich die abgebrochenen Schalenkrümel vom Anzug, der zerknittert und nicht weniger verlassen wirkte als sein Träger. »Seit diese blöde Perestrojka Furore macht, haben sich eine ganze Reihe unserer *Freunde*« – er sagte nie *Mitarbeiter* – »in die Hosen geschissen vor Angst. Die sind *kaputt*, verdammt nochmal!«

»Genosse Major«, hatte Christo ihm an einem sonnigen und einladenden Tag gesagt, »ich verspreche Ihnen, weiterhin so aktiv zu bleiben, ein Perpetuum mobile geradezu; aber ich habe eine große Bitte an Sie.«

Der gequälte Blick Petrovs belebte sich. Die beiden Männer hatten ihre wechselseitige Abhängigkeit, ihren Nutzen voneinander längst erkannt, ihre Einigkeit in der Gespaltenheit, und im Wissen um diesen Zynismus ihres Verhältnisses verbargen sie ihre gegenseitige Verachtung nicht.

»Ich höre, Freund …«

»Ich möchte Sie eindringlich um einen großen Gefallen bitten.« Christo stotterte vor Anspannung. »Geben Sie Minister Sdravkov dezent zu verstehen, dass ich nicht bloß für Sie arbeite, sondern als Offizier fest zu Ihrer Dienststelle gehöre.«

Petrov zuckte zusammen und hörte mit dem Knabbern auf. Nun half sein verwunderter Ausdruck, ihn zu verbergen, so als sei er hinter einen

Paravent getreten. Er steckte sich eine Zigarette an, durch deren bald aufsteigenden grauen Rauch seine Isoliertheit sich zur Unerträglichkeit steigerte.

»Ich kann das nicht entscheiden, John Lennon. Hm … weiß nicht recht, muss erst mit Oberst Grigorov sprechen. Einerseits kommt mir dein Wunsch absurd vor, geradezu unmöglich, auf der anderen Seite … Bei so viel Perestrojka-Panik müssen wir schließlich für unsere treuen Freunde sorgen, wie?«

Durch eine ironische Verbeugung Hamlets vor Ophelia wurde Christo aus seiner Erinnerung gerissen. Er sah, wie hinten auf der Bühne Ophelia, verstört und enttäuscht, ihrem Prinzen eine lange Nase drehte. So sollte diese Szene enden. Ein effektvoller Einfall Dessislavas, der überraschte wie eine Ohrfeige, fand Christo, vergleichbar der Empfindung, die er in Anwesenheit Major Petrovs und seiner wundersamen, bis zur Messerschärfe gesteigerten Isoliertheit hatte. Die Bühne erlosch. Christo hörte sein eigenes Klatschen, einsam und begeistert. Die Probe war beendet. Dessislava verschwand in die Garderobe, kam aber nach einigen Minuten zu ihm. Lächelte. Irgendwie traurig. Glich einem kleinen koketten Mädchen, das gerade gelogen hatte.

»Dank dir, mein Bester«, sagte sie. »Wenn auf der Premiere alle so klatschen wie du, bricht das Theater zusammen.«

»Das war großartig, Dess. Hamlet bekommt langsam Angst vor sich selber, und weil er nicht mehr weiß, wo sonst, versteckt er sich in seiner eigenen Schuld. Das war wirklich atemberaubend.«

»Egal, was ich mache, du findest es doch von vornherein toll«, sagte sie grollend.

»›Toll‹ ist gar kein Ausdruck; ich vergöttere deine widerborstigen Einfälle. Sollen wir gegenüber im Ungarischen Restaurant was trinken gehen?«

»In letzter Zeit laden mich alle dorthin ein«, antwortete sie und lächelte.

Gott, wie sie lächelte … Ihm blieb das Herz stehen.

2

Im Ungarischen Restaurant war es erstaunlich leer und ruhig. Der Mittagstisch war längst vorüber, und die Zigeunermusiker, die abends aufspielten, waren noch nicht gekommen. Der Kellner war unfreundlich, und mit den Fettsäckchen unter seinen Augen sah er aus wie einer, der nach durchzechter Nacht gerade aus schwerem Schlaf mit einem noch schwereren Kater erwacht war. Christo bestellte ihnen je einen »kleinen« Wodka (was in Westeuropa einem doppelten entsprach) und einen bulgarischen Bauernsalat, anschließend zu den Lammkoteletts einen feurigen Rotwein aus Melnik vom Fass, der nach Süden duftete, nach bitteren Rosinen schmeckte und sofort zu Kopf stieg. Dessislava lächelte träumerisch. *Gott, wie sie lächelte …*

»Sind plötzlich alle so großzügig mit mir«, sagte sie.

»Weil du es verdienst. Und dabei bist du die Jüngste, das Nesthäkchen der Familie.«

»Und du? Bist doch auch nur drei Jahre älter als ich und schon ein hohes Tier im Ministerium.«

»Nur dass man mir das Alter ansieht, während du immer noch wie zwölf aussiehst … Ich seh dich noch vor mir, als wär es gestern. Wie Schneewittchen sahst du aus.«

»Solche Erinnerungen vermiesen mir die Laune, und dann werde ich böse. Und wenn ich böse werde, werde ich gefräßig und durstig, und das kommt dich teuer zu stehen.«

Christo spürte, dass er den Bogen überspannt hatte. Er flüchtete sich zu seinem Weinglas und spielte den Betrübten. Dieser sein niederschmetternder Trübsinn machte Minister Sdravkov fix und fertig, und je mehr und vergeblicher er versuchte, dessen Sinn zu ergründen, desto rasender machte ihn Christos Visage.

»Weißt du, was ich bei den Proben die ganze Zeit dachte? Ob Hamlet vielleicht latent homosexuell ist.«

»Was redest du da? Simeon hat mit ganz Prowadia geschlafen, mit halb Sofia und drei Viertel aller Schauspielaspirantinnen an der Akademie.«

»Ich meine ja auch nicht diesen Sexprotz, sondern *den Hamlet* von Shakespeare.«

Dessislava machte ein hübsches Nachdenkgesicht. Dafür tat sie nicht traurig wie Christo, sie war es wirklich.

»Hamlet ist ein von Grund auf betrogener, verlassener und kranker Mann, und er ist ab sofort nicht von Shakespeare, sondern von mir.«

Sie aßen gierig und mit dem Appetit von Menschen, die nach beschwerlicher Reise aus dem sechzehnten Jahrhundert zurückkehrten. Christo bestellte Kaffee und Garasch-Torte für Dessislava.

»Bin dir wirklich dankbar, aber hör auf, dich zu jeder meiner Proben zu schleppen, sonst dreh ich noch durch.«

»Ich komme ja nicht deinetwegen, sondern wegen Hamlet«, log er ungeschickt.

»Eigentlich … komm ruhig, du bist mir die allertreueste Seele!«

»Wirklich?«, fuhr Christo zusammen.

»Wenn du nicht mein Cousin wärst, könnt' ich mich glatt in dich verlieben.«

»Ich bin ja dein hochgradig ferner Vetter zweiten Grades.«

»Warum gleicht dieser Bastard von Simeon dir aber auch ganz und gar nicht?«

Dessislava hatte ja keine Ahnung, auf welchen fruchtbaren Boden solche Bekundungen bei Christo fielen. Er lächelte lau, trank seinen Kaffee aus und steckte sich eine schwarze Gauloise an. Zwei Stangen im Monat rauchte er davon. Er hatte Verbindungen zum Flughafen-Zollamt und kaufte sie gegen amerikanische Valuta im dortigen Duty-free-Shop.

»Was sagst du denn zur Perestrojka, Dess«, fragte er zu seiner eigenen Überraschung.

»Na, ich hoffe, Gorbatschow setzt sich durch. Sende ihm jeden Abend gute Wünsche.«

»Du glaubst ihm also?«

»Ich glaube, dass sich irgendwann ja mal was ändern muss.« Der Teelöffel mit dem Tortenstückchen darauf verharrte melancholisch vor ihrem Mund. »Auch wenn er mir … wie soll ich sagen … Er kommt mir ein bisschen sehr selbstverliebt vor, als schaue er ständig in einen Spiegel und wolle um jeden Preis gefallen.« Das Tortenstück verschwand in ihrem Mund. »Jordan war vor einem Monat in der Sowjetunion. Weißt du, wie sie Gorbatschow dort nennen? – Balalaika!«

»Sieh an, Balalaika, interessant, interessant. Muss mich dieser Tage mal bei Jordan melden und ihm Löcher in den Bauch fragen.«

3

In einer dreistündigen »Tischprobe« setzte Dessislava die Feier im Schloss zusammen, bei der auf Betreiben Hamlets der Mord an seinem Vater einschließlich der Blutschande seiner Mutter von der fahrenden Theatertruppe als Stück im Stück gespielt wurde. Diese Szene war entscheidend für ihre Prüfung, da der Sozialistenheilige Sotirov dickköpfig auf Massenszenen Wert legte. Der gute Schauspieler mag sich in seiner Rolle entdecken, sodass er gleichsam nur sich selbst spielen muss; der Regisseur aber muss das Ganze im Blick haben, die Komposition des Textes in Raum und Zeit sehen und das aristotelische Prinzip der Einheit von Zeit, Ort und Handlung anwenden, beschwor der Allgewaltige seine Studenten unablässig. Das Festmahl am dänischen Königshof »verplemperte« sie auf einer der kleinen Werkstattbühnen. Für die Nebenrollen hatte sie Studenten im zweiten Studienjahr genommen, die sich noch nicht für Genies hielten, still und ergeben auf den langen Bänken an der Festtafel Platz nahmen und folgsam waren wie artige Kinder. Während der ganzen Zeit peinigte Dessislava das Gefühl, dass es *um ihre eigene Mutter ging, die Beihilfe zur Vergiftung ihres eigenen Vaters geleistet hatte!* Ihre Depression, die Depression des verlassenen Kindes, hatte unterbewusst ihre Macht als Regisseur *verdrängt*. Durch das Fenster quoll erdiggraues Licht. Die Studenten bemühten sich immerhin so weit, dass sie morgen mit ihnen auf die große Bühne gehen konnte.

Sie hatte zwar noch einen ganzen Monat bis zur Premiere, ihr Staatsexamen fiel aber genau auf den Scheidungstermin ihrer Eltern. An diesem Morgen würden Jordan und sie »freiwillig« im Gerichtssaal erscheinen müssen. Mit der Apathie »vernünftig« gewordener Kinder würden sie bezeugen, dass ihre Eltern tolle Menschen waren, die vierzig Jahre lang glücklich miteinander gelebt hätten; neuerdings aber mache sich die Unvereinbarkeit ihrer Charaktere doch sehr störend bemerkbar … Und am Abend, nach dieser morgendlichen Festouvertüre, sollte Dessislava einen draufsetzen und ein derartiges Theaterfest steigen lassen, dass die ganze Schauspielakademie darüber redete.

Sie ging mit Maja die Treppe hinunter zur Kantine. Ihre Ophelia reihte sich in die Schlange ein mit dem hungrigen Lächeln einer Hofdame, die seit zwei Monaten Diät hält.

»Ich geb dir ein schönes Schokobiskuitteilchen aus«, grinste sie. »Du bist so ein dünnes Fädchen, da schaden dir hundert Kalorien schon nicht.«

»Warum eigentlich nicht. Im Winter nimmt man ja so oder so viel mehr Kalorien zu sich, weil Obst und Gemüse furchtbar teuer sind. Der Winter ist überhaupt teuer, nimm nur die Winterkleidung! Der Sommer dagegen – leichtes Essen, leichte Fetzen: Da summt das Bienchen froh herum!«

»Wie war's denn die Tage bei Bobby?«, unterbrach Dessislava sie.

»Wenn du auf deinen Schwindsüchtigen anspielst – der benahm sich wie ein Novize: Saß mit nem Glas Schweppes in der Ecke und hörte die ganze Nacht Kenny Rogers.«

»Von wem redest du?«

»Na, von Sim natürlich. Hat nicht eine einzige holde Maid angebaggert. Seine Treue deiner abwesenden Person gegenüber war für uns der absolute Partykiller. Wir kamen einfach nicht in Fahrt, und dabei hatte Bobby uns doch einen Abend à la Brüder Karamasow versprochen!«

»Du meinst, Simeon ist nüchtern geblieben?«

»Treu und trocken, stell dir vor. Hat zwei Liter Bitter Lemon in sich reingeschüttet und unüberhörbar für alle verkündet: ›Solange ich Hamlet bin, gehöre ich den alkoholfreien Getränken und Dess. Wenn die Tragödie vorbei ist, gehört Dess mir! Ich hasse mich und den Wodka, gebt mir Milch und Honig.‹ Nur dass Bobby keine Milch mehr gesehen hat, seit seine Mutter ihn abgestillt hat.«

Sie hatten sich von der Theke entfernt und neben das Fenster des Foyers gestellt. Zwei Studenten aus dem ersten Studienjahr kauten auf einem Mohnhörnchen mit Marmeladenfüllung und schütteten flüssigen Weizenbrei obendrauf. Das war ihre Kalorienration für heute. Diese armen Jungs aus der Provinz verzichteten auf alles, nur nicht auf ihre echten Camel Filters. Dessislava war zu der Überzeugung gekommen, dass in der modernen Welt niemand mehr nach Gemütsruhe strebte, nach Austausch und Verständnis, sondern nur nach coolem Auftreten voller gespieltem Selbstbewusstsein. Der verheimlichte Hunger und der demonstrierte Luxus gaben ein Vorgefühl kommender Erfolge: *Wir sind die Leute von morgen!* Maja seufzte verhalten. Von der Rakovski-Straße strömte wie aus einem Dom gedämpftes Licht herein.

»Sag mal, Maja«, lächelte Dessislava melancholisch, »was machst du eigentlich, wenn dich so ein Hungerhaken im Nebenzimmer flachlegen will, aber du kannst – sagen wir – seinen Mundgeruch nicht ab?«

»Deine Fragen machen mich noch meschugge, weißt du das! Soll das jetzt eine Prüfungsfrage sein?«

»Nee, eine unter Freundinnen.«

Ophelia überlegte einen Moment. Uuuh, Nachdenken! Diese vertrackte und widerspenstige Bewusstseinstätigkeit machte ihr Angst. Sie kippte ihren Kaffee in einem Zug weg und steckte sich eine neue Zigarette an.

»Wenn mir so ein Kranker auf die Pelle rückt, zieh ich meist die Nummer mit dem Psychostress ab. Männer sind ängstlich, Dess. Darum setzen sie auf den Überraschungseffekt und überfallen dich regelrecht. Das gibt ihnen das Selbstbewusstsein, sich für das starke Geschlecht zu halten. Ich schmeiß mich sofort hauteng an ihn ran und raune ihm verrucht ins Ohr: ›Na komm, Süßer, gehn wir ins Nebenzimmer, ich will dich vernaschen!‹ Sollst mal sehen, wie schnell seine Angriffslust vergeht und der Rammbock in seiner Hose knickt.«

»Und wenn er sich nicht überrumpeln lässt?«

»Tja, dann musst du leider mit ihm ins Nebenzimmer, und wenn es frei ist, deinen Worten auch Taten folgen lassen.«

»Psychologisch wirklich ausgeklügelt, deine Methode, aber wohl leider mit zweifelhaftem Erfolg …«

Dessislava verspürte einen dumpfen Kopfschmerz. Sie war schrecklich müde. Auf der Straße vor dem Fenster wurde es dunkel. Ein Omnibus fuhr zischend vorbei und bespritzte eine alte Dame in Trauer mit Dreck. Sie trug schwarze Strickhandschuhe und einen dunklen Hut mit zerzauster Feder und wirkte nicht weniger elend und verloren als der sich neigende Tag. Sie zog ein Spitzentaschentuch hervor und wischte sich damit die Schmutzspritzer vom Mantel. In ihren Bewegungen war keine Empörung zu lesen, nur Bitterkeit, Resignation und Angst.

»Dess«, zitterte Majas Stimme in einer versteckten Bitte, »hilfst du mir dabei, eine richtige Ophelia zu werden? Ich bin zwar überdreht, aber nicht schizo. Mach irgendwas, damit ich schizo werde.«

»Ich mach dich schizo«, erwiderte Dessislava unbestimmt. »Heut Abend komm ich zu Bobby.«

4

Das Atelier des guten Bobby befand sich auf der letzten, der elften Etage eines jener Plattenbauten im neuen Wohnkomplex »Jugend 4«, die schon nicht mehr ganz so kastenförmig waren. Durch den schludrig verputzten Raum von der Größe eines Pferdestalls liefen die Heizungsrohre. Vom Balkon dieser in Künstlerkreisen berühmt-berüchtigten Spielwiese hatte man einen Panoramablick auf den Gebirgszug des Witoscha und die an seinem Fuß sich entlangziehende Umfahrungsstraße. Das ständige Röhren der Kraftfahrzeuge unter dem erhabenen Schweigen des Berges nervte, nährte aber auch die Nostalgie nach einer versäumten und nie nachgeholten Reise. Der hohe Baukran in der Ferne glich einem reglos auf einem Bein stehenden Fischreiher.

Bobbys Bilder waren nicht nur seltsam, sondern auch radikal unfertig. Evtimov hätte gesagt, Bobby trage in sich »eine subversive Welt aus Widerstand und Zersetzung«. Ein eindeutiges Sujet war auf den Leinwänden nicht zu erkennen, dafür aber barsten sie vor Visionen, die den Betrachter gleichsam um Hilfe anflehten. Figuren, soweit es sie gab, lösten sich auf in der Energie der Farben. Jedes der Gemälde konnte man als einen Menschen auffassen, der nichts mit seinen Artgenossen gemein haben wollte.

Dessislava hatte einmal das Vergnügen gehabt, allein in dieser Bude zu landen. Sie hatte sich bei Bobby gemeldet, weil Samstagabend war, Simeon aber schon am Freitag glücklich im Suff versackt war. In ihrem Heftchen standen hundert Telefonnummern, aber nur eine Adresse. Tja, Erstere tauschen die Menschen gern aus; so können sie Kontakt halten, ohne gleich beisammen zu sein. Mit jemandem zu telefonieren war angenehm, weil man immer leicht und für den anderen nicht nachprüfbar einen Grund fand, das Gespräch abzubrechen.

Sie hatte sich ein Taxi genommen und war am späten Nachmittag bei ihm eingetroffen. In der Wohnung roch es nach Farben und Terpentin, trocknenden Bildern, unfertiger Welt. Das Durcheinander im Atelier und auf dem Bett ließen sie zurücktaumeln. Letzteres war niedrig, aber groß, mit einem gerupften Ziegenfell bedeckt und wirkte provisorisch, eine improvisierte Skizze. Eine Brutstätte für Träume oder vorzeitig abgebrochenen Schlummer. Eine ungereinigte Palette war zwischen dünne Stoffturnschuhe und einen offenen, mit Kleidung gefüllten Koffer gekullert, der den fehlenden Kleiderschrank ersetzte. Dieses ganze Chaos nun hing, nachdem es durch seine Imagination gegangen war, als Bilder an den Wänden. Sie war erschüttert von dem vielen Grau auf ihnen, silbrig und kalt wie ein am Boden zerschmetterter Schrei. Witoscha bei Nacht sah aus wie der Rücken eines liegenden Tiers. Es war kühl, finster, der Raum, der Abend, die Bilder – alles unfertig. Bobby goss ihnen Wein ein und erklärte unter dem Vorwand, das Kleid stehe ihr nicht, lässig:

»Das ziehst du wohl besser aus, Dess.«

»Bist du nicht Sims bester Freund?«, fragte sie verständnislos.

Rothaarig wie ein Ire, brach Bobby in lautes Gelächter aus und zitierte den alten Spruch Churchills, dass Freundschaften temporär und nur Interessen ewig seien.

Erst jetzt gab sie sich Rechenschaft, warum sie sich bei ihm gemeldet hatte: Niemand sonst auf Gottes schöner Erde war ihr so schnurzpiepegal. In der modernen Welt ist Gleichgültigkeit der aufrichtigste Anlass für Teilnahme und Kontakt. Bei jemandem zu sein, weil man im Grunde bei niemandem sein wollte und doch nicht allein, das war rettend und angenehm wie warme Handschuhe in einer kalten Nacht.

Sie hätte lachen und sofort wieder gehen sollen, aber der Abend kam ihr so schrecklich leer und endlos vor, nachdem Jordans Sendung *Runder Tisch* vorbei war. Sie stand auf, um sich die Bilder aus der Nähe anzusehen. Die Signatur in der rechten Ecke hatte etwas Spätbarockes, so vitalistisch-verschnörkelt war sie. Als sie sich wieder umdrehte, stand Bobby schon im Slip da, den Wein in der einen und die Zigarette in der anderen Hand. Er hatte vergessen, seine Uhr abzulegen, als befürchte er, er könne sich verspäten. Neben seinem Bauchnabel war die schlecht verheilte Narbe einer Blinddarmoperation zu sehen, und das stimmte sie irgendwie traurig.

Bobby versuchte, sie aufs Bett zu werfen, atmete heiß in ihr Ohr, war aber nur mäßig aggressiv. Dessislava verpasste ihm eine knallende Ohrfeige. Die Wange wurde sofort rot, als schäme er sich. Dabei dachte sie: Der arme Kerl kommt kaum über die Runden! Wäre nicht schlecht, wenn Mutter ihm ein Bild abkaufte. Bobby haute sofort den Korken auf die Weinflasche wie der letzte Geizkragen, nahm ihre Sturheit ansonsten aber mit stoischer Gelassenheit hin. Er tat ihr die Ehre, seine Jeans anzuziehen, und war sogar so nett, seine Narbe mit dem Hemd zu bedecken.

»Das hätte ich nicht von dir gedacht«, sagte er in weisem Ton und spuckte auf den Boden. »Es stimmt also, was man von dir sagt: Du bist eine richtige Nutte, Dess!«

5

Die einzige Veränderung im Atelier seit diesem ihrem letzten Besuch ließ ihr einen Schauer über den Rücken laufen. Über dem Bett hing jetzt ein menschlicher Schädel, in den auf widerliche Weise eine Glühbirne einmontiert war. Diese Zimmerbeleuchtung sah nicht nur gruselig aus, sie gab Dessislava auch das eklige Gefühl, dass jemand aus dem Jenseits sein Augenlicht auf sie richtete. Auf der Staffelei stand ein Bild, das vollständig in zerfallenden Grautönen gemalt war; vielleicht sah sie deshalb nur Nebel und Leere. Eine Parkbank, darauf ein angebissenes Hörnchen. Keinerlei Zusammenhang, nichts mehr …

Bobby und Maja tanzten irgendwo, wo am wenigsten leere Flaschen herumstanden oder -lagen. Die Hände des Künstlers lagen auf ihren Schenkeln, doch die Ophelia-Darstellerin blieb stoisch gelassen. Entweder Bobby hatte sich nicht von ihrer Drohung abschrecken lassen, ihn zu »vernaschen«, oder Maja war einfach entkräftet von ihrer Reisdiät. Nüchtern wie ein Prophet, hockte Simeon über einem Bildband von Salvador Dalí und grübelte gerade über die weichen Uhren auf dem Bild

Die Beständigkeit der Erinnerung nach. Wie er so unter dem leuchtenden Schädel saß, gemahnte er von ferne an Hamlet: Rätselhaft sah er aus, träumerisch und verlassen. Sie fläzte sich so dicht neben ihn, dass sie ihm ins Ohr atmete. Ihre Nähe belebte sich wie eine Parkbank mit einem angebissenen Hörnchen, das jemand liegengelassen hatte, der plötzlich fortmusste. Simeon machte einen Versuch, sie zu küssen, kapierte, dass das nicht lief, wich zurück, schaute vergrämt aus der Wäsche.

»Warum, Dess?«, fragte er.

»Keine Ahnung«, antwortete sie aufrichtig.

Beklommenes Schweigen.

»Ich erzähl dir mal was«, sagte er ebenso unerwartet wie pathetisch. »Weißt ja, dass ich aus Prowadia komme. Meine Eltern ha'm sich scheiden lassen, tja. Shit happens. Meine Mutter ist halt fünfundzwanzig Jahre jünger als mein Vater, hat sich 'nen Liebhaber gesucht. Mein Vater war Bibliothekar, bevor er in Rente ging. Seine Augen tränen ständig, vielleicht vom vielen Starren in Bücher. Dabei las er gar nicht gern, er ordnete lieber. In unserem Vorgarten hatte er Rosen gepflanzt. Das ist mir jetzt unheimlich wichtig, Dess, hörst du … Hörst du mir überhaupt zu, Dess?«

Die Angesprochene nickte, dann nahm sie einen Schluck vom kubanischen Rum. Sie mochte ihn pur, nur mit einem Stengel Krauser Minze darin.

»Mein Vater ist ein irrsinnig guter Mensch, aber arm. Wir leben von seiner Rente. Mein Stipendium reicht so eben für die Mensa und meine Zigaretten. Und jetzt das Drama … Wirst sofort verstehen, warum ich einverstanden war, den Hamlet zu spielen.«

Er leckte sich über die Lippen. Ihm machte sichtlich etwas zu schaffen, denn er war geradezu grauenvoll nüchtern.

»Ich hatte eine Freundin, Schülerliebe. Oder wie sagt Maja so schön: ›Sentimentale Erinnerung aus der grauen Vorzeit.‹ Jeden Samstag fuhr ich per Anhalter nach Prowadia, um sie zu sehen, aber ohne mich bei meinem Vater zu melden. Eine solche Verschwendung von Gefühl, Treue und Geld hätte ihn gebrochen, ja, regelrecht ruiniert. Übernachten tat ich bei Freunden, für die war ich schon als Student an der Schauspielakademie 'ne Berühmtheit … Ich futterte meine Krapfen und schüttete meinen Weizentrunk drüber, knutschte und knuddelte meine Freundin draußen in den Parks, bis sich uns die Welt vor Augen drehte, aber weiter ging ich nicht. Hatte null Ahnung, dass sie schon längst mit all denen gepennt hatte, bei denen ich heimlich übernachtete. Aber das ist nicht der dramatische Hauptkonflikt, Dess, meine betrogene Gutgläubigkeit läuft nur nebenbei. Illusionen sind wie Schwalben: Im Herbst zischen die immer ab in wärmere Länder. Hörst du mir auch zu, Dess?«

»Aber natürlich, mein Lieber.«

Sie war unruhig. Bedrücktes Getue stand Simeon nicht. Es hellte seine dunklen, rastlosen Augen auf und nahm ihm den Charme des Eroberers.

»Einmal haben die Eltern meiner Freundin mich eingeladen. Wie ihre Mutter mir so ein Glas Himbeersirup mit Wasser aufgießt, sagt sie: ›Gestern bin ich an eurem Vorgarten vorbeigekommen, Sim. Eure Rosen sind aufgeblüht. Die duften ja überirdisch!‹ Ich schweige. Ich war ja verliebt in ihre Tochter, und die Blödheit der Mutter war Teil meiner Liebe. Hörst du mir auch zu, Dess?«

»Ja, ja, ist sehr interessant«, antwortete sie wie ertappt.

»Ich warte also, bis es dunkel wird. Unser Haus ist von ’ner hohen Mauer umgeben. Ich hangel mich da drüber. Hatte es eilig wie ein Dieb. Brach ein paar Stiele ab und raubte der Rosenbibliothek meines Vaters so ihre ausgewogene Ordnung. Keine Ahnung, seit wann er in der Tür stand. Ich hörte erst, wie er losschrie, und dann sah ich, wie er sich bückte und etwas Schweres aufhob. Ich renn los, bin schon an der Mauer, da trifft mich der Ziegelbrocken im Kreuz. Ich dachte, mich tritt ein Pferd und meine Wirbelsäule bricht durch. Mit Ach und Krach lande ich auf der Straße und krieche zur nächsten Straßenecke.«

Wie schrecklich waren doch alle mit sich selbst beschäftigt, dachte Dessislava und hob unwillkürlich den Arm, als wolle sie sich schützen. Sogar ihr naiver und gebeutelter Hamlet war nun schon vierhundert Jahre mit nichts als sich selbst beschäftigt.

»Vater ist ein unglaublich gütiger Mensch«, endete Simeon. »Er schickt mir bis heute zwei Drittel seiner Bibliothekarspension, aber wegen seiner Rosen hätte er mich fast umgebracht. Umgebracht durch einen Ziegelstein, geworfen vom eigenen Vater. Fast wie bei Hamlet, Dess.«

Dessislava flehte darum, der Traurigkeit in seiner Stimme nicht zu erliegen, nippte an ihrem Rum und schwieg.

»*Glaubst du mir* jetzt, Dess?«

Müde drehte sie sich um. Die Studenten im zweiten Jahrgang hatten sie einiges an Nerven gekostet, der Lampenschädel über ihrem Kopf hatte ihr die letzte Kraft geraubt, und nun versuchte Sim, sie weichzuklopfen, indem er ihr Schuldgefühle machte im instinktiven Wissen, dass Schuld zwei Menschen genauso verbindet wie eine begangene Sünde, wie Hass oder … Liebe.

»Bring mich irgendwohin«, flüsterte ihr der Prinz ins Ohr.

Aus dem Lautsprecher des Tonbands ergoss sich Kenny Rogers' Country-Frohsinn.

»Mir ist langweilig«, sagte sie laut, »und Hamlet braucht Schlaf. Morgen muss er nämlich fit wie ein Turnschuh sein, weil er mit dem Geist seines Vaters zu sprechen hat.«

»Ich werde von einer Protestnote Abstand nehmen, wenn Ophelia am Hof bleibt«, reagierte Bobby und drückte deren Darstellerin an sich. »Wann hatte ich schon einmal die Ehre, allein mit einer Hofdame zu sein.«

»Natürlich kann sie bleiben. Es reicht völlig, dass du für sie irgendwo zwischen deinen Farben ein Paket Naturreis ausgräbst.«

Dessislava stand auf und nahm ihren Mantel vom Nagel an der Toilettentür. Simeons Pelz kam ihr reichlich gerupft und in Mitleidenschaft gezogen vor und sie vermeinte, den muffig-feuchten Geruch schlecht gegerbter Schafshaut zu riechen.

Draußen war es neblig. Der braune, erstickende Smog sah regelrecht fettig aus. Ein frostiger, unbestimmter Wind wehte. Die Plattenbauten erweckten den Eindruck wohlgeordneter Leere. Ein paar Stecklinge, die von den Wohneigentümern in Ableistung ihrer ehrenamtlichen Arbeit für die Gemeinschaft samstags gesetzt worden waren, hielten zäh dem unwirtlichen Winterwetter stand.

»Hör zu, Dess«, Simeons Stimme zitterte vor Obdachlosigkeit, »du musst mir endlich mal *glauben!*«

»Ist ja gut«, sagte Dessislava wie erstarrt. »Ich hab eine Freundin, deren Eltern in Libyen arbeiten. In deren Wohnung ist immer ein Zimmer frei.«

Die Tankstelle barg sich in ihrer trüben Neonlichthülle vor menschlichen Blicken. Sie nahmen ein Taxi. Simeon schmiegte sich an sie; dabei wirkte er unendlich schüchtern. Am Patriarchendenkmal im Zentrum stiegen sie aus, überquerten die Gleise der Straßenbahn. Dessislava starrte auf das gegenüberliegende Mietshaus.

»Bei meiner Freundin ist Licht. Warte hier eine Minute auf mich, ich sag ihr nur Bescheid und komm dich dann holen. Da stehen richtige Betten aus dem Intershop drin, in dem Zimmer, und die Laken duften nach Lavendel, hihi.«

Sie ließ Simeon an der Ecke zur Graf-Ignatiev-Straße vor dem Denkmal des letzten mittelalterlichen Kirchenoberhauptes stehen, ging am Restaurant *Zum Stadion* vorbei und betrat dann den Durchgang zum ersten Treppenhaus. Diese Nummer hatte sie mit einer ganzen Reihe von Männern abgezogen, wohl wissend, dass sie das Mietshaus durch den Hinterausgang und über den Hof wieder verlassen konnte. Die Stille in der Passage war samten und lebendig; die phosphoreszierenden Augen einer herrenlosen Katze erschreckten sie. Sie eilte hinaus auf den Tolbuchin-Boulevard. In der Ferne sah sie im Nebel, klein und diffus, die einsame Figur Hamlets von einem Bein aufs andere treten. Er würde da stehen bleiben, bis er durchgefroren war. Die Erwartung trennt unwiderruflich wie eine durchgeschnittene Frucht. »Herrgott, wie gern würde ich diesen Schlunz da hinten lieben«, murmelte sie voller Grausen, »aber ich kann einfach nicht. Bobby hat recht, irgendwie bin ich wirklich eine Nutte!« Sie ertappte sich dabei, wie sie weinte. Na, jedenfalls waren sie feucht, klebrig und kalt, ihre Augen.

6

Der Winterhimmel glich dem alten Regenmantel ihres Vaters – grau, zerfranst und abgenutzt. Es war derart neblig, dass es überflüssig war, zum Umkleiden eigens die Vorhänge zuzuziehen. Warum aber wechselt der Mensch die Kleidung, wenn nicht aus einem bestimmten Anlass, oder weil er irgendwo hinmöchte? Sie aber war allein zu Hause und drehte seit zwei Stunden nervös Kreise im Wohnzimmer. Dabei wusste sie doch, dass Evtimov sich nicht melden würde, denn heute war Familientag.

Uns nährt die Hoffnung … Allein diese Sentenz bewies doch, wie sinnlos Weisheiten waren. Die Zeit hatte sich dem nebligen Wetter angepasst und schlich voran wie ein Nahverkehrszug, der an jedem Bahnhof hielt. Dieser Sonntag war zum Verrücktwerden endlos. Da konnte sie auch den Pullover aus Naturwolle für Evtimov zu Ende stricken, obwohl die große Frage war, wie sie ihm den schenken sollte. Dies Geschenk käme einer Beihilfe zum Mord gleich, denn Evtimovs Frau würde Amok laufen und ihren Göttergatten damit ersticken. Mit ihrer fein gelockten Kurzhaarfrisur und ihrer getönten Haut glich sie im Dunkeln einem weiblichen Othello. Im Hellen eigentlich auch. Zu was für schreienden Paradoxien führte doch die Emanzipation! Immerhin tröstete sie der Gedanke, dass bei Evtimov nichts an Desdemona erinnerte.

Horror! Nun klingelte auch noch das Telefon! Nein, das war keine akustische Halluzination, es schrillte beharrlich weiter. Sie atmete tief ein, um sich zu beruhigen, aber von der abgestandenen Zimmerluft wurde ihr nur schwindlig. Sie hob den Hörer ab, schwieg. Sie musste jetzt den Mund halten, da sie befürchtete, sonst loszubrüllen.

»Hallo, Dess«, sagte eine rauhe, aber zarte Stimme, Simeons Stimme. »Glaub mir, ich will nicht mit dir schlafen. Ich …« Niemand auf dieser kaputten Welt wagte mehr das peinliche Wort »lieben« in der ersten Person Singular auszusprechen. »Ich wollte dir vorschlagen, dass wir heiraten!«

»Großartige Idee, mein Herzchen«, erwiderte sie, ohne ihre Enttäuschung zu verbergen, »aber lass uns erst warten, bis meine Eltern geschieden sind und ich dem allgewaltigen Sotirov mein Diplom abgerungen habe … Danach, keine Frage, heiraten wir sofort.«

»Versteh mich recht, Dess, ich mach dir keinen Vorwurf, dass du mich zwei Stunden wie 'nen Deppen hast in der Kälte stehen lassen, und ich bin dir auch nicht böse wegen der Angina, die ich mir dabei eingefangen hab; ich hasse dich nicht mal wegen des konfusen Gelabers, das du dir bei Bobby von mir anhören musstest. Ich war einfach nüchtern und wie vor den Kopf geschlagen. Aber du benimmst dich auch wie …«

Dessislava knallte den Hörer auf die Gabel, denn sie wusste schon, dass er nur Bobbys Ausdruck wiederholen würde: »… wie eine richtige Nutte!«

Es war trotzdem spaßig, sich umzuziehen: statt der Cordhosen ein langes Ausgehkleid, statt der sauren Miene ein glückliches Lächeln. Evtimov und seine Frau hatten vermutlich die geschlossene Vorführung von Tarkowskijs *Stalker* im Haus des Kinos gesehen und fuhren jetzt romantisch aneinandergekuschelt mit der Straßenbahnlinie 2 nach Hause. Ihre Wohnung befand sich unter dem ehemaligen Priesterseminar, das von den Kommunisten zum Pionierpalast umgewidmet worden war. Ihr Wohnzimmerfenster ging auf den nahen Wald, ihre Möbel waren leicht und aus hellem Holz. Es roch nach gereizter, eifersüchtiger und von Untreue bedrohter Frau. Von der Decke hingen Lampen so tief herab, dass man die ganze Zeit aufpassen musste, sich an ihnen nicht den Kopf zu stoßen. Der Raum war aufgeteilt in lauter Ecken und Nischen, mit Gipsstufen und -ablagen voller Krimskrams. Evtimovs Frau war Innenarchitektin. Ihre drei Kinder und die Katze durften diese heiligen Hallen nicht betreten, damit sie diese ausgeklügelte *gestalterische Lösung eines häuslichen Raumproblems* nicht aus dem Gleichgewicht brachten. Die Wände, ebenfalls durch Stufen aufgelockert, waren in asketischem Weiß gehalten. Evtimovs Wohnung glich, mit einem Wort, einem Andachtsraum, in dem alles verboten war außer meditativer Betrachtung oder Abwesenheit. Wie sollte man da nicht auf unanständige Gedanken kommen?

Das Telefon schnarrte wie eine Wespe, aber sie wusste, das konnte nur Simeon sein. Wenn sie jetzt abhob, würde er ihr zwar keine Vorhaltungen machen, aber er würde auf irgendeine hinterhältige Weise fortfahren, ihr Schuldgefühle zu machen, und inzwischen sogar begründet, denn sie hatte sich wirklich verhalten wie sein Vater in der Geschichte mit den Rosen. Nur dass Dessislava nicht absichtlich mit dem Ziegelstein ihrer Gleichgültigkeit sein Herz hatte treffen wollen. Aber was sollte sie machen? Schuldgefühle lösten bei ihr unweigerlich den Zwang aus, zu lügen! Nur … so unglücklich und einsam sie auch war, sosehr sie sich auch umzog: Sich selbst konnte sie nicht belügen.

7

Beim ersten Mal tat sie es, ohne zu wissen, warum, und ohne zu ahnen, dass es sich in eine Angewohnheit, einen Reflex verwandeln sollte. Als Kind war sie wohl hypersensibel gewesen, und die Überzeugung der Erwachsenen, dass sie in unbändiger Sturheit klein blieb und nichts verstand, beunruhigte sie zutiefst. Die Großen hatten es, getrieben von ihren Sorgen, permanent eilig. Sie gaben sich vernünftig und zielstrebig, waren intelligent und erfolgreich und hatten immer nur für flüchtige Küsse Zeit. Um ihr Gewissen reinzuwaschen, kauften sie ihr Spielsachen und redeten übertrieben zärtlich mit ihr. Hatte sie denn eine Wahl? Was blieb ihr denn übrig, als etwas Schlimmes, ihr an sich vollkommen Wesensfremdes zu tun, um einmal mehr als nur flüchtig bemerkt zu werden? Hinzu kam, dass sie ihre Mutter beim Wort nahm, die ihr eingeschärft hatte, dass es unartig war, anderen Menschen (in der Öffentlichkeit) die Wahrheit zu sagen, da sie in der Regel jene hässlichen und unwürdigen Seiten des Lebens betraf, die alle tunlichst unter den Teppich kehrten. Dabei sehnte Dessi sich nach nichts mehr, als ihren Empfindungen vertrauen zu dürfen, die ihr ständig meldeten, dass die Welt eben nicht nur aus Höflichkeit und zur Schau gestelltem Erfolg bestand, sondern auch aus höchst unhöflichen Gedanken, Misserfolgen und Wunden, die die Menschen gekränkt leckten.

Sie tat es genau in dem Moment zum ersten Mal, in dem ihre Mutter ganze eintausendvierhundert Leva in irgendeinem Taxi verloren hatte. Sicher, das war damals unerhört viel Geld, aber musste ihre Mutter denn deswegen gleich sooo schlimm weinen und sooo erschüttert sein? Da beschloss Dessislava, auch verlorenzugehen, wie ein Portemonnaie mit viel Geld drin! Sie kramte den Schlüssel zum Dachboden aus der Schublade und verbrachte dort, inmitten des Durcheinanders aus verstaubten Erinnerungen und achtlos hingeworfenem Hausrat, inmitten fleißig an den Fäden der Stille webenden Spinnen und dem dünnen Licht, das durch die schmutzige Luke drang, den ganzen Nachmittag. Sie kehrte in die elterliche Wohnung zurück, als es schon dunkel war, stumm vor Angst, Schuldgefühl und heimlichem Glück.

»Wo warst du, Dess? Wir sind fast verrückt geworden vor Sorge!«

Ihre Mutter und ihr Vater hatten bei sämtlichen Nachbarn geschellt, die umliegenden Grünflächen und Spielplätze abgesucht, bei der Volksmiliz und in sämtlichen Krankenhäusern angerufen. Jonka hatte vermutlich etwas geahnt. Sie saß unter dem schweigenden Rücken der Bibliothek und vertiefte sich in das magische Halbdunkel hinter dem Fenster.

Dessislava erzählte ihnen, sie habe im Hof gespielt, und da sei ein alter Mann mit tränenden Augen gekommen, der Vögel hielte – Amseln und Stare, Kanarienvögel und einen sprechenden Papagei, der Coco hieße. In seinem Wohnzimmer habe ein gewaltiger Spiegel gehangen, in dem aber nicht die gegenüberliegende Wand zu sehen war, sondern ein endloser Garten. Die Vögel hätten auf den Gardinenstangen, den Stuhllehnen und dem Vitrinenschrank gehockt, und seien dann wieder in ihr wahres Leben zurückgekehrt, in den Garten auf der anderen Seite des Spiegels nämlich mit seinen blühenden Bäumen.

Beim Erzählen hatte Dessislava das Gefühl, nie zuvor so überzeugend gewesen zu sein, ja, sie war sogar sicher, dass ihr das, was sie da erzählte, wirklich passiert war. Sie konnte sich genau an die ausgefranste Jacke des Alten erinnern, über der das Kettchen seiner Taschenuhr baumelte, auf der die Zeit stehengeblieben war; sie hatte noch den Geruch nach Kampfer und schwachem Betäubungsmittel in der Nase, sah das Lächeln des Alten vor sich, das leuchtete wie das eines verrückten Sonderlings oder eines Menschen, der alles wusste. Seine Hände waren weiß und schön gewesen, und auf seinen Handflächen lagen Krümel aus Brot und Freiheit. Die Vögel seien munter um sie herumgeflattert.

»Dann hat der alte Mann den Spiegel zugemacht …«

»*Was* hat er zugemacht?«

»Na, den Spiegel«, stampfte Dessislava trotzig mit dem Fuß auf. »Und da hat er ganz klein ausgesehen mit seinen feuchten Augen. Krank war er nicht, und auch nicht voll Kummer wie einer, der all sein Geld verloren hat, sondern bloß verlassen halt von seinen ganzen schönen Vögeln …«

Ihrer Mutter stand das Leid ins Gesicht geschrieben, und sieh an: Jetzt weinte sie sogar! Ihre Tochter war ihr am Ende doch mehr wert als diese verdammten eintausendvierhundert Leva. Zum ersten Mal spielte ihre Mutter keine Rolle, sondern sah genauso verlassen aus wie der Alte, den sie sich ausgedacht hatte, verunsichert und hässlich. Ihr Vater entzündete nervös eine Zigarette, streichelte ihr übers Haar und sagte:

»Quäl dich nicht, Dess! Wenn du so verletzend und schön lügst, dann kannst du so klein ja nicht mehr sein, sondern bist schon ein richtig großes Mädchen!«

Da begann sie auf einmal, ihren Vater wirklich zu lieben, ohne Pomp und Tralala, einfach so und für immer, genauso wie ihr Bruder Jordan einsam und traurig nur sich selbst liebte.

Jonka kam zuletzt zu ihr, fasste sie am Arm und ging mit ihr ins Bad, steckte sie in die Wanne und wusch ihr langsam und sorgfältig die ganze Müdigkeit dieses aufreibenden Tages ab, die Angst und den Schmutz der Lüge. Dessislavas Lügennetz war gewebt aus Geheimnis und Zauber, und vielleicht hatte genau das sie beruhigt. Das Wasser wurde weiß von der Kernseife, der Schaum barg sie zart wie ein Spitzendeckchen. Jonka schwieg. Schließlich wickelte sie Dessislava in ein Frotteehandtuch, das so weich war wie die Verträumtheit, und sagte ihr etwas wahnsinnig Wichtiges. Es war so einfach und transparent wie die Luft, und sie war sicher, wenn es ihr gelänge, es zu behalten, würde sie das Lügen augenblicklich zu hassen beginnen. Doch dem Unergründlichen, das sich irgendwo in den Tiefen des Dreiecks aus Schicksal, Unterbewusstsein und Gefühl aufhält, kann man keine Befehle erteilen.

8

Jemand schloss die Wohnungstür auf. Dessislava zuckte zusammen. Es war sicher ihre Mutter, die von ihrer Freundin zurückkam. Viktoria Simeonova hatte ihr versprochen, sie zu einer Wahrsagerin zu bringen, die aus den Dörfern um Samokov herum stammte, ein blaues und ein braunes Auge hatte und mit Wachs- und Bleigießen arbeitete. Sie goss das schillernde Metall in eine Schüssel mit Wasser, anschließend deutete sie aus dessen Formen und Vertiefungen, auf die Licht und Schatten fielen, die Zukunft der menschlichen Seele. Das Theater hatte Dessislavas Mutter eigentlich gelehrt, an nichts zu glauben; doch seltsamerweise waren genau solche Menschen hilflos vor dem Magischen und Geheimnisvollen. Genau wie ich auch, sagte sie sich. Schauspieler sind wie Kinder!

Dessislava ließ sich in den Sessel fallen, schaltete das Tischlämpchen ein und vertiefte sich in eine Literaturzeitschrift. Die Buchstaben verschwammen vor ihren Augen. Jemandes Schritte nötigten sie, den Kopf zu heben. Ihr Vater. Aristokratisch ergraut und mit seiner aus der Mode gekommenen Haltung glich er dem Alten mit den Vögeln. Ein müdes Lächeln lag auf seinem Gesicht, so als bäte er sie, Nachsicht mit ihm zu haben und ihm in den Zauberspiegel zu folgen. In seinen Händen vermeinte sie sogar die Krümel aus Brot und Freiheit zu sehen.

»Hast du schon zu Abend gegessen?«, fragte er unsicher.

»Wie sieht es aus: Bist du der Demokratie schon auf die Pelle gerückt?«

»Hast du Lust, mit mir in ein schönes Restaurant zu gehen, Dess? Ist doch Sonntag heute.«

Drei Fragen ohne Antwort – ganz wie im *Hamlet*. Ihr Vater setzte sich neben sie, einen Duft nach Winter verströmend, nach Hausbrand und Schnee. Dessislava nahm sich eine Zigarette vom Beistelltisch und entzündete sie vor seinen Augen. Das hatte sie noch nie getan. Ihr Vater war sichtlich schockiert. Doch er konnte nichts mehr sagen, hatte keine Macht mehr in diesem Haus, war nur noch Gast, der seine Kinder, Bücher und Erinnerungen besuchen kam. Vielleicht war er auch nur gekommen, um einen vergessenen Pyjama zu holen, oder seine Einsamkeit.

»Ich hab gehört, dass du deiner Mutter das schönste Kleid zerschnitten hast. Das ist aber nicht schön …« Er sprach mit ihr wie mit einem Kind. Das gab ihr einen Stich, und augenblicklich kehrte ihr Wunsch wieder, zu lügen!

»Ihr trefft euch also noch?«

»Aber natürlich – wenn wir Zeit haben … Wir trennen uns zwar, aber das sollte uns doch nicht hindern, gegenseitige Wertschätzung zu bewahren.«

»Und – habt ihr häufiger Zeit?« Nein, wie er ihr dieses leere und theatralische Wort »Wertschätzung« hingepfeffert hatte.

»Manchmal recht häufig, fast wie früher.«

»Dann ist mir nicht klar, warum ihr euch scheiden lassen müsst. Wem nützt dieser ganze Zirkus? Ihr lebt weiterhin zusammen, seht euch nur, wenn ihr beide nicht arbeitet. Jordan und ich stören euch schon nicht.«

»Du weißt, deine Mutter wollte es so. Sie braucht ihre Unabhängigkeit. Sie empfindet meine Nähe als gewaltsam, und das versetzt sie in Rechtfertigungsstress.«

»Wenn ich mich recht erinnere, konnte Mama sich über einen Mangel an Freiheit nie beklagen, ganz im Gegenteil. Dieses Gefühl von Unfreiheit ist doch wie Keine-Lust-zu-nix-Haben, damit kannst du alles rechtfertigen.«

»Sie bestand darauf, mit ihrem Leben allein fertigzuwerden. Sie will sich ändern, und dafür braucht sie viel Selbstbewusstsein und …« Ihr Vater suchte einen Moment nach dem passenden Ausdruck. »… Freiraum für sich.«

»Quatsch! Sie weiß bloß nicht, was sie will.«

»Emilia leidet auch … vor allem, wenn jemand ihre Kleider mit der Rasierklinge aufschlitzt.«

Sein Edelmut verbitterte sie. Mit einem solchen Mann, dachte sie rachsüchtig, konnte eine Frau wirklich durchdrehen. *Der war ja unfähig zur kleinsten Anschuldigung! Wie sollte er ihr da verzeihen?*

»Nicht mit der Rasierklinge. Mit Omas Stoffschere. Ich hab im Grunde nur Oma Jonka geholfen, weil sie selber es ja nicht mehr tun konnte.«

Jetzt steckte sich auch ihr Vater eine Zigarette an und starrte auf die silberbeschlagene Steinschlosspistole mit dem Perlmuttgriff an der Wand. Die kannte er noch nicht. Wirkte sie vielleicht deshalb so bedrohlich? Ständig war etwas verändert, wenn er in sein altes Zuhause kam. Er schaltete noch nicht, dass es von nun an »ehemaliges Zuhause« heißen musste. »Der dramatische Konflikt«, so hatte Sotirov doziert, »beginnt immer mit einer plötzlichen Veränderung, sei es in der Umgebung des Helden oder in ihm selbst. Diesem gelingt es nicht, sich an diese Veränderung anzupassen, und so beginnt er, dagegen anzukämpfen, Widerstand zu leisten.«

»Wir könnten ins Panorama-Restaurant draußen hinter Simeonowo gehen, da machen sie die schönsten Rouladen. Eine neue Sängerin gibt es auch.«

»Hör zu, Papa«, sagte Dessislava und spürte, wie ihre Augen feucht wurden, »ich möchte, dass du mal zehn Minuten nichts sagst!«

Langsam und ausdruckslos erzählte sie ihm alles, was sie am Vortag von Simeon unter dieser gruseligen Schädellampe gehört hatte. Wie die Rosen einen flammenden Schmerz erzeugt hätten, wie er den Schatten seines Vaters gesehen und sich im Mondlicht geduckt hätte, wie der Bruchziegel durch die Luft gepfiffen war und mit dumpfem Laut in seinem Kreuz eingeschlagen hatte, was gut mit einer Querschnittslähmung hätte enden können. Dessislava ersparte ihrem Vater nicht die kleinste Einzelheit. Sie hatte einfach nicht die Kraft, Nachsicht zu üben. Durch den Zigarettenrauch sah sie, wie das Gesicht ihres Vaters bleich und kalt wurde.

»Ich ziehe aber keine Rosen, Dess«, sagte er schließlich. Er hatte alles begriffen, konnte aber nichts darauf sagen.

»Du hast mich nicht verstanden«, lächelte Dessislava müde. »Nach der Scheidung möchte ich bei dir bleiben. Wenn nämlich einer von euch beiden mich unwissentlich mit seinem blöden Ziegel verletzt – dir kann ich das verzeihen … Na gut, wenn du jetzt noch willst, kannst du mir gern ein, zwei Rouladen, ein Panorama und eine Sängerin spendieren. Ich hab irgendwie den ganzen Nachmittag auf jemanden gewartet. Sieh mal, bin sogar schon ausgehfertig angezogen.«

9

Viktoria Simeonova hatte Lockenwickler im Haar und trug einen türkisfarbenen Hausmantel aus dem Intershop. Ihre Wangen glühten, als schäme sie sich, weil sie etwas Kompromittierendes mitbekommen hatte. Vor einer Stunde war ihre Kosmetikerin gegangen. Sie hatte die teure Gesichtsmaske abgewaschen, aber auf der Stirn, um die Augen und am Hals ließen sich die Zeichen der Zeit selbst dann nicht beseitigen, wenn man sich so dem Müßiggang hingab wie sie.

Wenn ihr Mann herausbekam, dass sie diese Hellseherin aus dem Dorf German in ihre Privatwohnung gelassen hatte, würde er sie lynchen! Die Frau kam an in Volkstracht und mit in der Tat höchst seltsamen Augen, eins wasserblau, eins in der Farbe einer stark gerösteten Kaffeebohne. Sie stellte sich als Zanka vor, war Halbzigeunerin mit dunkler Haut und hörte sich wegen ihrer Prothese an, als würde sie lispeln. Während sie da war und Emilia zunächst mit ihrem irdischen, dann mit ihrem himmlischen Auge begutachtete, trank sie eine halbe Flasche Schnaps. Sie band der Schauspielerin einen roten Faden ums Handgelenk, an dem ein getrockneter Marienkäfer baumelte. Die ganze Frau roch nach verschimmelten Kräutern, klammem Keller und Betrug. Vor lauter Schrecken über die Nähe dieser Frau verfiel Emilia in einen schlafähnlichen Zustand. Die Küche, an sich ganz in Weiß gehalten, schien in Dunkel zu versinken.

Zanka schmolz das Blei auf der Herdplatte ein, murmelte einige Beschwörungen, streute eine Prise Salmiak darüber und spuckte darauf. Als das Metall aufblitzte, zäh, eigensinnig und wie lebendig, goss sie es in die Keramikschale. Das Wasser zischte auf, das Metall verhärtete sich und nahm die Form einer plattgedrückten Amöbe an. In ihrem Schopendialekt und einem altertümlichen Geschichtenerzähltempus wahrsagte Zanka ihr, dass ihr Mann sich mit intelligenten Maschinen befasse und ein großer Weiberheld sei und sie zwei Söhne habe, Soldaten, mit deren zukünftigen Frauen sie auf Kriegsfuß stehen würde; die gute Nachricht aber sei, dass sie eine Erbschaft machen und viel Geld bekommen würde.

Nun gut, Emilias Mann war Jura-Professor, und sie hatte nicht zwei Söhne, sondern eine Tochter. Blieb die Aussicht auf das große Geld. Aber dafür, dass sie so dumm war, wissen zu wollen, was sie erwartete, musste sie hier und heute erst einmal zwanzig Leva hinblättern. Viktoria holte ein getragenes Hemd ihres Mannes heraus, das die Wahrsagerin in ihrem bunten Beutel verstaute. Die beiden Frauen hatten plötzlich das Gefühl, als habe die Frau etwas gestohlen. Als sie gegangen war, blieb feuchter Wollgeruch zurück, als sei in der Küche gerade ein Schaf geschoren worden. Die beiden Damen gingen in bedrücktem Schweigen ins Wohnzimmer. Sie waren gereizt und hatten überdies zu viel Kaffee getrunken.

»Ich möchte dich trotzdem etwas fragen«, brachte Viktoria beklommen heraus, »und zwar, warum du dich eigentlich scheiden lassen willst? Im Vergleich zu meinem Peter, der eifersüchtig ist bis dorthinaus, ist dein

Assen doch geradezu ein englischer Lord. Du bist eine berühmte Schauspielerin! Such dir doch einen Liebhaber, wenn du die Nase so voll hast! Warum, zum Teufel, gleich die Scheidung?«

Emilia richtete ihr Haar und überlegte. Ja, was sollte sie darauf antworten? Sie hatte das Gefühl, sich die Frage selbst gestellt zu haben. Der Kopf tat ihr weh vor Angst.

»Ich weiß nicht«, sagte sie ehrlich, »ich weiß es wirklich nicht. Ich spüre einfach, dass ich es tun muss.«

10

Voller Enttäuschung und in einem Zustand aufgekratzter Ermüdung verließ sie das Haus der Simeonovs. Ihre Zukunft lag also auch weiterhin schemenhaft hinter dem Nebel, der die Gebäude ringsum auf dem Russischen Boulevard einhüllte. Heute war Sonntag, sie hatte keine Vorstellung, und auch sonst erwartete sie nichts. Ich muss mich wohl ans Alleinsein gewöhnen!, dachte sie voller Schadenfreude an die eigene Adresse. Ja, da war ein Drang in ihr, sich selbst zu erniedrigen. Sie betrat das nächstbeste Café. Im »Jalta« roch es nach abgestandenem Zigarettenqualm, frisch gemahlenem Kaffee und verschüttetem Wein, von überall her sprang es sie plüschrot an, selbst der Kellner trug eine rote Weste. Sie bestellte sich einen großen Wodka-Tonic und kippte ihn in einem Zug weg. Der Alkohol wärmte sie, sie konnte wieder netter über sich denken, ihr Kopf klärte sich. Ich werd' mich einfach betrinken, dachte sie und bestellte sich noch einmal dasselbe. Sie kam sich vor wie eine alt gewordene Frau, die allein an einem Tisch saß. Aus der benachbarten Sitzecke hörte sie Kichern. Die Stimmen dieser Jugendlichen, die die Pubertät gnadenlos zu Idioten machte, erleichterten sie halb, und halb erschreckten sie sie.

Ihr ging durch den Kopf, dass Assen, so eigenbrötlerisch er auch war, niemals allein sein würde: Im Moment befand er sich zum Beispiel in der schwierigen und unbeständigen Gesellschaft der Staatstheorie. Ihre Tochter hatte ihr Abendkleid in Streifen geschnitten und war mit diesem Sim verschwunden, einem Hallodri von teuflisch gutem Aussehen.

Jordan spielte um diese Zeit Tennis, wie jeden Sonntagnachmittag. Das Tennisspielen gehörte zu seinem Status als berühmter Fernsehmoderator. Er war stolz auf seine Rückhand und sprach von Björn Borg und John McEnroe, als träfe er sich jede Woche mit ihnen zum Abendessen. Ja, auf gemeine Weise ließen alle sie allein.

Vom dritten Wodka-Tonic an tat ihr der Kopf weh; genau genommen war es ihre Angst, die unerträglich wurde. Theo Sotirov wollte im Volkstheater Brechts *Mutter Courage* neu auf die Bühne bringen. Seine frühere Inszenierung war ein kompletter Reinfall gewesen. Für die Rolle der couragierten Marketenderin war natürlich wieder die »im Leben unansehnliche, aber auf der Bühne göttliche« Margarita Lilova vorgesehen. Der Neid ergriff sie wie ein Ohrwurm und verdarb ihr die Laune vollends. Sie hatte das Gefühl, sich bei den Wodka-Tonics irgendwie verzählt zu haben.

Dreißig Jahre war es nun her, seit Sotirov sie ins Büro des Theaterdirektors gerufen und ihr ihre erste Spielfilmrolle angeboten hatte. Die Möbel drinnen waren getränkt von feuchtem Zigarettenrauch gewesen, der ganze Raum hatte die schwere Ausdünstung eines heruntergekommenen Puffs gehabt. Die altmodischen Kerzenleuchter und der dunkel gewordene Spiegel wirkten irreal; das barock verzierte Regal ertrank in Staub. Emilia war im zweiten Monat schwanger gewesen und trotzdem außer sich vor Begeisterung. Wie sich herausstellte, war die Hauptrolle auch da für Margarita Lilova reserviert gewesen. Hässlich, aber von Gott mit Begabung geradezu überhäuft, verlor die Lilova nichts, während sie ihr erstes Kind abtreiben lassen musste, um im Film mitspielen zu können. Nein, es gab keine Gerechtigkeit auf Erden! »Das Schlimme, Kindchen, ist, dass ich nichts von Kino verstehe«, hatte Sotirov damals geseufzt. »Wenn der Film einschlägt, werden sie mich ans Volkstheater berufen, ins Warme. Dann werde ich in dies vermaledeite Büro kommen, mir mein Sakko schnappen, Margarita Lilova und dich … Der Rest von diesem ganzen Krempel kann mir gestohlen bleiben. Na komm, nimm die Mappe und verschwinde, wir filmen im Sommer.«

Genau im Sommer war der errechnete Geburtstermin für Emilia gewesen.

»Das ist hier keine Entbindungsstation, sondern ein Theater«, hatte

Theo sich aufgespielt. »Und ich bin kein Gynäkologe, sondern Regisseur …«

Und er hatte sein Versprechen gehalten, hatte Margarita und sie unter die Pracht des hohen Kuppeldaches mitgenommen, sie auf die riesige Bühne gestellt, übergossen von Licht und Magie. Die göttliche Hässlichkeit der Lilova leuchtete, überschattete die elegante Schönheit Emilias. Oh, wie sie das Charisma dieser bescheidenen und außerhalb des Theaters so unauffälligen Graugans ärgerte! Sie hasste sie von den Vorproben am Tisch bis zu den Momenten, wo sie ihr bei der Aufführung einen Stuhl reichen musste; sie hasste sie, wenn sie ihr nach einer Premiere begeistert applaudieren und ihr den Blumenstrauß in ihre kahle Garderobe bringen musste. Dort, ihrer Rolle entkleidet, sah die Lilova geradezu erbärmlich aus neben den frischen, prachtvollen Blumen. Das war Emilias kleine Rache, und es war ihr in diesen Momenten ganz egal, dass ein Mensch letztlich immer an sich selbst Rache nahm! Das war etwas, was Assen seit langem wusste. Ja, sagte sich Emilia, ich lasse mich von ihm scheiden, um mich selbst zu bestrafen! Wenn ich mich wirklich tief verletze, dann werde ich mir auch vergeben können.

Sie trank die brennende Flüssigkeit aus und zahlte. Eine verrückte Idee streunte durch ihren Kopf, amorph und schmutzig wie der Sofioter Nebel zwar, aber höchst aufmunternd. Am Parlament nahm sie ein Taxi, obwohl sie zweihundert Meter weiter, am Park hinter der Volksbibliothek, schon wieder aussteigen würde. Das neue Mietshaus auf der Schipkastraße roch noch nach Latexfarbe und Reinlichkeit. Der Aufzug beförderte sie lautlos in die dritte Etage. Wie sie beim Klingeln so auf das bekannte Messingschildchen an der Tür starrte, glich sie vermutlich einer Verrückten.

»Herrje, Emilia, was ist denn mit dir los?« Margaritas trocken-kränkliches Gesicht füllte sich mit dem Ausdruck der Verblüffung und des Erschreckens. Auf einmal gewannen ihre Züge eine Art dramatischer Schönheit. Sie trug einen aus der Form gegangenen Hausmantel. Es gibt Menschen, denen einfach nichts steht, egal, was sie anziehen, und die Lilova gehörte zu ihnen. Sportpullover hingen ihr in den Schultern, Abendkleider enthüllten nur ihre Magerkeit und schlechte Haltung. Ihre Brüste waren schlaff, ihr Hals zu lang und zu dünn, ihr Haar farblos. Das

Einzige, was ihr stand, war die Bühne! Was hat Sotirov bloß an der gefunden, dass er sie geheiratet hat?, fragte Emilia sich hämisch, während sie versuchte, ein Lächeln aufzusetzen; aber die Antwort wusste sie nur allzu gut!

»Ist der Allmächtige nicht zu Hause?«

»Heute ist Rektorenkonferenz. Komm rein. Du siehst ja entsetzlich aus.«

»Bin betrunken … War bei einer Wahrsagerin, und die hat mir alles auf den Kopf zugesagt.«

Margarita nahm ihr den Mantel ab wie einem Kind, das heulend vom Spielen zurückkommt. Beim Betreten des Wohnzimmers schlug ihr Helle entgegen. Es war weiß gestrichen und mit hellen Fichtenholzmöbeln eingerichtet; sogar die Vorhänge waren weiß. Die Gastgeberin holte einen Whisky aus der Schrankbar, goss ihnen je zwei Fingerbreit ein und brachte aus der Küche eine Kanne Wasser. Sie kam einfach nicht drauf, dass jemand, der etwas auf sich hielt, zum Whisky unbedingt Eis servierte. Margarita würde nie zu einer Wahrsagerin gehen, ihr genügte das Theater. Sie würde auch nie auf die Idee kommen, sich scheiden zu lassen, sondern ertrug geduldig die Menschen um sich – und Sotirov war, sosehr er auch oft einer rasenden Wildsau glich, ja ebenfalls ein Mensch. Die beiden Frauen schauten sich über den schmiedeeisernen Tisch hinweg an, als spielten sie eine Szene zusammen. Emilia kamen die Tränen, vermutlich vom vielen Alkohol, aber sie begann nicht zu schluchzen.

»Margo«, sagte sie zu ihrer eigenen Überraschung, »bitte tritt mir diese verdammte Rolle ab, lass *mich* die Mutter Courage spielen. Ich weiß nicht, warum ich dich darum bitte, aber für mich ist das schrecklich wichtig. Ich weiß, du warst immer besser als ich, und ich erkenne das neidlos an, aber … ich wäre sogar bereit, auf die Knie zu fallen vor dir.«

Die Stille war ohrenbetäubend. Eine so harte, den Atem verschlagende Stille konnte es nur zwischen Frauen geben.

»Dummes Zeug«, erwiderte Margarita, die sichtlich verlegen war. In ihre ausgeprägten Wangenknochen schoss das Blut.

»Wann, wenn nicht jetzt, kann ich diese Mutter Courage stemmen, zum Teufel, jetzt, wo ich platze vor Courage, wo ich drauf und dran bin, in meiner eigenen Courage abzusaufen.«

»O Gott, du Ärmste!« Margaritas Mitleid war so stark, dass sie gleichsam aus der Rolle fiel und einen gehörigen Schluck von ihrem Whisky nahm. »Ich red noch heute Abend mit Sotirov.« Sie redete von ihrem Mann immer in der dritten Person, so als hätten sie nur für die Dauer einer Vorstellung auf der Bühne geheiratet und wären nach dem letzten Vorhang wieder getrennte Leute. »Ich werde drauf bestehen. Er wird sich schon überzeugen lassen, sei ganz ruhig.«

Jede versank in ihren eigenen Gedanken, und als sie sich eine Zigarette anzündeten, schien es, als wären sie einander durch den aromatischen Qualm nähergekommen.

»Ich hasse das Theater!«, sagte Emilia voller Schmerz.

»Wir hassen uns alle ein bisschen selbst«, erwiderte Margarita.

»Ich rieche nach Bühne, träume Dialoge aus schlechten Stücken … furchtbar.«

Sie goss Whisky nach und füllte mit dem warm gewordenen Wasser auf. Die Weiße der Vorhänge wirkte belebend. Hinter dem zarten Stoff waberte diffus wie die Ungewissheiten des Lebens der Nebel und verhüllte gnädig den Geist der Mittelmäßigkeit, der einsam in seinem Schutz herumstrolchte. Hoffentlich verspätet sich Theo, bangte Emilia in Gedanken. Ich könnte es nicht ertragen, wenn ich sofort von hier aufbrechen müsste. Die Gläser der beiden Frauen stießen klingend aneinander, und ein reiner Widerhall verbreitete sich festlich im Raum.

»Wenn du die Rolle so anlegst, wie ich dich jetzt sehe«, sagte die Lilova gedankenverloren, »dann wird das deine allerstärkste Partie.«

»Wie siehst du mich denn?«

»Ich weiß nicht, wie ich es erklären soll … Mutter Courage ist einfach eine Frau, die alles verloren hat.« Margarita Lilova hatte sich im Andrang der Gefühle, die sie überwältigten, auf die Lippen gebissen. Ihr Gesicht sah nun beinahe schön aus. »Ich ähnle ihr, denn ich hab mich immer unsicher gefühlt, verängstigt, und oftmals auch unglücklich.«

»Du? Du bist doch die Beste weit und breit.«

»Das Leben besteht nicht nur aus Theater«, antwortete Margarita mit Überzeugung in der Stimme. »Es gibt im Leben außer Auftritten auch noch andere, echte Dinge!«

11

Nicht nur der Winter, auch der Schnee oben auf dem Witoscha war alt geworden. Zwar noch rein und weiß, hatte er jene Kraft verloren, die Geräusche dämpft, Sonnenstrahlen in Funken reflektiert und Schatten auf Hochglanz poliert. Vom Schwarzen Gipfel aus sah der Himmel tiefblau, fast schwarz aus, so als sähen sie ihn aus einem Flugzeug. Der steile Hang war zerschnitten von der Liftanlage und den Skipisten, weiter unten begannen die Baumstreifen, Nadelbäume, Eichen, Buchen, darunter die schlammbraune Smogschicht über Sofia.

Das gleißende Licht verwandelte sich auf der Haut in Wärme, sodass sie nach draußen gingen, um ihren Kräutertee zu trinken. In dieser Höhe war die Luft so dünn, dass Jordan außer Atem geriet, auch ohne sich viel zu bewegen. Er fühlte sich glücklich. Sie waren umgeben von Alpinisten, manche von ihnen mit entblößtem Oberkörper, andere mit einem leichten Anorak um die Schultern. Die eitle Parade der Wedler, Abfahrer und Slalomisten, die neben ihrem Können gleich auch ihre Skiausrüstungen und Markensonnenbrillen, ihre Schneekleidung und Stiefel aus echtem Walrossleder vorführten, hatten sie weit unter sich gelassen. Es ging ihm so gut, weil Alpinisten nicht fernsahen. Hier war er unbekannt, konnte einfach dasitzen und den Duft seines Thymiantees einatmen. Der Wind trug süße Aromen heran, kühl war er, als sei er über Gärten mit Eisblumen gestrichen.

Seine Frau sah in ihrer silbrigen Jacke aus wie eine Muschel, die sich geschlossen hatte und treiben ließ in diesem Ozean aus Bläue. Neben Neda hatte sich Andrea niedergelassen mit ihrem offenen Gesicht und den hellen, fragenden Augen. Sie strahlte eine hyperlebendige kindliche Schönheit aus und akzeptierte rückhaltlos alles und jeden; eine gar nicht ungeschickte Methode, um sich davor zu schützen, unter ihren Einfluss zu geraten. Sie hatte das Konservatorium absolviert und gab jetzt Klavierstunden in der Musikschule ihres Stadtviertels. Jordan fragte sich, ob sie mitbekam, was zwischen ihrem Mann und Neda ablief. Sie hatte einen Psychiater geheiratet und glaubte nicht an Wahnsinn.

»Damals arbeitete ich in Karlukowo«, fuhr Grischa fort. Neda belebte sich augenblicklich. »Ein Mann, der an einer schweren Angstneurose litt, hatte in einem Anfall seine Frau erschlagen. Er hatte sich eingebildet, sie lauere ihm auf, wolle ihn umbringen. Seine Krankheit konnte geheilt werden, aber dieser Sonderling stellte mich vor ein quälendes Dilemma: Wenn ich ihn geheilt hätte, hätte er die Sinnlosigkeit seiner grausamen Tat begriffen, denn mit dem Verstand wären auch seine normalen Moralvorstellungen zurückgekehrt – und damit wäre er für sein Lebtag gezeichnet gewesen, ein gebrochener Mann. Er war still und unauffällig wie eine Ameise, lernte, Bastkörbe zu flechten, und half den Schwestern. Einmal kam er zu mir und bat mich inständig, seine Frau nicht in die Klinik zu lassen; er hatte völlig vergessen, dass er sie mit der Axt ermordet hatte. Ein Jahr später wurde ich nach Sofia versetzt. Ich weiß nicht, was aus ihm geworden ist.«

Von charmanter Kurzsichtigkeit, standen die Augen Grischas ähnlich heraus wie bei Picasso; er glich einem Nachtvogel damit. Seine grenzenlose Ruhe ermüdete. Sein Blick bewegte sich langsam, konzentrierte sich auf einen nahen Gegenstand und tränkte ihn mit blinder Betrachtung. Nie hatte Jordan ihn mit Brille gesehen. Offensichtlich glaubte Grischa, dass das wahre Wesen der Dinge im Trüben, Verwaschenen, Unbestimmten lag. Jordan fühlte, dass Grischa nur für Neda sprach.

»Das, was wir an einem Menschen sehen, ist nur ein Teil seiner Persönlichkeit. Unsere Psyche ähnelt einem Eisberg. Die sichtbare Spitze, das Ich, macht vielleicht ein Viertel aus, der Rest liegt in der Finsternis des Unbewussten. Um mit der Wirklichkeit fertigzuwerden, passt das Ich sich an, adaptiert sich. Es ist vor allem starken Schamgefühlen unterworfen, und das ist einer der Gründe, warum es sich von der Freiheit lossagt. Das Unbewusste hingegen ist schamlos wie die Natur, es widersetzt sich der Wirklichkeit, indem es rücksichtslos über sie hinwegtrampelt und sich die Freiheit einfach nimmt. Ich bin überzeugt, dass jeder von uns das ist, was wir normal nennen, aber ebenfalls einen unterdrückten Irrsinn in sich trägt, den er nicht rauslässt.«

»Jeder von uns ist Teil der Freiheit«, sagte Neda wie ein Echo.

Grischa beugte sich vor, nahm ihren vollen Becher und umschloss ihn mit seinen Handflächen. Das Blechgefäß blitzte wie eine Klinge in seinen warmen, fürsorglichen Händen. Dann reichte er Neda den Becher, die ihn augenblicklich austrank. Dies war nicht Ausdruck von Aufmerksamkeit, nicht ein Kompliment an die Ehefrau eines anderen, es war noch nicht einmal ein Versuch zu flirten. Nein, Grischa verhielt sich zu Neda wie zu einem Patienten! Wenn auch irgendwie lau, war die Liebe zwischen ihnen voll ausgereift, weil sie auf gegenseitigem Vertrauen beruhte. In den Gruppensitzungen des Psychiaters erzählten alle ja pausenlos von sich selbst, vergegenwärtigten sich im Erinnern, bemerkten ihre eigenen Vorzüge und stellten das verlorene Ich wieder her. Mit seiner magischen Geduld riss Grischa die Barrieren zwischen Bewusstsein und Gemüt ein, zwischen Verstand und Gefühl, zwischen Illusion und Ziel, und »die Zwölfe wurden eine Einheit«. Grischa und Neda waren verbunden durch fremde Schamlosigkeit, durch penetrante Aufrichtigkeit; darum war das Vertrauen zwischen ihnen so unverletzlich, ihre Liebe so leidenschaftslos, aber auch unheilbar. Nur eins verstand Jordan nicht, und er fragte sich verbittert, ob Neda selbst es so gewollt hatte: dass dieser Typ sie in eine Patientin verwandelte. Zum Teufel nochmal, seine Frau war doch vollkommen normal!

Die funkelnde Weiße der Landschaft ringsum hatte nun aufgehört, Jordan glücklich zu machen. Die Bergrücken und Täler des Gebirges erschienen ihm nun so fremd und verlassen wie ein Bett, in dem jemand Unbekanntes genächtigt hatte. Die raffinierte Gleichgültigkeit Andreas machte ihn wütend. Sie war von geradezu beleidigender Teilnahmslosigkeit und zwang ihn dadurch, sich bös und einsam vorzukommen. Alle waren ja sooo gut und sooo ruhig, saßen brav im schönen Schoß der Ewigkeit … nur er hatte die Krallen ausgefahren und verkörperte die niedrigen Leidenschaften, als da waren Eitelkeit und Rachsucht. Andrea dachte wohl, ihr Herzblatt gehe nun einmal mit Leib und Seele in seinem Beruf auf und »arbeite« selbst bei einem solchen Ausflug ins Gebirge. Sie hätte ebenfalls etwas spielen können, aber in der Wetterstation stand kein Klavier.

Jordan steckte sich eine Zigarette an, um aus Rache wenigstens die reine Luft in seinen Lungen zu verpesten. Der wohlriechende Tee weckte seinen Widerwillen. Warum nur hatte er sich hierhin mitschleppen lassen, warum hatte er freiwillig die Rüstung seiner Berühmtheit abgelegt? Grischa, dieser Schlaukopf, hatte fallenlassen, Jordans »Gruppe« bestehe aus halb Bulgarien, folglich sei infolge der Übertragung die halbe Nation bis zum Überdruss in ihn verliebt. Schön angeschmiert hatte er ihn, der Seelenklempner!

»Und? Deine Verrückten – verlieben die sich in dich?«, hatte er zurückgeschossen.

Grischa schaute finster. Seine Augen verharrten geduldig auf Neda, die unter seinem kurzsichtigen Blick vermutlich verschwamm. Neda hatte ihren Kopf nach Süden, zur fernen, unwirklichen Silhouette des Rila-Gebirges, gewandt.

»Ich nehme an, einige Patienten empfinden dergleichen Gefühle. Auch Christus hat seinen Kontakt zu den Menschen durch Liebe hergestellt.«

»Der hat es aber nicht drauf angelegt, geliebt *zu werden*, sondern hat gepredigt, die Menschen sollten *einander* lieben.«

»*Einander*, natürlich, nur dass ich halt zwischen meinen Kranken sitze.«

»Du stellst Grischa immer Fragen, auf die zu antworten sinnlos ist«, meldete sich Neda still, als wäre sie verdammt worden. »Er ist Arzt, ich bin Aspirantin in Psychoanalyse, du bist Fernsehmoderator, aber keiner von uns ist Gott, oder?«

12

Oh, wie gut er diese Haltung kannte: so zu tun, als sei er gar nicht da. Unbeweglich und mit dem Rücken zu ihm lag sie da, als wolle sie mit der Wand verschmelzen, selbst lebende Wand, eine Wand aus Verachtung, Nerven und Schweigen. Sie las ein Buch, vermutlich einen ihrer Lieblingssoziologen, oder das Kultbuch *Zen oder Die Kunst, ein Motorrad zu warten*, so vertieft, als wäre sie allein im Schlafzimmer. Der Lichtkegel der Nachttischlampe fiel auf sie wie ein Bonnethütchen. Jordan warf geräuschvoll sein Badehandtuch fort und zündete sich eine Zigarette an. Neda störte der Rauch. Der träge Duft ihres Parfüms hatte in der Luft gelegen, bis er aus dem Bad gekommen war mit dem Ruch der Gewalt. Dieser Zusammenprall von Duft und Rauch trennte sie noch mehr.

»Müde, aber zufrieden kehrten wir heim!« Diese Phrase, die in den stereotypen Reisereportagen der Zeitungen immer wieder auftauchte, hatte sie stets erheitert. Jetzt gebrauchte er diesen Trivialsatz angesichts ihres langen Abstiegs vom Schwarzen Gipfel gleich doppelt ironisch. Neda reagierte nicht auf seine Stimme. Längst war die Phase vorbei, in der heftiger Streit noch eine Verbindung zwischen ihnen schuf oder zumindest so etwas wie Austausch darstellte. *Ihr* Ärger hatte sich an seinem häufigen Späternachhausekommen entzündet, was sie in Trübsinn stürzte oder in Anfälle von Porzellanzerschmeißwut. Sie stritten sich laut, unnachgiebig, und nie, ohne immer auch sämtliche Sünden der Vergangenheit aufzufahren. All das aber waren wie gesagt noch Spielchen unter Partnern gewesen, wussten sie doch beide, dass die Sache mit einer Versöhnung im Bett enden würde. Ihre Wut aufeinander war eher ein Ritual gewesen, das zur Katharsis führte und ihre Leidenschaft anstachelte.

Nun also diese beleidigende Gleichgültigkeit! Sie fragte ihn nichts, er konnte nichts antworten … Sie hatten wohl jene naturhafte Stille erreicht, in der die Dinge unmerklich zerfallen und wieder ins Chaos zurücksinken. Diese Freiheit tat ihm weh, und er sehnte sich nach einem richtig schönen Streit!

Endlich waren sie allein. Nach ihrem Entschluss, sich scheiden zu lassen, war Emilia eine erstaunlich fürsorgliche Großmutter geworden. Wenn sie keine Vorstellung und keine Probe hatte, nahm sie die kleine Jana zu sich. Es mochte gut sein, dass die Anwesenheit ihrer Enkelin mit den beiden Zöpfchen nicht nur die gähnende Leere füllte, die sich in ihrem Leben aufgetan hatte, sondern auch ihr Gewissen beruhigte. In ihrem Unterbewusstsein bildete Jana vermutlich ihre Verbindung zum Jungsein, zur Zukunft, und so wenig Emilia selbst dies auch artikulieren konnte: Einer der Gründe, sich von ihrem Mann Assen trennen zu wollen, bestand wohl in ihrem Wunsch, es möge endlich wieder etwas noch Undefiniertes, aber Verheißungsvolles in ihrem Leben geben, eben Zukunft.

Neda las tatsächlich *Zen oder Die Kunst, ein Motorrad zu warten*. Er blies den Rauch in ihren Nacken. Das bläuliche Rauchwölkchen löste sich in ihrem Haar auf. Da, sie tat etwas, zwar schweigend und angespannt, aber immerhin: Sie blätterte um. Jordan fuhr gebieterisch mit der Hand über ihren Schenkel, fühlte aber nichts als die Kühle ihres Fleisches und ihre Unlust auf jede Art von Berührung. Er suchte den Konflikt, brauchte ihn wie ein Beruhigungsmittel. Noch immer fühlte er sich erniedrigt von der erhabenen, fast religiösen Schönheit der Natur auf dem Gipfel des Witoscha. Die physische Müdigkeit kratzte ihn auf, das Halbdunkel im Zimmer und die Nähe seiner Frau zogen ihn an. Er beugte sich vor, nahm ihr das Buch aus der Hand und hatte dabei das Gefühl, er rupfe ein Blümchen aus: Die Wurzeln wehrten sich, aber der zarte Stiel hielt der Gewalt nicht stand.

»Lass uns miteinander reden«, bat er.

»Hast du geduscht?«, fragte sie.

»Bitte, lass uns reden.«

»Worüber?« Sie klang atemlos, als hätten sie einen Ringkampf im Bett vollführt.

»Über uns. Immerhin leben wir ja noch zusammen.«

»Und das erstaunt dich, wie?«

»Nein. Ich wollte etwas Wichtiges mit dir besprechen. Ich glaube den Ärzten nicht, und weißt du, warum? Ich glaube ihnen nicht, weil auch sie am Ende sterben!«

»Aaah, verstehe. Du glaubst den Psychiatern nicht, weil auch sie verrückt sind. Das wolltest du doch sagen, oder?«

»Deine Intelligenz gibt mir wirklich den Rest. Wie soll ich mich bei so viel bewaffnetem Scharfsinn in meinem eigenen Zuhause entspannen, hm? Es soll ein paar Glückliche geben, die zu Hause unbewaffnet rumlaufen, weil es ihre sichere Burg ist …«

»Wenn du geduscht hast, ist ja immerhin der Dreck ab«, unterbrach Neda ihn.

In seiner langen Erfahrung war Jordan zu der Überzeugung gekommen, dass man in der Familie nicht versuchen sollte, etwas mit Worten zu erklären. Eheleute verfallen in blöde Tautologien und wiederholen immer wieder dasselbe mit der Beharrlichkeit, mit der auch das Leben einfach weitermacht. Jeder hatte für sich genommen recht. Es sah ganz so aus, als seien Worte dazu da, damit Eheleute einander beschuldigen und ihre eigene Schuld verringern konnten. Worte konnten kausale Verbindungen ausdrücken, Gefühle, Geheimes, Magisches, den Schein, das Absurde und die Paradoxien der Existenz, Worte konnten verbinden und auf unglaubliche Weise alles einander annähern – außer zwei Menschen, die jeder nur von sich redeten. Selbst bei noch so großer Differenziertheit können zwei endlose Monologe nicht zum Dialog werden. Der Erkenntnis liegt der Vergleich zugrunde; es ist aber unmöglich, zwei einander ausschließende Wahrheiten gegenseitig abzuwägen, denn entweder ist die eine falsch, oder beide sind bloß Halbwahrheiten. Wie willst du den anderen davon überzeugen, dass du recht hast, wenn du von vornherein sicher bist, dass er unrecht hat? Worte machen aus der Lebensgemeinschaft Ehe eine Pflicht, den anderen zu ertragen. Beiden geht allmählich der Lebenssinn verloren, sie stumpfen ab, hören mit den Zärtlichkeiten und dem Anschreien auf und enden in Gleichgültigkeit und Leere. Bei diesem zähen Gemetzel werden die besten Schwerter stumpf, verlieren an Schärfe und Glanz und verkommen zu einem groben Mordinstrument.

»An allem bist nur du schuld!« Nedas Stimme traf ihn wie eine Ohrfeige. Seine Schläfen pochten, in seinen Ohren brauste es, in seinem Bewusstsein kämpften Schmerz und eine fast kosmische Kälte miteinander.

»Gut, bin ich halt an allem schuld«, erwiderte Jordan, »aber dann musst du mir auch erklären, warum!«

Seine Zustimmung verwirrte sie zunächst, dann wurde sie böse. Sie fasste sie als fieses Täuschungsmanöver auf, hinter der er seine Truppen in Stellung brachte. Sie zog die Decke hoch bis unters Kinn, als fürchte sie, er könnte sie vergewaltigen. Er spürte ihren Körper unter der schweren Wolldecke zugleich biegsam und unbeugsam; im Unterschied zu ihrem Nachthemd kam er ihm immer transparent vor.

Neda schien nachzudenken. Ihre Stirn lag in Falten, ihre Augenbrauen waren hochgezogen. Schön sah sie aus, so mit halb geöffnetem Mund und diesen entrückten, abwesenden Augen. Sie hatte entweder Angst vor ihm oder um ihn, aber das machte für ihn keinen Unterschied. Er konnte sogar den Schatten dieser ihrer Angst auf der weißen Wand sehen. Das war der Schatten eines Mädchens, das allein in einem riesigen, leeren Haus geblieben war. Er versuchte, sie zu streicheln, doch Neda wich zurück.

»Du bist schuld, weil du nie da bist«, sagte sie mit erstickter Stimme. »Sogar wenn du hier bist, bist du woanders. Wie soll ich dich festhalten, mit wem soll ich leben?«

»Was soll ich machen, ich arbeite beim Fernsehen, da hab ich Verantwortung.«

»Ich hab versucht – Gott ist mein Zeuge –, dich in deiner Sendung anzuschauen, aber als ich den Fernseher einschaltete«, flüsterte Neda, »warst du nicht da, verstehst du? Du strahltest nur Abwesenheit aus, weil du bei allen warst!«

»Und ich hab geglaubt, du wärest stolz auf mich. Jede normale Frau wäre stolz auf einen Mann wie mich.«

»Es ist schlimm, wenn das Stolzsein zur Gewohnheit wird und dann zu einer Art Pflicht, einer ununterbrochenen Anstrengung.«

»Mir fehlt die Kraft, um mich eigens für dich zu ändern; es ist mir einfach unmöglich, zur Therapiegruppe zu werden. Dienstags und mittwochs muss ich meine Sendung konzipieren; dabei spreche ich mit mindestens dreißig Leuten am Tag. Donnerstags und freitags geht die Lauferei los, das Anordnen, das Erklären, Vermitteln, Betteln, Drohen. Vor lauter Koffein springt mein Herz im Dreieck. Bis zur Ausstrahlung am Samstag ein einziges Bangen und Zittern, ob alles klappt. Am Sonntag fühle ich mich wie ein ausgeleerter Mülleimer. Es grenzt an Grausamkeit, mir sonntags einen Ort zu zeigen, der reiner, höher und schöner ist als ich. Und der Mensch …«

»Nichts hast du verstanden! Ich wollte dich nicht ins Witoscha schleppen, weil es so hoch ist, sondern weil das Gebirge natürlich und unverfälscht ist.«

»Wie Grischa, nicht wahr? Der ist auch total natürlich und unverfälscht.«

»Grischa lächelt wenigstens nicht. Du bist abwesend und lächelst dabei ständig. Diese charmante Lächelhülse macht mich wahnsinnig.«

»In Ordnung, einverstanden, ich bin eitel; aber es ist eben Teil meines Berufes, erfolgreich und … *glücklich* auszusehen! Dafür werde ich bezahlt: glücklich rüberzukommen!«

Neda hörte ihm gar nicht mehr zu. Sie waren schon wieder im Teufelskreis der Worte angelangt, in den Spiralen des individuellen Rechthabens, die einander monologisch umkreisten, sich aber nie berührten. Neda las *Zen oder Die Kunst, ein Motorrad zu warten* schon zum zweiten Mal. Die Worte in diesem Buch lebten für sie also bereits, bewegten sie, hatten etwas mit ihr zu tun. Na gut, sagte sich Jordan, aber ich bin auch im Recht, weil ich eine Illusion herstellen muss: Meine Wahrheit ist die möglichst munter erscheinende Aufrechterhaltung einer Lüge. Ich bin keine Religion, biete keinen Glauben an, auch keine Erleichterung; aber ist es denn gar nichts, Menschen Gelegenheit zu geben, für eine Stunde jemand anderes zu sein, sich mit dem vor Glück und Erfolg überbordenden Jordan Weltschev zu identifizieren? Mag Grischa um die Normalität einzelner Seelen kämpfen; ich muss halb Bulgarien in die nächste Woche retten!

»Der Spiegel ist das langweiligste und lebloseste Etwas, das ich kenne«, schloss Neda erschöpft. »Er wiederholt nur, vervielfacht eine Gestalt, hat aber weder Phantasie noch lebendige Sinne.«

»Ich habe Sinne … Hier, ich berühre dich.«

»Blödmann! Was berührst du denn?«

Keinerlei Zunder in ihrem Schlagabtausch, nur ein stilles, mieses Abwatschen, das noch nicht mal die Leute unter ihnen dazu brachte, mit dem Besenstiel an die Decke zu klopfen. Einem ausgelaugten Ackerboden gleich brachte ihr Streit nicht mal Brennnesseln hervor, die Schmerz, Hass und schließlich Nähe hervorriefen. Jordan gab seiner Frau das Buch zurück, blieb fassungslos aufrecht im Bett sitzen, schaute in Nedas Spiegel mit den zwei Seitenflügeln an der Wand gegenüber. Sie bestand aus nichts als Vorurteilen, dachte Jordan – *oder lächelte er etwa in diesem Moment?* Seine Züge, verdreifacht, sahen gequält und grau aus, wie auf dem Bildschirm eines Schwarzweißfernsehers.

Enttäuschung ist wenigstens eine Notlösung. Sie erklärt zwar nichts, verschafft unserer Seele aber eine gewisse Erleichterung.

13

Neben ihm lagen in Stapeln die Zeitschriften *Wissenschaft und Technik für die Jugend*, *Aus aller Welt* und *Philosophisches Denken*. Er blätterte ohne Eile darin, aber auch ohne sich irgendwo festzulesen. Gleich einer fleißigen Biene auf Nektarsuche überflog er die bunten Wiesen und Weiden der Titel und sammelte den saftigen Blütenstaub verwertbarer Information. Manchmal waren es nur beiläufige Mitteilungen oder »wissenswerte Neuigkeiten«, manchmal aber auch größere Artikel zu konkreten Problemen, die sein Hirn mit jenem Honig versorgten, den er in die nächste Wabe seiner Sendung *Runder Tisch* gießen konnte. Seit einer halben Stunde glotzte er schon mit idiotischer Beharrlichkeit auf eine Abbildung der exotischen Unterwasserwelt des Great Barrier Reef vor Australien, die durch einen Schwarm flacher, ovaler Fische von schillernder Buntheit regelrecht gesprengt wurde. Irgendwie war er heute in schlechter Stimmung, zerstreut, bedrückt und böswillig. Etwas im Verhalten und in den Worten Nedas hatte ihn aus dem Gleichgewicht gebracht, das schützende Selbstbewusstsein des erfolgreichen Mannes angekratzt, der sich dazu herabgelassen hatte, seinen freien Sonntag im Gebirge zu verbringen, unter dem erhabenen Hauch der Ewigkeit und in Gesellschaft eines kurzsichtigen Psychiaters. Grischa war es nicht nur gelungen, ihn zu kränken, sondern er hatte ihm auch seine Überlegenheit demonstriert, ihn verletzt und seine Berühmtheit abgestraft. Er versuchte, sich von dem Wort »verletzt« zu befreien, das sich so hartnäckig in seinem Bewusstsein eingenistet hatte; aber wenn er es zu schnappen versuchte, wich es zurück wie ein Hund, der von seinem Herrchen mit der Leine geschlagen wurde, und kehrte danach unbeirrt wieder zurück. Er versuchte es mit Selbstironie: *Was glaubte dieses dumpfe Gebirge eigentlich, wer es war mit seinem Schnee, seiner Sonne und seiner Erhabenheit?* Pah! Das war doch ein Klacks gegen den Gipfel des Erfolgs, auf den er locker lächelnd die Spotlights der Aufklärung richtete? Wer sollte *ihn* denn verletzen? Auf einmal erinnerte er sich – und taumelte. Die Antwort war schon in der Frage enthalten, genauer gesagt, in dem dramatischen Erlebnis an jenem Abend, den er zu vergessen gehofft hatte.

Es war vor anderthalb Jahren passiert, an einem heißen, trockenen Sommertag. Er hatte eine schwere Aufzeichnung zum Thema »Globale Erwärmung und ökologische Krise« hinter sich und wie üblich sein Team zu einem Umtrunk ins stimmungsvolle Restaurant *Unter den Linden* eingeladen. Es ging auf achtzehn Uhr zu, doch die Sonne war immer noch stark. Fast bissig schleuderte sie ihre Glut auf die Erde. Auch das schwer geprüfte Grün des Parks schaffte keine Abkühlung. Auf der Gartenterrasse vor dem Lokal war außer dem ihren nur ein Tisch besetzt.

Zehn stämmige Männer mit kantigen Gesichtern und bis zum Bauchnabel aufgeknöpften Hemden, verschwitzt und vom Alkohol in gute Laune versetzt, saßen da und sprachen so lautstark miteinander, als sei Reden eine Art Holzhacken. Vor ihnen standen schon ein Dutzend leerer Flaschen polnischen Zubrovka-Wodkas, zu dem sie Hartsalami und bulgarischen Bauernsalat aßen. Als sie ihn erkannten, verstummten sie für einen Augenblick, so als hätten sie einen Schlag vor den Kopf bekommen, dann begannen sie, sich raunend etwas zuzuflüstern, und riefen schließlich den Kellner. Sie hatten in ihrem Suff wohl beschlossen, den berühmten Leuten vom Fernsehen, mit denen Ort und Stunde zu teilen sie die Ehre hatten, einen auszugeben. Der Kellner trug im Stile des Lokals eine Trachtenweste und hatte ein besticktes Tuch über seinen Unterarm gelegt. Dem trinkfreudigen Dutzend schenkte er keine Beachtung. Die Männer waren schon so betrunken, dass er ohnehin bei ihnen abrechnen konnte, was er wollte, und so folgte er nicht ihrem Ruf, sondern wandte sich erst an Jordans Tisch.

»Aber ich bitte Sie, Genosse Weltschev, kommen Sie doch hier in den Schatten«, tänzelte er. »Gleich wird auch ein kühlendes Lüftchen aufkommen. Womit kann ich Ihnen dienen, Genosse Weltschev?« Er war sichtlich geschmeichelt, nahm die Tischdecke, schüttelte sie aus und wendete sie auf ihre saubere Seite. Dann nahm er die Bestellung auf und führte sie rasch aus. Die Männer vom Nebentisch warteten immer noch, aber sie grinsten nicht mehr. Ihr Versuch, einen Liebling der Nation zu überraschen und sich bei ihm bemerkbar zu machen, war kläglich fehlgeschlagen und es schien, als überlaufe sie trotz der Hitze ein Frösteln. Auf einmal spürten sie, dass sie zu unbedeutend waren, um mit besonderer Aufmerksamkeit bedacht zu werden, und das kränkte sie wohl. Stark, laut, verschwitzt – ganze Kerle waren sie, und wurden – na, wo gibt's denn so was? – übersehen … Der Stärkste unter ihnen haute mit der flachen Hand auf den Tisch. Das tat er einige Male, um Jordan seine Dienstfertigkeit zu bekunden, aber der Kellner fuhr sie nur an: »Zwölf Flaschen habt ihr schon kleingekriegt, nun geduldet euch mal! Seht ihr denn nicht hier … also der Genosse Weltschev und die Damen Genossinnen hier …« Denn mochten Kellner auch abends arbeiten, an freien Samstagabenden hingen auch sie vor der Glotze.

Jordans Mädels bestellten sich Whisky, er trank Wein. Nach und nach füllte sich die Terrasse mit Gästen. Die Kuppel des Himmels dunkelte herab, über den schwarzen Silhouetten der Nadelbäume des Parks gegenüber zitterten kümmerliche Stadtsterne. Kühle wehte heran, einem erlösenden Seufzer gleich. Jordan schwieg erschöpft. Nach fünf aufregenden Tagen liebte er es, sich einfach dem sterbenden Tag hinzugeben. Das ganze menschliche Leben, so kam es ihm dann vor, könnte man in einen Sonnenuntergang packen. Seine Mädels bestellten sich noch einen Whisky, aßen die restlichen Mandeln auf, küssten ihn kollegial auf die Stirn und gingen heim. Jordan blieb, um die Rechnung zu begleichen. Die Sendung über globale Erwärmung, die wachsenden Ozonlöcher und die weltweite ökologische Krise hatte ihn wirklich geschafft. Der Wein entspannte ihn, das Stimmengewirr um ihn her betäubte ihn. Die betrunkenen Sympathieträger mit ihren finsteren Mienen und wackersteingroßen Pranken hatte er schon ganz vergessen. Er verspürte Lust, durch die duftschwangere Abendluft des Parks zu Fuß nach Hause zu gehen, vorbei am Sommerkino und am kleinen Stadion.

»Die Rechnung? Aber selbstverständlich, Genosse Weltschev, immer und jederzeit zu Ihren Diensten …«

Er gab dem Kellner ein großzügiges Trinkgeld. Popularität mochte fremde Begeisterung wecken, kam einen aber auch teuer zu stehen, weil alles, was man öffentlich tat, sich in Gesprächsstoff verwandelte!

Das Umspannwerk summte bedrohlich wie eine Wespe, als er daran vorbeiging. Als er die Straßenbahngleise hinter dem Sommertheater überquert hatte, bemerkte er sie. Sie standen plötzlich auf der Wiese, als hätte die Nacht sie aus ihrem nach morschem Holz riechenden Maul ausgespuckt. Weiß der Teufel, woran er sie erkannte. Vermutlich ihre Hemden, die sich über breiten Schultern spannten, und unter denen sie wie weggetreten wirkten. Sie sahen aufgekratzt aus, erhitzt von Hass, geladen wie das Fell einer Raubkatze. Sie umringten ihn, kesselten ihn ein, kamen näher. Sie rochen nach abgestandenem Schweiß und Gewalt, nach polnischem Wodka und jenem Wildgras, das die Büffel auf dem Etikett der Flasche rupften und wiederkäuten. Ihre Augen waren nicht zu erkennen, aber ihre Ausdünstung schüchterte ihn ein. Einer ahmte die schleimige Stimme des Kellners nach:

»Womit, äh, kann ich, äh, Ihnen dienen, äh, Genosse, äh, Weltschev?«

Zehn Paar Fäuste prügeln ungeschickter als nur ein Paar. Die Männer standen sich im Weg, aber sie waren stark und gnadenlos. Sie schlugen ihn aufs Gesicht, sie zermatschten sein Gesicht, immer wieder schlugen sie ihn nur aufs Gesicht. Gegen Jordans Magengrube hatten sie nichts, nichts gegen seine Leber oder seine Milz, seinen Rücken … die sah man ja nicht auf dem Fernsehbildschirm. Jordan wehrte sich nicht, denn auf einmal begriff er alles. Diese kühnen Rächer der Enterbten wollten nicht ihn zu Brei machen, nicht seine Angst und seinen Schmerz ausnutzen; sie wollten nur *Jordan Weltschev* bestrafen, *diese arrogante, pseudoglückliche Lächelfresse aus dem Fernsehen*; sie wollten dieses ganze hypertrophierte und unerträgliche Berühmtsein, Glücklichsein und Erfolgreichsein, gegen das ihre Bedeutungslosigkeit zu etwas wurde, für das man sich schämen musste, zu Matsch kloppen! Sie rasten. Trätierten ihr Opfer methodisch und voller Genuss. Blut schoss Jordan aus der Nase, seine Ohren pfiffen und rauschten, sein Mund füllte sich mit blutigem Speichel und schwoll sofort an. Die Tannen erschraken mit spitzen Nadeln. Er hatte Angst, sie könnten ihm einen Zahn ausschlagen. Ja, die Männer nahmen Rache an *Mr. Happy Mattscheibe*, der mit gleich drei ansehnlichen Dämchen angegockelt kam, als sei er die Unwiderstehlichkeit selbst, und daran, dass der Kellner sie so schmählich übergangen hatte. Alle, die im Laufe des Abends auf die Terrasse gekommen waren, hatten ihn angestarrt, während sie einen ganzen Nachmittag daran gearbeitet hatten, das Terrain zu besetzen, indem sie ordentlich zugelangt hatten: Neben den zwölf Flaschen Zubrovka hatten sie zwei große Grillplatten verzehrt, um aller Welt zu demonstrieren, was es hieß, ein freier Mann zu sein, ein Mann, der tat, wonach ihm war; *aber niemand hatte das auch nur bemerkt!*

Sie kamen außer Atem, schlugen ihn stöhnend, als machten sie Liebe mit einer Frau. Und immer wieder schlugen sie nur dorthin, ins Gesicht, in dieses dreiste Lächeln, in diese Berühmtheit, bis sie es ausgelöscht hatten, bis der Träger dieses Gesichts bewusstlos wurde, bis es kein Gesicht und keinen *Jordan Weltschev* mehr gab.

14

Als sie ihn erblickte, streckte Neda die Hand aus, als wolle sie sich schützen. Dann ließ sie sich gegen die Tür fallen und stöhnte auf.

»Jana schläft«, sagte sie flüsternd, »bitte, auf keinen Fall … Jana schläft.«

Er erinnerte sich gut an ihre Hand, die leicht wie ein Vogel auf seinem zugeschwollenen Auge landete, ihre Finger, die voller Liebe über seine entstellten, aufgedunsenen Lippen fuhren, über sein aufgeschlagenes Kinn, die Blutergüsse am Hals … Sein ganzes Gesicht war eine einzige Wunde, und plötzlich erkannte sie ihn. Ja, das war *er. Ihr Mann. Der wahre.* Sie bat ihn herein, als sei er ihr Liebhaber. Sie gingen auf Zehenspitzen, denn die Gewalt, die von Jordan ausging, schrie. Sie führte ihn ins Bad, zog ihm vorsichtig das Hemd aus und brachte Tupfer und Wasserstoffperoxid aus der Küche.

»Ha'm mi ve'p'ügelt«, lallte er dümmlich.

»Dein Gesicht«, sagte sie nur, »dein Gesicht …«

»Böhse ve'p'ügelt.«

»Ach«, sagte Neda so verwundert, als meine sie: Was redest du da?

Da wurde ihm auf einmal klar, *dass sie wusste*, und dass sie ihm in diesem Moment alles verzieh. Sie zitterte, aber nicht aus Erschrecken und Bedauern. Nein, aus Zärtlichkeit zitterte sie und – Glück. Während sie ihm das Blut abwischte, schien sie ihn mehr mit den Augen als mit der Watte zu berühren, so sanft war sie. *Alles ist gut, Jordan, ich zeichne es nur, dein Gesicht …* Er zog seine dicke Lippe schief im Versuch, sie anzulächeln. Diese ungeschickte Geste eines traurigen Clowns gefiel ihr. Sie lachte leise. Küsste ihn. Auf ihrer Zunge der Geschmack nach frischer Wunde, ungeborgenem Blut.

»Hab denen nichts getan«, rechtfertigte er sich nuschelnd.

Neda schwieg nur, verzeihend und geduldig. Er war das verurteilte und bestrafte Böse, dem Gelegenheit zur Sühne gegeben war, einer Sühne, durch die seine Schuld abgetragen, ja, sogar zum Verdienst werden konnte.

»Nach der schweren Sendung hab ich meine Mädels auf ein Gläschen eingeladen …«

»Du siehst aus wie ein Boxchampion«, flüsterte sie ihm neckisch ins Ohr, »wie einer von diesen Großsprechern, die bisher alle Kämpfe gewonnen haben, und nun zur Erleichterung des Publikums endlich mal verloren.«

»Die waren viele. Haben mich von allen Seiten gleichzeitig überfallen.«

»Das ist jetzt deine Buße!«

»Buße?« Er spürte, wie dieses Wort brannte, so prallvoll war es mit Vorwurf und Einsicht in die Richtigkeit dieses Denkzettels. Jordan dachte, sie treibe ihren Schabernack mit ihm, nehme ihn auf die Schippe, aber nichts dergleichen: Sie stellte nur das Wasser der Dusche auf die bestmögliche Temperatur ein. Dann wusch sie ihn wie ein Kleinkind, wickelte ihn ins Badehandtuch und führte ihn ins Wohnzimmer. Sie liebten sich gleich auf dem Boden. Schmerz, Angst und Gewalt stacheln die Leidenschaft an. Das Ziegenfell sprühte Funken. Gespenstisch und irreal wie ein Nordlicht war Neda überall, um ihn, bei ihm, in ihm, und stillte ihn mit jenen traumwandlerisch sicheren Bewegungen, die alles wissen. Sein Geschlechtsorgan interessierte sie nicht; was sie anzog, das war *er*, zu dem sie plötzlich Zugang hatte durch die zerstörte Festungsmauer seines Gesichts. Durchs Fenster schaute schläfrig der Sommer herein, sah, wie ein Stuhl umfiel, sah die Süße ihrer Vereinigung und spürte mit Schrecken, dass sein Gesicht schon bald wieder heil sein würde. Endlich sank Neda seufzend zusammen, verließ in endlicher Erschlaffung ihren Leib. Dann lagen sie da, endlos und kraftlos, glücklich und wehrlos, nicht nur *beisammen*, sondern *zusammen*.

»Weißt du was?«, flüsterte sie, bevor sie sich dem Schlaf überließ. »Diese Blödmänner haben schon angefangen, dich zu lieben. Das werden deine größten Fans, und Samstag werden die ängstlich auf die Uhr sehen, um nur deine Sendung nicht zu verpassen.«

»Quatsch«, erwiderte er schläfrig.

»Nein, wirklich, die werden dich von jetzt an jeden Samstag einschalten, weil sie sich dir nahe fühlen, fast wie einem Freund. Und voller Freude und Genugtuung werden sie sich darin überbieten, zu prahlen: ›Ein Wahnsinnstyp, dieser Weltschev, ha? Seht euch den doch mal an, den Glückspilz, wie der die ganze Scheiße hier durchschaut, wie der den Nagel mal wieder auf den Kopf trifft! Die anderen kennen ihn ja bloß aus der Glotze, wir aber kennen ihn persönlich und haben unser Hühnchen mit ihm gerupft ...‹ Weißt du, was der Marquis de Sade gesagt hat?«

»Sicherlich, dass man keine Fernsehmoderatoren verhauen darf.«

»Nein. Marquis de Sade hat geschrieben, dass auch Gewalt Menschen verbindet.«

Jordan stöhnte auf.

»Tut's weh?«, fragte Neda und schmiegte sich an ihn. »Ja, so ist das: Zu große und unverdiente Berühmtheit tut weh!«

Im Spiegel sah er, wie er über diese Erinnerung lächelte. Er lächelte dieser Erinnerung zu. Er lächelte über sich selbst. Das Ausgraben dieses unwiderruflich letzten Momentes ihrer Gemeinsamkeit holte ihn in die Wirklichkeit zurück. Seine Hand hatte sich so heftig um die Seite mit den buntschillernden Fischen gekrampft, dass er für einen Nu glaubte, er habe ein Aquarium zerdrückt. Neda war unter dem Lichthütchen der Nachttischlampe eingeschlafen. Sie konnte so schön schlafen wie ein Kind, das seine Fäustchen unter der Bettdecke an die Brust gezogen hatte. Ihr Gesicht lächelte im Schlaf, ihre Lider zitterten unruhig. *Zen oder Die Kunst, ein Motorrad zu warten* war in irgendeine Falte der Decke gerutscht. Jordan fühlte sich einsam, verlassen und – was das Schlimmste war – wie verprügelt!

15

Es war schon elf Uhr, und er konnte die Schlüssel seines Wagens einfach nicht finden. Wie immer hatte er panische Angst, er könne sie verloren oder bei diesem Spezi da, diesem Seelenklempner Grischa, vergessen haben. Gestern waren Neda und er dort zu Besuch gewesen, er hatte sich ein paar ordentliche Wodkas hinter die Binde gekippt, und so war Neda, die nicht nur ihr eigenes Leben, sondern auch eigene Autoschlüssel hatte, auf dem Heimweg gefahren.

Er irrte kopflos durch die Wohnung, suchte in sämtlichen Anzug- und Manteltaschen, in seinen Schreibtischschubladen und seinem Diplomatenköfferchen, ja, er durchwühlte sogar die Täschchen seines gestreiften Schlafanzugs. Einmal im Jahr ging Neda ins nächstgelegene Geschäft und kaufte ihm fünf Paar neue Schlafanzüge auf einmal. Alle waren gleich, und so hatte er das Gefühl, alle Abende des Jahres würden zu einer einzigen endlosen Nacht zusammenrinnen.

Neda war weder knausrig noch verschwenderisch; sie hatte einfach keine Beziehung zum Geld. »Du gibst es aus, weil es da ist«, stichelte Jordan, dabei wusste er, dass er unrecht hatte. Sie suchte sich irgendeinen finsteren Tag aus, an dem einen das Wetter bekloppt machte, und kaufte wahllos ein, bis sie alles ausgegeben hatte, was Jordans Honorare hergaben. Sie kaufte sich sündhaft teure oder spottbillige Kleider, ihrer Tochter Jana eine Sprechpuppe, die lachen, weinen und Pipi machen konnte, bis die Batterie leer war. Ihm besorgte sie Krawatten im Dutzend und Hemden mit der falschen Kragenweite, weil sie einfach nicht behalten konnte, dass er Nummer 42 trug. Danach ging das große Umtauschen los. Eine Woche lang tauschte sie das zu enge Leinensakko gegen ein Sportsakko um, die zu großen Mokassins gegen Sandalen oder Tennisschuhe. Nur bei den Pyjamas gab es keine Probleme, die glichen sich stets wie ein Ei dem anderen.

»Aber natürlich«, murmelte er verärgert, »am Morgen tut sie meinen Schlafanzug doch in die Wäsche!« Er lief zum Wäschekorb, wühlte darin, und die Autoschlüssel fielen klirrend aus der Wollstrumpfhose seiner Tochter. Ein Irrenhaus war das …

Nun blieben ihm noch fünfzehn Minuten, um sich zu rasieren, sich mit Deo einzusprühen und an seinem verbindlichsten Lächeln zu arbeiten. Im Schlafzimmer fand er seine Tochter auf dem Boden sitzend vor. Sie hatte ihr Englisch-Schulbuch zur Seite gepfeffert und setzte ein UNICEF-Puzzle zusammen, auf dem Aschenputtel neben ihren goldenen Schuhen zu sehen war. Die Pumps sahen attraktiv und unverhältnismäßig groß aus, Aschenputtel hingegen unverdient klein und langweilig. Gestern hatte Jana eine Eins in Bulgarisch bekommen, eine Zwei in Mathematik und eine Drei in Sport. Sie hatte also schon erfahren, wie schwer das menschliche Leben sein konnte. Das Kind hob seine blauen Augen, in denen ein verwöhntes Schmollen stand, zu ihm auf und fragte:

»Gehst du nicht ins Kino mit mir?« Im Kino Kultura gaben sie einen

Film über die Sahara, und die Klassenlehrerin hatte ihnen aufgegeben, sich den anzuschauen.

»Das geht leider nicht, Liebes«, antwortete Jordan zerstreut, »Papa ist beschäftigt, seine Sendung wird heute Abend direkt übertragen.«

»Hurra«, klatschte sie, »dann erlaubt Mama mir, dich zu sehen.«

Er blieb stehen wie vom Donner gerührt, so lange, bis er merkte, dass er langsam auch mal sein linkes Bein auf den Boden setzen sollte, wenn er nicht umkippen wollte.

»Was hast du da gesagt?«

»Na ja«, sagte Jana unschuldig, »wenn du *laif* bist, dann erlaubt mir die Mama, den Fernseher anzumachen.«

Er begriff so plötzlich, dass er taumelte wie nach einer schallenden Backpfeife. Etwas ungeheuer Wichtiges, das sich klarzumachen er aber leider absolut keine Zeit hatte. Nedas Hass auf seine Öffentlichkeit, seine Berühmtheit schien differenzierter zu sein, als er vermutet hatte. Jordan spürte eine kitzlige Feuchtigkeit in seinen Augen; dabei musste er doch heute lächeln, lächeln, lächeln.

Drittes Kapitel

1

Nach und nach verlagerte Assen seine Bibliothek nach Simeonowo und besiedelte das Wochenendhaus mit sich. Er gewann ein Verhältnis zu seiner neuen Bleibe mit ihrer Wendeltreppe ins Obergeschoss, ihren Ecken, in denen Spinnen und abendliches Dunkel sich ein Stelldichein gaben, ihren Nischen mit dem Hauch der Verlassenheit, dem offenen Kaminfeuer und den weichen Reflexen der Flammen an der Decke. Er schaffte sich einen schwarzen Kater mit gelben, abwesenden Augen an, den er Arthur nannte – für Jana, seine Enkelin, machte er sich weis, dabei war es die Einsamkeit, die ihm zusetzte. Das Alter ließ ihn auf der Treppe zum Dachgeschoss zum Verschnaufen anhalten, die späte Junggesellenfreiheit stürzte ihn in Erinnerungen. Stundenlang beobachtete er das junge Tier. Die Katze ist ein mysteriöses Lebewesen voller Egoismus, das Chaos in sein Heim brachte und an nichts und niemanden Anhänglichkeit entwickelte. Es stubste mit den Pfoten seine Stifte und herumliegenden und -stehenden kleinen Gegenstände an und wenn es müde war, sich »Mäuse« auszudenken, rollte es sich zusammen und glich bald seinen Hauspantoffeln. Arthur schlief zu seinen Füßen, schnurrte selbstzufrieden, spann den Faden seiner Schläfrigkeit und verströmte eine so lebendige Wärme wie ein Stück glimmender Holzkohle.

Langsam und voller Würde zog sich der Winter in die Berge zurück, der Schnee dünnte aus und verschwand, bis gelblich das Gras vom Vorjahr erschien. Im Garten sprossen Schneeglöckchen, gefolgt von Nieswurz und Krokussen, die leuchteten wie brennende Kerzen. Die Bäume bedeckten sich mit Flaum, die Vögel spürten das kommende Frühjahr und mauserten sich. Mit dem Schreiben seines Buches über die Demokratie kam er nur mühsam voran, aber es verschaffte ihm unaussprechliche Befriedigung. Die polemische Auseinandersetzung mit der Arbeit Kotzevs rührte ihn dabei kaum. Er arbeitete mit dem Gefühl, sein zweites Werk von immenser persönlicher Bedeutung zu verfassen, und hatte es ganz und gar nicht eilig. Er überließ sich nicht vertrauensvoll seiner intellektuellen Erfahrung, sondern seiner Ermüdung. Er hatte sein Buch über die Macht »durchlitten«; mit dem jetzigen war es nicht viel besser, denn immerhin war ja auch die Demokratie eine Regierungsform, folglich eine Spielart der Macht.

Eines schönen Märzabends kreuzte Jordan bei ihm auf mit dem süffisanten Grinsen des berühmten und innerlich leeren Menschen. Der Kater erschrak beim Auftauchen von so viel siegesgewisser Ausstrahlung und versteckte sich unter dem Sofa. In letzter Zeit fühlte Assen sich irgendwie verraten in Gegenwart seines Sohnes und musste an die biblischen Worte denken: »Richte nicht, auf dass du nicht gerichtet wirst!«

»Mein Gruß an dich gilt allen Eremiten«, scherzte Jordan munter, »doch komm ich nicht, Penunzen zu erbetteln!«

»Und was verschafft mir dann die Ehre deines Auftritts?«

»Wenn du uns einen Whisky machst, sag ich's dir.«

Die Ärzte hatten Assen geraten, jeden Tag fünfzig Gramm Alkohol zu sich zu nehmen, und Jordan wusste dies natürlich. Sie stießen an, die Gläser klangen voller Herzlichkeit. In seiner knisternden Skijacke, seinen engen Hosen und hohen Stiefeln sah Jordan aus wie ein Katalogmodell, das für einen Wintersportort warb. Assens Gefühle für diesen seinen Sohn waren äußerst gemischt: Liebe und Widerwillen oder – noch schlimmer – Liebe und Verachtung.

»Ich hab mir eine phantastische Sendung zum Thema Demokratie ausgedacht. Alles Unmögliche, Unerreichbare und Chimärenhafte zieht die Leute ja nun einmal magisch an. Da hab ich beschlossen, dich in meine Sendung einzuladen.«

Assen sah, wie sein Sohn sich eine Zigarette entzündete, aber nicht seine Jacke auszog. Wie immer, wenn er beruflich unterwegs war, hatte er keine Zeit für Vergnügungen, geschweige denn, sie mit einem langweiligen Alten zu vergeuden.

»Das gehört sich aber nicht. Ich bin schließlich dein Vater.«

»Sicher, wir sind verwandt. Aber in diesem Fall wäre das das Sahnehäubchen auf der Torte, denn obwohl wir verwandt sind, geraten wir natürlich in Streit.«

»Wozu soll das gut sein?«

»Das muss so sein, denn dadurch zeigen wir Demokratie *in action*, als elementares menschliches Bedürfnis und natürliches Verhalten. Der Generationskonflikt ist außerdem immer ein Schauspiel, da er unlösbar ist und – etwas von der Freiheit des Geistes verrät. Nur keine Sorge, es gibt auch noch einen Wirtschaftsfachmann, einen Schriftsteller, einen Kleinstadt-Bürgermeister et cetera.« Jordan nahm einen ordentlichen Schluck Whisky und stippte die Asche seiner Zigarette gleich in den offenen Kamin ab. »Ich bin auch schon ganz kribbelig zu hören, was dir so zum Thema Demokratie eingefallen ist.«

Die Glut im Kamin glimmte so schön, als habe sich der Sonnenuntergang auf diese offene Feuerstelle zurückgezogen und verströme sich nun im Wohnzimmer.

»Die Demokratie ist natürlich die Idealvorstellung schlechthin«, begann Assen: »Alle Mitglieder einer Gesellschaft partizipieren an der Macht, der sie sich unterwerfen. Das macht sie potenziell zur gerechtesten, faktisch aber auch zur gefährdetsten Regierungsform, und zwar dann, wenn es in der betreffenden Gesellschaft keine klar ausgearbeiteten Regeln gibt und diese Regeln und Gesetze mangels Transparenz und mangels funktionierender Kontrollinstanzen nicht von allen gleichermaßen eingehalten werden. Dann entartet sie leicht in Anarchie. Folge: Tyrannen und Oligarchen sind Tür und Tor geöffnet.«

Jordans Miene verdüsterte sich.

»Was hältst du eigentlich von Glasnost und Perestrojka?«

Die Stimme seines Sohnes holte ihn aus seinen Gedanken.

»Das frage ich mich auch«, erwiderte Assen unverstellt. »Tja, was denke ich von der Perestrojka … Gorbatschow gefällt mir nicht!«

»Ist das denn erlaubt?«

Jordans spöttischer Ton ärgerte ihn.

»Er redet zu viel … Er redet ununterbrochen, als wüsste er etwas Entscheidendes … Aber immer vertagt er den Moment, in dem er es uns Normalsterblichen mitteilt.«

»Gorbatschow verhält sich wie ein Demokrat.«

»Er verhält sich wie ein Quasselkopf.« Assen suchte nach den richtigen Worten. »Genau genommen, wie ein Tyrann, der Demokratie von oben herab verordnet. Demokratie lässt sich aber nicht durch administrative Beschlüsse säen, bürokratisch und durch Zwang. Mir scheint, Gorbatschow will, dass die Leute Regeln und Gesetze einer Rechtsstaatlichkeit einhalten, die er noch gar nicht wiederhergestellt hat. Im Moment reißt er nur ein. Vielleicht kann ich deshalb noch nichts Sinnvolles und Aussichtsreiches in seinen Veränderungen erkennen.« Nun nahm Assen einen großen Schluck Whisky. »So paradox es auch klingen mag: Diese überkandidelte Demokratie in der Sowjetunion ist bis jetzt weder ein funktionierendes Regierungssystem, noch basiert sie auf einer funktionierenden Wirtschaft wie in China. Sie kommt mir eher wie eine rhetorische Ekstase vor, wie ein Theater, eine Kulthandlung, ja, wie ein religiöses Ritual!« Assen zögerte einen Moment, bevor er fortfuhr: »Aber was mich am meisten besorgt, ist: Das Ganze ähnelt einem Opferritual! Da soll eine ganze unangenehme, von Pathos erfüllte Vergangenheit geopfert werden im Namen einer *Gegenwart in Anführungszeichen*, die nicht minder unansehnlich und vor allem – *noch gar nicht eingetreten* ist!«

Assen machte das arrogante Lächeln seines Sohnes, diese alles verzeihende Ironie rasend. Er kam sich vor, als hätte er sich selbst bestraft.

»Das wird nix«, sagte Jordan kategorisch, »die würden meine Sendung sofort einstellen, wenn du das sagst. Du weißt ja: Egal, was die Genossen in der Sowjetunion machen – sie haben immer recht! Ich werde auch Dozent Kotzev einladen, auch wenn er dein Opponent ist. Sein Buch ist erschienen; außerdem spricht er von der sozialistischen Demokratie wie von seiner eigenen Tochter. Du hast mir ja selbst von Kotzev und seiner gefährlichen Rührung erzählt. Auf die Zuschauer wirkt so was aber attraktiv.«

Assen hätte sich nie einverstanden erklärt, an einer solchen Sendung mitzuwirken. Er hasste diese demonstrative Sichtbarkeit und sichtbare Demonstrativität des Mediums, für das Jordan arbeitete. Was ihn zusätzlich ärgerte, war die übermäßige Selbstsicherheit seines Sohnes, der – ein vollendeter Zyniker – sich irgendwie aus allem herauswand, und dies mit unverkennbarem Fleiß und großer Klugheit.

»Tschuldige, dass ich dir den Whisky austrinke«, warf Jordan hin.

»Und ich bedaure, dass mir jetzt die Arznei ausgegangen ist«, fiel ihm Assen ins Wort. »Ein Prosit dem Erfolg und den berühmten Leuten auf der Welt, die mir in deiner Person begegnet sind!«

Jordans ironisches Lächeln gefror einen Augenblick, doch das hinderte seine modische Skijacke nicht daran, getrost weiter silbrig zu schimmern.

2

Montags und donnerstags fuhr Assen in die Akademie der Wissenschaften. Wenn er abends zurückkam, fand er die Villa verändert vor. Sie war durch die erfahrene, segensreiche und geschickte Hand einer Frau gegangen. Der Tisch, an dem er arbeitete, strahlte aufgeräumt, im Wohnzimmer hatte der Staubsauger gewirkt, im Kühlschrank befanden sich diätetische Lebensmittel, Gemüse, Käse, Milch und Joghurt, seine Hosen waren tadellos gebügelt, und auf seinen Hemden, denen noch der warme Hauch des Bügeleisens entströmte, lag stets ein Zettelchen mit der Aufschrift: »Alles Gute! Neda«.

Die ebenso beständige wie unnötige Fürsorge seiner Schwiegertochter rührte ihn zutiefst. Er stellte sich ihren gespenstisch dünnen Leib vor, ihre nervösen Finger, den Pony über der Stirn und jenes abwesende, undeutbare Lächeln, hinter dem sich wohl das Geheimnis des »modernen Menschen« verbarg. Emilia sah er nur selten. Sie probte intensiv für *Mutter Courage*, den großen Traum ihres unwiderruflichen Alterns. Seine Tochter warf ihm Gemütskälte und Teilnahmslosigkeit vor, sein Sohn war völlig von sich eingenommen. Und nun dieser schlichte, wie aus einer Märchenwelt kommende, wie von einem guten Flaschengeist hingeworfene Gruß: »Alles Gute! Neda«! Wie sollten seine Augen da nicht feucht werden?

Draußen empfing ihn ein sonniger Tag, die Luft duftete angenehm. Er war schon auf dem Weg zur Akademie, da packte ihn auf einmal eine seltsam glückliche Melancholie. Er zog seinen Regenmantel wieder aus, das Sakko und die Krawatte, schlüpfte in seine Pantoffeln und kehrte ins Wohnzimmer zurück. Er machte Feuer im Kamin, dann kochte er sich einen starken Kaffee. Alle Erwartung ist irrational, denn auf der einen Seite steckt sie voller Ungewissheit, auf der anderen ist sie von dem bangen Hoffen begleitet, dass man vielleicht doch wieder nur aufs Bekannte trifft. Der Mensch ist geneigt zu glauben, dass etwas Bedeutendes passieren würde. Er stellt es sich lebhaft vor, spielt es in der Phantasie durch und – fühlt sich am Ende meist belogen und betrogen. Diese Erwartung wird von der Erinnerung generiert, von der Vergangenheit, die auf Kommendes weist und uns in beständige Erwartung versetzt. Wohl darum ist die Zukunft so ungreifbar, unvorhersehbar und vielfältig. Der Schlüssel zur Eingangstür drehte sich im Schloss, behende Schritte huschten durch den Korridor, Arthur sprang unter dem Sessel hervor und schnurrte zärtlich – offenkundig mochte er Neda.

»Grüß dich, Neda«, sagte Assen.

Die junge Frau blieb stehen, als habe man sie auf frischer Untat ertappt. Der Beutel mit den Einkäufen hing schwer von ihrem Arm herab, ihr Gesicht errötete mädchenhaft.

»Aber … heute ist doch Donnerstag!«, erwiderte sie verwirrt.

»Donnerstag, ja.«

»Du hast mich also erwischt.«

»Ganz im Gegenteil, du mich. Hab dir Kaffee gemacht. Biskuits und Pralinen sind auch da.«

»Hast du auch an eine Puppe zum Spielen gedacht?«

»Oje, habe also doch etwas vergessen«, lächelte er.

Der Kater rieb sich sanft an Nedas Veloursstiefeln.

»Ich kann nur leider in deiner Gegenwart nicht arbeiten«, sagte Neda, als wundere sie das selbst.

»Wieso das denn?«

»Es ist einfach anders, wenn du nicht da bist. Es ist immer anders, wenn jemand nicht da ist!«

»Verstehe … Wenn du willst, gehe ich solange spazieren.«

»Das macht keinen Sinn«, warf sie verunsichert ein, »ich weiß trotzdem, dass du hier bist. Du wechselst gewissermaßen nur die Straßenseite.

Andersrum ist es besser: War ein schönes Gefühl zu wissen, dass du am allermeisten brauchst, dass jemand da ist, während du unterwegs bist. Tja, was machen wir jetzt?«

Neda sah zutiefst ratlos aus. Sie streifte ihren grünen Pelz ab, darunter kam ein dünner, fast sommerlicher Rock mit Rissen zum Vorschein, wie es gerade Mode war, und ein Angorapullover. Einen Moment lang kam es Assen so vor, dass es zwischen der Anschmiegsamkeit des Katers und den sich eng an ihre Figur anschmiegenden Kleidern eine geheime Verbindung gab, sodass es ihn nicht gewundert hätte, wenn der Pullover zu miauen oder zu schnurren begonnen hätte. Grazil und klein, glich Neda einer Schülerin. Assen konnte nicht aufhören, sich zu wundern, dass dieses fast durchsichtig wirkende Wesen vor ihm eine zehnjährige Tochter hatte. Die dezente Schamröte wich langsam von ihren Wangen und die übliche Blässe erschien wieder auf ihrem Gesicht. Neda war schön und aristokratisch, dachte er, aber ihre Verletzbarkeit jagte ihm jedes Mal Furcht ein. Ohne zu wissen, hatte Assen Angst um diese junge Frau, die jeden Donnerstag kam, um ihm seine Alterseinsamkeit etwas erträglicher zu machen.

»Wir können uns auch unterhalten.«

»Aber natürlich«, freute sie sich. »Was macht dein Buch?«

»Ich würde mich lieber über Jordan unterhalten.«

Ihre Augen erloschen sofort. Sie schien sich innerlich zu entfernen. Sah sich um, als wolle sie aus dem Haus laufen, fände aber den Ausgang nicht – und hielt sich an der Kaffeetasse fest. Aus ihrer Damenhandtasche zog sie ein Päckchen starker Zigaretten.

»Er war vor ein paar Tagen bei mir. Er war overdressed, sah aus wie eine Vogelscheuche.«

»Das macht er nicht extra. Jordan hat es auch nicht leicht«, sagte sie bestimmt. »Hier, ich hab dir Milch und ein Glas Honig mitgebracht.«

»Dein Mann … Was ist denn da so schwer für Jordan?«

Neda wollte ihn nicht beleidigen.

»Dein Sohn …« Sie versank in einer Rauchwolke und dachte lange und intensiv über das richtige Wort nach. »Dein Sohn wird *ausspioniert*.«

Assen spürte, dass Neda großen Wert auf diese Bezeichnung legte, und versuchte, deren Tragweite zu begreifen.

»Ich bin drei Jahre lang ausspioniert worden«, sagte er ruhig. »Ich musste immer so tun, als sei ich jemand anderes, weil ich verfolgt wurde. Ich habe Attentate verübt. Ich hatte ein gutes Auge, gute Nerven und den festen Glauben, diese Morde zum Wohle der Menschen zu begehen. Die Polizei fahndete nach mir, um mich zu beseitigen.«

»Ganz genau«, unterbrach Neda ihn, »wenn der Mensch nicht erkannt werden will, hört er auf, sich selbst zu gleichen, und wird ein anderer. Wie soll ich mich ausdrücken … Jordan betreibt Camouflage.«

»Aber ihn verfolgt doch keiner; er ist doch nicht in Gefahr.«

»Jordan ist schrecklich machtbesessen und will kommandieren, macht sich aber nicht bewusst, dass Machtausübung immer auch Gewaltausübung ist«, seufzte sie. »Er ist so berühmt und hat so viele Machtbefugnisse, dass er nicht mehr sich selbst gehört, sondern allen. Ich weiß nicht, wie ich ihm helfen, ihn in die Wirklichkeit zurückholen soll.«

Neda steckte sich die nächste Zigarette an und schenkte mit fragilen Fingern Kaffee in die Porzellantassen nach.

»Vielleicht solltest du es mit mehr Beharrlichkeit und Liebe versuchen?«

»O nein, die Liebe steht ihm bis hier … Halb Bulgarien ist doch in ihn verliebt. Die Frauen, stell dir vor, machen ihm Platz in der Straßenbahn, im Rund-um-die-Uhr-Geschäft verkaufen sie ihm auch nach Mitternacht noch Alkohol, ein paar, die zu dumm sind für ihre Bewunderung, verprügeln ihn, andere tun so, als würden sie ihn nicht bemerken, was ja auch nur ein anderer Ausdruck besonderer Aufmerksamkeit ist, oder besser gesagt …«, Neda sah ihren Schwiegervater besorgt an, »… menschlicher Unterwerfung!«

»Vielleicht braucht er mal so richtige Schmerzen?«

»Leiden«, verbesserte ihn Neda, »aber die sind ja auch nur Teil der Liebe.«

Assen hatte noch nie eine so diffuse und sinnlose Angst empfunden. Er kannte die Geheimnisse der Angst sehr wohl, ihre ganze gierige und allverschlingende Ungreifbarkeit bis hin zur nackten Überlebensangst. Ja, damals, in jenen Jahren hatte er sich mit der Angst angefreundet. Aber jetzt – das war anders. Die Seelenpein Nedas schien angereichert mit einer seltsamen Wollust. Masochismus war es nicht, vielmehr ein feines

Gespür für die Unabwendbarkeit der Dinge, für eine Art leidend gewonnener Demut und die Erkenntnis, dass jeder Widerstand sinnlos war. Assen stand auf, umrundete den Tisch und nahm das Paket aus dem Sessel. Es war ein von Hand mit Spitzen gesäumtes Kleid, ein edles Stück, das er selbst aus dem Geschäft für Kunsthandwerk ausgewählt hatte. Das sanfte innere Leuchten des Stoffs hatte ihn angezogen, und es war ihm so vorgekommen, dass nur diese bleiche Farbe diese junge Frau angemessen kleiden könne. Am Kragen war mit einer Stecknadel ein Stück Papier befestigt, auf dem stand: »Alles Gute, Neda! Assen«.

Sie faltete es auseinander, legte es sich an den Leib, betrachtete sich gleichsam im Kaminfeuer und sagte dann ohne jeden Ausdruck von Freude:

»Es ist wirklich wundervoll, ich danke dir!« Sie huschte zu ihm und berührte seine Wangen mit ihren Lippen.

»Und damit du weißt«, murmelte Assen unbeholfen, »von jetzt an werde ich donnerstags nicht mehr hier sein – versprochen!«

3

Heute hatte Dessislava *Einer flog übers Kuckucksnest* gelesen. Das Buch beschrieb, wie die scheinbare Fürsorge um Menschen sich in eine höchst perfide Form der Gewalt verwandeln konnte; außerdem die Verrücktheit, die es bedeutete, frei zu sein. Es endete mit den Worten: »Viel zu lange bin ich fort gewesen.«

Sie zog ihr olivgrünes Kostüm an und schminkte sich vor dem Spiegel, aber auf einmal packte sie die Wut und sie schmiss die Fetzen wieder hin, die sie zu einer »richtigen Frau« machten. Stattdessen stieg sie in ihre abgewetzten Jeans und ihren ausgeleierten Pullover, lief ins Bad zurück und wusch sich das Make-up wieder aus dem Gesicht. Von der eben noch »aufgetakelten« Schönheit blieb nichts übrig als der Charme der Bescheidenheit. Es war schon zehn vor drei, als sie ihre Folkloretasche vom Haken nahm, die sie für sündhafte dreißig Leva im Kunstgewerbeshop des Bulgarischen Künstlerverbandes gekauft hatte. Sie fürchtete, sich zu verspäten. Wovor sie aber eine geradezu erbarmungslose Angst hatte, das war – zu früh anzukommen! Vor der Prüfung mit Evtimov zusammenzuprallen oder gar mit Sotirov, dem Allmächtigen, das war der reine Wahnsinn. In letzter Zeit wimmerte sie im Schlaf. Die Einsamkeit, die sie in Simeons Gegenwart empfand, stürzte sie in solche Verzweiflung, dass sie die Proben schleifen ließ. Die meisten Szenen ihres *Hamlet* waren ja auch so gut wie fertig, wenn auch so fragil und exzentrisch wie ihr ganzes Leben. »Untätigkeit ist sehr inspirierend«, sagte sie sich melancholisch. »Sie ist der einzige Weg zur Vollendung der Ungeborenen und der Toten.«

Sie nahm die Straßenbahnlinie 12 bis Hladilnika rauf, von dort würde sie in zehn Minuten ohne Eile zu Fuß den Zoo erreichen. Sie tauchte ein in das Menschengewimmel auf dem Platz, von dem die Busse nach Dragalevzi und Bistriza abfuhren, bog ab zur Limonaden- und Sprudelwasserfabrik, betrachtete sich im nächstbesten Schaufenster und beruhigte sich. Sie glich einer staksenden Stoffpuppe, deren Haar zu Berge stand, weil man ihr eine Punkerfrisur verpasst hatte. Ihr war schwindlig vor Frühjahrsmüdigkeit, der Linienbus, der an ihr vorbeibrummte, kam ihr vor wie eine riesige Schinkenwurst im Metalldarm, aber sie hatte nicht genug Vitamine zu sich genommen, um so richtig böse giften zu können. In der warmen Luft drängelte sich das Frühlingserwachen, Leben schoss saftig aus den Zweigen der Bäume, ein unerklärliches Kribbeln und Krabbeln hing in der Atmosphäre und ließ einen schnuppern. Es roch nach etwas, das noch nicht da war, oder das vorübergehuscht war, bevor man es erhaschen konnte. Die Sonnenstrahlen schmetterten klangvoll herab.

»Viel zu lange bin ich fort gewesen.« Und was, wenn dieser Perversling Evtimov nicht kam? Diese Vorstellung weckte Enttäuschung und Erleichterung zugleich. Vor dem Eingang des Zoologischen Gartens kaufte sie sich einen Luftballon, dann an der Kasse eine Eintrittskarte, und nachdem sie eine halbe Ewigkeit in ihrer eigenen Unentschlossenheit versackt war, ging sie hinein mit der ganzen Zwiespältigkeit eines Menschen, der nicht glauben will, dass der Mensch vom Affen abstammt. Sie bog ein zum vertieften Freigehege des schläfrigen, zerzausten Löwen, und als sie gerade die Gitterstäbe des Paviankäfigs erreicht hatte, sah sie ihn. Wie immer elegant gekleidet, mit Schläfen, deren Silbergrau wie ein

Andenken an den Schnee wirkte, stand er mit dem Trenchcoat über dem Arm da und schaute rauchend auf die Uhr. Dessislava ging um den Käfig besonders schön gefiederter Blesshühner herum und näherte sich Evtimov von hinten.

»Na«, rief sie ihm zu, »amüsieren wir uns auch schön?«

Er wandte sich um. Ihr Puppengesicht erstarrte. Die kleine Narbe über seinen Lippen machte einen Versuch zu lächeln, seine Augen, die eigentlich blau waren, aber so undurchsichtig, dass sie einen bleiernen Schimmer hatten, nahmen sie in ihre Schwermut auf. Um sie her dunkelte es. Evtimov nickte zu den schlecht genährten Raubtieren hinüber und sagte:

»Dieses Theater gefällt mir. Wirklich. Da ist was von Beckett drin, aber radikal zugespitzt.«

Aufgekratzt von so viel gaffender Aufmerksamkeit, sprangen und kletterten die Affen umher, rüttelten am Drahtnetz und schaukelten an den aufgehängten Ketten. Sie lausten ihre Jungen, streckten die Hände bettelnd nach Popcorn und Süßigkeiten aus. Einem Gorilla hatten ein paar Halbstarke das Rauchen beigebracht. Dieses ganze Affentheater voller großer und kleiner Vorfahren schien mit seinen mal roten, mal bläulichen Hinterteilen darauf zu warten, dass noch ein paar Jahrmillionen vergingen, um so zu werden wie die Wesen auf der anderen Seite der Gitterstäbe. Mensch zu sein, dachte Dessislava, war schrecklich, aber Affe – aussichtslos! Die Frage war nur: Wer ist mehr in seinem Käfig gefangen, diese unglücklichen Tiere oder wir? Ein paar Mädchen, die mit ihren rosafarbenen Haarschleifen wie Schmetterlinge aussahen, liefen voll ungestümer Tierliebe herbei, und das ärgerte sie, weil sie nicht anders konnte als zu glauben, dass die sich über *ihre* Kindheit lustig machen wollten.

»Der Luftballon steht dir gut«, warf Evtimov ironisch hin.

»In den Zoo geht man eben mit Luftballon, nicht mit Schlips und Kragen.« Sie presste die luftgefüllte Gummikugel zwischen ihren Händen, bis sie platzte. »Jetzt bin ich schon ein großes Mädchen, nicht?«

»Deine Phantasie hat mich immer begeistert. Ich mag exzentrische Frauen, alles, was schräg und absurd ist, liegt mir im Blut; aber du hättest mich der Bequemlichkeit halber ja auch unter eine Brücke oder aufs

Dach der Telefonzentrale einbestellen können. Warum musste es ausgerechnet hier sein?«

Na, Gott sei Dank: Evtimov schien es auch alles andere als leichtzufallen, und das tröstete sie.

»Ich hatte doch versprochen, mit dir zum Gruppensex zu gehen, und den kannst du hinter diesen Gittern ab und zu beobachten. Betrachte das mal von *der* Seite.«

»Hör zu, Dess, mir reicht's einfach.«

»Mir auch. Und was reicht dir?«

Jetzt sah Evtimov gereizt aus. In seiner Wut war er wirklich großartig. Seine Stimme war scharf, drohend, und die Narbe über seiner Oberlippe lief blau an.

»Hör einfach mit diesem Theater auf. Mir steht Theater bis hier! Wir leben in einer beschissenen, bankrotten Welt, und ich weiß ziemlich gut, dass dir das nicht egal ist.«

»Hast ja recht«, erwiderte sie gedehnt. »Nicht mal du bist mir egal. Schlimm ist nur, dass ich pausenlos lüge, Genosse Evtimov.«

»Gibst du mir darum Stunden in Moral und Benimm?«

»Komm zu den Schwänen«, bat Dessislava, »die sind weiß und unschuldig.«

Die Luft war stickig und roch nach wilden, aber eingesperrten Tieren. Sie setzten sich auf die erstbeste Bank, die Sonne berührte mild ihr Gesicht. Sie zündete sich eine Zigarette an und kniff die Augen zusammen, bis die Umgebung verschwand und das von ihren Lidern abgehaltene Licht in ihrem Kopf zu zittern begann. Wie oft war sie Verabredungen mit Evtimov ausgewichen, hatte, wenn er anrief, einfach den Hörer aufgelegt und ihn ebenso beiläufig wie kokett aus ihren *Hamlet*-Proben verjagt. Simeon hatte sie dazu gebracht, ihn zu hassen. Was wollte sie denn nun noch? Warum war sie nicht einfach glücklich und zufrieden?

»Genosse Evtimov«, begann sie unschuldig, »könnten Sie mir vielleicht einmal erklären, was das bedeutet: moralisch sein?«

»Willst du mich schon wieder zum Narren halten?« Evtimov wirkte tatsächlich schwer getroffen. Sein Gesichtsausdruck verriet Resignation.

»Ich würde für mein Leben gerne wissen, ob es eine Kraft gibt, die mich von dir erlösen kann!«

»Und wenn die Antwort dir gefiele, was dann?«

»Dann würde ich dich fragen, warum du fünfzehn Jahre früher zur Welt gekommen bist als ich, warum du diese eifersüchtige ›Othella‹ geheiratet und drei Kinder mit ihr gezeugt hast. Und warum, zum Teufel, du nicht einer bist, den zu lieben ich das Recht habe?«

»Das ist moralisch ...«

»Was? Wenn einer wie die Affen macht, wonach ihm zumute ist, oder wenn er andere daran hindert, ihrem Vergnügen nachzugehen?«

»Der freie Mensch ist moralisch!«, sagte Evtimov zu ihrer Überraschung und sah dabei aus, als schmerze ihn diese Erkenntnis.

Dessislava hatte sich vor diesem widerlichen Wort gefürchtet, aber geahnt, dass sie es zu hören bekommen würde. Sie hatte es sich selbst eingebrockt. Wenn Sim davon erfährt, dann haut er ihn wirklich windelweich, dachte Dessislava müde. Hamlet kann ja nicht anders, als die Liebe umzubringen! – Aus ihrer Folkloretasche holte sie den Plastikbeutel, glättete ihn, versuchte zu lächeln.

»Ich hab dir einen Pullover gestrickt«, sagte sie leise. »Wenn du willst, kannst du ihn auch in den nächsten Abfalleimer werfen, aber besser gib ihn irgendeinem Bettler.«

»Gott, wie schön du bist. Weißt du das eigentlich?«

»Nein, Genosse Evtimov. Das Einzige, was ich weiß, ist, dass ich Angst habe!«

4

An diesem mürrisch vor sich hin rostenden Morgen war die ganze Familie zusammengekommen, um sich zu trennen. Wohlerzogen, sanft und ohne Zwang ... Nur die Blumen fehlten. Welche Würde ihr Vater an den Tag legte, mit welcher Darstellungskunst ihre Mutter um die Scheidung bat! Zum ersten Mal hatte ihr Bruder es nicht eilig, sondern war bis zum Durchdrehen geduldig.

In dem kleinen Saal roch es nach Betrug und Papier, das sich in Staub auflöste. Die Anwälte, die mangels Streitpunkten nichts zu tun hatten, bohrten sich in den Ohren, der Richter war geradezu begeistert von so viel gutem Betragen, verwandelten diese berühmten Menschen seine nüchterne Institution doch in eine Weihestätte. Keine gegenseitigen Anschuldigungen, kein Austausch von Beleidigungen, keine bissigen Bemerkungen – nichts als Edelmut, feierlich gehüllt in den staubigen Tüll des Lichts. Die Schreibmaschine der Stenotypistin klapperte melodiös, die Putzfrau, die in der Ecke Platz genommen hatte, lauerte schon, wann sie mit dem Reinemachen beginnen konnte. Herr im Himmel, was für eine erbarmungslose Lüge! Wie gut, dass Jonka, ihre Großmutter, nicht mehr lebte. Dessislava wäre vor Scham und Peinlichkeit in Tränen ausgebrochen.

Ihre Mutter war in ein schönes, schlichtes Kleid gewandet, ihr Vater in einen grauen Frühjahrsanzug, ihr Bruder schien von einem unsichtbaren Zauberbildschirm zu sprechen. Dessislava, gelockt wie ein Pudel, in Cordhosen und mit ihrer Folkloretasche auf den Knien, glich wieder einer Stoffpuppe. An wem sollte sie sich rächen? Jonka hatte gemahnt: »Der Mensch verletzt stets sich selbst, weil die, die er liebt, immer Teil von ihm sind!«

Was für eine Gutwilligkeit bis zum abschließenden Handschlag, was für ein abgestandener Edelmut, was für eine verlogene seelische Prachtentfaltung! Und das heute, wo sie gleich am Nachmittag ihre entscheidende Prüfung unter den Argusaugen des heiligen Sotirov hatte. Dort würde sie zeigen, was sie von dieser würdigen Kulissenschieberei blind gewordener Egoisten hielt. *Hamlet* war ihre letzte Chance!

5

Das Bühnenbild war leicht, fast geisterhaft: moderne Möbel, die den Raum einer zeitgenössischen, kleinbürgerlich eingerichteten Wohnung umrissen. Im Bühnenhintergrund hing der einzige antike Einrichtungsgegenstand – ein runder, fleckiger Spiegel, der aber nicht das Wohnzimmer reflektierte, sondern das Unvergängliche und den Mond symbolisierte. Den Mond, weil er ja für das Unbewusste stand. Hamlet und Ophelia trugen Nietenhosen und schlabbrige Pullover, Rosenkranz einen Arztkittel. In diesem Appartement herrschte permanent Enge. Die

Deckenstrahler schufen die Anmutung einer nicht enden wollenden Nacht.

Ophelia war einfach hinreißend, wie sie auf ihrem Kaugummi kaute und lässig hinwarf: »O mein Prinz …« Hamlet wurde zur komischen Figur, was ungeheuerlich war, aber gerecht. Der belachte Mensch ist einsam und sozial gebrandmarkt, und der verspottete dänische Prinz war ja die Inkarnation der Einsamkeit. Dessislava spürte im Nacken, wie in Sotirov langsam der göttliche Zorn hochkam. Das Gesicht ihrer Mutter füllte sich mit dem Ausdruck von Kleinmut und Scham. Dessislava, die ohnehin schuld an der Migräne ihrer Mutter war, war sich sicher, dass sie Kopfschmerzen hatte. Ihr Vater sah bedrückt aus, aber nicht enttäuscht. Er schien sich eher anzustrengen, zu begreifen, was da auf der Bühne vorging. Seine Finger glitten nervös über die Armlehnen seines Klappstuhls. Nach ihrem zweiten Scheidungstermin am Vormittag waren ihre Eltern voller Gutwilligkeit gegen sich, Gott und die Welt erschienen (jene Welt, die sie ihr genommen und zerstört hatten). Hinten im fast leeren Parkett saß im Schatten des ersten Rangs ihr Vetter Christo Weltschev, der ihr beim letzten Gong seine hochgereckten Daumen gezeigt hatte. Neben ihr saß Evtimov, und sie hatte die Gelegenheit, ihn zu beobachten. Er sah verstört und traurig aus, wohl weil sie ihm gerade die letzte Hoffnung raubte, sie verteidigen zu können. Es duftete unendlich verlockend nach Theater, nach etwas Wunderbarem und Unrealisierbarem. Nach Lüge …

Der Vorhang fiel mit dem Zischlaut verschlissenen Samts und holte sie aus der Nacht. Im leeren Parkett wurde es hell, unter dem überhängenden Rang ertönte Christos Klatschen, das, da es zu laut war und von niemandem aufgenommen wurde, wie eine Verspottung wirkte. Die Stille danach war so lang und drückend, dass Dessislava der Schweiß ausbrach. Schließlich ließ Sotirov unwillkürlich seine breiten Hosenträger knallen.

»Ich erlaube mir zu fragen, Kollegin«, sagte er verdächtig jovial, »warum Sie Shakespeares Helden in Cowboy-Kleidung gesteckt haben.«

Sie hatte diese Frage erwartet, musste darauf spöttisch und dreist antworten.

»Hamlet steckt vom Scheitel bis zur Sohle in seinem Zwiespalt, ist hin-

und hergerissen von seinen Zweifeln, er ist der Prinz des Zweifels und der Einsamkeit«, sagte sie mit bissiger Ironie, »und die sind eben typische Merkmale des modernen Menschen. Wohin wir auch schauen, sehen wir Shakespeares Helden, und mit Hamlets können wir die Wände tapezieren, genauso mit den plakativen Ideen der …« Sie sprach das Wort »Perestrojka« nicht aus, aber alle dachten es. »Also die Leute zerbrechen sich den Kopf, leiden, und tun am Ende gar nichts. Ich wollte, dass die Bühne nicht den historischen Bezug verstärkt, sondern das Zeitlose im Unterbewusstsein des Helden.«

Sotirov betrachtete sie aus aufmerksamen, aber bösen Augen, ihre Mutter fächelte sich mit der Hand Luft zu, Evtimov litt still vor sich hin.

»Und was darf ich mir darunter vorstellen, unter diesem ›Zeitlosen im Unterbewusstsein des Helden‹?«, fragte Sotirov sardonisch.

»Er hat einen Schuldkomplex. Hamlet hat begriffen, dass man den Teufel nicht mit Beelzebub austreiben kann. Wenn er auf den Mord an seinem Vater mit einem Mord antwortet, tritt er nur eine Gewaltspirale los. Hamlet begreift, dass die an seinem Vater verübte Gewalt sich mit Gewalt nicht beseitigen lässt, weil sie nur alles schlimmer macht. Der Geist seines Vaters ist eigentlich eine ephemere, irreführende Gestalt; er ist ein Hinweis, dass der Mensch, sobald er geboren ist, keine Wahl hat. Er muss entweder Gewalt anwenden oder Gewalt erleiden. Der Geist des Vaters ist die überlieferte Erfahrung, das Vermächtnis der ganzen dahingegangenen Menschheit, das unsichtbar weiterwirkende Kausalitätsgesetz. Hamlet versucht, die Verbindung von Ursache und Wirkung zu durchtrennen, die Schuld auf sich zu nehmen, ohne sie auszuagieren und weiterzugeben.«

»Und warum musste Rosenkranz außer Cordhosen auch noch einen weißen Kittel tragen?«

Sie seufzte erleichtert, weil Sotirov das Prüfungsgespräch noch nicht abbrach, noch mit ihr reden wollte. Das nährte ihre Hoffnung, dass man sie ausreden und ihre süße Rache vollenden ließ.

»Rosenkranz ist Hamlets Freund, verhält sich aber wie ein Arzt. Ich stelle ihn mir als Psychiater vor«, erklärte Dessislava unerschütterlich weiter. »Rosenkranz spürt das Drama, das sich in Hamlet abspielt, und hat in gewissem Umfang Mitgefühl, er ahnt die seelische Erkrankung. Sein Konformismus aber zeigt sich darin, dass er versucht, Hamlet zu heilen, statt die Welt um ihn. Rosenkranz schlägt ihm eine sinnlose Liebe vor oder eine Reise. Dänemark ist ein Gefängnis und er versucht voller Nervosität, Hamlet aus der Unfreiheit zu führen. Gerade Rosenkranz – und das schloss für mich die Möglichkeit aus, dass er Internist sein könnte – hat die Idee, die der einzig rettende Ausweg für Hamlet ist: verrückt zu werden. Hamlet kann die ihm aufgeladene Schuld auslöschen, wenn er entweder ein Dummkopf ist, oder vollkommen amoralisch, oder eben verrückt. Bedauerlicherweise aber ist er extrem anständig und intelligent. Ohne es zu wollen, suggeriert Rosenkranz ihm den einzig verbleibenden Ausweg, und Hamlet versucht, der Gewalt auszuweichen, indem er verrückt spielt – nur fangen sie da sofort an, ihn heilen zu wollen. Die Fürsorge, die man ihm zukommen lässt, bringt ihn definitiv aus dem Gleichgewicht, weil Hamlet es trotz allem vorzieht, dass Dänemark ein Gefängnis bleibt, als ein Irrenhaus zu werden.«

Sotirov ließ erneut seine Hosenträger knallen, ihr Vater hatte sich in den Anblick des verschlissenen Bühnenvorhangs vertieft.

»Ophelia wirkt in ihrer sonderbaren Traktierung des Stücks deutlich älter als Hamlets Mutter. Ist das nicht unlogisch?«

»Wenn man nur das direkte Verhältnis von Ophelia und Hamlets Mutter sieht, ja; aber in Hamlets Augen ist der Altersunterschied natürlich. Gegenüber seiner Mutter empfindet er unbewusste Eifersucht, er leidet unter dem Ödipuskomplex. Er verurteilt sie nicht, sondern ist eifersüchtig wie ein Liebhaber. Ophelia gegenüber aber zeigt er nur die Sympathie des Sohnes. Hamlet schämt sich vor ihr, während sie mit ihrem praktischen Geist versucht, ihn mit ihrer demonstrativen Fürsorge zu erziehen. Ja, Ophelia ist seine eigentliche Mutter.«

»Letzte Frage. Nehmen wir an, Sie inszenieren das ganze Stück, und die Handlung würde in diesem widerlichen Appartement spielen, das Sie sich da ausgedacht haben. Was machen Sie dann mit der Totengräberszene?«

»Die verlege ich in den Heizungskeller oder auf den Dachboden.«

»Und wenn Shakespeare noch leben würde?«, fragte ihre Mutter sichtlich erschrocken.

»Shakespeare ist aber tot«, erwiderte Dessislava trocken, »wer lebt, das sind Hamlet und die Welt von heute.«

»Ich will dir die Wahrheit sagen, Dess«, gab sich ihre Mutter einen Ruck und öffnete ihre Handtasche. Sie wühlte darin wie in einem Kleiderschrank, aus dem sie das rettende Kleid hervorziehen und anstelle ihres Unbehagens und ihrer Scham überstreifen könnte. Aber vermutlich suchte sie nur ihre Kopfschmerztabletten. »Das, was wir da gesehen haben, ist deine nächste Lüge, Dess.«

Gott im Himmel, sie hatte es tatsächlich ausgesprochen – Dessislava hatte es mit eigenen Ohren gehört. Die Stille zwischen ihnen war massiv und unüberwindlich wie zwischen Gehörlosen. Evtimov schwieg versonnen. Endlich! Endlich hatte sie es geschafft, ihn zu verletzen, ihn zu erniedrigen, indem sie ihm jede Möglichkeit genommen hatte, ihr zu helfen. Frech steckte sie sich eine Zigarette ins Gesicht und blies die Rauchwolken an den schweren, ausdruckslosen und unbeweglichen Himmel der Saaldecke.

6

Zuerst gingen sie ins Ungarische Restaurant auf zwei Wodka mit sauer eingelegtem Gemüse. Am Nachmittag, als sie sahen, dass ihr Geld nicht reichte, ging Simeon Bobby anrufen. Der kam mit dem Auto seiner Schwester und bezahlte die Rechnung. Beim anschließenden Kassensturz stellten sie fest, dass sie nur noch ganze dreißig Leva und viele unerfüllte Wünsche hatten.

»Jeder Misserfolg«, meinte Bobby weise, »ist ein prima Anlass, sich was zu gönnen. Blöd nur, wenn das zur Gewohnheit wird.«

Sie beschlossen, ins Witoscha zum *Stillen Winkel* raufzufahren. Dessislava fühlte sich beschwipst, ihr schwindelte nach der Prüfungsanspannung. Ihre Gedanken waren klar, aber durchsichtig wie der Wodka, den sie gekippt hatte. Das Frühlingslicht strahlte müde, die Schatten der Nadelbäume flossen grau und körperlos über die Chaussee, als seien sie ausradiert worden. Maja benahm sich, als wäre sie mit Bobby verheiratet. Sie machte ihm Vorwürfe, dass er zu schnell führe und das Fenster zu weit heruntergekurbelt habe; bei dem Durchzug würden sie sich alle noch eine Erkältung holen. Als er das Fenster brav geschlossen hatte, meckerte sie, ihr sei schrecklich warm.

Der *Stille Winkel* erwies sich als schrecklich lautes Lokal. Ihr Tisch stand unter den riesigen Lautsprechern, sodass alles nur ein einziges rhythmisches Dröhnen war, das ihr bis auf die Knochen drang. Die Musik strömte nicht in den Raum, der Raum war Musik, und die Musik betäubte sie. Sogar der Zigarettenrauch schien sich zu winden, um nicht zerquetscht zu werden. Die holzverkleidete Decke hinterließ den Eindruck, dass sie sich im Inneren eines riesigen Musikinstrumentes befanden. Ein großer Wodka kostete hier zwei Leva achtzig, was bedeutete, dass ihr Geld für zehn Gläser reichte – dahinter lag eine groteske Zukunft voller Rausch, Finsternis und Ungewissheit.

Maja spielte weiter die verschreckte Ophelia, die sich sicher war, dass man sie betrog. Sie hörte nicht auf zu plappern, was vielleicht die beste Art zu schweigen war. Mit ihrem langen, bis zum Po herabfallenden Haar und ihrem unterwürfigen Gesichtsausdruck, ihrer theatralischen Gestik und ihrer kehligen, fast vulgären Stimme hatte sie beste Voraussetzungen, um eine richtige Charakterdarstellerin zu werden. Simeon schien den Hamlet abgestreift zu haben. Er sah bedrückt aus. Sein Mitgefühl sah an ihm aus wie ein viel zu kleines Sakko. Er verbarg seine Anbetung nicht und machte es Dessislava schwer, sich zu konzentrieren. Er wusste auch nicht, warum, aber seit einer halben Stunde hielt er ihre Hand. Seine Finger streichelten die ihren. Das kam ihr so befremdlich vor, als beobachte sie andere Leute am Nebentisch. Seine Stimme übertönte nur mit Mühe die Musik.

»Das sind Blödmänner, Dess, die verstehen nix von Theater!«

Maja unterbrach ihn: »Immerhin hat Sotirov dich nicht in Stücke gerissen, sondern dir großmütig die Chance gegeben, die Scharte auszuwetzen.«

»Halt die Klappe«, regte sich Simeon auf, »soll sie etwa sich selber ändern?«

»Warum hast du dir denn ausgerechnet den *Hamlet* aufgehalst?«, fragte Bobby versöhnlich. »Hättest dir ein aktuelles bulgarisches Stück aussuchen sollen, je blöder, je besser! Unbegabung beruhigt die Leute und stimmt sie gnädig. Die ist ihnen einfach sympathisch. Du aber hast an deren Grundfesten rumgeschraubt, Dess … Eine größere Frechheit als die, deinem Lehrer was beizubringen, gibt's in der akademisierten Kunst nicht.«

Sie taten wirklich alles, um sie abzulenken; darum waren sie auch mit ihr hergekommen. Nach ihrem Verständnis musste Dessislava jetzt todunglücklich sein; sie war aber einfach nur schrecklich müde. Im Grunde hatte sie es nämlich so gewollt. In einer Welt, in der die Wahrheit, die man *wahr*nahm, verboten war, konnte man die anderen nur verletzen, wenn man zugleich sich selbst wehtat. »Das war doch nur deine nächste Lüge, Dess«, hatte ihre Mutter prompt gesagt. Nur dass in ihrer »nächsten Lüge« mehr Wahrheit enthalten war, als diese ernsthaften, vernünftigen und vertrockneten Leute sich vorstellen konnten. Gutwillig und intelligent, aber tot.

»Eigentlich alles total easy«, sagte Simeon gequält, »brauchst uns nur in Samt und Seide zu hüllen, die Bühne mit altem Kram vollzustellen, und vor meinem ersten Auftritt lässt du die Fanfaren festlich erklingen. Ach ja, und Rosenkranz umarmt mich natürlich nicht, sondern macht eine tiefe Verbeugung vor mir …«

Sie fühlte sich so leicht und frei, dass sie das Gefühl hatte, gleich bliese das dröhnende Gebrüll der Bassgitarre sie fort, aber etwas wie ein Anker hielte sie am Stuhl fest. Sie bemerkte Simeons Hand, die mitfühlend die ihre gedrückt hielt. Sie hatte ganz vergessen, dass er das schon seit einer halben Stunde machte. Er beeilte sich nicht, sich zu betrinken. Über sein Gesicht glitt ein Lächeln voller Furcht und Geduld. Simeon wurde geradezu gefährlich geduldig. Die Menschen, die sie kannte, taten zu Anfang unterwürfig, und danach fingen sie an, sie mit beleidigenden Namen zu titulieren, in der Regel »Nutte«. Sie hinterließ den Eindruck bei ihnen, dass sie sie leicht ihrem Willen und ihren Wünschen unterwerfen konnten, dass sie hingebungsvoll, sinnlich und leicht zu haben sei. Keiner wollte Dessislavas Wahrheit, alle schätzten ihre Lügen. Sie glich der anziehenden Fassade eines Hauses, das sie gern betreten wollten, ohne sich dafür zu interessieren, wer darin wohnte. Sie spürte, wie das Verlangen zu lügen wieder in ihr hochkam, schmerzhaft wie ein wachsender Abszess.

»Weißt du eigentlich, Maja«, überschrie sie Donna Summer, »dass Sim und ich heiraten?«

»Und wann?«, fragte ihre Ophelia perplex zurück. Bobby begnügte sich mit einem hysterischen Kichern.

»Ich hatte ihm versprochen: nach der Scheidung meiner Eltern«, antwortete sie ernst. »Stimmt's, Schätzchen?«

Simeons Augen schauten treu und voll ungespielter Ehrfurcht – einfach unerträglich. Sie schwammen in Feuchtigkeit, als hätte jemand ihm gerade einen Ziegel ins Kreuz geschmissen.

»Da müsst ihr aber den *Hamlet* spielen«, warf Bobby ein.

»Das ist nicht der Grund«, korrigierte Dessislava. »Sim und ich lieben uns einfach!«

Das Tonband war zu Ende und ihre Stimme hallte in der plötzlichen Stille durch das ganze Lokal. Sie war verlegen, aber es gefiel ihr auch. Sie schaute sich um und – fluchte. In der Tür stand Neda, grazil und mager wie eine Ballerina, mit einem unbekannten Typen. Sie schienen zu schwanken, ob sie hereinkommen sollten oder nicht, sahen nervös und unsicher aus. Da Bobby sie verdeckte, konnten sie sie nicht sehen. Der Typ hielt die Hand ihrer Schwägerin. Er schaute besorgt und mit einem Ausdruck von Gram, sein Gesicht war so einfach wie eine Serviette auf dem Küchenschrank. Sie ging jede Wette ein, dass er nach billigem Rasierwasser roch. Da hatte man's wieder mal: Immer wenn der Mensch schön lügt, wird er auf eine unschöne Wahrheit gestoßen. Die beiden setzten sich an den erstbesten freien Tisch und machten ihr so den Weg zum Ausgang frei. Dieses zweideutige Wort »freimachen« blockierte ihre Gedanken, sie war plötzlich nüchtern geworden.

»Dess macht Scherze«, warf Simeon lau ein.

»Ich mache keine Scherze«, erwiderte sie voller Beklemmung, »aber bevor wir heiraten, möchte ich an die frische Luft.«

Etwas hinderte sie am Aufstehen, hielt sie zurück. Ihre Beklemmung stieg. Endlich hatte sie es:

»Lass mich mal kurz los«, bat sie Simeon, »ich bin gleich wieder da.«

Aus den Lautsprechern erklang inzwischen *The Wall* von Pink Floyd. Der Text des Liedes sprach von einer Mauer, die Menschen errichtet hatten, einer fiesen, unüberwindlichen Mauer. Dessislava hatte es so eilig, dass sie fast auf dem Läufer ausgerutscht wäre. Draußen empfing die Nacht sie kalt und unermesslich. Sie erkannte den Wagen ihres Bruders auf dem Parkplatz, beschienen von den Neonlaternen, an der Farbe und am zerdötschten linken Kotflügel. Sie beschritt den asphaltierten Weg zur Chaussee. Ein eisiger, durchdringender Wind blies und beugte die Tannen, die beängstigend knarrten. Die Angst packte sie langsam. Und die Sterne funkelten unschuldig und teilnahmslos in der kristallklaren Luft.

7

Dessislava nahm den letzten Bus, der noch von der Endhaltestelle an den Goldenen Brücken in die Stadt hinunterfuhr. Geld für eine Fahrkarte hatte sie nicht, und so verkroch sie sich auf den Ecksitz ganz hinten. Ringsum blitzten schmutzige Schneereste wie kleine Lichtklümpchen, die den Einbruch der Dunkelheit überlebt hatten.

Sie hatte einen bitteren Geschmack im Mund. Simeon würde sie vermutlich, wahnsinnig vor Sorge, irgendwo zwischen den Bungalows am Campingplatz suchen. Sie war vollkommen klar im Kopf, in ihrer Brust pochte der Schmerz, sie war fix und verzweifelt. Einen solchen Ekel vor sich und dem Rest der Welt hatte sie zuletzt vor Jahren empfunden. In einer milden Herbstnacht war sie durch das Stadtviertel Sofia-Ost heimgekehrt. Es war spät gewesen, die Stadt schlief schon, der Park der Freiheit verströmte Abendkühle. Sie wollte gerade zwischen die weit auseinander stehenden Nadelbäume eintauchen, als sie in kaum hundert Meter Entfernung ein Rudel Hirschkühe sah, das sich behutsam, mit gleichsam angespanntem Vertrauen einem Plattenbau näherte. Der Leithirsch hatte seinen Kopf mitsamt dem prachtvollen Geweih in einen Müllcontainer getaucht und sich verhakt, sodass er weder ganz hineinkam, noch sich wieder herauswinden konnte. Von der Nähe ihres Lebensraums zu den Menschen ihrer Würde beraubt, mit gerupftem, abgeschabtem Fell, aufgedunsen und ungraziös, hatten die Tiere ihre Freiheit für die menschlichen Abfälle preisgegeben.

Dieses Bild hatte sie mehr als ein Jahr lang verfolgt, und es war ihr vorgekommen wie ein Sinnbild für das, was sie umgab: eine gewaltige, im Zwielicht ausgesprochene Lüge, die Lüge ihres nicht stattfindenden Lebens.

8

Die Bühnendekoration deutete in Umrissen ein Wohnzimmer an, das so unaufgeräumt und durcheinander war wie ihr Leben. Hamlet war gekleidet wie ein Hippie und verhielt sich auch so. Die Königin trat im Nachthemd auf, der blutschänderische neue König im Pyjama, den er nach und nach auszog, bis er nur noch in Boxershorts dastand. In den dramatischsten Momenten der Handlung erschien eine Kaugummiblase auf Ophelias Lippen. Weibisch, lockig und in seinen weißen Arztkittel gehüllt, glich Rosenkranz einem Homosexuellen. Er sah erbarmungswürdig aus, vielleicht machten ihm die leeren Stuhlreihen zu schaffen. Emilia biss sich auf die Lippen, Sotirov ächzte und schnaufte neben ihr, als erstiege er den Gipfel des Witoscha. Er sah so erschüttert und unglücklich aus, dass er fast schon wieder komisch wirkte. Es roch streng nach Bühne und menschlichem Scheitern.

Als die Saalbeleuchtung anging, empfand Assen eine Mischung aus erschöpfter Erleichterung und unbefriedigter Neugier. Wenn es sich um Molière gehandelt hätte, hätte er sich mit dieser schreienden, provozierenden und von versteckten Perversionen zeugenden Bekleidung der handelnden Figuren wohl anfreunden können, aber bei Shakespeares *Hamlet*? Sein eigenes Alter mitsamt einem tiefsitzenden traditionellen Verständnis hinderte ihn, sich eine Antwort auf diese Frage zu geben. Diese jungen Leute, dachte er nur müde, drehen die Welt auf links, als wäre sie ein Ärmel oder ein Handschuh. Sie können fremde Größe nur annehmen, wenn sie sie demütigen und heftig durch den Kakao ziehen. Sie glauben nicht mehr an Schönheit, sondern sind der Auffassung, dass das wahrhaft Dramatische nur auf der hässlichen und gemeinen Seite des Lebens zu finden sei! Auf einmal kam er sich hoffnungslos altmodisch vor, ja, hatte sogar Angst, seine Tochter anzuschauen, die mit frecher Selbstverleugnung auf Sotirovs Fragen antwortete. Dessislava benahm sich wie eine unschuldig Angeklagte, die von vornherein überzeugt war, verurteilt zu werden.

Emilia war ebenfalls völlig verstört, und sie hätte sicher am liebsten geheult. Tränen beruhigten sie immer, bauten Spannung in ähnlicher Weise ab, wie das Schwitzen den Körper kühlte. Sie seufzte dramatisch, was zugleich Ausdruck von Seelenpein war wie von Koketterie.

»Das, was wir da gesehen haben, war deine nächste Lüge, Dess!«, sagte sie.

»Ich bin kein Dogmatiker«, schnaufte Sotirov, »niemand kann mir vorwerfen, dass ich gegen moderne Experimente bin, gegen eine wohlverstandene Perestrojka in der Gesellschaft und auf der Bühne. Die Bühne braucht ständige Innovation. Theater ist ein work in progress, und wenn draußen der Wind weht, müssen wir hier drinnen die Erkältungen zeigen.«

»Mir tut der Kopf weh«, sagte Emilia mit der Stimme der Mutter Courage, »und ich hab mein Diazepam vergessen.«

Theo wühlte in seiner Sakkotasche und murmelte: »Ich hab immer Analgin dabei. In dieser Albtraumwelt muss einem ja der Kopp platzen! Alles gerät drunter und drüber und wird wahllos zusammengewürfelt: Ernährung, Proportionen, Menschenbild, Theater. Die Heizung springt an, wenn es warm ist, der Urlaub laugt dich aus bis zur totalen Erschöpfung, und wenn du die herrlichen Satiren im *Stachel* liest, wird dir traurig ums Herz. Die Alten werden kindisch, die Jungen verhalten sich wie Rentner. Die Tage war ich beim Arzt. Der meinte, ich bin an allem erkrankt. Ach, und guten Fußball haben wir auch keinen mehr.«

»Ein Teufelskreis«, erwiderte Emilia mehr zu sich selbst, als sie die Kappe vom Analgin-Gläschen entfernte und die beiden Tabletten herausschüttelte, die nicht viel größer als ein Fliegenschiss waren. »Wenn ich zu viel Kaffee trinke, bekomme ich Kopfschmerzen, und wenn ich weniger trinke, habe ich zu niedrigen Blutdruck. Also entweder Schwindelgefühle oder Migräne.«

»Theater ist wie eine Frau«, meldete sich Sotirov versöhnlich, »mindestens die Hälfte von dem, was passiert, muss geheimnisvoll und verborgen bleiben, sonst ist es banal und uninteressant. Theoretisch ist alles möglich, sogar, dass es mit dem Theater vorbei ist.« Vor Anspannung lachte er kurz auf. Er war rundlich geworden und hatte Glatze bekommen, doch trotzdem wirkte er noch genauso flink und ungreifbar wie damals, als Assen ihn kennengelernt hatte. »Aber kommen wir zurück auf … auf … auf was eigentlich?«

»Auf Dessi und auf Shakespeare«, half ihm Emilia.

»Ah ja, richtig, Shakespeare … Das ist der einzige Dramatiker, den man nicht zu modernisieren versuchen sollte, weil er immer schon modern ist. Das Gegenteil ist angebracht: Die ideale *Hamlet*-Inszenierung stelle ich mir in einem richtigen Schloss vor, mit Schauspielern, die noch Gespür dafür haben, was es bedeutet, Thronfolger zu sein, was Zweifel, Geist und Einsamkeit sind. Was denkst du, Evtimov?«

Sotirovs Assistent, jung neben ihm wirkend, elegant, mit der Narbe über der Oberlippe, erwachte aus seiner Versenkung und versuchte zu lächeln. Die Stille im Saal versteinerte, füllte sich mit Erwartung, so als wären alle sicher, dass der Vorhang sich erneut heben und der nächste Akt beginnen würde.

»Es war beklemmend«, erwiderte Evtimov leise, »aber ich persönlich fand es sehr lehrreich. Mit diesem Mädchen geschieht etwas, in Dessislava muss sich irgendetwas ereignet haben!«

9

Zerschlagen kehrte Assen heim. Er fühlte sich regelrecht verloren. Am Morgen, nach dem Scheidungstermin, hatte seine Tochter darauf bestanden, dass er und Emilia ihrer Prüfung beiwohnten. Nun peinigte ihn die vage Vermutung, dass sie unterbewusst die ganze Inszenierung ihretwegen so aufgezogen hatte, damit sie in Hamlets Zwiespalt ihre eigene Schuld erkannten. Er war von ihrem Protest tief enttäuscht und zugleich voller Bewunderung für ihre schamlose Radikalität. Dessislava hatte Shakespeares Stück verfehlt, war aber lebendig und außergewöhnlich. Ihre Inszenierung ging einem so an die Nieren, dass man sie nicht einfach so wegstecken konnte, sondern über ihren Sinn nachdenken musste. Er wollte in aller Ruhe mit ihr reden, nicht um sie zu trösten, sondern um sie zu verstehen.

Das Appartement war leer. Assen machte sich einen Kaffee, ging ins Wohnzimmer und begann zu warten. Das Frühlingslicht strömte wie das eines Projektors durch das französische Fenster. Die vielen an den Wänden aufgehängten Antiquitäten vermittelten den Eindruck, man befände sich in einer Kulisse. Ja, ihre Wohnzimmereinrichtung glich einer Bühne, prächtig ausgestattet, mit Geschmack und einem sicheren Händchen für ein schlechtes Stück ... Von Holzwürmern zerfressen und doch unvergänglich wie der menschliche Glaube, hingen die Ikonen so dicht, dass sie sich fast anrempelten. Aus den Möbeln mit den Perlmuttintarsien roch es nach gedämpftem, fremdem Leben. Er nahm seine Tasse und ging hinüber in jenes Zimmer, das, bevor Emilia und er sich getrennt hatten, ihm als Arbeitsraum gedient hatte. Er setzte sich hinter den mittlerweile von Dessislava mit Beschlag belegten Schreibtisch, auf dem wahllos verstreut Schminkdöschen lagen, die Zeitung *Orbita*, aufgeschlagen auf einer Seite mit einem Artikel über Schwarze Löcher, ein Kriminalroman von Agatha Christie, das Ägyptische Totenbuch, und in der Abdeckhaube der Schreibmaschine tummelten sich ein paar Stricknadeln und ein Knäuel dicker Wolle. In ein offen daliegendes Heft waren nur zwei Sätze gekritzelt: »Hamlet – Sichabfinden als Gewalttat. Werde ich zu dieser Radikalität vorstoßen?«

Im Fenster erlosch langsam der Tag. Die Konturen des gegenüberliegenden Mietshauses wurden unscharf. Es war auch Zeit, dass dieser Tag endete! Assen fühlte sich entmutigt und hoffnungslos durcheinander. Auf ihre alten Tage, forciert und irgendwie lächerlich, ließen Emilia und er sich scheiden. Schlimmer noch war, dass er seine eigenen Kinder nicht mehr verstand. Irgendetwas Wesentliches entzog sich seiner Kenntnis. Jordan verfolgte eitel bis dorthinaus seine Karriere und glich immer mehr einem selbstverliebten Zyniker, der die Macht genoss, immerzu mit verlogenem Optimismus in den Wohnzimmern der Menschen präsent zu sein. Und Dessislava? Evtimov hatte gesagt: »Mit diesem Mädchen geschieht etwas, in Dessislava muss sich irgendetwas ereignet haben!« Verletzlich und fragil, irgendeiner eigenen Wahrheit verpflichtet, verstrickte sie sich nur in die nächste beklemmende, unerträgliche Lüge. Er könnte nun in Anlehnung an Emilia ausrufen: »Die Sätze, die ich da gelesen habe, sind nur deine nächste Lüge, Dess!«

Was habe ich meinen Kindern denn hinterlassen?, dachte er voller Schmerz. Ich hatte doch nie Zeit für sie! Vielleicht werden sie die Welt gerechter machen? – Er begann zu rauchen. Sah Dessislava als kleines Mädchen mit großer weißer Schleife im Haar und musste unwillkürlich lächeln. *Sie werden die Welt komplizierter und besser machen!*

Er trank noch eine Tasse von dem kalt gewordenen Kaffee, aber die Müdigkeit blieb. Einsam, und zum ersten Mal in seinem Leben auch verlassen. Vor vielen Jahren waren Jordan und er aus Widin zurückgekehrt. Der Gebirgspass bei Petrohan lag vor ihnen wie ein abgerolltes Schleifenband. Ein Graupelschauer ging nieder, vermischt mit feinen, gefährlichen Schneeflöckchen. Da sagte sein Sohn etwas, das sich Assen tief einprägte: »Es gibt keinen Generationskonflikt, die Jungen wollen einfach nur, dass die Alten ihnen mit gutem Beispiel vorangehen, aber was bekommen sie? Worte, Worte und nichts als Worte!«

Langsam wurde es ganz dunkel, das Fenster zum Hof wurde blind; dennoch schaltete Assen nicht die Lampe ein. Er lauschte auf die Zufallsgeräusche, so als könnten die ihm das Rätsel auflösen. Einer der Nachbarn schaltete den Fernseher ein, und Assen fuhr zusammen bei der Vorstellung, er könnte die Stimme seines Sohnes hören. Dessislava verspätete sich. Er wollte jetzt gern etwas von Bedeutung, etwas Außerordentliches für sie tun, wusste aber nicht, was. Das Einzige, was ihm einfiel, war, ihr Geld dazulassen. Seit sie getrennt lebten, hatten sowohl Emilia als auch er begonnen, die Kinder zu verwöhnen, steckten ihnen unablässig Geld zu. Assen nestelte zwei Zehn-Leva-Scheine aus seinem Portemonnaie, seufzte und legte sie auf den Schreibtisch. Dann schämte er sich plötzlich. Als er schon an der Tür war, kehrte er noch einmal zurück und steckte das Geld wieder ein. Er beugte sich über das aufgeschlagene Heft und schrieb hinein: »Ich danke dir, Dess! Wenn die Abfindung zur Gewalttat geworden ist, dann ist diese immer nach innen, gegen uns selbst gerichtet. – Dein Vater«.

10

Sie sahen sich vor. Grundlos. Verzweifelt. Es grenzte an Blödheit. Sie waren so unglaublich fixiert auf diese Verschwörung, die niemandem nützte, dass es ihm manchmal so vorkam, eines Tages würden sie vor lauter Übervorsicht und Geheimnistuerei in den Korridoren und Etagen dieses ramponierten Hotels aneinander vorbeilaufen, ohne sich zu treffen. Sie würden sich verlieren wie die Spuren von Wild im schmelzenden Schnee, wie ein wichtiges Wort in einem Gehirn, das, leer vor Müdigkeit, nichts mehr fasste. Er war es, der darauf bestand. Außer seiner scheinbaren und verräterischen Weichheit konnte sich Christo keine weitere Schwäche erlauben, an der man ihn eventuell am Schlafittchen kriegte. Er hatte Erfahrung mit Oberst Grigorov und Major Petrov und hatte gelernt, selbst seinem eigenen Schatten gegenüber misstrauisch zu sein und sich seiner nicht allzu sicher zu sein.

»Ich kann nicht mehr«, sagte Mariana. »Ständig auf der Hut sein wie ein gejagtes Tier … Ich bin es einfach müde!«

»Nur noch ein bisschen«, beruhigte er sie.

»Ein bisschen was?«

»Du musst mich verstehen, Liebste.«

»Was denn verstehen?«

»Ich will keine Schwierigkeiten bekommen. Siehst du denn nicht: Minister Sdravkov kann mich nicht leiden, er hasst mich bis aufs Blut.«

»Alle tun es doch.« Marianas Stimme wurde heiser vor Verzweiflung, fast hysterisch. »Sie machen es überall – massenweise. Außerdem: Du bist Mann. Wenn einer dafür Prügel bezieht, bin ich es.«

»Genau da drückt mich der Schuh. Ich möchte nicht, dass wegen mir über dich geklatscht wird und dein Name einen schlechten Klang bekommt. Das würde ich mir nie verzeihen.«

»Dieser Bauerntrampel Sdravkov versteckt mich überhaupt nicht. Er fährt mich in sein Wochenendhaus, als wäre ich seine Lieblingsschwägerin. Ich hab das Gefühl, demnächst macht er mich mit seiner Frau bekannt und seinen pickeligen Söhnen gleich dazu. Und du …«

»Ich bestehe nur darauf, dass wir vernünftig sind. Nicht aus Egoismus, sondern deinetwegen.«

Christo und Mariana trafen sich in einem Hotel auf dem Georgi-Dimitrov-Boulevard kurz vor der Löwenbrücke, von dessen Fassade der Verputz bröckelte. Den Namen konnte man wegen der durchgebrannten Neonröhren-Buchstaben kaum entziffern. In diesem Schuppen arbeitete Nina, eine alte Mitschülerin Christos, als Leiterin der Rezeption. An geraden Kalendertagen hatte sie Frühdienst, an ungeraden Spätdienst oder Nachtschicht. Sie sorgte dafür, dass Zimmer 505 immer für ihn frei war. Fünf Etagen über dem lauten Boulevard, hatte es nur den Himmel und den Regen über sich. Beim Untergehen landete die Sonne taubenflatternd auf der Fensterbank. Im Zimmer roch es nach muffigem Bettzeug und sporadischer menschlicher Gegenwart, nach Fliegengift und Kakerlakenvernichtungsmittel. Die Einrichtung bestand aus einem riesigen, schrecklich knarrenden Bett mit wackligen Tafeln an Kopf- und Fußende, aus einem Kleiderschrank mit ausgeleierten Scharnieren, einem ausgebleichten Plüschhocker und einem Frisiertisch mit Spiegel. Das Türschloss hakte, die Nachttischlampe funktionierte nicht, der Leuchter an der Decke knauserte ebenfalls mit dem Licht. Bad und Toilette, in denen es penetrant nach Seife, Bleichmittel und Chlorkalk roch, befanden sich am Ende des Ganges. Alles war unbequem und sperrmüllreif, und genau das machte es so erregend und romantisch.

»An mich denkst du? Deine verdammte Sorge erdrückt und erniedrigt mich, verstehst du? Sie bringt mich noch um.«

»Nur noch ein bisschen«, sagte er und drückte sie an sich.

»Ein bisschen was?«

Die Traurigkeit umfing sie wie eine Aureole, die sündhafte Gedanken weckte und ihre Liebesspiele wilder und lüsterner machte. Mariana Ilieva war eine Frau von dreiunddreißig Jahren, also fünf Jahre älter als er, hatte aber schon mit achtzehn Jahren geheiratet und einen Sohn, der bereits in die siebte Klasse ging. Inzwischen war sie geschieden. Ihre Geschichte, verrückt und zusammenhanglos wie das Leben selbst, kannte das ganze Ministerium. Ihr Mann hatte lange bei der Holzgewinnung in Komi, in den endlosen Weiten der russischen Taiga, gearbeitet, anfangs als Komsomolzensekretär der Arbeiterbrigade, schließlich als unterer Vorgesetzter. »Er kam immer nur im Sommer für drei Wochen auf Heimaturlaub«, hatte Mariana ihm erzählt, »ausgemergelt, stumpfsinnig geworden vor lauter Sauferei und zerstochen von Mücken. Ich hab das alles ertragen, weil wir mit seinem Lohn unsere kleine Wohnung abbezahlten.« Nach acht Jahren Hin und Her und Arbeit im Ausland sei ihr geschiedener Ehemann schließlich wegen einer Massenschlägerei mit den sowjetrussischen Kollegen abberufen worden und nach Bulgarien zurückgekehrt. Einen Monat später habe es an ihrer Tür geklingelt. Auf der Schwelle stand eine riesige aufgedonnerte Russin, die nach einem schwülen Parfüm roch und sie frech mit ihrem Blechzahn anlächelte.

»Ich bin gekommen, und zwar für immer«, sagte sie schlicht und hievte ihre überladenen Koffer in die Diele, »mein Mann wohnt hier, mein einziger, mein unvergleichlicher Kolja.«

Das war mehr als seltsam, denn Mariana war nicht einfach nur schön, sie war von einer Schönheit, die man nicht mehr loswurde. Sie hatte Augen von einem seltenen Grün, die leicht schielten, verträumt wirkten und an den Enden langgezogen waren wie die einer Katze. Ihr Haar – lackschwarz und ungestüm, ihre Haut zart und mit samtigen Reflexen. Christo fielen als Erstes ihre Beine auf, lang, anziehend und unschuldig, als entstiegen sie soeben dem Paradies, dann ihre Brüste, quirlig und fordernd, die jeden Moment ihr Dekolleté zu sprengen schienen; erst dann versank er im kühlen Grün ihrer Augen, die aufmerksam und durchdringend auf alles schauten. Zum ersten Mal war er ihr vor dem Büro des Ministers über den Weg gelaufen und regelrecht gegen ihre Schönheit geprallt. Blind vor Überraschung, fiel ihm nur die abgedroschenste aller Phrasen ein:

»Haben wir uns nicht schon mal irgendwo gesehen? Sie sind Journalistin, nicht wahr?«

»Genau«, lächelte sie angesichts seines verwirrten Gesichtsausdrucks.

»Mein Vetter Jordan, Jordan Weltschev, arbeitet beim Fernsehen, und der hat diesen feinen Geschmack, also, arbeiten Sie nicht zufällig in seiner Redaktion?«

Mariana lachte kurz und dezent.

»Was reden Sie da! Der Genosse Weltschev gehört zu den Auserwählten, die den heiligen *Runden Tisch* leiten. Ich war bloß eine normalsterbliche Reporterin beim Radio, Nachrichtenredaktion.«

Nun also war Mariana die Schönheit vom Dienst im Ministerium, und alle machten ihr den Hof, vor allem Minister Sdravkov selbst, der noch etwas grün hinter den Ohren war, und ein Direktionsleiter, ein alter Junggeselle, der mit seiner Mutter in einem riesigen Appartement auf der Rakovski-Straße wohnte. Christo begegnete ihr auf den Fluren, bei Sitzungen der Stellvertreter des Ministers, im Dienststellencafé und mittags in der Kantine. Er war der Einzige, der ihr nicht auf die Nerven ging, sie nicht zu Premieren einlud und nicht ins Panorama-Restaurant des Japanischen Hotels; er verzichtete auf zweideutige Anspielungen, strebte nicht danach, sie zu seiner Geliebten zu machen, und war einfach nur freundlich zu ihr – wie ein guter Kollege. Oder so etwas wie der große Bruder ihres Sohnes! So großartig und begehrt Mariana auch war, Christos Herz war seit langem verwundet und gehörte einer anderen. Diese nicht gespielte Unaufdringlichkeit stach derart vom Benehmen aller anderen Männer ab, dass sie zunächst Marianas Aufmerksamkeit erregte, sie dann verblüffte und ihr schließlich einen Stich gab. Am Ende wurde sie derart in Christos Bann gezogen, dass sie ihm erlag. Jede wirklich schöne Frau verhält sich instinktiv nachlässig den Männern gegenüber, die ihr schmeicheln und sie erobern wollen, ist aber machtlos, ja, geradezu hilflos denen gegenüber, die sie einfach links liegenlassen. Sukzessive verfiel sie ihm mit der ganzen Größe einer wirklich verliebten Frau und verwandelte sich in seine Sklavin.

Als er sich mit ihr zum ersten Mal in Zimmer 505 des Hotels Rhodopen verabredete, war es draußen klamm und kalt. Schnee wirbelte durch die Luft, die sich in ihrer Leidenschaft mit Elektrizität auflud, ja, regelrecht zu brodeln anfing wie bei einer Fata Morgana. In das breite Doppelbett kam Leben. Wie durch ein Wunder fiel es weder auseinander, noch knarrte es, sondern seufzte mit, stöhnte, stieß Laute aus. Christo war zügellos und grob mit ihr. Die Lust war so zerreißend und der Schlummer danach so betäubend, dass er am nächsten Morgen seinen ersten – und letzten Bericht über Mariana Ilieva schrieb.

11

In der Regel holte sie den Schlüssel an der Rezeption ab und fuhr mit dem Aufzug hoch in die fünfte Etage, während er die Treppe nahm. Auf seine Anordnung hin erwartete sie ihn fertig ausgezogen im Bett und schämte sich. Unter der bis zum Kinn hochgezogenen Decke trug sie nichts als ihre Ungeduld. Er beeilte sich nicht, sie herauszuschälen und zu lieben, bis ihr Schmerz in Stöhnen übergegangen war, sondern zündete sich erst einmal eine Zigarette an, spülte zwei Gläser im Waschbecken aus, goss je einen Fingerbreit Whisky aus dem Flachmann hinein, den er wie der alte Churchill in der Innentasche seines Übergangsmantels trug. »Eine betrunkene Frau ist ein Engel im Bett«, warf er ihr frech hin, doch nicht das war der Grund für seine Hartnäckigkeit. Mariana sollte sich seine Zuwendung verdienen, indem sie ihm zunächst alles haarklein erzählte, was sie aus diesem unfähigen Ministertrampel Sdravkov herausbekommen hatte. Sie brauchte Liebe, Christo Informationen, genauer gesagt: pikante Details und Schwachstellen. Wenn Mariana ihm keine neuen kompromittierenden Einzelheiten brachte, machte er ihr aber weder Vorwürfe, noch wurde er böse; er blieb in seinen Liebkosungen einfach ein wenig zurückhaltender und kühler, so als habe er etwas von der Steifigkeit der gestärkten Laken angenommen, zwischen denen sie lagen.

Die Tür klemmte wie gewöhnlich, sodass er sie beim Hereinkommen mit der Schulter aufdrückte. Das Licht des späten Nachmittags schien auf der Fensterscheibe zu tränen und lief mit dem kalten Schneeregen an ihr herunter. Mariana saß vor dem trüben Spiegel des Frisiertischchens und starrte hinein, als öffne sich dort gleich ein Ausweg, durch den sie hinausschlüpfen könne. Sie hatte nur das Kettchen mit dem goldenen Herzanhänger abgelegt. Sie weinte. Schön und hingebungsvoll wie ein Kind, das man allein im Leben hatte stehenlassen.

»Liebste …«

»Ich kann so einfach nicht mehr.«

»Wie?«, versuchte er zu scherzen.

»Ich kann einfach nicht mehr.«

»Nur noch ein bisschen«, versuchte er, sie zu beschwichtigen, holte aus der Tasche seines Regenmantels den Flachmann, nahm zwei Gläser vom Waschbecken und goss einen Fingerbreit ein.

»Ein bisschen – was?«

»Dann können wir …«

Ihm fiel auf die Schnelle keine überzeugende, keine sie tröstende Fortsetzung ein, darum reichte er ihr einfach nur schweigend das Glas.

»Können wir – was?«

Ihre Augen, langgezogener als je, nahmen alles Grün zusammen und suchten ihn im Spiegel. Enttäuscht waren diese Augen, traurig, erfüllt mit Selbstverachtung, aber auch der Horrorvorstellung, ihn verlieren zu können.

»Er hat dich gekränkt, hm?«

»Du hast ja keine Vorstellung davon, wie er riecht! Nach Schweiß … ranzigem Fett … Und parfümieren tut er sich mit Old Spice … puh! Hast du mal seinen Wabbelbauch bemerkt? Übrigens will er einen Spiegel am Bett und sehen, wie wir uns lieben.«

»Ich benutze auch Old Spice«, sagte Christo.

»Warum behandelst du mich wie eine Nutte? Erregt dich das, wenn ich deine Nutte bin?«

Er bedauerte Mariana nicht, hatte nicht einmal Mitleid mit ihr, denn sein Herz war in den letzten zwanzig qualvollen Jahren, in denen es sich an das Verschweigen der Liebe gewöhnt hatte, abgestorben, anfangs durch jene verwüstende, absurde und auf ewig unerwiderte Liebe zu seiner Tante Emilia, anschließend durch die unmögliche und unstillbare Liebe zu Dessislava, ihrer Tochter. Zu allem Überfluss war er auch noch allein in die Falle getappt, inbrünstig und mit dem dunklen Drang des Sadomasochisten hatte er sich ins große Spiel eingeschaltet.

Major Petrov war es tatsächlich gelungen, ihm einen Termin beim allmächtigen Grigorov zu verschaffen, der – wie zu erwarten – inzwischen General geworden war. Grigorov empfing ihn in der holzgetäfelten Zentrale seiner Macht, wo alle Geräusche, auch die menschliche Stimme, derart geschluckt wurden, dass man den Eindruck nicht loswurde, hier müsse sich jeder, der zu lange blieb, in Luft auflösen. So also sieht ein Machtinstrument aus, dachte Christo voller Angst.

Grigorov war vollständig ergraut. Sein Haar hatte aber diesen gewissen gelblichen Ton, kurz, er war sichtlich gealtert, aber noch kein Greis. Sein unverhüllter Zynismus, mit dem er Christo vor über zehn Jahren niedergewalzt hatte, war feiner geworden, die Klinge seiner Grausamkeit geschliffen und blitzend, das Mordwerkzeug eines wahren Aristokraten. Die Schulterstücke auf seiner Uniform hingegen verliehen seinem Äußeren etwas billig Lakaienhaftes; man dachte unweigerlich, indem dieser Mann die prächtige Generalsuniform mit ihren breiten Lampassen anzog, erkannte er an, dass er nur ein ergebener Diener, ein Piccolo im Hotel der Macht war.

Grigorov, der Christos ketzerische Gedanken wohl spürte, lächelte verächtlich und mit so frostiger Kälte, dass man meinte, jeden Moment könne er eine stumpfe, klobige Axt hinter dem Schreibtisch hervorholen.

»Wir haben uns lange nicht gesehen, John Lennon.« Wenig respektvoll, eher als werfe er ihm eine milde Gabe hin, reichte er ihm seine saubere Hand, dann wies er auf den Sessel mit den Löwenfüßen, ohne Christo aber Tee oder Kaffee anzubieten.

»Wir haben uns nicht gesehen, seit … Genau genommen sehen wir uns jetzt zum zweiten Mal, Genosse General.«

»Recht hast du, über zehn Jahre sind es her … Die Zeit fliegt.«

Stille trat ein, eine leere und beschwerte Stille. Christo verspürte auf einmal Harndrang, gleichzeitig packte ihn eine unbändige Lust zu rauchen; er wagte es aber nicht, sich eine Zigarette anzuzünden.

»Petrov ist des Lobes voll von dir! Du seist fleißig, bemüht und arbeitetest redlich.«

»Es freut mich, das aus Ihrem Munde zu hören.«

»Und was jetzt? Du habest den Wunsch geäußert, wir sollten dich Minister Sdravkov gegenüber enttarnen. Was denkst du dir dabei? Das steht quer zu allen Prinzipien und Normen unseres Berufs.«

»Dies hier ist nicht mein Beruf, sondern meine menschliche Pflicht«, sagte Christo pathetisch. »Minister Sdravkov möchte mich aus dem Justizministerium weghaben, ich stehe ihm im Weg. Er ist hinter einer Frau her, die in mich verliebt ist.«

»Ja, da schau mal einer an!« Die Miene des Generals drückte wieder denselben Überdruss aus wie damals, vor über zehn Jahren, im Zimmer der Schuldirektorin. »Nicht, dass du dir das bloß einbildest, John Lennon?«

»Ich bin mir ganz sicher … Ich kann Ihnen aber nur nützlich sein, wenn ich in seinem nächsten Umfeld bleibe.« Christo schlug die Beine übereinander, um zu verhindern, dass ausgerechnet hier, im Heiligtum der Macht, seine Harnblase überlief.

Der General dachte nach, oder tat jedenfalls so. Mit der Voraussicht des vollendeten Zynikers verstand er ausgezeichnet, dass Christo da eine eigene, unbestimmte Rechnung offen hatte. Das, was dieser aufgetakelte Stenz da im Sessel von ihm wollte, war unzulässig – einerseits. Andererseits war es nützlich und durchaus wichtig für ihn zu wissen, was ein Minister so dachte und machte, besonders wenn er von einer Dienststelle war, die sich seinen Fühlern und Fangarmen entzog.

»Ich will's versuchen«, sagte er leise, wie zu sich selbst, und wies mit dem Finger nach oben, als hinge der Erfolg dieses Versuchs von Gott oder dem lächelnden Mann auf dem Porträt hinter ihm ab. »Gestern war ich im Theater und hab deine Tante, Entschuldigung, wollte sagen: Emilia Weltscheva gesehen. Tolle Schauspielerin.«

Dies war ein Fingerzeig für Christo. Seit dem letzten heißen Sommer hatte er nicht einen Spitzelbericht über sie geschrieben. Grigorov lächelte ihm zu, um ihm zu bedeuten, dass er mehr über ihn wusste, als er ahnte. Seine Gesichtszüge waren unverändert scharf und raubvogelartig, dabei aber auch fein, und das verstärkte seine Ausstrahlung von Macht und Grausamkeit …

Mariana hatte ihr Gesicht mit den Händen bedeckt und konnte nicht aufhören zu weinen. Langsam und bedrohlich neigte sie sich zum Spiegel, als wolle sie in ihm versinken, sich in ihrem eigenen Abbild auflösen und verschwinden.

»Gekränkt hat er dich, dieser Kretin«, fluchte Christo hart und herzlos. »Aber das ist doch nicht alles, oder?«

Sie wandte sich ab. Ihre schönen Augen waren geweitet von Schmerz und einer kaum aushaltbaren, animalischen Bitte. Sie schluckte einige Male, schnappte nach Luft.

»Sdravkov hat mir gesagt, du arbeitest für einen von der Stasi, und hat mir geraten, mich vor dir zu hüten, du wärst ein Spitzel.«

Christo gelang es nicht, herauszulachen. Sein Gesicht verzog sich hässlich im Spiegel.

»Siehst du, da haben wir es doch. Ja, ich bin ein Spitzel, ein mieser Spitzel«, sagte er leise, mit Totenstimme. »Schlimmer noch, ich bin ein richtig fieser Denunziant! Sie haben mich schon als Schüler angeworben. Mein Pseudonym ist John Lennon. Ich hab auch über dich einen Bericht geschrieben – nur einen.«

Mariana konnte nicht glauben, was sie da hörte. Ihr Gesicht flog zurück, als habe er sie geohrfeigt. Ein Stöhnlaut entrang sich ihr, ihre Finger glitten erfahren über den Reißverschluss ihres Rocks, die Knöpfe ihres Kostümjäckchens; sie zwängte sich heraus wie eine Schlange, die sich häutete. Dann warf sie sich ihm in die Arme, zog ihn an sich, umschloss ihn und gab ihm Zuflucht.

»Mein Liebster, mein Einziger, ich kann nicht ohne dich, ich liebe dich«, flüsterte sie voller Gram und mit der Stimme einer schockierten Frau, einer leichten, einer käuflichen Frau, die ihrem Zuhälter ewige Treue schwört.

12

Leise schloss er die Haustür auf, rief aber nicht hinein. Der Fernseher im Wohnzimmer war eingeschaltet, es lief die Übertragung eines Kongresses, auf dem zum ungezählten Male ein historischer Beschluss der Kommunistischen Partei und ihrer Regierungsvertreter in Sachen Perestrojka verlesen wurde. Perestrojka – Umbau des real existierenden Sozialismus – gut und schön; aber Umbau zu was?, fragte er sich mit einer schon zur Gewohnheit gewordenen beiläufigen Ironie. Er warf seinen nassen Regenmantel über den Garderobenhaken, schlüpfte in seine Pantoffeln und ging vom dunklen Korridor aus ohne Umwege in seine Räuberhöhle. Sein Zimmer war so klein, alles schien mit Macht hineingepfercht worden zu sein; aber man hatte einen Blick auf den Hof, in die Freiheit, auf die Tauben und ihr aufgeplustertes Gefieder und die Kastanien mit ihrem bizarren Geäst. Früher musste dies wohl einmal das Zimmerchen der Hausangestellten gewesen sein, aber Christo hatte es auf den ersten

Blick gemocht und für sich ausgesucht. Er fühlte sich darin geborgen, und nur hier kam er sich erwachsen und – was noch wichtiger war – bedeutend vor. Es gab darin nur ein Bett, ein Nachttischchen, auf dem sein Grundig-Fernseher stand, und einen alten Bücherschrank. Bis vor einigen Jahren waren die Wände regelrecht tapeziert gewesen mit Fotos, Ausschnitten und Plakaten seiner Tante Emilia in all ihren Rollen und talentlosen Darstellungen – lächelnd, weinend, erschrocken, in prächtigen mittelalterlichen (oder Renaissance-)Kostümen und verführerisch tief ausgeschnittenen Badeanzügen, kurz, teils in die Würde der klassischen Welt, teils in die Geschmacklosigkeit der modernen gekleidet.

So wie einige Männer bis ins hohe Alter ihre Zinnsoldaten aufbewahren, so hatte er in seinem Schreibtisch kleine, aber für ihn unschätzbare Dinge versteckt: ein von ihr achtlos weggeworfenes Fläschchen, in dem nur noch einige wenige Parfümtropfen verblieben waren, sodass er, um diesen Rest nicht zu vergeuden, nur einmal im Monat auf den Zerstäuber drückte; die Kordel, die einst ihren Strohhut geziert hatte; eine Spange, die ihr bei einer Silvesterfeier aus dem Haar gefallen war; ein Wattebäuschchen zum Auftragen von Rouge und Wimpernbürsten; eine vor fünfzehn Jahren getrocknete Nelke, die sie in der Hand gehalten hatte; ein Taschentüchlein mit aufgestickter Rose, und last, but not least gelb-schwarze Seidenstrapse, die längst nicht mehr elastisch waren, aber immer noch so schamlos, dass es ihm jedes Mal einen Stich gab. Er hatte einmal mit Dessislava Verstecken gespielt, sich in Emilias Kleiderschrank verkrochen und sie daraus entwendet. Dies war ein Akt von solcher Dreistigkeit, dass er ihn mit Kühnheit und Inspiration erfüllte. Seine Hosentasche war nicht sehr tief, darum musste er sie irgendwo am Körper verbergen, aber wo? Schließlich überwand er auch die letzte Scham und stopfte sie sich in die Unterhose. Danach konnte er monatelang nicht einschlafen vor Aufregung, sondern musste sie immer wieder betrachten und berühren, stellte sich Emilia als riesige lüsterne Wespe vor, deren Stachel sich auf dem Höhepunkt der Erregung in sein Herz bohrte.

Er wusste, dass sein Vater sich in Widin als Kind ein Herbarium angelegt hatte. Christo versuchte möglicherweise, diese Verzweiflungstat auf seine Weise zu wiederholen und seiner Hilflosigkeit zu entkommen in der raschelnden Abgelebtheit zufälliger Fundstücke, im Versuch, seine Gefühle in diese Objekte zu bannen, sie haltbar zu machen und gleichzeitig nicht nur seine verunglückte Kindheit zu bewahren, sondern auch einen Teil von sich abzutöten. Er öffnete die Kappe des Zerstäubers, roch daran, aber er erschnupperte nichts Erregendes oder Anbetungswürdiges außer dem fast verflüchtigten Duft dieses im Intershop gekauften Flakons Chanel No. 5.

Die Liebe zu seiner Tante, stets begleitet von einer alles zerfressenden Zerknirschung, war ebenso urplötzlich verflogen, wie sie gekommen war, und hatte ihm seine Freiheit und Gleichgültigkeit wiedergegeben.

Die Schritte im Flur ließen ihn zusammenfahren. Sie waren furchtsam, aber nicht lauernd. Nein, diese Schritte wollten ihn nicht in seiner Schande, seiner Schwäche ertappen. Es war seine Mutter. In den letzten Jahren wirkte sie runder, obwohl sie nicht dicker geworden war. Ihre Formen hatten einfach nur jene unerschütterliche Sanftheit angenommen, die alle wahrhaft guten Menschen ausstrahlen. Ihre Haare waren silbrig geworden an den Spitzen und standen ihr wie eine Aureole um den Kopf. In ihren Augen lag alle Müdigkeit und alle Verwunderung über die Gemeinheit dieser Welt. Christos Herz zog sich zusammen vor Zärtlichkeit, als er sie jetzt sah, irgendwie kleiner geworden, bedrückt. Manchmal hatte diese Zärtlichkeit, dieses selige Gefühl beim Anblick seiner Mutter ihn so überwältigt, dass er drauf und dran war, ihre ganze Einzigartigkeit in einem Bericht für die bulgarische Staatssicherheit zu verewigen. Gut, dass sein Verstand ihn davor bewahrt hatte. Er rückte zur Seite, damit sie sich neben ihn aufs Bett setzen konnte, und witzelte:

»Hallo, Mama. Ich hab Hunger.« Aber sein Scherz zündete bei ihr nicht, machte ihr keine Freude. Sie nahm das Fläschchen Chanel No. 5 von seinem Schreibtisch und drehte es zwischen den Fingern, ohne zu registrieren, was es war. Ihr war schwer ums Herz, alles war so verwickelt.

»Ich möchte mit dir reden …« Ihre Stimme nahm ab und erlosch wie eine Kerze.

»Was ist denn passiert?«

Sie lächelte kaum wahrnehmbar, bitter, fügsam, und ihm wurde klar, dass ihre Worte etwas nicht einfach nur Schreckliches, sondern etwas

Unwiderrufliches andeuteten. Bei der Vorstellung, dass sie herausbekommen hatte, dass er ein Denunziant war, wurde ihm schlecht. Sie kannte die Seele ihres Buben, da konnte er nicht mit pathetisch-zerknirschten Bekenntnissen der Marke »Ich bin ein elender, hundsgemeiner Spitzel« die Situation herunterspielen und sie täuschen, wie Mariana. Seine Mutter war ein sonderbarer Mensch. Sie hatte sich ihre Anständigkeit, ihren Idealismus bis auf den heutigen Tag bewahrt. Sie nahm diesen altmodisch gewordenen Idealismus aber nicht zum Anlass, andere zu beschuldigen oder gar einzuschüchtern, nein, diese ihre sittliche Wucherung war unschuldig, stand ihr so natürlich wie ein zwar abgetragenes, aber sauberes und zeitlos schönes Gewand. Sie glaubte noch immer an das Gute im Menschen, war vertrauensselig, und wenn jemand sie enttäuschte, brach sie weder Streit vom Zaun, noch verlangte sie eine Erklärung, sondern tat ihn einfach von sich ab, entfernte ihn oder sie aus ihrem Leben und – vergaß sie. Christo schaute ihr in die Augen. Die schienen fortgegangen zu sein. Er zuckte zusammen:

»Was ist passiert, Mama?«

»Ich sage es nur dir«, flüsterte sie, schraubte den Verschluss auf die Parfümflasche und reichte sie ihm zerstreut. »Ich war heute beim Arzt. Sie haben festgestellt, dass ich Krebs habe.«

13

Im Fernsehen lief eine Pressekonferenz zum Thema Wasser. Der Herbst war heiß und trocken gewesen, der Winter ohne Schnee, und auch im Frühjahr fiel kaum Niederschlag. Der Pantscharewo-Stausee war ausgetrocknet, der Wasserspiegel des Isker-Stausees weiter oben im Rila war dramatisch gesunken; in Sofia drohten Wassermangel und Epidemien. Die Sache begann ihn zu interessieren, und so schaute Jordan die ganze Übertragung bis zum Ende. Sie weckte aufs Neue sein Gespür dafür, wie gefährdet der Mensch war, ja, die moderne Zivilisation insgesamt. Besessen davon, ihr Leben vollzustopfen mit allerlei überflüssigem Krimskrams, gierig nach Komfort und nach Annehmlichkeiten, verschwendeten die Menschen die Naturvorräte mit der Bedenkenlosigkeit eines

Kindes, das sein Schulbrot in den Mülleimer wirft, weil die anderen Kinder Schokoladenriegel essen. Das war ein Problem, das er auch in seinem *Runden Tisch* aufgreifen konnte, zumal es sich mit den hehren Zielen der ins Stocken geratenen Perestrojka verbinden ließ.

Jordan zog seinen Notizkalender hervor und schrieb auf den ersten Samstag im Juli: »Die Errungenschaften des menschlichen Verstandes flößen Respekt ein, zeigen aber auch seine extreme Hilflosigkeit. Was bleibt von einem Wolkenkratzer übrig, wenn der Strom ausfällt und die Aufzüge stecken bleiben? Ein aufgetürmter Unsinn, der Zeit und dem langsamen Verfall überlassen wie die Cheops-Pyramide. Letztere ist immerhin noch ein Sakralbau, ein Versuch, die Götter und die menschliche Phantasie unsterblich zu vereinen; der Wolkenkratzer hingegen ist ein praktisches Erzeugnis, ein gelöstes Statikproblem. Je weiter eine Zivilisation technologisch entwickelt ist und je größer sie uns erscheint, desto abhängiger ist sie auch von natürlichen Ressourcen. Zugleich mit der Elektrizität durfte die Menschheit also auch die Begrenztheit ihres Verstandes entdecken. Der Sieg über die Natur ist ein Pyrrhussieg, und der Glaube an den unbegrenzten Fortschritt von Wissenschaft und Technik ist nur die Ersetzung früherer Religionen durch die Vergottung der Wahrheit.« Er las die hingeworfenen Sätze noch einmal durch, war zufrieden. Er hatte sich einen guten Schluck verdient.

Er lugte ins Schlafzimmer. Jana schlief längst. Sie hatte ihren fuchsroten Teddy im Arm, und die Precious-Wilson-Zöpfe fielen ihr über die Stupsnase. Leise schloss er die Tür und ging ins Wohnzimmer zurück, goss sich zwei Fingerbreit Whisky ein und verdünnte mit Wasser aus der Kanne. Die Flüssigkeit nahm die Farbe eines goldenen Herbstnachmittags an. Als er daran nippte, bereute er das Wasser aber, denn die Mischung schmeckte abgestanden. Er lief in die Küche und machte sich Rührei mit Schafskäse. Wenn ihn etwas bedrängte oder ihm Sorgen machte, lenkte Essen ihn ab. Dann konnte er mit ins Nichts geheftetem Blick, monoton kauend, Unmengen in sich hineinschaufeln, bis die Sehnen am Hals hervortraten. Vier Eier mit Salzlakenkäse und einem Stück Salami würden nicht einfach nur seinen Hunger stillen, sondern auch eine Stunde Leerlauf füllen.

Das Dunkel draußen war bräunlich und weich, als hätte jemand die

Nacht mit Samt eingeschlagen. Von der sechsten Etage aus sah man auf die Dächer der umliegenden Mietshäuser, die bucklig und hässlich dalagen wie Festungen mit ihren blinden Dachluken und dem mattglänzenden Spinnennetz der Fernsehantennen. Diese Dachlandschaft war der höchste und hässlichste Teil der Stadt, das Königreich der Vögel, unter dem die Vergangenheit sich im allmählichen Vergessen immer mehr in pures Gerümpel verwandelte.

An der Tür läutete jemand Sturm. Der Gedanke, es könnte Neda sein, die ihren Schlüssel verloren hatte, verschaffte ihm kurz Erleichterung. Seit Mittag quälte ihn der sinnlose Gedanke, dass es ungerecht war, einen so unwiderstehlichen und berühmten Mann wie ihn allein mit seiner kleinen Tochter zu lassen. Er holte tief Luft, um seinen Herzschlag zu beruhigen und sein Erschrecken mit etwas Selbstsicherheit zu überziehen. Als er öffnete, blendete ihn erst die Treppenhausbeleuchtung, dann erkannte er seine Schwester.

»Komm rein«, nuschelte Jordan enttäuscht, »Jana und ich sind allein. Heute ist Freitag, und Freitag hat Neda ja immer ihre Gruppen, da verspätet sie sich meist. Sie sammelt Material über das Sozialverhalten der Bekloppten.«

Kaum hatte er das ausgesprochen, war ihm seine Entschuldigung auch schon peinlich, so peinlich, als hätte man ihn bei einer unanständigen Verrichtung im stillen Kämmerlein ertappt. Dessislava zwängte sich an ihm vorbei. Eine pentrante Geruchsmischung aus Christian Dior und hartem Alkohol stieg ihm in die Nase. Sie ging ins Wohnzimmer. Jordan beeilte sich, den Fernsehapparat auszuschalten.

»Möchtest du einen Whisky?«

»Aber einen ordentlichen!« Sie fläzte sich auf den nächststehenden Sessel, zündete sich eine Zigarette an und schaute dumpf in die Zimmerecke gegenüber. Jordan war es unbehaglich, dass er allein war, unbehaglich, dass er sich dafür schämte, und unbehaglich, dass Dessislava seine Verfassung spüren könnte. Mit ihrem Haar, kurzgeschnitten und in feine Locken gelegt, glich sie einem Pudel. Sie war beinahe schön mit ihren traurigen blauen Augen und der widerspenstigen Stupsnase, ihren Wangen, die gerötet waren, als hätte sie Fieber. Das Glas klang, als es an ihre Zähne stieß. Jetzt glich sie einem kleinen Mädchen, das den hausgemachten süßen Kirschlikör im Schrank gefunden und sich rasch einen ordentlichen Schwips angetrunken hatte. Jordan stellte sich in Habtachtstellung hin und ließ sein charmantes Idiotenlächeln spielen, das sein Gesicht mit dem künstlichen Schimmer eines Lampenschirms aus Nylon versah. Ja, er war der Nylonprinz aus den Zelluloidmärchen.

»Meinst du, Mama und Papa lassen sich wirklich scheiden?«

»Keine Ahnung«, erwiderte Jordan befangen, »heute war der zweite Termin. Sie haben drei Monate Bedenkzeit bekommen.«

»Und was machen wir, während sie denken?«

»Wir sollten uns da nicht einmischen, Dess.«

»Klar mischen wir uns nicht ein, ich hab ja auch gefragt, was wir machen.«

»Wir könnten ihnen die Wahrheit sagen.«

»Am Nachmittag beim Staatsexamen haben sie mich dafür in der Luft zerrissen, ich meine, dafür, dass ich versucht habe, ihnen die Wahrheit zu sagen.«

Dessislava war sichtlich außer sich. Ihre Stirn glühte, sie schnappte nach Luft.

»Das tut mir leid …«

»Danach bin ich mit meinen Freunden rauf zum *Stillen Winkel* gefahren, um meinen Reinfall zu begießen. Und da oben ist was Schlimmes passiert.«

Jordan sah, wie seine Schwester sich auf die Lippen biss und fragte: »Es hat dich doch nicht jemand beleidigt?«

»Nein, nicht mich, aber einen Bekannten, sogar einen, den ich richtig liebe. Im *Stillen Winkel* war es derart laut, mir pfeifen jetzt noch die Ohren.«

»Ihr habt euch also gut amüsiert.«

»Ja, super, ganz toll, aber ich bin total erledigt jetzt.« Sie stieß das Glas von sich und drückte die Zigarette im nächsten Blumentopf aus. »Ich will deine Zeit nicht verschwenden. Bin eigentlich nur gekommen, um dich zu fragen, warum der Mensch sich immer und wegen allem schuldig fühlt?«

»Schuldig wegen was?«

»Wegen der anderen.«

Auf einmal merkte Jordan, dass sie sich auch jetzt ihm gegenüber verhielt wie eine, die seinetwegen Schuldgefühle hatte, und erschauerte. Eine diffuse Unruhe breitete sich in seinem Kopf aus und schärfte sein Denken. Der ausgeleierte Pullover seiner Schwester ärgerte ihn. Sie war ein schönes, gut gebautes Mädchen, und Jordan konnte einfach nicht verstehen, warum sie sich immer wie eine Stoffpuppe anzog. Er erinnerte sich an eine Ausstellung im Deutschen Kulturinstitut, wo die Stoffpuppen am teuersten waren, weil sie jemandes extravaganter Phantasie entsprungen waren und Symbole des Individualismus waren. Im Unterschied zu den Zelluloidpuppen in den Geschäften und den lebenden Püppchen im Fernsehen waren die Stoffpuppen Einzelstücke, unwiderholbar. Vielleicht behauptete auch Dessislava auf diese schlichte Weise die unverwechselbaren Seiten ihrer Persönlichkeit.

Sie standen fast gleichzeitig auf. Das Unbehagen lag zwischen ihnen wie eine unsichtbare Wand. An der Tür gab seine Schwester ihm einen Kuss und hielt seine Hand lange fest.

»Wann immer du mich brauchst, kann ich kommen und bei dir bleiben«, sagte sie, ohne ihrem Bruder zu erzählen, was sie oben im *Stillen Winkel* gesehen hatte.

»Du bist wirklich viel zu sensibel, Dess«, erwiderte Jordan, einfach weil er etwas sagen wollte, das beiden angenehm war.

14

Bis elf Uhr war er in der Küche mit Essen beschäftigt, unterdessen trat die Nacht ein, weich, geschmeidig, geradezu gefährlich sanft. Der Gedanke, dass Neda niemals zurückkehren würde, wirkte auf ihn wie Frühjahrsmüdigkeit. Das Warten laugte ihn aus. Sein Adrenalinspiegel stieg, er fühlte sich verwundet, in die Ecke gedrängt. Schließlich ging er ins Bad und ließ sich von den Wasserriemen der Dusche auspeitschen. Die Eifersucht überlief ihn in Wellen. Schon vor langer Zeit war ihm aufgefallen, dass die Ehepartner am anderen genau jene Eigenschaften am meisten hassten, die ihn oder sie in der Anfangsverliebtheit am stärksten angezogen hatten. Die Mädchen sind entzückt von der lässig-freien und unbekümmerten Lebensart ihres Freundes, aber wenn die Beziehung in feste Bahnen kommt und die Situationen sich wiederholen, hassen sie genau dies immer mehr an ihm. Dasselbe gilt für Prasserei und Prahlerei, die ihnen anfangs so schön als Großzügigkeit und Kommunikationsfreude erscheinen, oder für ausgeprägtes Machogebaren (oder große Schüchternheit), die zu Beginn als Selbstbewusstsein eines Menschen wirken, »der weiß, was er will« (beziehungsweise als Sensibilität dessen, der die Menschen nicht vorschnell beurteilt). Doch wenn die enttäuschten Ehepartner sich eine Geliebte oder einen Geliebten zulegen, dann weist der nicht selten genau jene Mängel oder Einseitigkeiten auf wie der Partner, nur dass diese mangels gemeinsamen Lebens uns wieder »unverbraucht« und attraktiv vorkommen.

Unser angeborener Drang, uns unglücklich zu machen, dachte Jordan, hat es nicht eilig, er verfolgt sein Ziel geduldig, indem er uns in immer neue Illusionen stürzt. Diese seltsame Paradoxie der menschlichen Psyche erheiterte ihn, wenn er sie bei anderen beobachtete. Nun war die Zeit gekommen, sie am eigenen Leibe zu erfahren. Durch das Rauschen der Dusche hindurch hörte er, wie die Wohnungstür sich knarrend öffnete. Neda. Er drehte den Wasserhahn zu, trocknete sich ab, atmete tief und gleichmäßig ein und aus, um seinen Puls und seine Nerven zu beruhigen. Im Korridor war es dunkel; dennoch sah er sie an dessen Ende wie eine weiße, weiche Wolke. Ein kalter Schein ging von ihr aus, der Distanz zwischen sie legte.

Bedrückendes Schweigen. Keiner von ihnen streckte die Hand nach dem Lichtschalter aus. Schließlich sagte Neda mit spürbarem Widerwillen:

»Ich war im Kino … Hab mir einen dummen Film angeschaut.«

»Ich hab auf dich gewartet, damit wir gemeinsam schlafen gehen.«

Er hörte ihr Lachen, provozierend und so fremd, als stünde da eine unbekannte Frau im Korridor.

»Wozu brauchst du mich denn?«, fragte Neda. »Du bist dir doch selbst genug, du bist doch Gott und schläfst mit deiner Berühmtheit.«

Da hat sie nicht unrecht, dachte Jordan trotzig, aber Grischa ist doch auch so ein Gott, der sich mit den Träumen seiner Verrückten schlafen legt.

15

Aus für ihn unerfindlichen Gründen erinnerte er sich an diesen beklemmenden Abend, den er im Herbst auf Dienstreise in Russe an der Donau verbracht hatte. Er meldete sich telefonisch bei Iwailo Hadschichristov, einem Mitstudenten, der jetzt bei der Kreiszeitung arbeitete. Er galt als bestaussehender Mann des Studienjahrgangs, blass, mit markantem, fast asketischem Gesicht und dem fiebrigen Blick eines Tuberkulosekranken. Iwailo führte ihn durch die Stadt. Über der Donau lag mystischer Nebel, der sich bei jedem Windstoß die Straßen hinaufwälzte, das Licht der Neonlampen und alle Geräusche dämpfte. Die Häuser mit den Gründerzeitfassaden lagen seltsam still da, die Menschen bewegten sich wie Schatten voran – eine bizarre Welt war das voller auftauchender und wieder wegtauchender Schemen. Sie gingen am Haus des Großvaters von Elias Canetti vorbei, nach dem sein Enkel benannt war, einem stattlichen, mit roten Ziegeln vermauerten und von vielen Kartuschen, Pilastern und Simsen unterbrochenen Haus, in dem man sich auch die Buddenbrooks vorstellen konnte, und sprachen über *Die gerettete Zunge*, das Buch, in dem Canetti seine Kindheitserinnerungen an Russe, damals noch *Rustschuk*, aufgeschrieben hatte.

Am Ende ihres Rundgangs lud Iwailo ihn zum Abendessen ein. Durch zwei Außenkorridore mit bröckelnden Wänden führte er ihn in ein feuchtes, nach Schimmel riechendes Haus. Sie betraten einen Salon mit alten Originalmöbeln, die müde zu sein schienen von der Berührung menschlicher Finger und verschwendeter Worte, und deren Lack dunkel geworden war von der schweren Luft. In der Ecke stand ein Klavier mit zwei anmontierten Leuchtern, auf denen Kerzen brannten. Iwailos Ehefrau, graziös, fast durchscheinend, sang in der Oper. Im Blick dieser intelligenten Frau gab es ein Wissen um das eigene Los, etwas von einem Sich-Fügen des verarmten Adligen ins Unausweichliche. Sie siezte sich mit der Schwester ihres Mannes; diese prätentiöse Form der Wertschätzung kam ihm anfangs übertrieben vor, schließlich amüsierte sie ihn nur noch.

Sie aßen zu Abend in einem Haus, das Iwailos Urgroßvater vor fünfundachtzig Jahren vom belgischen Konsul beim Pokern gewonnen hatte.

Sie tranken Kaffee. Vom Plattenspieler ertönte Vivaldi. Sie schwiegen. Es roch nach Zersetzung, nach langsam zerbröselndem Baldachinstoff und Blumen, sterbenden Kreppblumen.

»Entschuldigen Sie den Einwurf, Teuerste«, wandte sich Iwailos Frau an dessen Schwester, »aber es ist Zeit, die Herren allein zu lassen.«

Jordan wurde bei diesem Zeremoniell komisch zumute, und traurig. Die Traurigkeit drang durchs offene Fenster und legte sich wie Staub auf den schwarzen Lack des Klaviers. Iwailo steckte sich eine Zigarette an. Sein Blick vagabundierte unruhig umher, inhaltsleer und voll Überdruss.

»Weißt du«, begann er leise und ohne Übergang, »diese Antiquitäten, in denen ich lebe, drücken mich nieder. Ihre Unverwüstlichkeit suggeriert mir, wie vergänglich doch ich selbst bin, und so komme ich mir wie ein Gast, ja, wie ein Dieb im eigenen Haus vor. In meinem eigenen Leben.«

»Mir gefallen sie! Es ist gemütlich bei euch. Stilvoll.«

Iwailo leerte sein Glas, als habe er ihn nicht gehört.

»Meine Frau hat schon lange heraus, dass das, worauf ich mich setze, mehr wert ist als ich!«

»Dann verkauf das Zeug doch, Antiquitäten sind derzeit schwer gesucht!«

»Das würde Paulina nie zulassen. Sie hat diese Möbel von ihrer Großmutter geerbt und ist an ihre Überlegenheit gewöhnt.« Sein Blick bekam einen suchenden und fieberhaften Ausdruck. »Schwer zu erklären … Ich hasse meine Frau.«

»Auch dafür gibt es eine Lösung«, warf Jordan stumpfsinnig ein, »lasst euch scheiden.«

»Kann ich nicht. Ich hasse sie so stark, dass ich mich schon gespalten, abhängig von ihr fühle. Verstehst du, sie ist wie eine Droge. Wenn ich die nicht kriege, drehe ich durch. Und du – was ist mit dir?«

»Ob ich deine Frau hasse?« Jordan trank von seinem Wodka, der plötzlich einen widerlichen Beigeschmack nach Spiritus hatte.

»Deine natürlich.«

»Nein, ich hasse sie nicht.«

»Glückspilz … Du kannst dich also von ihr scheiden lassen, wann immer du willst, du Scheißkerl.«

»Fang nicht an, mich zu beleidigen.«

»Du bist doch gespickt mit Privilegien! Halb Bulgarien sieht dich und du liebst deine Frau …« Iwailo schaute mürrisch zum Fernseher in der Ecke. »Und wer bin ich? Ein Nichts. Ein Provinzniemand, der fünf Minuten vom Haus Elias Canettis entfernt wohnt.«

Er stand auf, ging um den Tisch herum, näherte sich mit solcher Mühe, als reibe er sich an der Luft oder müsse gegen die Schallwellen der Musik Vivaldis ankämpfen, und goss ihnen nach. Jordan tat schon der Kopf weh. Bei all seiner aristokratischen Würde – lüften ließ sich dieser Salon wohl nie. Er fühlte sich wie verzaubert, irgendwo auf der Straße der Zeit liegengelassen, sterbend und voller Verachtung.

»Weißt du, warum ich dich eingeladen habe, du widerlicher Bastard?«

Jordan zuckte mit den Schultern.

»Irgendwo ähnelst du Paulina … Wenn ich dich so im Fernsehen anglotze und sich mir die Eingeweide zusammenziehen, steigt der Hass in mir hoch; aber ich erdulde dich, weil ich nicht kann ohne dich. Ohne dich und ohne meine Frau. Jetzt aber kommt das Idiotischste, das Gemeinste an der ganzen Sache: Sowohl sie als auch du, ihr könnt sehr gut ohne mich! Dieser verfluchte Gedanke bringt mich noch um.«

Hadschichristov war betrunken. Sein Gesicht war schmerzverzerrt, das Glas in seiner Hand zitterte.

»Sie hasst mich auch«, fuhr er im Flüsterton fort, »aber was soll sie ohne mich machen? Als Sängerin ist sie Durchschnitt, und wenn ich ein paar Tage nicht da bin, fängt sie an, sich selbst zu hassen, verstehst du? Normalerweise hassen die Leute die anderen, um sich nicht selbst hassen zu müssen. Aber dich, dich mag Paulina. Sie ist regelrecht verliebt in dich.«

Er lachte auf. Fahrig. Freudlos.

»Wir sitzen samstags vor dem Fernseher, ich voller Hass, meine Frau voller Anbetung. Ist dir eigentlich klar, wie unmoralisch du bist?«

»Hör zu, reiß dich zusammen.«

»Du bist ein platonischer Schwerenöter und hast mir meine Familie kaputtgemacht, du Dreckskerl!«

Jordan stand auf und ging. Niemand geleitete ihn hinaus außer dem Schweigen in seinem Rücken. Er durchquerte die beiden baufälligen

Korridore, deren Wände mit Pflanzenornamenten und unbekannten tropischen Blumen bemalt waren. Auf dem Fries über dem Türsturz war ein Dreimaster abgebildet, ein kraushaariger Satyr mit aufgeblasenen Wangen pustete Wind in dessen gesetzte Segel. Der Nebel draußen hatte einen kranken gelblichen Abglanz angenommen.

Bei dieser Erinnerung an seinen alten Studienkollegen Iwailo Hadschichristov beschlich ihn ein penetrantes und scharfes Schuldgefühl. Fast immateriell in ihrem dünnen Nachthemd, hatte Neda sich vermutlich an ihrer beider Tochter gekuschelt und versuchte, Schlaf zu finden. Er war überzeugt davon, dass sie sich absichtlich verspätet hatte an diesem Abend, um ihn zu verletzen und zu strafen. Sie fühlte sich angezogen, wenn er in auswegloser Lage war, wenn er schwer an etwas trug oder an etwas scheiterte; das bezauberte sie und flößte ihr Courage und Zuversicht ein. Ihre innere Angespanntheit, die Verachtung, die sie für ihn empfand, verflüchtigte sich im Nu, wenn er erniedrigt, beleidigt, niedergeschlagen oder buchstäblich verprügelt war. Sie war nicht in der Lage oder wollte nicht verstehen, dass es zu seinem Beruf gehörte, erfolgreich auszusehen, oberflächlich zu sein, vom Schicksal verwöhnt und vor allem glücklich! Wenn die Menschen pausenlos so einen Glückspilz sehen, machen sie ihn zu ihrem Idol und – spalten sich in eine Gruppe, die ihn vergöttert, und eine zweite, die ihn hasst, beide, weil das vollkommene Glück ihres Idols für sie unerreichbar bleibt. Jordan war Ikone falscher Anbetung, war von oben bis unten gewebt aus Einsamkeit und Macht, einer höchst demokratischen freilich, denn jeder konnte ihn ja jederzeit ein- oder ausschalten. Mit seinem Erfolgslächeln verband er die Menschen, darum war er gesellschaftlich so nützlich, ja, notwendig. Drei Millionen Bulgaren taten am Samstagabend ein und dasselbe – seine Sendung anschauen, und das schuf einen geheimen Kontakt unter ihnen. Jordan war die Pille gegen die allgemeine Entfremdung, indem er in Millionen Haushalte eindrang, aber nicht als Dieb, sondern als geladener Gast, Freund des Hauses, der gemeinsamen Gesprächsstoff schuf und die Basis für Zustimmung und ein Gefühl der Nähe.

Und doch: Dieses Bildschirmgesicht war ja nicht sein Gesicht, sondern nur eine Maske. All seine Gefühle außer diesem Glück, erfolgreich und berühmt zu sein, waren uninteressant, mehr noch, kratzten an seinem Denkmal oder waren gar peinlich. Ja, die Leute idealisierten ihn, hoben ihn auf den Sockel, und es war doch unmöglich, dass einem Denkmal der Magen knurrte, dass es also essen und trinken musste oder gar Zahnschmerzen hatte! Unbedenklich vervielfältigt durch die wachsende Zahl der Fernsehapparate im Lande, musste er vollkommen erscheinen, und das bedeutete, dass er *nicht in derselben Weise existierte wie sie, seine Zuschauer*! Es gab ihn also gar nicht; er war vielmehr eine gewaltige, anspruchsvolle Absenz – und genau dies hatte Neda erspürt und verstanden. »Du bist nur glücklich, wenn ich unglücklich bin«, hatte er ihr vorgeworfen. Sie aber hatte ihm resigniert geantwortet: »Ich lebe mit einem Gespenst!«

Aber Jordan war schlitzohrig und stur: Er hinderte sie daran, mit ihm darüber zu streiten! Er gestattete ihr, ihm fünf gestreifte, ununterscheidbare Schlafanzüge zu kaufen, beklagte sich nie und über nichts, aß ohne Murren das Essen von gestern auf, nahm Angriffe auf seine Person als Auszeichnung für seine eigene Größe und – *bedauerte pausenlos die armen anderen Menschen*. Das war seine Selbstverteidigungstaktik und intellektuelle Rache. Er machte ihr ihre Freundinnen madig, indem er sie durch sein Bedauern geschickt und geduldig herabsetzte, ja, sie vor ihren Augen zerdrückte wie leere Pappschachteln. Böswillig und provozierend hörte er nicht auf, ihre Eltern zu bedauern. Und so klammerte Neda sich an Grischa wie eine Ertrinkende an den rettenden Strohhalm, weil dieser kluge Schwatzkopf wenigstens versuchte, den Spieß umzudrehen und – Jordan zu bedauern. Ihre unterschwellige Feindschaft, der aufflammende Hass zwischen ihnen kosteten sie unendlich viel Kraft, weil Neda das Schlachtfeld war, auf dem die beiden Herren methodisch und kaltblütig ihre Waffen erprobten. Jordan hatte den strategischen Vorteil, mehr Zeit mit ihr zu verbringen, obwohl … da war er sich gar nicht mehr so sicher! Grischa nutzte geschickt die magnetische Aura der Verwirrung seiner Verrückten, ihres »Nichtverzichts auf die Freiheit«.

In ihrem Familienleben war jedes Unglück ein Anlass für Nähe. Was sie zusammenbrachte, waren die Erdbeben gewesen, waren die Kinderkrankheiten ihrer Tochter Jana, waren die seltenen Fälle, in denen Jordan betrogen oder belogen, zerschlagen oder geschlagen nach Hause kam.

Neda war verzweifelt, dass er keine erkennbaren Laster hatte: Er trank maßvoll, verspätete sich nur wegen der Arbeit, kümmerte sich liebevoll um Jana und kaufte zweimal in der Woche höchstpersönlich im Supermarkt ihres Wohngebiets alles Nötige ein. An seiner fast schon abartigen Reinlichkeit und tadellosen Bekleidung prallte jeder Wunsch, ihn gut fraulich zu beraten, ab und stürzte sie in die extreme Gegenreaktion, sich selbst äußerlich zu vernachlässigen. Sie hatte schöne Kleider, wollte die aber um keinen Preis anziehen, außer, sie ging zu den Gruppentreffen mit den Neurotikern und Verrückten. Die zogen sie magnetisch an, weil sie ihr einsam vorkamen, sensibel und krank, und das machte sie so authentisch. Ja, das Verrücktsein war voller Natürlichkeit, voller grenzenloser Wahrhaftigkeit und Aufrichtigkeit.

Jordan kämpfte mit diesem Charisma der Anormalen in erprobter Weise: Wortreich oder mit der Miene großen Mitleids gab er zum Ausdruck, wie sehr er »diese armen Wesen«, diese »von Gott und den Menschen Vergessenen« bedauerte. Seine scheinbare Anteilnahme brachte sie derart durcheinander, dass sie sich nicht mehr sammeln und ihre Dissertation zu Ende schreiben konnte. Material hatte sie mehr als genug zusammengetragen. Was ihr aber fehlte, war die innere Sicherheit, dass ihre Analysen die Entfremdung im Kern sprengten, dass sie ein Aufruf zu mehr Nähe waren, den die Menschen brauchten.

Neda wollte *einmal* erleben, wie er öffentlich auseinandergenommen, wie er beschimpft und verspottet wurde. Ihr Hass schien unüberwindlich, weil sie ihn noch immer liebte, und diese starke Bindung an ihn hinderte sie daran, objektiv zu sein und sich für immer von seiner Hegemonie zu befreien. Die Falle, in die er sie hatte laufen lassen, war ein Verlies, aus dem es kein Entrinnen gab.

Er trank von seinem erkalteten Tee und stellte sich vor, wie Neda im Bett weinte. Zusammengerollt wie ein Mädchen, würden ihre Tränen auf das Kopfkissen tropfen. An diesem Abend hatte sie sich provozierend und auf fiese Weise verspätet, aber er gab ihr keinen Anlass, sich mit ihm zu streiten. War dies nicht ein untrüglicher Beweis dafür, wie glücklich sie waren, wie harmonisch und ausgeglichen ihr Leben war? Genau darunter litt Neda: dass sie kein Mittel fand, sich gegen diese tadellos gegen sie arbeitende Strategie erbarmungslosen Glücks zur Wehr zu setzen!

Noch einmal kehrten die Klänge der *Vier Jahreszeiten* von Vivaldi in sein Gedächtnis zurück, hörte er die ohnmächtige, von Entsetzen zum Flüstern herabgedämpfte Stimme Iwailos sagen: »Du bist ein Perversling, du Scheißkerl … ein platonischer Schwerenöter bist du!« Morgen würde Jordan freihaben, und da würde er schon ganz früh morgens, während sie noch Kaffee tranken und sich aus dem farbigen Vergessen des Schlafs in den Tag hineinschleppten, mit einer von tiefem Bedauern für den armen Iwailo Hadschichristov gezeichneten Stimme scheinbar beiläufig sagen: »Stell dir vor, Liebes, der Ärmste hasst seine eigene Frau!«

16

Sein Chef lächelte einladend, fast weibisch, und das verhieß nichts Gutes. Er bot ihm keinen Platz an und würde das auch dann nicht tun, wenn ihre Unterredung sich eine ganze Stunde hinzöge. Seine Macht manifestierte sich in Distanz. Während er sich bequem in seinem Sessel ausstreckte, trat Jordan lang und demütigend wie ein ertappter Deserteur von einem Bein auf das andere. Im Büro des Ressortleiters war es stickig und düster. Gospodinov verbrachte acht Stunden täglich so mit heruntergelassenen Rollos, weil das starke natürliche Licht ihn beim Fernsehen behinderte.

Auf den vier in die Wand eingelassenen TV-Geräten liefen ausländische Programme. Über Satellit wurde eine Retro-Show aus New York übertragen. Auf den anderen Bildschirmen sah man den Start einer Rakete von der Rampe in Baikonur, einen französischen Zeichentrickfilm und eine Rede von Helmut Kohl. Der Chef war fernsehsüchtig. Da er aber keine Fremdsprachen konnte, wirkten die ausländischen Sendungen auf ihn wie Marihuana. Er sah jedenfalls immer leicht bekifft aus, eingesponnen in seine Scheinwelten, die sich zu einer fast mythologischen Alternativ-Wirklichkeit verdichteten. Das permanente Starren auf etwas, das sowohl existierte als auch nicht existierte, hatte ihn zum Skeptiker gemacht. Die Einrichtung seines riesigen Büroraums bestand nur aus den vier Monitoren in der Wand und seinem massiven Schreibtisch. Gospodinov mochte zwar ein kompletter Idiot sein, aber er war als

Zyniker auch ein ausgefuchster Psychologe und hatte erkannt, dass Möbel überflüssig waren, wenn nur *er* sich in seinem Büro befand.

Im Augenblick trank er Kaffee – ein Punkt für ihn. Er hatte das Sakko seines cremefarbenen Anzugs ausgezogen, sodass man die beiden Schwitzflecken unter den Achseln seines zahnpastaweißen Hemdes sehen konnte. Gospodinov schwitzte ununterbrochen, sogar im Winter. Er schwitzte, wenn er Angst hatte, aber auch, wenn man ihn lobte. Das war wohl eine Stressreaktion seines von pausenloser Übererregung ausgelaugten Organismus. Der Ressortleiter wirtschaftete seine Gesundheit kaltblütig und in vollstem Bewusstsein herunter, weil er pausenlos Dinge verrichtete, die ihm organisch zuwider waren. Genau wie der frühere Intendant des bulgarischen Staatsfernsehens mühte er sich, einem Playboy zu ähneln. Dreimal wöchentlich spielte er Tennis auf den Plätzen im Park der Freiheit, obwohl er für diesen Sport gar nicht geeignet war. In seiner weißen Tenniskluft glich er einem Dorftrampel. Er war so plump, unbeholfen und kurzsichtig, dass die Bälle ihn oft auf dem falschen Fuß erwischten, wenn sie nicht gleich in seinem Bauch einschlugen. Das hinderte ihn aber nicht daran, sich immer wieder in die Brust zu werfen, wie toll doch seine Vorhand käme! Am liebsten spielte er mit Untergebenen, Jordan zum Beispiel, aber meist drückte er sich bei den anderen Chefs herum. Sie machten ihre Scherzchen mit ihm, foppten ihn und – was das Schlimmste war – bemitleideten ihn, sodass die sportliche Ertüchtigung in Sofias grüner Lunge ihm schwer an die Nieren ging.

Drei Abende im Monat widmete Gospodinov voll Widerwillen und seelischen Krämpfen diversen Pokerrunden, die sich regelmäßig trafen, obwohl er dieses Kartenspiel hasste. Größer als die Angst, zu verlieren, war nur die Angst, gegen einen Höhergestellten zu gewinnen. Aber was wollte man machen? Pokerspielen verlieh einem den Nimbus des modernen und risikofreudigen Menschen, und da es aus diesem Grund unter vielen Intellektuellen beliebt war, gab es einem den Anschein eines solchen. Langsam, aber sicher trug ihm seine Spielstrategie einen dicken Minderwertigkeitskomplex ein, weil er es vorzog, wenig zu verlieren, als viel zu gewinnen, und viel zu gewinnen, als alles zu verlieren. Dieser gewaltsame Umgang mit seiner im Grunde naiv-romantischen Natur zerrüttete ihn seelisch. »Ich riskiere für mein Leben gern«, liebte er zu wiederholen, dabei versetzte ihn schon die kleinste Unsicherheit in Aufregung und brachte ihn ins Schwitzen.

Wie alle männlichen Wesen beim Fernsehen liebte der Chef es, des Langen und Breiten über Frauen zu reden. Er fühlte sich verpflichtet, alles anzumachen, was einen Rock trug und ihm in den Fluren über den Weg lief. Seine Sekretärin führte er auf eine Fleckensuppe ins Restaurant, und wenn sie auf Dienstreise gingen, war er immer in Begleitung irgendeines »jungen Sahneschnittchens«. Die detaillierte Beschreibung »praller, springlebendiger Möpse« oder von »Beinen, gegen deren Länge der Russische Boulevard eine kleine Sackgasse ist«, geschweige denn von Spitzenunterwäsche, die er angeblich eingehendster Prüfung unterzogen hatte, brachte ihn in die Nähe eines finsteren Fetischisten. Mit lauer Beharrlichkeit umgarnte er seine jeweilige Flamme, bis sie nachgab und sich einverstanden erklärte, seine Geliebte zu werden. Das aber war ein herber Schlag für Jordans Chef, weil der im Grunde monogam war und seiner dicken und unschönen Ehefrau treu bis ins Grab. Besagte Ehefrau arbeitete in der Geheimabteilung des Kriegsministeriums und benahm sich zackig wie ein hochrangiger Offizier. Man konnte sich also den tödlichen Stress vorstellen, unter dem der Chef stand, um seinen Ruf als alter Schwerenöter wenigstens für den Augenschein zu verteidigen. Diese schreckliche Belastung ließ ihn wohl am stärksten altern.

Die positivste Eigenschaft des Chefs aber, das Fundament seines Wirkens sozusagen, bestand in seiner erhabenen Fähigkeit, nichts zu tun. Seine Redaktion war groß und heikel, und ein fleißiger, aber durchschnittlicher Chef konnte den ganzen Betrieb lahmlegen. Die sicherste Methode für Jordan, seinem Vorgesetzten ein Thema für den *Runden Tisch* schmackhaft zu machen, bestand darin, ihm zu suggerieren, dieser habe es sich ausgedacht. Wesentlicher Bestandteil seiner Vorgesetztenpflicht war es, die Verantwortung für die Arbeit der Redaktion zu übernehmen, was ihm höchst unangenehm, ja, beinahe verhasst war. In der untersten Schublade seines Schreibtisches befand sich stets eine Schachtel Pralinen, von denen er aber nur heimlich aß. Seine Schwäche für Süßes kam ihm selbst kindisch vor, und sündig obendrein. Daher hasste er es besonders, wenn ihn jemand zufällig dabei ertappte, wie er sich genüsslich eine Praline im Munde zergehen ließ. Dann brauste er auf, hielt umständliche Standpauken und wiederholte notorisch das letzte Wort eines Satzes, bevor er weiterschimpfte. Seine Leute aber wussten, dass er wirklich gefährlich nur dann war, wenn er kalauerte, oder wenn er lieb und fürsorglich wurde. Bevor er einen Mitarbeiter entließ, überhäufte der Chef ihn mit Komplimenten und lobte ihn in den Himmel.

Ein namenloser Schleimer hatte ihm eingeredet, er könne geistreich Witze erzählen. Das hörte sich etwa so an: »Stell dir vor, Weltschev, ha, haaa … Treffen sich zwei auf der Straße. Fragt der eine: ›Wohin gehst du eventuell?‹ Sagt der andere: ›Zur Arbeit unter Umständen!‹ Ha, haaa, der ist stark, was?« Jordan lachte nicht. Gospodinov war's trotzdem zufrieden, hatte er doch sich selbst Vergnügen bereitet, etwas, was ihm nur bei Untergebenen gelang, und auch da nur selten. Er kaufte Gemälde, die er nicht mochte, denn auch die Kunstsammlerei war modern und galt als Zeichen von Stil und Vornehmheit. Er machte die Bekanntschaft berühmter Persönlichkeiten, die ihn schlicht langweilten, las Bücher, die Furore machten, um mitreden zu können und tiefschürfend zu erscheinen. Mit einem Wort: Dieser mächtige Mann war zutiefst unglücklich.

Im Augenblick also trank er seinen Kaffee in kleinen, provozierenden Schlückchen, stellte den Plastikbecher langsam auf der riesigen Schreibtischplatte ab, auf der nur seine Diensttelefone, ein Schlüsselbund, ein Stapel leerer Blätter, ein Kugelschreiber und seine Armbanduhr lagen. Vor Müdigkeit rieb er sich die Schläfen, dann zog er aus der Tasche seines herabbaumelnden Sakkos seine pflanzlichen Beruhigungstabletten aus Baldrian, Weißdorn und Minze. Er schluckte zwei davon ohne Wasser und machte beim Schlucken eine Miene, als wäre es Rattengift.

»Mein Herz ist gesund«, warf er dozierend ein, »aber die Nerven, mein Bester, die Nerven …«

Jordan stand höflich lächelnd vor ihm. Vor dem Eintreten hatte er angeklopft und aufs »Herein!« gewartet, damit Gospodinov die Pralinenschachtel schnell in der Schublade verstecken konnte. Eigentlich mochte er seinen Chef. Der Chef erfasste seine Vorschläge nach zwei Worten, schätzte ihren Wert im Handumdrehen ein, und wenn ihm auch kurz und heftig der Angstschweiß ausbrach, so erklärte er sich doch bereit, sich mit Jordan in die Verantwortung zu teilen.

»Wo warst du denn Mittwoch? Hab dich auf dem Tennisplatz vermisst«, warf er spielerisch hin.

»Musste meine Tochter vom Kindergarten abholen.«

»Kleine Kinder, kleine Sorgen … Erzähl mir nichts. Mir brauchst du nichts zu erzählen, mein Bester.«

Jordan schwieg. Die Großherzigkeit, mit der sein Chef geruhte, liebenswürdig zu ihm zu sein, hatte ihn am Anfang in Spannung versetzt; nun stürzte sie ihn bereits in schwere Besorgnis.

»Hast du schon die Neue beim Kulturjournal gesehen? Eine Göttin … unglaubliche Titten, so leicht asymmetrisch – zum Seekrank-Werden, mein Bester! Wie wunderbar, dass der Mensch ein Säugetier ist.« In seine Stimme schlich sich ein Unterton von Widerwillen. »Anelia ist mir über. Sie ist einfach zu intellektuell. Schrecklich, wenn eine Frau im Bett anfängt, von Ionesco zu reden oder von Thomas von Aquin, findest du nicht?«

Jordan trat verlegen von einem Bein auf das andere. Sein Chef spürte, dass er ihm nicht glaubte, aber das würde keine Folgen haben. Anelia war ein gutes, anständiges Mädchen, das nicht die geringsten Absichten hatte, mit dem Chef ins Bett zu gehen; es war also alles in bester Ordnung. Die Retro-Show aus New York war zu Ende, jetzt tauchte der klobige Zapfen eines Atom-U-Boots auf dem Bildschirm auf. Gospodinov kratzte sich hinter dem Ohr, nahm den Kugelschreiber und kritzelte etwas auf das vor ihm liegende Blatt, nur um es anschließend in einer heftigen, geradezu wütenden Zickzackbewegung durchzustreichen.

»Ich hab dich herbestellt, weil wir ernsthaft reden müssen.« Seine leicht kurzsichtigen Augen klebten wie Saugnäpfe an Jordan. Schließlich hielt der Chef selbst seinen durchdringenden Blick nicht mehr aus, senkte den Kopf und gab den Blick auf seine kupfern schimmernde Glatze im Haarkranz frei. »Ich sehe, du bist ungeduldig, also will ich dich nicht länger auf die Folter spannen. Ich habe den Eindruck, es ist Zeit, deinen *Runden Tisch* ein bisschen aufzupolieren, mein Bester.«

»Vielleicht ein bisschen die Perestrojka und das ›neue Denken‹ in der Sowjetunion …«

»Nein, nein, politisch hatte ich mit dir nie ein Problem, politisch bist du unerschütterlich und fest wie Beton. Aber – da ist etwas … Bin persönlich begeistert von dir, Weltschev, aber – du wiederholst dich, wirst langweilig. Langweilig wie eine alte Jungfer auf 'ner Schülerfete.«

Mit untrüglichem Röntgenblick erkannte er die Angst auf dem Gesicht seines Untergebenen und begann, sich vor dessen Angst zu fürchten. Schweißausbruch, registrierte Jordan. Die Worte des Chefs waren so klar und direkt, dass er keinen Anhaltspunkt fand, sie scherzhaft aufzunehmen. Wenn er seinem Chef »über« geworden war, dann hieß das unter Garantie, dass er alle langweilte. Die Menschen wollten es sich noch nicht eingestehen, und Jordan hatte nur so ein dumpfes Vorgefühl, Gospodinov aber mit dem sechsten Sinn des echten Profis konstatierte es bereits. Dazu genügte ihm, in Jordans Sendung hineinzuschauen. Nun konnte der Ressortleiter alles verzeihen, aber kein Versagen im Kern dessen, was Fernsehen wollte. Es wäre dumm gewesen, dem Chef zu widersprechen, spürte er doch, dass er nicht einmal sich selbst vom Gegenteil überzeugen konnte.

»Und was darf ich mir darunter vorstellen, unter ›den *Runden Tisch* aufpolieren‹?«

»Wie viele vorproduzierte Sendungen hast du gerade im Kasten?«

»Zweie.«

»Bestens! Die strahlen wir noch aus, und dann stellen wir das Format ein.«

»Aber ich bin auf dem Sprung zu Aufnahmen … Habe schon feste Vereinbarungen mit Fachleuten … Hab dir doch erzählt von dem Thema: Verwundbarkeit der technischen Zivilisation!«

»Großartig.« Gospodinov freute sich wie ein Kind, dass sein Angestellter ihm die Möglichkeit gab, Nachsicht zu zeigen. »Dann stellen wir die Sendung also nach diesen drei Sendungen ein.«

»Bin ich wirklich so schlecht?«

»Schau mal, mein Bester: Jede Sendung hat eine Brücke zwischen den Menschen zu schlagen, indem sie ihnen ein gemeinsames Erlebnis verschafft, über das sie zueinander finden und sich einig fühlen. Und was gibt es Traurigeres als eine zerstörte Brücke? Eine eingestürzte Brücke eint nicht, mein Bester, sie trennt!«

Seine Angst vor Jordans Angst machte ihn wahnsinnig. Er griff nach den Wunderpillen aus Baldrian, Weißdorn und Minze, steckte sie wieder in die Sakkotasche und begann, seine Armbanduhr aufzuziehen. Ja, der Chef verlor lieber ein wenig, als viel zu gewinnen, mit dem Mut der Verzweiflung war er aber wild entschlossen, lieber viel zu gewinnen, wenn er unter Umständen alles zu verlieren drohte. Dieser Zwiespalt machte ihn unsicher, und darum preschte er wild entschlossen vor.

»Du brauchst eine Auszeit, mein Bester, du bist überarbeitet. Sagen wir, bis zum Herbst. Du bist ein Mann mit Phantasie und Erfahrung; wenn die kühlenden Regentröpfchen fallen, will ich alles in meinen Kräften Stehende tun, um dir eine Beförderung zu verschaffen!« Gospodinov starrte auf den linken Bildschirm. Das Atom-U-Boot verschoss gerade eine ballistische Rakete, aber Jordan lenkte ihn vom Schauen ab. »Warum setzt du dich nicht?«

Mit dieser liebenswürdigen Einladung gab der Chef ihm zu verstehen, dass er das Gespräch für beendet erachtete. Sie verabschiedeten sich kühl, doch Jordan spürte verwundert, dass er einfach nicht fähig und nicht willens war, diesen Schuft zu hassen. Auf dem Gang nickte er mechanisch jemandem zu. Die Geräusche beruhigten ihn, das Chaos und aufgeregte Hin und Her tonisierte ihn. Nachdem er nun alles verloren hatte, hielt Jordan das selbstzufriedene Grinsen auf seinem Gesicht fest wie einen Luftballon. Noch wusste ja keiner, dass er nur noch Erinnerung war, nur noch ein Schatten seiner eigenen Berühmtheit.

17

Die Flasche bulgarischen Whiskys der Marke Century Gold hatte er sich auf dem Heimweg vom Fernsehen gekauft. Nun saß er im Wohnzimmer, und obwohl er gar keine Lust auf Alkohol hatte, betrank er sich mit jener Zielstrebigkeit, an deren Ende die totale Gefühllosigkeit steht. Trinken ist eine Abart der Meditation. Mithilfe des Alkohols wird das Leben leicht und melancholisch, verliert seine Einzelheiten und scharfen Kanten, die Welt wird kleiner, überschaubarer, und der Trinker fühlt sich größer. Es war Dienstag – das bedeutete, Neda würde spät heimkommen. Er wollte, dass sie zuerst von seinem Gespräch mit dem Chef erfuhr, weil er ihr Feedback brauchte und die Erleichterung sehen wollte, die sich auf ihrem Gesicht malte, die seelische Feststimmung, die sie ergreifen und ausstrahlen würde.

Jordan hasste es zu warten, denn je weniger man tat, auf desto mehr wartete man. Er ließ Whisky ins Glas gluckern, tat Eis hinzu und starrte mit finsterer Miene auf den ausgeschalteten Fernseher. Der verströmte etwas Totes und Pseudoweises, als wäre er das von grauem Star befallene Auge eines uralten Mannes. Es ging auf elf Uhr zu. Er schlurfte zum Telefon und wählte Grischas Nummer.

»Ja bitte?« Die Stimme Andreas klang empört.

»Entschuldige«, murmelte Jordan, »ich würde gern deinen Mann sprechen. Es ist wichtig.«

Andrea erkannte ihn an der Stimme. Ihr ferner Sopran bekam Wärme. Ihr Schuldgefühl wehte ihn an.

»Tut mir leid, Grischa hat heute Abend Dienst im Krankenhaus.«

Moment mal, fuhr er zusammen: im Krankenhaus? Heute Abend war doch Gruppe?

Auf einmal kam Jordan die Erleuchtung. Er sah die beiden im Auto, beschienen vom Mond und ihrem zersetzenden Gram, gereinigt vom Erlebnis der Aufrichtigkeit der seelisch Gestörten, die von sich selbst erzählten, um Kontakt zur gleichgültigen Welt zu bekommen. Es schüttelte ihn. Er hörte ihre Worte, voll abartigen Mitleids für ihn; ja, er war ihnen teuer, sie brauchten ihn händeringend, da ohne ihn ihre Beziehung gegenstandslos wurde, etwas Gemeines und Sündiges wurde, eine ganz durchschnittliche Untreue halt.

Sie sprachen bestimmt über ihn, weniger tadelnd oder schimpfend als besorgt wie Eltern, die sich über die Wiege ihres kranken Kindes beugten. Sie küssten sich unbeholfen und verziehen ihm letztlich auf diese Weise. Sie lauschten in die kühle Stille, berührten sich ebenso scheu wie unersättlich, aber – das war keine Untreue, die Neda da beging, und auch Grischa wollte ihm keine Hörner aufsetzen, nein, sie wollten ihn mit sich heilen.

Er kannte den blassen, beinah phosphoreszierenden Schein, der von ihrem Körper ausging, als ob es innen in diesem dürren Leib mit den knochigen Schultern und den kleinen Brüsten einen glühenden Kern gab. Vermutlich umschlang sie Grischa regelrecht, um Jordan zu verzeihen, um die Erinnerung an ihn zwischen ihren Leibern zu zerdrücken, in ihrem Schweiß zu ertränken … Dann kam der Augenblick, in dem sie alle drei im Ausbruch der Leidenschaft ineinanderflossen, der Moment der absoluten Tabula rasa. Neda und Grischa würden sich danach schamhaft ankleiden, bereit, mit kaum verhüllter Erleichterung zu sagen: »So müsste er sein, verletzt und bestraft. Ja, das jetzt war der wahre Jordan Weltschev; der andere, das war bloß eine Fiktion, erzeugt von den elektromagnetischen Wellen, die ihn vervielfältigten und als Symbol der Präsenz und des Erfolgs in jeden Haushalt mit Fernsehgerät strahlten.«

Er vermutete, sie würden einander wohl anlächeln, mitfühlend und schüchtern, um zu beweisen, dass ihr Lächeln anders war als das seine, nämlich intim und voller Wärme, während das seine nur von zweifelhafter Macht und Entfremdung kündete. Nachdem sie ihn geheilt hatten, war Jordan unter ihnen bereits gesund, also unglücklich, gezeichnet von erlittener Schmach, ein normaler Mensch eben, *ihr* Ehemann und *sein* Freund. Er, Jordan, war also keineswegs beschmutzt durch ihrer beider Nähe, sondern vielmehr gereinigt wie altes Silber von der Patina des Narzissmus und des Egoismus. Nun konnte Neda das bemerkenswerte Paradox, das Erich Fromm einmal formuliert hatte, abwandeln und sagen: »In der Liebe verwirklicht sich das Paradox, dass drei Wesen eins werden, und dabei doch drei bleiben.«

Irgendwo dort, am Fuße des Witoscha, unter dem schweigenden, sternenübersäten Himmel war sie durch alle Stadien ihrer Liebe gegangen: Fürsorge, Verantwortungsgefühl und – am wichtigsten – Erkennen. Unermüdlich hatten sie Jordan erkannt in ihrer Leidenschaft, hatten ihn fürsorglich bespuckt und erniedrigt, um ihn annehmen zu können, voll tiefem Verantwortungsgefühl hatten sie seine Süffisanz zerrieben und ihn zum Zeichen ihrer Annäherung gemacht. Ja, sie hatten ihn nicht nur bei sich geheilt, *sie hatten sich gar für ihn geopfert.*

So weit, so gut – nur dass er, nachdem ihm dieser Gospodinov am Morgen einen solchen Tritt versetzt hatte, nicht mehr er selbst war. Er hatte ihn total abgezogen. Nun war er ein Nichts, eine Leere, ein ausgeschaltetes TV-Gerät war er. Mit dieser Beförderung, die er ihm da in Aussicht gestellt hatte, würde er ihn abstrafen! Zweimal in der Woche hatte er ihn in das kahle, tümpelgrüne Halbdunkel seines Büros bestellt, um ihm seine Popularität zu verzeihen, indem er sie kurzschloss mit seiner eigenen erhabenen Anonymität. Heute aber war es nicht das gewesen. Heute hatte ihn etwas anderes bewegt, die Intuition, dass Jordans strahlend-verbindliches Lächeln nicht mehr zündete, nicht mehr charmant, sondern nur noch langweilig war. Ja, der Erfolg, selbst das menschliche Glück brauchten, um zu dauern, den Wechsel, die Abwechslung. Mit einer Art gesichtslosen Blödheit wurde Jordan klar, dass er erledigt war, und darum war das, was Neda und Grischa da heute Abend wohl getan hatten, nicht mehr die Therapie eines sich selbst Entfremdeten, sondern die Anstrengung, einen Gesunden zu heilen. Sein Schmerz war so stark und verschlingend, dass er in ihrem Verständnis physisch und psychisch unerschütterlich sein musste. Ja, nun, wo man ihn total abserviert hatte, war er wie durch ein Wunder geheilt.

Aus dem Hörer in seiner Hand kam ein durchgezogenes Tuten. Er musste ihn Minuten so gehalten haben in seiner idiotischen Gedankenverlorenheit. Von der unbequem vorgebeugten Körperhaltung tat ihm alles weh, mit seinem vorgereckten Hals sah er aus, als wolle er über einen Rand schauen – aber in was? Er kehrte zu seinem Glas zurück mit dem Gefühl, dass er nach Hause kam. Er musste in sich gehen. Einem winzigen Schluck ließ er im Flüsterton folgen: »Ich bin die Luft in diesem Raum, löse mich auf in der Stille.« Dann: »Ich bin das Dunkel über den Dächern, die Menschenleere über der Stadt; ich bin die Nacht.« Nun ein großer, großer Schluck: »Ich bin die Kälte, die die Erde abgefressen hat, der leere Raum zwischen den Sternen, ich bin das Nichts, ich bin das Skelett der Unendlichkeit.«

Die Nummer lief nicht. Ein hart geprüfter Mensch betrinkt sich maßlos und schnell; die Egozentrik will nicht leiden. Jordan kam es so vor, als döse er ein, träume, er habe einen Heiligenschein, der sanft leuchtete. Er wollte sich die Aureole mit aller Kraft vom Kopf reißen und zerbrechen wie einen Teigring. Aber der Schein war immateriell und betörend. Jordan saß am Kopfende seines runden Tisches und schaute besorgt in den Monitor. Drei Millionen Menschen beobachteten ihn, atemlos. Sie mussten glauben: Gleich ist es so weit: Entweder reißt er sich den Kopf ab oder … oder er erfüllte ihre geheimen Erwartungen und verwandelte sich in den heiligen Messias.

Das Knarren der Wohnungstür riss ihn aus seinen Meditationen. Reflexartig schaute er zur Wanduhr, die seine Oma ihm hinterlassen hatte. Jonka hatte geglaubt, solange deren Mechanismus noch arbeitete und der Zeit einen Pendelschlag gab, lebe sie noch und werde gebraucht. In der Tat belebt der Mensch die Gegenstände, mit denen er sich stark verbunden fühlt; er gibt ihnen Geschichte, gibt ihnen eine Zukunft, vor allem aber ein Stück seines Egoismus – darum überleben sie stets ihre Besitzer! Die Uhr tickte versunken vor sich hin, Jordan schluckte und erhob sich aus dem Sessel.

»Hallo«, sagte er gedeckt, »wo warst du?«

»Ich war in einem Film«, erwiderte Neda. Sie fühlte sich verpflichtet, ihn anzulügen, aber so, dass er ihr nicht glaubte. In diesem Sinne waren sowohl Neda als auch sein Chef von einer geradezu absurden, starrköpfigen Redlichkeit; ja, sie waren die einzigen moralisch unbefleckten menschlichen Wesen, die er kannte. Er spürte, wie der Schmerz ihm seinen Hammer auf die Brust donnerte, aber die Weisheit des konsumierten Alkohols hatte ihn paralysiert. Neda suchte sichtlich einen Anlass zum Streit. Es hatte nicht den geringsten Sinn, ihr von der kleinen Show zu erzählen, die sich im Büro seines Vorgesetzten abgespielt hatte. Es kam ihm rücksichtslos vor, seine Frau jetzt glücklich zu machen. Im Dämmer des Flurs leuchtete ihr Gesicht bläulich und kalt.

»Gut«, sagte Jordan gefährlich leise, »*mein* Film fängt gleich an …«

18

Im Eingang des Mietshauses roch es nach abgestandener Luft, nach Angedünstetem und nach Urin. Jordan schlüpfte hinaus auf die Straße und ging unbewusst auf sein Auto zu. Er hatte zwar nichts damit vor, wusste aber, dass der Motor noch warm sein und der Fahrgastraum nach Nedas Parfüm riechen würde. Symbolisch betrachtet, war ihr Lada so etwas wie ein kleines, bewegliches Zuhause. Er stieg ein, startete und fuhr los. Der Gedanke, dass er betrunken war, gab ihm den nötigen Kick des Glücksspielers. Er schaltete das Autoradio ein und fuhr los. Er konnte fahren, wohin er wollte, was real bedeutete, dass er kein Ziel hatte. Dieser Widerspruch schärfte seine Konzentration. Die Ausweglosigkeit ungezählter Möglichkeiten beruhigt, während es Stress erzeugt, nur einen Ausweg zu haben. Er nahm die Chaussee nach Simeonowo, bog in die Autobahn ein, die um die Studentenstadt herumführte, und da fiel ihm ein, dass er weder Geld noch Zigaretten eingesteckt hatte. Ausgerechnet jetzt hatte er ein so tierisches Verlangen nach einer Zigarette, dass er alles für einen Glimmstengel gegeben hätte. Da erinnerte er sich, dass irgendwo in den Betonmeeren von Mladost 3 seine Mitarbeiterin Sima wohnte. Zweimal war er in ihrer Mansarde gewesen, um in die Aura einer intelligenten, einsamen Frau einzutauchen.

In dem gesichtslosen Labyrinth aus grauen, eintönigen Plattenbauten und verödeten Grünflächen verlor man sich, hatte das Gefühl, aus der Zeit zu fallen. Er verließ sich auf seinen angeborenen Orientierungssinn und darauf, dass es selbst hier nicht mehr als fünfzehn Hochhäuser mit genau fünfzehn Etagen geben konnte. Er parkte vor einem Kindergarten mit frisch gestrichenen Klettergerüsten. Es war kühl geworden. Der Wind strömte durch die Täler zwischen den Häuserriesen dahin wie ein Fluss.

Der Aufzug ging. Dies Wunder erfüllte ihn mit Optimismus. Von den Wänden des langen Korridors fiel der Verputz, wenn sie nicht mit kläglichen Graffiti und anderen Kritzeleien beschmiert waren. Vor den Wohnungstüren standen ausgetretene Schuhe. Um ein Haar wäre er in einen Hundehaufen getreten. Er fand Simas Tür und klingelte zuerst kurz, dann legte er sich mit dem ganzen Gewicht seiner Verzweiflung auf den Klingelknopf. Verschlafen und im Nachthemd, aber ohne den gespenstischen Schleier der Kosmetik, kam ihm Sima vollkommen nackt vor. Sie wirkte fülliger, und wehrloser.

»Um Himmels willen, Jordan!« Ihr Erschrecken ging bald über in mütterliches Lächeln. »Das gehört sich aber nicht, zu nachtschlafener Zeit bei einer Dame Sturm zu läuten.«

»Du bist keine Dame«, antwortete Jordan außer Atem, »sondern Regisseurin.«

Er stahl sich hinein wie ein Dieb. In Simas kleinem Wohnzimmer roch es flauschig nach nachlässiger Wachheit, entkleideter Frau und warmem Bett. Auf dem Nachttischchen lag ein angelesenes Buch, durch den

Rattanschirm der Deckenlampe verbreitete sich ein nervöses, kratziges Licht. Der Angorakater betrachtete ihn aus seinem Sessel mit grünen, wie aus dem Jenseits kommenden Augen. Jordan ließ sich ohne weitere Umstände ins Bett fallen. Die Laken beruhigten ihn, hatten sie mit ihrer weißen Reinheit doch etwas Bergendes, etwas von Zukunft voller Vergessen.

»Möchtest du was trinken?«

»Hab eher Lust auf eine Zigarette.«

Sie öffnete ihre Bar, nahm eine Schachtel Marlboro heraus und eine Flasche finnischen Wodkas, zwei Gläser und ein Metallschälchen in Muschelform mit Erdnüssen. Ihre Brüste waberten unter dem dünnen Nachthemd, ihre Pantoffeln wirkten riesig, fast männlich an ihren Füßen. Sie schwiegen. Sima wirkte irritiert, schien sich zu schämen. Jordan beeilte sich, einen Schluck zu trinken. Es gelang ihm nicht, in ihre dunklen Augen zu schauen, die wirkten, als hätten sie sich im Halbdunkel aufgelöst. Er wusste, dass sie ihn mochte; in seiner gehetzten und flüchtigen Präsenz wurde sie jedenfalls immer traurig. Verräterisch, unpassend traurig. Sie war eine heimliche Romantikerin und hatte ein für moderne Frauen altmodisches Hobby: Sie las Bücher. Jetzt, in diesem Moment verbreitete sich ihre Traurigkeit, verletzlich und leidvoll, mit dem Zigarettenrauch im ganzen Zimmer. Es war gemein von ihm gewesen, einfach so zu ihr zu gehen und sie so unvorbereitet, fast wehrlos und in Hauspantoffeln aufzustören. Jordan spürte, dass er etwas tun musste, andernfalls würden sie anfangen, sich zu hassen. Er drückte seine Kippe im Aschenbecher aus und klopfte auf den Platz neben sich. Das war ziemlich dreist, sogar zynisch von ihm.

»Komm her.«

Er drückte sie aufs Bett, verdrehte ihr die Arme, verursachte ihr völlig unnötigerweise Schmerz, denn Sima wehrte sich ja gar nicht. Sie richtete sich auf, um ihm zu helfen. Ihrem Körper entströmte der Duft nach Salzwasser, nach sauberem Meer im Frühsommer, nach Muscheln, die sich öffneten. Dann versank er in ihrem Schoß, in jenem mit Unersättlichkeit getränkten Dunkel, in dem das Licht eine Ahnung ist, so wie die Baumwurzel das Licht als Botschaft der Blätter empfängt, blind. Sie hatte sich rittlings auf ihn gesetzt, ohne ihr Nachthemd auszuziehen, stillte ihn mit rhythmischen Bewegungen, als pflanze sie Stiefmütterchen oder grübe nach Wasser. Der verborgene Hass in ihren Augen betörte ihn, war ihm angenehm, und weckte prickelnd den Wunsch, sie zu bestrafen. Bei solcher Nähe wirkte Neda einfach nur kühl und fremd. Wenn er an sie dachte, fühlte Jordan sich betrogen. Er hörte auf, sich zurückzuhalten, und ließ den Erguss kommen, kurz und machtvoll.

»Hätte mehr von dir erwartet«, sagte Sima leise.

»Wie bitte?« Er lag neben ihr, den Blick an die Decke geheftet, und wäre am liebsten schon weg gewesen.

»Na, ich hatte gedacht, du wärst besser im Bett.«

»Ich bin besser.«

»Das Gemeinste an dir ist, dass du kein gemeiner Kerl bist, Weltschev«, sagte sie und strich mit der Hand über seinen Bauch. Ihre Finger verhielten auf der Narbe, die von seiner Blinddarmoperation geblieben war. »Da, da haben wir etwas, das die Zuschauer nicht sehen dürfen.«

»Ist schön mit dir«, log er ungeschickt.

Sima stand geschmeidig auf, schlüpfte in ihre Pantoffeln und verschwand im Bad. Das Plätschern der Dusche erreichte ihn wie ein Vorwurf. Ihn schmerzte nichts. Nur ein bitterer Geschmack in seinem Mund. Gedanken an Neda überfluteten ihn. Er trank einen Schluck Wodka. Etwas bedrängte ihn, so als ob jemand ihn beobachtete. Auf einmal wurde ihm klar, dass der Kater ihnen die ganze Zeit mit seinen kalten, menschenleeren Augen zugeschaut hatte.

»Ja, Junge«, sagte Jordan zu ihm, »manchmal werden auch wir Menschen Tiere.«

Sima kam ins Wohnschlafzimmer zurück, eingewickelt in einen Bademantel. Ihr schwarzes Haar schimmerte bläulich.

»Seltsam«, sagte sie, »ich dachte, wenn ich hier reinkomme, bist du schon weg. Nun sag mal, warum hast du mich zu so später Stunde aus dem Schlaf geholt?«

»Ich wollte bei dir sein. Ich weiß, dass du allein lebst. Ich war ebenfalls allein, als meine Frau nach Hause kam.«

»Das ist dumm, mich zu belügen.«

»Bin zufällig vorbeigekommen«, erwiderte Jordan erschrocken, »und merkte, dass ich keine Zigaretten eingesteckt hatte.«

»Wir kennen uns doch nicht erst seit gestern, Weltschev. Da hat doch jemand deine Visage bearbeitet wie damals diese Typen, als du von *Unter den Linden* nach Hause gingst. Na komm, spuck's aus.«

»Ist es nicht besser, uns zu lieben?« Er langte nach dem goldenen Medaillon um ihren Hals, streichelte ihre Brüste. Unter dem weichen Stoff des Nachthemds ertastete er Form und Fülle reifer, saftiger Birnen. Sima wich nicht zurück; es gelang ihm trotzdem nicht, sich zu konzentrieren. Sein Kopf war vollkommen leer, seine Lippen trocken. Er hätte auf der Stelle einschlafen mögen.

»Nein, ist es nicht. Du quälst dich nur, und es gibt nichts Kränkenderes für eine Frau. Bitte, kränke mich nicht mehr als nötig!«

Er war anscheinend rot geworden, denn ein traurig-mütterliches Lächeln erhellte Simas Gesicht.

»Na gut«, überwand sich Jordan, »heute hat der Chef mich darauf vorbereitet, dass er den *Runden Tisch* einstellen wird.«

Sima sprang auf vor Überraschung. Ihre Züge spannten sich, sie griff nach einer Zigarette und inhalierte tief wie ein Kerl. Von diesem Moment an hatte Jordan das Gefühl, dass er wirklich mit einem guten Kumpel spräche. Er zog sich rasch an. Sima brachte leere Blätter und einen Kugelschreiber. In der Luft vermeinte er, einen Geruch nach überheizten Spotlights zu erschnuppern, nach Menschen vor dem Auftritt, nach staubfangendem Chaos, kurz: nach Fernsehen.

»Weißt du, was das Schlimmste ist? Dieser Knallkopf Gospodinov meint nicht etwa, dass die Verbindung zwischen mir und den Zuschauern abgerissen sei, sondern *die unter den Zuschauern, während sie unsere Sendung sehen*. Ich brächte die Leute also nicht mehr zusammen, würde es *nicht mehr schaffen, die Entfremdung zwischen ihnen zu überwinden*. Jeder von ihnen liebt oder hasst mich getrennt, nimmt mich nur für sich wahr, weil ich nicht mehr dieses Massengefühl von Einigkeit und Zusammengehörigkeit erzeuge, verstehst du?«

»In letzter Zeit wiederholen wir uns wirklich.«

»Ich wiederhole mich«, unterbrach sie Jordan. »Nur dass ich nicht weiß, ob ich den *Runden Tisch* wiederaufleben lassen will. Der Chef hat mir eine Beförderung versprochen. Vom Bildschirm aus betrachtet: eine Hinausbeförderung.«

»Bring mich nicht zum Lachen … Du bist ein platonischer Tyrann, Weltschev, und was ist ein Tyrann ohne Ruhm und Macht? Und bedenk bitte auch: Wo willst du denn hin ohne Fernsehen? Du kannst doch nichts anderes als zu improvisieren, um deine Eitelkeit hochzukämmen. Ich hoffe, das klingt jetzt nicht beleidigend, aber du bist all die Jahre ein genialischer Dilettant geblieben, der seine Themen genau so weit versteht, wie eben nötig.« Sima setzte eine ernste Miene auf, beugte sich zu ihm, als fürchte sie, sie würden belauscht, und flüsterte: »Du bist der inexistente, aber allgegenwärtige Mensch, Weltschev. Du bist ein Gespenst, das jeder Beliebige sich ins Haus holen oder daraus verjagen kann.«

»Halt mal eben die Klappe«, sagte Jordan missgestimmt, »du lenkst mich ab.«

Auf einmal verstand er, warum er genau Sima aufgesucht hatte. Unterbewusst musste er gehofft haben, dass sie ihm die Wahrheit sagen, ihn bis aufs Blut verletzen, ihn in seiner Eitelkeit kränken und so seinen Überlebensinstinkt, seinen Kampfgeist wecken würde, seinen Hunger, sich auf dem Bildschirm zu behaupten. Sein Wunsch, zu gehen, war verschwunden; stattdessen begann das Rädchen seiner Phantasie sich zu drehen. Er fühlte einen angenehmen Taumel, als habe sein Gehirn sich vom Alkohol befreit und frische Luft getankt. Er diktierte fahrig, aber engagiert. Dabei stapfte er durchs halbdunkle Zimmer und trat angriffslustig gegen herumliegende Dinge. Neda war fern gerückt. Sie schlief vermutlich schon. Wenigstens diese Nacht würde sie ohne Hoffnung auf Widerstand bleiben. Die Rauchwolken hingen unter der Rattankugel der Deckenlampe; Simas Gesicht hellte sich langsam auf.

»Das wird eine tolle Sendung«, sagte sie leise, fast träumerisch. »Gospodinov wird vom Stuhl kippen.«

»Wird er nicht«, erwiderte Jordan müde. »Der Chef sitzt beim Fernsehen immer hinter dem Schreibtisch.«

»Und hör auf, so viel zu lächeln, wenn du auf Sendung bist. Dein Lächeln mag ja sehr munter und sehr charmant sein, aber du übertreibst es damit. Ich will dich dramatischer sehen, bedrohlicher, wirklich betroffen von der Verwundbarkeit der zeitgenössischen Zivilisation. – Hol's der Teufel, wir haben halb sechs morgens, ich mach dir auf dem Sofa eine Schlafgelegenheit zurecht.«

Sima räkelte sich wohlig. Nun glich sie wieder einer dreißig Jahre alten, einsamen, betrogenen Frau. Er war ihr schrecklich dankbar, geradezu widerwärtig dankbar, fast erniedrigt. Er umfasste ihre Schultern, spürte, wie sie in seinen Händen zusammenzuckten.

»Allein kann ich nicht schlafen, ich hab Angst vor dem Kater.«

»Du hast Angst vor dem Misserfolg, Weltschev«, antwortete sie kühl und entzog sich ihm. »Du brauchst jetzt ein bisschen Schlaf.«

19

Der sommerliche Regenguss hatte aufgehört, der Park dampfte und zeigte sein frisch gewaschenes Grün. Es roch nach Pilzen und morschem Holz. Die Sonne brannte wieder so auf den gewalzten Tennisplatz herab, dass er sich mit einem feinen Flimmern aus Hitze und Ausdünstungen bedeckte. Es war schwül und feucht. Auf den Bänken saßen so wenige Zuschauer, dass Jordan keine Veranlassung sah, sich anzustrengen, schon gar nicht gegen diesen Idioten Robby. Robbys Gesicht war so platt, als hätte ein Pferd hineingetreten; seine Schläge aber waren so mächtig, als wolle er es dem Tier gleichtun. Er führte Interviews mit weltberühmten Leuten, die durch Bulgarien kamen. Er meldete sich in ihrem Hotel, setzte sich an ihren Tisch im Restaurant oder lauerte ihnen sonst wie mit seinem Hufeisenlächeln in Ecken und Winkeln auf. Wenn sie seine Aufdringlichkeit nicht mehr aushielten, versuchten sie, so klug und geistreich wie möglich auf seine dummen, einfallslosen Fragen zu antworten. Robby hatte es einmal sogar geschafft, Omar Sharif vors Mikrofon zu bekommen, indem er ihm versprach, eine Bridge-Runde für ihn aufzutreiben, nur um ihn dann zu fragen: »Wie oft im Leben haben Sie geweint?« oder »Lieben Sie scharfe Gegenstände?« Wegen der Harmonie zwischen seinen Fragen und seiner Visage, die Ausdruck auch in seinem modischen Interesse für den Taoismus und seinem servilen Lächeln fand, nannten ihn alle hier auf dem Platz nur »der Pekinese«.

»Du bist nicht bei der Sache, lässt dich doch nicht etwa gerade scheiden?«

»Spiel, Pekinese, sonst feg ich dich vom Platz!«

»Bin mit zwei Sätzen vorn, Wertester. Oder ist jemand gestorben, der dir nahestand?«

»Dein Sinn für Humor beginnt mir auf den Wecker zu gehen.«

»Oh, dann hattest du sicher einen Unfall? Es beflügelt mich immer, wenn ein schwerer Unfall passiert ist und berühmte Persönlichkeiten darin verwickelt sind.«

»Steck die Nase lieber in deinen alten Laotse.«

Jordan gelang ein Aufschlag mit Effet. Sofort lief er ans Netz, doch Robby hatte sein Service pariert und den Ball über ihn weggehoben zum nächsten Punkt. Der Pekinese war besser als er, spielte ihn regelrecht aus und ließ ihn aussehen wie einen Anfänger. Ausgerechnet jetzt hellte der Himmel sich auf, und die Zuschauerränge füllten sich. Das wurde ihm doch langsam peinlich. Robby kannten die Leute nicht. Er hatte nur wenige Sendungen, und die wurden auch noch im zweiten Programm ausgestrahlt. Jordan aber riskierte hier das Renommee seines *Runden Tischs*.

»Mir reicht's. Na komm, ich lad dich ins Parkhotel ein, die haben gerade eine Lieferung Radeberger bekommen.«

»Ich bring mein Bier immer mit«, retournierte Robby munter, »und leg es ins Gefrierfach, damit die Brocken gewissen Freunden im Hals stecken bleiben. Schon mal gehört? Bauchfellentzündung soll sehr gefährlich sein.«

Sie trafen sich am Ende des Courts, wo ihre Sporttaschen lagen. Jordans Durst hatte sich verflüchtigt, Robbys Gesicht strahlte in zufriedener Rachsucht. Auf dem Platz nebenan hatte sich ein beleibter Mann in vorgerücktem Alter einen Trainer gemietet und übte Aufschläge. Sie hockten im Schatten der Kletterpflanze, die sich kraftlos am rostigen Maschendrahtzaun hinter ihnen um das Reklamebanner des Stahlwerks Kremikovzi rankte. Aber der Schatten war spärlich. Ende Juni gab die Sonneneinstrahlung so etwas wie das sirrende Geräusch eines fernen Umspannwerks von sich.

»Gestern habe ich im Café des Schriftstellerverbands gehört, dass Kurt Vonnegut den Preis für Humor und Satire der Stadt Gabrowo bekommen haben und morgen in Bulgarien eintreffen soll. Was meinst du, was soll ich ihn fragen, o Leuchtgestalt?«

Jordan schwieg verstimmt; er hatte gehofft, hier seinen Chef zu treffen. Er wollte in der Garderobe oder unter der Dusche lauern, bis sie allein waren, und ihm dann stecken: »Ich bitte dich, Chef, mach dir nicht die Mühe, die letzte Folge des *Runden Tischs* anzusehen. Nicht wahr, wir wollen das Format doch etwas aufpolieren?« Das wäre die Garantie dafür, dass Gospodinov ihn mit größter Aufmerksamkeit mustern würde. Der Alte war gewebt aus Widersprüchen. Er liebte es, wenn man bei ihm bettelte, hasste es aber, Bitten zu entsprechen. Am meisten aber hasste er es, wenn man ihn einfach überging, ohne zu bitten und zu betteln. Jordan öffnete seine Flasche Zagorka, trank einen Schluck Bier, schaute Robby ins Gesicht und dachte: Gleich fängt er an zu kläffen.

»Frag ihn, ob er als College-Schüler Akne hatte, das ist in deinem Stil.«

»Du irrst, Leuchtgestalt! Ich werde ihn fragen, ob er nicht am runden Tisch eines guten Freundes teilnehmen möchte. Wenn Vonnegut wirklich Sinn für Humor hat, wie der Preis verspricht, dann kann der große Mann ja nur zusagen.«

»Wie lange willst du noch deine Fragehaken auswerfen, Angler-Robby?«

»Solange es noch Fische gibt, die anbeißen, du Himmelsbote.«

»Deine Nähe zum Ewigen erfüllt mich mit Stolz. Frag Kurti, was er vorzieht: auf Rasiermessern zu kauen oder sich vom Empire State Building zu stürzen? Erklär ihm, du seiest Anhänger der langsamen, qualvollen Agonie, und wenn er in Tränen ausbricht, hältst du die Urkunde aus Gabrowo in die Kamera.«

»Verdammte Rasseköter, ihr! Warum hasst ihr mich, den kleinen Pinscher? Wenn du es wissen willst, das Einzige, was an mir schlecht ist, ist meine französisch-sonore Aussprache des R; das steht meiner Berühmtheit im Wege. Ich bin halt Intellektueller, ihr artikuliert bloß.«

Robbys Augen waren feucht geworden. Nun glich er wirklich einem verwöhnten Pekinesen, der beleidigt war, weil man ihm das Hühnerbeinchen nicht auf einem zarten chinesischen Porzellantellerchen serviert hatte. Jordan schüttelte sich vor Verachtung. Er lief Gefahr, etwas ebenso Grausames wie Wahres zu sagen.

»Du bist eine traurige, erfolglose Gestalt, Robby, und beklagst dich andauernd; das wird in der heutigen Zeit nicht geschätzt. Dir fehlen die nötige Courage und Durchsetzungsfähigkeit, um glücklich mit dir zu sein – wie sollen die anderen dir da etwas abkaufen.«

Jetzt sah er seinen Chef, zwei Spielfelder weiter. Gospodinov trug seinen weiten Tennisdress und zwei Schläger der Marke Prince. Jordan musste nun mindestens einen Satz verlieren, um die Abneigung seines Vorgesetzten gegen diesen Sport in sein Überleben, in Spiel, Satz und Sieg für den *Runden Tisch* zu verwandeln.

Viertes Kapitel

1

Als der Vorhang fiel und der Applaus aus der angespannten Stille im Theatersaal explodierte, verließ Assen seinen Platz zutiefst berührt. Dieser Applaus täuschte Begeisterung nicht vor, wie es früher war, wenn Emilias nächste Durchschnittsleistung händeklatschend durchgewinkt wurde, sondern bedeutete echte Anerkennung. Die Garderobenfrau hörte von draußen verträumt lächelnd diesem Aufbranden der Begeisterungswelle zu. Das noch leere, in seinem Barockglanz versunkene Foyer ähnelte einem fürstlichen Hofgemach. Assen nahm seinen Trenchcoat entgegen, ergriff den Blumenstrauß und machte sich auf zu den Künstlergarderoben. Niemand hielt ihn auf. Sein ehrwürdiges Alter und die Rosen in seiner Hand waren Garanten genug für seine guten Absichten. Im Korridor roch es nach Theater, nach gegenständlich gewordener Täuschung, nach ungelüftetem Dachboden und zerfallender Welt. Doch wenn man ihre Garderobe betrat, überstrahlte Emilias Parfüm alles.

Assen setzte sich und wartete. Er wurde das seltsame Gefühl nicht los, dass jeden Moment eine junge Frau hereinkommen musste, die Frau, die sie vor dreißig Jahren gewesen war, mit weizenblondem Haar und sommersprossigem Gesicht. Er sah sie zuerst im Spiegel – und seufzte erleichtert. Sie sah glücklich aus, müde, beinahe alt. Ihre bläulich schimmernde Schminke lag auf ihrem Gesicht wie eine Maske. Die Lumpen der Mutter Courage an ihrem Leib machten sie dicker und gaben ihr eine besondere, eine fast männliche Entschlossenheit. Er dachte: Ich liebe sie!, und seine Augen wurden verräterisch feucht. Ich kann mich noch nicht mal ein bisschen zusammenreißen, wies er sich wortlos zurecht, ich – ein in seine Noch-Ehefrau verliebter Tattergreis!

»Du warst wundervoll«, sagte er unbeholfen und reichte ihr den Rosenstrauß.

»Ich hab dich schon von der Bühne aus im Parkett gesehen. Danke, dass du gekommen bist!«

Ihre Brust hob und senkte sich schwer atmend, als sei sie noch auf der Bühne und bereite sich auf den nächsten Vorhang, die nächste Verbeugung vor. Sie strich mit den Lippen über die Rosen, entnahm seiner Hand die entzündete Zigarette und sog tief daran.

»Das war die Rolle deines Lebens! Ich bin einfach sprachlos!«

»So hast du noch nie geredet … zu mir.«

»Aber ich bin doch nach jeder Premiere mit Blumen zu dir gekommen?«

»Ja, du hast mir liebend gern was vorgelogen.«

»Dessislava liebt das Lügen, ich liebe dich.«

Emilia lächelte und drohte ihm neckisch mit dem Finger. Man sah ihr das Glück wirklich an.

»Bleibst du zum Cocktail?«

»Nein …« Er trat zur Seite, um den Spiegel frei zu machen. »Ich überlasse dich dem Erfolg. Der ist immer jung, und ein glänzenderer Kavalier als ich.«

Das grelle Licht, das eitle Gelärme, das Rascheln der Abendkleider, der Schimmer textilfreier Schultern und sinnfreier Phrasen – all das konnte er einfach nicht mehr ausstehen. Theo Sotirov würde sich benehmen wie ein von Gott Begnadeter, so als hätte er nicht nur inszeniert, sondern das Stück auch selbst geschrieben … Und er wollte auch die übertriebenen Komplimente nicht hören, mit denen Emilias Kolleginnen und Kollegen ihrem Triumph Abbruch taten. Dasselbe hatte Emilia umgekehrt ja auch getan! Wie oft hatte sie in gespielter Großherzigkeit Margarita Lilova geküsst, um Assen anschließend zuzuflüstern: »So hässlich darf eine Schauspielerin einfach nicht sein.« Draußen waren jemandes schnelle Schritte zu hören. Erregte Stimmen. Kichern. Etwas, das schwer über den Mosaikboden kratzte.

Er warf die Zigarette fort, lauschte auf das leise Rascheln hinter seinem Rücken, fühlte sich unbehaglich, ihrem Umkleiden beizuwohnen. Schließlich sagte er sich: Aber sie ist doch immer noch meine Frau!

»Fertig!« Vor ihm stand eine Frau, die immer noch die Ausstrahlung einstiger Schönheit hatte, aber durch viele Misserfolge weise geworden war. Zugleich hatte diese Frau sich etwas mädchenhaft Begeistertes bewahrt, wie sie den Blumenstrauß an sich drückte im grenzenlosen Glück über diese so lang erträumte und so spät erlangte Anerkennung. Frisch und duftend, hatten die Blüten etwas von Wunden an sich, die der Erfolg ihr geschlagen hatte. Was Assen aber Eindruck machte, als er an ihr herabschaute, war, dass sie kein rauschendes Ballkleid trug, sondern etwas ganz Schlichtes.

»Gestern hab ich mir suggeriert«, lächelte sie über seine neuerliche Verblüffung, »wenn ich mit einem tollen Abendkleid zur Premiere komme, falle ich garantiert durch. Möchtest du, dass wir irgendwohin verschwinden? Nur wir zwei beide?«

Assen schaute ihr in die Augen und verstand sofort. Seit jeher war Emilia geradezu krankhaft eitel gewesen. Sie liebte den Premierenglanz mit seinem anschließenden Cocktailrummel. Sie brauchte dieses Vorzeigen des Gelingens, um die Wahrheit über ihren geringen Anteil daran zu kaschieren. Nun aber hatte sie ihre Kraft gespürt, hatte sich dem Martyrium anvertraut, sich selbst als Mutter Courage zu spielen, und da brauchte sie den ganzen Zirkus nicht. Der Erfolg stand ihr ja strahlend ins Gesicht geschrieben. Sie verkörperte ihn!

»Es ist mir eine große Freude, wenn wir zwei allein bleiben.« Er wandte sich ab, um seine Aufgewühltheit zu verbergen.

Sie stahlen sich durch den Hinterausgang fort. Emilia winkte dem Pförtner mit dem Blumenstrauß und lachte. Die Nacht war warm und veilchenfarben. Der Springbrunnen vor dem Volkstheater warf seine Wassergarben im Bogen in die Beckenmitte und schuf einen Tunnel aus flüssig gewordenem Licht. Sie gingen langsam, von der Nacht und ihrer Einsamkeit aneinandergedrückt. Sie hatten Zeit. Emilias Auto parkte hinter der nächsten Straßenecke.

2

»Du weißt, warum ich mit dir hierher gegangen bin, nicht?«

Assen nickte bestätigend. Sie saßen im Parkrestaurant Republika, wo sie vor über dreißig Jahren die Premiere ihres ersten Films gefeiert hatten. Damals war das Republika, umgeben vom wild wuchernden Grün des Parks und duftender Erde, ein Mode-Restaurant gewesen, und Emilia hatte geglänzt in ihrem langen Seidenkleid, als käme sie aus einem Film über den französischen Hof, dabei war der Film einer jener heillos kitschigen, pathosgeladenen Versuche mit raschem Verfallsdatum gewesen, den sozialistischen Aufbau zu verherrlichen.

»Als wär's gestern gewesen«, seufzte sie.

Ja, nur dass das Restaurant inzwischen so heruntergekommen und öde aussah, dass eindeutig mehr als ein Tag vergangen sein musste. Die Tischdecke war übersät von unauswaschbaren Flecken, der Fischteich leer, der Kellner dafür voll. Das Geplapper der anderen Gäste lenkte ihn ab – und doch waren sie in eine von der Erinnerung geschaffene Realität eingetaucht, in der sie zugleich die jetzigen und die damaligen Assen und Emilia waren, und zwischen diesen beiden Punkten auf dem Zeitstrahl erstreckte sich ihr gemeinsames Leben mit all den notorisch durchschnittlich abgenudelten Kino- und Theaterrollen Emilias, den zermürbenden Anstrengungen Assens, sein Buch über die Macht zu schreiben, und schließlich der Versuchung, dessen Rang durch eine umfassende Analyse der Demokratie zu bestätigen. Die Nacht war mondlos und warm, der Geist hatte sich aus ihrem säuerlichen Weißwein verflüchtigt. Emilia hatte ihn hergeführt, um das Gemeinsame ihrer beider Leben zu bekräftigen, ihr beiderseitiges freundschaftliches Wohlwollen, aber auch die vollzogene Trennung. Ohne es zu wollen, hatte sie sich in psychologische Widersprüche verwickelt, war in die Falle ihrer eigenen Zwiespältigkeit gelaufen. Das zeigt nur, wie alt wir geworden sind, dachte Assen.

»Ich hab im Publikum weder Jordan noch Dessislava gesehen«, begann er zerstreut. »In letzter Zeit gilt anscheinend mangelnde Wertschätzung als Zeichen demokratischer Gesinnung. Und Flegelhaftigkeit und demonstrative Gleichgültigkeit als Beweis, wie frei man doch ist.«

»Jordan hat am Wochenende Aufnahmen, und Dessislava ist dumm und verbiestert. Du weißt doch, wie böse sie uns ist?«

»Weil wir uns scheiden lassen?«

»Vermutlich … Sie will nicht einsehen, dass auch alte Menschen sich noch entwickeln.«

»Heute Abend hast du dich selbst übertroffen.«

»Das Gemeine ist bloß: Kaum hat der Mensch den einen inneren Konflikt überwunden, stößt er sich den Kopf schon am nächsten. Als ich heute so auf der Bühne stand, hab ich gemerkt: Alt bin ich geworden.«

»Ja, so ist das. Ein Problem zieht das andere nach sich, und ein Buch das andere! Als ich mein Buch über die Probleme der Macht abgeschlossen und zum Druck gegeben habe, war sofort klar, dass ich es so nicht stehenlassen und mich irgendwie nun auch zur Demokratie in ein Verhältnis setzen musste.«

Sie schwiegen verschämt. Wagten es nicht, sich in die Augen zu schauen.

»Ich mach mir Sorgen …« Emilia begann zu rauchen. »Dessislava hört nicht auf zu lügen, sie lügt ununterbrochen.«

»Sie lügt uns vor, dass sie Angst um sich selbst habe, dabei hat sie um uns Angst. In ihren Augen sind wir einsam, krank und hilflos. Vom Egoismus verkrüppelte Alte.«

»Ich verstehe diese Generation einfach nicht. Als wir jung waren, hatten wir ein einziges Vergnügen – die Armut. Wenn ich nur an den Küchenschrank denke, vor den du dich zum Schreiben gequetscht hast, dann das Bett, und der rauchende Herd erst! Ich hatte nicht mal Unterwäsche!«

»Arm und beflügelt sein, das kann sich nur ein wahrhaft glücklicher Mensch erlauben.«

»Und … waren wir glücklicher damals?«

»Ich finde, ja. Wir hatten ja eine Perspektive. Wir glaubten an uns und – an die Zukunft!«

»Die helle, die strahlende Zukunft«, nahm Emilia seine Worte ironisch auf. »Und was ist daraus geworden? Wir lassen uns scheiden, und können diesen Schritt noch nicht einmal unseren Kindern erklären.«

Assen fühlte sich ebenfalls unnötig, aus dem Sinn des Lebens gerupft wie Unkraut und daher kraftlos und verunsichert. Vielleicht war auch das nur eine Alterserscheinung wie die Abstumpfung der Sinne. Er versuchte noch, die Perestrojka zu akzeptieren, hatte, wenn auch mit Mühe, begriffen, dass der einzige Ausweg, die letzte Chance für den Sozialismus darin bestand, zu den überkommenen menschlichen Werten und Qualitäten zurückzukehren, jener stolzen Anständigkeit früherer Tage, und sie zu Atem kommen zu lassen durch Freiheit und Demokratie. Gorbatschow hatte die Vergangenheit »abgewatscht«, sie zur Ader gelassen und in ihr herumgebohrt und sprach nun ausgiebigst über die Notwendigkeit von Reformen; er sagte aber nicht, welche das sein sollten und wie sie umgesetzt werden könnten. In dieser Hinsicht erschien ihm der Weg, den die Chinesen gewählt hatten, aussichtsreicher. Nach dem Orkan der Kulturrevolution mit ihrem ungezügelten Terror hatte Deng Xiaoping beschlossen, anstelle folgenloser ideologischer Parteitagsbeschlüsse Wirtschaftsgesetze zu erlassen, die wirklich griffen. »Es ist nicht wichtig, ob die Katze weiß oder schwarz ist«, hatte er gesagt, »wichtig ist, dass sie Mäuse fängt.« Nach Assens Dafürhalten war die Perestrojka Gorbatschows viel zu laut, demonstrativ und übereilt, ein gehetzter Stillstand, der unterm Strich die Breschnjew-Ära fortsetzte, ein rauschender Wörterfall, der den alten Fehler der Kommunisten wiederholte, in zerstörerischer Weise die Zukunft herbeizuwünschen, ohne dies durch irgendwelche realen Weichenstellungen in der Gegenwart in die Wege zu leiten. Das große Verdienst der Perestrojka war, dass sie nach viel Leid zwischen den Blöcken endlich internationale Verständigung herbeiführte, zur globalen Befriedung beitrug und den Albtraum eines Atomkriegs verscheuchte. Die Welt hatte sukzessive ihre erratische Unübersichtlichkeit verloren, war klein und verletzbar geworden, und jeder Konfliktherd an beliebigem Ort konnte die ganze Menschheit ins Verderben reißen.

Assen ärgerte sich über seinen Sohn; dabei hatte gerade Jordan ein verblüffendes Gespür für die Zeichen der Zeit. So eitel und oberflächlich er auch sein mochte: Er hatte einen Riecher für die entscheidenden Veränderungen. In einer seiner Sendungen hatte er Filmaufnahmen der Erde gesendet, wie sie aus dem Weltall aussah: erstaunlich zart und von fragilem Blau – ein zitternder, ein gleichsam von innen erleuchteter Tropfen Leben. In seinem Kommentar hatte er gesagt: »Mit ihrer bar-

barischen Zerstörungskraft sprengen die zeitgenössischen Kriege unsere elementarsten Vorstellungen von Moral. Einem Panzer kann der Einzelne vielleicht noch mit großer Kühnheit die Stirn bieten; doch selbst mit der größten Opferbereitschaft kann er den Flug einer ballistischen Rakete nicht aufhalten. Die Waffen von heute übertreten selbst das primitivste Gebot soldatischer Moral: dem Gegner ins Auge zu schauen und ihn durch den Einsatz des eigenen Lebens zu töten, sodass er nicht nur Verursacher, sondern auch Zeuge von dessen Tod ist. In einem Atomkrieg sind alle Seiten nur noch Opfer. Bei dieser drohenden Vernichtung, bei der die Gegner sich gar nicht mehr nahe kommen, erscheinen Hass und Entfremdung als letzte Versuche menschlicher Nähe.«

Seine Tochter log hartnäckig und scheinbar sinnlos, sein Sohn drängte sich dem Fernsehpublikum auf, vielleicht gerade um Distanz von den Menschen zu wahren und sich selbst zu schützen, und Emilia und er ließen sich scheiden. Die Quintessenz daraus war ein hässliches Paradox: Je näher die Menschen einander kamen, desto mehr wuchs ihre Entfernung voneinander! Seltsam, doch diese Gedanken, die ihn in schlaflosen Stunden überkamen, banden ihn ans Leben. In solchen Augenblicken fühlte Assen sich verjüngt. Das Problem des Alters, liebte er zu wiederholen, bestand nicht darin, dass der Mensch physisch alterte, sondern dass er seelisch jung blieb! Der erschöpfte Körper will schlafen, aber das ewige Kind Seele will weiterspielen.

Den Kopf geneigt, mit vom Wein geröteten Wangen, erschien Emilia ihm schmerzlich lebendig, aber fern, durch Leiden entfremdet. Die Erschöpfung nach diesem anstrengenden Abend mit seinem ekstatischen Auftritt verschloss sie ihm. Er sah sie gleichsam durch dickes Glas. Die umstehenden Tische hatten sich geleert, der Kellner machte sich in seinem Rücken geräuschvoll bemerkbar und zog ungeduldig an seinem Ohrläppchen. Assen rief ihn und zahlte.

»Weißt du«, sagte Emilia da unerwartet, »dass du mir entsetzlich fehlst? Sogar deine Unachtsamkeit fehlt mir. Wie soll ich denn meine Eitelkeit erhalten, wenn sie keiner sieht … oder wenigstens übersieht?«

»Du fehlst mir auch«, antwortete er freimütig. »Dieses Wochenendhaus ist riesig, viel zu groß für einen alten Mann allein. Und draußen? Nichts als Gebirge.«

»Aber wir trennen uns doch trotzdem, nicht?«

»Aber natürlich ... wenn du das brauchst.«

»Ohne dich verletzen zu wollen ... Du siehst ja, wie ich die Mutter Courage hinbekommen habe.«

»Und wie du sie hinbekommen hast! Du hast den Untergang der Mutter Courage in deinen unbestrittensten Sieg verwandelt.«

Während der ganzen Rückfahrt im Wagen schwiegen sie. Emilia ließ ihn vor dem Tor des Wochenendhauses aussteigen, wünschte aber nicht, noch auf einen Sprung hineinzukommen. Sie spürte wohl: Wenn sie beide sich jetzt im weitläufigen Wohnzimmer mit all seinen Erinnerungen zusammen hinsetzten, dann würde sie nie wieder die Kraft haben, zu gehen. Sie winkte ihm durch das Seitenfenster zu, gab Gas, und die aufspringenden Scheinwerfer verwandelten den asphaltierten Weg in eine bewegliche Pfütze. Der Himmel stand voll kalter, zitternder Sterne, es roch süßlich nach frisch gemähtem Gras und würzigen Kräutern, nach menschlicher Vergänglichkeit und – Einsamkeit.

Assen holte tief Luft, spürte die Ewigkeit, jene endlose Absenz, die immer rätselhaft bleibt, unerreichbar und unbegreiflich für den Menschen. Er hatte aber die Bekanntschaft mit einer weitaus hinterhältigeren und verräterischeren introspektiven Erkenntnis gemacht, der nämlich, dass mit dem Alter auch die Angst vor dem Tod kommt. Eine wunderbare, eine herzzerreißende Angst stieg in ihm hoch, die erregende Angst, am Leben zu sein.

3

Als Dessislava es aussprach, lachte Maja spöttisch auf, Simeon schaute sie mit dem unterwürfigen Blick des geprügelten Hundes an. Sie selbst aber erschrak, weil sie augenblicks begriff, dass sie wirklich fähig wäre, es zu tun. Im trüben Halbdunkel hinter den Kulissen hatte sie Simeon gesagt: »Wenn ich heute die Prüfung bei Sotirov bestehe, dann heirate ich dich! Ich liebe Hamlet, er ist Teil meines Lebens geworden, und du bist sein physischer Stellvertreter.«

Diesmal hatten sich beide richtig fein gemacht, die Projektoren bestrahlten sie mit dem Licht nördlicher Sonne. Die Kulisse, wenn auch ärmlich und mitgenommen, deutete mit zwei Pappsäulen einen Saal im Schloss an, den Hamlet mit seiner verstörten und selbstversunkenen Miene adelte. Von den Spannungen des klaustrophobischen Wahns befreit, kam ihr alles auf der Bühne nur noch banal und stumpfsinnig vor, hergeholt, abgekupfert von der Inszenierung eines beliebigen Märchenstücks. Dessislava schämte sich für diesen Kompromiss, presste ihre Daumen auf die geballten Fäuste und hoffte inständig, der erhabene Sotorov möge sie in der Luft zerreißen, aber siehe … sein gelangweiltes Gesicht heiterte sich auf, sein Mund verzog sich zu einem zufriedenen Grinsen, seine Hand griff in die Sakkotasche und holte ein Glas mit Tabletten heraus, von denen er eine schluckte. Als die Lichter im Saal wieder angingen, sagte er zu ihr:

»Das sieht schon schon ganz anders aus, Kollegin! Dafür kriegen sie ein Befriedigend. Ich hätte mir eigentlich ein bisschen mehr Phantasie von Ihnen erwartet, einen Schuss Verrücktheit! Aber gut … Schönen Gruß an die Eltern.«

Auch diesmal war Christos Applaus aus der letzten Sesselreihe laut, aber irgendwie lauer als vorher. Evtimov, der neben ihr saß, seufzte nur gequält. Voller Mitleid, besinnungslos gutaussehend und festlich herausgeputzt, ergriff er Dessislavas Hand und flüsterte kaum hörbar:

»Ich warte draußen auf dich.«

Sie blieb zusammengesunken, verschreckt, gleichsam verscheucht vor der leeren Bühne stehen und wusste nicht, was sie machen sollte. Enttäuscht war sie, ein Opfer der Umstände, und mit einem Eisengeschmack im Mund. Ihr Drang zu lügen war so gewaltig und unerträglich, dass sie machte, dass sie in die Garderoben kam, wo unter dem Licht einer nackten Sechzig-Watt-Birne, in schmierigem Zigarettenrauch und fleckig-dreckigen Spiegeln Sim und Maja die Unsterblichkeit von sich abstreiften.

»Heute haben wir Montag«, wandte sich Dessislava leise, aber entschlossen an ihren Hamlet. »Wenn du also bereit bist, mein Prinz, könnten wir nächsten Mittwoch die Ehe schließen!«

»He, was ist denn mit dir los?«, stupste Maja sie an.

»Ich dachte, das sieht man mir an? Ich bin glücklich.«

»Mach keine Witze, Dess, das Glück von heute ist noch lange kein Grund für die Sklaverei von morgen!«

»Ich meine das total ernst! Du und Bobby seid unsere Trauzeugen. Falls der Bräutigam es sich bis Mittwoch nicht anders überlegt, dann lassen wir 'ne kläglich-kleine Hochzeit steigen.«

»Keine Sorge, gekniffen wird nicht«, erwiderte Simeon finster. »Nur: Was mache ich bis nächsten Mittwoch. Ich dreh durch.«

»Oh, du könntest zwischenzeitlich ein ärztliches Attest einholen, dass du nicht so ein Geschlechtskinkerlitzchen von Krankheit hast. Ich selbst bin frei von Vorurteilen, aber der Staat hat nun mal Fürsorgepflicht in Sachen Familiengründung.«

»O Gott, Dess«, stieß Maja aus, »wenn ich das gewusst hätte, hätte ich auf der Bühne alles Mögliche angestellt, damit du durchfällst.«

»Du warst mir immer eine wahre Freundin!«

Dessislava knallte die Tür der Garderobe hinter sich zu, doch die Stille drinnen war so dicht und taub wie der geheilte Wahnsinn Hamlets. Maja und Sim hatten ihr tatsächlich geglaubt! Ich werde eine gute Ehefrau abgeben, sagte sie sich, anständig, sparsam und hingebungsvoll … aber heute, heute bin ich noch frei!

4

Evtimov fuhr drauflos, so zerstreut und ohne Ziel, dass einem der Benzingeruch in seinem klapprigem Lada regelrecht gefährlich vorkam. Draußen ging ein widerlicher Regen nieder, der die Landschaft schraffierte. Die Zeit selbst war zufallsgeladen, wenigstens kam es Dessislava so vor. Das Frühjahr war ansonsten ungewöhnlich freundlich gewesen. Warum musste jetzt, Ende Juni, diese herbstliche Trübsal sich auf sie ergießen? Sofia hatte sich in eine Riesenpfütze verwandelt. Die Menschen ballten sich bienengleich um die Straßenbahnhaltestellen. Der Himmel hing tief und voller Quellwolken über der Stadt. Selbst unter ihrem Regenmantel fühlte sie sich klebrig und nass. Tief drinnen aber glühte ihr Körper, als hätte sie Fieber. Sie konnte sich diesen Entschluss nicht erklären, den sie da in der Garderobe der Schauspielakademie verkündet hatte, aber die Stimme ihrer Mutter wollte einfach nicht schweigen: »Das war doch bloß deine nächste Lüge, Dess!« Und auf einmal hatte sie die Wahrheit ausgesprochen … Nur dass die Wahrheit manchmal unwahrscheinlicher ist als die haarsträubendste Lüge.

»Irgendwohin müssen wir aber schon fahren«, druckste Evtimov kleinlaut herum.

Sie schaute ihn an. Die Narbe auf seiner Oberlippe war blau vor Kälte, seine Augen starrten gegen die beschlagene Windschutzscheibe.

»Fahr mich in die Diskothek!«

Sie wollte einfach ins Trockene, ins Tintenlicht der Unpersönlichkeit, wo es warm, laut und niveaulos war.

Letztes Jahr hatte man sie in eine Diskothek in Albena am Goldstrand eingeladen. Es war Nachmittag gewesen, und noch nicht viel Betrieb. Vor der Terrasse draußen erstreckte sich die flimmernde Endlosigkeit des Schwarzen Meers. Die roten Lämpchen um Bar und Tanzfläche gaben dem Lokal einen Hauch von gehobener Puffatmosphäre, einige Paare tanzten träge vor sich hin. Da sah sie den Mann. Vermutlich Ausländer. Er mochte an die siebzig Jahre alt sein. Sein weißes Haar hing ihm bis auf die Schultern herab, auf seinem Gesicht spielte ein selbstvergessenes Lächeln. Er strahlte Zufriedenheit aus, aber eine verletzliche Zufriedenheit wie ein Sandkorn, das in der Muschel fremder Aufmerksamkeit zur Perle wird. Als die riesigen Lautsprecher aufdröhnten, stand er auf und begann zu tanzen. Er schien seine Bewegungen derart zu genießen, dass sie einen Raum markierten, in dem er sich einkapselte, in dem er immer einsamer und immer glücklicher wurde. Auffallend war, dass er eine Art leichter, höchst bequemer Pantoffeln trug, die sich an seine Füße schmiegten wie Ballettschuhe. Sie waren sozusagen das i-Tüpfelchen auf seiner ganzen Erscheinung, der eines stillen, selbstzufriedenen Außenseiters, der, ein bisschen lächerlich für andere, im Grunde niemanden mit seinem lächelnd-begeisterten Selbstgenuss störte, und der auch zu niemandem Kontakt suchte. Dieser alte Mann kam ihr inspirierend frei vor, war er doch offensichtlich in der Lage, alle bedeutsamen Ereignisse, die sich in seinem langen Leben abgespielt haben mochten, für diesen einen Moment einzutauschen, in dem er sich der Illusion hingab, noch einmal achtzehn zu sein. Um zehn Uhr rief er den Kellner, zahlte sein Gedeck und den einzigen Kräutertee, den er während der ganzen Zeit getrunken hatte, stopfte seine Tanzpantoffeln zusammengefaltet in eine Plastiktüte und holte aus seiner Sporttasche Ledersandalen mit dicker Sohle aus Rohkautschuk.

Dessislava wusste auch nicht, warum sie sich an all das erinnerte. Sie fand, dass Evtimov, von flippigen Teenies umgeben, aussehen würde wie ein Gruftie, dessen Anzug und Krawatte Gekicher auslösten, weil sie mit ihrer Eleganz in einer Diskothek einfach geschmacklos overdressed waren. Sie bildete sich ein, dass sie hoffnungslos verliebt in ihn sei; ebendarum wollte sie ihn »vorführen«, verletzen.

»Es ist doch gerade erst fünf«, warf er ein, »und die Diskotheken machen, soweit ich weiß, erst später auf.«

»Dann …«, nahm sie all ihren Mut zusammen, »fahr mich zu dir nach Hause. Deine Familie ist doch am Meer, oder nicht?«

Er zuckte zusammen. Ein Schatten der Verwunderung huschte über seine Züge, dann verhärtete sich sein Gesichtsausdruck.

»Bist du sicher, dass du das möchtest?«

»Jawohl, Genosse Evtimov. Heute ist unsere letzte Chance. Nächsten Mittwoch heirate ich …«

5

Mihilfe einiger Nischen hatte »Othella«, Evtimovs bessere Hälfte, den Eingangsbereich ihrer Wohnung in so etwas wie eine Klosterzelle verwandelt. Und als Dessislava das Wohnzimmer betrat, kam ihr das Licht darin nicht etwa nur künstlich, sondern regelrecht krank vor. Es roch steril. Möbel aus hellem Holz, Gipsborde, eingezogene Decke, Stufe zum Esszimmerteil – all diese interessanten, schönen und prätentiösen Elemente der Raumgestaltung ermüdeten schrecklich. Der Wodka, den Evtimov servierte, hatte demgegenüber den Geschmack der gewöhnlichen Dinge; Dessislava empfand ihn wie einen nahestehenden Menschen.

»Ich kann Mannweiber nicht ertragen«, fuhr Evtimov lau fort. »Emanzipierte Frauen finde ich so abstoßend wie weibische Männer. Die Freiheit, für die sie kämpfen, nimmt ihnen jeden natürlichen Charme. Eine Frau, die ihre angeborene Schwäche nicht zeigen kann, ist doch ein Ungeheuer.«

»Und? Bin ich auch so ein Mannweib?«

»Du bist wenigstens kein Ungeheuer«, antwortete er ohne zu zögern, »weil du dich ängstigst!«

Sie bat ihn nicht um eine nähere Erläuterung. Evtimov reproduzierte da wohl einen Endlos-Dialog mit seiner Frau, jener Othella, die alles getan hatte, um ihn durch Verpflichtungen an sich zu ketten, angefangen von der »partnerschaftlichen Haushaltsführung« bis zur Erziehung der Kinder. Ihre Eifersucht war nur der Pfeffer auf diesem Familieneintopf. Ohne ihre andauernde Eifersucht bestünde ja die Möglichkeit, dass er sich von seinen Schuldgefühlen befreite, ihr drei Kinder gemacht zu haben. Hastig räumte er die Aufsteller mit den Fotos seiner Sprösslinge vom Schreibtisch, so als könnten die sie beobachten, lachend dem Fall ihres Vaters zuschauen.

Dessislava tat er leid. Zwei Stunden saßen sie einander schon gegenüber. Draußen fiel weiter dieser unangenehme Regen, im Rechteck des Fensters dunkelte es, doch er wagte immer noch nicht, sich zu rühren, geschweige denn, sie zu berühren. Er hielt Dessislava für eine, die in Liebesdingen nicht zimperlich war. Sie wiederum fragte sich, als er gerade seinen Wodka mit Zitronensaft verdünnte, wie sie ihm helfen sollte, denn sie hatte – hol's der Teufel! – doch keinerlei Erfahrung. Wenn sie jetzt anfinge, mit entsprechendem Intimsprech den Boden für ihn zu bereiten, würde sie ihn doch nur erschrecken oder gar beleidigen. Worin bestand dann aber der Sinn, ihn mit ihrer langweiligen, in die Jahre gekommenen Jungfräulichkeit zu unterhalten?

Manche Mädchen haben eine schwere Pubertät, ich halt eine schwere Jungfräulichkeit, dachte sie. Was war es denn sonst, wenn eine Frau bald Mitte zwanzig war? Eine Art Keuschheitsgelübde, das sich von selbst eingestellt hatte? Charakterliche Beständigkeit? Hoffnungslose Frigidität? Oder schlicht bodenlose Dummheit? Und war nicht gerade diese ins Extrem getriebene Keuschheit so etwas wie Lasterhaftigkeit in Vollendung? Entweder war sie also, ohne es zu wissen, eine ganz Schlimme, oder sie war eine große Lügnerin … All diese Ekelpakete, die sie des Vergnügens beraubt hatte, mit ihr in die Kiste zu steigen, hatten sie frustriert als Nutte beschimpft – und vielleicht war da ja etwas Wahres dran? Frauen, die wirklich Prostituierte waren, bezeichneten die Männer jedenfalls nie mit diesem ungehörigen Wort.

Wie beschämend, unberührt zu sein, aber nicht zu wissen, ob sie das überhaupt sein wollte. Diese beklemmende Jungfräulichkeit, die ihr auf der Seele lag wie ein Verbrechen, machte sie blind, so als läge sie nicht zwischen ihren Beinen, sondern auf ihren Augen. Mit ihr glich Dessislava der Göttin Justitia, und da fragte man sich doch: Wer gab ihr das Recht, Urteile zu sprechen, sich als Gerechtigkeit selbst aufzuspielen, das Maß für anderer Leute Sittlichkeit oder Unsittlichkeit? Ihre aussichtslose, lachhafte Jungfräulichkeit war eigentlich höchst zerbrechlich, sah aber aus wie eine schwere, verriegelte Tür. Wenn sie sich aber diese hässlichen männlichen »Rammböcke« vorstellte, mit der die Vertreter des starken Geschlechts unter Aufbietung aller möglichen und unmöglichen Tricks, Schleimereien, Lügen und Ungehobeltheiten, sogar Liebesqualen dagegen anrannten, wurde ihr ganz anders.

Sie war drauf und dran, in Tränen auszubrechen und alles zu vermasseln, denn immerhin beschäftigte sich auch Evtimov mit Theater und würde sofort die Wahrheit erkennen. Ihre Stärke aber lag im Lügen.

Da stand sie auf und begann einfach, sich auszuziehen. Sie versuchte, dem den Anschein einer alten Übung zu geben, und tat es langsam und lasziv. Vom Stoff befreit, blinkte ihr Körper auf wie eine billige Blechmünze. Sie drehte ihm den Rücken zu, denn sonst wäre sie umgefallen vor Scham. Da spürte sie auf einmal seine Hände auf sich, warm und angenehm grob. Evtimov war kein weibischer Mann, seine Lippen glitten entschlossen wie fallendes Wasser über ihren Leib. Dann umfing er sie mit seiner Erfahrenheit und hob sie aufs Sofa, das weich nachgab. Sie drehte das Gesicht zur Seite. Ein blinder Schmerz … Sie erwartete, dass sich jetzt etwas in ihr umkehrte, dachte, sie müsse doch jetzt eine andere werden, erwachsen und befreit – aber ihr war einfach nur unwohl. Ihre Tränen rannen, bis die Gipsborde und Wandnischen verschwammen, als flössen sie in ihre Augen hinein.

Evtimov entlud sich bebend in ihren Körper, bitter und unerlöst. Langsam kehrte er zurück in seine männliche Wehrlosigkeit und starrte sie mit wachsendem Entsetzen an. Auf dem Leinenweiß des Sofabezugs prangte grellrot der Abdruck ihrer Jungfräulichkeit. Evtimov fühlte sich jetzt wohl wie ein Schlachter. Sie umfasste seinen Kopf und drückte ihn an ihre Brust, war sie doch nun Frau geworden, berufen, alle menschliche Widersprüchlichkeit zu ertragen und – noch schrecklicher – zu vergeben.

»Aber … warum?«, flüsterte Evtimov ihr voller Erschrecken ins Ohr. »Wie konntest du mich nur so täuschen?«

»Ihr habt euch doch selbst getäuscht – alle!«

»Ich muss etwas tun. Ich denke, auch du …«

»Zu spät«, erwiderte sie, »denn ich heirate wirklich.«

»Ja, wen denn?«, fragte Evtimov verdattert und erhob sich.

»Ich hatte versprochen, bei Hamlet zu bleiben.«

Und da, in diesem Moment wachsender Hoffnung, geschah das Furchtbare: Evtimov glaubte ihr, plötzlich und gemein. Wenn er ihr aber nach allem, was zwischen ihnen geschehen war, plötzlich glaubte, dann musste auch sie sich glauben. Vor vielen Jahren hatte ihr Jonka, über die auf dem Tisch ausgebreiteten Karten gebeugt, zu bedenken gegeben: »Wenn ein Mensch die anderen belügt, Kindchen, betrügt er im Grunde sich selbst!« Indem sie das Schicksal vergewaltigte, gelang es Dessislava nicht, ihre Liebe zu bewahren; an diesem regnerischen Abend verlor sie einfach nur ihre niemandem nützende Jungfräulichkeit, ein zwar schmerzendes, aber eben noch rechtzeitiges Unterfangen, das ihr das bevorstehende Eheleben erleichtern würde.

»Aber … ich liebe dich doch«, sagte Evtimov so verwundert, als könne er es selbst nicht fassen, »verstehst du: Ich liebe dich!«

6

Ihre Hochzeit war tatsächlich höchst spartanisch und ohne jeden Aufwand. Man hatte den Eindruck, die ganze Trauungszeremonie wäre nur eine beliebige Antwort von Leuten, die den Tag zusammen verbringen wollten, auf die Frage: Was machen wir denn heute so? Als die Standesbeamtin sah, dass die ganze Hochzeitsgesellschaft nur aus dem Brautpaar und den beiden Trauzeugen bestand, haspelte sie die Zeremonie in fünf Minuten herunter. Füllig, mit dem geübten Lächeln eines alten Pastors, roten Wangen mit blauen Äderchen und in einem festlich bestickten Kleid, lehnte die Dame vom Gemeinderat es sogar ab, ein Glas Sekt mit den Brautleuten zu leeren. Sie reichte ihnen die Ringe mit dem sauren Lächeln des beleidigten, ja, um sein Recht betrogenen Menschen, der gerade erkannte, dass man ihm wohl einen Streich spielte. Der kleine Bläserchor vom Konservatorium fand die Sache hingegen eher komisch und intonierte den Hochzeitsmarsch von Mendelssohn-Bartholdy übertrieben neckisch. Der Hochzeitsfotograf ließ das kalte Blitzlicht aufscheinen und hielt die schuldbewussten Physiognomien zweier junger Leute fest, die auf frischer Tat bei ihrer nächsten kleinen Dieberei ertappt worden waren.

Glückwünsche bekamen sie keine. Wie auch, es wusste ja keiner von ihrer Hochzeit. Dies war Dessislavas ausdrückliche Bedingung gewesen. »Die Liebe«, hatte sie Simeon gesagt, »macht nur dann Sinn, wenn sie schwierig und geheim ist. Wir müssen ziemlich schlau sein, um unsere Ehe zu retten. Und wenn ich dann mit dem Studium fertig bin und du als Darsteller in irgendeiner blöden Krimi-Fernsehserie ein beliebter Volksschauspieler geworden bist, dann werden wir auch Kinder in die Welt setzen.«

Maja zitterte vor Kälte in ihrem seidenen Plisseekleid, unter Bobbys Adamsapfel prangte eine rot gepunktete Fliege – buchstäblich der einzige exzentrische Farbtupfer der ganzen Feier. Nach vollzogener Trauung gingen sie ins Ungarische Restaurant und futterten sich satt mit jenem schweigenden Ernst, den nur wahrhaft hungrige Leute beim Essen an den Tag legen. Für das Glück braucht man viel Energie, dachte Dessislava. Der Kellner kannte seine Pappenheimer und bekundete Zweifel an den finanziellen Möglichkeiten der Viererbande und zerstörte ihr Behagen am Sattsein derart, dass die wenig geschätzten Gäste beim Gehen sogar den Brautstrauß aus weißen Schwertlilien in der Vase vergaßen. Im Taxi, als sie das Fehlen dieses romantischen Symbols weiblicher Unbeflecktheit feststellte, fühlte Dessislava sich endlich richtig frei.

In Bobbys Mansarde war es so klamm und kalt, dass sie das elektrische Öfchen einschalteten. Sie tranken billigen Wodka und tanzten im Abendrot, von dem schwer zu sagen war, ob es nun festlich oder verschämt war. Veilchenfarben, blauschwarz verdichtete sich der Himmel hinter dem Witoscha, bis der Gebirgskamm nicht mehr zu erkennen war. Blieben die Autoschlangen, die sich an dessen Fuß wie eine endlose Kette von Glühwürmchen voranschoben. Simeon lächelte gequält, schwermütig. Das weckte anfangs Dessislavas Besorgnis, schließlich verdarb es ihr regelrecht die Laune. Sie saßen vor einem noch nicht getrockneten Gemälde Bobbys, das mit seiner düsteren Abartigkeit einschläfernd auf sie wirkte. Maja und der Maler knutschten leidenschaftlich in der Ecke. Sie verbargen sich nicht, hatten ja auch keinen Grund, sich zu schämen; sie waren frei wie die Nacht da draußen. Bei den Frischvermählten lagen die Dinge umgekehrt: Dessislava wäre sich jetzt, so als Ehefrau, unanständig vorgekommen, wenn sie mit Simeon vor den beiden Freunden in den Clinch gegangen wäre. Das war ja schon mal ein guter Anfang! Verheiratet sein hieß, sich andauernd zu schämen – irgendwie gefiel ihr das!

»Du schweigst die ganze Zeit.«

Simeon schaute sie mit solcher Vergötterung an, dass sie richtig befangen wurde davon.

»Bin einfach müde. Um sechs Uhr früh aufgestanden zum Kleidbügeln. Na, sag schon, hab ich nicht schön gebügelt ausgesehen?«

»Und ich hab die ganze Nacht kein Auge zugemacht, weil ich dachte, du bist eine Braut, die sich nicht traut, sondern nur Theater macht.«

»Klar machen wir Theater. Ein paar Leute sind so naiv zu behaupten, aus mir würde mal eine Regisseurin, und aus dir ein berühmter Schauspieler. Was sollen wir also anderes machen … als Theater, meine ich?«

»Deine heutige Vorstellung hat mir jedenfalls gefallen. Wenn Sotirov die mitgekriegt hätte, hätte er dir ein Sehr gut gegeben.«

Er fasste ihre Hand, sanft, aber fest. Ja, dieser Hamlet, der war auch nicht gerade ein Weichei. Da, da hatten wir es, was sie beunruhigte: seine überhastete Ungeduld. Simeon war zwar schwer verliebt und daher weich gestimmt, aber das änderte nichts an dem ihr so wohlbekannten Komplex der traditionell aufgewachsenen Leute vom Land, die glaubten, dass ein Mann seine Gefühle nur brachial unter Beweis stellen konnte. »Aggressivität«, hatte er ihr erklärt, »ist ein Zeichen dafür, dass der Mann sich für die Frau entschieden hat.«

»Hör zu, du musst mir schwören, dass du niemandem was sagst! Diese sagenhaft verrückte Ehe soll nur uns gehören.«

»Ich weiß zwar nicht, worauf du hinauswillst, Dess, aber … gut, ich schwöre!«

»Auf unsere zukünftigen Kinder?«

»Auf dich!«

»Ach, wie wundervoll du bist. Sieh mal, mir kommen die Tränen!«

Sie entzog ihm ihre Hand, als sei die seine ein Handschuh, stahl sich in den Flur und blieb lange dort in der Dunkelheit und ihrer Unentschlossenheit. Sie ertastete den Telefonapparat und wählte die bekannte Nummer. Das Freizeichen machte sie wahnsinnig. Schließlich hörte sie seine Stimme und schrak zusammen. Das Tonband im Atelier war zwar auf volle Lautstärke gedreht, trotzdem flüsterte Dessislava in die Muschel:

»*Ich habe es getan!*«

Das Schweigen am anderen Ende der Leitung war scharf, dramatisch, und es schien nicht enden zu wollen. Schließlich erwiderte Evtimov:

»Auf dass du glücklich wirst!«

»Ich konnte es nicht *nicht* tun. Das, was zwischen uns steht, ist unüberwindlich, unmoralisch, Genosse Evtimov. Und dabei meine ich nicht das gestern. Seit einem halben Jahr bin ich nicht ganz bei mir. Du hast Frau und Kinder, deine Kinder brauchen dich und euer Zuhause. Ich will keine sein, die Familien kaputtmacht.«

»Ich hör dich ganz schlecht, Dess.«

»Ich bin kein Mannweib, sondern ein schwaches und willenloses Mädchen.«

»Ich kann dich kaum hören. Erklär mir trotzdem: warum?«

Warum immer diese Frage, dachte sie.

»Ich hab geheiratet, weil … Ja, verstehst du denn nicht? Ich kann mich nur von dir lösen, wenn ich jemandem anderen treu sein muss. Und du kannst dich drauf verlassen, dass ich eine erztreue Ehefrau sein werde und dich nie wieder ansehe!«

»Hallo? Hallo …«

Der ganze Körper tat ihr weh, genauer gesagt, alles, was er berührt hatte. Sie knallte den Hörer auf die Gabel, wischte sich die Tränen ab, während aus dem Wohnzimmer eine aufgekratzte Hookline der Rolling

Stones dröhnte. Zur Sicherheit ging sie auf die Toilette und betätigte die Wasserspülung. Dann erst kehrte sie zurück in die nun bereits gewärmte Dunkelheit des Wohnraums, tastete sich zwischen den beiden Staffeleien hindurch, beugte sich nieder und küsste Simeon auf die Stirn.

»Ich gehe«, sagte sie schlicht. »Nein, du brauchst mich nicht hinauszubegleiten.«

»Aber zum Teufel, warte mal, so nicht, Dess, wir sind doch jetzt schließlich Mann und Frau? Ich sag Bobby sofort, er soll sich mit Maja mal für eine Weile verziehen. Haben mir beide versprochen, sie würden sich für die Nacht zu Maja verkrümeln.«

»Zu spät, Hamlet … Meine Mutter wartet zu Hause schon auf mich.«

»Aber Dess, hör doch auf mit diesen Zickereien!«

Er hatte sie an den Schultern gepackt, seine Finger bohrten sich schmerzhaft in ihr Fleisch.

»Nein, hör du zu, Freundchen«, entwand sich Dessislava ihm, »du hast mir pausenlos eingeredet, dir sei es nicht wichtig, mit mir zu schlafen. Dein heimlicher und großer Traum war es, dass wir heiraten. Ich hab es dir versprochen und – mein Versprechen gehalten. Oder haben wir heute etwa nicht geheiratet? Gute Nacht!«

7

Alles hatte wohl schon begonnen, bevor die ungestüme, aber fatale Liebe zu seiner Tante Emilia aufflammte und seine Jugend mit ihren neurasthenischen Spannungen zerriss in Aussichtslosigkeit und Schwärmerei – eine Liebe, so platonisch und rein, dass sie ihn unweigerlich auf den Weg niedriger Gedanken und abartiger Gefühle führen musste.

Dieses andere da geschah nicht so urplötzlich, überkam ihn nicht so aus heiterem Himmel wie diese verbotene Liebe, sondern grub sich sukzessive ein wie der berühmte chinesische Tropfen, der erst ganz weich scheint, dann immer härter wird, irgendwann zu schmerzen beginnt, bis man schreien möchte, und am Ende schon Entsetzen auslöst, wenn man nur an ihn denkt. Ging er noch in den Kindergarten oder war er schon Erstklässler? Egal: Eines Nachts erwachte er mit der Vorahnung von etwas Peinigendem, Abstoßendem, das wie statische Elektrizität in der Luft lag und von allen Seiten auf ihn einstürmte. Draußen dräute der Sommer, heiß und menschenleer; Christo aber hatte einen Ozongeruch in der Nase, der kommende Stürme verhieß, entfesselt und zerstörerisch, der Ängste weckte. Seine Unruhe steigerte sich zu solcher Panik, dass er am liebsten geweint hätte; er nahm sich aber zusammen, denn genau in diesem Augenblick hörte er die Stimmen seiner Eltern, deren Schlafzimmer Wand an Wand mit dem seinen lag. Diese Stimmen, obwohl flüsternd und verhalten, drangen durch die Wand wie ein Kratzen mit dem Fingernagel, und das machte sie noch beklemmender.

Seine Mutter hielt inne, um Atem zu holen, um auszuruhen, oder weil sie in den Mahlstrom einer alles verschlingenden Erschöpfung geraten war, die etwas von einer rückhaltlosen Beichte an sich hatte, ja, wenn er ganz still lauschte und den Atem anhielt, erreichte ihn sogar das Signal, dass es sie fortgerissen hatte bis zur vollen Verzweiflung, *bis zum Ende ihres Lebens.*

»Noch einmal ganz von vorn«, sagte sein Vater herrisch, aber so, als habe ein Wirbelsturm sein Inneres verwüstet.

»Alex, nicht doch … Wir wecken das Kind noch auf!«

»Christo schläft!«

»Christo ist kein Baby mehr, er versteht alles.«

»Na los, du Schlampe, noch einmal ganz von vorn!«

In dieser Nacht konnte Christo nicht mehr einschlafen, denn seine Mutter sprach mit der belegten Stimme eines Menschen, der schuldig war und von Gott Vergebung für eine an sich unverzeihliche Sünde erflehen musste. Dabei drangen nur ihre Seufzer zu ihm und die Unversöhnlichkeit seines Vaters; es stahl sich aber auch eine verzehrende Lüsternheit hinein, die selbst in der Qual, das fleischliche Vergehen zu bekennen, noch erregend war. Seine Mutter und sein Vater schienen alle Einzelheiten von etwas ebenso Hässlichem wie Unwiderruflichem zu kennen, konnten aber dennoch nicht aufhören, es von allen Seiten zu betrachten. Sie hassten sich nicht, schämten sich nicht einmal voreinander, sondern erniedrigten sich nur gegenseitig, bis sie berauscht versanken in der sumpfigen Stille der Nacht.

Christo gewöhnte sich daran, lange wach zu bleiben. So bekam er heraus, dass diese Gespräche zwischen seinen Eltern sich alle paar Tage wiederholten. Jedes Mal erlauschte er etwas Neues, ein einzelnes Wort, ein kleines Detail, eine pikante Einzelheit, die ihn vom Ganzen entfernten, die Wahrheit vernebelten und in seiner Angst verbargen. Benommen, völlig im Bann des Verlangens, sich noch mehr Schmerz zuzufügen, sein Unglück durch Einsamkeit und Verlassenheit zu krönen, drückte er sein Ohr an die Wand und erlauschte so im Verlaufe eines Jahres alle Puzzleteile einer ungeheuerlichen, nicht enden wollenden Geschichte: Wie seine Mutter sich mit Dozent Pejtschev (den er als Kollegen seines Vaters vom Lehrstuhl für Römisches Recht kannte) vor dem Russischen Klub getroffen hatte, wie sie in seinen klapprigen Wartburg gestiegen war, in dem es nach alten Turnschuhen und Benzin roch, wie sie ihn aufgefordert hatte, sie in seine Junggesellenbude zu fahren, um sich dort, im unschuldigen, aber ungehörigen Durcheinander, mit Blick aufs zerwühlte Bett auszuziehen, gedrängt weniger von seiner Begierde als vielmehr beseelt vom Wunsch, anständig zu sein und seine Aufrichtigkeit angemessen zu erwidern.

»Warum hast du das getan, Herrgott nochmal, warum?«

»Ja, verstehst du denn nicht? Alle, mit denen ich bis dahin zu tun hatte, haben mir vorgespielt, wie ehrlich und anständig, gerecht und integer sie seien – und haben mich dann schrecklich enttäuscht. Weißt du, wie ich dich angehimmelt habe, weil ich dich für jemanden hielt, der du gar nicht warst? Ja, du hast mich am schlimmsten von allen betrogen!«

»Aber warum?« Die Stimme seines Vaters klang verängstigt und hysterisch zugleich.

»Pejtschev war der Einzige, der mich nicht belogen und betrogen hat. Er hat mir nichts versprochen, sondern wollte mich einfach nur. Er war unverschämt, hat aber nie seine Absichten verhehlt. Da konnte ich ihn doch nicht hinters Licht führen.«

»Noch einmal von vorn«, raunte sein Vater sadomasochistisch, »von diesem Abend bei Viktoria Sestrimska an, als Pejtschev dich zum Tanzen aufforderte.«

»Erst hat er sich spöttisch vor mir verbeugt«, hörte Christo seine Mutter an einem anderen Abend sagen, »und forderte mich dann auf: ›Tanzen wir einen Blues zusammen?‹« An einem anderen Abend: »Seine

Ironie war so schneidend, er hat noch nicht einmal versucht, mir Komplimente zu machen, sich in ein gutes Licht zu stellen oder mir Blödsinn zu erzählen; er hat mir einfach, sobald wir auf der Tanzfläche waren, seine Hand auf den Schenkel gelegt.«

Christo hatte natürlich keine Ahnung, was seine Mutter da mit diesem komischen Mann mit der großen krummen Nase und den dicken Schafslocken in dessen Zuhause gemacht haben sollte. Er hatte Pejtschev nur einmal gesehen, als er zum Professor gewählt wurde. Angst hatte Christo vor diesem kränklich wirkenden Mann nicht, der die ganze Zeit irgendwie schlecht gelaunt aus der Wäsche guckte, als hätte er gar keine Freunde. Es sollten Jahre vergehen, bis ihm plötzlich ein Licht aufging und er durch Zufall in einer Winternacht alles verstand. Da hatten die Stimmen seiner Eltern derart leise, bedrückt und sündhaft-pervers geklungen, dass er es nicht mehr aushalten konnte und – einschlief.

Er träumte vom Meer. Sommer und Meer. Zischeln und Rascheln von Laken weckte ihn. Er sah die Feuchtigkeit auf dem Gesicht seiner Mutter, und auch wenn er nicht dabei gewesen war, wusste er, dass sie geweint hatte. Etwas Ungestümes ging von ihr aus, Liebe gemischt mit Fatalität. Er warf sich in ihre Arme. Es roch nach Seife, nach Sauber, nach Warm, nach bergendem Fleisch. Nie hatte er sich sicherer und geschützter gefühlt als in der Stille dieser urplötzlich zurückgewonnenen Mütterlichkeit, dieser bedingungslosen gegenseitigen Liebe. Seine Mutter hatte ihn an sich gedrückt, ihn geküsst. Ihre Tränen sprachen jetzt nicht von Erschöpfung, sondern von einer wilden Begeisterung, einem tiefen Ur-Glück darüber, dass es Christo gab und dass sie zusammen waren.

»Mein Kind«, flüsterte sie so eindringlich, als schrie sie, »versprich mir, nein, schwöre mir, dass du dich niemals schämen wirst: Was auch immer dir widerfahren mag, was auch immer du tust – du schämst dich nicht, hörst du?«

»Ich hab vom Meer geträumt«, erwiderte er und begann nun auch zu weinen.

»Versprich mir, schwöre mir«, heulte sie, und ihre Stimme wurde höher, und ihr Glück barst nur so aus ihr heraus, »ja, schwöre mir, dass du dich – was auch immer dir in diesem verfluchten Leben passiert – nie schuldig fühlst! Denk daran, auch wenn ich nicht da bin, auch wenn du schon groß geworden bist, und selbst wenn du etwas Verbotenes, nicht Wiedergutzumachendes getan hast: Du trägst keinerlei Schuld daran. Schwör mir das!«

Er spürte ihren Herzschlag, zermürbt, erschöpft, der aus dem Rhythmus gekommen war in den vielen Jahren, in denen sie vor Scham nicht ein noch aus gewusst hatte, vor Schuldgefühlen, die man ihr angepappt hatte wie klebrige Etiketten. Trotzdem war dieses Herz voller Hingabe. Und auf einmal begriff Christo, was sie im Quartier dieses vor Einsamkeit sonderlich und selbstisch gewordenen Dozenten überkommen hatte. Sie hatte ihren Ehemann, seinen Vater betrogen. Und diese flüchtige, verhängnisvolle Schwäche, sich Pejtschev hinzugeben, nur weil er unverhüllt grob und ohne jede Spur von Verehrung mit ihr umgesprungen war, also vollkommen frei von all diesem künstlichen, verlogenen Getue, ganz und gar ehrlich – diese Schwäche hatte sich nun in ihr Los verwandelt, eine sich ständig wiederholende Schleife, eine endlose menschliche Marter.

»Ich verbiete dir, dich zu schämen, hörst du, ich verbiete dir, dich schuldig zu fühlen. Ich hab teuer genug bezahlt für alles. Nur du darfst mich jetzt noch richten, du bist mein kleiner Mann, *denn du bist ganz und gar frei von allem*!«

8

In Bulgarien ging seit Jahren nichts mehr ohne Beziehungen! Da die Gesetze nicht für alle galten und mehr dazu geschaffen schienen, die Menschen zu quälen, sie aus der Fassung zu bringen, klein zu halten und zu erniedrigen, bestand der einzige vernünftige Ausweg darin, diese ärgerlichen Gesetze entweder gar nicht zu beachten oder sie gezielt zu umgehen. Die Bauern aus den Schopendörfern um Sofia sagten mit ihrem nüchternen Realismus: »Das Gesetz steht wie ein einsames Tor auf freiem Feld. Ein Narr, wer hindurchgeht!« Nicht nur die spöttischen und findigen Schopen, die Mehrzahl von Christos Landsleuten zogen es vor, *keine* Narren zu sein. Aber eben: Um dieses Tor umgehen zu können, ohne gesehen und verpfiffen zu werden, brauchten sie Beziehungen.

Er musste Dessislava retten, koste es, was es wolle! Der Fall war vertrackt, aber er fand rasch den Weg zum von Bühnenstrahlern erleuchteten Künstlerherzen Theo Sotirovs. Der im Schutze der Partei sich göttlich fühlende Regisseur hatte unter dem Titel »Mein Herz ist eine Bühne« ein Interview für die Zeitung *Rundschau* gegeben. Darin wurde erwähnt, dass er, der Rektor der Schauspielakademie, sich ein Wochenendhaus in Boyana am Fuße des Witoscha gebaut hatte. Christo forschte nach. Laut Gesetz durfte es nicht mehr als achtzig Quadratmeter Grundfläche und nur eine Garage haben. Sotirov aber hatte es mit der Zeit auf einhundertundzehn Quadratmeter erweitert und unter der Terrasse – zwei Garagen. Durch diese Verletzung der Bauverordnungen hatte Sotirov Probleme dabei gehabt, rechtsgültige Besitzstandsdokumente für sein Haus zu bekommen. Dank seiner Berühmtheit und öffentlichen Bedeutung aber konnte er sich direkt an Justizminister Sdravkov wenden. Sdravkov seinerseits hatte Christo gebeten, »einen sachkundigen Rechtsverdreher« ausfindig zu machen, der das Wohnzimmer des Hauses als »Arbeitszimmer« und die zweite Garage als »Atelier« in die Bauzeichnungen eintragen ließ, sodass diese ohne ersichtliche Gesetzesverletzung ans Bauamt weitergeleitet werden konnten. Christo kostete dieser Freundschaftsdienst nicht mehr als einen Arbeitstag. Er hatte einen ehemaligen Mitstudenten, der in solchen Fragen mit allen Wassern gewaschen war. Im Gegenzug verlangte er aber von Sdravkov, bei Sotirov ein gutes Wort für seine Cousine Dessislava Assenova Weltscheva in Sachen Prüfung einzulegen. Der in allen theatralischen Schablonen und Konventionen kundige Bühnengott hatte Dessislavas Behandlung des *Hamlet* als persönliche Beleidigung aufgefasst und sie gezwungen, ihr Staatsexamen zu wiederholen. Christo wusste, dass Sotirov und Dessislavas Eltern sich gut kannten, und war überzeugt, dass er zu einem Kompromiss bereit war; weniger sicher war er sich bei Dessislava, deren Sturheit für jede Verrücktheit gut war. *Ach, diese bittere, aber wundervolle Verrücktheit!*, dachte er melancholisch. »Du kannst dich beruhigt zurücklehnen«, hatte der Minister ihn angerufen, »der Genosse Sotirov hat feierlich versprochen, deine Cousine zu diplomieren, selbst wenn sie eine ausgewachsene Hirnrissigkeit abliefert.«

Nachdem er das Gewünschte erreicht und ein gutes Werk getan hatte, ohne dafür im Gegenzug etwas zu verlangen, musste er irgendetwas Gemeines tun, um sein inneres Gleichgewicht, seinen Seelenfrieden wiederherzustellen. Von klein auf war ihm nämlich auf erzieherischem Wege das Gewissen herausoperiert worden, und dies mit solchem Erfolg, dass er sich noch nicht einmal da schämte, als er auf einer Schülerarbeitsbrigade nachts ins Bett gemacht und die Mädchen das spitzbekommen hatten. Und Schuldgefühle hatte er noch nicht einmal da bekommen, als er wegen der ihn verzehrenden Eifersucht das Sakko seines Onkels Assen Weltschev mit Tinte bekleckert hatte. Seine Sehnsucht, etwas Schmutziges zu tun, war so heftig, dass er sich um zehn Uhr abends bei Mariana Ilieva meldete und sie für sofort auf ein Treffen ins schäbige Halbdunkel des Hotels Rhodopen einbestellte.

Als er Zimmer 505 mit seinem ewigen Geruch nach menschlicher Ausdünstung betrat, hatte Mariana sich schon gehorsam ins Bett gelegt, bis zum Kinn zugedeckt und auf ihn gewartet. Ihre grünen Augen waren voller Bitterkeit und Hunger, der bitteren Furcht jeder betrogenen Frau, dem sehnsüchtigen Hunger, er möge ihr wenigstens Schmerz zufügen. Sein Abbild im Spiegel zeugte von Gram, ja, der Eindruck eines von Scham und Schuldgefühlen zerfressenen Mannes war vollkommen.

»Wir müssen ernsthaft reden«, begann er zögerlich.

Mariana stöhnte auf.

»Ich muss dir etwas Wichtiges sagen, das uns betrifft, verstehst du?«

»Nicht doch, Liebster!« Panik hatte sie ergriffen. Sie versuchte, ihn zu bremsen, suchte Schonung, wie man einen verlorenen Haustürschlüssel sucht.

»Nun zieh dir doch etwas über, so nackt lenkst du mich nur ab.«

Erneutes Stöhnen. Unbewusst rieb sie sich die Wangen, tat aber, wie ihr geheißen. Ihre Ankleide zog sich hin, ein verführerischer Striptease in umgekehrter Richtung mit ihrer Traurigkeit als besonders laszivem Element. Das war geradezu pervers. Ihre atemberaubende Figur verschwand mitsamt der Ausstrahlung einer bestraften Göttin in schwarzer Spitzenunterwäsche, in dieser Ansammlung raffinierter Verhüllungskleinigkeiten, die die Frau zu einem Geheimnis machen und den Mann zu einem Voyeur voll wachsenden Begehrens. Mit geübtem Griff richtete sie ihre Strümpfe, schlüpfte in ihr Kleid, dann in ihre Schuhe. Als sie fertig war, setzte sie sich ihm gegenüber auf den gepolsterten Hocker. Christo spülte zwei Gläser aus, füllte sie zu einem Viertel mit Whisky und forderte sie, ohne mit Wasser oder Eis zu verdünnen, dazu auf, ihr Glas in einem Zug zu leeren. Sie war sicher, dass er ihr nun vorschlagen würde, sich zu trennen. Christo sah mit Wohlgefallen, wie das Entsetzen in ihre Augen stieg.

»Ich hab dich hergerufen … mir erlaubt, dich zu stören, weil … ich kann nicht ohne dich. Ich liebe dich!«

Seine Lüge war derart überzogen, dass Mariana unter ihrer und der Einwirkung des Whiskys taumelte. Sie sackte vom Hocker vor seine Füße, und als sie dankbar zu ihm aufschaute, rannen Tränen über ihre Wangen.

Doch auch dies genügte nicht. Seinen Frieden fand er erst drei Tage später, als er zum Zeichen der dankbaren Verbundenheit einen kleinen, neckischen Spitzelbericht über Minister Sdravkov schrieb. Als er sein bissiges Meisterwerk in der staubigen Ungelüftetheit der Kontaktwohnung auf der Biglastraße an Major Petrov übergab, dachte er hämisch: Hehe, bedaure sehr, Genosse Minister, aber – c'est la vie!

9

Das Verheerendste aber widerfuhr ihm im letzten Sommer, plötzlich, unerwartet und mit jener Übergröße, mit der man die Dinge unter der Lupe sieht. Die extreme Klarheit des Geschehens hatte etwas von jener, die uns angeblich im Augenblick des Todes überkommen soll.

Er war gerade erst vor einer Stunde in Sosopol am Schwarzen Meer angekommen, hatte sein Gepäck abgestellt in seinem Altstadt-Zimmerchen mit dem Balkon, der direkt auf die Bucht ging mit ihren Gerüchen nach Muscheln und klebrigen Feigen. Er zog die Badehose an, nahm sein Badehandtuch und machte sich auf zum Wasser. Im Hof saßen seine Mutter und seine Tante unter der Weinlaube, legten eine Patience und winkten ihm lächelnd zu, als er vorbeikam. Da er Dessislava am Abend in die Diskothek einladen wollte, fragte er die beiden Frauen, wo sie sei.

»Auf den Klippen, zum Sonnen, du kennst ja ihr Plätzchen.« Emilia wies auf die Eimer mit dem Eiswasser, in denen die Flaschen mit dem Minzeschnaps zum Kühlen lagen. »Aber verspätet euch nicht, wir brauchen euch zum Salatschneiden.«

Ja, er kannte ihr Plätzchen. Es lag genau gegenüber der Insel mit dem Leuchtturm. Um hinzugelangen, musste man etwa zwanzig Meter einen gefährlich steilen Pfad hinabgehen, der auf ein Felsplateau führte, dessen Kanten von den wilden und sanften Streicheleinheiten des Meeres abgerundet waren. Christo ging die schmalen Treppenstufen hinab, prellte sich die Ferse an der letzten Stufe – und auf einmal sah er sie: beschienen von der tief stehenden Sonne, hingestreckt in wehrloser Nähe, und doch zugleich verlockend fern. Neben ihr lag ein aufgeschlagenes Buch. Der Strohhut auf ihrem Kopf bedeckte halb ihren abwesenden Gesichtsausdruck mit dem kaum merklichen, wie von innen heraus leuchtenden Mona-Lisa-Lächeln. Ihre Augen waren ruhig und geschlossen. Ihr gleichmäßig gebräunter Körper war von hell gewordenen Sommersprossen bedeckt und kurzen, feinen Härchen, die golden flimmerten. Sie wirkte einsam, verlassen und wundervoll wie eine Göttin. Ihre Schönheit war … so anders, so … verstörend, und so wahnsinnig unschuldig, dass er – zu Tode erschrocken – Zuflucht im Horizont suchte.

In der Abenddämmerung verschmolzen Meer und Himmel in eins, das Wasser dunkelte schwer und machtvoll, und der Himmel schien nur dessen Ausdünstung zu sein. Christo hielt es nicht mehr aus und schaute wieder auf Dessislava. Sie lag immer noch so ungreifbar da, ein auf den Felsen hingegossenes Stück Belebtheit, das verhalten und unangetastet wirkte. Da wurde eine Ahnung in ihm zur Gewissheit. Da blähte sich sein Herz auf und schlug bis zum Hals. Da spürte er, wie ein Wahn ihn anhauchte, kühl, eine Windbö, die nicht abebbte. *Bitte … Bitte lass mich nur unbemerkt von hier verschwinden*, dachte er und zog sich voller Entsetzen zurück. *Hörst du, Dess, nicht die Augen aufmachen, nicht …* Er schaute sich um. Zwei Schritte trennten ihn vom rettenden Wasser. Er tat den ersten, kam seiner Rettung ganz nah, ein Vogel, der auf dem rettenden Sims landete. *Ich bitte dich, tu mir das nicht an, nur das nicht, Dess, hab Erbarmen …* Doch ihr versonnenes Lächeln verschwand, ihre Augen öffneten sich und schauten in seine Richtung, als wäre da gar niemand. Sie waren blau wie das Meer, unergründlich wie die Meerestiefen und der Tod darin. Da erkannte sie ihn. Durchdrang ihn mit ihrem Blick. Dass ihm der Atem stockte.

»Christo, seit wann bist du hier?«

Warum hast du nicht auf mich gehört, Dess? Was machst du denn da mit mir? Woher diese Grausamkeit? Womit habe ich sie verdient?

Er taumelte. Tränen vernebelten den Horizont und nahmen ihm die letzte Hoffnung. Sein Lachen war irre und krächzend wie ein verunglücktes Stöhnen. Er musste erbärmlich ausgesehen haben wie ein auf links gewendeter Handschuh mit zerrissenem Innenfutter, oder aber bedrohlich wie ein Psychopath, denn sie stieß entsetzt hervor:

»Aber Christo, du … mein Gott, was ist denn los mit dir?«

Da sprang er einfach ins Wasser. Der Salzgeschmack des Meeres mischte sich mit dem Schmerz seiner alles verschlingenden Einsamkeit. Er schwamm hinaus, erbittert, und immer weiter, gefährlich weit schwamm er hinaus, und er würde nicht eher umkehren, bis er die Grenzen des Möglichen erreicht hatte, die Grenzen seiner selbst. Die Bucht bog sich hinter ihm zusammen wie ein Hufeisen, das der liebe Gott großzügig hingeworfen hatte, damit die Menschen ein bisschen Glück im Unglück hatten. Das Wasser schien schwerer zu werden da draußen, salziger, schwarz am Ende. Er versuchte, sich an Emilia zu erinnern, sich an sie zu klammern. Sie, die über so viele Jahre seine Gedanken bei Tage und des Nachts beschäftigt und ihn bis in seine Träume hinein verfolgt hatte, hatte ihn plötzlich und spurlos verlassen, so als sei sie nur ein Zeichen im Sand gewesen, von der letzten Flut fortgespült. Sie war nicht gegangen, nein, sie war ausgelöscht! Sie hatte ihn freigegeben, und er hatte sie sofort vergessen. Er mühte sich, ihre Züge zusammenzusetzen, die biegsame Schwere ihres Körpers, ihren Gang, versuchte, die ach so bekannte Lähmung zu empfinden angesichts dieser unerfüllbaren Sehnsucht, doch auch sie – ausgelöscht aus seinem Gedächtnis, ausgelöscht auch die Wunde, die sich nicht hatte schließen wollen. Nun war sie nur noch eine ganz normale Frau, die langsam hinüberglitt von den Reifejahren in die des Alters. Er begann zu lachen, inbrünstig, wimmernd, selbstvergessen; denn er war wieder verliebt. Diesmal für immer, das fühlte er! Auch diesmal rein und voller Hingabe, und genauso wundervoll und hoffnungslos wie in einer altgriechischen Tragödie.

Er spürte, wenn er weiter hinausschwamm, würde er sich aus der Umarmung des Meeres nicht mehr befreien können. Gut, dass der Leuchtturm ihm schon zuzwinkerte, gleichzeitig dastehend wie ein mahnend erhobener Zeigefinger, der ihm den Weg wies. Bald gingen auch in der Stadt die Lichter an. Und schließlich kamen die Sterne heraus, aufgequollen, als teilten sie seine übermenschliche Qual. Es musste schon um die zehn Uhr abends sein, als er das Ufer erreichte und mit letzter Kraft den Felsen erklomm. Vor Erschöpfung verlor er fast das Bewusstsein. Eingetaucht ins Dunkel, und in ihr Badehandtuch gehüllt, hatte Dessislava auf ihn gewartet.

»Was ist denn mit dir los, mein Lieber? Ich verstehe rein gar nichts. Wo warst du?«

10

Er war ungewöhnlich gekleidet. Der schwarze Anzug sah an ihm dezent »trauerfallmäßig« aus, hatte aber auch die Anmutung von aristokratischem Ennui, von Dekadenz. In diesem Dress sah er einmal nicht wie ein Playboy aus, jung und erfolgreich, der geschmäcklerisch durchs Leben lief nach der Devise: Was kostet die Welt?! Nein, jetzt ging er durch als besorgter Mensch, der ein fremdes Haus betrat, um etwas Vertrauliches von hohem Wert mitzuteilen, bereit, einen Teil von der Ungerechtigkeit, Ohnmacht und Schuldbeladenheit dieser Welt auf die eigenen Schultern zu nehmen. Heute sollte alles anders sein! Er schaute Sima an, um Zeichen der Veränderung an ihr zu entdecken, doch das Telefon schrillte dazwischen: der Chef! Gospodinov mühte sich, liebenswürdig auszusehen, was faktisch so viel bedeutete, dass er von seiner Entscheidung, den *Runden Tisch* einzustellen, noch keinen Schritt abgerückt war.

»Kommst du Freitag auf den Platz?«, fragte er munter.

»Wenn du und deine unnachahmliche Rückhand auch da sind.«

»Naidenov und der Pekinese meinen, sie würden uns auch im Doppel putzen.«

»Naivlinge, Chef, denen hauen wir die Bälle um die Ohren. Wir ergänzen uns doch ideal! Ich am Netz, du holst hinten die langen Bälle raus – da sind wir unschlagbar.«

»Hm, hoffentlich. Hab einen Kasten Bier gewettet.«

»Kannst getrost auch dein weises Haupt setzen.«

»Nur die Ruhe, habe schon deins gesetzt. Regnet's bei euch?«

Seltsame Frage, waren sie doch nur durch hundert Schritte und ein bisschen Gedrängel auf dem Flur voneinander entfernt; aber der Ressortleiter wusste in der Tat nicht, welches Wetter draußen war. Die heruntergelassenen Jalousien trennten ihn von der Realität und schlossen ihn in eine virtuelle Welt ein, die er selbst euphemistisch »den Puls des Planeten« nannte. Genau genommen, hatte er wohl gerade seine Blutdruckpillen geschluckt und war dabei, sich den Puls zu messen.

»Es zieht sich zu.«

Gospodinov schwieg unbestimmt. Vermutlich griff er jetzt in seine Pralinenschachtel, denn kurz darauf füllte sich die Leitung mit dem klebrigen Schmatzen seiner unschuldigen Oralorgie.

»Hör zu, Kleiner«, nuschelte der Chef sanft, »in einer halben Stunde seh ich mir an, was du zusammengefriemelt hast.«

»Nur keine Umstände, Chef!« Jordan hatte panische Angst, der Chef könnte seinen inneren Freudentanz hören.

»Das sind doch keine Umstände, ich schau mir einfach nur dein Spektakel an. Also, mach's gut!«

Klick!

Er hatte es gerade geschafft, sich nach dem Auflegen eine Zigarette anzuzünden, da meldete sich der Wachpolizist von der Pforte. Er wäre fast vom Stuhl gefallen, als der ihm mitteilte, Neda sei unten und warte im Foyer. Ausgerechnet sie, die das Fernsehen bis aufs Blut hasste, war gekommen, um ihn am Altar seines blasphemischen Ruhms aufzusuchen. Jetzt hatte er also endlich die Gelegenheit, ihr die Eingeweide dieses Ungeheuers zu zeigen, das schwindelerregende Gehetze auf den Fluren, das Rein und Raus in den Studios, den nervenzermürbenden Termindruck – kurz, sie mit diesem ganzen Wahnsinn zu konfrontieren, der nicht bloß der individuelle Tick ihrer Neurotiker, Phobiker und Schizophrenen war, sondern ein Wahnsinn von größerem Format, nämlich der Wahnsinn des menschlichen Voyeurismus! In diesem Gebäude war das magische

Labyrinth der Welt eingeschlossen, hier verlor man die Vorstellung von Anfang und Ende, von Zeit und Ort der Handlung, denn dies war ein soziales Kaleidoskop, in dem die bunten Glassplitter von Vergangenheit und Zukunft, von fiktiv und real, von dokumentierter Gewalt und bevorstehendem Krieg durcheinanderrieselten.

»Ich muss mit dir reden.« Ihre Stimme war so angespannt, dass sie ganz dünn klang. »Lass uns draußen irgendwo hingehen.«

»Aber das geht jetzt nicht«, erwiderte Jordan, »ich hab gleich Live-Sendung.«

»Es ist aber wichtig. Diesmal ist es wirklich wichtig … für uns beide!«

»Ich teile deinen Wunsch ja, aber können wir das Gespräch nicht auf heute Abend vertagen? Du kochst uns was, und ich bring eine Flasche Wein mit. Einverstanden?«

»Heute Abend habe ich schon einen Termin. Der Institutsleiter hat endlich Zeit, um über meine Dissertation mit mir zu sprechen.«

Ihr Ungeschick im Lügen war bewundernswert. Jordan konnte es nur noch mit der ärgerlichen Gewohnheit seines Chefs vergleichen, gutwillig zu erscheinen. Ja, Neda und sein Chef, das waren die beiden moralischsten Menschen, die er kannte. Sie waren unbarmherzig im Aussprechen ihrer Geringschätzung für die anderen. Weder Neda noch Gospodinov mochten die Menschen in ihrem Umfeld, und dadurch waren sie auch mit sich selbst ständig im Unreinen. Er hatte den Eindruck, dass ihn beide genau deshalb ausgerechnet heute kontaktiert hatten, weil er sie genau heute absolut nicht gebrauchen konnte. Sie wollten ihm einfach nur ihr Nichteinverständnis signalisieren, und dies exakt in dem Moment, in dem er konzentriert und unbehelligt in sich ruhen musste. In zwölf Minuten begann seine letzte Chance, den *Runden Tisch* zu retten, und mit ihm seine Aura des notwendigen, des unersetzlichen Idols. Er war sich intuitiv sicher, dass Neda ein Treffen mit Grischa hatte, dem Heiler ihrer familiären Kälte und Entfremdung. Der kurzsichtige Psychiater war in der Lage dazu, sie zu heilen, weil er sie liebte; Neda körperlich, und ihn platonisch und aus dem Gefühl männlicher Stärke heraus.

»Ich denke, ich weiß, was du mir sagen willst«, warf er ihr hin, »aber ich kann den *Runden Tisch* nicht für eine deiner Spontanideen opfern!«

Ihre Antwort konnte er akustisch nicht mehr verstehen, denn der andere Apparat am Fenster klingelte. Er hob ab.

»Ja«, sagte Jordan. »Nein, Jordan Weltschev ist nicht da … Auf Dienstreise … Rufen Sie am Montag wieder an.«

11

Die letzte Zigarette rauchte er auf dem Klo; er musste jetzt einfach allein sein. Der Wasserhahn tropfte beruhigend. An der Toilettenwand hatte jemand den Fernsehturm als riesigen Phallus gezeichnet.

Das Studio betrat er angespannt, fast unglücklich. Es war dann der Geruch im Studio, der ihn auf Touren brachte, sein untrügliches Gespür für das richtige Timing weckte, das ein so zerbrechliches dramaturgisches Gebilde wie ein Gespräch brauchte, um sich entfalten und wirken zu können. Die ganze Zeit hatte er das Gefühl, der Chef beobachte ihn voller Misstrauen direkt aus dem Auge der Kamera, vermutlich schon wieder unzufrieden mit seinem eigenen, vor kaum einer Stunde gezeigten Wohlwollen. Sein kleiner Finger sagte ihm, dass er Gospodinov diesmal gefiel; die Sendung war frisch und voller interessanter Wendungen. Sie begann mit dem geozentrischen System des Ptolemäus und dem klassischen Geo-Chauvinismus der alten Griechen, die dem Menschen eine überdimensionierte Bedeutung im Kosmos gaben. Die Megalomanie wurde als charakteristisches Merkmal des menschlichen Denkens herausgestellt, und von dieser Feststellung aus leitete Jordan geschickt über zu seiner These, dass, je entwickelter eine Zivilisation technologisch sei, desto anfälliger sei sie für ihre Selbstvernichtung.

Gegen Mitte der Sendung blendete Sima überraschend drei kurze Videofilme ein. Der eine spielte in einem superteuren amerikanischen Luxusrestaurant, in dem geröstete Ameisen auf der Speisekarte standen; japanische Kälbchen wurden gezeigt, wie sie mit Bier getränkt wurden, damit ihr Fleisch zu einer Delikatesse wurde; anschließend rachitische Kinder aus Afrika mit Hungerbäuchen. Jordan war schockiert, schaute wie wild zur Glaswand der Regiekabine, als aus dem Lautsprecher Simas Stimme ertönte.

»Ein paar von der Miliz haben sich nach dir erkundigt, Weltschev.«

»Von der Miliz?«

»Ja, deine Frau sei verunglückt«, warf sie kühl hin. »Was machen wir jetzt?«

»Weiter … Wir machen weiter«, erwiderte er.

»Warum schreist du so? Der Unfall soll schwer gewesen sein, sagten die.«

»Weil das hier kein Krankenhaus ist, sondern Fernsehen … Wir senden live.«

Jordan trank Wasser. Irgendwie gelang es ihm, nach den Videoeinspielern die letzten Wortbeiträge zusammenzufassen und das Tischgespräch weiterzuführen. Noch ein Schluck Wasser. Seine Fachleute am runden Tisch waren verlegen, schauten ihn besorgt und mitfühlend an, raschelten mit den Blättern vor sich, behielten aber die Contenance. Sie entwickelten die Hypothese, dass der kritische Moment in der Entwicklung des menschlichen Verstandes der Punkt war, an dem er das Maß verlor. Wenn die Menschheit überleben wollte, müsste jeder Mensch sein Ego in den Griff bekommen, seine angeborene Gier, seine Sucht übertriebener Bedürfnisbefriedigung, danach, mehr zu haben, als er brauchte, was de facto zu einer kolossalen Ressourcenverschwendung führte. Mit dieser Quintessenz schlossen sie. Die Stille um Jordan schien zu pulsieren vor Leben. Das Erlöschen der Projektoren verschaffte Linderung. Bevor ihm schlecht wurde, wurde ihm auf einmal kalt.

12

Das Büro war lang und schmal wie ein Korridor. Von einer Wand, die ganz verglast war, konnte man ins Nebenzimmer mit seinen vielen Telefonapparaten und der großen Karte von Sofia schauen. An dem altmodischen Garderobenständer hing ein beiger Regenmantel, auf dem Schreibtisch stand ein marmornes Tintenfass mit einem Bronzepferd, das auf die Hinterläufe gestiegen war, auf dem Sekretär eine Quarzuhr. Jordan schaute sie die ganze Zeit an. Der große Sekundenzeiger schien zu phosphoreszieren und zog seine Aufmerksamkeit magisch an. Er konnte sich des Eindrucks nicht erwehren, dass er eilig irgendwo hinmusste, dass er sich hoffnungslos verspätete. Jede vergangene Minute brachte ihn etwas Unwiderruflichem näher.

Der Ermittler war jung und intelligent. Müde sah er aus. Die Schatten unter seinen Augen hielt man im ersten Moment für Make-up. Wie auch immer: Jordan gelang es nicht, sich sein Gesicht einzuprägen. Der Mann bot ihm eine Zigarette und ein Glas Wasser an, dann bat er ihn, zwei Tabletten zu nehmen. Er selbst rauchte nervös, war wie gelähmt vor Mitgefühl, musste hier aber seine Arbeit erledigen. Er spielte mit dem Gasfeuerzeug, trug keinen Ehering. Auf seiner Krawatte prangte ein Fleck, aber seine Hosen waren tadellos auf Falte gebügelt und seine Schuhe auf Hochglanz poliert. Jordan starrte auf die Uhr in seinem Rücken und fuhr zusammen: Es ging schon auf elf Uhr zu. *Jana ist allein zu Haus*, zuckte ihm durch den Kopf. *Sie hat sicher Hunger*. Gestern hatten sie Koteletts gebacken, aber er erinnerte sich nicht mehr, ob etwas von dem Fleisch übrig geblieben war. Hatte er das Blech auf dem Herd stehenlassen oder es in den Ofen zurückgeschoben?

»Der Unfall ist um neun Uhr fünfzehn zwei Kilometer unter dem *Stillen Winkel* geschehen«, fuhr der Ermittler monoton fort. »Das Kraftfahrzeug bog mit einer Geschwindigkeit von etwa hundert Stundenkilometern in eine steile, eine sehr steile Kurve ein, ist aus der Spur getragen worden und gegen einen Laternenmast geprallt. Ihre Frau Gemahlin ist an Ort und Stelle verstorben. Der Fahrer des Wagens war ein …« Er schaute auf das Blatt vor sich. »… ein gewisser Iwan Iliev. Kennen Sie ihn?«

»Nein«, erwiderte Jordan mechanisch.

»Wir haben uns da einmal erkundigt. Iliev ist regstriert als psychisch belastet. Er soll unter einer schweren Phobie leiden, hat Anfälle von Verfolgungswahn. Der Mann liegt jetzt im Unfallkrankenhaus, hat wie durch ein Wunder überlebt. Sie wissen vielleicht: Man hat festgestellt, dass Fahrer sich im letzten Augenblick instinktiv selbst schützen. Ach ja, der Mann ist nicht im Besitz eines Führerscheins.«

Jordan wurde das Gefühl nicht los, wenn er noch länger in diesem gesichtslosen und schlecht beleuchteten Büro säße, wäre Neda wirklich für immer verloren. Aber – was konnte er tun? Wohin sollte er gehen? Sein

Mund war derart trocken, dass seine Zunge wie Schmirgelpapier über den Gaumen rieb. Das Kreuz tat ihm weh, die Zähne. Ein Geschmack im Mund wie bei Zahnfleischbluten. In seiner Nase platzten die Äderchen.

Die gleichsam um Entschuldigung bittenden Augen des Mannes ihm gegenüber lösten nichts bei ihm aus; immerhin hatte er nun die Wahrheit erfahren. Neda hatte sich mit einem dieser Psychos aus der Gruppe getroffen. Dieses Verrücktsein bei anderen, diese fremde Angst hatten sie magnetisch angezogen. Er musste wieder an dieses hinterhältige Paradox Erich Fromms denken: »In der Liebe verwirklicht sich das Paradox, dass zwei Wesen eins werden, und dabei doch zwei bleiben.« Ganz genau. Die Angst hatte die beiden einander angenähert, sogar der Verfolgungswahn, denn auch Neda hatte über Jahre nicht nur Angst *um* Jordan gehabt, sondern auch Angst *vor* ihm. Vor ihm und seiner ungeheuren Popularität, seiner leeren Berühmtheit. Seiner Dreistigkeit, in jedes Haus einzudringen, und seiner Abwesenheit.

Er konnte sich nicht vorstellen, worüber die beiden gesprochen hatten; er wusste nur, dass sie sich in der Gruppe, in dieser diffusen Ansammlung unscheinbarer Körper, *erkannt* hatten. Die unbändige Anziehung zwischen zwei gleichermaßen übersehenen, vernachlässigten Wesen, die mit der Angst auf du und du waren, hatte sie derart ergriffen, dass sie das Bedürfnis verspürten, sich abzusondern, herauszutreten aus der hingebungsvollen Gegenwart Grischas mit seinem mystisch alles und alle verbindenden Verstand.

Aber warum nur, fragte sich Jordan unwillkürlich, Neda und er lebten doch in weitaus größerer Sicherheit als ihre Mitbürger? Womit hatte er ihre unheilbare Entfremdung ausgelöst? Ihre Dutzende von Ehekrächen gingen ihm durch den Kopf, die immer mit Nedas sinnlosem Vorwurf endeten: »An allem bist nur du schuld!« Sie hatte ihre Verachtung für sein notorisch lächelndes Fernsehgesicht auf ihn persönlich übertragen. »Du existierst gar nicht, du tust nur so«, hatte sie ihm einmal gesagt. »Ich lebe mit einem Gespenst, einer Chimäre!« Irgendwo hatte sie recht. Er hatte seinem Ich den Vorzug vor dem »Wir beide« gegeben, und ihre einzige Möglichkeit, bei ihm zu bleiben, dieses *Wir* zu retten, war gewesen, von ihm zu gehen, restlos und endgültig.

Nun lag sie mit geschlossenen Augenlidern im Formalindunst irgendeiner Morgue, reingewaschen vom vergossenen Blut und von seiner Schuld; kalt und gerecht lag sie da wie der Tod, mit einem Körper so rein und unschuldig, dass sie sich selbst in der Gegenwart eines anderen Mannes nicht geschämt hätte. Konnte er denn nicht, so wie Jesus Christus, das Unmögliche tun und Neda mit dem Wort »Steh auf und wandle!« von den Toten auferwecken? Nicht wahr, er hatte doch Charisma, hatte Macht über so viele Menschen, war doch Teil der modernen Hybris der Aufgeklärten, den Menschen an die Stelle Gottes zu setzen und ihm jedes Wunder zuzutrauen? *Möge ein Wunder geschehen,* betete Jordan, *nachdem ich heute ganz mahnendes Gewissen war, euch vor dem kommenden Bösen gewarnt habe, erweist mir nun im Gegenzug diese gute Tat!*

Die Wanduhr war ihm so nahe gerückt, als hielte er sie in seiner Hand. Er hatte sich in der Zeit verloren. Manchmal war auch der Schmerz Zeit. Das Ticken der Uhr plitschte durch die Luft und schien auf dem Boden zu zerspritzen wie Tropfen flüssigen Glases. Der Ermittler schwieg wohl schon lange; er schaute ihn nur mit seinen besorgten Augen an.

»Eine letzte Frage, Genosse Weltschev«, brachte er voller Unbehagen heraus, »hatten Sie ernsthafte Konflikte mit Ihrer Ehefrau?«

»Ich hatte keinerlei Konflikte mit ihr«, erwiderte Jordan im Brustton der Überzeugung und stand auf.

13

Das Licht störte ihn; es war grell und irgendwie stickig. Das Wohnzimmer vollgestellt mit zwei Kanapees, einem wackligen Couchtisch und nachlässig zurechtgekloppten Wandregalbrettern, die vor Büchern überquollen. Der Webteppich war ausgebleicht, die Fransen an seinen Schmalseiten abgeschnitten. In dieser Wohnung gab es nichts Exzentrisches oder sonstwie Ungewöhnliches, der König Zufall hatte bei der Zusammenstellung der beinahe armseligen Einrichtung regiert – mit Ausnahme des Blücher-Flügels. Das Parkett, auf dem dieser festlich glänzende Klangkörper stand, war abgewetzt und hätte längst geschliffen werden müssen, ein englischsprachiges Lehrbuch für Akupunktur lag da, aufgeschlagen auf Seite 123. Es roch nicht nach Arztpraxis, nicht nach Wahnsinn, nicht nach Ergebung ins Unabänderliche, sondern nach scharfen Paprikaschoten und Auberginen, die wohl Teil eines pikanten Essens werden sollten.

Jordan staunte über sich selbst, wie viele Einzelheiten er wahr- und aufzunehmen vermochte. Sein Bewusstsein war in kleine Bruchstücke zerfallen, das die Bilder von der Welt zusammensetzte wie ein Kaleidoskop. Er empfand nichts, nicht einmal Hass auf Grischa. Andrea servierte eine Flasche fassgereiften Traubenschnaps, der die Farbe von Apfelessig hatte und mit Kräutern versetzt zu sein schien. An ihren Gesichtsausdruck konnte er sich nicht erinnern; vermutlich setzte er sich aus weiblicher Sanftheit und Mitgefühl zusammen.

»Soll ich euch ein Kotelett machen?«

»Lass uns einfach nur allein«, bat Grischa.

»Ich bin restlos erledigt«, sagte Jordan. »Hatte einen schweren Tag heute.«

»Ich weiß … Wir haben uns deinen *Runden Tisch* angeschaut. Das war deine bisher stärkste Sendung.«

»Die Anerkennung eines Psychiaters erfüllt mich mit …«

»Du hast nicht versucht, irgendjemandem zu gefallen. Tu es doch jetzt auch nicht!«

»Mir ist schlecht, es geht mir nicht gut.«

»Ich weiß.«

»Es schmerzt mich nicht, ich fühle mich einfach nur erbärmlich und widerlich … weil sie mich verlassen hat.«

»Für immer verlassen hat«, korrigierte ihn Grischa.

Er zündete sich eine von Jordans Zigaretten an, inhalierte tief, aber ohne Genuss und drückte sie sofort wieder im Aschenbecher aus.

»Ich bin völlig ratlos, Neda hatte doch alles.«

»Mag sein, aber sie sehnte sich eben nach dir.«

»Ich war aufmerksam, treu, wir hatten ein schönes Zuhause, ein wundervolles Kind …«

»Neda hatte Angst davor, allein zu sein, immer nur zu warten. Sie hat erzählt, dass dieses Warten, diese Ungewissheit, wann du kommst, sie zermürbt. Sogar wenn du zu Hause warst, wartete sie noch auf dich.«

»Ich hatte zu tun.«

»Wir haben alle zu tun, aber …«

»Jeder meiner Erfolge hat sie geärgert und aus dem Gleichgewicht gebracht. Sie wollte mir meine Erfolgserlebnisse nehmen.«

»Nicht deine Erfolgserlebnisse, sondern dein Paradieren damit; nicht den Erfolg, sondern dass du Erfolg hattest auf ihre Kosten.«

»Du findest also, Erfolg sei etwas Unanständiges, das man verstecken müsse wie das Liebemachen?«

»Nicht ich, Neda dachte so …«

Jordan trank von seinem Schnaps, wischte sich den Mund mit der Handfläche ab und spürte, wie die schrecklichste aller Fragen hochkam:

»Findest du, ich sollte sie hassen?«

»Nein, nein«, lächelte Grischa bekümmert, »aber du solltest begreifen, dass dieser Unfall zufällig geschehen ist, und nicht, um dich zu bestrafen! Du gibst dir dafür die Schuld, und das ist gemein – jetzt, wo sie sich nicht mehr rechtfertigen kann. Gib ihr die Freiheit …« Er wagte nicht, den Satz zu vollenden mit: »… für immer zu gehen.«

»Wie konnte ich nur … Sie hat mich im Sender aufgesucht.«

»Ist doch klar, dass du in einigen Dingen Egoist sein musst. Versteh endlich, dass nicht du, sondern Neda allein die Schuld trägt. Sie war mit einem anderen Mann zusammen, bedauerlicherweise einem meiner Patienten.«

Sein Schuldgefühl war ihm in diesem Moment so stark anzusehen, als wäre es eine Skulptur. Eine hochgespannte Hilflosigkeit hinderte den Psychiater, ihm zu helfen, mit ihm umzugehen wie ein Fachmann mit einem Fachproblem.

»Ich habe sie ununterbrochen zusammen gesehen, bei den Vorträgen, im Flur, aber was sollte ich mir dabei schon groß denken?«

»Und ich hab geglaubt, sie wäre mit dir …«

»Mit mir? Quatsch!«

Grischa lachte forciert und richtete nervös die Tischdecke.

»Für Neda war die Gruppe so eine Art Ersatzfamilie. Die Aufrichtigkeit der Kranken, ihr Drängen nach Geständnissen hat sie beruhigt und getröstet. Sie hat vor allem zugehört, aber bei uns auch gelernt, dass sie über sich selbst eine Menge zu erzählen hat.«

»Jetzt ist aber mal gut mit diesen Gruppen!«

Kühle Resignation überlief Grischas intelligentes Gesicht. Leise fragte er:

»Hast du mal das Inhaltsverzeichnis ihrer Dissertation überflogen?«

»Nein, nie gelesen.«

»Neda hat versucht, den Typus des *verlorenen Menschen* zu entwickeln, das ist der, den alle kennen, der aber unfähig ist, sich zu finden und selbst zu erkennen.« Er schwieg für einen Moment, da er glaubte, Jordan zusammenzucken zu sehen. »Sie hat da eine interessante Spur verfolgt und sie zu der These zusammengefasst, dass die übermäßige Aufblähung des eigenen Ichs dieses im Grunde zersetzt und die Persönlichkeit verwässert. Kurz: Sie hat ihre Dissertation über dich geschrieben.«

»Jetzt übertreibst du aber!«

»Sie hat dich beständig beobachtet, mich gefragt, ob du nicht durchgedreht seist.«

»Und, was hast du ihr gesagt? Dass ich eine unverwüstliche seelische Gesundheit besitze?«

»Ganz und gar nicht. Ich habe versucht, ihr zu vermitteln, dass du seelisch genauso gefährdet bist wie alle anderen normalen und intelligenten Leute, verletzlich und empfindlich, und dass deine Komplexe und inneren Widersprüche schwer aufzulösen sind. Ich habe ihr gesagt, wenn du vor dem Fernseher säßest und dich selbst beobachtetest, sähest du dich anders, unnatürlich, immer munter lächelnd, und dass dies dich der Möglichkeit unbeeinflusster Introspektion beraubt.«

Verlegen nagte er an der Nagelhaut seines kleinen Fingers und lächelte entschuldigend.

»Ich bin davon überzeugt, dass Neda dich bis zum Schluss geliebt hat, aber dieser Iwan hatte den großen Vorteil, dass er psychisch krank war, vollkommen wehrlos und nur ihr gehörte. Die Ironie der Geschichte ist, dass Iwan auch so ein *verlorener Mensch* war, aber – *ein anonymer, vollkommen unbekannter Niemand!*«

»Grischa«, unterbrach ihn Jordan, »ich habe Neda geliebt.«

»Das nehme ich doch an. Und ihr lag es schwer auf der Seele, dass sie das wusste.«

Jordan zog den Pfropfen von der Flasche und goss sich zwei Fingerbreit vom Traubenschnaps nach. Er war völlig durcheinander. Er empfand eine namenlose Angst, fühlte sich verlassen, allein gelassen. Wenn ein uns naher Mensch diese Welt verlässt, werden wir immer ärmer, weil mit ihm auch ein Teil von uns stirbt. In den fünfzehn Jahren ihres Zusammenseins hatte er sicher Millionen Worte an Neda gerichtet; jetzt waren all diese Worte mit ihr gestorben. Ein Teil seiner Gefühle war tot, erloschen, verdunkelt, leer geworden und durch nichts zu ersetzen. Der Nylonsack im Bad für den Katastrophenfall fiel ihm ein, der seit dem großen Erdbeben dort hing, dieser *Katastrophenbeutel ihrer Nähe* … Ja, in diesem Sack waren sie noch immer zusammen.

Schon jahrelang hatte sich Jordan zum Mittag und zum Abendessen allein an den Tisch gesetzt; der Gedanke aber, dass er *von nun an* allein am Tisch sitzen würde, kam ihm schrecklich vor. Im Kleiderschrank hingen ihre nun ebenfalls toten Kleider neben den seinen. Wie er ihrer Tochter Jana die unwiderrufliche und totale Abwesenheit ihrer Mutter erklären sollte, war ihm ein Rätsel. Wie grausam sich doch das menschliche Los wiederholt, dachte er. Ich bin ohne Mutter groß geworden, und sie wird es nun auch!

Grischa nahm sich eine weitere Zigarette aus Jordans Paket.

»Ich bin auch nicht ganz bei mir«, sagte er mit sichtlicher, fast obszöner Trauer, »denn ich habe sie auch geliebt und war eifersüchtig auf dich!«

Jordan beugte sich vor, klappte das Akupunktur-Lehrbuch zu, fasste ihn am Unterarm und bat:

»Ich verstehe nichts mehr! Bitte nochmal von vorn für Normalsterbliche!«

»Aber natürlich«, antwortete der Psychiater und rückte dezent seine Brille zurecht. »Heute Abend haben wir, Andrea und ich, deine Sendung geschaut …«

Er wartete, bis seine Worte angekommen waren.

»Warum ist Neda ausgerechnet an diesem Tag zu mir ins Fernsehen gekommen? Das hat sie nie getan. Und ich – hätte ich nicht mit ihr gehen, sie aufhalten sollen?«

»Nein, du konntest nichts tun«, erwiderte Grischa voll Kummer. »Sie wollte dir einfach sagen, dass sie dich liebt und ohne dich nicht leben kann!«

14

Er wollte ihn unbedingt sehen. Etwas drängte ihn danach, diesen Mann ächzen zu sehen, seinen Schmerz zu erleben, voller Befriedigung seinen zertrümmerten Körper zu berühren. Er hatte von ihm geträumt als einem Mann von sich entziehender Schönheit, dunkeläugig, mit wildem Haar, das ihm lockig über die Schultern fiel. In seinem Traum saßen Neda und er an seinem Bett. Jordan war bewusst, dass er schlief, und in diesem Schlaf sahen Neda und er einen tief schlafenden Mann, über den hinweg sie sich zärtlich anlächelten und an den Händen hielten. Ja, sie wachten über ihm, hatten sich in dieser Kaffeeschwärze versammelt, um den Mann vor etwas zu bewahren.

»Ihm ist nicht gut«, sagte Neda, »lass uns ihm helfen.« Sie drückte sich an den Schönling, grub ihre feinen Finger in seine Locken und küsste ihn. Leidenschaftlich. Voller Begehren. Wollüstig. Jordan wollte aufschreien und erwachen, die Decke von sich treten, die Membran ihrer Verbundenheit zerreißen, aber er war bewegungsunfähig und unförmig, hatte keine Extremitäten und daher keine Hoffnung, eingreifen zu können. Da hörte er Nedas Stimme zu dem Bettlägrigen sagen: »Da, siehst du, wie er leidet? Er windet sich, leidet, leidet entsetzlich; es ist also alles in Ordnung.«

Er betrat das Unfallkrankenhaus Pirogov zum ersten Mal. Von außen glich das Krankenhaus einem über der sechsten Etage abgebrochenen Wolkenkratzer, von innen einem Ort, an dem ständig etwas zusammengeflickt wurde. Die Krankenschwestern waren ausnahmslos korpulent, vernachlässigt und ohne Mitgefühl. Irgendwo stöhnte jemand. Vor den Sprechzimmern knubbelten sich die Wartenden, die in ihrer Geduld etwas von Tieren hatten, die ihrem vorbestimmten Los nicht entrinnen konnten. Auf der sechsten Etage roch es nach gereinigtem Mosaikfußboden, mürbem Fleisch und Desinfektionsmittel. Die Flurfenster waren geöffnet, doch durch sie schien keine Luft hereinzuströmen, sondern nur die Abgase von der Kreuzung unten.

»Sie sind sein was?«, fragte ihn die Schwester prüfend.

»Sein Freund«, erwiderte Jordan so unbefangen wie möglich. »Ein sehr enger Freund.«

Die Schwester erkannte ihn. Sie war jung und hässlich.

»Er ist außer Lebensgefahr«, sagte sie errötend und richtete ihr Häubchen. Auch Krankenschwestern schauen fern …

»Wir haben seine Frau ein Minütchen zu ihm gelassen; er ist ja erst einen Tag hier; aber natürlich erlauben wir Ihnen auch, Genosse Weltschev … Wenn es Ihr Freund ist.«

»Mein bester Freund.« Jordan setzte sein glückliches Lächeln auf, so als sei er auf Sendung.

Sie suchte ihm die neueste Kittelschürze aus, die, frisch gestärkt, knatterte wie ein Segel. Das Zimmer war vollgestellt mit den Betten Schwerverletzter und ihrem Leid. Eine sterile, zerknitterte Weiße drängte sich dem Auge auf. Alle Männer schwitzten, erinnerten an Akrobaten oder Athleten. Die von ihren hochgestellten Beinen herabhängenden Metallgewichte streckten sie, zerrissen sie langsam und vermittelten das irreale Gefühl eines in Mechanik übersetzten Gleichgewichts von eingegipstem Schweiß und Nichtsein. Die Schwester nickte in Richtung einer Ecke und zeigte mit dem Finger auf ihre Armbanduhr; sie hatte ihm das Versprechen abgenommen, nicht länger als fünf Minuten bei Iwan Iliev zu bleiben.

Jordan näherte sich, ungeduldig und voller Ekel. Eingegipst bis zur Halskrause, glich der Mann einem gigantischen Kokon. Er konnte ein gewisses Mitleid nicht verhehlen, doch auch das war zwiespältig und verkümmert. Er zog sich einen Stuhl heran, den mitgebrachten Strauß aber behielt er in der Hand, denn er sah im Glas auf dem Nachttisch schon frische rote Nelken stehen.

Quälend langsam wandte ihm Iliev seinen geschundenen Kopf zu. Jordan erkannte ihn augenblicks, und auch Iliev erkannte ihn sogleich. Er hatte ihn nur einmal auf dem Frühlingsmaskenball bei sich zu Hause gesehen. Der Typ war der Einzige gewesen, der unmaskiert gekommen war. Vielleicht sah sein Gesicht deshalb so unscheinbar aus. Er hatte jedenfalls nichts von einem Verrückten an sich, auch nicht von einem Paranoiker. Er glich eher einem Nagetier, das sich in sein Loch verkrochen hatte und von dort ängstlich herausschaute. Er hatte sich unauffällig an den Tisch mit den Häppchen und mit der Musikanlage gestellt – und schwitzte. Nicht etwa nur auf der Stirn oder unter den Armen, sondern mit dem ganzen Körper, seiner ganzen Unscheinbarkeit, seiner Niedergeschlagenheit und sprachlos machenden Belanglosigkeit. Genau wie jetzt. Jordan hatte er damals leid getan. Als guter Gastgeber war er zu ihm gegangen, hatte ihm einen Drink eingeschüttet, und der so mit Aufmerksamkeit Bedachte, beflügelt von seiner Nähe, erzählte ihm, dass er Zahntechniker sei und Prothesen mache. »Sie haben sehr schöne Zähne, Genosse Weltschev«, hatte er enttäuscht, ja, frustriert gesagt, »fast so, als hätte ich sie Ihnen gemacht.« Er hatte sich noch nicht einmal den Namen dieses Iwan Soundso gemerkt, wusste noch nicht einmal, wie der eigentlich auf ihre Party geraten war. Neda hatte ihm weisgemacht, er sei ein ehemaliger Mitschüler. Vor lauter Verlegenheit und Mangel an Selbstbewusstsein hatte dieses Nagetier ein Schnittchen nach dem anderen geknabbert und sich nach einem jeden den Mund wohlerzogen mit einer Serviette abgewischt. Er schaute den Leuten nicht in die Augen, sondern auf die Zähne, und um mit seinem Minderwertigkeitsgefühl irgendwie fertigzuwerden, war er sichtlich bereit, sich bei jedem mit seinem handwerklichen Geschick anzubiedern. Gospodinov, sein Chef, war im Kostüm eines Araberscheichs erschienen und drückte den anwesenden Damen falsche Dollars in die Hand, die er aus der Requisite der Fernsehbühne genommen hatte. Drei Mädels aus dem Team Jordans hatten sich als Hofdamen zurechtgemacht, die übrigen als Hafendirnen. Zwischen dieser herrlich mondänen Geschmacklosigkeit stand nun Iwan mit seinem Silberstreifenanzug und roch nach guter Stube, Mottenpulver und schlechten Zähnen.

Jetzt konnte er sich nicht aus der harten, kalkweißen Verschalung befreien, aber Jordan spürte, wie er sich wand und mit seinem eidechsenweichen Fleisch gegen den Gips rieb. Panisch wie ein Nagetier, dem man das Loch zuschüttete. Er leckte sich über die Lippen, anscheinend tat ihm alles weh. Seine Stimme aber war überraschend klar und kräftig, so als käme sie von einem anderen Menschen.

»Es tut mir leid …«

Jordan fragte zurück: »Warum hast du ihr das angetan, hm? Neda war so fragil.«

»Ich hab sie geliebt wie eine Schwester.«

»Wenn du sie geliebt hast wie eine Schwester, warum bist du nicht selber gegen den Laternenmast gedonnert, he? Sie hat dich sicher auch wie einen Bruder geliebt, was?«

»Zwischen uns war nichts. Absolut nichts.«

Warum zog er ihm eigentlich nicht das Kopfkissen unter dem Kopf weg und drückte es ihm aufs Gesicht, bis er an seiner Schuld erstickt war? Die Erstickungskrämpfe würden ja dank der starren Gipshülle unsichtbar bleiben.

»Ich bin nicht gekommen, um dich zu beschuldigen«, sagte Jordan, noch ganz im Banne seiner Mordsidee, »ich möchte einfach nur begreifen: warum?«

»Wir haben uns einmal in der Woche getroffen und fast die ganze Zeit über dich gesprochen.«

»Schau an, wie schmeichelhaft.«

»Im *Stillen Winkel* ...«, begann er, dann reichte ihm plötzlich die Kraft nicht mehr und Jordan musste sich vorbeugen, um sein ächzendes Flüstern zu hören, »... sagte sie einmal, *du seist nicht so einer!*«

»Was für einer?«

»Neda hat sich nie genauer ausgedrückt ...« Seine Artikulation wurde völlig unverständlich, so als hätte er seine ganze Luft verbraucht und könnte seine Stimmbänder nicht mehr in Schwingungen versetzen. Jordan hasste ihn, vor allem seine Hilflosigkeit, den Speichel um seinen Mund, seine Schmerzen, die Jordan der Möglichkeit beraubten, ihm welche zuzufügen. Erlaubt war ihm einzig und allein, ihn zu schonen, und das wusste der Vergipste nur zu gut.

»Ich bin nicht – was?«

»So ein vom Glück Berauschter!«

»Du Nichts«, zischte Jordan zwischen den Zähnen, »du eingegipster Schimmelpilz, du stinkende Kanalratte, du widerlicher, durchschnittlicher, elender Bekloppter!«

Diese Beleidigungen schienen den Mann zu beleben. Erst jetzt wurde Jordan klar, warum er hergekommen war. Er wollte seine Angst sehen, in seiner Angst baden, Einblick in das Entsetzen dessen nehmen, der ihm nun ein ganzes Leben lang in Albträumen erscheinen würde. Diese Fähigkeit zu hassen war wohl Teil seiner Zähigkeit; wenn der Ekel und der Hass nicht gewesen wären, dann wäre er vielleicht über dem Gipspanzer Iwans mitsamt seines eigenen Panzers weinend zusammengebrochen. Jordan musste jetzt seine Stimme hören, um sich wieder orten zu können.

»Sind die Blumen da von deiner Frau?«

Der Schwerverletzte nickte mühsam mit dem Kopf.

»Gibt es denn hier keine zweite Vase?«

Verneinendes Kopfschütteln.

»Gut denn«, sagte Jordan und richtete das Ende der Stiele seines Straußes auf das Gesicht des Verunfallten, »dann mach mal schön brav den Mund auf!«

15

Der niedrige Sommerhimmel und das fette Grün hatten etwas apokalyptisch Dräuendes. Es war kühl, regnete aber nicht. Er bemerkte niemanden, wusste aber, dass sich die Leute um ihn drängten. Er unterschied die Gesichter von Freunden und Verwandten. Emilia sah erhaben aus in der Rolle der Mutter Courage. Alle wollten ihm unbedingt die Hand schütteln, als ob sie nicht Neda das letzte Geleit gaben, sondern er seinen Ausstand gab und sich irgendwohin verabschiedete.

Die Trauerfeier in der Beisetzungshalle stieß ihn ab mit ihren Fackeln, den schwül-pathetischen Worten der Beerdigungsagentin, die – um den zahlreichen Trauergästen von hohem Rang und illustrem Namen zu gefallen – ihre Rede unnötig in die Länge zog und derart verkitschte, als sei der Tod ein erhabenes, dabei aber gemütliches Zuhause. Es roch nach welkenden Chrysanthemen, nach Angst und Vergänglichkeit. Neda lag im geöffneten Sarg wie aus Wachs gegossen, auf ewig in ihrem Schuldgefühl erstarrt, durchsichtig fast, einsam und verlassen.

Jordan konnte sich einfach nicht konzentrieren. Er war erstaunlich ruhig, stakste wie betäubt durch den Gestank so vieler verschiedener Blumen, die sich gegenseitig nicht riechen konnten, die Beileidsbekundungen so vieler verschiedener Menschen, die hier zusammengepfercht saßen, als gelte es, das Unglück des Todes in einen prächtigen Festakt zu verwandeln, und empfand keinerlei Schmerz. In diesem Moment gab es keine Moral, denn alle Dinge hatten ihre Bedeutung schaffenden Verbindungen untereinander verloren. Draußen rauchte er erst mal eine. Dessislava gab ihm einen Kuss. Die Tränen seiner Halbschwester hatten noch den sorglosen Geschmack des Meeres. Es begann wieder zu nieseln.

Das schwarz lackierte Elektrogefährt, das den fein gewirkten Tod zum aufgeworfenen Grab zog, war selbst so irdisch zerkratzt und hässlich wie das Leben. Jordan vergoss selbst da keine Träne, als er vor dem zahnlosen Gähnen des frisch aufgeworfenen Grabes stand. Er schwitzte nur die ganze Zeit, wie verrückt schwitzte er, so als weine er Neda durch den Körper aus sich heraus. Hatte sie da nicht eben erleichtert gelächelt, als man den Sargdeckel schloss und sie an Seilen in das Dunkel der Ewigkeit hinabließ?

Auf dem von Trauerweiden flankierten Friedhofsweg schloss sein Chef zu ihm auf, hielt ihn an und schneuzte sich in sein Taschentuch. Auf seinen Wangen schimmerte es feucht. Gospodinov war ein sentimentaler Mensch, der das Leben in seiner ganzen Größe und Nichtigkeit erfasste. Seine Tränen galten im Grunde sich selbst, denn Jordan war sicher, dass sein Chef vor kaum einer Minute auf dem inneren Monitor seiner Einbildungskraft sich selbst hatte in die Grube fahren sehen. Im gemessenen Trauertonfall sagte er:

»Ich möchte, dass du weißt, dass du auf mich zählen kannst, Weltschev. Überzeug mich am Samstag davon, dass noch Leben in dir ist, und du kannst auf mich zählen!«

16

Nach der heißen Dürreperiode breitete sich über Bulgarien ein kalter, endloser Tiefdruckausläufer aus und brachte frustrierenden Dauerregen. Die Welt bekam eine bleigraue Patina, die Zeit kroch dahin, die Menschen waren ununterbrochen schläfrig. Das war der unwirtlichste Sommer, an den Dessislava sich erinnern konnte. Die Perestrojka zeigte sich vor allem daran, dass der Minirock wieder in Mode kam, und im Programmkino waren Filme zu sehen, die die Zensur jahrelang verboten hatte: *Dolce Vita* von Fellini, *Der diskrete Charme der Bourgeoisie* von Buñuel, *Letztes Jahr in Marienbad* von Alain Resnais, *Andrej Rubljow* von Tarkowskij und *Der Profi* mit Jean Reno. Mitte August gab es einen Hagelsturm, dessen Körner die Größe von Hühnereiern erreichten, Sofias Straßen verwandelten sich in Sturzbäche, die Unterführungen waren überflutet, und die Personenkraftfahrzeuge sahen aus, als hätten sie die Blattern gehabt. Im Sommer heißt die Freiheit Sonne, das Gefängnis Regen …

Dessislava saß stundenlang vor dem Fenster, starrte in die silbernen Regenpeitschen hinaus und gewann langsam den Eindruck, die Luft sei aus Wasserstrahlen schraffiert, die nie aufhörten. Sie zog zu Jordan und seiner Tochter Jana, kümmerte sich um den Haushalt, setzte sich mit der Kleinen hinter die Lesefibel, fütterte Turteltauben und strickte einen Pullover. Jordan hatte sich in sich selbst zurückgezogen wie eine belagerte Festung und ließ keine Schwäche aufkommen. Dessislava und er sprachen nie über Neda, so als wäre die bloß ins nächste VEB-Geschäft zum Einkaufen gegangen, oder als wäre der Tod etwas Unanständiges, über das man nicht sprach. Nur Jana weinte viel, nahm aber nicht an der Beerdigung teil und weigerte sich auch in der Folgezeit, sich mit dem Tod ihrer Mutter abzufinden. Inbrünstig wiederholte sie, die Mama sei nur weit weg verreist und käme irgendwann wieder.

»Wo ist sie jetzt?«, fragte das Kind.

»Unterwegs«, antwortete ihre Tante unbestimmt.

»Und wann kommt sie an?«

»Jederzeit«, lächelte Dessislava.

Seltsam, aber dieser absurde Dialog stillte den Schmerz des Kindes. *Alles, was wir uns vorzustellen vermögen, existiert auch*, dachte Dessislava. *Die Realität ist nur die Hülle, der sichtbare Teil der wahren Wirklichkeit!*

»Und wann kommt die Mama zurück?«

»Wenn du einschläfst, Liebes.«

»Aha. Also wenn ich auch weg bin?«

Der Pullover wurde schön, richtig flauschig. Das Aneinanderreihen der Maschen zog sie in den Bann und erhielt auf suggestive Weise ihre Verbindung zu Jonka aufrecht. Während sie strickte, gab sie ihrer Großmutter die Möglichkeit, aus dem Jenseits hineinzulugen in diese Welt, und ihr dabei vielleicht einen Rat zu geben. Doch Jonka schwieg grausam.

Simeon begann nach der Prüfungsserie im Juni in einer TV-Krimi-Produktion des *Studio X* mitzuspielen. Er sollte die Rolle eines naiven Faulpelzes spielen, der rauschgiftsüchtig wurde und daher erpressbar. Nachmittags schaute er in der Mansarde vorbei, und wenn es nicht regnete, gingen sie zusammen mit Jana spazieren. Die drei sahen aus wie eine richtige Familie. Sie setzten sich in ein Café vor Radio Sofia und schwiegen stundenlang vor sich hin. Ab und zu erzählte er ihr von seinen neuen Kolleginnen, um sich wenigstens ein bisschen an Dessislavas Eifersucht laben zu können. Sie hielt mit ihren Ausbrüchen gespielten Zorns nicht hinterm Berg, und mit diesen kurzen, belebenden Krächen half sie ihm, seine männliche Ehre zu wahren. Einmal fragte sie ihn:

»Möchtest du, dass wir uns scheiden lassen?«

»Eher schon träume ich davon, dass wir endlich heiraten«, erwiderte er voller Ernst.

Simeon war ein geduldiger Mensch. Er begleitete die große und die kleine Frau zur Ljuben-Karawelov-Straße und ging dann zu seiner Tante, wo er übernachtete. Gereizt von den Filmaufnahmen und von Dessislavas Wortkargheit, hatte er sich ein Kochbuch gekauft und fing an, kochen zu lernen. »Am schwersten sind die fleischlosen Gerichte«, konstatierte er ächzend. Das waren angenehme Abende, an denen sie aufhörte, Neda zu vermissen, und das Gefühl, dass alles zerfiel und in die Brüche ging, für eine Weile durch Ruhe und inneren Frieden abgelöst wurde.

»Onkel Sim und du, seid ihr verliebt?«, fragte Jana.

»Klar sind wir verliebt.«

»Aha, dann heiratet ihr also mal und kriegt Kinder?«

»Sieht ganz so aus, Liebes.«

»Und ich bin dann die große Cousine?« Janas Augen funkelten listig.

»Ganz genau. Zieh mal deinen Strumpf hoch.«

»Gut, ich zieh ihn hoch … und wo ist Mama?«

Eines unfreundlichen Abends saßen sie im Park. Jana spielte an den Klettergerüsten. Die Parkwege waren leer, auf dem Asphalt gleißten Pfützen.

»Hamlet«, sagte Dessislava grämlich, »wozu brauchst du eigentlich eine Ehefrau wie mich?«

Das Licht war rostrot und trüb, als wären sie in eine verstaubte Braunglasflasche gefallen, eine leere Bierflasche. Simeon blinzelte, seine Augen füllten sich langsam mit Angst.

»Ich versteh dich nicht, Dess … Ich hab mein Versprechen doch gehalten und bis jetzt niemandem gesagt, dass wir verheiratet sind!«

Sie drückte sich an ihn, stieg auf die Zehenspitzen und küsste ihn. Ihre Nähe war kurz und intensiv wie eine traumatische Erinnerung.

17

Die Strickerei rief ihr die Vorstellung einer gewaltigen, alles verbindenden Stille wieder ins Bewusstsein. Manchmal kam es ihr so vor, als stricke sie ihre Gedanken zu Maschen, die sich wiederum in etwas Flauschiges und Weiches verwandelten, das Wärme ausstrahlte. Dazu trug auch das herrlich unregelmäßige Naturweiß der Wolle bei. Sie träumte davon, den fertigen Pullover Jordan zu schenken, aber wenn die Wolle nicht reichte, würde sie damit halt *ihren Ehemann* beglücken.

Morgens, mittags und abends rief sie mit der Aufdringlichkeit eines niederen Beamten Evtimov an. Er war beharrlich und sanft; sie hörte missgestimmt, aber nachgiebig zu. Seit zwei Wochen lief im *Theater 199* seine Inszenierung eines Kammertheaterstücks. Im Unterschied zu den »normalen« Vertretern der künstlerischen Zunft jammerte er nicht und beklagte sich auch nicht darüber, dass niemand ihn verstünde. Er war eher unzufrieden mit sich selbst, denn die Aufführung wurde als langweilig empfunden, traf anscheinend nicht den Nerv des Stückes und habe keinen inneren Rhythmus. Zu allem Überfluss lebe die Hauptdarstellerin auch noch in Scheidung, meinte Evtimov – kurz: ob sie, Dessislava, nicht mal zu einer Probe kommen könne. Als sie absagte, fing er nicht an zu bitten und zu betteln, sondern tat, als hätte er einen Preis bekommen. So gelang es ihm, ihr wieder Schuldgefühle einzutrichtern und gleich mit Inhalt zu versehen.

Eine bleierne Müdigkeit und seelische Trägheit überkamen sie. Oh, wie wohlbekannt waren die ihr! Seit ihrer Kindheit, seit jenem Ereignis im Russischen Klub, als sie sich, bekleckert vom Blut ihrer ersten Menstruation, weigerte zuzugeben, dass sie größer, dass sie zur Frau geworden war. Damals hatte sie sich eingeredet, sie sei halt schmutzig. Als ihre Mutter später erfuhr, dass der Monatszyklus bei Dessislava eingesetzt hatte, erschrak sie zunächst, um schließlich ohne anzuklopfen in ihr Zimmer zu stürzen, so als wolle sie ihre Tochter bei etwas Hässlichem oder Unanständigem ertappen. Die Schuldgefühle der Kinder kommen den Erwachsenen meist sehr zupass, weil diese ihre eigenen Schwächen und Laster in milderem Licht erscheinen lassen. Immer wenn sie klug und erfindungsreich war, empfanden die Erwachsenen sie als nervtötend; wenn sie sich aber kindisch und hilflos gab, waren alle voller Mitgefühl. Sie hassten ihre Fragen, verfielen aber in Rührung, wenn sie sich schämte. Dessislava hoffte, sich durch ihre Lügen dieser sanften Dressur widersetzen zu können, aber sie erschreckte die Großen nur. Sie log naiv, aber höchst treffsicher und wahreitsgetreu, denn sie dachte sich keine unglaublichen Geschichten mehr aus, sondern baute ihre Lügen aus Bestandteilen zusammen, die real existierten. Wer imstande war zu sagen, ob und wann sie eigentlich log, der sollte den ersten Stein werfen!

Als ihre Großmutter starb und aus diesem Anlass wieder einmal all ihre nahen Verwandten zusammenkamen, weinte sie nicht. Es waren ja nun alle beisammen, und das war es doch, was Jonka immer gewollt hatte. Sie versammelte sie um ihren Sarg, der klein war wie der eines Kindes, und Dessislava hatte das Gefühl, dass da an diesem sonnigen Tag gar niemand von ihnen ging, sondern einfach hundert Lebensjahre begraben wurden. Einhundert lastende und unverzichtbare, aber vergessene Jahre, vergessen nicht nur aus Vergesslichkeit, sondern überrollt vom »neuen Leben«, an die Seite geschubst vom Drang nach Modernsein, zugeschüttet von der Gier, die strahlende Zukunft zu erbauen – und so gleich doppelt begraben.

Das also war es, wobei Evtimov sie in seiner Wohnung ertappt hatte: Sie war weit in den Zwanzigern und dabei unanständig klein gewesen. Ihre vollkommene Unschuld, das dunkle Blut, die auf seinem weißen Sofa verschmierte Jungfräulichkeit, suggerierte die Vorstellung ihrer kindlichen Schande. Ja, wenn es ihm gelang, dieses Auseinanderklaffen zwischen Infantilität und Erwachsensein in ein dauerhaftes Schuldgefühl zu verwandeln, dann würde sie seiner Liebe nicht widerstehen können. War es nicht so, dass das ständige Sündigen der Menschen die Reinheit Gottes aufrechterhielt, ja, der Grund aller Religion war, der Vergottung und Vergötterung? Denn wenn die Menschen sündig waren und dies als Schuld vor ihm bekannten, dann mussten sie sich ihm auch unterwerfen.

Das Telefon schrillte irgendwie dreckig. Das konnte nur Evtimov sein. Jana schlief längst, Jordan las ein Buch und tat so, als sei er völlig in seine Lektüre versunken. Die Stille im Wohnzimmer war gespannt. Sie stand auf und ging mit dem Apparat in den Flur. Seine Stimme war erstickt, aber warm.

»Ich muss dich unbedingt sehen.«

»Und ich sagte Ihnen, ich bin in Trauer.«

»Aber ich will dich doch gar nicht kränken.«

»Und was dann? Mir Ihr Beileid aussprechen?«

»Ich will dir nur sagen …« Er versank in seiner eigenen Stille. »… dass ich nicht leben kann ohne dich.«

»Das sagten Sie bereits, Genosse Evtimov.«

»Das ist nicht dasselbe, Dess, und das weißt du genau.«

»Gut«, erwiderte sie, so ruhig sie konnte, »wir haben jetzt neun Uhr. In fünfzehn Minuten bin ich am Patriarchen-Denkmal.«

Ihr Bruder tat immer noch so, als lese er. Dessislava brachte ihm den fertigen Pullover an seinen Platz neben dem Bücherschrank und bat ihn, ihn anzuprobieren. Das Rückenteil war ein bisschen schief geraten, aber ansonsten stand er ihm phantastisch. Er sah stämmiger aus in ihrem naturweißen Prachtstück, noch selbstsicherer, und genau das verstärkte seinen Kummer. Bei sehr starken Persönlichkeiten treten Schwächen immer am deutlichsten hervor.

»Gefällt er dir?«

»Und du, gehst du noch raus?«

»Nein«, antwortete sie unlogisch, »ich denke eher, ich werde zurückkommen!«

Draußen strömte monoton der Regen. Wann war endlich Schluss mit diesem nasskalten Sommer, zum Teufel, damit der trocken-warme Winter kommen konnte? Sie bog in die Graf-Ignatiev-Straße ein, entschlossen, es zu tun. Sie fühlte sich gereift, zu Verstand gekommen. Mit seinen in der Nässe verschwommenen Lichtern war das Café gegenüber dem Programmkino ein ideales Motiv für surrealistische Maler. Der Pavillon mit den belegten Broten, die weißen Stühle und die zierlichen Cafétische schienen derart aufgeweicht, dass sie im nächsten Moment mit den Regenbächen fortgespült werden und im nächsten Kanal verschwinden konnten.

Vor dem Denkmal des letzten christlichen Patriarchen im Mittelalter vor dem Beginn der Osmanenherrschaft in Bulgarien stand Evtimov, schlicht und in seinen schwarzen Regenmantel gehüllt, aber ohne Schirm. Mitleid überkam sie. Warum hatte er denn keinen Schirm dabei? Sie überquerte die Ampel auf Rot, dann ließ sie ihn näher kommen. Die Straße war leer. Er lächelte ihr zu mit einer angedeuteten Verbeugung, die ihr wehtat.

»Gehen wir in ein Restaurant?«

»Da lauert uns doch nur deine Frau auf, egal in welchem, und ich will nicht, dass sie Lunte riecht.« Sie hatte keine Kraft, ihm in die Augen zu schauen. »Wir werden zusammen sein, mein Lieber, aber nur, wenn du versprichst, dass es das letzte Mal ist.« Er schwieg eisern. »Gut, dann … Warte hier eine Minute, ich komme gleich wieder.«

Sie rannte auf den bekannten Eingang zu, wie schon so viele Male. Vom Keller her roch es nach Rost und Schimmel. Sie ging durch den Gang hinaus in den quadratischen Hof und überquerte ihn an der Seite mit den Mülltonnen. Auf einer von ihnen duckte sich eine Katze mit leuchtenden Augen. Und schon war sie auf der anderen Seite und trat hinaus auf den Tolbuchin-Boulevard, der ihr blendend hell erleuchtet vorkam. Dann drehte sie sich um. In der Ferne stand, vom feinen Regen durchgestrichen, der wartende Evtimov. Er war geradezu ungerecht einsam, sah aus wie einer, der von einem leichten Mädchen, irgendeiner Bordsteinschwalbe, übers Ohr gehauen worden war. Dessislava eilte, nach Hause zu kommen, denn etwas Warmes rann ihr über die Wangen.

18

Nach den kalten Dauerregen badete der August endlich in Sonne, doch nun machte die abendliche Schwüle den Sofiotern zu schaffen. Es roch nach verbranntem Benzin, das Grün vergilbte, nur die Frauen wurden schöner. Ihre Spaziergänge mit Simeon im Park wurden immer länger. Er machte ihr den Hof wie ein Pennäler. Dann fuhr er zu Filmaufnahmen nach Weliko Tarnowo, und sie blieb beklemmend allein. Und unter praller Augustsonne einen Winterpullover stricken, das war auch irgendwie blöd.

Jana beunruhigte sie in letzter Zeit. Sie log, sie habe ihre Mutter im Keller getroffen. Dessislava wagte nicht, Jordan davon zu erzählen. Sie wollte ihn nicht in seiner Trauer aufstören. Die Kleine schien auf ihren Pfaden zu wandeln, wurde langsam ein süßer Lügenbold. Jana hatte Phantasie, aber das allein war es nicht: Die wahre Lüge ist Frucht der menschlichen Intuition. Sie ist ein geistiger Instinkt, eine Schutzreaktion gegen die allgegenwärtige Unvollkommenheit und ein Versuch, das Böse zu umgehen, ohne Gewalt anzuwenden, oder eben die eigene Einsamkeit in überbordende sprachliche Pracht zu hüllen.

Der Spiegel im Bad war vernebelt. Jana planschte in der vollen Badewanne und schaute sie von unten mit zusammengekniffenen Augen an. Ihr rundliches Körperchen schimmerte weich.

»Was ist besser, Tante«, fragte sie, »klug sein oder schlau?«

»Am besten ist gehorsam sein und nicht lügen.«

»Und warum lügt unsere Pionierleiterin dann?«

»Weil die nicht mehr weiß, wie sie mit euch fertigwerden soll, und da erschreckt sie euch eben ein bisschen.«

»Und Oma, warum lügt die?«

»Omas lügen nie, wie kommst du denn darauf?«

»Gestern warst du doch zu Hause, nicht? Aber die Oma hat jemandem am Telefon gesagt, du wärst nicht da!«

»Ich hab sie darum gebeten, Jana. Ich will mich nicht mit diesem aufdringlichen Kerl treffen.«

»Dann lügst du also!«

»Ja, das stimmt, ich bin eine Lügnerin, und zwar eine gewaltige.«

»Dann will ich auch eine gewaltige Lügnerin sein! Du bist so schön und so lieb, wenn ich ein Junge wäre, würd' ich dich heiraten.«

»Danke für das schöne Kompliment, Liebes.«

Jana log wie Dessislava und war genauso kindlich; bis zu ihrem dreißigsten Lebensjahr würde sie einer Infantin gleichen. Die große Lügnerin hüllte die kleine in ein Frotteehandtuch, in dem sie völlig verschwand. Trotz des Fichtennadel-Badezusatzes roch die Kleine süßlich nach Milch. Dessislava trug sie ins Schlafzimmer und begann, ihr Zöpfe zu flechten. Als sie aber den Kinderschlafanzug aus dem Schrank holte, bockte Jana:

»Ich bin aber noch nicht müde.«

»Das glaubst du nur. Mach einfach die Augen zu und zähl Schäfchen bis tausend.«

»Ich will keine Schäfchen zählen, sondern aufm Pferdewagen Eis essen und ans Meer fahren, schwimmen.«

»So viele Dinge passieren aber nie auf einmal, darum zähl vielleicht einmal fünfhundert Schäfchen und danach fünfhundert Blümchen.«

»Gehst du morgen mit mir in den Zoo, wenn ich bis tausend zähle?«

»Sicher«, nickte Dessislava. »Und danach essen wir Frikadellchen.«

»Das sagst du jetzt bloß! Aber du hast doch selber gesagt, du bist eine Lügnerin?«

»Erwachsene Leute lügen immer nur, wenn ihnen was wehtut. Kinder lügen wir nicht an!«

»Tun sie doch! Heute hab ich Mama aufm grünen Weg am Kanal getroffen, und da hat sie mir versprochen, wieder nach Hause zu kommen!«

Dessislava fuhr derart zusammen, dass sie das Kopfkissen fallen ließ. Janas Augen schauten ihre Tante aber vollkommen unschuldig und aufrichtig an, bevor sie sich mit Tränen füllten.

»Du weißt doch, dass Mama für immer fortgegangen ist?«

»Sicher ist sie fortgegangen, aber heute Mittag hab ich sie gesehen, und sie hat versprochen, wiederzukommen.«

Nun würde sie mit dem Weinen nicht mehr aufhören, bis sie vor Erschöpfung einschlief, untröstlich und zusammengerollt wie eine Katze. So ging das fast jeden Abend. Dessislava gab ihr einen Klaps.

»Pass mal auf, Jana, jetzt hör einfach mit der Lügerei auf! *Merkst du denn nicht, dass wir alle hier dich liebhaben?*«

Sie zuckte zurück wie vor der heißen Herdplatte: Das waren sie, die magischen Worte Jonkas, die sie so lange verzweifelt gesucht hatte. Sie hatte sich eingeredet, wenn ihr dieser vor vielen Jahren im Halbdunkel, in den Tiefen ihrer Kindheit geraunte Satz einfallen würde, *dann würde sie aufhören zu lügen!* Jonka erzählte ihr von Widin, von der Donau und von ihren Vorfahren, die sich nach dem Meer gesehnt hatten, der Ruhe, die die Ewigkeit versprach. Sie erinnerte sich an Jonkas erstaunlichen Schlummer, in dem sich einhundert Lebensjahre verschränkten, doch genau diese Worte waren ihr vollkommen entfallen gewesen. Wie hatte sie nach ihnen gesucht, wie nach einer rettenden Zauberformel oder dem Ausgang aus einem Labyrinth. So wie das ganze Leben ihrer Großmutter, so waren auch diese ihre Worte dazu bestimmt, *zu verbinden*.

»Liebes, möchtest du, dass wir beide nicht mehr lügen? Hier, sieh mal, ich schwöre.«

»Na gut, schwör ich auch.«

»Also gut denn: Mama kann nicht mehr zu uns kommen, weil sie gestorben ist!«

»Und warum ist sie gestorben?« Der Bogen ihrer Stupsnase schien noch weiter nach oben zu zeigen vor Neugierde. Dessislava war schon wieder drauf und dran, sich etwas Verschwommenes, aber Wunderschönes auszudenken, beherrschte sich aber. Sie fing einfach auch an zu weinen. Die beiden »Verschwörerinnen« nahmen sich in den Arm und spürten, wie ihr Leid zu fließen begann, von der einen zur anderen, von der anderen zur einen. Sie löschten das Nachttischlämpchen. Über ihnen schimmerte mystisch die weiße Zimmerdecke.

»Jetzt heiratet der Papa sicher irgend so eine schöne affektierte Tussi, was?«

»Das glaub ich nicht, Liebchen.«

»Und du heiratest dann auch.«

»Niemals«, widersprach Dessislava.

Dabei hatte sie doch erst vor ein paar Minuten geschworen, nie mehr zu lügen.

19

Sie gingen auf dem Weg, der von Simeonowo nach Shelesniza führte. Unter ihnen die Wiesen am Hang, die Umrisse ihres Wochenendhauses. Junger Nadelwald verschattete die Landschaft vor Sofia, das eingehüllt dalag in schmierig-braunem Smog. Die reine Luft hier oben berauschte einen. Der Weg führte vom sonnenbeschienenen Hang in die kühle Geborgenheit des Waldes, ab und zu unterbrochen durch Wildwiesen, auf denen die Grillen ihnen um die Waden spritzten, als trampelten sie durch Pfützen. Der Tag war warm, der Sommer müde und verbraucht, die Sonne trug Blattgold auf. Es roch angenehm nach Gräsern, die, abgeknickt, ihre Essenzen verströmten, und einem Hauch Verwesung.

Jordans entblößter, immer noch muskulöser Oberkörper schimmerte weiß im Licht, so ohne offizielle Kleidung sah er jünger aus. Dessislava konnte sich des Gedankens nicht erwehren, dass er wohl nach zwei, drei Jahren wirklich wieder heiraten würde, und das schmerzte sie. Sie fühlte sich belogen. Sie setzten sich in die aus frischen Nadelholzbohlen zusammengenagelte Laube. Auf einer der Sitzbänke hatte ein gewisser Dani schon mit dem Messer die mathematische Gefühlsgleichung hinterlassen: *Dani + Maria = LOVE*.

»He«, rief Dessislava ihm zu, »weißt du eigentlich, dass ich geheiratet hab?«

Jordan brauchte eine Weile, bis er aus seinen Gedanken fand. Dann starrte er sie misstrauisch an und sagte:

»Hör doch mal auf zu lügen! Deine Luftschlösser sind ja unterhaltsam und unschädlich, aber manchmal hat man einfach die Schnauze voll davon.«

»Ich schwöre bei Großmutter, dass ich nicht lüge und nie wieder lügen werde!« Sie wühlte in der Hosentasche ihrer Jeans, holte ihren Personalausweis heraus und öffnete ihn auf der Seite »Familienstand«. Sein Zucken verriet, dass Jordan ihr glaubte; aber er sagte kein Wort. Ein leichter Wind strich über den Bergkamm, der Nadelwald bekam Gänsehaut.

»Na dann: Glückwunsch«, warf er hin. »Welcher Pechvogel ist denn dein Auserwählter?«

»Du kennst ihn. Er kommt in letzter Zeit oft zu uns. Nächstes Jahr macht er seinen Abschluss an der Schauspielakademie. Ein intelligenter Typ mit großem Schauspieltalent, nur – zwei Dinge fehlen ihm: ein Händchen fürs Praktische und Unterstützung. Na ja, er hat keinerlei Beziehungen.«

»Dann fehlt ihm also so gut wie alles. Übel, übel, begabt zu sein, aber unpraktisch; mit dem Umgekehrten kommst du weiter!«

»Freust du dich nicht ein bisschen für mich?«

»Willst du das denn überhaupt?« Ihr Bruder setzte ein Lächeln auf, und sofort sah er bedrückt und gealtert aus. »Liebst du ihn, Dess?«

Diese hinterhältige Frage hatte sie kommen sehen. Sie nahm sich eine von Jordans Zigaretten.

»Lieben tue ich jemand anderen, aber der hat drei Kinder und auch sonst einen Haufen Probleme.«

»Tja, *vier* Kinder wären für *einen* Mann wirklich zu viel des Guten.«

»Ich hab ein Recht, ihn zu lieben, aber keines, ihn von seinen Kindern zu trennen.« Sie zuckte in einer plötzlichen Eingebung zusammen und fuhr fort: »Oder ich liebe jemanden ganz anderes, an den ich nicht mal zu denken wage.«

Sie schwiegen. Leichter Wind ging seufzend durch die Wiese. Ein Kuckuck meldete sich.

»Da wage ich nicht mal dran zu denken …«, wiederholte Dessislava versonnen und fasste sich mit beiden Händen an den Kopf. Sie spürte, wie ihr die Tränen kamen, bitter und vergeblich, und wandte sich ab.

»Warum hast du denn dann geheiratet, Dess?«

Gott sei Dank, ihr Bruder hatte nichts bemerkt.

»Seelenpein ist doch *out*, veraltet, eine Marotte aus der Zeit der feinen Familien. Der moderne Mensch macht sich das Leben angenehm und schön!«

»Ich werde eine treue Ehefrau sein.«

»Da bin ich mir sicher, aber das wird nur dir genügen; ihr seid aber jetzt zu zweit.«

»Meinst du nicht, dass ich eine gute Gefährtin sein kann? Sooo schlecht bin ich doch gar nicht, oder?«

»Natürlich kannst du das, Dess.«

Sie spürte, wie die Angst ihre Schlinge um ihre Gedanken legte und langsam zuzog. Aber *warum* hatte sie Angst? Und wovor?

»Ich wollte was ganz anderes sagen … Ich hab so eilig geheiratet, weil ich es nicht ertragen könnte, mich auf eine stürmische, wahre Liebe einzulassen, die dann kläglich vor die Hunde geht und mit einer schrecklichen, aber genauso wahren Trennung endet.«

»Die Leute trennen sich doch immer!« Das Gesicht ihres Bruders verkrampfte sich, als hätte er einen unsichtbaren Hieb abbekommen. »Alle, die ich kenne, wollen frei sein! Ich wollte das nicht. Bin wohl sehr altmodisch …«

»Quatsch! Nun halt aber mal an dich!«

»Tu ich doch. Als ich klein war, hab ich zu jeder jungen Frau, die mir gefiel, ›Mama‹ gesagt, weil ich halt dachte: Das ist sie! Das Schlimme für Jana ist, dass sie ihre Mutter wirklich kannte, Erinnerungen an sie hat. Schon darum werde ich an mich halten!«

»Und was gedenkst du, für Jana zu tun?«

»Ich schmeiß den Krempel beim Fernsehen hin!«

»Du?«

Dessislava hatte keine Zeit, sich die Tragweite seiner Worte klarzumachen; aber sie empfand große Erleichterung. Auf einmal kam es ihr ungeheuerlich vor, ihren Bruder auf dem Bildschirm zu sehen mit seinem süßlichen Lächeln und seiner vertraulich sich gebenden Unbelangbarkeit.

»Oma hat mal gesagt, alle Männer aus unserer Sippe würden jemanden umbringen«, fuhr Jordan leise fort. »Offenbar hat sie recht.«

»Nun mach dir mal keine Vorwürfe, du bist ja nicht schuld.«

»Ich mach mir keine Vorwürfe, aber ich muss einfach etwas abstreifen von mir. Der *Runde Tisch* steht mir bis hier oben, und ich hab es satt, immer den Glücklichen zu spielen!«

Die Federwolken über dem Gebirge kämmten das Sonnenlicht. Fein wie Zigarettenrauch stieg Dunst über den weiten Wiesen auf. Dessislava hatte das Gefühl, die Erde atme aus. Alles ringsumher war so sauber und unberührt, ein von ferner, unbegreiflicher Hand gestrickter Pullover aus Natur.

»Kann ich dir mit irgendwas helfen?«, fragte ihr Bruder unerwartet.

»Aber du hast mir doch schon geholfen«, antwortete sie, »weil ich dir alles sagen konnte.«

20

Es war die Stunde jener süßen Schwäche, in der Tag und Nacht sich begegnen. Die Landschaft stand stille, die Birken schimmerten in der Dämmerung, ihre Äste schienen schwer an ihrer Unbeweglichkeit zu tragen; selbst die Grillen schwiegen. Die Natur ging schwanger, noch unsichtbar und lautlos, nur Zeichen, nur Möglichkeit des Kommenden, aber schon so spürbar, dass sie ihn tief beeindruckte. Es roch schwer nach Gräsern und Kräutern, nach aufgeheiztem Stein, nach Anbeginn.

»Ich höre«, sagte Jordan.

Assen seufzte. Er hatte seinen Sohn zu sich gerufen, um mit ihm zu reden. Schon den zweiten Monat taten alle so, als wäre nichts geschehen, und das bereitete ihm große Sorgen. Dieses allseitige Beschweigen von Nedas unglücklichem Tod war doch unmenschlich, unsinnig, und vor allem: alles andere als das, was man sich unter *ehrendem Angedenken* vorstellen mochte. Aus eigener Erfahrung wusste Assen, dass reden musste, wer litt, damit er Trost und Linderung fand, weil der Schmerz nur so lange Macht über uns hat, wie wir ihn nicht mitteilen. Nur mit Worten konnte man Kummer, Gram und Leid mildern, wie auch jedes andere Gefühl, denn beim Erzählen durchlebte man das Geschehen wieder und wieder, und mit jeder Wiederholung verwischten dessen scharfe Konturen mehr – bis hin zur völligen Unkenntlichkeit des Vergessens. Zudem hatten Worte die Eigenschaft, uns wenigstens die Illusion zu geben, dass wir das Unerklärliche begriffen, und halfen uns dadurch, wieder ins Lot zu kommen.

Wie sollte er nur beginnen? Der Gedanke an Neda hemmte ihn. Ihr Verhalten war Assen ein Rätsel. Er sah wohl ihr inneres Drama, verstand es aber nicht. Sein ganzes Leben lang hatte er geglaubt, dass das Selbstopfer die erhabenste Äußerung des menschlichen Geistes sei, so etwas wie der sechste oder siebte Sinn. Das Selbstopfer beruht auf Vorstellungen, die dem Lebensganzen entstammen, es aber übertreffen im Hinblick auf die Fortdauer des Lebens. Das Leben wird gesteuert vom Egoismus der Selbsterhaltung und endet mit dem Tod; das Selbstopfer aber überwand diesen Egoismus und war dadurch ein Weg zur Unsterblichkeit. Eine Intuition sagte Assen, dass Neda sich im Grunde selbst geopfert hatte. Warum, zu welchem Zweck, mit welchem Ziel, das konnte er nicht sagen, aber es war offenkundig, dass ihr Tod ein Protest war, mit dem sie ihren zarten Widerstand bekundet hatte. Das Unwiderrufliche mochte zwar zufällig geschehen sein, aber Assen glaubte nicht mehr an Zufälle. Diese schweigsame, introvertierte Neda hatte ausagiert, was sie alle gespürt hatten und mit sich herumschleppten, aber nicht den Mut hatten, zu bekennen und auszusprechen. Er selbst hatte in seiner Jugend viel riskiert, hatte auf Menschen geschossen, die seiner Meinung nach einer besseren Welt im Wege standen. Was also hatte seine Schwiegertochter zu ändern, zu bessern versucht? Die Frage erschien ihm angemessen, aber unbeantwortbar. Ich bin offenbar wirklich alt geworden, dachte er, denn ich hab kein Gespür mehr für diese Dinge! Er zog die karierte Decke über die Knie. Ja, in letzter Zeit war ihm selbst an warmen Tagen kalt …

Jordan wartete rauchend geduldig ab. Er sah leidend aus, hatte abgenommen. Von seiner oft ärgerlichen Aggressivität war nichts geblieben, und auch nicht von seiner Ausstrahlung des von Glück und Erfolg Verwöhnten. Assen wollte ihm helfen, ihm sagen: Vor vierzig Jahren habe ich deine Mutter verloren. Vera musste gehen, als du auf die Welt kamst. Am Anfang hab ich dich nicht geliebt – verständlich vielleicht, aber eins wusste ich: Wir müssen irgendwie überleben! Eines Tages kam Jonka aus Widin, und ich blieb allein!

Assen litt unter dem Verlust Nedas wie ein Vater unter dem Verlust seiner Lieblingstochter. Das Schreckliche war doch, dass auch er sich schuldig an ihrem Tod fühlte, ja, waren sie nicht alle schuld an ihrem Tod?

Plötzlich kam ihm die Erleuchtung. Der Gedanke war so überraschend und klar, so überwältigend und fordernd, dass er ihn wie einen Lichtstrahl empfand.

»Bitte, ruf mir Emilia her und lass uns dann allein«, wandte er sich an Jordan, »ich glaube, ich muss unbedingt mit ihr reden!«

Sie saßen auf der Veranda unter der Markise und warteten zum Mittagessen auf die Sotirovs. Der Tisch war schon gedeckt, die weiße Tischdecke strahlte. Die Männer hatten sich einen Wodka eingegossen, Dessislava trank verdünnten Himbeersirup. Es war so heiß, dass der Himmel völlig ausgebleicht über dem flimmernden Grün stand. Nur unten im schattigen Tal zwitscherten die Singvögel.

»Wisst ihr, was euer Vater und ich gestern beschlossen haben?«, fragte Emilia unerwartet.

»Nein«, antwortete Jordan an ihrer Stelle.

»Dass es eigentlich Schwachsinn ist, uns scheiden zu lassen.«

Dessislava sah, wie in allen Mundwinkeln ein gequält-theatralisches, aber feierliches Lächeln sich Bahn brach, sogar bei sich selbst, so als beobachte sie sich von außerhalb. Das machen sie nur wegen Jordan, dachte sie, oder etwa … Mit wachsender Verblüffung ließ sie den Gedanken zu, dass sie es vielleicht doch für sich selbst taten! Seit Neda nicht mehr war, hatte jeder von ihnen etwas an sich verändert, oder musste auf jeden Fall etwas revidieren und neu für sich entscheiden.

»Und ich wundere mich, wieso mir seit dem frühen Morgen so nach Trinken zumute ist«, lachte Jordan.

»Tja, das ist *schon* irgendwie komisch … *schön* komisch, dass wir alle wieder vereint sind«, sagte ihre Mutter.

»Natürlich sind wir alle vereint«, bekräftigte ihr Vater.

»Und das wollen wir auch bleiben.«

Ihre Mutter machte diese Geste, mit der sie als Mutter Courage auf den vom Krieg gesenkten Horizont wies, auf die nicht enden wollende menschliche Niedertracht und Unverbesserlichkeit. »*Glücklich* vereint!«

Dessislava schloss ihre Augen. Schwieg. Sie hatte schließlich geschworen, nicht mehr zu lügen!

ZWEITES BUCH

Erstes Kapitel

1

Das Jahr 1989 begann unpointiert und lasch wie ein schlechter Witz. Doch es erwies sich als lange Dämmerung eines neuen Tages, der schüchtern nahte, dafür aber umso strahlender heraufziehen würde. Die Luft schien elektrostatisch geladen, hie und da blitzten Funken auf – Herolde guter Nachrichten, euphorisierender Ereignisse. Das war eine Luft voller Hoffnungen und Vorzeichen, voller Aufbegehren und gedrosselter Begeisterung, doch wie jede Ungewissheit auch voller Bedrückung und Angst.

In ihrem umfangreichen Kommentar »Fortgesetzter Dialog« beschrieb das *Werktätigenblatt*, wie Margaret Thatcher auf ihrem Rückweg von Tokio nach London in Moskau Zwischenstation gemacht und mit Michail Gorbatschow Gespräche geführt habe, die »mehr als nur konstruktiv« gewesen seien, ja, geradezu »warm und freundschaftlich«. In einem Artikel namens »Konkret und sachlich« wurde von dem Treffen Schewardnadses mit Baker in Jackson Hall im US-Bundesstaat Wyoming berichtet. Abgedruckt wurde auch das Interview Alexander Jakowlews, in dem dieser sagte, »das neue politische Denken sei geleitet von jahrhundertealten ethischen Bestrebungen«. Diese ganze in Andeutungen und Schein versandende Begeisterung über den Aktivismus der »sowjetischen Genossen« war umgeben von den Sensationsmeldungen »AIDS ist die neue Seuche der Menschheit« und »Die Sonde Voyager 2 ist unterwegs im All«. Überdies erfuhr der sozialistische Staatsbürger, dass Bulgarien das Land mit der höchsten Quote an privatem Wohneigentum auf der Welt sei.

Nach einer Reihe lautstarker Auseinandersetzungen, offener Schlägereien und krimineller Ausschreitungen kam es in den Wohnbaracken der vietnamesischen Gastarbeiter zu Brandstiftung und sogar Morden. Die Bürger waren entsetzt. Zehntausende Menschen, einst eingeladen, beim sozialistischen Aufbau mitzuhelfen, wurden aus dem Land verjagt, obwohl die verschwenderische, ja, übertriebene Bautätigkeit keineswegs nachließ und schon bald ein chronischer Arbeitskräftemangel spürbar wurde. Die Vietnamesen hatten der Stadtlandschaft Sofias ein besonderes Flair verliehen. Die meisten kamen aus Saigon, waren angesteckt vom American Way of Life, obwohl in ihren Augen noch die Erinnerung an Krieg und Zerstörung, Elend und Tod lag. Für Bulgaren war es schwer zu sagen, was sich hinter diesen freundlich blickenden Augen verbarg, und ob sie nicht von einem Messer im Ärmel ablenken sollten. Sie waren entweder unglaublich fleißig oder ansteckend faul; einige arbeiteten also höchst gewissenhaft, andere schlampig. Und bei ihrem höflichen, von asiatischer Zurückhaltung geprägten Benehmen wusste man nie, ob sie wirklich so still und sanft waren, oder ob sich hinter dieser Maske nicht Unversöhnlichkeit und Rachsucht verbargen.

Sie fingen und aßen die herrenlosen Hunde, sodass deren ungezügelte Vermehrung im Großstadtdschungel Sofias ein makabrer Indikator für die Ausweisung und Rücksendung der Gastarbeiter wurde. Die Luft schien nach läufiger Hündin zu riechen. Wohin man auch ging, sah man, wie die Tiere sich besprangen, als habe die Natur höchstpersönlich Angst bekommen, die Hunderasse sei vom Aussterben bedroht. Eine Unzahl Promenadenmischungen und Bastarde erblickten das Zwielicht einer Welt im Umbruch, und man wusste nie, ob und wann diese missgestalteten Ausgeburten faul und freundlich, und wann sie bissig und böse waren – vor allem, wenn sie einem Rudel angehörten.

Wie es in ungewissen Zeiten voller Erwartungen und wachsender Ungewissheiten so ist, tauchten aus dem Nichts Tausende von Eingeweihten, Wundertätern, Wahrsagern und Esoterikern auf, die dich von allen möglichen und unmöglichen Krankheiten heilten, von Hämorrhoiden und Psoriasis bis zu Krebs und schlechtem Mundgeruch; andere Träger übernatürlicher Begabung konnten Farben mit verbundenen Augen, nur durch Auflegen der Fingerspitzen erkennen, Tintentropfen daran hindern, sich im Wasser aufzulösen, durch Geisteskraft Gabeln verbiegen und Möbel verrücken, ja, durch pure Konzentration die Braunsche Bewegung anhalten. Es wimmelte nur so vor Geistersehern, Medien, Leuten, die wussten, wie man sich von bösem Zauber befreite, und natürlich Kennern der indischen Karma-Lehren. Andere hatten die Geheimnisse der Welt entschlüsselt, wussten, nach welchen Prinzipien die ägyptischen Pyramiden erbaut waren oder dass der afrikanische Tulu-Stamm den Sirius bereits als Dreierstern erkannt hatte, was unserer hochtechnisierten Welt erst mit modernsten Teleskopen zu beweisen gelungen war.

In der Sowjetunion tauchte ein übersinnlich begabter Mann der Sonderklasse auf, Kaschpirowski mit Namen, der vom Fernsehbildschirm aus ein Millionenpublikum zu hypnotisieren und mit kosmischer Energie zu heilen versuchte, indem er lächelnd, mit sonorer Stimme eindringlich und monoton … zählte. Er kam auch nach Bulgarien, wo er freudig und voller Vorschussvertrauen empfangen wurde wie Juri Gagarin, der erste Mann im Weltraum, dreißig Jahre zuvor. Der riesige Saal 1 des Nationalen Kulturpalastes platzte aus allen Nähten vor Kranken, Leidgeprüften und vor allem Neugierigen; da Kaschpirowski aber nicht irgend so ein westlicher Scharlatan war, sondern »einer von uns«, beinahe ein Landsmann, wurden seine Séancen auch bei uns im Fernsehen ausgestrahlt. Die Menschen schalteten ihre Geräte eine Stunde früher ein, um nur ja nichts zu verpassen, doch statt heilsamer kosmischer Energie packte sie nur eine wundersame Schläfrigkeit.

In diesem übersinnlichen Tohuwabohu ging eine Prophezeiung der blinden bulgarischen Seherin Wanga fast unter, dass in naher Zukunft eine schreckliche Katastrophe mit Kursk geschehen würde. Das Gerücht ihrer Voraussage ging von Mund zu Mund und wurde je nach Temperament mal zu einer apokalyptischen Katastrophe für den ganzen Planeten, mal zur bangen Hoffnung, der Kelch möge an der Menschheit vorübergehen. Doch sosehr man auch auf Kursk starrte, dort geschah nichts außer dem erbitterten Kampf gegen den Alkoholismus, den die Führungsriege der Perestrojka-Zeit mit Michail Gorbatschow an der Spitze führte. Es mussten Jahre vergehen und Wangas Prophezeiung in Vergessenheit geraten, bis in den Tiefen des Ozeans *das Atom-U-Boot »Kursk«* explodierte und zum wiederholten Male erwies, wie groß der Unterschied zwischen Wanga und all den vielen großen und kleinen Geschäftemachern mit der menschlichen Angst war.

2

Die Nomenklatura, die auf allen Etagen der Macht klebte, vom Zentralkomitee über die Ministerien bis hin zu den Kreis- und Gemeindekomitees der Kommunistischen Partei Bulgariens, war zunächst beunruhigt, dann verblüfft und schließlich erschrocken. Schon im Frühjahr tauchten – im wohlbekannten bulgarischen Versuch, den sowjetischen Genossen nach dem Munde zu reden – in den Medien Beiträge auf, in denen mit wachsender Hysterie von Glasnost und Perestrojka geredet wurde. Die Propaganda blies die Backen auf und trötete von Demokratisierung, von tiefgreifenden Reformen … Wie diese auf jedem Parteitagsplenum erneut einstimmig beschlossenen Leerfloskeln und abgenutzten Parolen aber praktisch umgesetzt werden könnten, das wusste niemand zu sagen. Besonders an frischen Ideen zur Rettung der dahinsiechenden, überdimensionierten bulgarischen Industriekombinate durch Steigerung ihrer Produktivität mangelte es; darüber konnten auch die an schamanistische Beschwörungen erinnernden Durchhalteparolen nicht hinwegtäuschen. Dann ließ die ideologische PR-Abteilung des Zentralkomitees, vermutlich im Auftrag des Politbüros, zunächst verschämt, dann aber mit immer größerem Enthusiasmus verlauten, dass die demokratischen Reformen in Bulgarien, sprich »Glasnost und Perestrojka«, doch schon längst vollzogen worden seien, und zwar in der nach dem berühmten Aprilplenum des Jahres 1956 entwickelten Julikonzeption der Partei! Wieder einmal hatte man alles richtig gemacht. *Der Wolf war satt geworden, und das Lamm unversehrt geblieben*, wie das schöne bulgarische Sprichwort sagte. Jedenfalls tat der Wolf so …

Die alten, ergebenen Kommunisten, die immer noch mit den Illusionen und Idealen ihrer Jugend lebten, fanden, dass Gorbatschow zu weit gegangen war und jede vernünftige Grenze überschritten hatte, innerhalb derer man den Sozialismus demokratisieren konnte. Er hatte gewissermaßen den Geist aus der Flasche entweichen lassen. Seine hohe Denkerstirn mit dem markanten Fleck verhieß eher Anarchie, menschliches Elend und Chaos als produktive Befreiung. Die erschütternde Wahrheit über die von Stalin in Sibirien betriebenen Gulags, über die fortdauernden Repressionen und Pogrome gegen Menschenmassen in der Größenordnung ganzer Völker, aber auch gegen treu ergebene Parteigenossen, verbreitete nicht nur nachträglich Furcht und Schrecken, sondern zeigte auch, dass der Sozialismus das größte und furchtbarste Experiment war, das je mit ganzen Völkern im Namen des Humanismus unternommen worden war.

Die jüngeren Leute hingegen, vor allem die Intellektuellen, fanden ganz im Gegenteil, dass Gorbatschow sich allzu sehr darin gefiel, inkompetente Reden zu schwingen und mit dem westlichen Klassenfeind zu flirten, aber viel zu unentschlossen bei der Umsetzung seiner von allen so heiß ersehnten Demokratisierungspläne vorging. Die meisten »Ehemaligen«, das heißt überlebende Fabrikanten und Unternehmer, Großgrundbesitzer und Bankiers aus vorsozialistischer Zeit, versteckten sich lieber, denn sie erinnerten sich noch lebhaft an ihre Zeit in Arbeitslagern und Gefängnissen. Sie rieten auch ihren Kindern: »Diese Veränderungen sind trügerisch und nur von kurzer Dauer, vermutlich sogar ein Köder! Beißt lieber nicht an, sondern wartet, bis die da oben ihre pseudokommunistischen Rechnungen beglichen und ihre Machtkämpfe ausgefochten haben; denn wenn wir uns jetzt einmischen, dann müssen wir am Ende wieder alles ausbaden!«

Die Nomenklatura-Leute hielten die Ohren offen, klatschten auf den Versammlungen lau Beifall und taten das einzig Vernünftige, was man in so verwickelten und unklaren Situationen tun konnte: nichts. Und das lautstark und demonstrativ. Nein, dies waren nicht mehr jene Idealisten, die Bulgarien um 1950 regiert hatten und den Marxismus-Leninismus, die Diktatur des Proletariats durch Gewalt, als einzig wahre Wissenschaft vom Prozess der Gesellschaft anerkannten. Die jetzigen, das waren schon verfeinerte, gebildete Personen, die mit den Gepflogenheiten und Techniken einer jeden hochentwickelten Administration wohlvertraut waren. Die meisten von ihnen waren Pragmatiker, was unter den gegebenen Umständen nichts anderes hieß als *vollendete Zyniker, die an nichts mehr glaubten.* Sie waren fachkundig, verstanden etwas von den Funktionen, die sie ausübten, doch es war das ideologische System selbst, das sie mit seiner vorgeschriebenen Gleichheit entmutigte und ihnen zeigte, dass man Karriere machte nicht durch Wissen und Engagement, klaren Kopf und Courage, sondern durch geduldiges Ertragen von Unqualifiziertheit, wenn sie nur auf dem höheren Posten saß, und durch das Knüpfen möglichst vieler nützlicher Verbindungen zu einflussreichen Leuten, die einem im Notfall halfen, vorausgesetzt, man half ihnen auch seinerseits – bis hin zu Ungesetzlichkeiten. Die Parteimitgliedschaft war nicht nur der einzige Weg, auf dem man Karriere machen konnte, sondern auch die einzige Chance, an einen Beruf zu kommen, der einem entsprach und in dem man seine Fähigkeiten zur Geltung bringen konnte. Im Frühjahr 1989 war daher der Zustrom von intelligenten und talentierten Bulgaren in die Partei ungebrochen – nicht, weil sie Idealisten waren, sondern aus der Einsicht heraus: »Das Leben ist kurz, der Sozialismus währt ewig!« So jedenfalls sah es bis zum letzten Moment vor dem Umsturz aus …

Genau diese Kader aus der mittleren und gehobenen Parteienhierarchie waren nicht einfach nur verunsichert, sondern verblüfft bis zu panischem Entsetzen. Diese Leute hatten zum größten Teil ihr Studium in der Sowjetunion absolviert und kannten die schillernde Unbestimmtheit in der Sprache der Machthaber aus eigener Erfahrung. Sie wussten: Wenn »die da oben« etwas sagten, musste man sich etwas anderes denken und etwas noch ganz anderes tun, und dafür musste man die richtige Übersetzung kennen. Über Demokratisierung redete man ja nicht erst seit Gorbatschows Machtübernahme, sondern immer dann, wenn innerparteiliche Rechnungen beglichen wurden, Konkurrenten um einen Posten beseitigt wurden, oder wenn zur Herausstellung der eigenen Berechtigung an der Machtübernahme die ganze Schuld an den aktuellen Missständen einem toten oder entthronten Parteiführer angelastet werden sollte.

In einer solchen politischen Hackordnung war es doch nur logisch anzunehmen, dass Gorbatschow in seinem Drang, sich zwanzig, dreißig ungetrübte Regierungsjahre zu sichern, gezwungen war, die ganze Brut der altgedienten Haudegen, die mit Breschnjew, Andropow und Tschernjenko in der Parteienhierarchie aufgestiegen waren, zu verjagen und alle entscheidenden Posten in der Führungsriege mit gleichgesinnten Kandidaten seiner Altersgruppe zu besetzen, die die Chance bekamen, mit ihm an der Spitze alt zu werden. (Um diese Posten und die damit verbundenen Privilegien zu erhalten, mussten sie sich – ganz wie es in

Frankreich zur Zeit des Sonnenkönigs Ludwig XIV. war – allerdings mit der Rolle blind ergebener Höflinge zufriedengeben.)

Von dieser Warte aus betrachtet, wurde der ganze sprachliche Aufwand, der um diese nebulöse Perestrojka getrieben wurde, schon etwas klarer, und die bulgarischen Parteigenossen hatten nichts dagegen, ihr Fähnchen auch diesmal nach dem Winde zu hängen, ja, sie sogar auf Bulgarien zu übertragen, wo der Genosse Shivkov, der Mann aus dem Volk, und seine ganze überalterte Entourage nach Ablösung geradezu schrien. Ängstlich schauten sie sich nach passenden Nachfolgern um, die ihren »Demokratisierungskurs« fortsetzen konnten, tuschelten von Verschwörungen, die in der Luft lagen, gar von einem kommenden Umsturz, und kamen je nach persönlichem Nutzen oder Vorliebe mal auf Andrej Lukanov, mal auf Peter Mladenov.

Da geschah etwas Unvorhergesehenes, das auf den ersten Blick unwichtig erschien, sich aber als Keimzelle der späteren Ereignisse erwies, da hier nicht einfach nur eine abweichende politische Meinung sich artikulierte, sondern ein glühender Protest aufbrandete, der die ganze Lethargie und Kraftlosigkeit der Machthaber und ihrer eingerosteten Staatsmaschinerie aufzeigte. Dieser gewaltige repressive Apparat erwies sich auch in Bulgarien als Koloss auf tönernen Füßen, der bei der kleinsten Regung menschlicher Spontaneität, dem leichtesten Erdbeben einstürzen und in den Staub seiner eigenen Ohnmacht und paranoiden Ängste fallen konnte.

Seit Jahren verpestete ein Chemiewerk in Giurgiu am rumänischen Donauufer die Luft der Stadt Russe am bulgarischen Ufer des großen Stroms mit seinen Schwefel- und Chlorwasserstoff-Emissionen. Die feinen Dunstwolken, die gespenstisch über den Wasserspiegel krochen, griffen die Atemwege der Menschen an, die sich vorkamen wie in einer gigantischen offenen Gaskammer. Die Babys und Kleinkinder erkrankten oder starben reihenweise an Pseudokrupp, Bronchitis und anderen gefährlichen Lungenerkrankungen. Die rumänischen Genossen weigerten sich, trotz der ewigen und unerschütterlichen Liebe zum bulgarischen Brudervolk, die Gasemissionen in Giurgiu zu stoppen, und so bekamen die Proteste der um das Leben ihrer Kinder besorgten Bürger von Russe immer mehr Zulauf. Diese Proteste hatten eigentlich keinen politischen Charakter, aber eine klare Stoßrichtung, und sie waren trotz ihrer vielen Teilnehmer sehr gut organisiert. Selbst wenn die Volksmiliz verstärkte Präsenz zeigte, wurden die Protestkundgebungen, zu denen die Mütter demonstrativ Kinderwagen vor sich herschoben, unerschütterlich durchgeführt. Da gründete eine Intellektuellengruppe aus Sofia, von denen die meisten Parteimitglieder waren, ein »Komitee für Glasnost und Perestrojka«, dessen vornehmstes Ziel es war, die Protestierenden von Russe zu unterstützen. Doch sogar noch am Ende dieses Sommers 1989 lag die Ungewissheit in der Luft wie ein kommendes Gewitter, bitter wie der Geruch nach Queckengras, irrational und allumfassend wie die Angst.

3

Mit vorgerecktem Nacken und gespannten Nerven ging er, weiter und weiter ging er, um dieses Spektakel zu hören, zu sehen, zu erfassen und sich einzuprägen. Was für eine Wut da aufstieg aus der weit geöffneten Kehle des Platzes, eine bedrohliche Wut, eine Wut, die keinen Spaß verstand. Dieses Rumoren aus dreißig-, vierzig-, fünfzigtausend Kehlen zog ihn magisch an wie jede Hoffnung, sodass er am liebsten darin aufgegangen wäre, ein Tropfen, der sich genau in dem Moment auflöste ins über viele Jahre angestaute Wasser, in dem die Staumauer brach, in dem Moment, in dem es den Verstand verlor, ausrastete, in wildem Sturz sich ergoss, todesmutig und voller Selbstverachtung. Doch er spürte instinktiv, dass dies hier ihm besser nicht gefallen sollte, dass er besser nicht daran teilnahm; denn es erfüllte ihn mit einem mysteriösen Widerwillen gegen sich selbst.

Die Dämmerung brach herein. Geblendet von den Neonlampen, sank die Nacht herab wie ein starker, aufputschender Kaffee. Eine Nacht voller Aufbegehren und Ungewissheit. Eine unvorhersehbare Nacht. Es wimmelte nur so vor Polizisten, doch selbst die wirkten wie berauscht, benahmen sich entweder besonders zackig-militärisch oder besonders still, eingeschüchtert von ihrer wachsenden Bedeutungslosigkeit. Das, worauf man sie viele Jahre lang vorbereitet hatte – nun war es eingetreten; doch sie fühlten sich verunsichert und hilflos, wie verwaist ohne die Angst, die sie den Menschen bisher zuverlässig durch ihr bloßes Erscheinen eingejagt hatten, die Angst, die ihnen Macht und Bedeutung verliehen, sie selbstsicher und stolz darauf gemacht hatte, dass sie Recht und Ordnung waren, das Monopol auf den sichtbaren Glanz und die unsichtbare Freude an der Gewaltausübung besaßen. Nun aber? Nun flößten sie keinerlei Angst ein, sondern wirkten so farblos und gebrechlich, als gelte ihre ganze Wachsamkeit nicht der Verteidigung des Staates, sondern nur der Selbstverteidigung, und das bei dieser Kälte. Es hätte ein Wunder geschehen müssen, damit sie ihre Selbstsicherheit wiedergewannen, mochte dieses Wunder auch nur in einem schlichten Befehl von oben bestehen, sich zurückzuziehen; aber es gab niemanden, der ihn hätte erteilen können. Ja, das Leben war schwierig geworden ohne vorgegebene Ordnung, unvorhersehbar. Begreifen tat das keiner von ihnen, aber fühlen, fühlen tat es jeder. Mit einem Wort: Das Leben verdiente plötzlich seinen Namen, war echt, war authentisch geworden …

Er umrundete den ganzen Platz vor dem Parlamentsgebäude nun sicher schon zum fünften Mal in seiner unendlichen spiralförmigen Annäherung an das Gravitationszentrum dieser geballten Wut, einer Annäherung, die unendlich sein würde, weil er sich dagegenstemmte, oder vielleicht weil dieses Zentrum selbst es war, das ihn zugleich anzog und abstieß. Er musste aussehen wie ein Mensch, der sich in einem Labyrinth verirrt, Weg und Richtung verloren, nicht aber sein Ziel vergessen hatte.

»Was bist du denn für einer, ey«, hielt ihn ein Uniformierter an. »Zück mal deinen Personalausweis, aber dalli.«

Der Mann war im Rang eines Leutnants und hatte einen Schmiss auf der rechten Wange. Vermutlich war er dem Milizmann aufgefallen, weil er wiederholt hier vorübergekommen war. Die Stimme des Ordnungshüters war gereizt, seine Stiefel verstaubt, seine Augen vor Angst wie poliert. Er leuchtete ihn mit der Taschenlampe an, um ihn einzuschüchtern, oder vielleicht eher, um selbst Courage zu bekommen. Er blätterte in dem Ausweis, verglich Passbild und Gesicht und zuckte zusammen, weil der Platz in diesem Moment bebte unter dem Protestgebrüll der Abertausende.

»Da schau einer an: Krum Krumov … Ich heiße auch Krum.« Der

Offizier lächelte säuerlich, als fühle er sich schuldig für etwas. »Wohin des Wegs, Genosse Marijkin, he? Einfach so hin und her?«

Krum verließ den Platz Richtung Graf-Ignatiev-Straße, bog schließlich ein in den Tolbuchin-Boulevard, ging am Universitätsgebäude entlang, an der Volksbibliothek vorbei, sah den Obelisken des Wassil-Levski-Denkmals vor sich und – bog erneut in jenes kleine Sträßchen am Botanischen Garten ein, das ihn wieder zum Platz vor dem Parlament brachte, hinein in die erleuchtete Wut der anderen, hin zu den anderen, hin zu – wie er sich gramvoll eingestand – sich selbst, hin zum nächsten Aufschub, zum nächsten verzweifelten Losreißen und Sich-Entfernen am Klotz des Parteigebäudes, vorbei zum Dondukov-Boulevard mit seiner verwirrenden, einsaugenden Leere und der an der Kurve regelmäßig klappernden und schaukelnden Straßenbahn.

Vor einem Monat hatte er im Fernsehen eine Übertragung vom Fall der Berliner Mauer gesehen. Aus dem Bildschirm drang dieselbe Raserei nach einer langen und entsetzlichen Unterdrückung wie hier. Sie hatten im alten Wohnzimmer gesessen, das immer noch so halb möbliert und vom Muff einer fortdauernden Armut durchzogen war wie eh und je, mit dem konservierten Duft nach Quitten und Herbst. Sein Vater war unrasiert gewesen, im Unterhemd und finster wie der Tag draußen. Er hatte die Fäden der Weltgeschichte, an denen er einst so stark gezerrt hatte, längst aus der Hand gegeben, wirkte wie ein dahinsiechender, an einer unbekannten Krankheit leidender Mensch. Krum Marijkin hatte keine Macht mehr über die Ereignisse; sein unerschütterlicher Glaube, seine erschreckende Unbesiegbarkeit waren aus dem Verkehr gezogen worden wie ein verkehrsuntauglicher Pkw, den man aber noch nicht verschrottete, sondern auf dem Autofriedhof zwischenlagerte, für den Fall, dass man Teile davon noch verwenden konnte. Dort rostete er vor sich hin, bis ihn nicht nur die Revolution und die Zeitläufte, sondern auch die Menschen vergaßen. Der vormalige Schrecken von Widin, Krum Marijkin, ein Leben lang ohne Familiennamen, war nun wirklich ein Nichts und Niemand geworden. Es war fast so, als sei er nicht vor vierzig Jahren, sondern gerade eben erst mit seinem struppigen, mit Hausrat beladenen Maulesel in Widin angekommen, habe das Festungstor durchschritten, staubig, müde und wild wie der Weg, eine provozierende Erscheinung, ein fließender Schatten, von der glühenden Sonne scharf konturiert wie die Gewalt, eine noch unerfahrene, unverfälschte Gewalt voller Größe. Während die Bilder zeigten, wie die Berliner Mauer umgestürzt wurde, sah sein Vater noch immer aus wie ein zorniges Kind, ein Kind, das man tief gekränkt hatte, weil man an seinem Lieblingsspiel kein Gefallen fand. Vor lauter Starren auf den Bildschirm konnte er sich nicht mal seine Zigarette anzünden. Seine Hände zitterten, und er schwitzte wieder seine beklemmende, zermürbende Opferbereitschaft aus, seine grenzenlose, jeden Widerstand erstickende Bereitschaft, für die anderen in den Tod zu gehen und sie sich auf diese Weise bedingungslos zu unterwerfen.

Sein Gesicht versteinerte in einer furchteinflößenden Maske, der aufsteigende Hass ließ das Blut in seinen Adern gefrieren, und Krum Krumov befürchtete, der Hirnschlag könne sich wiederholen und seinen Vater erneut in Schweigen und Reglosigkeit stürzen, erfüllt von Protest und sturem Trotz des Besiegten. Noch ein Moment, und der alte Starrkopf wäre des Todes. Da fiel bei Krum Krumov der Groschen: Er sprang auf und schaltete den Fernseher aus. Dann eilte er sofort zu den Medikamenten seines Vaters. Seine Mutter, zitternd vor Schrecken, in Tränen aufgelöst vor Liebe zu diesem unverständigen, aber noch im Alter schönen Mann, dessen Kompromisslosigkeit in vielen gemeinsamen Jahren sie vor allem durch die ungezählten Stunden bitterer Einsamkeit erfahren hatte, holte aus dem Kühlschrank die eisgekühlten, blutigen Fleischscheiben, stellte die Pfanne auf den glühenden Herd und warf die fetten Stücke hinein. Erst als sie zischend aufspritzten, erinnerte sich der Sohn an den Sinn der panischen Eile seiner Mutter. In besonders schlimmen, unerträglichen Momenten ihres Lebens bekamen die Männer der Weltschev-Sippe einen unbändigen Heißhunger auf Fleisch. Es aß sie Fleisch, es trank sie Fleisch, es war ein atavistisches, nicht zu bändigendes Verlangen nach Stillung eines Hungers, der nicht nur aus dem Magen kam. Sie brauchten Fleisch, um ihren Zorn und ihr schneidendes Leid zu besänftigen, um allein mit ihrem Schmerz bleiben zu können und ihre eigene innere Raserei ertragen zu können.

Krum seufzte bei dieser Erinnerung. Er hielt einen Moment an vor der auf Gelb blinkenden Ampel, dann war er schon wieder am keilförmigen

Gebäude der Parteizentrale angelangt, über deren stalinbarockem Portal hoch oben ein rubinroter fünfzackiger Stern funkelte, mystisch und traumverloren. Ringsum war es geradezu gefährlich menschenleer, bis er um die Spitze des mit schwerem Marmor verkleideten Keils herum war und der Atem der Demonstrierenden ihn wieder einzusaugen versuchte. Er spürte aber augenblicks: Wenn er dieser Versuchung nachgab, verriet er auch seinen Vater und lieferte ihn dem sicheren Tod aus. Verstohlen sah er sich um, dann bog er in die andere Richtung ab, zum Zentralen Universalkaufhaus ZUM. Nach zwanzig Minuten hastigen Gehens war er wieder an der Stelle, an der ihn der Polizeileutnant mit der Narbe auf der Wange angehalten hatte, der wie er Krum hieß. Er stand noch immer da, im Schatten der Kirche Siebenheiligen und ganz verloren inmitten der anderen fünfzig Milizionäre. Auch er erkannte Krum Krumov wieder, denn er nahm Haltung an und klopfte seine Uniform ab. Sie rauchten. Die Demonstration ging weiter. Grollend, unversöhnlich, brodelnd und gefährlich friedlich, dabei pulsierend wie eine überlastete Ader und aufgekratzt wie eine stark juckende Wunde. Noch brachte das hier allen Erleichterung, einte sie, ihre Hoffnungen und Träume, trug aber auch schon den Keim künftiger Teilung des Volkes und einer Zukunft, in der es keine Gemeinsamkeiten mehr gab. Vielleicht machte das ja die Anziehungskraft dieser aus Tausenden von Kerzen atmenden Feuerblume aus, die die Nacht erhellte.

»Sie haben hier sicher zu tun, was?«, fragte der Leutnant mit jener Hast, die schneller sein will als die Aufmerksamkeit der Unbeteiligten, nahm seine Polizeimütze ab und kratzte sich am Kopf, bevor er das Siegel seiner Macht wieder überstülpte und bis auf die Augenbrauen in die Stirn zog. »Ich bin hier nämlich auch quasi … Na ja, Sie sehen ja, Dienst ist Dienst.«

Krum zog an seiner Zigarette. Die Angst beider Männer wuchs, verursachte gegenseitige Anziehung, aber auch Abstoßung, denn – es war nicht dieselbe Angst!

»Ich bin fix und fertig«, sagte Krum leise, fast linkisch, »streich hier seit Mittag um die Häuser.«

»Schau an, schau an, wie interessant«, zuckte der Leutnant zusammen, »und heißen Krum, genau wie ich.«

»In diesem Mietshaus«, wies Krum diffus auf die heruntergekommene Fassade im Rücken des Milizionärs, »wohnt mein Onkel, Alexander Weltschev. Der ist Professor, hat den Lehrstuhl für Römisches Recht an der Universität Sofia inne … Wollte eigentlich meine Tante besuchen, Tante Ljuba.«

Er warf seine aufgerauchte Zigarette fort, trat die Glut aus und machte, dass er davonkam, denn die Ängste der beiden Männer stiegen ins Unerträgliche.

4

Das kühle Halbdunkel des Treppenhauses, der ach so bekannte Geruch nach gekalkter Wand und gewischtem Mosaikfußboden, sein nervöses Verstummtsein – er gab sich einen Ruck und drückte den Klingelknopf. Nicht lange, und die Tür öffnete sich. Auf der Schwelle stand seine Tante Ljuba mit ihrem verlegenen Lächeln, dem Ausdruck des für immer auf seine Schuldgefühle festgenagelten Menschen. Gerade dies gab ihrer Weiblichkeit eine so anziehende, unverfälschte Natürlichkeit, gaben die permanenten Schuldgefühle ihr doch nie die Möglichkeit, auf ihre Wirkung zu setzen. Sie trug einen dunklen Morgenmantel, so als habe sie jemanden zu betrauern.

»Ja, Krum …« Sie konnte ihre freudige Überraschung nicht verbergen. »Komm doch herein, mein Lieber. Musstest du lange klingeln? Alex und ich sind wohl taub geworden!«

Krum beugte sich zu seinen Schuhen herab, um den angesammelten Dreck, die Müdigkeit und sein ganzes soeben durchlebtes emotionales Fegefeuer von sich abzustreifen, doch seine Tante bremste ihn, wie immer. Seit Jahren übernachtete er, wenn er in Sofia zu tun hatte, entweder hier bei seiner Tante oder bei seinem Onkel Assen Weltschev. In letzter Zeit hatte sich die Zahl ihrer Begegnungen jedoch noch erhöht, weil sich herausstellte, dass sie Gesinnungsgenossen waren, sich für ein und dieselbe Sache einsetzten, die aufgrund der höchst unsensiblen Einmischung der Staatssicherheit immer mehr die Züge einer Verschwörung annahm.

Nachdem er sein Ingenieursstudium abgeschlossen hatte, wollte Krum nach Widin zurückkehren, wo man ihm einen Arbeitsplatz im Werk für Autoreifen versprochen hatte; plötzlich aber wurde er nach Russe eingeteilt und musste sich wohl oder übel fügen. Die Stadt gefiel ihm mit ihrer Jugendstil-Atmosphäre, und auch die Arbeit im Werk für Landmaschinenbau sagte ihm zu. Dort freundete er sich mit einer Ingenieurskollegin an, einer geschiedenen, gutaussehenden Frau, die eine dreijährige Tochter hatte. Im Werkswohnheim lagen ihre Unterkünfte einander direkt gegenüber, was ihre spontane, ungetrübte und vollkommen platonische Beziehung erleichterte. Gergana kamen sie da schon zu den Ohren raus, diese ewigen Einladungen ins Restaurant oder auf Partys von Männern, die sie ins Bett bekommen wollten, und Krum hatte seine Junggeselleneinsamkeit, das Starren auf die Donau, so erhaben dieser Anblick auch sein mochte, und sein Ungeschick am Kochherd satt. Also kaufte er ein und Gergana kochte, und zwar phantasievoll und mit Geschmack. Abends gingen sie mit Gerganas kleiner Tochter spazieren. Sie sahen aus wie eine ganz normale Familie, und das genügte ihnen. Positiver Nebeneffekt war, dass die aufdringlichen Kerle Gergana nun in Ruhe ließen. Krum wiederum bereitete es Freude, mit Gerganas Tochter zu spielen, einem munteren Mädel, das gern eine Schnute zog und mit restlosem Vertrauen zu ihm kam, ihren langen blonden Zopf schüttelte, mit dem sie Rapunzel glich, und trotzig sagte: »Mama erlaubt es mir zwar nicht, aber wenn ich groß bin, heirate ich dich!«

Auf einmal begann das Kind zu husten. Es war ein trockener Husten, so schlimm, dass er die Lungen der Kleinen in Fetzen zu reißen schien, und es wurde immer akuter. Bald mündeten die Husten- in regelrechte Erstickungsanfälle. Die kleine Milena wurde erst blass, dann verflachte ihr Atem, stockte. Vor Sauerstoffmangel wurde ihr schwindlig, ein paarmal fiel sie in Ohnmacht. Sie gingen mit ihr zum Arzt in die Kinderklinik. Im Korridor hallte jedes Wort wider. An den Wänden hingen Bilder mit niedlichen Häschen, dem schlauen Fuchs und dem dummen Wolf. Der Doktor, ein Stotterer, wirkte gereizt und zerfahren. Er untersuchte Milena auf die Schnelle und diagnostizierte dann:

»Asthma! S-s-sie kö-kö-können Tests machen lassen, a-a-aber ich b-b-bin mir g-ganz sicher!«

Milena lächelte voll kindlichen Vertrauens, Gergana brach in Tränen aus, Krum bekam weiche Knie und musste sich auf die Liege setzen. Dann fragte er verwundert mehr sich selbst als den Arzt:

»Wie – Asthma? Sie ist doch gerade mal drei Jahre alt?«

Der Mediziner kratzte sich am Hinterkopf und zeigte wortlos auf den Fluss, Richtung rumänisches Ufer. Krum war der Geruch der chemischen Emissionen aus Giurgiu, der alle paar Tage Russe erreichte, natürlich auch nicht verborgen geblieben, und es war sogar vorgekommen, dass er beim Einkaufen oder wenn er angelnd am Ufer saß, schmerzende Lungenkrämpfe bekommen hatte mit anschließenden Schwächezuständen; er hätte sich aber nicht träumen lassen, dass die Wirkung dieser beständigen Luftverpestung so durchdringend sein und so schlimme Folgen haben könne.

Gleich am nächsten Morgen ging er ins Bezirkskomitee. An der Pforte kannte man ihn schon, er war immerhin stellvertretender Parteisekretär der Landmaschinenfabrik, und betrat ungehindert das Büro des zweiten Parteisekretärs, der für Industrie zuständig war. Er erzählte ihm den Fall. Seine Worte waren voller Anklage, voll beklemmender Hilflosigkeit, aber auch drohend.

»Marijkin, Marijkin – wir schlagen uns mit diesem Problem schon seit mehr als einem Jahr herum. Hörst du eigentlich, was du da redest, Marijkin? Weißt du, wie oft wir den Genossen in Sofia schon berichtet haben?« Er rauchte nachdenklich und zeigte ängstlich auf das Porträt des lächelnden Mannes, das an der Wand hinter seinem Schreibtisch hing. »Tja, wie oft … wie oft haben wir um ein Treffen mit den rumänischen Genossen gebeten. Aber die … nichts! Stellen sich taub!«

»Verstehen Sie denn nicht? Das Kind ist gerade mal drei Jahre alt und hat schon Asthma«, schnitt ihm Krum zornig das Wort ab. »Wissen Sie was? Ich fahre selbst nach Sofia und gehe direkt ins ZK …«

»Schön, schön. Wenn wir hier nämlich, also wegen dieses Problems … Wen du auch ansprichst, der verspricht dir alles Mögliche und dann – nichts! Ja, wenn du deinen Kopf in die Schlinge legen willst …« Er zeigte wieder eingeschüchtert auf das Porträt in seinem Rücken. Dem Mann war die Angst anzusehen und der Selbstekel vor der eigenen Kleinmütigkeit. »Marijkin, Marijkin, so auf Versammlungen das große Wort führen und den Kompromisslosen spielen ist leicht, aber jetzt will ich dich mal sehen!«

5

Am nächsten Morgen saß Krum im Zug, am frühen Nachmittag kam er mitten in der größten Hitze in Sofia an. Es roch nach verpichten Schwellen, nach geplatzten Wassermelonen und auf dem Grill vergessenen Hackfleischröllchen. Die Hitze legte wirklich alles und jeden lahm. Selbst die drei Zigeunerinnen, die hier die Taschen der Reisenden diskret, ohne ihre Besitzer zu beunruhigen, nach Brauchbarem untersuchten, waren durch die Hitze arg in ihrer Betriebsamkeit beeinträchtigt. Am meisten aber konnte man die Folgen der stehenden Hitze in den müden Gesichtern der Menschen lesen, die – schweißüberströmt und stumpfsinnig geworden – ausgetrocknet wie gesprungene Erde wirkten.

Krum war so aufgekratzt und von sich und seiner Mission überzeugt, dass er vom Bahnhof zu Fuß in kaum zwanzig Minuten das Parteigebäude im Zentrum erreichte. Und da geschah etwas Unerhörtes: Das Schicksal des Vaters wiederholte sich im Sohn in so provozierender Ähnlichkeit, als hätte jemand die Zeit um fünfunddreißig Jahre zurückgedreht. Nur dass sein Vater damals mit seiner Unbeugsamkeit im Nacken und seinem ganzen Hausrat auf dem Maultier zu Fuß nach Widin gekommen war, er aber mit seinem verletzten Gerechtigkeitssinn mit dem Zug nach Sofia. Der Alte brachte unter seiner ledernen Landvermesserjacke seine ganze Opferbereitschaft mit, um dem Sozialismus zum Sieg zu verhelfen; der Junge aber kam im Gabardine-Anzug, um zu verhindern, dass dieser vollends sein Gesicht verlor. Krum Krumov selbst dachte natürlich nicht im Geringsten an so etwas. Er stürzte in seiner Angst, zu spät zu kommen, schlicht und einfach außer Atem, aber beseelt, festlich gestimmt von seiner guten Absicht, so wie er war, mit der Korbflasche Wein, die er seinem Onkel Assen immer mitbrachte, wenn er dort übernachtete, in den Eingang zum Zentralkomitee mit dem Schild »Passierscheine«. Es war ein rührendes Bild.

Harsch, aber korrekt wurde er gefragt, wer er sei, zu wem er wolle, und in welcher Angelegenheit. Er erklärte, er heiße Krum Krumov Marijkin und komme »geradewegs aus Russe« und wolle den Leiter der Sektion Ideologie sprechen, in Sachen Luftverschmutzung in Russe. Hinter dem Schalter aus massivem Edelholz saßen ein Ziviler, der auf einem Zahnstocher herumkaute, ein Offizier mit verschwitzter Stirnglatze und zwei Milizionäre. Der Ventilator knatterte wie ein Traktor, rührte die Luft um wie schweren Teig mit ein paar Fliegen als Rosinen, kühlte aber nicht. Der Zivile telefonierte lange und angestrengt mit jemandem, wonach er dem Einlass Suchenden mit der mürrischen Visage eines Menschen in Machtstellung, dem so ein ungebetener Irgendwer nicht mal Zeit lässt, sich die Zähne zu reinigen, mitteilte, dass man in der Sektion über die Problematik in Russe bestens informiert sei und man rasche und effektive Maßnahmen ergreifen werde. Man danke ihm für den Ausdruck seiner Besorgnis und wünsche ihm eine gute Heimreise.

»Aber ich komme geradewegs aus Russe und wollte mit dem Genossen …«

»Der Genosse ist beschäftigt«, blaffte ihn der Zivile an. Beinahe wäre ihm der Zahnstocher aus dem Mund gefallen.

»Dann warte ich eben«, erwiderte Krum eifrig.

Mit dem Gefühl, dass er keine Zeit zu verlieren hatte, ließ er sich auf die gepolsterte Sitzbank fallen und verharrte reglos so. Bald beachtete ihn niemand mehr. Gegen sechzehn Uhr teilte man ihm mit, man habe über die Dienstleitung erfahren, der Genosse Paschov müsse nun in eine Sitzung.

»Oh, machen Sie sich keine Sorgen, ich warte«, antwortete Krum lächelnd, nickte verständnisvoll und schloss die Augen. Telefone schrillten. Menschen kamen herein, Menschen gingen hinaus. Das alles störte ihn nicht. Er nickte ein.

»He, Genosse, bist du nicht schon völlig verspannt?«, grinste der Offizier säuerlich.

»Och, danke der Nachfrage, aber mir ist bequem so.«

»Bequem hin, bequem her, aber das ist kein Wartesaal hier«, meinte der Zivile, der längst beim nächsten Zahnstocher angelangt war.

»Und was ist es dann?«

»Seh sich einer diesen Querkopf an!«

»Hat man so was schon mal gesehen?«, fragte einer der Milizionäre verdattert und schlürfte Kaffee aus seinem Plastikbecher. »Sollen wir dir vielleicht Bettzeug bringen und 'n Kopfkissen für die Nacht?«

»Den Schlafanzug nicht zu vergessen«, lachte der Zahnstocher.

Der Offizier, ein Major, kam aus dem Schalterraum und fächelte sich dabei mit einer Aktenmappe Kühlung zu. »Dossier« stand auf der Mappe. Er beugte sich über Krum mit einer Art geduldigem Ekel, so als wolle er sich seinen Schweiß an Krums Krawatte abwischen.

»Mach dich vom Acker, hörst du? Das geht hier so nicht. Du bist beim ZK, da arbeiten die Leute!«

»Ich sagte ja, ich warte gern, bis der Genosse Paschov Zeit hat.«

»Du kannst woanders warten. Geh in die Markthallen, da sind gerade Oliven reingekommen, oder such dir eine nette Begleiterin. Na los, verschwinde!«

Krum konnte nicht wissen, dass man vor fünfunddreißig Jahren genau so auch mit seinem Vater umgesprungen war, nur dass es damals der Bezirkssekretär Stojanov persönlich gewesen war, der, um ihn loszuwerden, ihn ins Kino geschickt hatte, den sowjetischen Propagandafilm *Traktoristen* anschauen, während ihn jetzt ein Erfüllungsgehilfe wegschickte, schwarze Oliven vernaschen oder Frauen mit schwarzen Strapsen aus dem Intershop, oder beides. Erstmalig überkam ihn dieses komische Gefühl, *dass es nur so und nicht anders sein konnte*. Er schnappte sich seine Korbflasche und ging hinaus. Er tauchte in die Nachmittagsglut ein wie in einen Fiebertraum. An der nächsten Zeitungsbude kaufte er sich das *Werktätigenblatt*, die *Abendnachrichten*, *Puls* und *Rundschau*, schlug eine Seite mit Kreuzworträtsel auf, legte sie auf die Treppe vor dem Eingang »Passierscheine« und setzte sich darauf. Während er die Zeitungen las, nahm die Kraft der Sonne ab, das Licht verlor seine Bissigkeit und warf ein mystisches Violett gegen den Abendhimmel. Es roch nach heißem Stein, nach schwerem Bau, nach Macht, nach *Zitadelle*, unerschütterlich. Nun wurde es drückend. Bevor der kühlende Abendhauch vom Gebirge wehte und die Konditorei an der Ecke zumachte, kaufte er sich ein im Preis herabgesetztes Mohnhörnchen vom Vortag und das letzte Käsebörek, von dem das Einwickelpapier rasch durchgefettet war. Er hatte es noch nicht ganz aufgegessen, da wurde er zum ersten Mal verhaftet. Die Polizisten schubsten ihn auf den Rücksitz ihres Lada. Im Fahrgastraum roch es nach Benzin und Armeestiefeln, die einen Gewaltmarsch hinter sich hatten. Die Karosserie des Streifenwagens und das Blaulicht auf dem Dach klapperten, wenn sie über eines der vielen Schlaglöcher fuhren. Die Beamten taten freundlich, aber das war eine freudlose, eine gefährliche Freundlichkeit. Sie fuhren Krum ins Revier des Ersten Polizeibezirks, das auf der Rakovski-Straße lag, und überstellten ihn dem Diensthabenden. Der trug ein gelbes Hemd, in dem er einem Kanarienvogel zum Verwechseln ähnlich sah, hatte stiftkurzes Haar und war schweißgebadet. Gegen Durst und Langeweile schüttete er Lindenblütentee aus der Thermoskanne in sich hinein. Er redete im Pluralis Majestatis.

»Da wollen wir doch mal sehen, Genosse Marijkin, was wir auf den Stufen zum ZK zu suchen hatten … und aus welchen Gründen wir die öffentliche Ordnung gestört haben?«

»Ich komme geradewegs aus Russe«, sagte Krum mit dem Gefühl, dass es nur so und nicht anders sein könne, und erzählte, wie fast alle Kinder in der Donaustadt an Atemnot, Bronchitis, Asthma oder Krupphusten litten. »An der Pforte für die Passierscheine hat man mich gebeten zu warten, bis die Sitzung von Genosse Paschov zu Ende ist«, beschloss Krum seinen Bericht mit einer Liebenswürdigkeit, die sich von nichts einschüchtern ließ.

Der diensthabende Schutzpolizist dachte nur: Was ist das denn für ein Vollidiot? Warum das mir? Und ausgerechnet jetzt um halb sieben, wo Hitze und Schwüle sich ein Stelldichein geben?

»Ja, Sie lachen, Genosse Marijkin, aber wir finden das ganz und gar nicht lustig.« Der Diensthabende fragte sich, ob er diesem Sonderling jetzt gleich ein paar schallende Ohrfeigen verpassen sollte oder erst, nachdem er seine Frage gestellt hatte. Er knabberte an seinem Daumennagel und fuhr fort: »Und was hat es mit der Korbflasche auf sich? Von den kranken Kindern in Russe zum Zentralkomitee der Partei mit zehn Litern Wein, wie?«

»Ach, die«, lachte Krum so heiter, als würde dies alles erklären. »So eine bringe ich immer als Gastgeschenk mit, wenn ich bei meinem Onkel übernachte, den kennen Sie vielleicht, Professor Assen Weltschev.«

In der Tat: Von dem hatte er mal gehört, aber in welchem Zusammenhang, verdammt nochmal? Das musste irgend so ein großer Vogel sein, keiner von denen im Rampenlicht, eher einer von den Strippenziehern im Hintergrund. Dieser Scheißkerl da vor ihm war eindeutig kein Lügner. Wenn er nun ins Fettnäpfchen trat, für nichts und wieder nichts? Er widmete sich wieder seinem Daumennagel, knabberte auf der Hornhaut und spülte sie mit einem Schluck Tee hinunter. Was da durchs offene Fenster hereinströmte, das war keine Luft, das war eine schwüle, nach verbleitem Benzin stinkende Brühe, nach dösender Stadt und Grillfleisch. Der Schweiß rann ihm in Strömen herab. Dieser bescheuerte Ventilator sowjetischer Produktion hatte schon vor langer Zeit den Geist aufgegeben, und wenn er sich vorstellte, dass es gleich zu Hause kein Wasser gab, weil der Leitungsdruck nicht ausreichte, um das kühlende Nass bis in die zwölfte Etage seiner Plattenbauwohnung zu pumpen … Die letzte Dusche hatte er vor einer Woche genommen. Ach ja, und sein Nachbar zur Rechten, der eine drittklassige Fußballmannschaft trainierte, hörte nicht auf, seiner Frau nachzustellen. Die tat so, als bemerke sie das nicht; aber es schmeichelte ihr sichtlich. Und nun auch noch dieser Marijkin hier! Der sah so unerschütterlich aus, dass eine kräftige Backpfeife den nur noch mehr anspitzen würde. Dann könnte der Typ nämlich sein weiteres Vorgehen damit rechtfertigen, dass er *Opfer* war, ein Opfer staatlicher Willkür, ein Held geradezu. Er nahm Krums Passierschein, unterschrieb ihn und sagte mit unverhülltem Widerwillen:

»Nehmen Sie sich ein Hotel, Genosse Marijkin. Wir wollen doch nicht auf den Stufen zum Zentralkomitee übernachten, oder?«

»Ich sagte ja: Ich übernachte bei meinem Onkel, Assen Weltschev, falls Sie von dem schon mal gehört haben …«

Am nächsten Morgen wurde Krum zum zweiten Mal verhaftet. Diesmal saß er ganze vierundzwanzig Stunden in der Arrestzelle des Ersten Polizeireviers. Dort machte er die Bekanntschaft des Buchhalters einer Spielzeugfabrik, der die Posten auf der Lohnliste gefälscht hatte, eines Falschspielers, der unglaubliche Kartentricks kannte und dir zum Beispiel ohne Probleme die vier Asse aus dem von dir gemischten Kartenspiel herauszog, und eines Alkoholikers, den sie im Suff zusammengesackt und eingepennt an der Straßenbahnlinie Richtung Knjashevo aufgelesen hatten. Mit dem Gefühl, dass es nur so und nicht anders sein konnte, ließ sich Krum in der stickigen Hitze des vergitterten Raums mit dem großen Schloss nicht aus der Fassung bringen. Das Einzige, was ihn beunruhigte, war, dass er vielleicht zu spät kam, dass er in der stehenden Luft dieser Zelle den Genossen Paschov verpassen könnte, dessen Sitzung doch wohl langsam beendet sein müsste. Beim dritten Mal, als die Milizionäre – nun schon voller Hass – seine Ausweispapiere überprüften, verpassten sie ihm doch noch die verdiente Ohrfeige, als er den bekannten Streifenwagen bestieg, der diesmal nach Eier-Käse-Toast und Puddingteilchen roch. Sie ließen ihn dann aber schon am Slawejkov-Platz wieder laufen, denn eigentlich verletzte er weder Gesetze noch die Straßenverkehrsordnung. Er döste beim Warten still auf der Gehsteigkante am Parteigebäude auf einer ausgebreiteten Zeitung; diesmal war es die Sportseite der *Flagge des Landwirts*. Als am noch kühlen Morgen des vierten Tages die Diensthabenden an der Passierscheinstelle des ZK wechselten, und der Zivile ihn mit unverändert zufriedenem Gesichtsausdruck da auf den unbequemen Gehwegplatten sitzen sah, ungerührt wie ein Denkmal, fiel ihm der Zahnstocher aus dem Mund, und seine Wangen liefen rot an, und zwar purpurrot wie die Macht im alten Ägypten, mit dem feinen Unterschied, dass hier eine Nuance von gekränktem Machtstolz mit hineinspielte.

»Na hör mal, jetzt aber ... Verstehst du eigentlich nicht, du Schwachkopf?« Ihm blieb die Luft weg vor Entrüstung, er erstickte an seinem eigenen Zorn. »Ich ... ich werd' dir ... ich werd' dir so was von ...«

Der kahlköpfige Major aber hatte entweder mehr Grips oder mehr Gottesfurcht, denn er setzte seine Dienstmütze ab, zog ein Taschentuch hervor und wischte sich die Stirn ab. Anschließend telefonierte er mit jemandem. Schließlich spähte er hinaus, erblickte Krum dabei, wie er vor dem aus massivem Naturstein gemauerten, bollwerkartigen Klotz des Parteigebäudes sein Mohnhörnchen aufaß, als sei es dasselbe wie vor zweiundsiebzig Stunden und er gerade eben damit fertig, und lud ihn mit geradezu affektierter Freundlichkeit und fehlender Logik ein:

»Bitte sehr, Genosse Marijkin, die Sitzung des Genossen Paschov ist beendet. Sein Stellvertreter, der Genosse Nikoltschin, kann Sie jetzt empfangen.«

Das Büro des Genossen Nikoltschin ging auf die Platzseite mit den glatten gelben Pflastersteinen. Links das Dimitrov-Mausoleum und der Stadtpark, direkt gegenüber der helle Steinquader der Bulgarischen Nationalbank. Es war eingerichtet in heller Eiche und vollgestellt mit Geschenken der sowjetischen Parteigenossen. Hinter dem Schreibtisch hing in goldenem Rahmen das Porträt Todor Shivkovs, der darauf einladend lächelte. Nikoltschin war taub auf dem rechten Ohr; auf seiner Nase hing eine Brille mit fingerdicken Gläsern. Er machte aber den erfreulichen Eindruck eines besorgten Menschen, eines Parteifunktionärs der alten Generation, der redlich und unbestechlich war, Weisungen getreulich ausführte und wie durch ein Wunder nicht nur die Zeiten überdauert, sondern auch in der parteiinternen Hierarchie erstaunlich weit nach oben gekommen war. Er sah aus, als hätte er Zahnschmerzen oder müsse gerade etwas erledigen, das er zutiefst verabscheute.

»Ich komme geradewegs aus Russe«, stellte sich Krum jovial vor und streckte Nikoltschin die Hand zum Gruß hin. Dieser forderte ihn in einem Ton, als habe er seit Tagen nichts anderes getan, als zu warten, wann der Verspätete endlich eintraf, auf:

»Na dann, Genosse Marijkin, schießen Sie mal los. Ich höre. Was ist da bei Ihnen los, in Russe?«

Krum machte es sich in dem mit Kunstleder bezogenen Sessel bequem, richtete seinen Krawattenknoten und stellte die bauchige Korbflasche zwischen seinen Beinen ab. Sein Bericht war ebenso ausführlich wie emotional, obwohl er sich bemühte, nicht zu übertreiben; er ließ allerdings keine Einzelheit aus, die die Partei der »Gleichgültigkeit und sträflichen Tatenlosigkeit« überführte. Er schloss flammend, mit mühsam beherrschter Stimme:

»Inzwischen erkranken schon Kleinkinder an schweren Atemwegsdefekten, und das heißt, es müssen sofort Maßnahmen ergriffen werden.«

»Also dein Kind …«

»Ich habe keine Kinder«, korrigierte ihn Krum.

»Wieso, Genosse Marijkin, wieso dann der ganze Aufstand?«

»Aber in Russe wimmelt es nur so vor Kleinkindern.«

»Entschuldigung, wir arbeiten hier an der Perestrojka, denken darüber nach, wie wir am besten Glasnost und Perestrojka … ein neues Denken … große Veränderungen … und da kommt einer mit der schlechten Luft im Städtchen Russe, und hat noch nicht mal selbst Kinder!«

Nikoltschin begann zu rauchen. Seine Fingerspitzen waren bräunlich verfärbt vom Tabak, zumal er eine billige, filterlose Marke rauchte. Nervös. Hastig. Süchtig fast. Blind wie die Hitze da draußen.

»Es muss aber etwas getan, es muss entschieden eingeschritten werden«, beharrte Krum mit wachsender Missbilligung.

»Wir sind hier mit dem Problem bestens vertraut. Alle im ZK wissen Bescheid, sogar das Politbüro ist informiert, auch der Genosse Shivkov persönlich. Er hat dem Genossen Ceauşescu selbst vorgeschlagen, dass wir die Filteranlagen kaufen und in dieses marode Werk einbauen, aber von den rumänischen Genossen hieß es, das Werk könne leider seinen Produktionsprozess nicht unterbrechen. Aus strategischen Gründen! Sie sehen, Genosse Marijkin, wir befassen uns hier intensiv mit dem Problem, aber leider …«

»Ich fahre morgen nach Russe zurück und brauche eine klare Antwort.«

»Na, hören Sie mal, was glauben Sie denn, wer Sie sind? Und was wollen Sie speziell von mir? Sind Sie sich eigentlich klar, was Sie da von uns verlangen? Wir sollen wegen so einer Abgaswolke Rumänien den Krieg erklären, einem Brudervolk! Wollen die Mütter in Russe das vielleicht? Wegen Husten in den Krieg ziehen? Der Genosse Ceauşescu befasst sich persönlich mit der Sache, aber …« Er blies geräuschvoll den Rauch aus und bekam einen Hustenanfall. »… Sie, verstehen Sie überhaupt?«

»Sie wollen also nichts unternehmen?«

»Luftverschmutzung, ökologische Probleme – ich kann Ihre Empörung ja gut verstehen, aber wir müssen diesem Volk ja auch irgendwie Nahrung und Kleidung sichern, Schuhe, Ausbildung, Wohnungen für die Werktätigen, Fabriken, um Arbeitsplätze zu schaffen, damit die Kinder eine Zukunft haben. Und Sie, Sie kommen daher – kinderlos!«

»Ich verstehe sehr gut: Sie wollen sich nicht für unser Anliegen einsetzen.«

»Was soll ich denn ausrichten? Wer bin ich denn? Und du erst, wer bist du denn, frag ich dich?«

In diesem Moment schrillte eines der vier Telefone auf seinem Schreibtisch. Nikoltschin fuhr zusammen. Der Zorn in seinen Augen löste sich auf und schwebte mit dem Tabakrauch durchs Zimmer. Der Zorn wurde abgelöst von einer irrationalen, demütigen Sanftheit, Zeichen seiner ständigen und gegenstandslosen Angst.

»Also Rumänien den Krieg erklären, meinen Sie?«, wiederholte er. Dann: »Ich werde über die Dienstleitung verlangt, es ist sicher wichtig. Sie können jetzt nicht hierbleiben. Warten Sie draußen, ich rufe Sie wieder herein.«

Krum lockerte seinen Krawattenknoten, nahm seine Korbflasche und verließ mit dem Gefühl, dass es nur so und nicht anders sein konnte, das mit Jalousien abgedunkelte Büro. Er ging am Aufzug vorbei, die Treppe hinunter, winkte dem glatzköpfigen Major freundlich zu und verließ das Zentralkomitee, ohne sich umzudrehen. Nicht einfach erschüttert. Nicht einmal enttäuscht oder zorngeladen. Nein, *für immer*!

Gleich am nächsten Tag reichte er ein Gesuch ein, vom Posten des stellvertretenden Parteisekretärs der Landmaschinenfabrik befreit zu werden, und zum Entsetzen aller trat er, als habe ihn der gesunde Menschenverstand verlassen, weder demonstrativ, aber auch ohne sich zu verstecken, in den bereits von der Partei geächteten *Klub zur Unterstützung von Glasnost und Perestrojka in Bulgarien* ein. Mitte August wurde er aus der Partei ausgeschlossen, und am 5. September, vier Tage, bevor groß und landesweit der Sieg des Sozialismus von 1944 gefeiert wurde, wurde ihm auch der Arbeitsplatz entzogen.

Schon am 18. September wurde er, diesmal im Auftrag, nach Sofia geschickt, um die Aktionen der Protestierenden in Russe mit denen des hauptstädtischen *Klubs für Glasnost und Perestrojka* zu koordinieren. Dieser wurde inzwischen von der Partei als widerrechtlich, ja, staatsfeindlich betrachtet, sodass die Mitglieder im Untergrund arbeiten mussten. Man hatte ihm gesagt, er werde auf Gleis 2 ankommen, doch um keinen Verdacht zu wecken, solle er auf den nächsten Bahnsteig gehen, wo er von einer älteren Genossin erwartet werde, die einen Regenmantel über dem Arm trüge.

Der Bahnhof roch bei seiner Ankunft süßlich nach klebrigem Schmutz und verdorbenem Gemüse, Maschinenöl und – dem unvermeidlichen

Grillfleisch, nach bevorstehendem Abschied und verspäteter Ankunft. In der Tat hatte sein Zug eine halbe Stunde Verspätung. Immer noch war es drückend heiß. *Erdrückend.* Mit den Rolltreppen gelangte Krum in die Unterführung und wieder hinauf auf den nächsten Bahnsteig. Auf diesem dösten ein verkrüppelter Bettler und ein Bauer, der eine lebende Gans in seinem Korb hatte. In der Ferne, gleichsam thronend auf dem wolkenlosen Spätsommertag, wartete eine weißhaarige Frau mit einem bei diesem Wetter völlig absurden Regenmantel über dem Arm. Es war … Ljuba Weltscheva, seine Lieblingstante! Sie umarmten sich.

»Wir spielen jetzt für dieselbe Mannschaft«, sagte Krum sanft und leise.

»Für dieselbe Mannschaft«, antwortete seine Tante glücklich und tupfte sich die Augen am Mantel ab.

6

Lächelnd, aber mit auf den Mund gelegtem Finger bedeutete sie ihm, dass er besser schwieg. Mit dieser Mahnung zur Vorsicht hatte sie ihn schon beim ersten Mal begrüßt, als sie ihn vom Bahnhof abholte und zu sich nach Hause brachte. »Wenn Alexander, mein Mann, erfährt, womit ich mich beschäftige, lässt er sich sofort scheiden. Und mein Vater erst … der zerreißt mich in der Luft.« Ja, Mitgefühl für leidende Kinder und ihre Mütter und der Versuch, bürgerschaftlich dagegen anzugehen, waren zum Staatsverrat avanciert, von dem niemand wissen durfte. Immerhin kam Krum sie nun immer häufiger besuchen, bis »die Sonne der Demokratie über Bulgarien aufging«, wie sich sein Vetter Christo mit bitterer Ironie ausdrückte, und das Komitee sinnlos wurde und sich umbildete in die *Föderation der Klubs für Demokratie*, die in der UDK aufgingen.

Als sie ins Wohnzimmer kamen, saßen dort vor dem Farbfernseher der alt gewordene Akademie-Professor Kotzev und Alexander Weltschev. Sie schauten eine Übertragung derselben Demonstration, um die Krum ängstlich, aber beharrlich herumgestrichen war. Das Raunen der Menge war zu hören, in dem die Worte der Redner untergingen, sodass nur Wut und Emphase vermittelt wurden, die die Luft über dem Platz vor dem alten Zarenschloss zu kondensieren schienen. Der Professor trug einen wollenen Morgenmantel mit Seidenkragen und hatte sich zusätzlich bis über die Nieren in eine dicke, karierte Wolldecke gehüllt. Über seinen Knien vibrierte es, als wäre ihm kalt, immer nur kalt, so warm er sich auch anzog. Dabei war die Wohnung mehr als gut geheizt, so gut, dass die Fenster beschlagen waren. Sein Onkel Alexander rauchte nachdenklich. Der aromatische Qualm stieg auf und breitete sich über die frisch mit Latexfarbe gestrichenen Wände aus.

»Schaut mal, wen ich euch da bringe«, sagte seine Tante Ljuba lauter als nötig.

»Ach, der gute Krum Krumov höchstpersönlich«, lächelte sein Onkel Alexander matt.

»Und wenn er jetzt auch noch diese sagenumwobene dicke Korbflasche anschleppt mit feurigem Roten, der die Sonne im Leib hat, dann steigt der Wert seines Besuchs ins Unermessliche!« Professor Kotzev redete ebenfalls lauter als nötig. Genau diese gespielte lärmende Geselligkeit sollte ihre empfindlich brennende Furcht übertönen, die sie angesichts dieser sich anbahnenden Zerstörungen an allen Ecken und Enden des Landes empfanden, und die auch für sie nicht folgenlos bleiben konnten. Selbst auf dem Bildschirm war zu erkennen, was für ein Hexenkessel das da war im Herzen von Sofia.

»Ich frag mich bloß«, seufzte Kotzev, »was unsere Generäle machen. Wozu haben wir sie eigentlich die ganzen Jahre durchgefüttert?« Eine ohnmächtige Grausamkeit schwang bei diesen Worten in seiner Stimme mit, Ausdruck ungezügelter Angst. Die Augen des Alten bekamen dabei wieder diesen gefährlich gerührten Ausdruck.

»Ha'm sich in ihren gemütlichen Büros in die Hosen geschissen, und jetzt warten sie darauf, dass einer ihnen den Arsch abwischt«, pflichtete ihm Ljubas Mann, sein Onkel Alexander, beflissen bei.

»Ganz genau, haben vor Schiss die Lampassen-Buxen runtergelassen, und jetzt soll die Partei ihnen die Hintern abputzen!«

»So einfach ist das nicht«, mischte sich seine Tante schüchtern ein. Sie stellte den Ton leiser und alle atmeten auf.

»Was ist nicht einfach?«

»Na, das Ganze, Vater.« Krum sah, wie seine Tante verlegen Richtung Fernseher nickte.

Kotzevs Miene verfinsterte sich. Er zog die Wolldecke höher, sagte aber nichts.

»Was macht dein Herr Papa?«, wandte sich Kotzev nun mit falscher Liebenswürdigkeit an Krum.

»Leidet«, antwortete Krum leise.

»Kann ihn nur zu gut verstehen, wir alle sind sprachlos.«

»Hat einen Schlaganfall erlitten, von dem er sich noch längst nicht erholt hat. Er kann kaum sprechen, will aber schon Partisan werden.«

»Wie die Dinge laufen, müssen wir das scheint's alle werden«, pflichtete Kotzev bei, obwohl er nicht danach aussah, als hätte er noch die Kraft, auf Barrikaden zu steigen. Genau das aber machte seine Aussage so gefährlich.

»Na, so weit wird's wohl nicht kommen«, beschwichtigte sein Onkel und drückte mit eleganter Geste seine Zigarette im Aschenbecher aus. Er rauchte Marlboro 100, Softpack.

»Wie weit?« Kotzev nahm sich eine der Marlboros von seinem Schwiegersohn und begann, tatendurstig auf deren Filter herumzukauen, gab sich aber kein Feuer.

»Nun ja, dass wir auf die … eh … Barrikaden … eh … müssen!«

»Und der gute Assen hat nichts Besseres zu tun, als dummes Zeug über die Demokratie zu schreiben. Hier … haben wir doch eben gesehen, wohin uns die Demokratie bringt!«

»Welcher Assen?«, fragte Krum schwer von Begriff. Anscheinend hatten sie es diesen Abend alle mit dem Fragen!

»Professor Assen Weltschev, dein anderer Onkel.«

»Warum trinkt ihr nicht einfach ein Glas Wein«, meldete sich Ljuba mit einem Vorschlag zur Versöhnung.

Flink richtete sie sich auf, holte Karaffe und Gläser aus der Wohnzimmervitrine, als gäbe es hier etwas Hocherfreuliches zu feiern, oder als handle es sich um einen uralten Brauch, mit dem sich ihre Sippe in Krisenzeiten zuverlässig wieder zusammenraufte. Krum wunderte sich über die festlich aussehende Karaffe mit ihrem geschliffenen Kristallglas, fragte sich: Wozu dieser Aufwand? In diesem Augenblick kam ihm die

Erleuchtung, dass er nicht länger hierbleiben konnte, sondern schleunigst verschwinden musste. Er trank einen Schluck von seinem eigenen Wein, lächelte verlegen, wurde das Gefühl nicht los, dass es nur so und nicht anders sein konnte, und stand auf.

»Ich muss wieder …« Seine Stimme klang verdächtig fest und beschwingt.

»Wie das denn plötzlich? Du schläfst natürlich bei uns«, wahrte sein Onkel Alexander mit Mühe die Gebote der Gastfreundschaft.

»Ich hab Hackfleisch für Fleischbällchen gemacht«, hakte Tante Ljuba zur Unterstützung ein, aber Krum war schon im Hausflur. Ihm war schwindlig. Er küsste seine Tante auf die Stirn, und dann legte er ihr verschwörerisch einen Finger auf ihre verzeihend, aber melancholisch lächelnden Lippen.

7

Die Kälte draußen überraschte ihn, als wäre er im Dunklen vor eine Metalltür gelaufen. Er bog ab Richtung Graf-Ignatiev-Straße und verfiel in einen Laufschritt, als sitze ihm der heiße Atem der Demonstrantenmeute im Nacken. Und dann dieses hinterhältige Gefühl, als hätte er ein entscheidendes Treffen verschwitzt, als sei er zu spät, hoffnungslos, unwiderruflich zu spät, zu spät. Die Ampel an der Straßenecke beim Denkmal des Patriarchen Ewtimi sprang auf Rot, aber er hielt nicht an. Er wusste, wenn er jetzt seinen Schritt auch nur verlangsamte, auch nur ein Fitzelchen seiner übertriebenen Zielstrebigkeit aufgab, würde er es nicht bis zu seinem anderen Onkel, Assen Weltschev, schaffen. Dann würde er auf den menschenleeren Boulevard einbiegen, und nichts mehr würde ihn davon abhalten können, sich den demonstrierenden Massen anzuschließen, die sich zu Abertausenden vor dem Parlament die Freiheit erzitterten. Übergossen vom bläulichen Schein der Neonlaternen, kam ihm die Stadt klinisch tot vor, ein Zoo für Zombies, doch selbst bis in diese von Gott und dem Leben verlassenen Nebenstraßen drang etwas von dem Magnetismus, dem Taumel, dem Fieber, der Verzückung, dem lebendigen Aufbruchsgefühl der Menge auf dem Platz.

Als er in die Ljuben-Karawelov-Straße einbog, war er zwar außer Atem, aber er hatte sich wenigstens warm gelaufen. Blitzschnell verschwand er im Hauseingang. Die Luft war abgestanden und roch nach Keller, Sauerkohl und Zwiebelschmalz. Er musste dreimal klingeln, bevor er endlich von innen schlurfende Pantoffelschritte hörte. Die Pantoffeln waren eindeutig zu groß für die Füße, die sie trugen. Die Tür ging auf, und durch den Spalt schaute ihn der verwunderte Blick seiner Cousine Dessislava an. Ihre fragende Miene schmolz dahin wie Wachs, als sie ihn erkannte, und formte sich zu einem Lächeln, einem einladenden Lächeln.

»Nee, das kann jetzt nicht wahr sein«, sagte sie, »du? Komm rein! Aber sofort.«

Im Wohnzimmer herrschte wohlige Wärme. Der Duft amerikanischer Zigaretten und verwöhnter Frau hing in der Luft. Die zugezogenen Vorhänge verbreiteten die Müdigkeit eines Stoffs, der immer nur verbergen sollte. Nur die drei Tischlampen brannten, und im Lichtkegel der einen saß sein Vetter Christo Weltschev. Der Fernseher lief, es wurde immer noch die Demonstration übertragen. In Krum verwirbelten sich Gefühle des Glücks und der Niedergeschlagenheit bei der Vorstellung, dass diese Massenversammlung nie enden würde.

»Wo ist denn die Korbflasche«, grinste Christo gehässig, »die ist dir doch sonst immer einen Schritt voraus?«

»Die hab ich bei deinen Eltern auf der Iwan-Schischman-Straße gelassen«, antwortete Krum, ohne den Beleidigten zu spielen.

»Du warst bei meinen Eltern?«

»Wir trinken hier sowieso Wodka«, mischte sich Dessislava ein. »Christo hat eine Flasche Smirnoff mitgebracht.«

»Und warum bist du nicht auch dageblieben, bei deiner Korbflasche?«

Krum merkte, dass es diese peinigende Frage gewesen war, die ihn auf dem ganzen Weg getrieben hatte, ohne dass er eine Antwort darauf fand.

»Ich wollte mit Onkel Assen reden.«

»Vati ist nicht da«, sagte Dessislava und lächelte beschwichtigend und sanft, »er ist im Häuschen, in Simeonowo. Mama hat Vorstellung, und Jordan ist noch im Sender.«

Krum setzte sich auf den Platz neben der zweiten Tischlampe, und

Dessislava reichte ihm ein Glas mit Wodka, in das sie drei Würfel Eis getan hatte. Er nippte an dem ungewohnten Trunk und hustete. Sie musste lachen, sichtlich glücklich, mit all ihrer Schönheit und all ihren Sommersprossen. Ihre Augen hatten wie immer einen verträumten Ausdruck voller Fürsorglichkeit und Hingabe. Das beruhigte ihn. Blau waren diese Augen, tiefblau, man versank so schön darin. Christo schien gerade dasselbe zu denken, denn er seufzte.

»Und was macht dein Mann?«

»Seit er in dieser Krimiserie *Gegenschlag* mitspielt«, antwortete sein Vetter an ihrer Stelle, »benimmt sich Sim, als sei er ein Gott weiß wie großer Schauspieler, und alle großen Schauspieler sind im Handumdrehen große Demokraten geworden. Er ist aktiv in der UDK, der Union der demokratischen Kräfte, hat bei einem *Runden Tisch* mitdiskutiert – als politischer Vertreter! –, und im Moment ist er auf der Demonstration, die sie da in der Glotze zeigen.«

»Werd nicht gallig«, lächelte Dessislava.

»Na, noch im Frühjahr hat er zum zweiten Mal versucht, in die Kommunistische Partei einzutreten … Die Partei hat seinen Beitrittsantrag abgelehnt – und jetzt demonstriert er auf einmal gegen die Roten!«

»Christo, nun übertreib mal nicht so.« Sie zog einen ihrer Riesenpantoffeln aus und kratzte sich die nackte Ferse.

»Dabei haben mein Vater und mein Großvater ihm noch Empfehlungen geschrieben.«

»Was willst du eigentlich«, drohte ihm Dessislava mit dem Zeigefinger. »Alles an Sim ärgert dich derart, dass du immer den Überlegenen spielen und kräftig austeilen musst. Ich bin immerhin mit ihm verheiratet, vergiss das nicht!«

»Ich bin einfach empört! Ich kann Leute nicht ertragen, die ihr Fähnlein nach dem Wind hängen.« Als er merkte, dass man ihm seine Entrüstung nicht abkaufte, fügte er hinzu: »Nicht dass ich ein großer Moralapostel wäre, derlei Engstirnigkeiten sind mir fremd. Aber irgendwo muss auch Dreistigkeit ihre Grenzen haben.«

»Ich hab Hunger, Hunger auf Salat«, warf Dessislava ein. »In der Küche gibt es saure Gürkchen, die könnte ich uns schnippeln für … so als Beilage zum Wodka.«

Als seine Cousine hinausgegangen war, kam ihm das Halbdunkel im Wohnzimmer irgendwie düsterer und beklemmender vor. Ein vielsagendes, bedrückendes Schweigen trat ein. Plötzlich fragte Christo scharf:

»Du … warum bist du eigentlich hergekommen?«

»Wie schon gesagt, ich wollte mit Onkel Assen reden«, erwiderte Krum überrumpelt.

»Also nicht wegen deiner lieben Cousine, oder etwa doch?«

»Wie – wegen Dessi? Ich verstehe nicht …«

»Dann herzlich willkommen.« Christo seufzte erleichtert, blies den Rauch seiner Zigarette gegen die Tischlampe und brach in ein kurzes, hysterisches Gelächter aus. Es war ein bleiches, spukhaftes Licht, das da durch den Wachspapierschirm drang.

»Ich sag dir jetzt etwas, das du von Onkel Assen niemals hören wirst, und auch sonst von niemandem. *Mit dem Sozialismus ist es aus und vorbei!*«

»Wie jetzt?« Krum bekam den Mund nicht zu vor Überraschung.

»Ich wiederhole es dir noch einmal langsam und Wort für Wort, damit du es gut behältst: Mit dem Sozialismus ist es aus und vorbei.«

Er grinste unverschämt, als wolle er ihn auf die Schippe nehmen. Dabei sprach er aber nicht mit der Stimme eines Menschen, der nach langem Nachdenken und durch viele Beobachtungen und Informationen zu diesem Schluss gelangt war, sondern wie einer, der vollkommen überzeugt war von dem, was er sagte, weil es ihm von höchster Stelle mitgeteilt worden war. Krum überlief ein kalter Schauer.

In diesem Moment kam Dessislava herein mit ihrem versöhnlichen Lächeln und einer Platte jenes im Krieg angeschlagenen echten Meissener Porzellans, das ihre Mutter Emilia zu einem sündhaften Preis von Georgi Pantov, ihrem Antiquitätenhändler und seinem dritten Sofioter Onkel, gekauft hatte. Auf der ovalen Servierschale lag eine ganze Portion kleingeschnittener saurer Gurken.

»Also vergiss das nicht«, betonte Christo noch einmal voller Abscheu.

Mit dem Gefühl, dass es nur so und nicht anders sein konnte, stand Krum auf, zog seinen von Dessislava nachlässig aufs Kanapee geworfenen Schlechtwettermantel an, kippte seinen Wodka hinunter, wischte sich den Mund ab und sagte schlicht:

»War schön bei euch, aber ich muss wieder!«

»Ja, wohin denn?«, fragte Dessislava verdutzt. »Ich lass dich doch nicht in diese Kälte raus, mein Lieber.«

»Der letzte Zug nach Widin geht um elf Uhr fünfzehn vom Hauptbahnhof ab«, sagte Krum in heiterem Ton.

»Du reist also ab?« Christo konnte seine Befriedigung und seine Freude darüber, dass Krum sich vom Acker machte, nicht verbergen.

Dessislava geleitete ihn bis zur Haustür. Sie sah ganz im Gegensatz zu Christo höchst betrübt, ja, betroffen aus.

»Du siehst immer mehr wie ein Bär aus«, lachte sie leise.

»Manche sagen, ich werde meinem Vater immer ähnlicher.«

»Ach, Blödsinn, Onkel Krum sieht doch viel besser aus als du.« Sie ging auf die Zehenspitzen und küsste ihn auf die Stirn. »Komm doch öfter vorbei, mein Lieber, du bist immer herzlich willkommen in diesem Haus.«

Als er ins Freie trat, schien die Luft auskristallisiert zu sein, so hart war sie geworden. Das Licht verwaschen und kraftlos. Das Leben hinter Rauchglas erstarrt. Die Straße war leergefegt. Im Laufschritt erreichte er schon bald den neobarocken Prunk der Universität und ... spürte auf einmal, dass die Demonstration zu Ende, die Menschen nach Hause gegangen sein mussten. Auch die Beamten von der Volksmiliz waren verschwunden. Mit dem Gefühl, dass es nur so und nicht anders sein konnte, ging Krum weiter in Richtung Markthallen. Die Empfindung, zu spät zu kommen, war nun unerträglich geworden, obwohl er ja gar kein Ziel mehr hatte. Der letzte Zug nach Widin war am Nachmittag um halb vier gefahren, und der erste Frühzug würde um fünf nach sechs gehen. Den Zug um elf Uhr hatte er sich aus Höflichkeit ausgedacht. Er musste also die ganze Nacht auf irgendeiner harten und unbequemen Bank im ungeheizten Wartesaal des Hauptbahnhofs verbringen. Doch sosehr er auch mit dem Fuß auf die fleckigen Marmorplatten trommeln würde; an seiner Verspätung war nichts mehr zu ändern.

Das Erste, was Krum Krumov am nächsten Tag nach seiner Ankunft in Widin tat, war, ins Bezirkskomitee zu gehen. Die Verwaltungsangestellte wollte ihren Augen nicht trauen und schaute ihn an, als ob er sie nicht alle auf der Reihe hätte. Jetzt, wo alle massenhaft aus der Partei austraten, ja, ihre Parteibücher zerrissen, kam dieser stämmige, seltsam schöne Mann mit dem kindlichen Gesichtsausdruck an und bat darum, wieder in die BKP aufgenommen zu werden, aus der er sich doch durch seinen Protest und aufgrund der verbalen Freiheiten, die er sich herausgenommen hatte, quasi selbst ausgeschlossen hatte.

8

Für ihr Treffen hatten sie sich das ehemalige *Café Bambus* ausgesucht. Durch die Jahre hatte diese emblematische Gaststätte ihren Glanz verloren. Die Decke war verräuchert, die aus Bambus geflochtenen Wände und Lampenschirme waren hoffnungslos spröde geworden, die Bar kam ihr ramponiert vor, die Glasfront zur Platzseite so schmuddelig, dass das Licht Mühe hatte, seinen Weg hindurchzufinden. Ein schwaches, milchiges Licht war das, so als befände man sich in einem Aquarium. Das neobarocke Gebäude, das sich über dem Café erhob, hatten sie zu einem Hotel für hochrangige Militärs gemacht, daher war der Gastraum voller Offiziere mit ihrem Geruch nach Rasierschaum und billigem Rasierwasser. Man vermeinte sogar den Hauch gewienerter Lederstiefel und gedrillter Unterwürfigkeit zu erschnuppern. Die Stimmen waren nicht minder seltsam. Sie klangen unpersönlich und verhalten, aber gestützt von einer gespielten Schneidigkeit und ungenutzten Tapferkeit.

Als sie hereinkam, zog sie sofort die Blicke aller auf sich. Im Café wurde es still, und ein Leuchten schien es von innen zu erhellen. Die geblendeten Uniformträger mussten blinzeln, die Majore standen da mit offenem Mund. Sie stellte also noch immer etwas dar, war noch immer jemand, an den man sich erinnerte: *die Weltscheva*. Emilia setzte ihr schönstes Lächeln auf, jenes, das vielversprechend war, aber auch jene respektvolle Distanz schuf, wie es einer unsterblichen Frau entsprach, die man nicht besitzen konnte. Da sah sie Theo Sotirov, klein wie ein Kind, hutzelig und überrollt vom politischen Wandel; von seiner einstmaligen Pfauenhaftigkeit war nichts geblieben. Im Unterschied zu ihr schien *ihn* niemand zu kennen, zu *erkennen;* unbehelligt von schiefen Blicken konnte er sich mit seiner Nagelfeile, deren Griff die Form des Eiffelturms hatte, die Nägel auf Vordermann bringen. Einer wie Theo konnte bei den gegenwärtigen Veränderungen nur unter die Räder kommen. Er war erledigt, schlimmer noch: lebendig begraben!

Schon bevor am 10. November 1989 der langjährige starke Mann Bulgariens, Todor Shivkov, seiner Ämter enthoben wurde, hatte man ihn als Rektor der Schauspielakademie durch jemand anderen ersetzt und ihn aus allen künstlerischen Beiräten für Film und Theater entfernt. Seit langem hatte er kein Stück mehr am Volkstheater inszeniert, nun hatte er seltsame Ähnlichkeit mit einem pensionierten Oberst, dem nur sein Wochenendhaus in der schönen Talenge des Flusses Isker oberhalb von Sofia geblieben war. Seinen fünfzehn Jahre alten Pkw der Marke Moskwitsch konnte man wohl schwerlich unter die Vermögenswerte rechnen. Dafür hatte sich seine Prostata vergößert und machte ihm das Wasserlassen zur Qual. Wie sie ihn so ansah, tat er ihr richtig leid. *Sah so ihre Vergangenheit aus?* Auch sie hatte seit zwei Jahren keine neue Bühnenrolle mehr bekommen, nicht einmal eine Nebenrolle. Die junge Generation hatte alles an sich gerissen, verfügte über Rollen und Repertoires mit jener unbekümmerten Frechheit, die nur mangelnder Erfahrung eigen ist.

Inzwischen hatte Theo sie bemerkt. Er winkte ihr mit seinen kurzen Patschhändchen. Zwei Kaffee und ein Stück Garasch-Torte hatte er schon bestellt. Als die Offiziere sahen, dass Emilia ausgerechnet zu diesem Hutzelmännchen ging, verschlug es ihnen erneut die Sprache. Wie konnte eine solch glanzvolle Berühmtheit sich zu so einem … Sie war reichlich sauer auf ihn, eigentlich auf ihre eigene, an diesem Morgen getroffene Entscheidung. Sie beeilte sich also, noch bevor er sie fragen konnte, sein allzu glückliches Lächeln ein wenig zu trüben.

»Assen hat abgelehnt«, brachte sie mühsam heraus und setzte sich auf den unbequemen Stuhl ihm gegenüber.

»Was hat er abgelehnt?«

»Unser Haus in Simeonowo zu verkaufen.« Sie nahm einen Schluck Kaffee, setzte die Tasse ab und entzündete sich dann mit mondäner Geste eine Import-Zigarette. »Er meint, er könne sich unmöglich davon trennen. Er fiel regelrecht aus allen Wolken, als er hörte, dass du einfach so dein Haus in Boyana veräußert hast.«

»Ich hatte ja keine Wahl! Wie soll ich denn von der einen Rente leben?« Theo machte nicht einmal den Versuch, seine Enttäuschung darüber zu verbergen, dass er eben doch nicht Gott, sondern bloß Ikarus gewesen und nun aus allen Himmeln herabgestürzt war ins Meer der Bedeutungslosigkeit.

»Trotzdem …«

Emilia hatte es nicht eilig, ihn zu erfreuen. Sie versuchte ihre Torte. Kaum Schokolade, und nicht mehr als ein Hauch von Marzipan. In dieser Zeit fehlten die Dinge entweder völlig, oder sie waren von höchst zweifelhafter Qualität. Die Geschäfte gähnten leer. Wie mit dem Zauberstab war alles verschwunden, von den Seidenstrümpfen bis zur Wurst, von der Unterwäsche bis zum Schweinefleisch. Und mit den Waren jede Sicherheit. Der Kurs des Dollars kletterte täglich weiter auf ungeahnte Höhen und entwertete die in bulgarischer Währung angelegten Ersparnisse der Menschen. Emilia hatte bereits die Hälfte vom Wert ihrer Rücklagen verloren und musste dringend etwas unternehmen, aber was? Ihr tat alles weh, die Zähne, der Rücken, und dazu kam auch noch die leidige Migräne.

»Trotzdem – was?«

Theo schaute wie ein ausgehungerter Straßenköter, als ein Stück Torte in ihrem Mund verschwand.

»Ich werde halt mein Geld von der Sparkasse abheben; das ist ja nicht wenig …«

»Du bist genial, Schwesterherz«, fasste Theo Mut und begann sofort, sich wieder aufzuplustern, »eine echte Freundin, eine wahre Donna assoluta!« Seine Stimme wurde näselnd vor Erregung. »Wie viel ist es denn?«

»Nach dem aktuellen Tageskurs würde ich für meine Spareinlagen so um die fünfzehntausend Dollar bekommen.«

Emilia hatte ihre Berechnung anhand der Change-Offices vorgenommen, die derzeit wie Giftpilze aus dem Boden schossen. Theo war enttäuscht.

»Das ist nicht viel, wenn man bedenkt, wie viele Rollen, wie viele Jahre du dafür gespielt hast. Gut, dass ich mein Wochenendhaus rechtzeitig verkauft habe.«

»Glückspilz!«

Sie hatte ihre Spareinlage in der Hauptfiliale der Sparkasse. Das Marmorfoyer war schmutzig und heruntergekommen, strahlte aber trotzdem die Würde eines Gotteshauses aus, vielleicht des Gottes jener Banknoten, auf denen stand: »In God we trust«. In der Tat roch es drinnen nach frischen Geldscheinen. Und nach Menschen, die trockneten. Die Schlangen vor den Schaltern waren zum Verzweifeln lang, besonders nervöse Kunden gingen auf die Zehenspitzen, um zu schauen, was da ein paar Dutzend Köpfe vor ihnen los war. Doch was das auch immer im Einzelnen war – wer jetzt noch in Schlangen anstehen musste, der war von vornherein der Betrogene. Doch in ihren Augen waren nicht nur die Langeweile und die bange Angst der Wartenden zu lesen, sondern auch fiebrige Lebendigkeit, die zeitweilige Befriedigung des Betäubten, des Menschen im Drogenrausch. Emilia hatte ihre größte Tasche, eine Tasche von gewagtem modischen Design, aber großem Fassungsvermögen, mitgenommen. Theo stand an die Marmorsäule neben ihr gelehnt. Über eine Stunde mussten sie warten, bevor sie den Auszahlungsschein bekamen, mit dem sie sich in die Schlange an der Kasse einreihen konnten.

Beim Blick durch die Fenster auf das feuchte Grau dieses Tages wurde ihr kalt. Die Ausdünstung all dieser klatschnassen Mäntel, die in der Sparkassenhalle ausdünsteten, war ihr zuwider. Und dann all diese gequälten Leute, diese verkappte Angst. Einige der großen Banken waren bereits in Konkurs gegangen und zahlten keine Einlagen mehr aus; das ihnen anvertraute Geld war einfach verschwunden, verteilt an jene Kreditbetrüger, denen gegen eine saftige »Aufwandsentschädigung« für die zeichnungsberechtigten Führungskräfte des betreffenden Bankhauses Geld ohne Sicherheiten »geliehen« wurde. Emilia war angespannt bis kurz vor der Ohnmacht, zumal die Luft im Raum immer schlechter wurde. Theo langweilte sich. Schließlich war sie an der Reihe. Die Kassiererin machte ein Gesicht, als hätte sie gerade auf eine Zitrone gebissen. Sie erkannte Emilia, versuchte ein nicht-saures Lächeln und tat dann etwas Unerhörtes. Sie erklärte sich damit einverstanden, Emilia ihre Ersparnisse in Zwanzig-Leva-Scheinen, den damals höchsten Banknoten, auszuzahlen, dazu noch solchen, die druckfrisch nach Träumen rochen. Emilia strahlte völlig übertrieben, unterschrieb aber brav alle Empfangsquittungen, die die Kassiererin ihr vorlegte, während Theo die Notenbündel akkurat in ihre Tasche stapelte. Sie bekamen sie gerade eben noch zu.

Als sie wieder draußen in der klammen Kälte waren, bat sie Theo, ganz dicht neben ihr zu stehen, bis sie ein Taxi fanden, auch wenn ein Mann wie er sie wohl kaum vor irgendjemandem verteidigen, geschweige denn ihr die Zweifel, die Unsicherheit und Niedergeschlagenheit nehmen konnte. Der schmutzige Schnee war zu Haufen zusammengeschoben, die Gehwege gefährlich vereist und voller wieder gefrorenem Dreck. Dass es so schwer war, ein Taxi zu bekommen, lag an der Benzinknappheit. Treibstoff wurde gegen Coupons ausgegeben, und vor den Tankstellen standen kilometerlange Blechlawinen. Emilia blickte sich voll Panik um, Theo dackelte mit seinen kurzen Beinen neben ihr her und wiederholte in seiner wiedergewonnenen Geschwätzigkeit, was er ihr schon x-mal gesagt hatte.

»Die sind unglaublich redlich, du wirst sehen, wie liebenswürdig und höflich die ihre Kunden behandeln. Keine Spur mürrisch wie diese Sparkassentanten. Ist schließlich auch ein seriöses Finanzinstitut – Lucky Strike & Co. Ja, heißen genau so wie die guten amerikanischen Zigaretten, ›gelungener Streich‹ auf Bulgarisch, das sagt ja schon alles.« Auch über das »& Co.« hatte sich Theo in entsprechender Fachliteratur kundig gemacht, dem Roman *Jahrmarkt der Eitelkeiten* von Thackeray, oder war es doch in einem der Romane von Charles Dickens gewesen? Er schaute Emilia zwar prüfend an, wollte ihre Meinung aber gar nicht hören.

»Der Jahreszins, Schwesterherz, beträgt ganze zweiunddreißig Prozent, kannst du dir das vorstellen? Wenn du aber noch sieben Leute findest, die ihr Geld ebenfalls Lucky Strike & Co. anvertrauen, dann steigt der Zinssatz auf vierzig Prozent.« Theos Gesicht wurde leer, seine Stirn zog sich in Falten, er hatte sich ganz in seine Berechnungen zurückgezogen. »Ich bekomme also im ersten Jahr über 30 000 Dollar Zinsen, das macht in fünf Jahren mehr als 150 000 fette grüne Scheine, die gefeit sind vor unserer blöden Inflation. Das ist der Wahnsinn! Bei dieser Demokratie, da bleibt dir die Spucke weg, wie?«

Sie eilten, als seien sie morsches Holz, das von Theos verbalem Hochwasser mitgerissen wurde, beide getrieben von der Angst, zu spät zu kommen, sich im Labyrinth der Umbruchzeiten zu verlaufen, irregeführt von falschen Wegweisern oder ganz einfach orientierungslos. Am Slawejkov-Platz bewegten sie sich bereits im Laufschritt. Atemlos. Schwindlig. Berauscht von der Droge Unersättlichkeit, der Einsamkeit ihrer Gier, dem Lebenshunger ihrer Hoffnung. Dabei fühlte sich vor allem Emilia seelisch völlig am Boden zerstört und todunglücklich.

Die Büroräume der Firma Lucky Strike & Co. befanden sich auf der vierten Etage eines Mietshauses ganz in der Nähe der Schauspielakademie. Der Eingang war bepinkelt von herrenlosen Hunden und Herren, die auf den Hund gekommen waren. Sie nahmen den Aufzug, in dem es nach Holzlack roch und nach Eintopf. Das alte Ding arbeitete sich derart knarrend und quietschend empor, dass Emilia Angst hatte, sie würden stecken bleiben. Die Tasche mit dem Geld war unerträglich schwer. Ihre Augen waren feucht; aber das waren doch keine Tränen!

Die gepanzerte Tür zu den ehemaligen Wohn-, nun Büroräumen des glücklich machenden Finanzinstituts war mit brauner, feuerfester Farbe gestrichen. Nach der hässlichen Tür kam Emilia das Licht in der Diele geradezu blendend und vornehm vor, so als dränge es nicht durch die großen Fenster, sondern käme aus einem Flutlicht. Im eigentlichen Büroraum prangten drei Schreibtische mit gewaltigen Computern, die den Eindruck finanzieller Stabilität erweckten, maßvollen Luxus und vernünftiger Investition. Hinter den eingeschalteten Bildschirmen saßen schöne Blondinen mit Kurzhaarschnitt, die alle drei die gleiche Bluse mit Jabot-Krägelchen trugen. Sie vermittelten Geschäftskenntnis und Diskretion. Das kreisrunde Spitzenkrägelchen unterstrich ihre prosperierenden Brüste. Die schmale Wandseite war mit einer Fototapete beklebt, die Mona Lisa zeigte, durch ein spezielles Computerprogramm aus Hundert-Dollar-Noten zusammengesetzt.

»Ja, *Herr Sotirov!* Ich freue mich, Sie wiederzusehen«, rief eine der drei Grazien. Dann, nachdem sie Emilia eingehend gemustert hatte: »In Gottes Namen, das kann nicht wahr sein, aber … wenn mich mein Auge nicht täuscht – das ist ja die unnachahmliche Weltscheva, Emilia Weltscheva höchstpersönlich!«

Emilia, von Berufs wegen geübt in der Gefühlsdarstellung, lächelte die Angestellte über ihre hilflosen Tränen hinweg freundlich, sogar munter an.

»Also auch Sie haben sich entschlossen, uns Ihr Vertrauen zu schenken? Welche Ehre für Lucky Strike & Co. Der *Genosse* Milanov wird es nicht glauben, wenn ich ihm das erzähle.«

Dieses Durcheinanderkommen mit *Herr* und *Genosse* war zwar in diesen Monaten nicht unüblich, aber an diesem Ort kapitalistischen Gebens und Nehmens wirkte es doch sehr seltsam. Die Damen an den benachbarten Schreibtischen zuckten jedenfalls heftig zusammen und zogen vor Unbehagen ihre Röcke zurecht. Im Dienste der geschäftlichen Seriosität waren es lange Röcke, aber für lange Beine. Emilia ließ den Riemen ihrer Tasche von der Schulter gleiten und verspürte nun am eigenen Leib die prosaische Bedeutung der Sentenz »Reichtum wiegt schwer«. Außer den Computern war die Schalterhalle von Lucky Strike & Co. auch mit einer elektronischen Geldzählmaschine ausgestattet. Dergleichen hatte Emilia noch nie gesehen. Dieses Gerät blies sämtliche Banknoten, die sich in ihrer Tasche befunden hatten, in wenigen Minuten durch. Die gezählten Bündel wurden feierlich von der rechten zur linken Seite des Schreibtisches geschoben. Theo strahlte triumphierend, als sei gerade eine seiner Premieren über die Bühne des Volkstheaters gegangen. Mit geübten Griffen und unter Verwendung eines Taschenrechners wurde Emilias Einzahlbetrag auf 15 283 Dollar errechnet. Mit unerklärlichem, aber wachsendem Unbehagen unterschrieb Emilia sämtliche Dokumente, die ihr vorgelegt wurden. Inzwischen kam Kaffee. Sogar ein echter Cognac wurde ihnen angeboten, doch Theo und sie lehnten dankend ab. Die junge Frau, die sie bediente, hieß Olga.

»Aber ich bitte Sie, Frau Weltscheva, natürlich nennen Sie mich einfach Olga. Ich hoffe doch sehr, dass wir häufig Anlass haben werden, uns zu sehen.«

»Mit ihrer Bekanntheit und dem Respekt, den sie genießt«, mischte sich Theo ein, »wird Frau Weltscheva dem Finanzinstitut Lucky Strike & Co. mit Sicherheit mehr als sieben Neukunden zuführen.«

9

Der neue Direktor des Theaters, ein Herr Naidenov, schaute sie mit seinen verwaschenen, aber aufmerksamen Basedow-Augen über den Schreibtisch gebeugt eindringlich an. Draußen dunkelte es. Im Zwielicht wirkte sein Büro, als sei darin die Zeit stehengeblieben. Die imitierten Möbel im Stile Louis XVI. wirkten übertrieben prächtig; ein müder Hauch von Gold umwehte sie. An einigen Stellen waren die Polster abgewetzt, sogar zerrissen. Alles in diesem Raum, von den Kristalllüstern an der Decke bis zu dem trüben Spiegel, der immer nur ein und dasselbe, nämlich eine endlose Nacht unter schweren Wolken reflektierte, erinnerte an das Bühnenbild eines klassischen französischen Stücks, nachgestellt in einem Antiquitätengeschäft, dessen Besitzer verstorben war.

Naidenov hatte sie nicht einfach nur zur Besprechung eingeladen, er hofierte sie geradezu, überhäufte sie mit Komplimenten und Liebenswürdigkeiten, und auf der Kochplatte in seinem Rücken köchelte im Stieltöpfchen der türkische Kaffee. Der neue Direktor war bekannt als große Kaffeenase und erklärte gern auch ungefragt, dass es für eine wirklich gute Tasse ein unfehlbares Rezept gäbe: wenig Wasser, viel Kaffee! Die Großzügigkeit seiner Geste erhellte erst so recht, wenn man wusste, dass echter brasilianischer Kaffee seit geraumer Zeit nirgendwo mehr zu bekommen war. Die beiden schwiegen sich an, ernst und wohlerzogen, geradezu übertrieben taktvoll, und Emilia wurde das Gefühl nicht los, dass Naidenov sie nur deshalb zu sich gerufen hatte, um sich nicht immer allein den Schlaf vertreiben zu müssen.

Da Emilia ein tiefes Bedürfnis danach hatte, wahrgenommen zu werden, war sie in dieser Zeit ohne Engagements in eine seelische Schwerelosigkeit gefallen, in die vielleicht schwerste Krise ihres Lebens. Nicht genug damit, dass sie in den letzten Jahren beruflich nicht gefragt war; auf einmal wurde ihr auch klar, dass der demokratische Umbruch drauf und dran war, sie und ihre gesamte künstlerische Vergangenheit hinwegzufegen. Ohne Vergangenheit, also auch ohne Zukunft. Mit wechselndem Erfolg hatte sie in etwa zwanzig Filmen mitgespielt, die meisten davon waren auf langweilige Weise »ideologisch korrekt«. In diesen Filmen wurde pathetisch der große Wahn des sozialistischen Aufbaus gefeiert, wurde von Arbeiterbrigaden erzählt, von »Helden der sozialistischen Arbeit« und edlen Parteisekretären, die dem Guten zum Sieg und dem Bösen zur verdienten Strafe verhalfen. Thema und dramatischer Konflikt waren an den Haaren herbeigezogen, die Protagonisten von einem Optimismus beseelt, der einen selbst bei nur bescheiden entwickeltem gesunden Menschenverstand stutzig machte. Diese politisch erwünschten und bestellten Filme wurden vom Publikum entsprechend lau aufgenommen, mussten aber von den Kritikern gefeiert werden, da sie eben die verbriefte Wahrheit des wissenschaftlichen Sozialismus künstlerisch umsetzten. Diese Filme liefen lange, vor allem in den Kinos in kleinen Städten und den Kulturhäusern auf dem Land. Oft wurden sie anschließend auch vom Fernsehen ausgestrahlt. Wie auch immer die Menschen diese Pflicht-Filme fanden: Emilia war präsent in Gedächtnis und Phantasie einiger Generationen als schöne, reine und von Idealismus beseelte Frau, die als Gegenreaktion unweigerlich schmutzige Gedanken weckte. Für Otto Normalbulgare war sie jedenfalls die Verkörperung seiner erotischen Sehnsüchte, weil sie verführisches Äußeres mit Spießigkeit versöhnte.

Mit all dem war nun definitiv Schluss. Im Fernsehen hatten amerikanische Thriller ihren Siegeszug angetreten, die auf ihre Weise auch naiv, einfältig und idealisiert waren, aber nur so strotzten vor Action und pikanten Szenen, und dabei viel effektvoller und dramaturgisch ausgebuffter gemacht waren. Ihre Botschaft war, das Recht des Stärkeren zu verkünden, den Sieger zu feiern, den Superman; genau das Gegenstück zum sozialistischen Film, der den unerschütterlich an sein Ideal glaubenden und dafür sogar zum Opfer bereiten Menschen gefeiert hatte.

Im Rumoren der Massendemonstrationen und dem Schäumen der Tage wurde Emilia plötzlich klar, dass ihr für die Zukunft nur noch eines blieb: vergessen zu werden … und damit nicht fertigzuwerden. Sie hütete sich aber davor, Assen oder Dessislava etwas davon zu sagen, denn sobald sie es mitteilte, würde aus Ahnung Realität werden. Sie hütete sich sogar, es sich selbst einzugestehen. Sie überließ sich einige Morgen lang, wenn sie ins Bad ging, den Tränen, aber wohlweislich immer vor dem Duschen. Da saß sie dann auf dem Eimer für die schmutzige Wäsche, zusammengekauert wie ein Mauerblümchen, mit Krämpfen im Bauch und bleischwerem Kopf. Die Migräne hatte so sicher wieder zu ihr gefunden wie eine ausgesetzte Katze.

Heute also die Einladung zur Unterredung mit dem neuen Direktor. Am Telefon hatte er sie mit der munteren Stimme eines Sportberichterstatters beschwichtigt:

»Wir werden uns einfach ein bisschen austauschen. Ich möchte Ihren Rat einholen.«

Emilia fühlte sich beflügelt: Na also, sie wurde ja doch noch gebraucht; man suchte ihren Rat! Den ganzen Tag überlegte sie hin und her, was sie dem Volkstheater vorschlagen sollte, aber ihr fiel nichts Brauchbares ein. Da rief sie Jordan an. Er war im Sender, bereitete gerade sein neues Format *Sieben Tage* vor und war nicht in Gesprächslaune.

»Das Theater ist leer«, sagte sie.

»Na, dann füllt es doch.«

»Genau darum melde ich mich ja, mein Lieber. Hast du vielleicht eine Ahnung, wie?«

Jordan war in Eile und verbarg seine Gereiztheit nicht. Nach dem Unfalltod Nedas hatte er sich zunächst von seinem konformistischen Lächeln verabschiedet, das besser zu Lottogewinnern und Versandhauskatalogen passte, und dann auch vom Fernsehen und war Zeitungsredakteur bei den *Abendnachrichten* geworden. Sein Gehalt war dort zwar nur halb so hoch und die Arbeit doppelt so viel, aber er war endlich er selbst. Als Ende 1989 der politische Umbruch begann, brach die (staatliche) Finanzierung der Zeitung zusammen, und er stand ohne Perspektive und ohne Einkommen auf der Straße. Er hatte wohl einen Schutzengel, denn er konnte wieder beim Fernsehen anfangen. Die Zuschauer hatten ihn nicht vergessen. Sein neues Format war dezidiert politisch, wie eigentlich alle Sendungen mit nennenswerten Einschaltquoten in dieser Zeit.

»Mir geht da was durch den Kopf«, sagte er. Emilia hörte, wie jemand am anderen Ende der Leitung Zigarettenrauch in die Sprechmuschel blies. »Macht was Leichteres, there's no business like show business: ein Musical! Eins, das in London oder am Broadway Erfolg hatte. *Jesus Christ Superstar*, *Hair* oder *Cats* …«

»Du bist genial, Kleiner.«

»Wenn du es sagst, Mamachen.«

Naidenov hatte es nicht eilig. Er lächelte träumerisch und geheimnisvoll, dann wieder las er etwas auf dem Blatt, das vor ihm lag. Kurz bevor der Kaffee aufschäumte, unterschrieb er es. Die Tassen, in denen er das kostbare schwarze Nass servierte, waren mindestens hundert Jahre alt, vermutlich gehörten sie zum Inventar des ersten Direktors am Volkstheater.

»Nachher müssen Sie mir aus dem Kaffeesatz lesen.« In Naidenovs Blick stand Spott an der Grenze zur Grausamkeit. »Ich habe gehört, Sie können das.«

Er seufzte. Das Licht drang grau durch das seitliche Fenster und ließ seine Augen noch verwaschener, noch glupschiger aussehen. Leere Augen waren das. Verschlagene Augen. Er war hier mit Donner und Doria angetreten, »um die demokratischen Traditionen des Theaters« wiederaufleben zu lassen. Ausgerechnet er, der vor der Wende einer der ausgefuchstesten Zensoren gewesen war, beauftragt, die »ideologische Reinheit« im Theater zu bewahren. Er hatte viel mit den oberen Etagen zu tun gehabt, war ihnen gefällig und zu Diensten gewesen und hatte die typische moralische Verdorbenheit des Höflings. Nach dem politischen Umsturz vom 10. November 1989 warf er öffentlich sein Parteibuch fort und machte auf Demokrat, »im Herzen und in der Seele immer Dissident gewesen«. Er erfrechte sich sogar, sich als Opfer von Repressionen darzustellen, was eine so unglaubliche Verdrehung der Tatsachen war, dass ihm der uneingeweihte Normalbürger einfach glauben musste. Emilia war einmal in »die Stadt der Wahrheit« gegangen, das waren dreißig vor der Parteizentrale aufgebaute Zelte, in denen Intellektuelle ihren Protest gegen alles Kommunistische zum Ausdruck brachten, schlafend, Butterbrote kauend, vor allem aber öffentlich und an exponierter Stelle, sodass sie nicht unbemerkt bleiben konnten. Sie war irritiert durch dieses Zeltlager gewandert, und als sie sah, wer sich alles dort unter den »Dissidenten« aufhielt, bekam sie vor lauter Scham und Peinlichkeitsgefühlen Kopfschmerzen! So also »machte man Lebenslauf«: indem man ungekämmt und unrasiert, unausgeschlafen und mit quelläugigem Enthusiasmus die eigene Vergangenheit gleich mit bestreikte. Die meisten waren vom kommunistischen System gehätschelte Vorzeige-Kopfarbeiter gewesen, und Emilia kannte sie schon lange. Wenn diese selbsternannten Dissidenten jemals etwas Ketzerisches gesagt hatten, so war es nur, um die Aufmerksamkeit auf sich zu lenken und sich ins Scheinwerferlicht zu rücken. Und eben unter diesen Gestalten hatte sie mit neckischer Zwergenkappe und theatralisch auf abgewetzt und zerkratzt gemachter Jacke auch Naidenov gesehen.

»Und?«, fragte er rhetorisch.

»Ich denke, es könnte unterhaltsam und dem Zuschauerinteresse förderlich sein, wenn Sie ein Musical inszenieren würden. Das Ensemble ist groß, fast jeder kann auch brauchbar singen …« Erwartungsvoll schaute sie Naidenov an, doch dessen Gesicht blieb ungerührt. »Nehmen Sie beispielsweise solche Titel wie *Hair* oder *Cats*.«

In dem nun folgenden Schweigen hätte man sich erkälten können, wenn nicht der Kaffee gewesen wäre. Dann begann Naidenov mit jener übertriebenen Herzlichkeit zu reden, mit der wir hoffen, uns eines unangenehmen Eindringlings rascher zu entledigen. Er sagte, ja, das Ensemble sei wirklich sehr groß, »geradezu aufgebläht in Anbetracht der neuen Umstände«, und dass mit den Einnahmen dieser »hundert Leutchen«, die sich auf den Stuhlreihen pro Vorstellung verlören, nicht einmal der Strom bezahlt werden könne. Die Marktwirtschaft treffe, wie sich nun herausstelle, leider am schnellsten und schmerzhaftesten die Kunst. Den Leuten sei jetzt nicht nach Kultur und geistigen Werten, sondern nach einer Antwort auf die Frage, wie sie etwas in den Kühlschrank bekommen sollten. Zufrieden rieb Naidenov sich die Patschhändchen, die immer schwitzig waren und übertrieben reinlich; sie glichen verdächtig denen Theo Sotirovs.

In diesem Moment spürte Emilia die Gefahr und erschauerte. Sie musste jetzt blitzschnell reagieren, die wertvolle Porzellantasse fallen lassen oder wenigstens den Kaffee in ihrem Schoß verschütten, mit entsetztem Aufschrei zur Toilette laufen und einfach nicht wiederkommen; doch sie war so hypnotisiert von seinen hervortretenden, wie von einer angelaufenen Glasur überzogenen Augen, dass sie wort- und tatenlos sitzen blieb. Ihr war einfach schlecht geworden.

Naidenov setzte ein Lächeln auf, das verlegen wirken sollte, aber einfach nur gemein war und sagte: »Aus diesem Grund müssen wir einigen unserer älteren Kollegen die Gelegenheit geben, ihren wohlverdienten Ruhestand anzutreten.« Er schob ihr das Blatt hin, das er vor wenigen Minuten unterschrieben hatte, und sie war so dumm, es entgegenzunehmen und in ihrem Damenhandtäschchen zu verstauen. »Mir ist selbstverständlich vollkommen klar, Frau Weltscheva, dass das Theater der vielleicht wichtigste Teil Ihres Lebens ist, gleichsam Ihr zweites Zuhause, aber ich darf Sie versichern, dass Sie nicht nur im Gedächtnis, sondern auch im Herzen des Publikums bleiben werden, und in den unseren natürlich. Wie Sie da aus dem Schatz Ihrer reichen Erfahrung, also ... Ja, Ihr Vorschlag mit dem Musical ist interessant und bedenkenswert, eine Idee mit Perspektive ...«

Er drehte seine Tasse auf dem Untersetzer um und schlug das Kreuz über ihr.

Emilia stand auf. Es gelang ihr, Haltung anzunehmen, ohne zu taumeln oder in Ohnmacht zu fallen. Sie war schon an der Tür, als er noch einmal nachstieß:

»Und einen speziellen Gruß an den Herrn Professor!«

So gab man zu verstehen, dass Assen Weltschev eine Gestalt aus der Vergangenheit war, einer Vergangenheit, die nichts mehr galt, und dass man daher keinerlei Veranlassung mehr sah, vor Gestalten wie ihm ängstlich den Kotau zu machen.

10

Schweißgebadet erwachte er. Er hatte eine Szene aus seiner Kindheit geträumt, er mochte so fünf, sechs Jahre alt gewesen sein, die auf einmal zu einer schrecklichen Metapher, einem erschreckenden Vorzeichen wurde. An einem 5. Mai, dem St. Georgstag, im Volk auch Ederlez genannt, hatte sein Vater ihn ins Zigeunerviertel geführt, wo dieser Tag eines der größten Feste im Jahreskreis ist. Der Tag war frühlingshaft, aber kalt gewesen. Von irgendwo quiekte eine verlorene Klarinette, Hühner stolzierten über den Hof, gefolgt von einem großen, wilden Hahn. Auf der Feuerstelle wurde Zinn geschmolzen, zäh, schimmernd, von der Farbe eines leeren Spiegels. Eine alte Zigeunerin starrte so traurig auf den Fluss, als ob mit dem letzten Schleppkahn auch die letzte Perle von der Kette ihres kunterbunten Lebens gerutscht war. Sie rauchte Pfeife. Ihre Tochter trug alte, bunte Spitzenkleider und beugte sich zum Waschen über die Holzwanne. Ihre Brüste lugten aus dem Ausschnitt hervor, braun getönt und quirlig, ihre Strassperlenkette klackerte, von den eingeseiften Kleidern stieg Dampf auf. Ein Mann mit flackernden Augen, knotigen Händen und offen stehendem, zahnlosem Mund machte gerade Pause vom Häuten des Lammes, das sein Vater bei ihm bestellt hatte, und zündete sich mit Feuerstahl und Zunder eine aus Zeitungspapier gerollte Zigarette an. Das Lamm hing an einem Fleischerhaken mit dem Kopf nach unten. Er erinnerte sich deutlich an das Schlachtermesser mit den getrockneten Blutspuren, an den stumpfen Laut beim Setzen der Schnitte und das klebrige Geräusch beim Abziehen der Haut, unter dem bläulich, nackt und wehrlos das Fleisch des kleinen Schafs zum Vorschein kam. Alexander ekelte sich schrecklich vor diesem erniedrigenden Anblick des Todes, der irgendwann uns allen das Fell abzieht. Sein Vater streichelte ihm beruhigend über den Kopf und kaufte ihm auf dem Festplatz im Uferpark eine Okarina aus Ton. Der kleine Alexander aber konnte nicht eher aufhören zu weinen, bis seine Mutter ihn in die Arme nahm und ihn in dieser symbolischen Gebärmutter vor der Welt in Sicherheit brachte, ihn barg in der Wärme ihres Atems und ihrer Brust.

Seit einer ganzen Reihe von Monaten war diese entsetzlich erniedrigende Angst nun wieder da. Scheinbar nur zeitweilig und augenblickshaft wie beim Anblick dieses wehrlos am Fleischerhaken hängenden Tierchens überfiel sie ihn nun völlig unerwartet – während einer Vorlesung, im Büro des Rektors, bei einem Konzert oder beim Lesen eines Buches. Alexander hatte die politische Wende kommen sehen, sie sogar in gewissem Grade begrüßt. Doch er hatte geglaubt, dass die Veränderungen kontrollierbar sein und sein Leben, die Sicherheit und Ruhe seiner alten Tage nicht unmittelbar gefährden würden. In den letzten Jahren bis zur Wende war es bei ihm nämlich richtig gut gelaufen!

Erst ging sein Vetter Assen Weltschev in Pension, dann verschwand auch dieser zynische Satyr Pejtschev, der seine spitze Zunge bis zum Schluss nicht im Zaum halten konnte, vom Lehrstuhl, der Mann, der sich ohne die üblichen Umstände und Versprechungen, Komplimente und

Lügen an seine Frau herangemacht hatte und dieser als einziger Mann im Gedächtnis blieb, der ihr im Leben nichts vorgemacht hatte. Genau besehen, hatte Pejtschev ihm einen unschätzbaren Dienst erwiesen, weil er in Ljuba, seiner Frau, den reinsten und unverdorbensten Menschen beschmutzt hatte, den Alexander je kennengelernt hatte, was ihn von dem ständigen moralischen Vorwurf befreite, den bis dahin schon ihre bloße Gegenwart für ihn bedeutet hatte. Sie zu jeder beliebigen Tages- oder Nachtzeit zwingen zu können, ihm haarklein zu gestehen, wie sie mit Pejtschev fremdgegangen war, das war Sühne und Erlösung zugleich für seine Feigheit und seinen Opportunismus. Und als spüre Ljuba sein Bedürfnis, begann sie irgendwann, nicht einfach mehr nur nachzuerzählen, wie es gewesen war, sondern sich schmutzige oder pikante Details auszudenken; so konnte er sie anschließend behandeln wie eine Käufliche. Aus der unerträglich Anständigen und Unbeständigen war durch diesen kraushaarigen, adlernasigen Satyr eine verlorene, eine auf ewig schuldige Frau geworden, wie es so oft das Los sittlich höherstehender Menschen ist. Ja, Alexander wurde sich mit den Jahren immer klarer darüber, dass Pejtschev ihn vor seiner eigenen Unzulänglichkeit, moralischen Schwäche und der dadurch bedingten Selbstverachtung gerettet hatte.

Neben dieser nicht ganz schmerzfreien, aber glücklichen Lösung seines Problems mit Ljuba war Alexander durch die Altersnachfolgeregelung auch Chef des Lehrstuhls für Römisches Recht geworden. Er durchlebte den Moment seines endlichen Triumphes zurückhaltend, bestrebt, den Strahlenkranz seines Erfolges und seiner Macht beherrscht, gemäßigt und vor allem nützlich für alle erscheinen zu lassen. Eine der Assistentinnen am Lehrstuhl war eine ganz Hübsche mit schön getönter Haut, käuflichem Lächeln und jener leichtlebigen Ausstrahlung, die es wissen wollte. Ihr Ehemann war ein Karrieretyp, der als Distributionsmanager im Werk für Elektrofahrzeuge arbeitete. Um sich von der erdrückenden Gegenwart seiner ständig Ansprüche stellenden Frau zu befreien, hatte er ihr einen Kleinwagen gekauft. Theodora Stojanova war geradezu beängstigend intelligent, krankhaft ehrgeizig und wollte um jeden Preis Dozentin am Lehrstuhl werden. Sie war großgewachsen, extrem schlank, hatte dünne Beine, aber riesige Brüste. Sie scharwenzelte um Alexander herum, machte ihm mal zwei, mal – wenn sie sich vorbeugte – vier schöne Augen, kurz, zeigte ihm auf jede nur erdenkliche Weise, dass sie sich *auch etwas mehr* Nähe vorstellen konnte. Alexander aber fürchtete ihre Zielstrebigkeit nicht minder als ihre katzenhafte Verwöhntheit; denn diese eigensinigen und berechnenden Vierbeiner entwickelten Anhänglichkeit nur zum Heim und dem, was es bot, niemals aber zum Hausherrn.

»Teuerste Theodora«, liebte er ihr mit gespielter Betrübtheit zu sagen, »Sie sind ja jünger als mein Sohn Christo, könnten meine jüngste Tochter sein.«

In dieser offensichtlichen Tatsache lag etwas vielversprechend Obszönes, ein heimlicher Selbstgenuss als vulgärer Lüstling. Theodoras »Ranschmeiße« wurde vollends unerträglich, als Alexander zum Mitglied der Lehrkörper-Berufungskommission ernannt wurde, denn jetzt war sie gleich doppelt abhängig von seiner Fürsprache. An einem regnerischen Novembertag 1988, ein Jahr vor der Wende, schlug sie ihm vor, gemeinsam einen Kaffee trinken zu gehen. Sie verfrachtete ihn in ihren kleinen Fiat und fuhr mit ihm durch den Geruch nach feucht gewordenem Kohle-Hausbrand hinauf zur Gebirgsstation »Schtastliveza«, was ihn wohl veranlassen sollte, sich als »Glückspilz« zu fühlen. Im Gebirge herrschte eine gesegnete Ruhe; hier oben fiel ein weicher, lockiger Schnee. Im Restaurant des modischen Ausflugshotels tranken sie statt des Kaffees drei große Whisky, anschließend lotste sie ihn mit der Ruhe der Erfahrenen – es war wohl nicht ihr erstes Mal – in ein Zimmer, das sie bereits reserviert gehabt hatte. Durch das Fenster drang das Abendrot in all seiner Erhabenheit.

Sie liebten sich mit übertriebener Leidenschaft, und sie gab sich ihm ebenso übertrieben leidenschaftlich hin, mit einem Feuer, zu dem wohl nur frigide Frauen oder echte Nymphomaninnen fähig sind. Einige Monate später hörte Alexander zufällig ein Telefonat Theodoras mit ihrer Freundin, bei dem sie über ihn sagte: »Ich kann ihn nicht ertragen mit seiner trockenen Altmännerhaut, seinem Altmännergeruch nach Baldrian und Kampfer. Im Bett denke ich immer, ich betreibe Leichenschändung. Der totale Horror!«

In der Tat nahm Alexander regelmäßig Tropfen, die aus Baldrian, Weißdorn und Minze gemischt waren und das Herz stärkten, die Nerven beruhigten und so zu langem Leben führen sollten. Die nahm er natürlich auch vor jedem intimen Treffen mit Theodora, denn er befürchtete, eines Tages könnte er in ihren erfahrenen, verlogen feurigen Umarmungen einen Herzinfarkt erleiden. Was den Kampfergeruch anging, so rieb seine Frau sein rechtes Bein mit schmerzlinderndem Kampferspiritus ein, seit er diese Gelenkschmerzen bekommen hatte. Die beleidigenden Kommentare Theodoras kränkten ihn nicht nur nicht, sie erfüllten ihn vielmehr mit besonderer Befriedigung und einer unerklärlichen Lüsternheit. Er begann, nun extra mit den Tropfen und dem Kampferspiritus zu übertreiben, und ihr Abscheu, den sie mit übertriebener Leidenschaft zu überdecken versuchte, erregte ihn und verlieh den Prüfungen Sinn, die ihr Lotterbett für ihn bereithielt.

So also war Alexander Weltschev, ohne selbst den Finger zu rühren, an eine schuldige Ehefrau, eine junge, schöne und obszöne Geliebte und an eine Machtposition von beneidenswertem öffentlichen Rang gekommen, kurz, an jene Mischung aus Sicherheit und Wohlleben, die seine späten Lebensjahre zieren und wattieren sollte. Trotz alledem wusste er natürlich längst, dass er keinerlei herausragende Gaben besaß, wenn man von seiner ständigen Unentschlossenheit einmal absah.

Nun aber wurde dieser Status quo gesprengt, wenigstens scheinbar. Der hauptsächlich als Phantom in den Köpfen der Leute herumgeisternde Traum von wahrer Demokratie zusammen mit den drastischen und kein Ende nehmenden Veränderungen hatten seinen ganzen Status hinweggefegt und damit auch seine eben erst errungene innere Ruhe. Schon wieder war er gezwungen, Entscheidungen zu treffen und dabei alle Formen der Angst, des Bangens und der Ungewissheit zu durchleiden.

Theodora hatte mit geradezu erpresserischer Inständigkeit darauf bestanden, dass er seine Mitgliedschaft bei der Bulgarischen Kommunistischen Partei beendete, die sich rechtzeitig vor der ersten großen freien Parlamentswahl im Juni 1990 in Bulgarische Sozialistische Partei umbenannt hatte, und er trat dem Alternativen Sozialistischen Bund ASB bei, der unter Berufung auf sozialdemokratische Traditionen einen Wandel mit sozialer Verantwortung versprach und so etwas wie der Rettungsring für Abtrünnige war. Der ASB ging direkt in die Opposition und verhandelte mit der Union der demokratischen Kräfte UDK und anderen Parteien, die ihre Wiederauferstehung nach über vierzig Jahren feierten. Alexander geriet in Panik bei dem Gedanken, dass Professor Kotzev, sein Schwiegervater, von seinem »Verrat« erfahren und ihn in einem seiner legendären Anfälle von Jähzorn aus der gemeinsamen Wohnung werfen könnte. Doch er vergaß auch nicht Theodoras auf die Zukunft gerichtete Argumente, die sie einmal bei einem Gespräch in seinem Sprechzimmer vorgebracht hatte:

»Da bist du aber gerade eben noch auf den letzten Zug aufgesprungen, mein Schatz. Dank meines Insistierens hast du ihn nicht verpasst und bist dem ASB beigetreten. Aber du kannst dich auch nicht ständig unter der Decke bei meiner kleinen Miezekatze verstecken …«

»W-w-wie meinst du das?«

»Na, du musst jetzt an die Öffentlichkeit gehen, dich abgrenzen von deiner verknöcherten Sippe mit ihrem rückständigen Sozialismus und dich in deinem vollen Glanz zeigen, am besten, indem du dich als Opfer von Repressionen darstellst.«

»Aber ich bin doch gar kein Opfer von Repressionen«, versuchte er zu widersprechen. »Das nimmt mir doch kein Mensch ab!«

»Vorher haben doch auch alle so getan, als seien sie Partisanen und antifaschistische Kämpfer gewesen. Streiter gegen den Kapitalismus sowieso … Jetzt sehen unsere kleinen Wendehälse eben zu, sich zu großen Demokraten zu erklären. Was ist denn daran so schlimm, wenn du ein bisschen Lärm schlägst als einer, der für seine freigeistigen Äußerungen von der Zensur eins auf die Finger bekommen hat? Sicher wird dir das keiner abkaufen, aber es wird auch keiner bestreiten. *Genosse* Weltschev, die Leute müssen dich in anderem Licht sehen, und das geht nur, wenn du mal einen Schritt zur Seite tust.«

»Und was sollte ich deines Erachtens jetzt tun?« Die Ironie in ihrer Stimme hatte ihm spürbar wehgetan.

Für sich selbst überraschend horchte er plötzlich in den Raum, stand sogar auf, öffnete die Tür zum Gang einen Spalt und spähte misstrauisch hinaus. Nach der letzten Unterrichtseinheit für diesen Tag sah der Korridor öde und verlassen aus. Theodora erfasste sofort den Grund seiner ängstlichen Abhörkontrolle und lachte hysterisch, was ihm erneut einen

Stich gab. Gleich darauf wurde ihr Gesicht kalt und hart. Sie holte aus ihrer Handtasche einige Blätter und warf sie ihm auf den Schreibtisch. Beim Lesen brach ihm der Schweiß aus vor Verzweiflung und Entsetzen. Bei dem Text, den er da las, handelte es sich um eine kluge, in gewissem Umfang sogar zutreffende Rezension *gegen* das Buch seines Vetters Assen Weltschev über Demokratie. Theodora hatte diesen skandalösen und rufmörderischen Artikel selbst verfasst, aber als Autor seinen Namen darunter getippt.

»Nein, das kann ich nicht … Das habe ich 1957 schon mal gemacht. Damals haben sie mich kaltschnäuzig benutzt, aber damals war ich jung und unerfahren.«

»Und ich habe beim Schreiben genau darauf gesetzt: dass du jetzt alt und erfahren bist.«

»Damals hat er meinen Schritt verstanden und mir verziehen, aber jetzt … Das kann ich einfach nicht tun.«

Theodora lachte verächtlich, beugte sich vor. Ihre Hand glitt in gespielter Fürsorge und Zärtlichkeit in Richtung seines Hosenstalls, dann griffen ihre Finger zu und quetschten seine Hoden zusammen. Der Schmerz war unerträglich.

»Natürlich kannst du, *Herr* Weltschev!« Ihre Stimme war leise und von eisiger Ruhe. »Das ist jedenfalls der einzige Weg, auf dem du zum Demokraten werden kannst, und ich zur Dozentin für Römisches Recht.«

11

Im Wohnzimmer war es halbdunkel und schon wieder so unerträglich heiß, dass die Fensterscheiben beschlugen. Herabrinnende Tropfen furchten den endenden Tag. Professor Kotzev saß bequem ausgestreckt im Sessel. Die Kälte des Alters war größer als die Kraft der unregulierbaren Zentralheizung, sodass er sich beim Radiohören wieder in die dicke Wolldecke mit den großen tiefroten Karos eingewickelt hatte. Intoleranz und Starrsinn schienen zum Körpergeruch dieses vergreisenden Mannes zu gehören. Er drehte inzwischen nicht mehr leise, wenn Radio Free Europe oder die Deutsche Welle liefen, auch wenn die Stimme der

Sprecher provozierend klar und ein wenig zu feierlich und triumphierend klang. Doch diese Selbstzufriedenheit konnte den Akzent des Vorlesenden auch nicht vertuschen.

»Wie sind die Nachrichten?«, fragte Alexander mit gespielter Besorgnis.

»Na, zum Kotzen.« Zur Illustration schneuzte sich sein Schwiegervater in sein zerknittertes Taschentuch. »Diese sauberen Herrschaften …«

»Welche sauberen Herrschaften?«

Professor Kotzev antwortete nicht darauf, sondern drückte sein Gesicht noch tiefer ins Schnupftuch. Igendwie musste er es ihm ja sagen. Besser, der Schwiegervater erfuhr es von ihm als von einem der vielen Wichtigtuer der Marke »Wussten Sie eigentlich schon, dass Ihr Schwiegersohn …«, die durch die Gänge der Akademie der Wissenschaften huschten und nur auf die passende Gelegenheit warteten, um jemandes Gesichtszüge »entgleisen« zu sehen. Alexander setzte sich auf den Sessel ihm gegenüber und zog mit heimlichem Ekel, als handle es sich um verdorbenes Essen, eine Zeitung aus seiner Tasche. Seit einigen Monaten hatten die Kommunisten ihre Parteizeitung, das *Werktätigenblatt*, umbenannt in *Wort*. Der demokratischere Titel hatte auch freiere Meinungsäußerungen im Gefolge gehabt. Er öffnete die Zeitung auf der vierten Seite, lächelte vornehm, aber mit der verkappten Furchtsamkeit des ewigen Lakaien, und reichte sie seinem Schwiegervater. Der brach sein Schneuzkonzert ungeduldig ab, in seine Augen kehrte der Verstand zurück, und mit ihm die Fragen.

»Sieh's dir einfach an«, sagte Alexander wenig geistreich.

Der Tag draußen endete im Nebel. Die alte Brandmauer des Mietshauses gegenüber wurde zuerst grau, dann verschwand sie. Alexander stand auf und schaltete das Licht ein. Vor lauter innerer Aufregung brach ihm der Schweiß aus. Er holte tief Luft, schnupperte durch den Raum, und erst jetzt konnte er den Geruch bestimmen. Na, sicher, Kotzev roch nach der Baldrianmischung, die einzunehmen sein Schwiegervater ja auch ihn überzeugt hatte. Diese Ausdünstung von Arthritis, totem Fleisch, körperlichem Schwund erfüllte ihn mit besonderer Ruhe, einer seligen Geistesabwesenheit, ähnlich den Momenten, in denen Ljuba ihm von ihrer Untreue mit Ewgeni Pejtschev beichtete. Jetzt war der Augenblick gekommen, in dem er scheinbar besorgt die Decke um das Alter seines Schwiegervaters feststopfen und dann dezent verschwinden musste. Doch das bizarre Gefühl der Macht über dessen hinfällig werdende Präsenz durchrieselte ihn schon, kribbelnd wie der Aufmarsch durchsichtiger Baby-Ameisen.

»Wer hat denn dieses Pasquill verbrochen?« Kotzev hatte das Ende der Rezension noch nicht erreicht, hatte sich auch nicht die Mühe gemacht, vorher den Namen unter dem Artikel zu lesen.

»Ich«, antwortete Alexander leise.

Professor Kotzev schaute ihn an, ohne zu zwinkern. Er war derart gewöhnt an seine, Alexanders, für ihn so bequeme Charakterlosigkeit, dass er das jetzt einfach nicht glauben wollte. Er schaute wie eine Eule, die sich aus der Dunkelheit ins Licht verirrt hatte.

»Aber wir haben doch gar nicht abgesprochen … Es war doch gar nicht die Rede von …« Seine Stimme wurde heiser und stieg schrill in die Höhe. »Wie konntest du …?«

»Assens Buch ist derart rückständig, es riecht stellenweise regelrecht nach Schimmelpilz, und die Abschaffung von Paragraf 1 der Verfassung von einundsiebzig, die die Partei als bestimmend in allen Staatsfragen festschreibt, hat er nicht einmal für der Erwähnung wert gehalten.«

»Der Anfangsparagraf? Weißt du eigentlich, was das für Folgen hat, dass diese Omas da im Parlament vor der Opposition in die Knie gegangen sind und zugestimmt haben …« Vor Entrüstung verschlug es ihm die Sprache. »Wie konntest du nur?«

»Und 1957, wie konnte ich denn da?« Diese berechtigte Frage brachte seinen Schwiegervater nur noch mehr auf die Palme.

»1957 mussten wir alles tun, um den Sozialismus zu verbessern; aber jetzt gilt es, ihn zu retten.«

Er zog seine buschigen Augenbrauen zusammen, sein Kinn zitterte, auf Gesicht und Hals erschienen dunkelrote Flecken. Die Rührung hatte ihn gepackt. Nun war seine Ausdünstung nach Baldrian und Kampfer unerträglich, roch nach jener Grausamkeit, mit der die Altersschwäche doch noch die Oberhand behalten will.

»Jetzt sag bloß noch, es stimmt, dass du zu diesen Renegaten vom ASB übergelaufen bist?«

Die Hand seines Schwiegervaters glitt von der Decke. Sie hatte die Farbe und Zerbrechlichkeit von Pergament, war faltig und übersät von bläulichen, aber trockenen Venen. Diese Kralle des alten Raubvogels brachte ihn derart in Rage, dass etwas Unerklärliches geschah. Es war, als verließe ihn nicht nur der Verstand, sondern auch Körper und Sinne, sodass er keine Kontrolle mehr über sie hatte. Ihn überkam, genährt von seinen Ängsten und seiner Hilflosigkeit, ein Zornesimpuls von solcher Stärke, dass sein Gesicht sich verzerrte. Er hätte jetzt am liebsten unter die Decke gegriffen und diesen verkalkten alten Starrkopf genau so an den Testikeln gepackt, wie Theodora das bei ihm getan hatte, und wenn er sie schon nicht abriss, dann wenigstens so zugedrückt, bis dieser Tatterich um Erbarmen winselte. Er musste lachen bei der Vorstellung, dass er das ohne weiteres tun konnte, und wie komisch das aussehen würde. Doch in diesem Moment begannen ihm am ganzen Körper die Haare zu Berge zu stehen in einem derartigen Anfall, als sei alle Angst, die sich über viele Jahre in seinem Gemüt abgelagert hatte, ins Rutschen gekommen.

»Arschloch!«, kreischte er. »Sieh dich doch mal an, du Bastard! Und wie du erst riechst, uuuh!«

Er hätte vielleicht noch weiter so herumgeschrien und sich am gefährlichen Kitzel der plötzlichen Freiheit ergötzt, mit diesem von den Jahren und von den Ereignissen entkräfteten Alten machen zu können, was er wollte, wenn er nicht aus dem Augenwinkel, dort, wo die periphere Sicht in Vorahnung übergeht, Ljuba wahrgenommen hätte. Sie war lautlos gekommen und hatte sich an den Türrahmen gelehnt, stand da in der hohlen Öffnung wie eine von allen verlassene Frau. Sie war Zeugin des eben Geschehenen, und das hieß, dass es nun Tatsache geworden war. Sein Lachen brach ab und endete in einer Art heiserem Krächzen.

»Ich wollte sagen«, fuhr er fort wie ein ertapptes Kind, das dem Rohrstock entkommen will, »durch das da mit dem Paragrafen 1 ist die Sache irreversibel geworden!«

Ohne zu wissen, wie, mehr mit dem Körper, mit den Tränen, die seine Wangen hinabliefen und in seinem Mund zu einer salzigen Erinnerung ans Meer zusammenrannen, gelangte er ins Schlafzimmer. Er holte die beiden Koffer vom Kleiderschrank und begann, sie mit seiner Wäsche, seinen Hemden und Anzügen zu füllen. Er fühlte diesen schneidenden, verzehrenden Hunger nach Fleisch, dunkel wie das Verbrechen, aus der Magengrube aufsteigen. Es aß ihn Fleisch, es trank ihn Fleisch! Er schleppte sich in die Küche, holte die zum Hufeisen gebogene, scharf gewürzte Hartsalami heraus, die er einer alten Bäuerin, die ihre hausgemachten Erzeugnisse auf einer simplen Kiste feilbot, für sündhaft teures Geld abgekauft hatte, und biss, ohne den Naturdarm abzuziehen, hinein, füllte sich den Mund mit der Delikatesse und saugte deren konzentrierte Aromen in sich auf. Sie milderten die beißende Salzigkeit seiner Tränen und verliehen ihnen den Duft nach Bohnenkraut. Ah, was für eine Erleichterung! Nun musste er nur noch finden, wohin er gehen konnte. Er hatte das Gefühl, wenn er nicht augenblicklich etwas fand, wäre es unwiderruflich zu spät für die schicksalhafte Wende in seinem Leben, die ihn rettete.

Sein erster Gedanke war, bei seinem Vetter Assen Weltschev unterzukriechen; aber der hatte bestimmt schon Theodoras rufmörderische, von Gift und Galle getränkte Rezension gelesen. Da musste er an sein Elternhaus in Widin denken mit der weinumrankten Pergola und dem verwilderten Gärtchen, mit der ewig feuchten Nordwand, die jeden Sommer ausgiebig gelüftet und getrocknet werden musste, und dem Geruch vergangenen, fremd gewordenen Lebens. Dieses Haus stand voll alter Möbel, chamoisbraunen Fotos und war erfüllt vom Duft seiner Mutter nach unzerrüttbarer Trauer und jener grenzenlosen Reinheit, in der nur wahres Leid es aushalten kann, zu leben. Dort würden ihn ihre Brüsseler Spitzenklöppeleien empfangen, die maschengewordene Geduld einer auf immer enttäuschten und von allen verlassenen Frau.

Irgendwo in der Bibliothek seines Großvaters mütterlicherseits, des Anwalts Kamenov, die vollgestopft war mit den Büchern der Klassiker sozialistischen Denkens und eingesponnen von Spinnweben, befand sich wohl auch noch sein Heft mit den getrockneten Pflanzen, das er als Kind angelegt hatte, die – mit aus Mehl gerührtem Leim auf die Heftseiten geklebt – beim leisesten Anfassen zerbröseln würden wie die Erinnerungen an eine freudlose Kindheit.

12

Gleich nach der demokratischen Totalsprengung, die den Eisernen Vorhang in voller Länge niedergerissen hatte, ereigneten sich eine Reihe wunderlicher Dinge. Auf eine alles andere als klare, nachvollziehbare Weise zerfiel zunächst der Warschauer Pakt, und die bulgarische Armee blieb – ohne sowjetisches Oberkommando – verwaist zurück; gleich darauf auch der Rat für gegenseitige Wirtschaftshilfe. Die sinnlose Jagd in den Fabriken nach »Übererfüllung« der Fünf-Jahres-Pläne durch Akkorde, die vor allem für minderwertige Ware in großer Stückzahl gesorgt hatten, wurde durch offene, ja, dreiste Faulheit abgelöst. Bei seinem Sturz riss der für »unkaputtbar« gehaltene Staatssozialismus auch die staatliche Administration mit sich, die beide eng verflochten waren. Aus der versmogten Winterluft Sofias stiegen schillernde neue Wortblasen empor wie »Bisnes«, »Offis« und »Bodigard«, zum Entsetzen mancher aber auch »Restitution«, Wiedergabe des einst Verstaatlichten an die früheren Privateigentümer oder ihre Erben. Die Absolventen Dutzender staatlicher Sportschulen, auf einmal nicht mehr rundum versorgt und der Perspektive beraubt, durch das Erringen von Medaillen auf internationalen Meisterschaften und bei Olympia weitere beträchtliche Privilegien zu erhalten, taten sich wie auf geheimen Zuruf zusammen und begannen, Bulgarien in einen offenen Boxring für Freistil-Kampfsportarten zu verwandeln.

Sie bildeten Schutztruppen von je etwa fünfzig muskulösen Adrenalin-Testosteron-Bomben, nannten sich »Brigaden« und führten – von niemandem behelligt – ihre Muskeln, ihren Achselschweiß, ihre Überheblichkeit und meist auch einen Baseballschläger spazieren. So ausgestattet, betraten sie ein Restaurant oder ein neu eröffnetes Geschäft, boten dem Pächter an, ihn gegen ein Drittel seines Monatsumsatzes vor unliebsamen Besuchern zu »versichern«, und wenn dieser die Kühnheit hatte, das Angebot auszuschlagen, schlugen sie ihm die Zähne aus, brachen ihm die Rippen und verwüsteten sein eben erst eingerichtetes Ladenlokal. Eine solche Probe aufs Exempel genügte meist, um auch die anderen neuen Kleinunternehmer davon zu überzeugen, wie sinnvoll es war, diesen Schutz in gefährlicher Zeit anzunehmen. Die »Security«-

Leute, wie sie bald businessgemäßer firmierten, waren auch bereit, Bestellungen entgegenzunehmen. Wenn jemandem in der jungen Marktwirtschaft ein Konkurrent allzu sehr das Geschäft verdarb, genügte es, dass er einen Beutel mit Banknoten füllte, die damals nicht schein-, sondern bündelweise gezählt wurden, und sie den starken Dienstleistern mit dem Auftrag überreichte, das Firmenkapital des Mitbewerbers, und manchmal auch diesen selbst, in eine Erinnerung zu verwandeln.

Beim Anblick dieser Brigadiere neuen Typs, die frei und glücklich nach Gutdünken handelten, kamen auch die Milizionäre ins Nachdenken, die sich nun schon »Polizisten« nannten und Schlagstöcke, Handschellen und Schusswaffen trugen wie ihre bewunderten amerikanischen Kollegen. Sie lernten von ihren privaten Kollegen schnell, dass nichts leichter war als Geld verdienen, wenn man nur hier ein wenig die Hand aufhielt und da ein wenig die Augen zudrückte. Besaß man mehr Courage, konnte man auch gemeinsame Sache mit den Banditen machen, die genau jene anständigen Leute bedrohten und ausraubten, zu deren Schutz die uniformierten Ordnungshüter aus Steuergeldern bezahlt wurden.

Weitaus talentierter noch als ihre uniformierten Kollegen von der Straße waren die Spezialeinheiten der Staatssicherheit. Der Stolz des arbeitenden Volks, die »roten Barette«, wie sie genannt wurden, unterstützten die aufstrebende Unterwelt mit finanziell bestens anschubfinanzierten und in fernöstlichen Kampfsportarten vorzüglich ausgebildeten Neokriminellen, die den stiftkurzen Haarschnitt ihrer Grenzschutz-Karriere gleich beibehielten.

Aus dem Boden schossen auch Hunderte von Wechselstuben, dienstfertige Finanzinstitute und Privatbanken, die unerhörte Zinsen versprachen, um an das über Jahrzehnte angesparte Geld der Leute zu kommen, und auf der Gegenseite standen findige Kreditbetrüger, die mit ihren frischen Millionen nur so um sich warfen. Wenn sich ihr Geld dem Ende zuneigte, nahmen sie den nächsten Kredit auf und bauten davon die noch fehlenden Swimmingpools, Fitness- und Saunakeller in ihre Villen am Hang des Witoscha ein, die architektonisch alles aufboten, was der europäische Stilfundus zwischen Renaissance und Gründerzeit so hergab. So schufen sie mit phantasievoller Einfallslosigkeit einen neuen Eklektizismus: das Bonzenbarock.

Die einfachen Leute waren von der Fülle und Schnelle des Wende-Geschehens verwirrt: Gleichzeitg waren sie voller Begeisterung über das Ende des pseudosozialistischen Experiments *und* besorgt darüber, wie schnell sie verarmten. Nachdem die Leute fünfundvierzig Jahre lang die staatliche Bevormundung hingenommen hatten, waren sie nun hilflos ihren eigenen Träumen und Bestrebungen ausgeliefert. In diesen ersten Monaten nach dem Fall der Berliner Mauer und des Eisernen Vorhangs war alles möglich: Ein ehemaliger Barkeeper und ein Spitzel konnten eine Bank eröffnen, und jemand, der wegen Betrugs hinter schwedischen Gardinen gesessen hatte, konnte fürs Parlament kandidieren. Ringer und Ruderer, Boxer und Karatekämpfer legten sich dicke Goldketten um den Hals, um auf den ersten Blick zu signalisieren, dass sie nicht einfach nur *über* Recht und Gesetz standen, sondern *es selbst waren*. Die Käuflichkeit der auf kargen Staatsgehältern vor sich hin kümmernden Justizangestellten oder aber der karrierewilligen Anwälte machte es ihnen leicht.

Dessislava versäumte die öffentlichen Demonstrationen, die sich von Beginn an in solche der Kommunisten und solche der Anti-Kommunisten teilten, nicht. Die Kundgebungen der »Blauen« gaben ihr seelischen Auftrieb, weil jedes Wort aufrichtig gesprochen war und spontane Reaktionen bei der Menge hervorrief, die die Luft mit Elektritzität aufluden, mit echter Wut, mit einer Freiheit, die man spüren konnte – eben mit ungeheurer Energie, die es jedem gestattete, er oder sie selbst zu sein. Bald darauf erstarrte Bulgarien und teilte sich in zwei Lager, und die Parteipolitik drang in jedes Haus. Simeon ging auf die Demos der »Blauen«, Dessislavas Vater auf die der Roten. Sie selbst ging meistens zu den Nachtwachen, diesen stillen und selbstversunkenen Bekundungen des Nichteinverständnisses, die durch die nie gekannte Freiheit, sich zu versammeln, Protest und Trost vereinten. Für gewöhnlich fanden diese Kundgebungen statt auf dem umgetauften »Platz der Demokratie«. In kalten mondlosen Nächten schienen Tausende von Kerzen auf und sandten ihren Schein in die hohle Hand des Windes, fragil, zitternd – ein wunderbares Abbild der gepeinigten Seelen jener, die sie hielten. Diese Atmosphäre berauschte sie. Sie fühlte sich auf gesegnete Weise allein und vereint mit all jenen, die gekommen waren, um die Vergangenheit zu brandmarken und die Zukunft mit dem Licht ihrer eigenen Hoffnungen zu erhellen. Christo, ihr Vetter, begleitete sie, sooft er konnte. Dann schmiegte sie sich vertrauensvoll an ihn, seine Wärme, seine Ruhe und Stärke, und sagte:

»Hier fühle ich mich *wirklich* frei.«

»Natürlich«, erwiderte er augenblicks und hauchte ihr in die Hände, um sie zu wärmen.

»Alle hier sind frei … und gute Menschen«, insistierte sie, als hätte er irgendetwas Gegenteiliges behauptet.

»Sogar ich«, sagte Christo mit geheimnisvollem Unterton in der Stimme.

»Nur sehen wir jetzt, dass Freiheit und Sicherheit schlecht vereinbar sind, meist sogar einander widersprechende, unversöhnliche Geisteszustände. Frei sein heißt, für sich selbst verantwortlich sein, und vor allem, von den eigenen Fähigkeiten, der eigenen Aktivität abhängig sein«, philosophierte Dessislava, während Christo sie voller Bewunderung anschaute. Dessislava schaute zurück, aber nicht voller Bewunderung, sondern voll Tadel und Skepsis: »Und was sind die Leute aus dem Sozialismus gewöhnt? Unfrei, aber sicher zu sein. Sicher in ihrer ärmlichen Grundversorgung, sicher, dass ihre Kinder eine kostenlose Ausbildung bekommen und sie kostenlos zum Arzt gehen können. Kinder waren wir eigentlich alle, und der Staat ein allmächtiger, strenger, knausriger Vater, der letzten Endes, wenn auch murrend, immer rausrückte, was wir Kinder brauchten, von der Wiege bis zur Bahre.«

»Hast ja recht, Dess.« Christo zog aus seiner Manteltasche einen Flachmann mit Wodka, den er eigens für sie eingesteckt hatte, damit sie sich innerlich wärmen konnte. Zur Sicherheit nahm er sie auch noch in den Arm.

Die Dunkelheit kam jetzt schnell, und die Gesichter der Menschen tauchten darin unter, als vertieften sie sich in ein Gebet.

»Das mit dem Konflikt zwischen Freiheit und Sicherheit ist wirklich der entscheidende Punkt. Aber wie ich die Leute kenne … Auf Dauer ist die Angst vor der Freiheit größer und schlimmer für sie als die Angst vor der Gewalt. Für mich ist das die Achillesferse unserer schönen neuen Demokratie.«

»Vielleicht gar nicht mal so sehr der Demokratie, aber der Menschen in Zeiten eines so heftigen Übergangs«, meinte Dessislava.

Sie schwiegen. Die Frau vor ihnen trat von einem Bein aufs andere. Sie war starr vor Kälte.

»Weißt du, was mir Angst macht? Die politischen Witze sind verschwunden! Das verheißt mir nichts Gutes.«

»Oh, gestern hab ich einen im Theater gehört«, meldete sich Dessislava und trank noch einen Schluck Wodka. »Treffen sich ein Jahr nach der Wende ein Pessimist und ein Optimist. Sagt der Pessimist: ›Schrecklich! Schlimmer hätt's nicht kommen können!‹ Meint der Optimist: ›Oh, warum so pessimistisch? Schlimmer geht immer!‹«

Christo lachte, was den alten, auf einem Schemel sitzenden und in mehrere Schals eingewickelten alten Mann neben ihnen dazu bewegte, sie vorwurfsvoll anzuschauen. Er fand, dass die Magie dieses Gemeinschaftserlebnisses, dieses schweigenden Protestes durch Humor nicht entheiligt werden sollte. Und vielleicht war es so, dass all diese Menschen hier unter der Himmelskuppel wirklich beteten um eine Wende zum Guten, derer sie alle bedurften. Dessislava legte Christo einen Finger auf die Lippen und drückte sich an ihn. Noch eine Stunde, und die Schweigewache würde zu Ende sein, und all diese flackernden Wachslichter würden sich in die umliegenden Straßen verlaufen wie nach der Ostermesse, *so als wäre die Demokratie der Erlöser*, und als wäre Auferstehung, Zeit, das heilige Licht der Rettung in jedes Haus zu tragen.

13

Ende 1990 kam ein bedeutender amerikanischer Prediger und Verkünder der Wunder Jesu nach Bulgarien. Er nannte sich John Glenn, genau wie einer der ersten amerikanischen Astronauten, und sah aus wie ein Unteroffizier der berühmt-berüchtigten Marines mit seinem Quadratschädel und seinem quadratischen Unterkiefer, seinem stiftkurz geschnittenen Haar und den wasserblauen, unversöhnlich friedliebenden Augen; seine Stimme aber war einlullend wie die eines Betrügers. Das war keiner aus der eigenen slawischen Leutebetrügerschmiede wie Kaschpirowski, sondern ein Abgesandter der amerikanischen Demokratie, und so füllten an die hunderttausend Menschen den Platz vor der Alexander-Newski-Kathedrale mit ihrer Neugier und ihrer Vertrauensseligkeit. Auf den gelben Pflastersteinen wurde eine Tribüne errichtet, die von weitem eher einem öffentlichen Boxring glich als einer Verkündigungsstätte der Wunder des christlichen Erlösers.

Der Himmel war an diesem Tag verhangen, der Wind durchdringend und kalt, das Licht schmutzig-trüb. Die Organisatoren hatten der Anschaulichkeit halber drei Krüppel in alten Mänteln auf die Tribüne gehievt, von denen zur Illustration der Predigt zweie gegen Bezahlung auf Ansage ihre Krücken von sich werfen, aufstehen und gehen sollten; der dritte aber war wirklich ein Invalide, der durch Polio seit seinem vierzehnten Lebensjahr gelähmt war. Über diesen wollte der späte Apostel Jesu John Glenn, Nachfolger des prophetischen Verkünders Edwin Kacey, durch seinen Übersetzer der Menge erklären, dass ihre Glaubensenergie für diesen nicht mehr ausgereicht habe, sodass auch seine seelische Kraft nach zwei Geheilten erschöpft sei, was ihnen doch bitte zur Mahnung gereichen möge, dass – sosehr Gott ihm auch von seinem Licht und seiner Allmacht gegeben habe – auch der Satan nicht zu unterschätzen sei.

In schlichtes Schwarz gekleidet, bestieg der Prediger die improvisierte Bühne und hob die Arme zum Gebet. Ob nun vom Wind, von der menschlichen Verzückung oder von dem bevorstehenden Wunder: Eine der zwölf gewaltigen Glocken der Newski-Kathedrale gab einen leisen Gongschlag von sich, als seufze auch das Gotteshaus auf. Ein Raunen ging durch die Menge. Da begann der Prediger auf Englisch zu reden wie Donnerschlag. Niemand verstand auch nur ein Wort, doch die aneinandergepressten Menschen waren so einsam und verlassen, so hart geprüft von Totalitarismus und der grauenvollen Wende zur Demokratie, dass sie geradezu inbrünstig nach einem Wunder verlangten. Die leidenschaftliche Stimme des Gotterwählten teilte den Nebel, die Sonne schaute durch die Wolken und ließ die Versammlung erstrahlen. Der Prediger sah den Moment gekommen, sich an die Krüppel zu wenden und sie zum Glauben an Gott zu ermahnen, beschwor sie mit Worten und magischen Handbewegungen und seiner ganzen eigenen fanatischen Unausgeglichenheit, doch vom Bösen abzulassen. Er sah aus, als spräche er in Trance. Plötzlich verhärteten sich seine Züge. Sein Gesicht glich dem eines Toten, als er – gleichsam im Namen Gottes – brüllte:

»Zeige dich, Satan! Weiche von ihnen, Satan!«

Der gespannten Menge entrang sich ein Seufzer. Die zwei Mietkrüppel warfen ihre Krücken fort, richteten sich ohne große Mühe auf und tanzten glücklich über die Tribüne.

So weit, so geplant. Da aber geschah das Unerhörte. Den Dritten, wirklich Gelähmten, durchlief ein krampfhaftes Zucken. Es schien, als zwänge er sich aus einem Panzer. Sein Gesicht wurde bleich vor Anstrengung. Dann stand er auf, zitternd, mühsam, gequält. Er schwankte, machte einen zaghaften Schritt, dann noch einen. Vor Anstrengung lief ihm Rotz aus der Nase und Speichel aus dem Mund. Ein ungläubiges Lächeln umspielte seine Lippen.

Prediger John Glenn schaute drein, als sei er von einem Stein getroffen worden. Er taumelte, als habe die Anstrengung des Gelähmten seine eigenen Kräfte vollkommen aufgezehrt, sodass nun er in Gefahr stand, in dem frei gewordenen Rollstuhl Platz zu nehmen. Vor Verblüffung, Freude und glücklicher Beklemmung fing die Mutter des Wundergeheilten an zu schreien und sich das Haar zu raufen. Die Menge stöhnte auf, geriet außer Rand und Band. Einige fielen auf die Knie und robbten auf die Tribüne zu. Alle streckten dürstend die Arme aus, wollten ein Stück Holz, ein Stückchen von dem Abgrenzungsseil an sich bringen, so als sei diese zusammengekloppte Rednertribüne ein Reliquienschrein, von dessen wundertätiger Kraft es ein Stückchen zu bergen galt, solange es ihn gab.

Der Amerikaner hob abwehrend die Hände, um sich vor der Liebe der Menge zu schützen, die ihn wie eine Dampfwalze zu überrollen drohte. *Wie konnten diese Leute da unten denn allen Ernstes glauben, was er da … Die waren ja … die waren ja wahnsinnig!*

Die Mutter des jungen, unrasierten Mannes, der da gegen die Regieanweisung aufgestanden und gelaufen war, brach auf dem Podium zusammen, riss sich das Kreuz vom Halskettchen, reichte es dem Wunderprediger, fiel nieder und küsste ihm die Schuhe. Die beiden bezahlten Scheinkrüppel erschraken, sprangen zurück wie Grashüpfer und versuchten, sich mit ihren Krücken einen Weg durch die Menge zu bahnen. Die Angst durchströmte Prediger John Glenn wie ein eisiger Gletscherbach. Sein kantiger Unterkiefer hing herab, seine Arme schwankten erhoben, um ihn in kraftloser Bewegung vor den Folgen des ungewollten Wunders zu schützen. Und wieder erreichte ihn aus den Kehlen der Tausende ein tiefes Raunen voller menschlicher Wärme. Die Luft war erfüllt von plötzlichem Glauben, von Armut und Sünde. Diese Menschen waren bereit, ihn über alles zu erheben, was sie erfahren, was sie kennengelernt hatten. Diese Menschen glaubten an ihn. An seine göttliche Berufung. Seine prophetische Sendung! Ja, das mussten wirklich Verrückte sein, diese Bulgaren, was war das nur für ein Land? Hoffentlich gab es jetzt wirklich diesen Gott, den er predigte; wer sonst sollte ihn noch retten?

Die Leibwächter umstellten ihn schützend. Diese zehn muskulösen Mannsbilder versuchten hauend, schlagend und zupackend die zudringliche Menge von Glenn fernzuhalten, aber das stachelte die Sehnsucht der Leute nur noch mehr an, sich ihm zu nähern, ihn zu berühren und sich vor ihm zu verneigen, um Trost bei ihm zu finden und sich dem Wunder hinzugeben, das durch ihn geschehen war.

Am Ende schafften es die Leibwächter, den Amerikaner aus der Gefahrenzone zu bugsieren. Sie verfrachteten ihn auf den Rücksitz des bereitstehenden Mercedes und brausten ab zum Sheraton-Hotel. Der Wanderprediger verließ sein Hotelzimmer noch nicht einmal mehr zum Abendessen. Er nahm eine heiß-kalte Wechseldusche und verbarg sich vor dieser Welt. Aber konnte er sich auch vor sich selbst verbergen? Was denn, wenn er tatsächlich von Gottes Segen getroffen worden war und ein Wunder vollbracht hatte? Was, wenn er die Rettung war, der irdische Vermittler der göttlichen Allmacht? Die ganze Nacht bekam er kein Auge zu vor Angst. Er erstarrte vor Entsetzen, sein Körper krampfte sich in einem furchtbaren Schmerz zusammen, und er bekam kaum Luft, als habe er Schüttelfrost. Im Halbschlaf ereilte ihn die albtraumhafte Vision, dass der wundersam Geheilte sich über sein Bett beugte und ihm mit Händen, die stark waren wie Schraubstöcke, die Kehle zudrückte.

Am anderen Morgen, noch immer unter Schock, völlig entmutigt und erschöpft von Schlaflosigkeit und Seelenpein, sagte Prayer John Glenn die öffentlichen Veranstaltungen, die noch für Plovdiv und Warna geplant waren, ab. Er ordnete an, sein Flugticket so umzubuchen, dass er mit dem schnellstmöglichen Flug über London nach San Francisco zurückfliegen konnte, wo außer der Erhabenheit des Pazifischen Ozeans, gelegentlichen Erdbebenkatastrophen und buckligen Berg-und-Tal-Straßen keine weiteren Wunder zu befürchten waren.

Zweites Kapitel

1

Jordan saß in der Cafeteria des Senders, ganz in der hintersten, dunkelsten Ecke. Lärm und Gerede, Anspielungen und Witzeleien drangen als diffuse Geräuschkulisse zu ihm. Er wartete auf Sima, um mit ihr die nächste *Sieben-Tage*-Sendung zu besprechen. In letzter Zeit wiederholte sich die Sendung; nicht thematisch, aber atmosphärisch, in ihrer radikalen investigativen »Glasnost« und ihrem respektlosen, hyperkritischen journalistischen Stil. Die Zuschauer hatten ihren Erwartungshorizont, und je offener und weiter der war, desto größeres Interesse weckte das, was die Kameras da einfingen. Jordan gehörte zu den wenigen Moderatoren, die es verstanden, nicht parteiisch zu werden in den polemischen Diskussionsrunden, sondern objektiv zu bleiben. In *Sieben Tage* prallten die Vertreter der BSP, der bulgarischen Sozialisten, die die ersten freien Parlamentswahlen im Juni 1990 gewonnen hatten, mit führenden Vertretern der Union der demokratischen Kräfte aufeinander. Es kamen zu Wort Vertreter der wiederauferstandenen Demokratischen und Radikaldemokratischen Partei, des ASB, der Grünen, des Klubs der Repressionsopfer und der nationalistischen Makedonischen Befreiungsfront. Es entbrannten flammende Auseinandersetzungen, die mit ihren gegenseitigen Anschuldigungen und Unterstellungen manchmal die Grenzen des Absurden überschritten. Alle redeten sich um Kopf und Kragen, waren engagiert bis zur Boshaftigkeit, und genau diese ungestüme Atmosphäre, in der jeden Moment neue Enthüllungen zu erwarten waren, hielt das Zuschauerinteresse hoch. Die Frage war nur: wie lange noch?

Das Licht in der Cafeteria war so grell, dass Schmutz und Müll erbarmungslos zu sehen waren. Die Abfalleimer quollen über vor Plastikbechern und Servietten voller Ketchup und Mayonnaise. Es roch nach Kaffee und Import-Zigaretten, nach Bratwürstchen und ausgetrockneter Luft, nach Damenparfüms und Männerschweiß, vor allem aber nach etwas, das sich einer genaueren Bestimmung zwar entzog, aber dafür umso penetranter in der Luft lag: nach dem ständigen Bemühen, aufzufallen, bemerkt zu werden, kurz: nach Eitelkeit.

Seine Kollegen wussten: Wenn Jordan sich ins Eckchen verzog, war er am Rand eines Nervenzusammenbruchs und wurde schnell bissig. Es war also besser, ihn nicht zu behelligen. Um ihn her war eine regelrechte Quarantänezone entstanden. Er war gerade aus seiner Gedankenverlorenheit aufgeschreckt und hatte gedacht: O Gott, fünf Uhr, der Strom wird abgeschaltet!, und hatte sich auch wieder beruhigt mit der Erfahrung, dass im Nationalfernsehen zwei Dinge niemals ausgehen: die Dünnbrettbohrerei und der Strom, da näherte sich ihm eine junge Frau, die ihm in ihrer naiven Unverfrorenheit halbnackt aussah. Sie trug eine violette Strumpfhose und einen Minirock, der so kurz war, dass man ihre langen, mageren Schenkel wirklich bis ganz nach oben verfolgen konnte. Über ihren Schultern hing eine Patchwork-Jacke, darunter leuchtete eine rötlich-grelle Bluse hervor, die fast bis zum Bauchnabel aufgeknöpft war und gerade eben noch ihre kleinen, festen Brüste bedeckte.

»Dann wollen wir doch mal sehen«, begann sie neckisch.

»Was wollen wir sehen?«, fragte er gereizt zurück.

»Na, ob Sie mich erkennen«, lächelte sie und warf ihr langes Haar zurück, wie um einen Vorhang von ihrem Gesicht zurückzuziehen.

»Sie stellen mich vor ein unlösbares Problem«, erwiderte Jordan grimmig. »Ich habe definitiv nicht das Vergnügen, Sie zu kennen oder irgendwann schon einmal gesehen zu haben.«

»Das denken Sie auch nur!« Ihr Lächeln wurde etwas dezenter und ließ ihre veilchenrot geschminkten Lippen als Wunde zurück. »Darf ich mich für ein Minütchen zu Ihnen setzen?«

»Nein, dürfen Sie nicht! Ich warte auf meine Regisseurin, und die ist schrecklich eifersüchtig, da können Sie was erleben!«

»Sie erinnern sich also wirklich nicht! Ich helfe Ihnen mal ein bisschen auf die Sprünge.«

»Bitte sparen Sie sich die Mühe!«

Doch im selben Augenblick erkannte er, dass jeder Versuch, die Frau zu bremsen, sinnlos war.

»Ich sag nur: Ljuben-Karawelov-Straße! Das ist die zwischen Graf-Ignatiev- und Nikolai-Pawlović- … Wie konnten die nur die schönen Rasenstreifen zubetonieren und Parkplätze draus machen, schrecklich!«

»Da wohne ich«, stutzte Jordan.

»Sag ich doch! Sie sind eigentlich mit meiner Schwester befreundet, mit Dida … Dida Dionissieva.«

Der Name war ebenso selten wie seltsam; daher begann in seinem Kopf langsam eine Erinnerung aufzusteigen, aber so blass und bruchstückhaft, dass er hätte lügen müssen, sollte er Genaueres sagen. Er sah den Hof ihres Mietshauses. Einen heißen Sommertag. Die Disteln am Fuß der Umzäunung, in deren Köpfen Wespen summten. Er sah Didas Vater in Unterhemd und Holzlatschen, rot angelaufen vor Wut, und seinen eigenen Vater in Schlips und Kragen, wie er vor Unbehagen nicht aufhörte, seine Armbanduhr aufzuziehen. Didas Vater fuhr einen alten Opel, das war das einzige West-Auto im ganzen Viertel; sein eigener Vater hingegen hatte sich gerade einen russischen Wolga gekauft und mit professoraler Geistesabwesenheit nicht achtgegeben und den Kotflügel des Opels eingedellt.

»Ich kann einfach nicht begreifen, wie Sie das fertiggebracht haben«, überschlug sich die Stimme von Didas Vater, »auf diesem kahlen Hof kommen zwanzig Autos und fünf Busse problemlos aneinander vorbei, und Sie …«

»Im Rückwärtsgang«, klärte Jordans Vater den Geschädigten auf, selbst überrascht von seiner Ungeschicklichkeit. »Ich übernehme natürlich den Schaden. Alles, was die Werkstatt Sie kostet.«

Jordan und Dida hatten sich in der Nähe hingehockt und beobachteten die Männer voller Neugier aus dem Schatten. Dida musste so um die acht Jahre alt gewesen sein, zwei, drei Jahre älter als er, und leckte an einem Lutscher aus Zuckerguss in Hähnchenform. Auf einmal stand sie auf, fasste ihn unmerklich an der Hand und zog ihn mit sich in den Keller. Ein feuchter, muffiger Geruch schlug ihnen entgegen mit Beimischungen aus Schimmel, Heizkohle und nicht geschrubbten Kohlfässern. Im Sonnenstrahl, der durch das kleine Oberlicht fiel, spielte golden der Staub. Von hier unten konnten sie nur noch die Beine ihrer Väter sehen, die sich mit wachsender Verbissenheit stritten.

»Ich hab dich beobachtet«, sagte Dida, biss ein Stück von ihrem Lutscher ab, zerkaute es und schluckte es herunter. »Du bist nicht wie die anderen, du bist lieb und unerfahren …« Sie zog ganz leicht ihr Kleidchen hoch, unter denen ihre hausgestrickten Schlüpfer zum Vorschein kamen, die etwas Mageres, seltsam Anziehendes verpackten. »Mama hat mir gezeigt, wie küssen geht«, sagte Dida. »Komm, ich verrat's dir.«

Sie war einen Kopf größer als er. Sie spitzte den Mund, zog ihn zu sich heran, dann fühlte er erst ihre Lippen auf den seinen, dann, wie ihre Zunge geschmeidig, aber fordernd in seinen Mund eindrang. Sie schmeckte noch nach dem gefärbten Zucker des Lutschers, aber auch schon nach etwas Abgründig-Salzigem. Da erstarrte er in einem instinktiven Reflex, denn er fühlte nicht nur, wie sein kleiner Pipimann hart wurde, sondern auch, wie sein Herz auf einmal pulsierend darin schlug. Und dann tat es weh, so schwindelerregend weh, dass der kleine Jordan weinen musste. Er riss sich von Dida los und rannte fort, nach Hause, wo er sich im Badezimmer mit kaltem Wasser übergoss.

Nach diesem Vorfall wechselte er kein Wort mehr mit Dida. Wenn sie sich zufällig auf der Straße begegneten, kicherte Dida hochnäsig und so, dass alle Bescheid wussten.

Sie war schon fünfzehn oder sechzehn Jahre alt und längst auf dem Gymnasium, als ihre Schwester geboren wurde, ein durchdringend schreiendes Baby, von dem Jordan sich nur an den Kinderwagen erinnern konnte, ein schönes, mit bonbonrosa Knautschlack bezogenes Ding, das ebenso wie der Opel aus irgendeinem westlichen Land kam. –

»Im Jahre fünfundsiebzig sind wir in ein anderes Stadtviertel umgezogen, nach Mladost«, lachte das inzwischen große und aufreizend aufgetakelte Kind aus dem rosa Kinderwagen.

»Na, dann grüßen Sie Ihre Schwester mal schön«, erwiderte Jordan höflich reserviert.

»Die ist so was von verliebt in Sie, die vergöttert Sie richtig und verpasst nicht eine Sendung von Ihnen, schon von damals, vom *Runden Tisch* an. Ihr Mann, das können Sie sich einfach nicht vorstellen«, sagte sie und machte eine lange Pause, um ihm anzudeuten, *wie* sehr, total, vollkommen und absolut ganz und gar nicht er sich das vorstellen konnte, »ihr Mann ist eifersüchtig auf Sie und verbietet ihr, Sie zu sehen, wenn sie in Unterwäsche ist.«

Jordan sah sich die wortsprudelnde Frau nun ein wenig genauer an. Sie war vermutlich so um die fünfunddreißig, wirkte aber jünger. Sie schielte leicht; vielleicht deshalb hatte ihr Blick etwas Dümmliches, Zerstreut-Sorgloses. Dabei aber war dieses Wesen schön, gefährlich schön, was einem erst bei längerem Hinschauen auffiel. Sie hatte naturrotes, leicht gewelltes Haar, ihr Lächeln war herb, ihre Augen, tintenblau und trügerisch, konnten je nach Lichteinfall aber auch grau, unschuldig und zutraulich aussehen. Dies war in der Tat eine seltene, changierende und wohl deshalb so fesselnde Schönheit.

Mit Erleichterung sah Jordan Sima die Cafeteria betreten. Er winkte ihr und stand auf.

»War mir ein Vergnügen, verehrte Frau«, sagte Jordan kühl, »aber jetzt habe ich einfach zu tun.«

»Nicht Frau, *Fräulein*«, sagte sie enttäuscht. »Ich heiße übrigens Dida, Dida Dionissieva.«

2

Als er beim Verlassen des Senders an der Pforte nach den aktuellen Tageszeitungen griff, der der Sozialisten, der der Union der demokratischen Kräfte und der der Unabhängigen-Überparteilichen mit ihrer Sprache zwischen Gossip und Gosse, wäre er fast mit einer großen, rothaarigen Frau zusammengeprallt, die nervös rauchend durchs Foyer lief. Immer noch diese frivol-freche … wie hieß sie doch gleich? Jordan vermeinte, in ihrem Haar Funken sprühen zu sehen. Die Bluse war jetzt noch ein Knöpflein tiefer geöffnet, damit man das Silberkreuzchen an der langen Kette auch in voller Pracht bewundern konnte. Und um keine Zweifel daran zu lassen, dass es geschmacklos gewesen wäre, unter dem Kettchen mit dem Kreuz einen Büstenhalter zu tragen.

»Huch«, sagte sie mit der Stimme der total Überraschten.

»Pardon.« Er versuchte, an ihr vorbeizugehen.

»Was für ein Zufall.«

Ihr ganzes überkandideltes Auftreten verriet, dass sie entwaffnend einfältig war. »Genosse … oh, 'tschuldigung, *Herr* Weltschev, haben Sie Lust, einen Kaffee zu trinken mit einem Mädchen, das sie heute übel ha'm abblitzen lassen?« Sie sog an ihrem Glimmstengel und blies den Rauch in Richtung des gelangweilten Wachpolizisten.

»Abblitzen lassen?«

»Ja, abblitzen, wie eine räudige Katze. Ich hab mich nämlich beworben. Jede Wette, Sie kommen nicht drauf, wofür!«

»Sicher nicht. Ich hab in meinem Leben bisher noch jede Wette verloren.«

»Würden Sie diesmal auch! Ich wollte nämlich beim *Gewitzten Kater* mitmachen, zwanzig Folgen zu zehn Minuten für Kinder. So was wie das *Sandmännchen*, nur früher. Dienstags und freitags zehn nach fünf sollten die laufen, im Zweiten …«

»Sie entschuldigen mich, bitte, ich habe eine kleine Tochter, und die muss ich heute Abend versorgen.«

»Ach herrje, ich hab aber auch ein Glück …«

»Normalerweise sieht meine Schwester nach ihr, aber die ist heute Abend im Theater.« Jordan fühlte sich unwohl in seiner Haut bei dem Gedanken, jemand könne denken, der berühmte Mann erfinde billige Lügen, um sich von aufdringlichen Verehrerinnen loszueisen.

»Ach, ich mit meinem Glück! Das kann ich eigentlich auch gleich wegschmeißen wie früher die Hufeisen, die wir in den Kanal geschmissen haben, in den Perlowo-Bach … Aber wem sag ich das, Sie sind ja auch aus dem Viertel!«

Jordan war schon an ihr vorbei, da fiel ihm etwas ein. Er setzte ein Lächeln auf und fragte:

»Sie sagten, Sie heißen *Dida* Dionissieva. Hieß nicht Ihre Schwester schon so?«

»Ach, das«, stutzte die junge Frau, und Jordan vermeinte, wirklich ein Knistern in ihrem Haar zu hören. »Meine Schwester heißt eigentlich *Darina* und wird bloß Dida gerufen; ich heiße *Daniela* und – na ja, wie Sie sehen, hat man mir denselben Spitznamen verpasst.«

Draußen war es kalt. Der Schnee schimmerte wie eine Blaupause aus seiner Schülerzeit. Doch in der Luft lag auch der feine Hauch des Wandels, ein fast nur zu erahnender Duft nach Frühling. Jordan hüllte sich tief in seinen Mantel und ging raschen Schrittes Richtung Evlogi-Georgiev-Boulevard. Die spärlich gesetzten Neonlaternen schieden so etwas wie ein gelbliches Halbdunkel von der Nacht, auf der Parkfläche duckte sich ein Rudel herrenloser Hunde. Ansonsten kein lebendes Wesen draußen; es war öd und leer wie vor Erschaffung der Welt. Auf einmal drängte sich ihm ein Gefühl von Einsamkeit auf, das so zermürbend war wie ein langweiliger Mensch, mit dem er gezwungen war, den ganzen Abend zu verbringen. Das Selbstmitleid kroch in ihm hoch wie eine schwere Erkältung. Es schüttelte ihn vor Einsamkeit.

Seit »Neda von uns gegangen« war, wie sein Vater den Unfalltod seiner Frau immer in Watteworte packte, hatte Jordan keinerlei intime Beziehungen zu Frauen unterhalten, obwohl das Leben um ihn herum, gleichzeitig träg und monoton, und dann wieder voller Überraschungen und prickelnder Momente, ihm Verlockungen ohne Zahl bescherte. In der Kulturabteilung der *Abendnachrichten* gab es eine Kollegin mit schwarzer Mähne, die aus Plowdiv kam und ein weiches Bulgarisch sprach. Die machte ihm ganz unverhüllt schöne, olivgrüne Augen. Eines Abends lud sie ihn ein, sich die alte Silberuhren-Kollektion ihres Mannes anzuschauen. Als die Tür aufging, war sie im Morgenmantel. Sie hatte die patinierten Uhren, unter ihnen einige Stücke von hohem Sammlerwert, in der Tat auf dem Wohnzimmertisch ausgebreitet. Der Kollektionär selbst befand sich gerade auf Dienstreise. Malina, so hieß sie, bot ihm Whisky an, sich selbst goss sie Campari ein. Sie lachte ohne Grund, der Morgenmantel öffnete sich scheinbar zufällig über ihren runden Schenkeln, und Jordan sah, dass sie darunter nichts als ihre gespannte Erwartung trug, der seine leichte Verstörtheit Gesellschaft zu leisten begann. Ihr Lachen wurde immer abgehackter und hysterischer, Jordan verspürte den wohlbekannten Schmerz in seinen Weichteilen, der ihn nicht weniger erschreckte als damals, in jenem fernen Sommer, bei der achtjährigen Darina Dionissieva. Er bat sie um einige Eiswürfel und nutzte die Zeit, in der Malina, noch immer auf ihre sonderbare Weise lachend, das Eis aus der Küche holen ging, aufzustehen und einfach zu gehen.

Einige Monate später, auf der Geburtstagsfeier seines Schwagers Simeon, gestand ihm eine Mitstudentin seiner Schwester, die bereits bekannte Schauspielerin Maja Manolowa, nachdem sie ihren Wodka auf ex geleert hatte, dass sie wegen seiner Sendung *Runder Tisch* die prollige Gewohnheit angenommen habe, fernzusehen. »Du warst perfekt«, sagte sie mit einem verträumten Blick in die Ecke, »und es war völlig gleich, was du sagtest, denn dein ganzes Reden war ein raffiniertes Rauschen, ein klangvolles Schweigen. Wichtig war nur, dass du da warst, auf dem Bildschirm, und wir konnten nicht ohne dich. Ich hab dir so was von nachgeeifert, wollte so sein wie du und es hinkriegen, Lüge und Betrug in Kunst zu verwandeln.« Nach diesem Bekenntnis goss sie sich noch einen Wodka ins Glas und fuhr fort, ohne ihren Blick von der leeren Ecke abzuwenden: »Meister Weltschev, Guru des Schaustellergeschäfts und der Kulissenwahrheiten, willste mal sehen, wo ich eine Laufmasche hab?«

»Nein«, hatte er auch da abgewehrt, »ich will einfach nur noch ins Bett, ich bin müde.«

Diese irritierende Befangenheit, die ihn daran hinderte, sich mit Frauen einzulassen, rührte nicht von übertriebener Sittlichkeit her oder einem perfiden moralischen Masochismus. Die Hürden, die er psychisch nicht überwinden konnte, waren wohl eher diese: Die erste bestand in einem penetranten Schuldgefühl, das ihn zunehmend peinigte. Seit »Neda von uns gegangen« war, lebte er ständig in der Vergangenheit und wühlte in den Erinnerungen an die Jahre ihrer Beziehung wie ein Bettler im Müll. Er machte sich Vorwürfe. Verrückt: Während Jordan die ganze Zeit eifersüchtig auf Psychoguru Grischa gewesen war, hatte Neda die Gesellschaft eines gestörten Eigenbrötlers gesucht, um vor sich selbst beweisen zu können, dass sie von irgendjemandem gebraucht wurde.

Die zweite Hürde musste in Zeiten, in denen die Menschen vom Sozialismus her an die Promiskuität als einzige Freiheit gewöhnt waren, geradezu blöde, unerhört und unglaublich klingen, aber das änderte nichts daran: Das Gefühl der Bindung an Neda war einfach so stark, dass es auch nach ihrem Tode nicht aufhörte. Manchmal hatte er das Gefühl, Neda sei nur eben mal rausgegangen und werde bald wiederkommen mit ihren Absonderlichkeiten, ihrem Schweigen, und der unglaublichen Durchsichtigkeit ihres Leibes. Einmal glaubte er sie neben sich im Bett zu spüren. Er öffnete die Augen, und da lag sie, dezent sich abhebend vom Dunkel der Nacht, an ihn geschmiegt, schwer vor Müdigkeit und Sehnsucht, und doch schwebend vor Schlaflosigkeit. »Warum bist du erwacht«, sagte sie, »jetzt muss ich leider gehen.« »Bleib doch!«, bat er. »Wie gerne würde ich … Mir ist kalt dort!« Neda erschauerte. »Dort ist mir so kalt, wie mir früher hier bei dir kalt war.« »Bleib!«, bat er noch einmal. »Nirgendwo schaffe ich es, mich selbst zu finden.« Sie stützte sich auf den Ellbogen, lächelte, schaute ihm in die Augen. »Da im Jenseits bin ich nicht glücklich, und hier war ich auch nicht glücklich. So als wäre ich bloß zufällig hier oder da hingeraten.« »Zufällig?«, fragte er, nur um das Gespräch nicht abreißen zu lassen. »Ich wollte sagen, auch dort bin ich nur vorübergehend, so wie hier.« Sie warf die Decke von sich, glitt aus dem Bett, stand auf. Ihre Nacktheit leuchtete weich. Er sah, wie sie sanft in der Luft verglühte, aufgetrunken vom Schatten der Vorhänge, die nur ihre Arbeit erledigten: zu verbergen, zu trennen.

Diese Vision war so real gewesen, dass er, schweißgebadet vor Entsetzen und ohne zu bemerken, wie es dazu kam, in einer plötzlichen religiösen Ergriffenheit zu beten anfing. Jordan hätte nicht sagen können, ob er an Gott glaubte. Anders als Dessislava hatte er die Passagen aus der Bibel, die Jonka ihm als Kind vor dem Einschlafen vorlas, als reichlich didaktische Lehrgeschichten empfunden, die auch vor offenen Drohungen an die Adresse der Leser nicht haltmachten. Davon unberührt gab es in ihm aber ein der Analyse nicht zugängliches mystisches Gefühl, das so tief in ihm steckte wie die kindliche Angst vor der Dunkelheit, das aber in der Folgezeit regelrecht totgeprügelt worden war durch die ständige Gehirnwäsche der sozialistischen Erziehung, für die die menschliche Seele nichts als ein Wurmfortsatz des dialektischen Materialismus war. Für alles Sichtbare und Erschließbare, das Mögliche und das Unmögliche präsentierte der Sozialismus sich als Lösung und hatte aus Jordan einen verkrüppelten Halbgläubigen gemacht oder – besser gesagt – *einen, der am Atheismus zweifelte.* Wenn Gott ohne Anfang und ohne Ende, also von unendlichem Gehalt war, dann hatte er keine fassbare Gestalt; wie sollte man ihn da bei sich erkennen, räsonnierte Jordan. Auf der einen Seite fragte er sich, wie ein allmächtiger und unendlicher Gott das Böse zulassen konnte; auf der anderen Seite sagte ihm sein Gefühl, dass das Böse einfach nur der Zufall war. Wenn dies so war, wurde die Sache aber noch absurder: Wie konnte ein allmächtiger und allgegenwärtiger Gott damit einverstanden sein, sich die Welt mit dem Zufall zu teilen? Oder war etwa auch der Zufall ein Teil Gottes? Auf der anderen Seite war Jordan klar, dass ohne ein höchstes Wesen das menschliche Leben, das Denken, ja, das ganze Universum sinnlos waren. Vielleicht war es ja so, dass Gott erst den Raum mit Geist begabt hatte, die Naturgesetze und die Materie geschaffen hatte und sich dann aus unerfindlichen Gründen zurückgezogen hatte in seine Unbelangbarkeit und erhabene Indifferenz? Egal. Was auch immer er früher über Gott gedacht hatte – jetzt betete er. Leidenschaftlich. Linkisch. Und mit vor Angst klappernden Zähnen.

Zwei Tage später rief ihn im Sender die nach dem Tode Wangas berühmteste Wahrsagerin und Fernheilerin Bulgariens an. Das kam so unerwartet, dass Jordan es im ersten Moment nicht wahrhaben wollte. Ihre Stimme hörte sich so grob an wie die eines Menschen, der hier eigentlich nur seine Zeit verlor:

»Ich kenne dich«, begann sie respektlos, »du mich nicht, aber das ist ganz egal.«

»Was reden Sie da! Es ist mir eine Ehre, Sie …«

»Wie schon gesagt – ganz egal. Gestern war Neda bei mir. Du fühlst dich schlecht, und ihr geht es auch nicht gut.«

Ihm wurde ganz anders. Er fühlte, wie die Angst wiederkam, dieses beklemmende Gefühl jener frühen Morgenstunden, als er Neda neben sich im Bett gespürt, ihren Duft gerochen hatte, und wie sie aufgestanden war, sich in Licht aufgelöst hatte und vom Vorhang aufgetrunken worden war.

»Jetzt bibberst du aber, was?«, lachte die Wahrsagerin trocken. »Neda hat mich gebeten, dir auszurichten, sie sei nicht getauft und gehöre drüben weder zu den Orthodoxen noch zu den Katholiken oder Evangelischen, den Muslimen … Du sollst in die Kirche Siebenheiligen gehen und sie und ihre Tochter Jana taufen lassen. Sofort!«

Zwei Tage später rief sie ihn wieder an, diesmal zu Hause. Er erkannte sie an ihrem asthmatischen Atem.

»Hör mal, Herzchen, weißt du, was das für eine Einsamkeit ist da unter diesen erloschenen Fenstern an diesem Scheideweg?«

»Ich tue ja alles, ich habe nur passende Taufpaten gesucht«, versuchte Jordan sich zu rechtfertigen.

»Ich habe nicht das Geld, um überflüssige Telefongespräche zu führen; besser könnte ich für diese Pfennige einem armen Schlucker was zu essen kaufen. Ich hatte gesagt, sofort!«

Jana bereitete die Taufe großes Vergnügen, und zum Entsetzen ihrer Tante Dessislava schüttete sie sich aus vor Lachen, als die Taufschale scheppernd auf den Boden fiel und etwas von dem Weihwasser Jordan gegen die Beine spritzte. Zwei Wochen später wurde ihm im Sender ein Umschlag zugestellt, der nach alter Frau und Heilkräutern roch. Er enthielt eine schlichte, auf Papier gedruckte Ikone der heiligen Maria mit dem Kinde.

3

Alle Lampen im Wohnzimmer brannten, als Jordan mit dem Hauch winterlicher Kälte eintrat. Seine Tochter hatte noch Angst, allein zu Hause zu bleiben, und so hatte sie Festbeleuchtung in der ganzen Wohnung gemacht. Das hatte sie von ihrer Mutter Neda, die ihr, um sie zu trösten, eingeredet hatte, dass Licht das Böse vertreiben würde, während die Dunkelheit es anlocke.

Er zog seinen Mantel aus und rief nach Jana. Sie war aber weder in ihrem Zimmer noch in der Küche. Mit ihrer schnörkeligen Handschrift und einem Lippenstift Nedas hatte sie auf den Badezimmerspiegel geschrieben: »Ich bin bei Tante Dessi und Onkel Sim! Du bist ja nie da!! Die sind gut, weil sie immer zu Hause sind!!!!« Die Ausrufezeichen wurden nicht nur mit jedem Satz mehr, sondern auch immer dicker, wie drohende Zeigefinger, die näher kamen. Jordan musste lächeln. Im Spiegel fiel sein Blick auch auf das Erdbeben-Notpaket. Seit mehr als zehn Jahren hatte es kein Erdbeben mehr gegeben, aber es hing immer noch da, sinnlos und mit verstaubter Vorausverzweiflung, gefüllt mit warmer Kleidung, die schon längst Opfer der gefräßigen Motten geworden war, mit Taschenlampen mit erschöpfter oder ausgelaufener Batterie, Zahnbürsten und Zahnpasta, die vermutlich inzwischen steinhart geworden war.

Auf einmal wurde ihm klar, dass von Neda nur dieser Sack geblieben war. Das löste einen erneuten Einsamkeitsschub aus, der so stark war, dass er im Gefühl der zermalmten Kreatur wieder nur eines wollte: beten.

In diesem Moment schrillte das Telefon. Vermutlich seine Schwester, die ihn wegen Jana beruhigen und ihn zum Abendessen einladen wollte. Ja, tatsächlich, er hatte den ganzen Tag nichts zu sich genommen. Auf einmal bemächtigte sich seiner ein derart wilder Hunger, dass er das Gefühl hatte, er müsse jetzt, hier und sofort seine Zähne in etwas Pikantes schlagen, etwas Festes! Es aß ihn Fleisch, es trank ihn Fleisch, als handle es sich dabei um ein Rauschgift aus Sehnen, Fasern und Blut. Er hob den Hörer ab. Am anderen Ende der Leitung hörte er ein glückliches Lachen.

»Herr Weltschev … Entschuldigen Sie, dass ich Sie zu Hause … na ja, ist auch nur für ein Minütchen. Die *kleine* Dida meldet sich bei Ihnen, na, Sie wissen schon, nicht meine große Schwester Dida, sondern ich eben!«

Die Frau war wirklich nicht zu retten in ihrer flatterhaften Dummdreistigkeit. Doch zu seiner Überraschung hörte er sich sagen:

»Wenn Sie Lust haben, sich mit mir zu streiten, wer den großen und wer den kleinen Traubenschnaps trinkt, und wenn Sie nichts gegen einen hässlichen, aber herrlich leckeren Kalbskopf in Kuttelbrühe haben, dann erwarte ich Sie in einer Viertelstunde am Restaurant *Zum Stadion*. Finden Sie leicht. Liegt direkt gegenüber der Statue des Patriarchen am Ende der Graf-Ignatiev-Straße. Sie wissen doch, unser altes Viertel?!«

»Sie sind wirklich absolut, aber total … Also, wirklich, Herr Weltschev, wie Sie das erraten haben, worauf ich jetzt … Mir läuft echt das Wasser im Mund zusammen, hmm, so ein grusel-grotten-eklig-herrlicher Kalbskopf in Kuttelsauce, das ist jetzt genau das Richtige!«

4

Als er die Tür öffnete, saugte ihn das Halbdunkel im Appartement ein wie ein Vakuum; ein Vakuum, das einem auch die Kräfte nahm und einen müde machte. Auf der Toilette füllte die schwache Glühbirne den Spiegel mit rostigem Licht. Er schaute hinein, sah erst sein dümmliches

Lächeln, dann seine Wut und Selbstverachtung. Zum ersten Mal hatte er sich diesen unverschämten Sarkasmus erlaubt (oder war es einfach fehlende Kraft?), selbst um ein Treffen zu bitten. Major Petrov verbarg sein Erstaunen nicht.

»Zum Teufel auch, Sie wissen doch, dass Sie mich unter dieser Telefonnummer nur im absoluten Notfall anrufen sollen.«

»Um einen solchen handelt es sich«, erwiderte Christo schadenfroh. »Ich möchte Sie bitten, dass wir uns schon morgen auf der Biglastraße treffen.«

»Wozu diese Hektik … Worum geht es denn?« Der Major hatte sich von seiner Überraschung erholt und klang nun wieder dienstlich, fast bedrohlich schroff.

»Bis jetzt war ich ja wach und lebendig, nicht wahr?«

»Wie meinen Sie das: wach und lebendig?«

»Der Ausdruck stammt von Ihnen, Herr Petrov.«

»Sie wollen sagen …«

»Ja, ich würde gern dem Beispiel Ihrer anderen Mitarbeiter folgen und *einschlafen*.«

»Einschlafen?«

»Um genau zu sein, würde ich gern *eingeschläfert* werden. Für immer verschwinden.«

Auf einmal verstand der Major und schwieg mit jenem speziellen Angewidertsein, das der Mensch beim Anblick von Erbrochenem empfindet.

»Da muss ich erst mit General Grigorov Rücksprache halten.«

»Dann tun Sie das. Morgen erwarte ich Sie um siebzehn Uhr in der Wohnung auf der Biglastraße.« Wie er das sagte, klang es nicht nur dreist, sondern regelrecht wie ein Befehl.

»Ich habe es mir notiert, Herr Weltschev!«

Ein Geruch nach Rost und lange nicht benutzter Toilette. Christo spuckte in die Keramikschüssel. Die Kette, die vom Wasserkasten herabhing, war abgerissen und durch ein Stück Verband ersetzt, das – schmutzig, zusammengerollt – Erste Hilfe nicht bei einer körperlichen, sondern einer seelischen Verwundung geleistet hatte. Er ging wieder in den Korridor und horchte. Als er ins Wohnzimmer kam, brannte das Licht unerwartet, blendete und erschreckte ihn. Jetzt fehlte nur noch, dass jemand von hinten ihm den Kartoffelsack über den Kopf stülpte, zuband und ihn der Willkür einer anonymen Schar von Scherzbolden preisgab, die ihn nach Gutdünken durchprügelten. Mutterseelenallein und mit falschem Lächeln hatte Major Petrov es sich hinter dem Schreibtisch bequem gemacht. In der einen Hand hielt er eine soeben entzündete Zigarette, mit den Fingern der anderen trommelte er auf der dunkel gewordenen Politur. Er sah kämpferisch aus wie einer, der im Kopf einen Militärmarsch hört und dazu den Takt trommelt.

»Da wären wir ja, Herr Weltschev.« Er zog an seinem Glimmstengel und blies den Rauch in seine Richtung, wie um zu unterstreichen, dass seine Herzlichkeit nur ein letzter Vorschuss war, nach dem es gefährlich wurde.

»Herzlich willkommen«, erwiderte Christo frech.

»Machen Sie Witze?«

»Auf mich selbst, ja. Sie haben mich dezent erschreckt mit dieser Lampe.«

»Ohne Licht kann ich schlecht auf meine Uhr schauen. Sie sind zehn Minuten zu spät.«

»Die 12 ist wegen Oberleitungsschaden an der Haltestelle ›Priesterseminar‹ stehen geblieben, und ich musste den Rest zu Fuß gehen.«

Das Schweigen umfing sie nun so bleiern, als seien sie gekommen, um zusammen ein Nickerchen zu machen. Dann sagte der Major mit Wut in der Stimme und nur mühsam verborgenem Neid:

»Ich wundere mich nur, bin regelrecht fassungslos, woher diese Schwäche des Generals für Sie kommt!«

»Ich bin ihm vielleicht sympathisch.«

»Zweifellos, aber gleich so sehr …«

»Unerforschlich sind die Wege des Herrn … General.«

Major Petrov musste unwillkürlich grinsen. Tat es aber überheblich, so als verstehe er die Anspielung nicht, obwohl er das sehr wohl tat. Er spielte mit seinem Feuerzeug, um Zeit für seinen nächsten Einschüchterungsversuch zu gewinnen.

»Wie kommt es, dass Sie sich so urplötzlich entschlossen haben, die … freundschaftlichen Beziehungen zu uns abzubrechen?«

Christo rauchte nun auch und schaute verträumt an die Decke. Die war gelbgrau. Wie viele Jahre hatte die eigentlich klaglos ihren Rauch geschluckt?

Vor einer Woche hatte er Dessislava zornig angetroffen, vielleicht auch eher bedrückt, wild um sich schlagend vor Verwirrung. Sie war im Schlafanzug, lief wie angestochen hin und her und trank Wodka direkt aus der Flasche.

»Weißt du«, fing sie ohne Einleitung an, »Simeon ist völlig übergeschnappt, er übertreibt's ein bisschen mit der Demokratie, der ist regelrecht verheiratet mit der UDK. Verhält sich, als wäre er an irgendwas schuld, als müsse er irgendwas wiedergutmachen. Manchmal frage ich mich, ob er nicht für die Stasi gearbeitet hat.« Vor Angewidertsein verschluckte sie sich. »Wenn sich das als wahr herausstellen sollte, dann lass ich mich sofort von ihm scheiden, zeige ihm gleich die Tür; den Koffer reich ich ihm durchs Fenster, ja, aus der dritten Etage, ganz richtig.«

In diesem Moment durchlief es Christo eiskalt; gleich darauf wurde ihm schlecht. Er nahm ihr die Flasche aus der Hand und trank ebenfalls direkt daraus. Der kräftige Schluck Hochprozentiger lähmte ihn einen Moment, dann gewann er die Kontrolle über sich zurück und lächelte. Breit und sorglos, als ginge ihn das gar nichts an. Großzügig. Kopfschüttelnd wie einer, der einfach nicht glauben kann, zu was für einem verwerflichen Doppelleben *andere* Menschen doch fähig waren!

»In der Rechtsprechung gibt es einen Grundsatz, der unumstößlich ist und zumindest unser Bestreben ausdrückt, gerecht zu sein: Jeder ist unschuldig bis zum Beweis des Gegenteils.«

Dessislava holte sich die Wodkaflasche mit einem Griff zurück, vergaß sie aber vor lauter Empörung in ihrer Hand.

»Du fragst mich, warum ich ihn im Verdacht habe?«

»Gar nichts frage ich dich, meine Liebe!« Sein Magen rebellierte.

»Im Theater haben wir einen Kollegen … einen Schauspieler … Du kennst ihn persönlich, darum sag ich dir seinen Namen lieber nicht. Der also, bevor die Wende kam, nahm uns regelrecht den Atem mit den freimütigen Reden, die er so schwang.« Sie kratzte sich mit der freien Hand an der Nase. »Was für gepfefferte politische Witze der erzählt hat, Junge, Junge, dem fehlte nicht viel zum Dissidenten. Nach dem demokratischen

Umbruch nun stand er bei den Massendemos immer ganz oben auf der Tribüne und zog aller Augen auf sich. Er gab Interviews für die UDK-Zeitung *Demokratie* und umarmte auf den Versammlungen immer die schärfsten Kommunismuskritiker. Also über den hat Maja mir nun erzählt, dass er ein ganz fieser IM der Stasi war. Im Radio hätte sich ein Rentner gemeldet, der früher einen hohen Rang beim Geheimdienst innehatte und erklärte, unser Maulheld der Demokratie sei damals unaufgefordert, aus eigenem Antrieb zu ihm gekommen, um seine Dienste als Denunziant anzubieten. Dasselbe gelte auch für den stellvertretenden Parteivorsitzenden der UDK, stell dir das vor!«

Christo hatte sich entschuldigt, war auf die Toilette gegangen, hatte sich einen Finger in den Hals gesteckt und Wodka mit Brot, Rindersalami, Ketchup und Mayonnaise erbrochen. Doch auch danach war ihm nicht besser gewesen. Nun schaute er Major Petrov ins Gesicht, fand darin aber nichts außer kalter, gut unter Verschluss gehaltener Verachtung. Er beschloss, ihm geradeheraus die Wahrheit zu sagen, und ihn auf genau diese hinterhältige Weise zu belügen. Seufzend sagte er:

»Ich liebe eine Frau, die mir sehr viel, vielleicht alles bedeutet.«

»Aber wir mischen uns doch nicht in Ihre Gefühle ein …« In Petrovs Mundwinkeln stand der Ekel.

Christo folgte seinem Blick auf den Boden, über den eine riesige, braun schillernde Kakerlake kroch. Er war versucht, sein Bein auszustrecken und sie zu zertreten. Stattdessen schwieg er beharrlich, um dem Major zu zeigen, wie schwer ihm die Entscheidung gefallen sei, wie unsäglich schwer – aber unumgänglich.

»Sie waren uns ein nützlicher Mitarbeiter, und ungewöhnlich produktiv. Ich verstehe Sie nicht. In jedem von uns muss es doch irgendwo ein Ehrgefühl geben. Meinen Sie nicht, dass wir unserem Ideal gerade auch unter veränderten Umständen treu bleiben sollten?«

»Welchem Ideal?«

»Ja, welchem Ideal … Ihre Entscheidung ist also endgültig?«

»Richtig.«

»Dann haben Sie genau zwei Möglichkeiten.«

»Ich habe also Verhandlungsspielraum?«, fragte Christo, amüsiert über die angewiderte, verständnislos lächelnde Miene des Majors.

»So unangenehm es mir ist, das zu sagen, Herr Weltschev: ja. Sie sind sozusagen unser Hätschelkind. General Grigorov hat wirklich eine enorme Schwäche für Sie, die mir völlig unerklärlich ist. Ich frage mich nur: Woher kommt die?« Er hob seine Schultern zum Zeichen seiner Verwunderung.

»Ich vermute mal, er glaubt mir!«

Der dreiste Zynismus dieser Behauptung war selbst dem abgebrühten Petrov des Guten zu viel.

»Nun machen Sie aber mal 'nen Punkt«, schimpfte er und schaute in einer Mischung aus Hilflosigkeit und Empörung über Christos Unverschämtheit auf die Kakerlake, als überlege er, wen zu zertreten besser sei: den einen oder den anderen Schädling. Die Kakerlake schien etwas zu spüren und stellte sich tot.

»Und was schlägt General Grigorov mir vor?«

»In die Politik zu gehen beispielsweise.« Der Major schaute bei diesen Worten Christo so prüfend an, als frage er sich, ob der sie noch alle beisammenhabe. »Bei den nächsten Wahlen könnten Sie erstmal Abgeordneter werden, und in einer der folgenden Regierungen könnte man Sie zum Minister machen. Sie hätten alle Annehmlichkeiten und Privilegien, die mit einer solchen Machtposition verbunden sind, und Sie würden auch noch populär wie dieser Vetter von Ihnen, dieser Jordan Weltschev, weil Sie natürlich auch in den Medien präsent wären. Bei der Union der demokratischen Kräfte gäbe es Leute, die Sie unterstützen würden.« Er sagte nicht, »bei der UDK haben wir unsere Leute«, aber das verstand sich in dieser Unterredung von selbst. »Sie sind jung, und mit Ihrer Intelligenz und Erfahrung im höheren Verwaltungsdienst wären Sie für jede politische Formation von hohem Nutzen. Wenn die UDK Ihrem *politischen Credo* nicht entspricht«, sagte er mit ironischer Betonung auf dem an dieser Stelle etwas zu hoch gegriffenen Fremdwort, »könnten Sie auch der Bewegung für Rechte und Freiheiten beitreten. General Grigorov ist wirklich ungewöhnlich großzügig Ihnen gegenüber, indem er Ihnen die Wahl lässt. Bitte strapazieren Sie seinen guten Willen nicht ungebührlich!«

Christo konnte es kaum abwarten, bis der Major ausgesprochen hatte.

»Mit Politik möchte ich nichts zu tun haben«, wehrte er heftiger ab als nötig, »ich bin zwar auch so schon reichlich kompromittiert und habe mir die Hände schmutzig gemacht, aber so verantwortungslos mir selbst gegenüber, so käuflich bin ich nun auch wieder nicht.«

Major Petrov war sichtlich unzufrieden mit Christos Absage.

»Dann bleibt Ihnen nur die zweite Möglichkeit, und die müssen Sie dann schon akzeptieren.« Dem Blick des Majors nach zu urteilen, der sich nun geradezu auf die Kakerlake heftete, musste es sich dabei um etwas Widerliches handeln.

»Und welche wäre das?«

»Reich werden!«

»Ich verstehe nicht ganz«, lachte Christo erleichtert, denn er hatte sich vorgestellt, die zweite Möglichkeit, die schlimme, bestünde darin, den öffentlichen Buhmann spielen zu müssen, das Bauernopfer, oder – noch schlimmer – den Henker!

»Ich habe mich auch nicht richtig ausgedrückt«, sagte der Major, der nun blitzschnell seinen Fuß ausstreckte und die Kakerlake zertrat. Auf seinem Gesicht mischten sich ein seltsamer Ausdruck von Kummer, Verträumtheit und mühsam beherrschtem Neid. »Ich wollte sagen: Reichtum anhäufen … großen, sehr großen Reichtum!«

5

Heute trafen sie sich vor den breiten, von gewaltigen steinernen Löwen flankierten Stufen zum Justizpalast. Nachdem sie sich so lange heimlich und »undercover« getroffen hatten, dass ihre ganze Beziehung von den Nervenfasern der Angst durchzogen war, hatte er absichtlich den öffentlichsten Treffpunkt ausgesucht, den man in Sofia wählen konnte. Er hatte für sich beschlossen, dass er diese Art von feierlichem Ausgleich jetzt brauchte, denn er sollte das Ende ihrer Beziehung markieren. Die Trennung. Nach dem gestrigen Gespräch mit Major Petrov vermeinte er, den Geruch nach Versteck, Chlorkalk, muffigen Laken und Flytox in Zimmer 505 ihrer alten, heruntergekommenen Absteige nicht mehr ertragen zu können. Die historischen Ereignisse nach dem Mauerfall hatten Minister Sdravkov längst von der politischen Bühne hinweggeblasen, und nun löste der Gedanke, Dessislava könnte etwas von seiner sexuell unterfütterten Denunziantentätigkeit erfahren, nur Verzweiflung und Selbsthass bei ihm aus. Er musste nun Charakter und männliche Entschlossenheit beweisen und … mit Mariana Ilieva Schluss machen.

Das Frühjahr trieb seine Knospen in den schütteren Bäumen entlang des Witoscha-Boulevards. Aus der Ferne betrachtet, sahen sie aus, als wären sie eingehüllt in einen gelblich-zarten Schein, der aber schon kommende Lebenskraft verhieß. Die Sonne strahlte, erwacht aus ihrem winterlichen Schlummer, mit jener selbstbewussten Kraft, die dem zuwächst, der weiß, dass seine Zeit gekommen ist. Die vielen Menschen auf der hauptstädtischen Flaniermeile waren wie trunken von der moussierenden Luft, lächelten blöde und ohne ersichtlichen Grund, einfach glücklich. Sie hatten einen strengen Winter in unbeheizten Wohnungen und im Kampf um das tägliche Brot überlebt, den sie genauso gut auch nicht hätten überleben können.

Christo steckte sich eine Zigarette an und seuftze. Er fühlte sich müde und … ja, benutzt, geradezu missbraucht, und hatte kaum geschlafen. Die gestrige Unterredung mit Petrov hatte ihn fix und fertig gemacht, ihn erniedrigt und vollkommen aus dem Gleichgewicht gebracht. Penetrant ließ er in seinem Kopf immer wieder den Film aus der Biglastraße ablaufen, um sich an ein überhörtes Wort, ein übersehenes Detail zu erinnern, das ihm half, Petrovs Andeutungen vielleicht doch noch entschlüsseln zu können. Er war nicht einfach nur durcheinander, er war zerschmettert. Das Vorhaben General Grigorovs erschien ihm völlig unrealistisch, eher Horrortrip als Vergnügungsreise. Er konnte nicht anders, als zu denken, dass man ein übles Spiel mit ihm getrieben hatte, und dass man jetzt erst so richtig begann, seine angeborene Naivität und Leichtgläubigkeit auszunutzen, um ihn an den Pranger zu stellen. »Und wenn ich nicht will?«, hatte er nämlich nach dem zweiten Vorschlag Petrovs gefragt. Und der Major hatte ihm voller Verachtung geantwortet: »Dann wären wir gezwungen, Ihre Zusammenarbeit mit uns an die Öffentlichkeit gelangen zu lassen, nicht ohne zu betonen, wie fleißig und kooperationswillig Sie doch waren.«

In diesem Moment bemerkte er Mariana. Sie wechselte die Straßenseite. Wie sie so das Licht auf sich zog, sah sie derart verführerisch und schmerzhaft schön aus, dass alle Männer sich die Köpfe nach ihr verrenkten. Am Fuße der imposanten Treppe blieb sie stehen und schaute sich um. Sie erkannte ihn, lächelte ihm aber nicht zu. Sie trug einen Nerzmantel, der ihr bis zu den Knöcheln reichte. Einen so kostspieligen Pelz hatte Christo sein Lebtag noch nicht gesehen. Ihr lackschwarzes Haar war streng nach hinten gekämmt und zu einem Dutt hochgesteckt, ihr Gesicht verriet Müdigkeit. Als sie aber näher kam, sah er, dass aus ihren grünen Katzenaugen eine wilde, verzweifelte Traurigkeit sprach. Was für eine Frau, was für eine unglaubliche Frau, rieselte ihm durch den Kopf, ich muss verrückt sein, Herrgott nochmal!

»Du siehst großartig aus!«

»Bin ich zu spät?« Mariana wirkte gehetzt. »Wir haben keine Zeit, ich werde jeden Moment hier abgeholt.«

»Wer holt dich denn ab?«

»Wie es aussieht, für immer«, antwortete sie scheinbar unlogisch, sah sich ängstlich um und stellte schützend den Kragen ihres Mantels hoch.

»Die sind wunderschön«, bemerkte Christo, dem es bei ihren Worten im Inneren einen Stich gab.

»Wen meinst du mit ›die‹?«

»Na, die Felle dieser totgeschlagenen kleinen Räuber«, sagte er gehässig und strich mit der Handfläche über den seidenweichen Pelz.

»Nicht doch, es kann sein, dass wir beobachtet werden«, flüsterte sie ihm zu.

Sie wühlte in ihrer Handtasche, holte ein Päckchen teurer Slim-Zigaretten heraus und begann zu rauchen. Ja, diese Frau veränderte wirklich die Atmosphäre des Platzes, an dem sie stand. Um sie herum war ein Leerraum entstanden, als gäbe es eine Absperrung. Dahinter konnte ein Jüngling mit Aknepickeln die Augen nicht von ihr lassen; er sah aus, als hätte er Drogen genommen. Christo hatte sich vorgenommen, Mariana seinen Beschluss sofort und ohne Umschweife mitzuteilen, sie danach in ein sündhaft teures Restaurant einzuladen, aber … auf einmal wurde er doch wieder schwankend.

»Ich hab dich gerufen, um dir zu sagen, dass du bei uns im Ministerium heute nicht mehr weißt, was morgen ist. Alles gilt nur auf Abruf, bis auf weiteres …«

»Das heißt?« Mariana sah so verzweifelt aus, war so durch den Wind, dass er nicht sicher war, ob sie seine Worte überhaupt verstanden hatte.

»Bei uns wird im Moment alles ständig verändert, ist alles nur eine Zwischenlösung ohne Perspektive und ohne Sinn.«

»Aber die wollten doch die Justiz endlich wieder zur dritten Gewalt im Staate machen?« Sie verstand wirklich nicht, worauf er hinauswollte. »Unabhängig und absolut unbestechlich …«

»Ach, Quatsch … Die Justiz wird immer abhängig bleiben von den Parteien, die ihre Leute im Apparat haben, und vor allem abhängig von denen, die in der Lage sind, ihr die gewünschten Sümmchen zu zahlen. Und wer könnte das wohl sein?« Er lächelte bitter. »Die gut organisierten Kriminellen.«

Marianas Gesicht verkrampfte sich auf einmal, und ihre Augen wurden starr, als hätte er sie geohrfeigt.

»Warum erzählst du mir das alles? Das will ich gar nicht wissen.«

»Weil ich daran denke, zu kündigen.«

»Und was machst du, wenn du vom Ministerium weg bist?«

»Geschäfte!«

»Da sind sie schon«, entfuhr ihr ein Stoßseufzer. Ihre Stimme zitterte, ging fast weg, und er fürchtete, sie könne in Ohnmacht fallen. »Frag mich nicht, aber ich muss gehen. Bitte, versprich mir, schwör mir, dass wir uns morgen sehen. Es ist schrecklich wichtig. Für dich, Liebster.«

»Gut, dann morgen hier zur gleichen Zeit.« Als er den nagelneuen Mercedes 600 sah, der sich der Gehsteigkante näherte, fiel ihm vor Überraschung die Zigarette aus der Hand. In solchen Limousinen hatte sich vor der Wende noch nicht einmal das Politbüro herumchauffieren lassen. Die schwarz glänzende Luxuskarosse hielt fast lautlos, zwei muskelbepackte, kaugummikauende Hünen sprangen heraus. Ihre Köpfe waren kahlgeschoren. Sie trugen schwarze Sonnenbrillen, schwarze Anzüge und schwarze Hemden, die so weit aufgeknöpft waren, dass man darunter ihre schweren Goldketten sehen konnte. Bei so viel Schwarz, dachte Christo, konnten einem ja schwarze Gedanken kommen. Mariana beeilte sich, ihm noch schnell mit heiserer Stimme zuzuraunen:

»Nein, nicht hier, hier kann ich nicht … in unserem Hotelzimmer! Hol den Schlüssel und warte auf mich.«

Ohne seine Antwort abzuwarten, wandte Mariana sich ab und sprang die majestätischen Stufen hinab. Von hinten glich sie einer Gazelle. Sie drehte sich auch nicht mehr um, sondern zog ihren Mantelkragen noch höher. Mit der Geste eines Butlers öffnete einer der beiden schwarzen Hünen Mariana den hinteren Wagenschlag, wartete, bis sie eingestiegen war, dann zwängte er sich unbeholfen auf den Beifahrersitz.

6

Gott sei Dank, Zimmer 505 war frei. Die Rezeptionistin, ein Mädchen mit platinblond gefärbtem Haar und stählerner Zahnkrone im Lächeln, prüfte die Zehn-Dollar-Note im Licht der Tischlampe, schwankte, doch da dies vermutlich die Hälfte ihres Monatslohns war, stopfte sie sie schließlich in ihren BH und reichte ihm mit säuerlichem Lächeln den Schlüssel, der an einem gewaltigen Holzanhänger in Eiform baumelte. Christo seufzte erleichtert. Seine Mitschülerin arbeitete schon lange nicht mehr hier im *Rhodopen*, sondern hatte mit ihrem Mann zusammen ein kleines Hotel zwei Querstraßen weiter gepachtet, in dem es vor Bordsteinschwalben, vorwiegend Türkinnen und Zigeunerinnen, nur so wimmelte, die den Polizisten ein Schweigegeld in D-Mark oder in natura bezahlten und ganz unverhohlen vor den Markthallen, an der Löwenbrücke oder am Bahnhof auf Kundenfang gingen.

Er nahm den Aufzug, der ihn ächzend in die fünfte Etage hinaufbeförderte. Im Zimmer herrschte dieselbe nervöse Stille wie früher, es roch noch immer nach Kakerlakengift und nach muffiger Sünde auf gestärkten Laken. Es gab nur eine einzige Veränderung. Über dem Bett hing eine billige Kopie der *Sonnenblumen* von van Gogh in einem mit vergoldeten Gipsranken auf Barock getrimmten Rahmen. Die Laken waren kühl und rein. Als er sich aufs Bett setzte, krachten sie hörbar. Christo zog den Flachmann aus seiner Jacketttasche und trank einen Schluck Whisky. Das tat gut. Er musste gleich stark sein. Das heißt, schonungslos. Der Tag da draußen war düster, die Luft, schwer und feucht und mit dem Geruch nach spätem Schnee, drang ihm bis auf die Knochen. Er zog sich aus und schlüpfte fröstelnd ins Bett.

Mariana war schon über eine halbe Stunde zu spät. Er trank einen zweiten Schluck aus dem Flachmann. Langweilte sich. Hatte das Gefühl, gleich wegzudösen. Er spähte zum Spiegel hinüber und erschrak. Wie seltsam! Auf einmal war alles genau umgekehrt. Heute wartete er ausgezogen im Bett, die Decke bis ans Kinn hochgezogen und mit dem bekümmerten Gesicht des verlassenen Kindes. Am dritten Schluck des unverdünnten Whiskys verschluckte er sich. Plötzlich kam er sich lächerlich vor, erbärmlich. Mariana würde nicht mehr kommen! Das vor dem Justizpalast war nur eine Farce gewesen, die sie gespielt hatte, um seine ohnehin wachsende Angst vor dem Treffen mit Major Petrov noch zu vergrößern, seinem »fatalen Treffen«, wie er es bei sich genannt hatte.

Er warf die Bettdecke von sich, stand auf und begann, sich anzuziehen. Er hatte bereits seine Hose zugeknöpft, als es an der Tür klopfte. Gleich darauf flog Mariana ins Zimmer, entsetzt, außer Atem, und umschlang ihn mit ihrer Ungeduld, ihrem Nerzmantel, ihrem Duft nach Patschuli und nach Schwermut. Sie kam durcheinander, weil sie nicht gleichzeitig sich und ihn entkleiden, seinen Gürtel und den Verschluss ihres BH lösen konnte. Sie trug schwarze Strümpfe und rote Strumpfbänder, umschlang ihn mit der ganzen Unschuld ihrer Liebe, flüsterte ihm etwas ins Ohr, verschluckte sich wie eine Verdurstende, die an eine Quelle gelangt war und zu hastig trank.

»Mein Liebster, mein Einziger!«

Dann verflochten sich ihre Körper in gegenseitiger Stillung, bäumten sich auf in süßem Krampf, in erhabenem Schmerz, in kommendem Leid, das noch lange ihre Nächte heimsuchen würde. In diesem Moment musste er an Dessislava denken. Sein Magen zog sich zusammen. Es ging wie ein Blitz durch ihn hindurch, wie Starkstrom. Er bekam eine neue Erektion, aber das war nicht mehr der Überlauf aus der Erinnerung an den Sinnesrausch von eben in neues Begehren; das war schon wieder der Wunsch, Schindluder zu treiben mit dem reif gewordenen Schmerz in ihren grünen Augen, um in diesen unglaublichen, wunderbaren Augen seine eigene Erniedrigung zu sehen. Er wusste, dass er jetzt stark sein musste, um ihr ganz pedantisch, vollkommen schonungslos mitzuteilen, was Sache war. Seine Lippen bewegten sich schon, er war schon dabei zu sagen: Das war unsere letzte Begegnung, Liebste, wir müssen uns trennen, da sagte Mariana:

»Das war unsere letzte Begegnung, Liebster, wir müssen uns trennen.« Sie ließ ihren Kopf auf seine Brust fallen, schlang aber die Arme um ihr Gesicht, um ihre Verzweiflung vor ihm zu verbergen, ihren Ekel vor dem eigenen Verrat, ihrer eigenen Schande. Sie schaute auf die Uhr und stöhnte. Stand auf. In panischer Hast befestigte sie ihre Strumpfhalter an den Strümpfen, schlüpfte in ihren Body, suchte das richtige Knopfloch für die Knöpfe und stieß hervor: »Ich hab keine Zeit, in fünf Minuten muss ich …« Sie war atemlos, wirkte müde, tödlich ermüdet. »Du hast mir gestern gesagt, du würdest beim Ministerium kündigen, das war ein Signal für mich, und ich habe gleich auch gekündigt.«

»Ja, und wovon willst du leben? Was ist mit deinem Sohn? Warte doch mal, lass uns …«

»Christo, ich bin eine reiche Frau.«

»Du?«

Nicht, dass er ihr nicht glaubte … In diesen Jahren passierten die unglaublichsten Dinge und wirbelte das ganze Leben der Menschen durcheinander; nein, er wollte einfach Zeit gewinnen, um die Folgen seines Überraschtseins für sich verarbeiten zu können, das Bewusstsein seiner plötzlichen Bedeutungslosigkeit, die Frustration über seinen zertretenen Mannesstolz, sein Selbstmitleid.

»Sehr reich …« Mariana stand mit dem Rücken zu ihm, suchte ihre Schuhe. War das da ein Seufzen, oder weinte sie? »Ich hab nämlich geheiratet!«

»Das ist ja schrecklich.« Er konnte seine Fassungslosigkeit einfach nicht verbergen. »Das habe ich nicht verdient, das ist ja … grausam. Und wen?«

»Ich weiß, aber ich hatte keine Wahl. Weißt du, seit langem fühlte ich, dass du mich nie, verstehst du, niemals …«

»Dass ich niemals *was*?«

»Hab jetzt keine Zeit für Erklärungen, bin spät dran.« Sie drehte sich um. Sie weinte tatsächlich. »Zwischen uns ist alles aus, aber ich kann dich nicht verlieren. Wenn ich dich nicht sehe, werde ich verrückt.«

Und Christo erwiderte im Brustton der Überzeugung: »Was heißt hier: ›Wir können uns nicht mehr sehen‹?« Er ergriff ihre Hand, übersäte sie mit Küssen, versuchte, sie festzuhalten.

»Es gibt nur einen Ausweg ... Bitte unterbrich mich jetzt nicht, wir haben keine Zeit ... und der ist: Eddi und du werdet Partner.«

»Welcher Eddi? Was heißt hier ›Partner‹?«

»Na, Geschäftspartner eben.«

»Aber ich bin Jurist, und dazu noch Beamter, Bleistiftstemmer und Aktenschlepper, ich verstehe nichts von Geschäften.«

»Solange ich seine Frau bin, wird er dich nicht übers Ohr hauen.«

Vor lauter Eile knöpfte sie ihren Pelzmantel schief zu, während sie ihm hastig berichtete, sie habe Eddi erzählt, Christo sei ihr bester Freund, der sich um sie und ihren Sohn in den Jahren nach ihrer Scheidung gekümmert und sie vor den Schwitzehändchen Minister Sdravkovs und seinem üblen Geruch nach läufigem Rüden gerettet habe.

»Du kannst nicht wissen, nicht einmal vermuten, wie dankbar Eddi dir ist. Er wird sich bei dir melden. Bitte, sag ihm nicht ab, schwöre mir, dass du sein Angebot annehmen wirst!« Sie schaute auf ihre Uhr und lachte hysterisch auf. »Schwöre, oder ich bleibe hier, bis die Stiernacken mit ihren Goldketten uns finden und ...«

»Gut, ich schwöre ...«

Dann war er allein. Allein mit dem unglücklichen Spiegelbild eines nackten, verblödeten, in seiner eigenen Farblosigkeit versackten Mannes. Er trank einen Schluck aus seinem Flachmann und ließ sich auf die zerwühlten Laken fallen, die nun dezent nach Patschuli rochen, nach ausgeschwitzter Untreue. Nach Mariana. Nach etwas, das anbrandete wie eine Flutwelle, katastrophal und großartig zugleich. Die Angst packte ihn mit derselben Gewalt, mit der ihn kurz zuvor die Leidenschaft ergriffen hatte. Er erinnerte sich, wie Dessislava einmal ihre Stupsnase krausgezogen und gesagt hatte: »Es sieht ganz so aus, als ob unsere Angst vor der Freiheit der wahrste und lebendigste Teil unserer Angst vor dem Tod sei!«

7

Im Parkett war es durchdringend kühl, geradezu kalt; das Theater hatte kein Geld für die Heizung. Dreckig war es auch; das Theater hatte wohl auch kein Geld für eine Putzfrau. Auf dem Boden lagen zerknüllte Eintrittskarten, Bonbon- und Kaugummipapierchen, sogar die aufgerissene Packung eines Präservativs. Zwei Plätze neben ihr stand noch eine verwaiste Schachtel mit einem Rest Popcorn. Da gehen Leute also ins Theater und fressen Maiskörner wie die Schweine, dachte Dessislava. Wo hat es so was schon mal gegeben? Dann fiel ihr auf, dass sie selbst gerade an einem Schokoladenriegel lutschte, und sie wurde rot. Sie beschloss trotzig – und sagte so laut, dass es jeder hören konnte –, sie wolle fortan von ihrer größten Schwäche, der Schokolade, lassen. Die Geschäfte waren ohnehin nach der Wende wie auf geheimen Befehl ratzekahl leergefegt. Was konnte sie da, um ihren Glauben an »die nächste strahlende Zukunft« zu stärken, anderes tun, als nicht zu brauchen, was es nicht gab? An den Demonstrationen der Opposition teilnehmen, abnehmen, gewaltlos Solidarität zeigen mit der samtenen Revolution.

Um etwas zu essen für sich und ihre Kinder zu finden, standen die Leute um vier, fünf Uhr morgens auf und reihten sich in der Kälte in die Schlangen vor den Bäckereien ein, standen um Öl, Eier, Fleisch oder Suppenknochen an. Mit etwas Glück fand man irgendwo noch eine Tube Zahnpasta der Marke Ideal, höchst irdische Seife mit dem überirdischen Namen Fee; eines Morgens fand Simeon an einer Zeitungsbude Damenstrümpfe türkischer Produktion und kaufte ihr gleich zehn Paar von zweifelhaftem Blau. Maja war zu faul, um so früh aufzustehen, und war dadurch in dieser allgemeinen Mangelsituation direkt vom Hungertod bedroht. Da kam ihr die Idee, zu einer ehemaligen Mitschülerin nach Krivodol zu fahren, wo sie die Regale des örtlichen Koop-Geschäftes leerte und in zwei Säcke füllte: Schafskäse in großen Blechdosen, Fischkonserven, Halwa und das letzte unangebrochene Gebinde Schokoladentafeln, die sie schwesterlich mit Dessislava teilte.

Nun also lutschte sie frierend und mit laufender Nase, aber glücklich an einem Schokoladenriegel. Ihre Zehen waren so eiskalt geworden, dass sie sie kaum noch spürte. Sie saß auf dem ersten Rang in der zweiten

Reihe, weit entfernt von den Ehrengästen und Claqueuren um das Regiepult, die die vordere Hälfte des Parketts füllten. Im staubigen, mütterlichen Halbdunkel des Armeetheaters lief die Generalprobe zu *Warten auf Godot*. Auf diesen Godot hatten sie so lange gewartet, dass sie das Stück eigentlich gar nicht zu lesen brauchten: Er hatte mehr als genug Zeit gehabt, sich ganz von allein zu inszenieren als gewaltiges und besorgniserregendes Nichtereignis, als öde Abwesenheit jeder Gegenwart. Dessislava hatte den Verdacht, dass er nie kommen würde. Es war einfach zu spät, ein für alle Mal zu spät.

Von dem Text Becketts ging nun eine schwatzhafte Schlaffheit aus, die vielfach eher müde als neugierig machte. Wäre das Stück vor der Wende inszeniert worden, wären die Karten auf fünf Jahre im Voraus ausverkauft gewesen; jetzt aber, davon war Dessislava überzeugt, würde das Theater leer bleiben. Die Generalprobe lief nun schon über drei Stunden und vermittelte nichts als Langeweile. Das würde die anwesenden Snobs nicht daran hindern, begeistert zu applaudieren, wenn die letzte Vorstellung vor der Premiere irgendwann doch einmal zu Ende sein sollte. Für Menschen, die in einer Welt lebten, die noch absurder war als die Welt dieses Stücks, dafür aber real, gab es keinen Grund, sich für Godot zu erwärmen. Elendsgestalten wie Wladimir und Estragon sahen sie inzwischen jeden Tag zu Hunderten durch die Straßen schlurfen und in Mülltonnen nach Essbarem wühlen.

Simeon aber war wirklich großartig. Er war ganz in seinem Element, spielte so lebendig und überraschend, als ob die Aktionen seiner Figur wirklich Sinn hätten. Sie würde von ihm träumen, wie er mit der Peitsche auf der Bühne stand, ein Dompteur, der die Allgegenwart und Unbeugsamkeit von Gewalt und Macht demonstrierte, gekrümmt in die masochistische Dimension des Genusses an der Aggression gegen sich selbst, der intimen Seite der Gewalt. Ja, wenn sie hier nicht starb vor Kälte, würde sie von ihm träumen. Nach dieser hier hatte sie nur noch drei Tafeln Schokolade der Marke ZOO, eine mit einem Löwen drauf, eine mit einer Giraffe, und eine mit einem Orang-Utan. Sie beschloss, sich noch eine erlauben zu können, aber wirklich nur eine, die wirklich absolut letzte, und auch nur, damit sie genug schnelle Kohlenhydrate aufnahm, um hier in diesem Kühlschrank zu überleben mit ihrer sich anbahnenden schweren Bronchitis, und um ihren Mann nach der Generalprobe auf die Stirn küssen zu können, hinter der so gar nichts war, womit er das Stück verstehen konnte, aber eine Intuition, die sich unmittelbar in die Beckett'sche Imagination einklinkte und die Figur *möglich* machte, ihr Leben einhauchte.

Dessislava fragte sich trotz Sims phantastischer Leistung, warum Beckett dieses schwerfällige und überlange Stück, das den gesunden Menschenverstand und die Geduld auf eine schwere Probe stellte, eigentlich geschrieben hatte. Sie fand nur eine einzige Antwort, die sie befriedigte. Mit seiner Geburt wurde der Mensch wohl in einen erbarmungslosen, tragischen Kampf zwischen dem Leben, das er sich wünschte, und dem Leben, das sich ihm bot, hineingeworfen. Darin drückt sich die Unvollkommenheit unseres Verstandes und die Schwierigkeit jeder Einzelexistenz aus, vor allem wenn das Leben, nach dem wir streben, und das Leben, in dem wir uns befinden, gleichermaßen von uns erdacht sind. Godot kann also nur der Tod sein, darum warten wir vom ersten Tag unseres Lebens an auf ihn. Er denkt auch ständig an uns, und er wird auch kommen, denn er kommt immer, aber nur kurz und ohne Spuren zu hinterlassen.

Neben ihm spielte Pepa Koitscheva, das neue Sexsymbol des postkommunistischen Bulgarien. Sie war eine sehr durchschnittliche Schauspielerin, doch ihre Jugend war geschmückt mit dem charmanten Sexappeal Marilyn Monroes und der plakativen Attraktivität Pamela Andersons. Im Stück gab es zwar keine weibliche Figur, doch der Regisseur hatte die umwerfende Idee gehabt, dieses Hyperweibsstück den Estragon spielen zu lassen. Die Koitscheva spielte, was sie immer spielte: das muntere, ständig von irgendwas überraschte Mädchen. Bei einem anderen, einem farblosen Stück hatte sie sich ohne die geringste Scham splitternackt ausgezogen, und das war die einzige Inszenierung, mit der das Theater Gewinn machte. In *Warten auf Godot* spielte sie schwach, weil sie versuchte, ihre Sprechpartie zu verstehen. Dadurch machte sie es Simeon schwer, die ganze Alogik und Absurdität seiner Rolle auszuspielen. Dessislava hatte schon vermutet, dass es so sein würde, aber dennoch auf dem Weg zum Theater einer Oma, die auf der Straße saß und Schneeglöckchen verkaufte, ein Bündchen abgekauft.

Schließlich waren auch die letzten Dialogpassagen verklungen, die sich wie der Anfang eines neuen endlosen Stücks anhörten, und die Lampen gingen an. Dessislava blinzelte. Sie wollte Simeon sehen, bevor der Regisseur mit seiner dumpfen Analyse loslegte, ihm gratulieren und ihre Begeisterung mitteilen, die er restlos verdiente. Starr vor Kälte schlich sie die Treppe vom Rang hinunter, ging an den Seiteneingängen zum Parkett vorbei und betrat neben den Toiletten den Bühneneingang. Der Geruch nach frisch gestrichener Bühnendekoration und dem ganzen übrigen Budenzauber des Theaters schlug ihr entgegen. Sie liebte es, in die Garderoben hineinzulugen, diesem weiblichsten aller Orte, an dem alle Illusionen abgelegt wurden. Simeons Garderobe war leer. Dafür hörte sie Geräusche aus der benachbarten Garderobe, der von Pepa Koitscheva. Dessislava machte ihr Lächeln zurecht, das strahlend sein musste und ihre ganze Verehrung und Begeisterung, ihr inneres Leuchten zeigen sollte, und zupfte dann ihr Sträußchen zurecht. Sie wollte schon anklopfen, da stieß ein Luftzug die sperrmüllreife Tür ohne ihr Zutun einen Spalt weit auf. Im Hintergrund hatte jemand mit Lippenstift ein Herz auf den Spiegel gemalt, das von einem Pfeil durchbohrt war. Genau unterhalb dieser phantasievollen Zeichnung hielt Simeon Pepa gepackt. Er hatte ihren Rock hochgeschoben, eine ihrer Brüste freigelegt und saugte daran, als schlürfe er einen reifen Pfirsich. Dessislava fuhr zusammen. Das, was sie da ungewollt sah, war nicht einfach nur hässlich oder abstoßend; in der Umarmung der beiden Hauptdarsteller gab es etwas Barbarisches, tödlich Einsames voller Gewalt und Unausgelebtem – wie im eben gespielten Stück. Sie verstand diese vulgär-verquälte Nähe sofort. Irgendwo weckte sie ihr Mitleid und den Wunsch, das Gesehene zu vergessen. Auf einmal spürte sie die geballte Müdigkeit nach vier Stunden absurdem Theater. Behutsam zog sie die Tür zu.

8

Der Abend roch nach Frühling, nach Holzöfen und Ruß, nach aufgetautem Boden und erwachendem Leben – »nach Veränderung und blühender Demokratie«, wie sie sich pathetisch einredete, aber die Luft war noch immer schneidend kalt, und so schloss Dessislava das Fenster wieder. Sie schaltete das Licht ein, um die Uhrzeit ablesen zu können. Es war sechs Uhr abends. Bis neun Uhr würde es heute Strom geben. Wie hatte doch ihre Großmutter Jonka immer gesagt: »Leider, Kindchen, bescheint das Kunstlicht nur die Leere und die toten Gegenstände, erhellt aber nicht das Dunkle im Menschen.« Noch vor einem Jahr hatte Bulgarien Strom erzeugt und in die Nachbarländer Türkei, Griechenland und Jugoslawien exportiert; jetzt lag die Energiewirtschaft wie die übrige Wirtschaft auch am Boden. Ja, wo waren sie, die Elektrizität für die strahlende Zukunft, der lichtvolle Glaube an den dialektischen Materialismus und an die gebratenen Tauben und Koteletts, und die Deckung für die schöne Losung »Jeder nach seinen Fähigkeiten, jedem nach seinen Bedürfnissen«? Und wo war sie, die zwar langweilige, aber auch beruhigend zuverlässige Sicherheit?

Sie lächelte, als sie bemerkte, dass sie sich in ihren Bissigkeiten wiederholte, und kippte, bevor sie sich selbst langweilig wurde, einen Schuss Cognac in ihren Tee. Sie hatte alle Kolonialwarenläden auf der Graf-Ignatiev-Straße abgeklappert: Es waren keine Spirituosen zu bekommen! Auch sie verschwunden wie auf geheimen Befehl. Sie hatte nur ein paar Flaschen angeblich fassgereiften bulgarischen Cognacs der Marke Preslav gefunden, der sündhaft teuer war. Wo war der einfache Traubenschnaps für einen Lev siebzig die Flasche, dieser durchaus trinkbare Volksbeglücker?

Ihre Augen füllten sich mit Tränen. Schnell einen Schluck aus der Tasse. Die aromatische Wärme breitete sich in ihr aus, drang in ihre Müdigkeit ein, ihren Widerwillen, immer nur sich selbst zu gleichen. Das war doch gar kein schlechter Abend? Es gab Licht, und es gab Tee mit Cognac, das waren schon zwei Extras! Sie setzte sich aufs Sofa und kreuzte die Beine unter sich; einer ihrer Füße war wie immer unbesockt. Diese »theatralische und effekthascherische Schlampigkeit«, wie ihre Mutter diese Marotte nannte, hatte weniger damit zu tun, dass ihr Vater ihr als Kind *Pippi Langstrumpf* vorgelesen hatte, sondern kam einfach daher, dass man doppelt so viel Zeit und Mühe aufwenden musste, um zwei Strümpfe anzuziehen, von der nötigen Konzentration gar nicht zu reden!

In diesem Augenblick seliger Zufriedenheit hörte sie, wie die Wohnungstür ging. An den Schritten, die übertrieben laut nach »Platz da, jetzt komm ich« klangen, erkannte sie Simeon. Sie wusste, dass er noch ganz von seiner Rolle eingenommen war, dass er mit dem schiefen Lächeln Wladimirs eintreten würde, der immer noch auf Godot wartet, sich übertrieben verbeugen und sagen würde: »Hallo, Mieze, sag kurz und bündig, wie's war.« Das konnte sie ihm gut und gern sagen. Nur eben auch etwas mehr als das. Simeon hatte sie nicht einfach nur betrogen, er hatte sie ersetzt. Das hatte sie aber nicht etwa erniedrigt, sondern erleichtert. Dessislavas Niedergeschlagenheit und Tränen kamen also nicht daher, dass sie verletzt war, gekränkt von seiner primitiven Untreue, sondern daher, wie gleichgültig sie es hinnahm. Statt Schmerz und Verletztheit empfand sie die Zufriedenheit eines Menschen, der sich endlich, endlich von einer ärgerlichen Behinderung, von Fesseln befreit hat. Beim Anblick der beiden lustvoll ineinandergekrallten Akteure hatte sie einzig und allein den ungeduldigen Wunsch verspürt, zu verschwinden – wie ein schamhafter und wohlerzogener Mensch eben, der unbeabsichtigt Zeuge des Intimlebens anderer Leute wird und nicht stören will.

»Hallo, Mieze, quäl mich nicht, sag kurz und bündig, wie's war.«

»Hallo, Godot«, begrüßte sie ihn munter und schluckte ihre Tränen hinunter, »hab den ganzen Abend auf dich gewartet.«

»Paunov hat uns aufgehalten mit seiner Nachbesprechung. Und?«

»Du warst atemberaubend, großartig, wirklich unvergleichlich.«

»Du verarschst mich auch nicht, oder?«

»Nein, mein Herzblatt, du bist wirklich ein großer Schauspieler … nur das Stück gefiel mir nicht. Mir war kalt, und ich hab's einfach nicht verstanden. Und dann hatte ich den Eindruck, dass Pepa dir nicht Paroli bieten konnte.«

»Hast recht. Ich hatte das schon bei den Proben, dieses Gefühl.«

»Manchmal dachte ich, du wärst allein auf der Bühne.«

»Glaub auch. Pamela Anderson macht sich nicht gut bei Beckett.«

»Bei diesem langweiligen, endlosen Warten.«

»Diesem von so vielen interessanten und lehrreichen Dingen ausgefüllten Warten«, hielt Simeon dezent gegen.

Er schnappte sich eine ihrer sündhaft teuren Zigaretten, goss sich zwei Fingerbreit von ihrem ebenfalls heftig ins Geld gegangenen bulgarischen Cognac ein. Dessislava verzieh ihm sofort. Sie schaute ihm ins Gesicht, das noch immer von innen heraus leuchtete, das Gesicht eines Menschen, der bis vor kurzer Zeit noch so hingebungsvoll und nervtötend verliebt in sie gewesen war und nun gleichsam gegangen war. Weit weg und für immer. Erneut kam der Schmerz in ihr hoch, dass nur Leere da war, wo eigentlich Schmerz und Verletztheit hätten sein müssen, Zorn und Eifersucht der normalen Frau, die zugesehen hatte, wie ihr etwas genommen wurde, das ihr gehörte.

Simeon nahm einen Schluck Cognac, schloss die Augen und lächelte jenes Lächeln, mit dem wir uns an ein Erlebnis voller Glück und Zauber erinnern.

»Ja, sie ist reichlich hilflos, die Arme«, sagte er verträumt.

»Aber toll aussehen tut sie.«

»Richtig talentlos.«

»Richtig sexy.«

»Dass ich nicht lache, mit diesen Möpsen …«

»Werd nicht primitiv.«

»Und Oberlippenbart hat sie, ob sie sich den wohl abrasiert?«

»Du übertreibst.«

»Die Achseln rasiert sie sich jedenfalls nicht.«

»Tschuldige mal, Pepa ist der feuchte Traum jedes Bulgaren, der die Pubertät hinter sich hat.«

»Träume hin, feucht her – ich bin halt nicht der Durchschnittsbulgare, Dess.«

Er tat wirklich alles, um Pepa Koitscheva herunterzuspielen. Das gefiel ihr nicht. Es gefiel ihr nicht, wie er zielgerichtet seine Geliebte von vorhin heruntermachte. Indem er Pepas Talentlosigkeit übertrieb, kumpelte er sich gleichsam an sie, Dessislava, an und machte sie so zur Komplizin seiner Untreue. Warum machte er es so kompliziert, wo sie doch eigentlich nur schlafen wollte? Wenn sie sich jetzt den zweiten Strumpf anzöge und ins Ehebett legte, würde sie augenblicks einschlafen. Simeon lächelte wieder dieses zufriedene Lächeln. *Das* machte sie jetzt aber schon wütend.

»Kein Durchschnittsbulgare? Sicher nicht. Aber dafür hast du sie bei der Vorstellung ganz schon mit deiner Peitsche bearbeitet. Man hatte den Eindruck, das geilt dich auf.«

»Wollte der Paunov so …«

»Gewalt als Form der Kommunikation, überwundener Entfremdung, psychischer Nähe? Du hast sie genau so bearbeitet wie ein Schuljunge, der ein Mädchen knufft und haut, in das er verliebt ist.«

»Ich versteh dich nicht«, sagte Simeon so nervös, dass klar war, wie gut er verstand, und trank von seinem Cognac.

»In der ersten Klasse hatte ich einen Mitschüler, der hatte Mühe mit dem Schreiben und war Bettnässer, aber schrecklich verliebt in mich. In jeder Pause wartete er auf dem Schulkorridor und drosch mir seinen Tornister ins Kreuz. Am schlimmsten war es in der großen Pause.«

»Worauf willst du hinaus?«, tat er ahnungslos und leckte sich über die trocken gewordenen Lippen. Sein Lächeln sah nun traurig aus. Wirklich, er war ein begnadeter Schauspieler. »Was sollen diese Andeutungen?«

»Ja, mein Herzblatt, du stehst einfach auf diese Frau mit dem Oberlippenbart und den unrasierten Achselhöhlen.«

»Jetzt ist aber gut!«

»Einen Moment dachte ich: Jetzt zerfetzt er ihr mit der Peitsche das Schlabberkleid, um es leichter hochschieben zu können, und dann holt er …«

»Dessi, bitte!«

»Unterbrich mich nicht! … und dann holt er ihre – wie sagtest du so schön – ›Möpse‹ raus und saugt dran wie an 'nem reifen Pfirsich.«

Blass geworden, der erleichternden Möglichkeit beraubt, jemanden anderes zu spielen, drückte Simeon die Zigarette im Ascher aus und erhob sich. Ohne Bühne, ohne einstudierte Reaktionen fühlte er sich auf einmal talentlos. Er verließ das Wohnzimmer, kurz darauf hörte Dessislava, wie die Wohnungstür ins Schloss fiel. In verlogener Empörung. So wie ein Taschendieb, der rief: »Haltet den Dieb!« Sie kratzte sich am nackten Bein und seufzte erleichtert. Auf diese Tour würde sie ihre Ehe nicht retten, aber wenigstens den Cognac, den er auf höchst unehrenhafte, echtes Vertrauen vortäuschende Weise mit ihr hatte teilen wollen.

9

Im Sender war so viel zu tun, dass Jordan sich verspätete. Ihr kam es so vor, als ob er sich ungebührlich, regelrecht unverzeihlich verspätete. Jana saß auf dem Kanapee und lutschte an einem ihrer Zöpfe. In ihrer charmanten Dickköpfigkeit war sie auf dem besten Wege, in Dessislavas Fußstapfen zu treten. Sie wollte einfach nicht groß werden. Sie traute dieser Welt nicht, die ihr die Mutter genommen hatte, sie in Schmerz und Einsamkeit gestürzt hatte, als wären Einsamkeit und Hoffnungslosigkeit Wunder, über die sie nun ein ganzes Leben lang in Begeisterung geraten sollte. Sie war inzwischen elf Jahre alt und eine sehr gute Schülerin, verhielt sich aber mit ihnen, als sei sie gerade eben eingeschult worden. Dessislava tat alles, was in ihrer Macht stand, um sie in die Realität zu holen, sie mit den Menschen und Dingen dieser Welt zu versöhnen, ihr den hinterhältigen Gedanken einzuimpfen, wie schön es doch sei, nach Glück zu streben und vor allem: sie aufzuklären, damit das Frauwerden nicht so ein Horror für sie wurde wie bei ihr, sondern sich als ganz normale Entwicklung eines Mädchens halt irgendwann ereignete.

»Tante Dessi, warum bist du traurig?«, fragte Jana scheu.

»Weil sie mir heute etwas vorgemacht und mich dadurch verletzt haben.«

»Haben sie dich in 'nem Geschäft übers Ohr gehauen?«

»Nein, es war ein Mensch, dem ich geglaubt und vertraut habe.«

»Wer?« Jana seufzte und ließ ihren Zopf in Ruhe.

»Ein Freund, von dem ich dachte, dass er mir sehr nahestünde.«

»Ich dachte auch, Mama steht mir nahe, und sie hat mich trotzdem übers Ohr gehauen und ist weggegangen.«

»Komm, red nicht wieder, als wärst du sooo klein. Du bist schon ziemlich groß.«

»Klar bin ich groß … aber auch schlau.«

Darauf sagte Dessislava nichts mehr. Sie konnte noch nicht einmal weinen. Schaute einfach nur durchs Fenster nach draußen, wo die Schwärze immer dichter wurde. Plötzlich musste sie wieder an ihre Großmutter denken. Die hatte auch so in der Küche gesessen wie ein Vögelchen – ein Vögelchen, das sich zum Abflug bereitmachte. Sie war so Stunde um

Stunde sitzen geblieben, den Blick ins Nichts gerichtet, in die Zeit oder darüber hinaus, etwas, das zugleich existierte und nicht existierte, wie Gott oder die Menschen, verdammt, hinter den Schleier des Sichtbaren zu schauen und die Welt als Ansammlung von Zeichen zu betrachten, die auf etwas anderes verwiesen. »Die Nacht wird kommen, Kindchen«, hatte Großmutter ihr mit Märchenerzählerstimme gesagt, »wenn auch du ins Uferlose nach draußen starren und meine Gedanken verstehen wirst!«

Dessislava starrte in die schwarze Wüste da draußen, in die erhabene Leere der Zeit und spürte, dass diese Stunde für sie noch nicht gekommen war.

10

Aus dem Intershop hatte er eine teure Flasche Johnny Walker Black Label gekauft, und auch sonst verhielt er sich zwar reserviert, aber höchst aufmerksam zu ihr. Sie hatte überdies heute ein Stück Toilettenseife gefunden, Waschpulver, Erdnüsse, und Strom gab es auch. Zur Feier des Tages hatte sie beide Deckenlampen eingeschaltet, obwohl die Sonne noch gar nicht untergegangen war. Als höchsten Ausdruck ihrer Wohlgesonnenheit für ihren Gast hatte sie sogar beide Strümpfe angezogen. Christo saß im Sessel mit dem Rücken zum Fenster, in dem die Sonne, machtlos gegen das elektrische Licht, ihr Untergangsspektakel aufführte, und lächelte mit der nostalgischen Versonnenheit dessen, dem ein verheißender, eigentlich unerreichbarer Traum in Erfüllung gegangen ist. Wenn Christo in solchen Stimmungen war, hatte er immer etwas sehr Anziehendes. Simeons Schönheit war dagegen flach und langweilig wie eine symmetrisch gebaute Kulisse und zeugte von nichts als Gutmütigkeit; bei ihrem Vetter hingegen war alles dramatisch und daher zutiefst berührend. Es sättigte die Luft und versprach Passion. Seine Augen hatten das klare Blau und die schneidende Kälte eines Bergsees. Er rauchte schwarze Gauloises.

»Ich dachte, er sei nur dienstlich verreist«, fuhr er finster fort, »aber wie sich zeigt, ist mein Vater einfach verschwunden.«

Mehr aus Höflichkeit als aus Interesse fragte Dessislava:

»Und wohin?«

»Weiß der Teufel, wohin!«

»Er wird schon zurückkommen.«

»Großvater ist stinksauer. Mama meint, Papa sei abgehauen, und zwar für immer.«

»Hast du mal versucht, mit ihm zu reden?«

»Wollte ich ja, aber Mama hat mich zurückgehalten.«

»Sie ist sicher ziemlich durch den Wind, in diesem Alter …«

»Ganz im Gegenteil, sie wirkt eher erleichtert …« Christos Blick verharrte auf der Ikone des heiligen Georg, bis er das richtige Wort gefunden hatte. »… erleichtert, wieder im Reinen mit sich zu sein.«

»Ich weiß nicht, was auf einmal in diese alten Leute fährt … Meine Eltern waren auch drauf und dran, sich scheiden zu lassen, aber als Neda, meine Schwägerin, dann tödlich verunglückte …«

»Ich hab so eine üble Vorahnung, Dess.«

»Na, ist doch klar, dass dir nicht wohl ums Herz ist!«

»Ich bin ja auch kein junger Hüpfer mehr. Trotzdem kommt mir das Ganze seltsam vor und lässt mich nicht kalt. Es sind immerhin meine Eltern.«

Während sie ihm Whisky nachgoss und Eis aus dem Kübel hineingleiten ließ, schaute sie sich ihren Vetter näher an. Sein Lächeln kam ihr jetzt viel verletzlicher und hilfloser vor. Sie schwankte noch, konnte sich aber nicht länger beherrschen. Sie musste einfach mit jemandem reden, denn auch bei ihr kam einiges zusammen, was ihr Kopfzerbrechen machte, ihr quer lag. Zu ihrer Mutter hatte sie kein Vertrauen, ihren Vater wollte sie nicht in Besorgnis stürzen, und bei ihrem Bruder fürchtete sie, nur auf Gleichgültigkeit zu stoßen.

»Ich wollte unbedingt mit dir reden, weil ich das Gefühl hatte, ich würde sonst durchdrehen.«

Bei diesen Worten begann sie überraschend zu weinen. Blöde, das. Und dann auch noch so richtig untröstlich, wie die kleine Jana.

»Dess, erschreck mich nicht!«

»Erst reg ich mich über meine Eltern auf, und jetzt lass ich mich vermutlich selber scheiden. Kannst du dir das vorstellen?«

Sie wischte sich die Tränen ab und setzte ein tapferes Lächeln auf. Dann erzählte sie ihm im Stenogrammstil von der Generalprobe zu *Warten auf Godot*, von der Kälte im Theatersaal, von dem neckischen Schneeglöckchenstrauß, den sie für Pepa Koitscheva erstanden hatte, und wie ein plötzlicher Windstoß die Tür zu deren Garderobe aufdrückte … kurz, jene Zufallsfügungen des Schicksals, die uns so unverhofften Einblick in die hässlichen Seiten des Lebens geben. Sie erzählte Christo auch, wie Simeon nachher, statt zu seinem Fehltritt zu stehen, versuchte, seine Bühnenpartnerin und Geliebte schlechtzumachen und herunterzuspielen, um seine eigene Niedertracht zu übertünchen und als Unschuldslamm dazustehen.

»O Gott«, sagte Christo nur, aber Dessislava spürte an seiner Stimme, in der außer Mitgefühl auch eine Spur kaum verhüllter Freude mitschwang, dass er genau wie sie nicht etwa Schock und Entsetzen, sondern eher Erleichterung empfand.

»Und weißt du, was das Verblüffendste ist?«

»Nein, du Ärmste.«

»Das Unglaubliche ist, dass ich beim Hineinlugen in die Garderobe das Gefühl hatte, mich ginge das da drinnen eigentlich überhaupt nichts an. Ich hab einfach nichts empfunden. Bin ich nicht eine schreckliche Egoistin?«

»Vielleicht liebst du ihn einfach nicht?«

»Ich hab nie besonders starke Gefühle für Sim gehabt. Ich hab ihn geheiratet, um mich in Sicherheit zu bringen.«

»Vor wem?«

»Vor mir natürlich!«

»Und, geschafft?«

»Außerdem war Sim damals verrückt nach mir, und ich hab vielleicht unterschwellig gehofft, wenn ich ihn heirate, geht dieser Irrsinn vorbei. Wie du siehst, habe ich nicht vergeblich gehofft.«

Christo zündete sich eine neue Zigarette gleich an der aufgerauchten an. Er wirkte aufgewühlt. Seine verträumt glänzenden Augen irrlichterten ergeben in ihre Richtung. Da wurde ihr plötzlich klar: Wenn sie ihn, Christo, in einer so widerlich vulgären Situation ertappt hätte, wäre sie auf der Stelle umgefallen. Nur: warum? Er war ihr Cousin zweiten

Grades, der über die Jahre so etwas wie ihr nächster Vertrauter geworden war. Christo wusste über ihr Tun und Lassen besser Bescheid als jeder andere, und in vielem auch über ihr Denken und Fühlen. Er hingegen hatte nie mit typischen Männerverrücktheiten Eindruck zu schinden versucht, hatte sie nie mit auch nur einer seiner Freundinnen bekanntgemacht, ja, noch nicht einmal beiläufig eine erwähnt. Vielleicht, weil sie ihn nie danach gefragt hatte? Sie war wohl wirklich ein schrecklich ichbezogener Mensch. Also los:

»Und du? Was ist mit deiner Freundin?«, fragte Dessislava unbeholfen.

Er schaute sie überrascht an und wurde dabei sichtlich blass.

»Ich habe keine Freundin, Dess!«

»Quatsch!«

»Nie eine gehabt.«

»Und was machst du da?«

Nun war sie es, die Mühe hatte, ihre Freude und Erleichterung zu verbergen. Es war, als habe sie über eine unsichtbare, aber dreiste Widersacherin den Sieg davongetragen.

»Dummheiten mach ich«, lächelte er melancholisch. »Hab beim Ministerium gekündigt.«

»Wieso das denn?«

»War sicher ein Fehler, mit dem ich mir ein dickes Kuckucksei ins Nest gelegt habe, aber … die Zeiten sind so … so völlig durchgeknallt. Las in einem Gedicht von einer der neuen Lyrikerinnen neulich: ›Es zieht von überall.‹ Ja, genau das ist es. Überall Zugwind, Kälte, Ungeschütztheit. Auch im Ministerium. Und da hab ich's einfach gemacht.«

»Und jetzt? Wie willst du dich jetzt vor dem Durchzug in Sicherheit bringen?«

Christos Augen bekamen auf einmal einen wärmeren, fast schalkhaften Ausdruck.

»Indem ich mich in gut isolierte Geschäftsräume begebe und Geschäftsmann werde.«

»Du und Geschäfte? Herrje, eine Schraube locker haben sie ja jetzt alle, aber du bist wirklich die Krönung.«

»Und warum, wenn ich fragen darf?«

»Aber das ist doch ein Haifischbecken, die fressen dich in null Komma nichts auf!«

»Seh ich so hilflos aus?«

»Ja, nein, aber …«

»Aber reichlich naiv bin ich doch, hm?«

»Nein, du bist einfach zu gütig und unpraktisch, und mit dieser Güte gehst du heutzutage für dumm durch.«

»Um der Wahrheit die Ehre zu geben, ich ähnle wirklich sehr meiner Mutter, die ist auch verdammt zur Redlichkeit. Kannst du mir folgen, Dess?«

»Ich denke schon. Aber was meinst du mit ›verdammt‹?«

In diesem Moment ging die Wohnungstür. Das konnten nur ihre Mutter oder Simeon sein. Die eine kam ihr so ungelegen wie der andere. Christo spürte wohl, dass es mit ihrer so zauberhaften intimen Zwiesprache nun vorbei war, denn auf sein Gesicht trat nervöse Gereiztheit. Er beugte sich über das Tischchen vor und ergriff ihren Unterarm, als wolle er ihr etwas ungeheuer Wichtiges ins Ohr flüstern.

»Versprich mir eines, Dess!«

»Was soll ich dir versprechen?«

»Dass du versuchst, den *Hamlet* auf die Bühne zu bringen.«

»Welchen *Hamlet*?«

»Na, deinen!«

Auf einmal verstand sie. Ihr wurde ganz flau. Sie lächelte erschrocken.

»Du weißt sehr genau, dass das unmöglich ist, und hättest es nicht sagen sollen. Es war so schön bis jetzt, und nun hast du mir den ganzen Abend vergällt.«

»Es gibt keine unmöglichen Dinge, Dess. Der Mensch muss dafür nur alles in die Waagschale werfen.«

»Du siehst doch, die Theater sind leer, die sterben eins nach dem anderen. Hast du eine Ahnung, was so eine Shakespeare-Inszenierung kostet?«

»… alles in die Waagschale werfen …«, wiederholte er.

Die Tür zum Wohnzimmer ging auf, Simeon trat ein mit einem Hauch von Frühlingsduft und dem absurden Lächeln seines Bühnenhelden Wladimir. Sie hatten auf diesen Moment gewartet, aber »Wladimir«

hatte auf dem Weg zu seinem Weibe die Peitsche vergessen, und auch die einstudierte Replik. Die Augen Christos aber füllten sich mit Verachtung und … Hass.

11

Der Tag war sonnig, der Himmel tief und kristallklar. Über den umgepflügten Feldern lag ein feiner Nebeldunst. Die Sonne täuschte, man konnte sich in den schweren Schatten, der aus der Erde aufsteigenden Kühle blitzschnell eine Erkältung holen. Auf den Ackerschollen hockten Raben, die aussahen, als würden sie über unlösbare Welträtsel nachbrüten; aber ihre Weisheit weckte keine Anteilnahme, keinen Wunsch, sie zu verstehen, sondern nur Bedrückung.

Die Autoschlange zog sich mehrere Kilometer Richtung Flughafen hin und ähnelte einer Raupe oder einem Tausendfüßler, der sich in Zeitlupe, nur alle paar Minuten ein paar Meter voranbewegte. Als Assen diese absurde Karawane mit der Hand über den Augen abtaxierte, packte ihn nicht etwa Verzweiflung, Wut oder Hass, sondern einfach nur eine bleierne Müdigkeit. Es war jetzt neun Uhr morgens. Wenn das Benzin nicht ausging und der Strom nicht wieder abgestellt wurde, könnte er so gegen fünf oder sechs Uhr abends an der Reihe sein. Die Zeit kroch dahin. Die zum Warten verurteilten Männer schlossen Bekanntschaft, erzählten sich Witze über die Beschränktheit der Muskelmann-Verbrecher, gaben Vertrauliches über ihre Familie oder ihre Arbeit preis, halfen sich mit Zigaretten aus, später auch mit Bier und Schnaps, spielten Backgammon oder Belote auf der Kühlerhaube, und manche, entnervt von der erniedrigenden Situation, fingen auch an, sich zu streiten oder in die Rippen zu stoßen.

Genau wie alle anderen Konsumgüter des kurzfristigen Bedarfs war auch das Benzin von heute auf morgen vom Markt verschwunden, so als wolle die Regierung Andrej Lukanovs dadurch Druck auf die Bevölkerung ausüben. Arme Leute, die ständig mit der Behebung ihrer Mängelsituation beschäftigt sind, machen keinen Aufstand. Es wurden Coupons ausgegeben. Jeder Führerscheininhaber hatte das Recht auf vierzig Liter

Treibstoff im Monat. An die kam er aber nur, wenn er sich in diese endlosen Schlangen vor den wenigen Tankstellen außerhalb der Stadt einreihte. Assen hatte seine Coupons über die Akademie bekommen; außerdem hatte einer seiner ehemaligen Studenten ihm weitere zwei Coupons verschafft. Dieser Momtschev hatte die Zeichen der Zeit erkannt, sein Jurastudium geschmissen, und machte nun glänzende Geschäfte mit Babynahrung. Vor dem Umbruch war die so billig gewesen, dass sich damit auch die Rentner verpflegten. Momtschev also bekam rechtzeitig Wind, wohin sich die Dinge entwickelten, und klapperte die Produktionsstätten ab, um alles aufzukaufen, was vorhanden war, und es in eigene Lager zu verfrachten. Als der große Hunger losging, schlug er sie für den fünffachen Preis los. Was er sonst trieb, wusste Assen nicht, aber der Mann war so reich geworden, dass er sich gegen kleine Geschenke unter Freunden von Fabriken, Gemeindeverwaltungen und allerlei neu gegründeten Stiftungen zweifelhafter Herkunft und noch zweifelhafterer Bestimmung ganze Stapel Coupons gesichert hatte – ach, und natürlich von der Polizei. Da Assen nach wie vor in Simeonowo lebte, kam er ohne Benzin nicht aus. Der Tank seines Lada war halbleer. Er würde den also mit zwanzig Litern auffüllen, und die restlichen einhundert Liter in fünf Zwanzig-Liter-Kanister, die er zum Glück noch im Gemischtwarenladen im Ortskern von Simeonowo aufgetrieben hatte. Trotz der heruntergekurbelten Fensterscheiben stank das ganze Auto derart penetrant nach Benzin, dass er den Eindruck hatte, bei der kleinsten unbedachten Bewegung oder beim Anzünden einer Zigarette würde seine alte Rostlaube in die Luft gehen.

Normalerweise fuhr er mit ein paar Zeitungen und einem Buch zum Tanken, aber jetzt war er nicht allein. Auf dem Beifahrersitz, eingehüllt in Benzingestank, saß Ljuba, Alexanders Frau, und lächelte entrückt. Sie hatte sich am Vorabend bei ihm gemeldet und um ein Treffen gebeten.

»Bedaure«, hatte Assen sie gebremst, »aber morgen steh ich in der Schlange zur Tankstelle am Flughafen.«

»Da komme ich eben mit«, erwiderte Ljuba mit Hoffnung in der Stimme.

»Deine Gesellschaft ist mir ein Vergnügen, aber ich muss dich vorwarnen: Dieses Vergnügen kann sich den lieben langen Tag hinziehen.«

Sie überlegte einen Moment, dann sagte sie entschlossen: »Es ist aber wichtig!«

Da jeder Tropfen Benzin kostbar war, machten sie aus, dass er sie nicht von zu Hause abholte, sondern an der Chaussee vor dem Fußballstadion von ZSKA Sofia aufgabelte. Assen hatte Butterbrote geschmiert und im Keller noch eine Flasche Roten gefunden. Die eine Thermosflasche füllte er mit starkem Kaffee, die andere mit heißem Tee. Ljuba war ihm äußerst sympathisch. Mit dem Instinkt des alten Untergrundkämpfers, der lernen musste, »reine« von »schmutzigen« Bundesgenossen zu unterscheiden, hatte er ihre seelische Reinheit sofort gespürt, ihren Mut, nichts als sie selbst zu sein und manchmal, wenn es darauf ankam, ein offenes Wort zu sagen, koste es sie, was es wolle. Die Sympathien waren beiderseitig, das Vertrauen restlos und ungebrochen, obwohl Ljuba sich eigentlich nur ganz, ganz selten bei ihm meldete, um seinen Rat in für sie schwierigen Lebenslagen einzuholen, Dinge betreffend, die eine Frau auch ihrer Mutter nur ungern anvertraut. Vor Jahren hatte sie ihm ihr kurzlebiges Verhältnis zu Dozent Pejtschev gebeichtet, und dass ihr Mann Alexander es herausbekommen hatte. Wie naiv ist der Mensch doch, dachte Assen, während er ihr den Wagenschlag aufhielt, träumt von ewigen Wahrheiten, ewiger Liebe, verurteilt andere zu ewiger Schuld oder hat selbst unauslöschliche Schuldgefühle … Warum dachte er sich bloß all diese Dinge aus, die viel zu groß waren für ein kleines Menschenleben, und warum verherrlichte er sie auch noch? Weil er Angst hatte vor der Vergänglichkeit, der Mensch? Und was ist mit mir, der ich ewige Treue geschworen habe einer Idee, die längst tot ist?

Mit von der Kälte geröteten Wangen setzte sich Ljuba auf den Beifahrersitz und lächelte ihr warmherziges Lächeln. Sie hatte auch eine Tasche mit Butterbroten und eine Thermoskanne mit Tee dabei. Auf dem Parkweg neben sich sahen sie einen Mann und einen Hund vorüberlaufen, beide dick, außer Atem und mit heraushängender Zunge.

»Danke, dass du mich eine Weile an deiner Einsamkeit teilhaben lässt, Onkel Assen.«

»Die schätze ich nicht besonders, ich bin einfach gezwungen, sie zu erdulden.« Er wartete, bis die Straßenbahn vorbei war, dann beschleunigte er und bog in die Abzweigung zum Flughafen ein. »Du wirst sehen, die hat nichts gemein mit jener Einsamkeit des Weisen, von der wir in manchen Büchern so schön lesen, die ist einfach nur ein ganz gewöhnliches Ärgernis. Tut mir leid wegen der offenen Fenster. Ich hoffe, du erkältest dich nicht; aber wenn ich sie schließe, dann kriegst du eine Bleivergiftung, denn das ist leider kein bleifreies Benzin, was wir bekommen.«

»Weißt du eigentlich, wie oft ich Jordan und Dessi beneidet habe?«, unterbrach sie ihn.

»Worum?«

»Dass sie so einen Vater haben!«

»Oh, ich war alles andere als ein guter Vater. Frag die beiden mal, die werden dir schon sagen, was für ein ständig beschäftigter und zerstreuter, also im doppelten Sinne abwesender Vater ich war.«

Ihr Lachen klang hell und rein, als hätte jemand mit feinem Schlägel ans blaue Porzellan des Himmels gerührt. Es durchrieselte ihn freudig.

»Aber wenn du mal die Gelegenheit hast, sag ihnen ruhig, was du mir da gerade gesagt hast. Wäre dir höchst dankbar.«

12

Bis zum Mittag hatten sie alle Butterbrote verzehrt. Sie tranken aus den Bechern ihrer Thermoskannen und sprachen über belanglose Dinge. Schon seltsam, eigens hier hinaus in die Ödnis zu fahren, nur um ein Treppenhaus-Schwätzchen mal unter freiem Himmel zu halten, unter dem die Felder immer noch Schnee verdunsteten. Der Wind trieb zerfetzte Plastiktüten und Papier darüber hin.

Dann musste Ljuba langsam auf die Toilette. Für die Männer war das ja kein Problem, die stellten sich einfach breitbeinig vor den nächsten Strauch und taten, was ein Mann tun musste. Ljuba war aber kein Mann. Assen hätte sie natürlich zur Tankstelle fahren können, aber es gab keine Garantie, dass ihm sein Platz in der Schlange freigehalten wurde, in der sie nun schon vier Stunden ausharrten. Schließlich entschloss sich Ljuba, allein und zu Fuß zur Tankstelle zu gehen. Grinsend kehrte sie zurück, sie habe nur ihrer Nase zu folgen gebraucht und sofort am Geruch erkannt, wo sich die Toiletten befanden. Die seien aber verschlossen gewesen, und sie habe der Kassiererin zwei Leva geben müssen, damit die ihr aufschloss. Beide mussten lachen. Darauf erst mal einen Schluck Wein! Die Sonne war inzwischen stechend geworden, die Luft warm, und so konnten sie es gut bei geöffneten Fenstern im Wageninneren aushalten.

»Übrigens ein wunderbares Buch«, sagte Ljuba plötzlich versonnen.

»Wovon sprichst du?«

»Dein Buch über Demokratie ist wunderbar.«

»Und das soll ich dir jetzt glauben?«, lächelte Assen melancholisch.

»Ein kluges Buch.«

»Das leider zu spät gekommen ist!«

»Im Gegenteil, ich finde, eher zu früh. In zehn Jahren könnte es für die Menschen, die über den Staat nachdenken, in dem sie leben, ein unverzichtbares Handbuch werden. Vorausgesetzt, in zehn Jahren liest noch jemand.«

Erst jetzt bemerkte er die Müdigkeit, die wie ein tiefer Schatten auf ihren Zügen lag, in den Falten um Augen und Mund, im silbern gewordenen Haar, und wurde sich bewusst, dass neben ihm eine alt werdende Frau saß.

»Ich wollte dir sagen, warum Alex diesen demütigenden Verriss veröffentlicht hat.«

»Vielleicht hat dein Mann diesmal ja recht?«

»Unsinn, natürlich nicht!« Sie errötete leicht vor Scham über ihren Mann. »Selbst Vater ist empört.«

Das konnte er bestätigen. Noch am selben Tag, an dem die Rezension seines Vetters im sozialistischen *Wort* erschien, hatte Professor Kotzev sich telefonisch bei ihm gemeldet: »Ich bin außer mir! Bitte sei dir sicher, dass ich mit diesem Schmutzkübel nichts zu tun habe, den dieser gemeine Hund da über dir ausgegossen hat. In dieser Lage, in die diese Kulissenschieber da oben Bulgarien gebracht haben, hätte ich nie zu einem solchen Mittel gegriffen, selbst wenn ich absolut nicht einverstanden mit dir gewesen wäre.«

Er wandte den Kopf zu Ljuba und sagte:

»Ich vermute, Alexander wollte sich damit von seiner Vergangenheit abgrenzen und den neuen Demokraten schöne Augen machen.«

»Das sehe ich auch so, aber dass er dazu ausgerechnet dich ausgesucht hat, ist infam! Er wusste nur zu gut, dass du diese Ungerechtigkeit folgenlos verstreichen lassen, sie mit Schweigen übergehen und ihm nachsehen würdest. Und dazu noch hat dein Name Gewicht und Ausstrahlung …« Ein krausköpfiger Koloss stakste auf ein Gebüsch zu, pinkelte aber nicht einfach hinein, sondern ließ seinen Strahl schweifen, als müsse er einen Großbrand damit löschen. Ljuba wandte angeekelt die Augen ab. »Wo war ich stehengeblieben? Ach ja, deshalb warst du für ihn einfach die ideale Zielscheibe für seine pseudomoralische Abrechnung, weil du auch noch der Unbescholtenste von allen bist.«

»Unbescholten?«

»Alex und mein Vater saßen vor dem Fernseher, ich war in der Küche und briet Krapfen und wollte nur kurz fragen, ob sie sie mit Konfitüre oder mit Honig wollten. Ich weiß nicht, was gerade passiert war, als ich ins Wohnzimmer kam, aber Alex sprang wie angestochen durch die Gegend und schrie meinen Vater an, er sei ein beschissenes Arschloch und dergleichen!«

»O Gott«, ächzte Assen, »das hat er wirklich seinem Schwiegervater und Förderer gesagt?«

»Ja, und ich konnte ihn nicht bremsen. Ich hatte den klebrigen Teig an den Fingern und war wie gelähmt. Das Gesicht meines Vaters lief erst lila, dann grünlich an, ich dachte, gleich bekommt er einen Schlaganfall. Da hörte ich schon, wie Alex die Schlafzimmertür hinter sich zuknallte und die Koffer vom Schrank holte. Ich weiß, dass er eine Geliebte hat, das hab ich einfach gespürt, aber ich hab auch genauso gespürt, dass er nicht zu ihr gehen wollte, sondern einfach nur weg, raus aus allem, aus der Zeit, seiner Vergangenheit, der Zukunft, raus aus sich selbst. Verstehst du?«

»Furchtbar«, sagte Assen nur.

»Gottlob hat mein Vater keinen Schlag bekommen, sondern geredet. Er hat mich gefragt, wie ich all die Jahre mit einem solchen Menschen habe leben können.«

»Und du, was hast du ihm geantwortet?«

»Ich habe ihm gesagt, dass Alex genau der Mensch war, den er aus ihm gemacht hat: opportunistisch und leicht zu formen, weil er ihn so für seine Feindschaften, Kämpfe und seinen unbefriedigten Ehrgeiz brauchte.«

»Alexander ist kein Produkt deines Vaters«, versuchte Assen ihn höflich zu verteidigen, »sondern des Systems.«

»Ja, mag sein, des Systems, aber auch meines Vaters«, beharrte Ljuba.

»Bedaure, Grund einer so unschönen Auseinandersetzung geworden zu sein.«

»Grund dafür war alles Mögliche, aber nicht du! Die verrückte Zeit, der Umbruch, die Angst vor der wahren Freiheit ... Der Grund lag in Alexanders Wesen selbst.«

»Und was nun?«

»Wir werden uns wohl trennen.«

Ljuba griff nach seinen Zigaretten, zündete sich eine an und sog gierig daran wie ein Kerl.

»Muss es denn gleich Scheidung sein? Auch die schlimmste Ehekrise ist immer noch menschlich, kann also überwunden werden.«

Ljuba schien ihn nicht zu hören. Sie starrte unverwandt in die Richtung, in der der nächste Held in Hosen vor den Busch trat, um seine Blase zu erleichtern, doch es schien, als sähe sie durch ihn hindurch.

»Weißt du eigentlich, wie viele Paare sich inzwischen aus politischen Gründen scheiden lassen«, sagte sie so verwundert, dass sie es gleichsam sich selbst noch einmal sagen musste. »Der Mann zum Beispiel hält weiter zu den Kommunisten von der BSP, die Frau ist glühende UDK-Anhängerin – oder umgekehrt. Irgendwann gehen die Diskussionen in Gezänk und gegenseitige Vorwürfe über, bis sie eines Tages feststellen, dass sie sich nicht mehr riechen können, sich bis ins Mark hassen.«

»Tja, die Menschen haben in Liebe und Eintracht zwanzig, dreißig Jahre lang gelebt, Kinder aufgezogen, und plötzlich ...«

»Die Hälfte meiner Freunde hat sich aus diesen blöden politischen Gründen scheiden lassen.«

»Man fragt sich wirklich ...«

»Wenigstens werden Alex und ich uns aus einem anderen Grund scheiden lassen ... weil er sich ein einziges Mal erlaubt hat, *zu sagen, was er wirklich denkt.*«

Schweigend beobachteten sie, wie ein Rudel Straßenhunde bettelnd um die Wagen herumstrich. Ihr Fell war zerzaust und stellenweise gerupft, ihre Augen hatten vor Hunger einen fast menschlichen Ausdruck bekommen.

»Ich könnte ja mal versuchen, mit ihm zu reden«, schlug Assen delikat vor, aber seine Stimme klang auch jetzt nicht sehr überzeugend.

»Danke für dein Angebot, aber das möchte ich nicht. Zwischen Alex und mir ist schon lange alles aus. Wir leben doch seit Jahren nur noch in den Ruinen unserer eigenen Kompromisse.«

»Manchmal habe ich auch den Eindruck, dass das Leben eines Menschen vor allem aus den Kompromissen besteht, die er macht.«

Ljuba holte ihren Blick aus der Weite zurück, lächelte und fuhr mit den Fingern über ihre Wangen; aber die waren trocken.

»Das Leben, die Ideale, und die Lügen, in die wir verwickelt wurden, haben uns nur zwei Möglichkeiten gelassen: Wir können uns entweder nicht anerkannt und ungerecht behandelt fühlen, oder zugeben, dass wir schuldig sind! Du und ich – wir haben uns für die zweite entschieden!«

»Obwohl wir eigentlich ungerecht behandelt worden sind, hm?«

Ljuba gab ihm keine Antwort auf seine hoffnungsvolle Frage. Die Blechschlange vor ihnen setzte sich in Bewegung und rückte ganze zwanzig Meter vor, und Assen musste reagieren.

»Sehen wollte ich dich aber aus einem ganz anderen Grund«, sagte Ljuba, als der Motor wieder ausgeschaltet war, beinahe flüsternd. »Es mag egoistisch sein, dich damit zu belasten, aber ich habe niemanden sonst, dem ich es sagen kann …«

Assen schaute sie nur wartend an.

»… dass ich krank bin, sehr krank.«

Er versuchte ein aufmunterndes Lächeln, aber etwas in ihrer Stimme bremste ihn. Er fürchtete, wenn er jetzt Mitgefühl zeigte, könnte das gespielt rüberkommen, oder eben das Ausrufezeichen setzen, das die Sache unwiderruflich machte. Darum strich er ihr nur sanft über die Hand. Ljuba zuckte zusammen, als habe er ein hässliches Mal an ihrem Körper oder ihrer Seele entdeckt, für das sie sich schämte.

»An Krebs.«

»O Gott.«

»Beide Brüste sind befallen. Und in der Onkologie haben sie kein Geld für eine Chemotherapie, also bleibt nur die Amputation. Und ich … ich hab Angst vor der Hässlichkeit, Hässlichkeit stößt mich ab, verstehst du?«

»Dein Vater und ich, wir könnten dir …«

»Das bringt nichts. Alles ist schon besprochen, am Montag werde ich operiert.«

13

Nach diesem Bekenntnis wechselte Ljuba abrupt das Thema und erlaubte Assen auch nicht mehr, darauf zu sprechen zu kommen. Wie dunkler Kaffeesatz blieb ihr kummervolles Lächeln am Grunde seiner Seele haften, das von der Bitterkeit eines von Grund auf belogenen und betrogenen Menschen zeugte, für den es keinen Trost gab. Sie könnte seine Tochter sein … aber das Einzige, was er für sie zu tun in der Lage war, das war schweigen, so als habe er nichts gehört und wisse nichts.

Sie hatten großes Glück: Das Benzin war nicht alle, als sie an der Reihe waren, und auch Strom gab es. Wie Assen geschätzt hatte, war es fünf Uhr nachmittags geworden. Die Dämmerung, die bald darauf einsetzte, erschien ihm besonders feierlich, ein Versinken des Tages voller Erleichtung. Als er seinen Lada zur Tanksäule bugsierte, überholten ihn zwei PS-starke Mercedes-Limousinen, die nicht eine Minute gewartet hatten. Zehn Männer der Marke »Schwerathlet mit schwarzen Anzügen und Totengräbermiene« sprangen heraus. Gewalt lag in der Luft, und obwohl alle Fahrer in der Warteschlange empört und wütend waren über so viel Dreistigkeit, zogen sie sich lieber schweigend in ihre Fahrerkabinen zurück. Es war an dieser Tankstelle schon mehrfach vorgekommen, dass Leute, die protestiert hatten, hier mit Schlagringen zum Schweigen gebracht worden waren. Auch Assen zuckte hilflos die Achseln. Ljuba lächelte ihm tröstend zu.

Gott sei Dank hatten auch die beiden Fahrzeuge der Luxusklasse ihm noch Treibstoff übrig gelassen, sodass er Tank und Plastikkanister mit der kostbaren Flüssigkeit füllen konnte. Nun war er so reich, dass er es sich gestattete, Ljuba in seinem stinkenden Bleibenziner bis vor die Haustür zu fahren. As sie ankamen, war die Stromversorgung gerade ausgeschaltet worden und das ganze Viertel um die Kirche Siebenheiligen versank wie eine Geisterstadt in tiefer Finsternis. Er parkte hinter der Kirche, deren bunte Glasfenster matt schimmerten im Abglanz der im Innenraum brennenden Wachskerzen. Assen seufzte gepresst. Nur jetzt nicht seinen Gefühlen freien Lauf lassen und ihr seine eigene Hilflosigkeit zeigen. Aber so ganz konnte er sich doch nicht beherrschen und ergriff ihre Hand. Sie war kalt und ungeschützt.

»Ich danke dir«, sagte er schlicht, »das war ein schwerer, aber wunderbarer Tag mit dir.«

»Weißt du, warum ich mich eigentlich mit dir treffen wollte?« Ihre Stimme kam aus dem Dunkeln. »Weil ich Angst habe, und das niemandem sonst sagen kann. Ich habe schreckliche, habe wahnsinnige Angst!«

14

In der Nachmittagshitze sahen die Straßen niedergeschlagen aus. Auf dem Asphalt glänzten Pfützen aus Licht, in denen Trugbilder schimmerten, die aus einer anderen Welt zu kommen schienen. Die Stadt, betäubt und ausgelaugt, hielt Siesta. In ihrer Verlassenheit fiel auf, wie viele Fenster inzwischen vergittert waren, seit Einbrüche massenhaft an der Tagesordnung waren. Die anständigen Leute, dachte Assen bitter, lebten also hinter Gittern, die Verbrecher liefen frei herum. Und wenn man einen Einbrecher auf frischer Tat ertappte und sich tätlich gegen den Eindringling wehrte, konnte es sein, dass man wegen Körperverletzung ins Gefängnis kam oder dem Dieb Schmerzensgeld zahlen musste. So waren die Gesetze.

Ich werde gallig, dachte Assen enttäuscht, alles ist mir fremd geworden. Zurückgezogen in seinen eigenen Panzer, war er sich selbst zum Gefängnis geworden. Er ging am Universiada-Konzertsaal vorbei, dann am Polizeirevier. Sein Schritt verlangsamte sich, als würden Luft und Licht vor ihm immer dichter und schwerer passierbar. Bald war jeder Schritt eine Qual, weil er wusste, dass er ihn seiner persönlichen Niederlage näher brachte, dem Scheitern seines Lebens. Er war ja bereit, physischen Schmerz zu ertragen, wieder in Armut zu versinken, die Bürde seiner inzwischen achtzig Lebensjahre zu tragen; aber er wollte in diesem tückischen, erbarmungslosen und undurchschaubaren gesellschaftlichen Wandel doch wenigstens ein Letztes: seinen Stolz und seine Würde bewahren! Er hatte einen Anruf aus der Druckerei der Akademie der Wissenschaften bekommen. Die Stimme der Frau war respektlos und duldete keinen Widerspruch. Sie teilte ihm mit, der Druckerei-Direktor wolle sich mit ihm treffen, habe aber nur zwischen zwei und drei Uhr nachmittags Zeit. In der größten Hitze, genau zu der Zeit, in der er gewöhnt war, auf seiner spartanischen Bettstatt ein Stündchen zu dösen.

In der letzten Nacht hatte er nicht einschlafen können und auf der Terrasse, wo es unter dem flimmernden Sternenhimmel von Simeonowo nach wilden Gräsern roch, bis zum Morgen in seinem Buch geblättert. Der Band sah immer noch respektabel aus mit seinem Kunstledereinband, nur der Titel kam ihm jetzt irgendwie oberflächlich und irreführend vor: *Für und Wider der Demokratie*. Ob das Buch wirklich verfrüht erschienen war, wie Ljuba meinte, oder zu spät, wie er meinte, weil nach dem Sturz des Kommunismus sogar eine Zeitung schon *Demokratie* hieß? In diesem Buch gab es ganze Kapitel, die durch den Gang der Dinge sinnlos geworden oder die übergangen worden waren. Inspiriert von den Gesprächen mit Professor Jowtschev, in denen sie immer zu überraschenden Einsichten gelangten, hatte Assen die These vertreten, dass die Partei – vergleichbar der Kirche – vom Staat getrennt werden musste, wenn der Sozialismus überleben wollte, und mögliche Mechanismen analysiert, wie dies zu bewerkstelligen sein könnte. So wie der Kapitalismus die Kirchen von der politischen Macht getrennt hatte, so müsse der Sozialismus seine Ideologie von der staatlichen Administration trennen. Diese Seiten waren vor dem 10. November 1989 geschrieben, und damals waren sie kühn, ja gefährlich gewesen; doch als das Buch nach der Wiedereinführung des Mehrparteiensystems erschien, waren sie einfach überholt.

Es gab in diesem Buch aber auch Gedanken, die von den gesellschaftlichen Veränderungen, die sich unmerklich ins Leben der Menschen eingeschlichen hatten, selbst diktiert waren, und diese Ideen waren ihrer

Zeit voraus. Assen hatte beispielsweise eine der grundlegenden Gefährdungen analysiert, die der Demokratie als Regierungsform innewohnten, und seine Vermutung geäußert, dass durch die jederzeit gegebene freie Wahlmöglichkeit der Pöbel in aggressiver Weise seine willkürlichen Launen über die rechtsstaatlichen Normen und Strukturen erheben und so die Demokratie in Anarchie verwandeln könnte, verbunden mit einer Vulgarisierung des Lebens durch primitives Streben nach schnellem Konsum und ungezügelter Bedürfnisbefriedigung. Seine sozialistischen Grundüberzeugungen hinderten ihn nicht daran, zu dem Schluss zu gelangen, dass wichtige gesellschaftliche Entscheidungen eben nicht vom ungebildeten Pöbel getroffen werden sollten, sondern von sachkundigen Eliten, die eine entsprechende Erziehung zu moralischem Handeln genossen hatten, ganz wie es Platons Modell der Aristokratie, der Herrschaft der Besten, entsprach. Eines der großen Defizite in der Geschichte des bulgarischen Nationalstaats war denn auch, dass es nie zur Entwicklung einer beständigen Aristokratie gekommen war, die nationale Werte und geistige Traditionen überliefern und verteidigen konnte. Infolgedessen war Bulgariens historische Entwicklung durch ständige Brüche gekennzeichnet gewesen, die bei jedem gewaltsamen Wechsel der Staatsführung eintraten und so auf dramatische Weise Kontinuität verhinderten. Wie in allem Guten und Schönen auf dieser mühsamen und beladenen Welt, so waren auch bei der Demokratie gerade ihre Vorzüge ihre verwundbarsten Stellen.

Da war auch noch, das spürte er, ein anderer Konflikt, der sich in der aufkeimenden Demokratie herausbildete. Um von den Veränderungen nicht nur zu wissen, sondern sie zu spüren, ihre Atmosphäre in sich einzusaugen, war er zu Anfang auf viele Demonstrationen gegangen, sowohl solche der Roten als auch solche ihrer unversöhnlichen Gegner, der »Blauen«. Was die Leute euphorisierte, war nicht nur die Versammlungsfreiheit an sich, auf der sie ungehindert ihre Meinungen und Gedanken kundgeben konnten. Was die geballte Menge da vor seinen Augen zusammenschrie, war auch die eingerostete, über Jahrzehnte unverändert gebliebene Pyramide der Macht mit Todor Shivkov an der Spitze, dem Politbüro, darunter dem Zentralkomitee, dann der Partei mit ihren Stadt-, Kreis- und Bezirkssekretären, die vor Ort schalten und walten konnten wie absolutistische Provinzfürsten. Entgegen dieser hierarchischen, vertikalen Machtstruktur spielte sich auf den »Meetings« so etwas wie die horizontale Macht der Gleichen ab, die ihrerseits allumfassend war durch die schiere Masse der Teilnehmer, die an ein und dieselbe Chimäre glaubten. Der Redner war Erster unter Gleichen; ihm wurde das zeitweilige Recht eingeräumt, für die Masse zu sprechen.

Auf diesen Versammlungen kamen sich Menschen näher, die einander vollkommen unbekannt waren und sich in der aufgeheizten Atmosphäre plötzlich näher fühlten als Verwandte, weil sie Gleichgesinnte waren und es wussten. Doch leider hatte ihre Einigkeit keine Chance gegen die bald aufbrechende ökonomische Ungleichheit, in Gang gesetzt nicht etwa durch normale marktwirtschaftliche Prozesse, sondern durch jene fünf oder zehn Prozent der Bevölkerung, die ihre alten Verbindungen nutzten, um Bulgarien und seine Betriebe und die Menschen mit ihren Ersparnissen gewissenlos zu betrügen und auszurauben, bis das Land entkräftet am Boden lag und sie hundert-, tausend-, zehntausendfach reicher waren als Otto Normalbulgare.

Dieser lernte rasch, dass ein vollkommen verarmter Bürger wiederum unfrei war. Er war Sklave seiner staatsbürgerlichen Pflichten und zu arm, um seine Rechte wahrnehmen zu können. Auf diese Weise wurde die freie Gleichheit, die auf den Demonstrationen enthusiastisch begangen wurde, von der gesellschaftlichen Realität bald vollkommen ausgehöhlt.

Benommen von der frühen Nachmittagsglut, hatte Assen inzwischen die Fabrik Elektron erreicht, hinter der der gewaltige Gebäudekomplex mit den Instituten, Hotels, Restaurants und Geschäften der Bulgarischen Akademie der Wissenschaften aufragte. Dort befand sich auch die Akademie-Druckerei. Er schaute nach links und nach rechts, ob eine Straßenbahn kam, dann überquerte er die Gleise, hielt am Brunnen, um einen Schluck Wasser zu trinken, und ging dann auf der Schattenseite weiter – eine Wohltat, die ihm nun fast überirdisch vorkam. Das Büro des Direktors befand sich in der fünften Etage, aber der Aufzug war defekt. Als er oben ankam, empfing ihn die junge Sekretärin, die er an der Stimme sofort als die respektlos-freche Frau erkannte, die ihn angerufen hatte. Sie saß vor einer elektrischen Schreibmaschine und wedelte sich mit einem Pappordner Luft zu. Lippenstift und Nagellack waren so blutrot, als hätte sie gerade jemandem Zähne und Nägel ins Fleisch geschlagen. Obwohl er pünktlich kam, blaffte sie ihn an:

»Herr Slatanov hat gerade eine Unterredung, warten Sie bitte draußen.«

Im Korridor gab es weder Bank noch Stuhl, und so lehnte Assen sich erschöpft gegen den Heizkörper. Es wurde halb drei. Die Reinemachefrau, eine ungepflegte Frau in Arbeitskittel, wischte mit ihrem schmutzigen Lappen vor seinen Beinen herum, als wäre er gar nicht da, und der aus unzähligen Treppenhäusern wohlbekannte Alltagsgeruch aus feuchtem Staub und Reinigungsmittel stieg ihm in die Nase. Um fünfzehn Uhr erlaubte er sich, noch einmal seine Nase ins Vorzimmer zu stecken. Die Sekretärin wedelte sich noch immer mit dem Aktenordner Luft zu. Slatanov gab gerade einer höchst ansehnlichen jungen Dame mit glänzenden Augen und knappem Minirock beim Hinausgeleiten aus seinem Zimmer einen Handkuss.

»Ah, Herr Weltschev, warten Sie bitte einen Augenblick«, hielt er Assen auf, der schon auf dem Weg zurück in den Flur war. Einige Minuten später brachte der Direktor die junge Dame zur Treppe. Sie stellte sich als Dichterin heraus, die Sponsoren für ihren neuen Gedichtband gefunden hatte. Sie sprach Dialekt, ihre Aussprache war weich. Ihr Lachen war ungezügelt und herrisch, so als verzeihe sie gerade dem ganzen Rest der Welt. Der Direktor küsste ihr zum Abschied nochmals die Hand.

»Herr Weltschev, jetzt muss ich unbedingt etwas essen«, lächelte er säuerlich, »vor lauter Arbeit kommt man hier zu gar nichts.«

»Entschuldigung, aber Sie haben mich für zwei Uhr bestellt, jetzt ist es drei Uhr durch!« Assen wies auf die Wanduhr.

»Ja, Arbeit, Arbeit ohne Ende«, schwadronierte Slatanov weiter, glättete sein schütteres Haar mit einem kleinen Kamm, blies hinein, wischte mit Daumen und Zeigefinger darüber und verstaute ihn wieder in seiner Sakkotasche. Dann bat er Assen, ihm ins Lager zu folgen. Drinnen war es düster, das Licht fiel nur spärlich durch die vergitterten Fenster. Es roch feucht nach Souterrain, nach Druckerschwärze, schlechtem Papier und erniedrigten Büchern, nach geistiger Gewalt. Nach Sprachsterben.

Sie hielten vor einigen randvollen Paletten in der Ecke, die sichtlich vergessen und verwaist waren. Darauf die ganze Auflage von *Das Für und Wider der Demokratie.*

»Fünftausend Auflage hatte Ihr Meisterwerk«, sagte Slatanov mit schadenfrohem Unterton, »verkauft sind ganze ein-hundert-und-sechzig davon, obwohl die Buchhändler von mir den doppelten Handelsrabatt bekommen, nicht zwanzig, sondern vierzig Prozent. Die will einfach keiner, Ihre Demokratie, nicht mal auf Kommission ...« Er schnalzte mit der Zunge und spuckte auf den Boden. Setzte ein Lächeln voll spöttisch imitiertem Mitgefühl auf. »Sagen Sie mir, was ich mit den restlichen viertausendachthundert-und-ein-paar-zerquetschten Exemplaren machen soll?« Er zog erneut seinen kleinen Kamm, fuhr sich durchs schüttere Haar. Dann fuhr er mit falschem Wohlwollen fort:

»Ich weiß bald nicht mehr, wo ich die hintun soll, hier stapeln sich immer mehr solcher ... Ich kann sie eigentlich nur einstampfen lassen.«

»Kann ich mir zehn Stück davon mitnehmen«, fragte Assen, um dieses sinnlose Gespräch abzukürzen.

»Sie können so viele Exemplare kaufen, wie Sie wollen«, antwortete Slatanov, »mit vierzig Prozent, doppeltem Handelsrabatt.«

Er blies über seinen Kamm, wischte mit Daumen und Zeigefinger darüber und verstaute ihn wieder in seiner Sakkotasche.

15

An einem heißen Augusttag klingelte das Telefon seltsam dringlich. Draußen verglühte die Sonne, die Luft war erstickend. Die Schatten hatten schon Tiefe und Kraft gewonnen, es roch nach gemähter Wiese, nach Minze, nach gewaltsam beendeter Blüte. Es ging auf drei Uhr zu, Assen war noch schlaftrunken von seiner Mittagsruhe, in der er von Jonka geträumt hatte. Sie hatte ihn angelächelt, ihre Lippen hatten sich bewegt; sie wollte ihm wohl etwas anvertrauen, das ihn für immer beruhigen und ihm Trost spenden sollte durch eine letzte, unhintergehbare Wahrheit; aber er hatte sie nicht verstanden. Er war aufgeschreckt, versuchte aber, die Lider geschlossen zu halten, damit Jonka nicht verschwand und er ihre Botschaft deuten konnte; aber schließlich sagte er sich, dass Jonka ihm einfach erschienen war, um ihn zu sich zu rufen.

Das Telefon neben seinem Bett hörte nicht auf zu klingeln. War das nun dreist oder flehentlich? Er streckte die Hand aus und griff nach dem Hörer.

»Bitte verzeihen Sie die Störung, aber sind Sie …«

»Ja, ich denke, noch bin ich, noch bin ich es«, erwiderte er unwirsch. »Wen suchen Sie denn?«

»Entschuldigen Sie – Genosse Weltschev?« Die Stimme war voller Unbehagen, kam ihm aber entfernt bekannt vor. »Sonja Toromanova erlaubt sich, Sie zu behelligen.«

»Sie?! O Gott!« Vor Verblüffung setzte er sich abrupt im Bett auf. Er hatte das Gefühl, sie habe ihn nackt überrascht. »Freut mich sehr!« Dann fuhr er, mit jener Leichtfertigkeit, mit der alte Leute oft ihr Intimstes preisgeben, fort: »Ich hab gerade von meiner Tante geträumt, Sie kennen sie … Jonka!«

»O ja, was für eine ungewöhnliche, wunderbare Frau. Hoffentlich habe ich Sie nicht geweckt, Herr Weltschev?« Sie schwieg betreten. Assen dachte: Wie sogar das Schweigen, die lebendige Stille zwischen uns mich aufwühlt! Immer noch! »Ich weiß, es ist unangebracht, nach so vielen Jahren.«

»Ich werde nie Ihr Haus vergessen, Frau Toromanova, Ihre Güte und Hilfsbereitschaft … und dass Sie mir vor siebenundvierzig Jahren das Leben gerettet haben.«

»Sie übertreiben …« In der Sprechpause hörte er, wie sie tief Luft holte. »Mein Ehemann, Ihr Vetter …«

»Ja, Goscho. Wie geht es ihm?«

»Er ist krank und würde Sie gern sehen. Deshalb habe ich mir diese Unhöflichkeit erlaubt, Sie zu ungebotener Zeit zu behelligen.«

»Natürlich komme ich zu Ihnen. Wann passt es Ihnen denn?«

»Zögern wir es lieber nicht allzu sehr hinaus, Herr Weltschev, sagen wir, morgen Nachmittag um fünf.«

16

War das nicht ein bisschen sehr lächerlich, sich so zurechtzumachen? Ein eitler Alter, der eine Verabredung mit seiner viel jüngeren Geliebten hat. Er hatte seinen Leinenanzug aus dem Schrank geholt, sich Old Spice aufgelegt und hielt in der einen Hand einen Strauß weiße Callas und in der anderen eine Plastiktüte mit einer Flasche Metaxa, Georgi Pantovs Lieblingsgetränk. Sein Lächeln sollte Großmut und Optimismus ausdrücken.

An dieser Tür hatte er schon geklingelt, als der Sozialismus noch Staatsfeind Nummer eins war und er sich als Attentäter und Untergrundkämpfer unter dem Deckmäntelchen des Bestattungsagenten hier vor der Polizei versteckt hatte. In den aristokratisch eingerichteten Räumen hinter dieser Tür hatte er nicht nur Unterschlupf und Schutz gefunden, sondern auch Trost. Er erinnerte sich gut an diesen trüben Tag, als er General Lultschev erschossen hatte und in der übereilten Flucht vor den Schergen der Polizei Zuflucht gesucht hatte in gespielter Gleichgültigkeit und der Beflissenheit des Bestatters. Schließlich hatte er als einzigen Grund für sein aufdringliches Kommen ohne Einladung dieses Tütchen Petuniensamen aus der Tasche gezogen, die eingesät werden sollten als Einfassung der Grabstätte des alten Toromanov, des besten bulgarischen Konditors seiner Zeit und Inhabers der erlesenen Café-Gaststätte Bulgaria gegenüber der Russischen Kirche. Damals hatte Sonja zuerst fragend auf das Papiertütchen mit der Aufschrift des Blumennamens auf Lateinisch geschaut, verblüfft, ungläubig und in die Enge getrieben von seiner aus Panik geborenen Unverschämtheit; dann hatte sie verstanden und einfach lächelnd gesagt: »Danke, dass Sie gekommen sind, Herr Weltschev!«

Er erinnerte sich auch noch gut, wie langsam in ihm jenes diffuse, ja, sündige Verlangen wuchs, in Sonjas Nähe zu sein, ihre Stimme zu hören, oder auch nur ihr verstörtes Schweigen, so wie gestern am Telefon; erinnerte sich auch an das unerfüllbare Verlangen, sie zu berühren, sich ihr grenzenloses Angezogensein einzugestehen, eine Versuchung, die gleichsam direkt aus dem Fehlen jeglicher Lasterhaftigkeit entsprang. In seinem Gedächtnis lebte auch jener eine einzige Abend am Kamin wieder auf, der sich nicht wiederholen sollte, als sie, gleichermaßen erschrocken von der Intimität ihrer Nähe, gleichzeitig aufstanden, sich für die Länge eines Wimpernschlags berührten, mehr Beginn eines unendlichen Abschieds, und wie Sonja in einem Moment der Schwäche ihr Haupt an seine Schulter gelegt hatte, nicht einfach nur in liebendem Vertrauen, sondern *weil es das war, was zwischen ihnen war.*

Assen erinnerte sich auch an das letzte Mal, an dem er vor dieser Tür gestanden hatte, die damals schon die Spuren langjähriger Vernachlässigung und Abnutzung trug, eingehüllt in den Geruch von Treppenstufen, die viele menschliche Gefühle in sich aufgesogen hatten. Er war damals wie versteinert von seiner eigenen Dreistigkeit gewesen, entzweit zwischen der Angst, Sonja könnte ihm tatsächlich öffnen, und der Angst, sie könnte ihm nicht öffnen. Dieses Unerfüllte, das als Narbe für immer blieb, jene vergeudete Erfüllung dessen, *was zwischen ihnen war*, hätte ihn mit dem Schein der Liebe erleuchtet und geschmückt. Ja, Sonja war die einzige, die verlorene Frau gewesen, die er geliebt hatte; nun, in diesem ehrwürdigen Alter, konnte er es sich endlich eingestehen. Sie hatte sich ihm entzogen wie seine beiden Bücher, und sie war in seinem Leben zu früh gekommen und zu spät wie sie.

Der Schmerz stahl sich so süß und scheu in sein Herz, dass er beinahe seinen Strauß fortgeworfen und fluchtartig wieder nach Simeonowo zurückgefahren wäre, zurück in seine Einsamkeit, um dort in der Gesellschaft dieses neuerdings aufgekommenen Gefühls, dem Schicksal ausgeliefert zu sein, die Flasche Metaxa zu leeren. Vor Jahren hatte sie ihn nicht hineingelassen, um ihn zu schonen; nun war er es, der hätte gehen müssen, um sie so wundervoll und ungealtert in seinem Gedächtnis zu bewahren wie bei ihrer letzten Begegnung. Das wäre die beste Lösung für alle gewesen. Erneut kam unbändige Angst in ihm hoch. Er schwankte – aber nein, er hatte versprochen zu kommen! Da beide Hände besetzt waren, beugte er sich vor und drückte mit der Stirn auf den Klingelknopf. Von drinnen war fast augenblicklich das Klacken ihrer Absätze zu hören. Diesmal war sie vorbereitet, diesmal erwartete sie ihn. Die Tür ging auf. Ein gleißendes Licht aus dem Korridor blendete ihn, daher nahm er Sonja zunächst nur als Silhouette, als Umriss wahr, dann spürte er ihr Lächeln. Gottlob, vor ihm stand keine verhutzelte Oma, sondern eine schlanke, feine Frau vorgerückten Alters. Ihr Haar war vornehm bleich geworden und umgab sie mit der Aura königlicher Würde. Ihre Augen hatten sich nicht verändert. Es waren immer noch diese dunklen, bergenden Augen, in denen die ununterbrochene Anstrengung, das Leid des frei gewählten Selbstopfers flackerte.

»Sie sehen großartig aus, Frau Toromanova.«

»Danke, Herr Weltschev, Sie nicht minder. Und Sie haben auch nicht vergessen, dass ich weiße Callas liebe, und Goscho ein Fläschchen Metaxa.«

17

Als er das Wohnzimmer betrat, bekam er einen Schlag. Wo war die aristokratische Pracht geblieben, die er als junger Revolutionär zwar ideell verachtet, in der er sich reell aber so schön von seiner Angst erholt hatte? Durch ausgebleichte Gardinen sickerte müde der Tag. Keine Silberleuchter mehr, auf die sein Licht ein Schimmern hätte zaubern können, keine gravitätischen Kaminuhren mehr, die ihm stoisch tickend Eile mit Weile empfahlen. Die Wände sahen ohne Gemälde nicht einfach nur leer aus, sondern schmuddelig und abgenutzt. Die überladenen Empire-Möbel mit ihrer gedrechselten und gepolsterten Pracht, wo waren sie? Die Perserteppiche? Die Kristallleuchter? Der schwarze Flügel? Die Spiegel? Diese ganze pompöse, aber auch gemütliche Großbürgerlichkeit … Hohl, verlassen, schien dieser Raum niemandem mehr Wohnung zu sein. Sonja bemerkte sein Befremden, errötete, als habe er sie bei etwas Unziemlichem ertappt, zupfte den Schal auf ihren Schultern zurecht und sagte – weder vorwurfsvoll noch entschuldigend:

»Irgendwie mussten wir halt durchkommen, Genosse Weltschev.«

Sie trug dasselbe schlichte schwarze Kleid, mit dem sie vor vielen Jahren seiner Frau Emilia ausgeholfen hatte, damit die auf ihrer ersten Filmpremiere ihrer Eitelkeit Genüge tun konnte. Ihr Haar hatte sie streng in einem Dutt zusammengefasst, ihre Lippen waren dezent mit Lippenstift hervorgehoben. Ruhig und ohne zu dramatisieren erzählte sie ihm, dass Georgi, ihr Mann, sich einen so komplizierten Beinbruch zugezogen hätte, dass er wohl nie mehr werde laufen können und zur Bettlägrigkeit verurteilt sei.

»Ich habe sehr darum gekämpft, dass er operiert wird, aber die Ärzte sagten, es habe keinen Zweck. Sie erklärten mir, er habe sich das Bein nicht gebrochen, weil er ausgerutscht und hingefallen sei, sondern weil sein Hüftgelenk ihn nicht mehr getragen habe. Osteoporose. Gefallen sei er *infolge* des Bruchs. Als ich ihn fand, lag er da und kam um vor Schmerzen.« Sie zeigte in eine Ecke. Dort waren Bücher direkt auf dem Boden in unterschiedlich hohen Stapeln aufgetürmt. »Man hat mir einen Reha-Therapeuten empfohlen, aber das kostet jetzt alles Geld, und wir leben nur von meiner Rente. Und Sie wissen ja, Herr Weltschev, wie die Renten jetzt aussehen.«

»Warum haben Sie sich nicht früher bei mir gemeldet?«

»Warum hätte ich mich melden sollen?« Sie besann sich und nahm endlich den Strauß entgegen, den Assen ihr die ganze Zeit hingehalten hatte. »Er wartet auf Sie, Sie haben ja keine Ahnung, wie sehr.«

Sie geleitete ihn ins Schlafzimmer. Sein Vetter war eingedöst. In dem riesigen, zerwühlten Bett sah er, der bis zur Unkenntlichkeit abgemagert war, winzig aus wie eine Handpuppe. Seine Wangen waren eingefallen, sein einst schönes Gesicht welk geworden, der Schädel trat kantig hervor und glich dem einer Mumie. Das Bettzeug war gerade gewechselt worden und strahlte vor Weiße, doch in der Luft lag trotzdem der feine Geruch der Vergänglichkeit. Georgi verschluckte sich, hustete. Langsam fand sein Blick die beiden Eintretenden und füllte sich mit Erkennen.

»Noch mal davongekommen«, begrüßte er Sonja und Assen.

»Ich hätte jederzeit kommen können«, antwortete Assen mit Unbehagen.

»Sonja hat mir erzählt, du wärst die letzten Monate im Ausland gewesen.«

Nun wurde Assen vollends verlegen. Er schaute Sonja fragend an, die warf ihm einen bittenden Blick zu, dann nickte er bestätigend mit dem Kopf.

»Herr Weltschev hat dir einen Metaxa mitgebracht«, sagte sie, »und mir – schau mal, was für wunderschöne Callas.«

»Wenn ich etwas gern trinke, dann Metaxa. Dieser Duft nach südlicher Sommernacht und Trockenbeerenauslese, nach süßer Jugend eben, wie?«, versuchte er zu scherzen.

Im Schlafzimmer standen zwei wacklige Küchenstühle. Sie rückten sie ans Bett und setzten sich darauf. Georgi holte seine Hand unter der Bettdecke hervor. Sie war trocken wie Pergament. Seine Finger zitterten. Seine Augen waren so ausgehöhlt, dass die Augäpfel stark vergrößert wirkten. Seine Ohren hatten die Durchsichtigkeit feinen Porzellans angenommen. Sonja brachte mangels einer Vase eine Kanne mit Wasser für die Blumen und ein Tablett mit drei Gläsern für den Metaxa. Sie stießen an. Georgi fing an, von Widin zu reden, von der Donau, den Gerüchen nach Sumpf und nach gebratenem Karpfen, dem mit echten Wiener Möbeln vollgestellten Haus, in dem er groß geworden war, von den Briefmarkenalben seines Vaters Panto Weltschev, der Sammelenzyklopädie von Larousse, aus der seine Mutter ihre Bildung bezog, und seinen naturwissenschaftlichen Experimenten, die in der perversen Kreuzung einer Taube und eines Raben gipfelten. Sie lachten. Dann verlangte Georgi nach dem Nachttopf. Das war das vermutlich letzte verbliebene originale Stück Hausrat, das Georgi zu verscherbeln nicht gelungen war. Er war aus Keramik und hatte die Farbe von Elfenbein; sogar das Monogramm der Wiener Herstellerfirma war noch zu erkennen. Sonja reichte ihn ihm mit einer Sanftheit, als wäre es ein Liebesbrief.

Draußen dunkelte es, als wäre schon Herbst, und Sonja machte Licht. Sie holte Salzgebäck aus dem Ofen, das warm war und duftig. Bei der Gelegenheit erinnerte sich Goscho auch daran, wie er mal versucht hatte, Assen zu hypnotisieren, indem er ihm zwei Magnete auf die Schläfen gelegt und monoton immer dieselben Worte wiederholt hatte, bis er plötzlich im Befehlston fragte, was Zwetana, das Hausmädchen, im Nebenzimmer mache. Der arme und ewig ausgehungerte Assen hatte versucht, es zu erraten, denn er wusste, wenn er es richtig sagte, würde er zum Mittagessen bleiben dürfen. Wieder lachten sie. Georgis Lachen war aber unsicher und so schwach, dass er mit seinem Atem kaum eine Kerzenflamme zum Flackern gebracht hätte. Bald darauf verlangte er wieder nach dem Topf und versackte in der mühseligen und unschönen Anstrengung, mit Sonjas Unterstützung sein kleines Geschäft zu verrichten.

»Damals stand ich unter dem Einfluss Mesmers«, fuhr er leise fort und schaute Assen mit dem wissenden Blick des Tieres an, das zur Schlachtbank geführt wird. »Immer allein, so allein … Mir ist so schön in deiner Gesellschaft, aber nun bin ich müde und kann nicht mehr … bin einfach müde.«

Vermutlich war er wirklich nur müde und wollte mit seinen Worten gar nichts anderes andeuten, aber sie klangen so … Sonja nahm ihm zwei Kopfkissen weg und bettete ihn tiefer, damit er bequem lag. Sein Körper verlor sich geradezu unter der Bettdecke, seine Augen hefteten sich wie Saugnäpfe an die Decke, als wäre dort das Tor zur Erlösung.

»Du hast dich immer gut zu mir verhalten«, sagte er schließlich, »hast mir geholfen, ich kann dir keinen Vorwurf machen. Aber ich habe dich nicht nur sehen wollen, um dir dafür zu danken …« Seine Stimme wurde leise, verschwörerisch. »Die Kommunisten haben mir ordentlich in die Karten gepfuscht, mein Leben zerstört – und nicht nur mir …« Er machte eine Pause, um Kraft zu sammeln. »Aber ich hasse niemanden. Ich wollte, dass du das weißt, nein, das musst du einfach wissen: Ich hasse niemanden!«

Danach »ging« er gleichsam, verließ sie, das Zimmer mit seinem Geruch nach abgestandener Luft und Schmerz, zog kraftlos die Bettdecke hoch zum Kinn und sagte klar, aber ohne erkennbaren Zusammenhang:

»Gott im Himmel, warum hab ich bloß gelebt, wozu war das alles nur gut?«

18

Die Woche nach Assens Besuch verging in eintöniger Wiederholung alltäglicher Verrichtungen. Sonja machte Frühstück und fütterte ihn, schob ihm morgens Kissen unter (die sie für den Mittagsschlaf und die Nacht wieder wegnahm), kochte ihm fleischloses Mittagessen (wenigstens war im Herbst das Gemüse billig), und zwischendurch machte sie mit ihrer Le-Clézio-Übersetzung weiter, auch wenn die nach kurzem Zusammenbruch des Buchmarktes wie Pilze aus dem Boden schießenden Verlagsneugründungen für Übersetzungen kaum etwas bezahlten. Danach ging sie fürs Abendessen einkaufen, meist Joghurt oder Bosa – Weizentrunk.

Letzterer grenzte zwar eindeutig an Luxus, aber es war das einzige süße Vergnügen, das sie sich für ihren Mann überhaupt noch gelegentlich leisten konnte. Auf Anraten der Ärzte verabreichte sie Georgi dreimal am Tag schmerzstillende Mittel, die ihn in einem permanenten Zustand zwischen Traum und Wachen, Erinnerungen und Gegenwart hielten, einer »Duselblödigkeit«, wie er das nannte.

Ende der Woche meldete sich Assen Weltschev telefonisch bei ihr. Seine Stimme war erstickt und voll innerer Bewegung und Unsicherheit.

»Wenn Sie etwas brauchen, Frau Toromanova, dann … ich … wie soll ich sagen? Sie können auf mich zählen, wollte ich sagen.«

»Ich bitte Sie, zerbrechen Sie sich nicht den Kopf«, erwiderte sie erschauernd.

»Und danke nochmals, dass Sie sich bei mir gemeldet und mir die Möglichkeit gegeben … mich eingeladen haben …«

Sie schwiegen lang, ermüdend, sinnlos lang schwiegen sie; dann legten sie auf.

Am Ende des Altweibersommers begann Georgi Pantov zu phantasieren. Aus dem Arbeitszimmer hörte sie, wie er einen imaginären Streit mit seiner Mutter ausfocht, sie »Meuchlerin deines Sohnes« nannte, wie er Viktoria Sestrimska mit den beschwichtigenden Worten: »Ich versichere, es ist nicht von meiner Frau, nicht von Sonja« drängte, doch sein bescheidenes Geschenk, ein goldenes Armband mit Rubin, anzunehmen, und wie er seinen alten Compagnon, den Bauunternehmer Tschakalov, »widerlicher, stinkender Schakal« nannte, bevor er ihn vom Dach stieß. In seine Augen trat ein seltsamer Glanz, der von einem Wissen jenseits aller Worte zeugte, dem weisen Kummer eines Menschen, der zunächst verwundert, aber dann mit immer größerer Sicherheit spürt, dass es Zeit ist, sich von allen und allem zu verabschieden. Sonja musste etwas tun, wenn sie ihn retten, ihn in die Wirklichkeit zurückholen wollte, musste ihn ködern mit seiner alten Schwäche für die Unfreiheiten des Begehrens. Sie hörte auf, ihm die schmerzstillenden Tabletten zu geben, aber auch das half nicht; der permanente Schmerz hatte sich schon in einen Teil seiner körperlichen und geistigen Abwesenheit verwandelt. »Wozu das alles?«, wiederholte Sonja die Worte ihres Mannes, vorwurfsvoll, mit wachsender Hilflosigkeit.

Eines Morgens hörte sie in der Warteschlange vor dem Milchgeschäft, in der sie um Joghurt anstand, dem Gespräch zweier Frauen zu, die sich naserümpfend über eine Frau ereiferten, die sie »Schlampe« titulierten. Diese Schlampe nun sei durch die Restitution plötzlich und unerwartet reich geworden und trüge auf einmal die Nase reichlich hoch. Sonja brauchte einen Moment, bis sie schaltete. Dann blieb ihr Herz für einen Moment stehen. Sie zwängte sich aus der dicht an dicht stehenden Menschenschlange heraus, rannte zur nächsten Zeitungsbude, kaufte eine Zeitung, und wedelte, heimgekehrt, Goscho lächelnd mit dem Blatt vor der Nase herum.

»Hier, Neuigkeiten vom Gesetz über Eigentumsrückgabe«, sagte sie laut.

»Hast du mir doch schon von vorgelesen«, versuchte Georgi gar nicht erst, sein Gelangweiltsein zu verbergen. »Du weißt doch, dass ich das Konditorei-Café deines Vaters schon vor den Kommunisten verscherbelt habe. Also, was geht mich das an.«

»Sicher, aber im Parlament haben sie Änderungen am Gesetzestext beschlossen. Hör zu …« Sie nahm ihre Brille vom Nachttisch und setzte sie sich auf die Nase, als setze sie ein Ausrufezeichen. »Das, was uns betrifft, sind die neuen Absätze in Paragraf 4. Jetzt hör zu: ›Es werden für ungültig und null und nichtig erklärt alle Kaufverträge, die zwischen 1941 und 1947 geschlossen worden sind.‹«

Zäh und langsam wie Wasser, das in Lehm eindringt, füllten sich seine Augen mit Leben, dann mit Erstaunen und schließlich mit Tränen. Sonja fürchtete nur, er könne die Zeitung von ihr verlangen und ihrer plumpen, geradezu infamen Lüge auf die Schliche kommen; darum stand sie schnell auf und ließ ihn ins Kissen zurücksinken.

»Bist du sicher?«

»Aber ja«, antwortete sie.

»Das bedeutet doch …«

Sein Lächeln war so unsinnig glücklich, dass sie den Blick abwenden musste.

»Ganz genau«, sagte sie.

»Dann gehört das Konditorei-Café Bulgaria also wieder uns?«

»Ganz genau«, sagte sie.

»Na, wie gut, dass wir die Rezepte deines Vaters für all die Cremes und Torten nicht weggeworfen haben, vor allem für die wahre, für unsere Garasch-Torte.«

»Ganz genau«, sagte sie.

»Das heißt … Dann sind wir also reich?«

»Ganz genau«, sagte sie.

Trotz seiner Schmerzen und der Zerbrechlichkeit seiner Knochen richtete er sich allein zum Sitzen auf, indem er seinen Körper nach hinten und auf die Kissen schob. Er glich einem glücklichen Kind, das jetzt höllisch aufpassen musste, seine so toll aufgetürmten Bauklötzchen nicht umzustoßen.

»Du hast viel unter mir zu leiden gehabt, stimmt's?«

»Aber nein«, sagte Sonja.

»Schade, dass wir keine Kinder hatten«, seufzte er.

»So war es uns eben bestimmt«, sagte sie.

»Andererseits … Wenn wir Kinder gehabt hätten, hinge ich sicher mit Zähnen und Klauen an diesem Leben, und würde noch mehr leiden, hm?«

»Das kann gut sein«, sagte sie.

»Und jetzt sind wir wieder reich, nicht?«

Sein ganzes Gesicht versank leuchtend in seinem Lächeln, seine Augen wurden schneidend blau wie ein tiefer Bergsee. »Dann kann ich mir ja einen Rollstuhl und Krücken kaufen, und dir kauf ich deinen Flügel zurück. Glaubst du mir das?«

»Aber ja«, sagte sie.

»Das müssen wir feiern!« Er verschluckte sich vor Aufregung, oder vor Entkräftung. »Das müssen wir unbedingt feiern. Mach uns einen Tee und hol diesen Metaxa, den mein Vetter mir da geschenkt hat.«

Sonja wischte sich die Augen ab und schlurfte in die Küche. Als sie mit den zwei dampfenden Tassen auf dem Tablett zurückkehrte, lag auf Georgis Gesicht immer noch sein Lächeln, aber er lächelte es nicht mehr selbst. Sein Kopf war zur Seite gefallen, seine Augen schauten gleichsam nach innen, versunken in ihrer tiefen Bläue. Sonja beugte sich vor und schloss sie.

Nun blieb ihr nur noch, die drei Spiegel mit Laken abzuhängen, damit seine Seele sich nicht in ihrem trügerischen Schimmer verirren konnte, und die Wanduhr anzuhalten. Als das Pendel so reglos herabhing, verfing sich ein einzelner Sonnenstrahl darin, und für einen Moment sah es aus wie das Henkersbeil der Stunden. Vulnerant omnes, ultima necat – Alle verwunden, die letzte tötet.

19

Die Blätter gaben dem letzten warmen Licht des Jahres ein farbiges Kleid. Auf dem Friedhof roch es unverändert nach humusreicher Erde, fauligen Blumen und Vergänglichkeit, die sich ihrem Los ergeben hatte. Im ungelüfteten Bauch der Kirche war es schummrig, die dünnen Kerzen in den kranzförmigen Kerzenständern bogen sich in der Wärme wie müde Halme und tropften ihre Wachstränen still und stumm auf den Boden.

Sie waren nur zu dritt: ihr Mann, der im offenen, aluminiumumwickelten Lattensarg lag mit dem schiefen, misstrauischen Lächeln dessen, der noch nicht so recht glauben mochte, dass er erlöst war; Assen Weltschev – und sie, Sonja. Sie hatte Assen telefonisch über den Tod ihres Mannes informiert, und er war zur Beerdigung erschienen mit einem Strauß der gleichen weißen Callas, die er bei seinem Besuch vor zehn Tagen mitgebracht hatte. Sie trug jenes schwarze Samtkleid aus ihrer Jugend, das ihr nun, im Alter von über siebzig, wieder passte wie angegossen. Ihre Augen waren trocken, ihr Herz müde, ihr Kopf seltsam leer. Der Talar des Geistlichen, eines Mannes mit dem verschlagenen Blick eines Judas, war ausgebleicht und mehrfach gestopft; er sah zu, diese erbärmliche Beerdigung, die ihm außer der Standardgebühr und einer Flasche Wein finanziell nichts einbrachte, so schnell wie möglich herunterzuhaspeln. In seinen Augen mussten Assen und Sonja wie ein Ehepaar erscheinen, die einen entfernten Verwandten zu Grabe trugen.

Nach der Trauerfeier kamen zwei verschwitzte, nach Knoblauch riechende Totengräber, um den Sarg mit den sterblichen Überresten Georgi Pantov Weltschevs zu schließen und auf die Ladefläche des Elektrowägelchens zu hieven, dessen Räder sich durch den Kiesweg knirschend den Weg zur letzten Ruhestätte bahnten. In und zwischen den Bäumen schienen Eichhörnchen und Lichtreflexe Hasch mich! zu spielen. Der Friedhofsweg war verdreckt. Vandalen hatten die Messingbalustraden heraus- und die Buchstaben von den Grabsteinen abgerissen, um sie beim nächsten Buntmetallhändler zu verscherbeln. Die Bänke und Leuchten am Weg waren ebenfalls aus der Verankerung gerissen. So flößte diese letzte Ruhestätte keine Andachtsstimmung ein, sondern nur klammes Unbehagen und Ekel vor dem Tod.

Am verwitterten Grab ihres Vaters kam der kleine Trauerzug zum Stehen, denn hier sollte ihr verstorbener Ehemann beigesetzt werden. Mit ihren ionischen Säulen und dem Giebelfries sah das Grabmal aus wie ein griechischer Tempel, nur dass obenauf ein einsamer Engel mit ausgebreiteten Flügeln, betend zusammengelegten Händen und gen Himmel gerichteten Augen stand. Sonja bemerkte Assens wortlose Erschütterung. Vermutlich war auch er sprachlos vor Beschämung über die Diskrepanz zwischen dem, was er selbst damals als Agent seines Bestattungsunternehmers den Toromanovs verkauft hatte, und dem, was davon geblieben war in dieser verwahrlosten Umgebung.

Immerhin hatte diese düstere Grabstätte alle Veränderungen der Zeit überstanden, alles Vergessen, den sauren Regen und den ätzenden Atheismus. Ja, sie wurde das Gefühl nicht los, dass das, was sie hier in die Granitfundamente einer Grabarchitektur legten, die so zusammenhanglos im Raum stand wie das bulgarische Leben und Streben überhaupt, nicht ihr Mann war, sondern die Zeit: eine Epoche fortwährender Umbrüche und Veränderungen, Leiden und Enttäuschungen, konterkariert von aufkeimenden Hoffnungen, übertriebenem Glauben und bohrenden Zweifeln. Es war doch so: Dieselben schlichten Gemüter, die 1943 den Sarg mit dem volksnahen Zaren Boris III. auf seinem letzten Weg in die vorbereitete Gruft im Rila-Kloster geleitet und untröstlich um ihn geweint hatten, standen sechs Jahre später genauso untröstlich am Zug, mit dem die sterblichen Überreste des Zarenvertreibers Georgi Dimitrov ankamen. Beide Idole waren eines geheimnisvollen Todes gestorben, was ihrer Phantasie endlos Nahrung gab. Nun würden ebensolche Leute öffentlich den langjährigen Alleinherrscher Todor Shivkov verdammen und verfluchen, aber insgeheim um ihn trauern und ein Tränchen vergießen, weil in Erinnerung an die Sicherheit, die sie mit ihm verloren hatten, sein ganzes Leben und Wirken in viel hellerem Licht erschien. Schon wieder war Bulgarien bis zur Unkenntlichkeit verändert; es war … wie immer!

Die Totengräber warfen sich die Schaufeln und Halteseile mitsamt ihrer Gleichgültigkeit über die Schultern und gingen. Sogar der Wind verhielt in den Blättern und verging. Sonja sprengte Wasser und Wein über das Grab und goss auch etwas von Georgis geliebtem Metaxa in zwei Plastikbecher, um zum Abschied noch ein letztes Mal auf ihn anzustoßen. Sie wagten nicht, sich in die Augen zu schauen. Beim Anblick der Tristesse ringsum musste sie weinen. Der Engel, auch er flog nicht auf mit seinen steinernen Flügeln.

»Darf ich Sie nach Hause bringen?«

»Nein.« Ihre Stimme klang streng und kalt, als habe er ihr ein unsittliches Angebot gemacht. »Ich möchte jetzt allein bleiben. Aber danke, dass Sie gekommen sind.«

Drittes Kapitel

1

Nachdem sich herausstellte, dass die »gesunden« Kräfte in der zerfallenden Sowjetunion die Lage nicht mehr unter Kontrolle hatten und der dem Alkohol zugetane Boris Jelzin diese »mächtige Stütze und Hoffnung der Menschheit« auf ein einfaches, elendes und leidgeprüftes Russland herunterregiert hatte, musste Krum Marijkin sich entweder mit der Lage abfinden oder sterben. Er tat von beidem etwas, verstummte vor der Unabänderlichkeit der alles niederwalzenden Ereignisse und bekam seinen zweiten Schlaganfall, der sein Sprechvermögen erneut stark beeinträchtigte und seine rechte Gesichtshälfte verzerrte. Nun glich er völlig seinem verhassten Vater, dem Fabrikanten Ilija Weltschev. Krum hatte auch zuvor schon wenig gesprochen, doch nun erstarrte seine ganze Ablehnung der über ihn hereinbrechenden Umwälzungen in einem maskenhaften Grinsen voller Häme, der Grimasse seiner Verachtung für diese gedemütigt in ihren Untergang eilende »zweite« Welt.

Seine Frau Newena, die ihn besser kannte als sich selbst, umsorgte ihn mit der unerschöpflichen Geduld, Hingabe und Strenge einer Mutter. Sie hatte ihm die Zigaretten verboten und vor allem die Zeitungslektüre! Sie schaltete den Fernseher aus, wenn die Nachrichten anfingen, und hatte den alten Koitschev gewarnt, doch bitte kein dummes Zeug zu reden, sprich: über Politik. Koitschev war blass geworden nach der Wende, hatte stark abgenommen und sich wieder der Malerei zugewandt, nur dass er statt visueller Agitation das genaue Gegenteil auf den Malgrund zu zaubern versuchte, die Donau in ihrer Größe und ewigen Weisheit. Heraus kamen steife Gemälde, auf denen sich das Licht durch einen farblosen, erstickenden Nebel quälte. Die Bäume sahen unwirklich aus, der Fluss stand auf der Stelle. Koitschev kam fast jeden Tag, um mit Krum Schach oder Belote zu spielen. In seiner Zeit als Sekretär im Bezirkskomitee der Partei hatte Koitschev sich eine Menge Anzüge schneidern lassen; die trug er jetzt auf. Krum ärgerte sich über diese bizarre Unangemessenheit seiner Kleidung, ließ sich aber dazu herbei, ihre von Koitschevs Karrierejahren unterbrochene Freundschaft wiederaufzunehmen, weil jetzt alle in der Stadt dem alten »Parteikader« voller Verachtung aus dem Weg gingen und er restlos vereinsamt war.

Sechs Jahre zuvor war Koitschevs Ehefrau, die arme Angelina, die ihrem Namen so viel Ehre gemacht hatte, von einem Herzinfarkt dahingerafft worden, und seine beiden Töchter hatten ihn kaltblütig und ohne zu zögern allein gelassen und sich davongemacht. Die eine hatte nach Bayern geheiratet und lebte nun im ehrwürdigen Städtchen Rothenburg ob der Tauber, die andere war mit ihrem Ehemann nach Kanada ausgewandert. Beide waren studierte Ingenieure, doch er arbeitete in diesem reichen, kalten und unfreundlichen Land als Automechaniker, sie als Babysitterin, Kindermädchen und Pflegerin alter Leute. Jeden Monat bekam er von beiden einen kurzen, beklommenen Brief ohne nennenswerten Inhalt und je fünfzig kanadische Dollar, die im Bulgarien der Wendezeit eine gehörige Stange Geld darstellten und Koitschev vor dem Pensionärselend bewahrten. So suchte dieser nur ein wenig Herzlichkeit und Wärme, wie er es in seiner Altersweinerlichkeit ausdrückte. »Das Schlimmste ist«, beklagte er sich, »dass mir jetzt nicht nur *die* in der Stadt aus dem Weg gehen, die immer schon gegen die Kommunisten waren, sondern auch die, die vor der Wende alles getan haben, um an mich heranzukommen und sich bei mir einzuschleimen.«

In ihren ehemaligen Garagen begannen die Leute, kleine Straßencafés oder Geschäfte zu eröffnen, die sich langsam mit Importwaren füllten. Koitschev brachte Krum häufig eine jener veilchenfarben verpackten Schokoladen mit, die nicht minder begehrt waren als Bananen; ein andermal nahm er ihn auf den Markt mit, wo die Fleischbällchen und Hackfleischröllchen am billigsten und besten waren, oder lud ihn auf ein Bier in die Kneipe ein. Mit seiner Rente und den einhundert kanadischen Dollar in der Tasche war Koitschev einsam, aber reich, Krum hingegen arm, aber dank Newena überreich bedacht mit Liebe und Aufmerksamkeit. Das hinderte ihn aber nicht, griesgrämig und verbiestert aus der Wäsche zu schauen, hatte man ihm doch die einzige Flamme erstickt, die sein gefühlsarmes Herz erwärmt hatte, die Flamme der Revolution.

Sein Sohn Krum Krumov, ein guter Ingenieur, hatte zunächst seinen Arbeitsplatz in der Landmaschinenfabrik und dann Russe verlassen und war zu ihnen nach Widin zurückgekehrt. Doch auch hier gingen die unter seines Vaters eiserner Hand aufgebauten Werke eines nach dem anderen vor die Hunde, beginnend mit der gigantischen Polyamidfaser-Fabrik, gefolgt von den Fabriken für Autoreifen, dem Pumpenwerk und der Textilfabrik, sodass »der kleine Marijkin«, wie ihn seine ehemaligen Mitschüler und Freunde nannten, arbeitslos war und blieb. Krum Krumov war zu jeder Arbeit bereit, aber es gab keinen, der welche anbot, und so wussten die drei Marijkins kaum, wie sie bei der einsetzenden Teuerung mit den beiden winzigen Renten über die Runden kommen sollten. Der US-Dollar war, wie im übrigen »Ostblock« auch, zur inoffiziellen Leitwährung geworden, und der Wechselkurs stieg immer mehr an. Bald waren ihre kleinen Ersparnisse in bulgarischen Leva vollkommen entwertet. Bevor es zu spät war, hoben sie auch ihre Einlagen beim Mototechnikum ab, die für einen kleinen Lada bestimmt waren, doch auch diese eintausendfünfhundert Leva waren bald für Heizung und Strom verbraucht. Sie ernährten sich, wenn sie es denn taten, zumeist von Brot, Joghurt und – wenn es Saison hatte und billig war – von Gemüse.

Newena hatte sich das Häkeln Brüsseler Spitzen beigebracht, die eine Nachbarin für sie versuchte, zusammen mit Jeans, Jacken, Blousons und Schuhen auf einem kleinen Marktstand zu verkaufen. Diese Nachbarin war Bulgarischlehrerin gewesen und hatte Gedichte geschrieben. Nun fuhr ihr Sohn einmal im Monat nach Istanbul und schleppte säckeweise Textilien und Kunstlederwaren an.

In Hof und Garten hatte Newena jeden Quadratzentimeter Erde mit Tomaten und Paprika, mit Zucchini und Auberginen, Bohnen, Weißkohl und Petersilie bepflanzt. Ihr Sohn besorgte das Umgraben und Unkrautjäten, Newena das Gießen und Beschneiden, und die Nutzpflanzen bedankten sich für die liebevolle Fürsorge mit reicher Ernte. Was sie nicht sofort verzehrten, legten oder kochten sie als Wintergemüse, Sauerkraut und Tomaten-Paprika-Paste in Fässern und Gläsern ein. Die Früchte des

Quittenbaums füllten ihr Häuschen mit dem herben Duft des Oktobers und milde schimmerndem Glanz, so als hätten sie im Vorraum ein ewiges Licht angezündet. Quittenkonfitüre war Newenas Spezialität. »Da steckt die Sonne drin«, meinte der alte Koitschev.

Manchmal reichte das Geld nicht einmal mehr für Brot. Aber so leer die Speisekammer auch war, Newena versäumte es nie, im alten Kühlschrank ein oder zwei fettige Koteletts bereitzuhalten für den Fall, dass ihr Mann doch einmal wieder, innerlich entbrannt in ohnmächtiger Wut, jenen mysteriösen Zustand erreichte, in dem die atavistische Gier nach Fleisch ihn überwältigte.

2

An einem goldenen Spätherbstabend kehrte Krum Krumov vom Schachklub heim, als aus dem Gebüsch, das ihrem Häuschen gegenüberlag, ein Mann sich löste und auf ihn zukam. Der Mann war alt und sah gediegen aus in seinem schwarzen Anzug und schwarzen Übermantel, sodass Krum Krumov nicht erschrak.

»Erlauben Sie mir, mich Ihnen vorzustellen«, sagte er formvollendet, »mein Name ist Schuschulkov, Anwalt Schuschulkov.«

Krum lachte nicht über das Zusammentreffen des Namens »Wispermann« mit diesem Beruf und seiner vertraulich-leisen Sprechweise, sondern ergriff einfach dessen Hand, die leicht klebrig war wie von getrocknetem, kalt gewordenem Schweiß.

»Krum Krumov, angenehm.«

»Oh, das weiß ich. Seit Jahren weiß ich das, Herr Marijkin.« Man konnte nicht sagen, dass der alte Mann an Verfolgungswahn litt, aber er verhielt sich doch auffallend geheimnisvoll und provozierend vertraulich.

»Welchem Umstand verdanke ich das Vergnügen und die Ehre …«

»Kommen Sie doch morgen in meine Kanzlei, vielleicht um sechzehn Uhr? Da werden wir allein sein und ungestört reden können.« Er holte eine nicht eben druckfrische Visitenkarte heraus und überreichte sie ihm.

»Und warum sollte ich das tun, zu Ihnen in die Kanzlei kommen?«

»Ich denke, Sie werden zufrieden sein«, erwiderte Schuschulkov mit scheuem Lächeln. »Zufrieden ist vielleicht das falsche Wort, ein Lapsus Linguae, wenn Sie verstehen, es müsste wohl zutreffender ›bereichert‹ heißen.« Er hob vielsagend die Augenbrauen.

Da er erst einige Spitzendeckchen seiner Mutter zum Marktstand ihrer Nachbarin bringen musste, verspätete er sich um eine Viertelstunde, aber der Anwalt wartete geduldig auf ihn. Schuschulkov war klein, dürr, vom Alter gebeugt und hatte trockene Haut. Er musste sicher auf die achtzig zugehen. Bei Krums Eintreten lächelte er ihm verschmitzt und mit unruhig schielenden Augen zu. Man wusste nie, wohin eigentlich sein Blick ging, und dasselbe galt auch für seine Ausdrucksweise, die gespickt war von Höflichkeitsformeln, juristischen Wendungen und lateinischen Ausdrücken. Er schien tatsächlich immer noch zu praktizieren. Ein Mann von altem Schrot und Korn, für den Anständigkeit noch kein leeres Wort war. Auf seiner Oberlippe prangte ein Krümel, der Krum noch zusätzlich nervös machte und – genau wie das springende Auge – seine Aufmerksamkeit über Gebühr beanspruchte.

»Der Grund, dass ich mich unbedingt mit *Ihnen* treffen wollte, Herr Marijkin, liegt darin begründet, dass Ihr verehrter Herr Vater, der Genosse Marijkin, erkrankt ist, wie ich hörte. Gott gebe ihm Gesundheit, ihm und uns allen, die wir so schwer geprüft sind. Überdies wissen Sie ja, der Charakter Ihres Genossen Vater, nun ja … Mens sana in corpore sano, wie der Lateiner …«

In der Kanzlei war es kühl. Sie lag im Parterre eines Hauses in Marktnähe, das von der späten Novembersonne nur schwach erhellt wurde. Hinter Schuschulkovs Rücken standen zwei wacklige Aktenschränke voll verstaubter Ordner. In einem Rahmen, dessen Glas zersprungen war, hing ein reproduziertes Porträt des bulgarischen Befreiungskämpfers Wassil Levski. Ebenfalls an der Wand hing eine große Karte der »Volksrepublik Bulgarien« und eine farbige, aus einer Zeitschrift ausgeschnittene Abbildung der Niagarafälle. Auf dem schweren, von Holzwürmern zerfressenen Schreibtisch ein längst ausgetrocknetes Tintenfass, auf dessen Verschluss die Bronzefigur der Justitia prangte, eine Löschpapierwiege und ein Modell des ersten Erdsatelliten Sputnik aus Bakelit. Neben der Tür stand ein solider, feuersicherer Safe, der noch aus der Vorkriegszeit stammen musste und dessen Schlüsselloch durch ein bewegliches Messingplättchen in Löwenform abgedeckt wurde. Außer nach muffigem alten Papier roch es in dieser Kanzlei nach Bohnerwachs.

»Nun, Sie werden leicht ersehen, dass ich diese schwerwiegende Angelegenheit, die ich durch all die Jahre der … nun, Sie wissen schon … geheim zu halten hatte, nun nicht ausgerechnet mit Ihrem fanatischen und cholerischen, pardon!, Lapsus Linguae, Ihrem etwas eigenwilligen Herrn Vater besprechen wollte.«

Er renkte sich krachend die Fingergelenke ein, dann holte er aus der Innentasche seines Sakkos einen gewaltigen Schlüssel. Bald drehte sich das Ungetüm knirschend im Schloss, und die Tür zum Safe ging knarrend auf. Gleich einem Alchimisten holte Schuschulkov daraus eine vorsintflutliche, mit Samt bezogene Kassette heraus, die von Zeiten zeugte, die selbst Krum Krumovs Vater nicht mehr gekannt hatte. Er trug sie zum Schreibtisch hinüber, als enthalte sie Nitroglyzerin, und stellte sie vorsichtig darauf ab. Sein linkes Auge blieb darauf gerichtet, die Pupille seines rechten Auges aber bewegte sich suchend zwischen dem Lichtschalter in der Ecke, gleich unter den Spinnweben, und dem Zeitschriftenausschnitt mit den Niagarafällen hin und her, bevor sie auf Krum zur Ruhe kam. Da aber begann sein anderes Auge zu springen und landete auf dem matten Globus des Lampenschirms. Schuschulkov leckte sich die Lippen und … endlich war wenigstens *dieser Krümel* verschwunden!

»Sie haben ja keine Ahnung, was sich in dieser Kassette verbirgt«, bereitete der Jurist Krum schonend auf das Kommende vor, »und wie sollten Sie auch? Sie waren ja damals kaum auf der Welt. Ach ja, tempora mutantur, Herr Marijkin, et nos … et nos mutamur in illis! Dabei ist das, was sie enthält, mit so viel Vergangenheit … so viel zukunftsträchtiger Vergangenheit … Verstehen Sie?«

»Nein.«

»Wie sollten Sie auch? Sie waren ja damals … Ja, wie doch die Zeit vergeht, die Zeiten sich wandeln, Herr Marijkin. Und während dieser ganzen Zeit hat mir der Inhalt dieser Kassette auf der Seele gelegen.«

Er wartete einen Moment, um sich am rhetorischen Glanz seiner eigenen Worte delektieren zu können. Krum begann sich zu langweilen. Er zog den Aschenbecher zu sich heran und klopfte eine Filterlose aus dem Paket. Wegen der permanenten Geldnot zu Hause war er zu den allerbilligsten Billigzigaretten übergegangen, schwarz und stark wie die französischen Gauloises. Schuschulkov schaute ihn missbilligend an, enttäuscht, dass Krum es an der gebotenen Wertschätzung, der erwarteten, gespannten Aufmerksamkeit fehlen ließ. Er hüstelte, nestelte seinen Krawattenknoten zurecht, ließ nun die Fingerknochen der anderen Hand krachen und erzählte ihm dann mit seiner Wispermann-Stimme eine unglaubliche, geradezu phantastische Geschichte, die Krum anfangs wie ein naiv zusammengeträumtes Märchen vorkam, aber ihm im Verlauf des Erzählens immer wahrscheinlicher vorkam, bis er sie am Ende glaubte und – erstarrte. Nicht aus Verblüffung oder übergroßer Freude, sondern aus Angst. Grundloser, an Entsetzen grenzender Angst. Schuschulkov beobachtete ihn aufmerksam und lächelte zufrieden.

»Und all das ist Wort für Wort wahr«, schloss er und tippte mit den Fingerspitzen auf die Kassette vor sich. »Die Dokumente sind hier drin. Jetzt heißt es: Sich ein Herz fassen – oder auch sapere aude, wie der Lateiner sagt. Wollen Sie sie sehen?«

»Tja, ich weiß nicht … eigentlich … eigentlich nicht.« Krum konnte seine Scham nicht verbergen, den Widerwillen, der ihn überkommen hatte, sich dem, was er soeben gehört hatte, und der entsetzlichen Angst, die es ausgelöst hatte, zu unterwerfen.

»Dann heißt es advocatum confidentiae, Herr Marijkin, schenken Sie mir Ihr Vertrauen, damit wir alles in die Wege leiten können.«

Schuschulkov holte irgendwo eine Nagelfeile her und begann sich die Nägel zu reinigen. Es war quälend, ihn dabei zu beobachten, weil sein eines Auge auf seine Fingerspitzen konzentriert war, während das andere durch die ganze Kanzlei schweifte.

»Ich werde darüber nachdenken«, brachte Krum schließlich mit Mühe heraus.

»Bitte bedenken Sie nur: Jede Zeitverzögerung kann sich als fatal erweisen. Passen Sie auf, dass Sie keinen Fehler machen, Herr Marijkin.« Der alte Anwalt rutschte ungeduldig auf seinem altmodischen Stuhl herum. »Memento mori, Herr Marijkin, will sagen, auch ich bin nicht mehr der Jüngste und, na, Sie wissen schon, moribundus, will sagen, ich lebe auch nicht ewig.«

Krum wurde vor lauter Aufregung schlecht, und ihm brach der Schweiß aus.

»Ich verspreche, darüber nachzudenken, aber bitte: Sagen Sie es wirklich nicht meinem Vater. Schwören Sie! … Denn das hier«, nun tippte er auf die Kassette, »das hier würde ihn umbringen!«

3

Der Winter war mild. Viel Nebel hüllte gnädig viele verwahrloste Menschen ein. Schnee fiel kaum, und schon im März roch es nach Frühjahrshochwasser. Die Schneeglöckchen in ihrem Hof verblühten, der April verlockte Baum und Strauch zur Blüte, nur um danach den ganzen Zauber mit einem plötzlichen Kälteeinbruch von Norden buchstäblich von den Zweigen loszueisen. Erst gegen Ende April zeigte sich die Sonne wieder von ihrer freundlichen Seite und beschien voller Verwunderung Menschen in dicken Wintermänteln und die schwarzgefrorenen Ränder der Blattspitzen, die sich voreilig aus den Zweigen gedrängt hatten.

An einem dieser warmen Morgen klingelte ihr Telefon. Krum Krumov rasierte sich gerade mit noch verschlafenen Augen vor seinem kleinen Taschenspiegel. Sein Kopf war leer, seine Wangen harrten, eingeschäumt, voller Bangen der Rasierklinge, die er aus Sparsamkeitsgründen seit über einer Woche nicht gewechselt hatte. In seiner Lieblingszeitschrift, *Wissenschaft und Technik für junge Leute*, hatte er in einer der letzten Ausgaben vor deren Einstellung gelesen, dass Rasierklingen automatisch geschärft würden, wenn man sie ins Zentrum einer Pyramide legte, wo sich ihre geheimnisvollen Kräfte bündelten. Schade nur, dass sie im Garten vor lauter Gemüsebeeten keinen Platz für eine kleine Privatpyramide hatten. Beim Rasieren versuchte er auszurechnen, wie viel Geld jährlich sie der angespannten Haushaltskasse sparen würden, wenn sein Vater und er es mit der Klingenschärfung durch Pyramidenenergie versuchen würden. Die Kartonpyramide mit den maßstabsgetreu verkleinerten Abmessungen der Cheops-Pyramide, die sie sich dann tatsächlich gebaut hatten, hatte aber kein Resultat erbracht. Seufzend wischte er sich mit dem Handtuch die rechte Wange frei und hob den Telefonhörer ab. Eine schwungvoll-energische Frauenstimme meldete sich.

»Herr Krum Krumov Marijkin?«

»Ja, am Apparat.«

»Die Sekretärin von Herrn Tscholev erlaubt sich, Sie zu behelligen.« Die junge Dame war sichtlich von ihrer eigenen Fähigkeit zur höflichen Ausdrucksweise angetan.

»Welcher Tscholev?«

Spürbar beleidigt, klärte sie ihn ungeduldig auf:

»Na, Pawel Tscholev, Ihr Mitschüler.«

»Wie bitte? Diese Telefonverbindungen …«, tat er so, als habe er akustisch nicht recht verstanden.

»Na, der Pavka eben«, erklärte sie jetzt im Ton für Blöde. »Und ich bin vom Pavka die Sekretärin!«

»Oooh«, schaltete Krum, »natürlich! Ich höre, gnä' Frau.«

»Fräulein!«, verbesserte sie ihn. »Herr Tscholev möchte Sie sehen und bittet Sie in sein Büro.«

Krum wischte sich nun auch die linke Wange ab.

»Wann?«

»Wenn's geht, sofort«, sagte sie ohne viel Federlesens. »Ich hab den Kaffee schon aufgesetzt.«

Krum griff nun doch zu einem neuen Rasiermesser und schabte sich den Bart vernünftig ab. Dann zog er seinen guten Anzug an, seine guten Schuhe, die schwarzen, und die gute Krawatte mit dem aufgestickten Löwenmonogramm. Draußen war es sonnig und trocken, aber frisch, ein angenehmer Duft nach tauender Erde lag in der Luft. Auf der Ulme gegenüber lärmten die Spatzen, die dort aneinandergekuschelt die kalte Nacht verbracht hatten. Nun sah es so aus, als würden sie wild tschilpend auf den Ästen Trampolin springen und so den Baum langsam von der Stelle verrücken. Die von Schlaglöchern übersäte Straße, die an der einst prächtigen Synagoge vorbeiführte und an der großen Moschee endete, war auffällig leer. Er musste sich beeilen. Der Kaffee war sicher schon dreimal fertig.

Pawel war in der Tat sein Mitschüler gewesen, ein Junge mit großem

Schädel und scheinbar gutmütig, dabei nicht sonderlich helle; als starker Kajak-Fahrer wurde er aber schon als Schüler in den Kader der Nationalmannschaft aufgenommen und kam durch die zusätzliche Protektion der Widiner Parteielite nach dem Abitur auf die staatliche Sportuniversität. Selbst quadratisch, kräftig und kantig, hatte er nun alles um sich versammelt, was einmal ein Ruder oder ein Paddel gehalten hatte, zusätzlich bediente er sich für einen kleinen Obolus nach Belieben der willigen Elendsgestalten aus dem Zigeunerviertel. Er war auf unerfindliche Weise an ein immenses Vermögen gekommen; nun galt er als »erfolgreicher Geschäftsmann« und zählte zur kleinen Business-Elite der Stadt.

Seine Büroräume befanden sich im ehemaligen Bezirkskomitee der Partei, einem gewaltigen, marmorverkleideten Klotz in Tortenform direkt gegenüber dem Kriegsgefallenendenkmal, für dessen Erbauung viele schöne alte Villen am Marktplatz hatten weichen müssen. Um zu Pavka zu gelangen, musste man durch den Haupteingang, vor dem – ungeachtet aller Halteverbotsschilder – sein schwarzer Mercedes 600 parkte.

Drinnen war es ungeheizt. Die Flure der einstigen Machthaber hallten so steinern und verlassen, dass man meinte, man ginge durch ein labyrinthisches Mausoleum, bei dem keiner mehr wusste, in welchem Zimmer nun die Mumie lag. Krum erinnerte sich noch gut, mit welcher Empörung sein Vater reagiert hatte, als die selbstgefällige örtliche Nomenklatura in frechem Zynismus tief in die volkseigenen Kassen gegriffen hatte, um den Bau dieses Parteipalastes zu realisieren.

Um zu Pawel Tscholev zu gelangen, musste Krum weit ins Innere dieser Steintruhe vordringen, denn sein alter Klassenkamerad hatte sich in den Räumen des ehemaligen Ersten Bezirkssekretärs ausgebreitet. Beim Eintreten erblickte er einige Muskelpakete, die es sich auf den Kunstlederkanapees bequem gemacht hatten. Krum kannte sie alle von früher, als sie – noch nicht so aufgepumpt von Anabolika – auf der Donau herumgepaddelt waren. Die Jacketts der Leibwächter waren aufgeknöpft, und man sah die Lederriemen und Halfter, in denen ihre Maschinenpistolen staken. Sie lächelten ihm drohend zu. Nur für alle Fälle, nur damit er Bescheid wusste …

Im Vorzimmer der Sekretärin herrschte eine Bullenhitze. Dies mochte wohl auch die Ursache dafür sein, dass das Mädel so leichtbekleidet war – oder war es umgekehrt? Sie bot dem interessierten Betrachter kräftige Schenkel, ein ausgeprägtes Hinterteil und servierte ihm ihre Brüste provozierend auf einem Push-up-BH. Ihre Gesichtszüge waren regelmäßig, aber von puppenhaft toter Schönheit. Das geräumige Zimmer war ausgestattet mit einer stattlichen Garderobe, einem Schrank, einem Einbaukühlschrank, einem Bibliotheksschrank ohne Bücher und einem gewaltigen Schreibtisch aus massiver Eiche. Darauf standen eine Kaffeemaschine und drei Telefone, von dem eines zwölf Leitungen und ein Blinklicht hatte, das Krum einladend zuzwinkerte. Das Fräulein nickte ihm beim Eintreten nachlässig und von oben herab zu, zog ihren Minirock, der nicht länger war als ein Kaffeehausschürzchen, zurecht und ging zu ihrem Chef hinein.

Das Büro Pawel Tscholevs war so groß, dass die Schritte auf dem Steinboden hallten. Der frischgebackene Geschäftsmann hatte seinen Bürostuhl aus echtem Leder vom Schreibtisch abgerückt und seine Beine nach Cowboy-Manier daraufgelegt, damit die fünf Telefone sich auf dem ansonsten leeren Ungetüm, das noch größer war als das der Sekretärin, nicht so allein fühlten. Auf einem modernen Beistelltischchen aus heller Eiche dampfte schon der Kaffee. Daneben prangte echter Malt-Whisky, »12 years old«, wie das Etikett versprach.

»Na endlich, Kleiner«, rief Pawel aus, »ich warte hier schon eine geschlagene Stunde, dass du angerudert kommst.«

»War halt unvorbereitet«, erwiderte Krum. »Dein Fräulein Sekretärin hat mich beim Rasieren angetroffen.«

Sein alter Mitschüler lachte derart, dass sein ganzer Quadratschädel mitsamt der ungehorsamen Locken darauf erbebte und seine weißen Zähne aufblitzten. Dieses Fräulein Sekretärin aber auch! Da gab er dem doch gleich mal einen neckischen Klaps auf das ausgeprägte Popöchen.

»Aber Herr Tscholev, nicht doch.«

»Keine Bange, Zezi, little Marijkin ist unser Mann! Alter Klassenkamerad von mir, hab von ihm in Mathe abgeschrieben. War garantiert richtig!«

Mit lauem Lächeln verschwand Zezi durch die Tür wieder in ihr Reich. Tscholev nahm die Füße vom Schreibtisch, stand auf und kam näher. Er war nicht sehr groß, reichte »little Marijkin« gerade mal bis zur Schulter, hatte aber unverhältnismäßig lange Arme, die ihm bis auf die Knie herabhingen. Das alles beeinträchtigte sein Selbstbewusstsein in keiner Weise. In gönnerhaftem Ton fragte er:

»Kippen wir einen Whisky aufs Wiedersehen, Kleiner? Von meinem, versteht sich, obwohl ... wenn du wüsstest, weshalb ich dich hab herrudern lassen, müsstest eigentlich du einen springen lassen.«

»Um die Zeit?« Krum war sich noch keineswegs sicher, ob er Grund zur Freude hatte, hier zu sein.

»Morgenstund' hat *Malt* im Mund«, feixte Pawel, ließ sich nicht lumpen und füllte die schweren Kristallgläser reichlich, die er mitsamt dem Büro vom Ersten Sekretär des kommunistischen Parteibezirks Widin übernommen hatte, und ließ ein paar Eiswürfel hineingleiten.

Sie stießen an. Krum nahm einen Höflichkeitsschluck, dann ging er zum Kaffee über. Das war einer, wie er ihn liebte: stark, aromatisch und bitter. In diesem Moment klingelte das Telefon mit den zwölf Leitungen Sturm; kurz darauf lugte die Sekretärin herein und informierte mit aufgekratzter Stimme:

»Der Abgeordnete Trendafilov aus Sofia ist dran. Soll ich durchstellen?«

Das Gespräch war kurz und sachlich.

»Ja, ja, selbstverständlich«, wiederholte Tscholev mehrfach, »selbstverständlich bleibt es bei der versprochenen Summe.« Dann knallte er wütend den Hörer auf die Gabel und atmete tief seufzend aus. »Wedelt mir hier mit seinem dicken Tuntenarsch vor meinem besten Stück rum, dieser ... Das werden wir noch sehen, wer hier wem was bezahlt ... Bastard, gieriger!«

Auf einmal hatte der gute Pavka es eilig. Er richtete sein Veloursakko, setzte ein freundliches Gesicht auf, gab sich aber nicht die geringste Mühe zu verbergen, dass man ihn verstimmt hatte.

»Hör zu, Kleiner«, kam Tscholev nun eilends zur Sache, »ich hab zwar eine große Rübe, aber da ist auch was drin. Und das kleine Quentchen Glück hatte ich auch.« Er entblößte seine weißen Zähne zu einem zynischen Grinsen und hob zum Zeichen des Sieges den rechten Daumen. »Ich hab die Drehbänke und Fräsmaschinen aus der Schlosserei des Chemiekombinats gekauft. Zum Spottpreis – oder war es der Schrottpreis?

Wie ist so etwas nur möglich? Sind doch fast neu, die Maschinen! Wie dem auch sei … Hör zu, Krum: Ich brauche jemanden, der sie sorgfältig abmontieren und im Lager des Pumpenwerks wieder aufstellen kann. Einen, der was von solchen Maschinen versteht.«

»Üble Geschichte«, rutschte Krum spontan heraus.

»Ja, eine üble Geschichte, aber wenn nicht du, irgendeiner wird mir diesen Liebesdienst schon erweisen und dafür ein paar funkelnde Taler einstreichen.«

Dieses Argument des alten Rudersportlers traf ihn wie eine Backpfeife. Tscholev bemühte sich gar nicht, irgendetwas zu vertuschen.

»Wie viel?«

»Viel!«, lachte Pawel Tscholev zufrieden. »Du kriegst fuffzig Mann von meinen Zigeunern, zwei Containerlastwagen, ein paar Gabelstapler, und hast eine Woche Zeit, mir diese kleine Freude zu machen.«

4

Die beiden chemischen Werke, das für Polyamidfasern und das für die Herstellung von Automobilreifen, waren von so gewaltigen Ausmaßen, dass man sie selbst in ihrem Verfall nicht überschauen konnte. Sie begannen gleich hinter der Festungsmauer, an der eine Radrennbahn angelegt worden war, und zogen sich kilometerweit am Ufer der Donau hin. Sie hatten ein eigenes Kraftwerk, das inzwischen aber zweckentfremdet war und die Bürger Widins mit warmem Wasser und Zentralheizungsenergie versorgte, eine eigene Schiffsanlegestelle mit grauen Verladekränen, die wie schiefe Reiher vergeblich auf Beute warteten und melancholisch vor sich hin rosteten. Dieses gigantische Industriekombinat, das noch vor wenigen Jahren Tausenden von Arbeitern Lohn und Brot gegeben hatte, glich nun einer Reparaturwerkstatt für UFOs, die absichtlich so hässlich und vernachlässigt war, damit nur ja kein Irdischer sich ihr zu nähern wagte. Die Parkplätze und Grünflächen waren von Unkraut überwuchert und zu einem bizarren Reservat für Pflanzen und Kleinlebewesen geworden. Nur gelegentlich huschten herrenlose Hunde vorbei wie Untote, letzte Zeugen eines Lebens, das nur noch Erinnerung war.

Der Wind trieb Plastiktüten durch die Luft, die, zerfetzt, bekifften Riesenschmetterlingen glichen. Je nach Windrichtung roch es nach abgesengten Stoppelfeldern, Ölschmiere oder verschmortem Gummi.

Nicht nur dem alten Marijkin, dem Peitschenmeister beim Bau der Werke auf dem haltlosen Boden der Widiner Sümpfe, krampfte sich das Herz zusammen bei diesem Anblick, auch sein Sohn, der, von seinem Vater mitgeschleppt, um »die Zukunft entstehen zu sehen«, von klein auf miterlebt hatte, wie aus dem Königreich der wilden Karpfen und der Malariamücken dank des unbeugsamen Willens seines Vaters und mithilfe eines russischen Schaufelradbaggers durch abertausend Tonnen Donaukies die Fundamente der Widiner Großindustrie gelegt worden waren, bekam feuchte Augen, wenn er an dies Trauerspiel dachte. Das war ja alles kaum fünfundzwanzig Jahre her und für die Ewigkeit gedacht gewesen, damit glückliche Menschen eine strahlende Zukunft hatten! Und als habe man es nicht abwarten können bis dahin, war schnell, überstürzt und mangelhaft gebaut worden. Die Dörfer entvölkerten sich, nicht nur wegen der gut bezahlten Arbeit in der Industrie, sondern auch, weil man dadurch die heiß begehrte Bürgerschaft Widins bekommen konnte, die einem ansonsten verwehrt blieb. So wuchs das Städtchen binnen weniger Jahre um dreißigtausend Menschen. Die hässlichen Plattenbauviertel entstanden, die von Urbanität und Stadtluft, die frei machte, zeugen sollten, aber doch nur von Dörflern besiedelt wurden, die an ihren Traditionen festhielten und die Stadtluft mit dem Geruch ihrer Schuhe anreicherten, die sie zum Lüften vor die Wohnungstür ins Treppenhaus stellten. An den Wochenenden kehrten sie in ihre verwaisten Häuser auf dem Land zurück, um ihre Wein- und Gemüsegärten oder kleinen Parzellen mit Mais zu bestellen.

Am Ende, als die Werke fertig waren, hatte sich herausgestellt, dass es für die in Widin hergestellten Polyamidfasern nur in der Sowjetunion einen Markt gab. Und was die Autoreifen anging, so gab es trotz französischer Maschinen und ständiger Intervention französischer Ingenieure unverändert mindestens zwanzig Prozent Ausschuss, die im Kraftwerk verbrannt werden mussten. Böse Zungen in der Stadt nannten dieses bestialisch stinkende Schauspiel »das ewige Feuer«. Der Grund für diesen hohen Prozentsatz unbrauchbarer Reifen lag denn auch nicht in den

Maschinen, sondern in der Sorglosigkeit, Unqualifiziertheit und Schlampigkeit der Arbeiter. Was die nicht vermasselten, gelang der Experimentierfreude der Ingenieure bei ihren Versuchen, die Produktionsabläufe zu modernisieren und zu optimieren.

Solange er das ganze Elend nur von außen betrachtete, kamen ihm bloß die Tränen; als er aber in die alte Schlosserei kam, versagten ihm fast die Beine. Drinnen war alles, aber auch alles zerschlagen, nicht nur die Fensterscheiben. Unter der hohen Decke hatten Turteltauben und Spatzen sich Nester gebaut. Aus den Motoren der Drehkräne waren die Kupferdraht-Spulen herausgerissen, die Spinde waren aufgebrochen, alles Werkzeug daraus gestohlen. In den Wasch- und Toilettenräumen fehlte ebenfalls alles, was verwertbar oder verkäuflich war: Wasserhähne, Duschköpfe und -leitungen, Waschbecken, Spiegel – ja, sogar Lichtschalter und Steckdosen.

Die programmierbaren CNC-Dreh- und Fräsmaschinen kamen aus der DDR, waren in der Tat erst wenige Jahre alt und arbeiteten auf den hundertstel Millimeter genau. Tscholev hatte sie nicht nach ihrem tatsächlichen Wert, sondern nach dem Kilogrammpreis für Altmetall gekauft. Krum zweifelte nicht daran, dass Pawel sie ohne Mühe zum zigfachen Preis wiederverkaufen konnte. Wer ihm allerdings gestattet hatte, sie aus einem staatseigenen Betrieb vor dessen Privatisierung zu demontieren, blieb ihm schleierhaft. Noch schleierhafter war, dass die Vertragsdokumente, die Tscholev ihm unter die Nase gerieben hatte, vollkommen den Gesetzen entsprachen. Sie lagen in einer Ledermappe und waren von einer GmbH für Unternehmensdienstleistungen mit Sitz in Sofia besorgt und ausgefertigt worden. Die Unterschriften und Stempel darauf waren verwischt und stammten ausschließlich von Personen und Institutionen, die mit Widin nichts am Hut hatten.

Krum Krumov seufzte. An der Maschine neben ihm lehnte sein Vater mit seiner uralten, aber warmen wattierten Jacke und jener raschelnden Kunststoff-Überweste in Signalfarbe, auf der SECURITY stand. Dank der Fürsprache Koitschevs, der das finanzielle Elend der Marijkins nicht länger hatte mit ansehen können, war er hier als Wächter eingestellt worden. Doch bald erkannte der alte Krum, dass dies auch eine Art war, an den Umbrüchen beteiligt zu sein, indem er ihnen im Weg stand und jenes Werk schützte, an dessen Bau er maßgeblichen Anteil hatte. Sogar dessen erwiesene Unrentabilität bildete noch eine derart auffallende Parallele zu seinem eigenen Leben, dass er sich nicht ganz so verlassen fühlte. Was ihm überdies gut passte, war die Arbeitszeit. Er verbrachte vierundzwanzig Stunden in der Pförtnerloge am Feuerschutzturm und hatte danach zwei volle Tage frei. Auf diese Weise rettete er sich wenigstens zeitweilig vor der beklemmenden Fürsorge seiner Frau und konnte rauchen, wann und so viel er wollte.

In der einen Hand hielt der alte Marijkin die Handschuhe, die Newena ihm gestrickt hatte, in der anderen ein Gewehr, das der Vitrine eines Freischärler-Museums hätte entnommen sein können. Es war jedenfalls alles andere als klar, ob dieses vorsintflutliche Schießeisen überhaupt funktionierte, und wenn, ob der verrostete Lauf bei der Explosion der Zündkapsel nicht barst. Zum Zeichen guter Hoffnung war es aber mit sechs Patronen geladen. So kam es, dass Krum Marijkin in vorgerückten Jahren noch seinem Schwiegervater zu gleichen begann, dem alten, tapferen und unbeugsamen Partisanen Zonjo Metschkarski, der vor über vierzig Jahren die Zigarettenfabrik nach ihrer Verstaatlichung bewacht und mit einem Gewehr, das genau dieses hätte gewesen sein können, auf den ehemaligen Fabrikbesitzer Kiskinov einen Schuss mit Todesfolge abgefeuert hatte.

Der alte Marijkin nahm seinem Sohn die Ledermappe mit den Dokumenten ab, schaute sie sich aufmerksam an, las, was zu lesen war, verstand aber nichts und spuckte vor Ärger auf den Boden, bevor er fragte:

»Und wo bringt ihr die hin, die Drehbänke?«

»Ins Werk für Pumpenbau, da brauchen sie die wohl.«

»Für die Pumpenherstellung, das geht«, gestattete der alte Marijkin großzügig. »Aber wenn du mich verarschst … Ich prüfe das nach, nur dass du Bescheid weißt.«

Ein munteres Stimmengewirr kündigte an, dass die Zigeuner anrückten, sorglos und mit leichtem Gemüt, dafür aber umso schwereren Schraubenschlüsseln. Beim Anblick so vieler Tonnen Eisen, die man verkaufen konnte, bekamen ihre Augen einen weihnachtlichen Glanz. So hoch konnten sie gar nicht rechnen, wie das hier …

Krum Krumovs Gedanken waren aber ganz woanders. Es begann als

Empfindung auf der Haut, setzte sich fort als körperlicher Schmerz und endete in einer Art Krampf. All das, was ihn hier umgab, so begriff er auf einmal, atmete nicht mehr, lag ein für alle Mal brach und würde nie mehr etwas produzieren. So wie die megalomanen Hoffnungen seines Vaters war dies hier ein gigantischer Toter, verurteilt zu Verfall und Vergessen. Und als hätte der alte Marijkin etwas von dem gespürt, was in seinem Sohn vorging, hüstelte er warnend, warf seine Zigarette fort, steckte sich eine neue an und fragte jene vieldeutige Frage, die er als Schrecken der Widiner Gegend bei der gewaltsamen Enteignung von Land, Vieh, Fabriken und Firmenbesitz so oft wiederholt hatte, bis er im ganzen Bezirk sprichwörtlich geworden war:

»Warum wollen die Menschen nicht glücklich sein?«

5

Der Morgen war sonnig, in der Luft lag etwas Einladendes. Der warme Wind blies die Straßen trocken und wehte das Laub von den Bäumen. Krum ging durch den Haupteingang des ehemaligen Bezirkskomitees, seine Schritte hallten durch die marmorverkleideten Gänge dieser gewaltigen Grabstätte einer allmächtigen Partei. Tscholevs Leibwächter waren so vertieft in ihr Bridge-Belote-Spiel, dass sie seinen Gruß nicht erwiderten. Sie sahen aus, als hinge vom Ausgang dieses Kartenspiels die Zukunft der ganzen Menschheit ab.

Im Zimmer der Sekretärin hingegen war auch diesmal nichts los. »Zezi«, eigentlich Zwetana, trug nur ein T-Shirt mit der Aufschrift »I love you« über dem unvermeidlich von Amors Pfeil durchbohrten Herzen. Auch diese T-Shirts wurden aus der Türkei importiert und auf dem Markt oder an Straßenständen verkauft. Ihr Minirock wirkte diesmal noch kürzer; vielleicht lag das aber nur an dem grellen Orange des glänzenden Lackleders. Sie saß hinter ihrem Schreibtisch wie eine Schaufensterpuppe und bewegte sich auch nicht sehr viel mehr. Das Blinklicht des Diensttelefons, das Tscholev vermutlich direkt so vom ehemaligen Bezirkssekretär übernommen hatte, ging so schnell an und aus, dass man beim Hinschauen ganz nervös wurde.

»Ah, Marijkin«, begrüßte die Sekretärin ihn lau, »Herr Tscholev ist leider beschäftigt. Er befindet sich in einer dringenden Arbeitsbesprechung mit dem Stab!« Auch diesmal ergötzte sie sich an ihrer businessgerechten Ausdrucksweise, um schließlich ihren toupierten Blondschopf zu schütteln, als spräche sie mit einem armen Verwandten. Entsprechend schraubte sie die Höflichkeitsform etwas herunter: »Wenn du willst, schnapp draußen so lange was Luft. Oder, wenn du nix zu erledigen hast, nimm dir 'n Kaffee oder 'nen Whisky. Da drüben haste auch die Zeitungen von heute.«

In Tscholevs Büro gaben sich die Besucher die Klinke in die Hand. Einige der Herrschaften kamen mit Anzug und Krawatte. Krum kannte sie gut: Sie hatten bei der Widiner Komsomolzenorganisation gearbeitet oder bei der Volksmiliz. Andere gehörten sichtlich zur sozialen Unterschicht, waren unrasiert, schlecht gekleidet, mit blutunterlaufenen Augen. Auch zwei örtliche Zigeunerbarone erkannte er. Alle aber hatten eines gemeinsam: Sie taten ungemein wichtig und schauten überheblich auf ihn herab, vielleicht wegen der ausgebeulten Taschen oder Beutel, mit denen sie das Büro betraten oder verließen. Gegen zwölf Uhr war schließlich »die Kirch' aus«, wie der große Boss, wie Pawel selbst das Ende seiner Besuchszeit nannte. Sein Büro leerte sich, und er schaute Krum aus nicht minder leeren Augen an. Es dauerte eine Weile, bis er ihn erkannte, dann grinste er.

»Tschuldige, Kleiner, aber du siehst, hier wird gearbeitet. Bin entschlossen, mein Fach mit Auszeichnung abzuschließen und Held der kapitalistischen Arbeit zu werden, hehe. Worum geht's, Bruderherz?«

Krum Krumov bekam trockene Lippen, weil er auf einmal das Gefühl nicht loswurde, der kommende Held der kapitalistischen Arbeit wolle ihn gar nicht bezahlen, sondern habe ihn nur hergerufen, um sich über ihn lustig zu machen und sich an seiner Macht zu delektieren. Er lachte auch wirklich, aber dann sagte er:

»Ach ja, natürlich – die Taler!«

Flink umrundete er seinen Schreibtisch und öffnete den schmalen, hohen Schrank dahinter. Krum wurde flau, als er sah, dass alle Fächer vollgestopft waren mit Geldscheinbündeln, aber nicht akkurat und wohlgeordnet, sondern so, als sammle sein ehemaliger Mitschüler dort das

Altpapier vor der Abholung. Tscholev nahm ein Bündel mit druckfrischen Zwanzig-Leva-Scheinen heraus, roch einmal daran und warf es Krum hin, als sei es ein Urlaubsprospekt für die Seychellen. Dann winkte er mit einer Pranke hinter sich Richtung Geldschrank und erläuterte dem sprachlosen Krum:

»Sieh dir mal diese Sauerei an. Letzte Woche hatte ich vor lauter Arbeit keine Zeit, da mal sauberzumachen, und am Wochenende haben die Banken zu.«

Nach dieser befriedigenden Analyse der derzeitigen Geschäftslage räkelte er sich, stolzierte zur Sitzgruppe mit den Ledersesseln und goss großzügig von seinem »12 years old« ein, ohne es für nötig zu halten, vorher den Schrank mit den Unsummen Bargeld zu schließen. Es musste ihm ein unglaubliches Vergnügen bereiten, zuzusehen, wie Krum einem Hypnotisierten gleich auf dieses bulgarische Provinzweltwunder starrte.

»Genügt dir das so?«, nickte Tscholev in Richtung des mit einem einfachen Haushaltsgummi zusammengefassten Bündels.

»Das hab ich im Landmaschinenwerk Russe in einem halben Jahr bekommen«, stotterte Krum.

»Hör zu, du Opfer, wenn ich's mir recht überlege … Könnte gut sein, dass ich mal einen Maschinenbau-Ingenieur brauche. Wir wollen den Teufel nicht an die Wand malen, aber vielleicht kauf ich ja mal eine Fabrik, die Herrenkonfektionsfabrik zum Beispiel. Willst du bei mir schon mal in der Kinderkrippe anfangen?«

»N-nein«, antwortete Krum wie unter Schock.

»Wusst' ich's doch: arm, aber anständig! In Dreck und Müll leben, aber unbestechlich sein!«

Tscholev kippte seinen Whisky in einem Zug herunter und hielt Krum, der schon fast an der Tür war, im Befehlston zurück:

»Such die drei besten Drehbänke aus, die hab ich dem Hamster versprochen, weil … dem Guten sein Herr Papa ist Chef der Zolldirektion. Die Zöllner sind jetzt 'ne wichtige Berufsgruppe, musst du wissen, Schlüsselfiguren im ganz großen Spiel, wenn du verstehst, was ich meine.«

»Nein«, antwortete Krum errötend.

»Nein, nein, aber ja! Tu doch nicht so unbedarft, Kleiner.«

Als seine Mutter den Haufen raschelnder Banknoten auf dem heimischen Esstisch ausgebreitet sah, erschrak sie so sehr, dass sie sich bekreuzigte und instinktiv die Vorhänge im Wohn-Esszimmer zuzog. Die druckfrischen Zwanzig-Leva-Scheine waren noch so rutschig und Krum so nervös, dass er eine geschlagene halbe Stunde brauchte, bis er sie richtig durchgezählt hatte. Pawel Tscholev hatte wohl wirklich keine Zeit gehabt, es mit dem Bündeln und Zählen so genau zu nehmen, sondern nur Pi mal Daumen geschätzt, denn statt der vereinbarten hundert waren es einhundertundsiebzehn Scheine.

6

»Wo hast du dich denn die ganze Zeit versteckt, Weltschev? Na komm, mach's dir bequem«, bot ihm der Chef mit jener gefährlichen Liebenswürdigkeit einen Platz an, die Jordan – als gebranntes Kind – gelernt hatte, mit einem Minuszeichen zu versehen. Er blieb also besser stehen. Vermutlich hatte sein Redaktionsleiter gerade wieder heimlich genascht, denn er leckte sich noch genüsslich die Lippen, seufzte und strich sich über sein schütteres Haupthaar. Es war, als kosteten diese schweren Umbruchjahre nach der Wende Gospodinov den letzten Haarschmuck. Schon in den Jahren der Perestrojka waren ihm ganze Haarbüschel ausgefallen, und zwar nicht in der üblichen Weise, beginnend mit Geheimratsecken, und dann am Hinterkopf oder über die Kopfmitte, sondern es entstanden überall kreisrunde Löcher wie bei schweren Mangelerscheinungen oder einer Stoffwechselstörung. Anfangs ließ er sich über Beziehungen ein Wundermittel aus Ungarn kommen. Dann rieb er sich Knoblauch in die Kopfhaut ein, bis sein ganzes Büro nach Dorfkneipe stank. Als auch dies nicht half, wechselte er zu einer Tinktur, die alles Bisherige toppte und durchdringend nach Urin roch. Das hinderte Gospodinov jedoch nicht daran, auf die lawinenartig über das Land hereinbrechenden Veränderungen mit seiner erhabenen Fähigkeit zu reagieren, abzuwarten und Tee zu trinken. Es mochte sein, dass er sich in seiner Fixierung auf den eigenen Haarausfall ein Alibi verschaffte, um seine Unsicherheit zu verschleiern und seinen Abscheu vor dieser heraufziehenden, vieldeutigen Welt zu kaschieren und »für sie und auch sonst niemanden zu sprechen« zu sein.

Wie in allen anderen Institutionen zu jener Zeit auch tobte im Fernsehen zwischen den »demokratischen« Anhängern der UDK und den »Rückständigen« von der BSP ein Kampf auf Leben und Tod, mit dem Akzent auf Letzterem. Bereits zum zweiten Mal war der Generaldirektor abgesägt worden, jeweils mitsamt seiner ganzen Führungsriege. Nur Gospodinov war still und unbemerkt auf seinem Posten klebengeblieben. Mit dem Gespür des ängstlichen Menschen roch er stets rechtzeitig, wenn Gefahr heraufzog, und verharrte reglos, bis sie vorüber war. Als der Klotz der Parteizentrale in Sofia in Brand gesteckt wurde, war er zufällig gerade im Urlaub, und als Boris Jelzin einen Umsturzversuch abwandte und seine Faust mit erhobenem Mittelfinger aus einer Panzerluke reckte, lag er gerade grippekrank zu Hause im Bett. Gleichzeitig gelang es ihm, mit seinem phantastischen Riecher sämtliche Sendungen in seinem Ressort zu relaunchen und sie zu den interessantesten und meistgesehenen im ganzen Programm zu machen. Er tat dies unmerklich, nebenbei, ohne viele Ratschläge zu geben oder sich in den Vordergrund zu spielen; er schätzte einfach richtig ein, welcher seiner Mitarbeiter wozu fähig war, und wies ihm den richtigen Weg.

Das Tennisspielen hatte er voller Erleichterung aufgegeben. In der jungen bulgarischen Demokratie schaute man tadelnd auf diesen Aristokratensport, und das kam ihm ebenso zupass wie die Tatsache, dass die Mitspieler seiner Pokerrunde verarmt waren und er auch hiervon die Finger lassen konnte. Stattdessen begann er, alte bulgarische Ansichtskarten zu sammeln. Auf denen war die Welt heiter und voller Urlaub; fern und vergilbt, war darauf eine Welt zu sehen, die höchstens Nostalgie, aber keine Angst weckte und ihn durch nichts erschreckte. Einige davon hatte er sich auf den Schreibtisch gestellt. Gospodinov hatte sie ihm bereits gezeigt, daher schwieg er jetzt. Er schwieg auf besondere Weise, geistesabwesend und schlaff, und das bedeutete Alarmstufe Rot! Es war jenes Schweigen, das zu unterbrechen er bei seinen Untergebenen gar nicht, aber ganz und gar nicht liebte!

»Und?«, fragte er schließlich.

»Weiß nicht«, gab Jordan volley zurück.

»Das Schlimme ist: ich auch nicht, Weltschev!« Er strich sich seine dünnen Reststrähnen über dem Kopf glatt. »Was aber noch übler ist … jetzt haben wir die sogenannte Freiheit, jeder kann sich aufführen, wie er will, Theater machen, Leute verurteilen nach Lust und Laune, herausposaunen, wonach ihm zumute ist, aber … es ist kein Geld da. Das Fernsehen, mein Bester, hat nicht genug Geld, um für diese ganzen ›Zielgruppen‹, wie das neuerdings heißt, Programm zu machen.«

Er leckte sich erneut über die Lippen, lächelte das schüchterne Lächeln der Killerspinne, die auf einen Plausch in ihr neues Netz einlud, und begann, mit den Fingern auf die Schreibtischplatte zu trommeln, rhythmisch, so als begleite er ein Liedchen, das er im Kopf vor sich hin trällere. Dann fuhr er überraschend fort:

»Wo war ich stehengeblieben? Ah ja, wie hat doch da so ein Arschloch es in *24 Stunden* so klug ausgedrückt: ›Nach dem Wegfall der abscheulichen *ideologischen* Zensur haben wir jetzt eine erstickende *ökonomische* Zensur. Denk dran, denn das betrifft auch dich.‹«

Jordan klopfte sich eine Zigarette aus der Packung und zündete sie an, ohne seinen Chef um Erlaubnis zu bitten. Das war der Lackmustest. Sein Häuptling hatte vor zwanzig Jahren mit dem Rauchen aufgehört und war allergisch gegen Zigarettenqualm. Wenn er sich jetzt lautstark beschwerte, dann war alles in Ordnung und die Lage nicht ganz so hoffnungslos. Wenn er aber schweigend über die Sache hinwegging, dann war Matthäi am Letzten! Gospodinov schaute zu, wie sich der Qualm von der Spitze des Glimmstengels löste und in lockigen Wirbeln im Raum auflöste. Sein Lächeln wurde nun noch milder und einladender. Dann ergänzte er:

»… betrifft auch dich und deine hochinteressante Sendung *Sieben Tage*.«

»Will sagen?«

»Will sagen, dass ich deine Sendung einstellen muss, wenn du mir bis nächste Woche keinen Sponsor findest. Und mit Sponsor meine ich keinen fröhlichen Wandersmann, über den der Volksmund so treffend sagt: ›Und in seinen Tascherln / die Kerne und Nüsse rascherln‹, sondern einen, der richtig Schotter an den Füßen hat, und dessen Firma eine werbetaugliche Marke ist.«

»Zum Beispiel?«

»Na, so diesen weltberühmten Hersteller koffeinhaltiger Brause zum Beispiel, oder einen, der die Volksmassen vergiftet mit seinen fassgereiften Spirituosen oder teerhaltigen Zigaretten.«

»Die stürzen sich doch schon alle auf die Nachrichten und die umliegenden Journale in der Primetime.«

»Sicher«, stimmte Gospodinov großzügig zu, »aber deine Sendung hat auch ihre Einschaltquoten, und du bist ein Mann mit Phantasie.«

»Gnadenlos! Du reißt mir den Kopf ab.«

»Nicht ich, mein Bester, die Zeit ist gnadenlos … und unberechenbar. Legst dich grade gemütlich aufs Badehandtuch zum Sonnenbad, da erwischt dich auch schon der Eisregen … Ich bin bloß so fair, es dir rechtzeitig zu sagen.«

Gospodinov seufzte resigniert, Jordan blies ihm den Rauch jetzt direkt in die Nase und verdarb ihm so nicht nur die Atemluft, sondern vernebelte ihm auch die Sicht auf seine vier in die Wand eingelassenen Monitore. Er sah, wie es in Gospodinov arbeitete. Der würde jetzt irgendetwas Blödes und Gehaltloses sagen, um das Gespräch blitzschnell abzuwürgen und Jordan zu verscheuchen.

»Legst du die eigentlich flach, Weltschev?« Er schaute seinen Angestellten aus geweiteten Augen an, in denen keinerlei Neugier zu lesen war.

»Wie bitte?«

»Na, die mit den strammen Möpsen und dem prallen Allerwertesten, wie hieß sie doch gleich … Dani, Dida oder so …«

»Bedaure, nein«, antwortete Jordan knapp und fühlte, wie es ihm aus unerfindlichen Gründen einen Stich gab. »Aber du scheinst in letzter Zeit Tomaten auf den Augen zu haben: Sie hat nämlich kleine Dinger und einen Po, mit dem sie auf einer Männerhand Platz nehmen kann.«

»Warum hast du mich denn dann so fehlinformiert, mein Bester? Ich hab sie aufgrund ihrer vermuteten Maße nämlich eingestellt! Hier, wo wir sowieso schon jeden Lev zweimal umdrehen müssen. Dabei liegt mir Timmi Teebeutel ausm Café unten schon seit ’nem halben Jahr in den Ohren, er bräuchte eine Hilfe im Ausschank.«

7

Der Firmensitz von Eduard Toschev, Eigentümer der Tankstellenkette Eco Plus und überdies allgemein bekannt als »König der Küchentechnik«, befand sich im Poly Print, dem architektonisch ambitioniertesten Gebäude Bulgariens aus sozialistischer Zeit, das – wie man im Jargon sagte – »auf die Örtlichkeit reagierte« und die Form des Witoscha durch zwei Bergspitzen aus Stahl und Glas »aufnahm«. Es befand sich auf dem Boulevard der Bulgarisch-Sowjetischen Freundschaft, der im Zuge der Straßenumbenennungen nach der Wende nun Boulevard Kliment Ochridski hieß. Eine Reihe von West-Firmen hatten hier ihre Niederlassungen, gleich daneben die frechsten bulgarischen Geldschneider. Wegen seiner stark getönten Glasfront hieß dieses Architekturwunder bei den Fernsehleuten intern nur »das Einmachglas«. Der Tag war sonnig, der Himmel tiefblau und rein, auf dem Boulevard herrschte kaum Verkehr. Die Luft roch noch morgenfrisch und frühlingshaft, die Blümchen im wohlgepflegten Vorgarten des Geschäftsgebäudes waren einladend aufgeblüht.

Jordan war zehn Minuten zu früh, aber Dida wartete schon vor dem Haupteingang auf ihn, frisch geduscht und nach Nina Ricci duftend, lächelnd wie ein kleines Mädchen, das endlich mit Papa ihr Lieblingsmärchen im Puppentheater schauen darf, weil es brav gewesen ist. Ihr fuchsrotes Haar hatte Volumen, aber ihr Gesicht war ungeschminkt. Ihre bläulichen, leicht schielenden Augen hatten Wärme angenommen und spielten nun ins Graue. Gekleidet war sie diesmal zu Jordans Erleichterung in ein strenges graues Kostüm, dessen Rock bis unters Knie reichte; dadurch wirkte ihr Körper nicht einfach nur schlank, sondern grazil. Daniela freute sich sichtlich, als sie ihn ankommen sah, und sie verbarg es nicht.

»Auf was soll ich machen, Chef?«, fragte sie so atemlos, als sei sie von der Russischen Botschaft hergerannt.

»Spiel dich selbst«, blaffte Jordan zurück, der sich über sich selbst ärgerte, weil er merkte, dass ihr Äußeres ihn nicht unberührt ließ. Er hatte das Gefühl, sie wolle ihn aufs Glatteis führen, ihn übertölpeln, und das erniedrigte ihn vor sich selbst.

»Aber Chef, wir sind doch hier, um …«

»Ich spiele mich, du spielst dich … und aus«, insistierte er und ging, ohne auch nur zu versuchen, Kavalier zu sein, vorneweg.

Der Vorschlag, Daniela zu diesem schwierigen und entscheidenden Verhandlungsgespräch mitzunehmen, kam übrigens von Sima. »Das Mädel ist jung«, hatte sie gesagt, »attraktiv und unkonventionell. Und Toschev soll, wie ich gehört habe, schon ein alter Sack sein. Da wirkt die jugendliche Anmut gleich doppelt: Sie bricht das Eis und überwindet die Distanz.« »Na gut, wenn du meinst«, hatte Jordan missmutig zugestimmt, »aber richte ihr von mir aus, wenn sie es wagt, wieder in so einer knalligen Disco-Bluse und so 'nem nuttigen Röckchen aufzukreuzen, dann jag ich sie zum Teufel.«

Die Geschäftsräume von Eco Plus befanden sich auf der fünften Etage und nahmen den ganzen Südflügel des Gebäudes ein. Man hatte von dort einen grandiosen Blick auf das Witoschagebirge, das sich gerade mit zartem, gelbgrünem Flaum überzogen hatte; die von der Stadtseite sichtbare Bergspitze stand kantig und grau vor der Bläue des Himmels wie ein abgebrochener Riesenzahn. Toschevs Sekretärin war eine feine alte Dame mit grauem Haar, die sofort Respekt einflößte. Jordan wäre jede Wette eingegangen, dass sie einen Studienabschluss hatte, mindestens zwei westliche Fremdsprachen beherrschte und die Abflugzeiten in alle europäischen Hauptstädte im Kopf hatte. Auf ihrem Schreibtisch prangte der leistungsstärkste Computer, der damals zu haben war, eine Seltenheit zu dieser Zeit in Bulgarien. Sie empfing die Neuankömmlinge mit kühler Höflichkeit und bat sie, sich doch einen Augenblick zu gedulden. Es war fünf Minuten vor zwei; ihr Termin war für vierzehn Uhr anberaumt. Und um punkt vierzehn Uhr wurden sie auch von der Dame in Toschevs Büro gebeten.

Eduard Toschev war ein lang aufgeschossener Mann mit seltsam geschorenem Haar, wachsamen Augen und dem Lächeln eines Illusionisten. Von ihm hieß es, er sei ein alter Geheimdienstler, der noch immer gute Beziehungen zu seiner alten Dienststelle, aber auch zu den russischen Erdöl- und Erdgasmagnaten unterhalte. Seinen Reichtum, der auf mehr als einhundert Millionen US-Dollar geschätzt wurde, hatte er in unerklärlich kurzer Zeit angehäuft. Im Unterschied zu seiner Sekretärin wirkte er nicht unnahbar, sondern zugänglich, geradezu herzlich, wenn auch leicht zerstreut. Die Tür öffnete sich lautlos, und eine junge Frau mit hochgeschlossenem Jabotkragen trat ein und brachte Kaffee und Sprudelwasser. Toschev bot Daniela eigenhändig eine leichte Slim-Zigarette an, dann hielt er Jordan eine Zigarrenkiste hin, aus der er sich anschließend auch selbst bediente. Es waren kubanische Romeo & Julieta.

»Nun, dann heiße ich Sie erst einmal willkommen in den heiligen Hallen von Eco Plus«, begann Toschev mit weicher, angenehmer Stimme. »Ich habe Respekt vor dem Medium Fernsehen, Herr Weltschev. Dessen Rolle und Einfluss als fünfte Macht im Staate wächst ja beständig, und speziell Sie verehre ich ganz besonders! Was sage ich, meine Frau ist ein großer Fan von Ihnen, schon seit den Zeiten des *Runden Tischs*.«

Er starrte Daniela mit seinem hypnotischen Blick an, blies lässig den Rauch seiner Zigarre aus, wie um zu dokumentieren, dass er wirklich meinte, was er sagte. Während Jordan sprach, hielt er seinen Blick unverwandt auf ein Gemälde von Slatju Bojadschiev geheftet, einem Meisterwerk aus seiner zweiten, expressiven Periode, in der er mit der linken Hand malte. Jordans Worte schienen in den mit Strukturputz aufgerauhten Wänden zu versickern wie Wasser in einer lockeren Tuffschicht. Das geräumige Büro des Magnaten war mit echten Büromöbeln ausgestattet, einem Konferenztisch und ebender Sitzecke mit den modernen, lederbezogenen Sesseln, in denen sie sich niedergelassen hatten. Das Licht drang durch die Mattglasfenster, als trüge der ganze Raum eine getönte Brille. Die Klimaanlage verteilte leise surrend den Tabaksqualm. Kurz, Jordan spürte, dass Toschev ihm gar nicht mehr zuhörte, und so eilte er, zum Schluss zu kommen.

»Ich verstehe ja gut, dass Sie ein sponsorship benötigen«, hakte Toschev nach, »aber was gewinnt Eco Plus dabei?«

»Sie bekommen Reklame«, erwiderte Jordan, überrascht über die Nachfrage.

»Herr Weltschev, es gibt in Bulgarien ohnehin schon nicht genügend Tankstellen, wozu brauche ich da noch Reklame?«

Diese Frage hatte sich auch Jordan gestellt; aber er hatte keine Antwort darauf gefunden. Er sammelte langsam die Blätter vor sich ein, steckte sie in sein Diplomatenköfferchen, drückte die Zigarre im Aschenbecher aus und war bereit, fürs Zuhören zu danken und zu gehen, als sich Dida aus heiterem Himmel meldete, wie um ihn in seiner Ratlosigkeit noch mehr zu kränken.

»Ja, wenn man's recht bedenkt, Herr Toschev«, hob sie im Ton einer heldenhaften Pionierin an, »was die Tankstellen angeht, da haben Sie schon recht. Aber wir könnten ja für Ihre Küchentechnik-Sparte werben.« Sie schniefte einmal wie Pippi Langstrumpf, ihre Augen lachten schalkhaft. »Einen Clip drehen!«

»Wie, was denn für einen Clip?« Im starren Blick des Firmenbosses glimmte so etwas wie lebhaftes Interesse auf.

»Stellen Sie sich vor«, breitete Daniela vor Begeisterung die Arme aus, »erste Kameraeinstellung: Eine Kühltruhe, na, von Ihren da, geht auf, drinnen lauter eingefrorene Sachen … Und plötzlich hört man die Stimme des Sprechers sagen: ›Schockgefrostet mit Indesit kommen die Nachrichten bei uns an.‹ Dann zeigen wir den Einspieler von *Sieben Tage*, und da steht ein Elektroherd, auf dem ein Schnellkochtopf zischt. Und der Sprecher sagt: ›Und so vitaminschonend erhitzt auf einem Indesit-Herd servieren wir sie Ihnen!‹«

Diese naiv zusammengeschusterte kleine Szene kam Jordan so blöde und abgeschmackt vor, dass er vor lauter Scham zunächst errötete; dann kroch die Wut in ihm hoch. Er war schon drauf und dran, etwas Ironisches zur Entschuldigung hinzuwerfen, da sah er, wie Toschevs Gesicht sich langsam aufhellte und ein Lächeln dezent in seinen Augenwinkeln aufblitzte. Dann wiegte er den Kopf wohlwollend und sagte:

»Na, das hört sich doch interessant an; gefällt mir! Das hat Witz!«

Später, als Jordan und Daniela dem getönten Malzbraun im Inneren des Gebäudes entschlüpft waren und zwischen dem Steingarten und den bunten Blumenrabatten entlanggingen, die Sonne Didas Haar zum Funkeln brachte und das Blau ihrer Augen wiederherstellte, blieb Jordan plötzlich stehen, schaute ihr prüfend ins blass gewordene Gesicht und fragte, um es endlich loszuwerden:

»Jetzt sag mir bitte mal, wie konntest du dir einen solchen Blödsinn ausdenken?«

Daniela lächelte glücklich und breitete die Arme aus, als wolle sie die ganze Welt umarmen und gestand:

»Na, ich hab plötzlich gemerkt, dass ich ihm gefalle, und dass du dich schrecklich schwer mit ihm tust, weil dir die ganze Sache eigentlich gegen den Strich ging …« Sie schaute ihn kokett an und fuhr fort: »Da dachte ich: Egal, was ich jetzt sage, der Toschev wird das akzeptieren, aber eben nur da, in dem Moment. Und da ich keine Zeit hatte zu überlegen, hab ich das Erste gesagt, was mir in den Sinn kam. Tschuldige, Chef, kommt nicht wieder vor. Aber ich musste dich da doch irgendwie aus dem Schlamassel ziehen!«

8

Die Sendung war eine von der ganz schweren Sorte, denn das Thema war die Zwangsumbenennung und Vertreibung der bulgarischen Türken im Jahrzehnt vor der Wende, die gegen Ende der kommunistischen Herrschaft pogromartige Züge und die Ausmaße eines Exodus angenommen hatten. Die Kommunisten hatten in der kriselnden Planwirtschaft der 1980er Jahre ein Feindbild gebraucht, einen Sündenbock, auf den sie die Unzufriedenheit des Volkes lenken konnten, und hatten mit gezielter Propaganda Gerüchte gestreut, dass die Türken die Produktion sabotierten und buchstäblich Brunnen vergifteten. Die Filmaufnahmen dieses stillen, in sich gekehrten Zuges von Menschen, die wegen ihrer Weigerung, slawische Namen anzunehmen, ihre Häuser verlassen mussten, ihre Autos mit dem gesamten Hausrat beluden und in langen Schlangen vor den Meldestellen und an den Grenzübergängen zur Türkei standen, waren beklemmend. Sie glichen einem zäh dahinfließenden Totenfluss. Jordan hatte immer Mitgefühl für diese stillen, arbeitsamen Menschen gehabt, doch das bedeutete nicht, dass er die von bulgarischen Türken geführte Partei, die angeblich für die Rechte und Freiheiten dieser Minderheit eintrat, nicht im Verdacht hatte, von Vertrauten und ehemaligen Spitzeln der Staatssicherheit geschaffen worden zu sein, die die Erschütterung über das Los dieser Menschen schlicht ausnutzten, um im großen und einträglichen Spiel der Politik gute Karten und sichere Wähler zu bekommen.

Als die bedrückende Diskussion schließlich endete, die Projektoren erloschen und die Luft im Studio wieder abkühlte, war er schweißgebadet und hatte das Gefühl, zwei Kilogramm an Gewicht verloren zu haben. Jetzt wollte er nur noch nach Hause, sich unter die Dusche stellen und danach einen großen Schnaps kippen, auch wenn dessen Zutaten wohl nicht mehr aus dem Weinberg kamen, sondern aus dem chemischen Labor. Doch da rief ihn sein Chef zu sich, um ihm zu gratulieren dafür, dass er die Courage besessen habe, eine von der Kruste der allgemeinen Scham bedeckte, aber eben nicht verheilte Wunde aufzukratzen, und um ihm mitzuteilen, dass die erste Tranche der Sponsorengelder von Eduard Toschev eingetroffen sei, sodass er nun erstmal ein halbes Jahr fröhlich seinen Hut in die Luft werfen und – wenn er wolle – nach Gusto auch die Hose runterlassen und das darin Befindliche vor der Kamera schwenken könne. Auf seinem Schreibtisch standen heute einige alte Ansichtskarten aus den Wiedergeburtsstädtchen Trjawna und Kopriwschtiza, die in den 1930er Jahren aufgenommen worden waren. Zwei seiner Wandmonitore waren auch diesmal eingeschaltet. Auf einem lief eine CNN-Nachrichtensendung, auf dem anderen die BBC. »Und schäm dich, dass du's der Kleinen noch nicht besorgt hast! Du bringst mich noch dazu, das selbst zu übernehmen!«

Wie immer hatte er die Jalousien seines Panoramafensters heruntergelassen, um allein und ungestört zu sein in seiner gesegnet unwirklichen, nur von Abbildern erfüllten und daher vollkommen ungefährlichen Welt. Jordan aber wusste, dass es draußen aus einem niedrigen Wolkenhimmel Bindfäden regnete. Er durfte also seinen Schirm nicht vergessen, den er in Simas Büro stehengelassen hatte. Er ging zwei Etagen tiefer, lief den Korridor entlang und trat ein, ohne vorher anzuklopfen. Drinnen brannte weder die Decken- noch die Tischbeleuchtung. Durch das Fenster drang müde und bleischwer das Licht. Am Schreibtisch, gleich neben dem Heizkörper, saß Dida, den Kopf auf die Arme gelegt, und schlief. Lächelnd, fuchsrot, bezaubernd wie ein Mädchen, das beschützt werden musste, es aber vor naiver Vertrauensseligkeit nicht wusste. Sein Inneres krampfte sich in süßem Schmerz zusammen.

Der Chef hatte sie als Mädchen für alles eingestellt. Sie machte den Kaffee, brachte die Post und die Zeitungen, machte Termine und arbeitete sich auch sonst langsam in alles ein, was man so das Aufgabenfeld einer Sekretärin nennt. »Manchmal geht sie sogar für mich einkaufen«, hatte Sima einmal lächelnd fallenlassen.

Dida atmete leise und regelmäßig. Neben ihrer leicht geröteten Wange lagen ein dickes Schreibheft und ein Kugelschreiber. Jordan ging hin, nahm die Kladde und begann, darin zu blättern. Die ersten Seiten waren mit Strichzeichnungen gefüllt, die skizzierten, wie Sima die Kameras im Aufnahmestudio postierte. Das überraschte ihn angenehm. Er wollte das Heft bereits an seinen Platz zurücklegen, als sein Blick auf eine seltsame Liste fiel, geschrieben in einer filigranen Handschrift und voller dick markierter Großbuchstaben.

REGELN, DIE ICH VON JETZT AN UNBEDINGT EINHALTEN MUSS!!!

1. *Jeden Morgen und jeden Abend eine Dusche nehmen.*
2. *Jeden Tag zehn englische Wörter lernen.*
3. *Jeden Abend fünfzig Seiten total gute Literatur lesen.*
4. *Aufhören, so bescheuerte Wörter zu benutzen wie »total«, »checken« oder »echt«, die nix sagen, tschuldigung, NICHTS sagen.*
5. *Alle kurzen Röcke und Blusen mit Bauchnabel-Dekolleté in die Kleidersammlung tun oder sie meiner Nichte schenken. Ohne Violett kann ich echt nicht, aber dieses grelle Rot – nee, nie wieder!*
6. *Von jetzt an nur Kleidung Marke »schlichte Eleganz«. Selbst wenn ich dann für eine graue Maus durchgehe.*
7. *Schminken? Okay, wenn ich schlecht drauf bin, krank oder sauer, dann ja, aber sonst: Malkastenverbot!*
8. *Nicht krank spielen.*
9. *Eher schon die Gesunde spielen, auch wenn ich dafür ein bisschen die Durchgeknallte geben muss.*
10. *Mir sagen, dass ich ein erfolgreicher Mensch bin, vor allem seit sie mich in der Sieben-Tage-Redaktion eingestellt haben. Hörst du, Dida: Du bist eine erfolgreiche Tussi! Sag dir das vor allem, wenn du mal wieder vom Balkon der 10. Etage springen willst.*
11. *Die armen Blümchen und Sträucherlein unten vor meinem Plattenbau, die die lieben Mitbewohner vor fünf, sechs Jahren im Schweiße ihres An-*

gesichts an den sozialistischen Arbeitssamstagen gepflanzt haben, dürfen nicht unter meiner Neigung zur Selbstvernichtung leiden. Sollen die Vögelein sich tags dran erfreuen, und nachts die Besoffenen was haben, wo sie dranpinkeln können.

12. *Auch wenn's mir den letzten Nerv und den letzten Pfennig raubt, ich muss den verdammten Schauspielkurs an der Akademie auf jeden Fall zu Ende machen!*
13. *Checken, warum Sima, wenn die Sendung durchhängt, immer Großaufnahme macht, und wenn der eitle Großmeister Weltschev sich in Rage redet, sofort auf Nahaufnahme geht.*
14. *Raffen, woher die Anziehungskraft von diesem selbstverliebten Kleiderständer Weltschev kommt.*
15. *Schnallen, was im Irrgarten von dem seinem erleuchteten Oberstübchen so abgeht.*
16. *Sich wie eine echte Dame verhalten. Echt höflich und so, auch gegenüber Blödmännern. Sogar mit diesem Poseur Jordan Weltschev.*
17. *Und auf keinen Fall darf dieser Fatzke rauskriegen, dass ich ihn gut finde, dass ich echt, total, aber volle Kanne auf ihn stehe. Nein, ich bin nicht verliebt in ihn!!! Und wenn doch? O Himmelherrgottmariaundjosef, neiiin! Auf gar keinen Fall!! Genau, ich hasse ihn, das ist es: Ich hasse ihn!!!!*
18. *Und nicht vergessen, Dida-Darling: Jeden Morgen und jeden Abend nimmst du eine Dusche. Das muss nochmal gesagt sein hier, weil … die leichtesten Sachen sind immer am schwersten, nicht wahr, Dida-Herzchen?*

Also, ich komme zum Schluss: Wenn du das alles befolgst und beherzigst und dich zu diesen Höhen aufschwingst, liebste Dida, dann werde ich mich ins Herz schließen! Und zwar für immer und ewig, ~~echt~~! (ohne »echt«, hab ich gesagt, also streichen!!)

Deine Dida

Die schlafende Frau vor ihm zog die Stirne kraus, machte eine finstere Miene und seufzte. Jordan wich zurück, als hätte er auf die sprichwörtliche heiße Herdplatte gefasst. Er legte das Schreibheft an seinen Platz zurück und verließ Simas Büro. Ein paar Leute grüßten ihn, als er über den Flur ging. Er erwiderte den Gruß mit zerstreutem Nicken, ohne sie zu erkennen. Draußen sollte eigentlich Sommer sein, aber ihn fröstelte regelrecht. Er ging durch die Unterführung und dann am Perlowo-Kanal den Evlogi-Georgiev-Boulevard rauf. In seinem Kopf herrschte ein lautes Durcheinander, und er fühlte sich hin- und hergerissen von widersprüchlichen Gefühlen. Einerseits war es ihm jetzt peinlich, dass er aus Neugier heimlich einen Blick ins Intimste einer so gut wie unbekannten Frau geworfen hatte, andererseits beschäftigte ihn das Gelesene und verstärkte noch jenen süßen Schmerz, der nach und nach sein ganzes Wesen ergriff.

Auf einmal setzte der nächste Regenguss ein, heftig und prasselnd. Da fiel Jordan ein, dass er den Schirm vergessen hatte, dessentwegen er eigentlich in Simas Büro gegangen war.

9

Christo hatte eine Flasche Johnny Walker von zu Hause mitgebracht, aber Eis, das war natürlich schlecht möglich. Er ging auf die Toilette, drehte den Hahn auf und ließ das Wasser laufen, bis es kalt wurde. Dann spülte er eine leere Schweppes-Flasche aus und ließ sie volllaufen. Mandeln, Haselnüsse und Cashew-Kerne hatte er auf einen angeschlagenen Porzellanteller gefüllt, den er in den Tiefen des Küchenschranks aufgetrieben hatte. Der Nachmittag draußen war so drückend heiß, dass alles wie betäubt wirkte in diesem von der Brandmauer gegenüber abgeriegelten Ambiente aus Betonstaub, ungelebtem Leben und abgestandener Luft.

Major Petrov starrte dramatisch auf den Bildschirm des kaputten Fernsehers. Diese Ausstrahlung des ewig melancholischen, von Gott, der Welt und seiner Frau verlassenen, erwachsen gewordenen Waisenkindes war Christo immer an die Nieren gegangen. Wissend, dass seine Macht nur begrenzt und ephemer war und er selbst einfach nicht wichtig genug, um Leute ernsthaft bedrohen und über die Klinge springen lassen zu können, saß er wie verloren da und wirkte bei alledem eigentlich nur fade und langweilig.

Christo sprang behende hin und her, füllte die dickwandigen Gläser zur Hälfte, goss mit kaltem Wasser auf. Dann stieß er mit Petrov an, als gelte es, sich zu beeilen. Ja, das war wirklich ein guter Tropfen, smooth und rauchig, auf keinen Fall ein gepanschter Re-Import. Beide lächelten. Aber nicht einander zu, sondern jeder für sich über etwas Eigenes.

»Von heute an laufen Sie nicht mehr über uns«, begann Petrov großspurig. »Ich muss zugeben, dass Sie Ihren Pflichten gegenüber ... gegenüber dem Vaterland getreulich und sorgsam nachgekommen sind.« Er tat sich schwer damit, einfach zu sagen: »gegenüber der Stasi«.

»Ich danke Ihnen für die hohe und schmeichelhafte Beurteilung.«

»Von heute an sind Sie frei.«

»Wirklich frei?«

»Ja, vollkommen frei. Dies ist unser letztes Treffen ... zumindest in diesen Räumlichkeiten. Sollte es erforderlich sein, werden wir uns an anderem Ort wiedersehen.«

»Und ... wird das erforderlich sein, Herr Major?«, fragte Christo dreist. »Ich frage nur, weil Sie sagten: ›vollkommen frei‹.«

»›Vollkommen‹ heißt ja nicht ›für immer‹.«

»Sie wollen sagen ...« Christo spürte, wie ihm wieder übel wurde in der Gegenwart dieses Menschen, der sich aus allem herauswand, sich überall ein Hintertürchen offen ließ.

»Weiß nicht ...« Dem Schmerz in seiner Stimme nach zu urteilen, sagte er die Wahrheit.

Christo goss noch einmal dieselbe Menge Whisky nach. Wieder lächelten sie. Wieder jeder für sich.

»Sie beginnen ein neues Leben ... Ich hoffe, es wird angenehm und sinnerfüllt sein«, sagte der Major, gelockert von dem hochprozentigen Tropfen. »Ich würde mir wünschen, dass Sie auch nützlich wären für ... für uns alle, für die Gesellschaft.«

»Sie sehen mich verwirrt und im Zwiespalt«, bekannte Christo, »einerseits inspiriert und beflügelt, andererseits beklommen und total verwirrt.«

»Das glaube ich Ihnen gern«, sagte Petrov, machte sich aber nicht die Mühe, seinen Neid zu verbergen, den Neid eines Mannes, der nichts als Unterordnung und Gehorsam kannte. Und Verachtung. Verachtung dafür, dass solche Schmeißfliegen wie Christo im Wirbel der Ereignisse hochkamen, und nicht so unbestechlich-treue Diener wie er. »Sie werden mir fehlen.«

»Sie mir ebenfalls«, erwiderte Christo zu seinem eigenen Erstaunen, aber mit dem Wissen, dass dies keineswegs vollkommen gelogen war.

Eine alte Frau vom benachbarten Wohnblock begann, einen Teppichläufer auf ihrem Balkon auszuklopfen. Das Knallen, das der Teppichklopfer erzeugte, schnitt sich penetrant in sein Bewusstsein. Die Sonne wanderte um das Gebäude herum und begann, die Brandmauer gegenüber zu bescheinen, die auf einmal aussah, als lächle sie. Aber auch sie lächelte nicht Christo zu, sondern nur bei sich. Plötzlich spürte Christo, dass er zitterte vor Angst … und schämte sich. Noch einmal ein halbes Glas von dem bernsteinfarbenen Zaubertrank!

»Wir betrinken uns hier noch!«, rief Petrov beinah freudig aus.

»Dann betrinken wir uns halt!« Die Angst hatte ihn inzwischen an der Kehle gepackt und er schaffte es gerade noch, einen Schluck durch die enger werdende Kehle zu würgen.

»Am Montag fliegen Sie nach Berlin.«

»Die Würfel sind gefallen.«

»Von dort weiter nach München. Alles wird glattgehen, Sie brauchen sich nur strikt an die Instruktionen zu halten.«

»Natürlich halte ich mich daran, was denn sonst!«

»Nach Ihrer Rückkehr werden Sie schon nicht mehr derselbe sein.« Die Stimme des Majors sank zu einem Flüstern herab, als verrate er ihm gerade ein Staatsgeheimnis. »Sie müssen sich auch ganz anders kleiden, von den Schuhen angefangen.«

»Von den Schuhen angefangen«, echote Christo.

»Ach, ich hätte fast vergessen … Herr Grigorov schickt Ihnen …« Er öffnete seinen altmodischen Tornister, holte ein in Zeitungspapier eingeschlagenes Päckchen heraus und einen Umschlag aus wohlriechendem, gelblichem Papier, vermutlich echtem Bütten, der mit einem roten Wachssiegel sorgsam verschlossen war. »Da drin sind fünftausend Deutsche Mark und ein persönlicher Brief an Sie. Das Geld müssen Sie ihm in spätestens einem Monat zurückgeben, den Brief möchten Sie bitte höchst aufmerksam und *laut* lesen.«

»Welcher Grigorov?«

Um das Zittern seiner Hände zu verbergen, stopfte Christo Briefumschlag und Päckchen in die Seitentasche seines Sakkos.

»Wie, welcher Grigorov? *General* Grigorov natürlich.«

Beide schwiegen. Erschöpfend lange, so lange, dass ihnen langweilig wurde. Von der Nervenanspannung, der Angst, dem Whisky wurde Christo plötzlich schläfrig. Schließlich rührte sich der Geheimdienstler und in seinen undurchsichtigen, bläulichen Augen blitzte für einen Moment feierlicher Stolz auf.

»Sie können mir übrigens gratulieren«, sagte er ohne Freude in der Stimme.

»Ich gratuliere Ihnen.«

»Aber Sie wissen doch noch gar nicht, wozu?«

»Wozu?« Christo horchte auf das Rieseln der undichten Toilettenspülung.

»Sie fliegen nach München, ich bin befördert worden.« Er lächelte mit unverhüllter Selbstironie. »Ich bin ab sofort Oberstleutnant.«

»Oh, das ist ja phantastisch, das ist geradezu …«

»Ich werde aber bald bei meiner Dienststelle aufhören.« Petrov überlegte einen Moment, ob es sich lohnte, weiterzusprechen, aber der Alkohol hatte auch seine Zunge schon zu sehr gelockert. »Der General braucht mich.«

»Welcher General?«

»Wie, welcher General? General Grigorov natürlich.«

»Oh, entschuldigen Sie.«

»Er plant, den alten Zaren zurückzuholen.« Der frischgebackene Oberstleutnant schaute ihm zwischen die Augen, sah ihn aber nicht.

»Oje, welchen Zaren? Heute spannen Sie mich aber wirklich auf die Folter!«

»Zaren gibt's nur einen. Den, den wir als Kind in die Verbannung geschickt haben, und der heute in Madrid lebt!«

»Na, denn prost!« Christo spürte jetzt, wie betrunken er war. Er hob die Flasche, aber die war hoffnungslos leer. Der Bauch tat ihm weh. Vor Angst. Vor namenloser Angst. Er lauschte in die einsetzende Dämmerung hinaus, hörte aber immer nur das Rieseln der Klospülung, dieser idiotischen Klospülung.

10

Schwitzend und nach Alkohol, nach Seelenpein und tierischer Angst stinkend kam er nach Hause. Er küsste seine Mutter auf die Stirn und ging augenblicks auf die Toilette, wo es schummrig war und er sich geschützt und ungestört fühlen konnte. Er hatte Petrov ja versprechen müssen, den Brief des Generals nicht nur aufmerksam, sondern auch laut zu lesen. Er steckte sich eine Zigarette an, holte den edlen Briefumschlag aus seiner Sakkotasche, erbrach das wächserne Siegel, das einen an wichtige Depeschen aus der Zeit des Absolutismus denken ließ, seufzte einmal und begann zu lesen mit der Vorahnung, dass er, ohne es zu wollen, etwas Jesuitisches und Beklemmendes erfahren würde.

Mein lieber Christo!

Bitte sieh mir diese kleine Freiheit nach, dich mit deinem Vornamen anzureden. Ich tue es, weil ich dich im Laufe der Zeit so gut kennengelernt habe, dass du mir nahe bist. Und dein unruhiger und nicht zu bändigender Dickkopf ist mir einfach sympathisch. Es mag seltsam klingen für dich, aber – wir sind vom selben Schlag. Beide haben wir diese Sensibilität für das wahre, das ganze Leben in seinen guten Seiten, aber auch seiner Unvollkommenheit und seiner Niedertracht, und da wir intelligent sind, sehen wir auch die Menschen in ihrer ganzen Größe, Niedrigkeit und Dummheit. Aus diesem Grunde will ich rückhaltlos offen mit dir sein. Das ist für mich so, als führte ich einen inneren Dialog mit mir selbst. Daher will ich dir auch den geheimsten und bestgehüteten Teil meiner selbst nicht vorenthalten. Im Grunde empfinde ich dich, versackt in deiner Einsamkeit, schon lange als verwandte Seele, doch im Folgenden will ich mich dennoch mit dem nötigen Respekt und der angemessenen Distanz an dich wenden, die du dir verdient hast in den Jahren, in denen wir uns für dieselbe Sache eingesetzt haben.

Nun denn …

Werter Herr Weltschev!

Über Oberstleutnant Petrov sende ich Ihnen 5000 (in Worten: fünftausend) Deutsche Mark, über die Sie nach Maßgabe der Situation, die Sie antreffen werden, frei verfügen können. Bitte haben Sie die Güte, mir den Betrag binnen eines Monats zurückzuerstatten. Bis dahin wird sich Ihr Leben bereits grundlegend geändert haben und Ihr Auskommen mehr als gesichert sein. Ebenfalls bitte ich Sie, unsere Anweisungen exakt und ohne jede Abweichung zu befolgen. Geben Sie sich keinerlei Zweifeln über deren Richtigkeit oder Angemessenheit hin, und erlauben Sie es weder Ihrer Nervosität noch der Ihnen eigenen, tiefsitzenden Anständigkeit, Sie vom eingeschlagenen Weg abzubringen, der, wie ich doch hoffe, ein ansehnliches Lebensabenteuer und sowohl für Sie als auch für die Gesellschaft von Nutzen sein wird. Vergessen Sie bitte nicht, dass Sie Ihre Freiheit wiedererhalten haben gegen die Verpflichtung, ebendiesen Weg zu gehen, und lassen Sie es sich gesagt sein, dass jeder Versuch, von ihm abzuweichen, bestraft werden wird. Ich wünsche Ihnen viel Erfolg auf diesem Weg! Ich zweifle nicht daran, dass er einer Leuchtspur gleichen und Ihnen jene Selbstsicherheit geben wird, die Sie brauchen. Wir haben Sie ausgewählt, die Last des Erfolgs und der Prosperität zu tragen, weil wir hoffen, durch Ihren Einsatz dem bulgarischen Volk, das derzeit in Chaos und Rechtlosigkeit ertrinkt, Hoffnung auf Wohlergehen und eine bessere Zukunft geben zu können.

Und nun möchte ich Ihnen kurz erzählen, wie ich Ihnen, wenn auch erst nach langen Mühen, auf die Schliche gekommen bin.

Gesehen haben wir uns ja nur zweimal, einmal an jenem heißen Nachmittag, als ich voller ironischer Vorfreude war, den nächsten beschissenen Weichling oder moralisch abartigen Widerling anzuwerben, im Laufe der Zeit aber von Ihnen angenehm enttäuscht wurde. Sie glauben ja gar nicht, wie viele dieser kleinen Denunzianten sich groß dabei vorgekommen sind, Schicksal für andere Leute spielen zu können, aber zu feige waren, es offen zu tun. Das waren Menschen, die Freude daran hatten, andere zugrunde zu richten, heimlich Henker sein zu können, und sich öffentlich damit herausredeten, sie hätten keine andere Wahl gehabt, weil sie Opfer eines bösen, bösen »Systems« waren! Das zweite Mal haben wir uns bei mir gesehen, in der bunkerhaften Abgeschiedenheit des Innenministeriums. Da waren Sie es gewesen, der um das Treffen bat, um Justizminister Sdravkov besser einschüchtern und in die Enge treiben zu können. Nur zweimal in achtzehn Jahren … Sie haben jedoch sicher keine Vorstellung, wie aufmerksam, einem Biochemiker im Labor vergleichbar, ich die Entwicklung meines Versuchstiers verfolgt habe, wie viel Zeit und Gedanken ich auf Sie verwendet habe, und wie ich als Spezialist und Fachmann mit wachsendem Interesse, schließlich sogar mit Erstaunen, Ihre Berichte gelesen habe, die man zutreffender vielleicht als belletristische Werke bezeichnen sollte. Sie sind mit so viel Sinn für Dramaturgie und derart phantasievoller Menschenkenntnis geschrieben, dass mancher Berufsschriftsteller Sie um Ihr Talent beneiden würde.

Ja, in diesen annähernd achtzehn Jahren haben Sie etwas wie einen Roman geschrieben, einen schmerzhaft realistischen Roman bis hin zu den Absurditäten des Lebens, in dem alles präzise und wahrheitsgetreu ist, weil es – ausgedacht ist. Anfangs habe ich mir die Mühe gemacht, einige Ihrer Aussagen zu überprüfen. Dadurch bekam ich rasch heraus, dass Sie uns hemmungslos und – wie ich damals dachte – verantwortungslos belügen. Sie werden es sicher unschwer nachvollziehen können, dass sich darüber bei mir eine tiefe Verärgerung anstaute. Ich war schließlich für Sie verantwortlich im Auftrag einer Dienststelle, in der alle Fäden zusammenliefen, mit denen der Staat durch unsichtbare, aber lückenlose Kontrolle seine Macht aufrechterhält. Sie haben ja nicht nur mich belogen, sondern vor allem auch die staatliche Ordnung, für die ich arbeitete mit all ihren Institutionen und ihrer Immunität.

Ihr auffälliger Fleiß, Ihr übertriebenes Bemühen, uns zu dienen, weckte aber meinen Verdacht. Die ersten Berichte, bei denen mein inneres Warnlämpchen aufleuchtete, waren Ihre Berichte über Ihre Tante, die verehrte und bekannte Schauspielerin Emilia Weltscheva. Seltsam, dachte ich: Er schwärzt die Frau nicht an, sagt nichts Handfestes, sondern sucht eher Rechtfertigungen für sie, streitet dabei mit sich selbst, ist hin- und hergerissen zwischen Begeisterung und Wut auf das Objekt. Aus Ihnen sprach eine solche Ehrerbietung und seelische Überspannung, als wären Sie ein drogensüchtiger Mensch, der endlich an seinen Stoff gekommen ist. Mein Verdacht wurde zur Gewissheit, als dann die Berichte über Ihren Vater eintrudelten.

Nun hatte ich ohnehin längst aufgehört, Pawlik Morosow für einen Heiligen zu halten, der im Namen der gerechten Sache seinen eigenen Vater der Vernichtung überliefert hatte. In Ihren Texten nun brodelte eine so rührend dem Freud'schen Vaterhass-Modell entsprechende Wut auf Ihren Erzeuger, gepaart mit der begleitenden Angst vor (in diesem Falle moralischer) Kastration, dass ich Ihnen definitiv kein Wort mehr glaubte. Ich verstand aber durch Ihre Berichte, dass aus für mich unerfindlichen Gründen Ihr Herr Vater, der hochverehrte Jura-Professor und ergebene Kommunist Alexander Weltschev, eigentlich ein Versager und vollendeter Schuft ist. Noch interessanter zu erfahren, dass er ein heimlicher Gewalttäter ist, ein Mann, der in für Sie und Ihre Moral unverzeihlicher Weise perverse, sadistische Gewalt verübt.

Im Laufe der Zeit konnte ich mich immer stärker davon überzeugen, dass Sie (auf die Gefahr hin, sich selbst in Schwierigkeiten zu bringen) gezielt die unterschiedlichsten Dreckskerle, kaltblütigen Opportunisten und abartigen Persönlichkeiten angeprangert haben, die es wirklich verdienten, bestraft zu werden. So haben Sie Ihre in diesen zynischen Zeiten kaum noch aufrechtzuerhaltende, immer seltener anzutreffende Gewissensreinheit bewahrt und sich, indem Sie scheinbar fieser Denunziant waren, für jene Gerechtigkeit eingesetzt, die uns in den Kämpfen des realen Lebens verlorengegangen ist. Eines Tages wurde mir klar, dass Sie bereit sind, sich zu opfern, selbst vernichtet zu werden, sollte dadurch wenigstens ein Teil dieser idealen Gerechtigkeit wiederhergestellt werden. Ich musste an die Osterhymne denken, wo es über Jesus Christus heißt: »Der Tote hat den Tod besiegt.« Aber in unseren Zeiten hat sich die Spirale weitergedreht, und Sie haben das gespürt und DAS BÖSESEIN BENUTZT, UM DAS BÖSE ZU BESIEGEN! Sie haben also durch Ihre geschickt gestrickten Denunziationen vorsätzlich und zielgerichtet solche Personen der Verfolgung überantwortet, die in rücksichtslosem Egoismus gehandelt haben und dafür auch bereit waren, anderen Leid zuzufügen. Als ich diesen geheimen Sinn Ihres dreisten Vorgehens erfasste, war ich zutiefst erschüttert, zugleich aber auch war dies der Moment, in dem ich begann, den Hut vor Ihnen zu ziehen. Meine Pflicht wäre es dennoch gewesen, Sie zu melden und Ihrerseits dem Apparat zu überantworten. Aber ich halte es nicht für meine Bestimmung, zu bestrafen, sondern mit den Mitteln und Techniken der Aufklärung, eines entwickelten Spürsinns und klaren Verstandes Dinge herauszufinden, auszugraben und in ihrer Bedeutung für das Gemeinwesen zu bewerten, und nur als Ultima Ratio auch zu Gewalt zu greifen!

Ich habe Ihnen ebenfalls kein Wort geglaubt, als Sie in Ihrer Wehrdienstzeit Ihren Regimentskommandanten denunziert haben, Sie wissen doch, diesen Major Widenov … Ebenso wenig nahm ich Ihre Berichte über Kommilitonen und Professoren an der Universität ernst, später über Ihre Vorgesetzten im Ministerium inklusive Minister Sdravkov. Aber … je erdrückender die Indizien davon zeugten, dass Sie logen, desto mehr glaubte ich Ihnen. Überspitzt könnte man sagen: In dem Moment, in dem ich Sie als Informant aufgab, hatten Sie mich für Ihre Sache gewonnen, auch menschlich. Ich verfolgte Ihr Tun und Treiben aus immer größerer Nähe, war inzwischen General geworden, und delegierte die Lektüre aller Spitzel, die ich zuvor angeworben hatte, so richtig, intelligent und gut kombiniert sie auch waren, an meine Untergebenen; nur Ihre Berichte ließ ich mir nicht nehmen! Diese unverhüllten Lügengebilde gaben mir einfach die genaueste Vorstellung davon, was die Leute wirklich denken, und so konnte ich mir eine hervorragende Vorstellung davon machen, was in der Gesellschaft vor sich geht, welche Leute welche Leichen im Keller haben. Da haben Sie den Grund für meine Wertschätzung, meine große Verbundenheit, die mich Sie schließlich als Sohn empfinden ließ!

Ich gelange nun zum wichtigsten Punkt.

Sie werden sich vielleicht ein wenig verblüfft fragen, warum ich diese Rundreise durch Ihre Seelenlandschaft unternommen habe, ja, wozu dieser ganze Brief überhaupt gut sein soll? Ich will Ihnen die Gründe gleich nennen:

Erstens: Gerade Ihr unkonventionelles Verhalten, das dem eines Kamikaze-Fliegers gleichkommt, hat mich von Ihrer sittlichen Reinheit überzeugt, und dies bedeutet, dass wir Ihnen unser Vertrauen aussprechen und Ihnen die Verwaltung und Vermehrung jener gewaltigen Geldsummen übertragen können, die wir benötigen.

Zweitens: Ich schicke Ihnen diese Bekenntnisse auch deshalb, damit Sie unzweifelhaft darüber im Klaren sind, dass Sie durchschaut sind und dass Sie, sollten Sie noch einmal die Frechheit besitzen, mich so dreist zu belügen, ich nicht mehr das moralische Recht haben werde, den Fall zu ver-

schweigen, denn in Zukunft handelt es sich nicht mehr um das Schicksal einzelner Menschen, sondern um riesige Geldsummen, die uns allen gestohlen worden sind. Mit anderen Worten, ich möchte Sie mit diesen Zeilen warnen, dass ich beim leisesten Verdacht (und Sie können gewiss sein, dass ich Sie durchschaue wie ein Röntgenapparat) auf Veruntreuung veranlasst sein werde, meine Pflicht zu tun, und diesmal wird sich diese Pflicht nicht mehr in der Aufklärung erschöpfen, sondern vor der Vollstreckung nicht haltmachen!

Zunächst aber wünsche ich Ihnen
Gute Reise, Herr Weltschev!
Viel Glück (im doppelten Sinne) für die Zukunft und … ein langes Leben!

Immer der Ihre,
General Iwan Grigorov

P.S.
Wenn Sie Ihn laut gelesen haben, können Sie diesen Brief nun vernichten, wenn Sie möchten, bewahren Sie ihn auf.

Christo las den ganzen Brief noch einmal, diesmal leise. Dann wischte er sich mit dem Ärmel die Augen ab. Er hatte seit seiner Kindheit nicht mehr geweint. Er zerknüllte die edlen Papierbögen des Briefes, warf sie in die Toilette und betätigte die Wasserspülung.

11

Sein Flieger landete um zwölf Uhr auf dem Flughafen Berlin-Schönefeld, der Anschlussflug nach München aber ging erst um vierzehn Uhr dreißig. Wie sollte er diese peinigenden einhundertundfünfzig Minuten voller Erwartung des Unbekannten nur überstehen? Schon als er den Brief Grigorovs las mit seiner geduldig entwickelten Logik und seinem unverhüllten Zynismus, wollte er sich am liebsten lossagen von diesem Experiment, in das ihn der zufällige Lauf der Ereignisse und die bittere Ironie des Schicksals getrieben hatte. Er hatte deshalb um ein erneutes Treffen mit General Grigorov gebeten, doch dieser hatte das Innenministerium verlassen, ohne Angaben über seinen Aufenthaltsort zu hinterlassen. Als er Oberstleutnant Petrov anrief, was er ja nur im Extremfall tun sollte, blaffte ihn dieser mit seiner müden und angeekelten Stimme an: »Herr Weltschev! General Grigorov ist schon vor geraumer Zeit in die Reserve gegangen, und ich unterhalte keinerlei nähere Beziehungen mit ihm. Wir treffen uns nur, wenn er sich bei mir meldet. Bitte beschäftigen Sie mich nicht ständig mit Ihren Launen; im Unterschied zu Ihnen gibt es auch Leute, die arbeiten.«

Trotz der frühen Stunde bereitete er sich also schon im Flugzeug nach Berlin vor, indem er drei Whisky trank. Der Alkohol entspannte ihn und gab ihm, wenn schon nicht die Ausgeglichenheit und Selbstsicherheit, so doch jenes einem Lächeln ähnelnde Etwas wieder, mit dem er sich am frühen Morgen von seiner Mutter verabschiedet hatte. Nun aber, als er durch die langen, vergilbten und verwaist wirkenden Gänge, Abflug- und Schalterhallen des alten DDR-Flughafens ging, zog ihn das aufdringliche Gefühl von Verlassenheit und Vergänglichkeit erneut zurück zu seinen unwirtlichen Gedanken, füllte sich sein Körper wieder mit den elektrischen, schweißtreibenden Strömen der Angst. Er suchte eine Raucherbar auf und bestellte sich noch einen Whisky. Wie hieß das hier, wenn man einen großen haben wollte? Was hier »doppelt« hieß, war in Bulgarien nicht mal ein kleiner, ein halber Whisky. Als er sich den vierten doppelten bestellte, schaute ihn der Barkeeper misstrauisch aus wasserblauen Augen an und bat ihn, erst einmal zu bezahlen. Das dicke Bündel mit den Banknoten zu einhundert D-Mark verstörte ihn vollends, und er ließ verächtlich durchblicken, was er davon hielt.

Verletzt zog sich Christo in den hinteren Winkel ans Fenster zurück, durch das ein Licht von der Farbe strömenden, alles verwischenden und verwaschenden Landregens drang. Ohne es zu wollen, musste er an die Vermutungen des Generals denken, die ihn mit ihrer Genauigkeit frappiert hatten. Besonders seine weiterführenden Schlussfolgerungen, dass er, Christo, unter Gefahr, sich selbst in Gefahr zu bringen, vorsätzlich allerlei Mistkerle, rücksichtslos auf ihren Vorteil bedachte Egoisten und opportunistische Perverslinge denunziert hatte, hatte sich in sein Bewusstsein eingebrannt. Ach ja, und dann auch noch dies: *So haben Sie Ihre in diesen zynischen Zeiten kaum noch aufrechtzuerhaltende, immer seltener anzutreffende Gewissensreinheit bewahrt und sich, indem Sie scheinbar fieser Denunziant waren, für jene Gerechtigkeit eingesetzt, die uns in den Kämpfen des realen Lebens verlorengegangen ist.*

Intuitiv und ohne groß nachzudenken, hatte Christo einige Male in der Tat genau so gehandelt und Widerlinge ans Messer geliefert, die mit ihrem skrupellosen Zynismus und ihren abscheulichen Taten nicht einfach nur einen Tadel oder einen Denkzettel verdienten, sondern eine Bestrafung von der Art »Auge um Auge, Zahn um Zahn«, eine biblische, eine aus heiterem Himmel sie ereilende furchtbare Vergeltung. Wie er so dasaß, unbequem auf seinen Ellbogen gestützt und auf sein undeutliches Spiegelbild in der beschlagenen Scheibe starrend, erinnerte er sich plötzlich an das erste Mal, dass er gezielt aus diesem Grund einen Bericht geschrieben hatte.

Es war 1973 gewesen, und Christo war zum Wehrdienst eingezogen worden. Er kam nach Plewen auf die Reserveoffiziersschule. Er hatte das Pech, zum Heer eingeteilt zu werden, und zwar zum Ersten Heeresbezirk, der sich im Stadtzentrum befand und aus einem hektargroßen Appellhofplatz bestand, der von einem alten Kasernengebäude aus türkischer Zeit umgeben war. Der ganze, in inzwischen verblasstem Ocker gestrichene Komplex glich in seiner Unwirtlichkeit – obgleich im Stadtzentrum gelegen – tags einem Kloster, abends einem Gefängnis, in dem Rekruten auf Befehl brüllender Unteroffiziere ihre absurden Märsche tanzten. Darüber flatterte der Himmel, ein Taschentuch, das, zum Abschied gezogen, das einzige Fetzchen Leben war, in dem man sich den Staub aus den Augen wischen konnte. Ihr Schlafsaal war mit zweistöckigen Eisengestellbetten bestückt, mit Holzspinden und zwei Propagandaplakaten, auf denen ein Offizier den Finger auf den Mund gelegt hatte. Darunter stand: »Militärisches kommt uns nicht über die Lippen« und »Wir wahren das Militärgeheimnis strengstens!« Es gab auch einen gusseisernen Kanonenofen. Im Winter wurden ihnen dafür drei Eimer Kohle zugeteilt, mit denen die sechzig Kameraden im Saal sich bis zum Morgen wärmen mussten. Sechzig zu Tode gelangweilte Männer – man kann sich vorstellen, wie es hier nach einem Gewaltmarsch roch: nach feuchten Armeestrümpfen und stinkenden Füßen, nach scharfem Schweiß und muffigen, zerknitterten Laken, nach billigem Rasiersalon und Rasierwasser.

Wenn man tief einatmete, konnte man auch den bittersauren Geruch unbefriedigten Sexualtriebs erschnüffeln, der immer auf der Kippe stand, sich gewaltsam zu entladen, und meist in nächtlicher Selbstbefriedigung endete.

Zum Entsetzen der Offiziersschüler befand sich hier am Ort auch das Stabsquartier der Einheit, sodass es nur so wimmelte vor Offizieren. Die mit den hohen Rängen sahen gut genährt aus, manche waren geradezu fett geworden vor Untätigkeit, aber auch frustriert vom Widerspruch, einerseits fast unbeschränkte Befehlsgewalt zu haben, andererseits aber selbst unbedingt zum Gehorsam verpflichtet zu sein. Sie konnten nach unten treten, ja, zertreten, ohne dafür zur Rechenschaft gezogen zu werden, lebten aber in der ständigen Befürchtung, dass die über ihnen dasselbe mit ihnen machten. Sie kaschierten das, indem sie so taten, als hätten sie es andauernd eilig. Sie benahmen sich zackig, ja, mit herausgekehrter männlicher Schroffheit, aber darin lag auch etwas beinahe weiblich Kokettes, fesch Gestyltes. Dass nur ja keiner auf die Idee kam, sie seien überflüssig!, gab es doch wirklich so viele von ihnen, dass man gar nicht wusste, wo man sich vor ihnen in Sicherheit bringen sollte, außer in den stinkenden Hock-Toiletten. Christo hielt sich dort mit Vorliebe auf und bekam so regelrecht einen Riecher dafür, dass die Freiheit, die ersehnte Freiheit manchmal eben nicht nach Rosen duftete. Diese Toilettenflanke der Kaserne war so groß, dass sie die gesamte Kompanie aufnehmen konnte und ein paar Ratten dazu. In dieser Latrine war es im Sommer erstickend heiß, im Winter eisig kalt. Wärme stieg nur aus den Löchern in der Mitte der Abtritte auf. Dennoch war dies Christos Lieblingsaufenthaltsort, denn nur hier konnte er ungestört mal ein paar Seiten in einem Buch lesen oder von seiner Tante Emilia träumen.

Die Befehlsgewalt in der Kaserne war nicht bloß erniedrigend, sondern auch völlig schwachsinnig, berief sie sich doch auf etwas Großes und Erhabenes, das man leider nie zu Gesicht bekam. Christo reagierte darauf zunächst mit ohnmächtiger Wut, dann nahm er die Sache von der unterhaltsamen Seite, und schließlich sah er in ihr ein Sinnbild für des Lebens Wahnwitz insgesamt. Das Erste, woran er sich stieß, war die primitive Gewalt bei der Grundausbildung. Auch ihm blieb nicht erspart, den bärtigen Wiedergeburtspoeten Christo Botev, dessen Porträt in einem Glasrahmen an der Wand hing, »zu rasieren«, richtig mit Rasierschaum und Rasierklinge. Bei der »Abnahme« der Arbeit ereiferte sich der Spieß künstlich: »Was is das denn? Nix is das! Du solltest den großen Woiwoden rasieren, und was sieht mein entzündetes Auge: Sooo einen Bart! Das machen wir noch einmal!« Manchmal ging diese Schikane die ganze Nacht. Bei Rekruten, die ihren Stolz hatten, auch über Monate. Eine andere Lieblingsnummer des »Stuffz« war, ihn den Schlafsaal, einen Raum von über fünfundzwanzig Meter Länge, mit einem Zahnstocher ausmessen zu lassen, und jede andere Antwort als dreihundertsiebenundneunzig und ein halber Zahnstocher bedeutete, dass die Übung wiederholt werden musste. Ein paarmal wurde er in einen Sack gesteckt und herumgeschubst, wobei sie ihm das Nasenbein brachen. Grund: Er hatte vor seinem Kommandanten nicht salutiert, der sich natürlich absichtlich im Schatten der Kantine versteckt hielt, um dort wie eine Spinne auf seine Opfer zu warten. So eine Kaserne diente offenbar dazu, alles Individuelle, alle Unterschiede zwischen den Menschen auszulöschen. Dort wurde nicht einfach nur Gehorsam verlangt, sondern vollkommen unpersönliches, mechanisches und möglichst perfektes Funktionieren. Dazu war eine Abstumpfung erforderlich, die den Soldaten gar nicht mehr in Versuchung brachte, über Sinn und Zweck eines Befehls nachzudenken. Er musste in blindem Gehorsam auch den größten Blödsinn als göttliche Weisung befolgen.

Christo machte aber bald auch eine andere Entdeckung. In der Kaserne ist das Äußere, das Aussehen das Allerwichtigste; Inhalt interessierte hier nicht. Er würde nie vergessen, wie sie an einem heißen Augusttag nach langer Trockenheit die Rasenflächen grün anstreichen sollten, weil der Kriegsminister und der Leiter des Generalstabs zur Inspektion in der Kaserne erwartet wurden. Es galt zu zeigen, dass nicht einmal ein trockener Sommer der Moral der Truppe etwas anhaben konnte, die ihre Kaserne unter allen Umständen immer tipptopp in Schuss hielt. Die Anstreichaktion fand in der Nacht statt, mit einfacher Wandfarbe. Am Ende kam der Minister gar nicht, dafür fiel ein sturzbachartiger Regen und wusch die ganze Herrlichkeit im Nu wieder ab.

Ein anderer Fall für ein Guinness-Buch der Absurditäten war die Sache mit der freiwilligen künstlerischen Tätigkeit. Der Drittplazierte erhielt für sein Werk fünf Tage Heimaturlaub, der Zweitplazierte zehn Tage Heimaturlaub, dem Sieger aber wurde die Ehre zuteil, dass sein Foto vor die Flagge geheftet wurde.

Die ganze innere Mischung aus Wut und Widerwillen vor diesem Absurdistan aus Freiheitsentzug und Entpersönlichung lief für Christo in der Person seines Truppenkommandanten zusammen. Der war ein kleingewachsenes Männchen, wieselflink und quirlig, dessen Augen ununterbrochen hin und her schossen, um einen Regelverstoß entdecken und bestrafen zu können. In seiner Hand ließ er nervös ein Kettchen spielen. Dieser Widenov, der schon ordentlich Dienstjahre auf dem Buckel hatte, war jähzornig und rachsüchtig. Vielleicht machte es ihm ja zu schaffen, dass er es in all den Jahren nur bis zum Major gebracht hatte. Er schien auch Probleme mit seiner Potenz zu haben, denn er sprach ununterbrochen von Frauen. Einigen Rekruten ließ er fast alles durchgehen, und man munkelte, dass deren Väter ihm regelmäßig ein Spanferkel oder ein Lamm zukommen ließen; gegen die anderen zeigte er unbarmherzige Härte. Einmal brummte er Christo eine ganze Woche Wachdienst auf, bis er vor Übermüdung und Schlafentzug bei einer Wehrübung Nasenbluten bekam und in Ohnmacht fiel. Widenovs Hauptvergnügen war, seine Untergebenen bei dreißig Grad Celsius in Gasmaske und voller Montur auf Gewaltmärsche zu schicken. Sie rannten zehn Kilometer bis zum See in Kajlaka und zurück, das Maschinengewehr und den Klappspaten geschultert, Feldflasche und Seesack schlugen gegen den Laufrhythmus aneinander. Sie liefen, bis ihre Lungen pfiffen, auf ihren Lippen schäumten die Flüche. Im Frühjahr kommandierte Major Widenov sie ab, den Weingarten seiner Schwester umzugraben, im Sommer, das Fundament seines Wochenendhäuschens einzugießen, und eines regnerischen Sonntags trieb er es zu weit, strich ihnen den Ausgang und ließ sie die Gräben für die Wasserleitungen ausheben.

Noch am selben Abend schrieb Christo seinen ersten Bericht über Widenov. Ausführlich schilderte er »diese Auswüchse persönlichen Missbrauchs« und fügte für alle Fälle noch hinzu, dass Major Widenov kaum Wert darauf lege, das sowjetische Soldatenliedgut zu pflegen. Nach der Rückkehr vom Gewaltmarsch zum Kajlaka-See habe er ihnen nicht erlaubt, die Hymne auf den Genossen Budoni zu singen, in deren Text es so herrlich heiße: »Wohl ihm, dem Genossen Budoni, unserm strahlenden Adler in lichten Höhn …« Da er befürchtete, dass Briefe im Postausgang geöffnet und gelesen wurden, öffnete Christo, auf die Gefahr hin, dafür in den Karzer zu kommen, das Fenster zur Straße und bat ein vorübertänzelndes Wesen im Minirock, den Umschlag direkt in der Post aufzugeben. Das Mädchen lächelte verschmitzt, glaubte wohl, er sei verliebt und schreibe an seine Flamme.

Nach zwei Wochen rief der Leiter der militärischen Gegenaufklärung beim Regiment, der sich als Schwager Major Widenovs herausstellte, die Rekruten einzeln in sein Dienstzimmer und schrie sie, krebsrot und schwitzend, mit vibrierendem Trommelbauch und bebendem Schweinsnacken, einzeln an:

»Warte nur, wenn ich herausbekomme, dass du das warst, ich reiß dir die Eier ab und stopfe sie deiner Schwester ins Maul.«

»Ich habe keine Schwester«, erwiderte Christo klar und mit fester Stimme, »und möchte Sie bitten, sich bei mir zu entschuldigen!«

»Hab ich richtig gehört?« Der Oberstleutnant kriegte den Mund nicht zu vor ungläubigem Erstaunen. »Da hast du deine Entschuldigung, du Arsch, du beschissener Scheißkerl!«

Christo musste laut lachen bei dieser Erinnerung. Er musste aussehen wie einer, der sie nicht alle beisammenhatte. Bar jedes sichtbaren Grundes, chaotisch und heiser, kullerte sein Lachen um die Tischchen, zog die Aufmerksamkeit der daran sitzenden Gäste auf sich und verlief sich im grauen Licht. Der Barkeeper wandte sich zu ihm um und schaute ihn tadelnd an. Aber auch er konnte Christo die Angst vor dem Kommenden nicht nehmen.

12

Der Münchner Flughafen kam ihm riesig, verschlungen und verwirrend vor, wie ein Labyrinth, auf dem nicht Flugzeuge und Passagiere ankamen, sondern die Zeit selbst, die aus allen Teilen der Welt zur dortigen Ortszeit startete und in einer anderen, der Münchner Ortszeit, landete, um schließlich in eine andere Zeit weiterzureisen. Ein Herr Georg Kissoff sollte ihn in Empfang nehmen. General Grigorov hatte ihn vorgewarnt: »Passen Sie auf, der ist eigen, was seinen Namen betrifft, der will, dass man ihn Georg nennt, und nicht Georgi, und seinen Nachnamen will er nicht mit ›v‹, sondern mit Doppel-›ff‹ am Ende geschrieben haben!« Und da stand er auch schon, der Exil-Bulgare mit dem eingedeutschten Namen, und lugte mit einem Schild unter den Wartenden hervor, auf dem mit rotem Filzschreiber stand: SOUND & SOFTWARE COMPACT GmbH.

Kissoff war im Alter von fünf Jahren als Kind jener alten Emigrantengeneration, die noch vor der kommunistischen Machtergreifung 1944, oft auch auf der Flucht vor dieser, ausgewandert war, mit seinen Eltern nach Österreich gekommen und nach dessen »Anschluss« 1938 automatisch im Deutschen Reich gelandet. Er hatte sich aber die slawische Herzlichkeit bewahrt und sprach ein erstaunlich reines Feine-Leute-Bulgarisch. Christo sah ihm den Junggesellen auf den ersten Blick an, denn Kissoff war sehr auf sein Äußeres bedacht und rieb sich gern die Hände. Sein Haar war farblos und umstand seinen Kopf wie dünner Flaum. Seine Augen schauten besorgt, oder war es Misstrauen? Nach so viel Whisky schwer zu sagen für Christo. Um seine Alkoholfahne zu verbergen, steckte er sich eine Zigarette an der anderen an. Sie verluden seinen Koffer in den gemieteten Mercedes und brausten los. Trotz seiner vorgerückten Jahre fuhr Kissoff einen heißen Reifen. Durch den Nieselregen passierten sie das Opernhaus, in der Ferne sah er zwischen Häuserzeilen die Silhouette des alten Rathauses. Er hatte schon wieder einen ordentlichen Brand. An dem Platz vor ihnen sah er eine Gastwirtschaft.

»Nennen Sie mich Georg, das ist leichter für beide Seiten«, sagte Kissoff und schaute Christo angespannt, mit kaum verhüllter Verachtung an, »denn bis morgen müssen wir ein eingespieltes Team sein.«

»Gut. Georg.«

»Bitte gestatten Sie mir die Zudringlichkeit, wenn ich Sie ebenfalls mit Ihrem Vornamen anrede, Christo.«

»Mit Vergnügen, natürlich, Georg.«

»Sie rauchen ja schrecklich viel«, bemerkte Kissoff, von Christos Einsilbigkeit gelangweilt, mit belehrendem Unterton, »das ist nicht gut.«

»Sie haben recht.«

»Verzeihen Sie, Herr Weltschev, aber wie kommt es, dass ich Sie nie gesehen habe? Das ist doch irgendwie merkwürdig, finden Sie nicht?«

»Irgendwie schon«, erwiderte Christo auf Kissoffs ironisch-spitz vorgetragene Frage.

»Ich habe Ihren Namen auch nicht in den Unterlagen gefunden, die Herr Zonev für gewöhnlich unterschrieben hat.«

»Zonev war mein Assistent.«

»Ich hatte aber nicht den Eindruck, dass Zonev unter einem Vorgesetzten arbeitete.«

»Er war mein nächster Vertrauter.«

Christo war wirklich schwer betrunken, und das hinderte ihn einerseits daran, das Szenario plangemäß, wie mit Oberstleutnant Petrov auf der Biglastraße einstudiert, durchzuspielen, andererseits schützte es ihn vor dem bereits lauernden Anfall von Selbstverachtung, dem Einfallstor für die wilden Horden der Verzweiflung.

»Und womit beschäftigen Sie sich, wenn ich fragen darf?«

»Von Beruf bin ich Jurist.«

»Interessant«, sagte Kissoff unbestimmt und trat gerade noch rechtzeitig, bevor sie einem BMW die Heckpartie demolierten, auf die Bremse. »Sogar höchst interessant.«

»Ich rauche zu viel, und Sie fahren zu schnell«, stellte Christo ohne Vorwurf in der Stimme fest. »Sollen wir nicht lieber in irgendeiner Kneipe landen als im Krankenhaus?«

»Sie haben recht. Dieses Risiko beim Schnellfahren kitzelt das Adrenalin so schön und gehört zu den letzten Vergnügen, die mir noch geblieben sind.«

»In der SSC, beim Geschäft mit den kleinen Silberscheiben, haben Sie aber nie riskiert.«

»Die SOUND & SOFTWARE COMPACT GmbH gehört ja auch nicht mir, sondern dem bulgarischen Staat«, antwortete der Mann leise, fast flüsternd und musste schon wieder in die Eisen steigen, weil die Ampel vor ihnen auf Rot gesprungen war.

Petrov hatte ihn in ihrer Vorbesprechung auf eine solche Auskunft vorbereitet, aber Christo konnte sich im Moment nicht erinnern, was er darauf antworten sollte. Der frischgebackene Oberstleutnant hatte ihm durch die Blume und mit vielen Andeutungen erklärt, dass in den achtziger Jahren die ineffektive bulgarische Staatsmonopolwirtschaft erheblich ins Stocken gekommen war, was zu einer hohen Verschuldung mit der Gefahr des Staatsbankrotts geführt habe. Da sei »beinahe im Verborgenen«, das heißt, »auf höchster Ebene« und ohne dass selbst alle Mitglieder des Politbüros Bescheid wussten, der Entschluss gefasst worden, Firmen im Westen entweder aufzukaufen oder neu zu gründen: in Italien, Frankreich, Spanien, den Niederlanden und vor allem in der BRD, der Bundesrepublik Deutschland. Diese Firmen hätten legalisiert werden können, weil man einen kleinen Teil des Firmenkapitals oder der Aktien Strohleuten vor Ort mit der entsprechenden Staatsangehörigkeit übertragen hätte. Georg Kissoff zum Beispiel hielte einen sechsprozentigen Anteil an der SSC GmbH, einer kleinen, aber mobilen und konkurrenzfähigen Firma mit Sitz in Westberlin, die sich ausgesprochen profitabel entwickle. Sie produziere Datenträger und die in den achtziger Jahren in Mode gekommenen CDs, aber auch Software für Banken, Institutionen und Rentenfonds.

»Entschuldigen Sie, Ihr ursprünglicher Familienname war doch Kissjov, nicht?« Christo versuchte durch dieses simple Ablenkungsmanöver, nicht auf die Ausführungen Kissoffs eingehen und so seine blanke Unkenntnis offenbaren zu müssen. Aber der alte Fuchs roch den Braten und seufzte gereizt.

»Ja, ganz recht. Vor seiner Auswanderung nach Österreich hieß mein Vater Pawlin Kissjov.«

Das Hotel, vor dem sie hielten, hieß *An der Oper* und war klein, aber fein und sehr teuer. Die Zimmer waren riesig und mit Möbeln im Barockstil eingerichtet, die offenbar sogar echt waren, denn ihr Holz roch nach Restaurierung und echter Aristokratie. Christo nahm eine Dusche, fühlte sich danach aber nicht erfrischt, sondern einfach nur gereinigt. Georg Kissoff wartete unten in einer der mondänen Sitzecken mit einer Flasche Champagner. Sie leerten sie mit der Ungeduld von Leuten, denen das Zusammensein schwerfällt, und bestellten eine zweite. Danach wollte Christo lieber wieder zum Whisky übergehen. Erst da schmolzen das Unbehagen und die Verachtung des alten Mannes dahin wie das Eis in seinem Kristallglas. Die Augen Kissoffs begannen feucht zu werden, als weine er. Die mattierten Deckenleuchter blendeten sie. Die Tischchen waren mit weißem Lack gestrichen, die eingefrästen Rinnen vergoldet. Stühle und Spiegel wirkten so schwer und statisch, dass sie einen Menschen mit wackligem Selbstbewusstsein ziemlich runterzogen. Endlich wurde ihnen langweilig, weil die ungute Spannung zwischen ihnen aufgehört hatte. Da bat Christo:

»Können wir nicht irgendwo hingehen?«

»Und wohin?« Nun lag schon Mitgefühl in Kissoffs Stimme.

»Wo die Dinge einfach sind … wo alles sonnenklar ist«, bat Christo.

Im Taxi schwiegen sie. Dann erzählte Georg ihm, dass das Lokal, in das sie fuhren, nicht einfach nur typisch bayrisch sei, sondern auch echt volkstümlich. Es sei die Lieblingsgaststätte Adolf Hitlers gewesen. Als sie das Hofbräuhaus betraten, war es zu Christos Erleichterung brechend voll, verraucht und laut. Bei diesem Lärmpegel konnten sie einander unmöglich verständigen und in gewissem Sinne auch nicht erkennen. Vielleicht gab die Einsamkeit, die jeder von ihnen empfand, ihnen den Mut, zusammen zu sein. Sie bestellten jeder eine Maß Bier. Naturtrüb. Am Nebentisch saßen alte Männer in grünlicher Landestracht, die sich an den Schultern fassten und erst zu singen und dann zu schunkeln begannen im Takt einer Melodie, die nach einem forschen Militärmarsch klang. So wuchsen sie langsam zu einer Einheit zusammen, die anfangs Kraft und schließlich Bedrohung ausstrahlte, einem bacchanalischen Rausch, der durch nichts aufzuhalten war. Georg Kissoff beugte sich zu seinem Ohr herab und überschrie den Lärm.

»Bei so was könnte ich heulen!«

»Nicht doch! Das bringt ja auch nichts!«

»Ich hab Sie auch in Berlin nicht gesehen, als wir die gesamte Firmenkommunikation computerisiert haben. Die SSC steht jetzt picobello da, auf dem allerneuesten Stand der Technik.«

»Wirklich?«

»In spätestens einem Monat haben wir die Software für die Deutsche Bank fertig, und wenn der Kunde damit zufrieden ist, dann bekommen wir gleich zwei Anschlussaufträge.«

»Schau an, freut mich zu hören.«

»Will sagen: Ich verstehe nicht, warum wir die SSC verkaufen. Die Firma brummt doch!«

Georg Kissoff war nun spürbar ebenfalls betrunken. Er tauchte sein Gesicht in die riesige Maß und wischte sich anschließend mit dem Ärmel den Schaum vom Mund ab.

»Das frage ich mich auch«, stieß Christo aus, als fiele ihm ein Stein vom Herzen. Dann stand er schwankend auf und bahnte sich den Weg zur Toilette.

13

Am anderen Morgen wurde er von der Rezeption um acht Uhr geweckt. Er kam kaum aus dem Bett, so zerschlagen fühlte er sich nach der Alkoholorgie vom Vortag. In seinem Mund hatte er einen sauren Geschmack, in seinem Kopf – wattige Leere. Immerhin gelangte Christo zu der weisen Feststellung: Gott sei Dank bin ich noch betrunken!

Beim Rasieren zitterte seine Hand, sodass er sich schnitt. Zehn Minuten blieb er unter der Dusche stehen, begann heiß und endete mit kaltem Wasser. Um zwanzig vor neun klopfte es an seiner Zimmertür. Er öffnete. Georg Kissoff stürmte ins Zimmer, mit vom Rasieren noch bläulichen Wangen und ungläubigen Augen. Er sah auch nicht viel besser aus, ein Fotomodell, das von Autogrammjägern etwas derangiert worden war und seine Bewegungen noch nicht so recht koordinieren konnte.

»Wir kommen zu spät«, sagte er. »Wenn Sie wollen, können Sie unten noch schnell einen Kaffee trinken, aber für ein Frühstück ist keine Zeit mehr.«

»Das würde sowieso nicht drinbleiben«, antwortete Christo, »aber ich würde gern *hier* drinbleiben.«

»Ich wäre auch lieber im Bett geblieben«, sagte Kissoff und glättete den Flaum auf seinem Kopf.

Christo öffnete sein Diplomatenköfferchen und wühlte darin nach den Unterlagen, die er zu prüfen hatte. Irgendwann merkte er, dass deren Zustand ihn gar nicht interessierte, er nur rein mechanisch wie eine aufgezogene Puppe die trockenen und brutalen Anweisungen Oberstleutnant Petrovs befolgte, die er sich in Sofia genau hatte einprägen sollen. Er wollte nur alles möglichst schnell hinter sich bringen, es abhaken. Als spüre er seine Unlust, fasste Kissoff ihn am Sakko und brachte heraus:

»Sie sind nicht so ein Mensch!«

Christo zuckte bei diesen Worten, die ihn an seine Eltern erinnerten, zusammen.

»Was denn für ein Mensch?«

»Das hab ich schon am Flughafen gespürt«, ergänzte Kissoff.

Sollte das nun Ausdruck einer Hoffnung sein, oder ein Vorwurf? Er hatte keine Zeit, darüber nachzudenken, denn sie hatten es wirklich sehr eilig, und bei dem selbstmörderischen Tempo, mit dem Kissoff sich durch die verkehrsreichen Münchner Hauptstraßen schlängelte, war es auch besser, er schaute nach vorn, um sich nicht zu übergeben.

Sie verspäteten sich nur fünf Minuten. Die Büroräume der Gebrüder Goldmann befanden sich unweit des kleeblattförmigen BMW-Turms. Makellos zurechtgemachte lächelnde Empfangsdamen erwarteten sie schon unten in der Eingangshalle und liefen dann flink auseinander, als hätte jemand von oben einen Eimer Waschwasser über ihnen ausgeschüttet. Das Tempo des Aufzugs erinnerte ihn an Kissoffs Fahrstil, und er hätte sich wieder beinahe übergeben. Sie wurden in den Sitzungssaal der Firma geführt, großräumig, gediegen, und von weichem Licht erhellt. Der lange Konferenztisch war mit Blumenschmuck überhäuft. In der Mitte kreuzten sich die Fähnchen Bulgariens und Deutschlands, am Ende standen Eiskübel mit Dom-Pérignon-Flaschen und Tabletts mit Horsd'œuvres. Christo sah Lachs, roten und schwarzen Kaviar.

Die Zwillingsbrüder Heinrich und Markus Goldmann hatten kluge, durchdringende Augen, ihr Haar war schlohweiß, ihre Haut so auffällig transparent, wie es für Albinos typisch ist. Der Notar war ebenfalls ein alter Mann, seine Gesichtshaut von der Farbe vergilbten Zeitungspapiers. Junge, gutaussehende weibliche Bedienstete in strengem Business-Look standen in gebührender Entfernung für alle Eventualitäten bereit. Wenn er gefragt wurde und Kissoff nicht übersetzte, gab Christo mechanisch Antwort in brauchbarem Englisch. Mit Erleichterung nahm er die Zigarre, die man ihm anbot, denn obwohl er sich im Hotel die Zähne mehr als gründlich geputzt hatte, spürte er, dass er Mundgeruch und eine üble

Alkoholfahne hatte. Passend zum Licht strömten gedämpft die leichten Klänge von Mozarts *Kleiner Nachtmusik* in den Raum. Oder bildete er sich das mit seinem Brummkopf nur ein?

Dann kam der Moment, in dem die Verträge zur Unterzeichnung vorgelegt wurden. Die Gebrüder Goldmann lächelten, die Gehilfinnen huschten flink hin und her, schließlich trat Stille ein, die schamlose Stille der bedingungslosen Kapitulation. Christo überflog die Vereinbarungen noch einmal, obwohl er sie bereits kannte. Die SOUND & SOFTWARE COMPACT GmbH würde für zweiundfünfzig Komma sechs Millionen Deutsche Mark an die Goldmann & Co. KG gehen, die sich eigentlich mit Lebensmittelhandel beschäftigte und eine internationale Supermarktkette besaß; aber das Angebot war wirklich so unglaublich günstig gewesen, dass sie es unmöglich ausschlagen konnten.

Er nahm den alten Montblanc-Füllfederhalter mit goldener Feder, der – er spürte es in seiner Hand – die ganze gespannte schamlose Erwartung magnetisch anzog. Heinrich und Markus Goldmann beobachteten ihn nicht einfach nur, sie belauerten ihn geradezu wie ein Insekt in der Falle. Würde dieser Dummkopf es wirklich tun? Christo aber beugte sich einfach vor und unterschrieb den Vertrag als juristisch bevollmächtigter Inhaber der SOUND & SOFTWARE COMPACT GmbH. Nach ihm tat Georg Kissoff mit der gequälten Miene eines an Gicht leidenden Seniors dasselbe. Der Notar seufzte erleichtert auf und begann, den Vertrag mit Petschaft und Schnur für alle Zeiten zu beglaubigen. Im Anschluss daran wurden, so als müssten die Gemüter noch einmal beruhigt werden, mit unterschwelliger Ironie die abgesprochenen Zahlungsformalitäten wiederholt, auf welche Banken welcher Betrag wann einzuzahlen sei; dann ließ ein Piccolo in weißer Livree den Champagnerkorken knallen und goss den edlen Schaumwein in die Gläser. Christo unterließ es vorsichtshalber, zu den schweren Kaviarhäppchen zu greifen, um seinen Magen nicht unnötig zu provozieren, nahm sich aber eine weitere Zigarre, an der er sich auch schön festhalten konnte, um nicht in den gähnenden Abgrund zu stürzen, der sich nun vor ihm auftat.

Die Gebrüder Goldmann gaben ein Abschiedsessen in dem – wie sie sich ausdrückten – »von der Geschäftswelt bevorzugten« Restaurant Capitolia, einem Gastronomiebetrieb von geradezu aufdringlicher Erlesenheit. Sie tranken ein sündhaft teures, fast vierzig Jahre altes Hochgewächs aus Bordeaux; dazu aber aßen sie Ente, die ganz und gar nicht zu den teuren Speisen auf der Karte dieses Feinschmeckertempels gehörte. Um zehn Uhr abends hörte der Pianist auf zu spielen und gab damit gleichsam zu verstehen, dass auch ihre Gemeinsamkeiten hier endeten. Als sie schon am Ausgang waren, konnte einer der Zwillinge (Christo konnte sie nicht auseinanderhalten) sich nicht länger zurückhalten und fragte mit teilnahmslosem Lächeln:

»Könnten Sie mir vielleicht trotzdem sagen, Herr Weltschev, wieso Sie die SSC eigentlich abstoßen wollten? Die Firma steht doch glänzend da!«

Auch diese naheliegende Frage war selbstverständlich vorausgesehen worden. Nach Plan sollte Christo darauf antworten, dass er beschlossen habe, seine verstreuten Geschäfte aufzugeben und sich fortan auf Bulgarien zu konzentrieren, da er nach der demokratischen Wende dort all seine Kräfte bündeln müsse, um den günstigen Moment zu nutzen. Aber … er hatte einfach keine Lust, dem Mann Komödien vorzuspielen, ergriff dessen trockene Hand und antwortete flapsig:

»Das frage ich mich auch!«

Sie gingen hinaus. Es war kühl und nieselte. Weder Kissoff noch ihm war nach Schlafengehen zumute, sondern nach einem ganz primitiven Besäufnis, sei es, um sich überhaupt noch in die Augen schauen, sei es, um das Ganze einfach schneller vergessen zu können. Der Einfachheit halber gingen sie wieder ins Hofbräuhaus und setzten sich an den einzigen noch freien Tisch neben der Toilette. Christo bestellte einen doppelten Whisky, Georg einen Maßkrug von dem naturtrüben Hausbräu. Sie wiederholten das Ganze in stiller Ergebung, bis das Gasthaus um Mitternacht schloss. Christo lud ein und bezahlte mit dem Geld, das er von Grigorov bekommen hatte.

Als sie sich zum Abschied die Hand gaben, musste er irgendetwas sagen.

»Na, Georg, von heute an haben Sie dank Ihrer sechs Prozent Anteil die Freiheit, die Beine hochzulegen und nichts zu tun. Mit drei Millionen …«

»Und ich dachte, Sie wären nicht so einer«, sagte der alte Mann im Schatten der Straßenbeleuchtung versonnen.

»Das bin ich eigentlich auch nicht«, erwiderte Christo heiser.

»Wer's glaubt ... Ich habe jedenfalls keine Veranlassung mehr, Ihnen irgendetwas zu glauben. Zu meinem aufrichtigen Bedauern haben Sie sich eben doch als so einer herausgestellt, Herr Weltschev!«

14

Als er die Wohnungstür aufschloss, empfing ihn eine Stille, die nichts mit der bergenden Stille seiner Kindheit zu tun hatte, sondern die sprachlose Stille der Verzweiflung, des echten Unglücks war. Durch den Glaseinsatz der Tür zum Wohnzimmer sickerte trübe das Licht, gespenstisch, als käme es von einem anderen Planeten. Christo seufzte, stellte den Koffer an die Wand, legte auch sein Diplomatenköfferchen und die Tüte mit den Geschenken aus dem Duty-free-Shop ab.

Vom Ende des langen, düsteren Korridors waren schlurfende Schritte in ausgetretenen Pantoffeln zu hören. Als kaum spürbare Luftbewegung drang zu ihm der Starrsinn, die Dickköpfigkeit eines hilflosen Menschen, der nichts mehr hatte als das Rechthaben und es verbissen gegen die Altersschwäche verteidigte. Der unverwechselbare Geruch nach Baldrian und Gewaltsamkeit näherte sich mit kraftlosen, schleppenden Schritten, bis schließlich sein Großvater vor ihm stand. Auf Haut und Knochen abgemagert, vollkommen kahl, aber mit Haarbüscheln in Nase und Ohren. Er war in Schlafanzug und Bademantel an diesem frühen Nachmittag, als tauche er auch jetzt nur kurz aus bodenlosem Dämmer auf, aus seiner nicht zu Ende geträumten Jugend, oder aus Christos schlechter Vorahnung, dass ihm nach dem Verkauf der SOUND & SOFTWARE COMPACT GmbH irgendetwas Schlimmes passieren würde, die Vergeltung für solche Sünde. Denn – so erinnerte er sich an Dessislavas Worte – »mit der einen Hand gibt Gott, mit der anderen nimmt er«, woraus zu folgern war, dass, wenn man unverdient etwas bekommen hatte, man auch eine unverdiente Strafe erhalten werde.

Kotzev schaute ihn prüfend an. Tadelnd. Mit schwach gewordenen, aber durchdringenden Augen, in denen zu lesen stand, dass er voll bei Verstand war.

»Willkommen zurück.«

»Willkommensdank!«

»Du hast getrunken.«

»Hab ich, ja.«

»Und zwar viel getrunken.«

Christo beugte sich herab und nestelte aus dem Plastikbeutel die Flasche mit dem Obstbrand aus der Williams-Christ-Birne und drückte sie seinem Großvater in die Hand. Der lächelte:

»Oh, du hast es nicht vergessen.«

»Ich vergesse dich doch nie.«

Der Beschenkte vertiefte sich ins Etikett, streichelte erst mit Blicken, dann mit dem Daumen darüber und sagte:

»Der gehört zu meinen absoluten Lieblingsbränden«, sagte er, und dann, beiläufig, als teile er ihm mit, das Brot sei alle: »Deiner Mutter geht es schlecht.«

Diese Nachricht fuhr Christo direkt in die Magengrube. Seine Mutter war immerhin die Tochter des Alten. Er stieß Kotzev weg und lief zum Schlafzimmer seiner Eltern, das jetzt ganz einfach »ihr Zimmer« war. Er öffnete die Tür, das Licht blendete ihn. Die ganze Sonnigkeit dieses Tages lachte ihm in kalter Gleichgültigkeit ins Auge; sie gehörte nun anderen, glücklicheren Menschen. Tränen wuschen ihm langsam den Blick frei. Seine Mutter versank im Weiß der Laken, bis zum Kinn zugedeckt, und so eingesunken, dass es aussah, als atme sie gar nicht. Der Tod, dachte er, hatte sie noch nicht mitgenommen, aber ihr schon einmal seinen Trost in Aussicht gestellt. Auf Ljubas Lippen erschien ein ängstliches Lächeln, ein kleiner Vogel, der prüfte, ob der Zweig ihn trug. Ihre Hände lagen auf ihrer Brust; die blauen Venen traten hervor wie Wasserläufe, die ins Weiß der Bettdecke flossen. Das weiß gewordene Haar umstand ihren Kopf wie ein Heiligenschein. Sie rang nach Luft, stöhnte auf, und dann sah sie ihn. Ihre Augen füllten sich mit Freude und Zärtlichkeit, jener aufkeimenden Lebendigkeit, mit der uns nur die vollkommene Liebe erfüllen kann.

»Christo«, sagte sie schlicht und öffnete ihre Arme zum Zeichen, dass das Warten ein Ende hatte. Er beugte sich über sie und ließ sich bergen. Nein, jetzt konnte ihm nichts Schlimmes mehr passieren.

»Ich hab getrunken …«

»Du riechst nach müdem Mann«, lachte sie.

»… und zwar ordentlich.«

»Nach heimkehrendem Mann.«

»Du hast mir doch versprochen …«

Aber seine Mutter konnte nicht aufhören, vor Wiedersehensfreude zu lachen.

»… versprochen, ins Krankenhaus zu gehen! Ich hab dir gesagt, das Geld haben wir jetzt! Hörst du? Geld ist da!«

»Ach, Geld. Lass doch dieses dumme, lächerliche Geld!«

Wie sie ihn so an sich drückte, konnte ihm nichts Schlimmes mehr passieren … aber ihr? Der Gedanke, dass er über fast fünfzig Millionen Deutsche Mark verfügte, Geld, das in beklemmender Weise niemandem anderen gehörte, er aber seine Mutter verlieren konnte, machte ihn wahnsinnig. Diese Unsumme Geldes war wie eine gewaltige Verspottung seiner Hilflosigkeit. War das der Preis dieses unverdienten Reichtums: das Leben seiner Mutter? Er wollte sie festhalten, sich in ihrer Umarmung festklammern, in ihrem Lachen, ihrer Wärme, sie festhalten.

»Ich hab getrunken«, stöhnte er.

»Weiß ich doch«, erwiderte sie, »und zwar ordentlich!«

15

»Und zieh dir bitte endlich diesen Schlabberstrumpf an!«

Vor Empörung hatte ihre Mutter dramatisch die Arme ausgebreitet und die Finger gespreizt, eine Schauspielerin ohne Bühne, die sich über die mangelnde Verehrung, die mangelnde Wertschätzung des familiären Restpublikums ärgerte, vielleicht auch über Dessislavas insgesamten Scheißegalismus dem Leben gegenüber. Pensionierte Schauspieler spielen pausenlos sich selbst, dachte Dessislava betrübt, nur dass sie sich vor lauter Unsicherheit leider übertreiben! Das schien auch bei ihrer Mutter schon zur Gewohnheit zu werden. Von nun an sehen wir in der Rolle der Emilia Weltscheva: Emilia Weltscheva! Ein Albtraum!

»Mein Strumpf ist nicht schlabbrig, den habe ich selbst gestrickt! Der ist warm, flauschig und kuschelig, und aus echter, reiner Wolle. Ein echter Kamerad ist das.«

»Na, umso besser! Dann zieh ihn auch an, wenn er dein Kamerad ist.« Ihre Mutter sah gleich jünger aus, wenn sie sich so künstlich aufregte. Der heftige Ausdruck ihrer Missbilligung spannte ihre Gesichtshaut, die Sommersprossen überstrahlten die Fältchen um Mund und Augen, ihr weizenblond gefärbtes Haar fiel ihr über die Schultern.

»Das Dumme ist nur«, erwiderte Dessislava vollkommen ernst, »dass er und der rechte Strumpf sich nicht vertragen. Der rechte Strumpf ist aber *auch* mein Kamerad. Total treu ergeben ist der, eben wie der linke, und zu allem bereit.«

»O Gott, wann wirst du mal erwachsen?«

»Du wolltest doch, dass ich klein und niedlich bleibe«, schnitt ihr Dessislava rachsüchtig das Wort ab. »Klein, rein und weiß wie ein Kohlweißling, mit weißem Schleifchen, weißem Kleidchen und weißen Flügelchen. Ich erwache nachts manchmal mit dem Gefühl, ich hätte immer noch dieses Schleifchen im Haar und würde es im Kissen zerdrücken.«

»Hör auf damit!« Emilia steckte sich demonstrativ eine Zigarette an, und um zu zeigen, wie sehr Dessislava ihr den letzten Nerv raubte, sog sie daran wie eine Erstickende. Mochte ihre Rente kaum für das Allernötigste reichen, auf zwei Dinge wollte sie nicht verzichten: auf ihr Lancôme-Parfüm und auf ihre Menthol-Zigaretten. »Weiß dein Vater eigentlich davon?«

»Nein.«

»Und dein Bruder?«

»Nein.«

»Also nur ich. Schlimm!«

Gott, wie sie sich als tragische Heldin in Szene setzte, es war wirklich unerträglich! Dass sie sich so in den Mittelpunkt stellte, war ja noch verzeihlich, aber alles war so vorhersehbar! Es fehlte jenes Überraschungsmoment, das einem Drama erst Energie und Spannung verlieh und seine Fortsetzung notwendig machte. Fehlte es, kam unweigerlich jener unfreiwillig komische Moment, in dem auf der Bühne hehre Schicksale einander bedeutungsschwängerten, unten im Zuschauerraum aber die Leute verstohlen auf die Uhr schauten und sich fragten, ob sie eigentlich zu Hause die Herdplatte ausgeschaltet oder das Fenster zum Hof geschlossen hatten.

»Genau, nur du, weil du meine Mutter bist.«

»Ja, ich bin deine Mutter, aber …«

»Aber aufgezogen hat mich Oma, nicht?« Dessislava spürte, dass sie zu weit gegangen war, und kratzte sich das nackte Bein. »Aber gut, um dir eine Freude zu machen, zieh ich den linken Strumpf an, auch wenn der rechte mir dafür böse sein wird.«

Die Wolke zog vorüber, und das Sonnenlicht schlug kalt gegen das Fenster, getrübt und wie erschöpft von der Mühe, sich seinen Weg durch die Smogschicht über Sofia zu bahnen. Emilia nutzte den Beleuchtungswechsel, um ihr Drama fortzusetzen.

»Wie bist du nur wieder darauf gekommen? Und wann hast du das beschlossen?«

»Hab von Oma geträumt. Sie ist einfach in meinen Traum gekommen, hat mich umarmt und mir gesagt, ich soll endlich wieder zu mir finden.«

»Zu dir finden? Du meine Güte!«

Dessislava schaute eingeschüchtert in die Ecke.

»Sie meinte damit … Oma wollte, dass ich an meine Anfänge zurückkehre.«

Von oben war starkes Rauschen in der Wasserleitung zu hören. Jemand duschte oder badete wohl.

»Ich versteh dich einfach nicht …«

»Meinst du denn, ich würd mich verstehen?« Verstimmt riss sich Dessislava den Strumpf vom Bein, aber den rechten. Ihre Mutter reagierte diesmal nicht darauf. Sie schien also wirklich traurig zu sein. Vor lauter Unbehagen begann sie zu stottern und sich krampfhaft an der Zigarette festzuhalten.

»Wenn du ihn gar nicht geliebt hast, warum hast du ihn dann geheiratet?«

»Und du? Hast du meinen Vater geliebt, als du ihn geheiratet hast?«

Emilia zurckte zusammen und schaute ihre Tochter so entsetzt an, als hätte die sie aus heiterem Himmel geohrfeigt.

»Ich fühlte mich sehr angezogen von seiner Festigkeit, seiner … seiner geballten Energie. Und dabei war er so einsam, verloren und unglücklich; er hatte gerade seine erste Frau verloren. Ich … ich … wie soll ich sagen … ich spürte, dass ich sehr an ihm hängen würde.«

»Das hab ich bei Sim auch gedacht. Ich hab mich auch meiner blöden Nachgiebigkeit überlassen und war mir sicher, es würde reichen, Mitleid mit jemandem zu haben, ihm treu zu sein und … gebraucht zu werden!«

»Nur dass ich es geschafft habe, weil ich alles getan habe, was in meinen Kräften stand, und weil dein Vater und ich …«

»Weil mein Vater und du euch auch scheiden lassen wolltet.«

»Sei nicht grausam, Dess, und hör auf, mit diesem verfluchten Strumpf rumzuspielen. Zieh ihn an, oder lass ihn in Frieden!«

Ihnen gingen die Worte aus. Was sollten sie auch sagen bei so viel Unklarheit? Der Tee, den Dessislava aus selbst gesammelten und getrockneten Bergkräutern gekocht hatte, vor allem Thymian, Minze und wildem Majoran, wurde kalt in seiner Kanne; dabei hätte er sie befreiter atmen lassen und ihnen die unnötigen Gedanken genommen. So aber war alles derart vertrackt und ausweglos, dass Dessislava nur noch schlafen wollte.

»Simeon ist ein wunderbarer Schauspieler«, sagte ihre Mutter schließlich nachdenklich, »ein toller Schauspieler, der dich auch noch liebt und verwöhnt.«

»Auf der Bühne ist er wirklich unglaublich«, stimmte Dessislava zu, »aber das macht mir ja gerade am meisten zu schaffen.«

»Und was machst du, wenn du allein bist? Du mit deiner Wehrlosigkeit und Empfindsamkeit …« Das Gesicht ihrer Mutter hatte sich entspannt. Sie spielte nicht mehr »die« Emilia Weltscheva, sondern war einfach nur noch eine in die Ecke gedrängte Frau von über siebzig Jahren. »Die Welt wird immer brutaler, habgieriger, materieller, das Leben immer unsicherer und unschöner, und du … bist so gar nicht dafür geschaffen.«

»Ich werd' schon irgendwie zurechtkommen. Außerdem heißt Scheidung ja nicht, dass wir keine Freunde bleiben.«

»Da täuschst du dich aber gewaltig«, fiel ihr ihre Mutter ins Wort, »wenn ich mich wirklich von deinem Vater hätte scheiden lassen, hätte ich begonnen, ihn zu hassen!«

»Nun übertreib mal nicht«, lachte Dessislava nervös, »Freundschaft heißt doch bloß, Vertrauen zu jemandem zu haben, mit jemandem reden können, Seelenverwandtschaft.«

»Oh, wenn das mal alles wäre«, korrigierte ihre Mutter sichtlich verärgert, »Freundschaft braucht auch treue Gefolgschaft, selbst wenn man mal nicht einverstanden ist!«

Wieder gingen ihnen die Worte aus. Wie sie es auch drehten und wendeten, die Sache wurde nicht besser, sie fanden nicht aus ihrer seelischen Beklemmung heraus. Ihre Mutter döste ein, sie war wohl auch erschöpft von ihren ständigen geheuchelten Versuchen, ihrer Tochter zu widersprechen, nur um deren Eigensinn zu brechen und sie so vor der Einsamkeit, den Härten des Lebens und dem Fehlen dessen zu bewahren, was sie selbst unablässig brauchte: Bewunderung.

»Sim ist einfach nicht der Mann, von dem ich Kinder haben möchte«, sagte Dessislava wie erstarrt vor Angst und Beklemmung, »verstehst du? So viel Lüge könnte ich einfach nicht ertragen!«

Emilia kam zu sich und murmelte: »Weiß Simeon eigentlich schon, dass ihr euch scheiden lasst?«

»Nein«, antwortete Dessislava und konnte endlich weinen, »das weiß nur ich, verdammt, immer nur ich!«

16

Die kleine Bar in der hauptstädtischen *Komödie* war kaum zur Hälfte gefüllt. Die verschiedenfarbigen Glühbirnen mischten sich zu einem gedämpften, neurasthenischen Licht. Zusammen mit dem Muff abgestandenen Zigarettenrauchs, dem Theaterchaos und dem Alkohol konnte man meinen, in einem Puff gelandet zu sein. Die geringen Ausmaße des Raums, zu dem man über eine schmale, steile Treppe hinabgelangte, schufen eine erzwungene Nähe und Intimität, zu der auch der Geruch nach Schwüle, Schimmel und Pappmachékulissen beitrug. Der Barkeeper war neu; er schaute noch unsicher und zerstreut durch die Gegend. Aus den Lautsprecherboxen wummerte *The Wall* von Pink Floyd und machte mit seinem breitflächigen, aber intensiven Sound den Raum noch kleiner, die Luft noch drückender.

Dessislava nippte an ihrem Anisschnaps, eigentlich einem Sommergetränk, das sie inzwischen aber schon deshalb auch an diesem Winterabend bevorzugte, weil es so billig war. Man konnte die Spirituose außerdem nach Belieben mit eiskaltem Wasser verlängern, und dann wölkten dichte Nebelwolken durch das lange schmale Glas, was ihm etwas Mondän-Aristokratisches gab. Simeon machte mit seinem großen Wodka weniger Federlesens, kippte ihn herunter und ging zur Bar, um sich noch einen zu holen. Die Vorstellung von Tennessee Williams' *Endstation Sehnsucht* war gut verlaufen, Simeon selbst in seiner Rolle großartig gewesen, aber im Parkett hatten sich gerade einmal fünfzig Zuschauer verloren, von denen die Hälfte noch – wie Dessislava – mit Gratistickets hereingekommen waren.

»Mir ist kalt, ununterbrochen kalt«, sagte sie und machte eine fröstelnde Geste.

»Kein Wunder, die Saalbeheizung ist ja auch aus. Kein Geld für die Heizkosten da.«

»Ich mein doch nicht dieses ›kalt‹, sondern …«

»Ich hab dem Verwaltungsdirektor vorgeschlagen, Decken auszugeben«, fuhr Simeon unbeirrt fort und nickte beiläufig einer ihr unbekannten Grazie zu, »oder auf die Eintrittskarten zu drucken: ›Kommen Sie an Wintertagen in Thermojacken und gefütterten Stiefeln.‹«

»Schlau«, stimmte ihm Dessislava zu, »aber mir ist trotzdem kalt.«

»Na, dann gehen wir halt.«

»Nein, ich wollte einfach mit dir reden, dir etwas Wichtiges sagen.«

»Das können wir besser zu Hause. Ich wärm das Bett an, und du kriechst dazu und erzählst mir alles.«

»Zu Hause ist mir ja nicht kalt, aber da hab ich Angst. Hier ist mir zwar kalt, aber dafür bin ich kühn und tapfer. Feix nicht so! Ich mein das ernst: Hier bin ich mutig!«

Zwei Tische entfernt von ihnen saß Pepa Koitscheva mit zwei Kavalieren, die jeden Quadratzentimeter von ihr genüsslich mit Augen abweideten. Der eine war ein bekannter Kinoregisseur, der andere Dramaturg beim Fernsehen. Sie winkten ihr mit übertriebener Herzlichkeit zu. Pepa wusste nicht, dass sie, Dessislava, wusste, dass sie die Geliebte ihres Mannes war, und das konnte doch besser gar nicht sein.

»Gefällt dir Pepa?«, fragte sie, selbst überrascht von ihrer Frage.

Auf dem linken Fuß ertappt von ihrer überraschenden, direkten und zweideutigen Frage, war Simeon einen Moment lang verwirrt, aber als guter Schauspieler hatte er die Lage sofort wieder im Griff.

»Ich weiß nicht … mit diesen Eutern … da möchte man doch gleich den Melkeimer druntersteIlen.«

Sie war beinahe empört, wie er auch diesmal versuchte, seine Geliebte klein und unbedeutend zu machen, ja, sie primitiv zu beleidigen. Man brauchte den Spieß doch nur umzudrehen und sich zu fragen, was er Pepa über sie erzählte.

»Eine dumme Kuh, willst du sagen? Und das soll ich dir abnehmen? Sieh dir mal die beiden da neben ihr an, für die ist sie eher so was wie ein rassiges Raubtier, von dem sie sich mit Vergnügen zerreißen lassen würden.«

»Sollen sie doch … Ich steh nicht so auf diese läufige Schönheit, die aus allen Poren kommt. Hast du schon gehört, sie soll jetzt was mit einem von diesen neureichen Ganoven haben.«

»Wirklich?«

»Soll sich regelrecht an ihn rangeschmissen haben und jetzt mit ihm und seiner Frau zusammen in Boyana leben.«

»Und dir? Was für ein Typ gefällt dir?«

Er schaute sie fast erschrocken an, weil er nicht wusste, worauf sie abzielte. Mit diesen sondierenden, nebulösen Fragen vermieste sie ihm seinen schönen Wodka.

»Ich liebe *dich*«, erwiderte er gereizt, fast schroff.

Das mochte sogar stimmen, aber er musste doch auch spüren, dass es zwischen ihnen aus war. Es mochte auch etwas Wahres dran sein, dass er Pepa verachtete, weil ihn ihr Selbstbewusstsein und ihr Sexappeal ärgerten, ihr geringes Talent ihn, wenn sie zusammen auftraten, einschränkte und daher wütend machte, aber: Er hatte sich durch sie gleichsam rückversichert. Indem er Pepa erobert hatte, hatte er sich bewiesen, dass er sie, Dessislava, verdiente! Plötzlich fühlte Dessislava sich verraten und verlassen, niederschmetternd einsam.

»Lüg nicht«, sagte sie grausam. »Du liebst doch nur dich selbst!«

»War das jetzt das Wichtige, das du mir unbedingt sagen wolltest?«

Obwohl seine Betroffenheit falsch und nur gespielt wirkte, war sie niederschmetternd.

»Nein«, sagte sie, »ich hab mir die ganze Aufführung angeschaut, obwohl ich fast vor Kälte gestorben bin, dann hab ich zwei Anisschnäpse vertilgt, um Mut zu sammeln, dir zu sagen, dass ich heute die Scheidung eingereicht habe.«

»O Gott!« Er zweifelte nicht eine Sekunde daran, dass sie die Wahrheit sagte. Seine gespielte Betroffenheit ging über in echte Panik. Er lachte auf, dröhnend und rücksichtslos. Untröstlich. Die Leute an den Nebentischen begannen, sich zu ihnen umzudrehen: Diese gute Laune war doch wohl deutlich übertrieben oder zumindest verdächtig. Simeon griff in einer spastischen Bewegung nach ihrer Hand, dann ließ er sie abrupt los und fragte leise:

»Du hast doch nicht etwa einen anderen?«

»Nein«, antwortete sie ebenso leise, und fügte dann, in ihrem Wunsch, absolut aufrichtig zu sein, hinzu: »Ich glaube, nicht!«

»Wozu soll das dann gut sein, Dess?«

»Wenn ich das selber wüsste. Die Sache ist die, dass es nicht zu erklären ist.«

Pepa Koitscheva ließ gerade ein kehliges Lachen hören. Sie hüllte sich in ihren Nappaledermantel und brach auf. Im Vorübergehen winkte sie Dessislava zu. Simeon schaute sie eindringlich, herrisch und tadelnd an, aber der bemerkte sie gar nicht. Die bulgarische »Pamela Monroe« ließ eine Moschuswolke und eine gewaltige Leere hinter sich zurück. Wie einfach, wie erleichternd wäre es doch, wenn der Grund für ihre Scheidung diese verführerische Frau sein könnte.

»So ist meine Mutter gegangen … Eines Abends verließ sie das Haus und – mich! Und jetzt willst du mich auch noch verlassen«, sagte er, verzweifelt vor sich hin starrend, als schaue er in einen Abgrund. »Was muss ich nur für ein schrecklicher Mensch sein?«

Nun war sie es, die nach seiner Hand griff und beschwichtigend sagte:

»Du bist ein wunderbarer Mensch und toller Schauspieler.«

»Morgen hab ich Probe für die *Glasmenagerie* … Wie soll ich das nur hinkriegen, ich hab alles vergessen, alles weg! Bitte, Dess, sag mir, dass es nicht wahr ist.«

Der erste Teil von *The Wall* endete, und da niemand die Platte wechselte, begann das Stück automatisch wieder von vorn. Dessislava hatte das beklemmende Gefühl, Pink Floyd sängen über sie. Sie war es, die vor einer Wand stand, einer hohen, unüberwindlichen Wand.

»Wir werden auf jeden Fall Freunde bleiben, mein Lieber«, sagte sie.

»Das geht nicht«, schüttelte Simeon den Kopf. »Wenn wir uns scheiden lassen, dann kann ich dich nur noch hassen, Dess, nur noch hassen!«

17

Zu den Hüten war ein Lokal in der Nähe des Slawejkov-Platzes. Wände ohne Tapeten, Tische ohne Decken, ein Gasthaus ohne gastfreundliche Atmosphäre, in dem sich die Punker der Gegend trafen, eine Handvoll Rentner, an deren Revers noch immer Stalin-Abzeichen prangten, und ein paar intelligente Drogensüchtige, abgemagert und mit leeren, abwesenden Augen. Die Betreiber hatten einfach den Keller eines Mietshauses zur Straße hin geöffnet, und nun schaute man von drinnen durch die vergitterten Souterrain-Fenster auf Schienbeine und Füße der Passanten, auf eilende und nachdenkliche, solche in feinen Hosen und polierten Lederschuhen, solche in Lumpen und ausgetretenen Halbschuhen, auf Frauenbeine in Seidenstrümpfen und hochhackigen Schuhen, auf Beine, die nicht wussten, wohin an diesem Tag, auf Kinderbeine, die müden und unbeholfenen Beine alter Leute … Einmal sah Dessislava sogar ein einzelnes Bein vorbeikommen, gefolgt von zwei Krücken. Das war ein sehr lehrreiches Schauspiel, dieses Schienbein-Kellertheater mit Bewirtung.

Maja und sie kamen hierher, weil die Atmosphäre so ungezwungen war. Man musste nicht darauf achten, welches Gesicht man machte, sondern konnte sich ungestört seinen Ge- oder Verstimmtheiten hingeben. Vor allem war der Kaffee hier gut; das war richtiger Kaffee mit Doppel-e – stark und schwarz. »Da rollen sich dir die Fußnägel auf«, nannte Maja das schwärmerisch, und die Betreiberin, eine einstige Schönheit mit rundem, rotgeschminktem Mündchen, erklärte ihnen kokett: »Das

Geheimnis guten Kaffees und guter Männer besteht darin, sie nicht zu kurz und nicht zu lange rösten zu lassen.«

»Hab drei Nächte nicht geschlafen«, sagte Maja. »Gestern Nacht war die Krönung, da bin ich von Mitternacht bis sechs Uhr früh im Zimmer rumspaziert, bis meine Vermieterin mit 'nem Schlafmittel gekommen ist. Die dachte schon, ich dreh am Rad.«

»Und woher kommt diese Aufgedrehtheit?«, fragte Dessislava mehr aus Höflichkeit als aus Interesse. »Drei Nächte schlaflos, das ist …«

»Ich sagte doch: Gedanken! Vor lauter Nachdenken nicht schlafen zu können, und das auch noch wegen eigener Gedanken, das ist schon echt bescheuert.«

»Wirklich übertrieben!«

»Übertrieben? Pervers ist das, sag ich dir.«

Maja griff erst nach Dessislavas Tasse, um einen Schluck von deren Kaffee zu trinken, dann bediente sie sich auch bei den Zigaretten ihrer Freundin. Der Rauch kam ihr in die Augen, und sie zwinkerte niedlich. Sie war eine schöne Frau geworden, angenehm üppig und mit dem Selbstbewusstsein der gefragten Schauspielerin. Sie spielte ständig irgendeine Rolle: das unschuldige Mädchen, eine UDK-Abgeordnete, ihre Großmutter, als sie jung war, die Schlampe … Dadurch vermittelte sie einem das Gefühl, sie habe geheime Sehnsüchte, kurz: sei eine geheimnisvolle Frau. Eigentlich war es Zeit, dass sie heiratete. An extravaganten Kandidaten, die ihr den Hof machten, mangelte es nicht, aber sie, sie war verliebt in ihren Bobby. Der aber hatte die Wende genutzt, um – ohne sie groß zu fragen – seine Bilder einzupacken und nach Kanada auszuwandern, um Geld zu verdienen, als Müllmann, wie Maja erfahren zu haben glaubte. Oder als Anstreicher? Na, das gab nicht viel her. Maja hielt ihm trotzdem die Treue; jedenfalls tat sie so, als ob sie auf ihn wartete. Manchmal, wenn sie es nicht aushielt, bekam sie einen Hassanfall, dann betrank sie sich vor seinem Foto an der Wand. Ein andermal, als sie irgend einen Hungerleider in das Chaos ihrer Wohnung einlud, drehte sie sein Bild mit dem angefressenen Lächeln gegen die Wand.

Sie arbeitete auf Honorarbasis an der *Komödie*, obwohl ihr – wie sie sagte – »alles andere als nach Lustspielchen zumute« sei. Sie spielte immer besser, mit immer größerer Intuition, und verdiente dabei genug, um ihre Miete zu bezahlen. Verdiente sie mal mehr, verpulverte sie ihre Honorare für lauter sinnlose und unnötige Dinge.

»Hör doch einfach auf mit dem Denken«, versuchte Dessislava es mit freundschaftlichem Rat.

»Kann ich nicht, Dess, dann platzt mir die Rübe!« Sie zog zur Veranschaulichung eine passende Grimasse. »Ich brauch irgendwas … Na komm, mach mir die Freude, und lass uns endlich unser eigenes Theaterchen auf die Beine stellen.«

»Weißt du, wie viel Penunzen man dafür braucht?«

»Nur so ein ganz kleines, so ein Liliputaner-Bühnchen. Ich, du und noch jemand. Weißt du, Dess, einfach nur, damit wir irgendwo unser Kunst-Dingens durchziehen können, wo uns kein aufgeblasener Dummbeutel dazwischenfunkt, verdammte Scheiße nochmal.« Bei Flüchen der saftigen Sorte ging es ihr spürbar besser.

»Ich überleg's mir.«

»Stell dir doch mal vor: Im Bauchnabel von Sofia, mittendrin, aufm gelben Pflaster und so … Das Museum der revolutionären Bewegung wäre supi geeignet, das können wir so nehmen, wie es ist, so abgegrast und ausgeschlachtet, mitsamt Graffiti anne Wände, schmutzige Sprüche und dieses Pfeile-Herzchen-liebe-dich-Gedöns … Da hast du dein Gegenwartstheater – und die ganze Gegenwart ist schon drin! Wir montieren eine Leiste mit zehn Bühnenstrahlern an, hängen 'nen Vorhang auf, und fertig ist die Kiste!«

»Bitte, Maja, hör auf damit, sonst muss ich gleich was ganz anderes trinken als Kaffee!«

»Die Leute sitzen auf dem Boden oder auf alten Parkbänken, das sagt doch alles, das ist schon … Die Zuschauer gehören mit zum Bühnenbild.«

Dessislava hatte Angst, wenn Maja nicht gleich aufhörte, würde sie anfangen zu heulen.

»Ist ja schon gut, ich denk wirklich drüber nach!«

»Und dann machst du deinen Hamlet, den echten, der's einfach nicht auf die Reihe kriegt, wer er Himmel-Arsch-und-Zwirn-nochmal eigentlich ist! Wie dich der Sotirov, weil er selber eine ist, zur Weichschnecke machen wollte, igitt. Müsstest mal sehen, wie der jetzt um die Akademie rumschleicht mit so ’ner Charlie-Chaplin-Melone auf dem Kopp, und mit sooo Augen glotzt der, ob ihn noch einer erkennt.«

Draußen gingen zwei Beine mit etwas Weißem, Lockigem vorbei: einem Bologneser. Dann, langsamer, zwei Hosenbeine mit Gehstock.

»Du hast ja keine Ahnung, wie viel Penunzen …«

»Nu hör aber mal auf mit diesen Penunzen. Kunst macht man mit Wollen, Können und mit Opfern. Ja, mit Talent und Entbehrungen. Das hab ich auch diesem Waschlappen von Bobby eingetrichtert, aber der meinte ja, er muss die Flatter machen, nach Ottawa, seinen Rausch beim Anstreichen ausschwitzen. Hab ich's dir schon gesagt? Er hat sich jetzt ’n Auto gekauft, da schau mal einer an …«

»Nein, hast du nicht.«

Zu spät! Die Tränen liefen. Nun war es auch egal. Dessislava zog ihr Taschentuch und wischte sich die Augen trocken; aber es kamen neue und immer neue, peinlich und sichtbar wie Aknepickel.

»Du wirst unser Impresario, meine Wenigkeit ist mit von der Partie, Sim … Oh, ’tschuldige, Dess, stimmt das eigentlich, was ich da gehört habe?«

Da sie ohnehin schon *weinte* und merkte, dass sie hier niemanden damit störte, konnte sie auch *schluchzen*. Das erleichterte sie nicht nur, sondern entband sie auch von der Verpflichtung, zu antworten.

»Es ist also wahr. Och, du Ärmste … Der Schrecken will kein Ende nehmen.«

Majas Mitleid war wie ein Kessel mit heißem Teewasser, das sie aus Liebe aufgesetzt hatte, aber nun statt in die Tasse mit den beruhigenden Kräutern über ihre Arme goss.

»Simeon und ich, wir bleiben aber Freunde!«

»Dummes Zeug, Dess! Er wird dich hassen, du ihn verachten, unser Theater können wir vergessen, und den Hamlet … begraben!«

18

In demonstrativer Dreistigkeit parkte die Limousine genau unter dem Schild »Parken verboten«. Die Sonne ging hinter der Gebirgssilhouette unter und brachte vorher noch einmal die Schaufenster der Nobelgeschäfte auf dem Witoscha-Boulevard zum Gleißen. Sofia wurde gerade unter der Hand für lächerliche Pfennigbeträge an Privat verscherbelt. Hinter vorgehaltener Hand munkelte man, dass die Luxusboutiquen hier über Mittelsmänner bereits in den Besitz des Bürgermeisters übergegangen waren, zum Teil auch an einige der geschäftstüchtigeren neureichen Ganoven. Man sah fast nie, dass Kunden diese Edelschuppen betraten, über denen die Schriftzüge der angesagtesten Marken der weltweiten Modebranche zu lesen waren. Die Preise waren so hoch, dass für Frauen wie Dessislava sogar der verträumte Blick ins Schaufenster schon unerschwinglich war. Man wurde den Eindruck nicht los, dass diese von geschliffenen Marmor- und Granitplatten verkleideten Guckkästen ohnehin nicht so hochgestylt waren, um zahlungskräftige Kundschaft anzulocken, sondern um Geld zu waschen oder mit den Grundstücken in bester Lage zu spekulieren. In schreiendem Kontrast dazu saßen im goldvioletten Widerschein dieser Schatztruhen zerlumpte Bettler und Krüppel, denen mal Arme, mal Beine fehlten, oder das Augenlicht, und denen die Aura des Leidens, jener heiligen Sphäre des Geistes, das Recht gab, ihre Mitmenschen um Almosen anzugehen.

»Aber ich bitte dich«, erwiderte Christo und öffnete ihr den Schlag seines riesigen BMW, »komm doch mit.«

Im Licht der Dämmerung sah sein Gesicht gezeichnet aus von einem inneren, fiebrigen Schmerz, der in flackernden Schatten durch seine Augen zog und ihnen Tiefe gab, sie noch ausdrucksvoller und … schöner machte.

Dessislava seufzte, als sie ausgerechnet die teuerste Schickimicki-Truhe betraten. Das Licht drinnen sollte wohl ein gedämpftes Bordeauxrot sein, kam aber leider nur auf ein gedämpftes Bordellrot hinaus. Die beiden Verkäuferinnen passten sich dieser Spektralverschiebung formidabel an. Etwa dreißig Paar Schuhe waren auf vornehm bezogenen Postamenten ausgestellt, als handle es sich um eine Skulpturenausstellung. Christo machte nicht viel Federlesens, probierte der Reihe nach, was er als angemessen für einen Geschäftsmann betrachtete, und kaufte die zehn Paar, die ihm am besten passten. Im Vorfeld hatte er ihr gesagt: »Du musst mir beim Aussuchen helfen. Ich bin Sternzeichen Waage und schwanke permanent, bin dauernd unsicher. Ich brauche irgendwas, was zu meinem neuen Beruf passt.« Als er fertig war, reichte er ihr einen wunderschönen Damenschuh und sagte:

»Nun komm, du hast mir doch versprochen …«

Dessislava schluckte. Sie war drauf und dran, einfach zu gehen, die Tür hinter sich zufallen zu lassen und draußen, in der Kälte, auf ihn zu warten; aber sie konnte den Blick einfach nicht abwenden von diesen Stiefeletten, die so verführerisch aus knautschweichem, geschmackvoll gefälteltem Leder genäht waren. Sie zog sie an. Sie waren leicht und bequem wie Hausschuhe, nein, leichter und bequemer. Sie schaute sich im Spiegel an mit diesem Traum aus Leder, und war entzückt. Sie hätte sich die Haare ausrupfen mögen vor Begeisterung, aber erstmal probierte sie ein anderes Paar an, Veloursstiefel in Altrosa. Dann ein drittes Paar, straff, schlicht, aber dabei von großer Finesse und Eleganz, die wie um ihren Fuß herumgeschustert worden zu sein schienen. Danach … Ihr war ganz flau, und die Welt drehte sich ihr vor Augen.

»Bitte nicht, mein Lieber, du weißt doch, ich schäme mich so …«

»Du hast es mir versprochen, Dess«, sagte er, »dafür, dass ich dir deinen ganzen Nachmittag vermasselt habe, muss ich bezahlen. Reiche Leute haben kein Herz und keine Seele. Sie haben kühle Köpfe und müssen daher bezahlen.«

Er saß auf dem Ledersessel und faltete die Hände vor der Brust, als wolle er beten. Dessislava war wirklich beklommen ums Herz. Es war eine rechte Prüfung. Die Verkäuferinnen konnten einfach nicht glauben, was da vor ihren Augen geschah, und der Neid stand ihnen ins Gesicht geschrieben. In ihren Köpfen schien es fieberhaft zu arbeiten. Ein Fotomodell war dieses blonde Wesen nicht, das hätten sie gekannt. Eine Popfolk-Sängerin auch nicht, dazu waren ihre Brüste zu klein. Was war es dann, dieses kleine unscheinbare Mädchen, das Zündhölzer hätte verkaufen können? Auf jeden Fall wurden diesem hübschen Nichts gerade Schuhe für drei Winter auf einmal spendiert.

»Die sind … die sind so was von … Ich würde dein Angebot ja gern abschlagen, aber ich kann nicht mehr«, sagte sie wie vor den Kopf geschlagen. »Schau dir doch nur mal an, wie gewissenlos, eitel und willenlos ich bin. Das grenzt schon an Schmarotzertum.« Sie fuhr sich mit der Zunge über die Lippen wie eine Katze, die sich Milch vom Schnurrbart leckte. »Aber andererseits … Aller guten Dinge sind drei … drei Paar Damenschuh, und damit gibt die liebe Seele Ruh!«

»Und was ist mit den anderen beiden Paaren, die du anprobiert hast?«

Dessislava kratzte sich übers Näschen. Wer so schlecht vorbereitet in Geschäftsgespräche ging, durfte sich nicht wundern, wenn er stets nachgeben musste.

»Wo du es sagst … Die beiden Pärchen wären jetzt sicher beleidigt, wenn ich ihnen die anderen vorziehen würde, nachdem ich sie doch … wie soll ich sagen … quasi … Auf jeden Fall wollen wir ja vermeiden, dass die ein Drama aus der Sache machen, wenn wir gegangen sind.«

Als sie grob überschlug, was diese fünf Paar Stiefeletten kosten würden, kam sie auf einen Betrag, der in etwa dem entsprach, was ihr Vater, immerhin Professor, im ganzen Jahr an Rente bekam. Sie fühlte sich schuldig, aber auch ein bisschen wie Aschenputtel im Schloss. Christo bezahlte mit nigelnagelneuen Geldscheinen.

Vor seinem BMW hatten sich derweil zwei Polizisten aufgebaut und tankten Kälte. Es war nun fast dunkel, klebrige Schneeflocken schwebten herab. Trotzdem trugen die Ordnungshüter Sonnenbrillen. Sie schauten auf die Tüten in der Hand der Herauskommenden und spürten alsbald, dass sie nicht umsonst würden gewartet haben.

»Gehört der Wagen Ihnen, mein Herr?«, fragte mit gespielter Strenge und ernstem Gesicht der Ältere der beiden.

Christo wühlte in der Seitentasche seines Jacketts, holte zwei der größeren Banknoten heraus und steckte sie dem Polizisten in die Uniformjacke. Der erklärte auch gleich dienstbeflissen:

»Sie glauben ja gar nicht, was hier alles an dubiosen Gestalten rumläuft, und nicht nur Zigeuner, auch andere … Die klauen Ihnen die Scheibenwischer und alles, was nicht niet- und nagelfest ist an Ihrem Bayern. Na, da dachten wir: Kollege, das schauen wir uns doch mal besser aus der Nähe an!«

Beim Einsteigen gingen automatisch Radio und Klimaanlage an. Es roch erlesen nach feinstem Leder, nach Teuer, nach Neu und nach unerreichbaren Träumen.

»Ich hatte wirklich keine Schuhe mehr«, sagte Dessislava still und glücklich.

»Ich auch nicht.«

»Und die hier, die sind einfach … ein Traum!«

»Freut mich.«

Auf rutschigen Wegen umrundeten sie den Nationalen Kulturpalast, sahen zur Linken das abstrakte Denkmal zum 1300-jährigen bulgarischen Staatsjubiläum und bogen dann rechts in den Patriarch-Ewtimi-Boulevard ein. Dessislava versuchte, ihre moralische Entrüstung zu mobilisieren, um dieses teure Automobil im Namen der sozialen Gerechtigkeit hassen, wenigstens verachten zu können, aber es gelang ihr nicht. Als sie die Straßenbahnlinie an der Graf-Ignatiev-Straße überquert hatten und links abgebogen waren, hielt Christo im Innenhof des Mietshauses gegenüber Siebenheiligen, in dem er wohnte, und sie fragte:

»Ist das eigentlich deiner, dieser BMW?«

»Ja, sicher.«

Beklommenes Schweigen folgte.

»Und du bist wirklich so reich, dass du …?«

»Das weiß ich selber noch nicht so genau.«

Sie spürte, dass er wirklich meinte, was er sagte, und nicht nur den Bescheidenen spielte.

Sie nahmen nur die Tüten mit seinen zehn Schuhkartons, um sie hineinzutragen; später würde er sie noch nach Hause fahren. Auf der Treppe dachte sie: Es ist wirklich ganz schön schwer, reich zu sein, besonders wenn du auf der fünften Etage wohnst.

Auf der Schwelle zur Wohnung stolperte sie, kam mit den Einkäufen kaum über die Schwelle ins Entree. Sie hatte den spezifischen »Stallgeruch« von Christos Zuhause seit Kindertagen in der Nase, mit den drei Männern, gegen die sich eine Frau, die auch noch von der Natur mit einer Überdosis Anständigkeit geschlagen war, zu behaupten versuchte, indem sie alle tadellos versorgte, auch wenn sie nicht einverstanden war mit dem, was diese Männer anstellten.

»Komm doch rein«, sagte er strahlend. »Mama ist gestern aus dem Krankenhaus entlassen worden und möchte dich sehen.«

Seine Hände, kräftig und doch sanft, nahmen ihr den Mantel ab, sein Atem berührte sie, sein Geruch nach Mann und nach Männerparfüm, nach Geheimnis. Sie folgte ihm und seinem Lächeln, aufgespannt von seiner Überlegenheit und seiner Unterwerfung vor ihr.

Im Schlafzimmer war es leise, weiß und leise. Abgemagert und so mit den Laken verschmolzen, als wäre sie nur eine Falte der Decke, sah sie beim Eintreten ihre Tante Ljuba ein Buch lesen, das sie sichtlich nur mit Mühe hochhalten konnte. Auf dem Kopf trug sie ein Strickmützchen, wohl weil ihr von der Chemotherapie das Haar ausgefallen war. Sie erhob sich scheu und schaute Dessislava ängstlich an, um zu prüfen, was die gesehen hatte, fand es aber nicht heraus. Dann wandte sie ihren Blick Christo zu, um bei dem nachzuforschen, und seufzte. Sie war am Ende ihrer Kräfte, am Ende dieses verwirrenden Netzes aus Wegen und Irrwegen, das wir Leben nennen. Das Buch rutschte ihr leise aus der Hand.

»Hallo, Dessi.«

»Siehst gut aus, Tante Ljuba.«

»Da seid ihr ja endlich.«

»Haben zwanzig Minuten länger gebraucht«, sagte Christo.

»Zwanzig Minuten sind für manchen viel Zeit.«

Sie hob den Arm, vergaß, wozu sie ihn erhoben hatte, hatte vielleicht einfach keine Kraft mehr, ließ ihn fallen. Ihr schien etwas wehzutun. Alles schien ihr wehzutun. So weh, dass es ihr den Verstand raubte, sie taub und empfindungslos machte.

»Ja, zwanzig Minuten können wirklich viel Zeit sein«, kam ihr Dessislava zu Hilfe und war froh, dass der Anblick nicht jenes tränendrüsige Mitgefühl in ihr weckte, das es dem Kranken noch schwerer macht.

Christo schaltete das Licht ein, zog die Vorhänge vor und ging hinaus, um die Injektion vorzubereiten. In der Helligkeit schien die Weiße der Laken, die Weiße der Wände, schien das ganze Zimmer zur Bewegungslosigkeit zu erstarren.

»Es wird schon wieder«, zwang sich Dessislava zu sagen, und schämte sich gleich darauf für diesen unsensiblen Spruch.

»Aber natürlich wird es das …« Das, was von der Frau geblieben war, lächelte ihr zu. Ihre Lippen flackerten wie eine Kerzenflamme. »Nur eines bedrückt mich: dass Christo keine Frau gefunden hat. Wem soll ich ihn denn überlassen? Er kann sich ja nicht mal einen Knopf allein annähen.« Ihre Augen hatten den trügerischen Glanz des Morphiums angenommen.

»Es ist ja noch nicht zu spät für ihn mit fünfunddreißig Jahren!«

»Siebenunddreißig«, verbesserte Ljuba ihre Nichte.

»Ach, richtig, wir sind ja nur drei Jahre auseinander«, versuchte Dessislava sich herauszuwinden.

»Seltsam ... Ich habe ihn nie mit einer Frau gesehen.«

»Wen?«, fragte Dessislava begriffsstutzig.

»Na, den da, meinen muffeligen Sohn. Seit seiner Studienzeit hat er kein Mädchen mit nach Hause gebracht! Anfangs war ich nur besorgt, aber seit ich krank bin, bin ich richtig beklommen.«

Sie schwiegen wie Frauen, die eigentlich nicht gern klatschten, aber durch die Umstände gezwungen waren, etwas Unangenehmes, vielleicht gar Kompromittierendes über ihren besten Freund herauszufinden.

»Entschuldige, Dessi, dass ich so beharrlich frage, aber er redet ununterbrochen von dir, immer nur von dir – ihr scheint also enge Freunde geworden zu sein. Hat er dir gegenüber vielleicht etwas angedeutet?«

»Christo ist introvertiert und spricht nicht gern über sich«, antwortete Dessislava gedehnt, weil ihr zugleich und auf einmal bewusst wurde, dass sie mit Christo tatsächlich immer nur über *ihre* Probleme sprach. »Soll ich ihm mal etwas auf den Zahn fühlen, Tante Ljuba?«

»Versteh mich nicht falsch: Ich will ihm nicht nachspionieren, ich will einfach nur zur Ruhe kommen. Du hast ja keine Vorstellung, was für ein guter Junge er ist, gut, schüchtern und unpraktisch. Ich hoffe nur, er kommt nicht unter die Räder. Allein kommt er aber unter keinen Umständen klar. Ich möchte einfach wissen, dass er in guten Händen ist.«

»Ich rede mal mit ihm.« Dessislava konnte es kaum ertragen, zuzusehen, wie die Frau im Bett von Schmerz und Leid verzehrt wurde. »... und diffundiere mal ein bisschen in seine Seele.«

»Diffundieren – das hast du schön gesagt«, versuchte Ljuba ein Lachen, »nicht drin rumschnüffeln, sondern ... na, eben diffundieren.«

Sie hielt sich am oberen Ende des Kopfkissens fest und zog sich mühevoll hoch. Dann streckte sie die Hand aus und versuchte Dessislava zu berühren, leicht, eine Andeutung nur.

»Und dir wollte ich schon lange sagen …« Sie unterbrach ihren Satz, um nachzudenken und die taktvollste Formulierung zu finden, doch die Erschöpfung machte ihr einen Strich durch die Rechnung. »Du solltest Kinder haben, Liebes. Simeon ist so begabt, so begnadet, hat so viel Zukunft, ihr werdet es schon irgendwie schaffen, auch in diesen Zeiten.«

»Oh«, errötete Dessislava, »ich denk mal drüber nach.«

In diesem Moment ging die Tür auf und Christo kam im Hemd herein. Auf einem Tablett brachte er die Spritze, die Injektionsnadeln und die Ampullen; das Ganze sah aus wie ein feines Folterinstrument.

»Mama, stell dir vor, Dessi hat mir heute Schuhe für jeden Anlass gekauft.«

In seinen Augen sammelte sich die ihr so bekannte schwarze Melancholie. Seine Mutter wandte sich Dessislava zu und sagte mit einem Versuch, zu lächeln:

»Ich danke dir, mein Engel, vor Zerstreutheit wäre mein Sohn noch barfuß auf die Straße gegangen. Aber jetzt geh nach drüben ins Wohnzimmer, er muss mir die Spritzen setzen … ein paar Stunden Abwesenheit, Vergessen und bunte Träume.«

Christo zog sie hinaus. Diesmal ging sie vor ihm, spürte aber trotzdem seine Beklemmung und Betrübnis. Im Wohnzimmer angekommen, schien er sich vor Unbehagen an der Luft, an den Möbeln, an allem zu reiben. Schließlich rieb er sich die Hände, machte trotz der fortgeschrittenen Dämmerung das Licht aus, so als könne dann niemand Unbefugtes mithören, und sagte entschuldigend:

»Sie ist sehr krank, Dess.«

»Und ein ganz wunderbarer Mensch«, erwiderte sie.

19

Als Christo hinausgegangen war, stand sie auf und schaltete als Erstes das Licht wieder ein und fischte sich eine seiner Gauloises aus der Packung. Inhalierte. Hustete. Sie hatte sich zu diesem dreisten, riskanten und ihren guten Namen gefährdenden Treffen entschlossen, um ihrem Vetter von Majas von Hoffnungen und möglichen Enttäuschungen begleiteter Idee zu erzählen, im aufgelassenen Museum der revolutionären Bewegung Bulgariens, in dem einst die pompösen und mythisierten Symbole revolutionären Geistes ihr Zuhause hatten, ein Theater zu eröffnen. Ironie der Geschichte war, dass genau dieses geplünderte Haus des revolutionären Sozialismus nach dem Ende desselben ein revolutionär gegenwärtiges Theater werden konnte, wie Maja ganz richtig erkannt hatte. Von Christo erhoffte sie sich, dass er Empathie für die Sache zeigte, sie im administrativen Bereich beriet und … mit Geld aushalf. Eigentlich war das Geld das Wichtigste, aber das war so klar, dass sie es wohl gar nicht eigens zu erwähnen brauchte. Jetzt, wo seine sterbenskranke Mutter wieder zu Hause war, war es geradezu pervers, von Geld zu reden, und eigentlich war es auch nicht sehr schön, *Theaterpläne* zu erörtern.

Sie ließ sich in den Sessel fallen, zog den Aschenbecher zu sich heran, starrte auf das leere Gesicht des Fernsehapparats und … wartete. Der Gedanke, dass im Kofferraum seines riesigen BMW fünf Paar Schuhe und Stiefeletten auf sie warteten, gab ihr einen Vitalitätsschub, doch der hielt nicht lange vor. Sie wollte die Sache überstürzen zu einem Zeitpunkt, zu dem es vielleicht schon zu spät war. Und nun war sie einfach tieftraurig über das Los, das ihre geliebte Tante Ljuba ereilt hatte, und befremdet über diese seltsamen Dinge, die mit Christo vor sich gingen. Dies alles machte sie weich, schwach und anfällig.

Auf dem Beistelltischchen neben ihr hatte jemand ein Schreibheft hingepfeffert. Sie öffnete es. Nanu, das war doch die kantige, beinahe gotische Handschrift ihres Vetters? Und mit dieser Handschrift waren viele, viele Seiten gefüllt. »Sisyphos« lautete die Überschrift. Hm. Sie wurde neugierig und … fragte nicht lange, ob sie das lesen durfte oder nicht, sondern begann einfach. Vielleicht stand darin ja …

SISYPHOS ODER DER ANGEHALTENE HORIZONT

Ein Versuch über Vollendung und die Unmöglichkeit der Selbstverwirklichung

Sisyphos fordert die Götter heraus, indem er sich weigert, zu sterben und – nachdem er Hades durch eine Ausrede entkommen ist – wieder in die Unterwelt zurückzukehren. Die Götter bestrafen ihn mit einer Allegorie des Endlosen: Er muss in der Unterwelt unaufhörlich einen schweren Felsen einen Hang hinaufrollen. Kurz bevor er den Gipfel erreicht, entgleitet ihm der Fels und rollt die Böschung hinab zum Fuß des Berges, zum Anfang, dem symbolischen Punkt der Geburt. Indem sie Sisyphos dazu verurteilen, eine sich ewig wiederholende, identische Handlung auszuführen, glauben die Götter triumphierend, ihn bis zur Unkenntlichkeit zu entpersönlichen, ihn zu einem unsterblichen Nichts zu machen, aller lebendigen Einzigartigkeit und Individualität beraubt und doch nicht tot, nichts als eine biologische Maschine.

Die Geschichte ist simpel. Sie verführt dazu, als Fabel von der Arbeit als Selbstzweck, als Gleichnis einer Passion ohne Erlösung erzählt zu werden; aber das hieße, eine ganze Philosophie zu verschenken, die sich aus ihr herauslesen lässt.

Das, was als Erstes ins Auge springt, ist die vollkommene Einsamkeit, ja, Verlassenheit des Sisyphos. Doch diese Einsamkeit ist eben nicht einfach das Alleinsein eines Einzelnen, sondern zugleich Symbol der kosmischen Einsamkeit der ganzen Menschheit! Sisyphos hat gewissermaßen keinen Eigennamen, ist weder Gestalt noch Schattengestalt, sondern nichts als zur Zukunft verdammte Anstrengung. Es spielt keine Rolle, ob er gut ist oder böse, kleinlich, liebenswert oder eitel, treu oder verräterisch, denn es gibt niemanden, vor dem diese Charaktereigenschaften in Erscheinung treten könnten. Er lebt eben außerhalb jeder menschlichen Gemeinschaft, was einerseits seine Passion unterstreicht, andererseits aber auch ein Privileg ist, das vielleicht humanste Privileg überhaupt, da so sein Handeln zwangsläufig im Namen aller Lebenden, Toten und Ungeborenen, kurz, stellvertretend für die ganze Menschheit geschieht. Sein Handeln ist nicht bedingt, sondern absolut, daher hat er kein Recht, zu irren; wer sollte ihn denn kor-

rigieren? Es gibt auch niemanden, der seinen Fehler nachmachen könnte. Sisyphos hat folglich keine andere Wahl, als – vollkommen zu sein.

Sisyphos existiert nun in absoluter Harmonie, in unzerstörbarer Gleichmäßigkeit, erteilt sich selbst die Befehle, und führt sie auch selbst aus. Das Urteil, das an ihm vollstreckt wurde, war ein einmaliger, wenn auch sein Schicksal vollkommen bestimmender Akt; sein Leben aber währt ewig. Die einzige Macht, die Sisyphos ausüben kann, erstreckt sich auf ihn selbst. Er kann niemand anderen verletzen, sondern nur sich selbst zum Handeln antreiben. Sisyphos bedarf keiner Energiezufuhr von außen, er ist unempfindlich gegen Kälte und Hitze, Hunger und Durst. Was er am Leibe trägt, kann er nicht wechseln, ganz gleich, ob es aus Lumpen oder Licht gewebt ist. Und der Stein, an dem er sich abarbeitet, mag aus purem Gold bestehen, aus Marmor oder aus Granit – das alles hat keine Bedeutung für ihn. Sisyphos ist weder arm noch reich. Er ist ununterbrochen erschöpft, über alle Maßen gequält und zur Entsagung verdammt, zur – Heiligkeit. Isoliert, hat er keine Laster mehr, unterliegt keinen Versuchungen mehr, sondern ist nichts als reine Ekstase, ekstatischer Wiederholungsrausch.

Einmal in der Sklaverei des Existierens angekommen, ist er frei in jeder anderen Hinsicht. Er ist Symbol dafür, was jeder einzelne Mensch mit der Menschheit als Ganzes gemein hat, und verkörpert beide, auch in der menschlichen Hoffnung darauf, unsterblich zu sein. Mag der einzelne Mensch sterblich sein, die Menschheit als Ganzes (befreit von den individuellen Zügen wie Sisyphos) überdauert die Zeiten. Diese Unsterblichkeit ist gleichsam ein Von-sich-Wegstoßen eines gewaltigen Steins, der als toter für unser Wesen, die Sterblichkeit steht, bis zur Überwindung unserer selbst in der Abrundung, die nur durch unaufhörliches Wiederholen und Vonvorn-Beginnen sich einstellt. Die Griechen haben diese zyklische Wiederholung des Ewiggleichen dargestellt in der Schlange, die sich in den eigenen Schwanz beißt und somit Symbol für das Ende ist, das zum Anfang wird, das Erreichte, an dem das Unerreichbare sich zeigt. Was wäre denn die Alternative? Ein Kriechen aufwärts, bis wir oben angelangt sind, und – aus. Die scheinbare Sinnlosigkeit des ewigen Kreislaufs erweist sich als lebendiger und produktiver denn der von Gier gesteuerte einmalige Aufstieg, als das Absurdum ständigen und wachsenden Erfolgs, dem sich unsere Konsumgesellschaft neuerdings so bedingungslos verschrieben hat.

Wie es in der Menschheit ununterbrochen Geburt und Sterben gibt, so ist auch bei Sisyphos jedes Zurückrollen des Steins vom Gipfel zurück ins Tal Ausgangspunkt für ein neues Menschenleben, einen neuen Aufstieg, einen neuen Erfolg. Das ganze Paradox unserer Hoffnung auf Unsterblichkeit, die mit der Erkenntnis unserer Sterblichkeit geboren wird, ist dem Drama des Sisyphos, seinem Leiden inhärent; Einmaligkeit des menschlichen Lebens und sein endliches Scheitern treffen mit dem Streben nach Glück und Unsterblichkeit zusammen.

Verwundert blickte Dessislava von dem Heft mit den gemeißelten Zeilen auf, legte es ab, rieb sich die Augen und griff zur nächsten Zigarette. Was hatte Christo mit Sisyphos zu schaffen? Hatte er vielleicht einen Stein vor sich herzurollen? Sie spürte, dass sich in ihrem Kopf keine Antwort einstellte, und las weiter.

Um der Vertracktheit des dramatischen Schicksals von Sisyphos auf die Spur zu kommen, muss man drei Phasen seiner endlosen Anstrengung unterscheiden und analysieren: Aufstieg, Ankunft und Abstieg/Herabrollen des Steins. Anders lassen sich die subtilen Beziehungen unter ihnen nicht aufzeigen, und auch nicht die Ästhetik eines Akts, der vonseiten der Götter nur als Akt der Vergeltung, als Lehrstück gedacht war, dass menschliche Unersättlichkeit immer in Sinnlosigkeit endet.

Am Fuß des Berges sehen wir Sisyphos erschöpft, schnaufend, auf den unförmigen Felsbrocken starrend, an dem es keine Stelle gibt, die er nicht schon ungezählte Male angeschaut, berührt, vor sich hergeschoben hätte. Am besten aber kennt er das Leiden, das dieser Brocken als Ganzes ihm verursacht mit seiner übermenschlichen Schwere und unnachgiebigen Härte, der im Augenblick der Anspannung alles für ihn ist: Landschaft, Widerstand, Herausforderung, bis zum Überdruss bekannte Vergangenheit, aber auch Vorgeschmack auf unerforschte Zukunft. Was Sisyphos nach meinem Gefühl am meisten zu schaffen macht, ist, dass er keine Möglichkeit hat, den Stein zu wechseln. Dieses Immergleiche an Schwerkraft, das auf seinen Schultern und seiner Seele liegt, das macht den Stein für Sisyphos zu einem so perfiden Folterinstrument. Er hat also nur einen Ausweg: Er muss vergessen, dass er seine Last bereits ungezählte Male den Hang hinaufgewuchtet hat, und durch pure Einbildungskraft Veränderung und Abwechslung schaffen. Das ist meines Erachtens das Bemerkenswerte: Sisyphos träumt gar nicht davon, es möge leichter für ihn sein. Er strebt also auch nicht danach, seine Bewegungen mechanisch zu vervollkommnen und so zu optimieren, dass ihm der steile Weg zum Gipfel möglichst wenig Mühe macht, nein, er sehnt sich nach Abwechslung! Er martert sein Hirn, um der Wiederholung neue Nuancen abzuringen. Dies bringt ihn in die Nähe des Illusionisten und Zauberers, des Varietékünstlers und Zirkusakrobaten, des Alchimisten und Auguren, des Erfinders, der am Perpetuum mobile arbeitet. Er schiebt seine Last mal mit der Brust, mal mit dem Rücken, mit Schultern, Oberarmen und Handballen, kratzt mit den Fingernägeln, schlägt seine Zähne in eine Felskante, und diese kleinen Abwechslungen, die ihm vor dem Hintergrund der absoluten Eintönigkeit unermessliches Vergnügen machen, müssen dem naiven Betrachter erscheinen wie Zeichen wilder Verzweiflung und furchtbarer Qual. Die Wiederholung erlegt ihm also zwar tatsächlich große Gleichförmigkeit auf, ist aber auch Katalysator für die Entdeckung von Nuancen, Unterschieden und Abweichungen.

Schon hier, am Fuß des Steilhanges, ist Sisyphos' kreative denkerische Anspannung größer als die jedes Menschen, der in normaler Umgebung lebt, er ist mehr Erfinder und Entdecker als jene Durchschnittsmenschen, die Abwechslung bereits vorfinden und sich daran nur abarbeiten müssen, um Erlebnisse von Erfolg und Selbstverwirklichung zu haben. Sisyphos aber findet Abwechslung eben nicht vor, sondern muss sie selbst erschaffen, sie der Einförmigkeit des toten Steins abringen. Ich wage nicht, diesen kreativen Aufbruch des Sisyphos Glück zu nennen; es ist ja mehr eine instinktgeleitete Entwicklung und mehr dem Genuss zuzurechnen als einem Zuwachs an Weisheit. So mag es zum Beispiel sein, dass Sisyphos sich vorstellt, wenn er seine bereits uralten Muskeln anspannt, um die tote Steinmasse ins Rollen zu bringen, ein Boot gegen die Strömung eines Flusses zu schieben oder einen Wagen, der im Schlamm stecken geblieben ist. Ein andermal ist es ein zu fällender Baumriese, der, mit der Axt eingekerbt, umgedrückt werden muss. Manchmal, wenn der Überdruss bis zum Erbrechen in ihm angewachsen ist, mag er sich sogar vorstellen, an einer entscheidenden Schlacht teilzunehmen, oder er mag in seinem Felsen den Widerstand einer Frau sehen, die er um jeden Preis erobern will, vielleicht auch einen Menschen, der ihn verraten hat, und den er nun in den Abgrund stoßen will. Was für eine unendliche Vielzahl unterschiedlicher Stoffe kann sein einmal gewecktes Hirn sich ausdenken, wie viele verschiedene Rollen kann er selbst dabei spielen, wie viele Möglichkeiten der Vergeltung tun sich auf! Kurz: Der Felsbrocken hat sich auf einmal von einem brutalen Instrument der totalen Verblödung, Abstumpfung und Entpersönlichung gewandelt zum Katalysator von Ereignissen.

Wenn wir uns die Rachsucht der altgriechischen Götter vor Augen halten, können wir uns vorstellen, wie öde und eintönig auch die Landschaft sein muss, in der Sisyphos seine Arbeit verrichtet, wie ermüdend gleichmäßig und langweilig bis zum Verrücktwerden das Licht, das gleichsam nur ein Teil der Luft ist. Aber auch das kann mich in meinem Glauben an Sisyphos nicht erschüttern! Er kann ja zur Abwechslung die Augen schließen oder sie so fest zusammenkneifen, dass das Licht beim abrupten Öffnen auf einmal gleißend erscheint, bewegt, fast blühend. Früher oder später wird er auch auf die Idee kommen, einen Feuerstein aufzulesen und mit diesem aus seinem Felsblock Funken zu schlagen; ein extrem kurzes, aber dafür intensives Aufglühen, das genügt, um eine Unzahl von Vergleichen in seinem rastlos tätigen Hirn zu erzeugen: ein Blitz am Himmel, eine Narbe, ein Stachel, ein aus dem Holzfeuer platzender Funke, die gespaltene Zunge einer Schlange, ein stechender Schmerz, ein Sonnenreflex auf dem Wasser, eine Ejakulation … Dieser eine Funke erinnert ihn an Hunderte gesehener Bilder. Ja, jedes neue Erklimmen des Lebenshügels ist zugleich Wiederholung, Überwindung von Ungewissheit, Begegnung mit etwas noch nicht Erlebtem, ist Entdeckung und geistige Entwicklung.

Doch bis hierhin haben wir noch nicht das Unglaublichste berührt, das große Geheimnis des Sisyphos: Er hat ein Ziel! Sicher, er ist verdammt dazu, in qualvoller Anstrengung seinen Felsen zum Gipfel hinaufzuwuchten, um jenen einen Moment der Freiheit zu erleben, jenen Moment des Triumphes, der Euphorie und des Rausches der erreichten (An-)Höhe. Der Felsbrocken, den Sisyphos zu hüten hat, ist jetzt nicht mehr der tote Stein, der er am Fuße des Berges noch war, sondern bereits der verdoppelte, sublimierte, vergeistigte Stein, weil er einen Traum, eine Sehnsucht, eine Vision in sich aufgenommen hat. Der Stein hat sich erfüllt, sich verwirklicht durch die geleistete Arbeit, die durchlebten Gefühle und Imaginationen, und ist daher nicht mehr ganz so leblos, wie er unten war, sondern – ein nach Maßgabe einer menschlichen Projektion behandelter und durch sie belebter Gegenstand. Darüber kann auch seine frustrierende Einförmigkeit nicht hinwegtäuschen. Dieses Ziel motiviert Sisyphos nicht nur, es ist auch unterhaltsam, weckt Leidenschaften; die Leidenschaft der Selbstüberwindung aber ist der beste Balsam gegen die Einsamkeit. Die Nähe des Gipfels bringt ihn aus der Fassung. Seine Erschöpfung wird immer unerträglicher, sein Atem keuchender, sein (unsterbliches) Herz will zerspringen. Doch er eilt! Er eilt, besessen von der einzig wahren menschlichen Ekstase, dem angeborenen Drang nach Selbstüberwindung bis zum Sieg, muss sich gar selbst zur Ruhe ermahnen, zur Selbstbeherrschung.

Ist er endlich oben angekommen, fällt die ganze Anspannung in sich zusammen, wird Sisyphos beinahe ohnmächtig vor Glück und Erschöpfung. Er hat vor allem zum wiederholten Mal standgehalten, hat den Widerstand der Schwerkraft besiegt, den unhandlichen, einförmigen Stein, die Trägheit seiner Muskulatur, die drohende Gefahr, dass sein gepeinigter Geist in Mittelmäßigkeit versinkt, und … die Sinnlosigkeit! Sisyphos und sein Stein befinden sich für einen Moment in einem trügerischen Gleichgewicht. Doch da gerät der Stein ins Wanken, verliert sein Selbstverwirklichtsein. Ins Wanken gerät auch die Wahrheit über Sisyphos' Sieg. Denn: Was hätte er gemacht, wenn der Stein oben liegen geblieben wäre?

Ein Ziel kann man ins Auge fassen, es anstreben, es ersehnen, seine Kräfte an ihm messen, doch nur, solange es noch unerreicht ist! Der Stein als realisierte Idee, erreichtes Ziel wäre also ohnehin verloren gewesen für Sisyphos und bald schon lästig gewesen als zu Ende erlebtes Abenteuer, errungener Sieg, der nicht weiterführt.

Nun also poltert der gewaltige Felsblock wieder zu Tal, wird kleiner, gleichsam leichter, bis er aus dem Blickfeld des Sisyphos entschwunden ist. Wenn dieser zu Tal getrottet ist und ihm erneut begegnet, wird der Stein von allen Projektionen gereinigt sein. Befreit von Bedeutung, ist er wiederum nichts als ein grober Klotz aus schwerer Materie, der seinen Geist vor eine vollkommen neue Herausforderung stellt, seine Moral vor die nächste ungeheure Disziplinierungsanstrengung. Ich sehe Sisyphos in diesem Moment lächeln, dankbar über sein Los. Glückliche Erleichterung erhellt sein Gesicht. Es ist das Gesicht eines vollkommen freien Menschen, der weiß, dass das Glück zwar ausbricht im Moment der Erfüllung, aber durchlebt wird es im Streben danach, im demütigenden Kriechen aus der Talsohle nach oben. Es ist Ausdruck der Freude darüber, dass die titanische Anstrengung nicht vergeblich war, aber auch der Erkenntnis, dass im Moment der Erfüllung ein neuer Anfang begründet liegt, der das »Projekt Unsterblichkeit« fortzusetzen erlaubt, und für Sisyphos so etwas wie eine Wiedergeburt, eine Neugeburt ist.

Im Abstieg hat Sisyphos Zeit, sich körperlich zu erholen, geistig aber: neue Ideen durchzuspielen. Genau diese Zeitspanne, in der seine Kräfte nicht restlos eingespannt sind, konzentriert auf die physische Arbeit, muss er nutzen, um sich sein neues Sujet auszudenken mit all den vielen spannenden peripetischen und retardierenden Momenten der Fabel, die ihm helfen werden, die frustrierende und demoralisierende Eintönigkeit der Wiederholung in eine spannende Entdeckungsreise zu verwandeln. Er ist nun, wo er auch seinen Widerpart, den Stein, nicht umklammert hält, vollkommen einsam, aber … nicht verzweifelt! Seine Einbildungskraft arbeitet auf Hochtouren, ein Generator, der ihn von innen heraus leuchten lässt. Da sagt er sich: Es bleibt mir nichts anderes übrig, als den Stein zu lieben; nur dann werde ich wieder und wieder Neues an ihm entdecken! Es mag unglaublich klingen, aber in dieser Zeit, in der das Echo der Schritte des Absteigenden widerhallt, füllt sich Sisyphos mit Liebe!

Diese wachsende Liebe des Sisyphos zum anfangs so verhassten Felsen ist interessant. Woher kommt sie? Zum einen vermutlich daher, dass Sisyphos beim Abstieg seine reale Macht über den Stein ja verloren hat, was ihn provozieren muss, sie wiederzugewinnen. Die Zwangspause, in der die Trennung von seinem Stein ihn versetzt hat, bringt sein Gemüt durcheinander, weil er von der totalen Fülle plötzlich in der totalen Leere angelangt ist. Er hat ja nichts zu tun! Und sein Stein ist der absolut einzige ihm verfügbare Gegenstand, mit dem er »kommunizieren« kann. Denn so tot und sprachlos dieser auch sein mag: Sisyphos kann ihn hassen, ihn provozieren, ihn streicheln oder tadeln, sich ihm anvertrauen, glauben, dass er ihn für immer behält oder – ihn ein für alle Mal über den Hügelkamm fortstößt! Wie auch immer: Der Stein des Sisyphos kann nicht ganz und gar nichts und niemand sein: Wer Widerstand leistet, der ist auch anwesend, wer beim Rollen, Klatschen, Kratzen und Reiben Geräusche von sich gibt, der hat auch Stimme, und wer so antwortet, der muss auch eine Form von Bewusstsein haben. Auf all diese Weisen erleichtert der Fels dem Sisyphos die Einsamkeit, ist nicht nur Objekt, sondern auch Orientierungspunkt in der Zeit, der Gegenwart von Vergangenheit und Zukunft scheidet, in der jede Wiederholung einen eigenen Punkt hat. So wird aus dem primitiven Mineralgemenge sukzessive ein Instrument von intellektueller Kraft, das nun seinerseits Sisyphos hilft, sich zu verwirklichen. Am Ende ist der Stein, der unten in der Niederung auf ihn wartet, alles Bevorstehende für Sisyphos: ungelebte Lieben, künftige Gemahlinnen, ungeborene Kinder, Freundschaften und Verrat, unzählige Begegnungen und Trennungen – und Sisyphos beginnt, Zärtlichkeit für sein Leiden zu empfinden. Ohne die erdrückende Schwere des Brockens würde Sisyphos seinen Bewegungssinn einbüßen, würde selbst schwer werden wie ein Stein, und ebendies gibt uns das Recht, zu verallgemeinern, dass der Fels Leben spendet und die einzige Möglichkeit für Sisyphos darstellt, wirklich unsterblich zu werden.

Man kann also sagen: Er hat seinem Quälerich nicht nur längst verziehen, er macht sich auch bereits Sorgen um ihn. Mit wachsender Unruhe geht er ihm entgegen, hat Angst, es könne ihm etwas passiert sein! Wer weiß denn, ob die Götter in ihrer Rachsucht, nachdem sie das Spiel eine Weile verfolgt haben, ihn nicht verstecken, entwenden, oder ihn einfach durchhauen? Bei dieser Vorstellung steigen Entsetzen und Verzweiflung in ihm hoch, denn wenn das wirklich passieren sollte, dann, ja, dann wäre er wirklich einsam und verlassen.

Ich sehe ihn geradezu vor mir, wie er unten ankommt mit seinen fertigen Plänen, Drehbüchern, Szenenfolgen, Bildern im Kopf, die ihn mit schöpferischer Vorfreude erfüllen. Sehe, wie er stehen bleibt, das schneidende Fleisch, die erstarrte Haut des Steins tätschelt, als wärs ein treuer Ackergaul. Dann packt ihn schon die wachsende Spannung des Erfinders, der Lunte riecht, des schwärmerischen Träumers, und er kann die ruhige Verschlafenheit seines steinernen Gesellen schon nicht mehr ertragen. Zeit, ihn aus dem Dämmer zu wecken, seiner Verwirklichung entgegen! Das Ziel – hoch über ihm; der Stein vor ihm das einzige Mittel, es zu erreichen. An ihm gilt es, sich abzuarbeiten, ihn gilt es, von einem zufälligen Stück Natur ohne Lebenshauch zu verwandeln in etwas Inspiriertes, von Träumen Erfülltes. Und so Augenblick für Augenblick bis in alle Ewigkeit, so-

lange es ein Ich gibt und ein Du, die aus sich heraus die ganze Menschheit symbolisieren!

Paradox, aber wahr: In der Zeitlosigkeit der Ewigkeit reifen Veränderungen heran. Auflösung des Paradoxes: Sie betreffen nicht das Sichtbare, sondern nur das Geistige. Im geistigen Raum gewinnt der Stein gleichsam an Gewicht, der Gipfelpunkt erscheint höher und ferner, Sisyphos geduldiger, ausdauernder und weiser. Und nun frage ich, wer lacht nun zuletzt: die Götter oder Sisyphos? Er ist ihnen doch zumindest gleich! Die Götter, so verblüfft und aufgebracht sie auch sein mögen, was sich aus ihrer Rache entwickelt hat: Ihnen sind die Hände gebunden, sie können die auf ewig ausgesprochene Strafe nicht plötzlich suspendieren und Sisyphos den Stein wegnehmen, denn dann würde die Zeit stehenbleiben.

Und doch: Nehmen wir an, sie kommen darauf und bestrafen ihn mit der absurdesten Grausamkeit, die man sich vorstellen kann – dass nämlich der Felsbrocken, nachdem Sisyphos ihn emporgewuchtet hat, oben am Gipfel liegen bleibt unter einem leeren Himmel ohne Vögel, ohne Wolken, im Ozonhauch der Ewigkeit …

Sisyphos wird zunächst verblüfft sein, dann erschrocken, dann besinnungslos vor Angst. Da hat er seinen Sieg, seinen Erfolg, sein erreichtes Ziel, aber … es rührt sich nicht mehr. Es rührt sich nichts mehr. Es ist – wie gewonnen, so zerronnen! Da leckt er sich über die ausgetrockneten, gesprungenen, zerbissenen Lippen, schaut sich um in der Landschaft … Nichts hat sich darin verändert. Doch, eines … eines hat sich verändert: Der Stein … Er ist auf einmal nicht mehr unten, sondern oben zur Ruhe gekommen. Sisyphos kommt eine ungeheure Erleuchtung: Er schaut den Hang hinab, an dem er eigentlich jetzt den Felsen hätte hinabrollen sehen müssen, und da erkennt er, was anders ist: Auf einmal befindet sich sein Ziel unten! Er spannt die Schulter, legt sie an den Stein, versetzt ihn ins Schaukeln und … stößt ihn den Abhang hinunter, hinab zum Gipfel! Rumpelnd kullert der massige Block hinab, Sisyphos folgt ihm mit Bildern der Jagd und der Verfolgung im Kopf, erreicht ihn schließlich im Tal, tätschelt ihn mit schwieliger Hand, verschnauft, macht sich bereit; denn nach einer Weile nur muss er ihrer beider Einsamkeit erneut überwinden und mit seinem Gegenüber den Weg, den Rückweg zum Gipfel antreten. Da, er lächelt. Lächelt das schiefe Lächeln dessen, der auch diesmal einen Ausweg gefunden hat. Sisy-

phos wischt sich die verschwitzte Stirn ab und stößt einen markerschütternden Schrei aus, der mir schon bei der bloßen Vorstellung eine Gänsehaut über den Rücken jagt. Dieser Schrei besagt in Worten vielleicht: »Den Göttern sei Dank, die mir ewige Wiedergeburt geschenkt haben!«

So ward aus Sisyphos, dem Einsamen, dem Verdammten, der Hoffnungsträger für die ganze Menschheit.

Dessislava klappte das Schulheft zu und legte es wieder an seinen Platz zurück. Sie war nicht nur berührt von dem, was sie da gelesen hatte, sondern geradezu erschüttert und wie vor den Kopf geschlagen. Ein gemischtes Gefühl aus unverdienter Freude und schwerer Nachdenklichkeit, Bewunderung und Erstaunen erfüllte sie, vor allem aber ein gestilltes Bedürfnis nach wahrem Austausch. Ein Gefühl der Begeisterung hatte sie so stark gepackt, dass es ihr die Kehle zuschnürte. Sie war aber auch verwirrt, weil sie noch immer nicht wusste, was sie von diesem Text halten sollte. Ihr war schon klar, dass Christo in Sisyphos eine Identifikationsfigur gefunden hatte für etwas, das mit ihm, seinem Leben, seinen Gefühlen und Einstellungen zu tun haben musste, und vielleicht gab es auch einen konkreten Anlass, der zum Auslöser dieser Niederschrift geworden war. War es die Krankheit seiner Mutter, die ihn so aus dem Gleichgewicht gebracht hatte, dass er seiner Ohnmacht etwas entgegensetzen musste? Sah er wirklich sich selbst in dieser Gestalt aus der altgriechischen Mythologie, oder symbolisierte Sisyphos nur die aus den Fugen geratene, widersprüchliche Gegenwart Bulgariens nach der Wende, dem nächsten großen gesellschaftlichen Bruch, der in seiner Größe und zerstörerischen Kraft nur aufs Neue zeigte, dass Normalität für Bulgarien das Unerreichbare schlechthin war, und dass dieses geplagte Land immer nur verdammt war zu Neuanfängen, qualvollen Versuchen, sich aus dem Abgrund zu retten, die am Ende doch wieder zu nichts außer einem weiteren Versuch führten? War dieser unförmige Felsblock vielleicht Sinnbild und Quintessenz der bulgarischen Geschichte, die auch immer nur kurzzeitige Höhepunkte gekannt hatte, gefolgt von restloser Zerstörung?

Sie hatte ihn nicht hereinkommen gehört, spürte aber auf einmal an einer Regung der Luft, dass er im Zimmer war, so immateriell und doch so präsent wie eine Idee, die einem plötzlich in den Kopf kommt. Von hinten. Sie wandte sich um. Er stand hinter ihr, versunken in der Stille und sich selbst, einer undefinierbaren, tiefen Selbstvergessenheit.

»Sie ist eingeschlafen«, sagte er mit entschuldigendem Unterton.

»Hast du das hier geschrieben?«

Dessislava tippte leicht auf den Deckel des Heftes. Seine Verlegenheit war so schön und unschuldig wie die eines ertappten Kindes. Seine Augen wurden dunkel, seine Wangen erröteten. Da stand sie auf, umarmte ihn kaum merklich und gab ihm einen Kuss auf die Wange. Dabei spürte sie das Verlangen, ihn auf den Mund zu küssen, eben: *ihn* zu küssen! Dieses Verlangen war so ungestüm, dass sie selbst erschrak. Sie zuckte zurück, als hätte sie sich verbrannt, und verkapselte sich wieder in sich selbst.

Viertes Kapitel

1

Schon zu Beginn des Sommers, als die Hitze kam und mit ihr das nervtötende Gesumme buntschillernder Fliegen, gingen Gerüchte um, die Emilia leichtfertig abtat, vor denen sie ihre Ohren aber besser nicht verschlossen hätte. In Warna brachen massenhaft jene Finanzpyramiden zusammen, deren Kunden naive Anleger waren, von schwindelerregend hohen Zinsen angelockt. Ihre Kollegin Katja Peteva vom Theater hinter dem Kanal, die Emilia ebenfalls überredet hatte, ihr Geld dem zinsreichen Finanzhaus Lucky Strike & Co. anzuvertrauen, meinte sogar, sie habe darüber in der Zeitung *24 Stunden* gelesen; aber Emilia las keine Zeitungen, schon gar nicht solche primitiven Boulevardblätter. Die Nachrichten waren doch sowieso immer schlecht, vorausgesetzt, es waren überhaupt Nachrichten und keine öffentlich ausgetragenen Schlammschlachten zwischen den politischen Gruppierungen und ihren redefreudigen Anführern, die mündlich keine Kompromisse kannten. Der US-Dollar stieg im Kurs, die Verbraucherpreise stiegen mit, Strom und Zentralheizungskosten schossen unaufhörlich in die Höhe, Einkommen und Renten der Menschen aber schmolzen dahin.

»Und weißt du, Emi, was das Stärkste ist?«, hatte Katja ihr mit mühsam beherrschter, zitternder Stimme gesagt. »Angeblich haben wir ja jetzt eine unabhängige Justiz, aber die hat die ersten Klagen abgeschmettert mit dem Argument, die Leute hätten die Verträge mit diesen Halsabschneidern ja freiwillig unterschrieben, die seien daher vollkommen rechtsgültig.«

»Im Ernst?«, fragte Emilia, nur um etwas zu sagen.

»Aber absolut todernst!« Katja verschluckte sich vor lauter Aufregung.

»Nicht wahr, wir haben ja auch völlig freiwillig diesen Wisch da unterschrieben … Und ich hab alles da reingesteckt in diese Geldanlage bei dir, hab unseren Lada verkauft, das Silberbesteck meiner Schwiegermutter …«

»Nicht bei mir«, bremste Emilia sie mit wachsender Abwehr, »sondern bei Lucky Strike & Co. Und da sind ja nicht nur deine Gelder, sondern auch meine, wie du weißt. Theo Sotirov hat sogar sein Wochenendhaus verkauft, um so viel Geld wie möglich attraktiv anlegen zu können.«

»Was heißt denn hier ›attraktiv‹?«

»Na, je höher die Einlage, desto höher die Zinsen«, machte Emilia sich Mut. Um ihre wachsende Unruhe zu kaschieren, begann sie zu rauchen, wenn auch keine Lucky Strike. »Wie viele Leute hast du denen denn noch angeschleppt?«

»Morgen wollte ich noch einen Vetter meines Mannes hinbringen, mit dem wären es acht.«

»Na, wenn du Bedenken hast, dann heb dein Geld doch wieder ab … und verlier vierzig Prozent Zinsen!«

»Unsere zwei Buchara-Teppiche hab ich auch verkauft«, setzte Katja Peteva ihre fiktive Verlustrechnung fort. »Die, die mein Schwiegervater vor 1944 in Istanbul gekauft hatte. Ach ja, und die Sammlung von Taschenuhren meines Mannes; der hätte mich beinahe erschlagen …«

»Ich halte die Leute für anständig. Hab mich vorgestern noch mit Herrn Milanov getroffen«, log Emilia, »und hatte den Eindruck, dass er ein wirklich seriöser Geschäftsmann und echter Gentleman ist. Aber wenn du solche Angst um dein Geld hast …«

In der Telefonmuschel trat eine lange, angespannte Stille ein, die sich so anhörte, als würde eine Verbindung zu einer fernen Welt aufgebaut. Emilia hatte das Fenster geschlossen, um die Hitze auszusperren, aber jetzt flogen diese grün schillernden, wild gewordenen Fliegen dagegen, die in Scharen durchs Wohnzimmer kreisten und den ganzen Nachmittag mit ihrem Gesumme zersägten.

»Bist du dir wirklich sicher? In Warna haben sich nämlich schon zwei umgebracht, und einen armen Rentner haben sie gerade noch gerettet. Der wollte sich mit Mäusegift das Leben nehmen, stell dir vor, mit Mäusegift!«

Länger als bis zum nächsten Tag hielt Emilia die Ungewissheit nicht aus. In der größten Hitze machte sie sich auf den Weg zu Lucky Strike & Co. Der Augusthimmel war dünn und bleich wie ein zerschlissenes Linnen, auf dem weichen Asphalt des Levski-Boulevards stand in Pfützen das überschüssige Licht, die Gehsteige und Schindeldächer der niedrigeren Häuser krümmten sich in der flimmernden Luft. Es roch nach Staub und erhitztem Stein, nach Reifengummi und verbranntem Benzin. Sofia lag in der Agonie des Sommers.

Die Geschäfte hatten sich inzwischen eines nach dem anderen wieder mit Ware gefüllt, sogar mehr und bunter denn je quollen die Regale über. Das Problem war nur, dass die Leute kein Geld hatten, zu kaufen. Emilia vertiefte sich in ein glänzendes, geschmackvoll dekoriertes Schaufenster mit reduzierten Damenstiefeln. Ihre waren bereits abgelaufen und nicht mehr wasserdicht. Sie könnte doch eigentlich einen kleinen Betrag von ihrem Konto abheben und sich und ihre Tochter Dessislava mal neu einkleiden?

Das Büro von Lucky Strike & Co. befand sich, wie sie wusste, längst nicht mehr in jener Plattenbauwohnung, in der sie noch mit Theo gewesen war. Die Firma residierte jetzt in einem stattlichen Haus mit einladender Fassade auf der Moskowska-Straße, die sich hinter der Newski-Kathedrale, dem roten Backsteinbau der ältesten und namengebenden Basilika der Stadt, Sweta Sofia, und dem Zarenschloss bis zum Parteigebäude erstreckte. Der Eingangsbereich schimmerte golden wie eine Ikonostase. Der Wachmann am Eingang, ein junger Mann mit Boxernase und faulen Zähnen, prüfte mit wichtigem Gesichtsausdruck ihre Karte, durchsuchte sie nach Waffen und ließ sie schließlich passieren. Sie ging die gewundene Treppe hinauf ins Obergeschoss, kam außer Atem, hielt an. Die ganze gegenüberliegende Wand war tapeziert mit Fototapete, die Goyas Bild *Die nackte Maja* zeigte, aber per Computer aus Hundert-Dollar-Noten zusammengesetzt. Auch schlechter Geschmack kann manchmal eine gewisse Größe und Bedeutungsvielfalt haben, seufzte Emilia. Im Kundensaal wurde sie von Olga empfangen, die ihr überrascht zulächelte, offenbar erfreut über das Wiedersehen.

»Frau Weltscheva, was für ein Zufall! Ich habe gerade mit meiner Kollegin über ihren letzten Film, *Gefundenes Glück*, gesprochen.«

»*Gefährdetes Glück*«, verbesserte sie Emilia, die darin die Rolle einer Mutter gespielt hatte, eine beschämend unwichtige Nebenrolle.

Olgas perlmuttfarben lackierte Fingernägel tanzten flink über die Computertastatur.

»Ja, Ihr Guthaben bei uns beträgt im Augenblick 41 360,13 Dollar. Beträchtlich, nicht wahr?«

»Beträchtlich, in der Tat«, stimmte Emilia zu, und fuhr beklommen fort, »aber ich ...«

»Aber Sie verstehen nicht, wie sich Ihr Geld so schnell vermehren konnte?«, lächelte Olga begütigend. »Das will ich Ihnen gern erklären. Die Zinsen werfen ja ihrerseits Zinsen ab, den Zinseszins.«

»Das wollte ich nicht sagen ... Ich wollte mein Geld abheben.«

»Aber natürlich, Frau Weltscheva, das ist Ihr gutes Recht!« Olga strahlte übers ganze Gesicht. Auch hier schwirrten diese dicken, widerwärtigen Fliegen durch den Raum und prallten gegen die Fensterscheiben. »Das können Sie jederzeit tun!«

»Auch jetzt sofort?«

»Kommen Sie einfach an einem Vormittag vorbei, aber ... Sie wissen ja, dass Sie dann die Zinsen für das letzte Jahr verlieren, und, da Sie das Geld vor Ablauf abheben, auch noch eine Gebühr von zwei Komma fünf Prozent. Das wäre doch schade! Wenn es Ihnen also nicht ganz eilig ist, warten Sie doch die verbleibenden fünf Monate ab. Ja, hier sehe ich es: Ihr Fälligkeitsdatum ist in genau fünf Monaten und elf Tagen.«

»Nein, so eilig ist es mir nicht.«

Emilia fühlte sich irgendwie unbehaglich dabei, als eine von den ganz Eiligen zu gelten, eine typisch misstrauische Oma eben, und da es Monatsende war und ihre Rente längst ausgegeben, fühlte sie sich auch noch erbärmlich vor diesem flinken Sonnenschein am Computer. Sie hatte noch nicht einmal mehr zwei, drei Leva für ein Taxi. Sie würde sich also in dieser betäubenden Hitze in einen dieser nach Schweiß, Knoblauch und Turnschuhen stinkenden Omnibusse zwängen müssen, um zurück nach Hause zu kommen. Nach Hause zu den Fliegen, dachte sie angewidert.

Sie bemühte sich, bis zum Spätherbst nicht mehr an Lucky Strike & Co. zu denken. Was sollte denn schon passieren? Das Geld war schließlich ihres! Sie hatte es sich eigenhändig erarbeitet und konnte damit machen, was sie wollte! Im Oktober wurden die Fliegen weniger, dafür aber groß, laut und nervtötend. Als das lausige Herbstwetter mit Regen und Kälte anfing, gingen einige Bankhäuser in der Provinz in Konkurs. Katja Peteva rief sie nun fast täglich an, um ihr mit kaum verhüllter Boshaftigkeit und in bissigem Ton die betreffenden Nachrichten aus der Zeitung vorzulesen. Bis dahin bewahrte Emilia ja noch die Fassung. Als jedoch mit Donner und Krachen auch die Bank Slawjani Pleite machte, hielten Emilias Nerven es nicht länger aus. Sie wählte die altbekannte Nummer, und die immer feiner, immer weiblicher klingende Stimme Theo Sotirovs meldete sich.

»Ich bin genauso beunruhigt wie du«, sagte er. »Genau genommen hast du mich in der Tür erwischt. Ich wollte mich gerade auf den Weg zu Lucky Strike & Co. machen. Ich ruf dich sofort an, wenn ich zurück bin.«

Theo rief aber nicht an, so als habe er sich im Herbstnebel aufgelöst. Sein Telefon gab ununterbrochen »besetzt«. Am anderen Tag hielt Emilia es nicht mehr aus. Wieder war Monatsende, wieder hatte sie kein Geld mehr für ein Taxi. Der Morgen war düster und verhangen, ein feiner, deprimierender Dauerregen nieselte herab. Der Omnibus war so vollgestopft, dass sie sich nur mit Mühe noch hineinzwängte. Die Nerven der Leute drinnen lagen blank, es war ein einziges Geschimpfe und Geschubse. Sie wurde gegen einen Obdachlosen ohne Zähne gedrückt, der ein riesiges Bündel Pappe zur Altpapiersammelstelle fuhr. Er stank wie ein Iltis, aber ein verwitweter Iltis! Halb erstickt, erahnte sie mehr, dass sie an der Haltestelle »Universität« angekommen waren, als es sehen zu können, und kämpfte sich unter Aufbietung aller Kraft aus dem öffentlichen Nahverkehrsmittel, das seinem Namen heute nicht nur alle Ehre, sondern auch alle Schande machte. Sie hatte in der Aufregung den Schirm vergessen. Als sie auf der Moskowska-Straße hinter dem Schloss ankam, war sie vollkommen durchnässt. Das quittenfarbene Haus schien von innen heraus zu leuchten. Das Messingschild mit der Aufschrift Lucky Strike & Co. war verschwunden, auch der Wachmann am Eingang fehlte. Die massive Eingangstür war verriegelt, und das an einem Dienstagmorgen zur besten Arbeitszeit. Auf dem gegenüberliegenden Gehsteig saß eine alte Frau mit einem Sack vor sich, aus dem heraus sie ungesalzene Brezelringe verkaufte. Emilia kaufte sich einen. Er war noch ganz warm. Die zu groß gewordenen Zahnprothesen der Frau rutschten ihr im Mund umher, wodurch sie nuschelte und kaum zu verstehen war:

»Viele Leute kommen her und wundern sich, wo die geblieben sind! Wundern sich, schimpfen, donnern gegen die Tür, aber seit einer Woche ist da niemand mehr.«

2

Jemand klopfte draußen in der weißen Winterlandschaft seinen Teppich aus, und dieser zugleich dumpfe und knallende Laut bohrte sich in ihr Bewusstsein, während der leise rieselnde Schnee versuchte, all dies herabzudämpfen auf eine besinnliche Stille. Die Flocken verschleierten den Blick, löschten Fuß- und andere Erinnerungsspuren aus, bedeckten Zeichen mit Wunder und Kälte, während sich in den Wohnungen der Menschen der Muff trocknender Mäntel und Jacken verbreitete, bei ihr auch der herbe Geruch des Alters. Das Nachmittagslicht sah krank aus, wie es sich bleifarben seinen Weg durch den Schneewirbel bahnte. An den Fenstern blieb der Schnee pappend kleben, dann rutschte er an den Scheiben herab.

Emilia saß wie versteinert da. Sie musste jetzt die simpelste Rolle ihres Lebens spielen: sich selbst, aber gerade das machte ihr die Entscheidung so schwer, wie sie sie anlegen sollte: als Pechvogel, der seine eigene bescheidene Sicherheit im Namen der familiären Wohlfahrt aufs Spiel gesetzt hatte? Als Naive, die nichts Böses vermutete, und nun brutal abgezockt worden war von Leuten, die auf der grausamen Welle des Zynismus der neuen Zeit surften? Oder sollte sie es mit der reuigen Sünderin versuchen: Hier stehe ich, ich konnte nicht anders, die Zinsen waren einfach zu verlockend? Oder sollte sie den Lemming geben: Als die Mauer fiel, haben sich die anderen doch auch zu Tausenden in den Abgrund gestürzt, warum hätte ich es nicht tun sollen? Sie hatten schließlich alle in der atemberaubenden Umklammerung des Sozialismus gelebt, seiner farblosen Sicherheit, die an ein ärmliches Haus mit absurd dicken

Mauern erinnerte, in dessen Fenstern Strohblumen standen. Nun waren die armen, kleinen Leute aus diesem Haus auf einmal frei und konnten auf eigene Verantwortung tun und lassen, was sie wollten, und wurden geradezu überrollt von zwei Eigenschaften, die sie in so unheilvoller Stärke nicht bei sich vermutet hatten: einer plötzlichen Gier, die dem unstillbaren Heißhunger von Zuckerkranken glich, und einer schrecklichen Unerfahrenheit in geschäftlichen Dingen. Fiebernd in der plötzlich frei flottierenden Energie der Umbruchjahre, hatten sich Gier und Unerfahrenheit zu einer chemischen Verbindung zusammengetan, die unweigerlich in den wirtschaftlichen Ruin und persönliches Unglück führen musste. Emilia seufzte. Sie saß gleich neben dem Telefon und brauchte nur den Hörer abzuheben, der angenehm, fast tröstend kühl war, und zu wählen.

»Ja, bitte?«

Margarita Lilova war auch nicht jünger als sie, aber niemand hatte es gewagt, sie kaltschnäuzig in Pension zu schicken. Ihre Stimme, die auf der Bühne von den Kehl- bis zu den Labiallauten traumwandlerisch sicher war, klang nun unsicher und hilflos.

»Hallo, meine Liebe«, sagte sie, als hätte sie in ein faules Ei gebissen. »Entschuldige, ich bin's schon wieder.«

»Aber ich bitte dich, Emilia …«

»Ich würde gern mal Theo sprechen.« Dann blies sie entschlossen und geräuschvoll den Rauch ihrer Zigarette aus und korrigierte sich: »Genauer gesagt, ich *muss dringend* mit ihm sprechen!«

»Ich verstehe, nur dass jetzt … also …«

»Ich weiß, ich rufe zum fünften Mal an und geh dir sicher auf den Wecker, aber …«

»Er ist nicht zu Hause.«

Maragarita Lilova war eine großartige Schauspielerin, aber auch sie hatte sich nicht völlig in der Gewalt. Man spürte förmlich, wie schwer es ihr fiel zu lügen. Wie sie lügen musste, dachte Emilia, weil dieser kleine Widerling von Theo, in Schlafanzug und Pantoffeln, ihr jetzt sicher vom Sessel aus Zeichen machte mit seinen ewig feuchten Patschhändchen.

»Am Mittag hat ein alter Stubenkamerad aus der Kaserne angerufen, ob sie sich auf ein Glas irgendwo treffen könnten.«

Hatte der revolutionswichtige Theatermann überhaupt eine Kaserne von innen gesehen?

»Schau an«, rief Emilia mit eisiger Stimme aus, um Margarita zu zeigen, dass sie ihr nicht ein Wort glaubte. »Richtest du ihm bitte aus, er soll mich anrufen?«

»Aber natürlich! Heute Abend habe ich Vorstellung, aber in diesem Matschwetter gehe ich vor sechs Uhr sicher nicht vor die Tür. Wenn du willst, versuch du auch, ihn zu erreichen!«

Emilia knallte wütend den Hörer auf die Gabel, und postwendend klingelte es. Ihre Hand zuckte zurück wie verbrannt. Sie nickte Dessislava zu, sie solle abheben. Die räkelte sich faul.

»Hallo?« Sie hielt mit dem Handballen die Sprechmuschel zu und flüsterte Emilia verschwörerisch zu: »Mir reicht's langsam … schon wieder deine tolle Katja Peteva.«

Emilia machte mit Zeigefinger, Zigarette und Mittelfinger schnelle, abwehrende Bewegungen.

»Sag ihr, ich wäre nicht da, ich wäre beim … Friseur.«

»Sie ist leider noch nicht zurück, Frau Peteva. Ja, ich verstehe, dass es wichtig ist, aber sie ist noch nicht vom Friseur zurück. Zu welchem? Sie geht meist in den Salon am Slawejkov-Platz! Ach, der ist seit einem Jahr geschlossen? Das wusste ich gar nicht. Aber natürlich richte ich ihr aus, dass sie sie … Nein, bis sechs Uhr gehe ich bei diesem Matschwetter auf keinen Fall vor die Tür, und wenn sie dann immer noch nicht da sein sollte, leg ich ihr einen Zettel hin.«

Dessislava legte auf, streckte die Hand aus, fummelte ihrer Mutter die brennende Zigarette aus den Fingern und zog gierig daran.

»Die anderen wahren wenigstens noch den Anschein von Höflichkeit, aber die Peteva, die ist ja völlig durchgeknallt. Die ist besessen! Die ist auf deinen Skalp aus. Was hast du ihr eigentlich so Schlimmes angetan?«

Obwohl Emilia sich direkt an den Heizkörper gesetzt hatte, war ihr kalt. Sie hatte die ganze Familie versammelt, um diese über ihren »Fall«, ihre himmelschreiende Blödheit in Kenntnis zu setzen. Jedem einzeln zu erzählen, wie es dahin gekommen war, wohin es gekommen war, hatte sie keine Kraft. Wie sollte sie nur beginnen? Sie rang die Hände vor Unbehagen. Assen saß am Fenster und las in einem Buch, Jordan hatte sich das

Skript für die nächste *Sieben-Tage*-Sendung mitgebracht und studierte es beinahe demonstrativ ernsthaft, nur Dessislava hatte, um sie zu ärgern, wieder nur einen Strumpf an. Mit den letzten Groschen ihrer Pension hatte Emilia eine Flasche Traubenschnaps gekauft, den Dorfomas, die auf der Graf-Ignatiev-Straße ihr Eingemachtes auf Kisten zum Verkauf anboten, ein Glas Sauerkraut abgenommen, und zwei Tafeln billiger bulgarischer Schokolade. Sie wusste, dass sie mit diesem »Menü« als Gastgeberin nicht eben eine Kandidatin für die Kochlöffel und Sterne der Gourmet-Ranglisten war, aber zu mehr reichte es einfach nicht. Sie hoffte aber, es würde ihrer Schande so etwas wie einen »festlichen Rahmen« verleihen. Und nicht nur ihrer! Ohne es zu beabsichtigen oder es sich auch nur im Entferntesten vorstellen zu können, hatte sie weitere zwölf Menschen mit ins Elend gerissen, und diese – angesteckt von dem Zinsrausch, in den Lucky Strike & Co. sie versetzte – sicherlich weitere Gutgläubige.

»Nun leg doch mal dieses verflixte Buch weg«, schimpfte sie Assen aus, der sie überdies immer noch mit seinem nachlässigen Äußeren ärgerte.

»Aber du hast doch bis eben telefoniert!« Assen klappte beleidigt seinen Dostojewskij zu. Er las gerade noch einmal *Schuld und Sühne*. Dabei fielen ihr wieder seine schönen, langen Nägel auf, die aussahen, als käme er von der Maniküre. Seine Hände hatten sie immer fasziniert mit ihrer Ruhe und Markanz, den langen, kräftigen Fingern, und auch jetzt lenkten sie sie ab. Jordan wartete nicht, bis er dazu aufgefordert wurde, und klappte seine Mappe mit dem Skript zu. Dessislava brachte den Traubenrakija, den Servierteller mit dem Sauerkraut, das sie mit Öl und rotem Paprika angemacht hatte, und dem Schüsselchen mit den Schokoladenstückchen. Sie prosteten sich mit dem Schnaps zu, der vermutlich echten Trauben nur aus der Pipette zugewinkt hatte und aus medizinischem Alkohol, Wasser und Aromaessenzen zusammengemixt war. Die Stimmung im Raum glich der bei einer Beerdigungsnachfeier.

»Du hast doch nicht etwa eine Hauptrolle bekommen?«, versuchte Dessislava, die Beklommenheit zu überwinden.

»Nein, ich wollte euch einfach mitteilen, dass ich ganz schlimm hereingefallen bin und alles verloren habe.«

Sie traute sich nicht, irgendjemanden bei diesen Worten anzuschauen, sondern starrte angestrengt in die Ecke. Im Stenogrammstil berichtete sie, wie Theo Sotirov ihr von der »guten Nachricht in schlechten Zeiten« vorgeschwärmt und sie bei ihrer Naivität und künstlerisch-weltfremden Unerfahrenheit gepackt habe, und wie sie in blinder Gier den wohlgeschulten Schauspielerinnen des Finanztheaters Lucky Strike & Co. auf den Leim gegangen sei. Sie brachte als mildernden Umstand vor, wie massiv Theo Sotirov auf sie eingeredet habe, doch eine Hypothek auf das Wochenendhaus in Simeonowo aufzunehmen, und wie er sie von der Sparkasse über die Wechselstuben bis in das zum Büro umfunktionierte Plattenbau-Appartement in Ljulin begleitet habe, wo sie ihre eigene Schande unterschrieben habe. Was die Villa anbetraf, so wäre Gott sei Dank auch Assens schriftliches Einverständnis vonnöten gewesen, und diese kleine Formalität und seine Weigerung hätten sich als rettendes Hemmnis erwiesen, die Ehre der Familie vollkommen in den Schmutz zu ziehen.

»Warum hätte ich der Sache auch nicht trauen sollen«, rechtfertigte sie ihr Handeln, »sah man doch reihenweise Leute in kürzester Zeit reich werden. Da dachte ich mir, warum sollte ich nicht auch meine bescheidenen fünfzehntausend Dollar ein bisschen vermehren?«

Als sie geendet hatte, trat eine Stille ein wie nach einer öffentlich verabreichten schallenden Ohrfeige. Assen und Jordan schauten betreten auf ihre Schuhe, Dessislava auf ihren am Boden sich ringelnden Strumpf.

»Und ich wollte schon bei dir betteln kommen, ob du mir nicht einen neuen Mantel spendieren könntest«, sagte sie schließlich.

Alle mussten unwillkürlich lachen, anfangs verhalten und beklommen, dann immer lauter und rückhaltloser. Ein Außenstehender hätte den Eindruck haben können, hier werde etwas gefeiert, ein Lottogewinn oder dergleichen.

»Die Sache ist in der Tat fies«, sagte Dessislava schließlich, »weil du nicht unter Zwang unterschrieben hast, sondern vollkommen freiwillig.«

»Für uns Normalsterbliche fällt das Geld nicht einfach so vom Himmel, Mama«, meldete sich Jordan, der Emilia wirklich nur in ganz extremen, dramatischen Fällen mit »Mama« anredete, schon gar nicht in Anwesenheit Dritter.

»Du fühlst dich erniedrigt und beleidigt, hm?«, fragte Assen voller Mitleid. Diese seine edle Einfalt und stille Größe hatten sie schon immer auf die Palme gebracht, solange sie zusammenlebten.

»Beleidigt und beraubt«, entgegnete sie. »Es mag für andere nicht viel sein, was ich da verloren habe, aber ich messe im Moment alles an meiner Rente, und da waren es geschlagene fünfzehn Jahre Altersversorgung, die ich blöde Kuh da in den Wind geschossen habe. Aber die werden sich wundern, die zerre ich vor Gericht.«

»Tu das nicht«, riet ihr Jordan mit leiser Stimme ab.

»Und wenn ich die aus der Erde ausbuddeln muss, ich verklage diese Leute, und wenn es nur wegen der anderen ist, die ich mit ins Verderben gerissen habe … zwölf Schauspielerkolleginnen und -kollegen!«

»Ist dir auch klar, was das für ein Nervenkrieg wird?«, versuchte Dessislava, sie zur Besinnung zu bringen.

»Und was dich das noch zusätzlich kosten wird?«, ergänzte Jordan.

»Ich werde das Geld schon auftreiben«, erwiderte Emilia wütend. »Ich kann fürs Erste meine Spangen und Uhren und dieses ganze Antiquitätenzeugs verkaufen, das ich angesammelt habe, die Gemälde … wenn es sein muss, auch meine Seele!« Ihre Worte klangen pathetisch wie die eines antiken Rhetors, der zur Zerstörung Karthagos aufrief. »Wenn schon nichts anderes, so muss es in diesem Leben doch wenigstens Gerechtigkeit geben, ein bisschen lumpige Gerechtigkeit!«

3

Schon am folgenden Tag meldete Emilia sich bei Viktoria Simeonova, von der sie wusste, dass sie nicht nur einen nüchternen Blick fürs Praktische hatte, sondern auch mit allen Wassern gewaschen war und unzählige Kontakte hatte. Sie hatten sich seit Jahren nicht mehr gesehen, genauer gesagt, seit jenem Tag, an dem sie gemeinsam auf den Battenberg-Platz zwischen Schloss und dem damals noch stehenden Dimitrov-Mausoleum gegangen waren, um das Parteigebäude brennen zu sehen, aber erst ankamen, als der Brand schon gelöscht war.

Sie hatten die Bilder im Fernsehen gesehen. Aus einigen Fenstern schlugen Flammen, aus anderen quoll schwarzer Rauch, aber das geschmacklose steinerne Ungetüm sah trotzdem völlig unbeeindruckt aus wie die Macht, die darinnen Jahrzehnte geschaltet und gewaltet hatte. Nur unten sah man Gespenstern gleich Menschen hinauslaufen, zumeist Männer, die ihren Hass und ihre Verachtung auf die angetastete Unerschütterlichkeit auf vollkommen irrationale und abstoßende Weise zum Ausdruck brachten, indem sie einfach klauten. Der eine ließ einen Fernseher mitgehen, der andere eine Schreibmaschine oder ein Möbelstück, ein Zwei-Meter-Hüne hievte sogar eine Schuhputzmaschine hinaus, was so absurd erschien, dass es schon wieder bedrohlich war. Dieser Versuch, die Macht der Partei auszuräuchern, flößte den Menschen aber keine Zivilcourage und keine Hoffnung ein, sondern nur neue Angst.

Sie trafen sich im Café am Slawejkov-Platz gegenüber der Zentralbibliothek. Das war einer dieser neuen In-Schuppen, in der Einrichtung derart aufdringlich auf Luxus getrimmt, dass man sich nicht wohlfühlte, sondern ausgesetzt. Die Sitzgelegenheiten waren im bunten Leder-Patchwork-Look, die Spiegel von Buntglascollagen umgeben. Die Bedienung hatte ihr Haar neonrosa gefärbt, ihre manikürten Fingernägel lila; ihr Lächeln war säuerlich, die Naht ihrer Seidenstrümpfe transponierte die Idee der Lampasse ins Erotische. In dieser aufgetakelten Umgebung konnten Viktoria und sie nur den Eindruck von alten Mamis erwecken, die mehr Erinnerungen im Kopf als Geld in der Handtasche hatten und sich den billigsten Kaffee bestellen würden, nur um bis Mittag im Warmen sitzen zu können. Die Bedienung erkannte Emilia nicht, oder tat wenigstens so. Die Erniedrigung durch das Diktat des Ideologischen, an die sie sich gewöhnt hatten, war ersetzt worden durch das Diktat der Statussymbole, die vorführen musste, wer etwas gelten wollte. Emilia überlegte noch, ob sie der Bedienung aus Rache gar kein Trinkgeld geben oder ob sie ihre letzten Kröten zusammenklauben und dieser eingebildeten Zicke ein demonstrativ hohes Trinkgeld vor den Latz knallen sollte. Aber erkannte man die Armen und Elenden nicht genau daran, dass sie mit solch ruinösen Gesten um ihr bisschen Würde kämpften?

Als Schriftstellergattin und Leserin konnte Viktoria nicht anders als im Tone kultureller Überlegenheit zu sagen: »Ich hab ja nichts dagegen, dass die alten Eigentümer ihren Besitz wiederbekommen, aber warum müssen dafür ausgerechnet die schönen alten Buchhandlungen dran glauben?«

In der Tat hatte sich dieses Messing-Buntglas-Café in den Räumen einer ehemals angesehenen Buchhandlung niedergelassen, in der auf den Regalen linientreue Sowjetliteratur verstaubte, unter dem Ladentisch aber an gute Kunden, also solche, die im Gegenzug dem Buchhändler besorgen konnten, was schwer zu bekommen war, amerikanische und westeuropäische Romane verkauft wurden und die einzige bulgarische Zeitschrift für West-Literatur. *Junge Garde* hatte der Literaturtempel einst geheißen; jetzt hatte die junge Garde tatsächlich Einzug gehalten und den Schriftzug über dem Eingang durch bunte Leuchtröhren ersetzt, die den Geist der neuen Zeit auf zwei Worte brachten: »Las Vegas«. Was für eine Ironie der Geschichte, dachte Emilia, dass die Menschen sich frei fühlen, nur weil sie sich jetzt freiwillig einer anderen Großmacht unterwerfen dürfen.

»Und du? Hast du bei der Restitution nichts zurückbekommen? Dein Vater hatte doch …«

»Nein, uns ist ja von den alten Fanatikern nichts weggenommen worden. Mein Vater hat ja damals gleich nach der Machtergreifung der Roten vor Angst Himmel und Erde in Bewegung gesetzt, um unser Land bei Warna zu verkaufen. Für Leute wie uns waren das lebensgefährliche Zeiten! Und wie sieht's bei dir aus?«

»Wie soll es schon aussehen? Ich hatte doch nichts, von der Grabstelle meiner Eltern in Pernik mal abgesehen, und auch die hab ich zehn Jahre lang in Raten abbezahlt. Sicher liegt da schon jemand ganz anderes. Du weißt ja, wie das war: Wer denkt an Gräber, Tote und Vergangenheit, wenn du alle Hände voll zu tun hast mit dem Aufbau der strahlenden Zukunft!«

»Du bist aber gallig geworden«, bemerkte Viktoria nicht ohne Genugtuung.

»Ja, aus dem Verkehr gezogen und gallig, stimmt.«

Die Bedienung knallte ihnen die beiden Kaffee hin. Für so wenig Rechnung konnten die alten Schrapnelle nicht mehr Freundlichkeit erwarten. Da fiel auf einmal die Sonne herein und erweckte die Buntglasbilder zum Leben. Dann sagte Viktoria scheinbar ohne Zusammenhang:

»Hak die Sache ab, zum Teufel damit! War ja schließlich kein Menschenleben!«

»Wovon redest du?«

»Na, von deinen verlorenen Dollars. Du machst dir nur die Nerven kaputt und verlierst noch mehr Geld.«

»Jordan hat mir dasselbe gesagt, aber sieh dir die Leute doch mal an: Auf den Demonstrationen schreien sie nach Freiheit, aber was tun sie? Lassen sich ohne Widerstand abmelken wie Milchvieh! Einer muss doch mal aufstehen und ein Zeichen setzen.«

»Du warst halt einfach naiv, meine Liebe.«

»Blöd war ich, blöd, gierig und … ängstlich, wie dein Vater.« Sie trank von ihrem Kaffee. Gut war der. »Ich find das Gefühl schrecklich, langsam zu verelenden.«

»Ist es auch. Genauso wie das Gefühl, alt zu werden.«

»Was ist denn aus dem Film geworden, für das Peter das Drehbuch …«

»Gestorben, die Sache. Angeblich kein Geld da.«

»Ja, für Kino und Theater ist kein Geld da, aber für Cocktails und Empfänge unserer Politiker und Neureichen – immer. Hast du schon gehört? Der Chef der First Private Bank hat den alten Waggon, in dem der Zar früher befördert worden ist, aus dem Museum geholt und alles, was Geld und Einfluss hat, darin auf Vergnügungsfahrt in die alte Zarenresidenz am Meer eingeladen. So was gibt es auch nur in Bulgarien!«

»Oh, in Russland auch, meine Liebe!«

»Es muss doch irgendjemand aufstehen und zeigen, dass er sich nicht alles gefallen lässt!«

Auf einmal wurde Emilia bewusst, dass sie aus purer Gewohnheit jammerten und klagten. Im Sozialismus war dieses unzufriedene Andeuten von Ungerechtigkeiten Routine gewesen, nicht nur, um zu zeigen, dass »man dagegen war«, sondern auch als Rechtfertigung und Entschuldigung, dass man nichts gegen die Zustände unternahm. So war mit der Zeit das Murren und Meckern gegen das Regime pervertiert zum sicheren Zeichen, dass man dessen braver Untertan war. Wo sollten in einer moralisch so aufgeweichten Atmosphäre, in der der Protest sich in der Beschreibung beklagenswerter Einzelheiten und Einzelfälle erschöpfte, Dissidenten herkommen?

»Und wieso muss er oder sie das?«, blieb Viktoria ungerührt.

»Weil ich in meiner naiven Blödheit nicht nur mich selbst, sondern auch noch ein Dutzend Kollegen reingerissen habe. Ich kann morgens schon nicht mehr in den Spiegel schauen, so schäme ich mich. Kannst du mir nicht irgendwie helfen? Du kennst doch Jan und Allemann!«

Sie drehte ihre leere Tasse um, als bestünde darin die Hilfe, aus dem Kaffeesatz die Zukunft zu lesen. Emilia folgte ihrem Beispiel.

»Ich denke da an Alexander Weltschev. Der ist inzwischen auch emeritiert und macht nun wieder auf Rechtsanwalt.« Sie lachte, aber ohne Vergnügen. »Seit er Ljuba verlassen hat, muss er sich ja irgendetwas die Kröten für die Miete verdienen. Aber … nein, der ist nicht geeignet für deinen Fall, der ist noch viel zu akademisch und nicht tough genug für so eine aussichtslose Verteidigung.«

»Aussichtslos? Was Lucky Strike da gemacht haben, war doch letztlich Betrug, und irgendwo gibt es schließlich auch noch Gesetze …«

»Gesetze?«, starrte Viktoria sie aus großen, ironischen Augen an. »Ja, wo lebst du denn? Die ganze Justiz ist für unsere Politiker und Neureichen doch längst ein großes Jagdrevier, das sie unter sich aufgeteilt haben. Wer am meisten zahlt, bekommt recht.«

»Und was mache ich nun?«

»Es gibt einen ganz abgefeimten Burschen, der war mal Praktikant bei meinem Vater. Ein Fuchs ist das. Aber pass auf, dass er dir nicht die Haut bei lebendigem Leib abzieht!«

Sie drehte Emilias Tasse um, vertiefte sich in den Kaffeesatz auf deren Grund und fragte dann in gespieltem Erschrecken:

»Bei euch zu Hause ist doch nicht etwa jemand krank?«

4

Mit seiner schmucken Uniform, den Epauletten an den Schultern und den breiten roten Lampassen an den Hosenbeinen verkörperte der Piccolo die ganze arrogante Blasiertheit eines »Können Sie sich unser Hotel auch leisten, mein Herr?«. Christo warf er bei dessen Eintreten überhöflich die tückische Frage hin: »Suchen Sie jemanden?« Bei falscher Beantwortung würde sein liebenswürdiger Ton sogleich in Ironie und Spott umschlagen. Christo schaute ihn kalt und verächtlich an, um ihn in die Schranken zu weisen, und antwortete, nachdem die Rangordnung geklärt war, knapp:

»Ich suche Herrn Toschev, Eduard Toschev.«

»Herr Toschev erwartet Sie bereits«, sagte eine Stimme von der Seite. Aus dem Schatten einer tragenden Säule löste sich eine Gestalt mit kurzgeschorenem Haar, kleinen Augen, einer dafür umso größeren Adlernase und Händen, mit denen man Wassermelonen greifen konnte. Dieser Mann konnte sich nur in Spezialgeschäften für Übergrößen einkleiden; seine Schuhgröße ging sicher in Richtung 50. Unter seinem geöffneten Sakko schaukelte ein Halfter, das mehr als gut mit einer Maschinenpistole gefüllt war. Der Piccolo sah zu, dass er sich aus dem Staub machte. Der Hüne, der mit seinem schwarzen Anzug vermittelte, dass er jederzeit auf eine unerwartete Beerdigung vorbereitet war, machte ihm ein Zeichen und ging vor ihm her durchs Foyer, das schimmerte im Abglanz kostbarer Steinfliesen.

Zu dieser Nachmittagsstunde war die Bar des Sheraton-Hotels Balkan noch leer und anheimelnd schummrig. Der Barkeeper spülte verschlafen ein Glas nach dem anderen, die Bedienung, eine schöne Blondine mit auftoupiertem Haar, lehnte an der Seite, als habe man sie zur Dekoration eingestellt, und wartete auf Bestellungen. In den Ecken hatten sich Toschevs Leibwächter aufgebaut, die in ihren Körpermaßen nur wenig dem Recken nachstanden, der Christo herbrachte, und an einem einsamen Tischchen, abseits der großen Schaufenster zum Platz der Unabhängigkeit, über den zu dieser Stunde Menschen von der Arbeit nach Hause eilten, saß ein Mann und las Zeitung. Etwas Verhaltenes ging von ihm aus, etwas, das einem den Atem gefrieren ließ und den Raum um ihn her erfüllte wie Ozongeruch die Luft vor einem Gewitter. So also roch die Macht, fuhr es Christo in einer Eingebung durch den Kopf. Als er Christo kommen sah, stand der Herr auf und sagte mit der ganzen Liebenswürdigkeit, deren sein hartes, aber intelligent wirkendes Gesicht fähig war:

»Herr Weltschev, schön, Sie zu sehen.« Dann versteinerten seine Züge plötzlich, als er sich an den Hünen wandte, der Christo an seinen Tisch geleitet hatte: »Wie oft soll ich euch noch sagen, dass ihr diese Bügeleisen da nicht so raushängen lassen sollt. Ich will nicht, dass meine Leute aussehen, als liefen sie mit offener Hose herum.«

Unterwürfig knöpfte sich der Leibwächter sein Sakko zu, dann trat er fünf Schritte zurück und erstarrte auf der Stelle. Die Kellnerin eilte herbei.

»Ich schlage vor, wir nehmen hier den Aperitif zu uns und speisen dann gleich im Restaurant zu Abend«, schlug Toschev in verbindlichem Ton vor. »Was ziehen Sie vor – Whisky oder Wodka?«

»Wodka.«

»Ganz recht so. Den können wir dann gleich zur Vorspeise konsumieren.«

Toschev bestellte zwei große Wodka und zwei kleine Vorspeisenteller mit Meeresfrüchten. Während des langen, unbehaglichen Schweigens, das folgte, hatte Christo Zeit, sich sein Gegenüber genauer anzuschauen. Toschev war kein schöner Mann. Er wirkte ausgezehrt und schlaksig, seine Gesichtshaut war gelblich wie Pergament, sein Kopf kahlgeschoren. Am ungewöhnlichsten aber waren seine Augen, starr und wachsam, die einen durchbohren oder hypnotisieren konnten. Christo hielt dem forschenden Blick dieser Augen nicht stand und wandte den Kopf ab.

»Ich bin der Ehemann von Mariana Ilieva«, sagte Toschev schließlich.

»Ich weiß«, sagte Christo und spürte eine bleierne Schwere in sich aufsteigen, als seien Toschevs Augen Gravitationszentren.

»Sie haben ihr viel geholfen.«

»Aber ich bitte Sie, Herr Toschev, das war doch nicht der Rede wert.«

»Nicht so bescheiden, Herr Weltschev, Mariana hat mir alles erzählt.«

»Sie hat sicher übertrieben.«

»Ich finde, ganz und gar nicht. Nach ihrer Scheidung haben Sie sie materiell unterstützt, ihr zu einer Anstellung im Ministerium verholfen, und sich väterlich um sie und ihren Sohn Stanimir gekümmert. Ach ja, und vor den Klauen dieses widerlichen Ministers, wie hieß er noch gleich, dieses Sdravkov, haben Sie sie auch beschützt.«

Christo spürte, wie er errötete. Er wurde das Gefühl nicht los, dass Toschev nicht ein Wort von dem glaubte, was er ihm da aufzählte, und ihn nur testen oder auf die Schippe nehmen wollte.

»Da hat Mariana wirklich ein wenig übertrieben. Wir waren einfach nur gute Kollegen und Freunde.«

»Gute Kollegen und Freunde«, wiederholte Toschev gefährlich langsam. »Wissen Sie eigentlich, warum ich mich so sträflich spät bei Ihnen gemeldet habe?«

»Ich verstehe Sie nicht ...«

»Nun, warum ich mich bei Ihnen erst Jahre nach meiner Hochzeit mit Mariana gemeldet habe, wo ich es doch sofort hätte tun sollen?«

»Sie werden es so für richtig gehalten haben.«

Die Bedienung brachte die Vorspeisenteller und stellte die beiden Wodka vor den Herren ab, die sofort das Glas erhoben und anstießen. Christo merkte erst jetzt, wie ausgehungert er war, und griff nach einer Garnele; so hatte er auch gleich etwas, an dem er sich festhalten konnte. Er warf einen Blick auf den Leibwächter, aber der stand unbeweglich da wie die Präsidentenwache ein paar Meter Luftlinie weiter.

»Nein, Herr Weltschev, ich habe ein paar Nachforschungen über Sie angestellt!«

»Über mein wahres Geschäftsvermögen?«

»Nein, kalt, da liegen Sie komplett daneben!«

»Oder ob ich was mit der Staatssicherheit zu tun habe?«

»Oh, das geht mich nichts an. Jeder Staat, ganz gleich, ob totalitär oder demokratisch verfasst, sorgt sich um seine Sicherheit. Haben die Amerikaner etwa keinen Geheimdienst? Oder glauben Sie, das FBI sei weniger skrupellos als unsere Direktion 6? Weit gefehlt!«

»Und was war es dann?«

»Nein, ich brauchte die Zeit einfach ...« Toschev unterbrach seinen Satz und fasste Christo so aufmerksam und reglos ins Auge, als wolle er einen Schmetterling oder ein Insekt aufspießen. »Ich brauchte die Zeit einfach, um herauszufinden, ob es zwischen Ihnen und Mariana ... ob Sie ein intimes Verhältnis mit *meiner Frau* hatten!«

»Wie bitte?« Christo verschluckte sich fast am Schwanzstück seiner Garnele.

»Niemand hat Sie beide außerhalb des Ministeriums je zusammen gesehen. Sie sind nicht mit ihr ausgegangen, waren auch nicht bei ihr zu Hause. Meine Leute haben über zweihundert Personen verhört.«

»O Gott!«

»Nehmen Sie nicht leichtfertig den Namen Gottes in den Mund!«

Toschev hob das Glas, lächelte, als wäre nichts geschehen, wartete auf Christos Glas. Sie stießen an, tranken. Dann wieder dieser Blick voll bleierner Schwerkraft, der aus seiner Umgebung alles herauszuziehen versuchte, was sich nicht freiwillig zeigen wollte. Dann fragte Toschev unvermittelt:

»Womit beschäftigen Sie sich eigentlich?«

»Ich habe Fremdsprachenkurse organisiert«, antwortete Christo verlegen, »mit den besten Universitätsdozenten und modernsten Computerlehrmitteln.«

»Aber das sind doch Peanuts!«

»Ich werde mich vermutlich mit einem ehemaligen Mitschüler auch an einem vielversprechenden Projekt zum Bau einer großen Kühlanlage bei Weliko Tarnowo beteiligen, für Gefrierkost.«

»Kleinvieh!«, kommentierte Toschev ruhig und ausdruckslos. »Es wird Zeit, dass Sie sich mit etwas nennenswerteren Geschäften befassen.«

»Und woran denken Sie da?«

»Da fallen mir mehr Dinge ein, als mein Kopf fassen und meine Brieftasche finanzieren kann. Ich erschrecke manchmal selbst vor meiner geschäftlichen Phantasie und der Größe meiner Geschäftsideen.« Er hörte nicht auf, Christo mit seinen Augen zu fixieren. »Manchmal denke ich, ich wäre krank im Kopf. Ganz schön belastend, finden Sie nicht?«

»Sicherlich«, erwiderte Christo übervorsichtig.

»Zurzeit drängt sich mir beispielsweise eine Idee auf, die mir einfach keine Ruhe lässt. Mein sechster Sinn sagt mir: Junge, mach das! Da sind binnen eines Monats dreihundert Millionen drin, aber um die zu verdienen, fehlen mir dreißig Millionen Mark, Deutsche Mark.«

Christo schnürte es die Kehle zu. Um seine Angst hinunterzuspülen, trank er einen Schluck Wodka und schob eine Garnele hinterher.

»Könnten Sie mir nicht damit aushelfen, Herr Weltschev?«

Toschev wusste nur zu gut, dass Christo das Geld hatte, und so fragte er eigentlich gar nicht, sondern klang, als wären sie bereits kurz vor dem Handschlag.

»Das hängt ganz davon ab, worum es sich handelt«, antwortete Christo zögerlich.

»Um Öl! Ich hatte mir gedacht, Jugoslawien ein bisschen Öl zu verkaufen.«

»Aber das ist verboten! Sie wissen doch, dass die UNO wegen des Krieges ein Wirtschaftsembargo gegen Ex-Jugoslawien verhängt hat.«

»Das ist ja eben die gute Nachricht. Durch die Handelsblockade steigt der Gewinn aufs Zehnfache. Mein Angebot lautet: Ich organisiere die Transaktion, Sie finanzieren mit, und wir teilen den Gewinn fifty-fifty. Hundertfünfzig Millionen Mark einstreichen, klingt das nicht verlockend für Sie?«

So also machte man Beute. Indem man mit unbeweglichen Augen auf das Hereinflattern einer guten Nachricht wartete, und dann blitzschnell und ohne lange zu fragen, was Recht und Gesetz davon hielten, zum Sprung ansetzte.

5

Zwei Stunden später saßen sie im Hotelrestaurant, umgeben von Kellnern, den neugierigen Blicken der wenigen übrigen Gäste und der fieberhaften Aufmerksamkeit einiger platinblonder Damen, speisten Wachteln und tranken dazu einen 1974er Burgunder. Eduard Toschev schob seine beinahe unberührte Portion zur Seite, knetete ein Stück seines Brötchens zwischen den Fingern und fragte dann ohne Übergang:

»Ach, Herr Weltschev, haben Sie eigentlich Geld auf der First Private Bank?«

Christo schwankte zunächst, ob er antworten sollte, aber er war neugierig auf die Antwort und sagte wahrheitsgemäß:

»Ein bisschen schon.«

»Heben Sie das schleunigst ab!«

»Aber die Bank wirkt solide!«

»So sieht sie aus, ja, aber hören Sie auf mein Wort! Die Angestellten dort wissen selbst nicht, wie die Lage wirklich ist. Sagen Sie selbst: Wie kann ein Banker, der den ganzen Tag säuft und durch die Gegend torkelt, Geldgeschäfte abwickeln? Eine Bank ist ja nicht bloß ein Parkhaus, in das die Leute ihr bewegliches Vermögen einstellen, und du verdienst an der Parkgebühr. Geld muss fließen, in Bewegung sein, und da musst du topfit sein. Es ist doch ein Jammer, wie einer, der einfach so eine Bank geschenkt bekommt mit allen Chancen, daraus etwas zu machen, sie einmal seinem Sohn zu hinterlassen, einfach alles verjubelt. Wer so viel Macht über so viel Geld bekommt, und damit so viel Freiheit, der muss auch die Courage haben, Haltung anzunehmen und sich in den Dienst dieser Freiheit zu stellen. Freiheit und Verantwortung gehören schließlich zusammen, meinen Sie nicht, Herr Weltschev? Aber sagen Sie das mal unseren Ballon-Millionären: In den wenigen Jahren seit der Wende sind schon zweimal Leute in Windeseile reich geworden und ebenso rasch geplatzt, wie Ballons eben. Diese eitlen Selbstdarsteller wollen partout nicht kapieren, dass reich sein nicht einfach nur ein Privileg ist, mit dem du angeben kannst, sondern – eine Lebensaufgabe, ein Beruf. Genauso ein Beruf wie Bäcker oder Schlosser.«

»Warum sagen Sie mir das?«, fragte Christo verblüfft.

»Aus drei einander ergänzenden Gründen. Damit Sie Ihr Geld nicht verlieren; damit Sie begreifen, dass Sie wirklich eines Tages reich sein können, und drittens: damit Sie sehen, dass ich weiß, wovon ich rede.«

»Ein Mensch, der Philosophie studiert hat, kann nicht …«

»Machen Sie nicht den Fehler, mich zu unterschätzen, Herr Weltschev«, unterbrach Toschev ihn schroff, »den wirklich großen Fehler …«

Wie gern hätte Christo sich einfach auf seine Wachteln konzentriert, deren delikates Fleisch, gespickt mit feinsten Gewürzen, einem im Mund zerging; aber eine Frage ließ ihm einfach keine Ruhe.

»Herr Toschev, ich möchte Sie etwas fragen. Wenn Ihnen meine Frage unverschämt erscheint, beantworten Sie sie nicht; aber wenn Sie sie beantworten, dann bitte ehrlich.«

»Seien Sie unbesorgt, ich bin an die menschliche Frechheit ebenso gewöhnt wie an mein Sodbrennen.«

»Um überhaupt auf die Idee zu kommen, mich zum Teilhaber zu machen …«

»Von heute an können Sie wirklich mein Teilhaber sein, und nicht bloß ein Geschäftspartner …«

»Vielen Dank für … also …« Christo geriet vor Aufregung ins Stottern, verhaspelte sich. »Wer hat Ihnen eigentlich gesagt, dass ich über dreißig Millionen Mark verfüge, die ich in Ihr vielversprechendes Husarenstück investieren könnte?«

Toschevs unvermindert wachsame Augen füllten sich mit noch mehr Blei, um seine Lippen spielte ein melancholisch verhaltenes Lächeln, als sei er traurig darüber, dass Christo so wenig selbst auf den Trichter kam.

»Das ist kein Husarenstück, Herr Weltschev, sondern einfach nur ein selten günstiger Handel. Mariana liegt mir schon lange in den Ohren, ich solle Sie mit ins Boot holen; aber das mit dem Geld, das hat mir General Grigorov gesteckt. Der fühlt sich ebenfalls beflügelt beim Gedanken an unsere Zusammenarbeit.«

Toschev schnippte mit den Fingern. Augenblicklich kam Bewegung in die vier Kellner, als habe der Magnat an einem unsichtbaren Faden gezogen. Er ließ sich eine kubanische Zigarre kommen. Der blaugraue Rauch hüllte sein Gesicht in einen Schleier, der es undeutlicher erscheinen ließ, gleichzeitig aber auch den inneren Schmerz des Mannes stärker hervortreten ließ. Einen so unrettbar einsamen Menschen hatte Christo sein Lebtag noch nicht getroffen. Doch diese Einsamkeit flößte kein Mitleid ein, sondern löste bei ihm eine diffuse Angst aus, *Angst um sich selbst.*

»Arme Leute sind glücklicher als reiche«, sagte Toschev unerwartet, aber mit der traurigen Gewissheit des zum Reichtum Verdammten, »denn der Arme kann noch davon träumen, dass er, wenn er eines Tages im Lotto gewänne, glücklich sein würde. Der Reiche hingegen lernt rasch den Unterschied kennen zwischen der Macht und Größe des Geldes, und dem Glück. Nun, wie es aussieht, sind Sie ebenfalls unwiderruflich für das Glück verloren!«

Christo lächelte höflich, aber voller Beklemmung, zog sich die Stoffserviette vom Hals, legte sie auf den Tisch und sagte:

»Verzeihen Sie, aber ich würde gern meine Frage beenden …«

»Fragen Sie, fragen Sie …«

»Sie haben doch diese dreißig Millionen auch ohne mich, stimmt's?«

»Nein, habe ich nicht. Aber ich könnte Sie ohne Schwierigkeiten von einem anderen Geschäftsmann bekommen, notfalls von einer Bank.«

Toschev zeigte mit dem Kinn auf Christos Teller. »Wie schön, dass Sie Appetit, dass Sie noch immer Appetit haben.«

Beflissen wie ein Mensch, der etwas weiß, was andere noch nicht wissen, näherte sich der Oberkellner, mit ausdruckslosem Gesicht und feinem Schnurrbärtchen.

»Draußen wimmelt es nur so vor Pressefotografen, Herr Toschev, vor allem jenen unserer beiden auflagenstarken Tagesblätter.«

»Dank dir, Jean, wir gehen dann durch den Hinterausgang.« Er holte fünfzig Dollar aus seiner Brieftasche und stopfte sie dem hilfreichen Ober in die Brusttasche. »Ach, und was Herrn Weltschev hier betrifft: Ab sofort empfangen Sie ihn an der Tür. Er ist von heute an mein Teilhaber!«

»Sehr wohl, Herr Toschev.« Die öligen Augen des Obers saugten Christo kurz ein und spuckten ihn wieder aus, als sei der ein Blatt, das durch einen Fotokopierer lief.

6

Sie parkten die Wagen auf einer Landstraße, deren Asphaltdecke geplatzt und von zahllosen Regenfällen ausgehöhlt und durchlöchert war. Zehn Minuten lang gingen sie verstohlen im Zirpen der Grillen unter einem roten Abendhimmel entlang; dann kamen über dem Bahnhof von Dragoman auch die Sterne heraus, dünn, vom toten Neonlicht der Parkplatz-Laternen zerfressen wie von einem Säurebad. Es herrschte eine bedrohliche Stille. Die Luft war erfüllt von den Gerüchen nach aufgeheizter Sommerwiese mit ihren Kräutern und Gräsern, und nach Kohlenfeuer, verpichten Schwellen, endloser Reise und Fahrtunterbrechung, gerade lang genug, um sich etwas die Beine auf dem Bahnsteig zu vertreten. Der Parkplatz war leer, aber von Abfällen und Verpackungsmüll übersät. Alles wirkte wie eine aufgelassene Goldgräbersiedlung. An den Zweigen der Bäume hingen schlaffe Plastikfetzen, die in der hereinbrechenden Dunkelheit aussahen wie entartete Schoten. Die beginnende Nacht mit ihrer Kühle verstärkte noch die Atmosphäre der Verlassenheit, in der man vermeinte, jeden Augenblick einen überfahrenen Hund zu entdecken, achtlos in den Straßengraben geworfen.

Sie betraten so etwas wie einen Pavillon, der einmal als Imbissstube für allerlei Böreks, Krapfen und Teigtaschen gedient haben musste. Jetzt war hier alles zerschlagen, abmontiert, geklaut – von den Bedienungstheken und Auslagen über Steckdosen und Lichtschalter bis hin zum herausgerissenen Waschbecken. An den Wänden eilig hingekritzelte obszöne Zeichnungen. Es roch streng nach Urin. Toschevs starke Jungs hatten es sich drinnen trotzdem auf zwei Klappstühlen an einem Serviertischchen gemütlich gemacht, auf dem eine Thermoskanne mit Kaffee und frische Croissants standen, so als seien sie nach durchwachter Nacht eigens zum Frühstück hergekommen. Die Fenster des Pavillons gingen genau auf den Parkplatz, und hinter diesem war der verschlafene, menschenleere Grenzbahnhof zu erkennen, dessen Uhr seit Jahren fünf vor halb sieben anzeigte. In der Ferne, von Unkraut überwuchert, das Abstellgleis, auf dem zehn Güterwaggons wie Ausstellungsstücke aus dem Eisenbahnmuseum vor sich hin rosteten.

»Möchten Sie einen Kaffee?«, fragte Toschev leise.

»Aber gern«, antwortete Christo. »Und was machen wir jetzt hier?«

»Warten.«

»Lange?«

»So lange wie nötig, Herr Weltschev, aber seien Sie ganz ruhig, haben Sie einfach Geduld.«

Hinter ihrem Rücken begann ein Walkie-Talkie zu piepen. Einer der Bodyguards brachte ihnen zwei klobige Gegenstände in Tarnfarbe, die sich als militärische Nachtsichtgeräte entpuppten.

»Soll ich fortfahren?«, flüsterte Toschev mit einer Stimme, die nach innerem Schmerz und äußerer Abfindung klang.

»Aber natürlich, Herr Toschev«, ermunterte ihn Christo, obwohl er alles andere als Lust hatte, ausgerechnet diese Geschichte zu hören, weil er sie in erschreckender Gleichartigkeit selbst erlebt hatte. Er kannte das Ende solcher Geschichten. Es war schmerzhaft und tragisch.

»Wo war ich stehengeblieben?« In der Dunkelheit schimmerte der kahlgeschorene Kopf seines Gesprächspartners bedrohlich.

»Sie sagten: ›Bis zur zehnten Klasse …‹«

»Ah ja. Bis zur zehnten Klasse war Mariana bloß ein anziehendes Mädchen, aber auf einmal blühte sie auf und wurde zur schönsten Frau nicht nur des Gymnasiums, sondern … von ganz Sofia, ach, was sage ich, der ganzen schrecklich-schönen Welt. Ich vergötterte sie, umschwärmte sie. Aber sie sagte mir nur: ›Das Schönste an dir sind deine Haare.‹ Zum Geburtstag schenkte sie mir eine Schachtel Nusspralinen, ›Haselnussdrillinge‹ hießen die Dinger damals. Die Schachtel hab ich heute noch. Ich hab nur beim Wehrdienst zwei davon gegessen, während des Studiums nochmal drei, und jetzt eins, bevor ich mich bei Ihnen meldete. Haben Sie so etwas schon einmal erlebt?«

»Oh, mehr als Sie vermuten.«

»Ts-ts: ›Das Schönste an dir sind deine Haare‹ … Und ich mochte sie nicht einfach nur gut leiden, zitterte nicht nur bei ihrem Anblick und war wie gelähmt in ihrer Gegenwart, ich hatte sogar schon begonnen, sie zu hassen. Ich hasste sie mit aller Kraft meiner schüchternen Jugend, mit all meiner verheerenden Hingabefähigkeit, mit all meiner Unfähigkeit, sie auch nur einen Moment lang zu vergessen. Ich weiß es noch wie heute: Wir hatten Sport – ›Leibeserziehung‹ hieß das damals –, da ging die Tür zur Mädchenumkleide im Durchzug einen Spalt auf, und ich sah sie … Sie war nackt und hatte den Kopf leicht zur Seite geneigt. Sie war vollkommen. Haben Sie so etwas schon einmal erlebt?«

»Sie haben ja keine Ahnung …«

»Ich hatte das Gefühl zu verschwinden, mich in der Luft aufzulösen und in ihr zu versinken. Ich spürte ihre Haut als Licht, als Aura. Kennen Sie das?«

»O ja.«

»Ich dachte, ich stürbe. Ich ging auf die Toilette und onanierte, aber nicht vor lauter Erregung, sondern um sie dadurch zu bestrafen, dass ich bloß geil auf sie war wie auf eine Hure, ein billiges Flittchen. Ich musste sie einfach erniedrigen, sonst hätte ich durchgedreht!«

»Quälen Sie sich nicht«, sagte Christo besänftigend, und es war nicht klar, wen er mehr besänftigen musste.

Als Toschev das Nachtsichtgerät an die Augen hob, zitterten seine Hände. Sorgsam suchte er den Parkplatz und den Bahnsteig dahinter ab; vielleicht nur als Vorwand, um sich wieder in den Griff zu bekommen. Die Grillen machten die Nacht verrückt, der Geruch nach Urin wurde unerträglich in der feuchten Luft.

»Auch auf meinem Studienabschlussball, zu dem ich sie eingeladen hatte, wiederholte sie, als wär's ein toller Running Gag: ›Das Schönste an dir sind deine Haare!‹ Als sie dann auch noch diesen Komsomolzenmuffel heiratete, diesen kleinen schmierigen Beamtenarsch, machte ich kurzen Prozess und rasierte mir die schönen Haare ratzekahl ab. Und der, statt sie in ihrer unendlichen Herrlichkeit zu besingen und mit der Taiga zu vergleichen, wo er die Papiere für seine miese kleine Arbeiterkolonie machte, betrog sie für eine Kiste Wodka mit einer aus der Form gegangenen russischen Köchin. Sie haben ja keine Ahnung, was für ein beschränkter Typ das ist. Unansehnlich, unintelligent und langweilig. Ich hab ihn neulich bei mir eingestellt als Gaststättenleiter in einem meiner Restaurants. Sie müssen mal sehen, wie dieses unterwürfige Nichts mich empfängt und wieder hinausgeleitet – als wäre ich der Sonnenkönig. Er steht selbst am Grill. Vor einer Woche kam ich mit Gästen zu ihm, da hab ich mir den Spaß erlaubt, den Laden zu schließen, und ihm befohlen, sich vor allen nackt auszuziehen, sich nur ein Schürzchen vorzubinden und uns so zu bedienen. Und das hat er gemacht! Na ja, er ist Alkoholiker und braucht seine zwei Flaschen Wodka am Tag … Können Sie sich das vorstellen?«

Christo erschauerte. Er rang nach Luft, weil er sich so schämte, aber nicht wegen Toschev, sondern wegen sich selbst.

»Nach der Wende wurde ich reich. Es spielt hier keine Rolle, wie und womit.« Er hob wieder das Nachtfernglas an die Augen, um sie zu verdecken. »Da habe ich meine Jungs losgeschickt, sie zu suchen. Sie haben sie vor ihrem Haus erwischt, sie mit Chloroform betäubt und in meinen Palast oben in Boyana verschleppt. Sie erwachte auf dem Sofa im Wohnzimmer, alles wie bei Sheherazade und *Tausendundeiner Nacht* – und weißt du, was sie mir da sagte? ›Eddi, Eddi, ich hab ja geahnt, dass du mich hasst, aber so sehr …‹ Ich wär fast umgefallen, wenn ich nicht sofort einen Haselnussdrilling gegessen hätte. Dann hab ich sie vergewaltigt, so, wie sie dalag auf dem teuren Sofa, das meinem Hass aber auch nicht standgehalten hat. Mariana brach in Tränen aus und sagte, sie könne mich nicht ertragen, und natürlich kam auch wieder: Das Schönste an mir sei mein Haar gewesen. Sie wolle lieber sterben als in meinem Anwesen bleiben mit dem japanischen Garten und dem Hallenbad im Keller, denn sie liebe jemand anderen. Haben Sie so etwas schon einmal erlebt?«

»Nein«, erwiderte Christo verzweifelt, »so etwas habe ich noch nicht erlebt.«

»Da habe ich ihr gesagt, wenn sie nicht bliebe, würde ich ihr das Leben zur Hölle machen, sie auf die Straße schicken mit dem Handtäschchen, und auch ihrem Sohn Steine in den Weg legen, und was den missratenen Kerl beträfe, den sie liebe, den würde ich von meinen starken Jungs binnen dreißig Minuten reif fürs Altersheim machen lassen.«

Mit geübter Geste strich Eduard Toschev sich über den Kopf. Es knisterte leicht. Er griff nach der Thermoskanne und schmiss sie durch eine der letzten heil gebliebenen Fensterscheiben der Baracke. Sie verschwand im wilden Gezirpe der Grillen.

»Tja, Märchen aus *Tausendundeiner Nacht* …«, wiederholte Toschev, als glaube er selbst, was er sagte. »Ich gebe ihr Ruhe und Sicherheit, alle Annehmlichkeiten, Zukunft für ihren Sohn, schenke ihr auch mich, alles, mehr als alles, was ich habe. Was meinen Sie, habe ich eine Chance?«

»Das frage ich mich auch«, erwiderte Christo, von Kopf bis Fuß zitternd, »bei meiner eigenen Geschichte. Wenn ich das nur wüsste …«

»Wie – was fragen denn Sie sich?«

»Na, was Sie sich auch fragen: ob ich eine Chance habe!«

7

Das Schweigen, das so unbehaglich und drückend zwischen ihnen lag, war gleichsam in einem geheimen, unausgesprochenen Wort enthalten, das die ganze Liebesbeichte Toschevs ihres Sinns beraubte und sie ein für alle Mal trennte. Sie lauschten in die Stille hinein. Die Grillen zirpten sich mit unbekümmertem Flügelreiben in Raserei. Man hatte das Gefühl, sie versetzten die Dunkelheit in Bewegung und die ganze Nacht ins Beben einer unaufhörlichen Metamorphose. Über dem Hügel ging der Mond, beinahe voll, blutrot unter, die Sterne gewannen an Tiefe und Kraft, der Himmel schwoll, erhaben, ewig und ohne Sinn.

In diesem Moment tauchten auf der Landstraße, die von Sofia kam,

Scheinwerfer auf und bohrten ihre langen Kegel in die noch junge Nacht. Bald überquerten ein Mercedes und ein BMW die Überführung über die Gleise und bogen auf den Parkplatz ab. Sie hatten kaum angehalten, da schossen aus der dunkelsten Ecke des Platzes schwarzen Riesenkäfern gleich vier große Jeeps heraus und hielten so dicht zu Seiten der beiden Luxuslimousinen, dass deren Insassen die Türen nicht einen Spalt öffnen konnten. Zuerst war noch wütendes Geschimpfe zu hören, doch bald wurden die Drohungen und Befehle immer kleinlauter und verebbten schließlich ganz. Die Neuankömmlinge hatten wohl verstanden, dass ihre Luxuslimousinen sie keineswegs unverwundbar machten, und Christo stieg in der eingetretenen Totenstille durch den immer penetranter werdenden Gestank der scharfe Geruch seiner eigenen Angst in die Nase.

»Bitte tun Sie doch etwas, das ist ja …«, stotterte er.

»Seien Sie unbesorgt, Herr Weltschev«, sagte Toschev und strich sich mit einer Geste souveräner Macht über seinen Kahlkopf, »in dem BMW da sitzt einer der Stellvertreter des Generalstaatsanwalts, der auf meiner Zuwendungsliste steht und mich trotzdem verpfiffen hat, und im Mercedes haben Sie den Chef der staatlichen Agentur für den Kampf gegen das organisierte Verbrechen. Dem reicht wohl das Geld auch nicht, das ich ihm durch meine Leute zukommen lasse, denn der Mann macht sich ein bisschen sehr wichtig und spielt den pflichtbewussten Prinzipienreiter. Aber jetzt sollen Sie mal sehen, wie der weich wird, wenn er sich erstmal in die Hosen geschissen hat.«

In diesem Moment durchschnitt der Pfiff einer Lokomotive die Nacht, gefolgt vom fernen Rattern eines herannahenden Zuges. Nur schwach erhellt von der Neonbeleuchtung, wirkte er wie ein Phantom, das umso gespenstischer war, als es gar nicht enden wollte. Der Zug bestand aus gewöhnlichen, rostig-roten Güterwagen und einer ganzen Reihe von zylinderförmigen, mit Erdöl gefüllten Tankwagen.

»Das ist doch die Grenze, und der Zug hält gar nicht«, entfuhr es Christo.

»Natürlich hält er nicht.« Eduard Toschev fuhr sich wieder mit dieser sonderbar ruhigen Handbewegung über die schimmernde Glatze. »Für heute Abend haben wir eine Ausfuhrerlaubnis nach Serbien für zwei Zisternenwagen, angehängt sind aber achtzehn. Außerdem kann der Zoll auf diese Weise keinen Stempel unter den Wisch setzen, und wir können die Konzession morgen gleich noch einmal verwenden. Das war es auch, was dieser Hosenscheißer von der Polizei feststellen wollte, und den Staatsanwalt hat er mitgeschleppt, um ein bisschen mehr Druck zu machen.« Er ließ ein gefährliches Lachen hören. »Spielt hier den couragierten Law-and-order-Mann, und wozu? Doch nur, um mir mehr Penunzen aus der Seite zu leiern!«

Christo seufzte schwer.

»Aber Sie tun den beiden doch nichts an?«

»Herr Weltschev, seien Sie doch nicht so naiv«, lachte Toschev säuerlich, »ich brauche diese Herrschaften doch noch. Verstehen Sie denn nicht? Die sind mein bester Schutz!«

»Ehrlich gesagt … Ich bin entsetzt! Für so etwas können Sie ins Gefängnis kommen, und ich gleich mit Ihnen.«

»Ach was, ins Gefängnis kommen nur kleine Fische, die großen kaufen sich eins – wenn es sein muss, mitsamt Personal.«

Die lange Zugschlange, an deren Ende eine zweite Lokomotive angehängt war, löste sich in der Dunkelheit auf. Die nun eintretende Stille war beklemmend. Dazu der Anblick des leeren, in bläuliches Licht getauchten Bahnsteigs …

Die vier Jeeps fuhren wie auf Verabredung ein paar Meter gleichzeitig im Rückwärtsgang, dann bogen sie, ohne die Beleuchtung einzuschalten, Richtung Dragoman davon. Die beiden Limousinen der hohen Staatsdiener blieben einsam, durch die Nachtsichtgeräte entfärbt, wie vergessen zurück. Erst nach einer Weile kehrte Leben in die Motoren zurück, die Wagen starteten hastig und fuhren auf der Landstraße zurück nach Sofia.

»Das wollte ich wissen«, sagte Eduard Toschev leise, »ob sie es, ob einer von ihnen es wagen würde, zum Bahnhof zu fahren, nachschauen.«

Er legte sein Nachtfernglas ab, rieb sich zufrieden die Hände, als habe er sie gerade eingeseift.

»Wonach ist Ihnen jetzt, Herr Weltschev?«

»Ich hab einen Mordshunger«, antwortete Christo.

»Prima, ich hab einen Tisch im Panorama-Restaurant des Japanischen Hotels reserviert, aber … diesmal übernehmen Sie die Rechnung!«

8

Drei Monate später bekam er einen Brief, doch nicht ins Büro, sondern nach Hause, in die alte Wohnung seiner Eltern und Großeltern auf der Iwan-Schischman-Straße hinter der Kirche Siebenheiligen, in der er nach wie vor lebte. Die Briefkästen aller Bewohner befanden sich zwischen Hauseingang und Treppenabsatz und waren arg demoliert. An manchen Briefkästen war das Schloss aufgebrochen, an seinem war das Türchen aufgebogen. Geschaffen, um die Privatsphäre der Menschen zu schützen, hatten diese in mehreren Reihen aufgehängten Postkästen im Vandalismus der Wende-Jahre ihre Zweckbestimmung fast vollkommen eingebüßt. Der Briefumschlag war so alt, dass das Papier schon ganz angelaufen war. In der linken Ecke war der Schriftzug »1300 Jahre bulgarischer Staat« aufgedruckt, was bedeutete, dass er 1981 oder früher hergestellt worden sein musste; darüber eine Strichzeichnung der mittelalterlichen Burgfestung von Weliko Tarnowo. Der Briefbogen im Inneren aber war feinstes, gestrichenes Werkdruckpapier, das nach einem Moschusparfüm roch, und enthielt einen kurzen Brief, von dem Christo nicht wusste, wie er ihn einschätzen sollte:

Sehr verehrter Herr Weltschev,

zu meiner nicht geringen Überraschung werden Sie sehr viel besser als erwartet mit der Herausforderung fertig, reich zu sein. Ich verfolge Ihre Entwicklung und Ihre Geschäftserfolge aus nächster Nähe und freue mich für Sie, aber auch für Bulgarien, denn es sind Menschen wie Sie, die unserem gepeinigten Vaterland eine wahre Zukunft geben. Bitte nehmen Sie meine Glückwünsche entgegen sowie meine Bitte, 20 % (in Worten: zwanzig Prozent) des beträchtlichen Gewinns, den Sie bei der vollkommen legalen Ausfuhr von Erdöl zur Deckung des Bedarfs unserer Botschaften im ehemaligen Jugoslawien gemacht haben, auf die nachstehenden Konten zu überweisen.

(Folgt eine lange Liste Bankkonten von Offshore-Firmen mit Sitz von Liechtenstein bis Ozeanien.)

Dieser Bitte müssen Sie gemäß unserer ausdrücklichen Absprache nach-

kommen, wie sie in dem zwischen uns abgeschlossenen Vertrag niedergelegt ist!

Frohe Weihnachten und einen guten Jahresabschluss! Für das neue Jahr wünsche ich Ihnen Gesundheit, seelisches Wohlbefinden und geistige Regsamkeit.

Immer der Ihre
General a.D. Iwan Grigorov

Erheitert lachte Christo auf, zerknüllte das Blatt und warf es in den Mülleimer. Später, als er sich in der Küche einen Whisky eingoss, kam er ins Grübeln, fischte es wieder aus dem Abfall heraus und glättete es auf dem Couchtisch im Wohnzimmer. Er hatte doch gar keinen Vertrag mit dem General unterschrieben?! Es gab noch nicht einmal eine mündliche Absprache, zwanzig Prozent vom Gewinn eines jeden erfolgreichen Geschäfts zu überweisen, geschweige denn auf die Konten solch dubioser Briefkastenfirmen. Die Eiswürfel klackerten bedrohlich in seinem Glas. Er nahm sein Adressheftchen, blätterte darin, und schließlich fand er sie, die Geheimnummer, die Oberstleutnant Petrov ihm bei ihrer letzten Begegnung in der konspirativen Wohnung auf der Biglastraße gegeben hatte. Er wählte. Trotz der vorgerückten Stunde wurde am anderen Ende der Leitung schon nach dem zweiten Klingeln abgehoben.

»Petrov, ja bitte?«

Christo war so überrascht, dass er unsicher wurde.

»Bitte entschuldigen Sie die Störung, aber …«

»Oh, Herr Weltschev, womit kann ich Ihnen dienen?«

Christo skizzierte ihm mit einigen Worten die Sache mit dem Brief, den er bekommen hatte, und der ihm doch »ungewöhnlich und verwirrend« vorkäme.

»Ja, der General liebt es, zu scherzen«, sagte sein früherer Ansprechpartner für Denunziationen aller Art mit finsterem Ton.

»Und was raten Sie mir jetzt zu tun?«

»An Ihrer Stelle würde ich die Anweisung sofort ausführen. Der General liebt es nicht, zu scherzen.«

Zwei Wochen später, an Neujahr, klingelte sein Mobiltelefon. Diese kleinen, schnurlosen Geräte waren gerade in Umlauf gekommen und machten es möglich, dass man – das Militär hatte einige seiner Frequenzen an den Mobilfunkoperator abgegeben – fast überall in Bulgarien erreichbar war und sich seinerseits melden konnte. Christo besaß zwei solcher Mobiltelefone. Die Nummer des einen kannten die Angestellten von Petroleum International, einige Banken und die wichtigsten Geschäftsleute seines Kalibers; die Nummer des zweiten aber war geheim, und nur seine Mutter, Dessislava und – Eduard Toschev kannten sie.

»Herrrr Weltschev«, hörte er die Stimme General Grigorovs auffällig sanft-beschwingt, »wir haben Ihre Sendung erhalten und möchten uns für Ihre Korrektheit bedanken.«

»Immer zu Ihren Diensten«, sagte Christo, aber der General hatte die Leitung bereits unterbrochen.

Da klingelte überraschend das zweite Telefon mit der Nummer, die nur besagte drei Personen kannten. Seine Mutter schlief aber um diese Zeit, Dessislava war bei einer Aufführung des Theaters hinter dem Kanal, und Eduard Toschev war noch nicht von seiner Geschäftsreise nach Russland zurück. Vermutlich hatte sich jemand verwählt. Er hob ab.

»Ach, Herr Weltschev, Sie sind es noch einmal?« Diesmal lag in der forcierten Lebendigkeit der Stimme des Generals unverkennbare, gefährliche Ironie. »Oh, diese Verkalkung! Ich werde wohl langsam schusselig. Wollte mich bei jemand ganz anderem melden, und habe aus Versehen dieselbe Nummer noch einmal gewählt. Entschuldigen Sie vielmals!«

9

Schon im Frühjahr war Simeon ausgezogen und hatte seinen Geruch nach Bühne, nach Boheme und nach Enthemmung gleich mitgenommen. Er war gegangen mit seiner ständigen Geldknappheit und seiner Alkoholfahne, seinen ausgeleierten Pullovern und seinen T-Shirts, in denen er sommers aussah wie ein braungebrannter Engel, und mit seinen Angewohnheiten wie etwa der, stundenlang die Toilette zu blockieren, weil er dort seine Rollen lernte. Er war fort mitsamt seiner Hyperempfindlichkeit, seiner Zerstreutheit in kleinen Alltagsdingen und seiner konzentrierten Intensität in den großen Theaterdingen. Mitgenommen hatte er auch sein Mitgefühl und seine Großzügigkeit gegenüber den gesellschaftlichen Randfiguren, ganz gleich, ob Mensch oder Tier, Rentner oder Kind, Hund oder Katze, und seinen unversöhnlichen Hass auf die Mächtigen, die sich – während das von ihnen regierte Volk hungerte – an die Fleischtöpfe klammerten. Mit ihm verschwunden war die Erschöpfung nach einer Vorstellung, die sich wie ein Nebel um ihn legte und ihn wie ein Kind aussehen ließ, das nicht wahrhaben wollte, dass man vom Erleben all der aufregenden Wunder der Welt so müde sein konnte, dass man eigentlich schlafen gehen sollte … wenn man bloß schlafen könnte!

Mit ihm war aber auch *ihre Müdigkeit* gewichen! Unablässig hatte sie seinen Charme und seine Empfindlichkeit um sich herum ertragen müssen, die Wirkungen seines guten Aussehens und seiner Berühmtheit, die zahllosen Äußerungen seiner Liebe zu ihr, seine zermürbende Aufmerksamkeit und ritterliche Rücksichtnahme, und über allem hing das Damoklesschwert, dass er nicht nur ohne ihre Zuwendung, sondern *ohne sie* nicht leben konnte. Die letzten Jahre waren ein einziger, Tag für Tag sich wiederholender Akt der Selbstvergewaltigung gewesen und – was noch schlimmer war – Nacht für Nacht. Dessislava war seine Ehefrau, seine bis zur Entsagung treue Ehefrau, indem sie verstandesmäßig Ja zu ihm gesagt hatte; aber nie, nicht einen einzigen Moment lang, hatte sie sich ihm hingegeben, war wirklich seine Geliebte geworden. Mit all seiner Potenz und Unersättlichkeit, seiner kraftmeierischen Virilität vermochte er es nicht, sie zu erwecken. Ihr Körper und ihre Seele blieben kalt, eingesponnen wie das Kind in der Zauberwelt, schlafend wie Dornröschen im Schloss. Das hieß aber nicht, dass sie Simeon abstoßend fand. Sein sie verfolgender Liebeshunger erfüllte sie nicht im Mindesten mit Ekel, sondern nur mit einer pedantischen Gleichgültigkeit, die im Toben seiner Leidenschaft nur dachte, wie schön kühl und glatt das Laken doch vorher gewesen war, und dem beklemmenden Schuldgefühl, dass sie … jemand anderen betrog, dass sie also unsittlich war, geradezu amoralisch, weil sie *mit diesem fremden Mann schlief*, mit dem sie verheiratet war.

Sie bat Maja, ihr seine neue Adresse zu geben und Simeon vorzuwarnen, dass sie ihn zu einer ihm angenehmen Zeit besuchen kommen wolle.

Simeon ließ wissen, das es ihm Samstag nach der letzten Vorstellung der Theatersaison, die immer Ende Juni schloss, recht sei. Das würde nach zehn Uhr abends sein. Darin erblickte Dessislava nicht so sehr seine verbitterte Hoffnung, sie doch noch zu erobern, sondern seinen Wunsch, sie zu demütigen, indem er sie genauso empfing wie jene Verehrerinnen, die ihm statt Sträußen sich selbst zuwarfen in der letzten Blüte ihrer vorgerückten Jugend. Ohne Zögern nahm sie an. Simeon lebte jetzt im Stadtteil Isgrev, fünf Minuten von der ehemaligen Botschaft der Sowjetunion und dem Grab des Weisheitslehrers Peter Denov entfernt. Seine Bude war so spartanisch eingerichtet wie die Mansarde, in der er als Student gelebt hatte. Zwei nackte, von Fliegenschissen gesprenkelte Glühbirnen warfen ihr Licht auf die mit Film- und Theaterplakaten tapezierten Wände. Drinnen war es eng und heiß, roch nach glühenden Dachziegeln und Sommer in der Stadt. Das Bett war eine Pritsche auf vier Holzbeinen. Es gab auch so etwas Wackliges, das an einen Schreibtisch erinnerte. Darauf lagen Fotoabzüge von Simeon während der Demonstrationen der UDK, aber auch ein nur nachlässig bedecktes Foto von Pepa Koitscheva, auf dem sie sich räkelte wie Goyas *Nackte Maja* und schaute mit dem überlegenen Blick der großen Rassekatze. In der Ecke stand eine in der Mitte durchgesägte Kleiderablage, der die Türen fehlten, auf dem Boden kullerten leere Flaschen, daneben, einem UFO gleich, saß ein Porzellannachttopf aus der fernen Welt einer anderen Zeit. Von der Wohnung unten drang klassische Musik herauf.

Simeon war sichtlich müde von der Vorstellung. Seine Schultern hingen herab, seine Augen blickten leer, was ihnen einen traurigen Ausdruck gab. Von ihm ging jene Melancholie aus, in die der Mensch aus Übersättigung oder nach einem Höhepunkt verfällt, und daran erkannte Dessislava, dass die Vorstellung mit vielen Vorhängen und Verbeugungen bedacht worden war. Wie er so auf seiner Pritsche dahockte, war er die Verkörperung des Erfolgs, der Einsamkeit des Siegers, der plötzlichen Leere nach großer Fülle, des Schmerzes des Triumphs.

Er lächelte matt und öffnete die Flasche russischen Wodkas, die sie mitgebracht hatte, nahm sich ein Wasserglas, füllte es zur Hälfte und trank es pur fast ganz aus. Dann seufzte er erleichtert wie ein Alkoholiker, der nach langer verzweifelter Suche endlich eine offene Kneipe gefunden hatte, wischte sich den Mund ab und klopfte mit bäuerlicher Grobheit auf den Platz neben sich.

»Und, kommst du?«, fragte er heiser.

»Nein«, antwortete sie.

»Wusst' ich's doch!« Er leerte sein Glas, wischte sich wieder den Mund ab.

»Du, Sim, das mit der Scheidung meine ich wirklich ernst«, sagte Dessislava so begütigend wie möglich. »Wir müssen uns an diesen Gedanken gewöhnen!«

»Woran gewöhnen?«

»Na, an unsere Trennung!«

»Wie an Zahnschmerzen und zu enge Schuhe, ha? An 'ne echte Trennung kann man sich nicht gewöhnen.«

»Die Zeit ...«

»Oh, klar: Die Zeit heilt Wunden«, sagte er ironisch und lachte fahrig, aber die Ironie war gegen ihn selbst gerichtet. »Trinkst du einen Schluck mit?«

»Sehr gern!«

Während er ihr eine spärliche Damenportion eingoss, zitterte seine Hand. Das war ein schlechtes Zeichen, ein Zeichen, dass er zutiefst verletzt war. Dessislava hatte seit langem die Befürchtung, dass er zum Trinker wurde. Noch rettete ihn das Theater, sein voller Terminkalender, seine Lust, auf der Bühne zu stehen und alles zu geben.

»Warum bist du dann gekommen?«

»Ich wollte dich um etwas bitten. Um etwas Wichtiges, etwas, das für mich große Bedeutung hat.«

»Wusst' ich's doch! Und was so Bedeutendes kann ich für dich tun?«

»Den *Hamlet* spielen.« Dessislava biss sich auf die Lippen. »Du weißt doch – unseren *Hamlet*! Den, den Theo Sotirov zerpflückt hat.«

Simeon lachte kurz und künstlich auf. Nein, diese Heiterkeit spielte er nicht gut. Ohne es zu wollen, hatte Dessislava ihn schon wieder verletzt, ihm jene letzte, schwache Hoffnung genommen, dass sie doch noch zusammen sein würden, und ihm stattdessen egoistisch vorgeschlagen, er möge ihr doch helfen, ihren eigenen Traum zu verwirklichen. Das war wirklich ein blödes Zusammentreffen unglücklicher Umstände, aber was sollte sie machen?

»Ist dir eigentlich klar, was du da von mir verlangst?«

»Ja, aber … als Zeichen, dass wir Freunde bleiben …«

»Freunde bleiben!« Sein Lachen war nun hämisch und noch kürzer, aber nicht mehr gekünstelt, sondern ein Aufschrei. »Und wo willst du das Geld hernehmen? Der *Hamlet* ist nicht gerade ein Ein-Personen-Stück.«

»Da mach dir mal keine Sorgen.«

»Oh, ich vergaß: dein Vetter Christo! Wo man auch geht und steht: dein verdammter Vetter.« Simeon leerte sein Glas, goss nach, ließ die Flasche aber nicht los. Er zitterte derart vor Angst, dass er sich daran festhielt wie an einer Haltestange im Bus. »Hab schon gehört: Er soll Millionär geworden sein, aus heiterem Himmel und über Nacht.« Er lächelte sauer. »Genau wie diese Banditen und Betrüger, die den Staat geplündert und die Leute beraubt und betrogen haben.«

»Nun werd' nicht bissig.«

»Haha, der bissige Hund – dein bester Freund.«

Jeder starrte schweigend in eine Ecke, wo Spinnen darauf lauerten, dass sich die Zeit brummend in ihren Netzen verfing. Dessislava erkannte nun die Musik, die unten lief: Es war das dritte *Brandenburgische Konzert* von Bach. Auf einmal sagte Simeon leise und beklommen:

»Dess, ich … ich liebe dich!«

»Ich liebe dich ja auch«, erwiderte Dessislava, erschrak über den Automatismus ihrer Worte und ergänzte rasch: »… auf meine Weise.«

»Meinst du, ich bekomme nicht mit, wie du dich vergewaltigst, von Anfang an? Ich frage mich nur: Warum hast du mich dann geheiratet?«

»Da gibt es zwei Haupt- und ein paar Nebengründe.«

»Dann fang mal mit dem Haupt- an.«

»Erstens, weil du es um jeden Preis wolltest, und zweitens, weil ich dachte, ich würde mich an dich gewöhnen und dich mit der Zeit auch zu lieben beginnen.« Dessislava hielt in ihrer Apologie kurz ein, weil sie merkte, dass sie am Rande des Abgrunds wandelte. Aber wann, wenn nicht jetzt, sollte sie aufrichtig sein? »Ich wollte mich mit aller Kraft in dich verlieben. Du hättest es verdient!«

»Wieso?«

»Du siehst gut aus, und du bist mitfühlend gegenüber der leidenden Kreatur, egal, ob Mensch oder Tier. Und du gehst lieb mit kleinen Kindern um.«

»Und das ist alles?«

»Du bist auch ein von Gott begnadeter Schauspieler. Mir läuft jedes Mal eine Gänsehaut den Rücken runter, wenn ich dich spielen sehe.«

»Aber das alles genügt nicht, hm?«

»Im Gegenteil, ich weiß ja, dass andere mit viel weniger zufrieden sind, und hab gekämpft mit mir, aber … du kannst die Liebe eben nicht zwingen! Trotzdem: Ich hatte eigentlich nicht die Absicht, an unsere Ehe zu tippen. Das hast du getan, indem du mich betrogen hast.«

»Wovon redest du? Irgendwie schaffst du es immer, dich herauszuwinden.«

»Ich habe dich, ohne es zu wollen, nach der Generalprobe zu *Warten auf Godot* mit Pepa Koitscheva erwischt, wie ihr in ihrer Garderobe tätig wart. Wollte euch einfach nur gratulieren, euch ein kleines Geschenkchen bringen. Und wie ich euch da so vor dem Spiegel in voller Aktion sah, dachte ich, ich bin in einen Pornofilm mit meinem eigenen Mann geraten!«

»O Gott …«

»Ich mach dir ja keinen Vorwurf«, beeilte sich Dessislava einzuwerfen, als sie sah, wie Simeon zusammensackte, »aber … ich kann eben einfach nicht länger mit dir zusammenleben.«

»O Gott, Dess, warum bist du denn nicht reingekommen und hast 'nen Aufstand gemacht?«

»Was hätte das für einen Sinn gehabt?«

»Weißt du eigentlich, wie ich auf dich gewartet habe? Wie viele Jahre? Damals, als du mich am Patriarchen-Denkmal im Regen hast stehenlassen, erinnerst du dich? Da hab ich bis zum Morgen gestanden. Im Theater, als wir den *Hamlet* geprobt haben … später, als wir angeblich ein gemeinsames Zuhause hatten … nichts als Warten, Warten, Warten auf dich! Mein ganzes Leben – ein Wartesaal, ein Hoffen darauf, dass der Zug endlich kommt.«

»Ich weiß.«

»Aber du bist nie gekommen, wie Godot!«

»Darum will ich mich ja auch scheiden lassen, Lieber, um dem ein Ende zu setzen. Deinetwegen!«

Simeon durchlief ein Schauer, als er plötzlich gewahr wurde, dass sie ihn nicht mehr mit Vorwänden hinhielt, ihm nicht mehr nach dem Mund redete, um ihn zu beschwichtigen, sondern die Wahrheit sagte. Noch einen Wodka. Das Konzert unten war verklungen, nun war in der stickigen Stille das Rauschen der Toilettenspülung zu hören. Dessislava verließ auf einmal die Kraft. Taumelnd stand sie auf. Sie nahm ihre Handtasche vom Schreibtisch und schubste das Foto von Pepa Koitscheva unauffällig unter die anderen. Dann schaffte sie es, irgendwie zur Tür zu kommen. Dort wandte sie sich noch einmal um und sagte:

»Bitte verzeih mir, wenn du kannst.«

»Dess«, hielt Simeon sie zurück. Die Farbe war in sein Gesicht zurückgekehrt, es hatte wieder seine markante Männlichkeit. Die Selbstbeherrschung des großen Schauspielers sprach daraus, berufen, schwere Rollen im tragischen Fach zu spielen. »Ich wollte dir nur noch sagen, dass du bei deinem *Hamlet* auf mich zählen kannst. Wenn es sein muss, steh ich schon morgen zur ersten Probe auf der Matte!«

10

Und wirklich: Um punkt zehn Uhr betrat er gewaschen und gekämmt, rasiert und parfümiert, kurz, mit allen Zeichen der Bereitschaft und des guten Willens, das Museum der revolutionären Bewegung, berstend vor Energie, und verströmte Glück, Glück in all seiner Unbeständigkeit. Seine Lippen umspielte jenes schiefe, angedeutete Lächeln, das seine Verehrerinnen verrückt machte und sie nachts feucht von ihm träumen ließ. Da war er, der versonnene Hamlet mit dem jungenhaften Charme, der so selbstvergessen war, dass er auch die anderen vergaß, driftend im trüben, kalten Licht des Nordens mit seinem unlösbaren Konflikt, »to be or not to be«, handelnd in das Leben einzugreifen oder sich treiben zu lassen, die Wahrheit beim Namen zu nennen oder sich verrückt zu stellen, Vergeltung zu üben oder selbst zu sterben … Simeon erinnerte sich gut an die Rolle mit ihren drastischen Regieeinfällen, der kompromisslosen

Übertragung der Dramenhandlung ins Heute, durch das die Zeitlosigkeit des Stücks hervortrat, das, was sich ewig wiederholt, solange Menschen Menschen sind.

Neben ihm wirkte Maja wie eine Frau, die arge Mühe mit ihrem ständigen Kater hatte, so als wäre Ophelia Alkoholikerin oder habe schon von Jugend an das Gebaren einer alten Jungfer entwickelt. Neben der lastenden Melancholie Hamlets kam ihre zerstreute Zimperlichkeit aber prima rüber. Sie wollte Hamlet gar nicht verstehen, und ihm auch nicht helfen, sie hatte einfach den Voyeurismus ihres Vaters, des alten Polonius, geerbt und war schlicht neugierig, was sich in dem Prinzen eigentlich abspielte. »Hamlet, als Zeitgenosse verstanden, hat kein festes Ethos, keine Abstammungssicherheit mehr«, sagte Dessislava, »darum braucht er Liebe; Ophelia bietet ihm aber nur ihre Neugier an.«

Als sie eines Mittags eine Kaffeepause einlegten, stapfte Simeon mit seinem aus Zeitungspapier gefalteten Malerhütchen durch das improvisierte Etwas, das sie zur Bühne gemacht hatten, stieg über die offenen Farbeimer mit den Rollen und Pinseln und sagte schließlich:

»Dess, dein abartiges Museum ist wirklich der Bringer, echt, einfach toll, aber … wenigstens der Saal hier, der hat einfach zu viel Hall.«

Dessislava hatte den ganzen Vormittag über eine unerklärliche Gereiztheit empfunden, so als sei eine Fliege pausenlos und mit Gebrumm gegen ein Fenster geflogen, wusste aber nicht, woher sie kam. Nun auf einmal begriff sie, dass ihr titanischer Kampf um die Herrichtung des Saals, unterstützt von Maja und einigen Studenten der Schauspielakademie, die später Nebenrollen und die Höflinge am dänischen Königshof spielen sollten, vergeblich gewesen war. Die mit weißer Latexfarbe gestrichenen Wände glänzten – nackt und bloß, rein und … eben hallend.

»Oje«, stöhnte sie, »und was haben wir hier schon an Geld reingesteckt.«

»Am billigsten wäre es«, sagte Maja mit dem Plastikbecher Kaffee in der Hand, »wenn wir die Wände mit Mull oder Verbandsstoff tapezieren und sie dann nochmal streichen würden.«

»Gut wären auch Damenbinden«, lachte Simeon forciert.

»Aber … das heißt ja: alles noch mal von vorn! Zeit, Geld, woher nehmen und nicht stehlen?«, fasste Dessislava sich an den Kopf.

»Oh, für mich gibt es nichts Schöneres, als ehemals revolutionär bewegte Wände mit Verbandsstoff zu kurieren. Da raste ich geradezu aus vor Begeisterung. Und das Geld, das hat doch der liebe Vetter, *dein Christo*. Ein paar tausend Dollar, das ist für den doch Taschengeld.«

Dessislava hatte »ihr Theater« geträumt. Die Bühne sollte auf einem Podium nicht mehr als fünfzig Zentimeter über dem Saalboden sein, das durch einen billigen Leinenvorhang vom Zuschauerraum getrennt war. In diesem Zuschauerraum würden sie gewöhnliche Parkbänke aufstellen, aber weiß, rosa und lila gestrichen. Dieses farbliche Zusammenspiel würde eine Atmosphäre von Puppenhaftigkeit und kindlicher Zauberwelt erzeugen, die an naive Plapperhaftigkeit denken ließ und mit seiner Ungewöhnlichkeit ablenken würde; aber taten die Säulen, Galerien und Kartuschen, Geländer und Giebel im Volkstheater das nicht auch? Keine überflüssige Prachtentfaltung – nur diese drei Farben Weiß, Rosa und Lila, denn die waren nicht im Alltag und auf der Straße zu finden, sondern bei Tulpen, Gladiolen und Nelken – und in Träumen. Theater war ja ein Traum, wie auch das Leben laut Calderon ein Traum war, aber im Theater war dieser Traum in eine Form gebracht, eine überschaubare Form.

Sie gaben sich einen Ruck und – machten weiter. Morgens Proben, nachmittags setzten sie die Papierhüte auf, zogen alte Hosen, T-Shirts und Galoschen an und malerten, was die Theaterbegeisterung hergab, denn die Zeit drängte. Die Premiere sollte auf Vorschlag Simeons am 6. September sein, dem Tag der Einigung von Nordbulgarien und Ostrumelien 1885, und das bedeutete, dass sie mit der Schalltapezierung und dem Anstrich spätestens Ende Juli fertig sein mussten, damit die Farbe trocknen und der Gestank nach Latex aus den Räumen verschwinden konnte.

11

Die Zeit bis zur Premiere rollte fort wie eine Münze, die einem blinden Bettler entglitten war. Die Generalprobe setzten sie für den 4. September an. Außer den Beleuchtungstechnikern durfte dabei nur Christo Weltschev anwesend sein. Als er den Raum betrat, entfuhr ihm ein Laut des Staunens. Dann brachte er es auf den Punkt:

»Großartig, es ist, als ob man von der Straße direkt in eine wundersame Bonbonniere fällt.«

Damit war auch die Frage entschieden, wie das Theater heißen sollte! Dessislava hatte sich gewünscht, dass schon der Name ungewöhnlich sein und aufmerksam machen, dabei aber nicht zu prätentiös sein sollte. *Bonbonniere* war einfach der Hit! Die Generalprobe selbst lief reibungslos, temporeich und machte dem Namen des Theaters alle Ehre: Es wurden viele Überraschungen ausgepackt! Simeon übertraf sich selbst, Maja brillierte mit ihrer altjüngferlichen Betulichkeit, der Polonius vertat sich nicht ein einziges Mal im Text, und die Studenten von der Schauspielakademie wirkten nicht wie Schauspieler, die Höflinge und Hofdamen spielten, sondern wie bekiffte Halbstarke. Als der löchrige Leinenvorhang fiel, trat eine eisige Stille ein, in die das einsame Klatschen Christos fiel wie Schüsse. Schüsse, die direkt ins Herz gingen, direkt in ihre Seele. Christo war von der Vorstellung wirklich erschüttert, und er verbarg es nicht, sondern verneigte sich vor ihr. Er bestellte Taxis und lud die gesamte Truppe ins Panorama-Restaurant des Japanischen Hotels ein. Nach dem zweiten Wodka hielt Christo es nicht mehr aus und sagte:

»Dess, ich kenne deinen *Hamlet* ja noch von damals, als du ihn in der Akademie geprobt hast, aber jetzt ist was dazugekommen, was ihm noch einen Dreh mehr gibt. Einfach großartig!«

»Sie ist genial«, meldete sich Simeon zu Wort, »und du – freigebig! Diese Kombination zwischen dir und ihr gefällt mir, und ich kann nur hoffen, dass sie sich heilsam auf meine reichlich verwaiste Börse auswirkt.«

Am 5. September wollte der Regen gar nicht mehr aufhören, und Dessislava verschlief den ganzen Tag. Traumlos und tief. In der Nacht auf den 6. September dann bekam sie kein Auge zu und wanderte zwischen Bad, Wohnzimmer und ihrem Zimmer hin und her, lauschte auf das Schnarchen ihrer Mutter, legte sich wieder hin, zählte Schafe bis hundert, bis tausend, aber es half alles nichts. Am Morgen des 6. taumelte sie vor Müdigkeit und Übererregung. Sie fühlte sich wie in Einzelteile zerlegt, bekam ihre Bewegungen nicht koordiniert. Bis zum Mittag ging sie zweimal zur Frischbäckerei, kaufte insgesamt vier Brote und weinte dreimal. Einfach so, wegen nichts. Vor lauter Glück, sagte sie sich zur Beruhigung.

Um halb sechs fiel noch immer dieser Landregen, trotzdem machte sie sich zu Fuß auf den Weg. Die glatten gelblichen Pflastersteine im Zentrum spiegelten den hereinbrechenden Abend, der von zwei bunten Strahlern erleuchtete Eingang zur *Bonbonniere* sah festlich aus. Festlich wie der Erfolg, dachte sie. Bis um halb sieben musste sie nicht ein einziges weiteres Mal weinen; für so einen Unsinn war jetzt keine Zeit mehr, auch wenn sie eigentlich nichts zu tun hatte. Christos Leibwächter brachten zwei Kisten Sekt, Platten mit Häppchen, Servietten und Plastikbecher und ordneten sie auf einem improvisierten Buffettisch an.

Um zwanzig vor sieben begannen die ersten Besucher zu kommen, und da fiel Dessislava auf, dass Simeon schon längst hätte da sein müssen. Um zehn vor sieben war der Saal beinahe gefüllt; ihre Mutter und ihr Vater saßen neben dem Kulturminister, der im Ministerium all seinen ehemaligen Sekretärinnen ein Pöstchen verschafft hatte, an die Damen feuchte Handküsse verteilte und bereit war, jedes »wirklich künstlerische Projekt« zu unterstützen, vorausgesetzt, man wollte kein Geld von ihm. Langsam begann Dessislava, sich über Simeons Schlendrian zu ärgern. Gut, er musste sich für das Stück nicht umziehen, sondern konnte direkt in seinen verwaschenen Jeans und seinem ausgeleierten Pullover spielen, aber ein bisschen Gesichtspuder und dezente Schminke waren schon wegen der Beleuchtung unausweichlich. Der Abstand zwischen den ersten Reihen und der Bühne war minimal, ein schwitzender Schauspieler wirkt aber ebenso abstoßend wie ein schwitzender Gigolo. Um sieben vor sieben kamen mitsamt ihrer Eitelkeit und überkandidelten Lebensfreude die Kollegen von der *Satire*, der *Komödie* und dem Armeetheater, darunter auch Pepa Koitscheva, in schlichtem Kleid, aber der Mähne und dem Gebaren einer Schlagersängerin. Sie lächelte Dessislava zu und machte das bekannte Zeichen mit den Daumen.

Um fünf vor sieben betrat Christo die *Bonbonniere* in Gesellschaft Eduard Toschevs und einiger weiterer namhafter Geschäftsleute und Bankiers. Sie alle kamen in Begleitung ihrer Frauen, eingehüllt in teure Düfte und die Garderoben italienischer und französischer Designer und behängt mit echten Diamanten. Um zwei Minuten vor sieben bekam sie Atemnot, um Punkt sieben rauschten ihr Bruder Jordan und ein junges, rothaariges Wesen herein, das entfernt, aber erschütternd ihrer verunglückten Schwägerin Neda glich. Um fünf nach sieben ging sie in die Garderoben zu den Schauspielern. Maja empfing sie:

»Wo ist dieser Schluck Spucke abgeblieben?«

Sie hatte sich vor Spannung auf die Lippen gebissen und auf jenes ausziehbare Sofa fallen lassen, das später beim Stück im Stück das Ehebett des Königspaares abzugeben hatte, in dem die Schauspieler demonstrieren sollten, wie hinterhältig Hamlets Vater vergiftet worden war, der alte und ehrwürdige König von Dänemark.

»Wo treibt sich dieser läufige Köter ausgerechnet jetzt herum?«

»Das frage ich mich auch«, sagte Dessislava und setzte sich neben die wartende Ophelia.

Um viertel nach sieben, als die Stimmen im Zuschauerraum immer lauter wurden, fiel es Dessislava wie Schuppen von den Augen: Auf einmal begriff sie, warum Simeon sich so bereitwillig angeboten hatte, warum er sich so in die Proben hineingekniet und warum er sogar bei der Renovierung alles getan hatte, damit sie rechtzeitig fertig wurden. Seine ganze Sommerpause hatte er darangegeben, um ihr zuerst die Gewissensbisse über die ausgesprochene Trennung zu nehmen, sie dann von ihren Zweifeln zu befreien und sie sich in jene Begeisterung, jenen Glücksrausch hineinsteigern zu lassen, nach dem das Unglück umso furchtbarer sein würde! Das, was er da perfekt inszeniert hatte, während sie glaubte, mit ihm den *Hamlet* zu inszenieren, war ihre eigene Niederlage, das entstehende Schöne, gekrönt von Hässlichkeit und Scheitern. Die Klarheit dieser plötzlichen Erleuchtung war so tödlich wie bei einem bösen Zauber. Sie merkte gar nicht, dass sie zu weinen begonnen hatte. Sie war zu beschäftigt mit ihren Gedanken, und da war auch keiner, der es ihr gesagt hätte.

Um zwanzig nach sieben kam Christo in die Garderobe, schaute sich nach Simeon um, begriff die Lage sofort und erstarrte.

»Geh du raus vor die Leute«, tippte er Maja an, um sie in die Wirklichkeit zurückzuholen, »und erklär ihnen, dass die Vorstellung wegen einer plötzlichen Erkrankung des Hauptdarstellers verlegt werden muss.« Und zu den ungläubig starrenden Studenten gewandt: »Na los, ihr Stars von morgen, Kopf hoch und den Sekt geköpft, wir feiern die Theatereröffnung auch so.«

Dann setzte er sich neben Dessislava und zog sie tröstend an sich. Ihre Tränen liefen ihm über den Hals. Von seinem herben, aber sauberen Geruch nach Mann, nach Männerparfüm fühlte sie sich geborgen wie unter einer Decke, wie an einem warmen Kaminfeuer, an das man aus der Kälte trat.

»Kann einer das verstehen, kann einer diesen … Hamlet verstehen?«

»Ich hätte mir das denken müssen, spätestens nach diesen ironischen Äußerungen nach der Generalprobe hätte ich mir das denken müssen«, raunte Christo.

12

Seine Nerven lagen blank, sein Mund war trocken und das rechte Augenlid flatterte, wie immer, wenn ihn die Verzweiflung packte. Durch den Spalt der Tür aus Hartpappe, die sich – längst aufgequollen – nicht mehr richtig schließen ließ, erblickte er das delikate Profil ihres langgestreckten, ihres ätherischen Leibes, die kleinen strammen Tittchen, die schmalen Hüften, als habe er eine Vision: die Lösung des Rätsels um seinen ständig wiederkehrenden Schmerz. »Der Schmerz ist nötig, Kindchen, er warnt und bewahrt uns vor Schlimmerem«, war Jonka nicht müde geworden, auch ihm zu wiederholen, »und er heilt uns, weil sein Feuer uns reinigt. Das Glück macht uns nur faul und eitel, das Leiden aber geduldig und weise!«

Ihre Silhouette kam ihm in diesem Moment so unglaublich nah und vertraut vor, dass er – wäre nicht das rötliche Haar gewesen, das ihr lockig auf die Schultern fiel – hätte glauben mögen, dass es Neda war, die da im Gegenlicht vor dem Fenster stand, Neda, die in sein Leben getreten war, kühl und alles durchdringend wie eine Äthernarkose, um dann unversehens, nach traumschwerem, unruhigem Schlaf, beim Aufwachen zu verschwinden, grausam, unerbittlich und für immer. Jordan zwinkerte erschrocken, um sicherzugehen, dass er nicht auch jetzt träumte, und spitzte die Ohren. Die Stimme, die da sprach, gehörte Sima, seiner Regisseurin.

»Schau mal, Kleine, das Wichtigste ist, dass du dich frei fühlst, und das geht nur, wenn du dich als etwas Eigenes, anderes als die anderen fühlst. Nicht begeisternd, toll oder unvergleichlich auf dem Bildschirm, sondern schlicht eigenständig und anders. Und noch etwas …« Sie machte eine Bedeutungspause, als habe sie ihr einen Knopf angenäht und müsse nun eben mit den Zähnen den Faden durchbeißen. »Noch etwas: Sei hartnäckig bis zur Arroganz! Du kannst den Chef bedenkenlos unterbrechen, solange er sein Liedchen souverän auswendig singt; aber ich verbiete dir, hörst du, ich verbiete dir, ihm in die Parade zu fahren, wenn er sich verhaspelt, denn dann geht das Feuerwerk los, dann kommen die großen Momente!«

Jordan setzte ein Lächeln auf, um seine Verlegenheit zu kaschieren, und stieß die Tür auf. Das Winterlicht im Fenster blendete ihn. Dida hatte dasselbe strenge, schwarze Kostüm angezogen, mit dem sie zu dem Sponsorengespräch mit Eduard Toschev erschienen war; diesmal aber trug sie eine stechend rosafarbene Fliege darüber, ein exotisches, spielerisch männliches Unterscheidungsmerkmal, das ihr eine pfiffige Eleganz verlieh.

»So, das Mädel ist startklar, Chef.«

»Und sieht tipptopp aus«, lachte er forciert.

»Und pass ein bisschen auf: Das ist ihre erste Sendung, und gleich live!« Sima redete mit Jordan, als sei er ihr Sohn, dem sie zum wiederholten Male einschärfen musste, in der Schule nicht immer die Mädchen zu hauen, die ihm gefielen. Auf dem Weg zum Studio, in dem *Sieben Tage* aufgezeichnet wurde, steckte er sich nervös eine Zigarette an, sog gierig daran, und reichte Dida den Glimmstengel weiter. Um sie von ihrer Unsicherheit abzulenken, fragte er:

»Und, wie läuft dein Schauspielkurs?«

»Wo… woher wissen Sie denn das?«

»Hat mir ein Vögelchen ins Ohr gezwitschert. Jetzt sitzt die große Dida sicher mit einem frisch aufgebrühten Kaffee vor dem Fernseher, hm?«

»Oh, aber nicht wegen mir, Herr Weltschev, sondern – Sie wissen ja: Ihretwegen!«

Im Studio roch es wie immer beruhigend nach Staub und verbrannter Luft. Die Studiogäste, allesamt ausgefuchste und schrecklich intelligente junge Burschen mit akademischen Abschlüssen in Oxford oder Cambridge, hatten sich hinter dem ovalen Halbrund aufgebaut. Mit ihren Fachkenntnissen in freier Marktwirtschaft hatten sie sich bei Banken oder einer der neuen Parteien unentbehrlich gemacht und verdienten einen Haufen Geld. Sie sprachen frei, ja, regelrecht dreist zu den einfachen Bulgaren, die am heimischen Fernsehgerät saßen, um endlich zu begreifen, warum sie immer ärmer wurden. Die Yuppies lächelten falsch, mit dem Selbstbewusstsein derer, die wussten, wie der Hase läuft, und der Süffisanz der Erfolgreichen.

Dida schlug sich hervorragend. Zurückhaltend, aber scharf, mit provokativen Fragen und dezent angedeuteter Verachtung für das Zahnpastalächeln ihrer Studiogäste ließ sie sich nicht im Geringsten von ihnen einschüchtern. Sie hatte sich zudem ausgezeichnet über den ansteigenden Dollarkurs informiert, und so konnte sie das verbale Konfetti, das die Möchtegern-Wirtschaftsdoktoren als Ratschläge und Einschätzungen in den Äther schickten, als »verspätet«, »zu lasch« oder »undurchführbar« kritisieren. »In der Tat«, fasste sie in ihrer abschließenden Stellungnahme zusammen, »um aus dem Sumpf herauszukommen, sind schleunige finanzpolitische Maßnahmen vonnöten, doch der Sumpf ist nicht nur ein wirtschaftlicher, sondern auch ein moralischer, und ohne eine Geschäftsethik, die Vertrauen in den freien Markt überhaupt erst ermöglicht, sind auch sie zum Scheitern verurteilt.« Als die Sendung vorbei war, seufzte Jordan so unverhüllt auf, dass er diesen spontanen Ausdruck seiner Erleichterung selbst auf dem gegenüberliegenden Bildschirm am Boden hören und sehen konnte. Dida legte ihr Kinn auf die verschränkten Handflächen und starrte in die Ecke. Völlig ausgepumpt fragte sie:

»Wie ist es gelaufen?«

»Großartig«, erwiderte Sima aus dem Aufnahmeraum. »Man möchte es gar nicht glauben: so hübsch und so zierlich, und dabei so bissig! Vor allem aber: Du hast wirklich eine eigene Marke gesetzt.«

»Hab ein bisschen wenig Hintergrund gebracht, ich meine so von wegen New Yorker Börsenfonds, Dow Jones und NasDax …«

»Und gerade das hat mir so gefallen, dass du uns das erspart hast«, grinste Jordan. »Dafür lade ich dich jetzt …«

»Wie? Wohin wollen Sie mich denn einladen?«

»Das weiß ich auch noch nicht. Aber verdient hast du es dir.«

13

Der Schneeregen tauchte die Welt vor ihrer Windschutzscheibe in ein märchenhaftes Gewebe aus Flocken, Schlieren und einem Nebel, der so alles verschlingend war wie die Abgründe der menschlichen Seele. Über das Feld stolzierten Raben und pickten mit ihren langen, kräftigen Schnäbeln in der umgepflügten, noch nicht gedüngten Brache. Jordan fuhr langsam und vorsichtig. Er hatte zwar Winterreifen aufgezogen, aber gebrauchte. In seinem alten Lada roch es nach Benzin und kaltem Zigarettenrauch; er vermeinte aber auch, den typischen »Hausgeruch« Nedas zu erschnuppern. Vermutlich bildete er sich das nur ein, aber wenn, dann war das eine ziemlich hartnäckige Einbildung, die ihn anwehte wie ein Lufthauch, grundlos, unerklärlich und besorgniserregend. Dida hatte sich in ihren Mantel eingemümmelt und schaute hypnotisiert nach vorn. Eine ungehorsame Kupferlocke hatte sich unter dem Schal um ihren Kopf hervorgestohlen, als wolle sie die Lage für die folgende Frage auskundschaften:

»Wo fahren wir hin?«

»Ich weiß es selbst noch nicht«, antwortete Jordan. Er hatte gerade die Umgehungsstraße überquert, wobei seine alte Rostlaube fast abgesoffen wäre, da heulte der Motor auf und es ging den Hang aufwärts nach Simeonowo. »Wüsste es aber auch gern … ich meine, wohin unsere Reise geht!«

Zu beiden Seiten der Ausfallstraße tauchten Pensionen und Familienhotels auf, deren Namen auf die Waldfrüchte des Gebirges hinwiesen: *Zur Walderdbeere*, *Zur Blaubeere*, *Zur Himbeere* und *Zur Preiselbeere*. Neben einer der Einfahrten lag ein Schlackehaufen, und dieses Denkmal des Ausgebrannten nahm Jordan die Entscheidung gleichsam ab. Er parkte vor der gemauerten Einfassung.

»Was machen wir hier?«

»Ich weiß es selbst noch nicht«, antwortete Jordan.

»Ein bisschen aufwärmen wäre wirklich keine schlechte Idee«, meinte Dida.

»Stimmt, und ein bisschen Zuflucht suchen.«

»Vielleicht kriegen, 'tschuldigung, *bekommen* wir hier ja sogar ein Glas Glühwein?«

»Das ist überhaupt eine Idee!«

In der klammen Kälte lag Schneegeruch. Die Kinder weiter unten hatten sich schon eine Rutschbahn gemacht, die eisig spiegelte. Das Hotel war so klein, dass Foyer, Rezeption und Bar ein und derselbe Raum waren. Die Temperatur drinnen betrug nicht mehr als zehn Grad Celsius. Hinter der Theke stand ein stämmiger Schope in dickem Pullover und Trainingshose.

»Haben Sie Glühwein da«, fragte Jordan mit unnatürlich lauter Stimme.

»*Haben* täten wir gern vieles, aber Glühwein haben wir ganz und gar nicht«, sagte der Mann gedehnt. Warum klang er dann so zufrieden mit sich, wenn dem so war? »Ich könnte euch aber 'nen schönen heißen Rakija mit Honig machen.«

Na, wer sagte es denn! Jordan bestellte. Sie setzten sich an den Tisch am Fenster. Dida hörte nicht auf zu bibbern, obwohl sie sich wirklich tief in ihren Mantel eingemümmelt hatte. Ihr ganzer Körper zitterte, als hätte sie Schüttelfrost. Jordan wurde verlegen, schaute nach draußen, schaute Dida an, schaute nach draußen, und wieder Dida an … Vor dem benachbarten Hotel hielten zwei kastenförmige Mercedes-Geländefahrzeuge in einer Schneewehe, deren Nummernschilder identisch und deren Zahlen Schnapszahlen waren, ein sicheres Zeichen, dass sie zum Wagenpark eines Unterweltbosses gehörten. Zehn starke Jungs zwängten sich heraus. Zusammen mit den schwarzen, Katafalken gleichenden Fahrzeugen glichen sie in ihren schwarzen Anzügen einem Beerdigungsunternehmen für gewichtige Todesfälle. Ein Durcheinander entstand, vermutlich, um den im Schneetreiben kaum erkennbaren Mann zu schützen, der jetzt ausstieg und wohl der Pate der organisierten Jungs war. Sofort eilte ein Frauchen mit einem Schild unterm Arm aus dem Hotel und hing es an das Hoftor. Bevor sie dieses schloss, konnte Jordan noch eben auf Bulgarisch und Englisch lesen: GESCHLOSSEN.

Endlich brachte der Schope ihnen den heißen Schnaps. Er war stark, roch in der Tat nach Honig, nach Trauben und nach seligem Vergessen und wärmte herrlich von innen, nur – Dida hörte nicht auf zu zittern.

»Nächste Woche müssen wir schon wieder zu Eduard Toschev«, sagte er aufs Geratewohl.

»Bitte?«, fragte Dida zurück, die sich fast an dem dampfend heißen Konzentrat verschluckte, und dann, sie hatte Jordan wohl gar nicht verstanden: »Nächste Woche müssen wir wegen der neuen Sponsoring-Vereinbarung zu Eduard Toschev.«

»Wissen Sie was«, wandte sich Jordan, wieder über Gebühr laut, an den Schopen hinter dem Tresen, »bringen Sie uns das ganze Töpfchen mit dem Schnaps. Und ein Zimmer, wenn sie eins frei haben, nehmen wir gleich dazu.«

Der Schope kratzte sich hinter dem Kopf, da, wo es ihn am wenigsten juckte, und sagte: »Sieh mal, guter Freund, ich geb keine Zimmer für so ein, zwei Stündchen Ringkampf aufm Laken. Ihr könnt im Stübchen turnen, so viel ihr wollt, aber mieten müsst ihr das dann wenigstens für eine Übernachtung.«

Jordan legte den Zimmerpreis kommentarlos auf den Bartresen, nahm das Kupferkännchen mit dem dampfenden Schnaps und ging mit einem undefinierbaren Schmerz in der Brust voran, die Treppe hinauf. Die »Stube« erwies sich als geräumiges, aber eiskaltes Zimmer mit Heizgerät, morschem Kleiderschrank, Spiegel mit buntem Glasschmuck, einem riesigen Doppelbett und einem Beistellbett in der gegenüberliegenden Ecke. An der Wand aufgehängt ein prächtiger, ausgestopfter Fasan. Die Tür zum Bad stand offen, aber das Wasser in dem alten Hundert-Liter-Boiler war nicht vorgeheizt. Inzwischen war der Schmerz in seinen Schläfen schneidend, fast unerträglich geworden. Als er sich umdrehte, lag Dida schon entkleidet im Bett und starrte, bis unters Kinn zugedeckt, an die Zimmerdecke. Sie zitterte erbärmlich. Als er zu ihr schlüpfte, schmiegte sie sich an ihn, und es war schwer zu sagen, ob es die Kälte war, die Erschöpfung nach der schweren Sendung oder Aufregung vor dem Moment … Sie schnappte nach Luft, ihre Lippen und Hände glühten, die

Warzen ihrer kleinen Brüste waren steinhart, und unter ihrem Bauch flackerte das langsame Feuer rötlichen Schamhaars. Fast durchsichtig vor Magerkeit, schien ihr Körper zu schimmern in der hereinbrechenden Dämmerung.

»Du erbärmlicher Profiteur, schändlicher Draufgänger, Henkersknecht, du …«, winselte sie, während sie sich wand wie eine Schlange bei der Häutung, die sich beeilte, fertig zu werden und ins rettende Gebüsch zu verschwinden. »Ach, mein Liebster, hast du mich endlich bemerkt, mich gesehen, endlich mal an mich gedacht?«

Als die Feuer verglommen waren, war es schon Nacht, und er roch den Duft nach Maiglöckchen, nach gestilltem Schmerz, melancholischem Glück. Das Heizgerät arbeitete wütend und gab dabei idiotische Kicherlaute von sich. Die Laken waren immer noch klamm und kalt. Dida hatte ihren Kopf auf seine Brust gelegt, als wolle sie sein Herz abhören, nein, als wolle sie direkt von seinem Herzen ablesen, was es fühlte.

»Es war, weißt du, mit dir, es war wirklich …«, flüsterte sie verträumt, »aber bitte, nenn mich nie wieder Neda!«

14

Zu Weihnachten schneite es erneut. Dicke Flocken fielen und verpassten der Stadt eine Art chemischer Reinigung, denn Straßen, Dächer und Dämmerungen schimmerten weiß. Die Luft wurde vom schmierigen Smog befreit und begann, nach »gesunder Kälte« zu duften, nach Frost, nach Schlittenfahrt und Kindheit. Die Stadtverwaltung wurde von den ausgiebigen Schneefällen wie immer »überrascht«, nicht einmal die großen Boulevards wurden geräumt. Die Straßenbahnen kamen nicht mehr durch, die Verkehrsunfälle häuften sich, aber die Polizisten hatten Wichtigeres zu tun, als sie aufzunehmen. Die Autofahrer schimpften und fluchten wie die Henkersknechte, und das am Fest von Christi Geburt. Gottes Wort war Fleisch geworden, um sich in Leiden zu verwandeln und sich dadurch unvergesslich ins menschliche Gedächtnis einzuprägen.

Im Blumengeschäft auf der Graf-Ignatiev-Straße hatte Jordan fünf weiße Gladiolen gekauft, in seiner Tüte befanden sich auch noch eine Flasche schottischen Whiskys und eine Flasche Sekt. Dida und er hatten sich am Patriarchen-Denkmal verabredet und machten sich von dort langsam auf den Weg zur »großen Dida« und ihrem Mann. Taxis fuhren keine bei diesem Wetter, und bis zur Wohnung von Didas Schwester, die sich ein ganzes Stück hinter dem Hotel Pliska befand, war es weit. »Seit zwei Wochen bereiten die sich auf unseren Besuch vor«, hatte die kleine Dida ihm erzählt. »Mein Schwager ist Gastronom und ein richtig guter Koch, er will Pute mit Kastanienfüllung machen.« Sie hakte sich bei ihm ein und schmiegte sich an ihn. Ihr ungehorsames Lockenhaar hatte sie unter der Kapuze ihres Mantels gebändigt. Sie lächelte mit jener Versonnenheit, die nicht aus Berechnung oder Zurückhaltung kommt, sondern einfach aus Glück. Da aber konnte er sich nicht länger beherrschen und begann im vollen Bewusstsein, wie hart, ja, grausam das für sie zu hören sein musste, ihr von dieser Vision zu erzählen, die sich gleichsam durch einen Spalt in der Zeit gezwängt hatte, ungerufen und unerwünscht. Er hörte Simas Stimme, wie sie die laufende Sendung unterbrach: »Die Polizei hat hier angerufen, Weltschev, und gemeint, Neda, deiner Frau sei etwas zugestoßen; sie meinten, es sei wichtig.« Er sah sich in den überfüllten Omnibus einsteigen und eingequetscht zwischen verschwitzten Leibern, Schubsen und Rempeln, billigem Rasierwasser auf ungewaschener Haut und dem Geruch dessen, was die Menschen in schweren Taschen vom Markt nach Hause trugen, zur ermittelnden Polizeidienststelle fahren. Er sah das Zimmer des Polizeibeamten mit dem Rollschrank und dem Wecker, der mechanisch und sinnlos weiter vor sich hin tickte, wie um seiner Verwunderung darüber Ausdruck zu geben, dass die Zeit für Neda stehengeblieben war und nun nur noch außerhalb von ihr weiterging.

»Quäl dich nicht«, versuchte Dida ihn zu bremsen. An der Kondenswolke vor ihrem Mund erkannte er, dass sie beschleunigt atmete. Sie gingen nun schon am Perlowo-Kanal Richtung Adlerbrücke, wo die lange Chaussee begann.

Aber Jordan konnte nicht aufhören: Er sah den Uniformierten am Einlass zur Polizeidienststelle, der sich vor seiner Bekanntheit, seiner Medienpräsenz unterwürfig verbeugte, und das verlegene Lächeln des ermittelnden Beamten, der ihm seine Anteilnahme in unbeholfenen und banalen Worten bekundete. Neda, seine Frau, sei auf dem Weg zurück nach Sofia verunglückt, tödlich. – Wie, tödlich? – Nun, eben bei einem Unfall mit Todesfolge.

»Nun quäl dich doch nicht«, stöhnte Dida wieder auf. »Warum erzählst du mir all das?«

Die Hitze des Sommers draußen. Das gedämpfte Winterlicht in der Morgue, des letzten aller Winter, wie der Geruch nach Formalin, die durchdringende Kühle der stehenden Luft und die nackten Leiber bewiesen, denen keine Kälte mehr etwas anhaben konnte. Die herabhängenden Glühbirnen ohne Schirm, dann die ruhig, in seltsam erhabener Erlösung daliegende Neda mit ihrer letzten, blassesten Schönheit, ihrem durchsichtigen Leib, von dem, weißt du, von dem Licht ausging, ein letztes Licht zum Abschied.

»Warum erzählst du mir das alles? Als ob ich daran schuld wäre!«

»Warum hab ich das alles heute früh geträumt?«, fragte er schroff, verletzend, bohrend zurück, so als wisse Dida die Antwort, verberge sie aber vor ihm. »Verstehst du, Neda war wie lebendig, nur eben, dass sie gegangen war!«

»Ja, sicher kannte ich dich schon damals«, verteidigte sich Dida voller Schmerz, »hab halt auch gern deinen *Runden Tisch* geschaut, und wie meine Schwester keine Folge verpasst. Aber ich kannte dich doch gar nicht persönlich, wie soll ich jetzt an so was schuld sein? Warum erzählst du mir das alles?«

»Quäl dich nicht«, erwiderte er untröstlich.

Als sie das Levski-Stadion passierten, blieben sie gleichzeitig stehen, abrupt, im Gefühl von etwas, das beide ahnten, aber keiner aussprach. Jordan hielt ihr einfach plötzlich seine Blumen und die Tüte mit den Alkoholika hin und sagte:

»Ich kann nicht mit zu deiner Schwester kommen! Ich weiß den Grund dafür nicht, aber … ich kann einfach nicht.«

»Aber … die beiden erwarten uns.« Dida blieb die Luft weg, und sie musste ihre Tränen herunterschlucken. »Weißt du, wie sie dich lieben?«

»Ich weiß«, sagte er, »sie haben extra für mich einen Truthahn gebacken, mit Kastanienfüllung.«

Sie waren allein auf der Straße. Die Ampel blinkte auf Gelb. Sie waren so allein, dass es einfach keinen Weg gab, wie sie sich trennen sollten.

»Und was nun?«

»Komm mit zu uns«, schlug Jordan bösartig vor.

Dida begann zu zittern, wie tags zuvor ... aber sie gehorchte. Sie gingen zurück zur Ignatiev-Straße und waren binnen zehn Minuten vor ihrem Mietshaus in der Ljuben-Karawelov-Straße. Im Hausflur roch es nach Trockenobst, gebackenem Schweinefleisch mit Sauerkohl, nach bulgarischer Weihnacht ... Die Fliesen der Treppe verstömten Kälte, Kälte, die nicht wegkonnte und einen daher in die Zange nahm. Emilia öffnete ihnen.

»Ja, Jordan ...« All ihre Schauspielerfahrung half ihr nicht, die Überraschung zu verbergen, die sein Auftauchen bei ihr auflöste, erst recht, als sie die junge Frau neben ihm sah. »Oh, du bist in Begleitung ... Aber kommt doch herein! Junges Fräulein ... bitte sehr!«

Die ganze Familie saß um den Esszimmertisch, auf dem sich eingelegte Gemüse und feingeschnittene Dauerwürste häuften. Auch hier gab es Puter, aber nicht mit Maronen-, sondern mit Kohlfüllung, Piment und Lorbeerblatt. In seinem wollenen Hausmantel hatte sein Vater seinen Platz am Fenster eingenommen, alt geworden und mit schlohweißem Haar. Neben ihm saß mit ihrem Schmollmündchen Jana, Jordans kleine Tochter, die in die Höhe geschossen war und schon erste Züge weiblicher Reize entfaltete. Es folgte Dessislava, wie immer mit ihrem wissenden Lächeln und schon ersten Anzeichen jener Versonnenheit, die einst Jonka ausgestrahlt hatte, und bei der man immer dachte, sie schaue auf einen Wasserspiegel oder in einen Brunnen, den Brunnen der Vergangenheit, aus dem zugleich auch mancher Tropfen Zukunft mit heraufgezogen wurde. Alle hoben überrascht die Köpfe und starrten die beiden Neuankömmlinge nicht einfach nur wie Fremde, sondern wie Außerirdische an, die einfach hineinplatzten in das intimste aller Familienfeste. Dida trug ein schwarzes Seidenkostüm, dessen Strenge seltsam mit ihrem quirligen Fuchshaar kontrastierte und es dunkler machte, sein irreales Funkeln milderte. Mager, aber grazil und fein, glich sie Neda so verblüffend, dass es allen am Tisch die Sprache verschlug. Die Kerze flackerte.

»Das ist Daniela«, stellte Jordan spürbar angespannt vor. Und sein Vater antwortete mit voreiliger Herzlichkeit:

»Willkommen bei uns, Daniela.«

»Willkommen bei uns, Daniela«, wiederholte Dessislava wie ein Echo und hob ihr Glas wie zu einem Toast. Sogar ein Lächeln gelang ihr.

»Und ich bin nicht zur Fete gegangen«, hörte Jordan seine Tochter plötzlich sagen, »weil ihr mir verklickert habt, Weihnachten wäre ein Fest für den engsten Familien- und Verwandtenkreis, und jetzt?« Sie war empört aufgestanden.

»Jana, sei still«, versuchte Dessislava sie zu bremsen.

»Nur für die Familie und die engsten Vertrauten, und nicht für jede dahergelaufene …«

»Werd nicht frech«, setzte Dessislava nach. Und Emilia ergänzte erschrocken:

»Jana, du bist ungezogen.«

»Ja, genau, frech und ungezogen, weil ich keine Mutter hab, die mich erzieht.«

Vor Wut blies der Backfisch die Kerze aus, stampfte um den Tisch herum und lief in Dessislavas Zimmer. Eine schwere, zähe Stille legte sich über den Raum, in der der Truthahn erkaltete und man zu hören vermeinte, wie draußen der Schnee fiel, dicht, alles bedeckend, aber ohne Trost zu spenden. Dida war kreidebleich geworden. Mit diesem wächsernen Gesicht, in dem das Entsetzen brütete, sah sie noch schöner aus, wie Neda in seinem morgendlichen Traum. Erst jetzt, in diesem Moment, wurde Jordan klar, warum er sie hierher mitgenommen hatte: Er hatte sehen wollen, wie seine Familie, die, ohne die er nicht zu denken war, sie von sich wies.

15

Langsam gesundete der alte Krum Marijkin wieder, weil er sich in dieser verfluchten und aus den Fugen gerateten Zeit »widerwärtiger und zerstörerischer Veränderungen, des Vandalismus und der Erniedrigungen«, wie er sich ausdrückte, wieder gebraucht fühlte. Er arbeitete weiterhin für fünfzehn, zwanzig Dollar im Monat als Wachmann in jenem Automobilreifenwerk, dessen Bau er selbst maßgeblich mit durchgepeitscht hatte mit seiner grenzenlosen Opferbereitschaft, seiner Liebe zur Idee und seiner Unterwerfung unter die *strahlende Zukunft*, Dinge, die keiner verstehen wollte, nicht einmal seine eigenen Parteigenossen. Er schob also seine Vierundzwanzig-Stunden-Schicht in dem zerfallenden Industriekombinat, patrouillierte durch Rost und Ruinen wie der letzte Zinnsoldat und schaute immer wieder voller Trauer auf das Schlachtfeld, auf dem er und seine Armee eine so vernichtende und unwiderrufliche Niederlage erlitten hatten. Danach hatte er zwei Tage frei, Tage, die er zunächst im Bett und dann in erzwungenem Müßiggang verbrachte, bis er die nächste Schicht kaum noch erwarten konnte.

Nachdem sich der Niedergang der Schwerindustrie in Widin als unwiderruflich erwiesen hatte, hatten die Arbeitslosen die Benzinknappheit im benachbarten Jugoslawien infolge des Wirtschaftsembargos der UNO auf ihre Weise genutzt. Ein paarmal am Tag füllten sie die Tanks ihrer Autos und Motorräder mit Benzin, fuhren über die Grenze, ließen sich von interessierten Käufern den Tankinhalt abpumpen und bekamen den doppelten Preis dafür. Als ihnen auch diese letzte Möglichkeit des Geldverdienens genommen war, blieb den Bewohnern der Plattenbauviertel nur, entweder aufs Dorf zurückzukehren und wieder auf den restituierten Äckern Landwirtschaft zu betreiben (woran sie nicht mehr gewöhnt waren), oder sich auf den demütigenden Weg ins hochmütige Europa zu machen, wo die Ärzte unter ihnen Pfleger wurden, die Ingenieure Bauarbeiter und die Lehrerinnen Kindermädchen oder Altenpflegerinnen in den entsprechenden sozialen Einrichtungen Spaniens, Italiens oder Deutschlands; andere wurden Tellerwäscher oder Müllmänner.

Ganz egal, wie feige sich das Volk sein unter Schweiß, Propaganda und sozialistischen Arbeitsbedingungen erstandenes Eigentum nehmen ließ, er jedenfalls vereinte das Gebotene mit dem Nützlichen, trug unschätzbare zwanzig Dollar zur Haushaltskasse bei und schützte zugleich dieses Eigentum vor den langen Fingern der Diebe und Betrüger. Ob die einzeln oder in Banden vorgingen – im Ergebnis war es dasselbe: Wertvolle Anlagen wurden zerfräst, abgebaut und gestohlen, weiterverkauft oder als Schrott oder Buntmetall zum Kilopreis an entsprechende Sammelpunkte verscherbelt.

Zu Beginn dieses schweren, kalten Winters kaufte der Chef des Wachdienstes für wenig Geld ausrangierte Bauwagen, grau gestrichen, an deren Rückseite man die orthografisch interessante Warnung an auffahrende Verkehrsteilnehmer lesen konnte: »one Licht!« Sie waren gegen Feuchtigkeit isoliert und verhältnismäßig warm, eingerichtet mit Tisch, Stuhl, Ruhebank und einem bauchigen Kanonenofen, auf dem der diensthabende Wachmann sich auf seiner Rund-um-die-Uhr-Schicht sogar einen Tee kochen, eine Wurst braten oder einen Eintopf zubereiten konnte. Als Augenweide waren an den Wänden Plakate halbnackter bulgarischer Popfolk-Sängerinnen aufgeklebt. Krum fühlte die Bedeutung seiner Tätigkeit nun angemessen gewürdigt, ja, man konnte meinen, schon die bloße Präsenz dieser Bauwagen, in denen er so etwas wie ein zweites Zuhause auf Rädern fand, erhöhe bereits die Sicherheit des Werks.

In diesem endlosen Winter geschah auch noch ein anderes Wunder. Sein Leben lang war Krum fast pausenlos im Einsatz gewesen. Aus diesem Grund hatte er nur wenige Bücher gelesen, und wenn, dann Sowjetromane des Typs *Vom Härten des Stahls*, *Zement*, *Kämpfe unterwegs*. Nun hatte er Lehrer Koitschev nicht nur gebeten, ihm Lektüre aus seiner Bibliothek zu geben, sondern wegen der langen Nächte, in denen er nicht einschlafen durfte, auch möglichst dicke Bücher. Koitschev gab ihm die *Buddenbrooks* von irgend so einem Thomas Mann mit der Bemerkung, dieser Roman werde ihm so langweilig sein, dass er ihm bis zum Ende seines Lebens als Lektüre reichen werde. Krum schlug ihn auf unter der nackten Sechzig-Watt-Birne und – las sich fest. Er versank darin wie in einem Traum. Um die Lektüre nicht unterbrechen zu müssen, nahm er das Buch mit nach Hause. Binnen einer Woche hatte er es ausgelesen. Es erfüllte ihn mit einer unbekannten Freude. Bislang hatte er sich nicht vorstellen können, dass Worte etwas so Lebendiges, Aufwühlendes sein konnten, das einen beschäftigte wie eine reale Aufgabe. In dieser Buchstabenwelt gab es Leute von frappierender Verschiedenartigkeit, Leute, die von ihm unbekannten Zweifeln geplagt wurden, die der Autor einem aber nachvollziehbar schilderte, Leute, die von unvermuteten Leidenschaften befallen waren und von ganz anderen Ausprägungen der Liebe.

Erschrocken über sich selbst, aber zugleich auch von einem Interesse erfüllt, das er nicht zu zügeln vermochte, lieh er sich im Lesesaal Bunte Welt ein weiteres Buch dieses deutschen Autors aus, *Der Zauberberg*. Dieses Buch, das sich auf Kenntnisse, Reflexionen und Erfahrungen berief, die ihm fehlten, stürzte ihn geradezu in Melancholie, weil ihm bei der Lektüre klar wurde, was er in seinem Leben verpasst hatte. Was er aber vermochte, das war, die ästhetische Oberfläche des Buches zu spüren, so wie man auch Aufkommen und Abebben des Windes auf der Haut spürt, die Unregelmäßigkeiten des Lichts und der Wärme. Er tauchte in dieses Buchstabenmeer ein wie ein Kind in eine tiefe Stelle im Bach, in der das Wasser zugleich stand und floss, sich beruhigte und Strudel bildete. Und genau wie das Kind wollte er versuchen, ob er es nicht schaffte, bis auf den Grund zu tauchen, auf die Gefahr hin, dass ihm die Luft nicht reichte.

Es gab niemanden, mit dem er über seine neue Leidenschaft hätte sprechen können, denn – er schämte sich für solch unverhoffte Gefühlsduselei: für seine geradezu weibisch weichen Gefühle, seine Erschütterung über das Schicksal der Romanfiguren, und für die Tränen, die das gefundene Wort der Kunst ihm in die äußeren und inneren Augen trieb. Bald aber begann er sich auch für seine Scham zu schämen, also für das, was er selbst bislang gewesen war: ein »grober, primitiver und rechthaberischer Moralapostel«, wie seine Frau Newena ihn mit Recht, wie er jetzt fand, geschimpft hatte. Die plötzliche Erkenntnis des Schönen jagte ihm Furcht ein wie dem Kind der dunkle Keller. Dann überraschte ihn die Wahrheit des Sanften. Wie angeschmiedet über den Seiten, erfuhr Krum Marijkin, schüchtern, scheu und doch begierig, was es hieß, Bindung an Lebendiges und nicht nur an Ideen zu entfalten. Mit der Zeit beanspruchte ihn das Lesen so sehr, dass er darüber seinen Wachdienst schleifen ließ. Vor sich den *Zauberberg*, neben sich das geladene Gewehr mit dem abgeschnittenen Lauf, diese unsichere und unbedeutende Verlängerung seiner Tapferkeit.

16

In der Nacht von Silvester auf Neujahr wollte keiner der für die Widiner Wachfirma Security International arbeitenden Rentner Dienst schieben. Sei es aus diesem Grund, sei es, weil er so hoffte, den *Doktor Faustus* ungestört auslesen zu können, erklärte Krum sich bereit, nicht nur diese Zusatzschicht zu fahren, sondern auch das Revier der anderen drei Wachleute mitzubetreuen. Sein Vorgesetzter beruhigte ihn mit den Worten: »Keine Sorge, in der Silvesternacht ziehen es selbst die eingefleischtesten Diebe und Einbrecher vor, zu feiern und sich volllaufen zu lassen.«

In seiner Frau Newena, die mit den Jahren immer mehr einem Raubvogel glich, kamen bei der Aussicht, das neue Jahr allein empfangen zu müssen, Erinnerungen an alte Zeiten hoch, in denen sie ihr Glück darin hatte finden müssen, auf diesen Dickkopf von Mann zu warten. Halb stolz, halb verärgert schimpfte sie: »Du bist auch wirklich der einzige unverbesserliche Dummkopf, Marijkin, der sich für unersetzlich hält und freiwillig bereit ist zu so einer Zumutung.« Dann ging sie treu ergeben zum Kleiderschrank, holte ihm warme lange Unterhosen und dicke Wollstrümpfe heraus, die sie selbst gestrickt hatte. Krum Krumov, der sich vor dem Spiegel in der Küche rasierte, hörte die kleine Standpauke mit und lachte in trautem Wiedererkennen.

Am Mittag des 31. Dezember rieb der alte Krum seine Schuhe dick mit Schweinefett ein, packte sich die Hälfte der gebackenen, mit Sauerkohl gefüllten Ente ein, eine Flasche billigen Weins der Marke »Klostergeflüster«, versteckte in der Brusttasche seiner Jacke den unbegreiflichen, aber unwiderstehlich anziehenden *Doktor Faustus*, schnappte sich seinen Karabiner, prüfte, ob er geladen war, und wartete auf den russischen Jeep der Security International mit der rissigen Zeltplanenabdeckung; auch den hatte der Chef für einen Apfel und ein Ei aus ausgemusterten Armeebeständen angeschafft.

Von früh an schneite alles ein. Der Schnee belud die Welt mit der reinen, kalten Farbe einer Einsamkeit voller Geheimnis. Sogar der Militärjeep hatte Schwierigkeiten auf dem rutschigen, nicht geräumten Weg Richtung Sofia, auf dem man zu den Chemiewerken gelangte; doch endlich bog er zum Haupteingang des Polyamidfaserwerks ein.

Krum bestieg als Erstes den Feuerwehrturm und schaute sich um. Bald sah er ein, dass er allein unmöglich auf allen vier Posten gleichzeitig sein konnte, darum beschloss er, wieder von seinem eigenen Bauwagen aus zu agieren, der ihm zum einen vertraut war und zum anderen fast genau in der Mitte des Werksgeländes lag, das sich mehrere Kilometer am Ufer der Donau hinzog, die zwischen den tief verschneiten Ufern noch grauer aussah, grau, schwer und hart wie Gusseisen. Krum schaffte Brennholz herbei und machte Feuer im Kanonenofen, der schon bald rot glühte und das Wasser im Teekessel zum Brodeln brachte. Im Bauwagen wurde es mollig warm. Er warf seine gefütterte Winterjacke ab und sich, nachdem er den Wecker gestellt hatte, im Pullover auf die Liege. Er hatte sich vorgenommen, alle zwei Stunden einen Wachrundgang zu machen, um zehn Minuten vor Mitternacht seinen Wein zu öffnen, das Licht im Wohnwagen auszumachen und ein bisschen im Neujahrslichterschein von Widin zu baden. Als all dies getan und bedacht war, nahm er seinen *Doktor Faustus*, öffnete das Buch und versank darin.

Um vier Uhr nachmittags hörte es zu schneien auf, und auf die unberührten Schneewehen fiel bläulich der Schein der Dämmerung. Bald versilberte der Vollmond die Wolken; aber durchbrechen konnte er sie nicht mit seinem geschenkten Licht. Um sieben Uhr abends beendete er seinen dritten Rundgang, brach sich ein Stück Ente ab, stellte eine Portion mit Kohl zum Aufwärmen auf den Ofen, und aß zu Abend. Er wollte es sich schon wieder mit seinem Roman bequem machen, als ein Rudel herrenloser Hunde zu bellen anfing. Das war an sich nichts Ungewöhnliches. Sie schlugen immer an, wenn sie ein Karnickel aufgespürt hatten, eine streunende Katze oder einen Fuchs. Zur Sicherheit setzte er trotzdem seine gefütterte Mütze mit den Ohrenklappen auf und ging nachschauen.

Draußen war es still, die Luft klingend vor Kälte und Klarheit. Da hörte er von ferne plötzlich das Aufheulen strapazierter Dieselmotoren. Da mussten viele Lastwagen im Schnee stecken geblieben sein. Krum duckte sich, ging zu seinem Bauwagen zurück, zog die kurze Felljacke über und schnappte sich seinen Karabiner. Langsam schlich er sich an. Die Geräusche kamen vom Hafen her. Die Drehkräne ragten starr in den Himmel wie vereiste Fischreiher. Was bewachte er hier eigentlich außer einem Haufen Rost und seinen nostalgischen Erinnerungen? Er zuckte zusammen bei dem schlimmsten aller Gedanken für einen wie ihn: eigentlich nur noch sich selbst! Er war noch nicht weit genug in der Lektüre des *Doktor Faustus* fortgeschritten, um eine Ahnung davon zu bekommen, dass auch diese demütige Bescheidung eine Aufgabe sein konnte, darum zog er den Verschluss seines Karabiners zurück, bis die Patrone in den Lauf einrastete. Er verbarg sich am Bau des chemischen Labors, und da sah er sie, die grünlichen, riesigen Insekten gleichenden SIL-Laster, die neben der Werkshalle standen, in der die Polyamidfasern verwebt wurden. Die schweren Tore der Halle waren herausgerissen; die Öffnungen gähnten wie die Münder von Toten. Krum sah Gewalt auf sich zukommen; er roch sie. Gewalt in ihrer Grenzüberschreitung, Hässlichkeit und Grausamkeit. Er kannte sie gut. Ein Leben lang hatte er mit ihr versucht, misstrauische und unwillige Leute zu ihrem Glück zu zwingen, dem Glück des Sozialismus. Nun hieß es, sie zu erkennen, sich ihr zu unterwerfen, ihr den Rücken zuzukehren und – zu bereuen. Zum ersten Mal in seinem Leben zauderte er, denn seine Seele bereute, wollte sühnen, doch anstatt in die heimelige Unbesorgtheit seines Bauwagens zurückzukehren, legte er sich auf die Lauer, duckte er sich noch tiefer, bis er fast kroch. Er musste eigentlich nur diese kaum fünfzig Meter ohne Deckung überwinden, aber der unberührte Schnee leuchtete verräterisch hell.

Als er das Tor der Werkshalle erreicht hatte und hineinspähte, wurde er von einem Kolbenhieb überrascht, der ihm fast den Schädel spaltete. Sein Gehirn gab dieses metallische Dröhnen von sich, das er von seinen Schlaganfällen kannte. Seine Augen leerten sich, ein grauer Schatten legte sich darüber, so als vermöchte auch hier der Mond nicht mehr, mit seinem Licht die Wolken zu durchdringen. Jemand trat seinen Karabiner weg und beugte sich über seinen gelähmt daliegenden Körper. Er spürte den Schatten des Mannes. Er roch nach offener Feuerstelle, nach schwerem, trocknendem Wollstoff, nach Alkohol und nach schlechten Zähnen.

»Atmest du noch?«, fragte der Schatten. »Halt dich bedeckt, Alterchen, und bleib ganz still. Tu so, als hättest du nichts gehört und nichts gesehen. Du bist gar nicht da, verstehst du? Wenn du das nämlich verstehst, dann lass ich dich in Ruhe an Verkalkung krepieren!«

Der nackte Zementboden war kalt wie in der Leichenhalle. Schritte gingen vorbei, Stimmen näherten und entfernten sich. Auch die Gefahr war vermutlich vorbei. Er aber hatte doch erst so wenig gelesen! Das Flämmchen der Schönheit in seiner Seele war noch so klein, alle zarten, feinen Empfindungen noch Sprösslinge im Seelenschatten. Er streckte den Arm nach seinem Gewehr aus, kroch hin, legte an. Zielen ging nicht, weil er nicht mehr sehen konnte; also entsicherte er den Karabiner und schoss aufs Geratewohl in die Halle. Da kamen die Schritte wieder zurück. Diesmal nicht huschend, sondern trampelnd, wütend. Jemand trat ihm gegen den Kopf und drehte ihn wieder auf den Rücken.

»Wen willst du denn hier abknallen, he, du bepisster Tattergreis?«

Schemenhaft sah er das grobe Profil einer Schuhsohle vor seinem Blick schweben; dann legte es sich auf seine Kehle, wurde immer schwerer. Krum hörte, wie der Knorpel seines Kehlkopfes knackte, als bräche ein Ei auf. Der Schmerz raste los wie ein Rennwagen. In seinem entfleuchenden Bewusstsein tauchten Bilder aus dem Film *Tschapaew* auf, den er ungezählte Male mit dem uralten ukrainischen Projektor vorgeführt hatte, um in den Menschen das Andenken an tragische Opfer und Heldenmut der Revolution wachzuhalten, dann blitzten die letzten Splitter seines Bewusstseins auf und fügten sich zum Schlusssatz des *Zauberbergs*: »Wird aus diesem Weltfest des Todes, auch aus der schlimmsten Fieberbrunst, die rings den regnerischen Abendhimmel entzündet, einmal die Liebe steigen?« Er war noch genügend bei sich, um die ganze Gewalt dieser Frage zu verspüren, fand aber keine Antwort mehr darauf. Ein schrecklicher, rasender Schmerz steckte tief in ihm drin; seine zerquetschte Kehle hinderte ihn aber daran, ihn stöhnend herauszulassen. Schließlich nahm ihn die bodenlose Schwärze auf, die große Indifferenz, und da gab er zum ersten Mal in seinem Leben nach, da versank er in der reglosen Finsternis, dem unauslotbaren Brunnen.

17

Am nebligen Morgen des 2. Januar, als der alte Bai Spas, auch er Mitarbeiter von Security International, seine Schicht im Plastikfaserwerk antrat, wäre er bei seinem ersten Rundgang mitsamt seinen von der Neujahrsfresserei und -sauferei überfüllten Gedärmen und entsprechenden Gichtschmerzen fast über den längst erkalteten, hart gewordenen und von angewehtem Schnee einwattierten Körper Krum Marijkins gestolpert. Auch so hätte es ihn auf dem rutschigen Boden beinahe aus den Stiefeln gehauen. Er fasste sich entsetzt an den Kopf und schrie los.

Die Beamten von der Kriminalpolizei hatten es nicht eilig; sie trafen ein, drei Stunden nachdem Bai Spas ihnen seine Entdeckung mitgeteilt hatte. Mit dem kleinen Tischbesen, den Spas in seinem Bauwagen hatte, fegten sie das Gesicht des Toten frei, dessen Haar und Augenbrauen von Rauhreif bedeckt und hartgefroren waren. Krums Augen waren halb geöffnet, glanzlos. Er hatte den Ausdruck eines Menschen, der im Anblick von etwas Wunderbarem durch den Tod unterbrochen worden war. Vielleicht deshalb wirkte er wie einer, der nun auf ewig unverstanden bleiben würde, ein von Gott und der Welt verlassener Mensch, der vor Thomas Manns *Zauberberg* nur eine einzige Frage im Leben gekannt hatte: *Warum wollen diese Menschen nicht glücklich sein?*

Mit Blitzlicht fotografierten die Beamten die Lage seiner sterblichen Überreste. Der Gerichtsmediziner diagnostizierte rasch, dass der Tod durch Ersticken infolge gewaltsamer Fraktur des Kehlkopfs eingetreten war. Die Beamten suchten am Tatort nach Spuren, doch selbst wenn es sie gegeben hätte, hätte sie der Schnee längst schwer unter sich erstickt. Gegen Mittag traf auch Kriminalhauptkommissar Jurukov ein, der Leiter der Dienststelle. Er war ein Mann in vorgerückten Jahren mit grauen Säcken unter den Augen, einem Flecken auf dem Sakko und einer der wenigen, die sich an die grausame Größe Krum Marijkins »in diesen schweren Jahren«, die er auch »sozialistische Periode« nannte, noch persönlich erinnern konnten. Aus diesem Grund ordnete er gelangweilt, halb im Grusel, halb im Dusel, eine lückenlose Inspektion des Tatorts und eine Ermittlung auf allen Linien an.

Die Kugel, die Krum blind in die Halle abgefeuert hatte, fand man plattgedrückt in einem der Kunstfaser-Webstühle. Der Karabiner selbst wurde ebenfalls sichergestellt, auch wenn Jurukov keine Hoffnungen hegte, dass man darauf fremde Fingerabdrücke finden würde. Bei der Inspektion des Bauwagens, der Krum als Aufenthaltsraum gedient hatte, fand man keine sachdienlichen Hinweise, einmal abgesehen davon, dass Jurukov vor einem Rätsel stand, was der alte und rücksichtslose sozialistische Fanatiker Marijkin auf einmal mit dem bürgerlichen Schriftsteller Thomas Mann am Hut hatte, dessen Roman *Doktor Faustus* man mit einem Zigarettenpapierchen als Lesezeichen fand. Das Buch wurde mit sterilen Handschuhen vom Tisch genommen und behutsam in einen Plastikbeutel gesteckt, um auf alle Fälle im Labor des Polizeibezirks auf Spuren untersucht zu werden. Gab der Inhalt des Werkes vielleicht Aufschlüsse über das Tatmotiv? Keiner von Jurukovs Leuten hatte es gelesen. So war er gezwungen, sich an Herrn Widenov, Lehrer für bulgarische Sprache und Literatur, zu wenden. Als sie ihn am Nachmittag aufsuchten, war er im Schlafanzug und trank Kaffee mit der ebenso schönen wie verheirateten Zahnärztin Dr. Evtimova. Widenov erzählte den Beamten auf die Schnelle die Handlung des *Doktor Faustus*, betonte aber:

»Suchen Sie die Bedeutung des Romans nicht im Stoff! Sie liegt in der Sprache und in der Betrachtungsweise. Das Buch ist so etwas wie der Stein der Weisen im Fundament der deutschen Literatur.«

»Über die Größe des Buches will ich gar nicht mit Ihnen streiten«, erwiderte Jurukov, »ich frage mich nur, was der gute Krum mit diesem Buch wollte. Dass es schwierig, unzugänglich und groß ist, ist ja schon mal gut, weil Krum sich immer nur mit unmöglichen Sachen befasste, aber doch bloß als Anlass, zur Tat zu schreiten, und nicht, um weise zu werden.« Jurukov erinnerte sich noch, wie Krum Marijkin nach der Enteignung der Widiner Fabrikanten den *Don Quijote* gelesen hatte. Jemand, der nie gefasst wurde, hatte ein Attentat auf ihn verübt, die Kugel seiner Kleinkaliberpistole aber hatte ihn verfehlt, hatte die Scheibe der örtlichen Buch- und Schreibwarenhandlung durchschlagen und war im Deckel des *Don Quijote* stecken geblieben. Das hatte in der Stadt ebensolches Aufsehen erregt wie die Tatsache, dass Krum danach in die Buchhandlung gegangen und sich den Roman besorgt – und ihn gelesen hatte! Der *Don Quijote* hatte gleichsam, so wie Jesus die Sünden der Welt durch seine Passion auf sich genommen hatte, die Sünden des brutalen Enteigners auf sich genommen und so größeres Unglück verhindert. Wäre Marijkin nämlich damals der Kugel des unbekannten Täters erlegen, hätte dies eine Welle von Verhaftungen, Zwangsarresten und Repressionen gegen kleinste Regungen von Oppositionsgeist durch die neuen sozialistischen Machthaber ausgelöst. Ja, der *Don Quijote* hatte die Kettenreaktion des Bösen unterbrochen. Hauptkommissar Jurukov hatte nun das Negativ der Lösung dieses brutalen Mordfalls und sagte nachdenklich zu Lehrer Widenov: »Man möchte fast meinen, hätte Krum Marijkin den *Doktor Faustus* unter den Arm geklemmt statt dieses Schießeisens, dann wäre er heute noch am Leben.«

18

Am Tag der Beisetzung drehte der Wind über Widin auf Nord und brachte schneidende Kälte. Die Luft schien auf einmal nicht zu reichen, so dünn war sie. Der Schnee knirschte unter dem Fuß, und ab und zu hörte man das knallende Geräusch, wenn ein Baum unter dem Frost platzte. Auf dem Friedhof gab es keine freie Grabstelle, und so war man gezwungen gewesen, Krum zu seiner Mutter, Gina Jotzova, dem Tantchen Allwissend, ins Grab zu legen, deren Leben so verdächtig einer Karikatur der *Buddenbrooks* geglichen hatte, und die ihn erst in ihrer verzweifelten Altersbosheit anerkannt hatte, um mit ihm jenem Menschen Leid zuzufügen, von dem sie sich gedemütigt fühlte.

Ginas letzte Ruhestätte war ähnlich bombastisch aufgedonnert wie ihr ganzes Leben. Die Grabeinfassung war aus Gusseisen in der Form von Blumen, und ein Engel mit idiotischem Lächeln und zum Himmel verdrehten Augen schlug die Flügel. Sein Gesichtsausdruck ließ es höchst zweifelhaft erscheinen, ob die Aussicht, in den Himmel zu kommen, wirklich erfreulicher war als das irdische Jammertal. Gina selbst hatte diese Engelsskulptur auf einem Sockel aus geschliffenem Marmor geschlagene sechsundvierzig Jahre vor ihrem Ableben in einem Sofioter Steinmetz-Atelier in Auftrag gegeben und die ganze Zeit im Hof ihres Widiner Hauses bei Sonne, Wind, Regen und Frost stehen lassen, sodass die vom Bildhauer auf die Wangen gemeißelten Tränen längst von der Witterung »getrocknet« worden waren.

Der Boden war bis auf mehr als einen Meter gefroren. Die Totengräber, zwei Zigeuner, hatten bis zum letzten Moment geschuftet, um mit der Aushebung rechtzeitig fertig zu werden. Von ihrem verfilzten Haar und ihren Jacken stieg Dampf auf. In Erwartung eines gebührenden Trinkgeldes zeigten sie lächelnd ihre Goldzähne und stellten sogar das Radio leiser, in dem eine Debatte aus dem Parlament übertragen wurde.

An Trauergästen waren außer dem Nordwind nur Krum Krumov mit einem kleinen Strauß weißer, eingefrorener Nelken gekommen, Newena, die Ehefrau des Verstorbenen, mit leeren, ausdruckslosen Augen und zusammengekrampftem Herzen, der ehemalige Vorsitzende des Stadtteilverbandes der Vaterländischen Front, ein Herr Pamuklijski mit Narbe auf der Stirn und kleinen, flinken Mäuseaugen, und der alte Koitschev, der wegen der Saukälte unter seiner Hose nicht nur lange Unterhosen, sondern auch noch eine Schlafanzughose trug. Er hatte sich in seinen ausgebeulten Mantel eingemummt, den Künstlerschal ein paarmal um Hals, Mund und Nase gewickelt, die Fellmütze tief ins Gesicht gezogen und prüfte mit der behandschuhten Hand, ob die drei engbeschriebenen Blätter auch noch an ihrem Platz waren. Darin rühmte er das Leben des Verstorbenen als ein ungestümes, aber unbestechliches, von Selbstopfern und unerschütterlichem Glauben an eine strahlende Zukunft beseeltes, einer Zukunft, die nun, bevor sie begonnen hatte, schon Vergangenheit geworden war. Koitschev las mit beklommenem Herzen und mitleidheischender Stimme. In seinem billigen Lattensarg schien Krum Marijkin ihm aufmerksam zu lauschen, mit der ganzen Aufmerksamkeit und allem Ernst, zu dem ein noch lebender Toter fähig war. Er war vermutlich zufrieden, machte Koitschev aber nicht die Freude, es zu zeigen.

Schließlich war auch diese Trauerrede Vergangenheit. Der ehemalige Lehrer und Parteisekretär seufzte erleichtert, schneuzte sich in sein großes Stofftaschentuch und tupfte sich anschließend damit die Augen ab. Alle Anwesenden zitterten. Auch die beiden Zigeuner, die endlich den Sarg ins ausgeschachtete Grab senken und Feierabend machen wollten. In diesem Moment hielt ein metallic glänzender Geländewagen auf dem Friedhofsweg hinter ihnen. Zwei Muskelpakete mit rasierten Schädeln, schwarzen Sonnenbrillen und bodenlangen schwarzen Mänteln sprangen heraus, öffneten die Heckklappe und hievten einen gewaltigen, fast peinlich überdimensionierten Kranz aus ihrem Dienstgefährt. Der Kranz war komplett aus weißen Callas geflochten, aber in dieser sibirischen Kälte verströmten auch die keinen Duft. Zu beiden Seiten flatterten feine Schleifenbänder aus Seide. Auf dem roten stand: »Für immer in unseren Herzen«. Auf dem schwarzen prangte in Goldbuchstaben der Name des edlen Spenders: »Pawel Tscholev«. Krum Krumov, der Sohn des Verstorbenen, fuhr zusammen, als er diese protzige Trauerbekundung seines ehemaligen Mitschülers sah, mehr Warnung an die Hinterbliebenen als Verbeugung vor dem Toten. Die Muskelmänner in Schwarz lehnten den Kranz feierlich an die Engelsstatuette, gaben Newena und Krum Krumov wohlerzogen die Hand und brausten gleich darauf mit ihrem geräumigen Geländewagen über den schmalen Friedhofsweg davon, hinein in den menschenleeren Tag.

Da machten auch sie sich auf den Heimweg. Die ausgehobene Erde war schon gefroren, sodass die bettelarmen Totengräber sie mit Hacke und Spaten losschlagen mussten, um das Grab zuzuschütten. Fluchend, dass der Tote ausgerechnet bei diesem Wetter verstorben war und die Hinterbliebenen ihnen nicht das geringste Trinkgeld für ihre Mühen gegeben hatten, machten sie sich ans Werk. Der eine drehte vor Wut das Transistorradio bis zum Anschlag auf, der andere stellte sich breitbeinig vor das Grab und pinkelte hinein.

Als sie, starr vor Kälte, verwaist und verloren in ihrer Trauer, zu Hause angekommen waren, erhitzte Newena den Rakija auf dem Küchenherd und schenkte sich und ihrem Sohn ein. Sie hatten es irgendwie hinbekommen, sich Krum Marijkins Leben zu teilen, seine schwer zu fassende treue Verbundenheit; nun blieb ihnen nur, sich in seine ebenso schwer zu fassende Abwesenheit zu teilen.

»Dein Vater war der beste Mensch, den du dir nur vorstellen kannst. Er wollte, dass es allen Menschen gutgeht, und dass sie glücklich werden; aber weil er keine Geduld hatte und es zwingen wollte, hat er viel Leid verursacht. Wie soll ich nun ohne dieses Ungeheuer leben?«

In ihrer beider entsetztes Schweigen hinein hackte der klobige Wecker, den die Polizisten in Krums Bauwagen auf dem Werksgelände gefunden und Newena nach der Untersuchung auf Spuren und Fingerabdrücke zurückgegeben hatten, sein rasselndes Ticktack.

»Im Namen deines Vaters seligen Angedenkens möchte ich, dass du mir etwas versprichst, auf Ehrenwort versprichst!«

Krum hob den Kopf aus seiner Trauer.

»Was meinst du?«

»Versprich mir, dass du dich nicht darauf versteifst, herumzuschnüffeln und um jeden Preis den Mörder deines Vaters, die Schuldigen an seinem Tod zu finden. Weißt du, dieser Kranz …«

»Sehr gut weiß ich«, erwiderte Krum Krumov verhalten. »Sei unbesorgt, ich werde nicht mit dem Kopf gegen die Wand rennen. Ich habe da etwas weitaus Wichtigeres zu erledigen!«

19

Nach dem Mord an Krum Marijkin geschah weiter nichts Außergewöhnliches, nichts, was die Phantasie beflügelt hätte. Die Donau blieb nicht stehen, es gab keinen Sommereinbruch im Januar, und am Himmel erschien kein Komet, wie seine Frau Newena es sich vorgestellt hatte. Nicht einmal ein noch so kleines Erdbeben erschütterte das entvölkerte Widin, ein Erdstoß, der – wie der Verstorbene es einst getan hatte – die Menschen in Stadt und Umland aufrüttelte.

Der tragische Tod Krum Marijkins hielt nichts und niemanden auf: nicht den Zusammenbruch des im Sozialismus Aufgebauten, nicht den Verfall des Glaubens an die Zukunft, nicht die Wirtschaftsflüchtlinge, die im Westen Arbeit, Lohn und Brot suchten. Eine ganze Epoche bedeckte sich mit dem Unkraut der Sittenlosigkeit und des Stillstands. Die Betrügereien und Diebstähle am helllichten Tag hörten nicht auf, und die Gewalt hörte nicht auf, die Krums Leben und Lebenszeit geprägt hatte, und die er unter den Menschen ausgeteilt hatte, als brächte er ihnen, was sie wahrhaft nährte, ihr tägliches Brot. So hatte er versucht, ihren Hunger nach Gerechtigkeit zu stillen, und mit der Peitsche hatte er ihnen die Tränen aus den Augen geschlagen. Nein, es geschah so absolut nichts von Bedeutung, dass eben das schon wieder an ein Wunder grenzte.

Es blieb das einzige! Widin hatte ihn schlicht und einfach abgeschrieben, ihn vergessen. Weder war sein heroisch-idealistisches Auftreten ins Gedächtnis der Menschen eingegangen, noch hatte sein gewaltsamer Tod eine Welle des neugierigen Nachbohrens ausgelöst, denn Krum war kein Mysterium und kein Gegenstand kultischer Verehrung, und er war kein unausdeutbares Vorzeichen. Er war einfach nur der Schrecken der Gegend gewesen, der Mann, der mit seinem knatternden DKW-Motorrad, seiner ledernen Landvermesserjacke und seinen Kavalleristenstiefeln die Fabrikanten der Stadt und die Bauern im Landbezirk Widin gewaltsam enteignet und danach als Filmvorführer propagandistisch agitiert hatte. Dieser Gerechte vor dem sozialistischen Herrn also, vor dem selbst die mächtigen Parteisekretäre gezittert hatten, weil er nicht nur – wie sie – jederzeit bereit gewesen war, die anderen zu opfern, sondern auch sich selbst, wurde nun nicht etwa zu einem Heiligen, sondern – zu Staub, zu nichts! Selbst die Gewaltsamkeit seines Todes gab den Menschen kein Rätsel auf, war es doch klar, wer und warum ihn aus dem Weg geräumt hatte; sie hatten sich eher gewundert, dass dieser Mann überhaupt noch gelebt hatte. Nun also war er abgezogen wie ein verheerendes Unwetter, das über das Land gekommen und es verwüstet hatte; doch die Zeit hatte die Spuren der Zerstörung ausgelöscht, und so war auch Krum ins Nichtsein übergegangen, als wäre er nie gewesen.

DRITTES BUCH

Erstes Kapitel

1

Sosehr Freunde und Bekannte sie auch beschworen, Vernunft anzunehmen und diese fünfzehntausend Dollar sausenzulassen, die sie durch ihre Leichtgläubigkeit und ihre Gier nach leichtem und schnellem Gewinn bei Lucky Strike & Co. angelegt und prompt verloren hatte – Emilia blieb stur. »Es handelt sich ja nicht nur um mein Geld«, antwortete sie denen, die ihr anrieten, den Schaden nicht noch zu vergrößern. »Mag ich selbst mich verhalten haben wie ein Kind, das große Sprünge machen will, noch bevor es laufen gelernt hat – das ist meine Privatsache und mein Pech; ich habe aber auch ein Dutzend andere Menschen, die mir vertrauten, mit hineingerissen mit allem, was sie sich für ihr Alter auf die Seite gelegt hatten. Mag sein, dass Lug und Betrug inzwischen noch größer geworden sind in diesem pseudodemokratischen Vandalenrevier; aber irgendwer muss doch einmal die Probe aufs Exempel machen und dafür kämpfen, dass Betrüger mit aller Härte des Gesetzes bestraft werden.«

Sie meldete sich bei Rechtsanwalt Christolkov, den Viktoria Simeonova ihr empfohlen hatte, machte einen Termin aus und ging in seine Kanzlei auf der Graf-Ignatiev-Straße. Es begann ein Justizdrama, das in seiner Scheinhaftigkeit und Absurdität mal an die berühmt-berüchtigte Dreyfus-Affäre denken ließ, mal an die alchimistischen Scharaden bei der Rechtsprechung der Zigeunerbarone.

Christolkov stellte sich als beleibtes, aber flinkes Männchen von erlesenen Manieren heraus, das ihr kaum bis zur Schulter reichte und einem mit seiner Liebenswürdigkeit gehörig auf die Nerven gehen konnte, zumal er dabei wie auf Knopfdruck immer das süßliche Lächeln des Betrügers aufsetzte. Er hatte das aufgedunsene Gesicht und die gläsernen Augen des Alkoholikers, aber auch den Ruf eines Mannes, der bei der Wahl seiner Mittel nicht zimperlich war, wenn es galt, einen Prozess zu gewinnen. Der Erfolg gab ihm recht. Während er sprach, griff er sich immer wieder ans rechte Ohr. Sie wusste nicht, warum, aber Emilia flößte dieser Tick Vertrauen und Hoffnung ein. Christolkov hatte seine Kanzlei in einem kürzlich renovierten Appartement eingerichtet. Das Wohnzimmer hatte er zum Wartezimmer umfunktioniert, in dem aber auch der Schreibtisch seiner Sekretärin stand. Diese Dame war mit sicherlich nicht weniger als zwei Kilogramm Gold behangen. Sein eigenes Büro befand sich im Schlafzimmer. Die Einrichtung seiner Kanzlei bestand aus modernsten Büromöbeln, die Seriosität, Prosperität und Erfolg suggerierten. An den Wänden hingen abstrakte Bilder, die ebenfalls ihre Farbtupfer zu der Atmosphäre von Optimismus, Glaube an den Erfolg und nicht zuletzt an die finanziellen Möglichkeiten der Mandanten beitrugen. Es roch noch nach frisch lackiertem Parkett. Doch all dies konnte den Mief eines Lebens im permanenten Wartestand, an dem die Motten nagten, auch nicht vertreiben. Außerdem drang durch die Fenster nur schwach das farblose Licht des Hinterhofs, der nach allen Seiten von Mietshäusern umschlossen war, sodass es ohne eingeschaltete Beleuchtung ständig düster in diesen Räumen war.

»Ja, Frau Weltscheva, was Ihren Fall betrifft, so möchte ich Sie vorwarnen: Demokratie schafft die Rahmenbedingungen für anständige Geschäfte, aber immer auch Schlupflöcher für Nepper, Schlepper und Bauernfänger!« Christolkov schob ihr galant den Plastikbecher mit dem Kaffee zu. »Ich möchte Sie nicht mit Versprechungen überschütten und Ihnen keine Illusionen machen: Der Kampf wird schwer und unerbittlich sein, zumal wir uns am Rande der Legalität bewegen. Um den Prozess überhaupt gewinnen zu können, braucht es drei Dinge: Nerven, Geduld und … Geld.« Er fasste sich ans Ohrläppchen, machte eine Bedeutungspause und seufzte wie ein Alkoholiker, der seit gestern keinen Schluck getrunken hatte. »Ich würde sogar sagen: Nerven wie Drahtseile, Engelsgeduld und … viel Geld.«

»Ich bin auf alles gefasst, Herr Christolkov. Schreiten Sie zur Tat!«, erwiderte Emilia, ebenso pathetisch wie naiv.

2

Die erste Gerichtsverhandlung am Bezirksgericht wurde für den März anberaumt. Die Frühlingssonne stimmte einen optimistisch, der Wind zerstrobelte gutgelaunt die Zweige der Bäume, an denen sich grüne Knospen zeigten. Emilia lief unzählige Male zwischen Kleiderschrank und Toilettentisch hin und her, drehte sich vor dem Spiegel, zog sich wieder und wieder um. Schließlich beließ sie es bei einem schlicht geschnittenen, dezent taillierten Kostüm in sattem Lila, das sie seriös und bescheiden wirken ließ. Dessislava begleitete sie zur Tür und sprengte abergläubisch Wasser aus dem Kupferkesselchen vor ihrer Mutter auf die Treppenstufen hin: »Auf guten Weg, möge es laufen wie Wasser.« Emilia wäre auf dem Wasserfilm dieses guten Wunsches beinahe ausgerutscht, schenkte dem aber keine weitere Beachtung.

Bis zum Bezirksgericht waren es von ihrer Wohnung nur zehn Minuten, daher ging sie zu Fuß. Die Sonne pflasterte ihren Weg mit festlichem Licht. Sie wiederholte noch einmal die Antworten, die sie vorbereitet hatte, denn im Gerichtssaal erwartete sie eine neue, aufregende Rolle! Dieses Mal würde sie sich selbst spielen, schonungslos bis zur Selbstverleugnung. Sie wollte restlos aufrichtig sein und flammend bekennen, was sie zu bekennen hatte, dann aber auch um Milde ersuchen! Ha: Milde! Wie dramatisch dieses Wort das Herz jener erreichen würde, die durch ihre Gier und ihren Leichtsinn in den Ruin getrieben worden waren, allesamt Darsteller wie sie, die das Leben von Generationen schöner und vor allem erträglicher gemacht hatten. Obwohl Emilia die siebzig schon überschritten hatte, drehten sich noch immer Männer nach ihr um. Ihre Seele triumphierte, ihr Herz war erfüllt von Verständnis und Wohlwollen gegenüber dieser sündigen, aber wunderbaren Welt, ihr Geist von stiller Versöhnlichkeit. So also ging Emilia ihrem Gericht entgegen, wie man zur Beichte in die Kirche geht, erfüllt von Reue und beseelt vom Wunsch, sich durch Empfangen der verdienten Strafe von Selbstmitleid und Schuldgefühlen zu befreien.

Sie kam fünfzehn Minuten vor ihrem Termin am Gerichtsgebäude an. Das Gebäude war schön mit Ziegeln verkleidet, die von Regen, Wind und Wetter verfärbt waren und in den Fugen Moos angesetzt hatten. Gerade dies gab dem Gebäude die Würde dessen, der allen Unbilden der Zeit im Namen von Recht und Gesetz standhält. Vor dem Eingang drängelte sich eine Hundertschaft von Leuten wie bei einer Demonstration. Am schmiedeeisernen Portal aber verscheuchten zwei Ordnungshüter mit finsteren Mienen die Einlass begehrenden Bürger. In der Menge tauchte kurz der Kopf jenes Herrn Milanov von Lucky Strike & Co. auf, dessentwegen sie letztlich hier war. Er lächelte ihr warm und verbindlich zu, als seien sie uralte Freunde, sie nickte kalt zurück. Endlich machte sie im Menschengewühl auch ihren Anwalt aus. Christolkov huschte mit seiner schweren Lederaktentasche flink wie ein Flitzebogen auf sie zu.

»Was ist hier los?«, fragte sie beunruhigt.

»Der reinste Horror, Frau Weltscheva, oder der nächste Aberwitz, ganz wie Sie wollen: Bombendrohung.«

Emilia verstand nicht.

»Aber … wie kann das denn sein?«

»Vor einer halben Stunde gab es einen anonymen Anruf im Gericht.« Christolkov machte eine Pause, um seinen Worten mehr Bedeutung zu verleihen, nestelte ein riesiges Stofftaschentuch aus seiner Hosentasche und schneuzte sich geräuschvoll hinein. »Dieser angeblich anonyme Anrufer nun warnte, im Gericht sei eine Bombe gelegt worden.«

»Was meinen Sie mit ›angeblich anonym‹?«

»Nun, ich habe da so eine Vermutung … Ich will hoffen, dass sie sich als unberechtigt erweist.«

»Und was jetzt?« Emilias eigene Vorahnungen liefen ihr wie Ameisen über den Rücken.

»Der Prozessbeginn wird vertagt, Frau Weltscheva. Da das Gericht überlastet ist, wird es wohl Herbst werden …«

Und so kam es auch.

Der für September neu angesetzte Termin fiel ausgerechnet auf Freitag, den 13. Der Tag war so heiß, dass es einem die Sinne benahm. Diesmal entschied sie sich vor dem Frisierspiegel für ihr Leinenkleid, das mit seinem an auskristallisierten Honig erinnernden Farbton dezente Eleganz verströmte. Auch diesmal wieder vollzog ihre Tochter das Wasserspritz-Ritual auf der Treppe, und diesmal achtete Emilia darauf, den Wunsch, es möge laufen wie Wasser, nicht als persönliche Aufforderung zu nehmen. Auf dem Gehsteig schlug ihr der heiße Hauch verbrannten Brots, glühender Gehwegplatten und ungelüfteten Lebens entgegen. Auf dem weich gewordenen Asphalt des Evlogi-Georgiev-Boulevards trieb das Licht seine Vexierspiele, die Autoschlange darauf war endlos. Die meisten Wagen waren aus Frankreich oder Deutschland importierte Gebrauchtwagen, die mindestens fünfzehn Jahre auf dem Buckel hatten, aber prestigeträchtige Markennamen trugen.

Emilia ging auch diesmal zu Fuß. Ihre Seele füllte sich mit Feierlichkeit, ihr Herz mit bittersüßer Reue. Sie eilte. Sie hatte Zeit, aber nein, sie eilte, eilte ihrer Kasteiung entgegen. Kam eine halbe Stunde vor dem Termin beim Gericht an. Durchschritt ungehindert das Portal, betrat die Kühle der Justiz. Heute war alles in Ordnung. In den Steinplatten, mit denen der Boden bedeckt, die Wände des Foyers verkleidet waren, schien es leise zu flüstern von den inneren Stimmen der Menschen vor und nach Prozessen, in denen der eine sein Recht, der andere sein Unrecht bekommen hatte. Im Flur vor dem Gerichtssaal wäre sie fast mit Milanov zusammengeprallt. Er war in Begleitung seiner beiden Anwälte und verbeugte sich vor ihr mit solch demonstrativer Höflichkeit, dass es schon an Sarkasmus grenzte.

Fünfzehn Minuten vor fünfzehn Uhr sauste, schnaufend wie eine Dampflokomotive, die die Rettung brachte, auch Christolkov herein.

»Endlich, Frau Weltscheva«, sagte er mit einer Stimme, als sei nicht er, sondern sie die später Gekommene, »endlich ist es so weit, nicht? Was ich Ihnen …«

Christolkov konnte seinen Satz nicht beenden. Sein Mund blieb offen stehen, denn das Geräusch der Alarmsirene durchschnitt das Menschengewimmel im Gang. Erst erstarrten alle, dann ging das Gerenne los. Auch aus den oberen Etagen ergossen sich die Menschenströme in Richtung Ausgang, und das Getrappel aller vereinigte sich zum Stampfen einer panisch flüchtenden Viehherde.

»Bombenalarm«, rief der Polizist seinem Kollegen zu, der sich mitsamt seiner vom Gürtel herabbaumelnden Handschellen, seinem Pistolenhalfter, seinem offenen Uniformhemd und – unbeeinduckt vom Halbdunkel im Gerichtsfoyer – schwarzer Sonnenbrille auf der Nase seinen Weg zum Ausgang bahnte.

Der nächste Gerichtstermin platzte ebenfalls, weil der anonyme Anrufer sich als äußerst pflichtbewusst erwies und auch diesmal darauf hinwies, dass im Gericht eine Bombe gelegt worden sei. Auch diesmal begegnete Emilia ihrem Opponenten Milanov. Das Gefühl, dass er seinen bösen Schabernack mit ihr trieb, war nun unabweislich.

Danach kam der berühmt-berüchtigte Winter von 1996 auf 1997. Zusammenbrechende Bankhäuser, drohender Staatsbankrott und Hyperinflation, und die sozialistische Regierung Widenov sah einfach zu. Als der US-Dollar auf einen Kurs von über 2400 Leva gestiegen war, gingen die Leute endlich auf die Straße. Die Plätze füllten sich wieder mit Drohung, Wut und Empörung. Schließlich belagerten sie das Parlament, schlugen mit Kochlöffeln auf leere Töpfe und Pfannen – ein alles durchdringender Protestlaut hungernder Menschen. Drinnen machten sich die gewählten Volksvertreter mit dem Absingen von Revolutionsliedern, mit denen sie groß geworden waren, Mut. Bald schlossen sich auch die Studenten dem Protest an, versammelten sich in Massen vor ihren Universitäten und begannen – da es bitterkalt war – auf der Stelle zu hüpfen. Dabei wurde der Protestslogan geboren: »Nur wer rot ist, hüpft nicht mit! Nur wer rot ist, hüpft nicht mit!« Das brodelte, schäumte, wogte und wallte – das sah aus, als hätten sich die Flöhe aller Länder vereinigt. Wenn sie in ihre Nähe kam, begann auch Emilia zu hüpfen, denn die Kaufkraft ihrer Rente betrug nur noch zwölf Dollar. Ohne es Assen zu gestehen, wählte sie bei den Parlamentswahlen die Union der demokratischen Kräfte.

Im Frühjahr wurde ihr Prozess erneut vertagt, wieder um ein halbes Jahr, auf Oktober diesmal. Als der herannahte, gab es keinen Bombenalarm, dafür erschien Milanov nicht vor Gericht. Es stellte sich heraus, dass er die Vorladung nicht erhalten hatte. Emilia hatte in der Zwischenzeit ihre Kollektion von Silberspangen verkauft, filigrane Goldschmiedearbeiten mit Gravuren und Perlmutt. Nun waren ihre Uhren an der Reihe. Sie hatte das Gefühl, sie mache Nostalgie-Diät, wische energisch Staub – den alter Zeiten. Doch als der Antiquar mit seinen Händen begierig ihre Uhren unter der ins Auge gekniffenen Lupe befingerte, hatte sie das Gefühl, er betatsche sie, wühle in ihrer ungechützten, nackten Seele herum, allem, was einmal ihr Leben gewesen war.

Am 15. Oktober ergoss sich das Licht bleiern auf die Erde. Wenig überraschend fand der Gerichtsbote auch diesmal Herrn Milanov nicht an seiner Wohnadresse vor, und da die Vorladung nicht ausgehändigt werden konnte, wurde die Verhandlung erneut vertagt, diesmal auf Ende März des folgenden Jahres.

»Wissen Sie was, Frau Weltscheva«, schlug Christolkov ihr voll freudiger Erregung über seinen Einfall vor und zupfte an seinem rechten Ohrläppchen, »wir setzen den Mann auf die nationale Fahndungsliste – in die *Staatszeitung* … Dem werden wir zeigen, was eine Harke ist! Aber wir brauchen dazu …«

»Nerven wie Drahtseile, eine Engelsgeduld und – viel Geld«, seufzte Emilia Christolkovs so lukrative Beschwörungsformel zu Ende.

Im Januar des folgenden Jahres hörte sie, dass sogar Pepa Koitscheva ihr ganzer Sexappeal nichts genutzt hatte: Sie musste ihre Heizung plombieren lassen, weil sie die Rechnungen nicht mehr bezahlen konnte. Doch ihr Körper war der eisigen Kälte nicht gewachsen. Sie fing sich eine Bronchitis ein, die in eine Lungenentzündung überging, die sie nicht rechtzeitig behandelte, und so verließ sie diese Welt voller Kälte, Zynismus und kurzem Verstand. Emilia weinte sehr um ihre junge Kollegin und verkaufte schließlich zwei ihrer Gemälde, damit Pepa beerdigt werden konnte.

Frühmorgens am 4. April meldete sich Christolkov telefonisch bei ihr, um ihr mitzuteilen, dass Milanov wieder nicht ordnungsgemäß hatte vorgeladen werden können, und dass es keinen Sinn habe, dass sie Zeit und Nerven verlor und zum Gericht ging. Nur leider stellte sich später heraus, dass Milanov durchaus vor Gericht erschienen war und in ihrer Abwesenheit die Verhandlung gewonnen hatte. Der Angeklagte hatte nachweisen können, dass es in den Verträgen mit seinen Kunden eine zwar kleine und unscheinbare, aber rechtsgültige Klausel gab, die den Kunden von Lucky Strike & Co. im Falle der Auflösung der Firma keinerlei Regressansprüche ließ. Die hatten natürlich weder sie noch die anderen Schafsköpfe aus der Schauspielzunft gelesen. Nachdem Christolkov ihr diese Sachlage mit der Stimme eines Trauerredners mitgeteilt hatte, knallte Emilia ihm einfach den Hörer hin. So dumm war sie auch wieder nicht, dass sie nicht verstand, dass Milanov nicht nur das Gericht, sondern auch ihren eigenen Anwalt gekauft hatte, der sie daraufhin eiskalt ans Messer geliefert hatte. Als sie von der Richterin, die den Prozess geleitet hatte, eine Erklärung verlangte, blaffte diese sie hochnäsig und mit verächtlichem Augenaufschlag an, die Justiz sei unabhängig und niemand könne Rechenschaft von ihr verlangen. Dann warf sie *sich* ihren knöchellangen Pelzmantel um und *ihr* im Gehen noch hin, sie könne das Urteil ja anfechten. Dann bestieg sie ihren funkelnagelneuen BMW, der allein mehr kostete als alle Gehälter zusammengenommen, auf die sie bis zum Erreichen ihres Pensionsalters noch rechnen konnte.

3

Der neuen Regierung der UDK unter Iwan Kostov gelang es, die Inflation zu bändigen, indem sie mit dem IWF einen Währungsrat vereinbarte, der den bulgarischen Lev unter strengen makroökonomischen Auflagen eins zu eins an die Deutsche Mark band. Dadurch wurden wieder die Rahmenbedingungen für so etwas wie normales Wirtschaften geschaffen. Die Menschen schöpften Hoffnung, sie konnten fürs Erste wieder schlafen. Doch dann begann die nächste Privatisierungswelle, und gegen zehn Prozent Trinkgeld vom Schätzwert ging alles, von der Apotheke bis zum Kornspeicher, von den profitablen Sammeltaxilinien Sofias bis zum Werk für Buntmetallverarbeitung, für einen Apfel und ein Ei an Freunde, Bekannte, Verwandte und Parteigenossen. Die Leute begriffen, dass es in der Politik nicht darum ging, ob einer Kommunist war oder sich als Antikommunist gebärdete, sondern darum, durch Wahlversprechen an die Macht zu kommen. Wenn die bisherigen Verfechter von Recht und Ordnung, Demokratie und Gerechtigkeit erst einmal von den Honigtöpfen genascht hatten, wurden sie alsbald genauso unersättliche und raffgierige Halunken wie jene, auf die sie bis gestern geschimpft hatten. Die Interessen der verarmten Mehrheit der Bevölkerung vertraten sie genau so lange, wie sie dazugehörten.

Zum Zeichen des Protestes gegen diese Verhältnisse beschloss Emilia, ihre Frisur und ihren Anwalt zu wechseln. Auf Empfehlung Alexander Weltschevs wandte sie sich an einen gewissen Gogov, der laut dem Vetter ihres Mannes »ein schlichter, unattraktiver, aber absolut unbestechlicher und anständiger Mensch« war. Die Kanzlei Gogovs befand sich ebenfalls in einem Mietshaus auf der Graf-Ignatiev-Straße, bestand aber nur aus einem Zimmerchen, von dem aus man einen Blick auf den inneren Leitungsschacht hatte. Eingerichtet war es mit zwei abgewetzten Stühlen, einem altmodischen Schreibtisch und einem vorsintflutlichen Aktenschrank. Es roch nach Wäsche, die schon lange auf der Leine hing, aber einfach nicht trocknen wollte. Die Wände waren dekoriert mit Farbzeichnungen von Singvögeln und zumeist giftigen Waldpilzen sowie einem Plakat der bulgarischen Fußball-Nationalmannschaft, die 1994 durch einen 2:1-Sieg über Deutschland bis ins Halbfinale der Weltmeisterschaft und in die bulgarischen Geschichtsbücher gekommen war.

Der Mann, dem Emilia nun ihr Anliegen vortrug, war in der Tat unscheinbar bis zur Farblosigkeit. Wenn man ihn ansah, dachte man an Altersinkontinenz. Als einmal die Sirene eines Rettungswagens ertönte, fasste er sich erschrocken an den Jackettknopf. Emilia blieben seine Unsicherheit und Ängstlichkeit nicht verborgen, aber sie hatte keine Wahl und kein Geld mehr. Alles, was sie in vierzig Jahren gesammelt hatte, befand sich dank Christolkov und Milanov in den Antiquitätengeschäften Sofias.

Bei dem neuen Prozess, den Emilia mit Gogov anstrengte, gab es keine Bombendrohungen mehr im Gericht, und Milanov bekam auch ordnungsgemäß seine Vorladungen. Er hatte nach dem gewonnenen Prozess ein neues Finanzhaus eröffnet, konnte also nicht mehr den Abwesenden spielen. Was er aber konnte, das war, alle Möglichkeiten zu nutzen, die das Prozessrecht ihm bot, um die Verhandlungen zu verschleppen. Mal präsentierten seine Anwälte einen Krankenschein, mal die Bescheinigung eines Neurologen, dass er nervlich nicht belastbar sei, mal befand er sich im Ausland. Richter Momtschev, ein wie aus dem Ei gepellter Grandseigneur mit zehnkarätigem Diamantring am Mittelfinger und den steinernen, aber hellwachen Augen des professionellen Pokerspielers, hörte sich das Plädoyer Gogovs für Emilia mit zynisch gespielter Strenge an, nur um dann mit der Ungerührtheit einer Umwälzpumpe die Verhandlung zu unterbrechen und aufs Frühjahr zu vertagen, dann auf Herbst, dann wieder auf Frühjahr.

»Ja, merken Sie denn nicht, dass die Katz und Maus mit uns spielen«, sagte Emilia händeringend nach jedem frustrierenden Verhandlungstag, wenn sie mit Gogov im Ausschank des Gerichts einen dünnen, geschmacklosen Kaffee trank. »Tun Sie doch endlich etwas, gebieten Sie denen Einhalt!«

»Liebe Frau Weltschev, zum Gesetz, das über allem steht, gehört auch das Verfahrens- und Prozessgesetz. Der Richter ist angehalten, auch die Anträge der Gegenseite zu berücksichtigen, sofern sie rechtmäßig sind. Das können wir nicht anfechten!«

In diesen Jahren voller Frust und Wut verstarben drei jener alten Schauspielerkollegen, die Emilia enthusiastisch zur Geldeinlage bei Lucky Strike & Co. überredet hatte. Und Theo Sotirov, der Regisseur, dem sie ihre Karriere verdankte, bekam einen Schlaganfall, durch den er rechtsseitig gelähmt war und nicht mehr sprechen konnte. Obwohl eigentlich Theo schuld daran war, dass sie und ihre Kollegen so begierig ihr Geld den Betrügern von Lucky Strike & Co. anvertraut hatten, verkaufte sie eines ihrer letzten Gemälde und brachte das Geld Margarita Lilova, die es ohnmächtig erschrocken annahm, um ihrem Mann Medikamente und einen Rollstuhl kaufen zu können.

Eines kühlen Oktoberabends traf Emilia zu Hause die ganze »Familienbande« an: Assen, Jordan, Dessislava und sogar ihren plötzlich so erfolgreichen Neffen Christo Alexandrov Weltschev. In dem mittlerweile kahlen, wie ausgeschlachtet wirkenden Wohnzimmer setzten sie sich um eine Flasche Whisky und ein paar Schälchen mit Nüssen, die Christo spendiert hatte, zum Kriegsrat zusammen. Im Fenster starb der Tag stille dahin; das letzte Licht fiel auf Wände, auf denen helle Rechtecke Zeugnis ablegten von Gemälden, die viele Jahre dort gehangen hatten. Emilia spürte sofort: Das hier, das war auch ein Gericht, das Familiengericht. Assen hüstelte verlegen und sagte:

»Wir alle wollen dir helfen, Emilia, genauer gesagt: dich um etwas bitten. Mach endlich Schluss mit diesem aussichtslosen juristischen Tauziehen. Du wirst uns noch krank.«

Und Jordan ergänzte so rasch wie einer, der dies schon lange loswerden wollte:

»Du hast schon mehr Geld für Anwälte und Prozesskosten verschleudert als diese fünfzehntausend Dollar, derentwegen du die ganze Sache begonnen hast.«

»Ich habe Angst um dich, Mama«, mischte sich nun auch Dessislava ins Gespräch, »muss ich denn vor dir auf die Knie fallen?«

Christo goss ihr einen Fingerbreit von dem teuren Whisky ins Glas, dann zog er sein Lederköfferchen zu sich heran, in dem neben Dokumenten und Schriftstücken auch ein paar Geldscheinbündel lagen, warf diese auf den Tisch und sagte:

»Tante Emilia … das sind fünfzehntausend Dollar. Bitte gestatte mir das Vergnügen, sie dir zu schenken.«

Die goldbraune Flüssigkeit rann Emilias Kehle hinab. Eine angenehme Wärme breitete sich in ihrem Körper aus. Sie lächelte matt, ohne ihre Frustration, oder besser gesagt, ihre Verzweiflung darüber, wie ihre juristischen Anstrengungen Jahr um Jahr ins Leere liefen, noch zu verbergen, und da gelang es ihr einfach: sich schonungs- und rückhaltlos selbst zu spielen. Verstand denn keiner von denen, die ihr da gut zuredeten, dass es mit der schwer malträtierten Gerechtigkeit ein für alle Mal aus war, wenn sie jetzt aufgab? Wie sollte sie diesen lieben und wohlmeinenden Menschen erklären, dass dieser Prozess, über den die Jahre ihres Alters hingingen, sich längst in ein Drama verwandelt hatte, in dem sie um den Sinn ihres Lebens spielte?

»Lass es einfach sein, meine Liebe«, wiederholte Assen und zog vor lauter Unbehagen sein Taschentuch hervor. »Du baust darauf, dass das Land, in dem wir leben, eine Demokratie ist – aber das ist es nicht; es ist ein Selbstbedienungsladen, in dem das Recht des Stärkeren, des Reicheren und dessen mit den besten Verbindungen gilt. In einem solchen Land gibt es keine Gerechtigkeit.«

»Das weiß ich«, stimmte sie ihrem Mann unumwunden zu. »Ich weiß, dass in Bulgarien alles bloß Willkür und Anarchie ist, und Rechtsstaat und Demokratie bloß Potemkin'sche Dörfer, aber … wie soll ich mich ausdrücken. Ich habe trotz allem heute das Gefühl, für mein Recht kämpfen zu können – früher nicht. Es mag heute alles sehr chaotisch, korrupt und erbarmungslos sein, aber im heutigen Chaos hast du wenigstens *das Gefühl*, eine Chance zu haben, während du in der Zwangsordnung vorher *wusstest, du hast keine*!«

Sie schwieg. Wie sollte sie ihrer Familie nur etwas erklären, was sie selbst nicht ganz verstand: *das Recht und die Freiheit haben, auch zu scheitern!* Dieses Scheitern war Ausdruck dessen, dass ihre persönliche Entscheidung nicht belanglos war: Gut, sie hatte viel gewinnen wollen, und hatte alles verloren. Doch in dem Kampf um Ehrlichkeit und Transparenz im Geschäftsgebaren solcher Finanzhaie wie Lucky Strike & Co. hatte sie, indem sie all die aufgehäuften Fetische und Surrogate für wahres Leben abgestoßen und verkauft hatte, eine Lebendigkeit freigelegt, die ihr bisher unbekannt gewesen war. Mochte ihr Vorgehen dumm, naiv, ja, unvernünftig sein; es war aber nicht mehr jenes achselzuckende Treibenlassen im grauen Strom der sozialistischen Jahre! Die Entscheidung, zu prozessieren, war einzig und allein ihre, ihre individuelle Wahl gewesen. Und so begriff sie mit der Zeit, dass die Leute den Betrügern nicht nur deshalb so massenhaft auf den Leim gingen, weil sie raffgierig und unerfahren waren, sondern auch, weil sie ausgehungert waren nach freien Entscheidungen, die sie zu unverwechselbaren Menschen machten, zu Menschen, die sich ihre Suppe selbst einbrockten, und sie selbst auslöffelten.

Emilia war also weder in ihrer Eitelkeit gekränkt, noch war die Prozessiererei zu einer fixen Idee geworden; sie war schlicht und einfach *jenseits des Theaters* sie selbst geworden, Emilia, ein weiblicher Sisyphos, der seinem Stein mit jeder Vertagung, jedem neuen Prozesstag immer neue Nuancen abrang. Da ihr dies nicht bewusst war, entwickelte sich bei ihr ein unbekanntes, mystisches Gefühl staunender Verehrung. Eine unerklärliche, aber leidenschaftliche Religiosität, von keiner Kirche, keinem Glaubensbekenntnis geknebelt, brach bei ihr aus, ein Glaube an etwas sowohl Namenloses als auch Unnennbares, das nur der lebendige Gott aller Dinge sein konnte.

»Ich bin euch ja so dankbar«, sagte sie und schluckte ihre Tränen hinunter, »und du, Christo, mein lieber und großherziger Junge, beleidige mich nicht. Das hab ich doch nun auch nicht verdient, oder?«

Dann erhob sie sich, um ein zauberhaft frisches Blumenstillleben mit Schneeglöckchen in einer wassergefüllten Glasvase von der Wand abzuhängen, das so lebendig war wie ihr Gott. Alles tat ihr weh beim Aufstehen – Knochen, Sehnen, Gelenke.

Einige Monate später, zu Beginn des Frühjahrs 2001, kam Simeon von Sachsen-Coburg-Gotha nach Bulgarien zurück, aus dem er von den Kommunisten als amtierender Kinderzar vor fünfzig Jahren verbannt worden war, und wurde vom Volk mit einem Begeisterungstaumel empfangen, als sei er der Messias, diesmal der wahre. Ohne inhaltlich viel zu sagen, sammelte der zierliche, verhärmt wirkende Mann mit dem dünnen Resthaarkranz im Nadelstreifenanzug mit seinen spärlichen Gesten und seinem holprigen Bulgarisch die Menschen um sich in einer politischen Bewegung, die gerade noch rechtzeitig vor den Parlamentswahlen im Sommer als Partei anerkannt wurde. Emilia hatte den Eindruck, er spräche nur für sie, und bei den Wahlen gab sie, ohne Assen davon etwas zu sagen, Simeon, dem inzwischen der verbürgerlichte Nachnamen Sakskoburggotski verpasst worden war, ihre Stimme. Nur mit Viktoria Sestrimska redete sie darüber, die ebenfalls für seine Partei gestimmt hatte.

»Was auch immer er hält von dem, was er verspricht«, meinte diese, »zumindest wird er einen Keil in dieses verdammte Zwei-Parteien-System treiben, wo immer einer schön den anderen des Raubbaus und der gewissenlosen Habgier beschuldigen kann, bis er wieder an die Macht kommt und dasselbe tut.«

»Er scheint mir intelligent zu sein, weiß wenigstens noch, was gute Manieren sind, und um reich zu werden, braucht er nicht in die Politik zu gehen. Das ist er wohl auch so. Mir scheint, er will die Monarchie wiederherstellen in Bulgarien, meine Liebe, und um dafür werben zu können, muss er uns davon überzeugen, dass er unbestechlich ist. Er muss die Leute hinter sich bringen, sie einen, ihnen das Gefühl geben, ein Volk zu sein, und dazu braucht es Idealismus. Ich weiß zwar nicht, was diese Wirtschafts-Yuppies, die er da aus London als Minister herangekarrt hat, zuwege bringen, aber ich sehe keine Alternative.«

Zu diesem Zeitpunkt kam kaum jemand auf den Gedanken, dass die Vermögensverhältnisse des Ex-Zaren vielleicht nicht ganz so glänzend waren und dass er zurückgekehrt sein könnte, um sich die Ländereien und Landgüter wiederzuholen, die seiner Dynastie vor über fünfzig Jahren angeblich enteignet worden waren. Das kleine Detail, dass diese Liegenschaften niemals Eigentum der Zarenfamilie gewesen waren, sondern

Staatseigentum, das ihnen über eine Intendantur zur Nutzung freigegeben war, kam erst sehr viel später ans Licht.

4

Als der Berufungsprozess gegen Lucky Strike & Co. eines Donnerstagmittags im September doch noch stattfand, saßen im viel zu großen Saal 4 des Justizpalastes nur die noch lebenden Schauspieler, die im Schlepptau Emilias ebenfalls um ihr Geld gebracht worden waren. Das quittenfarbene Licht des Spätsommers beschien ihre gealterten, faltigen und müden Gesichter, in deren Augen ein letzter Widerschein verflogenen Ruhms flackerte. Auch hatten sie ihr Gespür für Auftritte nicht verloren, was ihnen noch immer Anziehungskraft verlieh in diesem letzten Stück ihres Lebens, in dem sie zusammen mit Emilia Weltscheva, aber auch Milanov, »dem Bösen«, der als moderner Teufel auch diesmal vollendete Manieren und eine verletzende Höflichkeit an den Tag legte, und seinen beiden Advokaten spielten. Die Sonne schien durch die aus Buntglas zusammengesetzte Justitia, als wolle sie sie sehend machen, ihr die Binde von den Augen reißen und sie mit genug Energie aufladen, damit sie ihr Schwert gegen die Ungerechtigkeit im Saal unten schwingen konnte.

Vor Aufregung hielt Emilia die ganze Zeit ihre Daumen gedrückt. Anwalt Gogov neben ihr presste den Knopf seines Sakkos, obwohl gar kein Krankenwagen mit Blaulicht vorbeifuhr. Richter Momtschev erhob sich majestätisch und verlas mit gleichmäßiger, fester Stimme das Urteil. Wie sie ihn so ansah in seiner sauerkirschroten Toga, konnte Emilia nicht anders als zu denken: So sieht also ein Henker aus! Und als sie nicht nur hörte, sondern auch verstand, dass die höhere juristische Instanz Sofias das vom Bezirksgericht gefällte Urteil zugunsten des Geschäftsführers von Lucky Strike & Co. bestätigte, erfasste sie zunächst eine bedenkliche Gleichgültigkeit, schließlich eine gefährliche Erleichterung. Auf einmal blitzte die Erkenntnis in ihrem Kopf auf, welch unfehlbaren Blockademechanismus Milanov in all den letzten Jahren angewendet hatte: Er hatte zunächst mit simplen Tricks dafür gesorgt, dass die Verhandlungen vertagt wurden, um in der so gewonnenen Zeit herauszufinden, welche Richter und Staatsanwälte bestechlich und … bezahlbar waren, und dann dafür zu sorgen, dass ihnen der Prozess übertragen wurde.

»Was hab ich nur getan, dass ich so gestraft werde?«, stöhnte einer der alten Schauspielerkollegen hinter ihrem Rücken.

Emilia hielt es nicht auf ihrer Bank. Sie stand auf, fuhr den Zeigefinger gegen die roten Roben aus und sagte: »Schämen Sie sich denn gar nicht? Haben Sie denn nicht das geringste schlechte Gewissen? Oder wenigstens Gottesfurcht?«

Sie musste an die Verse des bulgarischen Dichters Iwan Wasov denken, der über hundert Jahre zuvor Ähnliches gefühlt haben musste, als er schrieb: »Oh, schläft denn Gott, oh, sieht er denn nicht hin?« Wie oft hatte sie diese Verse am 8. März, dem Weltfrauentag, rezitiert, und wie hallten die jetzt in ihrer Seele wider! Hinter sich hörte sie das Geräusch enttäuschter, niedergeschlagener Menschen, die sich ungläubig erhoben und zerschmettert den Saal verließen. Nun war auch der letzte Schein der einstigen Lieblinge des Volkes erloschen; das war kein rauschender Abgang, das war ein Hinausschleichen. Aus dem Augenwinkel sah Emilia, wie einer der Schöffen sich in die Tasche griff. Ein Knacklaut. Dann kam ein Stück Alpenmilchschokolade zum Vorschein, das er genussvoll auf der Zunge zergehen ließ, bevor er dezent rülpste und sich den Mund mit einem Taschentuch abwischte.

Angewidert wandte sie den Blick ab. Die Sonne erweckte die bunten Glassplitter der Justitia zum Leben. Aber auch das machte die Göttin der Gerechtigkeit nicht sehend, und auch ihr Schwert blieb reglos. Da verwandelte das Gefühl der Erleichterung in Emilia sich in einen unerträglichen Schmerz, einen Schmerz, der alles überstrahlte, der sie alles vergessen ließ und in den sie versank wie in heißen Teer. Alles, alles tat ihr weh. Dann vermeinte sie auf einmal, aus der heißen, klebrigen schwarzen Masse heraus- und hineingesogen zu werden in einen engen Tunnel. An dessen Ende erblickte sie ein unbeschreibliches, ein verlockendes, ein überirdisches Licht, warm und bergend wie jene Heimat, in der kein Lebendiger je war.

Sie taumelte, knickte ein, fiel. Emilia war nicht besiegt; sie war einfach nur tot. Die Stenotypistin stöhnte auf. Der andere Schöffe sank in sich zusammen und legte instinktiv den Unterarm auf seine Leber. Die beiden anwesenden Polizeibeamten rannten zu der Gefallenen und erstarrten. Die Augen Richter Momtschevs aber blieben leer, stumpf; keinerlei Milde, nicht ein Funken Mitgefühl blitzte in ihnen auf, nur ein kurzes Erschrecken, das aber rasch von kaltem Ekel abgelöst wurde.

»Was steht ihr da untätig herum«, blaffte er die Uniformierten an, »schafft sie raus, aber dalli!«

Die Männer zögerten, beugten sich nur furchtsam über Emilias Leiche. Dann packte der eine sie an den Handgelenken, der andere an den Knöcheln, und sie schleiften ihren noch unerlösten Leib fort. Sie machten sich nicht die Mühe, sie anzuheben, sodass ihr Kopf über den Boden rutschte und bei unebenen Marmorplatten kurz hochsprang. Das weizenblonde Haar fegte den Boden, kehrte Zeitungsschnipsel, verbrannte Streichhölzer, einen achtlos ausgespuckten Kaugummi und sogar einen bulgarischen Pfennig zusammen.

5

Noch zehn Minuten bis zum Termin mit Umweltminister Iwailo Kanev, einem Mann, der von der messianischen Idee besessen zu sein schien, die in rücksichtlosen Industrialisierungsanstrengungen der sozialistischen Jahrzehnte malträtierte Natur Bulgariens zu retten. Sein Lächeln war immer betreten, so als wolle er sich dafür entschuldigen, dass es ihn gab. Sein verschleierter Blick wich dem Gegenüber aus, als habe er etwas zu verbergen. Wer aber länger hinsah, konnte darin auch eine Verschlagenheit entdecken, die verriet, dass Kanev nicht von gestern war, sondern schnell kalkulierte, und nicht um Peanuts. Christo wollte ihm die Erlaubnis zum Bau einer »hübschen, lauschigen Ferienanlage« an den wilden, unberührten Ufern des Flusses Ropotamo abluchsen, mitten in einem Naturschutzgebiet. Er konnte diese Erlaubnis gegen eine zehnprozentige Spende an Kanevs Partei und zwei, drei Prozent für diesen persönlich bekommen. Christo schlug vor, ihn im Ministerium zu besuchen, aber der »verehrte Herr Minister« zog es vor, in seine Geschäftsräume zu kommen. Dort war es leichter, außer dem Versprechen auf ein gut gefülltes

Bankkonto auch die »kleinen Geschenke unter Freunden« entgegenzunehmen, die Christo besorgt hatte: eine Schweizer Uhr aus purem Gold und eine echte holländische Meerschaumpfeife, die allein schon über tausend Dollar gekostet hatte.

Christo drückte auf das Knöpfchen fürs Vorzimmer und sagte seiner Sekretärin, dass er in diesen zehn Minuten von niemandem gestört werden wollte. Er nippte an seinem erkalteten grünen Tee und schlug die neue Ausgabe der Zeitung *24 Stunden* auf. Er liebte diese Minuten der Zeitungslektüre. Manchmal überraschten ihn die Blätter mit ihrer Schadenfreude und ihrer Käuflichkeit, meist aber ergötzten sie ihn mit ihrem gespielten Engagement, ihrem »kompromisslosen« Eintreten für die Belange des armen, gebeutelten *Mannes von der Straße*, wobei sie vor keiner Platitüde zurückschreckten; überdies informierten sie ihn zuverlässig über Klatsch der Marke »wer mit wem«, was für seine Geschäfte von weitaus größerer Bedeutung war als die Kenntnis der Börsennotierungen oder des Dollarkurses. Die erste Riege der Blitz-Millionäre war zu dieser Zeit schon wieder in der Versenkung verschwunden, nachdem sie das betrügerisch Erworbene mit protzigen Häusern, teuren Autos und üppigen Gelagen verjubelt hatten. Inzwischen waren die Millionäre der dritten Generation am Werk, die sich als Erstes von ihren alten Frauen scheiden ließen, die ihnen ihr ganzes Leben lang die stinkenden Socken und schmutzigen Unterhosen gewaschen hatten, und sich mit ihren jungen Sekretärinnen oder den Siegerinnen von Schönheitswettbewerben wie »Miss Badeanzug« oder »Bulgarisches Topmodel« verbandelten, deren Beine bis zum Hals reichten. Dieser ganze unaufhörliche Schickimicki-Glitzer mit seinem besinnungslosen, aber enthusiastischen Verplempern der zusammengeklauten Millionen, von dem man in den Klatschspalten lesen konnten, gab ihm aber eine genauere Vorstellung davon, wie das Geld im Lande verteilt war und wo in der Provinz gerade eine Bande die Macht ergriff, als alle Wirtschaftsanalysen der seriösen Medien zusammen.

Schon beim Umblättern fiel Christos Blick auf eine Nachricht, die nicht sensationslüstern aufgemacht, aber gut sichtbar auf der dritten, der meistgelesenen Zeitungsseite eingerückt war. Im Reiche-Leute-Viertel Losenetz war ein Mann im Alter von etwa sechzig Jahren ermordet worden. Nichts Besonderes eigentlich; derlei Begleichen von Rechnungen spielte sich – und nicht bloß verborgen in der Unterwelt, sondern am helllichten Tage – ununterbrochen ab. Christo war schon drauf und dran, weiterzublättern und die Einzelheiten des Verbrechens zu übergehen, da las er zufällig den Namen des Ermordeten: Petrov. Ein Allerweltsnamen eigentlich, doch in Kombination mit der Straße, auf der der Mord verübt worden war, unfehlbar: Der Mordanschlag hatte auf der – Biglastraße stattgefunden. Und als er sich das Foto des Mannes ansah, so unscheinbar wie sein Name, zuckte er im Erkennen zusammen. Es war der vor einem Jahr im Rang eines Oberstleutnants pensionierte, langjährige Mitarbeiter der Staatssicherheit Peter Petrov. »Für den rätselhaften Mord«, meldete der fette Einleitungstext des Artikels, »gibt es keine erkennbaren Motive oder nachvollziehbaren Gründe, und doch wurde er eindeutig von Profis verübt.« Dieses Fehlen eines Tatmotivs in Verbindung mit der Präzision des tödlichen Schusses erschwere die Ermittlungen, man arbeite aber an drei einander überlappenden Versionen des Tathergangs.

Daran, dass die Berufskiller Petrov aus dem Hinterhalt aufgelauert hatten, zweifelte Christo keine Sekunde, denn Petrov war ja kein Naivling. Aus dem Schatten einer Akazie waren lediglich zwei Schüsse aus einer Makarov-Pistole abgefeuert worden, wobei der zweite Schuss schon ein Sicherheitsschuss direkt in den Kopf gewesen war. Am nächsten Morgen hatten die Beamten am Rande des Stadtteils Slatina einen roten Audi entdeckt – oder besser gesagt das, was von diesem nach dem Abfackeln noch übrig war. Dieser Audi war eine Woche zuvor in Plowdiv gestohlen worden. In der Zeitungsmeldung stand noch, dass der Ermordete keine Feinde gehabt und zur Aufbesserung seiner Rente einen Straßenstand mit gebackenen Kürbishälften und gerösteten Kürbis- und Sonnenblumenkernen betrieben habe. Die Nachbarn hätten über den Mann gelächelt, der gemeint hatte, sich dadurch etwas hinzuverdienen zu können. Das Fehlen jedweden rationalen Motivs verstörte die erfahrenen, mit dem Fall betrauten Kriminalbeamten. Nur um etwas zu sagen, wurde die Version lanciert, dass der Boss einer der beiden großen kriminellen Vereinigungen sich gerächt habe dafür, dass der Beamte ihm vor seiner Pensionierung wohl seine Drogenabsatzkanäle angetastet habe, aber Christo wusste nur zu gut, dass Oberstleutnant Petrov sich nie mit der organisierten Kriminalität befasst hatte, weder mit ihren Häuptlingen, die in Bulgarien sogar kleinen Kindern schon namentlich bekannt waren, noch mit ihren Strukturen.

Er holte die Schweizer Uhr aus ihrer Samtschatulle, zog sie versonnen auf und erinnerte sich dabei an die schlichten, aber wahren Worte des Ermordeten, dass manchmal die plattesten Dinge die wahren seien. Folglich, durchfuhr es Christo, musste die Erklärung, die auf der Hand lag, die wahre sein: Der arme Petrov hatte etwas gewusst, womit er jemandem gefährlich werden konnte. Als Minister Kanev bereits sein Büro betrat mit dem schuldbewussten Lächeln des kleinen, ertappten Taschendiebs, kam ihm die Erleuchtung, dass Petrov in jahrelanger, enger Zusammenarbeit mit General Grigorov ja nicht nur dies und das wusste, sondern … *alles.*

6

Es war sein Geschick, sein bitteres Los, andauernd jemand anderes, von sich selbst geschieden zu sein. Oder – genauer gesagt – weder er selbst noch der andere, sondern ein Dritter, der unbehaust zwischen beiden hin- und herirrte. Anfangs tat ihm diese innere Entzweiung weh, weil er zu eng für sie war, sodass seine Seele ständig Beulen, Schwielen und blaue Flecken bekam. Ihm blieb nichts anderes übrig, als sich auszudehnen, so viel anderes, Fremdes in sich anzuhäufen, bis der einzelne Wesenszug sich mitsamt der Schmerzen im kunterbunten Allerlei verlor. Er übersah aber, dass er sein Inneres so in einen anschwellenden, immer breiter werdenden Fluss verwandelte, der jede Verständnisbrücke zwischen den beiden Ufern mit sich fortriss. Seine Entzweiung (gelegentlich verwendete er auch das schärfere, das brutalere Wort »Gespaltenheit«) hatte sich in eine Existenzform verwandelt, eine fortdauernde Praxis, bei der die beiden Ufer seines Lebens nicht einfach nur ohne Berührung blieben, sondern einander sogar feindlich gegenüberstanden.

Schon im Alter von zehn Jahren hatte Christo die Zerrspiegel dauernder Verstellung und Heuchelei kennengelernt, die das Bild der Welt veränderten, es vergrößerten oder verkleinerten, flacher oder tiefer machten. Lustiger, unterhaltsamer wurde sie dadurch nicht, sondern einfach nur deformiert bis zur Unkenntlichkeit. Das Kind in ihm hielt dieser permanenten Vergewaltigung nicht stand; es wurde im Handumdrehen erwachsen und hörte auf, sich selbst zu mögen. Christo war zugleich zerrissen und niedergewalzt von dem, was er jede Nacht mit dem Ohr an der Wand zum Elternschlafzimmer bruchstückhaft erlauschte, der Schlaflosigkeit, den Flüchen und Verwünschungen seines Vaters einerseits, und den Tränen, der unschuldigen Wehrlosigkeit seiner Mutter, die etwas unter Strafe Stehendes zu gestehen hatte, andererseits. Es waren immer nur einzelne, unzusammenhängende Worte, die er da hörte, aber sie bohrten sich in sein Bewusstsein wie ein Treibstachel. Am Morgen dann sah er seinen Vater rasiert und frischgemacht, mit weißem Hemd und reinlichem Lächeln, völlig verwandelt vor seinem allmächtigen Großvater stehen. Anbiedernd beschwingt, freundlich und redselig, nannte er seine nachts so schlimm erniedrigte Frau, Christos Mutter, »mein Liebes« und vergaß nie, fürsorglich zu fragen: »Soll ich dir Zucker in dein Kaffeechen tun, mein Liebes?« oder bat: »Würdest du mir bitte das Löffelchen reichen, mein Liebes?« Mit diesen übertriebenen Zeichen seiner Zuneigung wickelte er am Frühstückstisch alle ein, sogar seine Mutter, sogar ihn, Christo.

Nie hasste er seinen Vater stärker als in diesen Momenten. Aber er hasste ihn, weil er ihn eigentlich liebte, und es war nicht nur belastend, sondern geradezu schrecklich, mit diesem Widerspruch leben zu müssen. Von den Malen, wo er sich an ihn gekuschelt hatte, während sie im Stadion ein Spiel von ZSKA Sofia schauten, erinnerte er sich beseligt an den herben Geruch, die Körperwärme seines Vaters; aber das hinderte ihn nicht, ihm in der Wut Reißnägel auf Stuhl oder Sessel zu legen, damit wenigstens für eine Weile dieses verrückt machende Schönwetterlächeln von seinem Gesicht verschwand. Sein Vater aber, *nur um es sich mit niemandem zu verderben*, schimpfte nicht etwa oder äußerte gar den naheliegenden Verdacht, sondern rief nur aus: »Autsch! Wo kommen nur immer diese Reißnägel her?«

Und dann, ja, und dann diese fatale Liebe zu seiner Tante Emilia Weltscheva, anfangs rein und schwindelerregend wie die Luft im Hochgebirge, bei der man nach Sauerstoff schnappte, später eher der Höhenangst am Abgrund vergleichbar, und schließlich einmündend in das leidvolle Begehren nach einer dreißig Jahre älteren Frau. Irgendwann hatte diese verhängnisvolle Leidenschaft plötzlich aufgehört, und ihm war, als sei er aus einem Fiebertraum erwacht. Doch die Liebe, die dieser fatalen Leidenschaft folgte, die Liebe zu Emilias Tochter Dessislava, war auch nicht besser. Wieder verwandelte sich sein Leben in ein einziges Lauern, ein einziges Verheimlichen seiner inzestuösen Sehnsüchte. Und doch, so wurde ihm manchmal durchaus bewusst, war die Liebe zu Dessislava für ihn heilsam, rettend gar, denn sonst hätte er der mörderischen Zerreißspannung in sich wohl nicht standzuhalten vermocht und wäre verrückt geworden.

In einem Land, in dem traditionelle Werte noch immer prägend waren, fiel ein »ewiger Junggeselle« wie er natürlich auf, und er erfand die unglaublichsten Ausreden dafür, dass er noch nicht einmal eine feste Freundin vorweisen konnte. Dessislava selbst gegenüber spielte er den guten Freund, der sich einfach gern um sie sorgte, weil er nichts Besseres zu tun hatte. Ihre Hochzeit mit diesem Schauspieler-Schönling Simeon durchlebte er jedoch als persönliche Niederlage, über die er nur dadurch hinwegkam, ohne eine große Dummheit zu begehen, indem er dem Werben Mariana Ilievas nachgab. Bedrückend war seine Entzweiung auch mit ihr, in jenem nach muffigen Laken und Chlorkalk, nach Unbeständigkeit und Laster riechenden Hotel, das er jedes Mal verließ mit dem Gefühl, er habe in diesem schummrigen, abgenutzten Zimmer 505 ein kompromittierendes Stück seines verborgensten Inneren zurückgelassen. Trotz Marianas ungewöhnlicher Schönheit, ihrer Leidenschaft, ihrer Weiblichkeit verging die Zeit, die er mit ihr zwischen den feuchten Laken verbrachte, langsam, quälend langsam, und wenn diese Qual ins Unerträgliche angewachsen war, verjagte er sie, scheuchte er sie fort von sich mit den Worten: »Bleib doch, bitte, bleib doch noch ein bisschen.«

Zwar war er es, der die intime Beziehung zu Mariana zur Informationsgewinnung über den damaligen Justizminister und seinen Umkreis nutzte, aber ihm war, als habe jemand anderer dieses Verhältnis begonnen, und er sei lediglich einer, der das Geschehen heimlich durch den Türspalt beobachtete und dabei onanierte. Doch ausgerechnet vor Mariana, die ihm vollkommen gleichgültig war, spielte er den Verliebten, den die Macht seiner Gefühle sprachlos machte; vor Dessislava aber, die er wirklich bis zur Besinnungslosigkeit liebte, benahm er sich wie ein zur Zerstreutheit neigender, aber treuer Freund mit gutem Herzen und kühlem Verstand.

Der Mensch gewöhnt sich an alles. Christo gewöhnte sich an seine innere Gespaltenheit, wie man sich an Möbel gewöhnt: Mit der Zeit fragt man sich nicht mehr, ob sie einem gefallen oder nicht, man benutzt sie einfach. Was aber dieser Abmilderung, dieser Verwischung der Gegensätze nicht unterlag, das war seine Denunziantentätigkeit für die bulgarische Staatssicherheit. Zwar stimmte es, dass er mit seinen Berichten versuchte, gemeine Typen ans Messer zu liefern, doch das konnte ihn nicht vergessen machen, dass er sich einer Institution unterworfen hatte, die ihr Netz im Zwielicht, über den ganzen Schmutz in den Ecken und Nischen des gesellschaftlichen Lebens gespannt hatte und das Licht darin einfing.

Im dritten Studienjahr hatte Christo zufällig eine Karte für den Film *Psycho* von Alfred Hitchcock ergattert. Beim Anschauen erschrak er bis aufs Mark, denn es kam ihm so vor, als sei dieser albtraumhafte Thriller eigens für ihn, nein, *über* ihn gedreht worden.

7

Inzwischen hatte seine innere Zerrissenheit solche Ausmaße erreicht, dass er sie als beständigen leisen Schmerz in sich wahrnahm. Er versuchte, sie mit zwölfstündigen Arbeitstagen zu betäuben, arbeitete sich in Rausch, war dabei aber ständig müde. Er ging regelmäßig schwimmen und ins Fitnessstudio, aber seine Muskeln waren oft verkatert und schlaff. Was sein neues Leben anbetraf, so entsprach es durchaus seinem Wunsch, reich und mächtig zu sein – einerseits; die andere Seele in seiner Brust hingegen wollte arm bleiben und ihre Ideale bewahren. Vor Dessislava hütete er sich, die reale Größenordnung seines Vermögens zu erwähnen, und spielte ihr den Pragmatiker vor, der eingesehen hatte, dass Geld nun einmal etwas war, ohne das es heutzutage nicht ging. Aber es ging auch nicht ohne Unterwäsche, und darüber schwieg man ja auch verschämt.

Er achtete darauf, dass sie ihn nie in Begleitung seiner Leibwächter sah. Er chauffierte persönlich, wenn er sie von ihrem Theater, der *Bonbonniere*, abholte, und ließ die gemieteten Sicherheitskräfte nur dezent und ohne dass Dessislava es merkte mit ihren BMWs zu ihm aufschließen. Sie trafen sich entweder bei ihr zu Hause auf der Ljuben-Karawelov-Straße oder in der Wohnung seiner Familie hinter der Kirche Siebenheiligen. Seinen schmucken Palast in Bojana enthielt er ihr lieber vor. Den hatte er günstig von einem der pleitegegangenen Millionenbetrüger gekauft, der in Schwierigkeiten gekommen war, weil er dem Chef einer der größten organisierten Kriminellenvereinigungen eine erhebliche Summe schuldete. Das zugehörige Grundstück um die Villa war dreitausend Quadratmeter groß.

Das Haus war im unbeschwert-eklektizistischen Zuckerbäckerstil gebaut und hatte zwei Türmchen, in dessen einem ein Teleskop mit über tausendfacher Vergrößerung stand. Es gab ein eigenes Fitnessstudio und ein Schwimmbad im Keller, vor allem aber Überwachungskameras an allen Ecken, deren Aufnahmen auf die Bildschirme übertragen wurden, die sich im Wächterhäuschen neben dem Eingangsportal zum Grundstück türmten. Zu der angekauften Konkursmasse gehörten auch: ein eigener Gärtner, zwei Putzfrauen, eine Köchin, eine üppige, schwarzhaarige Masseuse und ein verschlagener Schopenbauer, der ihm reine Schafsmilch, frische Eier von freilaufenden Hühnern und zarte Lämmer lieferte. Außerdem waren da noch die vier riesigen Hütehunde, die jeden Abend losgebunden wurden. Beim Anblick dieser Schlossburg würde Dessislava mit Sicherheit einen Heidenschreck bekommen. Christo befürchtete sogar, dass dieser ganze zur Schau gestellte Reichtum sie anwidern und abstoßen könnte.

Nach einer Premiere im Satirischen Theater, als er sie ins Panorama-Restaurant des Kempinski-Hotels ausführte, konnte sie sich nicht zurückhalten zu fragen, während der Kellner auf einem Servierwagen einen Teller mit Meeresfrüchten, ihrer Lieblingsvorspeise, anrichtete:

»Du bist ganz schön reich, wie?«

»Ja.«

»Und hast richtig viel Geld?«

»Sieht ganz so aus.«

»Heißt das, dass du im Geld schwimmst?« Sie sah ihn erschrocken an, als erwarte sie, im nächsten Augenblick beleidigt zu werden. Christo versteckte sich hinter dem Rauch seiner Zigarre.

»Könnte man sagen.«

»Und wie bist du daran gekommen, woher hast du es?«

Ihr Gesicht verriet wachsenden Ekel. Christo verspürte einen Impuls, sie zur Sau zu machen, sie abzukanzeln und ein für alle Mal auf ihren Platz zu verweisen.

»Ich kann dir erzählen, wie es zu der ersten Million gekommen ist.«

»Hat der alte Henry Ford nicht gesagt: Fragt mich, was ihr wollt, nur nicht, wie ich an die erste Million gekommen bin?«

»Ich habe einen Großkredit aufgenommen. Damit habe ich fünfzig Appartements in den neueren Plattenbauvierteln, ein paar auch im Zentrum von Sofia gekauft. Sechs Monate später konnte ich die zum doppelten Preis verkaufen. So hat es angefangen.

»Dann bist du also einer dieser Kreditmillionäre?«

»Nein. Durch den Verkaufsgewinn habe ich ja meinen Kredit sofort zurückzahlen können.«

Dessislava lachte auf diese seltsame Art, mit der man über verrückte, aber eigentlich banale Sachen lacht, und blies sich melancholisch ins Haar. Sie sah so wundervoll aus, war so berückend unerreichbar, dass ihm flau im Magen wurde. Er blies den Zigarrenrauch gegen sein Spiegelbild im Fenster und fuhr fort:

»Ich hatte auch ein bisschen Glück. Gekauft habe ich die Wohnungen in bulgarischer Währung, verkauft habe ich sie aber gegen US-Dollars. Und genau zum Zeitpunkt des Verkaufs verdoppelte sich der Wechselkurs des Dollars, und meine Verbindlichkeiten der Bank gegenüber halbierten sich dementsprechend. Verstehst du?«

»Nein, mein Lieber.«

»Das war sozusagen ein Geschenk aus heiterem Himmel, durch das ich an ein wirklich solides Startkapital kam.«

»Irgendwie dubios, so aus heiterem Himmel …«

»Überhaupt nicht dubios! In der Wirtschaft musst du Trends und Tendenzen erkennen und finanzielle Weitsicht mit Intuition verbinden, um weiterzukommen.«

»Und diese Geschäftemacherei, das ist alles ganz legal?«

Wie sie so nachdenklich und versonnen bis zur Melancholie dasaß, kam sie ihm noch schöner vor. In diesem Moment ging Christo auf, dass es wirklich undenkbar war, dass sie zu ihm hinaus nach Bojana kam. Sie war zu anders, unvereinbar mit dieser protzigen Mischung aus kitschigem Märchenschloss und überladenem Ganovenbarock. Er konnte nicht leben ohne Dessislava; aber er hatte inzwischen auch die angenehmen Seiten eines weitläufigen eigenen Zuhauses kennengelernt, in dem er seine Batterien wieder aufladen konnte und – sein Selbstbewusstsein als Mann von Macht und Einfluss. Dieser innere Widerspruch, dieses Hin-und-hergerissen-Sein gab ihm keine Ruhe, sondern setzte ihn so unter Spannung, dass er fast ständig Kopfschmerzen hatte. Er spürte, dass es unmöglich war, zugleich Liebe und Reichtum zu besitzen, weil sowohl die eine wie auch der andere in ihrem maßlosen Egoismus bestrebt waren, ihn sich ganz zu unterwerfen. Die Macht, die Dessislava über ihn hatte, war also unvereinbar mit der Macht des Geldes: Dessislava wäre unfähig, ihn mit dem Geld zu teilen, und das Geld, dieses gierige, nach Vermehrung schreiende Geld, unfähig, ihn mit der Hingabe an eine Frau zu teilen.

Dessislava tauchte ihre Finger ins Schälchen mit dem Zitronenwasser, das sie neben den Meeresfrüchten bekommen hatte, trocknete sie an der Stoffserviette ab und suchte sichtlich nach möglichst wenig beleidigenden Worten.

»Ich frage mich nur eines«, sagte sie schließlich, »du bist ein so reiner, anständiger und sensibler Mensch: Wie kannst du dich nur mit Geschäften befassen?«

Auf diese hinterhältige Frage hatte er schon lange gewartet, und sich entsprechend eine Antwort zurechtgelegt.

»Es macht mir einfach Spaß …«

»Wirklich?«

»Schau mal, du hast dein Theater, deine Bühne, die du ausleuchten, mit Schauspielern bestücken kannst, mit Worten und Aktionen, und dabei kannst du dich selbst einbringen. Und was hatte ich? Ich vegetierte so dahin in diesem dumpfen Ministerium, zwischen Klatsch an der Kaffeemaschine und Langeweile am Schreibtisch. Die Geschäftswelt ist dagegen eine spannende Schachpartie, in der es auf jeden Zug ankommt und du die Gegner direkt vor dir hast. Da musst du alles in die Waagschale werfen, Intelligenz, Wachsamkeit, Energie, darfst den Kopf nicht verlieren, nicht die Bodenhaftung, und du kannst gewinnen oder verlieren. Ein Freund hat mir mal gesagt ...«

Nun war er es, der voller Rührung zusah, dass ein Mensch noch mit Appetit Leckereien verspeisen konnte. Einen Moment lang verschlug es ihm die Sprache beim Zusehen, wie die Meeresfrüchte in Dessislavas Mund verschwanden.

»Was hat dir dein Freund gesagt?«

»Er meinte, reich sein, das sei keine Eigenschaft, sondern ein Beruf!«

Den man erlernen konnte, wie sich herausstellte, denn Christo gewöhnte sich nicht nur sukzessive ans Geldhaben, die Annehmlichkeiten, die es verschaffte, die Arroganz und Überheblichkeit, die man sich mit ihm leisten konnte; dies waren nur Symptome zweier grundsätzlicher Dinge, die das Geld einem bescherte: persönliche Freiheit und Macht über andere. Und je mehr Geld man anhäufte, desto größer wurden sie. Aus diesem Grund auch der Drang, immer mehr Reichtum anzuhäufen, mehr, als man eigentlich brauchte. Der wachsende Reichtum hatte nun keinen praktischen Nutzen mehr, sondern ließ seinen Besitzer über alles menschliche Maß hinaus wachsen und Züge eines Gottes annehmen, der sich an die Regeln des menschlichen Miteinanders nicht zu halten brauchte. Es ging so weit, dass man die Naturgesetze herausforderte, kurz: Reichtum anhäufen, das war ein Versuch, unsterblich zu werden.

Christo machte das Geldverdienen immer mehr Spaß, zumal er spürte, dass er Talent und Geschick dazu hatte. Sein privates Wirtschaftswunder stellte sein Leben auf den Kopf, trieb einen Keil zwischen seine Vergangenheit und sein Heute, zumal alles rasend schnell gegangen war, in nur wenigen Jahren, wie ein Rausch. Dieser war umso größer, als er merkte, dass er sich mit Geld freikaufen, seine früheren Demütigungen vergessen und seine fatale innere Zerrissenheit überwinden konnte, weil er jetzt nicht mehr nur hin- und hergeworfen war zwischen den beiden Extremen seines Wesens, sondern etwas Drittes hinzugekommen war, das über die beiden hinausging. In dieser Aufhebung der Gegensätze lag etwas Alchimistisches, das, je weiter der Reichtum einen von den Sphären des pragmatischen Nutzens und der materiellen Notwendigkeiten entfernte, in die Sphären reiner Geistigkeit hinaufführte. Doch sosehr Christo in seinem neuen Leben, seinem neuen Beruf auch aufging – wirklich glücklich war er nicht, denn mehr als alles liebte er Dessislava, und diese Liebe war, wie er im Panorama-Restaurant definitiv erfahren hatte, mit Geld nicht zu kaufen.

8

Das *Haus mit der Uhr* war ein kürzlich eröffnetes Restaurant auf der Moskowska-Straße in bester Zentrumslage, sündhaft teuer und mit tadelloser Bedienung, aber einer Küche, die mehr vom Ehrgeiz als vom Geschmackssinn der Köche zeugte. Sie saßen draußen im Garten. Eduard Toschev hatte um dieses Treffen gebeten, Christo hatte das Restaurant ausgewählt, da es sich in der Nähe seiner neuen Büroräume auf derselben Straße befand. Er residierte nun in einem gründerzeitlichen, von einem Wiener Architekten entworfenen dreigeschossigen Gebäude, das mit seinen historizistischen Stilzitaten einer Adligen glich, die auf einen langen Stammbaum zurückblicken konnte, aber keine Erben mehr hatte. Er hatte das Gebäude günstig von der Stadt erworben, genauer gesagt, es mithilfe von Geschenken und Trinkgeldern gegen zwanzig billig erworbene Plattenbauwohnungen im Stadtteil Ljulin getauscht.

Vor dem Eingang zum *Haus mit der Uhr* standen die Recken Eduard Toschevs schwitzend in der Sonne. Sie wirkten »normal«, also unaufgeregt und wohlerzogen, standen aber durch *headphones* in direktem Funkkontakt zu ihrem Chef und trugen Maschinenpistolen unter ihren Sakkos. Vom Springbrunnen in der Mitte des Restaurantgartens kam wenigstens etwas Kühle, die aber nach abgestandenem Wasser roch. Ein schöner weißer Schirm spendete Schatten, in dem die Augen Eduard Toschevs kaum zu erkennen waren. Diese Augen studierten Christo unablässig, ohne auch nur einmal zu zwinkern. Man hätte meinen können, Toschev begegnete Christo zum ersten Mal. Sein glattrasierter Schädel schimmerte matt über einem tadellosen Anzug, bei dem man aber den

Eindruck nicht loswurde, der schlaksige Mann käme gerade von einer Beerdigung. Sie tranken einen edlen Traubenbrand zu ihrem Hirtensalat; als Hauptgericht hatten sie Reh in Steinpilzsauce bestellt. Toschev schob sein Besteck auf der Stoffserviette herum; dabei klimperten seine Finger darüber, als seien es die Tasten eines Klaviers, und das lenkte Christo ab und reizte ihn.

»Nun spielen Sie mal nicht den barmherzigen Samariter, Herr Weltschev«, lächelte Eduard Toschev aufmunternd.

»Ich spiele nicht … Das mag ein großes, ein verhängnisvolles Defizit meines Wesens sein, aber ich bin wirklich so«, lächelte Christo verbindlich zurück.

»Sie werden sich daran gewöhnen müssen«, erwiderte Toschev unverändert leise und nachdenklich, als spräche er mit sich selbst. »Moral, sittliche Grundsätze, Gewissen – das ist alles Augenwischerei und dummes Zeug! Alles in dieser prosaischen Welt ist Ware, die man kaufen oder verkaufen kann; nur der Preis variiert. Adam Smith hatte recht: Nicht der Odem Gottes, nicht Geist oder Willen sind das treibende Element des Menschen …« Er machte eine Bedeutungspause, um dem Folgenden mehr Gewicht zu geben. »Das treibende Element ist der Eigennutz, der pure Egoismus. Der beflügelt uns, spornt uns an, nicht Ideale. Ideale sind unbeständig und vorübergehend, nur der menschliche Eigennutz ist unvergänglich. Ob zum Guten oder zum Bösen, das ist eine nachrangige Frage, die Evolution hat uns im Kampf ums Überleben nun einmal so programmiert.«

Christo antwortete mit Schweigen. Er sah nun, warum die Präsenz dieses undefinierbaren Menschen immer solche Beklemmungen bei ihm auslöste: Er machte ihm Schuldgefühle und stürzte ihn in eine Unruhe, als nähere sich eine noch ungreifbare Bedrohung. Ohne seine Augen von Christo abzuwenden, fuhr Toschev fort:

»Ich habe in einer Zeitschrift den Essay irgend so eines Deutschen gelesen, in dem dieser behauptete, dass die Menschen in Osteuropa die Öffnung zum Westen nicht etwa wegen ihrer Sehnsucht nach Freiheit oder anderen geistigen Werten so ersehnt hätten, sondern einfach deshalb, weil es im Westen Konsumgüter gab, die sie nicht hatten. Die überlegene Warenwirtschaft sei es gewesen, die in der Konfrontation mit der Mangelwirtschaft der RGW-Länder den Zusammenbruch der realsozialistischen Systeme herbeigeführt habe. Die These des Autors lautete, der Kapitalismus biete den Menschen Konsum und Annehmlichkeiten im Hier und Jetzt, während der Sozialismus nur eine diffuse Gleichheit und pathetische Versprechen auf zukünftige, ständig ins Später vertagte Wohlfahrt zu bieten hatte.« Er nippte an seinem Traubenbrand, dann fragte er, ohne eigentlich neugierig auf Christos Meinung zu sein: »Was halten Sie von dieser Auffassung?«

»Habe noch nicht darüber nachgedacht«, antwortete Christo vorsichtig.

»Ich finde, der Kerl hat recht. Die ganze pathetische Bereitschaft des Menschen, sich zu opfern im Namen hoher Ideale, ist Frucht der Unzufriedenheit und erschöpft sich rasch. Ideale kann man nicht anfassen, man kann sie nicht zeigen, nicht drin wohnen; sie geben dem Menschen kein sicheres, dauerhaftes Zuhause. Die Dinge, die man kaufen kann, schon. Darum mögen sie zwar nichts Geistiges an sich haben; sie machen aber manchmal sogar glücklich. Darum mag es unsere Bewunderung, unseren Respekt verdienen, wenn einer seinen Idealen lebt; aber die meisten wollen es doch wohl einfach nur ein bisschen bequem haben und Dinge besitzen, mit denen sie sich die Langeweile vertreiben können, meinen Sie nicht?«

»Wenn Sie mir die Zeitschrift nennen, lese ich mir den Essay gern einmal durch.«

»Ich weiß, meine Worte sind nicht sehr tröstlich, aber leider wahr. Schauen Sie sich doch die Gleichheit mal an, die wir im Sozialismus hatten: Alle durften gleich wenig Persönlichkeit und Individualität haben, gleich durchschnittlich und speichelleckerisch sein, um irgendjemanden geneigt zu machen, ihnen einfachste Gebrauchsgüter zu besorgen. Die heutige Zeit hingegen gehört Menschen, deren Phantasie vor nichts zurückschreckt, kurz, freien Menschen, die etwas riskieren und auf die eigene Kappe nehmen. Sicher, im freien Wettbewerb bleibt die Moral auf der Strecke, aber sagen Sie mir, Herr Weltschev, war die gewaltsame Unterdrückung zuvor denn sonderlich moralisch?«

Die Ruhe, die Toschev bei diesen Worten ausstrahlte, ließ keinen Zweifel daran, wie sicher er sich seiner selbst und seiner Worte war. Beim

Reden schwang eine kontrollierte Arroganz in seiner Stimme mit, die an Verachtung für diese unvollkommene, seiner unwürdige Welt grenzte. Da klingelte das Mobiltelefon des Magnaten. Toschev holte es aus der Sakkotasche, schaute prüfend auf das Display, schien zu zögern, ob er abheben sollte, dann drückte er den grünen Knopf und hielt sich das Gerät ans Ohr.

»Ja, ich freue mich auch«, erwiderte er dem Anrufer, »ja, ist mir ebenfalls eine Ehre. Nein, Sie stören nicht. Selbstverständlich schicke ich das Geld. Ja, seien Sie ganz beruhigt, so wie immer … und alles bleibt unter uns, ja. Und grüßen Sie unsere gemeinsamen Freunde.«

Er seufzte, drückte auf den roten Knopf und steckte das Gerätchen wieder in seine Jackentasche. Sein Blick kehrte zu Christo zurück, nun aber mit dem Ausdruck einer seltsamen, pervertierten Verträumtheit.

»Das war der stellvertretende Vorsitzende einer unserer breitärschigen Parteien«, raunte er Christo zu. »Sind mal wieder knapp bei Kasse … Ach, übrigens, ich finanziere alle Parteien, die rote, die blaue und die gelbe, also immer Regierung und Opposition. Auf diese einfache Weise sind mir die, die ans Ruder kommen, immer verpflichtet.«

»Ist das nicht ein bisschen …«

»… verwerflich, meinen Sie?«, ergänzte Toschev mit scharfem Ton.

»Ich wollte eigentlich sagen: unangenehm«, korrigierte Christo zum unverbindlicheren Wort hin.

»Nein, die wissen das ja, und haben auch nichts dagegen, Hauptsache, sie bekommen ihren Anteil. Gott sei Dank sind unsere Politiker das Letzte. Willenlos, käuflich, gierig. Für die ist die Macht nichts anderes als eine fette Milchkuh, die sie melken, was das Euter hergibt. Sie wissen ja, dass sie nur vorübergehend an der Macht sind und raffen müssen, so viel sie können, weil bald schon der Nächste auf dem Melkschemel Platz nimmt. Dieses ganze Gerede von hoher Moral und nationalen Idealen, das sondern sie immer nur vorher und nachher ab. Was sie den anderen vorwerfen, ist das, was sie selbst tun wollen oder getan haben. Da hab ich heute einen neuen Witz zum Thema gehört. Wissen Sie, was Korruption ist?«

»…«

»Korruption ist alles, woran man mich nicht beteiligt!«

Er stocherte mit der Gabel in seinem Teller, stach ins Rehfleisch, schnitt sich ein Eckchen ab, schob mit dem Messer etwas von den gedünsteten Steinpilzen auf den Bissen, kostete. Seinem Gesicht nach zu urteilen, schmeckte es nach nichts, und der Geschäftsmann gab sich erst gar nicht die Mühe, sein Missfallen und seine Unzufriedenheit zu verbergen.

»Ich übertreibe es aber auch nicht mit den Politikern«, fuhr er fort, »um sie nicht zu verwöhnen. Sie müssen nur klipp und klar wissen, dass sie mir etwas schuldig sind ... Ach ja, und sie dürfen dabei nie vergessen, dass ich es bin, der sie *gekauft* hat, gekauft wie jeden anderen Artikel des täglichen Bedarfs auch. Denn gerade die Erniedrigung, dass sie sich haben kaufen lassen, macht sie gefügig und zugänglicher für meine kleinen Bittgesuche bis hin zu eventuell nötigen Gefälligkeiten der schmutzigeren Art. Der bestechliche Politiker liebt zwei Dinge: Geld und große Diskussionen über Moral.«

Christo rief den Kellner, der sich im Schatten des Restaurantgebäudes untergestellt hatte und Toschev und ihn von weitem mit gefälligem Halblächeln beobachtete. Er bat ihn, die Teller mit dem kaum angetasteten Hauptgericht abzutragen und ihnen den Kaffee zu bringen. Wenigstens der war hier wirklich gut, stark und aromatisch.

»Aber Sie haben mich ja noch gar nicht gefragt, warum ich Sie um diese Unterredung gebeten habe«, sagte Eduard Toschev in unverändert würdigem, ruhigem Ton.

»Dann hole ich das hiermit schleunigst nach!«

»Ich wollte Ihnen eine höchst attraktive, dabei ungefährliche und teuflisch einträgliche Kooperation anbieten. Ich mag Sie, habe Vertrauen zu Ihnen, und dann ...«, er unterbrach seinen Satz, um zu dem Kristallglas mit seinem edlen Obstbrand zu greifen, und trank den Rest in einem Zug aus, »... und dann hat mich Mariana auch darum gebeten. Und für meine Frau ... für meine Frau würde ich sogar über Leichen gehen.«

Christo zuckte bei den letzten Worten seines Gegenübers zusammen und wurde augenblicklich schweißnass unter den Achseln. Schauer überliefen ihn. Um die Fassung wiederzuerlangen, beschäftigte er sich ausgiebig mit dem Anzünden einer Zigarre.

»Wie ich bereits sagte, unterstütze ich Regierung und Opposition, könnte es also in die Wege leiten, dass wir uns unseren guten alten Stahlriesen in Kremikovzi teilen.«

»Kremikovzi?« Christo verschluckte sich vor Überraschung am Rauch seiner Zigarre. »Aber das Kombinat liegt doch in den letzten Zügen?«

»Gott bewahre, ich will Sie ja auch nicht dazu überreden, das Werk zu retten! Nein, ich wollte Ihnen anbieten, dass Sie sozusagen am Eingang dieser gigantischen Rostlaube stehen, auf die die Nation so stolz ist, und ich am Ausgang. Sie versorgen das Kombinat mit teuren Rohstoffen, schlechtem Koks und Eisenerz, und ich kaufe preiswert die fertige Produktion. Die Preisspannen werden gewaltig sein, und wir machen zu gleichen Teilen gehörig Reibach.«

»Aber diese Oper hat Iliev doch schon gesungen, und Sie wissen ja, wie er geendet hat. Vor seinen eigenen Geschäftsräumen erschossen ...«

»Iliev mochte vielleicht ein schlauer Stratege gewesen sein, aber er war zu gierig und wollte alles fressen, was ihm vors Maul kam. Das hat ihn am Ende den Kopf gekostet.«

»Und warum glauben Sie, dass es uns besser ergehen wird als diesem Betrüger?«

»Weil wir nicht den Schlaumeier spielen werden, sondern den Geduldigen. Was er vor seinem Tod erreicht hat, werden wir auch erreichen; aber wir werden uns dafür doppelt so lange Zeit lassen. Außerdem sind wir ja zwei getrennte Firmen und werden für die Medien das Spielchen mit den zerstrittenen Hähnen geben, die um einen dicken Wurm streiten. So wird uns keiner was anhängen können.«

»Das ist doch illegal«, entfuhr es Christo unwillkürlich, »reine Abzocke auf Kosten des Staates.«

»Was reden Sie da von Staat, Herr Weltschev, von *welchem* Staat?« Eduard Toschevs Enttäuschung grenzte an physischen Abscheu. »Der Staat ist doch längst tot, eine Leiche, aber mit höchst aufwendiger Grabpflege. Und weil Sie anscheinend permanent das Gewissen zwickt, sage ich es Ihnen mal direkt ins Gesicht: Heutzutage ist die einzige wahre Moral, die alle anerkennen, der Erfolg. Was auch immer er tut, dem erfolgreichen Mensch gestehen die Leute immer besondere Würde zu, und sie halten ihn a priori für anständig und ehrbar.«

In diesem Moment klingelte Christos Mobiltelefon. Der Anruf kam aus dem alten, soliden, kürzlich privatisierten Sanatorium am Fuße des Witoscha, in dem er seine Mutter untergebracht hatte. Die Stimme der anrufenden Frau war jung und hätte eigentlich ein bisschen Anteilnahme verraten müssen, klang aber einfach nur dümmlich und sorglos.

»Herr Weltschev«, begann die Stimme und machte eine Pause, um wenigstens den Eindruck zu erwecken, dass ihr das Folgende nicht ganz gleichgültig war, »wir müssen Ihnen bedauerlicherweise mitteilen, dass vor zehn Minuten Ihre werte Frau Mutter verstorben ist, unser Beileid.«

Die Zigarre rutschte ihm aus der Hand, fiel auf die gestärkte Tischdecke und brannte ein Loch hinein. Eine ungeheure Leere dröhnte in seinen Schläfen. Dann kam der Schmerz, ein Schmerz zum Wahnsinnigwerden. Und schließlich packte ihn die Wut: Er zahlte dieser Klinik ein Schweinegeld für die Pflege seiner Mutter, ließ die teuersten Medikamente aus aller Welt kommen, ließ seinen Chauffeur jeden Tag hinfahren mit einem gewaltigen Blumenstrauß, erwirkte auch, dass ein Naturheilkundler eingeschaltet wurde. Drei Wahrsagerinnen blickten für Ljuba in die Zukunft. Ein eigens für den behandelnden Arzt gekaufter VW sollte für dessen ständige Verfügbarkeit sorgen. Den Mann der Oberschwester stellte er in seiner Firma ein. Kurz, er tat alles und war zu allem bereit, um seine krebskranke Mutter wieder ins Leben zurückzuholen. »Keine Sorge, ich werd' dich nicht allein lassen«, hatte Ljuba ihm mit dem verhuschten Lächeln eines Vögelchens versichert. Und nun war sie doch gegangen, hatte ihn betrogen, ihn allein gelassen. Das war ungerecht, ungeheuerlich, unfassbar. Das war ein Tod, der die Welt für Christo auf einen Schlag veränderte.

Eduard Toschev griff nach Christos Zigarre und drückte sie im Aschenbecher aus.

»Ist etwas vorgefallen?«

»Nein, nein ...«

»Sie sind so blass geworden ...«

»Nein, nein, es ist nichts.«

Im folgenden Schweigen und in der Windstille hörte er das Plätschern des Springbrunnens, strömend und ruhend zugleich wie das Wesen aller Dinge. Christo hatte in diesem Augenblick das Gefühl, die Welt um ihn her hielte an, trübe sich ein, tropfe.

»Ehrlich gesagt, ist etwas Fürchterliches passiert«, sagte Christo schließlich starr vor Wut. »Man hat mich furchtbar beleidigt, tödlich beleidigt, Herr Toschev.«

»Kann ich Ihnen irgendwie helfen, Herr Weltschev? Sie sehen mir gar nicht gut aus.«

»Nein, nein, ich bin nur gerade gestorben und als freier Mensch wiedergeboren worden, frei wie die Natur und … ohne überflüssige Gewissensbisse. Ich denke, jetzt bin ich bereit. Jetzt kann ich Ihr freundliches Angebot annehmen.«

9

Wo war er eigentlich? Diese innere Gespaltenheit, die ihn fast umbrachte, hinderte ihn daran, es herauszufinden. Am schlimmsten und erschöpfendsten waren seine seelischen Krämpfe immer dann, wenn er gerade einen Bericht für die Stasi geschrieben und abgegeben hatte. Trotz seiner Selbstrechtfertigungen, er habe ja bloß einen fiesen Kerl verpetzt, fühlte er sich danach selbst derart fies, dass er zum Ausgleich, um sich selbst nicht gänzlich zu verachten, zu hassen und zu bemitleiden, *etwas Schönes* schreiben musste, etwas, das am entgegengesetzten Ende der Skala lag. Für gewöhnlich kam die Inspiration scheinbar zufällig, aus einer Verdichtung der natürlichen Elektrizität heraus, die sich in einem Geistesblitz entlud. Dann schärften sich die Bilder in seiner Einbildung, dann flogen ihm die Worte zu, und er hatte das grandiose Gefühl, sie, so wie sie kamen, nur aufschreiben zu müssen. Seine innere Anspannung wuchs derart, dass er zu zittern begann. Sein Mund trocknete aus; er versank völlig in Worten und Bildern. Das Geschriebene war stets etwas, das seinem Geist Auftrieb gab mit seiner Reinheit, Klarheit und Schönheit, und es kam ihm so vor, als könne er sich damit zugefügte und verübte Gemeinheiten aus der Seele waschen. Diese Worte bereiteten ihm nicht nur Vergnügen, sie hatten heilsame Wirkung. In der Vieldeutigkeit von Gesagtem, Gemeintem, Sinn und Bedeutung gaben sie Dimensionen der Welt Wirklichkeit, die sonst unter den Tisch fielen, und das spendete ihm Trost. Und den brauchte er, da seine Zerrissenheit, sein Uneinssein mit sich selbst ständig Schuldgefühle, eine Kettenreaktion aus Tun und Bereuen in ihm erzeugte.

Anfangs schrieb er nur kleine Impressionen, frisch und einfach wie Gartenblumen. Dann fielen ihm einige seltsam hermetische Gedichte in freien Versen ein. Und als er ein Büchlein mit japanischen Haikus gelesen hatte, die damals in Mode kamen, fand er, dass diese Form und Sageweise ihm passte wie ein Handschuh. Dieses dreizeilige Andeuten eines Stückes Natur, das ohne das Hinzutreten einer menschlichen Seele nichts zu besagen schien, kühlte die Wunden und blauen Flecken seiner Psyche am besten.

Erinnerung

Der Fetzen Wind, der
sich im Baum verfangen hat
im letzten Sommer

Er beschäftigte sich meist nachts ein paar Stunden mit dem Schreiben, bis seine Anspannung sich löste und ihn selige, reine Müdigkeit übermannte. Auf die Idee, das Geschriebene jemandem zu zeigen, kam er gar nicht erst, denn er war nicht eitel, und der Sinn des Ganzen, die Reinigung, die Therapie, lag ja im Akt des Schreibens selbst. Irgendwann wurde ihm bewusst: Wenn er nicht mehr schrieb, würde er verrückt werden.

Als seine Mutter an Krebs erkrankte und er durch einen Zufall gleichzeitig im Auftrag von General Grigorov reich wurde, waren die inneren Spannungen so stark, dass die kleinen, kurzen Formen ihm nicht mehr genügten. Nun waren es Aufsätze und Betrachtungen, in denen er seine seelischen Spannungen im Blitzableiter strukturierter Gedanken erdete. Auch der Gedanke, einen Roman zu schreiben, kam ihm. *Leviticus* würde der heißen oder *Das Gesetz*.

Er erinnerte sich, wie seine Eltern einmal nach Budapest und seine Großeltern nach Moskau verreist waren und er für ein paar Tage bei seiner Urgroßtante Jonka gelassen wurde. Die badete ihn und las ihm aus dem dritten Buch Moses, dem Leviticus, vor. Es hatte geregnet. Blitze erhellten die Nacht und funkten die Welt für einen Leuchtmoment ins

Zimmer, dann verschwand sie wieder in undurchdringlichem Dunkel. Er hatte schreckliche Angst gehabt, und Jonka hatte ihn an sich gedrückt. »In diesem Buch«, hatte sie Christo erklärt, »gibt Gott dem Moses die Gesetze für sein Volk.« Als sie müde wurde, gab sie ihm das alte, vergilbte Buch, und er buchstabierte Leviticus 7, Vers 7: »Für das Sündopfer und für das Schuldopfer gilt *ein und dasselbe Gesetz.*« Und er hatte Jonka gefragt: »Sind Schuld und Sünde nicht dasselbe?« Und Jonka hatte geantwortet: »O nein. Sünde ist ein Vergehen gegen Gott, Schuld ist ein Vergehen gegen Menschen. Und indem Gott sagt, dass dafür ein und dasselbe Gesetz gilt, erhebt er uns zu sich und nimmt uns als Gleiche an.«

Auch jetzt regnete es wieder. Ein sommerlicher Landregen, der nicht enden wollte. Auch jetzt wieder zuckten Blitze über den Bergkamm des Witoscha. Auf dem Boulevard Bulgaria stauten sich die Fahrzeuge. Die beiden BMWs mit den Leibwächtern, die vor und hinter seinem eigenen Wagen fuhren, hatten Blaulicht auf dem Dach und nötigten damit die Normalsterblichen, mit ihren Kraftfahrzeugen an den Rand zu fahren, so als verlange ein Rettungswagen Durchfahrt oder der Staatspräsident.

Christo zündete sich eine Zigarre an und dachte seinen Gedanken zu Ende: Um einen Roman mit dem Titel *Das Gesetz* schreiben zu können, müsste er noch eine Menge Schuld vor den Menschen anhäufen, und Sünden vor Gott, und das bedeutete, dass er eine Untat von wirklich verhängnisvollen Ausmaßen begehen musste.

10

An diesem Samstag weihte der Geistliche der Kirche von Bojana die hübsche weiße Gedenkkapelle ein, die Christo im Hinterhof seines Anwesens nach dem Tod seiner Mutter hatte errichten lassen. Auf dem säuberlich weißgekalkten Grund der Innenwände hingen einige alte bulgarische und russische Ikonen, der Altar mit dem Erlöser am Kreuz war aus Walnussholz handgeschnitzt.

In dem kleinen Raum mit der angedeuteten Kreuzkuppel roch es nach Verputz, nach dem Sträußchen Storchenschnabel, mit dem der Priester das Weihwasser versprengte, nach Weihrauch und nach herbstlich-klammer Luft, obwohl es draußen sommerlich schwül und warm war. Christo hatte beim Bau angeordnet, unter einer der Bodenplatten eine versteckte Kammer anzulegen; darin verstaute er all die kleinen Gegenstände, die er seiner Tante Emilia im Laufe der Jahre als geheime Liebespfänder stibitzt hatte, dann die Dinge, an denen seine Mutter gehangen hatte, ihre Brille, Flauberts Roman *Madame Bovary*, ihre Patience-Karten, ein Foto, auf dem sie als Schülerin zu sehen war, der Fingerhut, den sie sich auf den Zeigefinger stülpte, um ihm Knöpfe anzunähen, ihre schlichte Silberbrosche mit der Perle.

Er hatte ein Porträt seiner Mutter auf Porzellan ziehen lassen und unter dem ewigen Licht aufgehängt. Von da lächelte sie ihm versonnen zu. Allverzeihend. Während der orthodoxe Geistliche mit klagender Stimme die Liturgie las und das Weihwasser versprengte, merkte Christo, wie ihm die Tränen kamen. Er fühlte sich einsam. Schrecklich einsam und verlassen. Abgestellt und vergessen.

Wer ihn so sah bei der Einweihung der Kapelle, der konnte nur an Gutmütigkeit und Weichherzigkeit denken; dabei hatte er gestern, nachdem der Kauf einer Zuckerfabrik unter Dach und Fach war, als Erstes einhundertundfünfzig dort Beschäftigte entlassen, zumeist Frauen. Frauen, die mit dieser Arbeitsstelle ihre Familie ernährten, denn ihre Männer waren längst arbeitslos geworden.

Schon als er den Priester großzügig für die Zeremonie bezahlte, spürte er das Kommen jener Euphorie, die dem Schreiben vorausging. Er trug der Köchin auf, ihm eine Kanne grünen Tee zu kochen, nahm den kleinen Humidor mit seinen teuren kubanischen Zigarren, trug dem Chef seiner Leibwache auf, dass niemand ihn stören sollte, schaltete seine beiden Mobiltelefone aus und zog sich in sein Arbeitszimmer zurück. Die Klimaanlage pustete ihre künstliche Kühle in den Raum, doch Christo seufzte nur im Andrang der kreativen Euphorie und beugte sich über seinen Laptop.

Als er seine Hände von der Tastatur hob, die Worte es irgendwie wieder geschafft hatten, den schreienden Wiederspruch von Kapelle und kompromissloser Entlassung der einhundertundfünfzig Arbeiterinnen zu versöhnen, dämmerte draußen schon der Abend. Der Himmel zögerte noch sternlos zwischen Tag und Nacht. Christo war so ausgelaugt, dass er nicht die Kraft besaß, das Geschriebene noch einmal durchzulesen. Er nahm sich eine Zigarre, goss sich zwei Fingerbreit Whisky ins Glas und stellte sich Dessislava vor, ihr stilles, ihr vernichtendes Lächeln. Würde sie die Metapher dieses Essays verstehen? Seine Cousine war eine scharfsinnige und blitzgescheite Frau, aber dabei naiv-moralisch. Sie kannte keine seelische Gespaltenheit und damit auch nicht die zermürbende Überforderung des Am-Leben-Seins.

Was war das eigentlich für eine »samtene Revolution« gewesen, die ihn in ebendieses Leben geschleudert hatte, das er jetzt führte? Ja, es war einerseits ein gewaltfreier, unblutiger Umbruch zur Demokratie gewesen, sodass auch keine Revanchegelüste geweckt worden waren; auf der anderen Seite war aber keiner derer, die das vorherige Unrechtsregime gebildet hatten, bestraft worden. Wo aber keine gerechte Bestrafung der Täter unter dem unbestechlichen Auge Gottes vorgenommen wurde, dort konnten auch weder sie noch ihre Opfer, die Volksmassen, aus den begangenen – auch den eigenen – Fehlern lernen und sie bereuen. Nur wo bekannte Schuld war, war auch Vergebung.

Er stand auf und zündete das Öllämpchen an, das er für einen Lev zwanzig in der Kirche Siebenheiligen gekauft hatte. Eine alte Frau hatte ihm gezeigt, wo er das Lampenöl einfüllen und wie er den Docht einstecken musste. Das Lämpchen rauchte, als lehne es seine kathartische Seelenreinigung ab, und die Flamme zuckte und flackerte wie ein Stemmeisen, das einen Stollen in die Dämmerung schlug.

11

Der Wintertag war klirrend kalt, und obwohl es erst früher Nachmittag war, machte sich die Sonne schon ans Untergehen. Auf dem Friedhof war es still. Die Weiden hängten ihre Äste diskret über die Gräber, die Gedenksteine sahen in ihrer tumben Schwere und Unbeweglichkeit aus wie präpariert. Dieser Ort feierlicher Trauer, fetter Erde und ewiger Ruhe machte ihn immer ganz unruhig mit seiner Zweideutigkeit, lagen hier doch einerseits viele, viele Menschen, andererseits war alles tot und zum Verzweifeln menschenleer. Im Grunde, dachte Christo und hüllte sich fester in seinen Lodenmantel, glich so ein Friedhof ihm und seiner entzweiten Seele: Alles war lebendig und tot zugleich, es war und es war nicht. Auf den Grabsteinen stand der Name eines Menschen, der nicht mehr war. Ja, das Leben war kurz, aber wie es aussah, war auch der Tod nicht ewig, sondern starb ebenfalls eines Tages. Die drei schwarzen Limousinen krochen in hundert Meter Entfernung hinter ihm her. Er hatte seinen Bodyguards gesagt, er wolle hier ein wenig mit sich allein sein, und so folgten sie ihm in respektvoller Entfernung. Die gelben Rosen wogen schwer in seiner Hand. Die Zigeunerin im Kattunkleid mit der in der Kälte laufenden Nase, die sie ihm vor dem Eingang verkauft hatte, wollte ihren lachenden Augen nicht trauen, als sie das Trinkgeld sah, das er ihr ließ, und küsste ihm die Hand. Er hatte auch beim Direktor der Friedhofsverwaltung mit dem Trinkgeld nicht gespart, damit er eine Parzelle hinter der Kirche bekam. Da hinten tauchte schon das Grabmal auf, ein gewaltiger, unbearbeiteter Granitblock, den er von den Endmoränen des Witoscha hatte herschaffen lassen. Seine Mutter hätte ihn bestimmt gemocht mit seiner Schwere und schlichten Erhabenheit.

Auf einmal zuckte er zusammen. Der Mann da vor dem Grab seiner Mutter sah vernachlässigt und einsam aus, verlassener noch als die Verlassenheit dieses Ortes, sinnlos und deplaziert. In seiner Hand hielt er einen Zypressenzweig. Ihm dürfte die Zigeunerin vor dem Friedhofsportal wohl kaum die Hand geküsst haben. Als er den Mann erkannte, wollte er umkehren, aber es war zu spät, sein Vater hatte ihn schon gesehen. Auch er wandte verlegen den Kopf ab, um seinem Sohn Gelegenheit zu geben, wieder zu verschwinden oder einfach vorbeizugehen. Zum letzten Mal hatten sie sich auf dem Begräbnis seiner Mutter gesehen, aber nicht ein Wort miteinander gewechselt. Sie hatten nebeneinander am Sarg gestanden, die Beileidsbekundungen der Trauergemeinde entgegengenommen und gewirkt wie zwei Unbekannte, die jeder einer anderen Toten das letzte Geleit gaben.

Sein Vater lächelte schüchtern und wischte sich das Feuchte aus den Augen. Ja, die Kälte! Seine Lippen schimmerten violett wie ein Bluterguss. Christo reichte ihm nicht die Hand und lächelte ihm auch nicht zu. Es stand ihm bis oben hin, zu spielen, als sei er dies, als sei er jenes – nur nicht das, was er gerade wirklich war. Er beugte sich vor und streichelte seine Mutter mit den gelben Rosen, die sie so geliebt hatte, und legte den Strauß auf die hartgefrorene Erde des Grabes. Aus dem Augenwinkel sah er eine Zigeunerin näher kommen mit lachenden Augen und laufender Nase. Er war sich sicher, dass sie in einem Versteck lauern würde, bis er gegangen war, und die Blumen dann mitnahm, um sie noch einmal zu verkaufen.

»Grüß dich«, sagte sein Vater leise.

»Grüß dich.«

»Und, wie geht's dir?«

»So lala.«

»Dem Mercedes und den beiden BMWs nach zu urteilen, geht es dir besser als nur so lala.«

»Kann nicht klagen.«

Schweigend standen sie nebeneinander. Die Zigeunerin hatte sich tatsächlich hinter einer Trauerweide versteckt, sich eine Zigarette angezündet und wippte ungeduldig auf ihren Fußballen.

»Du bist mir also immer noch böse?«

»Wofür?«

»Dafür, dass ich euch verlassen, dich allein gelassen habe.«

»Bin eher darüber böse, dass du es nicht früher getan hast – vor dreißig Jahren.«

»Auf der Welle des Erfolges, aber voller Groll. Verletzen, das kannst du.«

»Ich verletze immer nur mich selbst«, erwiderte Christo kühl, holte sich eine Zigarre aus der Tasche, bot aber seinem Vater keine an, dabei wusste er, wie gern der eine genommen hätte. Es wurde immer kälter. Auf dem Friedhofsweg links von ihm warteten ungeduldig seine Leibwächter, rechts von ihm, hinter dem Baum, lauerte ebenso ungeduldig die Zigeunerin. Sein Vater wühlte in der Tasche seines Wintermantels und holte sich auch etwas zum Rauchen heraus, eine Zigarette. Seine Lippen zitterten vor Kälte.

»Ich komme manchmal her, zu Ljuba, bitte sie, mir zu verzeihen!«

»Das hättest du tun sollen, solange sie noch lebte.«

»Hätte ich, ja. Aber jetzt, wo sie nicht mehr ist, fällt es mir leichter. Sie schweigt.«

»Sie ist hier, aber sie schweigt«, wiederholte Christo und verschluckte sich an seinen Tränen.

»Wenn ich es recht bedenke – ich habe deine Mutter immer geliebt. Rasend geliebt! Weißt du das?«

»Nein. Ich weiß es nicht und glaub es auch nicht.«

»Tief in mir drin spürte ich, dass ich sie nicht verdiente. Dieses Wissen hat mich gedemütigt, mich überanstrengt, mich fix und fertig gemacht. Darum habe ich krampfhaft irgendwas gesucht, wofür ich sie verachten konnte. Verstehst du das?«

»Nein!« Christo befürchtete, in lautes Schluchzen auszubrechen.

»Ich habe auf diese Weise meine Selbstverachtung … will sagen, ich habe sie bestraft, um dadurch mich … Verstehst du?«

Christo hatte nicht gefrühstückt und keine Zeit zum Mittagessen gehabt, aber ihm wurde auf einmal so schlecht, dass er meinte, er müsse sich gleich übergeben.

»Verstehst du mich?«

»Nein, aber Mama hat mir aufgetragen, mich um dich zu kümmern.« Er griff in seine Tasche, holte eine goldene VISA-Karte heraus und reichte sie seinem Vater.

»Hier sind fünfzigtausend Euro drauf. Sind für dich.«

»O nein, danke«, lächelte sein Vater flau, um dann scheinbar zusammenhanglos zu ergänzen: »Bin emeritiert und in Pension geschickt worden.«

»Weiß ich.«

»Arbeite jetzt als Anwalt und verdiene den ein oder anderen Lev mit den Sorgen und Problemen anderer Leute.« Erst jetzt gab er sich Feuer und sog gierig an seiner Knitterzigarette. »Versuche, anständig zu sein, knöpfe den Leuten nicht viel ab, nur so viel, dass ich meine Miete zahlen, mir eine Zeitung und gelegentlich ein Fläschchen Wein kaufen kann.«

»Wenn du willst, kehr doch in die alte Wohnung auf der Iwan-Schischman-Straße zurück; ich wohne nicht mehr dort.«

»Nein, nein, die Wohnung gehörte ja deiner Mutter!«

»Und Mutter hat mich, wie ich bereits sagte, gebeten, mich um dich zu kümmern.«

»Ich lebe aber mit einer anderen … Frau.«

»Weiß ich.«

»Einer alten, schwer geprüften Frau. Der Mensch kann ja nicht allein bleiben …«

»Ich vermute«, erwiderte Christo murmelnd.

»Wenn ich ganz klapprig werde, kehren wir, sie und ich, nach Widin zurück. Kannst du dich an unser Häuschen dort erinnern?«

»Das Häuschen, ja, sicher.«

»Und die Donau. Gott, wie dies Leben vorüberrauscht! Und du … warum bist du denn noch allein?«

»Ich habe eine Freundin, werde bald mit ihr zusammenziehen«, log Christo.

»Da wird deine Mutter aber sehr glücklich sein.«

»Ja, wird sie wohl.«

Mit einem flüchtigen Blick sah Christo, dass die Zigeunerin langsam hinter ihrem Weidenstamm festfror; es wurde Zeit, dass er ein Einsehen hatte und ging. Er warf seine Zigarre in den Schnee. Es zischte.

»Ich weiß ja nicht, woher du auf einmal so viel Geld hast, und es interessiert mich auch nicht«, sagte sein Vater und nickte in Richtung der drei Luxuslimousinen, die schwarz wie Leichenwagen auf dem Friedhofsweg standen, »aber pass auf dich auf!«

»Versprochen.«

»Weil … ich hab ja nur noch dich und … liebe dich sehr, mein …« Er schaute sich schamerfüllt um, ob auch keiner mithörte, dann sagte er seinen Satz zu Ende: »… mein Sohn.«

»Weiß ich doch«, erwiderte Christo, wandte sich ab und machte ein paar entschlossene Bewegungen, das Zeichen für die Fahrer der drei Limousinen, sich lautlos zu nähern und ihn aufzugabeln.

12

Die Sekretärin Eduard Toschevs hatte direkt im Studio angerufen und Jordan im Namen ihres Chefs um ein Treffen gebeten. Sima war an den Apparat gegangen. »Und bitte richten Sie Herrn Weltschev aus, er möge sich bitte auf keinen Fall verspäten.«

Die neuen Geschäftsräume Toschevs befanden sich stadtauswärts auf dem Boulevard Bulgaria in einem neuen, aufstrebenden Geschäftsviertel Sofias, Malinowa Dolina, in der Nähe von Bojana. Das extravagante Gebäude hatte die Form eines geneigten Kegels. Hinter der Glas-Aluminium-Fassade hatte Toschev all seine Firmen unter einem Dach versammelt, inklusive der Tageszeitung, die er finanzierte. Im Parterre gab es außerdem einen prächtigen Ausstellungssaal, in dem er Gemälde junger bulgarischer Avantgarde-Künstler zeigte. Toschev war ihr großer Mäzen, obwohl seine Privatsammlung, die inzwischen sicher eintausend Gemälde umfasste, hauptsächlich aus Meisterwerken anerkannter bulgarischer Klassiker bestand, deren Wert unaufhörlich stieg. Um diese Sammlung, die qualitativ zweifellos mit den Beständen der Nationalgalerie konkurrieren konnte, kümmerten sich einige der erfolgreichsten zeitgenössischen Künstler und besten Kunsthistoriker. Inzwischen war es so, dass jedes Gemälde von Wert, das irgendwo privat oder in einem Antiquitätengeschäft auftauchte, zuerst ihm zum Kauf angeboten wurde.

An der Pforte des Südflügels, in dem sich das Allerheiligste befand, also Toschevs eigenes Büro und das der Führungsriege seiner Holding, wurden sie auf Waffen untersucht und gebeten, ihre Mäntel an der Garderobe zu lassen; außerdem mussten sie ihre Personalausweise und Mobiltelefone abgeben. »Ein Wunder, dass sie nicht auch noch unsere Fingerabdrücke genommen haben«, flüsterte Dida ihm bissig zu. Nach Abschluss der Sicherheitsvorkehrungen wurden sie einem breitschultrigen jungen Mann mit Leberfleck am Hals übergeben, der sie in den gläsernen Außenaufzug bat und mit ihnen in die fünfte Etage hinauffuhr. Oben hatte man einen herrlichen Blick auf den verschneiten Witoscha-Kamm. Das Gebirge wirkte im Licht so rein und unberührt wie ein polierter Kristall. Sie durchquerten eine Reihe von Büros, bis der junge Mann sie schließlich im Vorzimmer Toschevs Chefsekretärin übergab. Es war noch immer die distinguierte ältere Dame, die seine Mutter hätte sein können. Wie schon beim ersten Mal empfing sie Daniela und Jordan freundlich, aber distanziert, bat die beiden, auf der Ledergarnitur Platz zu nehmen, trug einer Sekretariatsgehilfin auf, den beiden Kaffee zu servieren, kehrte an ihren Arbeitsplatz zurück und … vergaß sie. Als sie mit

Jordans »neuem« Wagen, einem alten VW Golf, hergefahren waren, hatte Jordan zu Dida gesagt:

»Der Sponsorenvertrag läuft doch erst in sechs Wochen aus, Toschev aber bestellt uns schon heute zu sich. Ich hab kein gutes Gefühl.«

»Und ich hab helle Kreise geträumt. Als ich mal im Kindergarten so bunte Kreise geträumt habe, hat mein Vater mir kurz darauf ein Fahrrad geschenkt.« Dida hatte glücklich gekichert, den Arm ausgestreckt und Jordan im Nacken gestreichelt.

Nach zwanzig Minuten Warten erinnerte sich die Chefsekretärin an sie: »Wenn Sie wollen, dürfen Sie ruhig rauchen.« Sie wartete die Reaktion der Angesprochenen nicht ab, sondern stand auf, stellte die Klimaanlage höher und vertiefte sich wieder in den Bildschirm vor sich. Schließlich meldete sich jemand über die Haustelefonanlage bei ihr. Sie bestätigte dem Anrufer mehrmals etwas mit »ja«, »aber natürlich, seien Sie unbesorgt«, »ja, selbstverständlich«, dann stand sie formvollendet auf, wies mit der Hand in Richtung Chefbüro und sagte:

»Bitte sehr, Herr Weltschev. Und Sie, mein Fräulein, möchte ich ersuchen, hier zu warten.«

Jordan und Daniela schauten sich an. Es sah nicht so aus, als ob die hellen Kreise, von denen sie geträumt hatte, hier weiterhalfen.

Toschevs Arbeitszimmer war riesig, ein Eindruck, der noch verstärkt wurde durch die spärliche Möblierung: Konferenztisch und Stühle, Sitzecke mit Ledergarnitur, Schreibtisch. An den Wänden jedoch hingen wunderbare Gemälde der Meister der klassischen Moderne Bulgariens: Vladimir Dimitrov, Zanko Lawrenov, Slatju Bojadshiev. Und auf einem hübschen, mit Samt bezogenen Podium hatte er einige Stücke seiner berühmten Antikensammlung postiert: Vasen und Schalen mit braunen Figuren auf schwarzem Grund, thrakische Bronzegefäße und silberne Trinkgefäße mit Auslaufspund, feine Statuetten antiker Dramatiker und Philosophen sowie unschätzbare Grabbeigaben thrakischer Könige.

Die Luft im Raum schien regelrecht böse zu sein, so elektrisch geladen war sie. Es roch nach schweren Zigarren und starkem Kaffee. Jordan kombinierte: Hier hatte offenbar eine Sitzung stattgefunden. Als er sah, wie weit hinten, am anderen Ende des Büros, Männer in offiziellen Anzügen sich durch eine zweite Tür hinausschlängelten, war er sich ganz sicher. Toschev wirkte müde, regelrecht ausgelaugt. Sein Lächeln war melancholisch und nicht sonderlich vielversprechend. Er war frisch rasiert und kahlgeschoren, und diese peinliche Sauberkeit und übertriebene Hygiene verlieh ihm etwas Grausames. Jordan vermutete, dass nicht etwa Glatzköpfigkeit der Grund dafür war, dass sich der Geschäftsmagnat das Haupthaar vom kantigen Schädel schor, sondern übergroße Anspannung und eine spürbare innere Besessenheit, die ihn zerfraß. Nun schaute er auf seine Armbanduhr mit einer Miene, als wolle er Jordan wortlos andeuten, dass er nur ganz wenig Zeit habe, und bat ihn, auf dem Ledersessel ihm gegenüber Platz zu nehmen. Dann rückte er seinen Krawattenknoten zurecht und fixierte ihn mit seinen starren, dunklen Augen.

»Bitte entschuldigen Sie mich für die Verspätung«, begann Toschev apathisch, »aber das, was sich hier vor kurzem abgespielt hat, war höchst lehrreich und wichtig für mich. Ach, haben Sie schon einen Kaffee bekommen?«

»Ja.« Jordan wurde das Gefühl nicht los, dass hier gleich eine Welt einstürzte; trotzdem oder gerade deshalb beschloss er, die Frage zu riskieren: »Warum hat Ihre Sekretärin meine Mitarbeiterin, Fräulein Dionissieva, gebeten, draußen zu warten?«

»Das war eine Anweisung von mir, wir müssen uns beeilen«, erwiderte Toschev und strich sich über den Schädel. Dann entzündete er seine ausgegangene Zigarre und fuhr mit zerstreut-gelangweilter Stimme fort: »Ich werde den Vertrag mit Ihnen zum Sponsoring Ihrer geschätzten Sendung nicht verlängern, Herr Weltschev. Der Handel mit weißen Elektrogeräten ist ein Auslaufgeschäft für mich, und überdies ist das, was durch die Reklame vor und nach *Sieben Tage* messbar an Verkäufen realisiert wird, eine mehr als symbolische Größe.«

Jordans Mund war staubtrocken. Das Gefühl einer heraufziehenden, unabänderlichen Katastrophe versetzte ihn in Panik.

»Haben Sie mich deshalb herbestellt?«

»Ja und nein. Ach, hat Frau Ekimova Ihnen einen Kaffee …?«

»Ja, ja, vielen Dank!«

»Also … den Vertrag mit Ihnen werde ich nicht verlängern, aber mein Geschäftspartner, Ihr Vetter Christo Weltschev, hat sich glühend für Sie eingesetzt. Überdies sind Sie seit langem der Lieblingsmoderator meiner

Frau, die immer wieder betont, dass *Sieben Tage* eine der wenigen Sendungen ist, die neben dem ganzen Schrott auf den neuen Kabelsendern noch Niveau wahrt.« Er seufzte.

Jordan konnte seine Verblüffung nur mit Mühe verbergen, dass Christo in der Geschäftswelt ein solches Gewicht hatte. Christo hatte aber auch nie nur die leiseste Andeutung gemacht, dass er mit dem einflussreichsten Geschäftsmann Bulgariens kooperierte. Toschev schaute diskret auf die Uhr und fragte zerstreut:

»Worüber sprach ich gerade?«

»Wenn ich Sie richtig verstanden habe, wollen Sie mir wohl irgendeinen Vorschlag unterbreiten. Nur dass ich …«

»Ach ja, ganz recht, Herr Weltschev, einen Vorschlag! Ich kaufe derzeit einen der im ganzen Land meistgesehenen Kabelfernsehsender. Es sieht ganz danach aus, als bekäme der in Kürze die Lizenz als Drittes Bulgarisches Fernsehen. Der Aufsichtsrat für die elektronischen Medien meint, es gäbe keine freien Frequenzen mehr, aber das ist gelogen. *Wenn die Zeit reif ist*, wie unsere Möchtegern-Zarenhoheit, Ministerpräsident Simeon von Sachsen-Coburg-Gotha, immer so schön sagt, wird es die schon geben. Da bin ich mir ganz sicher.«

Der Blick, mit dem Eduard Toschev ihn nun fixierte, war so starr und durchdringend wie immer; aber diesmal schien es, als betrachte er Jordan zum ersten Mal.

»Klar, ich werde natürlich Geschäftsführer sein, weil wir so mehr Reklamen einfahren; aber ich möchte unterstreichen, dass ich als solcher im Schatten bleiben und nur das Finanzielle regeln werde. An meiner Seite brauche ich einen intelligenten Mann mit Gespür und gutem Händchen fürs Metier, der die Sache inhaltlich managt. Ich wollte Ihnen daher anbieten, mein Programmdirektor und Stellvertreter zu werden. Sind Sie einverstanden?«

»Aber ich …«

Jordan gab einen undefinierbaren Laut von sich, dann versagte ihm die Stimme vor Aufgewühltheit. Außerstande, das Gehörte vollends zu begreifen, konnte er sich noch nicht einmal freuen.

»An Ihr Gehalt hängen wir einfach eine Null hintendran, und Ihre hochgelobte Sendung können Sie gerne mit Fräulein Dionissieva fortführen, unter anderem Namen natürlich, *Schaufenster* oder so. Na, was sagen Sie?«

»Kann ich darüber eine Nacht schlafen?«, erwiderte Jordan, einfach um zu prüfen, ob seine Stimme wieder da war.

»Nee, Herr Weltschev, drüber schlafen geht nicht, Sie müssen mir schon jetzt eine verbindliche Antwort geben. Hier und jetzt. Bitte verstehen Sie mich recht, ich habe einfach keine Zeit, mich mehrfach mit solchen Dingen zu befassen. Stellen Sie sich mal vor, ich würde bei allen Leuten, mit denen ich zu tun habe, abwarten, bis die ausgeschlafen haben.«

»Dann habe ich nur eine Frage: Würden Sie auch mein Team übernehmen, Frau Dionissieva, meine Regisseurin und so weiter?«

Der Angesprochene schien ihn nun mit seinem Blick im Sessel festnageln zu wollen. Er hob die Stimme leicht, als wäre Jordan ein ungezogenes Kind, das er noch einmal verwarnte, bevor er mit dem richtigen Schimpfen anfing.

»Wie ich bereits sagte, wird meine Aufgabe darin bestehen, das nötige Geld bereitzustellen und dafür zu sorgen, dass wir eine landesweite Frequenz bekommen; Ihre Aufgabe wird es dann sein, aus diesem Kabelsenderchen eine Marke zu formen, eine angesehene und vielgesehene Sendeanstalt. Wie Sie das machen, ist Ihre Sache.«

»Ich stehe zur Verfügung«, antwortete Jordan noch ganz starr, »mit all meiner Erfahrung und meinem Know-how stehe ich hinter Ihnen und Ihrem Projekt!«

»Richtige Entscheidung«, seufzte Toschev müde und blies den Rauch seiner Zigarre aus. »Die Unterlagen, Ihren Eintritt in die Geschäftsleitung betreffend, hält Frau Ekimova für Sie bereit. Füllen Sie die bitte sorgfältig aus.« Er reichte ihm eine Visitenkarte, auf der nur die Nummer eines Mobiltelefons unter seinem Namen abgedruckt war. »Unter dieser Nummer können Sie mich jederzeit erreichen. Sie weiterzugeben, ist strengstens untersagt! Und auch Sie – bitte rufen Sie mich unter dieser Nummer nur an, wenn es wirklich nicht mehr anders geht.«

13

Als sie wieder draußen waren und die Sonne, die im frisch gefallenen Schnee tanzte, sie blendete, fasste Daniela ihn besorgt am Arm, hielt ihn an und fragte:

»Na? Und?«

Jordan aber legte ihr nur einen Finger auf den Mund und fragte geheimnisvoll lächelnd zurück:

»Hast du irgendwas zu Hause, womit wir anstoßen können?«

»Eine Flasche Gin, die noch fast voll ist«, erwiderte Dida.

»Das müsste reichen.«

Auf der Fahrt nach Mladost schwiegen sie. Am Steuer seines mehr als fünfzehn Jahre alten VW fiel Jordan erst so richtig auf, wie viele teure Pkws sich auf den Straßen von Sofia bewegten. Die nervtötende Blechlawine, die sich auf der Umgehungsstraße voranwälzte, hatte den Neuschnee in schmutzigen Matsch verwandelt, aber auch das provozierte Jordan nicht, sein Schweigen zu brechen. Als sie Danielas Wohnung betraten, schlug ihnen wie immer um diese Jahreszeit Kälte entgegen, denn der Wasserdruck in den Heizkörpern reichte nur bis zur zwölften Etage. Dafür war der Ausblick aufs Gebirge umso schöner hier oben. Während er Gin in zwei Gläser goss, konnte Jordan nicht anders, als zu denken: Wenigstens darin sind Dida und Eduard Toschev gleich gut bedacht. Sie stießen an.

»Nu komm, spuck's endlich aus«, konnte Dida sich nicht länger beherrschen.

»Trink erst mal«, erwiderte er, »du weißt doch: Eine betrunkene Frau ist ein Engel im Bett.«

»Dreckskerl!«

Jordan knöpfte ihre silbergraue Bluse auf und begann, Didas kleine, feste Brüste zu streicheln. Sie erschauerte. Er zog sie aus mit jener Ungeduld, mit der man nach einer langen, aufreibenden Dienstreise nach Hause zurückkehrt. Vor Kälte hatte sie Gänsehaut am ganzen Körper. Er mochte diesen mageren Körper mit der seidigen Haut, mochte Didas wuscheliges Haar, das krause, feuerrote Dreieck unterm Bauchnabel. Er mochte auch, wie ihre Finger und ihre Lippen ihn berührten, die Kühle ihres Leibes, der sich im Nu erhitzte, die satten Bewegungen ihres Beckens, das Dunkel ihrer Augen, in denen sich das Dunkel ihres Schoßes zu spiegeln schien, bis das Licht ihrer Vereinigung aufging. Aufging, aufleuchtete und brach. Abflaute in das schmerzliche Glück, den glücklichen Schmerz der Hingabe. Als sie ihren Kopf an seine Brust gekuschelt hatte, sagte sie schmollend:

»Und, sagst du es mir jetzt? Sag es mir oder ich gehe. Für immer!«

Leise, als könne jemand Böser neiderfüllt hören, was er sagte, berichtete er ihr, was sich im Büro Eduard Toschevs abgespielt hatte.

»Also das war es, was du da Hochwichtiges bei Toschevs Sekretärin vollgekrakelt und unterschrieben hast?«

»Jawoll! Du hast die Ehre, dieses Bett mit dem neuen Programmdirektor von Alphavision zu teilen.«

»Hab ich dir schon gesagt, dass du ein Dreckskerl bist?«

»Ja, aber erst einmal.«

»Und schleppst du mich mit rüber, Dreckskerl?«

»Wenn du aufstehst und mir sofort ein Nackenkotelett in die Pfanne haust, überleg ich's mir.«

»Hab kein Fleisch da, nur Käse, Fischkonserven und den Rest Gin. Nimmst du mich trotzdem mit?«

In ihrer Frage schwang etwas mit, was keinesfalls nur den Wechsel des Arbeitsplatzes betraf, sondern sie als Frau. Jordan spürte ihre Wärme mit dem Hauch von Meeresbrise, unendlicher Weite, liebender Frau. Die Finger ihrer linken Hand hatten sich in sein Haar gewühlt. Er stützte sich auf den Ellbogen, schaute ihr in die Augen, in denen der fliederfarbene Widerschein der Dämmerung spielte, und wusste: Wenn er jetzt nicht mit einer überraschenden Geste auf sie zukam, würde er sie verlieren, für immer verlieren. Scham befiel ihn, aber – wovor?

»Was hältst du davon, dass wir heiraten?« Mit dieser Frage überraschte er sogar sich selbst. Dida aber fuhr zusammen, als hätte er sie geohrfeigt. Ihr Körper erstarrte, ihre Hand in seinem Haar verkrampfte sich.

»Ich weiß ja nicht, was *du* davon hältst!«

»Viel.«

»Und … wann meinst du …?«

»Heute ist es schon zu spät«, sagte er ernst, »also – morgen!«

»O Gott, Weltschev«, stöhnte sie, »das meinst du doch nicht wirklich?«

»Doch«, widersprach er, »voll und ganz. Hab mir schon alles überlegt. Als Trauzeugen nehmen wir den alten Gospodinov, unseren Chef. Der wird uns mit Sicherheit nichts schenken, hat aber Gespür fürs Szenische und Sinn für Humor. Und als Trauzeugin schlage ich Sima vor. Die beiden mögen dich auch sehr.«

»Und du?«

»Was ist mit mir?«

»Magst du mich auch?«

»Wenn du mir nach der Hochzeit ab und zu mal ein Stück Fleisch brätst …«

Sie verstummten. Beide fühlten sich hilflos in der klammen Kühle der Wohnung, der hereinbrechenden Dämmerung, beide übertölpelt und glücklich zugleich.

»Was für ein Kleid soll ich denn tragen?«

»Das von heute, das lässt sich leicht ausziehen.«

»Enttäusch mich doch nicht so … Und was ist mit den Ringen?«

»Für morgen werden wir uns welche leihen, danach lassen wir uns in Ruhe welche machen.«

»Und was ist mit Gästen?«

»Wir sind bekannt, die Menschen kennen uns, ganz Bulgarien würde …« Jordan trank einen Schluck unverdünnten Gin, dann kam er drauf und verschluckte sich. Seine Stimme klang flehentlich, heiser, als er fortfuhr: »Ich bitte dich nur um eines … dass wir es geheim halten!«

»Wie – geheim halten?« Dida machte unruhige Bewegungen unter der Decke.

»Will sagen, wir heiraten ganz normal auf dem Standesamt, wenn du möchtest, sogar kirchlich, sagen das aber niemandem.«

»Ich versteh dich nicht«, sagte Dida mit verunsicherter Stimme.

»Ist das denn wichtig, dass die Leute es wissen?«

»Für die Leute nicht, aber für mich. Ich versteh das nicht«, sagte sie mit hörbarer Besorgnis in der Stimme, »das geht nun schon seit Jahren so: Warum versteckst du mich?«

Durch die dünne Zwischenwand hörte man, dass die Nachbarn den

Fernseher aufgedreht hatten. Daniela löste sich von ihm, kroch ans andere Ende des Bettes und begann, stumm an die Decke zu schauen. Sie wusste, dass Jordans Tochter Jana bereits studierte, aber irgendwie trotzdem nicht aufgehört hatte, die anderen mit ihren pubertären seelischen Konflikten zu drangsalieren. Auf ihrem Gesicht, an sich schön wie das eines Engels, prangten noch immer Aknepickel. In den letzten Schuljahren hatte sie für gewöhnlich im ersten Halbjahr lauter Bestnoten, um dann im zweiten Halbjahr total abzustürzen, selbst in ihren Lieblingsfächern. Sie schwänzte Unterrichtsstunden, und einmal hatte man sie erwischt, wie sie auf der Männertoilette rauchte und Wodka trank. Nach dem Abitur vermittelte Jordan ihr Arbeit in der Cafeteria des Bulgarischen Fernsehens, dort verliebte sie sich in einen Beleuchter, der nach Janas Worten toll aussah, fett rüberkam, aber ansonsten das totale *Opfer* war, sodass sie ihn bald satthatte und Schluss mit ihm machte.

Für Jana war einer entweder cool, uncool oder ein totales Opfer. Dessislava hatte ihn, als Jordan sich über diese Ausdrücke aufgeregt hatte, aufgeklärt, dass so Janas ganze Generation redete, und dass sie damit ihr ganzes Angeödetsein vom Leben, das sie führten, und ihre Enttäuschung über die Welt, in der sie lebten, zum Ausdruck brachten. Das, was Jana mit ihren Freundinnen anstellte, war also *fett*, das, was Jordan ihr anbot, eher *uncool*, und die meisten Jungs waren die reinsten *Opfer*. Manchmal, wenn sie in besonders gehobener, aufgebritzelter Stimmung war, schaffte sie es, alle drei Wörter in einem Satz unterzubringen: »Stell dir vor, da kam dieses Opfer an, der hatte sich aber so was von fett die Kante gegeben, dass er voll uncool vor uns auf den Teppich gekotzt hat.«

Eine derart grassierende Vulgarisierung hatte Bulgarien noch nicht gesehen. Sie begann bei den Zeitungen, die damit ihre Auflage zu steigern hofften, setzte sich fort über das Radio- und Fernsehsprech, das angeblich den Leuten aufs Maul schaute, erlebte seine Sternstunden in den Texten, die die Popfolk-Sängerinnen absonderten zum ungemeinen Vergnügen jener Beschützer, deren flachstirniges, aber breitärschiges Savoir-vivre der Marke »Was kostet die Welt?!« zum allseits bewunderten Lebensstil geworden war. Irgendwo hatte Jordan gelesen, dass zur Entwicklung und geistigen Durchformung einer Zivilisation Jahrhunderte nötig waren, zur Barbarisierung hingegen nicht mehr als drei Generationen. War das nicht ein interessantes Thema für seine *Sieben Tage*? Mochte sein, aber damit würde er kaum noch jemanden hinterm Ofen hervorlocken, weil das nicht *entertaining* war, nicht skandalös oder wenigstens enthüllend. Die Menschen waren in den letzten Jahren abgestumpft und resistent gegen alles geworden, was bloß normal oder maßvoll war.

Jana hatte von der großen Freiheit, Kaffee für die Fernsehleute zu kochen, bald die Nase voll, und da sie an sich hochintelligent war, bestand sie nach nur einem Monat Vorbereitung die Aufnahmeprüfungen für die Universität, wo sie sich für das Fach Journalistik einschrieb. Jordan hatte ihre beklemmende Drohung nicht vergessen, als er Weihnachten mit Dida zu Hause aufgekreuzt war: dass sie von zu Hause weglaufen oder sich das Leben nehmen würde, wenn er diese Frau noch einmal mitbrächte. Jordan bat Dessislava, doch mal mit ihr zu reden. Am anderen Morgen kam seine Schwester mit tiefen Schatten unter den Augen und Leidensmiene zu ihm rauf in die Mansarde.

»Weißt du, was das ganze Problem ist? Jana ist nicht bloß beeindruckt von deiner Freundin, sie mochte sie auch vom ersten Augenblick an. Dieses spontane Hingezogensein hat sie furchtbar erschreckt, und sie hat Angst bekommen, wenn sie sich diesen Gefühlen hingibt, verriete sie ihre Mutter, Neda!«

Dida riss ihn aus seinen Gedanken, als sie sich vom anderen Ende des Bettes meldete mit der Frage:

»Du willst mich wegen ihr nicht zeigen, stimmt's?«

»Ja, es ist immerhin meine Tochter. Und sie hat ihre Mutter verloren.«

»Aber Jana ist doch inzwischen erwachsen?«

»Du kennst sie nicht. Immer wenn es dir am wenigsten passt, ist sie ein Baby.«

»Irgendwann wird sie es ja doch erfahren.«

»Irgendwann wird sie es erfahren, ja.«

»Also dann?«

»Jana ist schrecklich labil. Ich hab Angst, dass sie was anstellt, dass sie eine schreckliche Dummheit macht.«

»Soll ich mal mit ihr reden? Wenn ich ihr sage, dass ich dich ihr gar nicht wegnehmen will, sondern dass wir beide mit dir leben werden?«

»Gnade uns Gott, sie kann bös sein wie eine aufgestörte Wespe!«

Beide schwiegen ratlos. Irgendwann drehte Dida sich auf die Seite und schaute ihn mit Augen an, die grau geworden zu sein schienen, erfüllt von einem lange verborgen gehaltenen Schmerz.

»Ich muss dir auch etwas sagen.«

»Dann schieß mal los.«

»Ich hab bis jetzt geschwiegen, weil ich dich nicht unter Druck setzen wollte, aber meine Entscheidung ist nicht mehr rückgängig zu machen.«

»Was für eine Entscheidung?«

»Ich bin schwanger, im vierten Monat. Selbst wenn ich wollte, könnte ich es nicht mehr wegmachen.«

»Und?«

»Falls du noch nicht draufgekommen sein solltest: Der Vater bist du, Weltschev.«

»Was?«

»Ich will es aber nicht wegmachen lassen. Dich, Weltschev, wäre ich fähig umzubringen, aber dein Kind ist mein Kind, und ich hatte für mich beschlossen, es auch ohne dich aufzuziehen.«

»Warum sagst du mir das erst jetzt?«

»Weil du mir erst jetzt einen Heiratsantrag gemacht hast, und da wäre es unfair gewesen, es dir nicht zu sagen.«

»Was red ich immer von Jana! Hoffentlich mach *ich* keine Dummheit«, sagte Jordan mit einer Stimme, die aus großer Tiefe zu kommen schien. »Wenn du kein Fleisch dahast … geh ganz schnell und mach diese Fischkonserven auf, sonst passiert noch was mit mir.«

14

Mag der Wunsch der Vater des Gedankens sein, die Bürokratie regelt seine Ausführung, und so standen der Eheschließung Jordans und Didas eine ganze Reihe beizubringender Formulare und Dokumente entgegen, und das kostete Zeit. Geduld, gute Nerven und Zeit. Als er in die Erste Städtische Klinik ging zur Blutuntersuchung, teilte ihm der Arzt, ein Mann wie ein Bergmassiv mit unerwartet hoher Stimme, der ihn sofort erkannte, betreten mit, dass die Ergebnisse des AIDS-Tests frühestens in drei Wochen vorlägen.

»Warum haben Sie es so eilig, Ihre Freiheit zu verlieren?«

»Weil die Braut es sich in der Zwischenzeit anders überlegen könnte«, antwortete Jordan halb ernsthaft, halb im Scherz.

»Na ja, wenn ich Sie mir so im Fernsehen anschaue und wie Sie jetzt leibhaftig vor mir stehen … Sie sehen mir nicht aus wie ein AIDS-Infizierter.« Der Arzt seufzte, kreuzte auf der Bescheinigung unter der Überschrift »AIDS-Infektion« das Kästchen »liegt nicht vor« an und – unterschrieb es.

Den Tag der Eheschließung legten sie auf Samstag. Die Chefin des Zeremoniensaals, in dem die Trauung vollzogen werden sollte, eine füllige und neckisch schielende Dame, die sich gut an den *Runden Tisch* erinnerte und auch *Sieben Tage* schaute, war gern bereit, trotz ihres vollen Terminkalenders Dida und ihn am frühen Nachmittag zwischen zwei andere Eheanwärter zu schieben, die monatelang auf einen freien Platz hatten warten müssen.

»Unter den gegebenen Umständen würde ich Sie nur bitten wollen, dass sich die Hochzeitsgesellschaft in etwas bescheidenerem Rahmen bewegt«, sagte sie mit jenem bedeutungsvollen Wimpernklimpern, das verriet, dass sie hoffte, endlich einmal alles kennenzulernen, was im bulgarischen Staatsfernsehen Rang und Namen hatte.

»Seien Sie ganz beruhigt«, erwiderte Jordan, »wir werden nur zu viert sein – die Braut, ich, und die beiden Trauzeugen.«

»Och … Da bin ich ja … ja … ja sehr beruhigt«, versuchte sie gar nicht erst, ihre maßlose Enttäuschung zu verbergen.

Die Hochzeiten vor und nach ihnen waren zum Ausgleich pompös bis zum Anschlug, mit Blasorchester und allem Drum und Dran; darum machte die Standesbeamtin, dass sie Jordan und Dida so schnell wie möglich durchwinkte. Seinen Ring hatte Jordan sich von seinem Noch-Chef Gospodinov ausgeliehen, der dies zum Anlass nahm, seinem sprichwörtlichen Geiz alle Ehre zu machen und auf weitere Geschenke zu verzichten. Statt einer guten Flasche Champagners hatte er eine Flasche bulgarischer Billigbrause der Marke Iskra mitgebracht, die er sicher bei einer Neujahrsfeier im Sender hatte mitgehen lassen. Daniela trug einen erlesenen Ring aus Weißgold mit einem stecknadelkopfgroßen Diamanten, den ihr Sima geschenkt hatte. »Der ist von meiner Großmutter«, hatte sie Dida gesagt, »und ich gebe ihn dir, weil ich im Leben keinen glücklicheren Menschen als meine Oma kennengelernt habe.«

Nach vollzogener Trauung gingen sie in ein chinesisches Restaurant hinter dem Frauenmarkt, das unscheinbar aussah und auch vergleichsweise preiswert war, aber mit unglaublich leckerer Küche. Daniela strahlte. Wie sie so zugleich glücklich und versonnen dasaß, war sie hinreißend schön.

Nach dem dritten Schnaps war der Trübsinn in Gospodinovs Augen verdunstet, auf seinen Wangen erschien eine rustikale Röte. Er kostete von der Garnelen-Algen-Suppe, dann von der Haifischflossensuppe, schnalzte hochzufrieden mit der Zunge. Er drehte an seinem Ring, den er direkt nach vollzogener Trauung von Jordan zurückverlangt hatte, und sagte nachdenklich:

»Ich freu mich für dich, Weltschev.«

»Wir freuen uns für beide«, schaltete sich Sima ein, »weil sie sich wirklich lieben.«

»O nein, das meinte ich nicht.« Gospodinov machte ein mürrisches Gesicht. So launisch und kapriziös, war er ganz er selbst: kleinlich, boshaft, aber unersetzlich. Er selbst scherzte manchmal, er sei wie ein Fettauge: »Macht Flecken, schwimmt aber in jeder Brühe oben.« Als er glaubte, die anderen lange genug mit seiner Gekränktheit erfreut zu haben, fuhr er gedehnt fort: »Mir ist schon klar, dass heute Geld alles ist und dass Zukunft hat, wer Geld einbringt. Die Frage ist nur, ob du mit deinem Talentchen so einer bist oder nicht. Deine dicke Brieftasche da, dieser Toschev, wird dich jedenfalls benutzen, solange du was abwirfst, und danach höchst elegant vor dem Arbeitsamt aus der Limousine schubsen.«

»Nimm ihm doch nicht die ganze Vorfreude«, fuhr Sima dazwischen.

»Tu ich ja gar nicht«, widersprach Gospodinov gallig, »ich sporne ihn bloß an. Ich werde in einem halben Jahr pensioniert, und das Erste, was der, der meinen Platz einnimmt, tun wird, ist *Sieben Tage* aus dem Programm zu nehmen … Ist doch gar keine Frage, dass Alphavision das Beste ist, was Jordan passieren konnte.« Er unterbrach seine Ausführungen, um das Honorar für seine Einsichten in Naturalien zu sich zu nehmen, solange es noch welche gab: Schweinefleisch in Bambus-Pilz-Sauce, Ente in süß-saurer Sauce … »Mal angenommen, einer von den politisch Tiefblauen setzt sich auf meinen Sessel: Der wird als Erstes Jordan beschuldigen, er sei ein verstockter Roter, weil er doch sonst niemals so lange den *Runden Tisch* hätte machen können vor der Wende; und wenn einer von den alten Sozis ans Ruder kommt, wird er unseren frischgebackenen Ehemann erst recht beschuldigen, dass er vom anderen Lager sei. Wer fragt denn heute noch, ob du ein Profi bist? Die einzige Fähigkeit, die heute an solchen Stellen dein Überleben sichert, ist, dir immer rechtzeitig das richtige Fähnlein umzuhängen! Vor der Wende war wenigstens das von vornherein immer klar …«

»Aber *Sieben Tage* hat doch hohe Einschaltquoten«, gab Sima nicht klein bei.

»In *Sieben Tage* wiederholt sich doch alles so notorisch wie beim Sex mit der eigenen Ehefrau.«

»Herzlichen Dank«, meldete sich Dida pikiert.

»Naja, ich meinte natürlich: … nach der Silberhochzeit.«

»So weit haben wir's also gebracht?«, empörte sich Jordan.

»Du bist doch der Oberwiederholer … Wenn deine Frau nicht wäre, hätte ich dich schon längst weggeschlossen.«

Alle lachten, aber mehr gezwungen als herzlich.

»Natürlich gehst du zu Alphavision«, meinte Gospodinov nun ohne Ironie. »Ich freu mich ja auch für dich. Hab dich immer gemocht und … ertragen. Kitzlig ist nur, dass die Sache so zweischneidig ist: Du wirst einerseits ein großer Zampano, der schalten und walten kann, wie er will; andererseits bist du aber verteufelt abhängig vom Gutdünken einer einzigen Person. Und bedauerlicherweise wird das nicht mehr meine Wenigkeit sein.«

»Ja, sehr bedauerlich«, stimmte Jordan ironisch zu.

»Und noch eins, Dummerchen: Die Privatsender mögen ja auf den ersten Blick viel freier wirken als unser Staatsfernsehen, aber das scheint nur so, das wirst du sehr bald merken. Wer die Mucke bezahlt, bestimmt auch, was gespielt wird, und leider haben diese Leute mit den dicken Brieftaschen oft einen grausigen Geschmack.«

Liebenswürdig und mit jenem unerschütterlichen Lächeln, hinter dem sich alles verbergen konnte, brachte die chinesische Bedienung ihnen die nächste Runde Schnaps, den bestellten Salat aus Sojasprossen und den panierten Fisch. Gospodinov stürzte sich sofort darauf. Draußen war es inzwischen dunkel geworden. Die Luft um ihren Tisch schwamm in Tabaksqualm und dem Dunst gebratener Gemüse, wurde verwirbelt im leeren Gerede von Gästen, die gekommen waren, um sich vergnügt an den großen Portionen zu überfressen.

»Wie steht's eigentlich mit den Hochzeitsküssen?«, fragte Sima. »Wir haben noch gar keinen gesehen.«

Danielas Lippen gaben sich ohne alles Misstrauen hin. Nach dem Kuss bahnten sie sich den Weg zu der Stelle hinter Jordans Ohr, wo sie flüsterten: »Na denn … auf immer, Weltschev mein!«

15

Als ihr Onkel, Alexander Weltschev, sie zu einem, wie er denke, »höchst interessanten und erfreulichen Gespräch« einlud, kam Dessislava unweigerlich in den Sinn, dass das wohl nur etwas Unangenehmes über seinen Sohn Christo sein konnte, mit dem er ja nicht in den besten Beziehungen stand. Lustlos und auch nur deshalb, weil sie nur schlecht hätte absagen können, nahm sie die Einladung an. Alexanders kleine Kanzlei befand sich auf der Vittorio-Positano-Straße, gleich hinter dem Justizpalast. Von seinem Fenster aus sah man auf den Wendekreis der Straßenbahn, die stadtauswärts fuhr. Das Frühjahr ließ sich Zeit, doch durch die permanente Bautätigkeit versanken die Straßen auch ohne Regen und Tauwetter im Dreck. Die Bauherren schienen es alle sehr eilig zu haben, und so war die Qualität der Bauausführung nebensächlich; Hauptsache war, es sah teuer aus. Dessislava stakste über den aufgerissenen Gehsteig und verschwand im Eingang. Drinnen roch es nach feuchten Mauern und den Gerüchen von Generationen. Von den Wänden im Treppenflur fiel der Verputz, wo nicht, hatten Spontankünstler obszöne Zeichnungen angebracht. Die dicke Kartonpappe und die leeren Schnapsflaschen deuteten darauf hin, dass Obdachlose die schlecht schließende Außentür nutzten, um hier unter den aufgebrochenen Briefkästen zu nächtigen. In einer der Wohnungen oben kläffte ein Hund, dem Gebell nach zu urteilen, ein kleiner Wadenbeißer.

Die Kanzlei befand sich oben auf der sechsten Etage und war ein kleines Kabuff, immerhin mit eigener Toilette. Obwohl es kürzlich frisch gestrichen worden war, war der Muff alter Aktenordner ebenso wenig verschwunden wie der Azetongestank und der scharfe Geruch der Haarpräparate, die im benachbarten Frisiersalon verwendet wurden. Die Möbel – nicht mehr, als unbedingt nötig – waren alt und wacklig. Ein kurzer Rundblick genügte Dessislava, um festzustellen, dass die Geschäfte nicht besonders gut liefen und ihr Onkel vornehmlich wenig zahlungskräftige Rentner mit ihren kleinen Eigentumsangelegenheiten zu Mandanten hatte. Der emeritierte Jura-Professor hatte wohl nicht die flinke Dreistigkeit und den skrupellosen Zynismus, mit dem einige seiner Kollegen dadurch Geld scheffelten, dass sie die kriminell reich Gewordenen juristisch vertraten, die sich die Legalisierung ihrer Geschäfte etwas kosten ließen.

Ihr Onkel saß hinter seinem kleinen Schreibtisch und spitzte mit einem Messerchen gerade Bleistifte. Er sah gealtert, abgemagert, regelrecht zusammengeschrumpft aus, sodass sein Anzug an ihm schlabberte, als wäre er ein Clown nach dem letzten Auftritt. Er hatte auch viel Haar verloren, und in seinen Augen standen Ohnmacht und Melancholie. Doch gleich darauf wurde ihre Aufmerksamkeit gefesselt von einer alten Frau, die am Fenster saß, wie eingepasst in den Schatten neben dem hereinfallenden Licht. Eine Art tragischer Vollendung ging von ihr aus und eine solch bezwingende Würde, dass Dessislava unwillkürlich zusammenfuhr. Sie war betont elegant, ja, vornehm gekleidet. Auf dem Kopf trug sie ein kleines, kokettes Hütchen mit Schleier, das schrecklich altmodisch war, ihr aber phantastisch stand. Die Handtasche in ihrem Schoß war nicht minder démodé, aber aus erstklassigem Leder gearbeitet.

»Sei mir gegrüßt, meine Liebe«, holte Alexander seine Nichte aus der Versenkung, »das ist Frau Sonja Toromanova, die verwitwete Ehefrau meines Vetters Georgi Pantov.«

»O ja, ich habe von Ihnen gehört«, freute sich Dessislava, »Onkel Georgi ist oft zu uns nach Hause gekommen und hat Mama Antiquitäten verkauft.«

»Wie schön«, erwiderte die Dame sanft und gehalten.

Dessislava wusste selbst nicht, warum sie dieser Frau gefallen, ihr zeigen wollte, wie sympathisch sie ihr war.

»Ich mochte Onkel Goscho, er hatte so eine besondere Ausstrahlung … wie ein Zauberer im Varieté.«

»Da haben Sie recht. Mein Mann ist sein Lebtag Kind geblieben, und wie bei den Kindern waren seine artistischen Züge voller Launen. Damit hat er andere in Bann geschlagen, tat dabei aber oft des Guten zu viel.«

»Zu viel, zu viel, aber immer amüsant und ohne Falsch.« Beim letzten Wort zuckte Sonja Toromanova zusammen, und Dessislava merkte, dass sie mit ihrer etwas zu naiven Einschätzung die Frau, die Georgi so viele Jahre aus der Nähe erlebt hatte, ungewollt verletzte. Darum sagte sie nichts weiter.

Ihr Onkel griff nach einigen Aktenmappen, holte diverse Blätter heraus, legte sie vor sich hin und glättete sie mit der Handfläche.

»Hier, das ist ein Vertrag, Dessi. Den kannst du so annehmen oder ablehnen. Wenn du mich fragst, kannst du ihn getrost unterschreiben, aber Frau Toromanova und ich akzeptieren jede deiner Entscheidungen.« Aus der Sakkotasche holte er eine Visitenkarte mit der Nummer seines Mobiltelefons. »Ich gehe jetzt ins Café gegenüber; in der Zeit wird Frau Toromanova dir ihren Vorschlag genauestens unterbreiten. Wenn ihr euch einig geworden seid, wähl mich einfach auf dem Handy an und lass es einmal klingeln.«

Er erhob sich kraftlos und mit der Apathie eines Rentners, der selbst nicht genau weiß, was er hat, nahm Hut und Mantel vom Garderobenhaken, verbeugte sich noch einmal ehrerbietig vor der eleganten Dame am Fenster und ging hinaus. Die beiden Frauen blieben mit der Stille allein, die im langsamen Tropfen des Wasserhahns erst so recht hörbar wurde. Sonja Toromanova zog ein Päckchen Zigaretten aus ihrer Damenhandtasche, und zwar mit einer solch beiläufig gleitenden Bewegung, dass es schon wieder auffiel. Draußen war es noch hell, sodass Dessislava das scheue Lächeln erkennen konnte, das wie ein Vögelchen vom Gesicht der Dame aufflatterte, als sie den Mund zum Reden öffnete.

»Ich weiß gar nicht, wie und womit ich beginnen soll«, sagte sie schließlich, »darum habe ich mich entschlossen, nicht lange um den heißen Brei herumzureden. Hören Sie mich bitte zunächst einfach bis zu Ende an, wenn schon nicht bereitwillig, so doch zumindest aus … aus …«

»Höflichkeit?«

»So kann man es vielleicht ausdrücken«, seufzte Sonja. »Kurz: Ich besitze ein Appartement in Sofia in bester Zentrumslage, die Fenster gehen auf die Alexander-Newski-Kathedrale. Ihr Onkel hat mir versichert, dass es mit seinen zweihundertfünfzig Quadratmetern derzeit gute 400 000 Dollar wert ist, und die Immobilienpreise steigen unaufhaltsam. Aber davon kann ich nichts in den Tod mitnehmen, und so bin ich auf der Suche nach einem Erben, dem es nützen könnte, auf Sie gestoßen. Ich möchte es … möchte es Ihnen vermachen.«

»Das kann ich nicht annehmen!« Vor Überraschung, fast Empörung, sprang sie auf. »Wieso ausgerechnet mir?« Sie setzte sich wieder.

»Ich will Ihnen die Wahrheit sagen, auch wenn dies, wie Sie mir bitte glauben wollen, an alte Wunden rührt.« Schamerfüllt zog sie sich das Netz des Schleiers vor die Augen, als könne dies sie vor unerwünschten Blicken schützen. Dann gab sie sich einen Ruck. »Ich war in Ihren Vater verliebt. Mein ganzes Leben war ich meinem Ehemann treu, aber heimlich, so heimlich, dass ich es selbst erst spät gewahr wurde, liebte ich Ihren Vater. Sie können sich sicher vorstellen, wie schlimm das für mich war.«

»Und er?«

»Ich kann nicht für ihn sprechen, hatte aber den Eindruck, dass auch er nicht ganz gleichgültig mir gegenüber war.«

»Und wann haben Sie das …«

»Oh, das ist lange her. Es ereignete sich so unerwartet wie im Traum. Ihr Herr Vater arbeitete damals für die Bestattungsagentur, die wir mit der Beisetzung meines Vaters beauftragt hatten. Es gab eine Polizeirazzia, und da schellte es plötzlich an unserer Haustür – Ihr Vater war es, um sich bei uns vor den Häschern zu verbergen, genauer gesagt, bei mir, in meiner Nähe.« Ihre Stimme hatte zu zittern begonnen. »Da fühlte ich, dass ich ihm wehrlos ausgeliefert war, und dass das immer so bleiben würde, solang ich lebe.« Sie lüftete den Schleier wieder. Ihren Augen war anzusehen, wie schrecklich unangenehm ihr das alles war, wie sie noch in der Erinnerung litt.

Totenstille trat nach diesem Geständnis ein. Die Frau am Fenster drückte ihre Zigarette aus, holte ein besticktes Taschentuch heraus, drehte es in der Hand, schien vergeblich zu rätseln, wozu es diente, und stopfte es wieder zurück an seinen Platz. Dessislava war zutiefst von Mitgefühl für diese Frau erfüllt, einer warmen Anteilnahme – einerseits. Darunter aber gab es eine kalte Unterströmung galliger Verärgerung über dieses Ausbreiten intimer Gefühle vor ihr, einem Menschen, den diese Frau doch gar nicht kannte.

»Nein, das kann ich nicht annehmen«, wiederholte sie hart. »Wir sind doch gar nicht verwandt!«

»Der Anwalt, Ihr Herr Onkel, hat ja bereits mitgeteilt, dass Sie frei entscheiden können …«

Der undichte Wasserhahn reizte Dessislava inzwischen in einer Weise, als plitschten die Tropfen direkt in ihr Gehirn. Durch die Verärgerung war die Entfernung zwischen ihr und dieser Frau gleichsam größer geworden. Sie hatte sich in sich selbst verkapselt, die Frau in den lichtumhüllten Schatten unter dem Fenster.

»Wieso sind Sie ausgerechnet auf mich gekommen und nicht auf Jordan, meinen Bruder? Oder darauf, uns beide gleichmäßig zu bedenken?«

»Sie haben recht, Ihr Bruder ist ohne Mutter aufgewachsen und hatte eine schwere Kindheit. Dass ich an Sie gedacht habe … Ich habe Sie ja nur einmal gesehen, da waren Sie zwölf oder dreizehn Jahre alt und saßen mit Ihrer Mutter und zwei Schauspielkollegen im Russischen Klub. Sie saßen an dem Tisch unter der Linde und waren ein ganz sonniges, zartes Mädchen.«

»Erinnere mich«, unterbrach Dessislava sie, und das tat sie mehr als deutlich, dann damals hatte ihre Monatsblutung eingesetzt, und sie hatte sich so schmutzig und so eklig gefühlt unter diesen berühmten Leuten, die ihr damals so sauber und rein vorkamen.

»Sie trugen damals ein kurzes weißes Kleidchen und hatten eine weiße Schleife im Haar.«

»Es war an einem Sonntag«, fiel Dessislava ein, die noch von der Erinnerung ganz erschrocken war.

»Ja, richtig, Sonntag. Ich kam aus der Kirche, und da sah ich als Erstes

Ihre Frau Mutter, Emilia Weltscheva, und dann Sie, und ich weiß nicht, warum, aber mir kam es so vor, als bräuchten Sie Hilfe, verstehen Sie?«

»Nein.«

»Na, schon damals hätten Sie Verständnis und Hilfe gebraucht, und darum habe ich mich eben entschlossen, Ihnen meine Wohnung zu vererben.«

Diese Erläuterung hatte sie so viel Kraft gekostet, dass sie erschöpft schwieg. Wieder holte sie das Taschentüchlein aus ihrer Handtasche, hielt es zwischen ihren Händen und zupfte versonnen daran.

»Außerdem gefällt mir das Theater, das Sie machen, und ich weiß sehr gut, wie schwer es ist, unter den heutigen Umständen etwas Gutes zuwege zu bringen. Nehmen Sie mein Angebot doch einfach als kleine Geste der Wertschätzung für eine Frau, die das bulgarische Theater hochhält.«

Mit dem letzten Argument traf Sonja Toromanova Dessislavas schwache Stelle; sie merkte, wie ihr schwindlig wurde vor Verwirrung.

»Ihr Angebot ist wirklich außerordentlich verlockend, und Sie sind ein guter und großzügiger Mensch; trotzdem muss ich ablehnen, gnädige Frau.«

Die Frau am Fenster zuckte zusammen, als habe man sie geohrfeigt. Ihr einer Arm zuckte in einer konvulsivischen Bewegung hoch, erschlaffte aber wieder und fiel zurück in ihren Schoß. Tränen liefen ihre Wangen herab, dicke, untröstliche Tränen. Einen Moment lang verhielten sie auf den Falten um ihren Mund, dann stürzten sie sich übers Kinn den Hals herab. Sonja Toromanova schien gar nicht zu spüren, dass sie weinte, so abwesend war sie. Und auf einmal fragte sich Dessislava: Was treibe ich da nur mit dieser wehrlosen und von einer unerfüllten Liebe erleuchteten Frau? Ein Gefühl der Betroffenheit überkam sie. Alles lag ihr quer, und das nicht wegen dieser alten Frau, an der so viel Leben achtlos vorbeigegangen war, sondern ihrer selbst wegen.

»Bitte entschuldigen Sie, wenn ich schroff war. Wenn ich Ihr Angebot annähme, würde das bedeuten, dass ich auf Jahre hinaus abgesichert wäre, und das hatten Sie sicher im Sinn. Würde es Sie glücklich machen, wenn ich …«

»Nicht bloß glücklich, sondern vor allem ruhig. Ich wüsste dann, dass mein Leben nicht vergeblich verflossen ist.«

»Wenn das so ist … dann lassen Sie uns doch meinen Onkel jetzt anrufen. Ich denke, ich habe Sie verstanden.«

»In dem Vertrag, den Anwalt Weltschev aufgesetzt hat, steht, dass ich Ihnen die Wohnung vermache, wenn Sie mich bei Altersschwäche pflegen. Aber seien Sie da ganz unbesorgt, Sie haben keinerlei Verpflichtungen. Ich bin einfach sehr müde geworden, bereit, abberufen zu werden.«

Dessislava trat auf sie zu, ergriff ihre Hand und sagte: »Wie soll ich Ihnen nur danken?«

»Oh, sehr einfach«, erwiderte die Frau beschwingt und wusste auf einmal, was sie mit ihrem Taschentüchlein anstellen sollte. »Wir vertagen ständig unser Leben auf später, und auf einmal sind wir alt. Dann schämen wir uns für unseren welken Leib und werden gewahr, dass es für alles zu spät ist.« Vor lauter Aufgewühltheit schnappte sie nach Luft. »Wissen Sie, ich bedaure nichts, wirklich … Trotzdem erlauben Sie mir, Ihnen zu sagen, nein, Sie zu bitten: Sollten Sie sich einmal verlieben, verstecken Sie es nicht vor sich und vor dem, den Sie lieben. Tun Sie sich dieses Unglück nicht an! Indem Sie mir das versprechen, können Sie mir Ihren Dank abstatten.«

16

Zwei Monate später, an einem sonnigen Junitag, meldete sich ihr Onkel Alexander telefonisch und bat sie, in seine Kanzlei zu kommen. Auf seinem Schreibtisch prangte ein dramatisches Stillleben aus einer ausgebleichten Aktenmappe, einem uralten Sicherheitsschlüssel aus Messing und … dem gedruckten Nekrolog von Sonja Toromanova. Auf dem unansehnlichen Blatt im Schreibmaschinenformat war kein Foto der Verstorbenen. Als Autoren dieser Beileidsbekundung fungierten »die Nachbarn in tiefer Betroffenheit«. Dessislava erschauerte unwillkürlich.

»O weh, ich wusste ja gar nicht …«

»Frau Toromanova hat niemanden benachrichtigt«, sagte ihr Onkel verwirrt und reichte ihr die Mappe. »Hier ist die notariell beglaubigte Urkunde über die Erbschaft, und hier der Schlüssel zu der Wohnung.«

Dessislavas unverhofftes Eigentum befand sich in einem stilvollen, mit Steinplatten verkleideten Haus und war – verglichen mit den kleinen Wohnungen aus sozialistischer Zeit – wirklich riesig. Es war fast leer, aber penibel gereinigt, als habe die Vorbesitzerin noch eben schnell vor ihrem Ableben Staub gewischt. Durch die geputzten Fenster hatte man tatsächlich einen Blick auf die Kuppeln der Newski-Kathedrale. Sonja Toromanova hatte nichts von Erinnerungswert hinterlassen, weder ein Familienbuch noch alte Briefe, kein Fotoalbum und kein Liederbuch aus Kinderzeiten, nichts, womit sie der Nachwelt im Gedächtnis bleiben konnte. Welche der sechs Türen des Kleiderschranks Dessislava auch öffnete, ihr schlugen fast nur der Geruch alten Holzes und der unvermeidliche Hauch von Mottenpulver entgegen. Die etwa zehn erhaltenen Kleider unterstrichen mit ihrer altmodischen Eleganz nur die Leere des riesigen Aufbewahrmöbels. Alles andere, was man in der Wohnung eines Verstorbenen vermutete, war entweder weggeworfen oder sorgfältig in Schubläden verstaut. Auf dem Frisiertischchen im Schlafzimmer lag der verbliebene Schmuck Sonjas, meisterhafte Stücke einstiger Goldschmiedekunst, die wie durch ein Wunder die maßlose Verschwendungssucht ihres Ehemanns Georgi Pantov überstanden hatten. Sie waren nicht einfach so dort hingeworfen worden, sondern sorgfältig ausgebreitet, als könnten sie sonst beschädigt werden. Neben den Schmuckstücken lag ein Briefumschlag, auf den eine sichtlich aufgewühlte Frau das Wort »Petuniensamen« geschrieben hatte. Alles deutete darauf hin, dass diese Frau gewusst hatte, dass sie aus dem Krankenhaus nicht mehr in diese Räume zurückkehren würde, und so hatte sie auf ihre aristokratisch dezente Art alle für ihre Erbin belastenden Spuren ihres Lebens beseitigt, und so gehörte diese Wohnung vom Augenblick des Betretens an wirklich ihr.

Dessislava machte erst gar nicht den Versuch, ihre Tränen zurückzuhalten. Sie weinte aus Dankbarkeit, aber auch, weil sie so überwältigt war von dieser umfassenden Rücksichtnahme, die an alles gedacht hatte. Auf dem Nachttischchen lag scheinbar zufällig eine Schachtel mit drei restlichen Zigaretten. Intuitiv griff Dessislava nach einer. Das Rauchen beruhigte sie. Ohne Gewissensbisse steckte sie sich den Brillant- und den Rubinring an, band sich das Smaragdarmband um, und um das stillose Probetragen komplett zu machen, legte sie sich auch noch das Diamantcollier mit der riesigen, in allen Farben schillernden Perle um den Hals. Dann betrachtete sie sich in dem uralten, an mehreren Stellen gesprungenen Spiegel mit seinen Roststellen. Sie streichelte über die Juwelen, dann legte sie sie wieder genau so auf das Nussbaumtischchen hin, wie es Sonja getan hatte. Erst jetzt bemerkte sie, dass sogar die Bettwäsche gewechselt war. Die Kniffe am Kissenbezug verrieten überdies, dass die Bettwäsche nicht nur frisch, sondern vollkommen neu war. Sie brauchte sich nur ins Bett zu legen und konnte unbesorgt einschlafen, denn das war ihr Bett! Aber als Erstes musste sie auf den Friedhof, das Grab ihrer Mutter und das von Tante Ljuba besuchen, und um *Tante Sonja* ihren Dank abzustatten.

17

Erst am frühen Abend kehrte Dessislava heim, erfüllt von Friedhofsstille und dem Duft humusreicher Erde, von schweren Schatten, herbgrünem Geranium und feuchtem Buchsbaum. Ihr Vater saß lesend im Wohnzimmer. Da er nichts Wichtiges mehr zu tun hatte, hatte er es sich angewöhnt, auf sie zu warten, und das belastete sie. In ihrer Erinnerung war er groß und stark, unabhängig, manchmal platzend vor innerer Spannung wie der Himmel vor einem Gewitter. Im Ohrensessel aber saß nun ein Häuflein Elend mit grauen Haaren, und die Stoppeln, die er trotz gründlicher Rasur an Wangen oder auf dem Hals schlicht übersah, ließen ihn gar hilflos wirken. Er ging gebeugt, tastend, schlurfend. Seine Augen tränten. Dabei war er im Kopf noch immer glasklar; sein Gedächtnis funktionierte tadellos. Dieser schreiende Widerspruch zwischen Kopf und Körper gab seinem Gesichtsausdruck etwas, das an einen Märtyrer erinnerte. Wie sie ihn so ansah, hätte sie beinahe wieder zu weinen begonnen.

»Warum suchst du dir nicht eine Beschäftigung«, hatte sie ihm einmal halb ernst, halb im Scherz vorgeworfen. »Du könntest doch deine Bücher überarbeiten, zum Beispiel.« Aber er hatte kurz und bündig geantwortet:

»Geschrieben ist geschrieben; es wäre nicht redlich, sie umzuschreiben.«

»Was heißt hier ›nicht redlich‹? Der Wahrheit gegenüber oder der Vergangenheit, deinem Leben und den Ideen, an die du geglaubt hast?«

»Wahrheit … was ist das schon?«, seufzte er melancholisch. »Nein, es ist nicht redlich, jetzt, wo es nichts kostet, mich vor den Lesern besser darzustellen, als ich war.«

Dessislava warf ihren Regenmantel über eine Lehne, ging zu ihm und küsste ihn auf die Stirn.

»Ich war auf dem Friedhof, am Grab von Mama und von Tante Ljuba, und bin traurig. Sollen wir ein Glas zusammen trinken?«

Sie hatten inzwischen eine ganze Batterie Whisky im Haus, seit ihr Vetter Christo regelmäßig eine Flasche mitbrachte, wenn er sie besuchen kam. Meist waren sie allein, seit Jordan mit Dida zusammen war und Jana studierte, und dann genossen sie das ruhige Gespräch bei einem guten Glas. Assen nickte dankbar über den Vorschlag seiner Tochter. Die ging zum Kühlschrank, holte Eiswürfel und goss ein. Lächelnd stießen sie an.

»Und dir, fehlt dir Mama eigentlich?«, fragte sie unerwartet.

»Sie fehlt mir schrecklich. Ich kann einfach nicht vergessen, auf welch erniedrigende Weise sie aus dem Leben geschieden ist.«

»Warum hast du sie eigentlich nicht zurückgehalten? Nur du hättest sie zur Besinnung bringen können.«

Assen antwortete nicht gleich, sondern schien sich erst mit dem Licht zu beraten, das die Dämmerung ins Zimmer sandte, und mit seiner faltigen Altersschwäche.

»Deine Mutter hat in ihrer Bühnenlaufbahn immer alles gegeben; aber dabei ist ihr nur *einmal* etwas wirklich Großes geglückt, und das war die Rolle der Mutter Courage. Kannst du dich noch erinnern?«

»Ja, im Volkstheater«, antwortete Dessislava überrascht.

»Wenn Emilia an dieser Rolle gescheitert wäre, dann hätte sie – da bin ich mir sicher – niemals gegen diesen Finanzhai prozessiert. Als ihr eines Tages die Bühne genommen wurde, da wollte sie auf dem juristischen Theater weiter an ihrer größten Rolle feilen. Sie brauchte das einfach, sie hatte ein tiefes Bedürfnis, sich für eine gerechte Sache zu opfern. Ich habe es nicht übers Herz gebracht, sie aufzuhalten, und – ich hatte auch nicht das Recht dazu.«

»Und du glaubst, sie hat deshalb ...«

»Ich *glaube* nicht nur, ich bin mir da ganz sicher.«

»Ich möchte dich noch was ganz Widerliches fragen. Aber bitte, Papa, antworte mir ganz ehrlich: Hast du Mama eigentlich geliebt?«

Assen fuhr zusammen, trank einen Schluck, schaute zum Fenster hinaus. Im Gegenlicht war so recht zu erkennen, wie alt er geworden war. Seine tiefblauen Weltschev-Augen hatten nun das Grau von Gusseisen angenommen und wirkten genauso zerbrechlich.

»Weißt du, ich hatte gerade Vera verloren, Jordans Mutter, als Emilia plötzlich auftauchte. Sie war blutjung und ... wie soll ich mich ausdrücken ...«

»Bildschön?«

»Das auch, aber das meine ich nicht. Emilia war damals ein einziges Staunen. Sie war verwundert über alles, über das Leben, über sich, über mich. Alles kam ihr unendlich und wundervoll vor. Ich war wie berauscht davon, und es bereitete mir Vergnügen, mit ihr zusammen zu sein und am Fest ihres Staunens teilzuhaben. Dabei entwickelte sich eine tiefe Anhänglichkeit, Wertschätzung, Gefühle der Freundschaft ... Ja, ich denke, ich habe sie geliebt.«

»Und ... hast du dich mal in eine andere Frau verliebt?«

»Solche Fragen stellt man seinen Eltern nicht«, hüstelte Assen vor Unbehagen. »Aber ich will dir trotzdem etwas anvertrauen, was mich immer noch mit Bitterkeit und Pein erfüllt: dass ich keine von ihnen glücklich machen konnte.«

»Warum sprichst du im Plural?«

Er sank in sich zusammen, als habe man ihn bei etwas Unanständigem ertappt. Dessislava wusste nicht, ob sie lachen oder gerührt sein sollte über so viel späte Schüchternheit. Ihr Vater genehmigte sich noch einen Schluck, steckte sich eine Zigarette an und schaute dann verschämt auf seine Pantoffeln.

»Ich meine natürlich Vera und deine Mutter«, sagte er, aber seine Stimme zitterte allzu verräterisch.

»Ich bin heute auf dem Friedhof zufällig auch am Familiengrab von Onkel Goscho und den Toromanovs vorbeigegangen«, arbeitete sich Dessislava voran, spürte aber, dass sie ihrem kleinen Verhör besser möglichst bald ein Ende setzte, weil sie sich sonst selbst traurig machte. »Hast du das damals gestaltet? Du warst doch im Krieg bei dieser Bestattungsfirma?«

»Ja, das stimmt.« Er versuchte ungeschickt, sich mit einem Scherz Luft zu verschaffen. »Und, wie geht es deinem Onkel Goscho?«

»Schönes Grabmal, sehr beeindruckend. War ein neuer Nachruf drauf. Goschos Ehefrau Sonja Toromanova ist kürzlich verstorben.«

Obwohl er saß, schien ihr Vater zu taumeln, als er diesen Namen hörte. Seine rechte Hand zitterte auf und ab wie die Nadel einer Nähmaschine. Er hatte kein Parkinson; es passierte aber in letzter Zeit immer öfter, dass er bei starker Aufregung so zitterte.

»Sonja Toromanova. Ja, Sonja ...« Er wandte sein Gesicht in den Schatten, damit sie seine Augen nicht sehen konnte. »Manchmal, wenn ich abends nicht einschlafen kann, denke ich, dass unser Leben eigentlich aus den Menschen besteht, die wir gekannt, mit denen wir eng verbunden waren, und am meisten denen, die wir geliebt haben. Wenn diese Menschen von uns gehen und wir ganz einsam sind, geht auch unser Leben zu Ende.«

»Und was ist mit den Erinnerungen?«, fragte Dessislava. »In seinen Erinnerungen ist man doch nie einsam.«

»Die Erinnerungen sind ja nicht die anderen, die sind der Mensch selbst«, erwiderte Assen leise.

»Du bist nicht allein; es gibt so viele, die dich lieben!«

»Nein, jetzt bin ich allein«, widersprach ihr Vater so träumerisch, als habe er einen Blick in die Zukunft getan und dort etwas Beflügelndes entdeckt. »Von heute an bin ich unwiderruflich abgesegnet!«

18

Ihr Schlaf war unruhig und voll bunter Bilder, er überkam sie quälend und plötzlich. Dessislava war sich bewusst, dass sie schlief, aber so panisch sie sich auch in Gedanken zurief, na los, aufwachen, na komm schon!, es gelang ihr nicht, diesen schweren Vorhang zur Seite zu schieben.

Sie träumte von Jonka. Ihre Großmutter saß im Nordzimmer am Fenster, das auf die Straße ging, aber nicht auf einem Stuhl, sondern auf etwas wie einer Wolke. Durch den Fensterrahmen sah man hinaus in tiefschwarze Nacht. Und auf Schneeflocken, die durch den Lichtkegel der Straßenlaterne wirbelten. Es war still und einsam. Jonka hatte ihren Kopf auf die Hand gestützt und schaute untröstlich hinaus. Hinaus ins Zufällige, Ewige, Unerklärliche. Ihr silbrig schimmernder Zopf war zu einem Dutt aufgesteckt und hatte in ihrem Nacken das Gewicht eines ganzen langen Lebens. Ihr Kleid war schwarz und unterstrich die Feier ihrer Einsamkeit. Sie glich einem Nachtvogel, der aus der Finsternis herbeigeflogen war und hier am Fenster nur Rast machte, bevor er weiterflog.

»Warum bist du gekommen und störst mich auf?«

»Weil du dich einfach nicht erkennen willst. Hör auf, dich für dich zu schämen!«

»Was soll das heißen?«

»Dessi, gesteh dir endlich deine Liebe ein!« Jonkas Stimme hallte wider im Raum des Traumes.

»Quatsch! Was für eine Liebe denn?«

Doch diese Protestfrage kam nicht an, weil ihre Stimme erst versteinerte und ihr dann als Steinstaub zu Füßen fiel. Ihr Mund war trocken, ihr Kopf leer wie der Raum um eine Statue, ihr Herz bebte vor Angst. Sie bekam Beklemmungen.

»Widersprich nicht, du weißt es doch seit langem selbst – wie die Nacht den Morgen weiß, die Wunde den Schmerz und die Krankheit das Kraut erkennt, das sie heilt. Du liebst ihn mehr als dich selbst!«

»Lüg doch nicht so, Oma! Warum ärgerst du mich? Lass mich endlich in Ruhe wach werden.«

»Gib es einfach vor dir zu, und hör auf, dich dafür zu schämen!«

»Aber wer ist es, Großmutter?«

Da lachte Jonka nur mild und leise, und im Zimmer klangen kleine Glöckchen. Die Nacht und ihr nachtschwarzes Gewand verblassten, der wirbelnde Schnee wurde rauchgrau, dann kohleschwarz, saugte sie auf. Da stöhnte Dessislava auf und erwachte von ihrer eigenen Stimme, die fragte:

»Wer ist es?«

19

Der Tod seiner Tante Ljuba hatte ihn mit sanfter Trauer erfüllt. Von all seinen Verwandten in Sofia war sie ihm die liebste gewesen. Außerdem verband sie ja ihr Engagement für die armen Kinder von Russe, die von den Chlorgaswolken des Chemiewerks am anderen Donauufer so schwere Atemwegserkrankungen bekamen. Der Tod seiner anderen Tante, Emilia, berührte ihn hingegen nicht so sanft, sondern erschütterte ihn, weil die Umstände ihres Ablebens seine Vorstellungen von Gut und Böse ins Wanken brachten und in einer Marijkin'schen Trotzreaktion seinen Gerechtigkeitssinn noch mehr aufstachelten. Dessislava hatte ihn telefonisch benachrichtigt und beim Erzählen des Vorfalls geweint.

Krum Krumov hatte in diesem Moment des Schmerzes und der Empörung begriffen, dass er etwas unternehmen, in seinem eintönig wie die Donau dahinfließenden Leben etwas ändern musste, sonst war es ein für alle Mal aus mit ihm. Dann würde er sich wie viele seiner Bekannten auf immer in einen noch jungen, vergleichsweise gesunden und intelligenten »Loser« verwandeln, einen von denen, die ständig jammerten, mehr und mehr verarmten und abstumpften, an den Rand der Gesellschaft rutschten und nach und nach von allen vergessen wurden. Also verkündete er, er wolle nach Sofia fahren, um dort sein Glück zu versuchen; aber seine Mutter äußerte Bedenken, dass er in der Anonymität und Kälte dieser Millionenstadt vereinsamen würde. Vielleicht hatte sie auch nur Angst, selbst einsam zurückzubleiben. Am Ende blieb er in Widin.

Zu seiner zukunftsweisenden Entscheidung trug aber auch bei, dass eines Sommerabends, als die Sonne über der Donau ihr Farbentheater aufführte, ein Mann in schwarzem Winteranzug sich aus dem Buschwerk gegenüber löste, wo er auf ihn gelauert hatte, und humpelnd auf ihn zuging. Krum Krumov erkannte sofort Schuschulkov, den alten Anwalt. Er war noch mehr vergreist. Seine Gesichtshaut glich gelblichem Pergament, und er roch geradezu nach langsamer Zersetzung. Sein rechtes Auge fixierte Krum, das linke rotierte ziellos umher.

»Sie haben sich ja gar nicht gemeldet, Herr Weltschev«, begann der Anwalt vorwurfsvoll.

»Ich wollte über die Sache nachdenken …«

»Ich befürchte, wenn wir länger zuwarten, verpassen wir die letzte Möglichkeit, Verzeihung, Lapsus Linguae, den letzten Zug.«

»Ich gebe zu, es ist jetzt Jahre her«, antwortete Krum, als stelle die pure Dauer seiner Gleichgültigkeit eine Rechtfertigung dar.

»Ich habe die große Befürchtung, dass Sie, wenn Sie weiter so ausgiebig und ergebnislos nachdenken, alle Fristen überschreiten, und bald werde auch ich nicht mehr zur Stelle sein. Ich werde siebenundachtzig, und das ist ein Alter, in dem jeder Tag ein Geschenk ist, anders gesagt, in dem man schon seinen Ranzen für die große Reise schnürt.«

Über dem Fluss flatterte ein Schwarm Raben auf und ließ sich mit lautem Krächzen auf der gewaltigen Kastanie nieder, die vor dem Häuschen von Krum Krumov und seiner Mutter stand. Der Baum schien sich zu neigen unter der Last der großen Vögel.

»Schauen Sie, die Lage bei uns ist zum Verzweifeln schlecht. Wir leben nur von der kleinen Rente meiner Mutter. Woher soll ich denn die erforderlichen Geldmittel nehmen?«

»Zu Ihrem Glück ist kein Geld nötig, Herr Weltschev, sondern nur guter Wille, einwandfreie Dokumente und – das schützende Händchen, das der Herrgott über Sie hält. Um mich deutlicher auszudrücken, es braucht außer ein wenig Demut vor dem Eigensinn des Lebens und der Veränderungen, die es uns zumutet, auch ein bisschen Gespür für die Kontinuitäten, ein bisschen Respekt und Ehrfurcht vor dem, was die Geschichte uns erzählt.«

»Ja, wenn das so ist …« Die einzige wirkliche Entschlossenheit Krums bestand darin, dem wild rotierenden rechten Auge Schuschulkovs auszuweichen, und um irgendetwas zu tun, klopfte er dem Alten das Revers seines Anzugs sauber.

»Na, dann kommen Sie am besten gleich in meine Kanzlei, um die Dokumente zu unterzeichnen. Für meine Mühen, und dafür, Ihrem verehrten Herrn Großvater mehr als fünfzig Jahre lang die Treue gehalten zu haben, zahlen Sie, was Sie können, Lapsus Linguae, ich wollte sagen, *wann* Sie können, denn *pecunia non olet*, wie der Lateiner sagt.«

20

Die Nachricht, dass Krum Krumov die alte Porzellanfabrik wiederbekommen hatte und nun Großeigentümer war, lockte in Widin niemanden hinterm Ofen hervor, brachte es noch nicht einmal zum Stadtgespräch, geschweige denn zur Legende. Weder in den Barbierstuben noch in den Kaffeehäusern ging es von Ohr zu Ohr, erstens, weil sich niemand für die baufällige, ausgeschlachtete, in den Konkurs getriebene Fabrik interessierte, und zweitens, weil die Leute gar nicht wussten, wer dieser Krum Krumov war. Sie brachten ihn auch nicht in Verbindung mit Krum Marijkin, der vor einem halben Jahrhundert in die Stadt gekommen und zum Schrecken der Gegend geworden war mit seinem revolutionären Fanatismus. Die jüngeren Widiner kannten weder den einen noch den anderen und beschäftigten sich ohnehin mehr mit dem Problem, wie sie nach Spanien, Italien oder Deutschland kommen konnten, wo sie vielleicht Arbeit fänden; die Mutigeren versuchten sogar, nach Kanada oder in die USA zu kommen. Am allerwenigsten war bekannt, dass Krum Marijkin der uneheliche Sohn jenes Ilija Weltschev war, der die Porzellanfabrik erdacht und aufgebaut und deren erster Direktor gewesen war, bis der eigene Sohn ihn enteignet hatte! Dass der Alte diese Fabrik, die sein Lebenswerk gewesen war, in einem vorausschauenden Testament, dem Fall des Falles des Sozialismus, nun ausgerechnet dem vermachte, der sie ihm genommen hatte, war daher eines jener psychologischen Rätsel, die an keinem Stammtisch ihre Lösung finden würden. Und so war es wohl das Einfachste anzunehmen, dass – ganz gleich was passierte – Blut eben dicker war als Wasser, und wer das nicht freiwillig einsehen wollte, dem wurde es per Erbschaft gleichsam als Strafe aufs Auge gedrückt.

Die Ironie des Schicksals wollte es, dass der Aufstand, den der Sohn damals gegen den Vater geprobt hatte, sich nun wieder ereignete, nur in umgekehrter Richtung: Der Sohn nahm ein Erbe an, das der Vater unter Garantie ausgeschlagen hätte, und mit diesem Erbe sagte er auch Ja zu den Erbanlagen, die von Ilija Weltschev auf ihn gekommen waren. Mehr noch, die eigentliche Ironie bestand darin, dass sich die finstere kapitalistische Vergangenheit als lebendiger und haltbarer erwiesen hatte als die strahlende sozialistische Zukunft, und dies hätte, wenn es die Widiner denn der Rede wert befunden hätten, in seiner Ungeheuerlichkeit durchaus verdient gehabt, in die Annalen der Stadt einzugehen.

Der Einzige, den die Nachricht hellhörig machte, dass Krum Krumov nun wohl so etwas wie ein Unternehmer geworden war, war der schwerreiche und daher hochverehrte Pawel Tscholev, Krum Krumovs einstiger Mitschüler. Er grinste schief, klatschte seiner Sekretärin, die gerade von ihm schwanger war, auf den Popo, und meinte:

»Schau sich einer diesen kleinen Gernegroß an. Macht vor mir einen auf bettelarm, aber redlich ... und organisiert sich hinter meinem Rücken still und heimlich ein kleines Fabrikchen!«

21

»Aber es ist ja fast nichts so geblieben, wie es von Ihrem verehrten Herrn Großvater hinterlassen worden ist«, sagte sie. »All die Jahre ist die Fabrik erweitert, ausgebaut und modernisiert worden. Bedauerlicherweise ...« Sie schwieg verlegen.

Sie befanden sich in der Kantine, die schon lange nicht mehr arbeitete. Die Tische waren demoliert, oder es waren alle außer den beschädigten gestohlen wie die Töpfe, Pfannen und das Geschirr aus der Großküche, wo auch sonst alles, was sich als Altmetall verkaufen ließ, herausgerissen worden war. In den Toiletten stank es bestialisch nach Urin und Chlorkalk, und es war alles furchtbar verdreckt. Einige der Wasserkästen waren beschädigt, aus anderen rann unaufhörlich Leitungswasser. Auch hier war alles, was Wiederverkaufswert hatte, gestohlen. Der Tag konnte sich nur noch in der Hälfte eines Spiegels betrachten, der es über einem der Waschbecken geschafft hatte, den Vandalismus zu überstehen.

Teils wegen dieser gewissenlosen Klauerei, teils wegen des eng gewordenen Markts, teils wegen Verteuerung der Rohstoffe waren zwei Drittel der Beschäftigten entlassen worden. So verwaist, glichen die Hallen geheimnisvollen Kultstätten. In den Gängen herrschte Grabesstille, der ungebrauchte Koks hatte seinen Glanz verloren, das Kaolin war nachgedunkelt. Nur ein Brennofen arbeitete noch, und in dem wurden vorwiegend folkloristische Römertöpfe mit Glasur und hingepfuschter Bemalung gebrannt. Die Frau, die ihn durch das Werk führte, sagte, das wäre das, was noch »ginge«. Der vormalige Direktor hatte die fertige Produktion aus Feinporzellan für einen Dumpingpreis abgestoßen, hatte es verstanden, den ganzen Gewinn und die Prämien ausschließlich an sich selbst auszubezahlen, und hatte mit dem Geld die Reise nach Kanada finanziert, wo er jetzt in einem durch Spendenmittel unterhaltenen Altersheim als Hilfspfleger tätig war. Nach seinem Verschwinden hatte die Frau neben Krum, die eigentlich als Leitende Technologin in der Fabrik arbeitete, kommissarisch auch die Funktion des Direktors, der entlassenen Ingenieure und vermutlich noch einige andere übernommen. Viel zu zeigen hatte sie ihm ja eigentlich nicht mehr. Das tat sie gewissenhaft, ohne Ironie oder Sarkasmus, aber auch ohne besonders viel Lust.

»Sie haben recht, Frau Weleva«, stimmte er ihr schließlich zu, »von dem, was mein Großvater da aufgebaut hat, ist nicht mehr viel übrig.«

»*Fräulein* Weleva«, korrigierte sie ihn, als wäre dies jetzt besonders wichtig, und errötete dabei bis unter die Haarspitzen, »Gergina Weleva.«

Erst da schaute er sie sich überhaupt richtig an und bemerkte, was ihn sowohl abstieß als auch anzog: Sie war seltsam missgestaltet. Außer einer finsteren und introvertierten Intelligenz war da nichts als diese Hässlichkeit. Bemerkenswert war, dass ihr voller Mund, die ausdrucksvollen Augenbrauen, die feine Nase, das neckische Kinn und so weiter für sich genommen eigentlich angenehm geformt waren, ja, sogar hübsch, doch ihre Gesichtszüge standen in heftigem Widerspruch zueinander. Hinzu kam noch die durch viele Enttäuschungen genährte Verschlossenheit. Ihre länglichen, leicht schräg stehenden Augen, der Schwung der Lippen, ihr langer Hals waren höchst weiblich, aber von einer *Weiblichkeit, die sich nicht mehr traute*, und daher den scharfen Ausdruck eines Jagdfalken, eines männlichen Jagdfalken angenommen hatte.

Auf Krum wirkte dies alles seltsam tröstend, beruhigend wie die vertrauten Dinge des Alltags. Eine gewisse, wenn auch entfernte Ähnlichkeit mit seiner Mutter war nicht zu leugnen. Dieselbe Zurückhaltung, dieselbe scheinbare Unaufdringlichkeit. Ihre tadellose Figur versteckte sie unter weitem Rock und weiter Bluse von unbestimmter Farbe, über der sie eine selbstgestrickte ärmellose Jacke trug, und bei ihrem Haar konnte man nicht von Frisur sprechen, sondern bestenfalls davon, dass Dusche und Donauwind das Waschen und Fönen besorgt hatten.

Mit diesem Äußeren passte sie vortrefflich zu der Verlassenheit der Fabrik, deren Interimsdirektor und Mädchen für alles sie war. Sie hatte Krum an der Pforte in Empfang genommen, wo ein schwerhöriger und querköpfiger Rentner ihnen den Schlagbaum öffnete, und war mit ihm zuerst ins Büro des Direktors gegangen. Auch hier zeugten die weiche, aber fleckenreiche Sitzgarnitur und die seit Jahren nicht renovierten Wände davon, dass sich seit Jahren niemand mehr für irgendetwas zuständig fühlte. Die Telefonanlage auf dem Schreibtisch war schon lange defekt; daneben prangten kleine Bakelitnachbildungen der ersten sowjetischen Raumsonde Sputnik und der Raumstation Mir. An der Wand hing ein Plakat von Rowno, der russischen Partnerstadt Widins. Die Heizkörper, ebenfalls defekt, waren regelrecht eingepackt in Spinnweben. Es war empfindlich kalt im Raum, obwohl ein elektrisches Heizöfchen mit zwei Heizdrähten lief, von denen aber nur einer glühte. Krum schwieg. Gergina schwieg. Lang und betroffen, jeder für sich, als hätten sie einander vergessen. Dann holte Gergina eine Schachtel Pralinen aus der Schublade, deren Schokolade grau angelaufen war. Auch der Geschmack verriet, dass sie höchstwahrscheinlich noch sozialistischer Produktion entstammten. Das, was vom Tag durch die ewig ungeputzten Fenster fiel, war nicht geeignet, diese Trostlosigkeit sonderlich aufzuhellen.

»Übrigens, es gibt da doch etwas, was von Ihrem Herrn Großvater geblieben ist«, sagte Gergina leise. »Soll ich es Ihnen zeigen?«

»Aber natürlich, Fräulein Weleva, deswegen bin ich ja hier.«

Die Angesprochene erhob sich geschmeidig und öffnete die Tür zum Nebenraum, einem langen, mit Plüschgardinen behängten Zimmer, das als Fabrikmuseum diente. Auf Wandregalen aus Eichenfurnier waren Muster aller Porzellanerzeugnisse ausgestellt, die die Fabrik seit Beginn der sozialistischen Ära hergestellt hatte. Sie waren verstaubt in gnädigem Vergessen; aber man konnte doch verfolgen, wie im Laufe der Zeit die Entwicklung zu immer erlesenerem Porzellan mit hauchdünnen Wänden ging, das in die ganze Welt exportiert wurde. Einige Serien waren mit Blattgold verziert, und auf einigen der großen Terrinen und Schüsseln waren die Festung Baba Wida oder der Festungsturm Kaleto aufgemalt, absichtlich im Chamoisbraun der guten alten Zeit. Als Krum sich in einige der Ausstellungsstücke vertiefte, sagte Gergina: »Nein, das ist es nicht.«

Sie ging weiter zu einem in die Ecke geschobenen Schränkchen, öffnete es, hielt einen Augenblick inne, so als frage sie sich, ob sich die Mühe überhaupt verlohne, und dann begann sie, ein Service herauszuholen, das im neobarocken Stil der Widiner Bourgeoisie gestaltet und – mit Paradiesvögeln bemalt war. Die Vögel sahen so ungewöhnlich aus, waren von so lebendiger Schönheit, dass es Krum schien, als hörte er sie singen, als sähe er sie aufflattern und wieder landen, und zwar zugleich auf ihren Gefäßen und in seinem Herzen. Ihm wurde ganz flau vor Entzücken.

»Diese Paradiesvögel, die hat Ihr Großvater Ihnen vermacht. Zu ihrer Zeit wurden sie auf recht grobes Porzellan appliziert, den technologischen Möglichkeiten der Zeit entsprechend. Stellen Sie sich vor, wie sie auf einem Service wirken würden, das nach dem heutigen Stand der Rohstoffverarbeitung und Technik angefertigt ist. Da würde man meinen, sie fliegen, Herr Marijkin, nicht?«

»Vielleicht helfen Sie mir ja dabei, genau das zu tun«, erwiderte er zitternd vor Aufgewühltheit und betrachtete die ebenfalls bewegte Gergina Weleva, wie sie dastand, in ihrer uneitlen Aufmachung, beschienen vom gedämpften Abendrot. Man hätte meinen können, dass sie schön war.

Zweites Kapitel

1

Das Mikrofon vor ihm piepte, knisterte und knackte. Vom Podium aus sah das riesige Foyer des Sheraton-Hotels Balkan Sofia beinahe unbedeutend und klein aus. Christo hatte zunächst entschieden abgelehnt, das Forum zu eröffnen, wollte im Hintergrund bleiben, um trotz seines Einflusses weiterhin ungestört und frei mit Dessislava verkehren zu können, doch Eduard Toschev hatte scharf eingewandt: »Sie haben jetzt Erfahrung gesammelt, sind ein Faktor im großen Spiel geworden, jetzt müssen Sie sich diesen Gockeln aus Politik, Geschäftsleben und Medien auch zeigen; daran führt einfach kein Weg mehr vorbei. Irgendwann müssen Sie sich die Hände schmutzig machen und lernen, mit dieser ganzen korrupten, perversen Bande umzugehen.«

Man sah Herren in Smoking und Markenuhr, Damen in Kleidern mit tiefem Rückenausschnitt, künstlichen Diamanten und noch künstlicherem Lächeln, das jetzt ebenso erstarb wie das allgemeine Gemurmel. Aller Blicke waren auf ihn gerichtet, neugierig, was er wohl für einer sein mochte, gespannt, ob sie ihn in Zukunft als ihresgleichen annehmen oder arrogant mit Nichtachtung strafen sollten. Verachtung durch Nichtachtung – oder Bewunderung voller Hass (dafür, dass sie sich ihm beugen mussten), das war hier die Frage.

Eine langbeinige Blondine, die amtierende Miss »Best Model of Bulgaria«, wisperte in ihr Mikrofon:

»Wir haben hier alle politischen Parteien bei uns, Gewerkschaften, Zeitungen, Radios und die TV-Sender mit Niveau, also echt guter Quote, mein' ich; na, wer jetzt noch sagt, unserer Gesellschaft liegt nichts an Wohltätigkeit und Demokratie, der hat ja keine Ahnung … Und schauen

Sie sich nur um, meine Damen und Herren, wie festlich, wie … also wirklich toll, nicht?«

Sie meinte die Tische, die in der Mitte aufgebaut waren und sich unter der Last der erlesenen Kulinaria bogen. Die verlockten in der Tat, aber nicht zu Wohltätigkeit, sondern zu einer »heißen Schlacht am kalten Buffet«. Christo wurde das Gefühl nicht los, das ganze Hotelfoyer sei ein zwar edel ausgekleideter, aber gewaltiger, unersättlicher Magen. Seinen besonderen Widerwillen erregten die Spanferkel mit dem obligatorischen Zitronenscheibchen im Rüssel. Er wurde den Eindruck nicht los, dass sie lebendig waren und nur der High Society wegen ins Sonnenstudio geschickt worden waren, um ihr entlarvendes Schweinchenrosa loszuwerden. Eduard Toschev musterte ihn kühl, dann gab er Christo nickend das Zeichen.

»Meine sehr verehrten Damen und Herren, geschätzte Kollegen,

ich begrüße Sie herzlich zu diesem Forum zum Thema ›Hoffnungen und Enttäuschungen der sozialökonomischen Entwicklung Bulgariens unter kapitalistischen Vorzeichen‹!

Lassen Sie mich so beginnen: Kapitalismus ist kein Selbstläufer. Kapitalismus braucht entschlossene, tatenfrohe Männer mit Ideen und positivem Denken, aber auch mit Fingerspitzengefühl und Intuition; dies ist die eine Seite. Er braucht aber auch stabile rechtliche und gesetzliche Rahmenbedingungen, um sich entwickeln zu können, und starke staatliche Institutionen, die diese Rahmenbedingungen garantieren.

Hier jedoch – ich sage Ihnen damit nichts Neues – fühlt nicht nur das einfache bulgarische Volk, nein, fühlen auch wir Geschäftsleute uns betrogen von politischen Vertretern, die gewählt wurden, um dem Gemeinwohl zu dienen, sich aber stattdessen in willkürlichster Weise egoistisch verhalten. Ausländische Beobachter hören nicht auf, die Trägheit, ja, Ohnmacht unseres Justizsystems zu kritisieren, die Korruption und Verfilzung verbrecherischer Organisationen mit dem Staat …

Dies hat uns, einige der führenden Geschäftsleute Bulgariens, zur Gründung einer Interessenvertretung, eben des *Klubs der 24*, bewogen, mit dem wir dem geschilderten Missstand abhelfen und in Legislative und Exekutive die nötigen Standards durchsetzen wollen. Und wir tun dies, weil wir wissen, dass der Umgang mit Kapital nicht nur ein Cowboy-und-Indianer-Spiel für große Buben ist, wie viele meinen, sondern Voraussetzung für das gesellschaftliche Wohl.«

Totenstille trat ein. Jemand hüstelte. Da begann Eduard Toschev neben ihm demonstrativ zu klatschen, und wie bei einer aufzischenden Silvesterrakete verbreitete sich sein Signal bald über das ganze Foyer, wurde stärker, brandete auf in leerer Begeisterung und verebbte, ganz so, wie es vor Jahren bei den bedrückenden Parteiversammlungen der Kommunisten gewesen war.

Intuitiv hatte Christo auf die Formel gebracht, woran die Gesellschaft krankte, eine Formel allerdings, die hinfort zur Rechtfertigung dienen sollte für alle Dreistigkeiten, die die bulgarischen Wirtschaftsführer heute und in Zukunft begingen. Mariana Ilieva, Toschevs Ehefrau wider Willen, leuchtete ihn an, schön wie nie, so als wäre er die Verkörperung all ihrer Träume.

»Das war doch großartig«, raunte Toschev ihm zu und klopfte Christo auf die Schulter, »und das mit dem Cowboy-und-Indianer-Spiel, das war einfach das Sahnehäubchen.«

»Danke, Herr Toschev. Bevor ich es vergesse, ich hätte da … ich würde Sie gern in einer Sache unter vier Augen …«

»Ist es wichtig?«

»O ja«, flüsterte Christo.

2

Mit hochachsigen Offroad-Fahrzeugen hatten sie sich durch ein Meer aus Schlamm den Weg ins wilde, von Gott vergessene Jagdrevier im Strandsha-Gebirge gebahnt, begleitet vom wimmernden Geheul der Schakale. Eduard Toschev hatte Christo zu dieser Jagdpartie eingeladen. Die Landschaft war nicht nur wild, sondern auch unzugänglich; die Täler von niedrigem Eichenwald und undurchdringlichem Gestrüpp bewachsen. Der Förster zog das rechte Bein nach. Seine Augen wirkten kalt und roh bis zur Schroffheit, und er war nicht sehr gesprächig. Seine Frau war dafür umso flinker mit ihrer schmalen Taille und ihren Augen, die ständig neugierig hin- und herflogen. Toschev hatte die Jagdhütte derart gründlich renovieren lassen, dass sie jetzt den Komfort eines Fünf-Sterne-Hotels bot.

Am Freitagabend waren sie früh zu Bett gegangen, und nun standen sie im Morgengrauen da und luden ihre Doppelflinten mit Schrotkugeln. Der Tag war klar und kühl. Es roch nach Erde, altem Laub und morschem Holz, nach Frühjahr. Zartes, aber kräftiges Grün brach aus den Zweigen, durch das man den Himmel sah wie durch eine Weichzeichnerlinse. Die Aprilsonne sprenkelte den Wald und belebte ihn, eine klingende Stille erfüllte ihn, unterbrochen von einzelnen Windböen, unter denen das Gestrüpp geheimnisvoll raschelte.

Die kleine Jagdgesellschaft verstreute sich schnell, verlor sich im Talgrund aus dem Blick. Christo hatte sich allein unter den Stamm einer Buche gestellt, weil ein ekliges Gefühl, von allen verlassen und sofort vergessen worden zu sein, ihn trostlos stimmte. Er musste sich sofort von diesem Schwächeanfall befreien, und das Nächstbeste, was ihm in den Sinn kam, war das Gespräch mit Grigorov vom Vortag.

Der General hatte ihn am Morgen im Büro auf seinem Mobiltelefon erreicht. Seine Stimme hatte in ihrer ironischen Liebenswürdigkeit so glitschig wie Schmierseife geklungen; mit jeder Antwort konnte man darauf ausrutschen! Er wollte Christo daran erinnern, dass es wieder einmal Zeit sei, »den vereinbarten bescheidenen Obolus zu entrichten«, und damit meinte er die fetten Gewinne, die Christo seit dem Kremikovzi-Deal machte. Was ihn im Verlaufe des Gespräches bis aufs Blut reizte, war nicht so sehr die Dreistigkeit an sich, mit der der General die Hand aufhielt; nein, was ihn aus der Haut fahren ließ, war die Tatsache, dass Grigorov nicht nur über den Wert des Kremikovzi-Deals bestens informiert war, sondern auch in Andeutungen zu erkennen gab, dass er den Wert der getätigten und – was noch beklemmender war – *der geplanten* An- und Verkäufe genau kannte. Sosehr sein Hirn auch rotierte, Christo konnte sich einfach nicht erklären, wie und an welcher Stelle diese Geschäftsgeheimnisse durchgesickert sein mochten. Es war unheimlich – fast so, als könne Grigorov Gedanken lesen. Er sagte zum Beispiel: »Ich bin sicher, dass es Ihnen im Traum nicht einfallen würde, Ihre Pflicht zu vernachlässigen!« Genau das aber hatte Christo ernstlich erwogen. »Sie sind viel zu korrekt, um derlei auch nur zu erwägen. Der Grund meines Anrufes ist daher auch nur, Ihnen mitzuteilen, dass die Umstände mich gezwungen haben, das Bankkonto zu schließen, auf das Sie bisher überwiesen haben. Um Ihnen die Begleichung Ihrer Schuld so leicht wie möglich zu machen, Herr Weltschev, werde ich Ihnen einen Vertrauten schicken, dem Sie das Geld bar aushändigen, Sie wissen ja: Nur Bares ist Wahres. Ha, ha, ha.«

»Und wer ist dieser Vertraute? Sicher Oberstleutnant Petrov, nicht?«, konnte Christo sich nicht verkneifen zu sticheln.

»Oooh, ja wissen Sie denn nicht? Der gute alte Petrov hat sich da in so ein Geschäftchen mit synthetischen Drogen eingemischt, und das ist seiner Gesundheit nicht gut bekommen. Schade um ihn, in seinem Bereich war er ein Ass.«

»Und wusste allerhand, hm?«

Der General tat so, als müsse er tief nachdenken, und verfiel in Schweigen. Am Tag zuvor hatte Christo ihn in den Nachrichten gesehen. Über ihn wurde berichtet, er habe einen geheimen Ring aus ehemaligen Generälen, dubiosen Geschäftsleuten und kompromittierten Politikern gegründet, die dadurch aufgefallen waren, dass sie nacheinander Mitglied in mehreren rechten, linken und liberalen Parteien gewesen waren. Die Journalisten hatten diesen Ring »Mont Blanc« genannt, nach der Gaststätte, in der der Freundeskreis sich zu seinen Besprechungen traf. Hinter vorgehaltener Hand wurde gemunkelt, dass *Mont Blanc* einige Grenzübergänge kontrollierte. Firmen, die der Vereinigung gehörten, standen im Verdacht massiven Mehrwertsteuerbetrugs und gelangten immer an die lukrativsten öffentlichen Aufträge. Altersgebeugt, aber mit einem von Verfeinerung und tadellosen Manieren ummäntelten Zynismus, hatte er im Fernsehen entrüstet von der Korruption in den höchsten Etagen der Macht gesprochen, von der Unbelangbarkeit der bulgarischen Mafiosi, der fatalen Rolle der aufgestiegenen Multimillionäre und der Verfilzung von Staat und organisierter Kriminalität. Der Zynismus bestand eben darin, dass dieser Mann seelenruhig die Wahrheit sagte – sagen konnte, und das war vielleicht das Allerschlimmste. Er hatte abgemagert ausgesehen. Die schweren Tränensäcke unter seinen Augen fielen auf in seinem eingefallenen Gesicht. Man hätte ihn für einen Weisen halten können, aber wer genau hinsah, musste bemerken, wie viel Verachtung in seinem Blick lag, wie viel Verschlagenheit und Wahnsinn, der sich vernünftig gab, kurz, wie viel Triumph im Wissen um die eigene Wichtigkeit, die eigene Macht.

Christo konnte sich nicht zurückhalten, wollte es genauer wissen und fragte schadenfroh und wütend zugleich:

»*Zu viel* wusste er, der alte Petrov, wie?«

»Sie wirken heute irgendwie gereizt, lieber Weltschev. Haben Sie vielleicht schlecht geschlafen? Ich könnte Ihnen in diesem Fall ein wunderbares Baldrianpräparat auf rein pflanzlicher Basis empfehlen.«

Das Gefühl der Unbehaustheit in einer feindlichen Welt war so stark, dass Christo es als leichten Körperschmerz empfand, als körperliche Taubheit. Ihm war, als sähe er sich beim Einschlafen zu. In diesem Moment erfasste er mit seiner peripheren Sicht, dass da etwas sehr Graziöses aufgetaucht und in kaum fünfzehn Meter Entfernung stehen geblieben war, etwas von schattenhaft zarter, verhuschter Gegenwärtigkeit. Das Reh war aus den noch winterlich kahlen Haselbüschen herausgetreten mit seinem zierlich gesprenkelten Fell. Es hob den schlanken Kopf, stellte die Lauscher auf, horchte unruhig in den Wald hinein mit seiner ständigen Bedrohlichkeit und Ungewissheit, wedelte mit dem Stummelschwanz, witterte Christo aber nicht, weil der Wind nicht richtig stand. Christo dachte in diesem Moment, dass seine Flinte mit Schrotpatronen für Hasen geladen war, und dass er seinem plötzlichen Jagdimpuls nicht nachgeben durfte, weil der Schuss das Tier nicht sofort töten, sondern nur schmerzhaft verletzen würde.

Er hob das Gewehr mit dem Gefühl, er könne dem Tier so wenig etwas anhaben, wie man dem Wind oder der Schönheit an sich etwas anhaben konnte. Er versuchte, seinen Puls in den Griff zu bekommen, der ihm plötzlich in den Schläfen hämmerte, das Blut zu bändigen, das ihm in den Ohren rauschte. Dann zielte er, als wär's bloß zum Spaß, auf die gesprenkelte Hüfte des Tiers, strich über den Abzug und … *dann schoss es*! Nein, das war nicht *er*, der da geschossen hatte, das war jemand, den er noch nicht kannte, einer, der kaltblütig zielte, und der Wunden schlug im vollen Wissen um das Leid des Gegenübers.

Das Reh taumelte. Vermutlich hatten die kleinen Schrotkugeln seine beiden Hüften durchschlagen, denn es knickte ein und zog mühsam die Hinterläufe nach. Christo lief hin, blieb fünf Meter vor dem Tier stehen. Es weinte wie ein Mensch. Da legte er noch einmal an und schoss mitten hinein in diese Tränen. In seiner Erregung hörte er den Knall gar nicht, sah aber genau, wie das eine Ohr und das halbe Maul des scheuen Waldwesens fortgerissen wurden. Es war, als hätte er dem Tier die Grazie, die Schönheit weggeballert. Nichts als entstellte Hässlichkeit blieb zurück. Das ernüchterte ihn. Wieder stand er allein da, wie betäubt in der eingetretenen Stille. Ihm war, als beobachte Dessislava ihn von irgendwoher, er vermeinte, ihr ungläubiges Staunen zu sehen, dann ihre Scham, ihren aufsteigenden Ekel, ihr Angewidertsein. Wie sie in Tränen ausbrach. Wie sie die Hände vor die Augen schlug vor Angst, sie könnte die Nächste sein, der Christo die Schönheit wegballerte mit seiner Schrotflinte.

Da schrumpfte Christo zusammen, wurde mit einem Mal klein und unbedeutend, ein Zwerg, dem kalter Schweiß auf der Stirn stand, dessen Beine kraftlos zitterten, ein Männlein, das sich aufs Gewehr stützen musste, um dann doch auf den grasbewachsenen Boden zu sacken. Nein, dachte er, nein, nein, das war ich nicht, nicht ich! Dann knallte es wie ein Schuss in seinem Kopf: *Doch, das war ich!* Und als er in sich ging, kam ihm die Erkenntnis, dass er so etwas noch vor zehn Jahren nicht hätte tun können. Seither aber hatte sich unmerklich, doch unwiderruflich etwas in ihm verändert, etwas, das ihn in Momenten der Aufwallung und des mutigen Ungestüms in die Nähe von Männern wie dem General brachte, Menschen, die er bisher verachtet hatte für ihre zynische Grausamkeit, ihre Arroganz und Skrupellosigkeit.

Am Abend, nach wortkargem Beisammensein mit Toschev, ging Christo noch einmal vor die Tür, um an der kalten, aber frischen Luft die letzte Zigarre aufzurauchen. So ein tiefes Schwarz hatte die Nacht nirgendwo in Sofia. Der Himmel flackerte geradezu im weißen Feuer der großen, unglaublich nah wirkenden Sterne, und auch der Ruf der Zwergohreule hörte sich an, als säße das Tier ihm auf der Schulter. Das Heulen der Schakale ertastete die Grenzen der Trostlosigkeit.

Auf einmal näherte sich ihm der Forstgehilfe, ein geradezu lumpig gekleideter Mann, der hier Mädchen für alles war. Sein verfilztes Haar war fettig, die buschigen, nicht geschnittenen Augenbrauen gaben seinem Gesicht einen mürrischen, aber lauernden Ausdruck. Als er ihm im Versuch, dem reichen Mann zu gefallen, schief zulächelte, entblößte er einen Blechzahn. Einladend und vertraulich rieb er sich die Hände.

»Wollt noch gesagt haben, Herr Weltschev: Das, was Sie da … das war trächtig.«

»Wovon sprechen Sie?«, erwiderte Christo schroff.

»Na, das Reh, das Sie geschossen haben! Als wir das gehäutet und ausgenommen haben, da ha'm wir gesehen, es hatte ein Kitz im Leib. Eh, kriegen die Hunde auch was zu fressen …«

»Verschwinde«, zischte Christo. »Mir aus den Augen! Mach, dass du Land gewinnst!«

3

In der Luft lag der kohlensaure Hauch geschmolzenen Schnees und die Frische kommender Frühjahrsregen. Drinnen, in der Jagdhütte, duftete es nach dem Rauch trockener Scheite aus Zerreiche. Mit jedem Knacken warfen die auflodernden Flammen neue bizarre Abbilder an die Decke. Wirklich wärmen tat dieses Feuer nicht, aber es belebte die Nacht. Das Kaminzimmer war gespickt mit Jagdtrophäen. An den Wänden hingen riesige Geweihe von Rotwild, ausgestopfte Köpfe von Rehen und Rehböcken. Im Esszimmer war ein Bärenfell aufgespannt. Der Rahmen des Bauernschranks, in dem Eduard Toschev seine Jagdgewehre stilgerecht aufbewahrte, war mit geschnitztem Eichenlaub verziert; sogar die Eicheln hatte der Holzschnitzer nicht vergessen. Darinnen standen Markenkarabiner mit Zielfernrohr und eingebauten Nachtsichtgeräten, Doppelflinten und Repetiergewehre, die auf Toschevs Bestellung in den besten Meisterwerkstätten Europas angefertigt worden waren. Der Boden der Hütte war mit ungeschliffenem Naturstein gepflastert, die Sitzmöbel scheinbar rustikal, aber höchst komfortabel und aus bestem Eichenholz gefertigt. In der Hütte war es also gemütlich, und es war ruhig.

Christo fühlte sich angenehm müde. Er war es gewesen, der Toschev beim Forum des *Klubs der 24* im Sheraton-Hotel um ein möglichst baldiges Treffen gebeten hatte; der hatte ihm diesen Jagdausflug ein Wochenende später vorgeschlagen, an dem sie ungestört sein würden. »Aber ich habe weder Gewehr noch einen Jagdschein«, hatte Christo eingewandt. Toschev aber hatte ihn beschwichtigt: »Zerbrechen Sie sich mal darüber nicht den Kopf. Bei meiner Einladung sind Gewehr und Jagdschein inklusive, und wir werden auch ganz ungestört und unter uns sein.«

Nun saßen sie beim Essen. Es gab … Reh.

»Sie greifen ja gar nicht zu. Dabei ist der Rehrücken vorzüglich.«

»Ich kann nicht. Ich hab das arme Tier getötet, und dann auch noch mit Hasenschrot.«

Eduard Toschev verstummte, besah ihn sich langsam und mit schwerem Blick. Blass geworden, sah sein Gesicht noch verschlossener aus, noch kälter und abweisend bis zur Undurchdringlichkeit. Er hatte den ganzen Tag nichts gegessen und war ausgehungert; außerdem hatte er für Sentimentalitäten nichts übrig. Das Reh lag in einem duftenden Sud mit Knoblauch, Möhre und Speck. Es duftete verführerisch. Er schnitt sich noch ein Stück von der Keule ab.

»Sie wollten mit mir reden. Ich höre …«

Christo nahm einen hastigen Schluck von seinem rauchigen, erlesenen Single-Malt-Whisky.

»Ich wollte Ihnen ein aussichtsreiches Geschäft vorschlagen.«

»Und – worum geht es?«

Seine Stimme blieb unverändert kühl; aber in seinem Blick blitzte eine Ironie auf, die schon an Spott grenzte.

»Ich dachte an unsere alten, berühmten Kurorte am Schwarzen Meer, die neuerdings so heruntergekommen sind. Es gibt dort nur noch Massenabsteigen für deutsche Rentner, englische Saufköppe und ausgeflippte Teenager, die ihr Zelt direkt neben der Stranddisco aufschlagen. Ich würde gern mit Ihnen das Niveau dort etwas heben und einige Feriendörfer mit viel Grün bauen, in denen es ein Wellenbad gibt, Reitmöglichkeiten, einen Yachthafen und … einen angeschlossenen Golfplatz.«

»Ihr Vorschlag ist höchst inspirierend, Herr Weltschev, nur leider, leider sind wir unwiderruflich zu spät.« Jetzt machte Toschev noch nicht einmal mehr den Versuch, seine Ironie zu verbergen. »Für ein Projekt von solchen Ausmaßen bräuchten wir sicher geschätzte einhundert Hektar Land, und Sie wissen sicher: Die Bodenpreise am Meer sind in die Höhe geschossen, als wollten sie den Möwen den Bauch kitzeln. Und dann erreichen Sie im Tourismus den Break-even-Point frühestens nach zehn Jahren. Das ist ein Kapitalbegräbnis erster Klasse. Vergessen Sie's!«

»Im Prinzip haben Sie recht … Es gibt aber eine Möglichkeit, Land am Meer – und das gleich an der Strandlinie – gegen einen fast symbolischen Betrag zu bekommen.«

Nun strich sich Eduard Toschev wieder mit dieser besitzergreifenden Bewegung über den geschorenen Schädel, vertiefte sich in das Kaminfeuer, als wäre er allein mit sich, seinen Gedanken und seinem Glas Wein.

»Billiges Land am Meer? Da müssten Sie schon ein großer Zauberer sein, oder großen Einfluss im Parlament haben, oder auf den Verteidigungsminister! Forget it!«

»Wir könnten einen Landtausch machen mit Waldgrundstücken. Ich habe mit den Paragrafenreitern aus meiner Rechtsabteilung gesprochen: Wenn wir ein paar hunderttausend Dollar an die mit diesen Dingen befassten Sachbearbeiter in den zuständigen Ministerien verteilen, ist alles möglich.«

»Verstehe Sie nicht.«

»Die Idee beim Landtausch ist: Sie kaufen irgendwo hundert Hektar, die niemand haben will, und tauschen diese im Umfang eins zu eins gegen Gebiete, die der Staat noch immer am Meer besitzt. Der Staat kann nachweisen, dass sich sein Landbesitz quantitativ nicht verringert hat, und wir haben unser Grundstück am Meer hundertfach billiger bekommen, als wenn wir es zum Marktpreis gekauft hätten. Und wir können ja auch immer sagen, dass wir etwas für die bulgarische Wirtschaft tun, Arbeitsplätze schaffen und so weiter.«

In der Tat, das hörte sich schon ganz anders an. Toschev stellte sein Glas auf dem Tisch ab, begann, mit den Fingern auf den Tisch zu trommeln. Die an Sarkasmus grenzende Ironie wich aus seinem Blick; fieberhaftes Nachdenken trat an ihre Stelle.

»Können Sie sich auf Ihre Rechtsverdreher verlassen, ich meine, was die Ministerien angeht?«

»Nicht nur auf sie, auch auf einige Abgeordnete, die das Sagen im Wirtschaftsausschuss haben, und auf zwei stellvertretende Minister.«

»Listig, listig, dieser Dreh mit dem Landtausch.«

In der eintretenden Stille hörten sie das Knacken der Holzscheite und den Wind, der um ihre Hütte pfiff. Die Rehkeule wurde kalt, Eduard Toschev hatte wieder einmal den Appetit verloren, nippte nur an seinem Rotwein. Er schwenkte das Glas vor der Nase. Dann kniff er die Augen zusammen, um sich besser auf das Bouquet konzentrieren zu können. Schließlich schaute er Christo voller Anerkennung an.

»Großartige Idee, wirklich phantastisch, vor allem, weil sie genial einfach ist und die Sache enorm gewinnträchtig macht. Und dabei ist sie im Grundsatz noch nicht einmal gesetzeswidrig. Und hat gute Argumente für sich: Der Staat hat nicht die Mittel, prächtige Lagen am Meer, die verwaist sind, instand zu setzen, also lässt er das finanzstarke Unternehmer aus der Privatwirtschaft machen. Außerdem haben Sie da einen alten Traum von mir berührt, Herr Weltschev: Ich wollte schon lange einen Golfplatz bauen, aber einen, der auf Weltniveau ist!«

Er unterbrach seine Bilanz, um den Burgunder in seinem Glas als dramaturgischen Link zu benutzen, bevor er die Rede auf Christo lenkte:

»Ich freue mich besonders, dass Sie beginnen, Ihre schlimme und spießige Angst vor dem Geld zu überwinden, die Sie – wie so viele Zöglinge aus gutem Hause – noch aus dem real existierenden Sozialismus mit seiner unerträglich kleinbürgerlichen Spießermoral mit sich herumschleppen. Vielleicht fangen Sie langsam an zu begreifen, was ich Ihnen vor einiger Zeit schon zu erklären versucht habe, und was alle, die die heutige Realität so nehmen, wie sie ist, schon lange wissen, vom Abgeordneten über den einfachen Schutzpolizisten bis runter zum kleinen Zigeuner: ›Für Hühnerklau / kommst du in den Bau. / Aber klaust du Millionen, / wird man dich verschonen.‹ Und nicht nur das! Insgeheim verzeihen unsere Bulgarchen dem Millionendieb nicht nur, sie bewundern ihn sogar, denn er ist der Inbegriff einer von ihnen hochgeschätzten Eigenschaft: Bauernschläue! Damit sie trotzdem gut von sich selbst denken können, projizieren Sie auf ihn alle Anständigkeit und Sittlichkeit der Welt! … Natürlich nicht, wenn sie untereinander reden, da schimpfen sie wie die Bierkutscher. Aber Sie müssen mal so einen erleben, wenn der Ihnen die Hand schütteln darf: Der kriecht im Staub vor Ihnen!«

Da er sich seit der Ankunft nicht den Kopf rasiert hatte, knisterte es, als er sich mit der trockenen Hand darüberfuhr. Es schien, als seien seine Gedanken selbst elektrostatisch geladen.

»Ich frage mich nur: Warum schlagen Sie mir die Sache vor? Sie haben doch nun die Strukturen und das Kapital, um dieses Projekt allein durchzuziehen?«

»Sie haben mich als Geschäftspartner akzeptiert und mich in einem schweren Moment meines Lebens unterstützt. Nun bin ich an der Reihe, mit einem attraktiven Projekt zu kommen, um mich bei Ihnen zu revanchieren.«

»Sich bei mir zu revanchieren?« Eduard Toschevs Blick verriet, dass er derlei nicht sonderlich goutierte. »Schauen Sie, wenn ein Freund dem anderen für etwas dankbar ist, dann zeigt das, dass er Herz hat; wenn Sie in der Straßenbahn für alte Leute aufstehen, damit das später mal andere für Sie tun, ist das eine Frage der guten Erziehung; aber im Geschäftsleben? Im Geschäftsleben ist Dankbarkeit unnatürlich, nutzlos und manchmal sogar gefährlich.«

Er stand auf, stocherte mit dem Schürhaken im Kamin, damit die Scheite gut ausbrannten, dann hielt er seine Hände gegen die Flammen, um sie zu wärmen. Der Widerschein der Flammen huschte über sein Gesicht. Mit der Ofenzange griff er sich ein glühendes Stückchen Holzkohle und entzündete damit eine Zigarre. Noch paffend sagte er:

»Aber Sie wollten doch nicht deswegen unter vier Augen mit mir reden, Herr Weltschev, stimmt's oder hab ich recht? Na kommen Sie, geben Sie sich einen Ruck.«

Christo fühlte sich durchschaut. Um seine Verlegenheit zu verbergen, griff er ebenfalls nach einer Zigarre. Da er nichts gegessen hatte, machte der Rauch ihn schwindlig. Es war, das fühlte er, zwecklos, Toschev zu belügen. Außerdem wusste er, dass Toschev der einzige Mensch war, der das reelle Potenzial und die Macht hatte, ihm zu helfen. Also erzählte er ihm die ganze Sache mit General Grigorov, angefangen von jenem Nachmittag, an dem er aus der Klasse ins Zimmer des Schuldirektors gerufen worden war, über die Jahre der Denunziantenberichte und ihre Übergabe an Petrov in der Wohnung in der Biglastraße, dann die Sache mit der insgeheim vom bulgarischen Staat als Mehrheitsgesellschafter geführten SOUND & SOFTWARE COMPACT GmbH, die deutlich unter Preis verkauft wurde, damit er an Startkapital kam – und schließlich, dass er seit Jahren treu und redlich diesem allmächtigen, aber unsichtbaren General zwanzig Prozent seiner Gewinne übewies und nun der Meinung war, so langsam müsste er aber mal quitt sein mit der grauen Eminenz der ehemaligen Staatssicherheit.

Als er sich alles von der Seele geredet hatte, schwieg er. Der Whisky auf leeren Magen, die Zigarre, die schwindelerregenden Dinge, über die sie redeten – er fühlte sich betrunken. Er schloss mit den Worten:

»Verstehen Sie mich recht, Herr Toschev, es geht mir nicht ums Geld!«

»Das ist mir schon klar«, erwiderte dieser.

»Auch wenn es um viel, um sehr viel Geld geht.«

»Ich weiß.«

»Es geht mir noch nicht mal um Gerechtigkeit.«

»Vermutlich.«

»Obwohl ich mich nicht nur beraubt, sondern erniedrigt fühle.«

»Sicherlich.«

»Ich kann diese erzwungene Unterwerfung einfach nicht mehr ertragen. Die erstickt mich, macht mich wahnsinnig. Ich hab nur deswegen heute früh ein wehrloses Reh abgeknallt, mit Hasenschrot.«

»Ich fange an, zu verstehen«, sagte Eduard Toschev bedächtig, wandte seinen Blick langsam vom Kaminfeuer ab und ließ ihn auf Christo ruhen, »denn das kenne ich gut. Ihr Bedürfnis nach Unantastbarkeit wird dadurch permanent gedemütigt. Meinen Sie, mir würde unser lieber General nicht auf die Nerven gehen? Tut so, als würde er allen Ernstes an die gerechte Sache glauben, für die er bei uns Almosen sammelt, für dieses längst tote *Heilige sozialistische Reich bulgarischer Nation*, und dabei füttert er nichts als seinen narzisstischen Größenwahn, so was wie Gott auf Erden zu sein. Aber machen Sie sich keine Sorgen, ich habe ihm einige unschätzbare Dienste erwiesen, und wenn ich sage: unschätzbar, dann meine ich das auch. Der General steht in meiner Schuld, tief in meiner Schuld, und zwar für immer. Und was Sie betrifft, meine ich: Sie haben Ihre Schuld in der Tat mehr als beglichen. Hören Sie einfach auf zu zahlen und sagen Sie sich: Ab sofort bin ich ein freier Mann!«

»Aber der General wird schäumen vor Wut.«

»Sicher wird er das«, lächelte Eduard Toschev zwielichtig, »aber wenn er Sie mit seiner Unersättlichkeit doch ständig daran hindert, in Ihrer Freiheit mit Gott gleichzuziehen …«

4

Am darauffolgenden Abend klingelte sein Mobiltelefon fordernd, geradezu herrisch. Er war gerade mit Dessislava im Armeetheater zu einer Vorstellung der *Glasmenagerie* von Tennessee Williams. Verärgert machte er sich mitsamt des Volkslied-Klingeltons *Da ich ein Schäfer war* auf dem Weg zur Toilette mit ihrer urinschwangeren Bahnhofsatmosphäre. Die Männer, die vor den Pissoirs standen, schauten ihn so gespannt an, als ob er der Schäfer wäre und sie die Herde.

»Hallo«, meldete sich Christo fragend.

»Ah, Herr Weltschev, wie geht's, wie steht's?« Es war Grigorov. »Ich höre, Sie sind unzufrieden mit mir?«

»Bitte, Herr … Es passt mir jetzt gerade überhaupt nicht.«

»Das ist aber nicht schön!«

»Im Moment bin ich …«

»Sie verstecken sich doch nicht etwa vor mir? Lassen Sie sich sagen, Herr Weltschev, dass *das* noch niemandem gelungen ist.«

Christo wollte nicht unhöflich sein, ja, sogar guten Willen zeigen, aber wie sollte das gehen hier? Die beiden Männer links und rechts von ihm schauten ihn schon ganz missbilligend an. Da überwand er sich und antwortete:

»Quatsch! Sie erwischen mich im Moment ganz einfach auf der Toilette.«

»Wollen Sie mich etwa verschaukeln?« Die Stimme des Generals war gefährlich nach oben gegangen. Das Gekränktsein war ihm anzuhören. Da wagte es doch einer, nicht gleich strammzustehen, wenn er etwas sagte!

Eine fette, noch winterfaule Fliege schwirrte herbei und kreiste brummend um seinen Versuch, in Ruhe Wasser zu lassen. Das brachte ihn vollends aus der Fassung. Wütend sagte er:

»Hören Sie, ich möchte Sie ganz einfach bitten …«

»Sie treiben also Ihren Spott mit einem Mann, der Ihr Vater sein könnte?«

»Entschuldigen Sie, aber ich befinde mich wirklich auf einer öffentlichen Toilette.«

»Darf ich das so deuten, dass Sie auf unsere Freundschaft sch…? Unsere geheime, aber über so viele Jahre bewährte Freundschaft? Lassen Sie sich daran erinnern, Herr Weltschev: Es ist eine *unverbrüchliche* Freundschaft!«

»Kann ich Sie später anrufen, Ihnen erklären …«

Doch diese Frage sprach Christo schon in die tote Leitung. General Grigorov hatte bereits aufgelegt.

Christo lächelte betreten nach links und rechts. Der eine Mann schaute ihn wütend an. Der Toilettentelefonierer da hatte ihn wohl so aus dem Konzept gebracht, dass er es nicht geschafft hatte, sein kleines Geschäft zu verrichten.

5

Ausgerechnet jetzt am Sonntag, wo sie so gern mit sich allein war, musste das Telefon klingeln. Die Nachbarn hängten gerade die Wäsche auf, die Turteltauben gurrten und das Licht gleißte dem Sommer zu, in der Zeitung warteten die üblichen Verdächtigen auf ihre nie erfolgende Aburteilung und Dessislava versuchte, sich von der Anstrengung des puren Existierens mit all den kleinen Verrichtungen zu erholen, die einen auffraßen oder zermürbten, da, ausgerechnet da klingelte das Telefon. Träge reckte sie den Arm zum Hörer. War sich sicher, dass es nur Christo, der vielbeschäftigte Christo war, der auch in seiner Abwesenheit versuchte, sich um sie zu kümmern. Doch sie wurde überrascht: In der Lautsprechermuschel war die Stimme Didas zu hören.

»Grüß dich«, sagte die Stimme, »ich kann einfach nicht mehr, ich halt's nicht aus!«

»Grüß dich, meine Liebe«, antwortete Dessislava verblüfft, »ich dachte mir schon, dass du es bist.«

»Wie bitte? Ich hab doch einfach …«

»Was weiß ich? Ich hab einfach durchs Fenster auf die Wäsche geschaut, und als das Telefon klingelte, dachte ich: Ach, das wird wohl Dida sein …«

»Du nimmst mich doch nur auf den Arm, oder?«

»… denn Dida muss mal Dampf ablassen und dich unbedingt sprechen.«

»Mach keine Witze! Ich wollte dich in die neue Pizzeria einladen. Die haben bunte Glasfenster gemacht, das gibt so eine schöne Atmosphäre drinnen.«

»Prima«, sagte Dessislava, wurde aber das Gefühl nicht los, dass sie etwas zu hören bekommen würde, was schwer zu ertragen war. »Aber warum sollen wir extra rausgehen zum Reden, wo du doch drei Etagen über mir sitzt? Und meine Wäsche ist auch noch nicht trocken.«

»Ich kann einfach nicht mehr, ich halt's nicht mehr aus!«

»Ist irgendwas mit Jordan?«

»Nein, der schläft.«

»Und wofür brauchst du meine Unterstützung dann?«

Dida entfuhr ein Klagelaut, als habe sie gerade ihre Mutter verloren oder als sei die Tür zur Zukunft vor ihrer Nase zugesperrt worden.

»Ich bin schwanger!«

»Was heulst du denn da«, seufzte Dessislava erleichtert, »das ist doch großartig!«

»Na, weil ich schwanger bin«, wiederholte Daniela wie ein kopfloses Huhn.

Auf einmal stand sie vor ihr, wie auf der Bühne, als Teilnehmerin an einem Casting, und sie war die, die sie zu begutachten hatte, ein bisschen das Äußere, ein bisschen mehr das, was in ihr steckte. Dida hatte eindeutig Ausstrahlung, nicht nur wegen ihres feuerroten Haars. Sie war schlank, aber nicht klapprig, sondern zäh und überlebensfähig. Ihre Überlegenheit über Jordan lag auf der Hand. Sie konnte ihn zermürben mit ihrer Schwäche, aber auch ihn mit der Kraft erfüllen, die einer braucht, um sich einzigartig fühlen zu können. Das war unbezahlbar für einen Mann, der in den Augen der kleinen Leute eine so verhängnisvoll große Bedeutung hatte, der so entsetzlich bekannt, so hoffnungslos berühmt war, weil er den Abend der Menschen mit seinem falschen Optimismus erfüllte, falsch, weil er im Grunde unfähig war, die Hoffnungen auch nur eines Einzigen von ihnen zu befriedigen.

Schon in der ganzen letzten Zeit war Dessislava – ohne dass sie daraus Schlüsse gezogen hätte – aufgefallen, dass Dida rundlicher geworden war, zuerst an den Schenkeln, dann im Gesicht, das zugleich rosiger und lieber wurde, dann hoben sich ihre Brüste, sodass die Männer ganz kribbelig wurden. Schön war Dida ja immer gewesen, aber jetzt war sie begehrenswert, verführerisch, umso mehr, als sie völlig uninteressiert war an denen, deren Hormone ihretwegen im Dreieck tanzten.

»Da solltest du nicht jammern, sondern dich freuen«, wiederholte Dessislava leise und mit untergründigem Neid.

»Ich hab Angst«, flüsterte Dida verschämt zurück.

»Vor Jordan? Weiß er es schon?«

»Nein, vor seiner Tochter, dieser verfluchten Jana. Die wird sicher denken, ich wolle ihr so hinterlistig ihren Vater wegnehmen.«

Auf einmal verstand Dessislava.

»Mach dir keine Sorgen, ich werd' mal mit dem Dickköpfchen reden.«

Sie nahm vorsorglich zwei Baldrian, und als sie merkte, dass sich die Ruhe warm von ihrem Bauch aus in ihr ausbreitete, klopfte sie an Janas Zimmertür und trat ein.

Jana war vor etwas mehr als einem Jahr in das Zimmer eingezogen, das nach Emilias Tod frei geworden war, und hatte es mit dem Duft nach Frau und nach jenem unsichtbaren Etwas erfüllt, das ohne Vorankündigung über uns hereinbricht und unsere Ruhe verwüstet. Jana hatte gerade ihren theoretischen Fahrunterricht hinter sich und lernte für die Prüfung. Sie saß auf dem Bett, umgeben von lauter Blättern mit den Fragen. An ihrem Kopfkissen lehnte eine noch halbvolle Suppenschale, drumherum lagen Wurstpellen, das Handy, das Jordan ihr zum Geburtstag geschenkt hatte, eine kaputte Haarspange, und Büstenhalter und Slip, die sie gerade von der Leine genommen hatte. An einem Fuß trug sie einen Strumpf, der andere Strumpf ringelte sich auf dem Fußboden. Genau wie ich das gemacht habe, dachte Dessislava, aber warum ärgert mich das jetzt bei ihr?

»Tantchen, siehst du nicht, dass ich büffle? Erst siebzehn Aufgaben, und schon zu viele Fehler …«

Dessislava blaffte sie an, weil sie wusste, dass sie Jana erstmal aus ihrer Selbstbezogenheit, den Verschanzungen ihres Egoismus rausholen musste, bis sie überhaupt fähig war, ihr zuzuhören. Sie ging gleich auf ihr Ziel los und schloss ihre Tirade mit den Worten:

»Begreif doch endlich, dass dein Vater dich liebhat und immer liebhatte!«

Beim Reden war sie ganz blass geworden. Jana nahm die Schale, die am Kopfkissen lehnte, und aß sie leer.

»Und kannst du mir auch sagen, wie ich das feststellen soll?«

»Na, mit dem Herzen, Liebes.«

»Er und diese Dida haben mein Herz doch in die Kühltruhe abgeschoben«, sagte Jana rachsüchtig. »Papa hat mich so easy mit dieser Vogelscheuche ersetzt, als wechselte er mal eben das Sakko, und jetzt ist Rotschopf auch noch *deine* beste Freundin …«

»Du kannst nicht verlangen, dass er sein Leben lang allein bleibt.«

»Und du, wie schaffst du das dann?«, fragte ihre Nichte kaltblütig.

»Bei uns Frauen ist das ein bisschen anders. Männer können nicht allein, *richtige* jedenfalls!«

»Mein Vater ist also ein *richtiger Mann*, willst du sagen?«

»Ich will damit sagen, dass er unschuldig ist. Schau mal, deine Mutter hat sich mit einem Mann getroffen, der psychisch krank war. Sie war eng befreundet mit ihm. Und dieser Mann, der manchmal nicht zurechnungsfähig war, hat auf der Abfahrt vom Witoscha in einer Serpentine einen Unfall verursacht und ist mit seinem Wagen gegen einen Laternenmast geprallt. Auch daran ist dein Vater vollkommen unschuldig, das solltest du einfach mal akzeptieren. Er hat deine Mutter geliebt und litt darunter, dass Neda ihn mit Kälte und Verachtung gestraft hat. Und sie wiederum hat das getan, weil er so berühmt war, dass er nur immer für alle und nie für sie oder für sich da war.« Dessislava holte tief Luft, dann fuhr sie in leisem Ton fort: »Wenn du aufrichtig bist und einen Funken Gerechtigkeit aufbringst, dann musst du zugeben, dass dein Vater ebenfalls Leidtragender war. Ein paar Jahre lang war er vollkommen außer sich, und wenn er sich nicht ans Fernsehen geklammert hätte, und – ja – und wenn Dida nicht aufgetaucht wäre, dann hätte er entweder durchgedreht oder hätte sich total aufgegeben.«

Hier hielt sie einfach inne und schwieg. Sie hatte vielleicht schon zu viel gesagt; aber immerhin hatte sie »die Kleine« endlich einmal über die wahren Umstände des Todes ihrer Mutter aufgeklärt, diese bei aller Tragik triviale Katastrophe, die ihr aller Leben auf den Kopf gestellt hatte. Sie hob den Strumpf vom Boden auf, war einen Moment verwundert, dass Jana kein Strickzeug in Händen hielt, und streifte ihn ihr über den nackten Fuß.

»Du hast mich gekilllt«, sagte Jana erbarmungslos, »und mein armes Seelchen mit Dreck beworfen.«

»Es war an der Zeit, dass endlich mal einer mit dir redet wie mit einer *Erwachsenen*.«

»Du hast mir die ganze Tour vermasselt. Seit ich die Mensis gekriegt hab, hatte ich mir in den Kopf gesetzt …«

»Tut mir leid, wenn ich dir die Tour vermasselt oder dich verletzt habe, aber Daniela hat das Recht auf ein eigenes Kind. Ist doch wundervoll, dass du bald ein kleines Brüderchen oder Schwesterchen kriegst. Lenkt uns alle mal ein bisschen von unserem eigenen Bauchnabel ab.«

Totenstille.

»Dann ist die Zeit also gekommen«, fing Jana plötzlich wieder an.

»Die Zeit wofür?«

»Ich muss es also wirklich tun?« Janas Stimme kam wie aus einem schmerzlichen Traum.

»Was musst du wirklich tun?«

»Na, mich freuen. Kannst dieser Vogelscheuche sagen, ich geh dann auch mit ihrem kleinen Hosenscheißerchen in den Zoo, Affen gucken, wie du früher mit mir. Kann natürlich sein, dass die Leute dann mich für die Mutter halten, hehe.«

Mit den letzten Worten zog sie sich den rechten Strumpf wieder vom Fuß und schmiss ihn auf den Schreibtisch. Dann rutschte sie auf den Boden, biss sich auf die Lippen und heulte mit jener Untröstlichkeit los, zu der nur Menschen fähig sind, die vor nichts zurückschrecken. Ihre Tränen galten niemandem; sie waren einfach nur reinigend.

6

»Endlich wirst du also meinen Kompagnon mal aus der Nähe kennenlernen«, sagte Christo.

»Eduard Toschev? Weißt du, was für schlimme Sachen über den geschrieben werden«, antwortete Dessislava reserviert. »Er wird ›Oligarch‹ genannt und ›Casino-König‹. Man liest dauernd dergleichen über ihn.«

»Wo steht das?«

»Na, in der Zeitung.«

»In der Regenbogenpresse vielleicht …«

»Nein, in allen!«

Dessislava verbarg nicht, dass sie lieber zu Hause bleiben würde.

»Und du glaubst, was die da schreiben? Über mich schreiben die ja auch frech, ich hätte eine halbe Milliarde Dollar, und dass ich schwul wäre.«

»Ja, das ist wirklich fies: zu sagen, du seist homosexuell, nur weil du keine Frau hast. Und so ungeheuer viel Geld kannst du ja auch gar nicht haben.«

Christo zuckte bei den letzten Worten Dessislavas zusammen, versuchte, die Sache ins Scherzhafte umzubiegen.

»In der Tat: Ich bin nicht ganz so schwul und nicht ganz so reich, wie die schreiben!«

Dessislava lachte nervös und ging hinaus. Er wartete, bis sie sich zurechtgemacht hatte, im düsteren und – wie er erst jetzt sah – regelrecht geplünderten Wohnzimmer der Familie Assen Weltschevs auf der Ljuben-Karawelov-Straße, in der Dessislava aufgewachsen war. Alles, was hier noch herumstand oder -lag, war nicht in Würde gealtert und von der Patina der Zeit überzogen, sondern schlicht abgenutzt im höchst banalen Alltagsleben frustrierter Menschen, die gerade so über die Runden kamen und keine Zeit und kein Geld hatten, in den Kategorien von Dauerhaftigkeit, Solidität und Würde zu denken. Christo spürte, wie ihm der Schweiß ausbrach. Da kam Dessislava wieder herein, schöner und unerreichbarer denn je. Sie hatte sich elegant, aber »gewagt« angezogen mit einem enganliegenden, altrosafarbenen Seidenrock und einer Seidenbluse, die so weit aufgeknöpft war, dass man sehen konnte, dass sie keinen Büstenhalter trug. Ihre ganze Ausstrahlung changierte zwischen naiver Unschuldsmiene und jenem Sexappeal, den nur eine Frau haben kann, der es nicht im Traum einfiele, Männer aufzureißen. In ihren Augen flackerte jene »vielversprechende« Unsicherheit, die beim starken Geschlecht Beschützerinstinkte auslöst.

»Wenn schon, dann will ich deinem Geschäftspartner wenigstens gefallen. Was sagst du?«

»Grandios«, platzte es aus Christo heraus. »Bin schon eifersüchtig.«

Als sie auf die Straße traten, schlug ihnen von den Gehsteigplatten ein Geruch nach nassem Steinstaub entgegen. An der Ecke zur Graf-Ignatiev-Straße, wo Christo seinen Audi geparkt hatte, kam das klatschende Geräusch nackter Füße näher. Es war, als habe jemand in der Eile, ihnen etwas Wichtiges mitzuteilen, vergessen, seine Schuhe anzuziehen. Wie aus dem Nichts stand plötzlich ein Mann vor ihnen, sichtlich in großer Angst. Er war kleinwüchsig, wirkte unfreiwillig komisch mit seinem Trommelbauch und seinem clownesken Haarkranz um die kahle Schädeldecke, und war auch oberhalb seiner Füße vollkommen nackt. Das Blutdruckmessgerät, das um sein Armgelenk geschnallt war, maß den Grad einer unnennbaren Obszönität. Der Mann musste ein gutes Stück gerannt sein, denn er atmete schwer und heftig. Er hatte sich Wunden gelaufen.

»Wie lange laufe ich schon?«, fragte er Christo und Dessislava. »Und wo kann ich mich verstecken?«

»Das weiß ich nicht«, antwortete Christo verdattert.

»Ich habe auch keine Ahnung, wo Sie sich hier verstecken könnten«, ergänzte Dessislava erschrocken.

Er schaute sich ängstlich um, dabei verströmte er scharfen Schweißgeruch. Dann schaltete er sein Blutdruckmessgerät ein, das surrend seine Arbeit aufnahm. Dem Paar wurde es peinlich.

»Helfen Sie mir«, rief der Mann aus und fuhr sich mit der Hand über seine behaarte Brust. »Ich werde überwacht.«

»Aber von wem denn?«

»Wie – von wem? Na, von den Offizieren! Sie sind überall.«

»Welche Offiziere?«, fragte Dessislava, einer Ohnmacht nahe.

»Die ewigen Offiziere, die immer wiederkommen, wenn man versucht, sie einzusperren, genau die! Hören Sie nicht, wie sie mich rufen?«

Der Mann kratzte sich selbstvergessen zwischen den Beinen, gab einen Schreckenslaut von sich und stürzte davon.

»Gott, lauter Verrückte«, schüttelte Christo den Kopf.

»Und was sind wir?«, fragte Dessislava und ließ einen Zwei-Leva-Schein am Ort dieser unverhofften Begegnung mit dem wahren Wahn fallen, damit jemand sie fände, der nicht wusste, wovon er an diesem Abend satt werden sollte.

7

Der Riesenschnauzer mit den hängenden Lefzen und dem silbrigen Fell überraschte sie ebenso wenig wie das Vorhandensein eines Swimmingpools im Untergeschoss des Hauses, der Springbrunnen, der im Esszimmer plätscherte, nicht einmal die suggestive Schönheit der Ehefrau Eduard Toschevs, die sich mit Mariana Ilieva vorstellte. Was sie eher erstaunte, war das Fehlen jeglichen Selbstbewusstseins bei dieser Frau, die Christo so ängstlich und schreckhaft anschaute, als ob sie – so dachte Dessislava – die heimliche Geliebte Christos sei und befürchte, ihr Mann könne sie entdecken.

Das Haus war riesig, aber Dessislava konnte nicht erkennen, dass aus dem verfügbaren Raum so etwas wie eine Wohnung geworden wäre; nein, diese Weitläufigkeit war unhäuslich, großspurig und … kalt. Die Kanapees waren ungemütlich, auf dem mit feinstem weißen Leder bezogenen Designersessel konnte man gar nicht richtig sitzen, die Vitrinenschränke gingen in Spiegel über, die bloß Leere verdoppelten, kühle Makellosigkeit. Nichts als sündhaft teure Einzelstücke, die kein Ganzes ergaben. Die Antikenkollektion Toschevs bestand aus altgriechischen Vasen und Trinkgefäßen, thrakischen Bronzefiguren und Trinkhörnern. Die Gemälde waren von alten Meistern, sodass man meinte, der Hausherr habe wohl teure Lithos von ihnen auf Leinwand ziehen lassen. Eduard Toschev sah in diesem Haus nicht geborgen aus, sondern hineingestellt und vergessen, ein misslauniger Typ, der sich nicht austauschen wollte, der nicht hungrig war und keinen Durst hatte, der irgendwie gar nicht richtig anwesend war, sondern den Appetit der anderen und ihre

Redseligkeit ertrug, so gut es ging. Nicht einmal die Zartheit des Hummerfleisches mit seinem dezenten Duft nach stehendem Meer lockte ihn aus der Reserve. Was Dessislava anging, so beruhte das Desinteresse, das Toschev zur Schau trug, auf Gegenseitigkeit: Dieser große Mann, der nur in die Luft greifen musste, um Geld zu machen, erschien ihr menschlich uninteressant. Ihre Aufmerksamkeit wurde ganz von seiner Frau angezogen, einer schwindelerregend schönen, aufregenden Frau, die aber in ihrem sündhaft teuren Parfüm eingemauert schien wie eine ägyptische Pharaonin in der Grabkammer einer Pyramide. Diese Frau nun war innerlich so aufgewühlt, dass sie keinen Satz zu Ende sprechen konnte, ohne sich zu verhaspeln oder Erklärungen vor lauter Unsicherheit einfach abzubrechen. Sie musste unter enormem emotionalen Druck stehen, und Dessislava war sich sicher, dass die Ursache dafür sich im Raum befand, irgendwo zwischen den ausgesprochenen Worten, den aufgetauten und in den Rauch teurer Zigarren eingehüllten Stücken Blaubeertorte.

Da auf einmal kam sie drauf – nicht rational, sondern mit weiblicher Intuition und Empathie: Diese Mariana Ilieva war Christo hörig! Allein die Gesten: wie sie Christo den Hummer anreichte; wie sie ihm nachgoss mit einer Inbrunst, als wolle sie nie aufhören. Ja, sie liebte Christo und war unfähig, es zu verbergen! Es war seine Nähe, die sie so wehrlos und unbeholfen machte. Nur starke, aufrichtige und alles andere überwältigende Gefühle waren in der Lage, einen Menschen so unsicher zu machen. Denn Mariana war eine kluge, erfahrene Frau, seelisch keineswegs unreif; und doch benahm sie sich wie eine Schülerin, die für ihren Französischlehrer schwärmte. Mit feucht glänzenden Augen warf sie grenzenlos bewundernde Blicke auf Christo; unterdrückte Seufzer, sogar ihr Lachen verriet jene Atemnot, die irgendwo zwischen Euphorie und Hysterie einsetzt.

Was Dessislava aber am meisten erstaunte, war, dass Marianas hündische Gefallsucht gegenüber Christo ihr nicht etwa gleichgültig war, und sie auch nicht mit Mitgefühl oder gar Sympathie erfüllte, sondern derart ärgerte, dass sie trotz der auf Hochtouren laufenden Klimaanlage vor innerer Rage ständig schwitzte. Christo musste entweder blind sein, dachte sie konsterniert, oder er ist die Anbetung dieser Frau gewöhnt.

Dieser Gedanke entsetzte sie. Ihr kam es so vor, als verlöre sie etwas irrsinnig Wichtiges, Einzigartiges in ihrem Leben, weil jemand sich ohne Einladung in ihrer Seele eingenistet hatte und diese leerräumte wie eine Wohnung. Da schaute sie sich endlich auch Eduard Toschev einmal genauer an. Sein Gesicht verriet jedoch nichts außer kühler Höflichkeit, gerade genug, um noch als Gastfreundlichkeit durchgehen zu können.

»Frau Weltscheva«, sagte er leise und seltsam verträumt, »nehmen Sie sich doch noch von dem Seebarsch, den müssen Sie unbedingt kosten.«

8

Der Mond beschien den von Skulpturen gesäumten Kiesweg. Sie standen allein in der abgekühlten Luft. Schwiegen. Einer der Leibwächter fuhr Christos Audi heran zu dem antikisierenden Springbrunnen, der als Blickpunkt vor dem Treppenaufgang zu Eduard Toschevs Haus stand.

»Fahr mich zu dir«, sagte Dessislava zu ihrer eigenen Überraschung.

»Du möchtest, dass wir zu mir nach Hause …?«

Christo konnte seine Aufgewühltheit nicht verhehlen.

»Ich denke schon.«

»Himmelherrgott«, stöhnte er, »ich hätte nie den Mut gehabt, dich einzuladen.«

»Stimmt, das hast du nie getan. Und warum?«

»Ich hatte Angst, was du da siehst, könnte dich enttäuschen.«

Nach diesem Wortwechsel hatte das Schweigen nicht mehr die Einträchtigkeit von vorher. Die zweideutigen Untertöne des Gesagten hatten sie verunsichert. Dessislava selbst war sprachlos über den Vorschlag, den sie da wie unter innerem Diktat gemacht hatte. Gleichzeitig aber folterte sie das unabweisbare Bedürfnis, noch mit Christo zusammenzubleiben, zu was auch immer, sei es, um zu hören, welches seine Eindrücke von diesem konfusen Abend bei Toschev waren, sei es, um ihn zu warnen. Aber … wovor warnen? Die Verblüffung über ihre innere Stimme wollte nicht enden.

An der Grundstücksmauer bog Christo scharf ab, das schmiedeeiserne Tor öffnete sich automatisch, und der Audi glitt in den Innenhof.

Als er die Scheinwerfer ausschaltete, sah man, wie der Mond alles in Silberlicht tauchte, den kurzgeschnittenen Rasen, die exotischen Sträucher um die Terrasse, die Blumen. Das Haus selbst sah jetzt, im Vergleich mit demjenigen Eduard Toschevs, geradezu bescheiden und einladend aus, menschlich, und das erleichterte und beruhigte ihn. Sie wurden auch nicht von einem Butler empfangen, denn es gab keinen. Sie gingen direkt ins Wohnzimmer. Anstelle der Deckenbeleuchtung schaltete Christo die Tischlampen in den Ecken ein, die den Raum in ein anheimelndes Licht tauchten. Einige der Gemälde, die an den Wänden hingen, kannte Dessislava, denn sie hatte sie mit ausgesucht. Christo lief los, um Whisky und Gläser zu holen, stolperte über die Teppichkante, fing sich aber wieder. Als er alles auf den Tisch stellte, sagte Dessislava:

»Dein Haus ist doch klasse.«

»Ich kann es noch gar nicht glauben, Dess, dass du hier bist.«

»Gefällt mir. Wohnlich. Ist nicht alles einfach nur, weil es teuer, modern, der letzte Schrei oder kostbar ist, sondern zum Wohnen da.«

»Meinst du?«

»Na klar. Das Licht ärgert einen nicht, sondern harmoniert schön mit dem Dunkel, es ist weich und anheimelnd. Da fühlt man sich wohl als Frau.«

»... sich wohl als Frau? Dabei hätte ich im Traum nicht gewagt ...«

»Was?«

»Dich hierher einzuladen.«

Eine neue Angstattacke. Dessislava hatte das Gefühl, die Angst sei körperlich anwesend, sitze zwischen ihnen, hebe ironisch das Glas auf sie. Sie fand auch, dass Christo in diesem von einer drei Meter hohen Mauer umgebenen Haus viel stärker Gefahren ausgesetzt und viel verwundbarer war als in der elterlichen Wohnung hinter der Kirche Siebenheiligen. Dieses nicht eben kleine Wohnzimmer mit den offenen Natursteintreppen ins obere und untere Geschoss hatte bei aller Gemütlichkeit auch etwas von einer Gruft. Dessislava trank einen Schluck von dem guten Whisky; aber auch dessen rauchig-herber, intensiver Geschmack nahm ihr die Angst nicht, sondern machte sie nur betrunken. Sie begann zu zittern, die Angst steigerte sich zur Panik, einer ungreifbaren, aber mächtigen Beklemmung, die zuerst ihre Kehle, dann ihre Brust zusammenpresste. Unerfindlich, warum, wuchs zugleich ihre Sehnsucht, Christo zu verteidigen, ihn vor einer heraufziehenden Gefahr zu bewahren, ihn in ihrer Schwäche zu bergen, zu verstecken.

»Könntest du dir auch vorstellen, hier zu wohnen?«, fragte Christo tastend.

»Kommt drauf an.« Ihre Zähne klapperten, es war der reinste Horror.

»Und worauf?«

Dessislava schaute hinaus in den flimmernden Sternenhimmel, seine funkelnde Stille. Ihr wurde flau, die Angst unerträglich. Leise fragte sie:

»Wie viele Leute bewachen dich hier?«

»Bitte, was?«

»Na, nachts – wie viele Leute bewachen dich da?«

»Eh, *ein* Leut«, erwiderte er überrascht. »Der sitzt da im Häuschen am Tor.«

»Versprich mir«, klammerte Dessislava beide Hände um ihr schweres Kristallglas, als könne sie sich daran festhalten, »bitte versprich mir, dass ab morgen mindestens zwei Leute nachts dableiben.«

»Hier kann doch keiner unbemerkt eindringen«, lächelte Christo, »die ganze Außenmauer wird videoüberwacht.«

Seine Worte glitten an ihr ab, als hätte er gar nichts gesagt. Ja, gerade in diesem festungsgleichen Domizil spürte Dessislava, wie schutzlos Christo eigentlich war, wie labil und gefährdet.

»Du musst es mir versprechen, weil ich sonst …«

Sie konnte nicht weitersprechen. Tränen liefen ihr aus den Augen, bis sie sich beinahe daran verschluckte; sie war kurz davor, in lautes Schluchzen auszubrechen. Dann entfuhr ihr: »Mariana … diese Mariana Ilieva ist schrecklich verliebt in dich.«

»Ach Quatsch!« Christo lachte, aber wenig überzeugend.

»Ich bin mir ganz sicher. Und vor allem: Eduard Toschev weiß es!«

»In Gottes Namen, wie kommst du darauf?«

»Sie konnte dir nicht offen in die Augen schauen.«

Christo kippte seinen Whisky in einem Zug weg, taumelte, klammerte sich ans Glas, wäre beinahe umgefallen.

»Mariana hat mir dasselbe gesagt«, murmelte er schließlich gedrückt.

»Wie – ›dasselbe‹? Ich versteh dich nicht.«

»Sie hat sich auf ihre weibliche Intuition berufen und behauptet … du wärst verliebt in mich!«

»Ich? Bist du verrückt?«

»Mariana meinte, du bräuchtest mich gar nicht mit den Augen anzuschauen, du würdest mich auch so sehen.«

»Ach«, stöhnte Dessislava.

Christo lächelte verloren. Dessislava spürte, dass auch er erschrocken war. Sein Herz schlug bis zum Hals, pochte ihm in den Schläfen. Und wieder diese unerklärliche Angst, dass ihm bald etwas zustoßen könnte. Der Traum fiel ihr wieder ein, in dem ihr Jonka erschienen war, am nachtschwarzen Fenster sitzend, und ihr gesagt hatte, sie solle keine Angst vor der Liebe haben. Damals hatte sie heftig widersprochen. Was war, wenn Jonka doch recht hatte?

Ohne es gewahr zu werden, stand sie auf, Christo tat es ihr gleich. Zwischen ihnen nur das flackernde Lebenslicht der Tischkerze. An Christos Hals sah sie auf einmal einen unrasierten Fleck, nicht größer als eine Münze. Der sah wie eine Schusswunde aus, ein dunkler Ort der Verletzbarkeit, ein Schwachpunkt seiner Männlichkeit. *Da auf einmal erkannte sie ihn*. Sie taumelte, hielt sich an ihm fest, dann fanden ihre Lippen zu genau diesem unrasierten Fleck und pressten sich darauf wie eine Kompresse auf eine Wunde, eine Wunde aus Bedrohung, einer Bedrohung, die nur auf den geeigneten Moment lauerte, um ihn zu liquidieren. Dann brach es ungläubig aus ihr heraus:

»Oma Jonka hatte recht, sie hat es mir gesagt: Ich liebe dich!«

Sie hatten keine Kraft mehr, aufrecht zu stehen. Sackten auf die Ledercouch. Umklammerten sich schwer atmend, als wären sie all diese Jahre gerannt wie der Nackte auf der Straße, nur dass sie kein Blutdruckmessgerät am Arm hatten. Seine Stimme raunte wie eine streichelnde Hand, weil die Hand selbst zu furchtsam war. Und dann erzählte ihr seine Stimme, wie er sie vor vielen Jahren am Meer, in Sosopol, beim Sonnenbaden gesehen hatte, auf der Klippe zum Meer, auf der Klippe seines Lebens.

»Das war der Point of no Return, das war der Moment, in dem mein Verstand überwältigt wurde und du wie ein Brandzeichen in meine Seele eingeprägt wurdest.«

»Aber wir sind miteinander verwandt?!«

»Zweiten Grades«, schwächte er ab.

»Das ist Inzest, was wir machen, das ist der reinste Wahnsinn!«

»Nein, nicht wirklich. Das Gesetz erlaubt schon Cousin und Cousinen ersten Grades, in Ausnahmefällen zu heiraten. Und wir sind es zweiten Grades, ein großer Unterschied.«

Er klammerte sich an diese Worte wie an schmerzstillende Tropfen. Seine Lippen strichen untröstlich, begierig und besinnungslos über ihren Hals. Die Kerze gab einen leisen Platzlaut von sich.

»Ich bin dann ins Wasser gesprungen und geschwommen, bis es dunkel wurde, draußen und drinnen in mir. Aber das habe ich mir und meinen Schuldgefühlen unablässig eingehämmert: Verwandte zweiten Grades!!«

»Ich bin damals auf dem Felsen stehen geblieben und habe einfach auf dich gewartet. Damals wusste ich *es* noch nicht … Ich fühlte nur, ich würde nicht von der Stelle weichen, bis du wieder zurück wärst.«

Christo antwortete mit einem tiefen Seufzer.

Da kam Dessislava die Erleuchtung, und sie kam wie ein Blitz aus heiterem Himmel:

»Wir haben keine Zeit«, sagte sie, löste sich aus seiner Umarmung und blies die Kerze aus, »verstehst du, Liebster, wir haben keine Zeit!«

9

Kopflos rannte sie durchs Haus, schließlich fand sie ein Bad, zog sich rasch aus und stellte sich unter die Dusche mit dem Gefühl, sich unwiderruflich zu verspäten. Ihr Körper zog sich zusammen in gespannter Erwartung, man konnte auch sagen, er entkörperte sich, wurde zu Licht. Gleichzeitig sah sie mit größter Klarheit, wenn sie dem Wasserstrahl folgte, der an ihr herunterrann, dass sie eben nicht mehr die Nixe war, die damals auf der Klippe gelegen hatte. Ihre Brüste waren schwerer und weicher geworden, ihre Schenkel nicht mehr so straff und seidig, ihr Schweiß roch, ihr Bauch zeigte Spuren von Orangenhaut, Fettdepots, Falten. Da kam die Angst wieder, und in diese Angst mischten sich wachsendes Bedauern über all die Jahre, die Christo und sie verloren hatten, und … Scham. Als sie, eingehüllt ins Badehandtuch, ins Wohnzimmer zurückkehrte, weinte sie, aber da sie ihr Gesicht nicht abgetrocknet hatte, merkte Christo es im Halbdunkel nicht. Er hatte sich Whisky nachgegossen und rauchte. Sie konnte es förmlich riechen, wie er sich schämte. Sein Schweiß roch nach Deodorant, Ungeduld und der Angst, die Frau im Badehandtuch enttäuschen zu können, die seine Phantasie, sein Begehren so viele Jahre angefacht hatte, und die er so ungestüm verehrt, ja, vergöttert hatte. Dann umklammerten sich sein Schamgefühl und ihres und erfüllten die Luft mit Untröstlichkeit.

Sie kuschelte sich an Christo, doch was sie ihm vermittelte, war nur Unsicherheit. Sein Begehren, vielmehr sein *Träumen von ihr*, seine *Vergötterung für sie* waren derart mächtig und schmerzlich und dabei in solchem Konflikt mit seinen Schamgefühlen, dass er große Probleme mit der Erregung hatte. Der Sexualtrieb will Eroberung, Objektbesetzung, ist ein archaischer, primitiver Hunger nach Überlegenheit, nach Macht, der sich in der Phantasie spiegelt, in ein lustvoll-narzisstisches Spiel verwandelt und von dort als Sinnlichkeit wieder zurückkehrt in den Körper als Hingabe bis zum Selbstvergessen. Dessislava aber vergaß sich nicht, geriet nicht in Sinnenrausch, sondern fuhr fort zu denken. Auch Christo konnte seine Gedanken nicht anhalten, während er rührend hilflos, als sei er gänzlich unerfahren, in ihr stocherte und vor lauter Aufregung viel zu schnell kam und … erschlaffte. Er analysierte, suchte nach Gründen für seine plötzliche Schwäche nach so vielen Jahren heillosen Begehrens. Dessislava wurde in diesem Moment klar, dass trotz ihrer tiefen Liebe, der sie so viele Jahre nicht nachgegeben hatten, oder nein: gerade wegen dieser unentwegten Vertagung ihr Sexualleben immer schlecht bleiben würde, weil sie vor lauter gegenseitiger Anbetung ihre Unmittelbarkeit und Natürlichkeit verloren hatten. Darum schämte sie sich auch so ihrer körperlichen Unvollkommenheiten. Sex lebte von den unbewussten Energien, von Selbstvergessen und der Lust, sich zu nehmen, was man begehrte; sie beide aber vergaßen nichts, fuhren fort, über all die versäumte Nähe nachzudenken, und das machte sie unsicher und ängstlich.

»Zum Teufel auch«, stöhnte Christo schließlich, »ich verstehe das nicht, ich, das … das ist mir noch nie passiert!«

Dessislava wischte sich die Tränen ab und ließ sich fallen in seine unsichere Umarmung. Doch seltsam: Statt zerknirscht zu sein über den ausbleibenden Rausch, die fehlende Kulmination, das selige Abklingen der Raserei, war sie wie befreit und merkte, dass sie vielleicht nie im Leben glücklicher gewesen war als jetzt. Geradezu erschreckend glücklich.

»Mein Liebster«, flüsterte sie und atmete seinen Geruch tief ein, »mein Liebster und Einziger.«

10

»Einen Kaffee haben Sie bekommen?«, fragte Eduard Toschev ihn mit kühler, kantiger Stimme.

»Ja, von Ihrer Chefsekretärin«, nickte Jordan.

In dem nervösen, fast feindseligen Schweigen, das nun folgte, waren Toschevs Augen bleigrau und schwer auf ihn gerichtet, sahen aber durch ihn hindurch. Jordan konnte nicht aufhören, sich zu wundern über die Fähigkeit dieses Mannes, immer höchst konzentriert auf die Sache zu sein, aber nur zerstreute Aufmerksamkeit für seinen Gast übrig zu haben, so als denke er immer an mehrere Dinge gleichzeitig, als führe er ein schwierig zu managendes Doppelleben oder sei bedacht, etwas höchst Kompromittierendes vor seinem Gesprächspartner geheim zu halten. Gleich würde Toschev ihn wieder fragen, ob er schon einen Kaffee bekommen habe. Aber erst einmal ließ er sein silbernes Feuerzeug aufschnappen, führte es an die Zigarrenspitze, paffte, ließ nach erfolgreicher Zündung einige Rauchkringel in die Luft und wandte sich an seinen Gast:

»Ich habe Sie unterbrochen, bitte entschuldigen Sie. Ich höre.«

Vor einigen Tagen hatte Jordan im Dritten Bulgarischen Fernsehen ein Konzert mit sogenannter Popfolk-Musik gesehen, das aus einem Stadion übertragen wurde. Die Bühne war pompös aufgemacht und grell erleuchtet, die Interpreten, meist weibliche Wesen in knappen Textilien, traten nacheinander auf. Mit make-up-gestütztem Strahlefraulächeln und silikongefüllten Brüsten, nackten Schenkeln und lasziven Hüftbewegungen brachten sie das Publikum in Fahrt. Manchmal ruderten sie mit dem Arm und riefen Dinge wie »Und jetzt alle« oder »Ihr seid ein heißes Publikum« (gefolgt von Kusshänden), und zu Jordans Erstaunen zeigte das »heiße Publikum«, das vorwiegend aus Jugendlichen bestand, keine Spur von Peinlichkeit, sondern lief wirklich heiß und brüllte seine Begeisterung in Richtung Bühne, als kämpften dort Gladiatoren mit Raubtieren um Leben und Tod. Das Stadion platzte aus allen Nähten. Nun gut, die Geschmäcker sind verschieden, dachte Jordan. Die Kerzen, Fackeln und Feuerzeuge, die die jungen Menschen schwenkten, um dem Ereignis Stimmung zu verleihen, auch das – okay, so war das eben bei Konzerten. Was ihm aber unter die Haut ging, ihn aus der Fassung brachte, das war, dass sie bei den vom Moderator als »Superhits« angekündigten Trällerliedchen nicht nur die Refrains, sondern ganze Texte der Marke »Die andere töte ich mit Blicken, / heut Nacht will ich dich … nur für mich!« auswendig mitgrölten auf Melodien, die einfallslos über den Grundrhythmus *Rum-ta, rum-ta, rum-ta, di-da, / di-da rum-ta, rum-ta di* hoppelten und meist serbischen Popsongs oder griechischen Buzuki-Hits entlehnt waren. Diese Musik nun war für die neue Generation nicht einfach nur ein Freizeitspaß, sondern – zusammen mit den zur Schau gestellten Beziehungen der Popsternchen mit reichen Männern – eine Kultur primitivster Sorte, mit der sie sich begeistert identifizierten, die ihnen ästhetisch vollkommen genügte und als Gipfel menschlichen Kunststrebens erschien. *Das* war es, was Jordan entsetzte, und er sagte es Toschev.

»Schön und gut, aber sagten Sie nicht, das Stadion platzte aus allen Nähten?«

»Die Verblödung ist total, Herr Toschev, und daran sind die Medien schuld, bei denen unter dem Etikett ›Unterhaltung‹ mit einem Wortschatz von dreihundert Ausdrücken geredet wird und der kleinste gemeinsame Nenner für die Massen gesucht wird. Meine eigene Tochter, immerhin Studentin, drückt alle ihre Gefühle und Gedanken in immer denselben fünf bis zehn Wörtern aus – so Sachen wie cool, uncool, fett, Opfer, crazy, geil oder abgefuckt. Und all das kommt ihr vollkommen unschuldig über die Lippen. Ich hatte geglaubt, zutiefst gehofft hatte ich, dass wir ein etwas anderes Fernsehen machen würden.«

»Meine Frau schaut Ihre Sendung auch unter dem neuen Titel noch genauso gern wie früher *Sieben Tage* und den *Runden Tisch*.« Beim Reden dachte Toschev sichtlich an etwas ganz anderes. »Sie mag Sie und Ihre Art, ist ein richtiger Fan von Ihnen.«

»Danke, freut mich, aber …«

»Aber wir haben zwanzig Prozent der Werbeeinnahmen verloren. Wenn Sie möchten, dass Ihr *Schaufenster* im Programm bleibt, müssen Sie meinen Vorschlag schon akzeptieren.«

Jordan nahm einen tiefen Zug aus der Zigarre, die Toschev ihm kredenzt hatte, und atmete den Rauch seufzend aus. Dann lenkte er ein und sagte:

»Es gibt zwei TV-Formate, die auf der ganzen Welt sicheren Gewinn bringen, und das sind *Dschungelcamp* und *Big Brother*.«

»Ich hab auch schon davon gehört, aber die Rechte sind mir noch zu teuer.« Nun war das Seufzen an Toschev. »Ich schlage Ihnen daher ein anderes Reality-Format vor, das aber auch mit der Neugier der Zuschauer spielt, anderen Leuten in den Topf zu schauen: Man nimmt Ehepaare und lässt sie ein paar Monate jeweils mit den Ehepartnern der anderen leben, und die Kamera schaut einfach zu, wie und was sich da entwickelt, vor allem natürlich … na, Sie wissen schon: Tun sie's oder tun sie's nicht? Alle Menschen sind ein bisschen Voyeure, aber hier in Bulgarien lieben es die Leute besonders, zu sehen, wie die anderen schmutzige Wäsche waschen. Das Casting ist gleichzeitig schon Reklame für die Sendung. Wir suchen junge, möglichst gutaussehende Paare, die Zeit haben, weil sie arbeitslos sind zum Beispiel …«

»Wer wird sich denn bereiterklären, in so einer Serien-Peepshow mitzumachen außer Kretins oder total perverse Typen?«

»Sie unterschätzen den Lockfaktor des Geldes, Herr Weltschev, Sie glauben ja gar nicht, was für eine magnetische Anziehungskraft 100 000 Leva haben. Dagegen verblasst jedes vernünftige Argument. Sie werden sehen, wenn das Geld stimmt, dann ist es auf einmal mit der großen Liebe, die die Pärchen sich und der Umgebung vorspielen, gar nicht mehr so weit her. Ach, übrigens, haben Sie einen Kaffee bekommen?«

11

Die Schwangerschaft Danielas verlief unruhig und schwer. Sie verließ kaum das Haus und saß endlos in Hauspantoffeln vor dem Fernseher. Jordan aber kam es so vor, als sei sie gar nicht da. Ihr Bauch war nur leicht gerundet, ihr Gesicht bekam eine ungesunde Blässe, ihre Augen begannen seltsam zu flackern. Was ihn am meisten verblüffte, war, dass Dida gar nicht zu spüren schien, dass sie nicht mehr allein war. Sie verhielt sich, als sei sie einer ständigen Bedrohung ausgesetzt, war schreckhaft, hatte Angst vor Dunkelheit, aber auch vor zu hellem Tageslicht, Angst vor Menschenansammlungen, aber auch vor dem Alleinsein. Sie weinte häufig ohne erkennbaren Grund, und immer heimlich, im Bad oder auf der Toilette, und ohne das Licht einzuschalten. »Weiß auch nicht, was mit mir los ist«, hatte sie Jordan einmal gesagt, »aber ich habe das Gefühl, jemand lauert mir auf, um mir das Baby zu rauben oder mich zu vergewaltigen.«

Wohl aus dieser Verunsicherung heraus gestand ihm Dida erst, dass sie schwanger sei, als sie schon weit im vierten Monat war und an eine Abtreibung nicht mehr zu denken war. »Du hast ja schon ein Kind. Und bist ein totaler Egoist. Ich hatte Angst, Weltschev, dass entweder du oder irgendwelche verfluchten Umstände mich zwingen würden, das Baby wegzumachen, wenn ich was sage«, hatte sie ihm einmal im Bett gesagt, als sie seinen Liebesdrang abwehrte, als sei er eine heftige Windbö, die sie umstoßen und zerbrechen könne wie Glas.

Sie hörte selbst da nicht auf, sich wie eine Verfolgte zu benehmen, als alle Familienmitglieder die Nachricht freudig und wohlwollend aufgenommen hatten, der alte Assen Weltschev sogar mit Tränen in den Augen. Eines taubengurrenden Junimorgens, zu dem die Nachbarin mit dem Teppichklopfer den Takt schlug, fand sie vor der Wohnungstür ihrer Mansarde einen hingeworfenen Babyschuh, an dem eine Feder und ein rotes Perlchen angenäht waren. Sofort kam ihr in den Sinn, dass die Feder von einer Eule stammte und das Rot des Perlchens Blut symbolisierte, und sie folgerte, dass jemand ihr einen bösen Zauber geschickt hatte. Da brach sie regelrecht zusammen, und Jordan sah sich gezwungen, aus einem der umliegenden Dörfer eine bekannte Wahrsagerin und

Hexe ins Haus zu bestellen. Sie kam mit dem Geruch nach Holzfeuer, Zwiebeln und feuchter Wolle, leckte sich unablässig den Oberlippenbart und rückte die Hornbrille mit den dicken Brillengläsern auf ihrer Nase zurecht. Dann schritt sie zur Tat, um die böse Magie zu brechen. Sie schmolz Blei, goss es in ein Gefäß, und als sie sah, dass es die Form einer Missgeburt annahm, durchstach sie es mit einer Sicherheitsnadel. Für diese Auflösung des bösen Zaubers berechnete sie der Unglücklichen fünfzig Leva, verkaufte ihr zur Sicherheit für weitere zwanzig Leva aber auch noch eine Papierikone der heiligen Muttergottes, damit der Teufel es ganz sicher nicht mehr wagte, ihr zu nahe zu treten.

»Dein Kind wird ein Junge, und den taufst du auf den Namen seines Großvaters, Assen«, sagte sie beim Abschied.

»Aber … ich war gestern noch beim Ultraschall«, druckste Dida, »und die Ärztin meinte, man könne schon sehen, dass es ein Mädchen würde.«

»Phh, Ärzte, was verstehen die schon, wollen andere heilen, aber kriegen selber die Grippe!«

Einen Monat später, in einer drückenden Julinacht, wurde Jordan von einem komischen Geräusch geweckt. Als Erstes sah er durch das Fenster den Himmel über der Stadt mit seinen trüben Sternen, dann wandte er den Kopf zur anderen Betthälfte und sah Didas Silhouette, die vorgebeugt im Bett saß. »Fruchtwasser …«, sagte sie voller Entsetzen, »o Gott, die Fruchtblase ist geplatzt, und ich bin doch erst im siebten Monat.« Auf dem Laken zwischen ihren Beinen sah er inmitten eines größeren feuchten Kreises einen dunklen Fleck. Er berührte ihn und erschauerte. Die Wehen hatten eingesetzt. Hastig zogen sie sich an. Dida hatte schon ein Bündel mit allem Notwendigen fürs Krankenhaus vorbereitet und im Bad aufgehängt – ganz so, wie vor vielen Jahren Neda nach dem großen Erdbeben ihren »Katastrophensack« dort aufgehängt hatte.

In der nächtlichen Stille, brütend im Sud des Sommers, hatte Sofia etwas Irreales, Mystisches. Die Luft roch nach auskühlendem Asphalt und nach Abgasen, die Lichtkegel der Neonlampen standen still und käsebleich über ihnen wie die Gesichter von Toten. Die Entbindungsklinik lag nur wenige Minuten von ihnen entfernt, aber Jordan fuhr wie von der Tarantel gestochen. Es war ein reines Wunder, dass er keinen Unfall baute. Dida wurde sofort aufgenommen und auf eine Rollpritsche verfrachtet. Sie drehte den Kopf weg, als sei Jordan gar nicht da oder ein völlig Unbekannter, dabei stand er neben der Liege, bis sie von Schwestern in hellblauen Kitteln hinausgeschoben wurde und hinter den Milchglasscheiben des Kreißsaals verschwand. Er ließ sich auf die harte Holzbank fallen und wartete. Von drinnen erklang ein markerschütternder Schrei, aber ... nein, das war nicht Dida. Ihm brach der Schweiß aus. Irgendwann döste er weg. Frühmorgens wurde er von der Reinemachefrau geweckt, einer schönen Zigeunerin mit blauen Augen, die mit einer lässig im Mundwinkel hängenden Zigarette den Flur wischte. Schließlich kam eine beleibte Schwester durch die Milchglastür und teilte ihm mit, es sei ein Mädchen. »Erstaunlich, ein Siebenmonatskind, aber alles ist wunderbar proportioniert.«

Als er das Neugeborene sah, lächelte es. Seine Lippen waren schön konturiert, die Fingerchen und Zehen fein, die Wimpern lang. Sie gaben dem Kind den Namen Jona, nach Jonka, der Großtante Jordans, die all die Jahre den Platz der Großmutter eingenommen hatte. Das Kind hatte sogar etwas von ihrem versonnenen Lächeln, bei dem die Augen verschleiert und nicht-sehend schienen, weil sie ins Innere schauten, wo das Verstehen sich ereignet, das große Geheimnis des Verstehens. Die Kleine hatte einen so gesegneten Appetit, dass sie nach zwei Monaten schon schwerer und entwickelter war, als wenn sie da erst auf die Welt gekommen wäre.

12

Ihre Abreise in die süddeutsche Stadt Bamberg kam so unerwartet, dass Jordan gar nicht richtig begriff, was seine große Tochter dort eigentlich vorhatte. Den Verdacht, dass sie Platz machen wollte an seiner Seite für Dida und die kleine Jona, bestritt sie mit den Worten:

»So abgefuckt bin ich nicht, dass ich abhaue, um euch eins reinzuwürgen, mich zu rächen und euch ein schlechtes Gewissen zu machen. Nee, ich bin einfach erwachsen geworden, und es ist an der Zeit, dass ich gehe. Wenn ich Glück habe, finde ich in Bamberg ja in einem Mädchen namens Jana endlich mal eine gute Freundin.«

»Ja, okay«, meldete sich Dessislava verdutzt, »aber wie kommst du gerade auf Bamberg?«

»Teddy hat mich draufgebracht?«

»Wer ist Teddy?«

»Teddy studiert da Theologie, seine Cousine ist in Bamberg mit ’nem Bulgaren verheiratet, der gegenüber dem Haus, wo Hegel gewohnt hat, ein italienisches Restaurant betreibt. Teddy hat gesagt, da kann ich kellnern und mir meinen Lebensunterhalt verdienen.«

Dessislava wusste zwar immer noch nicht, wer Teddy war, aber dafür erfuhr sie nun, was für eine wunderschöne mittelalterliche Stadt Bamberg war, mit einer wirklich alten Altstadt auf den Flussinseln in der Regnitz und den Kathedralen und Stadterweiterungen auf den umliegenden Hügeln. Pausenlos läute dort irgendeine Glocke, erzählte Jana begeistert, auf der Regnitz schwämmen wilde Enten und Schwäne, die die Leute auf ihren Spaziergängen mit altem Brot fütterten. Dann auf einmal musste sie weinen, als sie sagte: »Ich hab das Gefühl, ich bin eigentlich schon lange weg, und muss nur noch meine Hülle verfrachten, aber mein Inneres wartet in Bamberg sehnsüchtig auf mich.«

Wie sich herausstellte, hatte sie ihre Pläne bereits jemandem gebeichtet, ihrem Großvater Assen nämlich. Der hatte ihr ohne zu zögern seine Ersparnisse gegeben, damit sie reisen, sich eine Bude mieten, die Studiengebühr bezahlen und die erste Zeit überstehen konnte.

»Aber wer dieser Teddy ist, weiß ich immer noch nicht«, beharrte Dessislava.

»Oh, der, das ist’n totaler Freak, unheimlich lustig, aber ein Idealist und so, der glaubt echt an Gott … und an mich auch.«

Auf einmal ging ein großes Gelaufe los, alle redeten gleichzeitig, und keiner hörte dem anderen zu. Sogar Dida wurde munter. Ihre Wangen röteten sich und sie hörte auf, sich vor den Ecken und vor ihrem Spiegelbild zu fürchten. Nur Jordan blieb nachdenklich und dachte betroffen: Alle nehmen das einfach so zur Kenntnis; keiner von uns hat versucht, Jana zurückzuhalten.

Dessislava holte das Geld, das sie durch die Vermietung der geerbten Wohnung einnahm, und gab es ihrer Nichte, Dida und Jordan holten das Geld, das sie unten im Wäschekorb für schlechte Zeiten versteckten, und alle beredeten, wo man das am besten umtauschte in diese neue Währung, die Deutschland neuerdings eingeführt hatte, diesen *Euro*.

Als er Janas Zimmer betrat, saß sie am Computer. Neben ihr lag aufgeschlagen Marcel Prousts *Auf der Suche nach der verlorenen Zeit*, sie hatte wieder nur einen Strumpf an und aß direkt aus dem Glas Aprikosenkompott. Jordan fand sie wundervoll, vielleicht, weil sie für ihn schon verloren war. Er reichte ihr den Umschlag mit den Euro-Banknoten. Jana schaute gar nicht hinein, sondern lachte nur bissig und fing dann übergangslos an zu flennen.

»Ich weiß«, sagte Jordan, »ich war dir ein schlechter Vater.«

»Nein, wieso?«

»Irgendwie verfahren, mein ganzes Leben! Alles, was ich liebe und woran ich glaube, musste mich die ganze Zeit mit diesem Sumpfungeheuer namens Fernsehen teilen.«

»Klar, du warst immer weg und hast mir echt viel gefehlt, aber … jetzt kann ich's ja zugeben, in der Schule konnte ich immer prima mit dir angeben.«

»Wenn meine Schwester nicht gewesen wäre … Praktisch hat Dessi dich großgezogen!«

»Alle meine Freundinnen haben mich beneidet, manche waren sogar verliebt in dich. Ich war natürlich auch schrecklich eifersüchtig, weil du immer für alle da warst, aber nie nur für mich!«

Jana schluckte die Tränen herunter, die Zehen ihres nackten Fußes bewegten sich nervös. Dann wandte sie ihr Gesicht ab und ihre Augen bohrten sich in die Wand. Sie kehrte ihm nicht den Rücken zu; sie hörte einfach auf, ihn zu bemerken. War es nicht genug, dass sie ihm verziehen hatte? Ihn nun auch noch zu trösten für seine späte Reue, seine plötzliche Verlorenheit auf sich zu nehmen – nein, so weit wollte sie nun auch wieder nicht gehen, dazu hatte sie nicht die Kraft und nicht die Geduld.

»Und … echt, Papa, ich hau nicht deinetwegen ab, und schon gar nicht wegen der lieben Dida und ihrem lustigen kleinen Jona-Kindchen«, sagte Jana leise, »weißt du, dieses abgefuckte Bulgarien ist einfach nicht mein Land. Ich könnte den ganzen Tag nur kotzen, wenn ich sehe, wie die Bosse ihren Reibach machen, wie jeder sich von ihnen kaufen lässt und glücklich ist, wenn er ihnen für ein paar Leva den Arsch abwischen darf, und sich dann mit der Kohle von denen vor uns anderen dicke macht und einen auf großen King markiert. Ziemlich uncool, findest du nicht?«

»Muss ich mich jetzt auch dafür noch schlecht fühlen, dass du meinetwegen in Bulgarien zur Welt gekommen bist?«

»Nee, nicht dafür, aber dafür, dass du einer von denen bist, die sich im Zweifelsfall immer für den Erfolg entschieden haben, und alle mussten sich immer schön ins Wartezimmer setzen, bis Mr. Smiley mit seinem Erfolg fertig war.«

Zwei Tage später fuhr Jana ab und ließ die anderen mit dem bitteren Gefühl zurück, dass es für lange sein würde. Sie nahm von ihren Klamotten nicht mehr mit als das, was in die zwei alten Koffer ging, die sie sich ausgesucht hatte. Ihren ganzen Firlefanz, angefangen bei den Schmucksteinketten und Armbändern, ihr Schminkzeug, kurz, die Hälfte ihrer Eitelkeit, ließ sie zurück; aber eine Teflonpfanne packte sie ein, ein Foto ihrer Mutter, ein Glas Bohnenkraut aus dem Garten in Simeonowo, und Prousts *Auf der Suche nach der verlorenen Zeit*. Zum Flughafen begleiteten sie nur Jordan und Dida. Dessislava blieb zu Hause, auf das Baby aufpassen, und ihr Großvater, der uralte Assen, bekam vor Aufregung Herzattacken und musste liegen.

Am Flughafen saß eine Gruppe junger Iren auf Rucksäcken, einer von ihnen schrammelte im Foyer des renovierten alten Terminals auf seiner Gitarre. Der neue Terminal sollte eigentlich schon eröffnet sein, aber wegen schlampiger Bauausführung war die Decke eingestürzt.

»Ich hasse es, abzureisen«, sagte Jana.

»Wir hassen es auch, dass du abreist«, versuchte Jordan zu scherzen.

»Und vor allem hasse ich es, wenn ich begleitet werde. Da winkt das Taschentuch so uncool.« Wie ihre Augen so tränenfeucht glänzten, sahen sie wunderbar aus, fand Jordan.

Auf einmal drehte sich Jana zu Dida um und sagte nach einem tiefen Schluchzer:

»Tschuldige, du!«

»Ach Quatsch, wofür denn?«, beruhigte sie Dida.

»Weißt du, wenn du so eine fette Loserin gewesen wärst, so superhässlich und so, die nix rafft, dann hätte ich null Problem mit dir gehabt, aber so …«

»Aber was … ›so‹?«

»Aber du warst einfach supergenial, ich fand dich vom ersten Moment an absolut oberscharf, schon als du reinkamst, du weißt doch, dieses eine beknackte Weihnachten da …«

»Und da?«

»Und da kriegte ich sofort ’n Hassanfall, weil ich doch Mama so geliebt hab, und wenn ich dich jetzt auch … o fuck …« Sie wischte sich die Tränen mit dem Ärmel ab, hielt sich die Hände klauenartig vor die Augen, als hätte sie Äpfel darin, und sagte: »Ich hab jetzt bestimmt sooo Klüsen!«

»Was wäre gewesen, wenn du mich auch …?«

»Na, ich dachte, dann verrate ich Mama. Aber jetzt weiß ich, das eine hat mit dem andern nix zu tun.«

Sie schwiegen lange. Wenn er sich die beiden Frauen so anschaute, hatte er das Gefühl, er wäre derjenige, der abreiste, und sie wären bloß gekommen, um ihm zu winken.

»Ich glaub, ich komm nie mehr zurück.«

»Bitte, Jana, sag doch nicht so was«, sagte Jordan gequält und sah, wie seine große Tochter Dida in den Arm nahm, sich an sie kuschelte und sagte:

»Weißt du, pass einfach gut auf meinen Papa auf, hörst du?«

Dann nahm sie ihr Handgepäck, eine abgewetzte Reisetasche, und lief auf eine schwarzgekleidete Gestalt zu, die Jordan noch gar nicht aufgefallen war, weil sie ganz hinten in der Ecke stand, lang aufgeschossen und mit asketischen, aber schönen Gesichtszügen. Vermutlich war das Teddy, Janas »totaler Freak, unheimlich lustig, aber ’n Idealist und so, der glaubt echt an Gott … und an mich auch«.

13

Die neuen Geschäftsräume Pawel Tscholevs befanden sich an der Uferpromenade in einem Gründerzeithaus mit vielen Stilzitaten von Pilastern bis zu Vignetten, von Stuckverzierungen bis zu Ziertürmchen an den Ecken. Im Erdgeschoss befanden sich ein paar Geschäfte für zahlungskräftige Kundschaft und das wohl teuerste Restaurant von ganz Widin. Die Etage darüber war Tscholevs Reich. Die französischen Fenster hatte er mit stark getönten Scheiben neu verglasen lassen, die neugierige Blicke von außen abhielten, von innen aber eine prächtige Aussicht auf den ewig dahinfließenden Strom gestatteten, dessen rumänisches Ufer im Herbst einen bunten Blätterkranz bekam. Auf dem schimmernden Wasserspiegel schoben sich weiße, von Wien kommende Passagierschiffe und Schleppkähne voran, deren Schiffssirenen in empfindsameren Gemütern die Wehmut weckten, dass nichts in diesem Leben blieb.

Als Krum Krumov die riesige Büroetage betrat, die aussah wie die Ausstellungshalle eines gehobenen Büromöbelgeschäfts, entfuhr ihm ein Seufzer. In ausladenden Sesseln, die mit Brokat bezogen waren, saßen Pawel Tscholev, seine Sekretärin Zezi, die auch heute wieder Fetzen trug, die ihre Üppigkeiten nur mit Mühe bändigten, sowie ein Recke mit Kürzesthaarschnitt und Narbe auf der Stirn, der einen teuren Tweed-Anzug trug, die Krawatte aber abgelegt hatte, um sein Hemd bis unter die Brustbehaarung aufknöpfen zu können. Und dann war da noch eine künstliche Blondine mit Stupsnase und derart kurzem Minirock, dass es eine wahre Freude für das männliche Auge war. Sie hatte zweimal am Wettbewerb »Miss Bulgarien« teilgenommen, doch die Natur hatte es so gut mit ihr gemeint, dass sie beide Male schon in der ersten Runde wegen zu unseriöser Formen ausgeschieden war. Der Tisch, um den diese erlauchte Runde saß, war aus Teakholz. Darauf standen zur Begleitung für die harten Getränke zwei Platten mit edlen Wurstsorten, die wohl unten im Restaurant angerichtet worden waren. Außerdem standen zwei muschelförmige Schälchen mit Nusskernen aller Art bereit und eine halbleere Flasche Markenwhisky. Auf dem Boden daneben prangte eine große Korbflasche mit hausgemachtem Wein. Wie zur Dekoration der Kulinaria lagen auf dem Tisch auch einige Bündel Hundert-Leva-Scheine, die soeben von der Nationalbank in Umlauf gebracht worden waren.

»Da kommt er ja, unser Krumtscho«, klatschte Pawel Tscholev zur Begrüßung in die Hände und gab seinem Leibwächter mit einem leichten Kopfnicken das Zeichen, den Raum zu verlassen. »Der Sohn des legendären Genossen Marijkin.«

»Grüß dich, Pavka«, erwiderte Krum blöde, »wie geht's so?«

»Gar nicht gut, lieber Freund, gar nicht gut.« Die Ironie war unüberhörbar. »Da eröffnet mir die gute Zezi doch heute tatsächlich, sie sei schwanger, stimmt's, mein Goldstück? Doktor Kotev wird sich freuen und … die Hand aufhalten.«

Mit Ausnahme des unbekannten Mannes in Tweed sahen alle aus, als hätten sie die Nacht durchgefeiert – mit allem, was bei so reizenden Damen dazugehört. Der Unbekannte hatte einen akkurat gepflegten Dreitagebart, eine Stirnglatze, durch die seine längliche Narbe noch markanter hervortrat, einen muskulösen Hals, der seinen Kopf aussehen ließ wie eine Zinne auf der Burgmauer von Baba Wida, und die unförmigen Ohren des ehemaligen Ringers. Seine Körpersprache war die einer großen Raubkatze, scheinbar träge, aber von einer Kraft, die es ihm erlaubte, blitzschnell zuzuschlagen. Sein Blick zeigte einen Überdruss, der an Verachtung grenzte. Dieser Mann schien durch nichts zu beeindrucken zu sein, und das gab ihm die Ausstrahlung unerschütterlicher Macht. Nicht nur über die anwesenden Dämchen, sondern auch über Pawel Tscholev, die ganze Situation und den ganzen Morgen.

»Trinkst du einen Whisky?«, fragte Tscholev hicksend.

»Nein danke, ist mir noch ein bisschen früh am Morgen«, antwortete Krum unsicher.

»Hab dich hergebeten, damit du Bate Boris kennenlernst. Ein alter Busenfreund von mir, ach was sag ich, er ist mir wie ein Bruder …«

»Ja, ich, also …«, stotterte Krum, um wenigstens seine Stimme zu hören.

»… ein richtiger Bruder. Und der möchte dich um etwas bitten.«

»Was in meiner Macht steht, will ich …«

»Aber *das tut er nur einmal*, ich meine, das Bitten. Beim zweiten Mal, da wird ihm das Bitten nämlich langweilig, verstehst du. Und wenn ihm langweilig ist, dann kommt diese Unzufriedenheit hoch, diese Wut, und dann vergisst er schon mal, was er tut, und schlägt wild um sich. Ja, so ist er halt, der Bate Boris. Und dann kann man nur beten, dass ein Krankenhaus in der Nähe ist. Denn, mein lieber Freund Krum, wenn das nicht in der Nähe ist …«

»Lass mal, Pavka, du erschreckst mir den Mann noch«, beschwichtigte der Genannte und zog in gespielter Verlegenheit an seiner Zigarre.

»… dann kann der Krankenwagen auch gleich weiterfahren, dahin, wo die schönen Trauerweiden ihre langen Zweige über bemooste Steine hängen lassen.«

Die gefärbte Blondine lachte über Tscholevs anschaulichen Scherz und zog ihr Röckchen ein bisschen tiefer.

»Was in meiner Macht steht, will ich tun«, wiederholte Krum blöde.

»Herr Marijkin«, ließ der Mann in Tweed seine Stimme vertraulich und freundlich erklingen, »ich würde gern Ihre Fabrik käuflich erwerben.«

»Meine Fabrik?« Krum fühlte erst, wie ihm der Schweiß ausbrach, dann die dazugehörige Angst. »Aber die ist doch so gut wie pleite, eine Ruine.«

»Darum machen Sie mir ja auch einen günstigen Preis.« Sein Blick glitt scheinbar desinteressiert in die gegenüberliegende Ecke des Raumes, strich über das Landschaftsgemälde *Sonnenaufgang über der Donau* und erstarrte auf der glühenden Spitze seiner Zigarre. »Oder sagen wir lieber, *ich* mache *Ihnen* einen günstigen Preis, sagen wir fünfzigtausend Euro.«

»So viel ist doch schon die Schutzmauer um die Fabrik wert«, entfuhr es Krum.

»Und?«, feixte Tscholev, »die haben doch nicht dein Vater und du errichtet, oder? Ihr hattet es doch mehr mit dem strahlenden Sozialismus, Stein auf Stein, Parteierlass auf Parteierlass, hehe.«

»Herr Tscholev, mäßigen Sie sich bitte«, fuhr ihm der Recke in Tweed ins Wort, nahm sich eine Scheibe von der gewürzten Hartsalami, kaute angewidert darauf herum, wischte sich die Finger an der Batistserviette ab und wandte sich wieder an Krum: »Sie wissen selbst, Herr Marijkin, dass die Fabrik in den sechziger Jahren vollkommen neu aufgebaut worden ist. Wenn Sie es recht bedenken und die Hand aufs Herz legen, dann ist doch von der alten Fabrik Ihres Herrn Großvaters nur noch der Name geblieben. Ich meine, fünfzigtausend Euro für einen Namen, das ist doch wohl ein faires, ein unschlagbares Angebot, oder?«

In Krum meldete sich der angeborene Starrsinn, und er versuchte, seine Angst herunterzuschlucken.

»Bis vor einigen Jahren hat die Fabrik Feinporzellan in zwei Dutzend

Länder exportiert. Ich habe den Wunsch, die Fabrik wieder in den Zustand zu versetzen …«

»Entschuldigung, Herr Marijkin, ich möchte diese Fabrik nicht für mich kaufen«, unterbrach Bate Boris ihn schroff, »denn ich bin kein Freund feiner Tässchen. Hab als Kind einmal so eine Tasse bei meiner Tante zerdeppert und dafür von meinem Herrn Papa eine derartige Backpfeife kassiert, dass ich Porzellan seitdem nicht mehr ausstehen kann. Ich habe aber einen Namensvetter, einen alten Turnhallengefährten, der Einzige, der mich auf der Matte mal besiegt hat, dem gehört die Porzellanfabrik in Rasgrad. In der Gegend gibt es wirklich gutes Kaolin, sage ich Ihnen, ganz fein. Der hat mir nun einige unschätzbare Dienste erwiesen, und ich bin dem was schuldig. Kurz, ich hab ihm versprochen, die Konkurrenz in Widin für ihn zu kaufen. So verstehe ich Marktwirtschaft, Herr Marijkin, der Stärkere bekommt den Markt.«

»… bekommt die Macht?«, fragte Krum verdutzt, dem es in den Ohren rauschte.

Krums ehemaliger Mitschüler Pawel Tscholev, Hausherr dieser lustigen »Verhandlungen«, lachte lästerlich und kippte seinen Whisky auf ex. Die beiden Dämchen stimmten als fügsame Angestellte giggelnd in Tscholevs Lachen ein. Der Tweed-Recke schaute sie an, als wären sie dunkle Flecken, die jemand aufs Licht gemacht hätte, oder als sei er erstaunt über ihre Anwesenheit, dann schweifte sein Blick wieder in die Ecke und blieb auf dem zweiten Gemälde hängen, *Donaufischer* genannt.

»So funktioniert Marktwirtschaft, Herr Marijkin, wenn sich kein Bleistiftstemmer einmischt«, unterstrich Bate Boris noch einmal leise mit gefährlichem Unterton.

»Lassen Sie mich nachdenken, Herr …«

»Gut, sechzigtausend Euro, das ist mein letztes Angebot.«

Mit diesen Worten erhob sich der Zweizentnermann leicht wie eine Feder und drückte seinen Zigarrenstummel im Aschenbecher aus.

»So ganz ohne mir das zu überlegen …«, beharrte Krum, um seine innere Erstarrung zu überspielen.

»Gut, überlegen Sie, ich gebe Ihnen zwei Stunden.«

»Na, wenn das keine Großzügigkeit ist«, kommentierte Pawel Tscholev erheitert.

»Wie auch immer Sie sich entscheiden, Herr Marijkin«, sagte Bate Boris, bevor er ging, bedrohlich, »seien Sie sicher, dass wir uns nicht wiedersehen werden. Hab mich gefreut, Sie kennenzulernen.«

Als die Tür endlich hinter ihm ins Schloss fiel, hatte Krum das trügerische Gefühl, aus einem Albtraum zu erwachen. Die Morgensonne blendete ihn. Dann badete er seine Augen im tröstlichen Anblick des dahingleitenden Vergessens namens Donau. Ein Geruch nach Sumpf, nach Herbst und nach Fruchtsäure lag in der Luft. Krum betrat die erstbeste Kneipe und bestellte sich ein großes Glas Traubenbrand und einen Bauernsalat, dann noch ein Glas, dann noch eins. Sein Hemd trocknete unter den Achseln und am Kragen, der Alkohol machte ihn schwindlig, flößte seinem Hirn aber auch Mut ein, Übermut. Es ging auf Mittag zu, als er per Mobiltelefon Pawel Tscholev anrief. Als er dessen alkoholisiert-verwaschene Stimme hörte, dachte er: Wart's ab, Freundchen, ich habe nämlich jetzt gleichgezogen!

»Hör zu«, sagte er mit heiserer Stimme, »du kannst deinem Bate-Bruder Boris bestellen, der Herr Marijkin hat keine Fabrik zu verkaufen.«

»Ganz wie der Herr wünschen«, beschied ihn Tscholev mit einer Schadenfreude, die Vorfreude verriet.

14

Am nächsten Morgen weckte ihn ein undefinierbarer Jammerlaut. Im ersten Moment dachte er, das sei eine Schiffssirene, die sich durch den Dunst über dem Fluss in sein Haus, sein Ohr, seinen Traum drängte. Dann erkannte er die Stimme seiner Mutter. Kurz darauf stürzte sie auch schon in sein Zimmer. Ihre Kleider, ihre Haare sahen aus, als hätte sie mit jemandem gekämpft. Das Entsetzen, das sich auf ihrem Gesicht malte, war so groß, dass es dessen ganze Hässlichkeit auslöschte. Daran erkannte er, dass sie außer sich war. Sie umarmte ihn weinend, als wolle sie ihn ganz und gar wieder in sich aufnehmen, ihn zurücknehmen in die ungeträumte Welt vor der Geburt. Sie stotterte, unfähig, ganze Worte zu bilden.

»Aber Mama, was ist denn los, nun lass doch …«

Krum versuchte vergeblich, sich aus ihrer Umklammerung zu lösen. Irgendwann ließ sie ihn von selbst los, verschluckte sich an ihren Tränen, wurde still wie ein geschlagenes Kind und – sackte auf dem Boden vor dem Bett zusammen.

»Draußen am Tor«, brachte sie nur heraus, »o Gott, draußen am Tor.«

Krum schlug die Decke zurück, schlüpfte in seine Pantoffeln, durchquerte das Wohnzimmer, in dem die Sonne Halt an den Quitten auf dem Vitrinenschrank suchte, lief – so, wie er war, im Pyjama – zur offenen Außenpforte und schaute sich um. Er bemerkte aber nichts Außergewöhnliches außer einem Spatz, der sich fesch aufgeplustert im Staub badete. Als er aber hinaustrat, konnte er sie nicht mehr übersehen, die Todesanzeigen. Es waren mehrere, ganz frisch gedruckt, und von der teuren Sorte. Darauf prangte – sein eigenes Bild. Unter einer der Anzeigen, der mit dem christlichen Kreuz oben, stand als Trauernde geschrieben: »Die Mutter«, auf der anderen, der mit dem fünfzackigen roten Stern: »Die Verwandten und Freunde«. Er las:

Nach kurzer und schwerer Krankheit
ist unerwartet von uns gegangen
Krum Krumov Marijkin
1955–2002
Warum musstest du uns verlassen?
Unsere Herzen können es nicht fassen.
Wir können die Pfade des Schicksals nicht lenken.
Doch immer werden wir deiner gedenken.

Entsetzt zuckte er zurück. Speichel sammelte sich in seinem Mund. Die Angst brodelte in ihm hoch, irreal wie eine plötzliche Sturmflut in der Wüste. Eiskalte Schauer liefen ihm über den Rücken. Wie aus einem surrealistischen Film auch die Szene selbst: Ein Mann in Pyjama und Pantoffeln steht auf der Straße und starrt seine eigene Todesanzeige an. Schleunig machte er, dass er wieder ins Haus kam. Er gab seiner Mutter ein Beruhigungsmittel und bestand darauf, dass sie unter seinen Augen ihre Medikamente gegen Bluthochdruck nahm. In einem Anfall von Feierlichkeit kramte er seinen Anzug für offizielle Anlässe aus dem Schrank, zog sich an und verließ das Haus. Die ganze Uferpromenade war gespickt mit seinen Todesanzeigen. Sie hingen überall, wo viele Menschen vorbeikamen, sogar auf dem Widiner Marktplatz und an der Stadtbibliothek, am Gebäude des ehemaligen Bezirkskomitees der Kommunistischen Partei und der mit poliertem Naturstein verkleideten Hauptgeschäftsstelle der Sparkasse.

Als er in die halbverlassene Porzellanfabrik kam, stellte sich ihm vor dem Lager mit der fertigen Produktion einer der wenigen verbliebenen Arbeiter in den Weg, ein Zigeuner mit pechschwarzem Haar und mehreren Goldzähnen. Er starrte Krum an, schluckte ein paarmal, stieß einen unartikulierten Laut aus und verschwand in der nahe gelegenen Toilette. Das Büro des Direktors betrat Krum, ohne anzuklopfen. Gergina Weleva saß am Schreibtisch über dem Musterbuch mit den Abbildungen Wiener und Prager Meister, das sein Großvater ebenfalls hinterlassen hatte. Ihre Augen waren feucht. Sie funkelten in dem jähen Sonnenstrahl, der durchs Oberlicht in den Raum blitzte. Licht und Trauer, das war sie. Hm, dachte Krum eigenartig berührt, und dann: Sie hat um mich geweint! Neben der toten Telefonanlage dampfte eine Tasse Kaffee, daneben lag die Tageszeitung *Donaustimme*, aufgeschlagen auf der Seite mit den Todesanzeigen. Auch von dort blickte er sich selbst entgegen. Gerginas Blick hob sich zu dem, der da eingetreten war, und füllte sich langsam mit ungläubigem Entsetzen. Krum dachte: So also schaut ein Mensch, der eine Fata Morgana sieht, oder Gespenster, oder einen Wiedergänger! Etwas daran gefiel ihm. Aber was? Ja, es war die Aufrichtigkeit, die in ihrer Trauer zum Ausdruck kam, und die durch die Absurdität der Lage von aller bloßen Höflichkeit befreit war. Es durchrieselte ihn angenehm.

»Huch, Sie?« Mehr brachte sie nicht heraus.

»Ja, ich …« Seine Stimme zitterte vor Freude.

»Aber wie … warum …«

»Weiß auch nicht. Wache heute Morgen so auf und …«

»Wo? Wo sind Sie aufgewacht?«

»Na, wo schon? Im Bett natürlich. Ich dachte, ich höre eine Schiffssirene heulen; aber es war meine Mutter.«

»Also im Krankenhaus?« Gerginas Verblüffung wuchs, zugleich aber entrangen sich ihr unübersehbar tiefe Seufzer der Erleichterung, ein glückliches Aufschluchzen, das ihr Gesicht in einen hellen Schein tauchte, von Tränen geschmückt.

»Aber nein. Zu Hause, ganz normal. Der Wecker hatte noch nicht geklingelt, da kam Mutter ins Zimmer gestürzt.«

Auf einmal kam Krum die ganze Absurdität der Situation und der seelischen Verfassung Gerginas zu Bewusstsein, und er musste lachen. Als wäre dies ein Zeichen, nahm Gergina Weleva das Stieltöpfchen, goss ihm von dem Rest türkischen Kaffees in eine Tasse und begann ebenfalls zu lächeln. Ein Lächeln des Überlebenden nach dem Tornado.

»Deine eigene Beerdigung zu erleben, das ist schon was.«

Der Kaffee war so heiß, er verbrannte sich fast den Mund.

»Wer hat Ihnen denn diesen bösen Streich gespielt? Und warum?«

Gergina schniefte unbekümmert; sie hatte sich vom Schock erholt, und ihre unzugängliche Hässlichkeit wiedererlangt, die Krum Krumov aber nicht abstieß, sondern ihn mit einem seltsamen Kleinmut und Bedröppeltheit erfüllte. Vielleicht hatte das damit zu tun, dass Gerginas Hässlichkeit, genauer gesagt, ihre unkoordinierten Gesichtszüge so ungeheuer raumgreifend und präsent waren, dass er sich wie ein Grundschüler vor der strengen Klassenlehrerin fühlte, und vor der musste man sich in Acht nehmen, durfte nicht zu vertrauensselig sein. Gleichzeitig aber hatten diese im Einzelnen schönen, aber unglücklich gefügten Züge ihres Gesichts etwas, das seinen Beschützerinstinkt weckte, ihn ungemein anzog und in ihm den Wunsch aufkeimen ließ, für diese Frau zu kämpfen gegen die Ungerechtigkeit und das menschliche Unglück.

Er erzählte ihr in knappem Telegrammstil, was sich gestern im Büro seines ehemaligen Mitschülers und jetzigen skrupellosen Geschäftemachers Pawel Tscholev abgespielt hatte, wie er das Kaufangebot von dessen Bruder im Geiste der Geschäfte abgelehnt hatte, der ihm angedroht hatte, man würde sich wohl nicht wiedersehen, und prompt am Morgen darauf: die wimmernden Laute seiner Mutter, die ihn weckten, und die Todesanzeigen in der ganzen Stadt. Gergina richtete ihre Kleidung, beim Zuhören traten ihr erneut Tränen in die Augen. So schwimmend in Angst und Schmerz, *Schmerz und Angst um ihn*, schienen sie Krum wunderschön zu sein.

»Und was werden Sie jetzt tun?«

»Oh, das weiß ich noch nicht.«

»Ich habe Angst um Sie, Herr Marijkin. Ich bitte Sie doch sehr, Sie müssen etwas unternehmen.«

»Ja sicher, ich … wissen Sie …«

»Vielleicht zur Polizei gehen? Ach nein, wer wird denn da auch nur den Finger rühren, wenn die hören, wer hinter der ganzen Geschichte steckt.«

In seiner Verwirrung zog Krum das Handy aus der Tasche und wählte instinktiv, ohne groß zu überlegen, die Nummer Tscholevs. Die war leicht zu merken, weil fünf Sechsen darin vorkamen.«

»Nein«, tat der Angerufene überrascht, »es ist nicht zu glauben: Krum Krumov, Sohn des Genossen Marijkin, höchstselbst – das Wunder der Auferstehung hat sich ereignet, Widin hat seinen eigenen Jesus!«

»Ja, ich bin's«, bestätigte Krum blöde. »Wollte nur sagen: Bin jetzt einverstanden!«

»Ich geh so am Morgen ins Restaurant von Balkantourist, um meinen Magen- und Darmtrakt zum Frühstück mit einer gepflegten Kuttelsuppe zu verwöhnen, und was sehen da meine entzündeten Augen am Markt: deine Fahrkarte ins Jenseits, mit Foto, Geleitgruß und allem Pipapo. Tja, denk ich, schau sich das einer an: gestern noch gesund und munter, und heute schon Land unter! Ich so zu meiner Zezi hier: Zezi, sag ich, es gibt doch keinen bescheuerteren Nährboden für die menschliche Sturheit als den Stolz, den verfickten und verzwickten Stolz.« Er lachte zufrieden über seine schönen Sticheleien. »Bevor ich's vergesse zu fragen: Womit bist du einverstanden?«

»Mit dem Angebot von deinem guten Freund.« Krum hob die Tasse mit dem ungesüßten Kaffee an die Lippen; der war das Einzige, was ihm noch bitterer schmecken würde als seine Selbstverachtung. Der Kaffee war kalt geworden. »Aber ich bräuchte die sechzigtausend Euro sofort, und müsste einen Monat Zeit haben, um alles zu regeln.«

»Einen ganzen Monat?«

»Ja, um wenigstens noch zehn Riesen mehr rauszuholen.« Krum schluckte mit Mühe. »Hab halt doch was von dir gelernt.«

»Und ich freue mich, dass du dich doch noch für die vernünftigere und vor allem: gesündere Alternative entschieden hast. Ich werd' also mal in deiner Sache mit Bate Boris reden. Aber ich warne dich! Der hasst drei Dinge: feines Porzellan, dicke Bücher, und dass man ihm Bedingungen stellt.«

»Eben, und mit dem Porzellan hier soll ja nun Schluss sein, und ein Monat ist noch kein dickes Buch. Ich schalte den Brennofen noch heute ab.«

»Ja schau, das hört sich doch schon ganz anders an.« Tscholev machte ein Brummgeräusch, als würde er nachdenken. »Deine Fabrik da, die könnte man auch in gut zwei Wochen auseinandernehmen. Warum schaust du nicht heute mal bei mir rein auf ein Gläschen Whisky, kannst dann auch gleich deine Scheinchen abholen, damit deine Mami was zum Bügeln bekommt. Also vergiss nicht, ein Beutelchen fürs Bare einzustecken, und: Pass gut auf dich auf, Freundchen!«

»Ginge es nicht, dass ich wenigstens so drei Wochen kriege?«

»Ich sagte: zwei Wochen.«

Tscholevs Taktik des leichten Entgegenkommens bei grundsätzlicher Unnachgiebigkeit kam daher, dass er wusste: Krum war zwar auf der einen Seite störrisch wie sein alter Herr, auf der anderen Seite aber intelligenter als dieser. Und aus Erfahrung wusste er, dass blinder Heldenmut oft mit Dummheit gepaart ist, während Weitsicht und Intelligenz den Menschen in der Regel ängstlich machen.

»Gut«, lenkte Krum ein, »zwei Wochen!«

Er seufzte, drückte auf die Taste mit dem kleinen roten Hörersymbol und steckte sein Mobiltelefon wieder in die Tasche. Er schämte sich, Gergina Weleva in die Augen zu schauen, die das ganze Gespräch mit angehört und dabei wie erstarrt auf den leeren, unnötigen, aber feuersicheren Safe geschaut hatte. Ihr Schweigen wirkte so undurchdringlich wie eine dicke Mauer. Dann sagte sie:

»Sie haben richtig gehandelt, Krum. Sie hatten ja keine Wahl, aber …«

»Was – ›aber‹?«

»Ich arbeite seit sechzehn Jahren in dieser Fabrik.« Wieder Tränen und Schluchzen, wieder löste sich ihre Hässlichkeit in feuchten Schimmer auf. »Hab direkt nach dem Diplom in Sofia hier angefangen, meine erste Stelle.«

Aus Gerginas Worten war kein Vorwurf herauszuhören. Es waren einfach nur die Worte eines Menschen, der seine Bestimmung, sich selbst, seinen Platz in der Welt verlor.

»Nur Ruhe, werd' mir schon was ausdenken, muss doch eine Rettung geben. Ich bin ja allein, ohne Kind und Kegel, wie man so sagt, und kann was riskieren.«

»Genau wie ich.«

»Genau wie Sie? Ach ja, entschuldigen Sie. Warum haben Sie denn nie geheiratet, Fräulein Weleva?«

»Ich liebe nun mal keine lauten Vergnügungen, bin nie in Diskotheken, Tanzlokale und auf laute Partys gegangen, nur ab und zu mal ins Theater. Können Sie mir sagen, wer so eine querköpfige Spielverderberin heiraten will?«

»Na, ich!«, antwortete Krum spontan und ohne groß zu überlegen, genau wie es vor vier Jahrzehnten sein Vater getan hatte, als im Untersuchungsgefängnis Zonjo Metschkarski, der Vater Newenas, gefragt hatte, wer wohl eine so hässliche Frau wie seine Tochter heiraten würde. Gergina Weleva schien unter dieser knappen Antwort zu taumeln, als hätte Krum sie geohrfeigt. Dann musste sie zwei Knöpfe ihrer Bluse öffnen, um nicht zu ersticken.

»Das gehört sich aber gar nicht, Herr Marijkin, und macht Ihnen keine Ehre, sich so über mich lustig zu machen.«

»Ich mache mich nicht lustig über Sie«, erwiderte Krum störrisch wie sein Vater, und wie dieser erfüllt von einer jubelnden Begeisterung angesichts dieser restlosen Opferbereitschaft und Fügung ins Unvermeidliche. »Noch heute Abend stelle ich Sie meiner Mutter vor, und dann können wir sofort … Na, Sie haben's ja mit angehört: Wir haben zwei Wochen Zeit bekommen, zu heiraten!«

15

Gergina Weleva wohnte in Widins Plattenbauviertel, das vor über dreißig Jahren im sozialistischen Aufbauoptimismus für die Arbeiter der damals neuen Chemiewerke hochgezogen worden war. Heute war dieses heruntergekommene Viertel fast verlassen. Von den meist zwanzig Wohnungen eines Wohnblocks waren kaum noch zwei oder drei bewohnt, und das waren überwiegend alte Leute, die nirgendwo mehr hinkonnten oder hinwollten. Die Übrigen waren entweder aufs Dorf zurückgekehrt, wenn sie dort noch einen Hof hatten, oder sie hatten sich ins ungastliche Europa aufgemacht, um dort Arbeit zu finden. Die Grünflächen zwischen den Betonklötzen wurden schon lange nicht mehr gepflegt und glichen Wildwiesen, die hemmungslos als Müllkippen für Plastikbeutel, Verpackungen und Bauschutt zweckentfremdet wurden. Die Außentüren zu den Treppenhäusern waren aufgebrochen, und von den Briefkästen bis zu den leerstehenden Wohnungen war alles geraubt, was nicht niet- und nagelfest, aber als Wertstoff gegen Bares loszuschlagen war.

In der herbstlichen Abenddämmerung wirkte das Viertel wie eine Geisterstadt. Krum fuhr ein Schauer über den Rücken, denn hierhin kam er sonst nie. Zwei Frauen saßen auf einem ehemaligen Spielplatz zwischen rostigen Klettergerüsten und kochten auf offenem Feuer in riesigen Töpfen Kompott ein. Sie schienen die einzigen Lebewesen weit und breit zu sein. Die unter den Töpfen hervorleckenden Flammen erleuchteten ihre Gesichter, die denen von alten Indianersquaws in der Prärie glichen und unbarmherzig von der Kürze des menschlichen Lebens kündeten.

Die Treppenhausbeleuchtung war, vermutlich um Strom zu sparen, abgeschaltet, desgleichen der Aufzug. Krum hastete die Treppenstufen zur vierten Etage hoch, denn er hatte sich verspätet. Schnaufend, eilig drückte er den Klingelknopf, ein rasselnder Ton folgte. Ein Dorn des prachtvollen Straußes dunkelroter Rosen hatte sich durch das edle Einschlagpapier gebohrt und pikste ihn in die Hand. Nach einer Weile hörte er, wie sich in der Stille hinter der mit brauner Feuerschutzfarbe gestrichenen Sicherheitstür etwas regte. Das Geräusch schlurfender, für ihren Träger hörbar viel zu großer Pantoffeln. Dann der Moment, in dem man das Auge hinter dem Spion fühlt, das zu erkennen versucht, wer da vor der Tür steht. Aber wie sollte das gehen, wo es im Treppenhaus doch dunkel war, und die Flurbeleuchtung defekt? Schließlich ging die Stahltür quietschend auf, und das Licht aus der Wohnung besprengte Krums Gesicht wie Wasser. Er zwinkerte einige Male.

»Sie?«

»Ja, ich«, bestätigte Krum. »Ich hatte es ja versprochen, nicht?«

»Sie sind also wirklich gekommen?«

Sie seufzte so heftig, dass es in den Rosen raschelte. Da entsann er sich und überreichte ihr den Strauß. Gerginas Gesicht aber hellte sich nicht auf. Dieses Gesicht hegte noch so seine Zweifel, ob das hier wirklich das war, wonach es aussah, oder ob es wieder nur war, was es immer gewesen war. Aber die Augen in diesem Gesicht waren schon feucht, und sie waren wundervoll, haselnussbraun, geblendet von der Schönheit des Mannes im Türrahmen. Sie hat geweint, dachte Krum, wegen mir geweint. Wie konnte ich mich nur verspäten? Erst dann sah er, dass sie ein weites, schwarzes Kleid trug, das durchaus für offizielle Anlässe taugte, aber mehr für solche der traurigen Art. Das weiße Doppelschleifchen am Kragen fiel auf ihre Brust herab und hob und senkte sich mit ihr.

»Ich … was jetzt?«, fragte sie verwirrt. »Kommen Sie doch herein, ich habe Kaffee gekocht.«

»Mutter erwartet uns«, erwiderte Krum verlegen. »Sie sollen mal sehen, was die für einen Hasen gebraten hat, Hase nach Jägerart.«

Gergina streifte schweigend ihre Riesenpantoffeln ab, und Krum bemerkte, dass sie feine Fesseln und einen recht kleinen, schön geformten Fuß hatte. Sie schlüpfte in ihre Schuhe, und schon war sie neben ihm im Treppenhaus und hatte lange damit zu tun, die beiden Schlösser ihrer Sicherheitstür zu verriegeln.

Als sie ins Freie traten, seufzten beide auf. Gergina grüßte verschämt die beiden alten, Kompott einkochenden Frauen auf ihren Schemeln und drückte den Rosenstrauß an ihre Brust, als sei er ein Schutzschild, hinter dem sie ihre Hässlichkeit, ihren Schrecken, aber auch ihr Glück verbergen konnte.

»Bitte entschuldigen Sie meine Verspätung«, sagte Krum.

»Ich hab mich auch vertan«, antwortete sie, »ich habe Sie um siebzehn Uhr erwartet.«

Sie kamen durch den Donauuferpark. In der noch immer warmen Luft füllten junge Leute und Arbeitslose die Gartenlokale. Die am Hafenkai schaukelnden Schiffe schienen ihnen aufmunternd zuzunicken: Na, wie wär's mit einer kleinen Hochzeitsreise? Das Band des großen Stroms leuchtete mattsilbern im Mondlicht dazu. Die Zypressen verströmten ihren Duft. Die Kronen der uralten Bäume breiteten ihr dunkles Netz über den Boden. Unter ihren Füßen knirschte der feine Kies. Gergina hatte sich – spürbar ungeübt darin – bei ihm eingehakt, und diese Nähe im Kokon der Nacht und des Parks wühlte sie auf.

Endlich waren sie da. Newena hatte Festbeleuchtung in ihrem Häuschen gemacht, alle Lichter brannten. Sie selbst strahlte einladend. Krum ließ Gergina den Vortritt, und da fühlte er, wie müde sie beide doch eigentlich waren, wie unendlich erschöpft!

Als sie ihre künftige Schwiegertochter so im schwarzen Kleid dastehen sah, durchfuhr Newena der Schauer des Wiedererkennens. Das war nicht jenes kapriziöse Seufzen eifersüchtiger Mütter, für deren schöne Söhne die schönsten Töchter gerade gut genug waren, sondern jenes erleichterte Zufriedenheitsseufzen, mit dem die Mutter in der zugeführten Frau sich selbst erkennt.

In einer so orthodoxen, unverändert patriarchalen Kultur suchte jeder Mann unbewusst nach einer Ehefrau, die seiner Mutter glich, und da Männer psychisch höchst labil waren, suchten sie neben Geliebten, an denen sie ihre zweifelhafte Überlegenheit unter Beweis stellen konnten, in der Frau eben vor allem den Schutz und die Geborgenheit, die sie bei der Mutter erfahren hatten.

Schon in diesem ersten Moment wusste Newena, dass diese Gergina ihren Sohn nicht nur lieben und umsorgen würde, sondern sich auch für ihn aufopfern und … immer auf ihn warten würde, treu bis in den Tod. Wie selbstverständlich ging Gergina ihr sofort zur Hand, als sie in der Küche den mit Möhre, Knoblauch und Speck gefüllten, kräuterduftenden Hasen zerteilte, und daran erkannte Newena, dass diese Frau sie ablösen würde. Die Bitterkeit dieses Gedankens löste sich auf in dem süßen Wissen, dass sie in Gergina weiter bei ihrem Sohn sein würde, sodass sie sich endlich ruhigen Herzens zu ihrem verstorbenen Ehemann Krum Marijkin legen konnte.

Newena ging jeden Nachmittag zu seinem Grab, ganz gleich, ob es regnete oder schneite, die Stadt in der Hitze briet oder in der Kälte platzte, und tat irgendetwas: lockerte die Erde und jätete Unkraut, goss die grüne Hoffnung des fünffingrigen Geraniums und die Buchsbaumsträuchlein, und dabei fühlte sie sich, als ob sie ihrem verstorbenen

Mann das Kissen aufschüttelte und das Bett machte. Dabei redete sie mit leiser, jedes Gefühl zurückhaltender Stimme, als sei nicht er, sondern sie vor ihm ins Jenseits eingegangen: »Ganz ruhig, Marijkin, ruh dich nur aus, ich hab nicht aufgehört, auf dich zu warten, bis du auf immer zu mir kommst!«

»Hase nach Jägerart ist das Lieblingsgericht meines Sohnes«, vertraute sie Gergina an.

»Ich habe ein großes Kochbuch zu Hause«, erwiderte Gergina freudig.

»Es kommt alles auf die richtigen Kräuter an, und auf den saftigen Speck«, streichelte Newena Gergina mit der Stimme, »sonst wird das Fleisch trocken.«

16

Am anderen Morgen blieb Krum lange im Bett. Schließlich stand er auf, machte am offenen Fenster seine Gymnastik und aß schließlich, was vom Hasen übrig geblieben war. Seine Mutter hatte sich wirklich selbst übertroffen, so zart war das Fleisch geraten, und so schön hatte sie den Wildgeschmack des Tiers mit Füllung und Kräutern ausbalanciert. Der Abend selbst war eher matt und in fast völligem Schweigen verlaufen, so als hätten sie sich wirklich – wie Gerginas schwarzes Kleid andeutete – zu einem Totengedächtnis versammelt. Und so blieb es bei Fragen wie: »Möchten Sie noch Brot?«, worauf die Eingeladene antwortete: »Danke, sehr lieb von Ihnen.« Dann versanken alle drei wieder in einer Art Betroffenheit, Niedergeschlagenheit darüber, dass sie es nicht vermochten, ihrer Zufriedenheit, geschweige denn ihrer Freude Ausdruck zu geben, einfach Glück zu empfinden. Krum war immerhin auch schon sechsundvierzig Jahre alt und hatte bei aller markanten Männlichkeit und gut erhaltenem Aussehen doch die Schrulligkeit des alten Junggesellen angenommen. Gergina war fünfunddreißig und hatte sich darauf eingerichtet gehabt, unverheiratet zu bleiben. Newena Marijkina wiederum nahm sich die Freiheit, nachdem ihr Sohn in guten Händen war, sich nach den Mühen eines langen Lebens auf die ewige Ruhe an der Seite ihres verstorbenen Mannes zu freuen.

Als sie zum Nachtisch die Karamelcreme aus dem Ofen holte, hob sie noch einmal das Glas auf die Verlobten: »Möget ihr glücklich miteinander sein!« Gergina bedankte sich artig für den guten Wunsch.

Krum wusch sich die Finger, reckte sich noch einmal, dann holte er seinen guten Anzug und die schwarze Krawatte mit dem goldenen Anker aus dem Schrank und machte sich fein. Um zehn Uhr betrat er die Geschäftsräume Pawel Tscholevs, unterschrieb ohne viel Federlesens den Vertrag über den Verkauf der Porzellan- und Keramikfabrik Widin, aber – wie vereinbart – in Kraft tretend erst in vierzehn Tagen, und packte die sechzigtausend Euro in das alte Lederköfferchen mit dem kaputten Zahlenschloss, dessen Kunstleder alle Anzeichen der Ungeduld seines Vaters trug. Tscholev konnte sich, als er Krum hinausgeleitete, nicht verkneifen, mit spöttischem Grinsen und gespielter Besorgnis noch einmal zu fragen: »Wer war bloß dieser Irre, der deine Todesanzeige in der ganzen Stadt angepappt und mit dem Entsetzen Scherz getrieben hat?«

Draußen hatte der Nebel die Stadt in Besitz genommen. Die Donau war verschwunden, nur der sumpfige Geruch langsam fließenden Wassers kündete von ihrer Nähe. Krum stapfte über die Hauptstraße, ging zum Marktplatz und betrat die Sparkassenzentrale. Dort hob er die Monatslöhne der Fabrikarbeiter und seine eigenen Ersparnisse ab, tauschte an einem anderen Schalter die bulgarischen Leva gegen viertausendfünfhundert Euro, tat sie zu dem anderen Geld ins Köfferchen und setzte seinen Weg fort, als sei er ein Vertreter, der mit dem Musterköfferchen unterwegs war. Er passierte das Kriegsgefallenendenkmal, den Festungsturm Kale, kam auf der Hinterseite des Markts heraus, wo es nach Trauben und Maische roch, und betrat ein baufälliges Haus, neben dessen Eingang ein uraltes Schild mit der Aufschrift »Anwaltskanzlei Schuschulkov & Cie.« hing.

Im düsteren Treppenhaus herrschte geheimnisvolle Stille. Es roch muffig nach »anno dazumal« und muffigem Papier, nach Schimmel und vergessenen Blumen. Hier schien seit Tagen niemand mehr hereingekommen zu sein, nur Schuschulkov war offenbar mit seinem Schreibtisch verwachsen. Seine Augen hatten die Blässe der Weisheit angenommen, als wären die kräftigen Farbpigmente schon auf dem Weg ins Jenseits. Seine Haut war staubtrocken. Er glich einem mumifizierten Rieseninsekt, das mit der Stecknadel der Zeit im Kasten seiner Kanzlei aufgespießt war. Vor ihm lag ein aufgeschlagener Terminkalender und der Roman *Die Kameliendame* von Alexandre Dumas. So wie Krum überrascht war, dass die Mumie sich plötzlich regte, so war Schuschulkov überrascht, dass jemand seine Kanzlei aufsuchte – und drückte auf den Schalter für den Ventilator an der Decke, ein Modell, das vor über dreißig Jahren in der Sowjetunion hergestellt worden war. Als der Propeller sich ratternd in Bewegung setzte, hatte Krum den Eindruck, ein plötzlicher Lichtstrahl falle in den Raum und spiele auf der Spinnenharfe, die ein fleißiges Tierchen zwischen feuersicherem Safe und Wand gewebt hatte.

»Oh, Herr Marijkin«, rief Schuschulkov aus, »welch angenehme Überraschung! Wie komme ich zu der Ehre?«

»Sie sind der einzige Mensch in dieser Stadt«, antwortete Krum laut, um das Geräusch des Ventilators zu übertönen, »dem ich mich anvertrauen kann.«

»Sie sprechen ein wahres Wort gelassen aus. Freue mich, es zu hören.«

»Und ich, es aussprechen zu dürfen.«

Krum drehte an den Rädchen des heil gebliebenen Zahlenschlosses, der Koffer auf seinen Knien sprang auf.

»Herr im Himmel! Na, das nennt man Geld!«

»Sogar viel Geld«, überschrie Krum den Ventilator und die Schwerhörigkeit des alten Rechtsanwalts und nickte zum Safe mit dem löwenförmigen Messingplättchen vor dem Schlüsselloch. »So viel und so ungeschützt, dass Sie es unbedingt in Gewahrsam nehmen müssen.«

»Für Sie bin ich zu allem bereit! Ich möchte mir jedoch erlauben zu fragen, was es auf sich hat mit diesen ausländischen Banknoten?«

Krum stand auf und schaltete den Ventilator ab, damit er in normaler Lautstärke sprechen konnte. Dann gab er knapp Auskunft, was geschehen war, und erläuterte dem alten Anwalt im Kern, was er vorhatte.

»Sie sind ja verrückt«, entfuhr es Schuschulkov. »Lapsus Linguae, Sie sind absolut und vollkommen von Sinnen!«

»Natürlich bin ich das«, stimmte Krum verschmitzt zu, »aber Sie helfen mir doch trotzdem, nicht wahr?«

»Dabei, dieses Geld zu verlieren und alles, was Sie besitzen?«

»Im Gegenteil! Ich werde doch die Fabrik meines Großvaters nicht verschenken. Sie haben mich so inständig gebeten, das Erbe anzutreten. Jetzt, wo man mich gezwungen hat, sie zu verkaufen, will ich es wenigstens gegen einen angemessenen Preis tun!«

»Wie stellen Sie sich das vor?«

»Mir wird schon etwas einfallen.«

»Ich habe große Zweifel, dass dabei etwas herauskommt. *Sapere aude*, haben Sie Mut, sich erst einmal Ihres Verstandes zu bedienen, bevor Sie handeln!«

»Keine Zeit«, lächelte Krum entschuldigend.

»Keine Zeit, das Erbe Ihres verehrten Herrn Großvaters zu retten?«

»Ich muss ja auch noch heiraten.«

Diese Rechtfertigung klang so absurd, und kam so schlicht daher, dass Schuschulkov auf weitere Fragen verzichtete. Er zog einfach die Schreibtischschublade auf, holte den großen Schlüssel mit dem gezackten Bart heraus, hüstelte, stand auf, wartete, ob er auch ja nicht umfiel, schaltete den Ventilator wieder ein, diesmal in tarnender Absicht, zog zu diesem Zweck auch die Vorhänge zu, damit kein neugieriger Passant zufällig hereinschaute, und öffnete den Safe.

»Seien Sie ganz ruhig, Herr Marijkin«, ließ er sich im Pathos altmodischer Pflichttreue vernehmen, »schon morgen werde ich bei allen Versicherungsgesellschaften vorsprechen, um Ihren Auftrag auszuführen, Lapsus Linguae, Ihren wahnwitzigen Plan.«

17

Schon im Spätsommer, als das Gras auf Wiesen und Weiden, in Tälern und an den Hängen trocken wurde, der Mischwald trocken im Wind raschelte, die Blätter sich bunt färbten im milder werdenden Licht des kommenden Herbstes, passierten auf einmal unerklärliche Dinge. Anfangs schenkte Christo ihnen keine Aufmerksamkeit, weil er keinen Zusammenhang sah; allmählich aber nötigte ihn ihre stetige Wiederholung, innezuhalten und über ihre Vieldeutigkeit nachzudenken.

Im September bekam er einen kurzen anonymen Brief. Auf teurem Papier mit Wasserzeichen hatte jemand mit aus der Zeitung ausgeschnittenen Buchstaben den Satz zusammengeklebt: »Perverser Widerling, nimm dich in Acht!« Dann erhielt er die ganze Woche über spätabends Kurznachrichten mit Bibelzitaten auf sein Mobiltelefon. »An ihren Taten sollt ihr sie erkennen.« »Auge um Auge, Zahn um Zahn.« An einem Morgen brachte der Briefträger einen dicken Umschlag, in dem auf einem großen Blatt mit Buchstaben, die von einem Konzertplakat stammten, ein Vers aus dem Buch der Prediger stand: »Was war, das ist auch heute, und was sein wird, ist schon gewesen. Und Gott wird die Vergangenheit zurückrufen.«

Christo meldete sich sofort bei seiner Bewachungsfirma. Von dort stellte man weitere vier Leibwächter der Marke »tätowierte Kampfmaschine« für ihn ab. Nun waren zu jeder Tages- und Nachtzeit immer mindestens zwei bewaffnete Bewacher in seiner Nähe, die er über einen Ohrstöpsel blitzschnell zu sich beordern konnte.

Trotzdem fand er eines Morgens, als er den Kühlschrank öffnete, zwischen Gläsern, Flaschen und Dosen eine tote Katze. Ihre Zähne waren entsetzlich gefletscht, ihr Fell mit Wanzen übersät. Christo wäre vor Schrecken und Ekel fast rücklings hingeschlagen. Er übergab sich ins Waschbecken und entließ noch am selben Tag seine Köchin. Doch obwohl sich seitdem ein Leibwächter recht und schlecht nicht nur um Christos leibliche Unversehrtheit, sondern auch sein leibliches Wohl kümmerte, hörten die unerklärlichen Seltsamkeiten nicht auf. Der Strom fiel zum Beispiel häufig ohne erkennbaren Grund aus, und zwar nur in seinem Anwesen; bei seinen Nachbarn brannte weiterhin Licht. Schließlich kaufte er einen Stromgenerator, der mit Benzin lief und bei Stromausfall stark genug war, damit das Licht, der Fernseher, die Computer und die Videoüberwachung sowie die elektrische Heizung weiterliefen. Da kam auf einmal, als er den Kran aufdrehte, um sich ein Bad einzulassen, braunes Schlammwasser aus der Leitung.

18

Was Christo aber viel mehr als all dies beunruhigte, ihn nachts mit Herzrasen weckte und ihn orientierungslos an die Decke starren ließ, bis das Morgenlicht durch die schweren Vorhänge drang, war etwas ganz anderes: seine klägliche sexuelle Vorstellung bei Dessislava nach so vielen Jahren, in denen er von dem Moment ihrer Verschmelzung geträumt hatte. Was hatte er in Dessislavas verliebt-verschleiertem Blick gelesen? Den Schmerz der Hingabe nach all den Jahren der Verdrängung, der Vertagung, und einer Erschöpfung, wie sie nur die unglückliche, die übermenschliche Liebe bewirken kann? Oder war es mehr die panische Angst, das entsetzliche Schamgefühl, dass sie nicht mehr jene Nixe war, die einst auf der Klippe am Meer gelegen hatte? Oder war es das verständnislose Suchen nach dem, was sie all die Jahre daran gehindert hatte, ihre wahren Gefühle zu erkennen? Er wusste nur, dass er sich von diesen ihren Augen hätte losreißen, sich ganz auf ihre Brüste konzentrieren müssen, darauf, den goldenen Griff zu finden, durch den es unter Dessislavas blondem Vlies zündete … Doch er konnte nicht einmal das, sondern fuhr fort, in ihrem Blick zu ertrinken, vergaß sich darin, ebenso hilflos wie sie, die gegenseitige Anbetung in süße Lust zu verwandeln. Er erwachte aus diesen »Albträumen« schweißgebadet und hielt einfach still unter seinem seidenen Bettzeug, um sich nicht an der eigenen Scham zu schneiden.

Eines schönen Herbstsamstags ging er im Internet auf die Suche und wählte das luxuriöseste Bordell aus, das er fand. Das freudenspendende Haus befand sich auf dem Panoramaweg zwischen Simeonowo und Dragalevzi, wurde unter reichen Playboys empfohlen und hatte zur Abwehr niederen Publikums Preise, die an Schutzzölle erinnerten. Der Kontakthof war in klassischem Bordeauxrot und nur mit gedämpftem Licht erhellt, aus den Lautsprechern stöhnten die Stimmen von Serge Gainsbourg und Jane Birkin »je t'aime … moi non plus«, die wenigen anwesenden Männer saßen im Halbkreis um die zwei Stangen für die Striptease-Tänzerinnen und tranken etwas, und im Lichtkegel der auf diese Stangen gerichteten Lampen machten gertenschlanke junge Frauen ihre Drehungen und lasziven Verrenkungen. Christo aber wurde auf seinen

Wunsch vom Piccolo ins Obergeschoss geführt, wo schwere Kristallleuchter im Durchzug bimmelten. An den Wänden hingen Reproduktionen der späten erotischen Gemälde und Zeichnungen Picassos, die Möbel waren mit altrosafarbenem Plüsch gepolstert und mit Blattgold überzogen. In diesem Saal nahm ihn »Madame« mit blasiertem Lächeln und lila gefärbtem, toupiertem Haar in Empfang. Auf ihrer Brust prangte ein Collier und um ihr Handgelenk ein Armband mit künstlichen Diamanten. Die Mädchen, die sie ihm auf professionell gemachten Fotos anbot, waren grazil und von umwerfender Schönheit. Die jüngeren waren Studentinnen, die reiferen vom Typ erfolgreiche Geschäftsfrau mit Ausstrahlung. Christo entschied sich für eine Brünette, die ihn mit einer Mischung aus Scheu und Schmollen unter den Augenbrauen anschaute und entfernt an Dessislava erinnerte. Mit der wollte er herausfinden, ob er »noch Mann war« bei einer Frau vom Schlage seiner großen Liebe. Als er bezahlt hatte, fragte Madame mit gurrender Stimme:

»Wenn Sie das Mädchen für die ganze Woche mieten, warum nehmen Sie sie dann nicht mit zu sich nach Hause und lassen sich von ihr verwöhnen, mein Herr?«

»Ich verreise morgen«, log Christo unbeholfen.

»Dann lassen Sie mich Ihnen sagen: Das Fräulein ist bezaubernd, aber auch sensibel und manchmal störrisch. Sie müssen ihr Zeit geben, sich an Sie zu gewöhnen.«

Er wurde ins Zimmer geführt. Drinnen roch es nach frisch gestärkter Bettwäsche und teurem Parfüm mit herber Note. Es war ebenfalls im Stile »baroque royal« eingerichtet: roter Plüsch, Blattgold, geschwungene Formen. Auf dem Tischchen standen eine Flasche Whisky für ihn und eine Flasche Champagner für das Mädchen, Gläser. Nach einer Minute klopfte es. Die junge Frau, die eintrat, trug ein elegantes Kostüm und Schuhe wie für einen gehobenen gesellschaftlichen Anlass. Um ihren Nacken lag eine Perlenkette. Sie war spürbar aufgeregt.

»Guten Abend«, sagte Christo so cool und relaxed wie möglich, obwohl er hochgradig unter Spannung stand.

»Guten Abend«, erwiderte das schöne Reh seinen Gruß kaum hörbar. Sie ging als Erstes zum Tischchen, goss ihm Whisky, sich selbst Champagner ein, reichte ihm sein Glas, hielt ihm ihres zum Anstoßen hin.

Nachdem sie beide von ihren Getränken genippt hatten, setzte sie sich ans Ende des Bettes und zog verlegen ihren Rock über die Knie.

»Soll … soll ich mich ausziehen?«, fragte sie unsicher, fast ängstlich. M-mach ich gerne, aber g-geben Sie mir ein bisschen Zeit. Hab so blöde Rückenschmerzen im Moment, t-tut richtig weh.«

Keiner wagte, den anderen anzuschauen, und so starrten sie betreten in die Ecke.

»Wie heißen Sie?«, fragte Christo beklommen.

»Dessislava«, hauchte die Schöne. »Aber Sie können Dessi zu mir sagen.«

Christo spürte, wie ihm die Röte heiß zu Gesicht stieg. Er versuchte zu löschen mit einem großen Schluck Whisky, verschluckte sich aber daran. Er wurde das Gefühl nicht los, dass *seine* Dessislava wusste, wo er jetzt war, ihn aus dem Dunkel heraus beobachtete und vor Kummer um ihn und um sich weinte, wissend, dass er eigentlich kein Lüstling und Frauenheld war, sondern gekommen war, um etwas zu kurieren. Das Mädchen spürte etwas und fragte:

»Sind Sie enttäuscht von mir?«

»Nein«, antwortete Christo gepresst, »aber ich hab's eigentlich schrecklich eilig, stelle ich gerade fest, und muss einfach gehen. Bitte entschuldigen Sie mich!«

19

Nach diesem Erlebnis wagte er es eine Woche lang nicht, sich mit »seiner« Dessislava zu verabreden. Er wurde fast verrückt vor Schmerz und Einsamkeit. Außerdem träumte er jetzt einen anderen Traum, und in dem sah er die Dessislava aus dem Club d'Amour nackt auf dem Bett des Zimmers liegen mit birnenförmigen Brüsten und heißen Schenkeln. Er hatte eine fast schmerzende Erektion und starrte auf ihren Leib, der von Kopf bis Fuß von Wunden und Krusten übersät war; aber das stieß ihn nicht ab, sondern weckte eine perverse Lüsternheit in ihm. In seinem Kopf mischten sich die gurrende Stimme der blasierten Puffmutter mit dem Klang von Christbaumglöckchen. Und wie er sich gerade auf das

Mädchen legen wollte, wurde die Tür zum Liebeszimmer aufgerissen und »seine« Dessislava stand im Rahmen, eingehüllt ganz wie in jener Nacht nach dem Abend bei Toschev und seiner Frau in eines seiner Badehandtücher. »Wie könnt ihr nur«, empörte sich »seine« Dessislava. »Ich gehe nur mal eine Minute ins Bad, mich duschen, und schon seid ihr dabei ...« Die schüchterne Schöne unter ihm stotterte: »Entschuldigen Sie bitte, ich habe dem Herrn sogar gesagt, mir täte der Rücken weh, aber er ... er hat sich einfach auf mich gestürzt!« In diesem Moment erwachte Christo mit einer Mordserektion, und er musste eine kalte Dusche nehmen, um sich von diesem Liebesprügel zu befreien.

Es war dann Dessislava, die sich am folgenden Samstag bei ihm meldete. Ihre Stimme vibrierte, man hörte, dass sie geweint, jemand sie beleidigt oder tief verletzt hatte.

»Bitte, Christo, komm sofort her«, schluchzte sie.

»Was ist denn passiert«, erschrak Christo.

»Wenn du wüsstest, ach, wenn du nur wüsstest ... Bitte, komm schnell!«

Er zog alte Jeans an, den Baumwollpullover, den Dessislava ihm zum Geburtstag geschenkt hatte; so ungezwungen gekleidet, würde er ihr näher und vertrauter sein. Er fuhr wie ein Wahnsinniger. In seinem Kopf rotierten Vermutungen, die mit seinem Traum zu tun hatten. Ich werde alles abstreiten, dachte er kleinmütig, gehen nicht viele Leute aus einem ähnlichen Grund wie ich ins Puff?

Er hatte noch nicht geklingelt, da riss Dessislava schon die Haustür auf, rannte zurück ins Wohnzimmer, warf sich aufs Sofa, barg ihr Gesicht in einem Sofakissen und begann zu schluchzen. Christo drehte sich alles, sein Herz blieb stehen. Er setzte sich auf die Sofakante zu ihr und streichelte ihr übers Haar. Sein Blick fiel auf die Wände, an denen, immer noch nicht renoviert seit Emilias Tod, die hellen Rechtecke zu sehen waren, vor denen einmal Gemälde gehangen hatten. Inzwischen lebten hier in der Wohnung auf der Ljuben-Karawelov-Straße nur noch Dessislava und ihr Großvater Assen. Die Ecken waren schwarz von den Dunstschwaden, und die Decke vergilbt von endlos vielen gerauchten Zigaretten. Die Möbel sahen heruntergekommen und verlassen aus, das Parkett war zerkratzt und verzogen, die fleckigen Teppiche verbargen es notdürftig. Das also war geblieben nach über vierzig Jahren Familienleben. Christo fühlte, wie er einen Kloß im Hals bekam, so unerträglich war ihm dieser Anblick.

»Nun beruhig dich doch, hörst du, beruhig dich doch.«

»Ja, wie denn?«

»Du weinst ja, als wäre etwas Schreckliches passiert. Ich bin doch hier!«

»Aber es *ist* ja schrecklich!«

»Wenn wir zusammen sind, was kann denn dann schrecklich sein?«

»Ich fühl mich beschmutzt, erniedrigt, verstehst du? Ich hasse mich!«

»Erniedrigt?« Christo zuckte zusammen. Er konnte nicht anders, als an seinen kleinen Ausflug in den Club d'Amour zu denken, und errötete. »Warum denn das?«

»Das kannst du dir bestimmt *nicht einmal im Traum* vorstellen.«

Dessislava richtete sich abrupt auf, warf sich ihm in die Arme, verschränkte sie um seinen Nacken, umfing ihn mit ihrer Verzweiflung, benässte ihn mit der feuchten Erleichterung ihrer Tränen, ihrer ganzen unmöglichen Fraulichkeit.

»Ich bin schwanger«, flüsterte sie ihm ins Ohr.

»Aber das ist doch wundervoll.« In seiner ohnmächtigen Freude lachte er laut heraus.

»Ein Kind der Sünde«, flüsterte sie in leisem Entsetzen. Als sie sich von ihm löste, sah er, dass ihre Augen vom Weinen geschwollen waren. Weiterzuweinen hatte sie keine Kraft mehr.

»Nein, ein Kind unserer Liebe«, widersprach er.

»Des schändlichen Inzests!«

»Unserer schwer errungenen, unendlichen und erst so kurzen Liebe.«

»Unserer egoistischen Willkür«, widersprach sie störrisch.

»Nein, ganz einfach unser Kind.« Christo konnte seinen Stolz und sein Glück nicht zusammenbringen, seinen übergroßen Stolz, sein unverdientes Glück.

Dessislava erzählte ihm, wie sie das Leben in sich einfach »gewusst« habe, wie sie, um sicherzugehen, in der Apotheke einen Schwangerschaftstest gekauft habe, den Test zur Sicherheit wiederholt, dann noch einmal wiederholt und jedes Mal gehofft habe, dieser süße Kelch möge an ihnen vorübergehen, und jedes Mal am Ende in Siebenheiligen vor der Ikone der Muttergottes inbrünstig gebetet habe, das Kind möge gesund sein. Die Kirche sei leer gewesen und so finster, als ob nicht einmal die an die Wände gemalten Heiligen das Licht ihrer Augen hineingeworfen hätten. Es habe nach Weihrauch, Kerzen, flüsternder Heiligkeit und der ersten Schwangerschaftsübelkeit gerochen.

Hier unterbrach Dessislava ihren Bericht, um sich von ihm zu lösen und mit Fäusten auf seine Brust einzutrommeln. Ihre Panik schien vollkommen unangemessen, wenn man nicht genauer hinsah und bemerkte, dass da noch etwas war, was sie sah, etwas, das sie zu Tode erschreckte.

»Pass gut auf dich auf«, wimmerte sie, »hörst du, gut, gut, gut auf dich auf!«

20

Dessislava wunderte sich selbst, woher diese unbändige, scheinbar grundlose Angst kam. Sie saß mit Maja in ihrem Stammcafé, dem im Souterrain, von dem aus man nur die Beine der Passanten sehen konnte, mal in teuren Stiefeln oder Stiefeletten, mal in Arbeitsschuhen mit dicken Sohlen, mal in ausgetretenen Halbschuhen. Die Gaststätte hatte einen neuen Pächter, der gemeint hatte, sie in eine Art irischen Pubs umwandeln zu müssen. Über der Bar prangte nun eine große Zapfanlage mit mehreren Hähnen, an den Wänden hingen vergrößerte Fotos von Sofia, wie es vor hundert Jahren war, und von alten Röhrenradios; ansonsten war aber alles beim Alten geblieben. Nur die Preise waren jetzt doppelt so hoch, und deshalb kam das alte Stammpublikum wohl auch nicht mehr: die Schüler, die hier in den Pausen bei einem Kaffee oder Cappuccino rauchen übten, die Drogensüchtigen, die mit leeren Augen in die Ferne starrten und sich kaum auf den Beinen hielten; die Rentner des Viertels, die sich hier morgens einen Kaffee leisteten und dabei die ausliegende Zeitung lasen. Kurz: Das Café hatte sein menschliches Flair verloren, jene Heimeligkeit, die nicht durch Einrichtung, sondern durch die Art der Gäste entsteht. Dessislava wollte deshalb, dass sie woanders hingingen, aber Maja wusste, dass sie hier immer einen ausgegeben bekam, was sie bei anderen Lokalen nicht erwarten konnte. Gerade hatte Dessislava ihrer Freundin ihr Herz ausgeschüttet.

»Wenn du so glücklich bist«, antwortete Maja, die an diesem Tag keine Vorstellung hatte, »wovor hast du dann solche Angst?«

»Ist doch klar«, sagte Dessislava aus dem Stegreif, »wenn du unglücklich bist, kannst du ja leicht mutig sein, da hast du nichts zu verlieren, aber wenn du glücklich bist – wirst du unsicher, vorsichtig und abergläubisch.«

»Und ich dachte, du zitierst mich in diese Gruft hier und schmeißt mir eine Runde, weil du mir böse bist.« Maja schlürfte zufrieden an ihrem zweiten Wodka-Feige und kniff genießerisch die Augen zusammen.

»Ich dir böse sein?« Dessislava hatte gerade die Miete für die geerbte Wohnung kassiert und konnte großzügig sein.

»Weißt du, du bist unmöglich, Schwester, machst mich ganz meschugge mit deinem burgfräuleinhaften Edelsinn und deinem altjüngferlichen ›Huch! Und hach! Und da hat er mich angefasst!‹«

»Warum sollte ich dir böse sein?«

»Naja, wegen Sim halt …«

»Simeon und ich sind seit Jahren getrennte Leute, und daran hattest du nicht die geringste Schuld.«

»Okay, gut, aber dass wir es mit unserem Techtelmechtel gleich so weit treiben würden, dass wir auf dem Standesamt landen, damit haste vielleicht ja doch nicht gerechnet, hm?«

»Nein, erwartet hab ich's nicht, das geb ich zu. Aber umso mehr freu ich mich für euch. Ihr seid einfach füreinander geschaffen, und das hab ich euch – wenn du es ehrlich zugibst – doch auch schon zu Studienzeiten gesagt, oder?«

»Eh, damals war nicht nur bei *Hamlet* so einiges faul im Staate Dänemark.«

Dessislava sagte nichts dazu. In der Regel wurde ihre Freundin beim zweiten großen Wodka gallig, beim dritten traurig, beim vierten verwegen und haltlos.

»Hast du Hunger?«, fragte sie schließlich. »Die machen hier nämlich ganz guten überbackenen Toast.«

»Hunger hab ich auch, aber mir ist mehr nach Trinken. Also lenk mich nicht ab, Schwester … Ach, was ich dich noch fragen wollte: Hättest du die Güte, mir zu verraten, welches der erhabene Grund deines unverhofften Glückes ist? Man sieht's dir übrigens an.«

Dessislava überlegte einen Moment, ob sie das überhaupt irgendjemandem verraten wollte, dann gab sie sich einen Ruck und sagte:

»Bin schwanger!«

»Yeah, yeah, herrjemine! Was für 'n wunderbarer Horror. Hör mal, Herzchen, wenn das so ist, dann darfste mir jetzt wirklich so eine Knusperscheibe mit Käse-Eier-Belag zum Alk kredenzen. Dann steck ich auch den dritten großen Wodka besser weg.«

Maja kicherte. Da hatte Dessislava ihr doch einen schönen Grund geliefert, sich heute an ihrem freien Tag die Kante zu geben.

»Und wer ist der Übeltäter?«

»Wen meinst du mit Übeltäter?«

»Na, den Erzeuger!«

»Der Erzeuger, Übeltäter und Vater des Kindes ist ein ganz wunderbarer, ein ziemlich sonderbarer, ein … Na, ich hab sowieso beschlossen, das Kind allein aufzuziehen.«

»Nee, das ist mir jetzt zu viel. Der Vater ist also ein absonderlicher Widerling?«

»Hör mal zu, Maja, ich bestell dir jetzt deinen Toast und noch einen Riesenwodka, aber unter einer Bedingung: dass du aufhörst zu fragen. Ich wollte dich nämlich aus einem ganz anderen Grund sehen!«

»Also tatsächlich ein Widerling, verdammte Scheiße! Stimmt's oder hab ich recht?« Die Neugier schlug ihre Nagezähnchen in Majas Seele, aber größer noch als die Neugier war das Rauschbedürfnis. »Na, raus mit der Sprache, wozu hast du meine sterbliche Hülle einbestellt?«

»Nach zwei, drei Monaten muss ich hier den Abflug machen«, erklärte Dessislava mit Kloß im Hals, »und dann muss einer die *Bonbonniere* übernehmen. Wie du dir denken kannst, muss das jemand sein, zu dem ich Vertrauen habe und – der das Theater von Anfang an kennt, es leidenschaftlich liebt.«

»Willst du damit sagen, dass *ich* …«

»Aber sicher! Wenn ich mich so umschaue, sehe ich keinen anderen, dem ich etwas mir so Wichtiges ans Herz legen könnte.«

»Du siehst mich sprachlos. Aber ehrlich gesagt: Ich weiß nicht recht …«

»Die Idee zu diesem Theater der anderen Art kam doch schon von dir.«

»Die Idee – ja; aber alles, was dann kam, ist doch deinem holden Hirn entsprungen. Und die dicke Kohle hast du auch an Land gezogen.«

Ein Paar, das besonders fein sein wollte und dies vom akkurat frisierten Scheitel bis zur teuren Kalbsledersohle demonstrierte, betrat das Café. Maja hatte sich bereits intensiv um ihr drittes Wasserglas Wodka gekümmert und kannte nun keine Grenzen mehr.

»Also gut«, stöhnte sie mit dem zerstreuten Lächeln eines Menschen, der zwischen Neid und Liebe hin- und hergerissen war, »das mit dem Theater geht klar, ich mach das, aber nur unter einer Bedingung: Wenn du dein Kind mal gesund zur Welt gebracht und es abgestillt hast, dann möchte ich, dass du den *Hamlet* wieder inszenierst, du weißt schon, unseren *Hamlet*!«

21

Ihr Vater war von ihrer festlichen Geste gerührt. Sie war in die nächste gute Pizzeria gegangen und hatte zwei große Pizzen gekauft, für ihn natürlich seine geliebte Bolognese. Assens Augen, die längst ihre tiefe Bergseebläue an ein mattes Grau verloren hatten, wurden feucht. Sie aßen so schweigsam und konzentriert, als säßen sie nicht zu Hause, sondern in einem unbekannten Restaurant. Danach öffneten sie zur Feier des Tages eine Flasche Whisky der Marke »Geschenk von Christo« und gönnten sich einen guten Schluck. Draußen pflügte der Abend das schwere herbstliche Goldlicht um wie eine Scholle, im Dunst der hereinbrechenden Nacht vermeinte man, den Duft von Laubfeuer zu riechen, von sorgloser Kindheit.

Ihr Vater trug eine braune Cordhose und eine dicke Wolljacke; ihm war kalt. In letzter Zeit war ihm fast immer kalt. Dessislava betrachtete ihn, bemerkte die Veränderungen an ihm. Die erfüllten sie nicht so sehr mit Bedauern und Mitleid als mit Verwunderung. Seine einst kantige, raumgreifende Männlichkeit war zusammengeschrumpft, sein Haar schlohweiß geworden. Auf seine früher so entschlossenen Gesichtszüge war die selige Verträumtheit eines getreten, der in schweren Kämpfen um inneren Frieden rang. Er hörte ständig Radio, schaute regelmäßig die Nachrichten im Fernsehen, aber unter den Leuten, um die es dort ging, war keiner seiner Gesinnungsgenossen von früher mehr, und er wurde den Eindruck nicht los: Es ging auch um gar nichts mehr, wenn man einmal davon absah, dass alle zusahen, so viele Schäfchen wie möglich ins Trockene zu bringen. In dem von allen ausgeraubten Staat waren so etwas wie private Gegenstaaten entstanden, angeführt von Leuten, die ihre eigene Polizei, ihre eigenen Hierarchien, Banken und Verbindungen, Institutionen und Gesetze hatten.

Das andere, womit er neben dem altgewohnten Bücherlesen die Einsamkeit seiner Tage füllte, war das Internet. Dessislava hatte ihm die nötigsten Handgriffe am Computer beigebracht und ihm eine E-Mail-Adresse eingerichtet, und so konnte er seiner Enkelin Jana lange Mails nach Bamberg schreiben und ungeduldig auf Antworten warten, die in ihrer Kürze an der Grenze zur Missachtung lagen. Es ginge ihr gut, sie habe tatsächlich Arbeit im Restaurant bekommen, hie und da schilderte sie auch kleine Eindrücke aus der Stadt, aber … nichts Persönliches. Wer Persönliches preisgab, lieferte sich der Gefahr aus, ungebetene Ratschläge zu bekommen. Wer so stur war wie Jana, der zog es vor, selbst dann zu schweigen, wenn er für seine Freiheit mit Entbehrungen und Enttäuschungen bezahlen musste. Immerhin schrieb sie, dass sie einen Platz in einem Studentenwohnheim bekommen habe. Sie arbeite nur abends. Die Deutschen seien kühle und schwer zugängliche, aber im Grunde wohlwollende Leute. Man gewänne ihre Freundschaft nicht leicht, dann aber dauerhaft. Für den alten Assen war das alles einerlei: Sein Enkelchen war nicht bei der Familie, also musste es einsam und verlassen sein! Dessislava hingegen fragte sich vor allem, ob Jana nicht heimlich ihren schönen Theologen geheiratet habe, den sie am Flughafen kurz gesehen hatten. Sie wartete, bis ihr Vater sein Glas abgesetzt und den Whisky heruntergeschluckt hatte, und fragte dann:

»Und, hast du schon Antwort von Jana bekommen?«

»Ja. Wir sollen ihr kein Geld und keine Fresspakete schicken, sondern ihr zeigen, dass wir gutheißen, was sie tut.«

»Fehlt sie dir sehr?«

»Sie mir – ja, sehr, aber umgekehrt … Dabei hatte ich mir eingebildet, wenigstens sie bräuchte mich noch.«

»Das tut sie doch auch!«

»Nein, da mach ich mir nichts vor! Jana ist erwachsen, und dazu schrecklich stolz. Das freut mich einerseits, andererseits entmutigt es mich.«

»Vielleicht gibt es ja bald wieder jemand, der dich braucht.«

»Wer sollte das denn sein?«

»Papa, ich bin schwanger!«

»Aber … das ist ja wundervoll, mein Kind.«

»Da ist nur etwas …«

»Endlich werde ich ein Enkelchen von dir haben!«

»Ja, Papa, nur … damit du es weißt: Ich werde das Kind allein aufziehen!«

»Oh«, wunderte sich Assen, »aber es gehört sich doch, dass ein Kind ordnungsgemäß Vater und Mutter hat.«

»So war das mal, ja. Aber jetzt und für mich ist es besser ohne …«

»Ja, will dein Freund dich denn nicht heiraten?«

»Ganz im Gegenteil. Das Schlimme ist nur …«

»Ich verstehe dich nicht, Liebes.«

»Er drangsaliert mich regelrecht, dass ich ihn heirate, verstehst du?«

»Nein.«

»Wie soll ich es dir erklären? Er besteht so sehr darauf, dass ich das als eine Art seelischer Grausamkeit empfinde, die an Vergewaltigung grenzt.«

»Er ist doch nicht etwa …«

»Doch, ist er.«

»Na, dann … dann musst du tun, was für dich das Richtige ist.«

22

Die zwei Wochen erwiesen sich als ausreichend, um zu veranlassen, was zu veranlassen war. Schuschulkov hatte in diesen wenigen Tagen als Anwalt mehr zu tun als in den ganzen fünf Jahren zuvor. Die Tage waren kurz geworden, dafür schien die Zeit langsamer abzulaufen. Schuschulkov trank seinen morgendlichen Kornkaffee, knabberte eine geröstete, mit Gewürzsalz bestreute Scheibe Brot, zog seinen über zwanzig Jahre alten, aber aus gutem englischen Tuch genähten Anzug an, band sich seine beste Krawatte mit einem akkuraten Windsor-Knoten um und ging mit knackenden Gelenken die Treppe hinunter zum Rasiersalon, der sich immer noch in denselben mit Latex gestrichenen Räumen befand, in denen vor vielen Jahrzehnten Trentscho, der zweite Mann von Assen Weltschevs Mutter Jana, die Rasierseife mit Alaun versetzt und aufgeschäumt hatte.

Bis all dies getan war, war der Vormittag um. Er hatte dann aber immer noch Zeit genug, um mit dem Direktor der Koop-Bank über das Tauschgeschäft zu verhandeln, das dem Banker so unfassbar günstig vorkam, dass er »diesem herzigen Alterchen« ein nigelnagelneues Mobiltelefon schenkte, nur damit der nicht auf die Idee kam, mit seinem Angebot zur Konkurrenz zu gehen. Gott, wie schön, dass es noch solche Naivlinge gab.

Schuschulkov sollte auf die in der Tat absurd erscheinende Anordnung Krum Krumovs hin auf das Freigelände der Porzellanfabrik, die den riesigen Parkplatz und den überdachten Abladeplatz für die Rohkaolinhaufen umfasste, eine Hypothek aufnehmen, die nicht höher lag als der Lohn der Arbeiterschaft, den er tags zuvor bei der Sparkasse abgehoben hatte. Was den Direktor der Koop-Bank so freute, war, dass er die aktuellen Grundstückspreise sehr wohl im Kopf hatte und wusste, dass der Wert der angebotenen überbauten Grundfläche mindestens um ein fünffaches höher lag. »Ich muss es tun«, hatte Krum seinem Anwalt erklärt, »denn das ist der einzige Weg, um allen auszahlen zu können, was ihnen zusteht, den Arbeitern, meiner Ehefrau Gergina, und damit auch das Andenken meines Großvaters zu ehren, bei dem es immer nur klare Rechnungen gab. Und ich bin es mir selbst schuldig.«

Zu Schuschulkovs Entsetzen reichten die zwei Wochen aber auch noch, um eine, wie er fand, noch verhängnisvollere Sünde am Erbe zu begehen. Seine Beine wollten ihn gar nicht tragen zu dieser Versicherungsgesellschaft Fittich. Immer wieder stützte er sich auf seinen Spazierstock, den er 1963 in Weimar gekauft hatte, und auf dem von oben bis unten die daumennagelgroßen Blechwappen der Wanderziele genagelt waren. Er schleppte sich über den Widiner Marktplatz, schlurfte über die Hauptstraße, blieb vor jedem Schaufenster stehen – Osteoporose, Arthritis und ein nicht minder schmerzendes Herz. Schließlich gab er sich einen Ruck, betrat das Marmorfoyer der Versicherung und wurde von einer jungen Angestellten mit übertriebener Liebenswürdigkeit, einem lauwarmen Kaffee und zwei hart gewordenen Gebäckstücken begrüßt und den Worten: »Nein, Herr Schuschulkov, pünktlich, wie immer überpünktlich. Ja, das ist die alte Schule!« Dabei hatte er sich über eine Stunde verspätet. Dann half sie ihm, auf einem Kanapee Platz zu nehmen, das mit Kunstleder im Waffelmuster bezogen war, und breitete auf dem Tischchen vor ihm die Mappen mit den von ihr vorbereiteten Unterlagen aus. Und wie um zu zeigen, wie viel ihr an ihm lag, sprang sie auf und rief in gespielter Peinlichkeit aus: »Au, hab ich doch glatt den Zucker für Ihren Kaffee vergessen!«

»Machen Sie sich keine Umstände, mein Fräulein«, erwiderte der Kavalier alter Schule, dessen ganzer Körper bei jeder Bewegung knarrte wie ein alter Kleiderschrank im Durchzug.

Das erste Mal, als er mit seiner ganzen altersschwachen und doch irgendwie Respekt heischenden Würde vor ihr gestanden und in akkurat aufgereihten Worten erläutert hatte, was der Anlass seines Vorsprechens war, bekam die Angestellte vor Überraschung Schluckauf.

»Herr Schuschulkov, sind Sie sich auch darüber im Klaren, was Sie vorhaben?«, hatte die Frau ihn gefragt, bemüht, ihre Freude, ihren inneren Jubel über den fetten Abschluss zu verbergen.

»Oh, was die Sicherheitsstrategie meines verehrten Mandanten betrifft, so sehe ich mich in der Pflicht, seine ausdrückliche Willensbekundung juristisch zu qualifizieren, ihr sozusagen das seine Rechte schützende und garantierende Kleid überzuwerfen. Denn, mein verehrtes Fräulein, die Form ist der unschätzbarste Teil jedes Inhalts, die Form ist der maßgeschneiderte Anzug jedes juristischen Vorgangs.«

Für alle Fälle bat das so verehrte Fräulein den Filialleiter noch hinzu. Als dieser hörte, was der neue Besitzer der Porzellanfabrik Widin, ein gewisser Krum Krumov Marijkin, wollte, dachte er, ihn träte ein Pferd; doch er beherrschte sich rasch und kniff seine junge Angestellte aufmunternd in den Po.

»Ja selbstverständlich, Herr Schuschulkov«, liebedienerte er, »wo denken Sie hin? Ich verstehe Ihren Mandanten ausgezeichnet und begrüße ihn zu seinem Entschluss. Sicherheit muss über allem stehen, das ist auch unsere Devise!«

Wäre Schuschulkov einer dieser jungen, windigen und wendigen Anwälte gewesen, hätte sein Anzug nicht so gute-biedere-alte-Zeit-mäßig nach Mottenpulver gestunken, und hätte nicht seine Gebissprothese so herzig unbedarft bei jedem Wort in seiner Mundhöhle geklappert, wäre der Versicherungsmann mit Sicherheit skeptisch geworden und hätte sich gefragt, welche betrügerische Absicht hinter der ganzen Geschichte steckte. Doch *diese* Alterschwäche und Blässe, *diese* senile Überkorrektheit, gepaart mit dem dezenten Lächeln des Anständigen, zerstreuten jeden Verdacht. Hier war einer offensichtlich ganz einfach dumm, und Dummheit beruhigt und weckt Vertrauen.

Nach zehn Tagen waren alle vertraglichen Details ausgehandelt, und Krum Krumov brauchte nur noch persönlich in den Räumen der Versicherungsgesellschaft zu erscheinen, um das Dokument zu unterzeichnen, am selben Tisch im Erdgeschoss, an dem auch Schuschulkov gesessen hatte, denn dieser hatte keine Kraft, die Treppen zum Büro des Zweigstellendirektors hochzusteigen. Im marmorverkleideten Schalterraum trat Grabesstille ein. Die weiblichen Angestellten riskierten durchs Panzerglas einen neugierigen Blick voll gespielter Gleichgültigkeit auf die Szene am kleinen Tisch in der Warteecke, um einmal sagen zu können, sie seien Zeuge gewesen, wie ein hohlköpfiger Bauerntrampel, der sein Eigentum restituiert bekommen hatte, sich bei erster Gelegenheit in den Ruin stürzte. Ja, das Unglück anderer ist ein anziehendes, verlockendes Schauspiel!

In diesen dramatischen vierzehn Tagen gelang es Krum aber nicht nur, seine ganze Zukunft an den berühmten seidenen Faden zu hängen, sondern auch, Gergina Weleva zu heiraten. Als Trauzeugen wollte er den uralten Freund seines Vaters, den Lehrer Koitschev, bestellen, aber der sagte ab, weil es ihm finanziell so schlecht ginge, dass er kein Geschenk kaufen könne. Aber das sagte er nicht. Sondern er sagte mit komischem Stolz in der Stimme, als habe er ein Gemälde von Weltrang ersteigert:

»Ich habe *die Influenza*, mein Junge. Würde dich und die Braut nur anstecken.«

So kam es, dass am Ende Anwalt Schuschulkov von Krums Seite und Freundin Dora von Gerginas Seite Trauzeugen wurden. Mit Dora war Krums Braut seit Schulzeiten befreundet, eine mollige, angenehm aussehende Person, die einem mit ihrer Schwatzhaftigkeit aber den letzten Nerv rauben konnte. Pausenlos wiederholte sie Floskeln wie: »Nein, das ist ja unglaublich!« oder »Aber nicht doch, ich bitte euch!« Sie flirtete mit allem, was männlich war, vom Standesbeamten angefangen bis zum alten Schuschulkov, ja, sogar ganz dezent mit dem werdenden Ehemann Krum. Der alte Anwalt trug denselben »guten« Anzug aus englischem Stoff, der mit seinen breiten Revers nach über zwei Jahrzehnten langsam wieder in Mode kam, und er hatte bei der Zeremonie dieselben arthritischen Gelenkschmerzen wie immer. Er schenkte Gergina eine kostbare, edel gearbeitete Perlenbrosche aus Weißgold, die seine Frau einst von ihrer Mutter geschenkt bekommen hatte, die sie im Jahre des Herrn 1924 von einer Wien-Reise mitgebracht hatte. Außer ihnen wohnte nur Krums Mutter Newena der Trauung bei, die ihre Freude aber nicht auszudrücken vermochte, sondern die ganze Zeit wirkte wie ein schlafender Mensch, der etwas sehr Schönes träumt. Nach einem Umtrunk in der Bar des ehemaligen Balkantourist-Komplexes gingen sie in der Abenddämmerung gegen sechs Uhr ins *Schiffsrestaurant*. Der Mond beschien den Fluss; seine Oberfläche schimmerte bleiern. Krum hatte einen Tisch an Deck reserviert, aber dort war es so empfindlich kühl, dass sie hineingingen. Drinnen war es verraucht und überfüllt. Die Kellnerin brachte eine Vase für den Brautstrauß aus Chrysanthemen. Sie aßen bulgarischen Bauernsalat, dann ließen sie eine große Grillplatte kommen. Dazu tranken sie Wein, der schmeckte, als sei er mit medizinischem Alkohol und Wasser gestreckt worden, und als das Dessert und der Kaffee kamen, lief schon zum zweiten Mal *An der schönen blauen Donau*. Der Kaffee war dünn, die Himbeertorte trocken und mit billiger Marmelade gemacht.

Dora war sichtlich enttäuscht von diesem unansehnlichen Hochzeitsschmaus, drehte Gerginas Tasse auf der Untertasse um und bekreuzigte sie, um anschließend aus dem Kaffeesatz zu lesen.

»Nein, das ist ja unglaublich«, begann sie verschwörerisch, »ich sehe vier Kinder! Na, also Herr Marijkin«, schwenkte sie neckisch tadelnd den Zeigefinger, »Sie sind mir ja ein ganz Aktiver!«

23

Newena hatte den Brautleuten ein Stengelchen getrocknete Minze ins Ehebett getan, damit es schön duftete; es roch auch kühl nach frischen Laken und – Befangenheit. Die Frischvermählten zogen sich zögernd und mit dem Rücken zueinander aus. Als Krum seine Frau endlich nackt erblickte, wurde ihm auf einmal klar, was für eine erregende Figur sie hatte. Er berührte sie mit den Fingerspitzen. Ihr Leib glühte, unüberschaubar und ungelehrt wie die Natur. Ihr erster Beischlaf war kurz, aber erfüllend. Gergina biss ihn vor Erregung in die Schulter; schließlich schmiegte sie sich entspannt an seine Brust.

»Wie lange hab ich auf dich gewartet, Krum Krumov, Herrgott, wie lange bloß«, sagte sie beinahe tadelnd. Und in einem Ton, als murmle sie eine Beschwörung, vollendete sie ihren Satz: »Jetzt, wo du endlich da bist, werde ich – hörst du? – werde ich immer auf dich warten.«

24

Als die Porzellanfabrik in Flammen aufging, war es Mitternacht, Geisterstunde, Zeit für Einbrecher und mystische Naturvorgänge, und es war genau vierzehn Tage nach dem alles entscheidenden Treffen Krum Krumovs mit Pawel Tscholev in dessen Büro. Fünfzehn Minuten später erschien Krum Krumov aus dem Nichts, als habe er das Ereignis geahnt, oder als sei er zufällig vom Krähen des Hahns, den ein Rentner auf dem Balkon seiner Plattenbauwohnung über ihm hielt, aufgeschreckt worden. Ein so unerklärlich rasches Auftauchen musste eigentlich Verdacht bei den Ermittlungsbehörden wecken; doch Krum war unrasiert und mit einem nur notdürftig über dem braungestreiften Pyjama zugeknöpften Mantel und in Pantoffeln erschienen, was dem Polizeiinspektor intuitiv die Unschuldsvermutung nahelegte.

Die Nacht war trocken und noch warm. Vom Zigeunerviertel wehte der Geruch stehenden Wassers und später Lagerfeuer herüber. Der Mond nähte den vereinzelten Federwolken am Himmel silberne Säume. Das Viertel versank in Schlaf und Elend. In dem umgebenden Unkraut und Gestrüpp meldeten sich Grillen.

Der Brand müsse durch einen Kurzschluss in der Färberei ausgelöst worden sein, beschlossen die ermittelnden Polizeibeamten, habe sich von dort auf das Auslieferungslager ausgebreitet und schließlich die Kokslagerhalle erreicht – und als der schwarze Brennstoff erst einmal loderte, heizte sich die Luft derart auf, dass sogar die Stahlträger, auf denen das Dach ruhte, schmolzen. Inzwischen brannte die ganze Fabrikanlage. Die Flammen erhellten in mystischem Schein die Nacht, als suchten sie fieberhaft, wie Diogenes einst mit der Laterne, wo das Menschliche in dieser Zeit des Übergangs geblieben war. Der Nachtwächter wurde erst vom Knacken der Fensterscheiben im Verwaltungstrakt aus seinem Schlummer gerissen. Er hatte vom Winter geträumt, und dass ihm kalt war. Nun sprang er schreiend auf, lud sein Gewehr, gab aber keinen Schuss in die Flammen ab, sondern griff instinktiv nach dem Wasserkrug; beim Anblick des Flammenmeeres aber kam der ihm doch ein wenig klein und unzureichend vor, und als er hineinschaute, stellte er fest, dass er ohnehin nur zur Hälfte gefüllt war. Da endlich kam Bai Pano in seiner Panik darauf, dass er den Chef anrufen sollte. Krum Krumov drückte schon nach einmaligem Läuten auf das grüne Knöpfchen seines Handys, als hätte er den Apparat wohlweislich in der Hand gehalten, und rief nur hinein: »Halt die Stellung, ich komme! Keine Panik, ich rufe sofort die Feuerwehr an und komme!«

Die alarmierte Feuerwehr schickte zwei Löschzüge, aber viel zu spät. Als ihre schneidende Sirene ertönte, schlugen die Flammen bereits zum Himmel, hatten die Sterne gefressen und den Mond überwuchert wie Unkraut. Durch einen seltsamen Zufall musste am Vorabend ein böser Spaßvogel das Wasser aus den Zisternen der Löschwagen abgelassen haben, und die nächsten erreichbaren Hydranten auf dem Zufahrtsweg waren mutwillig beschädigt worden und ließen sich nicht öffnen. Die Feuerwehrleute eilten zur Donau, als wäre der Fluss zu löschen, und all diese Versuche, an Wasser zu kommen, kosteten wertvolle Zeit.

Die ersten Schaulustigen stellten sich ein, wurden mehr. Nein, helfen wollten sie nicht, sondern schauen, dem herrlichen Lodern fremden Unglücks zuschauen. Sie wirkten, als hätten sie es eilig. Kamen mit überflüssigen Gegenständen angelaufen und unnützen Ratschlägen. Störten, standen im Weg. Mussten voller Empörung das Geschehen kommentieren. Stritten sich. Äußerten Vermutungen über die Brandursache, brachten vermeintliche Beweise an. Erst gegen ein Uhr traf atemlos und mit zerzaustem Haar, aber im Gegensatz zu ihrem Mann ordentlich gekleidet, Gergina Weleva ein. Mit verzweifeltem Gesicht, das aufregend schön war wie das einer Heldin. Und ebenso Schrecken einflößend. Sie war bereit, mitten ins Feuer zu laufen, um wenigstens die fertig produzierten Service zu retten, die doch längst schon geplatzt, gesprungen, verschmort waren mitsamt allem, was zu ihrer Herstellung geführt und was Gergina als Erfahrung in sich aufgenommen hatte, mitsamt auch der Paradiesvögel. Es gelang so gerade eben, sie zurückzuhalten, denn sie biss und kratzte, als befände sich ihr Kind dort in der Feuersbrunst. Tränen liefen ihr die Wangen herab über den Hals auf die Brust, aber auch mit ihnen war der Brand nicht zu löschen.

»Warum sind wir nur solche verdammte Pechvögel«, heulte sie, »und warum ist in diesem Bulgarien nur jedes Bestreben, etwas aufzubauen, zum Scheitern verurteilt?«

Doch auch diese naive, fast banale Frage schien noch die brennenden Fabrikruinen zu erschüttern, denn in diesem Moment erzitterten die Fassaden wie ein sterbender Mensch, dann brachen sie zusammen. Roter Rauch, aus dem unzählige Funken sprühten, stob in gewaltigen Wolken zum Himmel. Der Polizeibeamte, der mal das Schauspiel der Flammen, mal die Schaulustigen ansah, um dann argwöhnisch und voller Zweifel auf Krum und seine Frau zu starren, hörte im Grunde nicht auf, an hinterhältige Brandstiftung zu glauben; aber als er die Frau ansah, die so viele Jahre in der Fabrik gearbeitet und sie zuletzt kommissarisch geleitet hatte und die fast wahnsinnig zu werden schien in ihrem Schmerz, entschied seine Seele, dass bei so viel Leid das Feuer nicht vorsätzlich entzündet worden sein konnte.

Anwalt Schuschulkov brauchte am Morgen geschlagene zwei Stunden, um seine schmerzenden Knochen zur Unglücksstelle zu bewegen. Von der Fabrik waren nur schwarze, still rauchende Stümpfe, Schutthalden und der Name geblieben. Die Feuerwehrleute begossen die Reste noch immer mit dem Wasser, das sie aus der Donau abpumpten, und das erschien nun ungefähr so angemessen wie Bai Panos Überlegung, ob er nicht mit seinem Wasserkrug versuchen sollte, der Flammen Herr zu werden. Schuschulkov hatte Bilder des Brandes in den Morgennachrichten des Lokalfernsehens gesehen. Doch so grandios das Spektakel selbst auf dem kleinen Bildschirm seines alten Apparates erschien, er trank erst mal in Ruhe seinen Kornkaffee und machte sich dann ohne Eile auf den Weg zu seiner Kanzlei. Als er den Safe aufschloss, dachte er kurz, was für ein Glück, dass der feuersicher ist, und holte die Dokumente heraus, obwohl er die Klauseln des Vertrags mit der Versicherungsgesellschaft auswendig kannte. Mit einer eingezahlten Versicherungssumme von 64 500 Euro hatte Krum Krumov seine Fabrik gegen Erdbeben, Feuer, Überschwemmung und andere Naturkatastrophen versichert und sollte im eingetretenen Schadensfall 1 500 000 Euro erhalten.

Das also war, dachte Schuschulkov, der Hintersinn der scheinbaren Dummheit seines Mandanten. Er verhielt seinen Schritt, um nicht in Versuchung zu kommen, seinen Gedanken zu Ende zu denken. Er murmelte manchmal vor sich hin beim Denken und hatte Angst, dass ihn jemand belauschen könnte. Er lenkte seine Gedanken in frühere Zeiten. Ja, das hätte er früher tun sollen, dann wäre er vielleicht selbst draufgekommen: Das war doch typisch für diese Weltschev-Sippe! Krum Krumovs Großvater Ilija Weltschev hatte sich auf demselben Wege Startkapital verschafft, indem er den Fuhrmannsgasthof, den sein ältester Bruder Jordan erbaut hatte, in Flammen aufgehen ließ, ein gewaltiges Ereignis, ein Schauspiel, von dem in der Stadt noch lange gesprochen worden war. Ein Fanal war es auch deshalb gewesen, weil ein Bulgare niemals zerstörte, was er selbst besaß, ganz gleich, ob ererbt, erworben oder selbst erbaut. Er hätte allerdings nicht im Traum vermutet, dass der gutmütig wirkende Krum Krumov fähig sein könnte, sich an dem, was er hatte, zu vergreifen für die ungewisse Aussicht auf Entschädigung. Krum selbst wusste übrigens nichts von der Brandstiftung seines Großvaters. In seinem Elternhaus wurde ja über den bürgerlichen Großvater nicht gesprochen. Mehr noch, ihm war auch nicht gesagt worden, dass sein Vater der uneheliche Sohn des Fabrikanten Ilija Weltschev war. Wie doch die Dinge sich glichen, räsonnierte Schuschulkov, selbst wenn sie auf den ersten Blick verschieden waren. Wie war das nur möglich? Er erhob sich vom Schreibtisch und verschloss die Unterlagen wieder sicher in seinem Safe.

Während dem alten Anwalt der beißende Geruch verglimmter Kohle in die Nase stieg, nach versengten Stoffen aller Art, kam Krum Krumov ins Krankenhaus. Es hatte begonnen mit einem atavistischen Heißhunger auf Fleisch. Es aß ihn Fleisch, es trank ihn Fleisch. Dann holte ihn ein Herzanfall von den Beinen, der so schmerzhaft war wie ein Infarkt. Gergina wich nicht von seinem Krankenbett. Sie trug jenes weite, ihre Weiblichkeit kaschierende karierte Kleid, in dem sie mager wirkte, männlich und unansehnlich.

»Willst du dich nicht mal ausruhen gehen«, sagte Krum am dritten Tag mit brüchiger Stimme.

»Oh, ich habe so viele Jahre gewartet, sollen jetzt drei Tage mich ermüden?«

So wenig wie der Tod des alten Krum Marijkin den Widinern bemerkens- und erinnernswert erschienen war, so wenig beschäftigte nun der Tod der Porzellanfabrik ihre Gemüter. Deren Überreste lösten sich im Regen auf und wurden langsam, aber gründlich von der Donau ins Vergessen gespült. Der Anblick von Ruinen war in diesen Jahren zu einer Alltäglichkeit geworden und regte niemanden mehr auf. Es war auch keine Zerstörung der Art, die – geladen mit der Energie der Liebe und des Willens – auf baldigen Neubau hindeutet und somit Stoff für Anekdoten und Legenden, kurz: für Wort und Gedächtnis bietet, sondern einfach: Zerfall und Vergängnis.

25

An einem wolkenverhangenen Herbsttag ging Krum, eingehüllt in einen weiten, warmen Mantel, den er sich als Student gekauft hatte, zu Pawel Tscholev. Als er im Vorzimmer anklopfte, zuckte Zezi derart erschrocken zusammen, dass sie instinktiv versuchte, ihre nackten Schenkel mit dem bisschen Rock zu bedecken, das sie trug.

»Ja, aber …«, entfuhr ihr verdattert.

»Richtig kalt draußen«, sagte Krum.

»Sie?«

»Ohne warmen Mantel sollte man nicht vor die Tür gehen«, fuhr Krum fort. »Ist der Chef da?«

»Pavka, äh, der Chef ist völlig, also ganz und gar, ja, er ist hier. Aber was machen Sie … wäre es nicht besser, dass Sie … ich meine …«

Krum ging auf die Tür zu, hinter der das geräumige Büro seines ehemaligen Mitschülers lag, klopfte zaghaft, dann drückte er die Klinke herunter und betrat das Allerheiligste. Tscholev saß in der Plauderecke auf einem Ledersessel und hatte die Beine auf den Couchtisch gelegt, auf dem sich neben seinen Schuhen die obligatorische Flasche Whisky und Schälchen mit Nüssen befanden. Um ihn herum saßen vier seiner Bodyguards, die Cola tranken. Ihre Gesichter verrieten, dass sie hochgradig geladen waren und nur auf einen Anlass zur Schlägerei warteten. Alle starrten ihn an, als sei er ein Wiedergänger.

»Störe ich?«, fragte Krum schüchtern. »Dann kann ich auch draußen warten.«

Tscholev war so sprachlos, dass er die Füße vom Tisch nahm, sich erst einmal eine Zigarette ansteckte und den Eindruck vermittelte, Krums Frage sei eine verborgene Drohung, über die man genau nachdenken müsse.

»Stiebt von dannen, edle Ritter«, befahl er, ließ seine breiten Hosenträger knallen und erklärte: »Herr Marijkin und ich haben etwas zu besprechen. Danach lasse ich euch mit ihm spielen.«

Die sympathischen, nach Deo und Adrenalin riechenden Kampfmaschinen mit den Stiernacken und den kleinen, bösen Augen ließen ihre Gläser auf dem Tisch stehen und streiften Krum beim Hinausgehen betont zufällig. Als die Tür bedrohlich hinter ihnen ins Schloss knallte und es urplötzlich totenstill wurde im Büro, fragte Krum unschuldig:

»Kann ich mich setzen?«

»Mach's dir bequem, mein Gutester! Wollte gerade meine Herzbuben ins Krankenhaus schicken, nachschauen, wie es so um deine Gesundheit steht. Sag ich so zu ihnen: Im Notfall verlegen wir ihn in unsere Reanimationsabteilung.«

»Bin von allein gekommen.«

»Ja, und?«

»Na, siehst doch: Bin von allein gekommen.«

»Ja, und?«

»Mach mich doch nicht …«

»Was soll ich denn sonst mit dir machen?«

»Na, mich verstehen.«

»Dich verstehen? Na, versuchen wir's mal. Ich hasse verhuschte Feiglinge und Weicheier, die bringen mich völlig aus dem Konzept. Da hab ich solche dreisten Typen wie dich lieber.«

»Schau mal, Pavka …«

»Ab heute: Herr Tscholev, du Fehltritt der Natur, und red mich gefälligst mit Sie an.«

Krum setzte sich zaghaft dem Herrn Tscholev gegenüber auf die Sofakante und sagte:

»Wenn Sie es recht betrachten, Herr Tscholev, dann ist es doch jetzt wie im Sprichwort: Der Wolf ist satt, und das Lamm ist heil! Der Mann da in Rasgrad, der mit Ihrem Bate Boris so eng befreundet ist, hat jetzt garantiert keine Konkurrenz mehr aus Widin, und ich hab für die Fabrik doch noch einen anständigen Preis bekommen.«

Beklemmendes Schweigen. Tscholev goss sich einen Whisky ein, führte das Glas zum Mund, aber in einem plötzlichen Wutanfall fuhr er den Arm aus und spritzte das kostbare Getränk auf den Boden. Ja, Krum war es gelungen, ihn aus der Fassung zu bringen. Nun galt es, keine Nerven zu zeigen, sondern sich einen Ruck zu geben und es zu riskieren. Mit trockener Kehle sagte er:

»Aber deswegen bin ich nicht gekommen, sondern … Sie müssen mir helfen, Herr Tscholev!«

»Hab ich dir nicht schon mit der versprochenen Reanimation geholfen«, grinste Tscholev hämisch.

»Sie haben mich nicht verstanden, Herr Tscholev. Es geht um Folgendes. Ich war so dumm, auf meinen Anwalt zu hören und die Fabrik für den Schadensfall auf eine Summe von anderthalb Millionen Euro zu versichern.«

»Anderthalb Millionen? Mein lieber Herr Gesangverein«, pfiff Tscholev anerkennend durch die Zähne. Seine Stimme zitterte dabei leicht, ein Zeichen, dass seine Verblüffung in Aggression überging. »Nein, wie ich mich freue. Wie freundschaftliche Gefühle mich warm durchfluten.«

»Nun ja, die Summe ist in der Tat erheblich, man könnte fast sagen: groß. Die von der Versicherungsgesellschaft Fittich GmbH & Co. KG werden jetzt natürlich alles tun, um ein Haar in der Suppe zu finden und das Geld nicht auszuzahlen.«

»Daran tun sie auch ganz recht.«

»Also, deswegen bin ich hier!«

»Du willst doch nicht etwa sagen …«

»Doch! Es wäre wunderbar, wenn Sie die Damen und Herren dort, vielleicht mit Unterstützung Ihrer großen Buben, davon überzeugen helfen würden, dass ich ein ganz und gar anständiger Mensch bin, und Versicherungsbetrug mir fernliegt.«

So viel Dreistigkeit machte selbst dem in dieser Hinsicht gut trainierten Tscholev Eindruck, und seine Wut schlug in Freude um. Die Stunde der Vergeltung nahte mit Siebenmeilenstiefeln, und sie würde umso heftiger und brutaler ausfallen, je unverschämter sich dieser sein angeblich so schüchterner alter Schulkamerad weiterhin gebärdete.

»Es versteht sich natürlich von selbst«, beeilte sich Krum, der die Stiefel nahen hörte, »dass in der heutigen Zeit Dienstleistungen honoriert werden. Ich biete Ihnen zehn Prozent!«

Dem Herrn Tscholev fiel die Kinnlade herunter. Ihm blieb die Luft weg. Er starrte Krum mit leerem Blick an. Da begann ihm langsam in den Weiten seines Quadratschädels ein Lichtlein aufzugehen. Er konnte also einfach so, ohne besondere Anstrengung, einhundertfünfzigtausend Euro einstreichen, und das, ohne irgendein Gesetz übertreten oder umgehen zu müssen, und das hatte bei ihm wirklich Seltenheitswert.

»Wie bist du nur auf die Schnapsidee gekommen, diese Ruine da zu versichern?«

»Na, nicht beim Schnaps«, entgegnete Krum schon munterer. »War auf einem Spaziergang durch den Uferpark. Vielleicht hab ich zu viel aufs Wasser geschaut, oder der Himmel überm Fluss war so feuerrot. Jedenfalls dachte ich plötzlich: Und was ist, wenn die Fabrik meines Großvaters abbrennt? Da hab ich mich ja doch erschrocken.«

»Scheiß auf deinen Opa und seine Fabrik«, entfuhr es Tscholev, der nun begann, sich vor lauter Nachdenken am Hinterkopf zu kratzen. »Im Grunde haste recht, was sollen wir uns das Leben unnötig schwermachen?«

»Das hab ich mir auch gesagt«, meldete sich Krum im naiven Ton, und griff unbekümmert nach der Whiskyflasche, um sich in ein sauberes Glas einzugießen. »Statt dich in Unkosten zu stürzen und jemanden auf mich anzusetzen, der mich aus dem Weg räumt, ist es doch besser, du verdienst dir ein Taschengeld dazu.«

»Dreißig Prozent«, sagte Tscholev mit gefurchter Stirn, hinter der es offenkundig eifrig rechnete, »und wir sind im Geschäft.«

»Dreißig Prozent – einverstanden, Herr Tscholev«, stimmte Krum zu und setzte das erleichterte Lächeln eines auf, der gerade eine Zahnwurzelbehandlung hinter sich hat.

Gleichzeitig standen sie auf, um den Handel per Handschlag zu besiegeln. Die Hand des alten Ruderers Tscholev war trocken und stark wie ein Schraubstock.

»Nenn mich Pavka, lieber Freund. Sind doch alte Schulkameraden, ha?«

»Bis zur Mittelstufe waren wir sogar Freunde.«

»Ich hab aber eine Bedingung, guter Freund. Sobald wir das Geld hier cash auf der Kralle haben, hörst du, verkaufst du die Bruchbude, in der du haust, schnappst dir deinen Krempel und machst, dass du Land gewinnst. Und dass ich dich nie wieder durch Widin spazieren sehe – nie! Haben wir uns verstanden, lieber Freund?«

Tscholev dachte einen Augenblick darüber nach, wie er seiner Aufforderung Nachdruck verleihen sollte. Dann spuckte er auf den Teppich, holte kurz und kantig aus und knallte Krum eine hinter den Latz, die sich gewaschen hatte. Krum tat es fast gar nicht weh. Na also, dachte er, die Sache ist geritzt.

26

Christo saß in seinem häuslichen Arbeitszimmer vor dem Computer und biss sich auf die Lippen. Da war sie wieder, die anbrandende Flut der Worte, diese mit nichts zu vergleichende Euphorie innerer Fülle, die ihn unsagbar glücklich machte, aber auch erschreckte. Etwas hinderte ihn heute daran, in den Rhythmus der Sätze einzuschwingen, die ihm gleichsam von oben diktiert wurden, aus einer schöneren, bedeutungsvolleren Welt. Er sah auf. Unfreundliches, bleiernes Licht. Er horchte. Die in den vier Ecken seines Grundstückes angeleinten, riesigen Hütehunde bellten wie am Spieß, rissen an ihren Ketten, als müssten sie zusehen, wie vor ihnen jagdbares Wild ums Haus, über den akkurat geschnittenen Rasen stolzierte. Sie waren außer Rand und Band, weil sie von der ganzen möglichen Mannigfaltigkeit eines freien Hundelebens nur die Kette kannten, den Hunger und den entsprechenden Hass. Doch ihr wutschäumendes Gebell ging allmählich in Heulen über, das Heulen in Wimmern, dann verstummte auch dieses. Christo konzentrierte sich auf den leeren Bildschirm vor sich, und die Worte ergossen sich seltsam wie immer, unaufgefordert, berauschend.

Die späte Sonne besah sich in der Brunnentränke, die Fledermäuse zurrten die Dämmerung zusammen mit den unsichtbaren Fäden ihres Flugs, ein ferner Hornstoß verkündete den Feierabend, die umliegenden Hügel verblassten. Die Festungsmauer glich einer aufgeblühten Tulpe, die Wachen machten sich daran, die Tore für die Nacht zu verschließen. Erst da bemerkten sie ihn. Er war einsam wie die Wahrheit und abgerissen wie sie. Er war weder besonders groß und stämmig noch besonders klein und schmächtig. In seinem Ohr blitzte ein Ohrring.

»Bin wohl müde geworden«, sagte der Mann und stützte sich auf seinen Wanderstab.

Die Wachen dachten, er sei verrückt oder aussätzig, und ließen vorsorg-

lich ihre Schwerter klingen. Der Himmel war leer bis auf einen späten Falken.

»Ich bin es müde geworden, zu überzeugen«, vollendete der Mensch seinen Satz.

Die Angst der Torwächter steigerte sich zum Entsetzen. Dabei wollte er ja noch gar nichts. Sie schlossen aber die schmiedeeisern beschlagenen Torflügel nicht, die gleichsam die Scharade der gähnenden Ungewissheit bildeten, der ganzen noch unausgesprochenen Nacht und ihrer Mahre.

Von dem Menschen gingen so viel Melancholie und so viel ruhige Selbstgewissheit aus, dass die Hunde sich ihm zu Füßen legten, als hätte er Anfang und Ende des Imperium Romanum mitsamt der vielen Tagereisen dazwischen gebündelt in diesen Punkt steiniger, sonnengeplagter jüdischer Erde. Er stand vor ihnen, körperlos wie ein Harfenton, seine großen Füße aber waren behaart. Die Männer wussten im Vorheinein, dass man ihn fortjagen würde, hörten schon die Ruhe, die dem knirschenden Laut beim Zuschlagen der schweren Pforten folgte, und weil sie es wussten, waren sie bereit, ihm zu verzeihen, ja, sogar ihn zu lieben. Sie lächelten in sich hinein mit jener Selbstzufriedenheit, die vom Wein oder von der friedlichen Abendstimmung herkam, oder aber vom Rausch der Gefahr, als der Mann sagte:

»Ich bin gekommen, um den Obersten Patrizier dieser Stadt zu treffen. Ich habe ihm etwas Hoffnungspendendes vorzuschlagen!«

»Wer bist du, Unglücklicher?«, fragte der Wachhauptmann.

»Erkennst du mich nicht, Törichter? Ich bin dein Gott!«

Einer der Hunde vergrößerte mit seinem Gähnen die Toröffnung. Die Männer aber liefen durcheinander, beleuchteten den Unbekannten mit Fackeln. Er sah unscheinbar aus, seine Selbstsicherheit aber gab ihm eine Präsenz wie ein von fern herüberklingendes Lied, wie das Grollen herabstürzender Steinbrocken, wie … die ewige Angst.

Etwas Hoffnungspendendes also? Der Mann sah nicht gerade aus wie einer, der das große Gesetz entdeckt hatte. Das Zirpen der Grillen perforierte die Stille. Ein Geruch nach Staub, nach Spätsommer legte sich über die Stadt. Die Brunnentränke schien zu seufzen in ihrer Wanne. Nein, auch die Fackeln vermochten es nicht zu enträtseln, warum die Tore noch offen standen. Der Wind griff in die Fackeln, dass die Schatten über die Wachsol-

daten flackerten. Sie sahen plötzlich müde aus, als wären sie heimgekehrt von einem Gewaltmarsch. Ja, wenn dieser Mann etwas Weises oder Großartiges gesagt hätte, hätte der Wachhauptmann nicht gezögert. Mit einer entschlossenen Bewegung seines Arms hätte er das undeutliche Profil des Mannes zerschlagen. Doch die kühne Tat folgt einer klaren Ursache, dachte der Hauptmann und wetzte die Schneide seines Schwertes mit scharfem Blick. Aber der da war Ursache und Wirkung zugleich, Sieg und Schmach, Unsterblichkeit und unsägliche Qual der Sterblichen. Ihm war danach, die Wange des Menschen mit der Spitze seiner Waffe zu ritzen, um sein Blut zu sehen, seinen goldenen Ohrring abzuschneiden, seinen Schmerz zu sehen.

»Nun gut, so will ich dich denn hinführen.«

Ihre Schritte hallten auf dem Natursteinpflaster. In der Ferne wurde die Sänfte einer bedeutenden Matrone vorübergetragen. Der Markt roch nach gärenden Früchten. Sie gingen langsam, denn sie wussten nicht, was ihnen bevorstand. Der Hauptmann dachte: Dieser Mann geht, als müsse er den ganzen gegangenen Weg in seinem jeweils letzten Schritt mitschleppen. Vielleicht weiß er ja wirklich etwas Unvorstellbares, Erhellendes; dann bin ich gewöhnlicher Dummkopf besser dran als er! Und für einen Moment war der alte Wachsoldat ganz gerührt über sich selbst.

Der Hohe Patrizier war Statthalter des Imperators in dieser erbärmlichen Provinzstadt. Sein Weltbild leitete sich her vom Vergleich zwischen dem großen Rom und dieser unbedeutenden Stadt; seine Auffassungen vom Wesen des Lebens von dem, was er von oben angeordnet bekam und seinen Untertanen zu befehlen hatte. So fehlte dem Hohen Patrizier zwar der wahre Adel, er war aber in seiner Ergebenheit auch nicht sonderlich grausam. Dazu liebte er das Vergnügen viel zu sehr. Das Bad suchte er mehr auf, um sich an den kostbaren Mosaiken darin zu ergötzen, als um sich zu reinigen. Und an den Umarmungen der Hetären lag ihm mehr als an Ehre und edler Gesinnung.

Die Fackeln in seinem Schlafgemach erleuchteten den Faltenwurf der Decke. Die Frau neben ihm lag halb aufgedeckt da und ähnelte dem zunehmenden Mond. Ihr Lächeln nahm einem jeden Willen. Sie trank nur Wasser, um ihre Sinne wach zu erhalten, der Hohe Patrizier aber unverdünnten Wein, um seine Sinne zu betäuben: ein nackter Mann neben einer halb zugedeckten Frau in einer endlosen, heißen Nacht. Was konnte ihnen schon widerfahren, außer dass ihnen langweilig wurde und sie das Vollzogene wiederholen mussten, bis die gesättigte Lust sie trennte? Nichts. Da entblößte der Hohe Patrizier ihre Brüste und rief machtvoll aus:

»Lasst ihn eintreten!«

Der Mensch trat mit erhobenem Haupt ein. Der Schein der Fackeln schlug wie ein Vorhang vor seinen Augen zusammen.

»Da bin ich«, sagte er schlicht, ohne sich zu verbeugen mit der Unterwürfigkeit des Bettlers oder gemeinen Bittstellers.

»Das sehe ich.«

»Ich bin es müde geworden, zu überzeugen, und mein Weg ist zu Ende«, sagte der Fremde leise. »Darum will ich es tun.«

»Dann tu es halt. Aber was eigentlich? Das muss ja etwas Außerordentliches, Unnachahmliches, Unmögliches sein, wenn du, wie mein Hauptmann mir sagte, unser Gott bist.«

»Ich bin verpflichtet, es zu tun, ich bin es müde, zu überzeugen. Ja, ich bin dein Gott, ich kann Tote zum Leben erwecken!«

Im Lachen der Hetäre lachten alle lasterhaften Frauen. Ihre Schönheit blitzte auf, wie wenn man ein Messer zog. Der Hohe Patrizier fühlte seine Macht. Sie weckte seine schlaffe Männlichkeit; dann vernebelte sie seinen Verstand.

»Ich bin einverstanden«, sagte der Statthalter teils träge, teils aufgebracht. »Wenn es dir gelingt, sollst du die Hälfte meines Goldes erhalten. Wenn es dir aber nicht gelingt, die Toten aufzuwecken, so nehme ich die Hälfte deines Kopfes.«

»Ich habe keine Wahl«, antwortete der Mensch mit unverhüllter Melancholie, »zu müde bin ich.«

Der Hohe Patrizier klatschte in die Hände. Die Wachen eilten ins Gemach. Über der Stadt erstrahlte die dünne, scharfe Sichel des Mondes.

»Wann wirst du es tun?«

»Nur einen Tag kann ich es noch aushalten«, erwiderte der Fremde.

»Morgen Abend wirst du es tun. Bis dahin sollst du in meinen Verliesen liegen. Führt ihn ab!«

Die Hetäre schaute verängstigt auf den leeren Platz, den der Mensch zurückließ. In ihr war jenes Erkennen erwacht, das alle lasterhaften Frauen haben. Unbewusst griff sie nach dem Weinglas und trank daraus im Versuch, den Mann neben sich zu retten.

»Du hast übereilt entschieden, hättest es erst überdenken sollen«, sagte sie, bevor sie sich seiner Erregung hingab, die noch verstärkt war von seiner aufgebrachten Herrscherlaune.

Die Leute der Oberschicht in der Stadt ähnelten sich. Sie kannten die Zufälle des Lebens und die Launen des Schicksals dadurch, dass sie sich nach oben, vor dem Statthalter und Höchsten Patrizier, verneigten, das Gleiche aber von denen verlangten, die unter ihnen standen. Sie füllten die Säulenhalle mit dem Geruch der Angst vor dem Verlust ihrer gehobenen Stellung, ihrer Sicherheit, vor der von Anfang an verlorenen Schlacht. Sie luden die Luft mit knisternder Elektrizität auf, verdichteten sie. Der Mosaikfußboden, den sie mit ihren Sandalen traten, stand für das ganze römische Imperium. Der Hohe Patrizier schaute erst an die Decke, auf deren Verputz der Himmel gemalt war, dann auf die Marmorsäulen, die sie stützten, schließlich auf die anwesenden Menschen. Eine feierliche Kirchenstille trat ein, in der seine Worte direkt an die Ewigkeit schlugen. Er erzählte den anwesenden Patriziern von dem Menschen.

Die Ersten unter den Patriziern seufzten in spontaner Erleichterung, staunten, begeisterten sich an dem amüsanten Einfall des Statthalters. Ihre Hände begannen zu klatschen, während ihr Kopf versuchte, alle verfügbare Einbildungskraft zu mobilisieren, damit sie sich vorstellen konnten, wie man die zwei Hälften eines abgeschlagenen und durchgehauenen Kopfes wieder zusammenfügt. Nun roch es im Saal schon nicht mehr so sehr nach Angst, sondern mehr nach Erleichterung und teurer Pomade. Der Hohe Patrizier fühlte sich unsterblich.

Der Mensch lag unterdessen in Ketten im Verlies. Er sah aber nicht unglücklich oder eingeschüchtert aus, sondern nur ungeduldig. Seine Augen tasteten die Dunkelheit ab, sahen darin nichts als Dunkel. Er hatte seine Jünger vor der Stadt zurückgelassen, damit sie lernten, Angst auszuhalten. Er hatte sie zurückgelassen, ohne sie durch eine Andeutung zu beunruhigen oder zu erschrecken; darum waren sie völlig schutzlos. Er hatte sie ihrem eigenen Mut überlassen, das heißt, ihrem Glauben, dem Glauben, dass er ein Wunder vollbringen könne! Allein unter den römischen Herren und dem Stumpfsinn der Pharisäer, musste der Mensch beweisen, dass er unverletzlich, dass er Gott war, ihr Gott, der einzig mögliche, sichtbare, auf die Erde herabgestiegene Gott. Er war müde geworden, die Leute zu überzeugen, zu müde, um immer wieder auf dem Wasser zu wandeln, die Hungrigen mit zwei Fischen zu sättigen und Lazarus von den Toten aufzuerwecken, und morgen wäre dann das nächste, das unglaublichste Wunder an der Reihe: Er würde seinen Jüngern Glauben und Gold bringen!

Am Mittag stand die Sonne wie festgeschmiedet am Firmament; die Zeit stand still. Die Hitze wurde unerträglich, die Frauen nachgiebig, die Männer gereizt. Die Stadt reifte der Weisheit zu. Die Dümmeren suchten eine Antwort, die Klügeren die richtige Frage! Nur der Statthalter war ruhig, denn er war sicher, der Stadt ein Spektakel allerersten Ranges verschafft zu haben, und nun sonnte er sich im Glanze seiner Macht. Mit Einbrechen der Nacht wäre es vorbei mit seiner grauen Durchschnittlichkeit, Herr über eine derart abgeschiedene Pvovinzstadt zu sein; dann würde er in aller Munde sein, würde Wort werden, sich erheben über alle, alle. Das Getratsche über seine große Weisheit würde sich zum Gerücht verdichten, das Gerücht zum Mythos, und als Mythos … hätte er schon Eingang gefunden in die unvergänglichen Chroniken. Der Springbrunnen schickte seinen Silberstrahl zum Himmel, die Zeit setzte sich wieder in Bewegung, die Sonne begann, die Schatten zu verschieben, und die Hetäre weinte, ohne recht zu wissen, worüber.

Im Wachsen des Dunkels wuchs die Kraft des Feuers. Mit verspannten, eingeschlafenen Gliedern lauschte der Mensch in die Unendlichkeit der Zeit und sagte sich: Wenn die Leute in dieser Stadt hellsichtig genug sind, werden sie sich schon besinnen! Ich jedenfalls halte nur noch bis Sonnenuntergang durch. Die Dümmeren suchten eine Antwort, die Klügeren nach den richtigen Fragen.

Da kam der Berater des Statthalters – ein Greis, weise wie sein Reichtum und gefühllos wie sein baldiger Tod – herein und verneigte sich so tief vor seinem Herrn, dass sein schlohweißes Haupt fast den Boden berührte. Dieser fragte mit lasziver Vorfreude:

»Seid Ihr bereit?«

»Ich komme im Auftrag aller, um mit euch zu reden«, erwiderte der Weise.

»Und ich, muss ich dich anhören?«

»Wir alle haben dir etwas Wichtiges zu sagen.«

»Über die Toten?« Der Hohe Patrizier lachte und saugte genüsslich den Duft des abendlichen Gartens vor seinem Gemach ein.

»Nein, über die Lebenden.«

Die beiden standen sich gegenüber, getrennt nur von ihrer Verachtung füreinander, ihrem Misstrauen gegeneinander. Die Sekunde schaukelte wie ein Herbstblatt in der Luft, dann trug der Wind der Zeit sie fort. Die Stadt war in Schreckstarre, denn das Rätsel war schon aufgelöst, und die Stadt wusste Bescheid!

»Wie dir bestens bekannt ist«, begann der Weise mit verhaltener Stimme und tastete zur Sicherheit nach dem Dolch im Ärmel, zu dem ihm die Hellsichtigsten geraten hatten, »fährt mit dem Tod alles in die Grube. Er deckt alles zu: die Lüge, die Gemeinheit, die Unverschämtheit und die Blasphemie. Die Toten nehmen ihre Geheimnisse mit ins Grab, die Gewalt, die sie verübt haben, und die, die an ihnen verübt wurde, geht mit ihnen zur Mehrheit über und entlastet unser Gewissen – darum brauchen wir den Tod.«

»Was geht das mich an?« Der Hohe Patrizier trank demonstrativ einen Schluck von seinem schweren Wein.

»Du selbst hast den von Rom entsandten Statthalter enthauptet, um die Herrschaft über diese Stadt zu gewinnen, dann hast du den Bruder deiner Frau ruiniert und in die Verbannung geschickt, und in der Wüste hat er sein Leben ausgehaucht. Jeder von uns hat etwas Unwiderrufliches, Auswegloses getan, etwas Schreckliches, Gemeines, und im Geheimen schämt er sich für manches, für das er nie die gerechte Strafe erhielt und weiterhofft, sie nie zu erhalten.«

»Gut, aber die Toten sind ja nun tot …«

»Und was, wenn dieser Fremde sie wirklich auferweckt? Die Toten sind tot, sie fürchten die Gewalt nicht, und nicht deine Macht. Sie werden reden!«

Ein Silberkelch fiel scheppernd auf den Marmorboden. Der Weise ließ den Griff des Dolches los, als er sah, wie über das Gesicht des Statthalters jenes Erkennen lief, das es unnötig machte, den Überbringer schlechter Nachrichten zu beseitigen!

Man führte den Fremden zum Festungstor. Der Mensch ging mit stolz erhobenem Haupt, abgerissen und furchtbar.

»Noch einen Moment halte ich es aus«, rief er laut und spürte, wie sein Kopf in zwei Hälften zersprang. In seiner Phantasie sah er sein Gesicht zerreißen, und das Entsetzen ließ ihn verstummen. »Nur noch einen Moment«, flüsterte er verdammt.

»Sicher«, nickte der Weise und zeigte auf die Satteltaschen, die auf eine Eselin geschnallt waren. »Das ist Gold, und es gehört dir.«

Als sie draußen vor der Stadtmauer waren, ertönte der Ruf eines Nachtvogels.

»Geh mit Gott, Mensch.«

»Ich bin kein Mensch«, erwiderte der Fremde freudlos, »ich bin dein Gott!«

Das schwere Tor fiel krachend zu, zerteilte den Augenblick mit einem Geräusch, als würde jemandes Haupt abgeschlagen. Die geplatzte Härte seufzte quietschend auf, die Sterne lugten fragend herab, die Grillen schwiegen, die Schlangen kühlten aus und erstarrten.

Aus der Ferne sah die Festungsmauer wie eine aufgeblühte Tulpe aus, die jemand abgerupft und in die Wüste geworfen hatte. Das Lüftchen hob den feinen Sand hoch, verebbte und legte sich zu Füßen des Menschen wie ein Hund. Einsam fühlte sich der, sterbensmüde. Er biss sich auf die Lippen und führte die Toten hinter sich her. Er hatte es eilig, zu dem Gestrüpp zu gelangen, das die Ziegen seiner Jünger abknabberten. »Ich bin es müde geworden, euch zu überzeugen«, würde er ihnen sagen, »da habt ihr, Gold bringe ich euch, Gold und den lebendigen Glauben!«

Doch um das erkaltete Lagerfeuer saß niemand mehr. Nur die blinde Dunkelheit empfing das Wunder. Der Mann spürte, wie seine Tränen sich in den trockenen Wind mischten. Nun war der Weg nach Golgatha und zur Kreuzigung schon kein letzter Ausweg mehr, sondern eine Notwendigkeit. Der Mensch hatte keine Wahl, er musste sich dem Gesetz unterwerfen und zum Gott werden!

Als Christo den Kopf vom Bildschirm hob, war es vier Uhr nachmittags. Von der Anspannung beim Schreiben war er nicht einfach nur erschöpft; er war so ausgelaugt, dass er taumelte im Versuch, aufzustehen. Ihm kam eine Vorahnung. Er öffnete sein E-Mail-Programm, hängte die Datei an, schrieb ein paar Worte, erst dann stand er vorsichtig auf.

Da hörte er sie wieder: diese unnatürliche, diese Totenstille. Sie drang unsichtbar durch alle Poren in ihn ein, bemächtigte sich seiner Sinne, seines Verstandes. Er schaute durchs Fenster hinab. In der einen Ecke, zwischen den Zypressen und der Hundehütte, lag einer seiner riesigen Hirtenhunde ausgestreckt da, die Pfoten ragten unnatürlich verdreht in die Luft. Die Schnauze sah verzerrt aus, die Zähne hässlich gefletscht … Dieser Hund war tot, vergiftet.

Christo wurde schlecht. Er empfand noch keine Angst, sondern nur wachsenden Abscheu. Reflexartig griff er zum Telefon, um den Wächter an der Pforte anzurufen. Das Freizeichen ertönte, aber niemand hob ab. Höchst verwundert legte er auf, lauschte erneut hinein in die Stille. Koch und Gärtner waren ebenfalls verschwunden. Nun kam ihm diese Stille schon vor wie ein Vakuum, das alles in sich einsaugte, wie … Grabesstille. Er versuchte, per Mobiltelefon den Chef seiner Wachmannschaft zu erreichen, der fünfzehn Minuten entfernt von ihm in Simeonowo lebte und vertraglich verpflichtet war, im Notfall so schnell wie möglich zu erscheinen, aber – der hatte sein Handy ausgeschaltet. Da spürte Christo, dass er nicht einfach nur *allein* war, sondern *verlassen.* Mit zitternden Fingern wählte er über Festnetz die Nummer Eduard Toschevs; es war Samstag, und Christo wusste, dass er da in der Regel zu Hause war. Niemand hob ab.

Irgendwo in der Stille des Hauses hörte er eine Tür zuschlagen; aber auch dieses so menschliche Geräusch unterstrich nur die Lautlosigkeit. Christo schwankte, ob er einen Blick ins Schlafzimmer werfen sollte, aber er spürte, dass es zu spät war und dass es, wenn er auch nur einen Moment länger in diesem Haus blieb, für alles Weitere schlechthin zu spät sein würde. Er griff nach seiner Jacke, in der seine Brieftasche und seine Autoschlüssel für den Audi steckten, der auf der kiesbestreuten Zufahrt parkte. Draußen hatte sogar der Wind sich gelegt. Die Dämmerung setzte ein, der feuchte Modergeruch des Herbstes lag in der Luft. Er steckte den Zündschlüssel ein. Na bitte, der Audi sprang sofort an. Christo gab Gas und steuerte die Limousine durch das Tor zur Straße – wenige Sekunden, bevor es sich automatisch hinter ihm schloss.

27

Das Bild des tot daliegenden Hundes lag wie ein großer Knochen quer in seinem Kopf. Schweiß lief ihm über Stirn und Gesicht, lief ihm beißend in die Augen, sodass er schwer sehen konnte. Wenn einer ihn jetzt anhielt, musste der denken, Christo weine. Er schaltete einen Gang höher, beschleunigte auf hundertfünfzig Stundenkilometer, ein selbstmörderisches Tempo auf diesem schmalen, mit Kopfsteinpflaster gedeckten Weg. Die Menschen sahen in dieser noch dünnen Dunkelheit im Licht seiner Scheinwerfer aus wie flache Pappfiguren, die links und rechts aufgestellt waren. Sein diffuses Erschrockensein sammelte sich langsam, wurde zu einer berechenbaren Größe, und bekam dadurch die Schärfe schneidender Angst. In der Kurve scherte sein Wagen aus. Gut, dass sein Wagen ABS-Bremsen hatte. Er schaute in den Rückspiegel, brachte das Auto zum Stehen. Versuchte, zur Besinnung zu kommen. Was hatte ihn eigentlich veranlasst, sein Anwesen so überstürzt und in Panik zu verlassen? Ja, ohne es sich bewusst gemacht zu haben, war er auf dem Weg zu Dessislava, vor Angst, ihr und ihrem gemeinsamen Kind könne etwas passiert sein. Da auf einmal merkte er auch, dass das in seinen Augen wirklich Tränen waren. Wer aber waren die Urheber dieser Bedrohung? Was hatten sie vor?

Er musste erst einmal tief durchatmen. Dann unternahm er einen neuen Versuch, sich mit dem Chef seiner Wachmannschaft in Verbindung zu setzen. Immer noch meldete eine Damenstimme, dass der Telefoninhaber zeitweilig nicht erreichbar sei. Der Mann war entweder bestochen oder ernsthaft bedroht worden, oder beides. Als er den Wagen wendete, zitterten seine Hände. An der ersten Querstraße bog er rechts ab und fuhr die Allee mit den exotischen Bäumen entlang, an der die teuersten Immobilien des Prominentenviertels Bojana lagen. Durch die bis zu drei Meter hohen Mauern um die einzelnen Grundstücke konnte man nicht hineinschauen auf die teuer gepflegten Gartenflächen und die bereits erleuchteten, aber vom herabfallenden Nebel verschleierten Fenster. Der Schlagbaum vor der Auffahrt zum Tor des Anwesens von Eduard Toschev hob sich von allein, auch das schmiedeeiserne Tor selbst öffnete sich lautlos. Er tauchte ein in den vernebelten Vorgarten. Die Lampen entlang des Kieswegs waren noch nicht eingeschaltet, sodass die Marmorkopien der antiken Figuren, Göttertorsi und Satyrstatuen im wabernden, von seinen Scheinwerfern angestrahlten Nebel wie lebendig aussahen. Weiter hinten schimmerte der Teich mit den künstlich angelegten Wasserfällen und Springbrunnen, in denen Goldfische schwammen und Wasserschildkröten hausten. Vor dem Haupteingang stand, in eine schwarze Pelerine gehüllt, der Wirtschafter Toschevs, ein alter Mann mit rosig rasierter Haut und einer pechschwarzen Perücke auf dem Kopf.

»Herr Toschev hat mir aufgetragen, Sie in sein Arbeitszimmer zu führen«, sagte er wie immer mit anödender Liebenswürdigkeit.

»Vielen Dank, Herr Karailiev.«

Sie gingen die Granitstufen der einer Residenz würdigen Freitreppe hinauf, dann erstiegen sie die mit dicken roten Läufern belegte Treppe zum Obergeschoss. Im Allerheiligsten Eduard Toschevs war Christo bislang nur einmal gewesen. Die Wände des riesigen Raumes waren mit dunkel gebeizter Eiche verkleidet; davor hingen kostbare Gemälde. In Vitrinen war ein Teil seiner Antikenkollektion zu sehen: thrakischer Silberschmuck, griechische Vasen und Trinkgefäße, Leuchter und Bronzestatuetten römischer Gottheiten und berühmter Feldherren. Der Teppich schluckte jedes Geräusch. Wenige Tischlampen verbreiteten ein angenehmes Dämmerlicht. Toschev lehnte hemdsärmelig an seinem Schreibtisch. Sein Kopf schimmerte matt, sein Gesicht verriet Überdruss. In der einen Hand hielt er ein Glas Whisky, mit der anderen griff er nach einem zweiten, ebensolchen Glas und reichte es Christo, als hätte er ihn schon erwartet.

»Gut, dass ich Sie zu Hause antreffe«, sagte Christo atemlos, »Sie haben ja keine Ahnung, was mir eben passiert ist.«

»Tatsächlich?«

»Mir zittern noch jetzt die Hände.«

»Ach«, erwiderte Toschev mit ausdrucksloser Stimme und trank einen sparsamen Schluck.

»Ich bin so schnell gefahren, ich hätte fast einen Unfall gebaut.«

»Und trotzdem kommen Sie reichlich spät.«

»Ich hatte zu tun. Wie soll ich sagen? Ich musste da so eine Kleinigkeit für mich selbst aufschreiben.«

»Eine Kleinigkeit?! Und ich dachte schon, Sie beenden Ihre Autobiografie. Memoiren eines jungen und doch so erfolgreichen Lebens.«

»Machen Sie sich nur lustig! Dabei geschehen lauter merkwürdige Dinge.«

»Die Welt ist voller Wunder.«

»Mein Hund ist vergiftet worden, meine Wachleute verschwunden, mein Personal … und dann diese … diese Stille im Haus.«

»Sie wollen sagen: diese *Grabesstille*?«

»Ich bin niemandem etwas schuldig, halte meine Versprechen, begleiche meine Rechnungen immer rechtzeitig … Ich bin einfach ratlos, wer und aus welchem Grund mir derart an den Karren fahren will. Haben Sie vielleicht eine Erklärung?«

Toschev fuhr sich mit dieser langsamen Handbewegung über den Schädel und sagte kühl:

»Schon mal an General Grigorov gedacht?«

»Den General? Aber Sie hatten mir doch zugeraten …«

»Ja, ich habe Sie ununterbrochen ermuntert und hinter Ihnen gestanden.«

»… und versprochen, mir zu helfen«, entfuhr es Christo. »Dessislava ist schwanger, wir erwarten ein Kind, verstehen Sie?«

»Als wir uns begegneten, waren Sie vermögend«, sagte Toschev so langsam und betont, als spräche er zu jemandem, der schwer von Begriff war. »Ich aber habe Ihnen geholfen, schwerreich zu werden und sich als Mensch zu entwickeln, Ihre Scheuklappen abzulegen.«

»Ich war Ihnen ja für all das auch dankbar.«

»Und wie hat sich diese Dankbarkeit ausgedrückt, wenn ich fragen darf?«

»Indem ich Ihnen meinerseits günstige Geschäfte vorschlug, Ihnen den Rücken frei hielt, treu zu Ihnen stand!«

»Treu, sagen Sie?« Toschev schwieg einen Moment. »Hinterhältig ist wohl das richtigere Wort! Also reichlich dumm und verantwortungslos gegenüber sich selbst und denen, die Sie lieben. Sie haben mich hintergangen, mich betrogen.«

Toschevs Stimme war gefährlich laut geworden.

»Das würde ich doch nie wagen. Ich schwöre …«

»Schwören Sie lieber nicht, Herr Weltschev. Sie haben mich entsetzlich verletzt, in gewisser Weise mein Leben zugrunde gerichtet.«

»Aber nicht im Geringsten! Das kann ich beschwören beim Leben meines künftigen Kindes, bei ...«

Toschev griff nach Christos leerem Glas, riss es ihm aus der Hand und schleuderte es neben den Teppich aufs Parkett. Es zersprang in tausend Stücke.

»Dann muss ich Ihrem Gedächtnis wohl etwas aufhelfen. Kennen Sie zufällig das Hotel Rhodopen? Genauer gesagt: Waren Sie mal in Zimmer 505, fünfte Etage? Da steht ein Doppelbett drin. Und in dem haben Sie sich nicht allein herumgewälzt!«

Auf einmal wurde Christo klar, dass dieser Mann ein Psychopath war. Er spürte, wie die scharfe, kompakte Angst sich wieder chaotisch zu jener Panik verwirbelte, die ihn zum fluchtartigen Verlassen seines Hauses getrieben hatte. Toschev strich sich schon wieder über den Kopf, diesmal so, als wolle er prüfen, ob noch alles unter Kontrolle war, dann griff er nach dem Tischglöckchen und läutete kurz und entschieden.

»Alles Gute für Ihren weiteren Lebensweg, Herr Weltschev. Ich wünsche Ihnen vor allem Gesundheit – und ein bisschen Glück! Von allem Übrigen haben Sie ja im Überfluss.«

Einer der stämmigen Leibwächter Toschevs stürzte herein, gekleidet in den obligatorischen schwarzen Anzug und mit einer Boxernase.

»Herr Weltschev hat es eilig, geleiten Sie ihn bitte hinaus«, ordnete Toschev mit Nachdruck in der Stimme an und wendete seinem Überraschungsgast den Rücken zu.

28

Die Nacht war feucht und kühl. Ein feiner, leiser Regen fiel, der einschläfernd, betäubend wirkte. Die Erleuchtung war ihm noch im Arbeitszimmer Toschevs gekommen, ganz plötzlich. Nachdem dieser auf irgendeinem Wege von seiner, Christos, früheren Affäre mit Mariana erfahren hatte, hatte er in krankhafter Eifersucht seine schützende Hand von Christo abgezogen. Es war sogar zu vermuten, dass er selbst es gewesen war, der General Grigorov gesteckt hatte, er könne nun mit Christo machen, was er wolle.

Ihm blieb jetzt eigentlich nur, Grigorov um ein Treffen zu bitten und ihm alles zu erklären, damit der sich wieder beruhigte; aber vor morgen würde das auf keinen Fall klappen. Jetzt musste er erstmal einen Schlafplatz in einem Hotel finden. Er nestelte seine Brieftasche aus der Innentasche seines Mantels. Seine Ausweise steckten an ihrem Platz, aber seine Kreditkarten waren spurlos verschwunden, und Bargeld trug er niemals bei sich. Es durchlief ihn eiskalt. Ihm blieb nur noch die elterliche Wohnung auf der Iwan-Schischman-Straße. Nun fuhr er höchst vorsichtig und schaute ununterbrochen in den Rückspiegel. Noch hatte er das Gefühl, allein und ohne Angst zu sein – noch! Er parkte hinter der Kirche Siebenheiligen. Im Hausflur roch es beruhigend nach feuchten Fliesen, Schimmel und dem letzten Winter. Mit dem Stoßatem des Menschen in Panik hastete er die Treppen hoch, näherte sich der Wohnungstür und lehnte sich in den Türrahmen. Dann lauschte er. Die Stille im Treppenhaus war so beruhigend vertraut, wollte nichts von ihm. Der Wohnungsschlüssel zitterte schon vor dem Türschloss, da hörte er drinnen jemanden hüsteln … Nein, nicht hier!

29

Durch das leichenblasse Licht der Straßenlaternen stahl sich Christo in das Mietshaus auf der Ljuben-Karawelov-Straße wie ein Dieb. Hinter den Reihen mit den Briefkästen blieb er stehen, »lauschte« mit Augen und Ohren, wie die Zeit die Dunkelheit durchströmte, stand angewurzelt da wie ein Mensch, der ein Zuhause und einen Schlüssel dazu hat, aber vergessen, wie man hingelangte. Irgendwer in den oberen Etagen schaltete die Treppenhausbeleuchtung ein. Das riss ihn aus seiner Versenkung. Er hastete die Stufen hinauf, hatte plötzlich eine Erklärung, warum er seine Angst nicht in den Griff bekam: Dazu war sie einfach viel zu verzweigt und verschachtelt, zu vielmündig schwatzhaft und mehrdeutig! Er fühlte sich wie ein Tier, umstellt von jenen, die es ganz bald schlachten würden, aber sich ihrer Sache so sicher waren, dass sie keine Eile hatten.

Sie würden ganz ruhig und methodisch zu Werke gehen, diese Verfolger; doch er, das Schlachtvieh, zuckte bei jeder ihrer Bewegungen zusammen, weil er dachte: jetzt! Außer der eigenen Todesangst war da auch noch die Angst um Dessislava und ihrer beider Kind. Es sei ein Junge, hatte der Gynäkologe auf dem Ultraschallbild schon erkannt, und er sollte Assen heißen nach Dessislavas Vater.

Vor lauter Horchen wusste Christo bald nicht mehr, ob das, was er erlauschte, aus der Wohnung, aus dem Treppenhaus oder aus ihm selbst kam. Diese Verfolger, diese Schlächter hatten, indem sie ihn aus seinem Zuhause vertrieben hatten, das Nest, das er sich geschaffen hatte mit seinem plötzlichen Reichtum, auf einen Schlag zerstört. Sein Erfolg, der angehäufte Besitz, das allmählich entstandene Gefühl der Unantastbarkeit, das immer mehr zur Grundlage seines Denkens und Handelns geworden war – auf einen Streich waren sie dahin.

Seine Verfolger waren unsichtbar, und das war gleichbedeutend damit, dass sie überall waren, in der Luft, im Vorrücken des Zeigers seiner Armbanduhr, im Schweigen seines Mobiltelefons. Er roch ihre scharfe Ausdünstung nach Gewalt, hörte ihren Atem, sah ihre kalten, gefühllosen Blicke aus sicherer Nähe, sicherer Distanz, spürte ihre Unnachgiebigkeit auf der Haut – und da wurde ihm klar, dass er selbst sie zu dem hingeführt hatte, was ihn am verletzlichsten machte: zur schwangeren Dessislava. Was denn, wenn der General in seinem Sadismus gar nicht ihn selbst im Visier hatte, sondern ihn dadurch strafen wollte, dass er nach dem Wahrhaftigsten und Lebendigsten in seinem Herzen griff, nach denen, die er am meisten, nein, die einzig er liebte? Zu spät zur Umkehr! Er hatte bereits auf den Klingelknopf gedrückt.

Dessislava öffnete ihm so schnell, als hätte sie hinter der Tür gestanden. Lächelte ihn an. Fragend, aber auch mit jener gedehnten Fülle, mit der eine Frau ankündigt, dass sie dir viel zu erzählen hat. Sie trug einen Bademantel mit Blumenmuster und war gehüllt in jenen geheimnisvollen Duft aus Befriedung, der Reinheit einschießender Milch und Ewigkeit. Ein Fuß war nackt, am anderen trug sie einen Wollstrumpf.

»Du?«, freute sie sich.

»Höchstpersönlich! Siehst du …«

»Warum hast du nicht vorher angerufen? Ich hätte dir von den Pfannkuchen übrig gelassen. Ich esse wie eine Weltmeisterin, hab sie alle verputzt.«

»Warum, tja, warum? Na, weil … weil …«

Christo war außer Atem, als wäre er gerannt.

»Komm doch rein, draußen schneit's. Du riechst nach Wind und Schneeflocken.«

Im Korridor roch es nach Sonnenblumenöl und leicht angebranntem Teig. Oben war das Geräusch einer Wasserspülung zu hören. Im Wohnzimmer begrüßten ihn wie blinde Fenster die hellen Rechtecke, an denen Emilias Gemälde gehangen hatten.

»Schau, wie ich dich empfange«, lachte Dessislava glücklich und hob ihren nackten Fuß. Dann kuschelte sie sich an seine Brust, die sich atemlos hob und senkte über dem schnellen Pochen des Herzens. »Das ist zu Ehren Janas, meiner Genossin im Geiste des Solo-Strumpfes. Hab heute eine E-Mail von ihr bekommen.«

Christo musste lachen, aber sein Lachen war nicht frei, sondern lau und bitter. Seine Hand glitt über Dessislavas Bauch, verharrte dort, um zu erfühlen, was ihr Sohn machte. Dann glitt seine Hand tiefer. Seine Erektion kam vollkommen unerwartet. Er streifte Dessislava den Bademantel ab, warf ihn neben dem Kanapee auf den Boden. Dessislavas Nacktheit war für ihn in diesem Moment so zwingend, so nötig, so warm und sättigend wie ein frisches Brot für den Ausgehungerten. Seine Leidenschaftlichkeit erstaunte sie anfangs, ließ ihren Atem stocken; doch dann überflutete sie alles, auch ihre Gedanken.

»Du bist ja wahnsinnig, mein Liebster«, keuchte sie, »Vater ist hier! Du bist ja total wahnsinnig, bekloppt, durchgeknallt, aaahh, irre!«

Dann öffnete die Leidenschaft das breite Tor zu jener lasziven Langsamkeit, in der die wahre Verschmelzung beginnt, und das, was Dessislava »irre« nannte, war, dass dies die Frucht seiner Todesangst war. Als der Liebesrausch abklang und sie im Geruch der Körpersäfte wieder zu sich fanden, kam es wie eine Erinnerung über Dessislava, als sie des Unterschieds in seiner Leidenschaft, seiner Potenz gewahr wurde – und erschauerte.

»Ist etwas passiert?«

»Ach was«, winkte er wenig überzeugend ab.

»Hat es nur mit dir zu tun oder mit uns?«

»Gar nichts ist passiert«, beharrte er.

»Ich erkenne dich nicht wieder, du bist so verändert. Jetzt sag: Warum bist du gekommen?«

»Ich habe eine wichtige Verabredung«, erwiderte Christo, »aber kein Geld in der Tasche.«

»Und mit wem?«

»Sagen wir: eine Verabredung mit mir selbst, aber es ist schrecklich wichtig.«

»Du – kein Geld?« Sie war so verblüfft von diesem Detail, dass ihre Aufmerksamkeit abgelenkt war und sie sich beruhigte. »Du … wegen Geld … zu mir?«

»Du weißt doch, dass ich nie Bargeld in der Tasche habe«, erklärte er beklommen, »und gestern hab ich meine Brieftasche mit allen Kreditkarten drin verloren.«

»Ich … dir … Geld geben?« Dessislava wurde skeptisch. Dann lächelte sie und strich sich über den Bauch. »Ich hab dreihundert Leva da, aber wenn du willst, kann ich auch noch am Automaten vierhundert abheben. Das reicht dann vielleicht für dein *Treffen unter zwei Augen.*«

Christo zog sich fröstelnd zusammen. Ihm war wieder eingefallen, dass *die da*, dass seine Verfolger ganz in der Nähe auf ihn lauern mussten. Er spürte sie, aber er spürte auch, wie müde er war, todmüde, taumelnd im Ungewissen. Geschützt nur von dem Lächeln einer werdenden Mutter.

Dessislava würde diesen theatralischen Moment umbrechen in die nächste Szene, in der sie sich anziehen, zum Bankautomaten rennen, vierhundert Leva abheben und so schnell zurückkehren würde, dass er keine Zeit hatte, sich von seiner Angst zu erholen. Absurderweise stand sein Glied immer noch aufrecht da wie der tapfere Zinnsoldat im Papierschiffchen. Da war eine Kraft am Werk, die aus seinem Unbewussten empordrang, die aus jeder einzelnen Körperzelle sich meldete. Es war dämonisch und erinnerte an Minutenwahnsinn. Auf einmal bekam er einen irrsinnigen Hunger auf Fleisch. Es aß ihn Fleisch, es trank ihn Fleisch. Dessislava streichelte seine erigierte Männlichkeit, seine wiederhergestellte männliche Vorherrschaft, und flüsterte ihm ins Ohr:

»Du bist wirklich total anders. Ich hab Angst!«

»Ich liebe dich …«

»Ich weiß. Und doch bist du anders.« Sie dachte nach, suchte nach dem treffenden Wort. »Ja, getrieben, rettungslos.«

»… und werde dich immer lieben«, beendete Christo seinen Satz gequält.

»Es ist was vorgefallen, stimmt's? Ich bin ganz unruhig plötzlich, und weiß nicht, warum.«

»Nein, es ist nichts, Liebste. Ich bin hier, hier bei dir.«

»Nimm dich in Acht!«

»Vor wem denn in Acht nehmen?« Sein Hunger auf Fleisch war unerträglich geworden.

»Schau doch nur, wie meine Hände zittern, wie ich zittere …«

Wie er sie so dastehen sah, war sie im klassischen Sinne so gar nicht schön, und doch – wie unwiderstehlich! Jemand hustete in ihr Schweigen. Christo zuckte zusammen, aber der Laut kam von ganz hinten aus der Wohnung. Das war ihr Vater, sein Onkel, der alte Assen Weltschev.

30

Dessislava warf einen Blick in sein Zimmer. Gott sei Dank, ihr Vater hatte nichts gehört. Er war selig in seinem uralten, mit Damast bezogenen Ohrensessel eingeschlummert. Sie machte die Tür zu, stahl sich in ihr Zimmer, zog ihr weites Schwangerschaftskleid aus, das ihr bereits eng wurde, und schlüpfte wieder in ihren Bademantel. Da bewegte es sich in ihrem Bauch: Der kleine Assen strampelte unzufrieden.

»Papa ist nicht da«, sagte sie, als könne der Embryo sie hören, »er ist weggegangen. Ja, mir auch, Liebes, aber was sollen wir machen? Haben ihm gerade eben diese siebenhundert Leva zusammengekratzt, damit er mit irgend so einem reichen Fiesling ein Geschäftsabendessen machen kann.«

Die Tritte aus dem Bauch wurden noch wilder und ungeduldiger, fast vorwurfsvoll.

»Bist ja ganz schön gierig! Wegen dir werde ich noch rund wie ein

Fass, und dann wird Papa mich gar nicht mehr mögen. Schluss mit der Schokolade, jetzt gibt es nur noch Sesamstangen.«

Dessislava zog die weiten Pantoffeln ihres Vaters an und schlurfte in die Küche. Der Kleine da in ihrem Bauch war entweder schon wieder hungrig, oder er übte bereits zu kommandieren, als Erstes natürlich sie, bevor es hinausging in die große weite Welt.

»Und hör auf zu treten, du! Na gut, zum Kräutertee zwei Stückchen von der Lieblingsschokolade mit Mandeln. Aber weißt du, mein kleiner Treter, wenn ich dir jetzt zwei Stücke reinfüttere, dann gibst du ja doch wieder keine Ruhe, bevor nicht die ganze Tafel weg ist. Da bist du stur, wie dein Vater.«

Ihr Handy klingelte. Sie fand es in der Tasche ihres Bademantels und drückte auf das grüne Knöpfchen. Eine ungestüme Frauenstimme fragte gepresst, wie um nicht gehört zu werden:

»Ist Christo bei Ihnen?«

Wenn Dessislava etwas hasste, dann war es Dreistigkeit. Und diese Stimme, so leise sie auch war, bat nicht um Gehör, sondern forderte es, so als habe sie etwas von ungeheurer Wichtigkeit mitzuteilen.

»Ja, er war hier, ist aber wieder gegangen«, antwortete sie gereizt.

»Halten Sie ihn auf!«

Erst jetzt erkannte Dessislava die Ehefrau Toschevs.

»Mariana, Sie? Herrgott, was ist denn passiert?«

»Bitte suchen Sie ihn, halten Sie ihn auf, sofort!«

»Er ist vor einer Minute zur Tür hinaus. Zu einer Verabredung, die irgendwie unheimlich wichtig sei.«

»Er ist in schrecklicher, in Todesgefahr!«

Die Stimme der Frau hob sich, wand sich in unverhülltem Entsetzen, ging in wimmerndes Schluchzen über. Dessislava hörte, wie eine grobe Männerstimme sagte: »Drecksschlampe!« Dann, schreiend: »Elende Nutte!« Es folgten die Geräusche eines heftigen Handgemenges, dann brach die Verbindung ab. Auch der kleine Assen in ihrem Bauch hörte auf mit seiner kleinen hungrigen Machtdemonstration.

Dessislava trat sich die Pantoffeln von den Füßen, stieg in die nächstbesten bereitstehenden Schuhe und flog durch die Wohnungstür hinaus. Die Straße sah im gelblichen Licht der Laternen aus wie eine Schaufensterauslage. Die Luft roch feucht und rauchig nach Laubfeuer. Sie schaute sich hastig um, dann lief sie die Ljuben-Karawelov-Straße hinunter. Christo hatte erwähnt, dass er sein Auto gleich an der Ecke zur Graf-Ignatiev-Straße geparkt habe. Wegen der vielen Passanten, die auf ihrem Gehsteig unterwegs waren, kam sie nicht so schnell voran, wie sie wollte. Der Hausmantel behinderte sie, verhedderte sich zwischen ihren Knien. Der kleine Assen hingegen hielt still, als wäre er gar nicht da. »Unser Papa«, sagte Dessislava aufgeregt durch die Zähne, »wo ist unser Papa?« Vor Angst und Aufregung blieb ihr die Luft weg. Sie befürchtete das Schlimmste. Ihre Brüste waren so schwer, als wäre nicht das helle Licht der Milch hineingefahren, sondern Blei. Fieberhaft dachte sie: Ich muss schreien, laut schreien, die Leute aufstören, aus ihrer Gleichgültigkeit reißen, sonst machen sie mir keinen Platz.

Von der Kreuzung mit dem Patriarchen-Denkmal kam die Straßenbahn mit lautem Klingeln, doch Dessislava gelang es, vor ihr über die Schienen zu kommen. An der nächsten Ecke, in einer durch das fettiggelbe Licht schwer zu bestimmenden Entfernung, sah sie Christos Audi, wie er gerade ausscherte von der Bordsteinkante und den vor und hinter ihm parkenden Autos. Wenn sie ihn sehen konnte, dann musste er in Rufweite sein.

»Christo«, schrie sie hilflos verzweifelt, »Christooo!«

Hören konnte er sie vermutlich nicht, aber sehen. Der Audi rollte stockend näher, hielt. Dann sah sie ihn aussteigen. Lächelnd breitete er die Arme aus wie einer, der alle Schuld auf sich nahm. Nein, um sie und ihrer beider Sohn zu umarmen, sie fortzubringen, fort aus diesem gespenstischen Licht, dieser ungemütlichen Nacht, fort und ins Nest. Da krachten die Schüsse. Die ersten folgten schnell aufeinander wie aufforderndes Händeklatschen. Die nächsten kamen abgesetzt: Hammerschläge auf einen Nagel, der in eine Betonwand muss. Die beiden Schützen hatten schwarze Nylonstrümpfe über den Kopf gezogen. Sie waren so nah, dass Dessislava sich in plötzlichem Todesmut dem einen an den Hals hängen konnte. Es sah aus, als wolle sie von ihm geküsst werden. Aber er küsste sie nicht. Sondern holte aus und donnerte ihr seine Faust in den Bauch. Noch einmal seine Faust. Dann der Lauf seiner Pistole. Ihr war, als weine der kleine Assen in ihr drin.

»Ch… Christo«, rief sie, so gut sie konnte. Christo hielt sich den Bauch. Überall, aus Ohren und Nase, aus Brust und Bauch schoss ihm das Blut, ihr Familienblut, ihr ungerettetes Blut.

Erst beugte sich die Kälte über sie, dann die Gesichter eines jungen Mannes und einer alten Frau, die ihr etwas Wichtiges sagen wollten: dass Christo Schmerzen hatte, oder, noch schlimmer, dass er keine Schmerzen mehr hatte. Dann wurde es nass zwischen ihren Schenkeln. Dann löste sich der kleine Assen in einem Krampf von ihr. Dann deckte der Schmerz sie zu, Mutter und Kind. Und dann verlor sie das Bewusstsein.

31

Weiß. Steriles, bis zur Schwärze getriebenes Weiß. Das war ihre erste tastende, von Selbstekel begleitete Empfindung. Als sie die Augen öffnete, wusste sie augenblicklich, dass sie *leer* war, dass sowohl der kleine Assen als auch Christo nicht mehr bei ihr waren. Sie hätte sich übergeben mögen. Weh tat ihr aber nichts, da man sie mit schmerzstillenden Mitteln vollgepumpt hatte. Sie nahm sich wahr wie einen Ballon, der durch die Luft trieb, sah sich durch die Leere ihres Bewusstseins schweben.

Im Bett neben ihr lag jemand. Nur das Ächzen verriet, dass er nicht tot war. Ein Plastikröhrchen steckte in seinem Hals, und das Leben, das er eingeflößt bekam, konnte ihn genauso gut ersticken. Auf dem übernächsten Bett lag ein nackter Mann. Er hatte ein bläuliches Tattoo auf der Schulter, eine Nixe mit wallendem Haar. Sein Glied hing schlaff und abgeknickt zur Seite. Dem Geruch nach zu urteilen, war die Toilette in der Nähe, denn es roch nach Chlorkalk und Desinfektionslösung. In diese penetranten Substanzen mischten sich Chloroformgestank, der Äthergeruch abgebrochener Albträume und anderer Betäubungsmittel, wie es auf einer Intensivstation und in der Nähe des OP nicht anders zu erwarten war.

Das Licht der Deckenbeleuchtung drang ihr stechend in die Augen, aber sie hatte keine Kraft, sie zu schließen, dieses Weiß daran zu hindern, durch ihre Pupillen einzuströmen, bis sie nur noch Schwarz sah.

Sie hatte keine Kraft, sich von der spartanischen Leere des Raumes abzukoppeln, von der Leere in ihrem Bauch, von ihrem eigenen Selbsterhaltungstrieb und der ganzen hinter ihr liegenden schweren und schwierigen Fleißübung namens »mein Leben und seine Würde«. Die konnte ihr gestohlen bleiben, diese Würde! Sie schaute, schaute, aber mehr in sich hinein als um sich herum. Da drinnen war sie allein, so schrecklich allein, dass es keinen Unterschied mehr machte, ob sie nun auch starb oder nicht. Ja, der Tod quoll nur so aus ihr heraus, wie das Blut aus Christo gequollen war, denn Christo war nicht auf der Straße gestorben, sondern in ihr drin, zusammen mit dem kleinen Assen. Geblieben war nichts als kühle Reglosigkeit, frostige Stille, schwarz, endlos und leer wie der Weltraum. Sie war so dicht, diese Todesleere, dass sie noch nicht einmal Hunger auf Schokolade hatte.

Da drang eine männliche Stimme an ihr Ohr: »Dessi, Schwesterlein!«

Nach Jordans Stimme tauchte das Gesicht von Jordans Frau Dida über ihr auf, von Mitgefühl und Hilflosigkeit leuchtend und feuerrot eingerahmt. Ihre Augen waren vom Weinen geschwollen.

»Du wirst schon wieder, Herzchen, hörst du … Wir sind doch bei dir, wir sind doch da!«

Erst jetzt nahm sie den Schmerz in ihrem Unterleib wahr, der anwuchs zur Größe ihres ganzen zukünftigen Lebens, und obwohl es nichts mehr gab, wovor sie sich fürchtete, hatte sie doch Angst vor der Sinnlosigkeit, die dräuend am Horizont stand.

Auf den Tischen in der Reanimation nebenan war jemand inkontinent; Uringeruch breitete sich aus. In dem weißen Nierenbecken auf ihrem Schränkchen lag ein blutgetränkter Tupfer. So ein Tupfer war sie auch, vollgesogen mit Gleichgültigkeit und Mühsal. In einer matten Aufwallung kam ihr der Allmächtige in den Sinn, an den zu glauben sie durch späte Taufe bekundet hatte, und der ihr nun mit ein paar Schüssen und ein paar Fausthieben alle Hoffnung aus dem Leib gejagt hatte.

Da kam ihr die Erleuchtung, dass es ihr bestimmt war, leer zu bleiben wie dieses künstliche Licht da oben, das ihr in die Augen stach, und keine Frucht zu tragen wie Jonka. Sie konnte noch nicht ahnen, dass der Herr aller Dinge, indem er ihr alles nahm, sie nun mit jener magischen Kraft begabte, mit der ihre »Großmutter an Großmutters statt« in den tiefen Brunnen der Vergangenheit und in die Mysterien der Zukunft geschaut hatte. Fast verblutet und vom Glück ausgeschlossen, hatte Dessislava die Gabe erlangt, hellzusehen.

»Nicht, wir sind doch bei dir?«, fragte ihre Schwägerin Dida jemanden und weinte wieder los.

Da endlich gelang es Dessislava, die Augen zu schließen und den Andrang der Einsamkeit und des sterilen Lichtes abzuwehren, woraufhin sie ihre erste Vision hatte. Sie sah die Donau. Matt schimmernd zog sie sich in der Sonne hin wie ein Band aus Blei, und der große Strom floss durch sie hindurch, durch ihren Kopf, durch ihre Brust, durch ihren Unterleib, und gelangte dahin, wo es keinen Anfang und kein Ende mehr gab, und wo der kleine Assen und der große Christo sie erwarteten.

32

Das Glas mit dem Whisky on the rocks kam ihm bleischwer vor, so müde fühlte er sich, richtig kaputt. Didas Bademantel war vorn aufgegangen. Ihr schwarzer Slip und ihre langen Beine erregten ihn, aber er konnte seinem Begehren nicht nachgeben, denn die Kinderfrau, die auf Jona aufpasste, war noch da. Als Jordan den ersten tröstenden Schluck von seinem goldbraunen Vierzigprozenter intus hatte, klingelte sein Handy. An dem eigens ausgewählten Klingelton erkannte er, dass man ihn von Alphavision, seinem Fernsehsender, anrief. Sima. Sie vertrat zeitweise die Ressortleiterin »Information und Nachrichten«.

»Hallo, Chef«, hörte er ihre müde, aber angespannte Stimme, »vor einer Stunde gab es einen Mord.«

»Habt ihr ein Team hingeschickt?«

»Ist keine dreihundert Meter von euch passiert.«

»Bereitet was für den Spätblock vor, und meldet euch bei allen unseren Informanten bei der Polizei und unseren Leuten bei der Bekämpfung des organisierten Verbrechens. Wenn wir die Sache nicht als Erste bringen, müssen wir wenigstens die besten Informationen haben.«

»Du hast ja gar nicht gefragt, wer das Opfer ist!«

»Mafioso? Drogendealer? Psychopath?«

»Falsch geraten!«

»Einer von diesen Magnaten, die glauben, niemand könne ihnen ein Haar krümmen?«

»Schon wärmer, Chef, schon wärmer.« Für ein heiteres Verdächtigenraten hörte sich Simas Stimme merkwürdig unsicher und furchtsam an.

»Nun rück schon mit der Sprache raus, Simchen, ich bin fix und fertig und möchte nur noch die Beine hochlegen und mir einen hinter die Binde gießen.«

»Zwei Maskierte haben mit sechs Schüssen den hochverehrten Geschäftsmann … Christo Weltschev erschossen. Am Tatort war auch eine Frau.«

»Christo – wer?« Jordan bekam den Mund nicht zu.

»Christo Weltschev, Chef, dein Vetter, um genau zu sein.«

Als wäre ihr der Hörer zu heiß geworden, legte Sima nach dieser Auskunft blitzschnell auf.

Daniela schüttelte ihr Feuerhaar, nahm ihm das Glas aus der Hand, trank einen Schluck und fragte:

»Ist irgendwas passiert?«

»Dreihundert Meter von hier … ein Auftragsmord an …«

»Schon wieder? Na, wenn es schon keine Justiz in diesem Land gibt: Wenigstens knallen diese skrupellosen Millionenbetrüger und Banden sich gegenseitig ab.«

»… an meinem Vetter Christo, Christo Weltschev.«

Das Glas in ihrer Hand wurde auf einmal so schwer, dass sie es nicht mehr halten konnte. Bevor es ihr aus den Händen rutschte und auf dem Boden zersprang, stellte sie es auf den Couchtisch. Da klingelte auch schon das Haustelefon. Der durchdringende Klingelton war Didas einzige Hoffnung, den Schock dieser Nachricht wenigstens für einen Moment von sich fernzuhalten. Sie hob ab.

»Ja, bitte«, meldete sie sich. Dann schrie sie ohne Übergang: »Nein! Das ist nicht wahr! Was reden Sie denn da?«

Sie war so blass geworden, dass selbst ihr feuerrotes Haar wie erloschen wirkte. Dann beugte sie sich vom Telefonschränkchen vor, nahm das Whiskyglas und schüttete dessen Inhalt in den nächsten Blumentopf.

»Keinen einzigen Schluck mehr, Weltschev, hörst du? Trinkverbot! Dessislava, verstehst du, unsere Dessi …«

»Was ist mit Dessi?«

»Sie ist im Unfallkrankenhaus. Hatte einen Abortus.«

»Wie? Was? Ich verstehe nicht …«

»Als ob das jetzt wichtig wäre! Wir müssen sofort hin …«

Die Sympathie zwischen Daniela-»Dida« und ihrer Schwägerin Dessislava war beiderseitig und – seit jenem legendären Weihnachten, an dem Jordan sie einfach nach Hause mitgebracht hatte – ständig gewachsen zu einer tiefen, vertrauensvollen Frauenfreundschaft. Darum fiel sie jetzt auch so aus allen Wolken. Sie riss sich den Bademantel vom Leib, streifte sich die nächstbesten Jeans und einen Pullover über und versuchte gleichzeitig, dem Kindermädchen zu verklickern, dass es länger bleiben müsse, und zu überschlagen, wie viel sie ihr für die zusätzliche Zeit schuldig war. Sie war umso hektischer, als ihre ganze Eile vollkommen sinnlos war. Oh, wie gut kannte Jordan diesen Zustand! Diese Panik, zu spät zu kommen, diese Panik, etwas vergessen zu haben, diese Panik, einen unverzeihlichen Fehler zu machen und nicht zu wissen, welcher es war.

Sie hatten keine Zeit, auf den Aufzug zu warten; benutzten das Treppenhaus. Der Regen hatte aufgehört, doch die Straße und vermutlich die ganze Stadt lagen in dichtem Nebel. An der großen Kreuzung am Kulturpalast gerieten sie in einen Stau. Die zehn Minuten, die sie warteten, kamen ihnen endlos vor. An der nächsten Ampel standen sie noch einmal fünfzehn Minuten. Das Neonlicht ließ die Stadtlandschaft im Nebel unwirklich erscheinen; aber da es sie nicht durchdrang, machte es schrecklich nervös.

»Dann war Dessislava also schwanger?«

»Wie konnte ich das nur übersehen«, biss sich Dida auf die Lippen.

»Sie hat uns aber auch nichts gesagt.«

Jordan wäre um ein Haar einem Kleinbus hinten aufgefahren.

»Sie muss ihn sehr geliebt haben«, sagte Dida leise. »Wer auch immer der Vater dieses Kindes war …«

»Und wie ich Dessi kenne … liebt sie ihn mit Sicherheit immer noch«, stimmte Jordan zu.

»Die Ärmste. Wo waren wir beide bloß die ganze Zeit?«

Daniela kurbelte die Fensterscheibe herunter, um ihren Zigarettenstummel hinauszuwerfen. Feuchtkalte Luft drang herein. Dann sagte sie:

»Hoffentlich hat sie nicht *beide* verloren …«

»Ich versteh nicht …«

Sie hatten inzwischen die Pentscho-Slawejkov-Straße erreicht, an deren Ende das Krankenhaus lag.

»Es ist zwar irgendwie absurd, unmöglich, aber wenn ich so genauer nachdenke …«

»Du willst doch nicht etwa sagen«, kam Jordan die Erleuchtung, »dass Dessislava heute Abend nicht nur ihr Kind verloren hat, sondern auch den Vater, weil das Kind von …«

»Das ist ja nebensächlich«, beeilte Dida sich, ihn zu unterbrechen, aber man sah ihr an, dass sie genau das dachte.

»Aber er ist unser Vetter!«

»Ach wo«, wiegelte Dida ab.

»Aber das … dann … die beiden … Das ist doch Inzest!«

»Wie konnte ich nur die ganze Zeit nichts bemerken«, schluchzte Dida los. »Jeder von uns hat nur auf seinen Bauchnabel gestarrt. Gott, was sind wir Menschen doch für Egoisten!«

33

In den langen Gängen des Pirogov-Krankenhauses echoten die vielen menschlichen Stimmen wie in einem Hallenbad. Überall Leute mit vergipsten Armen oder Beinen, füllige Schwestern, die Rollstühle vor sich herschoben, in denen verängstigte Kinder oder bewusstlose Alte saßen. Es roch nach Putzmittel und medizinischem Alkohol, nach Chlorkalk und scharf nach unausgespülten Bettpfannen, nach sterilisiertem Elend und einem ständigen Rein und Raus menschlichen Leids. Der diensthabende Arzt in der Chirurgie hatte sich schon seit zwei Tagen nicht mehr rasieren können. Er litt an Rosenflechte.

»Herr Weltschev? Sie sind es doch, nicht wahr? Freue mich sehr«, sagte der Mediziner. Er war über das Erscheinen des berühmten Besuchers sichtlich überrascht und erfreut. Er hatte sich hinter den wackligen alten Schreibtisch gesetzt und wippte mit seinem weißen, fast schon unanständig abgelaufenen Clog. »Trotzdem – niemand, auch Sie nicht, kann jetzt zu der Patientin hinein. Wir sind hier nicht beim Fernsehen, sondern auf der Intensivstation eines Krankenhauses.«

»Meinem Mann ist nicht gut«, meldete sich Dida, als seien sie drei alte Freunde, »verstehen Sie, er ist nicht bei sich.«

»Ihre Schwester, Herr Weltschev, hat ihre Frucht verloren, ist aber selbst Gott sei Dank über den Berg.«

»Er war so außer sich, dass wir unterwegs fast einen Unfall gebaut hätten«, sagte Dida und schüttelte ihr Haar.

Der Arzt war schon im vorgerückten Alter und kannte Jordan aus dem Fernsehen sicher mehr als zwanzig Jahre.

»Gut, Herr Weltschev, Sie können mal kurz reinschauen, um Ihre Schwester zu sehen. Aber wirklich nur ein, zwei Minütchen, ja?«

In der Reanimation war es gleißend hell. Die an den Wänden angebrachten Geräte und Apparaturen blinkten und surrten; Kabel und Schläuche überkreuzten sich; zittrige Linien überquerten Monitore … Man konnte den Eindruck gewinnen, in einem modernen alchimistischen Laboratorium gelandet zu sein. Es roch nach medizinischem Alkohol, Franzbranntwein, Urin und Erbrochenem. Dessislava lag nackt da, nur nachlässig mit einem von der häufigen Wäsche und dem Licht vergilbten Laken bedeckt. Der Mann neben ihr ächzte, schnaufte und stöhnte und hatte im Koma eine Erektion bekommen.

»Dessi, Schwesterlein«, sagte Jordan und deckte ihre nackten Brüste zu, um nicht loszuheulen.

Sein Schwesterlein aber schwieg wie leblos.

»Dess, hörst du mich?« Dida streichelte ihr sanft über die Wangen. »Du wirst schon wieder, Herzchen, hörst du … Wir sind doch bei dir, wir sind doch da!«

»… ch … ch weiß«, antwortete Dessislava überraschend klar und deutlich, aber ohne ihren Blick von der Decke zu ihnen zu drehen.

»Wir sind alle zusammen und werden immer zusammen sein«, sagte

Jordan, dem plötzlich einfiel, dass irgendwer in der Familie, der Dessislava etwas bedeutete, diese platte, hohle Phrase ständig wiederholt hatte, als seine Stiefmutter Emilia und sein Vater sich scheiden lassen wollten, am Ende aber doch zusammenblieben.

»...ch ...ch weiß.« Man hatte den Eindruck, Dessislavas Stimme bliebe in ihrer Mundhöhle.

»Wir haben dich lieb, ja, so blöd es ist, das zu sagen: Wir alle lieben dich!«

»...ch ...ch weiß«, wiederholte Dessislava wie ein Automat.

»Und die kleine Jona erst! Immer wenn du sie auf den Arm nimmst, pinkelt sie, so gern hat sie dich.«

»O ja, sie wäre die Tante meines kleinen Assen geworden.« Die Stimme der reglos Daliegenden war so gleichmäßig und ruhig, dass Jordan ganz anders wurde. »Eine Tante, die sich ins Höschen macht ... lustig, nicht?«

Dida brach in Tränen aus. Im gleißenden, gleichmäßigen, leblos-trockenen Licht knisterten ihre Haare, als fingen sie gleich Feuer.

»Sagt Papa nichts«, sagte Dessislava leise und weise vorausschauend.

»Natürlich nicht, Liebe!«

»Und jetzt lasst mich bitte allein, der kleine Assen ruft mich. Er weint die ganze Zeit, wartet noch immer auf die zwei Stückchen Schokolade, die ich ihm versprochen hab ... Und kalt ist ihm dort!«

Da wurde die Tür aufgerissen und eine resolute Schwester, die nach Jodlösung und Gemüseeintopf roch, nörgelte:

»Wer seid ihr denn, dass man euch hier reingelassen hat, he?«

Als hätte sie die Krankenschwester gar nicht bemerkt, sagte Dida:

»Halt dich tapfer, Dess. Wir sind bei dir, Dess, hörst du?«

34

Sie hatten das Krankenhaus noch nicht verlassen, als Jordans Handy klingelte. Auf dem Display sah er Toschevs Nummer, darum wagte er nicht, das Gespräch abzulehnen.

»Ich habe die Nachrichten auf Alphavision gesehen, Herr Weltschev.«

Die Stimme seines Chefs klang schroff, machtbewusst und geradlinig, ohne jedes Gefühl. »Ich kann es noch gar nicht glauben!«

»Ich ebenso wenig, Herr Toschev.«

»Das ist ja eine ganz unerklärliche Geschichte. Ihr verehrter Herr Cousin war ein so anständiger und korrekter Geschäftsmann; er hatte keinerlei Feinde. Mein aufrichtiges Beileid.«

»Danke Ihnen.«

Draußen ging ein feiner Landregen nieder. Dida rannte vor zum Auto und barg sich darin.

»Ich möchte Sie bitten, morgen …« Ach was, bitten! Toschev wollte es nun auch wieder nicht übertreiben mit der Liebenswürdigkeit. Derlei hatte er nicht nötig. »Ich weiß, dass es Ihnen jetzt nicht leichtfällt, aber wir müssen uns morgen treffen. Um fünf.«

»Aber morgen ist Sonntag!«

»Darum werden wir uns ja auch bei mir zu Hause treffen, in Bojana. Notieren Sie sich bitte meine Adresse?« Jordan schrieb sie sich in sein Notizbuch. »Und bringen Sie doch Ihre werte Frau Gemahlin mit. Die Fragen, die wir zu besprechen haben, betreffen Sie beide.«

Als er sich ins Auto setzte, schlang Dida ihre Arme um seinen Hals und schmiegte sich an ihn. Ihr ganzes Wesen, ihre Wärme, schien auf ein Knäuel zusammengeschnurrt.

»Weißt du, mein Liebster«, flüsterte sie ihm ins Ohr, »wir haben Christo ganz vergessen.«

35

Der »Butler« geleitete sie in die Bibliotheksecke des riesigen Wohnzimmers und bat sie mit einer Verbeugung, dort zu warten. Der Raum war höchst modern eingerichtet. Doch worauf der Blick auch fiel: Es stieß sie ab durch seine demonstrative Kostspieligkeit. Ihnen gegenüber flackerte Feuer im offenen Kamin. Das und die wundervollen Gemälde an den Wänden waren das einzig Lebendige in dieser »teuren Sterilität«, wie Jordan das für sich auf den Begriff brachte. Er schaute Dida mit ironisch gehobenen Augenbrauen an. Sie lächelte ihm bestätigend zu.

Eine alte Hauswirtschafterin mit langem schwarzem Rock und Bluse mit Spitzenkragen schob ein Servierwägelchen mit Tee herein, goss ihnen ein und verschwand im unbeleuchteten Ende des weitläufigen Zimmers. Sie warteten vielleicht nicht mehr als zehn, fünfzehn Minuten, waren aber bald schrecklich nervös. Dann endlich tauchte aus den Tiefen seines Palastes ganz plötzlich Eduard Toschev auf. Er trug eine schwarze Hausjacke und eine graue Kaschmirhose; sein Schädel war frisch rasiert und schimmerte kupfern. Seine Augen richteten sich sofort wachsam, hart und mit verächtlich wirkender Aufdringlichkeit auf Jordan, den ein kalter Schauer durchlief. Unter dem Arm trug Toschev eine Ledermappe, die er nachlässig auf die Kristallglasplatte des Wohnzimmertischchens warf.

»Danke, dass Sie meiner Bitte entsprochen haben«, sagte er statt einer Begrüßung, nahm sich eine Scheibe Zitrone, drückte sie mit der kleinen Presse in seinem Tee aus und rührte um. »Ich will Ihre Zeit nicht über Gebühr strapazieren, fasse mich daher kurz.«

Ene Tür wurde aufgestoßen und herein zottelte eine große Neapolitanische Bulldogge mit zerknautschtem Fell und triefenden Lefzen. Das Tier seufzte wie ein Mensch, bevor es sich schwer zu Füßen seines Herrchens auf den Boden fallen ließ. Seine Augen waren gerötet und hatten den melancholischen Ausdruck des verwöhnten, aber nicht genug ausgeführten Haustiers. Sein Herrchen beugte sich vor und strich dem Rassehund über den Kopf.

»Ihr Cousin war ein außergewöhnlicher Mensch«, begann Toschev mit gleichmäßiger, ausdrucksloser Stimme. »In seinem leider viel zu früh geendeten Leben hat er außerordentlich viel geleistet, für sich und für unser Land. Er war, wenn ich so sagen darf, mein Freund, vielleicht mein einziger wirklicher Freund. Entsprechend groß ist sein Verlust für mich. Ich wollte Ihnen vorschlagen, dass wir einen Film über ihn und sein Leben drehen. Die Kosten sollen in diesem Fall keine Rolle spielen.«

»Ich nehme Ihr Angebot dankbar an.«

»Erzählen Sie nicht nur von seinem Aufstieg und seinen Erfolgen, zeigen Sie den Menschen den sensiblen und zurückhaltenden Mann Christo Weltschev. Ich hoffe, alle Sender werden den Film übernehmen – wenn nötig, helfe ich etwas nach.«

»Und was ist mit Ihnen?«

Jordan spürte den verwirrten Blick seiner Frau auf sich ruhen nach dieser Frage.

»Was soll mit mir sein?«

»Würden Sie in diesem Film mitwirken? Erinnerungen an Ihren Freund erzählen, etwas in der Art ...«

»Aber natürlich, Sie können auf mich zählen. Christo Weltschev war ja nicht nur mein Freund, er war auch ein uneigennütziger Gesinnungsgenosse! Er hatte begriffen, dass Geld Freiheit und Macht verleiht, aber auch, dass es Zukunft schafft, wenn man es arbeiten lässt.«

Eine dräuende Stille trat ein. Eduard Toschev vergrub sich in seinen Gedanken, sein Blick drang durch den unbeleuchteten Teil der Bibliothek ins Nichts; das war, als wäre er völlig allein im Raum.

»Haben Sie eine Vermutung, wer es getan hat?«

»Wer – was getan?«

»Ich frage mich, wer den Auftrag zu diesem Mord gegeben hat.«

»Unsere Leute bei der Polizei tappen auch völlig im Dunkeln. Sie haben keinerlei Anhaltspunkte für ihre Ermittlungen.«

»Eine wirklich unerklärliche Sache, ja. Meine Gemahlin kann übrigens bedauerlicherweise nicht an der Beisetzung teilnehmen. Sie ist in ihr Ferienhaus auf der Insel Thassos gefahren und will dort geraume Zeit bleiben.«

Wieder dieses kalte, unwirtliche Schweigen, beklemmend wie die Stille in diesem riesigen Haus. Der Riesenköter zu Toschevs Füßen atmete beschleunigt, seine Lefzen waren voller Schaum; von ihnen tropfte es auf den Perserteppich.

»Nun zum zweiten Grund, weshalb ich Sie und Ihre verehrte Gemahlin, Frau Weltscheva, hergebeten habe«, fuhr er dann zur Überraschung seiner Gäste fort. »Ich bin mir sicher, meine Idee hätte Christo Weltschevs Gefallen und seine Unterstützung gefunden.« Die Bulldogge hob ihren Riesenkopf, spitzte die Ohren, schnupperte, seufzte schwer und ließ ihr Haupt wieder auf die Füße Toschevs fallen.

»Ich bin ein schwer beschäftigter, ein über Gebühr beschäftigter Mann. Darum habe ich beschlossen, die Verantwortung zur Leitung von Alphavision vollkommen Ihnen zu übertragen.« Er schaute Jordan kalt an, wie um die Wirkung seiner Worte zu prüfen. »Ich möchte ausdrücklich bemerken, dass Sie diesen Schritt zum einen Ihren erwiesenen Führungsqualitäten verdanken, zum anderen ist er aber auch dem Andenken Ihres Cousins geschuldet, vor dem ich mich verneige. Ich vertraue Ihrer langjährigen professionellen Erfahrung, und natürlich der phänomenalen Intuition, die Ihre Frau Gemahlin immer wieder an den Tag legt.«

Obwohl er sicher im Lehnsessel saß, hatte Jordan das Gefühl zu taumeln. Er schaute fassungslos zu seiner Frau hinüber. Danielas Befriedigung, ihre triumphierende Freude waren so unverhüllt, dass sogar ihre Haarspitzen kleine Feuerwerkchen abschossen. Eduard Toschev schien es ebenfalls zu bemerken, denn er lächelte, wenn auch mit dem kalten, entfremdeten Lächeln dessen, der im schönsten Glück nicht aufhören kann zu berechnen, was es ihn kostet. Er beugte sich vor, nahm die Ledermappe und reichte sie mit entschiedener Geste Jordan.

»Das ist unser Vertrag«, sagte er brüsk. »Ihre Verantwortlichkeiten wachsen exponentiell an, was sich selbstverständlich proportional in Ihren Bezügen niederschlagen wird. Lesen Sie sich diese Seiten aufmerksam und in aller Ruhe durch, damit Ihnen das sogenannte Kleingedruckte nicht entgeht. Während Sie sich mit den Vertragsklauseln befassen, erlaube ich mir, Ihnen Ihre Frau Gemahlin zu entführen und ihr meine Antikenkollektion zu zeigen.« Er wandte sich nun, so als erwarte er keine Einwände, direkt an Dida und bot ihr an: »Wenn es Ihnen lieber ist, darf es auch gern die Schmuckkollektion meiner Frau sein, und die Sammlung ihrer ausgefallenen Hüte und Halstücher …«

Die beiden standen auf, Toschev bot Dida galant den Arm und führte sie in den dunklen Teil des riesigen Wohnzimmers. Der Hund erhob sich ebenfalls und trottete mitsamt seiner triefenden Lefzen hinter den beiden her.

36

Der Arbeitsvertrag, in dem wirklich jedes Detail seiner Befugnisse genauestens umrissen war, übertraf Jordans kühnste Erwartungen. Er hatte nun noch zwei Seiten vor sich, Seiten, in denen vermutlich jenes »Kleingedruckte« stand, von dem Toschev gesprochen hatte, und ohne das ein derartiges juristisches Dokument unseriös erscheinen würde. Jordan steckte sich zur Feier der Lektüre eine gute Zigarette an und inhalierte tief und zufrieden. Da schien es ihm, als stiege ihm die Ausdünstung des Hundes in die Nase, doch durch die offene Tür kam nicht etwa Toschevs Töle, sondern seine Frau geflogen. Sie sah seltsam zerrupft und zerzaust aus. Ihr Haar glühte, ihr Gesicht war dafür umso blasser. Sie zitterte von Kopf bis Fuß, als hätte sie etwas Entsetzliches gesehen.

»Schnell«, rief sie atemlos, »ganz schnell …«

»Was ich hier lese, kannst du dir nicht vorstellen, Liebste.« Jordan konnte seinen Stolz und seine Zufriedenheit über so viele neue Vollmachten nicht verbergen. »Toschev überträgt mir alles, Alphavision liegt mir zu Füßen.«

»Schnell, wir müssen hier verschwinden. Du hast ja keine Ahnung, was …«

»Rat mal, wie viel ich von jetzt an verdienen werde?«

»Verdienen? Du bist ja verrückt! Toschev nennt seine Frau Schlampe, billiges Flittchen …«

»Und?«

»… und Nutte.«

Dida zog ihn so stark am Arm, dass er aufstehen musste, und hieb mit ihren kleinen Fäusten erbittert auf seine Brust ein, um ihn aus seiner Erfolgstrunkenheit zu reißen.

»Ja, verstehst du denn nicht: Der Mann ist ein Psychopath!«

»Aber beruhige dich doch …«

»Ein Sadist, hörst du, ein abartiger Sadist!«

»Liebes, ich hab nur noch zwei Seiten zu lesen, gedulde dich doch, bis ich die auch noch überflogen habe«, versuchte Jordan, seine Frau zur Besinnung zu bringen, und hielt ihre Handgelenke fest. Dida wand sich konvulsivisch, es sah aus, als ob sie sich gleich übergeben würde.

»Bring mich hier weg, hörst du, sofort!«

»Aber warum denn? Was ist denn passiert, zum Teufel nochmal? Lass mich doch wenigstens noch den Vertrag unterschreiben!«

Jordan begriff nicht, was seine Frau so aus der Fassung gebracht haben konnte. Die Wirkung stand doch wohl in keinem Verhältnis zur Ursache. Er versuchte, sie zu umarmen, sie an die Brust zu drücken, das, was sie da so entsetzt hatte, von ihr und wenigstens teilweise auf sich zu nehmen. Er wollte auch endlich von ihr hören, was eigentlich geschehen war. Dida aber machte sich los, riss die Vorhänge zur Seite, öffnete die Terrassentür und flog hinaus in die Nacht. Jordan stürzte hinterher, wollte sie rufen, aber als er in die Nacht mit ihren schweren Nebelschwaden hinaussah, merkte er rasch, dass dies vollkommen vergeblich wäre.

Er ging hinein, sog nervös an seiner Zigarette. Das Feuer im Kamin knackte anheimelnd, die Scheite waren schon zu Glutklumpen niedergebrannt. Er rauchte seinen Glimmstengel auf, wartete. Vor innerer Unruhe warf er einige Eichenholzscheite nach. Bläuliche Flämmchen leckten an ihnen hoch, schmiegten sich an die frische Nahrung, bis diese auf einmal Feuer fing und aufloderte. Der Widerschein des Feuers spielte auf seinen Kleidern, schien ihn an- oder auszulachen, ihn zu verspotten, der sich verheddert hatte in einem Fädengewirr aus Erfolgsaussichten und Sorge um seine Frau. Die ganze Zeit betrat niemand den Wohnsalon. Nicht einmal die Bulldogge mit ihren traurigen roten Augen, dem schlurfenden Gang eines alten Menschen und den triefenden Lefzen. Das riesige, endlose Haus war versunken in mysteriöser Stille.

Er ging zu dem Sessel zurück, in dem Eduard Toschev ihm die Mappe mit dem Vertrag gereicht hatte, unterschrieb das Dokument. Dies nahm eine gehörige Zeit in Anspruch, da er sein Autograf auf jede einzelne Seite in beiden Ausfertigungen setzen musste. Dann rollte er sein Exemplar zusammen, steckte es sich in die Seitentasche seiner Anzugjacke und warf die Ledermappe auf die Kristallglasplatte zurück. Aus dem Kamin kam jenes luftziehende Geräusch, das dem Platzen des Holzes vorausgeht. Es hörte sich an, als hätten die Scheite Mitleid. Jordan ging auf die Terrasse, tastete sich zum Kiesweg vor, ging ihn hinab. Zur Linken waren gespenstergleich die hellen Silhouetten der Springbrunnen und

Wasserfälle zu sehen, die treppenartig aus geöffneten Muschelhälften bestanden, über die das Wasser in Stufen hinabrauschte. Plötzlich tauchte aus dem nebligen Dunkel die Gestalt eines von Toschevs massigen Leibwächtern auf mit geschorenem Kopf und überraschend intelligentem Gesicht. Wenn er nicht so breitschultrig und groß gewesen wäre, hätte man ihn für Toschev selbst halten können. Er trug einen Wintermantel und einen Ohrhörer.

»Ihre Frau«, sagte er mit ausgesuchter Höflichkeit, »ist mit Ihrem Wagen weggefahren, Richtung Sofia.«

»Oh«, reagierte Jordan überrascht, »mein Mantel liegt im Auto.«

»Ich fahre Sie gern. Herr Toschev hat mir aufgetragen, Ihnen seinen Dank zu übermitteln dafür, dass Sie seinen Vertragsvorschlag so ungeteilt angenommen haben, und Sie nach Hause zu fahren.«

»In dieser kalten Brühe … Da wäre ich Ihnen sehr dankbar.«

Mehr Worte wechselten sie nicht. Sie gingen nebeneinander, aber jeder für sich durch den Nebel. Jordan wurde empfindlich kalt und – Gott weiß, warum – auch sonst klamm zumute. Schließlich erreichten sie die asphaltierte Zufahrt. Dort wartete ein silberner Bentley auf sie. Die Klimaanlage musste bis vor kurzem eingeschaltet gewesen sein, denn das Wageninnere war gut geheizt. Geräuschlos setzte sich die Oberklassenlimousine in Bewegung. Das schmiedeeiserne Tor öffnete sich automatisch. Der Bodyguard steuerte den Wagen hinaus auf die vom bläulichen Neonlicht trüb erhellte Straße, und da überkam Jordan ein Gefühl der Erleichterung. Er seufzte. Versuchte, sich vorzustellen, was zwischen seiner Frau und Toschev vorgefallen sein mochte, dass sie so außer sich von der kleinen Besichtigung der häuslichen Sammlungen fortgestürzt war. Was auch immer das sein mochte: Er war sich vollkommen sicher, dass Dida, wenn sie erfuhr, dass er ihrer beider Zukunft, ihrer beider Freiheit unterschrieben hatte, ihm alles erzählen und alles verzeihen würde. Der Bentley fuhr ruhig die abschüssige Fahrbahn zur Umgehungsstraße hinunter. Drei Querstraßen weiter unten klingelte sein Handy. Wütend, fast bedrohlich. Doch die Nummer, die auf dem Display aufleuchtete, war ihm unbekannt.

37

Das Dienstzimmer, durch Rauchglas in zwei Hälften geteilt, schien dasselbe zu sein: ein alter Rollschrank mit verstaubten Aktenmappen, ein wackliger Schreibtisch mit Schreibtischlampe, ein Sessel mit abgewetztem Bezug, der mal grün gewesen sein musste, ein Wecker, der die Zeit verdöste. Doch statt der Erika-Schreibmaschine prangte vor dem Kriminalbeamten nun ein Computer, der aber auch nicht zu den neuesten Modellen gehörte. Sogar der Beamte schien derselbe zu sein wie der, der ihn vor vielen Jahren zum Unfalltod seiner ersten Frau Neda verhört hatte. Auch dieser trug, was Jordan wenig geschmackssicher erschien, eine braune Krawatte auf gelbem Hemd, hatte Schweißflecken und einen schlecht rasierten Hals. Die Augen des Mannes waren trüb vor Übermüdung, aber voll konzentriert. Er hatte den nervtötenden Tick, mit dem Daumen permanent die Mine seines Kugelschreibers schnappen zu lassen. Sein Haar war dünn, seine Zähne schlecht, die Haut um den Adamsapfel hing faltig, aber seine ganze Ausstrahlung verriet einerseits Machtbewusstsein, andererseits, dass er viel hatte einstecken müssen. Er war, wie der aufgestellte Wimpel auf seinem Schreibtisch bewies, Anhänger des Fußballklubs ZSKA Sofia. Daneben stand ein Foto seiner Frau und seiner Tochter, die hinter einem Chow-Chow kniete. Der Inspektor erkannte seinen berühmten Gast sofort. Dem Alter nach hatte er schon Jordans *Runden Tisch* gesehen, dann seine *Sieben Tage*, und bevorzugte nun das Nachrichtenmagazin *Schaufenster* vor den trivialen Abendnachrichten im staatlichen Fernsehen.

»Nicht zu glauben, Jordan Weltschev persönlich«, sagte er und drückte im Prestissimo auf das Ende seines armen Kugelschreibers.

»Sie haben sich so unverhofft bei mir gemeldet«, erwiderte Jordan, »ich wurde gerade in einem Wagen Herrn Toschevs von Bojana zurück nach Sofia gefahren.«

»Wenn ich das morgen beim Frühstück der Meinigen … meinen beiden Frauen zu Hause erzähle, wer heute bei mir im Büro war – die werden mir das nicht glauben.«

»Gott sei Dank gab es keinen Stau, sodass ich in einer Viertelstunde hier sein konnte.«

»Meine Frau und meine Tochter finden Sie toll, ach, was rede ich, sind glühende Fans von Ihnen!«

»Na, vielleicht nicht in fünfzehn Minuten, aber doch in einer halben Stunde.«

»Ja, ja, der hochverehrte Herr Toschev. Gut, dass er Sie nach Alphavision geholt hat. Sie haben diesem, verzeihen Sie meine Offenheit, Arsch-und-Titten-Sender überhaupt erst mal ein Programm verpasst, das diesen Namen verdient!«

Obwohl das Kompliment stimmte, war die ganze Lobhudelei Jordan peinlich, so peinlich, dass ihm in den Sinn kam, den begeisterten Kripomann etwas auf den Teppich zurückzuholen, indem er ihm zeigte, wie käuflich er eigentlich war! Dazu brauchte er ja nur ein paar Passagen aus seinem neuen Vertrag vorzulesen oder ihm zu erzählen, wie es bei Toschevs zu Hause so aussah, vom schmiedeeisernen Tor über die feudale Kieszufahrt, die an dem künstlichen See mit den Springbrunnen und Wasserfällen vorbeiführte, bis zur Beschreibung des riesigen Hauses selbst. Offenkundig wurde er unerzogen und bös, stellte er fest, genau wie damals: unduldsam, kleinlich und bös!

»Wenn ich das den Meinen zu Hause …«

»Wo ist Sie?«, fragte Jordan so ohne Einleitung, als ginge es um ein Mädchen, das von zu Hause ausgerissen war und durch die kalte, gefährliche Nacht irrte.

»Oh, wie ich Sie verstehen kann!«, stöhnte der Beamte.

Jordan bemerkte, dass er seine Frage nicht richtig gestellt hatte, verbesserte sich und versuchte, sein berühmtes Lächeln aufzusetzen:

»Wie geht es ihr?«

»Ihr geht es … Der Ort, an dem Ihre Frau sich jetzt befindet, ist mit Sicherheit ein besserer Platz als die Welt, in der wir leben. Dort gibt es wenigstens Gerechtigkeit, weil sie dort nicht von uns Menschen abhängt!«

»Wollen Sie damit sagen …«

»Ja. Sie muss mit einer Geschwindigkeit von etwa hundertzwanzig Stundenkilometern gefahren sein, und die Kurve, in der es passiert ist, hatte einen Winkel von kaum sechzig Grad. Dann dieser Nieselregen. Der Nebel. Sie waren nicht da …«

»Ich war nicht da?«

»Das soll kein Vorwurf sein; es ist einfach nur Teil des Tatbestandes. Tragische Vorfälle sind immer multikausal, sind eine Folge unglücklicher Umstände, die sich mit der Zeit anhäufen in dem, was wir unser Leben nennen.«

In diesem Moment schaltete Jordan, dass dieser ihm so wohlgesonnene Mann die ganze Zeit von Dida, von Daniela, von seiner Frau redete und alles, von den Komplimenten angefangen, Versuche waren, ihn sozusagen erst zu betäuben und dann, noch während er die unangenehme Wahrheit aussprach, zu trösten. Er hatte das komische Gefühl, wenn er noch länger in dieser trostlosen und schlecht erleuchteten Amtsstube blieb, wäre es um Dida *wirklich* geschehen. Aber was konnte er tun? Wohin sollte er gehen? Wen bitten?

Die dienstlichen und für diese Dienstlichkeit zugleich um Verzeihung bittenden Worte des Beamten vor ihm berührten ihn nicht, obwohl die Wahrheit nun in sein Bewusstsein vorgedrungen war. Wie war es dazu gekommen? Er sah noch einmal, wie seine Frau besinnungslos vor Entsetzen ins Wohnzimmer und zu ihm in die Bibliotheksecke gestürzt war, wie er nicht realisieren konnte, was sich zwischen ihr und Eduard Toschev zugetragen haben musste, das sie so aus der Fassung gebracht hatte. Und während sie außer sich gewesen war vor Entsetzen, war er außer sich gewesen vor Freude und Stolz, und so hatte er sie einfach hinauslaufen lassen in Nacht und Nebel, um … *ihre Zukunft*, wie er meinte, *Danielas, Jonas und seine Zukunft zu unterschreiben*. Auf einmal kam ihm in den Sinn, dass Daniela vielleicht genau wie seine erste Frau zugleich unwiderstehlich angezogen worden war von seiner Berühmtheit, zugleich aber auch abgestoßen davon, dass dieses »Allen-zugleich-Gehören« jede Privatsphäre und Intimität zerstörte. Im Zusammenleben hatte Dida es erfahren müssen, wie leer diese Popularität war, wie unverdient seine Macht über die Menschen, wie irrational, vom Bildschirm aus in die Häuser der Leute einzudringen, im eigenen Zuhause aber selbst »anwesend abwesend« zu sein. In seinem Egoismus, der ihm selbst nicht bewusst war, hatte er Neda betrogen und verraten, und nun Daniela.

Der Kriminalbeamte hörte nicht auf zu reden. Sagte Kluges. Mitfühlendes. Aber eben mit dem Pathos des schlechten Redners. Er glaubte vermutlich, Jordan so zu helfen oder ihn wenigstens vor einem Schock oder einem Nervenzusammenbruch zu bewahren. Aber Jordan sah nur Dida vor sich, in der Formalinkühle irgendeines feuchten Souterrains, ihr Blut und seine Schuld schon von ihren geschlossenen Augen abgewaschen, aber mit noch flammend-lebendigem Haar. Kalt und gerecht lag sie da wie der Tod. Wie damals bei Neda sah er auch jetzt ihren Körper so unendlich rein und unschuldig, dass er sich in Anwesenheit eines anderen Mannes nicht geschämt hätte. Er wäre in der Lage gewesen, die wächserne Abwesenheit dieses Leibes seinem alten Chef, Gospodinov, zu zeigen oder seinem neuen Chef Eduard Toschev. Doch nun sah er auch, dass noch so viel Macht über noch so viele Menschen nicht genügte, um so viel Macht über das Leben eines einzigen geliebten Menschen zu haben, dass er es Jesus gleichtun und sagen konnte: »Steh auf und wandle!«

Der Wecker auf dem Schreibtisch riss ihn aus seiner Versenkung. Es kam ihm so vor, als höre er das Ticken nicht vor sich, sondern im Inneren seiner Knochen, seines Schädels. Der Ermittler hatte wohl schon längere Zeit rücksichtsvoll geschwiegen und ihn mit seinen müden, verquollenen Augen besorgt gemustert.

»Bitte entschuldigen Sie, Herr Weltschev, dass ich Ihnen diese Frage stellen muss, aber … Hat es zwischen Ihnen und Ihrer Frau Streit gegeben, Konflikte, Unstimmigkeiten?«

»Nein«, antwortete Jordan so entschieden wie damals bei Neda, »ich hatte keinerlei Konflikte mit ihr.«

38

Zur Beerdigung Christos ging Dessislava nicht. Sie wusste, dass ihre Abwesenheit unter so vielen anwesenden seriösen und weniger seriösen, aber stets schwerreichen Geschäftsleuten in Schwarz mitsamt jenen Männern, die auch an solchen lichtlosen Spätherbsttagen ihre Sonnenbrillen nicht absetzten, zwischen Politikern und anderen Personen des öffentlichen Lebens, Fernsehleuten und Zeitungsverlegern sowie jener unvermeidlichen Schwadron kamerabewaffneter Journalisten, die alles haarklein »dokumentierten«, vollkommen unbemerkt bleiben würde.

Ihre An- oder Abwesenheit war so unerheblich, dass sie sich in der Tat erübrigte. Der Hauptgrund aber, warum Dessislava nicht zu diesem Begräbnis ging, war, dass sie Christo grenzenlos böse war und spürte, dass sie ihm nie würde verzeihen können!

Da erlebte sie eine Überraschung. Nach der Entlassung aus dem Krankenhaus ging sie ins Internet und rief ihre E-Mails ab, um zu sehen, wie einsam sie war, um sich in ihre Einsamkeit zu teilen. Und dort war – wenn man vom Spam einmal absah – die einzige neue, noch ungeöffnete Mail – von Christo.

Meine Liebste, meine Einzige,

ich sende dir ein paar Worte, die ich so für mich, für uns aufgeschrieben habe. Warum? Das weiß ich selbst nicht. Aber tief im Inneren glaube ich, dass im Anfang das Wort war. Wie anders hätten wir denn von Gott erfahren können, und dass er die Welt erschaffen hat, wenn nicht Worte uns davon erzählt hätten? Von den Zehn Geboten und den Gesetzen, die er dem Stamm Israel gegeben hat, ganz zu schweigen. Es gäbe nur Stille und das Walten der Natur, jedenfalls für uns Menschen. Und Gott muss gewusst haben, dass die Dinge für uns Menschen erst dadurch real werden, dass wir sie beim Namen nennen können, und unsere Seele sie erst durch Anrufung als lebendig erkennen kann. Alles, was nicht benannt ist, gehört nicht dem Sein an, sondern nur dem Möglichen, ist bestenfalls Traum.

Vielleicht sind die beiden Texte, die ich dir hiermit schicke, nur Quatsch, nur Frucht meiner geistigen Eitelkeit. Wenn ich dich bitte, sie trotzdem zu lesen, so deshalb, weil sie das Zeugnis eines Menschen sind, der versucht, sich zu begreifen, des Menschen, der dich rasend liebt!

Bitte verzeih mir diese Zumutung!
Auf immer,
dein Christo

Murmelnd las Dessislava alles, was Christo ihr geschickt hatte, dann ging sie ins Bad, schnitt sich eine Locke ab, zog sich warme Sachen unter ihre schwarze Trauerkleidung an, zündete das ewige Licht, das Jonka ihr hinterlassen hatte, für den kleinen Assen an, trippelte zum Patriarchendenkmal an der Kreuzung und setzte sich in die Straßenbahn, die hinauffuhr zum Zentralfriedhof.

Der Zentralfriedhof lag versunken da in seiner verschneiten Stille, jener Versunken- und Verschwiegenheit letzter Ruhestätten. Das einzig Wärmende in der schneidenden Kälte dieses noch jungen Winters war der schmutzige Rauch, der aus dem Krematorium aufstieg. Dessislava kam diese muntere Rauchsäule wie Hohn vor, zynisch geradezu. In ihren zu dünnen Stiefeln bekam sie langsam eiskalte Füße. Trotzdem suchte sie weiter die Friedhofswege ab, unmerklich wie eine Stille in der Stille, ein Schatten unter Schatten. Vor ihr tauchten ein paar Straßenköter mit herabhängenden Ohren auf, die der ständige Hunger Geduld gelehrt hatte. Einer von ihnen humpelte; sein rechtes Hinterbein war wohl gebrochen.

Endlich fand sie Christos Grab. Sie wusste, dass Eduard Toschev den Grabstein bestellt und dafür gesorgt hatte, dass der ungeschliffene Granitblock, der bei all seiner absurden Größe und Pompositát etwas Hypnotisches hatte, binnen zwei Tagen aufgestellt wurde. Darauf eingemeißelt ein kleines Kreuz, der Namenszug »Christo Alexandrov Weltschev«, und sein Geburts- und Todesdatum. Aus der Schneedecke ragten vereiste Blumenkelche heraus, die im plötzlich eingetretenen Frost langsam welkten, aber noch immer Duft verströmten. So trostlos, so vergeblich, dass es einem das Herz zerriss. Ganz vorn lag ein riesiger Kranz mit einem weißen und einem schwarzen Schleifenband und dreihundert weißen Rosen von Eduard Toschev, daneben der Kranz dieses mysteriösen Generals Iwan Grigorov, von dem Christo mal beiläufig gesprochen hatte, mit dreihundert roten Rosen. Der Staatspräsident hatte einen Kranz niedergelegt, der Ministerpräsident, der Kultur- und der Verkehrsminister. Dessislava packte der Widerwille, und sie hörte bald auf, diese pathetischen Trauerfloskeln zu lesen. Sie betrachtete lieber die Blumen, die in der amorphen Kälte langsam mumifizierten und fein und eisig nach natürlicher Zersetzung rochen, nach Ehrbezeugung reicher, hartherziger Menschen und auf lange konserviertem Tod. Dessislava kniete nieder, legte Christo ihr schlichtes Sträußchen mit der eingebundenen Haarlocke zu Füßen. Dann goss sie ihm, wie es der Brauch wollte, etwas Wein aufs Grab und stellte etwas Brot hin. Ihre Hand war im Nu so kalt, dass sie sich mit ihrem bisschen Atemwärme hineinhauchte.

»Wir waren dir reichlich böse, der kleine Assen und ich«, raunte sie in die hartgefrorene Luft, »und hatten beschlossen, dich zu vergessen. Warum, fragst du? Na, weil du uns verraten hast. Du, mein Liebster und Einziger, warst nicht bereit, das große Geld für unsere kleine Liebe fahrenzulassen, und wolltest auch nicht den Erfolg, den donnernden Erfolg gegen das leise Geklingel des Glücks eintauschen. Und so kam es am Ende, wie es kommen musste: Du hast uns, mich und deinen werdenden Sohn, verlassen, ach, was sage ich: Abgetrieben hast du uns, ja, abgetrieben.«

Dessislava war ganz sicher gewesen, dass sie und das Kind, das sie verloren hatte, ihm wirklich niemals verzeihen würden. Als sie aber seinen Text über den wahren, den gescheiterten Christus gelesen hatte, der für den Statthalter Tote auferwecken sollte, wurde ihr klar, dass Christo den Preis des Geldes sehr wohl gekannt, das Unglück des Reichseins und die Ohnmacht des Reichen erfahren hatte, und dass er wusste, dass es größere Dinge gab als den Egoismus, Dinge, die dauerhafter waren und sich dem Gedächtnis der Menschen länger einprägten als Erfolg und Reichtum; wenn jemand sich opferte zum Beispiel. Sie konnte nicht umhin, darüber nachzusinnen, ob es mehr als ein Zufall war, dass »Christo« der Beiname des Erlösers war.

»Gut immerhin, dass du mir diese Texte da geschickt hast.« Sie ließ ihre Blumen sich wie Mikadostäbchen zu Christos Füßen zerstreuen, dann fuhr sie sich mit der Hand an die Wangen, weil sie dachte, sie weine; aber als sie ihre Augen berührte, waren die vollkommen trocken. »Damit wir wissen, was so in deinem Kopf rumgespukt hat. Du siehst ja, bin doch gekommen! Heute Abend werde ich auch unseren Kleinen bitten, dir zu verzeihen. So, und jetzt muss ich gehen. Jona ist allein und hat Hunger und wartet auf mich.«

Sie nahm den ganzen Willen ihrer Hoffnungslosigkeit zusammen und schaffte es so, sich aufzurichten und gen Westen, dem Abendhimmel zu, fortzugehen. Die Hunde begleiteten sie mit um das Erhoffte betrogenen Augen, denn Blumen konnten sie ja nicht fressen, Wein nicht trinken, das Stückchen Brot war schon steinhart. Und Worte und menschlicher Kummer nährten sie nicht.

39

Das da begann schon in der Nacht, bevor sie auf der Reanimation des Pirogov-Krankenhauses aus der Bewusstlosigkeit erwachte. Da war dieser Abgrund, der sie magisch anzog. Schwarzfunkelnd. Sie hatte sofort Zutrauen zu ihm, tauchte ein in seine Tiefen, bis ein warmes Licht vor ihr auftauchte. Da drang die Stimme Jonkas zu ihr, raunend, behütend: »Es ist noch zu früh für dich, Kindchen! Kehr um zu deinen Wurzeln, zu dir … und: Halt sie zusammen, die Sippe! Damit dir das wirklich gelingt, musst du sie nehmen, wie sie nun mal sind, und ihnen verzeihen!«

Sie öffnete die Augen. Die nackte Glühbirne über ihr wirkte schwer wie eine Blase, die mit einem anderen, toten Licht gefüllt war. Sie bekam Angst, die Blase könne platzen, das eiterfarbene Licht auslaufen und sie ertränken. Der widerliche Geruch von Schmerzmitteln, stark wie die allerletzte Hoffnung, machten ihr das Atmen schwer. »Damit du ihnen aber verzeihen kannst«, meldete sich die Stimme Jonkas wieder aus der Tiefe, »musst du zugleich allein sein *und* mit allen. Du musst die aufblitzenden Zeichen der Zeit auf dieser nicht gut eingerichteten Welt verstehen lernen und … dich selbst lieben.« Dessislava spürte die ziehende Leere in ihrer Gebärmutter und wusste auf einmal, dass sie beide verloren hatte, Assen und Christo, und nun für immer kinderlos bleiben würde, kinderlos und allein, für immer allein, *damit sie für alle da sein konnte*! Da hatte sie eine Vision. Sie sah Assen, aber nicht als Embryo oder Säugling, sondern als erwachsenen Mann, hellhäutig, wohlgestaltet und groß, mit den tiefblauen Weltschev-Augen und markanter Stirnpartie. Er kam auf sie zu aus der Abenddämmerung einer öden Landschaft, brachte Gerechtigkeit und Traurigkeit und – wie sie später, als sie Christos Legende von Christus und dem Statthalter gelesen hatte, ergänzen würde: wie aus den Worten seines Vaters vom gescheiterten Jesus Christus heraustretend. Ganz hinten in dieser Unendlichkeit standen Christo und sie, umarmt, erfüllt vom Bild ihres toten Sohnes und vom Unglück ihrer lebendigen Liebe. Da begriff Dessislava auf einmal, dass eine solch himmlische Liebe auf Erden nicht möglich war. Selbst wenn Christo und Assen überlebt hätten, wäre diese Liebe dazu verurteilt gewesen, an ihrer eigenen Absolutheit zu zerbrechen.

Ein verschwitztes Gesicht beugte sich über sie. Das Häubchen der Krankenschwester war verrutscht, ihre Stimme kam von ferne, war aber voller Mitgefühl.

»Sie lächelt«, sagte die Stimme leise, »sehen Sie nur, Doktor Milanov, sie lächelt.«

Nach der Kürettage war Dessislava schrecklich erschöpft und schlief bald wieder ein. Irgendwann später spürte sie jemandes Gegenwart wie einen Lufthauch. Es waren ihr Bruder und ihre Schwägerin Dida, die sich über sie beugten. Sie wollte gerade ansetzen, ihnen alles zu sagen, von wem sie das Kind hatte und wie es dazu gekommen war, da hatte sie ihre nächste Vision. Sie sah Dida in einem Auto eine Serpentine hinunterrasen und auf einen Laternenpfahl zusteuern. Instinktiv versuchte sie, zu rufen, um sie zu warnen, aber da hörte sie schon den Aufprall, zuerst im Kopf, dann verspürte sie im Herzen das letzte Aufstöhnen ihrer Schwägerin, fühlte, wie das Blech des alten VW Golf sich knautschte, hörte sogar Didas letzten Gedanken: »Warum hast du mich allein gelassen? Was tust du mit mir, Liebster? Ich liebe dich doch.« Als sie die Augen öffnete, waren Jordan und Dida schon nicht mehr in ihrem Krankenzimmer. Einer der anderen Patienten in der Reanimation war inkontinent. Es roch nach Urin.

»Jetzt weint sie auf einmal, Doktor Milanov«, hörte sie die Stimme der Schwester mit dem schiefen Häubchen, »jetzt lächelt sie nicht mehr!«

Für sie, Dessislava, war der Tod Danielas nicht etwas, das bevorstand und geändert werden konnte, sondern etwas, was der Zeit schon eingeschrieben war; darum wurde ihr auch der Engel mit einem weißen und einem schwarzen Flügel geschickt, der ihr einen Finger auf den Mund legte und ihr verbot, kundzutun, was sie gesehen hatte. Dessislava glaubte ihrem Albtraum ohnehin nicht. Nicht einmal, als der Mann im Nebenbett in den frühen Morgenstunden verschied, nicht einmal, als man ihr die Schläuche und die Infusion entfernte und sie in ein Zimmer mit fünf anderen operierten Frauen legte, wagte sie es, sich bei ihrem Bruder zu melden und ihn vorzuwarnen. Am nächsten Abend wehte sie etwas an. Da wusste sie, dass das Unglück geschehen war. Eine ungeheure Trauer um ihre geliebte Schwägerin ließ sie in Tränen ausbrechen. Sie sah ihren Bruder im Dienstzimmer des schlecht rasierten Kripobeamten mit den übermüdeten Augen und der braunen Krawatte auf gelbem Hemd sitzen, hörte, wie es sich in ihm aufbäumte, wie er es Jesus gleichtun und sagen können wollte: *Steh auf und wandle!* Dann verlor sich sein Bild in den Straßen von Sofia.

Viel später bekam Dessislava eine andere, erfreulichere Vision. Das Ereignis war noch nicht in die Zeit eingeschrieben und konnte daher vermieden werden. Sie bügelte gerade die Windeln der kleinen Jona, da sah sie, dass ihr Bruder Jordan heiraten konnte, sooft er wollte: Er war dazu verdammt, seinen Frauen den Tod zu bringen, indem er sie einerseits über alles liebte, andererseits aber stets an das Ungeheuer seiner Berühmtheit verriet, von der er nicht lassen konnte. Einmal auf den Grund seines Schicksals geblickt, würde Dessislava ihn in Zukunft dazu ermuntern, mit anderen Frauen anzubändeln, um über Didas Verlust hinwegzukommen, aber sie würde sich ihm strikt in den Weg stellen, wenn sich so etwas wie eine feste Beziehung anbahnte. Und wie sie vor Zeiten, als Neda verunglückt war, die Sorge um Jordans erste Tochter Jana übernommen hatte, so nahm sie nun, nach Didas Tod, ohne Kommentar auch die Sorge für deren Tochter Jona auf sich. Am bulgarischen Allerheiligentag träumte sie, dass das erste Wort Jonas »Mama« sein würde, ohne es je gehört zu haben. Sie würde es nach einem langen Schläfchen und verstimmtem Babyquäken sagen, nachdem sie die Milch, die in ihre Brüste eigentlich für den kleinen Assen eingeschossen war, leergetrunken hatte. Von da an würde sie auf heilsame und den Schmerz betäubende Weise Dessislava immer »Mama« rufen, ganz im Sinne der Worte Jonkas, die sie ihr in einem Traum gesagt hatte: »Denn du bist ihrer aller Mutter, Kind. Hörst du, wie die Liebe in deinen Augen und deinem Herzen still aufwächst wie eine Blume?«

Erst mehrere Monate nach dem Verlust des kleinen Assen und seines Vaters Christo, und lange auch, nachdem Dida tödlich verunglückt war, begriff Dessislava, dass die Träume und Gesichte, die sie hatte, mehr waren als jene gelegentlichen Vorahnungen, die fast alle Frauen kennen.

Eines Nachmittags, als sie Jona gerade wickelte, nötigte ihre ungewollte Gabe sie, dem Tod ihres Vaters zuzuschauen, dem Namensgeber ihres ungeborenen Kindes, Geburtshelfer des Sozialismus und Jura-Professors Assen Weltschev, bei dem in den letzten Jahren die Beklemmung seiner Jugendjahre, nicht nützlich zu sein, wiedergekehrt war. Vor lauter Einsamkeit war er gegen seine ursprüngliche Absicht nun doch Dessislavas Rat gefolgt und hatte sich darangesetzt, seine Bücher über die Psychologie und Technik der Macht und über die Demokratie zu überarbeiten … In ihrer Vision kam er gerade mit einem frischen Brot unter dem Arm aus der Bäckerei. Wie immer völlig in Gedanken versunken, überquerte er bei Rot die Ampel, ohne die herannahende, wild bimmelnde Straßenbahn auch nur zu bemerken. Das Schienenfahrzeug hatte bereits genug abgebremst, um ihn nicht unter sich zu begraben, sondern seinen ausgetrockneten, altersleichten Körper nur zur Seite zu schubsen. Sie sah, wie das Brot zu Boden fiel, wie ihr Vater mit den Armen ruderte und ohne ein äußerlich sichtbares Zeichen der Verletzung zu Boden stürzte. Diese Vision, verriet ihr der schöne Engel mit dem weißen und dem schwarzen Flügel, gehörte nun eben zu denen, die schon unabwendbar eingeschrieben waren in die Zeit; und er legte ihr wieder den Finger auf die Lippen: Schweige!

Genauso flog sie, als sie gerade im Park am Perlowo-Kanal saß und wie eine Amme aus alter Zeit mit der Milch des kleinen Assen Jona geduldig die Brust gab, die Gewissheit an, dass Jana nicht nach Bulgarien zurückkehren würde. Jana würde in Bamberg heiraten, aber nicht ihren schönen Studenten der Theologie, sondern dessen Professor, der sich bereits einen Namen gemacht hatte damit, mit Leibniz gegen die aktuellen Verniedlichungen zu streiten, dass Gott die Liebe sei, das Mitleid oder die Macht. Nein, er bettete die Lehre Leibniz' von der prästabilierten Harmonie ein in aktuelle ästhetische Theorien und befreite so das Nachdenken über Gott vom unerträglich gewordenen Gutmenschentum der politisch Korrekten.

Es ging auf Weihnachten zu. Jona hatte Koliken und weinte ganze Nächte durch, oder sie versuchte einfach, ihren Willen durchzusetzen, wer wusste das schon, da sah Dessislava in ihrem Schlafentzug ihren Vetter Krum Krumov Marijkin, den sie Ewigkeiten nicht gesehen hatte. Auf rätselhafte Weise, so sah sie, wurde dieser Millionär, zog aus Widin fort nach Sofia mit einer seltsam hässlichen und dann wieder momentweise schönen Frau, die er Gergina nannte. Die beiden kauften etwas in einem Gewerbegebiet von Sofia und bauten eine Fabrik für einbruchssichere

Türen auf, die rasch einen guten Ruf bekommen sollten, weil sie nicht mehr so hässlich waren wie die bisherigen Metallungetüme, sondern verkleidet waren mit edlem Holz oder Holzimitaten für jeden Geschmack, und doch garantiert weder Feuer noch Einbrecher ins Haus ließen. Den Eheleuten Krum und Gergina Marijkin würden Zwillinge geboren, Jungen von engelsgleicher Schönheit, und eine hässliche, aber auf seltsame Weise anziehende Tochter. Bei der Vorstellung, Krum Krumovs Zwillinge könnten sich beide in Jona verlieben, geriet Dessislava in Panik, denn diese Liebe würde genauso groß, unerfüllbar und tragisch enden wie die ihre zu Christo. Doch dies mit Gewissheit voraussehen zu können, war ihr nicht gegeben.

Nach den großen Frostwellen um Neujahr nötigte ihre Gabe sie, auch einen Blick in ihre eigene Zukunft zu tun. Sie würde, sobald Jona ihr die Zeit dazu ließ, mit großem Erfolg »ihren« *Hamlet* wieder inszenieren, erfolgreich auch *Drei Schwestern* von Tschechow, aber einen Reinfall erleben mit der *Möwe* des russischen Dramatikers. Dieses Vorauswissen vergällte ihr die Hellseherei zunehmend, und sie sehnte sich danach, wieder ein einfacher Mensch zu sein, der das Leben als Geheimnis erfuhr. Christo tauchte nicht in ihren Träumen auf, aber manchmal spürte sie ihn, wie er linkisch versuchte, Mann zu sein zwischen ihren Schenkeln. In diesen Augenblicken ging sie durch ein Wechselbad der Gefühle. Wie oft betete sie darum, der Engel mit dem weißen und dem schwarzen Flügel möge wiederkehren und ihr, wenn schon nicht die übersinnlichen Fähigkeiten, so doch wenigstens die Last ihrer Liebe zu Christo abnehmen. Sie ging in die Kirche Siebenheiligen und verbrachte eine ganze Stunde vor der Ikone des Heiligen und großen Märtyrers Mina, der, wenn man mit reiner Seele kam, Wünsche erfüllte – doch auch das half nicht. Die Gesichte, die ihr Herz und ihre Einbildungskraft heimsuchten, wurden mit der Zeit seltener, aber verschont wurde sie nicht, denn sie war gezeichnet, berufen und vorbestimmt. Einmal sah sie ein prächtiges Feuerwerk über einem Platz mit vielen Menschen, die sie an die Demonstrationen nach dem Fall der Berliner Mauer und des Eisernen Vorhangs erinnerten. Die Feuerwerke begannen sich zu drehen und formten sich zu zwölf Sternen auf blauem Grund. Das waren aber nicht die Erzengel, sondern das Symbol der Europäischen Gemeinschaft, in die Bulgarien Anfang 2007 trotz vieler Skeptiker aufgenommen wurde, und Dessislava fühlte für und mit ihren Landsleuten diesen Beitritt als *eine Rückkehr*, eine Genugtuung, eine Wiedergutmachung nach so vielen Jahrzehnten, Jahrhunderten der erzwungenen Abtrennung durch Großreiche, Großmächte, und als Beginn eines langen, langsamen Weges zu sich selbst.

Häufiger träumte Dessislava einen breiten Fluss, von dem sie nur aus den Erzählungen Jonkas wusste, dass es die Donau bei Widin sein musste. Ihr Vorüberströmen bei scheinbarem Stillstand, ihr kaum hörbares Rauschen und Gluckern, ihr Eingebettetsein zwischen Himmel und Erde, ihr Auftauchen und Verschwinden unter dem blinden Augenlid des Nebels, dann der Mond, der sich seinen silbernen Pfad über ihren bleigrauen Spiegel baute aus geschenktem Licht, der Geruch nach Sumpf, nach Fülle und schwerer Reife, ach, diese tröstenden Wasser, die den kleinen Assen aufgenommen hatten und Christo, ihre gescheiterte Mutterschaft und ihre gescheiterte Liebe.

Diesen Fluss, der in ihrem Inneren floss, versuchte Dessislava manchmal anzuhalten, zu stauen, zum Verschwinden zu bringen, doch aus ihrem Unbewussten quollen die Wasser immer wieder neu, rauschten hartnäckig wie ein Ohrwurm, rissen Wurzeln, Schicksale, Fische und Boote mit sich, gebrochene Ruder, Städte und Jahrhunderte, ertrunkene Nixen und unwirksamen Zauber, unaufhaltsam und gleichgültig wie die Zeit, den Raum teilend in Strom und zwei Ufer. Wem es gelang, sich aus diesem Strom an Land zu retten, der war verurteilt, immer nur am einen oder am anderen Ufer zu sein, verdammt zur Einsamkeit.

Manchmal kam es Dessislava so vor, als sei dieser Fluss, diese Flusslandschaft die ganze Welt in ihrer Dauer im Wechsel, achtlos und oberflächlich runtererzählt in den Medien, reduziert auf Informationsformat und portioniert in fassliche Häppchen für die Masse. Diese Häppchen in der bunten Vielfalt ihrer attraktiven Verpackungen machten die Welt zugleich klein und überschaubar und gaukelten den Menschen vor, es gäbe ständig aufregend Neues zu entdecken, zu kaufen. Doch der Fluss in Dessislava ließ sich nicht beirren: Auch dieser Novitätenwahn der Menschen war nichts als eine weitere Facette im alten Spiel des Wandels in der Wiederholung, eine Facette allerdings, die das Bisherige bereicherte und die Menschheit als Gattung in wachsender Fülle und Vielfalt dem Allumfassenden, der Unsterblichkeit des Meeres entgegenströmen ließ.

So vieles ließ sich denken bei diesem Fluss, dem Fluss als Gleichnis, der Zeit, des Lebens, der Menschen und der Menschheit. Dabei waren die Dinge vielleicht ganz einfach, und Jonka hatte ihr den Strom geschickt, um in beharrlichem Fließen die rebellische Wut aus ihren Adern zu spülen und den Schmerz der Verzweiflung aus ihrem Herzen.

Nachbemerkung

Zur Weltschev-Trilogie Vladimir Zarevs

von Thomas Frahm

In den Jahren um 1968, als in Westeuropa die Elite der Intellektuellen sich engagiert, manchmal auch militant für die kommunistische Idee starkmacht, sitzt in der bulgarischen Hauptstadt Sofia ein junger Schriftsteller in seiner Dachmansarde und liest – die Bibel seiner Großmutter. Für Vladimir Zarev und seine Generation ist das Jahr 1968 nicht das der Studentenrevolution, sondern das des Prager Frühlings, und statt glühender Hoffnungen auf Freiheit, Gleichheit und Solidarität, wie sie die jungen Leute im Westen auf ihre außerparlamentarischen Barrikaden treibt, legt sich eine bleierne Melancholie auf seine Schläfen. Das Einrollen der russischen Panzer in Prag war für den 21-Jährigen und seine Generation, die um die Jahre der Errichtung der Volksrepublik in Bulgarien (1944–1947) Geborenen, gleichbedeutend damit, dass der Sozialismus, real existierend, nicht zu reformieren war. Schon damals nicht. Und als wäre Zarev, der künftige Modernisierer und Schöpfer einer magisch-realistischen Erzählkultur mit originär bulgarischer Handschrift, selbst Teil eines schlechten Romans voller Klischees, ist er der Sohn eines Kommunisten, der als verdienter Partisan zum engsten Umkreis des langjährigen starken Mannes Todor Shivkov gehörte.

Der Vater-Sohn-Konflikt war unausweichlich. Auf Vladimir Zarevs bohrende Fragen, wie er trotz allem am Kommunismus festhalten könne, entwarf der Vater dem Sohn das Bild einer Vergangenheit, in der konservative und repressive Regierungen sich schamlos am Volk bereicherten, in dem Provinzfürsten Wahlbetrug durch Stimmenkauf betrieben und ihre Macht gegenüber aufrührerisch gesinnten Untertanen, meist Lehrern oder Rechtsanwälten, notfalls auch durch Folter aufrechterhielten.

Ihm selbst hatte ein Scherge mit dem Stiefel eine Niere zertreten, weil er die Namen seiner sozialistischen Gesinnungsgenossen nicht preisgeben wollte. Der Sozialismus, das war im Bulgarien der Zwischenkriegszeit die Hoffnung der Armen auf täglich Brot, und die Hoffnung der Intelligenzia auf ein Ende staatlicher Willkür und korrupter Sippenwirtschaft – und damit auch auf gleichberechtigte Karrierechancen für die wirklich Begabten.

Da dämmerten Vladimir Zarev, dem jungen Bibelleser, plötzlich zwei Dinge: Erstens, dass es eine Parallele gab zwischen der Sendung Moses und der Errichtung des Sozialismus, denn in beiden Fällen wurden dem Volk im Namen einer Idee (Gottes beziehungsweise der Utopie des Kommunismus) Gesetze gegeben, die der Willkür ein Ende bereiten sollten. Zweitens aber war es auf Dauer mit diesen Gesetzen allein nicht getan. Das Volk wollte keine Ideen, sondern Lichtgestalten, die es aus Elend und Sklaverei führten. Und so generierte der Sozialismus genau wie der Judaismus schon in seinen Anfängen eine Sehnsucht nach dem Erlöser, die bis heute anhält. Doch wie die Menschen nicht glauben, dass jemand, der am Ende gekreuzigt wird, der wahre Erlöser sein kann, so mischen sich in der kollektiven Phantasie des Volkes beim erhofften Messias Züge eines gütigen Vaters, der sich mitleidsvoll über die Not seiner Kinder beugt, mit Zügen eines »starken Mannes«, der nicht nur gegen Unrecht, Korruption, Bestechung, Filzokratie und die Willkür der Provinzfürsten und Bürgermeister einschreitet, sondern zu diesem Zweck auch unsterblich ist, also nicht *Menschensohn*, sondern *allmächtiger Gott*.

Auf Bibellänge, verteilt auf drei große Romane, arbeitete Zarev sich an seiner großen Idee, ein Psychogramm der Bulgaren im Jahrhundert der Kriege und des Holocaust zu schreiben, ab. Und während seine Altersgenossen im Westen wortreich und demagogisch zu beweisen versuchten, dass Jesus ein Sozialist war, legte Zarev mit einer zutiefst realistischen erzählerischen Anthropologie, die den Menschen als lebenden Widerspruch zeigt, dar, warum genau dies eben nicht möglich ist. Denn was dem Humanismus solcher Ideen einst, heute und in Zukunft im Wege steht, das ist immer der Mensch.

Stammbaum der Familie Weltschev

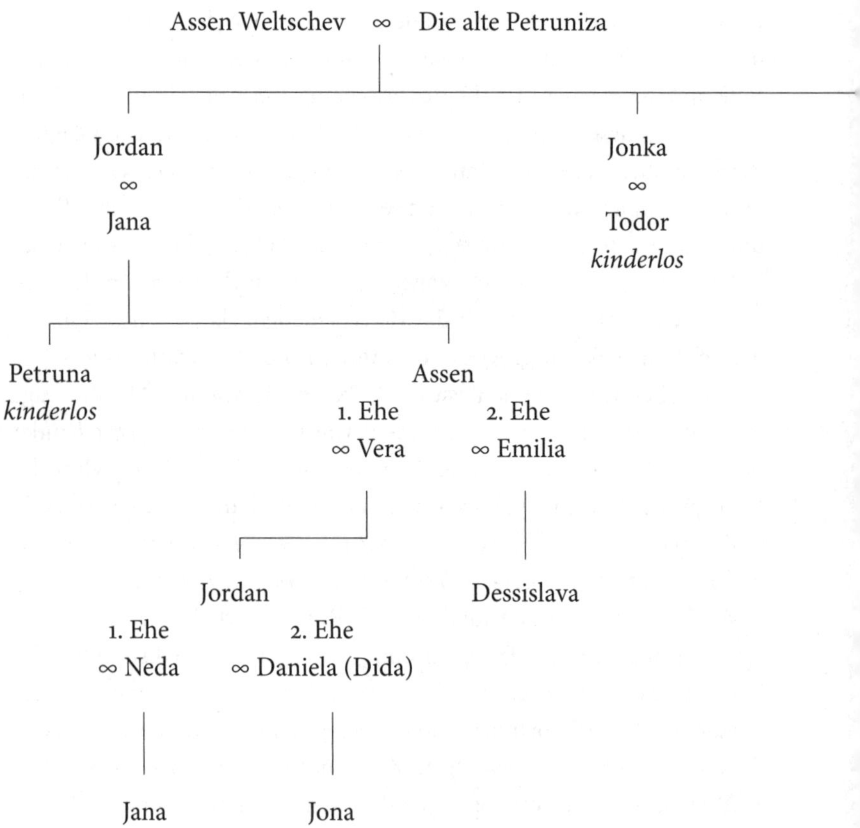

Panto
∞
Gina Jotzova

Georgi (Goscho)
∞
Sonja Toromanova
kinderlos

Krum Marijkin
∞
Newena

Krum Krumov
∞
Gergina

Ilija
∞
Boshura

Boshidar
kinderlos

Christo
∞
Elena

Alexander
∞
Ljuba

Christo
kinderlos